U0151907

国家清史编纂委员会·文献丛刊

中国荒政书集成

第九册

主编 李文海 夏明方 朱浒

天津古籍出版社

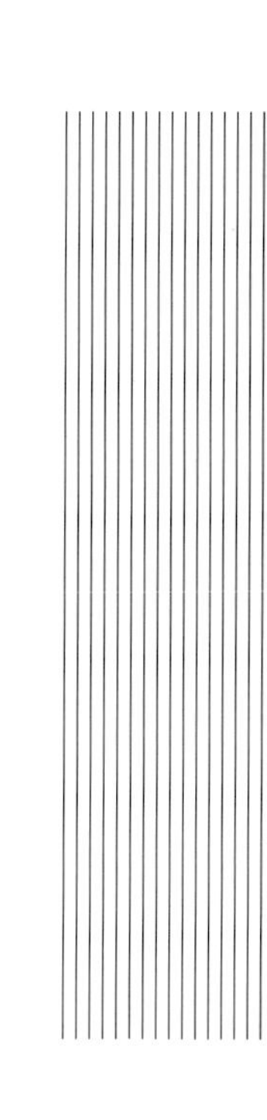

国家清史编纂委员会出版编委会

本书被列为国家古籍整理出版“十五”重点规划

本书出版得到国家古籍整理出版专项经费资助

高等学校全国优秀博士学位论文作者专项资金资助项目

教育部人文社会科学重点研究基地重大项目清代灾荒研究

中国人民大学“十五”“二一一工程”清史子项目

续刊东省积谷通行

清光绪八年刻本

（清）佚名 辑
赵晓华 点校

续刊东省积谷通行

通行东省十二属(光绪七年十二月初七日)

为通饬事。照得金穰木饥，天时之丰歉靡定；有备无患，小民之积储宜先。是以本部院下车以来，即饬劝办积谷，以期未雨绸缪。乃闻东省从前办理此事，每多空言塞责，只取各社长甘结一张，即为了事。委员到境，亦只取结销差，并不逐仓盘验。一遇荒岁，便称放粮放粥，动用无存。此等积习，与备荒本旨适相违悖。此次本部院举行积谷，务须实事求是，不准颗粒虚捏。倘各牧令故智复萌，或有前项情弊，一经查出，定即从严撤参。其委员到境，亦须亲赴各乡，逐一验收，不得仅取空结，致干并咎。除通饬行司外，合行札饬。札到，该司、州、县即便遵照转饬，核实办理，毋得视为具文，自贻伊戚。凛之。特札。

通行东省各州县(光绪八年正月初十日)

为札饬事。照得积谷一端，不难于劝办，而难于存储。盖各属既无仓廒，又鲜公所，借储绅民之家，经理不得其人，日久必致亏缺。房屋如有渗漏，又属霉变堪虞。此储谷所以难于劝捐者也。现查各州县禀报捐齐积谷者已有九十余处，其余各属亦皆办有成数，亟应妥议善后章程，设法分乡建仓，妥为存储，垂诸久远，庶不失劝办之本意。兹据茌平县张令熙瑞禀陈存储各条，尚为周妥。各牧令似可参酌情形，仿照办理。合行抄录札饬。札到，即便通饬一体酌办，毋违
转饬所属一体实力酌办，毋得草率了事。特札。

通行东省十二属(光绪八年正月十四日)

为札饬事。照得通省劝办积谷，除历城、范县未经报齐，此外州县已一律足额，并有多半逾额者。各官绅办事勤速，甚属可嘉。惟其中尚有分储散漫之处，难保无自捐自存之弊，亟应委查明确，以昭核实。除临清、济宁二直隶州并所属六邑一并由司委查外，合行札饬。札到该司，即分饬各本管知府就近委派妥员，周历所属，确查四乡存谷是否处处实在，遵照刊章，量为归并，责成各府出具总结，申司备案。仍劝谕绅民，于各乡设法修建总仓存储。如新旧官交替，应于正案交代外，另出积谷无亏印结，以垂久远。本部院不定何时派人抽查，倘有不实，该牧令等并出结之知府同干咎戾。至经管首事，不可令其赔累。凡仓谷每石准留折耗三升，此外不得短少颗粒，违者着赔。以后官司稽查，绅为经理，非荒不动，有借必还。大略如此，并即通饬遵照。特札。

通行东省十二属(光绪八年三月初五日)

为札饬事。照得积谷一端，现均办有就绪，全在经理得人，方不致日久亏缺。本部院于各属禀报此件，谆谆诰诫，务须慎选社长，设法归并，又复一再通饬，期于经久。今如李御史所奏，宜求实惠及民，力矫前弊，勿以有用之民财聚而耗诸无用之地，诚为远识。至论牧令身膺民社，亟应实力遵行。倘尚有分存散漫之处，应即酌量归并。经管之绅耆，必须公正可靠。两三年中出陈易新一次，其法莫善于青黄不接时设法平粜，秋后买谷还仓。如遇前后任交接，应于正案交代外，另出积谷无亏印结，申报院司。将来倘有短少，即惟出结之员是问。后任扶同徇隐，一并着追。每届年终，由院司派员抽查一次，以昭核实。本管府州为亲临上司，如有不实不尽情事，即行查报，以凭核办。除分行外，合行札饬。札到，该司、府、州即便遵照，一体转行遵办。特札。

劝捐东省积谷谨陈办理情形疏(光绪八年二月二十日)

奏为劝捐积谷以实仓储，谨将办理情形并各州县捐齐数目恭折具陈，仰祈圣鉴事。窃维民为邦本，食为民天。岁时丰歉无常，防患贵于有备。臣历任江西、浙江、直隶等省，均经饬属劝办积谷，以资缓急。上年蒙恩补授斯缺，到任后因查东省地瘠民贫，并无耕九余三之蓄，各属常平等仓亦因年久动用无存，设遇凶荒，毫无补救。积谷一端，实为目前要务。当饬藩司崇保妥议章程，颁发各属，视县分之大小，定捐数之等差，通饬一体遵办，但求公平，不许抑勒，但期乐输，不计多寡，并先令清查户口，寓保甲于积谷之中，以期地方民生两有裨益。计自动办以来，据济南等十二府州属陆续禀报，邀同绅士按庄查造户籍，先尽殷富，次及农商，设法劝捐，或听量力而输将，或按地亩而酌派，截至本年正月止，计共捐齐谷六十一万四千六百余石，每州县三千余石至一万四千余石不等。按照派数，多有盈余。各绅民见义勇为，足征人心风俗之厚。尚有捐未足额十余州县，约至麦后均可一律报齐。臣饬司分投委验，尚无虚捏情事。惟州县鲜有仓廒，仿照朱子常社立仓之法，各归各庄，暂存富家公所，选择本乡公正绅士妥为经管，仍分饬另筹建仓，量为归并，以垂久远。此后岁事顺成，尚可年年增益，为图匮于丰之计。臣当体察情形，随时核实筹办，以仰副圣主轸念民依之至意。所有劝办积谷情形，理合恭折具奏，伏乞皇太后、皇上圣鉴。谨奏。

光绪八年二月二十九日差弁赍回原折。内开：军机大臣奉旨：知道了。钦此。

恭录行知各属(光绪八年三月初二日)

兵部火票递到军机大臣字寄山东巡抚任：光绪八年二月二十八日，奉上谕：御史李肇锡奏山东办理积谷，宜求实惠及民，灾区应从缓办，俟丰岁再行劝集。积成之后，委员盘验，酌量劝惩等语。前据任道镕奏劝办积谷，业已捐有成数，将次一律办齐。惟必须牧令得人，妥为经理，方可历久无弊。该御史所陈各节，自系为核实整顿起见，著任道镕悉心体察情形，妥定章程，严杜弊混，以重农储而裕民食。原折著抄给阅看，将此谕令知之。

钦此。遵旨寄信前来。本部院承准此，合行恭录札知。札到，该司、府、州即便钦遵转移行查照并将发去火票照例造报。毋违。

计粘抄原奏一纸、发火票一张（臬司）。

此次所办，仍如前次之毫无实际，则不惟徒多劳费，而以闾阎之盖藏供官吏之粉饰，亦甚非立法之初心矣。臣愚以为行此政，必得其人、因其地、明其赏罚而后可。积谷不藏之官而藏之民，非如州县仓储之有关考成也。惟无关考成，故视为具文，听其盈虚。夫食为民天，食耗则困，此而玩视，将何者不玩视？然保聚之责在州县，用人之责在大吏，果皆洁己奉公之牧令，孳孳以民事为急，则虽囤蓄在民，而稽核在官，锱铢取之，岂忍泥沙弃之乎？此所以贵得人也。以民所余，防民不足，必丰稔之地，民力方纾。若如去岁东省被水地方，元气未复，朝廷方下蠲除之诏，官府旋为积聚之谋，无论其无可出，即强使输之，而匮者益匮，支绌已莫救于目前。此等灾区，似宜从缓，俟丰岁再行劝集，取什一于狼戾之时，求水火于至足之地，民无不乐从者矣。至于积成之后，必举绅耆典守，而公正者多不喜事，孰肯甘任劳怨？其踊跃赴功者，太抵欲便私图耳。臣以为宜定考核功罪之法，或三年，或五年，必委廉干人员盘验一次。无耗者赏，酌予花红匾额；缺额者罚，并令如数赔偿，不得含混蒙蔽。如地方官能随时整顿，一邑之内存谷完好者，亦即奏请奖叙，否则记过参撤，庶有所劝惩。难者不畏其难，欺者莫售其欺，而惠被无穷矣。夫积谷原以为民，使谷积而无济于民，其谓之何？惟不遽求利而弊必除，预防其弊而利乃久，行之东省而效，行之他省亦岂有不效？臣谨就管见所及，渎陈圣听，可否饬下该抚核实办理，务令谷不虚糜，以重农储而备民食。是否有当，伏乞皇太后、皇上圣鉴训示。谨奏。

覆陈办理积谷情形疏（光绪八年三月十六日）

奏为钦奉谕旨，恭折覆陈，仰祈圣鉴事。窃臣于三月初一日承准军机大臣字寄光绪八年二月二十八日奉上谕：御史李肇锡奏山东办理积谷，宜求实惠及民，灾区应从缓办，俟丰岁再行劝集。积成之后委员盘验，酌量劝惩等语。前据任道镕奏劝办积谷，业已捐有成数，将次一律办齐。惟必须牧令得人，妥为经理，方可历久无弊。该御史所陈各节，自系为核实整顿起见。著任道镕悉心体察情形，妥定章程，严杜弊混，以重农储而裕民食等因。钦此。伏查臣办理积款章程，凡被灾较重之区，概行缓办，只劝成熟村庄。如章邱县上年沿河被水，各村即以殷富之捐输为灾黎之抚恤；历城县仅于城内绅商捐谷四千余石，四乡并未劝捐。此外各属办法，先尽绅富，次及农商，有地在十亩以上者始行量力输将，零星小户不得派捐颗粒。一乡一村之中，凡户口人丁积谷数目，均令造册二本，官为用印，一存州县，一交社长，互相稽察。所捐谷石，或储富家粮店，或借公所民房，派公正衿耆专司其事，酌定年限，轮替接充，无耗者量予奖励，缺额者照数赔偿。如青黄不接之时，由官督同减价平粜，按照册开户口，每人以三斗为率，秋后买补归还。倘值岁荒，分别赈贷，使收掌在民，官难侵蚀，稽查在官，民有责成。此劝办积谷之章程也。嗣因州县鲜有仓廒，各处散存，终非久计，牧令不重以考成，亦恐因循废弛，复经通饬于四乡适中村镇酌量建仓归并，如二三年内未经办理平粜，即出陈易新一次。地方官新旧交换，由后任逐一盘验，于正案交代外，另出积谷无亏印结申报院司。每值年终，由院司派员抽查一次，预防霉变短少之弊。各州县现均一律遵办，间有数县积谷全储城仓者，系因四乡无宽大公所，建仓复所费不赀，谷虽储城，仍派四乡社长轮流经管，不准吏胥藉手。臣详加体察，所议章程与该御史原奏意见相同，似可无庸另议，惟有督饬州县随时妥为经理，总期实惠及民，勿任日久生弊，以仰副（按：原书如此，显有脱漏）。

掌江西道监察御史李肇锡疏

奏为东省办理积谷，宜求实惠及民，请饬该抚认真查核，力矫前弊，恭折仰祈圣鉴事。窃臣闻近来各直省讲求积谷，本朱子社仓之制而变通之，法良意美，诚未雨绸缪之至。计顾社仓第行于一乡，不得其人，法已虚立，况其在天下乎？今之议者皆知积谷之利无穷，然或措置未善，则弊端之起，即在未见利之先，此不可不审思熟计者也。山东自同治八九年间，前抚臣丁宝桢已饬各属举办。其法劝谕之始，官莅之，囤积之后，绅富司之，以民有者还之民，盖防侵蚀诸弊，意良是也。然如臣所闻，他处未可知。即以臣籍而论，诸城一邑，城关内外所积之谷不下数千石。十余年来，未值凶荒赈贷，亦未经出陈易新，而所入之粟半归乌有，是以有用之民财聚而耗诸无用之地也。不亦大可惜乎？今抚臣任道镕又复檄办，且以严法驭属，办求振作，足见其实心为民。无如民之耳目难欺，往往举前事为口实，辄生疑沮，即绳之以法，黾勉输将，而无征不信，不信弗从，使〔失〕圣主慎重农储之至意。除将原定章程咨送军机处查核外，所有劝办积谷情形，谨恭折据实覆奏，伏乞皇太后、皇上圣鉴训示。谨奏。

光绪八年四月初二日差弁赍回原折。内开：军机大臣奉旨：知道了。钦此。

镇江苏州电报局桃坞同人收解皖赈征信录

清光绪年间刻本

（清）佚名 辑
赵晓华 点校

桃坞赈寓江浙同人收解皖苏赈捐征信录

书 启*

张君筱衫募赈书

桃坞诸善长大人阁下：前者晋直告灾，曾由皖省沈云阁太守倡捐集募，载录征信。现在调署安庆府，顷接来函，谓潜、太、怀、英四县发蛟，冲没者数不可稽。其生者饿病相连，亦将垂毙。倩弟转告诸君，作将伯之呼。因念诸君饥溺为怀，可否函致严佑翁先行往查，如渠以救命墩为辞，则蛟灾为急，轻重缓急在执事自有权衡，无待弟之饶舌也。沈太守原函抄呈台览。

比者上游发蛟，水患流行，潜、太、怀、英四邑均被冲淹，而潜山尤甚，居民飘没者不计其数。其存者类皆衣食居庐什不获一，且以水浸之后，饿病相连，读哀鸿嗷嗷之诗，为神伤者久之。弟先曾置买干饼，令人泝流给发。现在面请薇宪筹拨银米，委员察赈，弟亦垫寄千金，俾资浥注。然默念流离荡析，亟宜赈抚兼施，若仅恃此区区，又安能克善其后乎？因思贵处乐善好施，驰为闻望，尚祈阁下将此情形传告知己，以移民贷粟之风，为集腋成裘之计。我知灾区数万众无不引领而拜仁人之赐矣。

赵渭泉诸君乞赈书

桃坞赈捐先生阁下：前年晋豫赈济，在专处领到捐册，代为捐募，接奉回信，曾蒙奖励。敝省本月初至今，处处发蛟，大雨共十余日，宿松、英山、太湖、望江、怀宁、潜山、桐城、舒城、合肥、庐江、无为、巢县均被水灾，最重之地水涨二丈左右。太湖西乡伤人甚多，石牌铺全行冲去，伤人万外。江西接界之地亦然，景德镇受灾甚重。渭泉于初七日在太湖逃灾，路途不通。从六安、寿州、定远而行，廿二四日始到芜湖。同逃廿七人，仅活五人。现在内河浮出尸首、屋木、牲畜，不计其数。省城官绅赶办大饼、棺木，日夜不停，打捞尸身，闻得已有数千。浙江、汉江亦发蛟水，故灾区水势有增无减，尚有一丈左右，秋收断然无望。即使赶紧水退，房屋器具荡然无存。况现在水并不退，逃灾者一无口粮，天气又凉，衣衫无着。大宪极力捐赈，但恐人手不多，赈捐不足。尊处历年办赈，中外驰名，叨在邻省，伏望飞速劝捐，派人来赈，并须多办麦饼。灾区无物可买，银钱无用也。更须棺木，芦席、衣服、药料，广为施发，功德无量。事势急迫，伏祈从速，即请善安。五月廿五日，灾民赵渭泉、赵敬亭、赵芳之、罗吉祥、罗同安百拜谨启。

复诸君书

顷辱赐书，就悉安属灾况，历历如绘。比者三江两湖均有水患，浙粤蛟水尤甚。徽省情形，弟尤亲见，不独安属四邑被水也。环巢各州县一日夜涨水丈余，为近今十年所未有。小民荡析离居，非不恻然动念。第数年移赈以来，东南民力竭矣。本地善举，浸以废坠，贫民待食待衣者竟与灾黎等。于此时而言，协赈邻省，鲜不以舍近就远为嫌者。即使人言勿恤，如不足动善士解囊之心何？前此协赈晋豫，皆在朝廷蠲赈之后，水尽山穷，故能如响斯应。今承尊嘱，当将原书抄致各处。倘有设法之处，灾民幸甚，然不敢必也。

致各处善堂绅士书

诸贤长大人阁下径启者：福于五月初间道出庐郡，适遇蛟患。初五六等日，大雨盈尺，滨巢各州县水涨一丈有余，为近今十年所未有。圩岸冲破，田畴淹没，房屋毁败，市肆空虚。居民急切逃生，皆乘浴盆而出，衣服粮食不及携带。惨惨之声，哀哀之状，殊觉伤心蒿目。初八九日，雨势稍杀，方冀蛟水渐退，转危为安。比归吴门，接读沈云阁太守、张筱衫、广文、赵渭泉诸君书，方知安庆所属潜、太、怀、英等县，即因巢湖上游蛟水汜滥，且复淫雨经旬，遂致民居漂没，不计其数，幸存者亦皆荡析离居，嗷嗷待哺。又接扬州严君佑之书，慨然以往赈为己任，并言救灾如救火，迫不及待，拟由上海、苏州、扬州三处各垫银五千两驰往开办等语。既钦高义之可风，复虞垫款之莫措。第念事关重大，敢因此处之艰难，稍阻各处之意气乎？窃不自量，业已如数允许。然福等皆一寒诸生耳。往昔协赈，赖将伯之助予；此际筹捐，难再三以相渎。事因目击，敢献清听。倘有善士解囊，仍乞代为募集，即寄苏、沪、扬、镇各电报局代收代解，感谢私衷，实无既极。所有收到捐款，即掣奉收票，并登《申报》为凭。解交严君散赈后，即由严君将收支总数登报，藉资征信。肃请台安，伏乞垂鉴，同人会启。

壬午奇水纪事（采录《申报》） 怀宁姜继襄曙东

天潢几日洗欃枪，又见狂澜砥柱倾。转眼鱼龙成大劫，伤心蝼蚁賸余生。疮痍亟望筹安抚，洚洞何尝累圣明。幸倾鸿慈蒙帝力，不须铁弩射长鲸。

茫茫天怒可如何，惨共悲声到汨罗。（怀宁石牌于五月初六日陡遭大水。）老弱已难沟待转，（水势促高数丈，声如吼雷。）乾坤疑賸土无多。谁同饥溺忧三载，畴奠洪荒导九河。忍听哀鸿啼不止，在山泉亦作风波。

人鬼喧豗黑夜高，居然同室起波涛。浇漓敢望天开眼，斥卤俄成地不毛。莫障金隄沈白马，似掀沧海失神鳌。五更钜野看鱼沸，瓜蔓声中风怒号。（二十一日子刻大风怒作。）

世界真同大海沤，含冤万鬼哭龙舟。方填屈子湘潭恨，忽报文翁石室秋。民舍陡如穷鸟散，浮尸群与乱鱼游。雪湖那似黄河水，倒挽长江天上流。（潜山地高，向无水患。忽于端午日遭水，北门溃裂，城内死者不过百余人。沿流而下者，则不知其数矣。）

连声揭屋复颓墙，簇簇虫蛇已近床。精卫岂能衔木石，麻姑无故话沧桑。争船群似鸦投树，（初六日更后水势如山，居人不及防备，屋多随水去矣。初七晨始敢放船援救。）援木都如鼠伏梁。（初六天地昏黑，大浪奔腾，人多援木顺流呼救，闻之恻然。）不是奇殃关气运，几谁村落看汪洋。

鼎沸巢焚死又回，重隄纷作浪花堆。（堤身尽溃。）颠连家类狼胡跋，生克机逢马角哀。（俗以日值马建角则有大水，今果然。）落落人寰无处好，层层天网有谁开？沿村万井膏腴地，不见炊烟半月来。

城市苍皇一夕空，南条竟作吕梁洪。龙宫无泪啼鲛女，水府无心忌祝融。（太湖城外火神祠被水冲去，伤人甚多。）温峤犀然妖欲遁，曹娥魂断鬼犹雄。可怜襁褓谁家子，饱葬江鱼枵腹中。（妇幼死者尤众。）

炎风飒飒晚凄其，漂泊枯骸枕路歧。（尸如落叶浮萍。）妇恋孤儿犹在手，鬼无全体但留皮。（尸多腐化。）主存华屋归何速，死伴青蝇吊可知。几日北邙棺槥满，纸钱飞挂野棠枝。

九陌尘沙变洞庭，老蛟吹雨黑风腥。愁霖日月天如醉，息壤怀襄地乏灵。遑说田庐归浩渺，纵存妇孺已丁零。耳边怕听饥乌语，梦里洪涛陡建瓴。（初六三更，望江西圩突破，人多在梦中也。）

风雨荒林赋大招，杞人涕尽羽谯谯。纯仁助麦襄豪举，郑侠呈图托圣朝。空有安怀论抱负，本来忧乐共刍荛。冥茫谁解苍天意，新鬼呼群夜寂寥。

弭江浙水灾说（采录《申报》） 废园主人

客有问于予曰：子不见夫江苏水灾乎？应之曰：昨过苏州花驳岸，积水漫岸，不能行，江、震、常、昭、昆、新、青浦低田俱淹水中，安得不见？客又曰：子亦见夫浙江水灾乎？兰溪大雨，余杭起蛟，绍兴发水，萧山仅露屋脊，宁波淫雨经旬，温处大雨雹，杭城街道有搭浮桥而行者。则又应之曰：《申报》所载，众目共观，予岂独梦梦耶？客曰：江浙如此，犹可赈皖乎？抑何舍近而鹜远也？曰：江浙不水，犹可不赈皖，江浙而尽水，必不能赈皖。惟其已水未水，欲水即水，则断断不能不赈皖。客曰：是亦有说乎？曰：有坐我语。子岁丁丑赈山东，吴中蝗且盈野。有告于蝗者曰：尔毋为患，俾我悉意赈山东。五月二十三日，赈东者甫自烟台开车，吴中大风雨一昼夜，蝗赴死太湖且尽。后有刊蝗不为灾图者，顾子山观察署其端曰：江北蝗蝻，遍地皆是，渡江而南，蔽天而起。蝗不为灾，荷天之祉；人饥我饱，君子所耻。此明证也。戊寅赈豫燕灾，吴中三月朔雨，迄十三日未已，水距岸仅寸。有祷于金龙四大王者曰：请掀吴越淫潦，洒遍燕豫甘澍。我无东顾，用赈邻封。祷三日夜，天津月望雨，且久雨，豫亦雨；吴中既望晴，且久晴，越亦晴，水患亦以免。有知其事者，戏作汇水票寄递。今之天津广仁堂袁董可询而证也。己卯夏六月，赈山西灾，江浙久不雨。治赈者祷于神，期以分毕雨字册五百卷必雨。六月杪，册尽，严君自吴、金君自越，方首涂，甘雨普霈，旱魃不为虐。有赈局征信录雨字册捐可验也。庚辰直隶灾，江浙复大旱，祷神与否不及谂。观其征信录所载，五月二十日分捐册书，有天久不雨，秧田龟坼，倘蒙募款源源，定卜甘霖渥沛，雨随册去，捐共雨来之语。五月二十六日催捐书，有今幸三日甘霖，四乡沾足，千万设法，各惠多金之语。是年不闻吴越灾。由此观之，丁丑、戊寅、己卯、庚辰岁，星凡四易，江浙无岁无灾，无岁不助赈，亦无岁成灾。自上年辛巳直隶停赈后，江北始水灾，常熟又水灾，江阴又水灾，今且遍江浙将罹水灾矣。浙江上年无灾，今且甚于苏，不及是时共出全力，速赈皖灾及诸灾区，江浙断无不水理，断无不大水理。苟能竭力助赈，犹可以为善国。盖钱字，古通泉，水象也。泉能流通，水自不滞，理固有可借镜者。客曰：充子之心，必使各省以被水罹灾，我独以助赈蒙福，揆诸忠恕之道，毋亦君子所不许。曰：是大不然。水旱偏灾，国家代有，但使一省稍有偏灾，各省悉力助之，则今日之被灾者既能不死于灾，异日之救灾者自能虽灾不害。各尽报施之人情，均足消弭夫天患。曰忠与恕实交尽其道，夫奚不可者？客韪予言，即赴电报局索捐册百本，将悉力以募赈也。江浙多好善士，有什百辈继客而起者，西风水退，岁以有秋。江浙之幸，即皖民之幸！不然窃恐予言尽验，而人且目是说为不祥。嘻夫！岂予之心哉！

江北李君维之告灾书

顷接敝友陶寿兄由洲中来信，述及洲圩灾况，惨不尽言。当十七八九等日，北风大作，雨势交加，纷纷破圩。居民无可避徙，潮来不恻，皆登高岸之上，露宿风餐，因此毙命者不知凡几。刻下约有廿里，一片汪洋，虽据扬镇出川者迭运馒首等干粮给散，无如杯水车薪，不过仅救燃眉之急。七月初三日大汛，所有未破之圩尚未卜能否保固，斯亦在在可虞。且已破之圩，集水不知何日可退，则乡民之荡析离居，不知何日甫可解此倒悬之势。转瞬秋冬递届，赈给固不可无，而来春之补筑圩堤，所费尤为难措。现闻口岸对江一带，亦破圩廿余里，淹没居民无数，实堪怜悯。是眼前之功德，伏愿仁人君子推饥溺之怀，施相周之德等语。今特录奉台电。

江阴诸君告灾书

本月十七至二十四，昼夜狂风巨浪，海水陡涨六七尺，以致各沙无圩不为冲破，甚至常阴老沙圩岸冲去大半，各乡沿江河田尽行淹没。其尤甚者，莫如盘蓝、栏门、戴子等沙，已成一片汪洋，草房什物随波逐流，妇孺奔避无所，淹毙不可胜计。至阑门沙幸蒙去年挑筑土墩圩岸，虽全行冲破，而佃民藉此土墩，赖以生全，无不感仰。第去岁偏灾，尚蒙矜恤，现在沿江南北两岸上下数百里，满眼哀鸿，携老挈幼，栖身无地，呼叫之声，震动山谷，而江边遗骸，更络绎不绝。是以专函奉告，伏祈慨发慈悲，登饥民于衽席，不胜待命戴德之至。

常州同人告灾书

天灾流行，讵知敝处自小河黑沙洲起，直至江阴，沿江而下，沙田均被淹没，桃花港等处为最。刻下该处灾黎家产荡尽，夜宿露天，约七千余人，江北及靖江等尚未在内，待哺嗷嗷，情形可惨。现幸郡中诸善士送米麦麻糕药物等件，速行运往，查户设厂。似此情形，必得养至明春始能遣散，然搭屋发种等款，尚须续筹也。

常熟沙洲告灾启

六月十七八等日，江水骤涨，濒江之江阴、靖江、常熟三县各沙滩被水冲淹，不特屋庐田圩尽为泽国，即尸身漂没，悉饱鱼腹。现闻毗陵绅士筹集巨赀，先赈江阴、靖江两邑，而常熟一隅，尚未举办。近接来函，知被灾甚剧，经费日繁，不得已仿照成法，以一百文为一愿，只捐一次，十百千愿，各随心力，汇解灾区，列入报销。

带收沙洲赈捐启

启者：各属沙洲，于数日前风潮为患，人口各有损伤，田房实遭淹没。现因各处善士谊切梓桑，嘱为拨济。因思皖灾重于沙洲，岂容移拨？万不得已，垫款分解散放，随时收捐归补。倘有仁人专捐沙洲现在灾赈者，敝处可以代为收解，另掣收票，俾与皖捐不相混淆。仍一体刊登《申报》，伏乞公鉴。同人公启。

劝募棉衣启

启者：本年各省水灾，其轻重之分，安徽伤人万数，江西、浙江均及千人，江苏各沙约及百数。其幸存待救者，约视死伤之数数十倍。皖省苏沙，除大宪筹赈外，各有善士协赈。惟念秋风一起，则饥寒交迫，谋食兼须谋衣。凡我同人，拟为酌助，惟是独力难支，众擎易举。拟合万人善会，每会捐洋一元，会数多寡，惟力是视。倘有同仁惠助，请交阊门外渡僧桥下塘杨乾丰夏布行，掣奉收条，即为代制棉衣分解。如蒙俯允，功德无量。吴亮采、杨春坡同启。

赈款分解皖苏启

启者：严君佑之来函云，英山事峻，再赈一县，即行归办海堤。海堤者，即江北救命墩，现拟联墩为堤也。同人公同集议，现收皖捐，自应专解周君裁五散放冬赈。惟苏省各沙被灾虽轻于皖，催赈反甚于皖。事经分任，欲求摊解匀当，实无其道。万不得已，拟除八月以前所收赈款截清分解，自九月朔为始，如蒙善士助赈，当以五成解交周君裁五查放皖赈，以五成解交严君佑之，或以工代赈，修筑海堤，或通盘察酌，分拨沙洲，以免不均之患。至于各沙助赈，扬、镇、通、泰本由扬镇诸君筹办，常州、武阳等邑本由常郡绅士筹办，江阴等处本由上海电报局筹办，常熟、昭文本由苏城泰昶庄周急局筹办，浙省赈务本由大宪委员勘办，并由厘捐总局筹收捐款。如蒙指捐各处，请即径寄前途，以期确当。先此声明，统惟垂鉴。

元魁夺标会章程

一、是会虽为筹赈起见，而于新贵会试，亦足少壮行色。与其将来广分朱卷，何如此际筹捐助赈，较为事半功倍。即使家道殷实，亦可将程仪分赠同年寒士。与不伤惠，取不伤廉，与广东闱姓、吕宋彩票情节迥异，想赴试诸君无不欣然乐助也。倘因推募赈款无所藉手，则有募赈副启在，可向赈寓函索。

一、各省文武乡试诸君，均可与会。每会自输程仪洋一元，再募赈洋九元，合成十元为一会，或减半为半会。因票据刻定一会、半会字样，不能短缺，共以一万会为限。所得程仪洋一万元，交存上海银行，以待分送程仪之用；所得赈捐洋九万元，分交助赈诸君，散放灾区。

一、除助赈者无关得失外，凡助会诸君高中解元者，得程仪洋五百元，魁选得四百元，举人得三百元。倘中数过多，则俟榜发后汇合统算，尽数匀摊，各得若干，临时登明《申报》。一人而助数会者，程仪只得一分。此项程仪，出诸同学诸君，会款与赈款毫无侵涉，心安理得之钱，尽可笑纳。倘助会者迟至下科高发，所助会洋一元不能索回。

一、是会初为皖赈而设，现因扬、镇、常、苏各沙被灾，不能不通筹兼济，拟以七万元济皖赈，二万元济沙洲及救命墩工赈等用。试以皖北四十万灾民、各沙三万灾民计之，已未免厚苏而薄皖矣。好善诸君勿再以同室乡邻之义相绳责，况此款系各省捐助也。

一、凡与试诸君，籍隶直晋秦三省，或在本省，或在顺天乡试者，会款均交天津广仁堂内赈寓。籍隶苏皖浙三省，或在本省，或在顺天乡试者，会款均交苏州电报局内赈寓。籍隶两湖、两广、闽、川、豫、汴、陕、甘、云、贵十二省，或在本省，或在顺天乡试者，会款均交上海电报局内赈寓。如由信局投递，封面只须照写，决无遗误，信力由赈寓给发。倘迟至九月初一日接到者，原款退还。诸君出场后，尚有半月余间可以集募，无患不及也。

一、凡交到洋款时，须开明某府州县某生某人住某处，助会洋一元，以便照填会票。俟高中后十月望起，十月杪止，凭此会票向原处兑取，毫无捺扣。助赈九元善士姓名亦须开示，以便掣付赈捐收票，并登《申报》为凭。如助会者不欲自显其名于《申报》之中，请先示知，当以某籍某生某姓登报，俾可查核。

一、凡与试者之家人父子、亲戚故旧，雅意关垂，代为与会者，悉听其便。即本人不愿与会，旁人代为与会者，亦听其便。惟本人既经与会，旁人复为与会者，一经高中，程仪仍付；本人倘与试者，愿将程仪摊分助赈之人，亦听其自便。

一、凡与试诸君高捷后，凡有电报局之处，业已托定友人，于发榜之日即将诸君名次传电报喜，省城内外当日即可得信，外府州县亦即专足函达。所有电费，由赈寓捐备，不取新贵分文。惟京、官、学三处报资，仍望照给。

再恳同志分募元魁会启

启者：此次皖沙灾赈，与往昔晋豫情形稍异。当水之突来也，急切援救，户口多而时日短。故七月以前，筹赈尚有限量，迄今水势渐退，圩破未修，高区虽经补种，低区仍陷水中，一届深秋，饥寒交迫，不能不择别查赈，以待春收。户口虽减，时日甚长。故八月以后，筹赈更关重要。严佑之先生现在英山查赈，如果接办冬赈，非有五万金不可。周裁五先生一局现赈无为州，约计冬赈之费，亦需数万。苏省之扬、镇、通、泰、常、苏各沙，冬赈亦不容易。事经分任，需款更繁。若不分别接济，未免尽弃前功。无如捐册虽纷，空回不少，缿桶虽设，成效未收。于万不得已之中，作无可如何之想。当此秋风队里，文战凯还，必有一二吉人文章命中，乐与元魁之会，肯舍利市之钱者。惟会章虽经传布，未遍城乡，恐新贵肯发慈悲，无人指引，还求同志广为吹嘘，省此时吃梦之钱，减九日登高之费，移与斯会，广结福因。伫看《申报》题名，如织登科之记；更卜甲科联步，增收悬匾之银。明中去者暗中来，出于彼必入于此。想诸君或乐于输捐，而同志亦不嫌琐渎也。会章倘乏函索，何妨用布数言？伏乞垂照。桃隖同人启。

催收元魁会启

捷启者：同人因筹赈捐，议集元魁大会，拟请与试诸君每人自捐程仪一元，募赈九元，合十元为一会，或减作半会。获隽后，在会之新贵就程仪多寡均分之，藉资公车之费。助会者与不伤惠，获隽者取不伤廉，似亦一举两得之道。惟议章之际已届宾兴，与知者既鲜，故慨助者无多。今虽他省收数未及周知，第就江浙而言，一月以来，仅收千会。同人始愿固未足偿，仁者殊施，或留有待。但收集会款后，尚须录送津宁榜发传电，故极迟至八月杪必当截止。诸君子青云自致，即是为民为国之身，赤子待援，自具同与同胞之志。若区区者而不畀，彼嗷嗷者其何生？幸分吉利之钱先为倡首，不吝齿牙之惠，传语同年，裒集十金，或居半会，既可多而可少，亦何嫌而何疑？诸君子当不以斯言为河汉也。比者中秋节过，大愿船归，妇子相迎，亲朋笑语，灯花鹊噪，动兆休征，钱卜镜听，亦求吉谶。倘言及元魁有会，而独曰元魁无分，度非诸君出语之祥，更非我辈善颂之意。万人队里必遂飞鸣，千佛经中请留姓氏，同人不胜翘盼之至。唐解元里中人同启。

论元魁会书

启者：兹托同善堂汇寄元魁会洋十元。仆本菲材，敢希题雁，愿体执事之心，就执事之事而为一转计焉。如仆幸隽，即将应分会洋不论多寡，概请拨入赈款，并登明《申报》。如此则执事因会募赈，仆即移会助赈。愚者千虑，庶有一得，固不计坠露飞尘之不足增损海岱也。各省士子与会者固不乏寒酸，待此作公车费，设有一二素封不以鄙见为非，亦姑择而从之，赈款不无小补，且目下有家道殷实，自顾登科后赀斧有余，以是会为不足与者，亦知移东就西，不为身计，而为灾民计，庶群焉兴起乎？至此款递到后，不必掣寄收条，但请于《申报》中登示复书，当不至瞠目无见。因执事有凭票取洋之议，仆既拟移赈，焉用此为？且日后亦免多周折，故作此请耳。统维惠鉴。又附上洋十元，系家兄所助。倘果获隽，并同前函不赘。杭州陈绥藻顿首。

复　函

猥蒙不弃，辱逮德音。披诵再三，钦企什伯。颁来会洋二、赈洋十八，如数拜嘉元魁左券寄存同善堂中，以作交代。承示公车程仪移助赈需，尤见德量之宏，拯灾之切。感仰私衷，岂惟是中泽哀鸿，歌颂大德？即同人承事以来，先后掣肘情形，亦得藉牖迪以陈左右，何幸如之！溯拟章之初，以江浙两闱试友，与中额计之，约百人与试。一人得隽，是百人与会，一人得采，综核之余，尽人皆喻。乃始则曰三百员，继则曰尽数匀摊，同人岂敢饰说以售欺哉？度新贵诸君，必有如先生之一介不取者，有不取之人，即有倍取之款，故以三百为约。乃自开办以来，收款寥寥，千不偿一，迥非同人始愿所及料。就苏而言，千会至足，是可分之程仪只此千员。如执原约以相衡，则千会中高中四人，已不敷分送，而况善人获佑，安知千佛经中不拔十得五？会中之采无穷，瓶中之底立见，尽数匀摊，其细已甚，又何足以壮行色？先生既许得采移赈，使灾民得意外之赈，可否得采助采，俾寒士得从丰之采？程仪既必其丰，会款可卜其旺，而赈捐亦阴受其利，是先生加惠灾黎，必有十百倍于移赈五百员之外者，而同人叨荷斡旋，尤深镌铭。敢布腹心，伏乞亮鉴，并请同志诸君心照不宣。

分送元魁会程仪启

启者：同人经收元魁会款，除将九成赈洋尽数分解外，苏州留存程仪洋一千三百八十九元，上海留存程仪洋一百另二元，共洋一千四百九十一元。现计顺天、江南、浙江、福建、广东五省与会善士，共中解元二人、经魁十人、孝廉五十七人。本俟各省榜发再定匀摊之数，现因赈寓将撤，而摊送之数约略可计，合即登报声明，即乞新贵诸君将凭票寄至上海苏州电报局兑取为祷。所有解元二人，各得洋四十元；经魁全会六人，各得洋三十元，半会四人，各得洋十五元；孝廉全会五十人，各得洋二十元，半会七人，各得洋十元。其先分送洋一千三百九十元，尚存洋一百另一元，以备他省榜发，如数分送。如有盈余，归入赈款，将来再行报销也。同人公启。

劝移会采助赈书(采录《申报》)

谨启者：今岁皖省蛟水为灾，十数州县人民伤亡不少，生者荡析离居，露处饥栖，哀号彻野。皇上悯念遗黎，发帑振恤，无如灾区甚广，督抚虽仰体圣主无任一夫失所之至意，而势实有所未能。犹幸诸大仁人胞与为怀，于频年振晋、振秦、振齐、振豫之余，悉索敝赋，几于水尽山穷，尚能以强弩之末，大声疾呼，不问捐款之旺衰，先措垫万千金，迅赴灾区，急于星火，真是菩萨心肠，英雄作用。鄙人闻之，不觉首之至地。厥后四方响应，乐善自有同心，惟究未能如前数年之踊跃。说者谓今年皖省灾区，加以扬、镇、常三属沙洲，尚不若前次之广，故捐款亦不能如前之多。而历读经振诸公来书，目下尚未查放普遍，况冬振尤万不可少。救人救彻，尚须大款源源。筹振诸公于万无设法之中，创为人己两得之事，设为元魁夺标会，原议冀有万人预会，则可得十万金，以九万金分振灾区，以一万金为预会得解诸公，作公车之费。原议得元者可得洋五百元，魁可得四百元，孝廉可得三百元，则破壁诸公，在殷实者原无藉于此，如在清寒之士，得此资助，少加樽节，则中后开销、晋京路费，可无烦将伯之呼。无如预会者仅有千余位，桃坞诸公约计得解诸君子匀分会款，解元不过得洋四十元之数，以次可以想见。是固非设会诸公之初心，而预会诸君子定能曲加体谅者也。鄙人不敏，窃预斯会，荐而不售，夫复何言？因思高中诸君丹桂初攀，杏筵预兆，飞黄腾达，将来霖雨斯民，如弟辈下第，何啻十余万人，依旧埋头窗下，手此青编，泪盈欲堕，其苦乐为何如耶？奉劝预会得解诸君子，以弟辈失意之人为想，转念灾区待哺苍生，慨发慈悲，将所得元魁会款悉数捐振。譬如本无此会，中后仍要张罗，况所得本属微几，无济于事。如诸君子中有实系清寒，得此可解眉急者，不敢相劝外，伏望大君子俯鉴愚忱，赐采刍荛，感激之情，如同身受矣。不胜待命之至。壬午科浙江下第举子顿首拜启。

禀　　牍*

收解助皖赈捐江浙绅士禀协助皖赈由

敬禀者：窃绅士等前接安庆友人来书，据言安庆等属，于五月初五六日蛟患并作，灾民荡析离居，嗷嗷待哺，除蒙大宪赈恤外，乞即筹款助赈等语。当与沪扬绅士往复函商，公请严绅作霖前往助赈，并由严绅面禀爵阁督宪，于六月初九日在江宁起程，赴皖助赈潜山等邑。所需赈款急切，无可募集，除由上海、扬州绅士两次垫解银一万五千两外，绅士等会商安徽会馆及江浙绅商，即在苏州、镇江两处电报局中随时募收。统已募捐借垫银一万两，于六月初五、十五日两次解交严绅兑收，以应急需。仍随时募捐接济，事竣再行详报。所有助赈皖省缘由，理合禀明宪案。云云。

苏潘宪谭批：该绅士等连年办理晋、豫、直隶等省赈务，全活甚多。今闻皖省水患，又即筹垫巨款，解往助赈，具见救灾恤邻，志不少懈，深堪嘉尚。除转详督抚宪咨会安徽抚院查照饬知外，仰即知照。缴。六月十七日

苏藩宪谭札开，奉宫太保爵督部堂左批本司详江浙绅士筹款赴皖办赈一案请咨由，奉批：仰候抚部院核咨。缴。又奉苏抚部院卫批开，已据详咨请安徽抚院查照转饬矣。仰即

知照，仍候阁爵督部堂批示。缴各等因到司。奉此合就转饬。札到，该绅等即便知照。此札。七月十五日

江藩宪详试士请移场食助赈由

两江总督部堂左批：据详上下江士子愿以月饼肉蛋钱文拨充皖苏灾赈，在该士子心存利济，以应得之款拨充皖苏灾务之费，具见饥溺由己、好善攸同至意。昔范文正公为秀才时，即以天下为己任，其心之所存，曷以逾此！惟秋试应备月饼肉蛋，事关典礼，有其举之，莫敢或废。兹本爵阁督部堂特于廉款项下划项易钱，分致各士子，自备月饼肉蛋钱文，以为万选先兆。回首五十年秋试时，三场风景，依稀如旧，愿与诸生共领。所有钱文应如何散给之处，仰该外提调转饬一体遵照。缴。

钦命江南苏州等处承宣布政使司布政使谭为谕发事。准外提调江藩司咨开，上下两江士子请以壬午科肉蛋月饼钱文拨充皖苏灾民赈款，统计上下两江共合曹〔漕〕平银二千二百八十两四钱七分九厘，内计应解皖省赈济银一千五百九十五两八分九厘八毫。今有委解上江赈款之便，由司就近提出径解外，实计应解苏省赈济银六百八十五两三钱八分九厘二毫，备批咨解，如数发交桃花坞协赈局酌量济赈等因到司。准此，查此项解到赈款漕平银六百八十五两三钱八分九厘二毫，折实库平银六百七十一两九钱五分，应即发交桃花坞协赈局谢绅查收，分拨苏省被灾各处，以资赈需。除于九月初八日堂期动放外，合就谕发。谕到，该绅即便遵照查收，分拨本省被灾各处，酌量济赈，仍出具领状送候备案。毋违。此谕。

光绪八年九十三日

照会上海核奖公所稿

案准贵公所咨开，切照皖省灾重且广，款项不继，当经周道台禀蒙直督宪张批准，将直赈未奖旧款内拨出银二十万两，由上海公所接办加捐，仍照原办章程，每例银百两收库平银一成六厘，除去部饭照费等项，以一成二厘专助皖省等处灾赈之用。并准直隶筹赈总局备办实收四百张，解送查收核办等因到所。准此，即经循照旧章，在原设公所接办加捐，并咨复查照外，惟查皖省等处待赈孔殷，自应分投劝办，合将实收备文分咨等因，并咨送实收一百张到所。准此，查敝所经解直省赈款，前因赴直襄办河工，即将公所裁撤捐奖均未核给，此外代解浙省助直赈款，浙局亦未核竣。此次江浙水灾后，叠经江浙原捐各善士纷纷函商，拟请补奖加捐，即济本地赈款，或议分济皖、浙、苏三省赈款，而要以加捐银两五成济皖，三成济浙，二成济苏，较为平允。正拟详商直隶筹赈总局转详核办，适奉大咨，似苏浙未奖旧款十余万两即在此二十万两之中，应请贵公所转咨直隶筹赈总局，查照前情，酌请分济，以慰各捐户谊切梓桑之意。除抄咨照会浙江、镇江筹赈公所，并将实收分送核劝外，理合照会贵公所，请烦查照施行。须至照会者。

协助皖赈局镇江府学廪生严作霖谨禀

中堂阁下：敬禀者。窃以皖省蛟灾，苏沪扬镇同人筹垫一万数千金，嘱生先行驰赈，陆续筹款接济，曾于六月初面禀请示祗遵。嗣生星夜驰赴潜、太、英、山、怀、望等处，周历灾区，亲查户口，分别轻重散放，均由地方官禀报在案。生前后共收到各局足银五万

二千四百五十四两四钱一分、本洋三千八百二十八元、足制钱二千五百九十六千三百七十文。五县共支放本洋六万零三十二元、足制钱一万六千五百十六千七百文。除散放外，仍存足银七百九十九两一钱一分一厘，移交周观察裁五为皖省冬赈之用，将来由周观察报销。兹当赈务告竣，谨将经手收放数目另缮清折，恭呈鉴核。惟生经手之款，均系各局汇解而来，其捐助之户，生等不知。向来助赈，诸善士大率阴行其德，不愿邀奖，此次谅亦如斯。万一有捐款较巨，自愿邀奖，另由苏沪各局禀请。至生等经办诸人，自问办理不善，负疚方深，更不敢滥邀奖叙。伏乞鉴此愚忱，俯如所请，实为德便。肃此谨禀，恭请爵绥。作霖谨禀。

敬再禀者：窃皖省蛟灾，蒙朝廷发帑赈济，中堂拨款抚恤，灾黎咸获再生。生等前次赴皖协助，系苏沪扬镇诸善士倡议筹垫，陆续劝募接济。所幸民皆知义，虽妇人孺子，无不闻风兴起，踊跃输将，非中堂之德化入民者深，曷克臻此！昨阅邸抄，见七月二十七日中堂奏片，有生拟倡捐一万五千缗之语。恭读之余，悚惶无地。生本一介寒儒，因人成事。历年来筹募赈款，人不一人，地不一地，协力筹募，始终不懈。其他乐善之士设法劝集者，指不胜屈。生不过稍效奔走之劳，既未能解囊相助，又弗克竭力襄筹，此天下所共知而不可以欺世盗名者也。此次皖赈亦复如斯。倡捐之说，以告者过。但外间窃窃私议，疑生掠美沽名。生被天下后世之人唾骂，其害小；万一后有义举人，皆以生为不可共事之人，阻塞将来善路，其害大。抚衷循省，负疚滋多。思维至再，惟有仰恳中堂据情入告，此次皖赈，实非生所倡捐，庶生稍得心安，感激尤非言罄。愚昧之见，冒渎尊严，不胜惶恐之至。肃修芜禀，恭请爵绥，伏乞垂鉴。作霖谨再禀。

附呈清折一扣。

今将作霖经手皖赈收放数目开陈清折，计开：

收款：

一、收苏局规元银二万五千两；

一、收苏局镇平〢〣宝银五千两；

一、收沪局规元银二万五千两；

一、收扬镇足钱二千五百九十五千二百文；

一、收扬镇本洋二千四百元；

一、收扬镇曹宝四百四十两；

一、收扬镇英洋二百零三元；

一、收李军门本洋一千三百另八元九角（九角系作钱一千一百七十文）；

一、收马太守松圃本洋一百元；

一、收皖南继德堂库平银三百两、曹〔漕〕平银一百两；

一、收春和庄手修德老人曹〔漕〕平银一百两；

一、收春和庄大文处足纹二十六两；

一、收春和庄无名氏本洋二十元；

一、收春和庄无名氏足纹一百两；

一、收万新庄陈福溪英洋十元。

共收规元银五万两，〤〢〨折省平〢〣纹四万六千二百五十两；扬镇曹〔漕〕平〢〣宝五千七百六十六两，折省平〢〣宝五千七百五十四两；库平银三百两，申省平三百另六两；本洋三千八百二十八元；英洋二百十三元，〡〧〨折省平〢〨银一百四十四两四钱一分四厘；足钱二千五百九十六千二百七十文。

支款：

一、支潜山县赈洋九千九百六十五元、足钱一千九百六十二千文，每大口给足钱一千二百文，小口减半。钱洋配放，洋价每元通足一千二百文，计放大口八千三百二十七口，小口六千五百四十六口。

一、支太湖县银河、深村、南庄、杨胜四保赈洋二千另十元，每大口给钱一千二百文，小口减半。计放大口一千三百五十九口，小口一千三百另二口。

一、支太湖县无忧等三十保赈洋七千八百四十一元、足钱二千另另四千四百文。每大口给钱八百文，小口减半。计放大口一万零二百九十八口，小口七千九百三十八口。

一、支津贴太湖县花园保翟公堤溃口修筑洋四百六十二元。

一、支英山县赈洋六千八百七十四元、足钱四千七百三十五千二百文。每大口给钱一千二百文，小口减半。计放大口八千零四十七口，小口五千五百四十六口。

一、支望江县赈洋七千八百六十一元、足钱一千五百九十五千二百文。每大口给钱八百文，小口减半。计放大口一万一千三百六十二口，小口四千八百四十七口。

一、支怀宁县太湖金鸡四保赈洋一万元、钱二千二伯七十七千五百文。每大口给钱一千文，小口减半。计放大口九千六百七十九口，小口九千一百九十七口。

一、支怀宁县蔴湖、杨林、新窑、太平等二十保赈洋一万五千另十九元、足钱三千六百六十六千四百文。每大口给钱八百文，小口减半。计放大口二万另一百六十口，小口一万三千九百另三口。

一、支津贴怀宁徐家圩、孙家院、姜家小屋、楚王庙溃口修筑足钱二百七十六千文。

共放赈洋六万另另三十二元、钱一万六千五百十六千七百文。除汇来钱洋给散外，净兑洋五万六千二百另四元〧〦〣〩〩〣通扯合银四万二千九百三十九两四钱六分三厘；兑钱一万三千九百二十千另三百三十文〢〩〧〡三，通扯合银八千七百十五两八钱四分。除支仍存足纹银七百九十九两一钱一分一厘，移交周观察裁五为冬赈之用。至费用八百余金，系李辉亭、郑陶斋，毛凤音同人自备，不在赈款内开支。

收解协助赈款江浙绅士禀报收解皖苏赈款开册呈请详咨备案由

敬禀者：窃上年六月间，绅士等禀报协助皖赈一案，仰蒙宪台详奉督抚宪核咨批示，嗣以苏属各沙被水，又蒙谕发上下两江士子场食捐款，饬令分济各在案。计自八年六月起十二月止，除沪扬公所经收皖苏各捐，镇江公所经收沙捐，苏州公所六月分以前经收江北海堤捐，另行具报外，绅士等共收皖赈银洋钱衣合共漕平银四万九千四百四十四两四钱九分六厘，共收苏赈银洋钱衣合共漕平银一万一千另五十五两四钱三分九厘五毫，共解皖赈合漕平银四万九千四百四十四两四钱九分六厘，共解沙赈合漕平银六千四百十三两六钱二分八厘，共解江北海堤工赈合漕平银四千六百四十一两八钱一分一厘五毫。收解两讫。除已将捐户细数刊登《申报》，并候编录征信外，理合开具简明总数清册，恭呈宪台察核。此项捐款，系由本省及皖浙各省隐名善士数千人零星捐助，由各处官绅士商数百人零星劝募，由善堂局所会馆十数处经收，汇交绅士等代解。输捐者情殷任恤，自非近名，募收者绩著善劳，不求奖叙，然荷旌扬之下逮，亦足激劝于来兹。至若绅士等乞邻非直，成事因人，勉承父老之殷勤，势难诿卸，观感朝廷之德泽，情切奋兴，遂忘逾分违道之嫌，为此掠美市恩之举，扪心清夜，疚歉滋深，贪功不祥，矜全自上。此案如蒙宪恩详请奏咨，可否将此项赈款声明由江浙官绅士商公同捐募收解，免及职名，以符实事。感荷德施，益无既极。肃禀恭叩福安，伏乞崇鉴。

计呈清册一本。

谨将光绪八年六月分起十二月分止收解赈捐总数，开具清册，恭呈鉴核。计开：

收款项下：

一、收苏州桃坞公寓、督销局、盐公堂、靛业公所、且安堂，常州慎思堂、典钱公帐房、承荫堂，松江辅德堂，昆山正心局，震泽保赤局，无锡知仁庄、善材局，常熟凝善堂，黎里众善堂，沐阳从善堂，绅士桂蔚章、沈益清、沈翊清、张炳焘、林越声、谢庭芝、杨承煜经收：藩库发款库平银六百七十一两九钱五分；元魁会捐洋一万二千五百另一元；核奖加捐库平银四千七百三十九两四钱；苏字册捐漕平银二百六十二两三钱四分，宝银七百十二两四钱五分，湘平银一百两，钱一千四百十四千四百四十六文，洋二万七千四百七十七元八角八分七厘，对开洋四十七个，四开洋六十三个，八开洋五个，十二开洋一个，棉衣八千另五十件；沙字册捐宝银一两零三分，钱八千四百另五文，洋一千一百二十四元五角，八开洋二个；墩字册捐洋三百五十六元；衣字册捐洋七百十一元，钱四百六十五文。

一、收镇江电报局严绅宗俊、徐绅坦、王绅希间经收。镇字册捐宝银四千四百七十四两三钱六分九厘九毫，洋一千五百十五元七角，钱二百二十四千七百五十六文，棉衣五百件。

一、收清江电报局陈绅同源经收。清字册捐宝银六百六十五两一钱一分，洋二千七百三十二元九角二分五厘，钱三十八千文。

一、收江宁公寓吴绅振宗、胡绅槐封、张绅孜彝、江绅联葑、丁绅翰清经收。宁字册捐宝银一百十七两八钱六分，钱四十二千九百四十一文，洋七百另二元，对开洋六个，四开洋三个，八开洋三个。

一、收扬州王绅瀛、张绅醴泉、项绅兆廖、项绅兆骧经收。刊字册捐宝银三两九钱五分，钱五十三千文，洋八百另三元九角，对开洋三个，四开洋二个。

一、收苏州、安徽会馆、徽州会馆、上海徽宁会馆各绅经收。皖字册捐规银二百十两，宝银八两一钱八分三厘，洋七千二百八十七元三角，钱一千七百五十文。

一、收杭州同善堂、南浔育婴堂、湖州仁济堂、嘉兴同仁堂、浙省官绅经收。浙字册捐钱六千三百八十五文，洋五千三百廿二元三角五分，对开洋四个。

一、收直隶费绅善庆、王绅祖斌、王绅炽昌，河南张绅骏、李绅标凤，江西朱绅宝常、何绅其坦，湖北任绅庆熙经收。外字册捐漕平银一千六百三十六两六钱，宝银一百六十二两，规银八十二两五钱二分，洋四百七十九元。

以上共收漕平银一千八百九十八两九钱四分；库平银五千四百一十一两三钱五分，申见漕平银五千五百一十五两一钱另三厘；宝银六千一百四十四两九钱五分二厘九毫，折见漕平银六千一百另四两九钱八分三厘；湘平银一百两，折见漕平银九十七两八钱六分；规银二百九十二两五钱二分，折见漕平银二百七十两零九钱二分五厘；钱一千七百九十千另一百四十八文，换见漕平银一千另七十九两六钱二分四厘；洋六万一千另十三元五角六分二厘，换见漕平银四万一千二百三十一两八钱三分四厘五毫；对开六十个，四开六十八个，八开十个，十二开一个，换见漕平银二十五两六钱六分六厘；棉衣八千五百五十件，约核漕平银四千二百七十五两。统计漕平银六万另四百九十九两九钱三分五厘五毫。

解款项下：

一、支解皖赈周绅金章经放规银二万两、棉衣五千五百件，严绅作霖经放宝银五千两、规银二万五千两。折见苏漕平银四万九千四百四十四两四钱九分六厘。

一、支解沙洲赈镇江柳绅听经放洋二千九百元、棉衣一千件，常州刘绅翊宸经放洋一千五百元，孟河保婴局经放棉衣五百五十件，江阴潘绅二江经放洋六百元、棉衣一千五百件，常熟袁绅子鹏经放洋一千一百另一元、钱三百八十五文，苏州杨乾丰经办棉衣洋一千一百元。折见苏漕平银六千四百十三两六钱二分八里。

一、支解海堤工赈严绅作霖经办宝银四千六百五十六两一钱三分另四毫。折见苏漕平银四千六百四十一两八钱一分一厘五毫。

以上共解宝银九千六百五十六两一钱三分另四毫，折见漕平银九千六百二十三两七钱九分一厘五毫；规银四万五千两，折见漕平银四万一千七百十二两五钱一分六厘；洋七千二百零一元，折见漕平银四千八百八十八两三钱九分三厘；钱三百八十五文，折见漕平银二钱三分五厘；棉衣八千五百五十件，约核漕平银四千二百七十五两。统计漕平银六万另四百九十九两九钱三分五厘五毫，照收数合符。

再，另收拆息平余洋水共漕平银二百七十六两二钱五分七厘六毫，共支废票、废筹、纸笔册单、刻告启、寄电报、付信洋力漕平银二百五十七两四钱九分三厘六毫，实存漕平银十八两七钱六分四厘，备刻征信录。

细　数*

禀稿所载各收款均系总数分，应将捐户细数再行详细刊列。兹因经费不敷，且捐户细数早经列入《申报》，似亦无容再列。特将逐次登报之数列后，庶可一览而知。惟元魁会款，仍将姓名详列于后。

新　收

一、收六月上旬捐（细户见八年六月十四日《申报》）洋五百四十四元。

一、收六月中旬捐（细户见六月廿五日《申报》）漕银一百两、宝银二千三百另六两一钱三分、钱六百三十一千二百六十三文、洋七千三百四十四元五角。

一、收六月下旬捐（细户见七月初四初五初六日《申报》）宝银三十一两另三分、钱二百七十八千七百五十七文、洋六千六百五十八元、对开洋五个、四开洋三十五个。

一、收七月上旬捐（细户见七月十六、十七、十八、十九、二十日《申报》）宝银六十三两一钱、规银二百一十两、钱一百二十七千二百六十六文、洋六千三百十一元八角八分七厘、对开洋十三个、四开洋十一个。

一、收七月中旬捐（细户见七月廿八、廿九日《申报》）漕银四十六两三钱四分、宝银七百四十三两四钱三分、钱二百另七千三百二十文、洋六千九百另二元五角、对开洋四个。

一、收七月下旬捐（细户见八月初十日《申报》）钱一百四十四千五百另四文、洋四千五百另八元三角五分、对开七个。

一、收八月上旬捐（细户见八月十四、十五日《申报》）宝银六十五两九钱六分、钱廿六千四百九十文、洋三千一百五十七元八角、对开洋三个、四开洋三个、八开洋两个、十二开洋一个。

一、收八月中旬捐（细户见八月廿七、九月初二日《申报》）漕银四百七十三两三钱四分、宝银一百三十七两四钱八分三厘、钱三十五千五百廿五文、洋三千四百六十七元八角一分、对开洋十三个、四开洋三个、八开洋三个。

一、收八月下旬捐（细户见九月初七、初九日《申报》）宝银六百另一两另三分、规银八十二两五钱二分、钱一百十七千八百六十五文、洋二千一百五十二元七角、对开洋六个、四开洋四个、八开洋五个。

一、收九月上旬安、苏捐（细户见九月十九日《申报》）漕银十两、宝银二十二两一钱四分、钱九千三百另五文、洋一千六百四十九元另一分五厘、对开洋两个。

一、收九月中旬安、苏捐（细户见九月廿六日《申报》）宝银五十三两另五分、钱一百廿七千三百八十文、洋四百四十一元。

一、收九月下旬安、苏捐（细户见十月十四日《申报》）漕银二百两、湘银一百两、钱一千三百七十文、洋六百七十元、四开洋一个。

一、收十月分安、苏捐（细户见十一月初五日《申报》）漕银三百另六两、钱五十五千四百七十七文、洋一千二百七十五元、对开洋三个、四开洋十个。

一、收十一月分安、苏捐（细户见十二月十二日《申报》）漕银五百三十七两一钱三分、宝银一千四百四十四两五钱九分九厘九毫、钱二十四千七百五十三文、洋一千八百五十五元、对开三个、四开一个。

一、收十二月分安、苏捐（细户见九年正月《申报》）漕银二百二十六两一钱三分、宝银六百七十七两、钱二千八百七十三文、洋一千五百七十五元、对开洋一个。

一、收藩宪谭谕发秋闱士子月饼腿蛋捐库银六百七十一两九钱五分。

一、收元魁会捐九成（后列细数）洋一万二千五百另一元。

一、收核奖各捐生捐（后列细数）库银四千七百三十九两四钱。

一、收杨乾丰捐办（由杨乾丰详细登报）棉衣八千另五十件。

一、收镇江电报局经收棉衣五百件。

共收漕平银一千八百九十八两九钱四分；共收库平银五千四百十一两三钱五分，申见漕平银五千五百一十五两一钱另三厘；共收宝银六千一百四十四两九钱五分二厘九毫，折见漕平银六千一百另四两九钱八分三厘；共收湘银一百两，折见漕平银九十七两八钱六分；共收规银二百九十二两五钱二分，折见漕平银二百七十两另九钱二分五厘；共收钱一千七百九十千另一百四十八文，折见漕平银一千另七十九两六钱二分四厘；共收洋六万一千另十三元五角七分二厘，在□祥宝原庄换见漕平银四万一千二百三十一两八钱三分四厘五毫；共收对开六十
四开六十八个，八开十
十二开一个，换见漕平银二十五两六钱六分六厘；共收棉衣八千五百五十件，约作漕平银四千二百七十五两。

九项共收漕平银六万另四百九十九两九钱三分五厘五毫。（在外福建船政局交到规银一万两，出使日本大臣交到洋五千余元，当托上海公所收解，即归上海报销。）

开　除

一、支解江苏协助皖赈局严君佑之宝银五千两，合漕银四千九百八十一两九钱八分；规银二万五千两，合漕银二万三千一百七十二两八钱七分五厘。

一、支解直隶协助皖赈局周君裁五规银二万两，合漕银一万八千五百三十九两六钱四分一厘；棉衣五千五百件，合漕银二千七百五十两。

一、支解镇江沙洲赈局柳少云诸君洋二千九百元，合漕银一千九百六十九两四钱三分八厘；棉衣一千件，合漕银五百两。

一、支解常州沙洲赈局刘恽姚诸君洋一千五百元，合漕银一千另十七两七钱五分。

一、支解孟河沙洲赈局张游诸君棉衣五百五十件，合漕银二百七十五两。

一、支解江阴沙洲赈局张潘诸君洋六百元，合漕银四百另八两二钱五分；棉衣一千五百件，合漕银七百五十两。

一、支解常熟沙洲赈局袁子鹏诸君洋一千一百另一元，合漕银七百四十四两七钱八分；钱三百八十五文，合漕银二钱三分五厘。

一、支解交杨乾丰经办棉衣洋一千一百元，合漕银七百四十八两一钱七分五厘。

一、支解海堤工赈局严君佑之宝银四千六百五十六两一钱三分另四毫，合漕银四千六百四十一两八钱一分一厘五毫。

共支宝银九千六百五十六两一钱三分另四毫，折见漕平银九千六百二十三两七钱九分一厘五毫；共支规银四万五千两，折见漕平银四万一千七百十二两五钱一分六厘；共支洋七千二百另一元，折见漕平银四千八百八十八两三钱九分三厘；共支钱三百八十五文，折见漕平银二钱三分五厘；共支棉衣八千五百五十件，约作漕平银四千二百七十五两。

五项共支漕平银六万另四百九十九两九钱三分五厘五毫。

公寓收支另款清单

一、收直赈公所留给驳奖捐生公费漕银四百五十一两二钱九分五厘；一、支刻印直赈四省征信录二千本二百部漕银一百三十两另八钱四分九厘八毫。

一、收直赈公所留备刊刻征信录漕银一百另七两六钱六分四厘八毫；一、支直赈留给奖生征信录，余拨存城西借本公所漕银四百五十五两另三分。

一、收直赈公所留赔书画社润笔四十元，作漕银二十六两九钱二分。

以上无存。

一、收皖赈钱庄存利、核奖平余漕银二百七十二两二钱九分二厘六毫；一、支废票废筹捐欠三十一元五角、八百八十八文，合漕银二十八两五钱五分五厘。

一、收江宁公所洋水五元、九百十五文，合漕银三两九钱六分五厘；一、支纸笔册单、刻告白、寄电报费、洋信力漕银二百二十八两九钱三分八厘七毫。

一、收杨乾丰交来余款三百另一元三角七分二厘，合漕银二百另二两八钱二分三厘四毫；一、支拨湖州仁济堂春赈四百元，〈合〉漕银二百六十九两二钱。

一、收尤采记垫漕银一百十五两；一、支拨城西借本公所一百元，〈合〉漕银六十七两二钱。

一、收同和义廿元、王步翁十一元一角、失名廿元存款，合漕银三十四两三钱七分另三毫；一、支刻印皖赈征信录，漕银三十四两五钱五分七厘七毫。

以上无存。

一、收苏收元魁会程仪一成洋一千三百八十九元；一、支元魁会程仪洋一千一百六十元。（内计陈翊清四十元，范奉璋、钟家鼎、朱宝篁、张心镜四各三十元，冯全琮、姚夔、潘志裘、冯保清、钱鸿文、王树敏、国裕、王延材、李振鹏、章际治、冯芳泽、叶长春、何锡骅、吕学端、陈观圻、胡再福、程锡熙、朱鼎吉、杨德炳、曹福元、沈宗汾、沈家灵、陈禹九、张颉辅、季保康、沈保宜、陆春官、冯熙、许钰、彭泰士、王道怡、吴曾瀛、陶忠讷、邹守仁、张均、周承曾、徐莳咸、杨福玮、何棫、胡毓麒、胡绍曾、胡炜、贺欣、吴廷华四十四位各二十元，李宠圭、吴巨济二君各十五元，王荣商、薛葆梿、陈德培、林长清、陆凤仪、孙锡恩、查光熙、吴日芳、陶玉珂九位各十元。）

一、收沪收元魁会程仪一成洋一百另三元；

一、支上海经付程仪洋一百八十元。（内计福建郑孝胥四十元，顺天文廷式、广东盛文英二位各三十元，顺天志钧、湖北陈平礼、湖南何维栋、福建杜翰生四位各二十元。）

以上存洋一百五十二元。（留备补付程仪。如有盈余，再拨城西借本公所）。

兑换钱洋细数

六月初九日至八月三十日止：

肇祥换洋四万一千另四十七元五角四分七厘，换入漕银二万七千七百五十二两二钱四分七厘（扯六七六一）。

又换钱一千五百六十八千九百九十文，换入漕银九百四十四两四钱三分五厘（扯一六六一三）。

九、十月份：

肇祥换洋四千另三十五元另一分五厘，换入漕银二千七百二十三两五钱一分一厘（扯六七四九六九）。

又换钱一百九十三千五百三十二文，换入漕银一百十七两七钱九分四厘（扯一六四二九六）。

十一月分：

宝源换洋一千八百五十五元，换入漕银一千二百五十六两另四分（扯六七七一一）。

又换钱二十四千七百五十三文，换入漕银十五两六钱一分五厘（扯一五八五二）。

十二月分：

各庄换洋一千五百七十五元，换入漕银一千另六十一两四钱九分九厘五毫（扯六七三九七）。

又换钱二千八百七拾三文，换入漕银一两七钱八分（扯一六一四）。

共洋六万一千另十三元五角六分二厘，换见漕银四万一千二百三十一两八钱三分四厘五毫。

共钱一千七百九十千另一百四十八文，换见漕银一千另七十九两六钱二分四厘。

元魁题名录

江宁：王学焕　杨道生　周甘来　胡光煜　王道生　蔡敦复　柏宝珠　黄长泰　陆春官⊕　陈作仪　翁长森　汪启瑞　张传仁　王禧生　傅鑫　胡恩培　高琳 方培容　石永熙 董绍文

上元：宗彭年　宗舜年　杨瑞生　华黉英　许焯　端木保昌　丁起麟　司马涛　华黉英　柏长华　李经文 李青

句容：　杨世盛

溧水：郑骧　郜宝书 郜宝钧　六合：孙锡恩⊕

苏州：盛蓉第　张福辰　沈鑫　彭泰士⊕　彭清士　王炳常　鲍焕文　吴懋仁　叶昌第　归铭书　张守谦　金鹤春　宗汝成　季逢盛　王恩立　王希玉　秦乃煦　徐鋆　广平　王希梅　张颉辅⊕　谭友舟　曾大章　周龙章 吴念椿　曹蓉镜 蒋炳章　朱鼎元 朱兆霖　潘修谷

吴县：王炽昌　潘志恂　尤先庚　王乃赓　李祖荣　李祖荣　陶治元⊕　蒋怡芳　曹福元⊕　吴君　吴仁儁　吴曾瀛⊕　吴联庆　陶承潞　华尚树　盛钧　范檠照　叶承宝　郑思齐　郑言旦　沈恩膏　程尔昌　彭凤标　龚清铬　李振鹏⊕　潘祖谦　王炽昌　龚清铬　吴传福　叶昌俊　吴笏庆　吴笏庆 薄礼崇　冯世澂 冯世澂　潘志裘⊕ 潘志裘　陈世标

长洲：汪元溥　邹福佩　魏兆熊　潘廷棕　陶忠讷⊕　潘承印　金清藻　张是保　龚鸿荃　王朝昌　王之骏　徐家修　许乃奎　朱凤祥　谢琇　吴宪曾 吴宪曾

元和：沈根源　沈浚源　蒋毓檠　蒋颐　陶惟增　江锺祥　丁有常　袁开骢　张是茂　张一麐⊕　方瑞森　李经治　赵宗麟　江衡　孙兆栋　杨希春　谈庆祥　丁有祥　管礼耕　陆文政　金承烈　汪凤瀛⊕　张坚　陈世培　金秉炜 金秉炜　王尔宜 王同愈　陶维坦 陈玉祥　陈世垣 金文樑

昆山：俞承麟　王德祥

新阳：邵锺骏　俞庆麟　李传治　程祖伊　陆鸿仪

常熟：曾宝章　嵇芝孙　嵇鹤龄　陆震福⊕　张宝森　王毓荪　徐珍　丁大澄　周之干　范申禄　庞鸿湛　童兆颐　丁学义　卫若金　屈炳铨 王伊　陈鸣凤　赵仲举　杨同棉　金鹤龄　钱庆琛　汪朝勋　张锺瑾　薛佩檠 屈敦培　鲍文奎 沈同寿　季保康⊕　沈规　平成　庞鸿恩　宗汝刚　姚锡骅　翁熙孙　翁熙孙　季和钧　钱宗翔　蔡君弼

昭文：严镇寰　赵仲纯⊕　曾经文　丁学恭　冯华奎　马宗来 邵赓飏　王庆蓉　叶寿彭　陈怀庭　郑荣缵　俞锺颖　沈矩　王楙旦　归同　丁恩耀　殷崇文

吴江：金彤杲　殷文谟　金曾煌　钱谦吉　汝青藻 王家桂　金祖泽　钱萃吉　钱谦吉　张锡祥　陆延桢　袁承诏

震泽：徐聿修　沈宗汾⊕　徐元之　吴焜森　朱世杰　张世荣　张应奎　吴荣桂　费善庆　萧福源　沈宝森　沈乃煜

太仓：沈乃芳　武麟仁　武翰铭　沈兰征　龚厚鋆　洪炳彝　冯如衡　项兆荣　钱溯耆　周恩锡　陆祖亮　徐乃枏　陈宝书　陈宝鑫 陈宝墀　王世熙　朱廷相　戴仁灿　陈震 蒋升吉

镇洋：杨宝森　蒋汝坊　周国铨　张培堉　王彬彦　汪承望　汪曾怀　徐元铸　陈家瑞　缪朝荃 汪曾植　汪曾霈 赵祖芬　杨宝森 陆景祺　顾鹤年

崇明：童㬉　冯芳泽㊉

嘉定：朱惟琛　诸惟钧　夏曰瑔　吴宗濂　李镜熙　陈楠　王承熙　葛存恕

宝山：董惟荣　李书孙　陆焜　程上选　黄观保　黄观保　徐树屏　张祖寅　陈观圻㊉ 陈观圻　张洲

松江：周式任　顾泽尧　郭庆培　雷补同　胡锡祺　耿贽　周绍彝　颜惟清　金赉弼　金润 龚其森　陶元石　杨士彬　甘调鼎　项文瑞　龚其镐 龚其镐　徐福璋　秦赞尧

华亭：杨晋康　胡公藩　耿葆清　耿葆澂　耿善勷　耿子翱　姚锡瓒　陈鼎常　唐鸣凤　沈惟贤　吴如刚　唐曾钊 朱昌鼎　朱鼎亨　唐曾镳 唐曾镳

娄：沈庆安　张联奎　陆鸿飞　李文澜　余汝淦　陆鸿磐　沈芸　叶桂芬　王廷材㊉　朱德渊　黄应龙

金山：丁梦松　徐谦光　褚梦圭　俞秉钧　高焯　俞骥超 钱润道　吴履刚　陈国桢　陆惟崧　钱润功

上海：赵廷澂　曹骠　郭庆飏　王照善　赵增恪　赵光垣　冯纯寿　陈德基　张桢　杨德炳㊉　张增祥　曹基镜　莫锡纶　杨振录　汪锡曾　姚文枏　何瑾　张瑞南 徐骏　干长华　葛士清　桑芬　杨起泰　朱树滋　曹锺澯　徐颂增

南汇：王保衡　王应钧　李怀瑾　张尚纯　朱昌鼐　杨嘉焕　陶元斗　姚观光　陈世珍　顾忠宣　王保厘　谢起凤　顾祖基　奚培基　王家铨　潘其慧　张志瀛　王保沂　倪湛恩

青浦：徐士骏　黄恩煦　蒋运升　蔡承熙　蔡承飞　陆世沣　金福嘉　徐昌照　熊善诒　陆世湘　汪锡涛　夏承曜　张心镜魁　王承熙

常州：王传锡　许时行　徐泰臣　吕景端㊉　徐之干　汪炳章　俞廷赓　王元锡 周廉锷　龚志良　刘毓麟　侯士珏　金兆鼎

武进：沈保宜　费念慈　又　又　又　又　杨葆孙　又　盛昌颐　潘保祥　张镜濂　谢彭发　刘大镛　刘棫林　刘瀚　刘学城　管乐　汪道贻㊉　董恩黼　董恩黻　韩廷标　汪应铉　季桂芬　邹焕　张兆驹　刘葆仁　丁同绍　薛绍元　张兆麟 朱兆纶　史致诒 刘持义　汤鞠荣

阳湖：董若洵　郑定国　吴凤翙　陈廷儒　龚大炤　芮继宗　庄嘉淦　管元善　刘康来　史悠瑞　吴亮熙　刘宗藩　赵翼清 吕德骥

无锡：王世忠　唐锡晋　唐浩镇　唐熙镇　孙学烈　胡丽荣　李镇华　潘锦　潘继烈　秦树锽　严尔熙　周午炎　孙祖烈　刘杓　孙维岳　侯家凤　糜本一　胡再福㊉　顾云麟 吴廷桢　唐锡晋　余其德 侯家凤　顾庆礽　陈家书

金匮：裘松龄　华备诚　唐永镇　钱兆镜　陶世凤　章镕　章钧　杨达源　王传鐂　赵振镛　王传钊　华锡章　华世芳　华秉钧　华国材　王宗蕃 安泰来　许珏㊉　程世勋　孙思敬

侯秉钧 张均㊥ 姚起凤 章清川 季国标 范镜堂 范廷铨 杨镜清 钱熙元 华国章 杨殿奎 徐福庚

江阴：章际治 章锺祐 张福臻 郭祖庚 吴彬

宜兴：任光奇 崔克顺 任德迈 又 又 任德邻 又 又 杨赞襄 杨柏如

荆溪：汪承祖 任乃棻 程肇基 路方增 李光熙

镇江：魏龙常 李锡奎 曹学诗 吴佑曾 徐际云 李大庚 高有恒 朱景祺

京口驻防：国裕㊥

丹徒：陈扬铭 许康生 张恩书 戴以珣 刘成恕 柳泰元 何邦均 蔡庆澄 吴诵清 张孔镕 赵酉彝 李寿铨 吴诵清

丹阳：张瑞图 王承荫 於益敬 束树功 吉城 周承曾㊥ 周承曾

金坛：虞金绶 段维桂 冯熙㊥ 冯士俊

溧阳：程云骧 强汝谔 强敦信 强敦任 彭君振 杨泰选 曹善臻

淮安：成俊生 郑其爕

扬州：朱芝生 曹说霖 徐景谦

江都：王肇鼎 凌鸿寿 王廷俊 石念祖 李锺豫 于崇庆 张燠

甘泉：王瀛 丁光烺 周锺琦 徐慈辉 曹傅霖 曹用霖 戴起芬

仪征：吴兆松 吴丙湘 晏振祜 卞绪昌 张允凯 罗亨保 吴筠孙 陈昌圻 田信詹嗣英 晏宗慈

宝应：张醴泉 刘启辉 朱荃生

高邮：张麟玉

通州：吴德成 吴丁旺 沈来宽

铜山：张祖启

安徽：庆锡庚

安庆：张维章

桐城：阮强 黄奎璧 姚永构

太湖：李彬

宿松：许凤苏 贺欣㊥

望江：何声灏 何声坦

徽州：戴广煜 胡宣铎 程执中 余会生

歙：汪受谷 方宝铨 程锦龢 程堂怡 程锦粤 巴澂鉴 汪镳 吴效英 鲍国桢 鲍钧 鲍国琛

休宁：戴福庚 又 戴维楷 戴维金 杨亶 洪烜 方家驺 吴义遵 程仁锐 余德年

婺源：汪之谦

祁门：汪光烈

黟县：程锡熙㊥ 李英元 江有声 朱龙翔 程守龢 胡嘉镜

绩溪：朱典　章耀德　胡良驹

宁国：吴文超

泾县：潘奏棠　吴焜　朱普扬　朱普樑　吴朝昌　朱官保　朱官浚　胡桢　赵鼎臣　吴清华

旌德：汪玉树　江联葑　江瀚瀛　江荫先　江静斋　江肇丰　江佐清　吕爵廷　吕翰芬　任文翰

太平：孙孚贞　陈之镕　陈飞凤　王昭灋

庐州：虞恩海

合肥：王南金　张云森　张士瑜　蔡家炘

无为：倪钊　丁翰清

凤阳：柳汝藩

全椒：盛元良　吴谦吉　薛葆楹　江彭龄　薛葆桂㊙　薛葆楹　王作楷

和州：范大杰㊉　范大舄

盱眙：秦其增

天长：崇家泰　娄传琦　娄传瑶　宣茗发

杭州：朱谦　无姓名　不留名　钱君　孙逢盛　许兰　连文鉴　朱宝籍　胡上襄　陈树滋　朱承经　樊恭寿　顾浚　黄锡均　王茀堂　王标钰　盛协寅　陈观潮　周桓　钟家鼐㊙　戴兆登　吴福英　陈绶藻　查振采　沈尔桢　俞继曾　叶铼　黄切　王鼎祺　俞承启　汪恩黼　夏洪熙　王大同　严曾铨　崔文澜　鲍存谱　高家令　宋元熙　何敬钊　朱增荣　孙国钧　孙以铼　程良驭

钱塘：陈增第　吴有伦　项兆廛　项兆骧　吴寿臧　王以宾　万祖荫　又　黄煜　张宗义　雷士镛　胡镇　管仪　鲍德麟　戴果恒　陈昌言　沈元佐　张宗德　廖思涌　虞仰南　孙礼润　陈绶来　叶德堉　许邦治　黄煜　程承濂　朱汝渭　吴纬炳　李嘉禧　许之晋　沈邦达　程兆嘉　朱继昌　孔继铭　吴善埴　周锡龄　徐清镇　孔继昌　王庆霖　夏维祖　夏绍祖　夏绳祖　许之骏　姚丙奎　江槐庭　高家丞　孙嵩年　陈光涵　陈光涵　陆凤仪㊉

仁和：陈增奎　许昌儒　王寿樾　吴昌绶　朱节禄　朱丙元　高尔夔　陈凤仪　黄懋桂　严曾鉴　朱光泰　方严　孙存祜　吴昌绶　王光凝　许昌儒　魏本正　王焕章　劳敬典　张廷彦　唐亿年　张继祖　唐颐年　顾浩　冯登瀛　卫梓材　汤毓林　吴善恭　吴金绶　徐琮　吴吉昌　徐杲东　许志儒　胡肇封　潘钠　程克振　王焕章　李麟　许承宗　张渠贤　魏本正　周天锡　吴寿臧　吴寿臧　钱中青　许之荣　许之荣　叶曾藩　孙祥麟　张念畴　郑文藻　徐承敬　高辛元　高鹏年　张承绂　金瑞　金春霖　唐华年　何振声　俞秉钧　俞以湘　杨一鹏　徐承敬　王栋　王栋

海宁：钟钰　葛楙萱　冯德芬　朱学普　张姚镛　朱宝瑗　於崇光　马夔清　许均诗　钱汉章　查燕绪　朱旋元　钱蔚　李淮澄　马孝崴　朱宝篪　吴树年　徐谟　马礼和　朱宝篁㊙　姚缵崇　虞振谦

朱承绶　朱宗陶　陆秉钧　蒋佐尧 张宝荣　胡翰城　朱廷勋　杨锡孙 查亮采　朱昌燕　陈无名　卜其昌 朱学晭　马征　倪钟祥　许开第 沈清藻　查光熙㊥ 马光熊　李楙樊 朱世英

富阳：黄言讱　李宴春 吴垌　管秉璋 徐春熙

余杭：王毓岱　章炳森　孙树义　黄履贞　孙树仁 孙树礼　孙树声　姚吉士　褚成书

嘉兴：陈福昌　何绍桢　陈文钟　陆仁基　高抡元　徐之檝　王维榕　卢学纶　王炳尧　沈宣　方庆熊　郑之良　沈谷亨　谢昌言　张文镛　石芳保　张赓墀　钱骏祥　钱培仁　沈文焕 马祖培　黄景常　吴廷华㊥

秀水：葛文濂　陈绪昌　李世楷　王树敏㊥　沈进忠　沈进贤　王泽圻　陈绪贤　朱浩 王群鹤　王齐凤 朱廷元　金鼎元　沈成章　沈卫　沈琮宝　沈缵 沈桓　陈宝治　沈镇 陶玉珂㊥

嘉善：钱鸿文㊥　夏之森　李秉铨　程兼善　曹骏良　钱明训　钱盛元　周士鋆　杭导洙　沈星梅　陆壬林

海盐：朱寿琦　富光祖　富光年　富寿鸿　张本诚　张本固　仇廷泰　顾拱辰　吾玉墀　徐士瀛　徐士澜　徐士均　戴陈畴　徐士澜　许庆尧　张高瀛 任贤

石门：范奉璋(魁)　陈彭寿　李兆祥　蔡世绥　陈宝善　金有伦　汪宝良　吴恭谦　马昭祥　钟可棻　吴敦德　马昭寿　丁邦柱　吴宝卿　屈元曦 汪宝寅　徐多绶　钱王琛　胡绍洙　蔡世绥　吴宝卿　胡钰 程宝谦

平湖：屈承栻　沈益清　陈鸿儒　沈颂清　顾志坚　孙桂芬　何锡骅㊥　高冠英　朱之模　李绪曾　刘凤清　朱之樾　孙宝钧　许文熙　吴惟遵　徐惟钰　葛金铭　崔鳌城　张家驹　陆大勋　施丙常　张培元　冯以钧　冯敬熙　葛嗣浵　陆象贤　朱鼎吉㊥　戴锡泰　朱组绶　陈鸿绪　俞金鼎 王积沄　黄景泰　徐凤瀛　王积浩　屈世华 顾鸿升

桐乡：严开元　蔡廷杰 金檍　严锦　严文藻　都守仁㊥　张应桂　谢承烈 朱文潮　徐之檠　程伊瀚　吴恩基　商时康　陆荣霖 陆荣勋　沈善发　管新垣　褚善基　周善元 濮传薪　毕云粹　毕元粹　沈善成　沈善丰　陈文瑛　夏书绅　夏恩纶　郑文升　郑俊章　沈壬林　沈恩培　徐之椿 沈伯荣　朱元勋 卢福基　姚以荣 曹钦安　曹钦荣 钟宝焜　徐焕纶 胡以堃　王徐芬 沈善明　周云 孔宪绳　周善敦 蔡宝兴　孙光照 岳顺铨　钟麟祥 江秉铨　钟宝书 周积兰　刘既潮 沈善祥

湖州：钱江朝　钮家渊　何烺熙　赵炳藜　胡惟德　胡国璠　沈祖桐　李翔墀　高其勋　闵祖瀛　郑宜辂　钱锦标　丁乃昌　徐师锡 蒋锡纶

乌程：沈俊　纪支第　陆熊祥　张宝善　庞元济　沈鸿藻　刘安澜　刘安江　梅福墉　温鼎　韩焜　钮承聪　姚炳熊　李光霁　闵烺南　李廷赓　邱炳垣　许潮生　闵锦澜　王斯沅　纪丰第　徐麟年　张拱辰　杨开第　冯尔卓　包延祜　陈廷锡　潘乃煌　许乃铨　黄钟　邱占魁　董峄 吴福熙　沈兰征 闵岵生　严文辉 冯尔铭

归安：沈燮源　沈赓笙　慎福环　高其勋　庞正庄　吴镕史　宋兆蓉　程际泰　吴翊周　任锡庸　沈际汉　何福同 孙官钧　陆长源　沈培基　王成孚　周凤锵　慎凤环　沈绍周　沈瑞琳　费玉龠　吴彬　邱钟洛　严文辉 吴铭史　闵熙　沈步云　孙士英　俞介臣　章春来　丁尔

耆　张为杞　沈家霦㊥　董鼎鸿 汤敬照

长兴：朱钟沂　费谦　胡长龄　徐引清　臧毓麒

德清：高振垣　程光仪　又　胡毓骥　沈炳泰　沈汝燮　蔡联采　胡毓骐 蔡锡熙　徐承禄 许炳林

安吉：潘琳书

宁波：洪绪薪　洪圣沐　袁本乔　袁尧年　郑德璜　郑德珪　胡锡祺　华启楙　王齐贤　王组瑛　任炳奎 庄祖佑　谢桢德 史祖寿　徐锡棠 林舒翘　王诚如 郑崇楷　俞寅楙 张宪镕　王锦标　费德宗　范彭寿　张鹏翼

鄞县：陈廷许　徐崇照 张家驯　屠仿规　励鸿仪　屠怀堂 陈廷许　胡振新　董启南　吴大瀛 杜瑞檪　沈霖严　毛震　沈洽 杜文蔚　阮燮　胡飞鹏　邵承禧 柴维洵　章汾　林景绶　励振骧　董震南　包镕 汪崇赓　吕庆熊　毛镜江　倪芳 楼昌运　夏启瑜　林景绶　冯大观 王显承　励振骧　洪晋祚　王正诒 张济棠　李炳孚　赵毓琪　王寿祺 潘成熙　何燮光　张绍程 马裕藩　陈德垣　王祚封 张家骢　翁燮　马培瀛　卢光增 屠继美　张性存　沈国桢 忻鸣盛　戴同寿 李采沣　范绍芳　章灏 毛彦　李景祥　陈德培㊥ 施有成　王审度 缪廷翻　童开　胡际运 曾桂芳　华启楙　忻继述 王彬　朱昌堂 汤崇焕　孙觐宸　沈昌渭 袁彭年　曾桂芳　马裕藩 卢云鹏　王国鼎 唐经浚　黄德照　李宠圭㊟ 郭应年　张鹏翼 秦翰　郭承志 张美翊　王正诒 黄家馨　陈熙亮 黄德照　马士衡 陆学潮　陈祖康

慈溪：胡宝善　徐彭全 冯绍勤　王恭寿　张禾芬　冯保燮　冯保清㊥　杨鲁曾 邵嗣康　冯宜章　林颐山　徐行悌　徐行忱　徐行忱　冯惟一　洪绍功　费丕杨　沈廉　费景诗　方景云　魏启万　冯全琮㊥　冯全瑛　冯全珩　童冠偕　陈康瑞　何其枚　陈翊清㊀　俞鸿楙　裘誉骏　沈兆奎　叶长春㊥　赵家芬　费丕扬 时启新　费沅 费棠　葛向廷　洪日涝㊥ 郑福椿　冯家菁　郑显声 陆文铨　董丕钦　王定祥 王清瑞　秦谦德　董佐宸　盛景黻　杨普薰　宓起涛　向维垣 冯镜清　凌师夔　陈锦棠

奉化：丁国昌　王镛

镇海：周章　吴晋祥　林炳蔚　王炳奎　顾怀征　顾廷燮　邵永沾 林长清㊥　傅维川 陈仁川　沙树勋　沙际清　王荣商㊥ 庄振英　陈巨纲　李藩　胡秉彝　向树椿　任锡汝

绍兴：吴曦升　又　徐谔臣　陈常夏　王保泰　胡毓麒㊥　杨福璋㊥　范光藻　朱赞元　刘邦杰　李庆慈　傅鸣珂　许福桢　杜用康　钮寅亮　沈祖燕

山阴：周炳琦　顾庆誉　薛宝临　姚树勋 郁汝骏　徐逵臣　谢锡申　徐文翰　韩寿澧 姚骏镳　许襄　胡炜㊥　何镛　寿恩荣　许福枢　寿恩培　姚镛 褚纶曾　吴国柱　何楙㊥　王希曾　缪祥桢　徐成锷　王会图　陈连 王锡琳　姚锷　姚城　叶璠　陆寿昌 陈沂洙　许尧栋　葛恩庆 何浚　朱庆纲　褚继曾　徐澍咸㊥　姜祖勋　骆长春　何光烈　赵振麟　陈陔　胡绍曾㊥　俞锡庆　朱文祖　俞庆瓒　谢冠俊　俞庆恒　徐逵臣

会稽：王继臬　俞荫森　俞荫樾　邵联桂　马惟淇　鲍诚圭　王世燿　范寅　陈善溥 姜秉钧　徐友兰　王晋蕃 姚恭尧　姜葆初　陈金锽　施家彬　李从龙　许庆骐　胡礼谦　朱启淦　陈锡祜　孙思庄　冯俊 金昌寿

萧山：韩焌煌　姚夔㊥　何祖良 陈晋藩　何观澜　单恩培 沈炳堃　汤学彭　韩毓瑞　陈光虞

范云 胡赓扬　倪士義 沈祖荣　倪允襄 □

诸暨：楼观　陈禹九㊥

嵊县：蔡祖彝　邢寿清　陈藩　钱恺伦 钱琣伦　钱钟岳 □

新昌：陈谟　吴巨函　吴巨浚㊥

余姚：胡昌济　何庆麐㊥　施继常　韩桢　曹云章 曹玉渠　娄荣绪 □

上虞：经有常　王荩臣　顾元礼　许学湖 □

临海：项炳珩

黄岩：于益谦 □

天台：黄寿昌

金华：张琰　应藻章 李国柽　程光霁 □

兰溪：陆光照 章烈　柳咸韶　严炳森　王永森　王寅森　严济宽　吴演纶　祝绍藻　唐受谦　唐兆莼　徐晋三　郭箱传　郑品珍　徐仁霖　徐燮垣　严荣炤　柳丰焘　方凤鸣　严鸿藻　柳丰本 刘焜　邓志铭　章霦　徐联芳 王文熙　汪朝铨

东阳：吴品珩㊥ □

汤溪：姜鼎炎

衢州：王序兰

西安：汪庆祥　又　周世滋 范登保　罗道权　叶如金 □

龙游：余跃龙 □

江山：郑桐年

严州：余秉德

建德：胡诒翼 □

遂安：余锡年

瑞安：黄绍第　孙诒绩　王德音 □

云南：张善继

以上大字正写者为全会，小字侧写者为半会。全会一千一百八十人，各捐募赈洋九元，半会四百十八人，各捐募赈洋四元五角，两共洋一万二千五百另一元。

奖 捐 细 数

林英荣三百四十五两六钱。汤嗣衔二百七十三两六钱。吴振宗二百四十两。汤嗣衔二百廿两另八钱。冯增禄、李洪春两户，各一百六十八两。李企晟一百四十八两八钱。朱鉴章九十六两。陈羲源九十两。汪翰章六十四两八钱。陈羲源六十一两二钱。王炽昌五十七两六钱。万叶封、徐坤、钱均韶、许敦祺、侯士琮五户，各四十八两。张朝桢、洪景敏、刘国忠三户，各四十五两六钱。周光翼、刘培钧、陈玉翔、李企晟四户，各四十三两二钱。王炳南四十二两。方春源、柯荣、朱宗胜、余淦、殷廷澍、沈翊清、张文煃、王镐、顾文炳、余淦、邵永年、李洪春、王善殊十三户，各三十六两。王之杰三十四两八钱。王廷燮、陈武、陈韬、孟昭芸、林必成五户，各三十三两六钱。宋桂馥三十一两二钱。薛坤二十七两六钱。严宗浚、殷朝瑛、周名廷、陈镐、王开运、张庆辰、潘缃芬、曾炳章、胡惟照、李企晟、张赞襄、李企晟、王炳南十三户，各廿四两。许清熙廿一两六钱。郑嘉瀚十四两四钱。杨泰溥、邱清衢两户，各十二两。蓝祥麒、贾泺、蒋德容、张澍深、曹锦树、冯正才、刘国良、蓝祥麟、王际荣、华忠尽、邹宝荣、柯莹、黄家环、陶绍业、汪文熙、胡朝儁、李观澜、金升玙、赵朗、张汉松、任士良、高永基、高永坤、张茂堂、诸国森、孙懋官、邹榛、陈厚达、张广煜、华承綍、华承纬、高国均、顾宜令、余淦、蓝国龄、陈汝魁、徐克敬、贾兆熊、倪兆奎、华鸿藻、华亲仁、阙增培、杨恩奎、丁尧承、徐克仁、任永观、刘汉如、罗儒岩、罗汝珍、江云俦、金忠甸、汪思义、林霁、胡凤山、陈永保、胡洪沂、胡洪涛、张霖椿、郑廷煌、张礼昌、陈立纲、常显嘉、华祥旭、吴清翰、龙如松、戴钟禄、纪承基、李垚永、崔彩龄、黄春和、张崇诗、王开运、张德增、高有观、周光翼、张振熙、李企晟、茅虎年、茅松年、徐连辉、王樑、王开柄、朱绂、朱霖、朱晋文、朱铨、张赞襄、王步瀛、张庆辰、潘湘芬、殷廷澍、李洪春、李绮章、万祥楚、吴承琳、万履信、查必泽、王光坤、钱嘉本、万祥芸、尤先声、潘涌豫、庄学镛、袁赞纶、吴裕诰、倪堉、马德润、杨学周、杨继汾、徐焕章、巢瑞文、钱季沅、钱鸿福、桂蔚章、游龙元一百十五户，各九两六钱。汪廷政七两八钱。

以上共收库平银四千七百三十九两四钱。

重建清江丰济仓图案

清光绪八年初刻

清光绪二十三年续刻本

（清）许佐廷　辑

赵晓华　点校

重建清江丰济仓图案

重建丰济仓序*

同治庚午，张子青尚书重建丰济仓于清江城北，以许大令佐廷董其事。盖仓廒，置田亩，立规条，未期年而其制大备。甲戍〔戌〕、丙子，徐海以北叠患旱潦，饥民麇集浦上，当事请款振〔赈〕济，或不足则取给于仓。近以岁入渐多，廒屋不敷堆积，复添置数十楹。然则兹仓之扩而益盛，将日异而岁不同焉，而大令之勤于所事，亦可知矣。光绪辛巳，余奉命来治漕河于斯土，思所以保卫斯仓，以为久远不涸之源，因商之大令。大令乃萃集建仓以来田地契图、籴粜规例，凡有关于仓者，都为一书，以呈于余。且曰：事积久而弊生。后来之废坠，所不能保，惟使之有籍可凭，庶不致尽就澌灭。如前建仓屋毁于兵火，所存仅一仓额，尚书张公犹得因之以集事。况兹所集房地基址与夫一切规制，莫不具备，将来少有缺失，不难按图索之，将久远不涸之源于是乎在。余闻而既然，嘉其用力之勤而用心之苦也。爰嘱刊成，用垂永久。抑又闻之，有其举之，莫敢废也。事患无治人耳。苟得其人，则推而广之，扩而大之，实心实力，久而不渝，将见兹仓之日新月盛而未有已也。是则在于官斯土与任斯事者。

光绪八年岁次壬午三月中浣漕河使者周恒祺叙

自井田废而耕九余三之利忽焉。于是善为国者，视岁之上中下熟制为国籴，所以备凶荒，寓平准也。后世常平、义仓、和籴、青苗诸政，率昉于此，然出入偿贷，易滋奸蠹。是始利而终困也。从来善政，虽立法周密，而积久不能无弊，因循隳坏，遂至荡尽。故曰有治法，芜〔无〕治人，非始之难，终之实难。所赖创造之人精神思虑肫挚贯彻，而继事者又能拾遗补阙，奉守勿替，而后厥施益永。清江丰济仓创自张子青尚书，以许乐泉大令董其事，十余年间，孜孜矻矻，任劳任怨，若治其私，处群疑众谤而不悔，用能规模益廓，章程益备。其精神思虑惟怀永图，不惜劬瘁，以有成效，难矣。余承乏淮扬，与闻其美。会廒屋不敷储谷，乃请于漕宪黎公，添建仓房十有一楹。嗣漕宪周公嘉许其事，筹益经费。余再得请省书院膏火、士子公车及淮城绅士薪水，拨归另款。本仓岁入，一不外耗。大令取经始以来公牍，并置买仓产，图辑成编。余高大令之志，睹图案可知也。大令之言曰：仓中多谷一石，荒年多活一命。又曰：继今以迁，不能保仓之不废；存此图案，不难使仓复兴。大令诵此，常不去口，语虽朴质而宅心良厚，然则大令之勇于为善，其勤也已。后之人推本大令施济之苦心，守之扩之，效而则之，岂独一人一家之私利云尔哉！

光绪八年七月布政使衔分巡淮扬海道桂嵩庆识

《书》曰：民为邦本，本固邦宁。是有守土之责者，当首以民为念。而民以食为天，岁当丰稔，民可自谋生活。倘遇灾祲，转徙流亡，在所不免。故汉耿寿昌仿李悝平粜之法，为常平仓。隋长孙平当社立义仓，劝民出粟麦纳其中，逢岁歉则散放以济之。当时民亦称便。无如后世有治法而无治人，利之所在，日久弊生，殊为可慨。壬午春，余奉命迁督漕河，驻扎清江。该处南北交冲，居民辐辏，尤宜讲求盖藏，以备不时之需。及询诸同官袁浦者，佥曰旧有丰济仓，毁于兵，现已鸠工告竣。并将仓廒基址、田亩界限勒成图案一书，以垂久远，请序于余。受而详细考察，知是仓始创于前河库道徐大宗伯泽醇，重建于张子青尚书之万，董其役者为许大令佐廷，条陈规例，颇具匠心。会经淮杨海道桂芗亭观察重念仓廒为备荒要政，复商请黎简堂、周福阶两公，一则添建仓房以备藏储，一则筹益经费以作另款，实心实政，推广扩充，足征诸君饥溺为怀、善善从长之雅。自此规模益廓，岁有赢余。既法立而弊除，抑有备而无患，惟怀永图，法良意美，以视前代之常平、义仓、和籴、青苗诸政其始利之而终困之也，不大相径庭哉？余适量移来浦，乐观厥成，爰续赘数语，以嘉当事者之勤，而尤有望于后之君子奉守勿替云。

光绪八年岁次壬午八月下浣长白庆裕识并书

《周礼》以荒政十有二聚万民，有散利薄征之法；以保息六养万民，有振穷恤贫之法。积储备荒，中古有之，而规制之详，散佚莫考。自汉而降，规制可征，若常平仓、社仓、义仓，良法美意，相辅而行，粲然备矣。同治间，张子青相国督漕时，重建丰济仓于清河县城之北，以许大令佐廷理董其事。厥后递有增益，渐谋扩充，乃以仓之条规及先后公牍田契等编为图案一帙，俾创造之心，勿沦乎绵祀，踵事之益，可俟诸后人。匪惟嗜善之勤，抑亦用心之密矣。余奉命督理漕河，驻节斯土，嘉斯仓之良法，实民命所维系，凡所规画，力为提倡，时与经理，委员沈别驾召等讲求经久之策。用是扩储仓，广腴田，积赀收息，以充其用，并加意护持。一切裨益是仓之举，罔敢稍忽，以冀夫日新月盛，而无负创置之本意。嗟乎！今之民生亦雕敝甚矣！互市耗之，兵事耗之。比岁以来，盖藏空虚，攘窃蜂起，民气伤瘵，谁或恤之而一二？有寸略者，方恢恢乎建富强之策，应非常之局，于民生利病得失之故，若卑之无甚高论。要知民为邦本，食为民天，所以培国脉而固元气者，宜先此而后彼也。披览斯编，怃然有感，目因漫书于简端，所愿同志者共成是举，有加无已，为清淮一带巩固之基，实有翘望切切者焉。

光绪二十三年岁次丁酉五月下浣长白松椿序并书

丰济仓田亩图

右图十二幅，乃本仓原派司事许元琳率书识杨雨蕤周历各庄丈量，折度同绘。

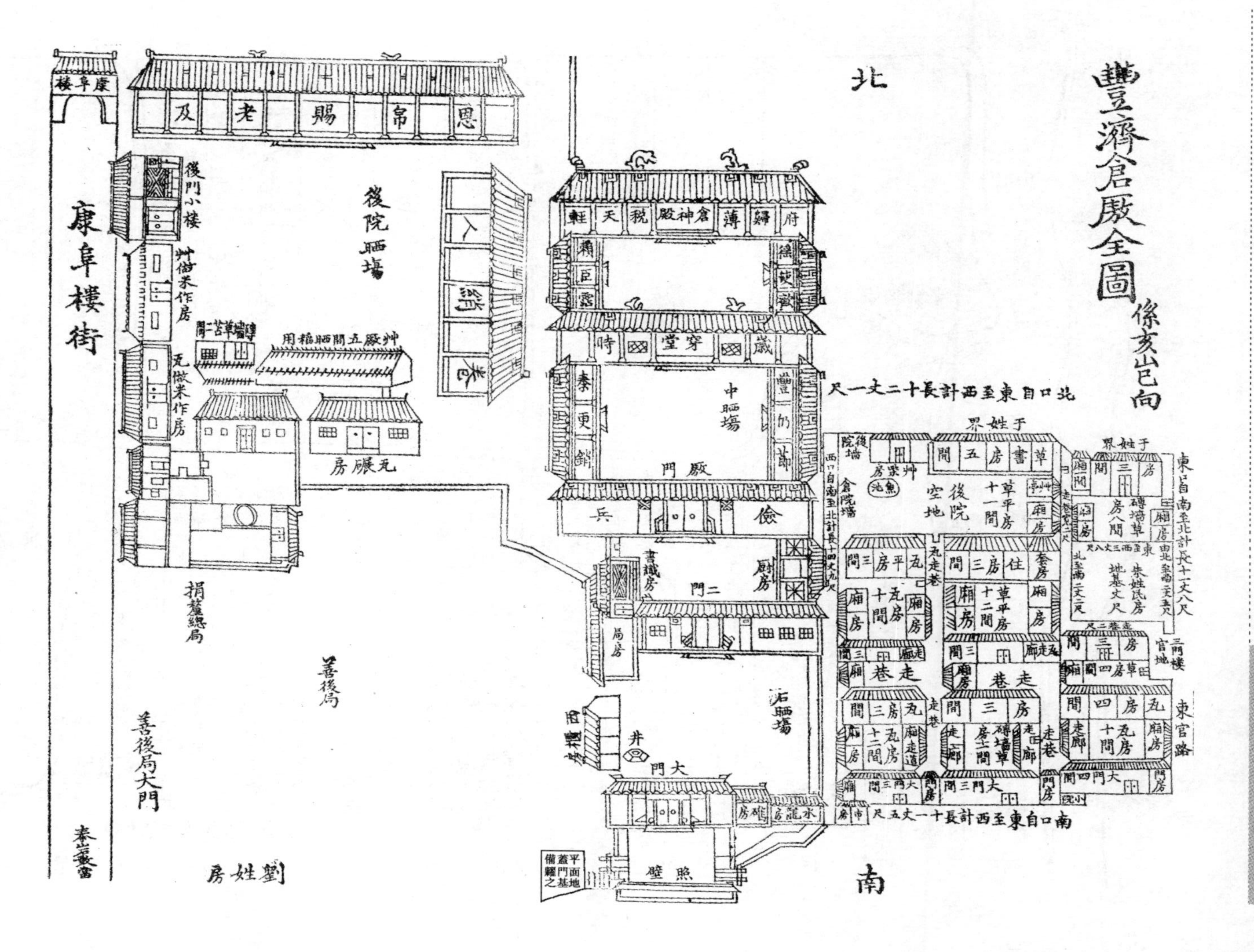
豐濟倉廒全圖
係亥山巳向
北
南
西
康阜樓街
康阜樓
道署
恩 帛 賜 老 及
後門小樓
後院晒場
米倉神殿
時 穿堂 歲
中晒場
廒門
兵 僉
二門
大門
井
照壁
北口自東至西計長十二丈一尺
南口自東至西計長十一丈五尺
東官路
善後局
善後局大門
捐釐總局
劉姓房
石晒場
平面地基備蓋門房

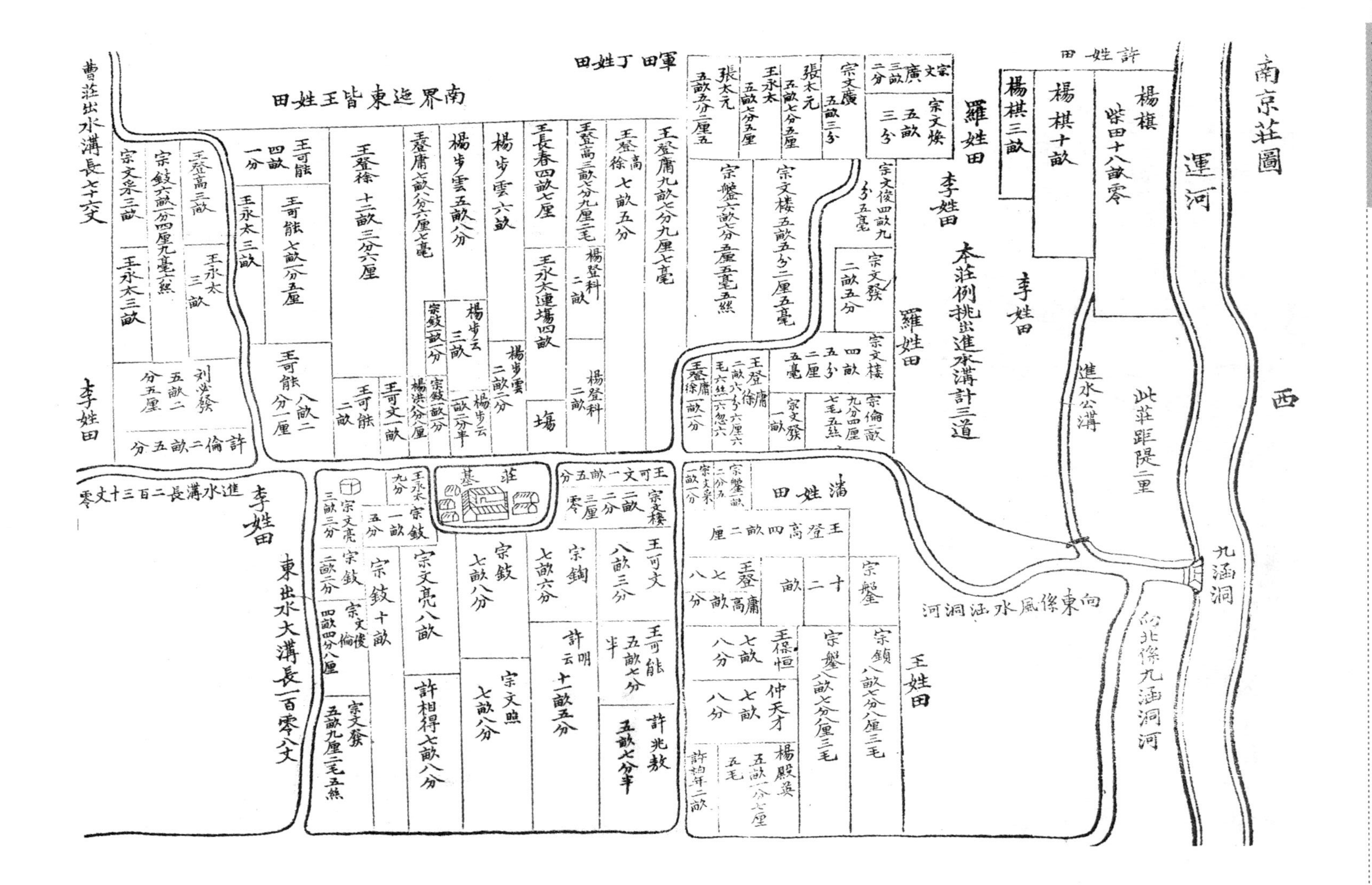
南京莊圖
西
運河
九涵洞
此莊距隄二里
進水公溝
向東係風水涵洞河
西北係九涵洞河
本莊例挑出進水溝計三道
許姓田
楊棋 贮田十八畝零
楊棋十畝
楊棋三畝
羅姓田
李姓田
王姓田
蒲姓田
軍田丁姓田
南界東迤皆王姓田
曹莊出水溝長七十六丈
進水溝長二百三十丈零
東出水大溝長一百零八丈
莊基
王登高四畝二厘
許光敎 五畝七分半
許相得七畝八分
宗文亮八畝
宗鈫十畝
楊步雲六畝
王長春四畝七厘
王登庸九畝七分九厘七毫
王登徐十二畝三分六厘
王永太連塲四畝
王登徐高 七畝五分
宗文樓五畝五分二厘五毫

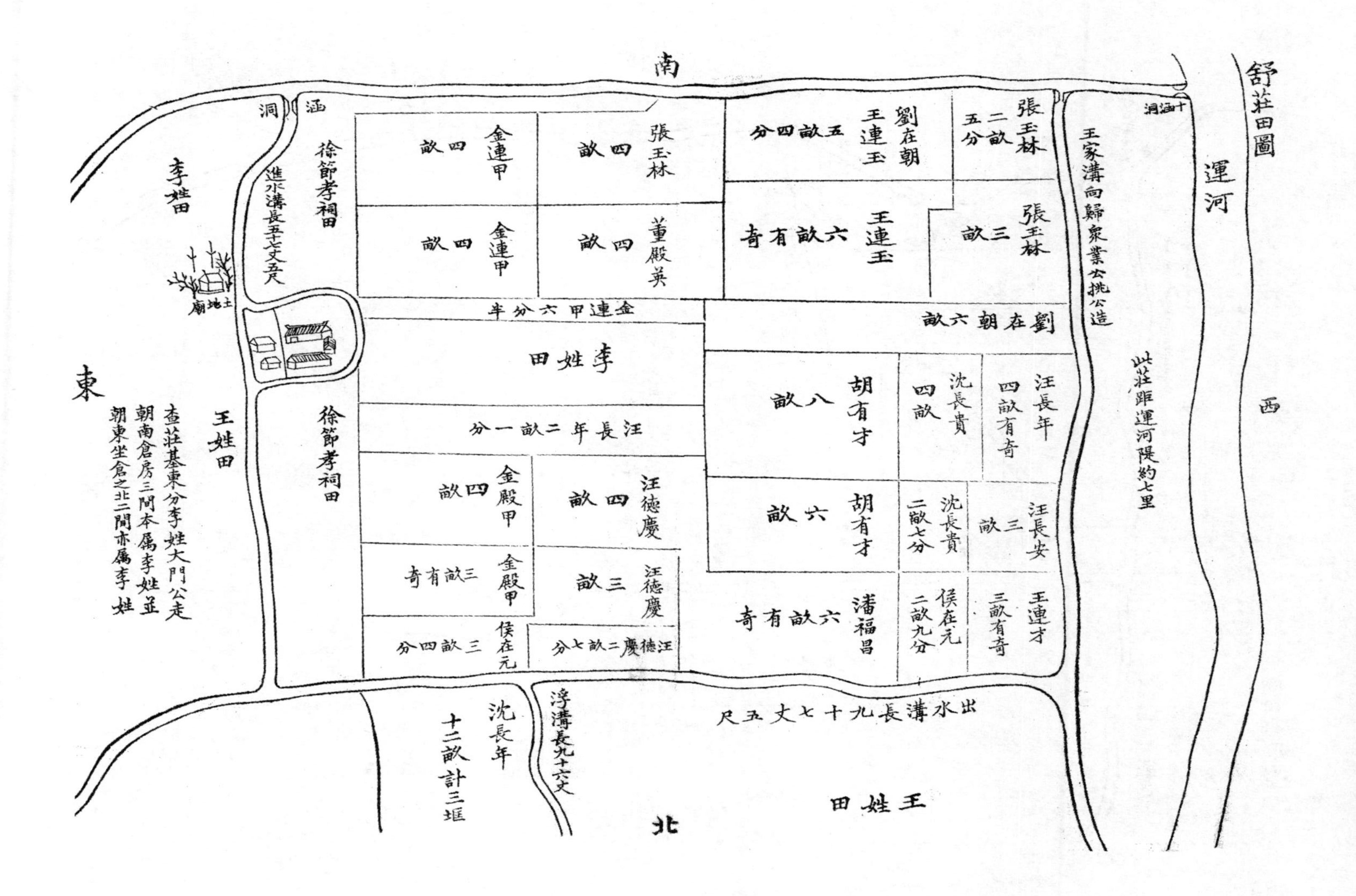
舒莊田圖
運河
西
此莊距運河隄約七里
王家溝向歸衆業公挑公造
十涵洞
南
洞
涵
張玉林 二畝五分
劉在朝 王連玉 五畝四分
張玉林 三畝
王連玉 六畝有奇
劉在朝六畝
汪長年 四畝有奇
沈長貴 四畝
胡有才 八畝
汪長安 三畝
沈長貴 二畝七分
胡有才 六畝
王連才 三畝有奇
侯在元 二畝九分
潘福昌 六畝有奇
出水溝長九十七丈五尺
王姓田
北
浮溝長九十六丈
沈長年 十二畝 計三垣
汪德慶二畝七分
侯在元 三畝四分
汪德慶 三畝
金殿甲 三畝有奇
汪德慶 四畝
金殿甲 四畝
汪長年二畝一分
李姓田
金連甲六分半
張玉林 四畝
金連甲 四畝
董殿英 四畝
金連甲 四畝
徐節孝祠田
進水溝長五十七丈五尺
徐節孝祠田
李姓田
土地廟
東
王姓田
查莊基東分李姓大門公走
朝南倉房三間本屬李姓並
朝東坐倉之北二間亦屬李姓

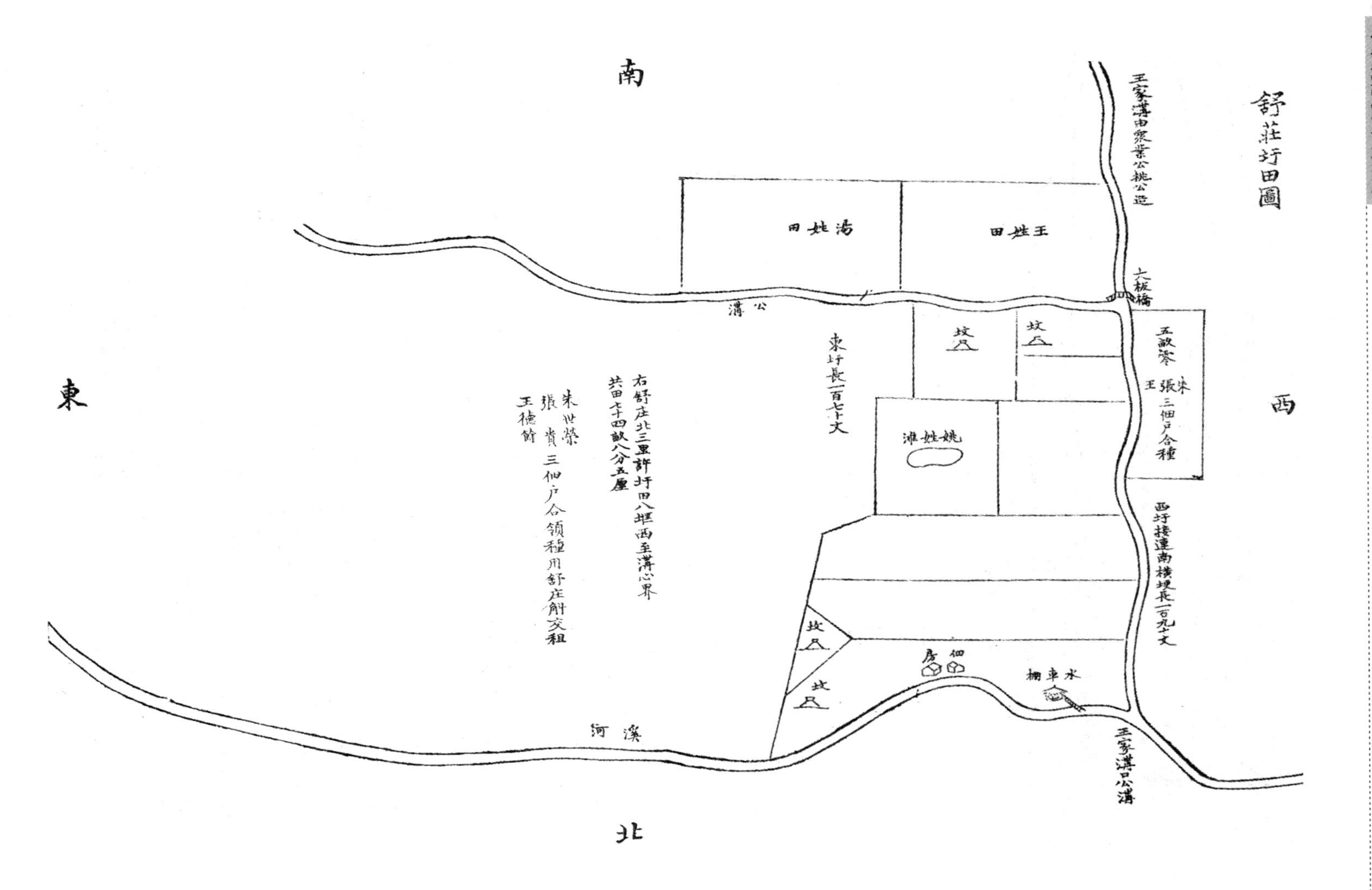
舒莊圩田圖
南
西
東
北
王家溝田衆業公挑公造
王姓田
湯姓田
六板橋
公溝
坟
坟
五畝零
朱張王三佃户合種
姚姓灘
東圩長一百七十丈
西圩接連南横埂長一百九十丈
坟
坟
佃房
水車棚
王家溝口公溝
溪河
右舒庄北三里許圩田八塍西至溝心界
共田七十四畝八分五釐
朱世榮
張貴
王德餘
三佃户合領種用舒庄斛交租

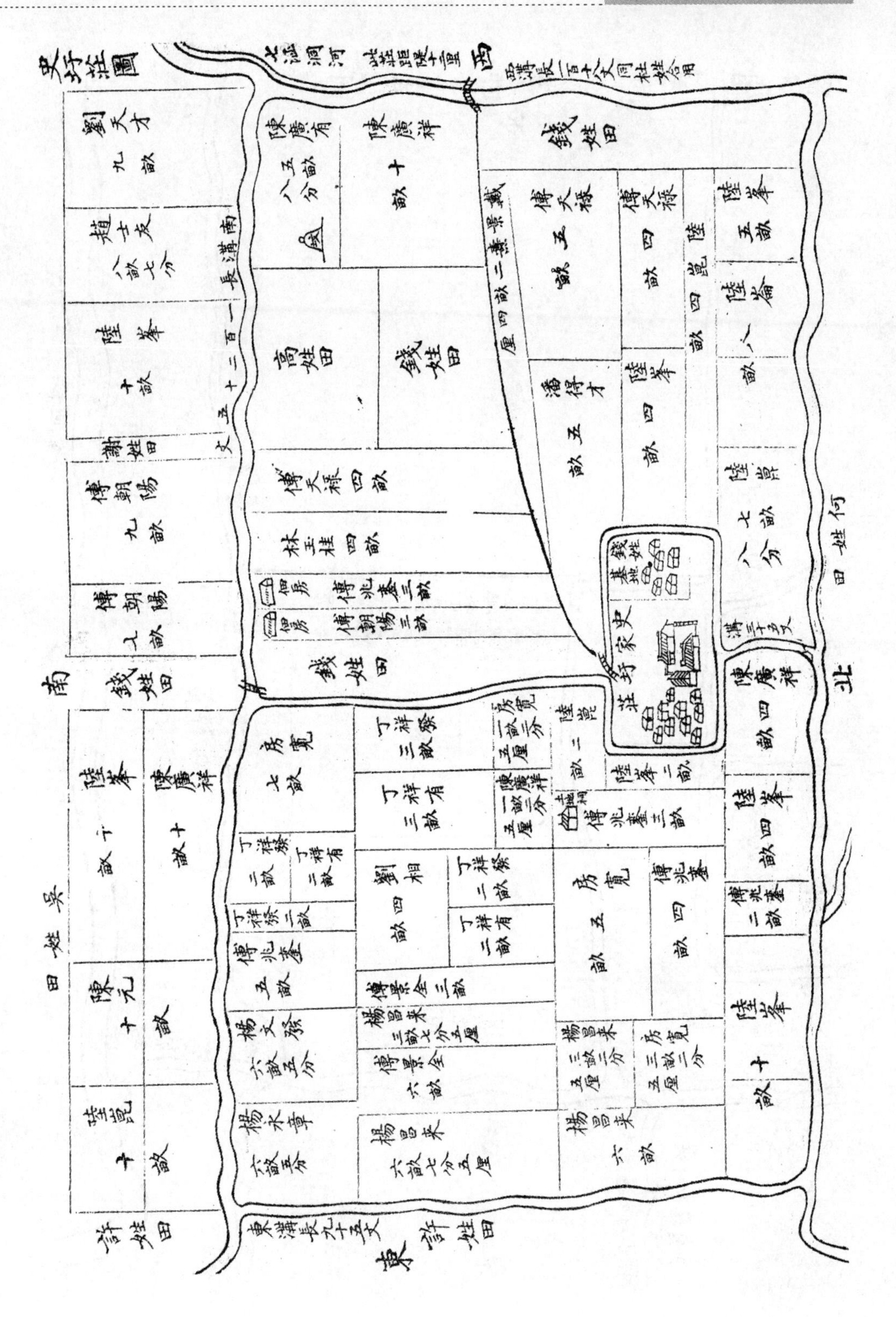
史圩莊圖
南
北
東
西

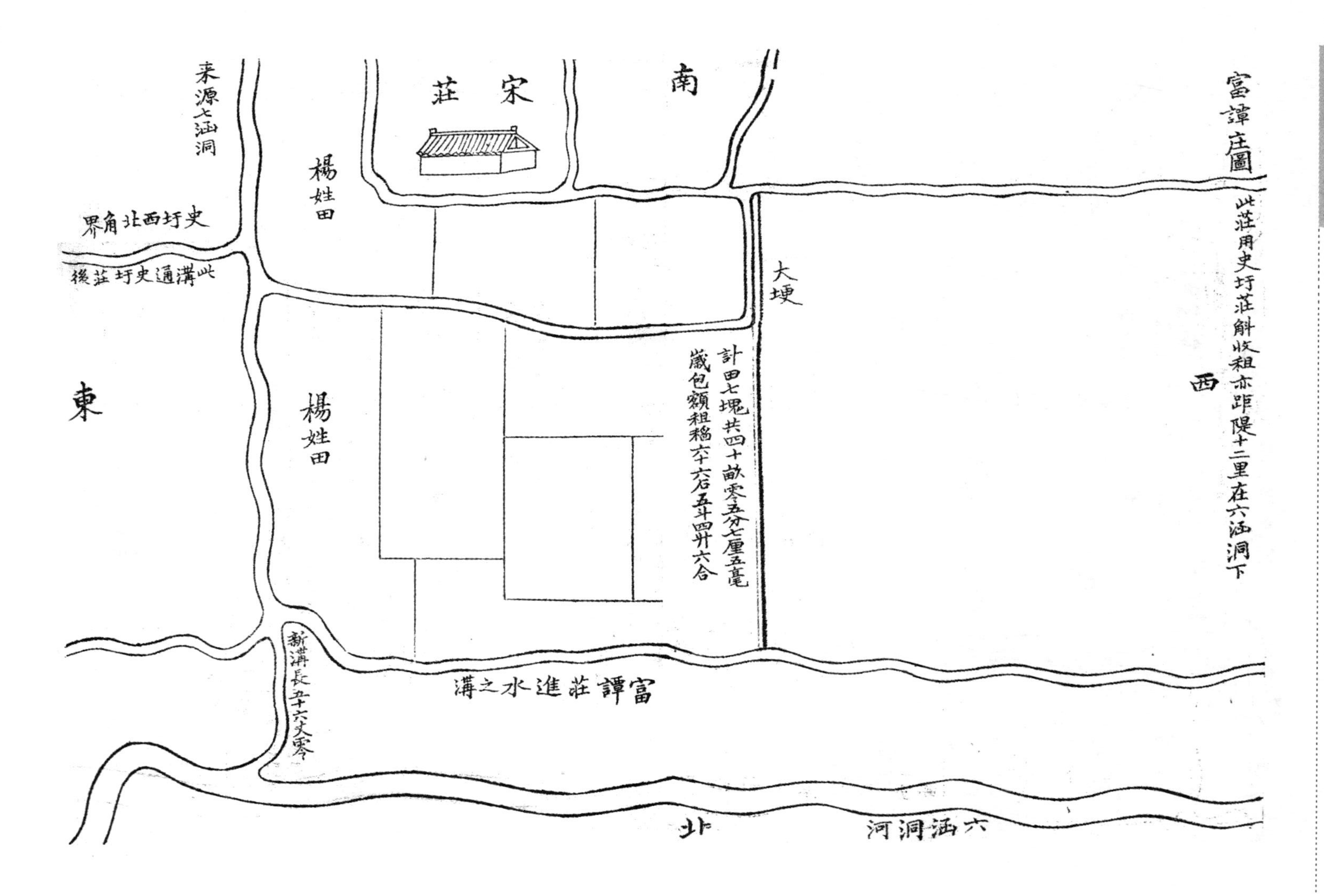
富譚庄圖
此莊用史圩莊斛收租亦距隄十二里在六涵洞下
西
南
宋莊
大埂
計田七塊共四十畝零五分七厘五毫
歲包額租稻卒六石五斗四升六合
楊姓田
楊姓田
來源七涵洞
史圩西北角界
此溝通史圩莊後
東
新溝長五十六丈零
富譚莊進水之溝
北
六涵洞河

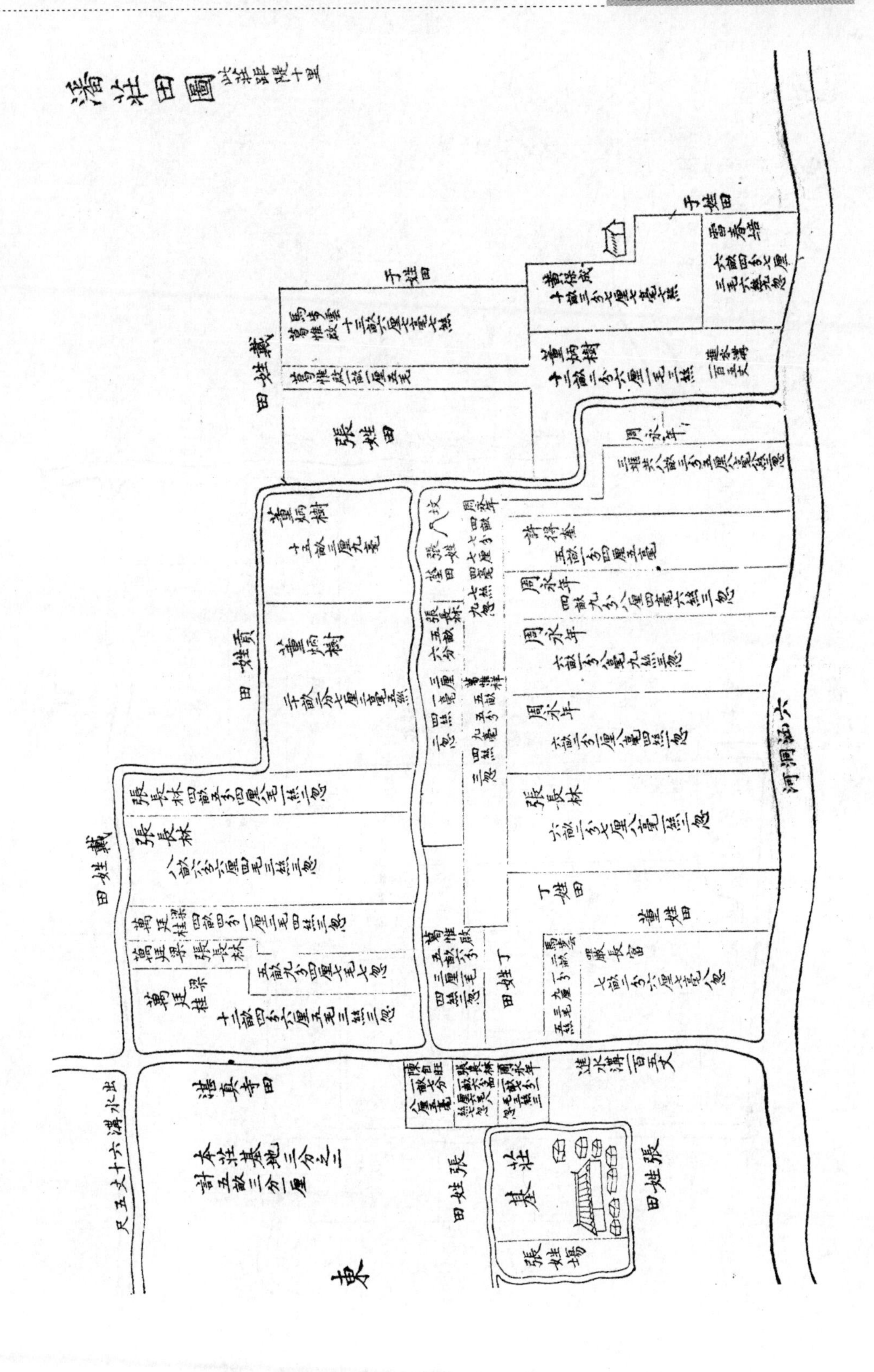
潘莊田圖
此莊距隄十里
東

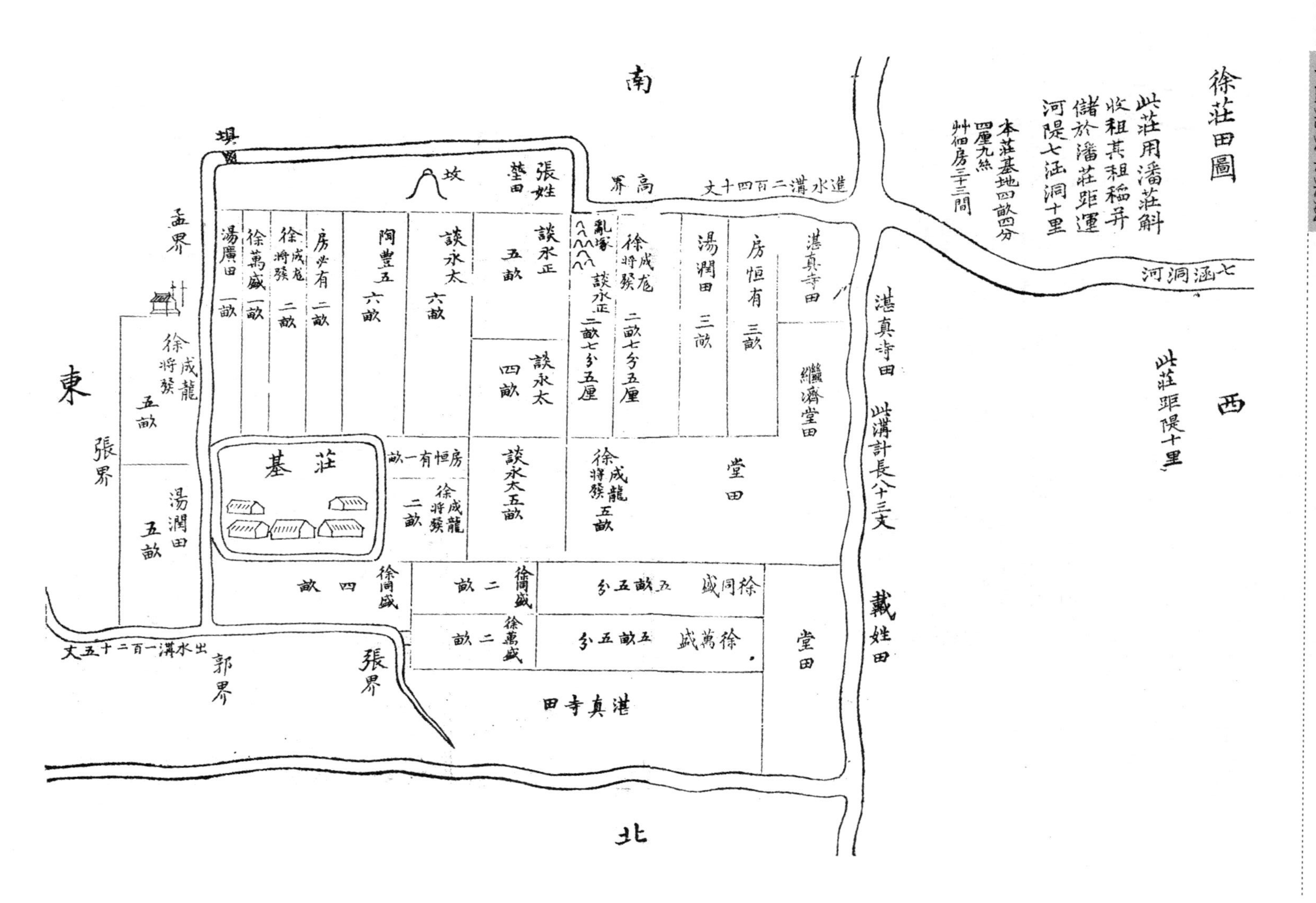
徐莊田圖
此莊用潘莊斛收租其租稻并儲於潘莊距運河隄七汪洞十里
本莊基地四畝四分四厘九絲 草佃房三十三間
此莊距隄十里
南
北
東
西
河洞涵七
進水溝二百四十丈
出水溝一百二十五丈
此溝計長八十三丈
湛真寺田
戴姓田
張姓塋田
繼濟堂田
堂田
莊基
孟界
張界
郭界
高界
壩

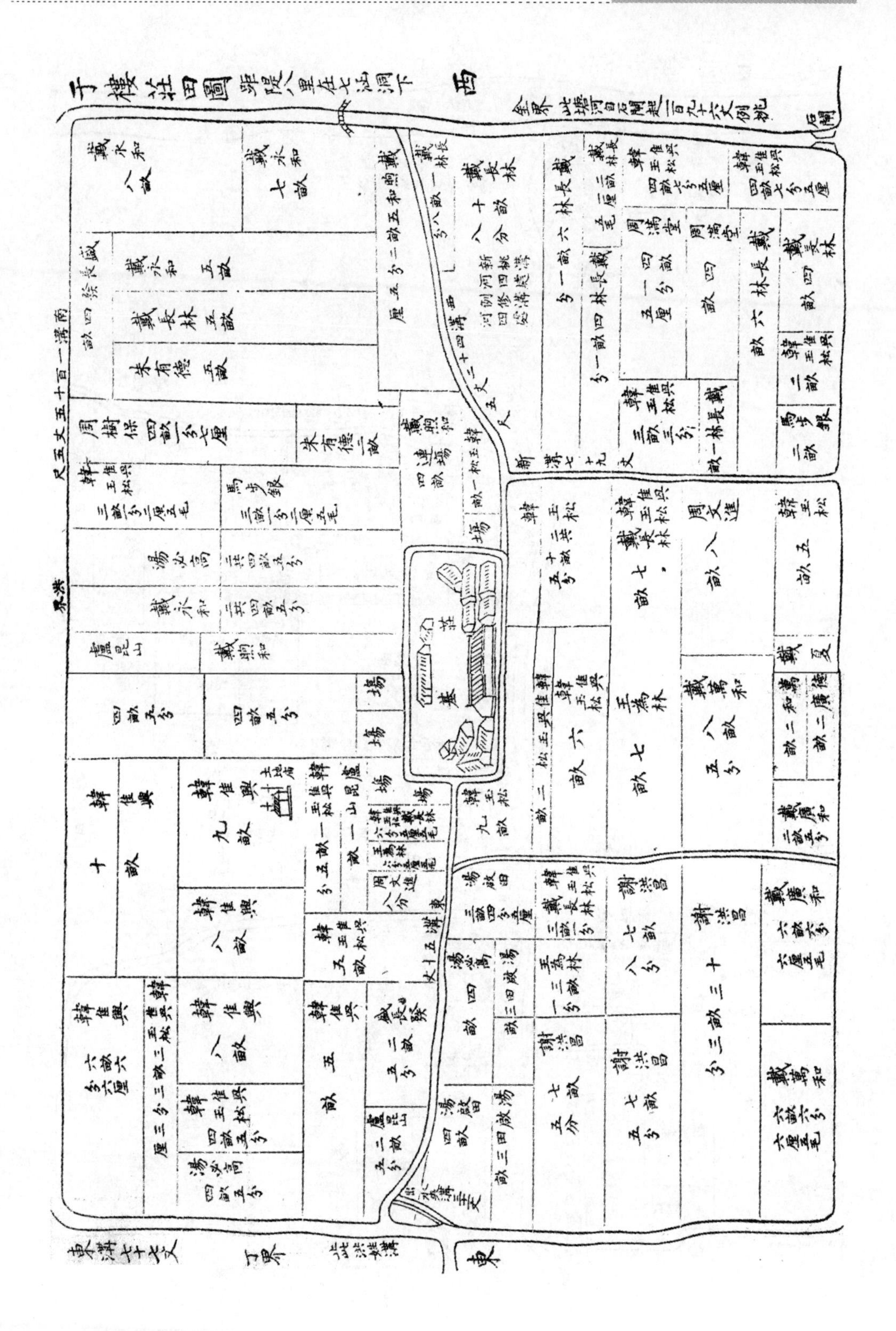

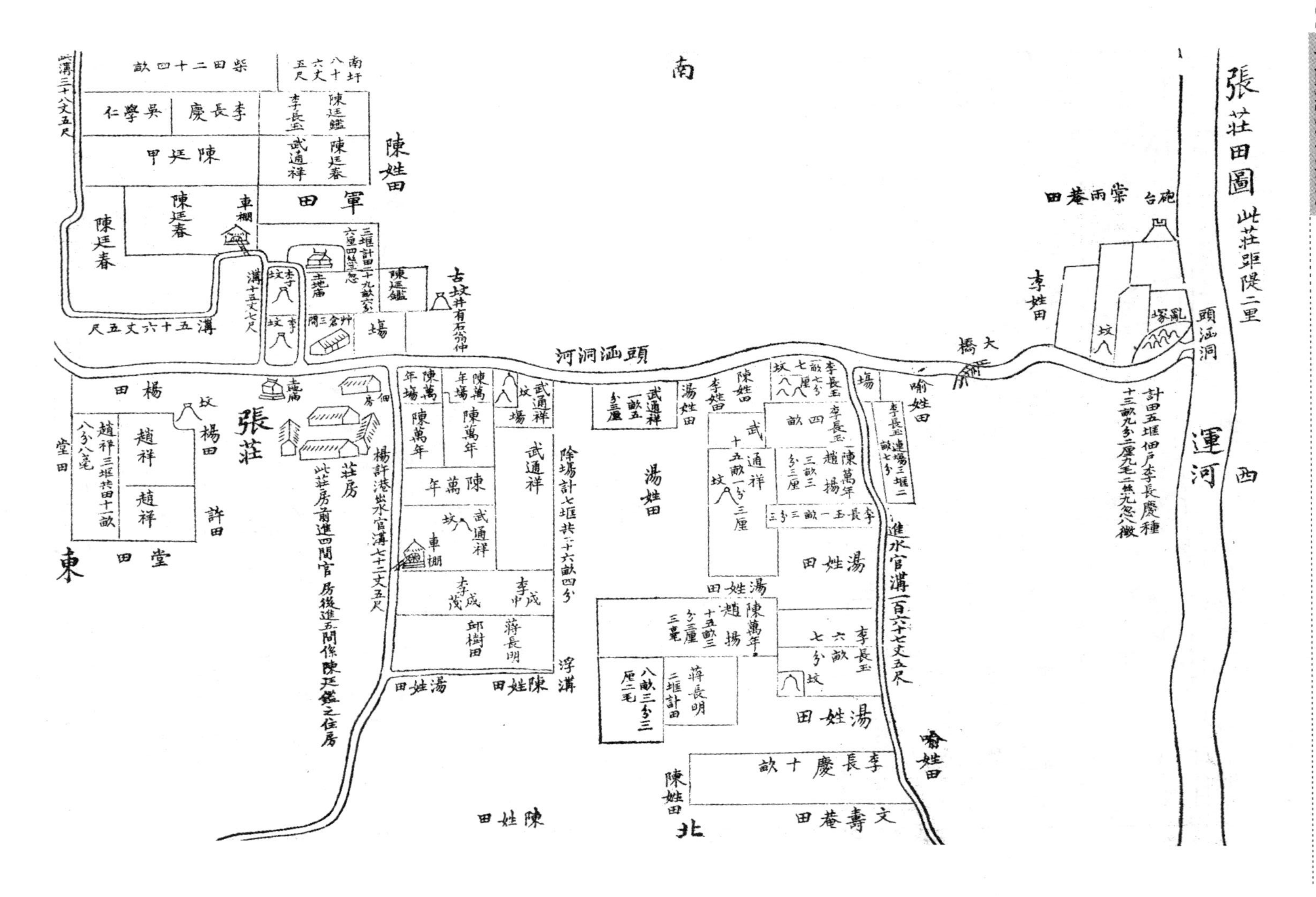
張莊田圖 此莊距陵二里
運河
西
南
北
東
頭涵洞
河洞涵頭
大橋
張莊
崇雨菴田
李姓田
亂塚
計田五坵佃戶李長慶種
十三畝九分二厘九毛二絲九忽八微
進水官溝一百六十七丈五尺
湯姓田
陳姓田
文壽菴田
李長慶十畝
除場計七坵共二十六畝四分
楊許港出水官溝七十二丈五尺
此莊房前進四間官房後進五間係陳廷鑑之住房
溝五十六丈五尺
軍田
柴田二十四畝
南圩八十六丈五尺
陳廷甲
陳廷春
李長慶
吳學仁
趙祥
堂田
許田
楊田
古坟井有石翁仲
土地廟
車棚
浮溝
湯姓田

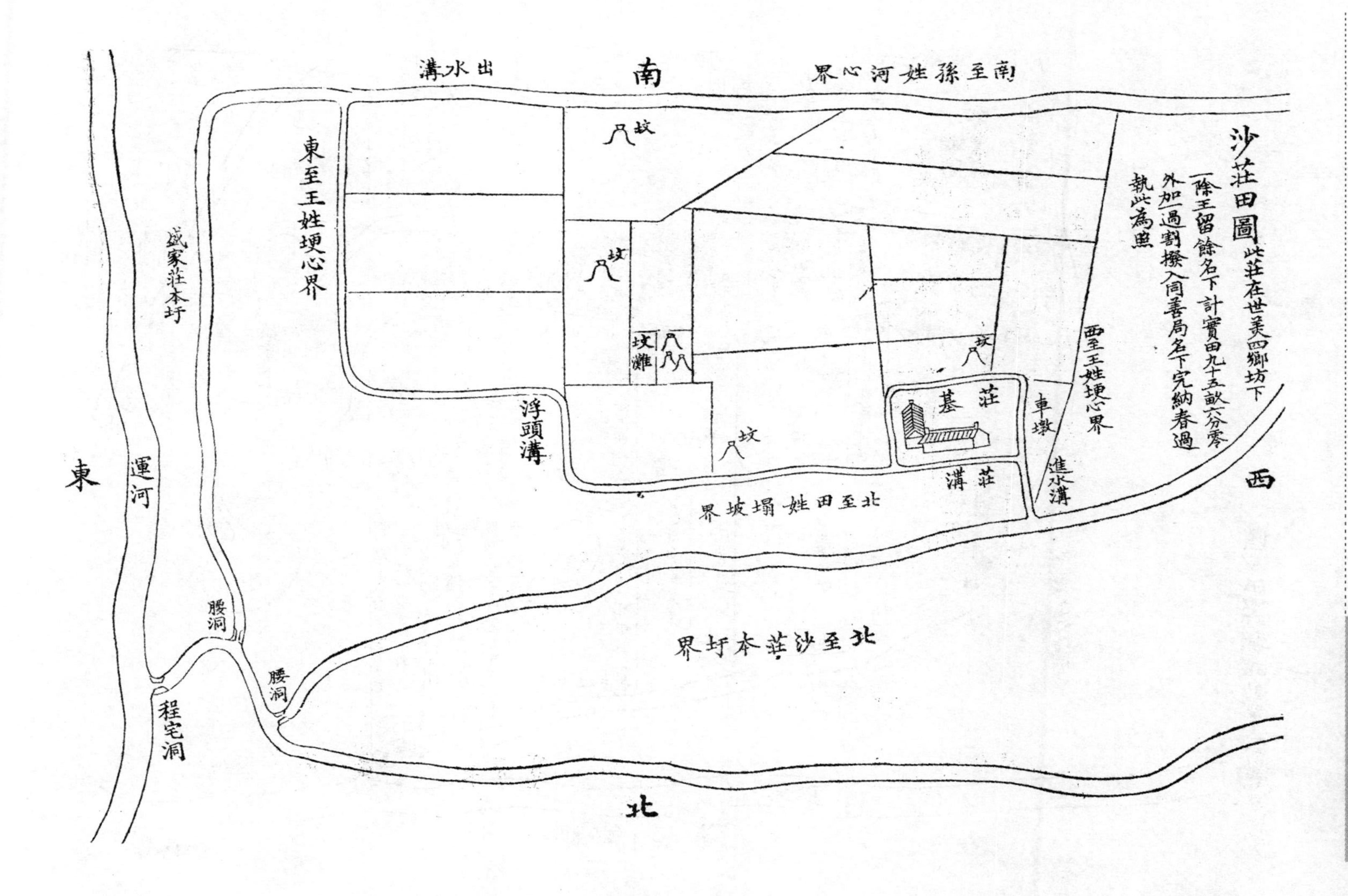
沙莊田圖 此莊在世美四鄉坊下
一除王留餘名下計實田九十五畝六分零
外加一過割撥入同善局名下完納春過
執此爲照
南至孫姓河心界
南
出水溝
西
西至王姓埂心界
車墩
進水溝
莊基
莊溝
坟
坟灘
浮頭溝
北至田姓塌坡界
東至王姓埂心界
盛家莊本圩
東
運河
腰洞
腰洞
程宅洞
北至沙莊本圩界
北

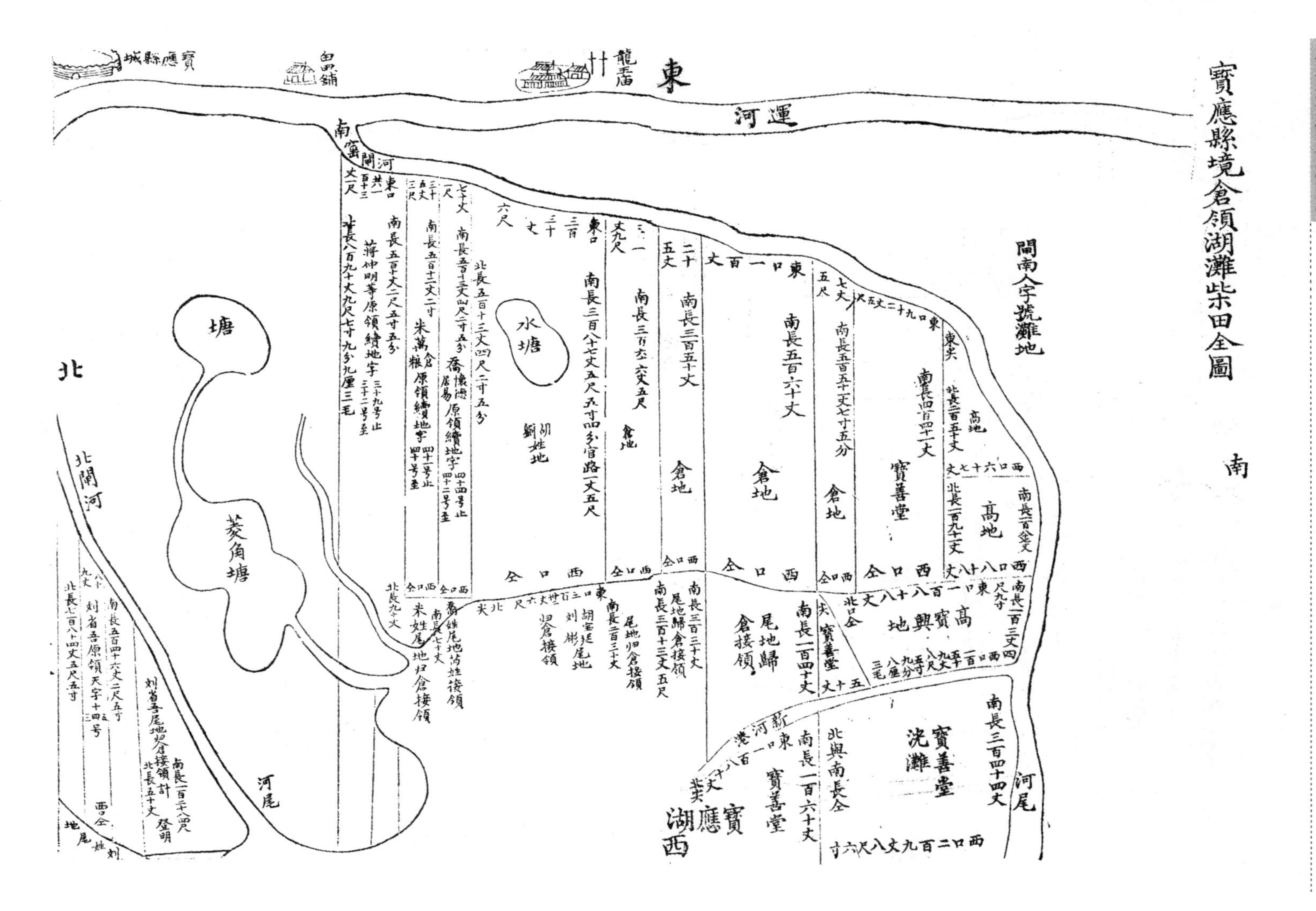
寶應縣境倉領湖灘柴田全圖
南
東
北
運河
寶應縣城
龍王廟
閘南人字號灘地
南長五百六十丈
倉地
南長三百五十丈
水塘
塘
菱角塘
北閘河
河尾
高地
寶善堂
寶善堂洗灘
高寶興地
尾地歸倉接領
寶應湖西

漕宪松饬仓接领桃源西滩九段续涸地亩源委记

清江各项善举无美不备，独仓储尤为备荒善政。乃斌于束发授书时，随先光禄公任所，知之素稔。今援例以同知需次南河，荷蒙松帅委以丰济仓籴粜差使。接管后，即据司牍吏以重建斯仓图案之书进。于是公余之暇，次第翻阅，得以尽窥其旨。举凡出纳之端，悉详载之，纤细无遗，仰见创效苦心，洵属法良意美。此吾之步后尘者所当奉为圭臬也。第仓储为民食攸关，总期多而益善，设遇灾祲之年，庶乎缓急可恃。溯自松帅建节斯邦，频垂利济之怀，屡思扩充之计，会滩地局适以查办桃源西滩续涸地亩，因奉谕饬马稚园大令由仓承领二十顷，招佃征租。未及办竟，适调差他往。乃斌承乏其后，遂得仰承帅意，力赞其成。计承领西滩九段续涸坐落何家集北下下则地二十顷，在于仓存籴粜款内动支地价经费钱一百三十千文，交由滩地局填给局照，归仓承业。其局照亦循例呈诸帅座，加盖关防，储库备案。禀准以桃源汛把总王观德就近经管，从此治理得宜，庶可仰副松帅垂裕仓储之至意。爰述其源委如左，并续刊图案备考核焉。

光绪二十三年十月籴粜委员知府用南河试用同知徐乃斌谨记

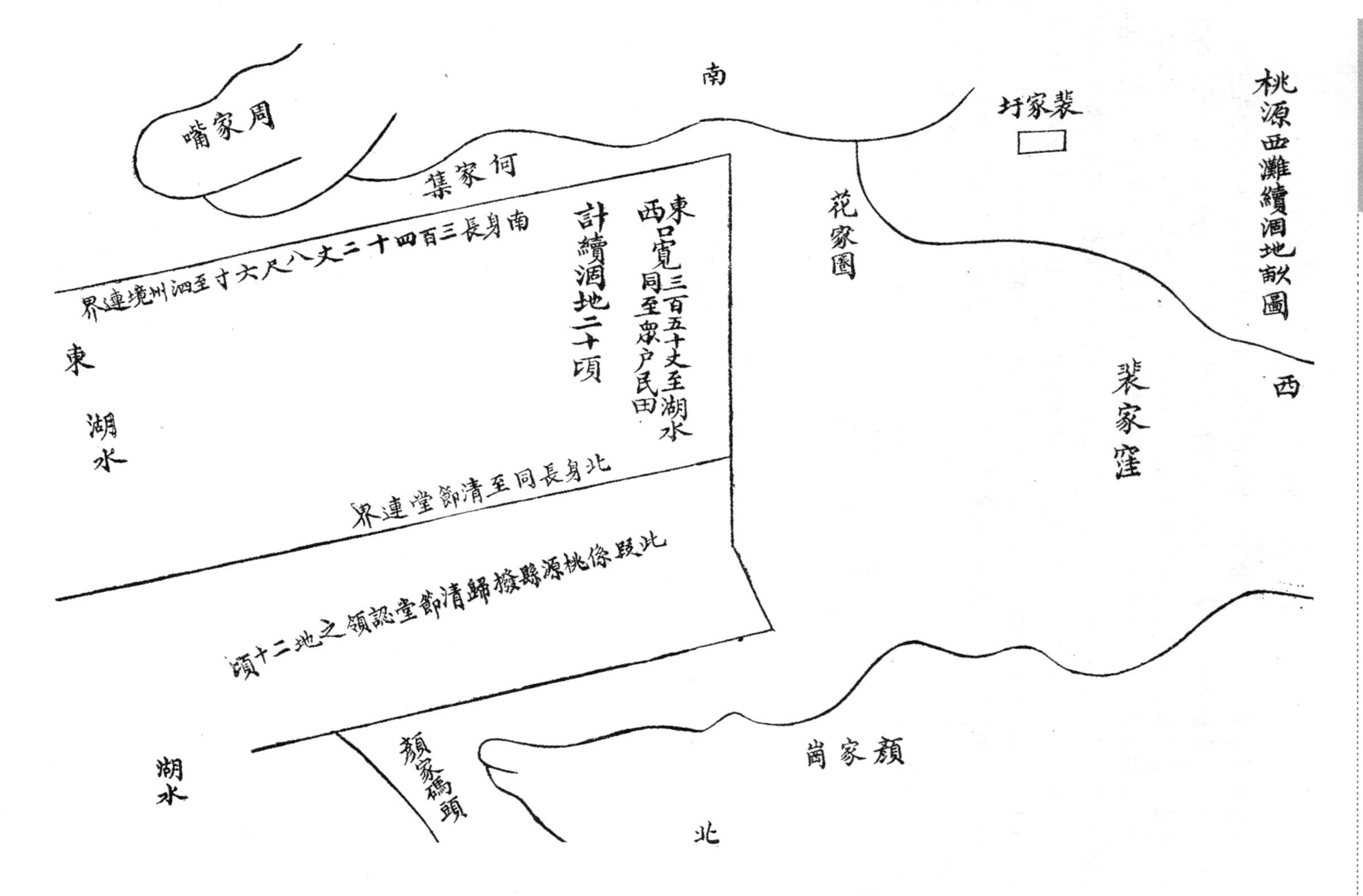

桃源西灘續涸地畝圖
裴家圩
南
周家嘴
何家集
花家圍
東西口寬三百五十丈至湖水同至衆户民田
計續涸地二十頃
南身長三百四十二丈八尺六寸至泗州境連界
東
湖水
北身長同至清節堂連界
北段係桃源縣撥歸清節堂認領之地二十頃
裴家窪
西
顏家崗
顏家碼頭
湖水
北

碑　记*

清河县丰济仓原碑记

盖闻政以民为本，民以食为天。诚欲与民休养生息，则必先筹其食，使有备无患而后可。夫所以筹其食者，非必家赈户贷也，亦相其丰凶，以权其缓急而已。汉耿寿昌仿李悝平粜之法为常平仓，隋长孙平当社立义仓，劝民出粟麦贮于中，岁歉则散之，民皆称便。后世有治法无治人，往往利与弊间出，然古人良法美意，不可诬也。今诸州县均有常平仓之设，间有并立义仓，以济其不足者。清河虽一县之地，而当南北之冲，治河官僚多驻于此。民居之稠密，商旅之辐辏，数倍于他州县。而仓贮阙如，岁或不登，民艰于食，良用恻然。因与同官议各捐廉俸，建仓贮谷以济民。佥曰：可上其事于河帅。如所请，遂置隙地于县西偏之洞阳宫前，培其基址，筑其垣墉，周围建廒数十间，籴谷以贮之。设遇歉岁，则平其价以粜于民。既粜复籴，周流无滞，取丰以济歉，名之曰丰济仓。纪实也，是役也，道光二十三年七月兴工，后四月而告蒇。庀材鸠工，始终经营其事，则王辅廷司马之力也。若夫陋草创之规模而修葺之，推而广之，扩而充之，俾民食常足，有备无患，以相与休养生息，则有望于后之官斯土者。

道光二十三年十一月谷旦江南河库使者北平徐泽醇撰

重建丰济仓碑记

清邑旧有丰济义仓，道光二十三年徐大宗伯泽醇官河库道时所建，捐廉储谷，曾赡民食，法至美，意至厚也。逮河工改置，典守失人，朽蠹侵渔，渐就澌灭。其房屋复于咸丰十年毁于兵火，所撰碑记仅存颓垣断甋间，见之者未尝不慨然兴叹也。同治丙寅秋，余奉督漕河之命，移莅斯土。逾三载，西逆荡平，诸废待举，而义仓其首务焉。因遗址远在城外，爰于道署之东择隙地营建，为堂为廒，整比坚固，三阅月而竣事。积谷一万石，随时出易，用备灾荒。颜曰丰济仓，仍其旧也。斯役也，鸠工庀材，昕夕从事，则许大令佐廷之力为多。许君又举潘经历福辰司其簿钥，创立规条，以垂久远。所谓不求其利而弊自除，豫防其弊而利自永也。夫古常平之法，未始非政之善者，然分乡立社，按户劝输，则科派勒抑之患生；谷贱增籴，谷贵减粜，春放秋收，加息取赢，则侵刻追呼之害大。行之善则为社仓，行之不善则为青苗。况剥民惠民，第见其不善，而亦安见其善哉？曷若官为储备，岁有羡余，无聚敛疾亟之虞，有图匮于丰之意，余不敢谓后之人不能经画。苟由斯而扩充之，则博施济众，永保无疆，是特为之先导而已。

同治九年八月谷旦。赐进士及第头品顶戴漕河使者南皮张之万撰

右碑文为道光年间汉军徐公创建清江丰济仓所作。袁江士民感公之德，至今称颂弗衰。同治八年，前漕宪、今司寇南皮张公因仓毁于兵火，倡议重建，檄佐廷经理其事。工竣后张公为文记其事，树碑于新建仓神殿之西壁，并移嵌徐公碑于右。光绪八年，刊《丰济仓图说》，即以两公记文弁诸篇首。适次年癸未，徐公长君荫轩先生以大宗伯同张公总裁会试，伏思两公功德载舆，仁声洋溢，一仓之设，曾何足为公重，然益知天之报施善人，固有加而无已也。因记其事于碑左，以为修善获福之券焉。许

佐廷谨志。

清江旧有丰济仓，为道光年间北平徐公分守河库时所建。咸丰季年毁于兵火，荡然无存。同治六年，吾师今尚书南皮张公建节浦中，见城垣初建，民之来归者皆补苴掇拾以为生，略无盖藏以为凶荒之备，因慨然倡议重建，筹拨巨款，卜地于康阜楼东，檄许大令佐廷董其事，鸠工庀材，购田积谷，期年规制大备，即今之如墉如栉者是也。自时厥后，大令为兹仓开源节流，勤勤恳恳，如治其私。每岁所入日益加盛，廒舍不敷堆积，则又于仓之西北隙地更建仓屋十余楹，而仍觉不给。夫储谷以备饥，多多益善，而为地所限，大令时以为忧。光绪甲申，余奉命来治漕河，随事整饬，以兹仓为民食所关，尤思有以增益之，苦于无款可拨。乙酉初夏，有调任皖抚之命。窃念此事不可再缓，乃捐廉银六千两，仍饬大令经理之，购仓东民房数十间，其余款以置湖田。平时民房租金所入，以补仓中经费，或仓舍不敷，可以随时改作，无湫隘狭迫之患。且民房与仓联络为一，无分仓积谷之劳，良甚便也。虽然此特为该仓稍导其源耳，此后扩而充之，有加无已，俾民食有赖，历久不渝，于以大慰吾师惠爱斯民之心，而并以补余之所未逮，不能无望于后来者焉。时司籴粜委员为候补知县张愚溪，驻仓委员为两淮补用大使许广成，皆能与许大令均其劳勚，而有裨于仓者得，备书。

光绪十一年岁次乙酉仲夏督漕使者吴元炳撰

公　　牍*

头品顶戴兵部侍郎漕运总督部堂提督军务兼管河务盐务张为札委事。照得清江丰济仓工程将竣，本部堂现已委购粮石，预备存储，应派委妥员，专司籴粜一切事宜。查有该员堪以派往，除行同善局日支薪水五百文，以资办公外，合行札委。札到，该令即便遵照，务将丰济仓籴粜一切事宜妥为经理，仍由该员酌定章程，并酌保勤干之员驻仓照料。至此员薪水以及仓夫饭食，应给若干，亦由该员禀由同善局转报查考。切切。特札。

右札仰直隶州用候补知县许令佐廷。准此。

同治八年九月　日

禀同善局

敬禀者：窃卑职于十月初一日接奉漕宪札，以清江丰济仓工程将竣，现已购粮存贮，派委卑职专司籴粜一切事宜。仍令酌定章程，并酌保勤干之员驻仓照料。该员薪水、仓夫饭食禀由同善局转报等因。查清江丰济仓旧在清河县西隅，自遭兵燹，毁拆无存。兹蒙漕宪择基重建，储粮备荒，复十年已废之规，与百世久远之利，清淮人士，感颂同声。卑职伏查重建义仓，事同创始，筹定章程，殊非易易。卑职识见浅陋，思虑未周，何敢稍参末议，惟奉帅谕谆谆，一得之愚，亦不敢自秘。谨就管见所及，酌议章程十四条，恭呈宪鉴，敬乞俯赐转禀漕宪，以备采择。再查有潘经历福辰谙练老诚，堪资驻仓照料，并请宪台酌夺，转禀漕宪，即赐札委，以专责成。至酌拟该员薪水、仓夫饭食数目，并于条陈内声明。肃此具禀，恭请福安，伏乞垂鉴。卑职佐廷谨禀。

计开：

一、积谷宜择，以备经久也。五谷之中，稻谷最能经久，小麦次之，豆秫杂粮经年则虫蛀霉酸。清江地土沙松，素不产稻，而民间又惯食米，似宜从俗储谷七成、杂粮三成。以三成之杂粮，秋买春卖，余利富仓，以七成之谷出陈易新。易新之法，与借贷收息无异，易滋流弊。惟有平粜一法，行于粮价昂贵之时，即寓推陈出新之意。如连岁丰收，价贱不售；设遇青黄不接，粮价昂贵，出粜一次，酌量存六粜四，三年之内，新陈即可轮换一周。所粜之钱立送同善局另贮，以防经手动用，俟秋成后立即买补还仓。至平粜价值，向分灾熟，每石量减二三钱不等，须俟临时酌定。

一、仓粮出入，斗斛最为要具。查例行之斛，官以漕斛为钧，民以邵斗为准。漕斗较邵斗仅八筒八合。漕斗之米，每石约重一百四十斤，邵斗每石约重一百六十斤。仓中例用漕斗为是。查清江行斗，俗云浦斗，较邵斗每石少一斗，较漕斗又大二升。将来平粜，用邵斗又嫌其大，用漕斗恐公论其小，理合请示遵办。

一、置办器具，以备应用也。稻麦利于存储，而当赈济平粜之时，必须制成米面，方便民食。仓中若无碓臼，势必假手行人，诸弊最易丛生。拟请置办石碾一盘、双碓手臼二十张、脚碓四张、石磨一副、风斗二架，约价值二百余千文，由同善局陆续购办。其筛砻等物，临时再为制办。如平粜事缓，则用砻碾；赈饥事急，则用砻碾碓臼齐作，方可济事。粗糠碎米，可敷工价。倘遇饥馑，移碎米皮磨粉，均可度命。

一、盘晒仓粮，宜核实具报也。每年于春夏间平粜后，余粮盘晒，计粜出若干、风飏鼠耗若干、净存若干石，于七月底造报四柱清册一次，以杜经管侵蚀之弊。迨秋收之时，又须添购新粮若干石，运仓存积，必请护照填明总数，以免关税。即于护照后粘一印单，以便陆续随运随填，额满缴验，以杜经手夹私之弊。俟办足归仓，于年终再报一次，俾有稽考而昭核实。

一、采买仓谷，宜咨免关税也。仓粮出陈易新之后，秋收成熟，即应往丰收之处采办粮谷还仓。有旱道驴驮，水路船运，南北不定，远近不同，所过关津厘卡无不恁护照以放行。惟虑淮关各口，每要赴大关讨取免单，方能验放，许多阻滞留难，不免稽迟时日。拟请如遇采办丰济仓粮，预先咨明淮关，分饬各口，即行验照放行，俾免稽滞。

一、仓粮出入，宜刊联票也。凡籴来粮石，计数进仓，粜出粮石，计数出仓，须用两联票，与籴粜者各执为凭，以免舛错。春温夏热之时，廒内十日一扦，小热出风，大热复晒，以防稻盦米黄、麦盦面黑之弊。

一、筹画巨款，以备买补也。建仓储粮，多多益善。仓内多一石之粮，荒年即多活一人之命。惟储粮有数，或遇赈济动用，必须买补。当公项宽裕之时，如能预筹万串，发交外籍殷实典铺生息三年之久，以息银内提三成添建仓廒，以七成添籴粮石，但得十载丰收，即可仓粮加倍，再为推广，于鳏寡孤独之中，寒冬雨雪之时，酌量赈恤。倘遇灾年，尽粮赈济，并将万串本钱采买平粜，则活人无算矣。再俟稻麦成熟，以五千串籴粮补仓，余五千串仍归生息。

一、请添司事，以期周密也。籴粜事出两途，粜则事繁于内，籴则事烦于外。粜时督工做米、收钱发粮，尚有驻仓委员协同经理。籴则无论远近，须择丰收之处采购，去则携带银钱，来则押运粮石，买时又防行人脱空，种种情弊，孑身一人难免吃亏。必由委员选择老诚稳练一名，常住仓中，粜则收钱记帐，籴则管帐运粮，方为周妥。

一、派仓夫人役，宜各专责成也。廒内储粮既满，当即封锁。拟由委员慎择勤能精细仓夫四名，各分仓廒，凡遇阴雨，逐细察看；如有渗漏，速即禀修。冬令风雪，先堵气洞，更为要紧。平时仓夫应随粜粜看斛记筹，其事却轻，其责甚重。头门为仓中关键，应派老实一夫常住看守，不准远离头门，无事封锁。非有筹票，籽粒不得放出仓内。廒多院阔，须用更夫一名，巡更守夜。其余斛手挑夫做米工价，随时酌量开支。

一、贫民户口，宜预为留意也。灾然后赈，必待临时查明户口，再行散放，为日甚多，饥民已成饿殍。清江地当冲繁，城厢内外人烟辏集，生齿日增。如逢灾赈，计非数人所能兼顾。若假手胥吏，尤易冒混。拟于每年岁底，由清河县按照门牌烟户册，注明每户大小丁口，分别上中下三户，切实造送清册一本，存于同善局。复由局中派员照册勘验，不得视为具文。如有丁口增减，亦即随时更正。倘遇饥年待赈，照册分次贫极贫，按户给票，轮期持票领粮。小荒自归平粜，中荒粜赈各半，大荒全行发赈，与他赈各归一事，不相牵混。须派上户董事帮办，中户不派，下户按册支放。

一、开仓赈济，宜示限制也。赈济之法，宁滥无遗。惟刻下谷有额数，不能不定限制。凡有粮营兵、有工食之胥吏，毋庸赈济。

一、禁约提用，以期垂久也。各处善举，创始无不尽善，迨历时既久，率皆废坠；其或移作他用，尽失初基。此次丰济仓粮专备灾荒缓急，自平时视之若甚缓，遇灾开放则甚急。拟请存案并通行各道府县，无论何项急需，不得挪移动用。

一、委员薪水、司事俸薪、人役饭食，宜稍为从宽也。经手钱粮，首重得人。丰济仓事繁责重，一经手承管，刻不能离，与他项差使不同。委员一员，拟请日给薪水钱一千文；司事一人，日给俸薪钱三百文；头门夫一名、仓夫四名，每名日给饭食钱一百二十文；更夫一名，每日给饭食钱一百文。俾得资其食用，无复他图。

一、添置水龙，以备不虞也。仓建城中人烟辏集之所，自兵燹以后，附近居民草屋甚多。应备水龙一架、火勾四杆、麻打四把、太平水斗二十个、灯笼二十个，约共需钱一百余千文。现有新淘一井，取水不竭，设有附近不虞，则可集夫扑救。名虽护仓，实救民急，岂非备荒中又多一善举。

头品顶戴漕宪张为札委事。照得丰济仓工程将竣，据同善局禀请，以该员驻仓照料前来。除札专司籴粜委员候补许令佐廷遵照外，合行札委。为此札，仰该员即便遵照前往丰济仓常川驻守，认真照料，毋稍懈怠，仍将奉文驻仓日期具报查考。毋违。特札。

同治八年十二月十五日

右札仰候补潘经历福辰。准此。

清淮同善局为转饬遵照事。奉漕宪札开，据该局禀送酌拟丰济仓章程十四条，请示前来。查折开出粜一次，酌量存六粜四，应改为存五粜五。又仓粮出入斗斛，储谷应以漕斛计算，出粜应以浦斛定价。其余各条准如所议，并委潘经历福辰驻仓照料外，合行札饬。为此札，仰该局即便遵照，转饬各该员认真经理，毋任饰混。切切等因。奉此，合亟转饬。为此札，仰该员即便遵照宪札办理。毋违。特札。

右札仰直隶州用候补知县许佐廷。准此。

同治八年十二月二十六日

十二月二十八日奉漕宪张颁发漕斛一张，存仓较收，并准照样制造，以备应用。（外印烙二个。）奉发稻谷五千石、钱五千串。

九年正月二十四日奉漕宪张刊发善字第一号委管丰济仓籴粜事务钤记一颗，并发“岁丰仍节俭时泰更销兵”仓中廒门号头十字。

十一月二十七日奉漕宪张为札饬事。照得本部堂现置山清、安东等属洋田、稻田暨洪湖滩地，已檄郑守仁昌专管在案。查田租一项，本与仓谷相为表里。现在丰济仓已积谷七千石，应以各处所收稻麦全数入仓，作为积谷，须俟次年秋成后，出陈易新。其田租所余之款并本年售出杂粮价值，设法生息，以充仓内经费。至仓谷随时挑晾，不无耗损，亦即于田租项下补足，嗣后不得再购杂粮，俾免繁琐。除行同善局开支该员等每岁薪银各二百四十两，按月请领，并行郑守遵照管理，仍将洋田湖滩所收租价另款存储，以备丰济仓及清河土圩岁修等项外，合行抄粘札饬。札到，该员等即便遵照，会同办理仓务并籴粜一切事宜，仍将奉札日期具报。切切。特札。

右札仰直隶州用候补知县许佐廷
五品衔候补府经历潘福辰。准此

计开奉发山阳县境内各田亩数目：

于楼庄共稻田三顷五十二亩五分一毫三丝，每年额包租稻五百六十八石七斗四升二合。

张庄共稻田一顷六十亩五分三厘三毫九丝二忽七微，每年额包租稻二百十九石八升。

潘徐庄稻麦田一顷九十三亩一厘二毫四丝二忽五微，每年额包租稻四百七十九石八斗一升二合六勺。

京庄稻麦田三顷九十一亩七分一厘，每年额包租稻七百二十三石三斗一升，又原包柴租钱五千文。

富谭庄稻麦田四十亩五分七厘五毫，每年额包租稻六十六石五斗四升六合。

史家圩稻麦田二顷九十五亩五厘二毫六丝七忽二微，每年额包租稻三百九十六石三斗四升二合。

平桥溪南岸舒庄稻麦田一顷九十亩零，每年额包租稻三百二十七石一合四勺。

以上山阳各庄，共田十六顷二十三亩三分八厘五毫三丝二忽四微，每年共额包租稻二千七百八十石八斗三升四合，共包酱麦三十二石二斗四升二合八勺，又原包柴租钱八千文。

安东县境内：

安东庄共洋田十顷四十四亩四分一厘八毫五丝三忽（内有未租出地九十亩，实租出地九顷五十五亩一分一厘七毫五丝），每年共收租钱三百八十三千九百十四文。

条河庄共洋田五顷二十亩五分六厘二毫五丝（内有未租出地三十五亩，实租出地四顷八十五亩一分四厘五毫），每年共收租钱一百九十三千文。

以上安邑，共地十五顷六十四亩九分八厘一毫三忽（连未租出地在内），每年共收租钱五百七十六千九百十四文。（光绪十五年奉批减为八折征收，并随征加一小租钱文。）

洪湖滩吴五图人字六号，共田十七顷九十八亩九分一厘六毫，内除官路河浤六十七亩八分三厘八毫，又除田埂荒废三十九亩三分三厘五毫，实存熟地十六顷九十一亩七分四厘三毫。每年共包正租钱六百六十九千二百六十三文，又随征小租钱三十三千八百三十五文。

洪湖滩吴一图寿字一号，共田十三顷十九亩三分四厘六毫，内除官路河浤二十三亩一分五厘七毫，又田埂、车路、场基、圩基、荒废等地七十五亩四分一厘五毫，实存熟田十二顷二十亩零七分七厘四毫。每年共包正租钱六百十千三百八十七文，又随征小租钱二十

四千四百十五文。

洪湖滩人字四号，共田一顷八十七亩七分二厘八毫，内除官路河泫十二亩七分七厘二毫，又田埂、车路、荒废等地十二亩五分六厘三毫，实存熟地一顷六十二亩三分九厘三毫。每年共包正租钱七十六千一百八十三文，又随小租钱三千二百四十八文。

洪湖滩人字六号，共地一顷五十亩八分七厘四毫，内除官路一亩零六厘四毫，又田埂、车路、荒废等地二十一亩七分零四毫，实存熟地一顷二十八亩一分六毫。每年包正租钱六十三千四百七十九文，又随征小租钱二千五百六十二文。

以上洪湖滩，共地三十四顷五十六亩八分六厘四毫，内除河泫、官路，共地一顷零四亩八分三厘一毫，又田埂、车路、场基、圩基、荒废等共地一顷四十九亩零一厘七毫。

实计熟地三十二顷零三亩零一厘六毫，每年共收正小租钱一千四百八十三千三百七十二文。（系照现定章程刊刻。）

计开奉发续置身秧麦田亩柴滩数目：

山阳县境内：

一、续置何其杰张庄秧圩田一垤，坐落山阳县和乐二乡，共秧麦田九块，计六十九亩零。每年额包租稻六十三石，又租钱八千四百文。

一、续置吴孝友堂淮城南门外头函洞和乐一乡共秧麦田三块，计十二亩四分二厘六毫四丝六忽八微。每年额包租稻十八石，内除沟租一石，净包租十七石。

一、续置王留余沙庄秧麦田，坐落山阳世美四乡，除坟地净实计田九十五亩六分三厘八毫六丝二忽二微。每年包租现改收租款。每年原包租稻一百七十二石四斗四升，嗣经改种旱谷，每年共包租钱六十一千四百九十二文。

续置张庄浮草房二间，作坐仓之用。

安东县境内：

一、续置吴崇让堂安东条河洪西三庄，共地六顷五十二亩零四厘六毫。每年额包租钱三百千七百二十二文。（光绪十五年奉批减为八折征收，并随征加一小租钱文。）

宝应县境内：

一、接领宝应县南北两闸湖滩无草尾地，共计十四顷六十七亩七分八厘七毫。俟地生柴，按亩招田起租。

一、续置南闸地字号有柴滩地十一顷七十七亩四分九厘九毫。

此项柴地不要牛种，无忧水旱，其包佃逐年更换，不致空租。每年除完官租外，可净获钱三百三十千之谱。

光绪十一年，续接领洪湖滩地及置买仓东民房：

一、接领宝善堂退让洪湖滩吴五图人字五号，共地十顷零七亩三分二厘二毫，内官路六亩六分二厘六毫。每年约共包租钱四百五六十千文。

一、置买仓东乐善堂瓦草房三宅，计共八十间，以备添建廒房应用。现在暂收房租，每年约钱三百六十千文之谱。

光绪十九年置买洪湖滩小桥民房：

一、置买洪湖滩小桥王姓草市房九间，作为湖滩收租公所。

仓中山邑各庄田亩情形及离堤远近运稻驮力运费

内：张庄在头涵洞，距堤二里。（本庄斛较漕斛每石大七升。由庄上船驮力，每石六文。）查此田怕水怕旱，又无佃房，仅有草仓三间，管庄者亦无栖身之处，田薄佃疲。（草仓三间，于光绪十一年倒塌，复于二十一年禀准重建。）

潘徐庄在七涵洞，距堤十里。（本庄斛较漕斛每石大七升。驮力至堤，每石三十文。）查潘庄与徐庄不连，其田均属膏腴。潘庄有瓦仓五间，现已狼狈。东二间改为一间，以作坐仓。所空一间基地，盖为草厨。

史圩富谭庄在七涵洞，距堤十二里。（本庄斛每石较漕斛大九升七合，驮力每石三十六文。）

查此二庄毗连，仓在史圩庄，田属上中，惟场基太凹，且有钱姓西边小场在内。若将场基培高，可无水患。瓦仓三间、草坐仓五间、草厨一间，现均修整。

于楼庄在七涵洞，距堤八里。（本庄斛每石较漕斛大九升七合，驮力每石二十四文。）

查此庄田亩方整，水旱无忧，四围埂界庄在中央，望之平如桌面。有瓦仓三间，草坐仓现修改成二间。

京庄在九涵洞，距堤二里。（本东庄斛每石较漕斛大八升，西庄大九升七合，每石驮力钱六文。）

查京庄有东西庄之分，田亩均平整膏腴，无虑水旱。有瓦仓三间、瓦坐仓三间、瓦厨一间。其坐仓欹侧，即须修理。（现已修整。）

舒庄在十涵洞，距堤七里。（本庄斛较漕斛每石大七合，驮力每石至堤二十一文。）

查此庄田瘠佃贫，较为最下，且有圩田一块，距本庄三里之遥，尤薄。而仓房、坐仓，皆与李姓合业。

每于秋收后往运，先由各庄驴驮至堤上船，船价运至清江北门，每石二十文。又由北门运仓，每石车力钱七文。又斛手量稻，每石钱二文。所有县差夫头各项，看其勤隋，临时酌定。运储淮城分仓，每石水脚钱十四文。又由淮西门挑箩上城，每石五文。

仓中于同治九年间置办各器具，内：

石臼二十个，石硾六十个，风斗三张，笆斗五十个，竹筹三百根，水龙一架（水斗、灯、旗全），石碾一盘（碾砣、碾心、木框、木担、挂斗全），大风斗一张，脚碓头四架（又于十三年因赈济添办四架碓窝，前后八口），洋水龙一架（于光绪十九年奉漕宪松饬发），洋龙号衣十六件，水桶一个，洋龙本架十根，竹梯一张。

同治十年八月二十日奉清淮同善局饬行。据禀仓中水龙，前已办齐，所有抬龙夫役等人饭食，请援案转禀本局。兹奉漕宪批示，如禀准行，仰即随时酌给，具报查考。倘该市夫有事不到，或扑救不力，需索贻误，即由该仓委员查明，移县究办。此缴等因。查水龙头及掌图夫役工食，援照里河厅所请二名，每月给钱二千二百文，应由该仓选派。其抬龙挑水夫役共二十八名，每出龙时，每名给钱五十文，昏夜加灯烛钱五百文。除饬县谕令草市口夫头拨派外，饬仓知照。

同治十年十月仓中奉发水龙抬龙市夫二十八名，内草市口应差市夫十六名，观音寺巷应差市夫十二名。

同善局行据清河县申送抬龙市夫花名册，内草市口、观音寺巷两市口，共应差二十八名。倘该市夫有事不到，或扑灭不力，需索贻误，即由该仓委员查明，移县究办。抄单饬仓知照。毋违。

奉漕宪松发洋龙一架并添置洋龙器具源委记

清江当南北之冲，居民辐凑，闾阎栉比。沿城附郭贫民之结茅为屋者，尤不可胜计。值隆冬暵旱，一夫不慎，或蔓延至十余户，而烈风飚举，非水龙聚集，扑救得力，难期熄灭。浦地故多水会而洋龙盖寡。岁光绪十九年春二月，漕督宪松慨然念之，乃饬购上海新制洋龙二架，一以储河北之中关帝庙，一以发丰济仓，备不虞焉。召方供差在仓，敢不实力奉行，以仰副漕宪仁庇斯民之盛意。先是仓中旧有水龙底夫二十八名，至是不敷应用，遂得禀请漕道宪添拨市夫十名，仍由清河县于草市口、观音寺巷两坊各选五名，造册移送，每名给底钱八百文。又原底夫二十八名，每名加给底钱四百文，添置号衣，并水桶竹梯一切应用器具，均如式。于是合之浦中旧存洋龙，而救火之利器浸多矣。溯自仓廒重建以来，上宪之经营缔造与夫任斯事者之实心实力，盖历二十余年，而良法美意灿然悉举。今漕宪又复补其罅漏，添发洋龙，窃以为储粟万石，所以防百年不一遇之灾，而救火利器，乃以备昕夕不及防之患。其仁心仁政，盖有后先缓急之殊，而为斯民造无穷之福与斯民之感颂恩德者，固无微不至也。召幸得躬举其事，用敢志其颠末如左。

光绪十九年三月籴粜委员候补通判沈召谨记

同治十一年十一月，仓中请以前盖砻房与崔州同互相商换地基立案

前于同治八年春，在大门东首建盖砻房四间。因地基东首一间缺角不方，并二进东厢厨房三间无滴水基地，当与东邻候选州同崔柏龄商换靠仓大门东首地基一块，南北长八尺，东西宽五尺，并厨房水向东滴，荷允准盖，并言明仓内头进东边围墙，嗣后崔姓建盖西厢，准许水向西滴，两全其美。当即请奉漕宪张面谕，照准办理，后复呈请立案。

乐怡泉碑铭

同治丁卯，张子青尚书督漕运，以城西丰济仓毁于贼，重建于康阜楼东，筹款积谷，饬余司籴粜事，以潘怡樵参军驻仓。刊仓规十四则，其一为歉岁赈贫民米，令就仓中淅米以杜转售射利之弊。其地旧无井，乃凿井于大门内偏隙地方。掘地及丈，得泉二：一自西旁出，色清洌而味微咸；一东出，味甘色清，滃然仰喷。夫水之色味不同，而源异流同，融漾冲汇，以成不涸之源，则司其事者所宜借鉴也。因刻石为之志，并名之曰乐怡泉。盖合余与潘君之字以名之。潘君字怡樵，乐泉则余字也。

同治癸酉长至后三日古歙许佐廷志

同治十年正月禀。仓中试行粜米，诚恐拥挤讹错，当做竹筹，分为三色。红色为一斗，绿色为五升，黑色为一升。于头门设柜，收钱卖筹，至二门凭筹量米。又将二门板壁间开一小洞，内通帐房，即将竹筹由洞投入，至晚经委员点筹较核，卖米收钱。数目各有专责，不致生弊。并头门淘有一井，粜米时设一木桶注水，俾小民随买随淘，不误工艺，众称妥便。事虽小节，确有层次，将来平粜赈济，皆可仿照办理。禀奉批准立案。

同治十年三月禀。仓中出陈易新，试行粜米，事务纷繁，一切文件案牍无人专责。奉准添派书识一名，日给饭食钱二百文，以资办公。每逢粜米时，除仓中司事、书识办理外，准添数钱司事一名，日给钱一百二十文。粜米事竣，即将数钱饭食停止。又于十一年

因仓粮日增，文件日繁，奉准该仓书识日加津贴纸张钱一百文。又后进添盖仓房，地方较旷，奉准添更夫一名，日给饭食钱一百文，巡夜油烛钱十二文。

同治十年八月内，奉漕宪张饬盖五进仓房十三间。当以建仓以来，数年丰稔，买补庄收，相辅而行，仓廒皆满，后来稻谷无处堆积，因于十年秋请添建后进仓房朝南七间，东西厢房六间，正中为仓神殿，两傍共十二廒。各工料原估共计二千九百余千，后奉批拨用普应寺所存木植，除去八百八十余千，以二千余千批减九折兴办。于八月杪开工，阅四月告蒇。随请编发廒号，并将前进廒号“岁丰仍节俭时泰更销兵”十廒号字声明。嗣于十一年夏奉漕宪文，饬发“薄税归天府轻徭赖使臣欢沾赐帛老恩及卷绡人”二十字。内云其余八字，留为续后添建仓廒之用。

敬禀者：窃卑职奉委管理丰济仓，阅经三载，幸无贻误。惟查原议章程内载，筹款万串，发铺生息富仓。后因同善局无款可拨，幸蒙前宪张于八年冬饬发山清、安东等属洋田、稻田暨洪湖滩地，以岁收稻麦全数入仓，作为积谷，并仓后置买大地基一块，以备陆续全盖仓房，可储谷三万余石，以岁收积谷余三余九之储，可称百年不易之基。经手者须当藉公积德，认真经理，常念仓中多粮一石，荒年少一饿殍。伏思各处善举始创，无不尽善。迨历时既久，率皆废弛，或移他用，尽失初基。此田乃善举之根，永期勿替，理合禀请大人俯赐通行道府州县，无论官民何项急需，不准将此田及积谷余利挪移动用，并请批示立案，深为公便。恭请勋安。卑职佐廷谨禀。同治十年九月十八日奉漕宪批示：所办尚属妥协。应准如禀立案，仰即遵照。此缴。

同治十年九月禀。仓中委员，原定油烛纸张二人，合领一百五十文。现以文件日多，不敷分用，奉准照善后局章程开支一分，除原领一百五十文归驻仓委员支领外，粜粜委员照州县班次，准日领油烛纸张钱一百八十文。

同治十年十二月，奉饬动拨仓谷，分储淮城备荒。奉漕宪苏饬，据董事汤桐等禀，以淮城地方人烟凑集，贫窭户多，拟请饬仓赏照仓中现存谷数分拨四成，抑先将今秋庄收运储淮城，为数虽不及四成，俟明岁仓谷收数，再照四成分拨，则贫民更顶祝长生矣。西门关帝庙等处可储，凡盘晒，请仓宪过斛，仍经委汇报等因。准添仓夫二名，常川照料。当以该董等不能兼顾，谕令候选布理问许可宗帮同办理但借地堆储，究非官仓可比，不宜太多。应拨庄收二十千石，如果来年无损，便可多储矣。嗣于十二年将西门城楼修整，即改储城上，出陈后当又购麦堆储。至于出陈易新，仍归仓委经理。

同治十一年四月，禀请津贴院局承办仓中案件各书。当奉前护漕督部堂刘批准，每年各给津贴纸张钱十千文。

光绪元年冬间禀。仓中仿照向年吴勤惠公督漕河时，每于岁杪筹款，往山宝一带采购粥米二三千石，分储浦中各庙，寓恤谷贱伤农之意。迨来春青黄不接价昂时，计本出粜。缘清江素不产稻，浦民喜食好米，仓中出陈之米不能煮粥，曾于冬腊月间买运仓稻，带购粥米储仓，春令出陈粜米，随同搭卖，既平市价，实便民食。禀奉漕宪文批准立案，俟后仓款有余，遵照办理。

光绪七年春间，因前中两进各廒皆满，复奉淮扬海道桂饬，于后院添建仓廒十一间，禀奉漕宪黎批准建盖。计用工料钱二千九百余千，由王丞宗干经收田租项下蓄款拨用。廒号用所余八字内“赐帛老恩及”五字；仍余三字，再作添廒之用。

光绪七年十一月，奉局饬将田租收支各款拨归仓中收放，事务日增，以致原禀之仓书一人不敷兼办，请添谙练田务书手一名。禀局转奉漕宪周批，准添书手一名，随同该仓原办之书经理。应准照章开支。

光绪八年春，以各廒皆满，盘晒遇雨，无处囤转。禀奉漕宪周由田租款项下动拨工料钱一百七十余千，又添建草厂五间，以资盘晒转囤等用。

光绪十四年四月，因仓廒不敷堆转，禀奉漕宪卢批，准于后院建盖向西仓廒六间，由田租项下动支工料钱一千四百余千，廒号用所余"卷绡人"三字。

光绪十五年正月，砻房不敷，禀准添盖砖墙草苫房二间。

光绪二十三五年月，禀准大门内西草房改建瓦房三间，并添置暖房柜板，又线口袋一百条。

钦命二品顶戴、江苏分巡淮扬海兵备道、督办清淮善后总局谢为录批抄稿转饬事。奉漕宪松批，本局禀据丰济仓委请将头门内大院西首添瓦厢房三间，估需工料钱数清册，并请添购口袋一百条，候示饬遵缘由。奉批：据禀，丰济仓内草房改建瓦房三间，估需木瓦工料柜房暖板等项，共实需钱三百四十千七百十文，应准由仓存余款内动支。仰即转饬该仓委，刻日督匠照估兴修，毋稍草率偷减。工竣取具保固切结，报候委验。至线口袋一百条，亦准如数购用，核实开报。此缴。册存等因。奉此，合结录批抄稿转饬。为此札，仰该仓委员即便遵照，刻日督匠照估兴修，毋稍草率偷减。一俟工竣，取具各匠保固切结，报候委验。至线口袋一百条，亦准如数购用，核实开报毋违。

右札仰丰济委员徐丞乃斌
许知事广成。准此。

光绪二十三年七月初四日。

奉拨安东暨洪湖滩地租款归仓经收源委记夫仓储之设，所以备荒，开源不厌其多，出纳不嫌其吝，盖所谓日计不足、月计有余也。维建仓之初，经前漕帅南皮张公置买山邑稻田，永为仓庄，额收租谷二千八百余石，由仓经理，增广仓储。又筹拨安东暨洪湖滩地，每年额定租钱二千三百余串，归同善局经收，另款存储，以备买补仓粮及岁修圩工之用。而仓中经费，取给于斯。设仓定案，无论何项急需，不得挪移动用，刊在木榜规条。法至美，意至深也。适漕宪周莅任之初，统筹度支，清厘款目，饬将同善局代征滩租改归仓中经收经放，粘发单开滩租原支款目，合之仓中额活例支及岁修庄用经费，每年约需三千余缗，入不敷出，似非经久之图，即经会禀筹款添拨。蒙桂道宪重念仓储为备荒要务，指画肯綮详悉上陈，禀奉周漕宪批，准将滩租内原案指拨之崇实书院每年三个月膏火银三百九两六钱、山邑士子乡试川资每科钱五百千，改由盐利项下如数发给，又淮城董事薪水每月支钱八千一百文，改由善举项下支给，以符名实。从此安东暨洪湖滩租专济仓款，并新置宝应滩地额收租钱三百余千，足以有盈无绌。而山邑租稻二千数百石，年增一年，设遇旱潦偏灾，有备无患，为斯民造福，岂有涯哉？张少眉司马与佐廷躬与其事，敢不书其源委，以志院
道两宪培植仓储之盛德，且告后之任其事者。光绪八年五月谨叙记如左。

漕督部堂调补安徽巡抚部院吴札发事。照得现议购置宝善堂湖田以为丰济仓公产，并买附近民房，以备将来添建仓廒，计需价钱八千余千文。其增刊仓志图说碑记等事，尚需零星经费。仓中存款多系粜价，应存俟籴谷还仓，未便动用。查储谷备荒，乃善政之大者。今本部堂捐备足银六千两，以为购置田房之用，合行劄饬。为此劄，仰该员即便遵照，会同善后局提调万丞青选、丰济仓委员张令愚溪，将前项田房速行购定，一切事宜妥为经理，禀候察核。切切。特劄。

右劄仰代理清河许令佐廷。准此。

光绪十一年四月二十二日

为呈报事。窃卑职青选昨奉宪台漕宪吴劄开，照得本部堂捐备银六千两，置买宝善堂滩地十顷七亩零，地价五千串，又置买乐善堂瓦草房一宅，房价三千六百千，均归丰济仓收租，已据送到契纸存库备案。所有前项银两，按照浦中市价日期，每两易钱若干，除付地房各价外，该仓增刊志书图说碑记等事以及零星经费，实须若干，仍存该仓若干，合亟札饬。为此札，仰该丞即便遵照，刻日据实具覆，以凭查该等因。卑职佐廷、愚溪并奉札同前由各等因。奉此，查此案前奉宪台漕宪吴自捐曹〔漕〕平银六千两，发交卑职等会同兑付，购买宝善堂地价、乐善堂房价等用。卑职等当即会同将奉发曹〔漕〕平原封银六千两，按照原封原平，共易换足钱九千二百七十四千一百十五文，内支宝善堂地价钱五千千、乐善堂房价钱三千六百千，二共合支钱八千六百千文。其余钱六百七十四千一百十五文，已交丰济仓入于田租项下暂存，留备刊刷仓志图说纸工价值等项应用。卑职青选、佐廷曾于五月十一日具文呈报宪鉴漕宪在案。兹奉札饬，除仓志图说并勒碑工价等项办竣，据实开报，仍余钱文另款存储备用外，理合再行具文呈报，仰祈宪台鉴核。除呈报漕宪外，为此备由，呈乞照验施行。

光绪十一年五月十七日同知衔江苏候补知县张愚溪、知府用南河候补同知万青选、直隶州用代理清河县知县许佐廷呈漕宪吴善后局宪

光绪十一年六月代理清河许令禀漕督部堂吴清淮善后局

敬禀者：窃卑职溯自同治七年冬奉差浦上，适枢部前漕宪张总督漕河。其时军务大定，百废具举，因委卑职重建丰济仓于城内，发谷五千石、钱五千串，竖碑碣，立规条。卑职司仓籴粜，又举潘经历福辰驻司管钥。八年冬，又将续置秧田岁收租谷二千八百石拨仓征租。此系建仓经始之基也。十年八月，禀奉前漕宪张添建中进廒房十三间，至光绪七年春，以前中两进各廒皆满，经前淮扬桂道禀请前漕宪黎添建后院十一廒，续蒙前漕宪周将湖田租款由局拨仓经收经放，规制渐廓。卑职复思善举创始，无不立法森严，久远恐为颓废。是以编辑历办案牍与夫田房契据基址，刊成图案，以垂久远。卑职现虽改委善后局差使，然私心筹画，浦地要冲，设遇饥年，以仓储之一二万粮势难分赈，必须五六万石，方可济本地之急。揆之储廒，仍须添建，非左近拓地不可。适值附近仓东有民房三宅，皆愿出售，是以卑职昨曾会同仓委禀请价买归仓。荷蒙漕宪吴慨捐巨款，买屋置地，成全久远，将来建仓有地，且暂时得利润仓。当日枢部张漕宪善继其后之望，今实邀成于宪恩矣。此后委管得人，不难日增月盛。第奉办斯差，无非钱谷，必须使无内顾，以成其兼。卑职前委仓务时兼办蒋坝厘差，而潘经历亦兼总巡差使，故仓中薪水，每员支银二十两。后因通减八折，每月仅支银十六两。惟仓中差使任重事繁，现在田房钱谷数盈十万，度支

牒牍以及船运晒晾、综核稽查，均倍于畴昔，而薪水无多，恐不免常怀内顾，致有疏漏。卑职系创始之人，管窥所及，不敢稍存缄默，可否仰恳大人俯念仓务重大，量予恩施，将该仓委员等酌加薪水，并于每年仓中出粮，每石准支出仓灰土钱二十文，照股分派，以资贴补。再，仓廒房屋倍多于前，原定仓夫四名，不敷驱遣，可否一并邀恩俯准添雇二名，以免贻误。卑职因公起见，不揣冒昧，历情禀渎，优乞宪台察夺，批示饬遵。恭请福安。卑职佐廷谨禀。

六月二十日接奉漕宪吴批开：如禀准自本年六月起，加给丰济仓委员二人薪水银各八两，以资津贴，仰候札饬善后局具领转给。并准添用仓夫二名，所需工食入于月报册内造销。至以后仓中出粮，每石准支灰土钱二十文，每年约出仓粮若干，如何分股摊派，并即先行开数呈核。缴等因。

光绪十五年粜粜委员候补通判沈召等禀，以安东条河洪西三庄原包额租钱八百七十七千六百三十六文，近年收成歉薄，佃等困苦，会县酌核，请自本年麦租起，照原额租数减为八折征收，并随征加一小租，俾贴董事办公经费。奉善后局宪转奉漕宪李批开：据详已悉。所议安东等庄应征租钱，每年准收正租七百零二千一百八文，随征小租七十二千文，以为津贴管田董事经费，应准照办。此外不得丝毫多征，亦不准各佃任意拖欠。此次清查之后，每季收租即由该局先发告示，载明租数，交董实贴，无论赴仓交纳，或因农忙，仍由董事催收，均由该仓随时发给收照是要。此缴等因。

光绪十八年粜粜委员候补通判沈召等禀，淮城西门城楼堆储稻谷，添设廒板，并请酌给董事月支油烛纸张钱一千文，以资办公。奉漕宪松批开：据禀，分仓董事禀请添设廒板，修理墙屋，并请发油烛钱文，既经该倅查明实需应用之款，均应照准。仰即分别动支给领等因。

同治十一年十二月，奉漕宪文附片，奏准仓中岁收租稻，仓储分存，每年轮换新谷，田租发运，恳恩免纳厘税全案。

再，清江城内重建丰济仓，积存稻谷，以为平粜放赈之需，又置田亩数处，即以岁收租稻增益仓储，并于淮城择地分存，以备歉年应用。清淮地方潮湿，存稻可历三年，太久则腐，每年必须拨出数成，轮换新谷。其田租所入，亦须随时发运。恭读同治十一年八月二十九日上谕，采买米谷赈济，准免厘税。仰见皇上怀保小民时廑如伤之念，钦感难名。窃思备荒赈济，缓急虽殊，事理则一，而陈稻易新及土收租息，究与采买物料不同，可否仰恳天恩，俯准免纳厘税。如蒙俞允，仍当随时覆查，不任稍有夹带。谨附片具陈，伏乞圣鉴训示。谨奏。

十二年正月初三日差并赍回原片。军机大臣奉旨：户部议奏。钦此。

户部奏：据漕运总督文片奏江城重建丰济仓陈稻易新及带收租息免纳厘税一片，同治十一年十二月二十一日军机大臣奉旨：户部议奏。钦此。钦遵于本年正月初四日内阁抄出原奏到部。臣等查清江重建丰济仓，历年积存稻谷，以备歉年放赈之需。现据该督奏称，存储太久则腐，每年必须出陈易新。其田租所入，亦须随时发运，均请免纳厘税等情。所奏系为慎重民食起见，且与采买赈济免纳厘税之案相符，应如所奏办理。惟每年出陈易新并发运田租，出入之际，难保无商人借端影射、夹带私货情弊，应请旨饬下该漕督，严饬各地方官并各关口仍须随时随地严密稽查。除仓谷之外，稍有夹带，即当从严惩办，以重国课而裕民食。至所存稻谷数目，原片内未经声明，应令查明先行报部，以凭查核。所有臣等遵议缘由，谨附片具奏，伏乞皇上圣鉴。谨奏请旨。同治十二年二月十六日具奏。同日奉旨：依议。钦此。抄行漕督饬仓知照。

同治十三年九月，因本年徐海被水灾民南下求食，漕宪恩拟动仓米赈济，率属捐廉举办，附片奏案。内：再，本年秋泛长水情形，业经奴才奏明在案。现已时届立冬，邳宿水势仍复有长无消，洪湖亦长至八尺余寸。犹幸天气畅晴，遇险得以抢护。奴才率属该管道厅相机妥办，不敢稍致疏虞。徐海被水之区失业流民，渐有南下求食者，隆冬势必更多。道路饥疲，尤堪悯恻。清江每届冬令，向设粥厂赈济附近贫民，奈筹款无多，所济不广。查有丰济仓所储稻谷，本为救荒之用，现拟酌动数千石碾米煮赈，专济被水过浦之流民。其有老弱废疾，并宜搭棚栖止。惟谷石虽有存储，而人工、柴薪、棚场、医药一切费用，皆系必不可少之款。奴才惟有率属捐廉，集资举办，视人数之多寡，定日期之短长，俾被水灾黎稍资口食，老弱免沦沟壑，强壮亦不致流而为匪，以副圣主轸念民生之至意。理合附片呈明，伏乞圣鉴。谨奏。抄片饬局行仓知照。遵于十月内开砻做米放赈，并禀定俟资遣时，每口复给米二斗，至光绪元年三月内赈毕。

同治十二年十一月禀缴奉发照抄同善局置买各庄契图，请饬承查收储库。

敬禀者：窃卑职于前月初三日具禀，请发同善局置买各庄契图等件，嗣于十四日接奉宪台批开，仰将发下同善局置买各庄契纸田图，按照粘单查收，先行具文呈报，一面督识赶抄，限奉到二十日呈缴储库，毋得舛错遗失。切切！此缴等因。并奉抄粘发下契纸田图等共五十三件。奉此，卑职遵即督饬赶抄，照绘田图，至十一月初二日一律抄绘齐全，存仓备案。除俟卑职随后亲诣各庄，照契图查丈清楚，再为禀报外，所有原契原图，当做木匣装盛，并照粘开各数目刻列匣盖，一则便于查核，一则不致散失。理合将奉到原契原图等共五十三件具禀呈缴，仰祈鉴核，请饬库承照数查收，封锁储库，并请每年伏日展晒一次，以免霉蛀。仍祈批示祗遵。奉漕宪文批，据禀缴置买善举各庄契图，候饬承查收储库。此缴。

计开契图，统共五十三纸。内：

一、买张庄秧田地契计三纸、图一纸；

一、买潘徐庄秧田地契计二纸、图一纸；

一、买史圩富谭庄秧田地契三纸、图一纸（老契九纸、图一纸）；

一、买于楼庄秧田地契一纸、图一纸（老契十一纸、老图一纸）；

一、买京庄秧田地契一纸、图一纸；

一、买舒庄秧田地契一纸；

一、买王留余秧田地契一纸、图一纸；

一、买吴义让堂洋田地契三纸；

一、买吴崇让堂洋田地契三纸；

一、买洪湖滩地田契四纸（并买划子路并洪湖大堤草房契二纸）；

一、买仓后于姓地基契一纸。

以上契图，总盛木匣。

漕河总督部堂

张子青漕帅置买丰济仓积谷备荒各田契图刊刻木匣面式

一买张庄秧田地契三纸图一幅

一买潘徐庄秧田地契二纸图一幅

一买史圩富潭庄秧田地契三纸老契九纸图二幅

一买于楼庄秧田地契一纸老契土纸图二幅

一买京庄秧田地契一纸图一幅

一买舒庄秧田地契一纸

一买王留余秧田地契一纸图一幅

一买洪湖滩地契四纸并买划子路大堤草房契一纸

一买吴义让堂洋田地契三纸

一买吴崇让堂洋田地契三纸

一买仓后于姓房基地契一纸

以上共契图计五十三纸

同治十二年十月　日　籴粜委员许佐廷　驻仓委员潘福辰　奉

院发仓照钞备案原契图用木匣盛存院库并请每年伏日展晒一次

光绪五八年

一续买宝应湖滩地执照共八纸图一幅

光绪十一年

一续买宝善堂洪湖滩地退让官据一纸图一幅　又原领滩地官据二纸

一续买乐善堂瓦草房契一纸图一幅　又上首老契共十纸

光绪十五年

一置买洪湖滩小桥王姓草房契一纸

光绪二十三年

一接领桃源西滩九段续涸地亩执照一纸图一幅

田　　契*

张庄秧圩田文契

立绝卖秧圩田地文契何仁恕，今因正用，愿将自置己产张庄秧圩田一处，坐落和乐二乡地方，田亩开后，凭中说合，立契绝卖于大人台下，永远承业。当日三面议定时值，估价𢘫制钱二千千文，断杜等项一切在内，一并收清。其田地的系自置己产，并无他人寸土在内，自此绝卖，听凭置造，永无找赎。绝卖之后，永断葛藤。如有亲房门族并原业主人等争论，藉言画字异说以及交差不明、地界不清等情，俱在卖主一面承管，与买主无涉。此系两相情愿，各无异说。今欲有凭，立此绝卖文契，永远为照。

计开：

原买张振泰柯一契内张庄秧圩田连基地，共计八十四亩八分零四毫二丝七微；又陈廷高鉴一契，内计实田二十九亩六分六厘零四丝二忽二微；又陈廷鉴一契，内计实田基地二十六亩四分；又颜步云青李成阳忠邱树堂一契，内计实田十九亩六分六厘九毫二丝九忽八微。以上四契，统共秧圩田并庄基地，计一顷六十亩零五分三厘三毫九丝二忽七微。其田四至，场基地一块，东至汤界，西至汤界，南至头涵洞河心界，北至汤界。东首田一框，东至杨许港出水沟心界，西至南小截埂心陈界，北至大截埂心汤界，南至东大截头涵洞河心界，西至小截埂心陈界，北至西大截埂心陈界，东至小截埂心汤界。又东首场基地一分，上有草仓佃房五间，东西北三面皆陈界，南至头涵洞河心界。洞河南岸田一埏，东至进水沟心界，西至埂心陈界，南至埂心陈界，北至进水沟心界。西首靠洞河田一埏，东至南小截埂心陈界，北至大截埂心汤界，西至南截埂心喻界，北截进水沟心喻界，南至头涵洞河心界，北至埂心汤界。北首田一埏，东至南截埂心陈界、中截埂心汤界，北截埂心陈界，西至南小截埂心汤界、中大截埂心汤界、北小截埂心汤界，南至埂心汤界，北至西截并中截均埂心汤界、东截埂心陈界接连。西首田一埏，东至埂心汤界，西至进水沟心界，南北均至埂心汤界。又北首田一埏，东至埂心陈界，西至进水沟心界，南至埂心汤界，北至埂心文寿庵田界。洞河南岸靠运河堤根田一埏，东至埂心李界，西至运河堤根界，南至东截埂心李界、西截埂心棠雨庵田界，北至头涵洞河心界。随田脚车二部、牛车一部、碌碡二条，所有草仓佃房、场基桥梁、坝口涵洞福神及各契上注明在田坟塚，一切照旧不动。其田由头涵洞河进水，从杨许港出水，人牛水旱路道，照旧出进，通行无阻。所有租斛，一并卖入契内。其田指埏卖埏，不丈不量，宽窄在内，多不增价，少不补田。自卖之后，悉听买主在上耕种改造自便，永远为业。随田钱漕洞费等项，买主自次年上忙起，照亩更名过割完纳。如前有未清粮赋，仍在卖主补完，田地照当年时值估价绝卖，永断葛藤，寸土无存，丘角不留，俱卖尽绝。原买执业印契四纸、草底契五纸，又上首老契八纸、劈分合同一纸、契底二纸、笔据保帖二纸、田图二纸，一并付执。是庄佃共包额租计二百十九石零八升。又注。押。

同治八年十月　日立绝卖秧圩田文契何仁恕押

张庄秧圩田文契

立绝卖秧圩田文契人何其杰，今因正用，愿将自置张庄秧圩田一埏，坐落和乐二乡地方，田亩开后，凭中说合，立契绝卖与大人台下，永远承业。当日三面议定时值，估价足制钱七百千文，言明交庄断杜等项一切在内，一并交清。其田地的系自己续置产业，并无他人寸土在内。自此绝卖之后，听凭置造，永无找赎，永断葛藤。如有亲房门族并原业主人等争论，藉言画字异说以及交差不明、地界不清等情，俱在卖主一面承管，与卖主无涉。此系两相情愿，各无异说。今欲有凭，立此绝卖文契，永远为照。

计开：

原买张希程一契，计秧圩田一埏，大小共九块，除去上业李姓原留坟田一亩四分，又除去张姓前已劈卖实田二十九亩六分零，净存实田六十九亩零。其东南一埏计四块，东至大沟心曹界，西至埂心南大截同善局官田界、北小截卫田界，南至己圩外边本蒲柴田界，北至沟心曹界。又靠同善局官田北首田一块，东至南大截沟心曹界、北小截埂心李莹田界，西至埂心南小截韦界、北大截本田界，南至埂心同善局官田界，北至埂心东小截李莹田界并北本田界、中截本场地界、西小截同善局官田场地界。又接连北首田一块，东至埂心李莹田界，西至沟心本场地基界，南至埂心本田界，北至头涵洞河心界。又西首秧麦田并场基地共二块，计三亩零。其田东至南截埂心本田界、北截同善局官田场地界，西至南截埂心韦界、北截韦姓场地界，南至埂心韦界，北至头涵洞河心界；其场东至本沟地界，西至同善局官田场地界，南至本田界，北至头涵洞河心界。以上共计实秧圩田场地四十五亩零。又秧田圩外南首出水蒲柴田一块，东至曹姓田界，西至棠雨庵田界，南至大塘界，北至西截同善局官田圩边界，东截本秧田圩边界。以上又计实蒲柴田地二十四亩。计净实秧圩田场地并蒲柴田，统共六十九亩零。又原买陈廷鉴亲笔笔据一纸，计草仓房三间，门扇全，随田草篷牛车一部，上中下全脚车一部，石磙二条，并在田沟圩、场基、树木、桥梁、坝口、车木、农具，一切照旧不动，卖入契内。此田亩数四至，俱照原买印底契誊写为业，言明指坵卖坵，不丈不量，宽窄在内，多不增价，少不补田。其田由头浅头洞河进水，从下水沟出水，人牛水旱道路，照旧出进，通行无阻。自卖之后，悉听买主在上耕种改造自便，永远为业。随田钱漕洞费等项，买主自次年上忙起照串更名，过割完纳。如前有未清粮赋，仍在卖主补完。田地照当年时值估价绝卖，永远葛藤，寸土无存，丘角不留，俱卖尽绝。当将原买张希程田印底契一纸尾全，又原买陈廷鉴草仓房三间笔据一纸，又上首老契五纸，一并附执；又清单一纸，亦并附执。此照。

同治十年　月　日立绝卖秧圩田地草仓房文契何其杰押

置买吴孝友堂秧麦田契纸

立杜卖秧麦田地草契吴孝友堂，因已置淮城南门外头涵洞和乐一乡稻麦田三块，因在公田之间，难以承业，情愿杜卖与同善局名下，永远承业。当日议定，照原买两契价银漕平白银七十九两九钱，又因挑沟修理圩埂等项共用钱二十千文，合银十两整，共漕平白银八十九两九钱，断杜银、折席画字、交田小礼、亲房上业一切等项，俱在正价之内，当凭交兑，一并收足。其田地的系已置产业，并无他人寸土在内，自此杜卖，听凭置造，永无找赎，永断葛藤。如有亲房门族并原业主人等争论，藉言画字异说以及交差不明、地界不清等情，俱在卖主一面承管，与买主无涉。此系两相情愿，各无异说。今欲有凭，立此杜卖草契，永远为照。

计开：

秧麦田一块，东三十九弓，至买主界；西三十八弓，至埂心陈界；南二十三弓二尺，至买主界；北二十三弓一尺，至埂心堂田界。四至明白，计田三亩七分三厘七毫七丝零八微。又秧麦田一块，东六十八弓二尺，至埂心堂田界；西六十八弓，至埂心北截邱田界、南截本田界；南二十二弓三尺，至埂心杨界。北二十弓零三尺五寸，至埂心堂田界；计田六亩一分五厘二毫二丝零八微。又接连西南首田一块，东十六弓，至本田界；西十八弓，至埂心陈界；南二十一弓四尺五寸，至本田界；北二十三弓二尺，至埂心邱田界；计田一亩六分零四毫三丝七忽五微。又南首切丈田一块，东五弓二尺五寸，至本田界；西九弓，至埂心杨界；南十三弓二尺，至本田界；北二十一弓四尺五寸，至本田界；计田五分三厘三毫一丝七忽七微。又南首切丈田一块，东七弓二尺五寸，至本田界；西六弓四尺五寸，至埂心杨界。南十三弓一尺，至埂心杨界。北十三弓二尺，至本田界。计田三分九厘九毫。以上五块，四至明白，均照原契，统共计田十二亩四分二厘六毫四丝六忽八微。其田五块，系原买契两纸。自买之后，将西南田三小块去埂改作长田一块，弓口四至，合三小块，丈尺相符。随田稻麦、老种、在田青苗、沟圩、涵洞、场基、树木、木桐、车木、农具，照旧制不动，卖入契内。此田当日三面眼同丈量，弓口四至亩数明白。其田由头涵洞河福神庙后陈姓，此时陈姓归与许姓承业，例应仍照旧制，小沟进水，从许姓田内出水，下洋汎港宣泄。进水出水并人牛出进水旱路道上下，俱照旧制出入，通行无阻。随田钱漕等项，买主自本年照亩更名，过割完纳。如前有未清粮赋，仍在卖主补完。田地照当年时值估价杜卖，永断葛藤，寸土无存，丘角不留，俱卖尽绝。自此杜卖之后，悉听买主在上招佃耕种，改造自便，永远为业。此田地系已置产，无别人争论，毫无他人寸土沾染。嗣后如有卖主亲房门族并上业人等藉倚画字争论，以及交差重复、田界地址水路一切不清不白等情，俱在卖主一面承管，与买主无干。原买文契两纸，一并付执。恐后无凭，立此绝卖文契，永远为照。

同治十一年六月　日立杜卖秧麦田地草契吴孝友堂押

草契付执　　亲笔无中

潘徐庄秧麦田地文契

立绝卖秧麦田地文契何仁恕，今因正用，愿将自置已产潘徐庄秧麦田地二处，坐落时清六乡地方，田亩开后，凭中说合，立契绝卖于大人台下，永远承业。当日三面议定时值，估价攵久六制钱四千七百七十四千六百十文，杜断等项一切在内，一并收清。其田地的系自置已产，并无他人寸土在内，自此绝卖，听凭置造，永无找赎。绝卖之后，永断葛藤。如有亲房门族并原业主人等争论，藉言画字异说以及交差不明、地界不清等情，俱在卖主一面承管，与买主无涉。此系两相情愿，各无异说。今欲有凭，立此绝卖文契，永远为照。

计开：

原买张鉴亭社庭受百潘庄稻麦田一契，内计实田基地一顷三十七亩二分五厘一毫七丝；又张德绵一契，内计实田基地四十亩零零八厘九毫九丝五忽；又张德绵一契，内计实田地六亩一分零一毫七丝七忽五微；又贡顺隆一契，内计实田地八亩二分四厘一毫五丝；又张锡黻一契，内计庄基地一亩三分二厘七毫五丝。以上五契，统共秧麦田并庄基地计一顷九十三亩零一厘二毫四丝二忽五微。其田大埏四至庄基，并田一埏，东至庄基西分并埂心张界，西至中沟心南截本田界、北截丁界，南至西截埂心张界、东截庄沟心张界、北至庄沟心并进水沟心张界。中沟西靠进水沟口田一埏，计二块，东至中沟心张界，西至埂心董界，南至沟心丁界，北至六涵洞河心界。接连西首田一大埏，东至中沟心南大截张界、北小截本田并丁姓埂心界，西至南小截戴界、北大截于界。内除张姓坟茔田二块，计十六亩零九厘六毫七丝四忽五微，南至东截进水浮沟外埂心杨界、西截埂心贡戴界，北至六涵洞河心界。四至明白，随田庄基上瓦仓房二间，门扇全，草佃房二十二间，半脚车六部，碌碡四条，按场一条，石砟一条，在庄树木、桥梁、坝口、涵洞、福神，一切照旧不动。其田由六涵洞河中沟口、西沟口进水，向东两沟出水。又原买张鉴亭受百徐庄秧麦田一契，内计实田基地八十四亩九分四厘零九丝，其四至东至埂心张界，西至南小截进水浮沟心湛真寺田界、北大截继济堂田埂心界，南至东截埂心张界、西截进水沟心高界，北至东大截沟心张界、西小截埂心张界。四至明白。随田庄基上草佃房三十三间、脚车三部、碌碡二条，在庄树木、桥梁、坝口、涵洞、福神，一切照旧不动。其田由七涵洞河进水，从泄水长沟出水。以上两庄人牛水旱路，道照旧出进，通行无阻。所有租斛及在田麦青，一并卖入契内。其田指埂卖埂，不丈不量，宽窄在内，多不增价，少不补田。自卖之后，悉听买主在上耕种改造自便，永远为业。随田钱漕洞费等项，买主自次年上忙起照串更名，过割完纳。如前有未清粮赋，仍在卖主补完。田地照当年时值估价绝卖，永断葛藤，寸土无存，丘角不留，俱卖尽绝。原买印底契六纸、上首老印契一纸、草底契一纸、张姓分据合同一纸、笔据三纸、田图一纸，一并付执。是庄佃共额包租计四百七十九石八斗一升二合六勺。又注。押

同治八年十月　日立绝卖秧麦田地文契何仁恕押

潘庄仓屋浮房文契

立出卖文契丁昌言，今因正用，愿将原买张沆潘庄瓦仓屋浮房三间，四面砖墙，仓门二扇，内地砖铺，后檐墙上半截及中间屋盖塌卸西首一间，点木三根，并跌坏旧料，均存仓内，绝卖与大人台下，永远承业。当日三面议定时值，估价足制钱七十千文，听凭自便改造，永无异说。当时钱契两交，毫无悬欠。恐后无凭，立此文契存照。

同治八年十一月　日立出卖文契丁昌言押

史家圩秧麦田文契

立绝卖秧麦田文契许芸台，今因正用，愿将祖遗应得史家围田地一处，坐落运河东岸时清六乡罗家桥地方，田亩开后，立契绝卖与大人台下。当日三面议定，照时酌价攵久六钱三千八百千文，断杜等项一切在内，一并收清。其田的系应得己产，并无他人寸土，自卖之后，永断葛藤。如有亲房门族、上业人等争论折席画字，以及交割不明、界限不清，俱在卖主一面承管，与买主无涉。今欲有凭，立此绝卖文契，永远为照。

计开：

一、原买陈秋涛秧田七十二亩二分四厘二毫五丝八忽二微，内有坟一座，四面去一分二厘二毫，净计实田七十二亩一分二厘零八忽二微一契；原买史君俞秧田七十三亩八分零一毫零五忽一契；原买陈业昌陈润昌秧田十六亩零六厘六丝六忽，内有坟一座，四面各留八弓，去田二分六厘六毫六丝六忽，净计实田十五亩八分一契；原买陆在瀛秧田九亩八分九厘二毫九丝，内坟地二分一厘三毫六丝六忽，又坟四座，四面各留二弓，去田三厘三毫三丝三忽，净计实田九亩六分三厘五毫九丝四忽一契；原买林守和秧麦田九亩一契；原买林安舒秧麦田十三亩四分三厘八毫一契；原买传旺秧麦田七亩一契；原买林养和秧麦田三十二亩八分一契；原买周熙堂秧田五十八亩六分八厘三毫三丝，外带虚粮一亩五分，计虚实田六十亩零一分八厘三毫三丝。以上九契，共计虚实田二顷九十五亩零五厘二毫六丝七忽二微，计包额租三百九十六石三斗四升二合。随田瓦仓房三间、草仓房五间、草佃房二十二间、福神庙一座、碌碡四条、脚车六部，沟圩、河岸、树木、租斛、在田麦青，一并

卖入契内。所有各庄各块田亩弓口四至，买主悉照各底契为业，言明指埂卖埂，宽窄在内，不丈不量，多不增价，少不补田，卖尽卖绝，丘角不留。其田从六涵洞进水，溪河泄水，人牛出入、涵洞沟口，公用独用，均照旧制。钱漕洞费及捐款积谷各项，买主自同治九年起更名过割承认。如前有未清粮赋，仍在卖主补完，与买主无涉。原买底印契九纸并上首老契十纸付执。押

共计实田二顷九十二亩二分七厘八毫三丝七忽二微。又照。

同沼八年十月　日立绝卖秧麦田地文契许芸台押

富谭庄秧麦田文契

立绝卖秧麦田文契丁受益，今因正用，愿将自置己产富谭庄田一处，坐落时清七乡地方，田亩开后，凭中说合，立契绝卖与大人台下，永远承业。当日三面议定时值，估价夂夂六制钱六百千文，断杜等项一切在内，一并收清。其田的系自置己产，并无他人寸土在内。自此绝卖，听凭置造，永无找赎。绝卖之后，永断葛藤。如有亲房门族并上业主人等争论，藉言画字异说以及交差不明、地界不清等情，俱在卖主一面承管，与买主无涉。此系两相情愿，各无异说。今欲有凭，立此绝卖文契，永远为照。

计开：

原买钱临庆一契，宋庄后圩西首劈出秧麦田四十亩零五分七厘五毫，东至北截杨界、南截傅界，西至大埂心界，南至宋庄园沟心界，北至沟心界，四至明白。随田稻麦、老种、在田麦青，并沟圩、涵洞、树木、农具，一切俱照旧制不动，卖入契内。此田所有逐块弓口，俟日后交田时查明，补载契后，言明不丈不量，指埂卖埂，宽窄在内，多不增价，少不补田。其田出水进水，并人牛出进水旱路道，上下俱照旧制，出入通行无阻。随田钱漕，买主自次年起照亩加一更名，过割完纳。如前有未清粮赋，仍在卖主补完。其洞费等项，言明系照亩摊派，两无异说。田地照当年时值估价绝卖，永断葛藤，寸土无存，俱卖尽绝。自此卖绝之后，悉听买主在上招佃耕种，改造自便，永远为业。此田地的系自置己产，毫无他人寸土沾染。嗣后如有卖主亲房门族并上业人等藉言画字争论，以及交差重复，田址、地界、水道一切不清不白等事，俱在卖主一面承管，与买主无干。原买印契一纸、底契一纸，一并付执。此照。是田共包额租六十六石五斗四升六合。押

同治八年十月　日立绝卖秧麦田地文契丁受益押

史圩富谭庄秧田文契

立绝卖秧麦田文契人张祉庭，因为正用，愿将祖遗应分秧麦田一块，坐落时清六乡地方，央中说合，凭官牙立契，绝卖与同善局官田史圩富谭众业钱临庆何春晖、邵景华、韦本高杨聚昌、单万富、傅天禄名下永远为业。当日三面议定时值，估价夂夂六大钱五十一千文。是日契下两交，毫无悬欠，亦非私债折准。其田的系祖遗己产，并未包侵他人寸土在内。自卖之后，凭听业主改造自便。倘有亲房门族并上业人等争论，均在卖主一面承管，与买主无干。此系两相情愿，非敢勒逼成交，永无反悔异说。今欲有凭，立此存照。

计开：

劈卖韦新庄东边秧麦田一块，东至埂心何界，西至卖主界，南至沟心界，北至六涵洞

河心界，四至明白。计卖实田一亩七分。此田照依四至亩数劈卖，俟交田时丈量弓口，补写契后。随田粮赋，买主自本年上忙起照亩加一过割，更名完纳。以前有未清粮赋，仍在卖主补完。其田的系祖遗应分己产，并无别房他人寸土沾染。倘有房族、上业人等争论、界址不清、交差不明以及重复一切等情，俱在卖主一面承管，与买主无干。自卖之后，悉听买主自便改造。开沟出进水道，卖主无得阻挠异说。其余张姓田亩照旧出进用水、折席画字、交田小礼、稻麦老种、在田麦青，俱卖入正价之内。出进水旱人牛路道，照依旧制出入，通行无阻。既卖尽绝，永断葛藤。原买底契田多，一时未便付执。俟后查出批明。此照。

同治九年三月　日立绝卖秧麦田文契张祉庭押

马冠群押

凭中人濮树滋押

徐竹西押

官牙靖怡茂押

计开合同：

立合同钱临庆、何春晖、杨聚昌、单万富、韦本高、邵景华、傅天禄，情因与同善局史圩、富谭官庄公买张祉庭田一亩七分，立契开沟，计正价四底钱五十一千文，中资四底钱一千五百文，牙人笔资四底钱一千文，挑浚夫工足钱七千六百六十三文，河堤破土还土、坞洞夫价足钱三千文，木洞两架夂亖钱二十六千文，椿木夂亖钱四千文，看田、量沟、收工三次川资，足钱三千二百文，共用足钱九十六千五百四十九文。计应沾水利实田四顷五十亩三分五厘，每顷派足钱二十一千四百四十文。官庄史圩、富谭认田一顷四十亩，派足钱三十千零零十六文；钱临庆认田一顷，派钱二十一千四百四十文；何春晖认田一顷，派钱二十一千四百四十文；杨聚昌认田五十一亩二分五厘，派钱十千零九百八十八文；单万富认田二十九亩四分，派钱六千二百九十七文；韦本高认田十七亩，派钱三千六百四十五文；邵景华认田六亩五分，派钱一千三百九十四文；傅天禄认田六亩二分，派钱一千二百二十九文。以上各田按亩出资，开沟设洞，公挑公用，公认钱漕汇齐完纳。除缕禀粘呈契纸合同底稿，吁请漕宪用印，呈局备案外，各业另立合同，各执一纸收存为照。

同治九年三月　日立合同何春晖押

钱临庆押

杨聚昌押

单万富押

韦本高押

邵景华押

傅天禄押

于楼庄秧田文契

立杜售文契严芝田、高星垣、刘东升、万法生、周霞仙，今将自买丁雨亭和乐三乡平桥河东于楼庄秧田八十八亩八分八厘三毫二丝三忽
九十四亩九分四厘八毫四丝一忽五微
八十八亩一分五厘四毫六丝一忽二微
二十二亩一分三厘六毫四丝
五十八亩三分七厘八毫六丝四忽三微，共计三百五十二亩五分一毫三丝，共包每年额租稻漕加一斛五百六十八石一斗六升九合六勺，出仓时每石申六升，用受益堂斛出，共申成六百零二石二斗五升九合七勺，瓦仓房三间，草仓房二间，脚车十二部，碌碡七条，石闸一座，砖井一座，凭中照时估价，立契杜售与大人台下足大钱五千六百千文，并无一切使费。当日钱契两交，并无私债准折等情。倘有地界不清，均在卖主承管。从前丁雨亭所立原契五张，又上首张贯之/种莲、盛寿田、于兆熊、沈懋斋/蕙坡、司蔚堂、何尔栗/端士等老契六纸，一并呈案。四至悉照张贯之等卖与丁雨亭契载字样。恐后无凭，立此存照。

同治七年十一月二十日立杜售文契严芝田押

高星垣押

刘东升押

万法生押

周霞仙押

凭中韩子威押

沈倖生押

见立张云阶押

计开丁雨亭原买张贯之/种莲田亩四至，内原买盛寿田一契，内于楼庄麦田一堐，计田三顷二十四亩一毫三丝；又秧麦田二十八亩五分二厘。二共实计田三顷五十二亩五分一毫三丝，连场屋基地在内。其田大堐四至，东至南截沟心界、北截河心界，西至塘河心界，南至东截沟心界、西半截已沟外圩心界，北至河心界。四至明白。又外带余粮田八亩五分七厘三丝，虚实共计田三顷六十一亩七厘一毫六丝。此田大堐四至、亩数，俱照依原买印底契誊写为业。言明不丈不量，宽窄在田，多不找价，少不补田。随田稻麦老种、在田麦青，瓦仓房三间，墙垣、门扇、装修、廒板，全草佃房四十余间，碌碡八条，牛车二部，上中下全脚车七部，全石碎一条，按场一条，瓦福神庙一座，石闸一座，公用公修，车木农具、大小树木、沟口桥梁、木洞园沟、涵洞坝口，一切照旧不动，卖入契内。其田进水出水，并人工牛力水旱路道，上下俱照旧制，出入通行无阻。随田钱漕洞费等项，买主自本年起照亩更名，过割完纳。如前有未清粮赋等项，仍在卖主补完。田地照当年时值估价绝卖，永断葛藤，寸土无存，丘角不留，卖尽卖绝。自此绝卖之后，悉听买主在上招佃耕种，改造自便，永远为业。此田地的系父遗应分已产，毫无别房他人寸土沾染。嗣后如有卖主亲房门族并上业主人等藉倚画字争论，以及交差重复，田界地址、水路沟口、涵洞，一切不清不白等事，俱在卖主一面承管，与买主无干。原买印底契一纸尾全，上首老印契五纸尾全，一并付执。

京庄秧麦田文契

立绝卖秧麦田地文契丁受益，今因正用，愿将自置已产京庄田一处，坐落和乐五乡地方，田亩开后，凭中说合，官牙立契，绝卖与大人台下，永远承业。当日三面议定时值，估价攵攵六制钱六千千文，断杜等项一切在内，一并收清。其田地的系自置已产，并无他人寸土在内。自此绝卖，听凭置造，永无找赎。绝卖之后，永断葛藤。如有亲房门族并原业主人等争论，藉言画字异说，以及交差不明、地界不清等情，俱在卖主一面承管，与买主无涉。此系两相情愿，各无异说。今欲有凭，立此绝卖文契，永远为照。

计开：

原买族弟祐臣备之归并据内京东庄、京西庄秧麦田一庄，共计实田三顷九十一亩七分一厘零，计佃包额租七百二十三石三斗一升，又包柴租钱八千文，随田庄基瓦仓房八间、草佃房五十八间、脚车十三部、碌碡十一条、按场一条、石砟一条，所有沟圩、树木、桥梁、涵洞、在田麦青、福神、坝口、租斛，一切照旧不动，卖入契内。其田四至，本庄田连基地一大堰，东至南截埂心李界、北截沟心李界，西至南截埂心李界、中截埂心罗潘界、北截埂心王界，南至东大截埂心王界、西小截埂心军田并丁界，北至九涵洞河心界。又庄西南角田一小块，东至埂心罗界，西至运河堤根界，南至埂心许界，北至马路心李界。四至明白。田内坟冢，照旧不动。其田由潘宅涵洞进水，从九涵洞河出水，照旧出进。言明指堰卖堰，不丈不量，宽窄在内，多不增价，少不补田。自卖之后，悉听买主在上耕种改造自便，永远为业。随田钱漕洞费等项，买主自次年上忙起照串更名，过割完纳。如前有未清粮赋，仍在卖主补完，与买主无干。田地照当年时值估价绝卖，永断葛藤，寸土无存，丘角不留，俱卖尽绝。原买族弟祐臣备之归并笔据一纸，又祐臣备之执业契二纸、契稿一纸、上首老契三纸、库收号条一纸、笔据一纸，一并付执。押

同治八年十月　日立绝卖秧麦田地文契丁受益押

平桥溪南丁树滋秧麦田文契（系舒庄）

立绝卖秧麦田地文契丁树滋，今将自置秧麦田一堰，坐落平桥溪南，田亩开后，立契绝卖与名下，永远为业。当日议定价值攵攵六足制钱三千千文，各项一切在内。其田地的系己产，并无他人寸土。自绝卖后永断葛藤。如有交差不明、地界不清等情，俱在卖主一面承管，与买主无涉。今欲有凭，立此绝卖文契，永远为照。

计开：

原买李劬伯一契，内除批明卖出，计存实田十七亩一分二厘零八丝八忽七微。其田大堰四至，南一块东至节祠田界，西至西分田界，南至西分田界，北至庄沟心界；又接连一小块，南至西分田界，北至西分田界，东至庄沟心界，西至西分田界；又北首田一块，南至出水沟心界，北至地龙洞沟心界，东至王姓田界，西至水路沟心界。四至明白。随田脚车一部，全石磙一条。又原买李敏斋一契，计实田九十八亩八分一厘九毫四丝七忽二微。大堰四至，东至东分界，西至王家沟心界，南至石涵洞河心界，北至出水洞沟心界。四至明白，随田瓦下仓房二间，墙垣门扇俱全，大门、厨房、坐仓并院地，俱系公用、公走、公修，出入通行无阻。草佃房二十余间，墙垣门扇俱全。脚车三部，石磙三条，石砟一条，按场一条。以上二契，随田稻麦老种、在田麦青、沟圩、涵洞、庄基、佃房、大小树木、木洞、桥梁、坝口、车木、农具，俱照旧制不动，卖入契内。其田俱由石涵洞官河进水，从王家沟出水，并向北由地龙洞转西，仍下王大沟出水。又原买王士秀、王士林一契，计实田七十四亩八分四厘八毫五丝五忽。大堰四至，南至官路心界，北至溪河心界，东至沈姓田界，北至王家沟心界；沟西一小块，南至官路心界，北至王姓田界，东至王家

沟心界，西至王姓田界。随田牛车一部、石磙一条、佃房二间，并老种、大小树木、木洞、桥梁、一切农具，俱卖人契内。以上三共实田一顷九十亩零七分八厘八毫九丝零九微，外带虚粮七亩二分三厘，统共计虚实田一顷九十八亩零一厘八毫九丝零九微。此田亩数四至俱照依印底契并田图誊写为业，言明指埵卖埵，照租科价，不丈不量，多不增价，少不补田。进水出水并人牛出进水旱路道，俱照旧制，出入通行无阻。随田钱粮洞费等项，买主自次年起照亩更名过割完纳。如前有未清粮赋，仍在卖主补完。自此绝卖之后，悉听买主在上招佃耕种，改造自便，永远为业。其田的系自置已产，毫无他人寸土沾染。如有地址、水路不清不白等事，俱在卖主一面承管，与买主无干。原买印契付执。此照。

同治九年十一月　日立绝卖秧麦田文契丁树滋押

居间朱剑河押

王留余秧麦田文契

立绝卖秧麦田文契人王留余，因为正用，愿将祖遗一处，坐落世美四乡地方，弓口四至开后，凭中说合，官牙立契，出卖与同善局名下，永远承业。当日三面议定时值，估价银八百两整，断杜银一切在内，牙平交兑，一并收足。其田的系祖遗已产，并无他人寸土在内。自此绝卖，听凭置造，永无找赎。绝卖之后，永断葛藤。如有亲房门族并原业主人等争论，藉言画字异说，以及交差不明、地界不清等情，俱在卖主一面承管，与买主无涉。此系两相情愿，各无异说。今欲有凭，立此文契，永远为照。

计开：

原买沙芷香庄基秧麦田一块，东七十五弓二尺，至路心界；西九十九弓，至圩心王界；南一百十九弓四尺，至本田界；北一百零八弓一尺五寸，至沟心界。计田四十一亩四分三厘八毫一丝。内除坟地一块，中长二十四弓一尺五寸，南宽十四弓四尺，北十五弓，除坟田一亩五分零八毫六丝；又东北角坟地，横竖均五弓，除田一分零四毫。又庄东坟一座，又庄西坟一座，此二座每坟横竖均留一丈，共除田三厘三毫三丝。除去坟地，计实田三十九亩七分九厘二毫二丝六忽。又大田一块，东七十一弓，至路心界；西七十二弓，至本田界；南五十六弓三尺五寸，至本田界；北五十八弓三尺五寸，至本田界；计田十七亩一分八厘九毫七丝九忽，内除坟一座，横竖均三弓，除田三厘七毫五丝。除去坟地，计实田十七亩一分五厘二毫二丝九忽。又南头田一块，东三十四弓四尺，至路心界；西同，至圩心王界；南四十二弓一尺，至河心界，北四十六弓三尺五寸，至本田界。计田六亩四分四厘五毫二丝五忽，内除沙姓妻坟一座，横竖均一丈，除田一厘六毫六丝。除去坟地，计实田六亩四分二厘八毫六丝五忽。又南首尖田一块，东三十五弓二尺，至本田界；西尖至王界；南四十八弓，至圩心王界；北三十四弓四尺五寸，至本田界；计田三亩零五厘六毫九丝三忽七微。西南团田一块，东四十五弓四尺，至本田界；西四十九弓，至圩心并本田心界；南三十四弓四尺五寸，至本田界。北四十八弓三尺二寸，至本田界。计田八亩二分四厘九毫五丝七忽五微。西南小拐田，东十八弓，至本田界；西同，至圩心王界；南八弓四尺五寸，至本田界；北同，至本田界。计田六分六厘七毫五丝。又路东北一块，东二十七弓一尺，至埂心王界；西二十八弓二尺，至路心界；南三十四弓二尺，至本田界；北三十二弓，至埂心界。计田三亩八分四厘五毫六丝六忽六微。又路东接连中一块，东七十三弓，至埂心王界；西七十三弓二尺五寸，至路心界；南四十五弓三尺五寸，至本田界；北四十一弓，至本田界。计田十三亩二分三厘零七丝八忽一微。切量路东南头一块，东二十三弓四尺，至埂心界；西二十一弓，至河心界；南三十四弓，至河心界；北同，至本田界。计田三亩一分七厘三毫三丝三忽三微。又西北角进水沟西半分，长十弓，宽一弓，计沟地四厘一毫六丝。以上各块四至明白，统共计实田九十五亩六分三厘八毫六丝二忽二微。此系照依原买老印契弓口田亩誊写，言明并不丈量，宽窄在内，多不找价，少不补田。原田老印契一纸尾全，当即附执。随田麦青、大小树木、豆苗，一并卖入契内。其田出进水旱路道，上从程宅洞河进水，下由温山河出水，出进通行无阻。即日银契两交，毫无悬欠。断杜、折席、画字、交田交界，一切俱在正价之内。田照当年时值估价卖绝，丘角不留，寸土无存。自卖之后，悉听买主自便招佃耕种，永远为业。倘有亲房上业族氏人等争论异说，以及地界不清等情，俱在卖主一面承管，与买主无干。随田钱漕堤洞河费差务等项，买主自次年上忙起，照契田亩加一过割更名，入册完纳。如以前粮赋不清等项，仍归卖主补缴，与买主无涉。今欲有凭，立此绝卖文契，永远为照。

同治九年十一月　日立绝卖秧麦田文契人王留余押

执文契同善局收照

正契

凭官牙翟人和押

山字第七千二百七十九号

吴义让堂洋田文契

立变卖洋田文契吴义让堂，今因正用，愿将祖遗上下则田产一分，坐落安东县西路镇贺家集西，出卖与名下，永远执业。凭中议定每亩足大钱二千六百文，计田六顷八十三亩五分九厘零九丝七忽，内除坟基一亩四分、荒废五十亩，实存六顷三十二亩一分九厘零九丝七忽，共派钱一千六百四十三千六百九十六文。当时钱契两交，毫无悬欠。自卖之后，所有按亩钱粮，随田过割完纳。倘有界址不清，全在卖主一面承管。此系两愿，永无异说。今欲有凭，立此变卖洋田文契存照。

计弓口四至粘开于后：

一段：东/西口七十弓零三尺/七十弓，至卖/卖；南/北长一百十八弓半/一百二十弓，至卖/陈，有坟基二分。

二段：南/北口二十七弓半/三十弓，至卖/刘；东/西长一百三十一弓/同，至赵/张，有坟基五分。

三段：南/北口二十二弓/二十六弓，至卖/赵；东/西长四十七弓/四十六弓，至卖/卖。

四段：东/西口三十七弓半/三十五弓，至卖/卖；南/北长八十五弓/八十六弓，至卖/卖。

五段：东/西口二十九弓半/二十九弓，至卖/卖；南/北长三十七弓/同，至卖/卖。

六段：南/北口二十九弓半/二十七弓半，至卖/卖；东/西长一百二十六弓/同，至周/卖，有孤坟四座。

七段：东/西口七弓/同，至卖/卖；南/北长二十八弓/同，至卖/卖。

八段：南/北口九十八弓/一百零七弓，至卖/卖；东/西长一百十八弓/一百十九弓，至周/卖。

九段：东/西口四十七弓/同，至黄/卖；南/北长九十八弓/九十七弓四尺，至卖/卖。

十段：东/西口四十五弓一尺/四十六弓二尺，至周/陈；南/北长九十弓零一尺/同，至卖/丁。

十一段：东/西口三十五弓/三十八弓，至刘/丁；南/北长五十三尺〔弓〕二尺/同，至卖/刘。

十二段：南/北口三十三弓四尺/同，至卖/卖；东/西长三十四弓三尺/三十三弓四尺，至卖/孙。

十三段：东/西口七十一弓/六十九弓四尺，至卖/孙；南/北长八十一弓三尺/八十二弓，至卖/卖。

十四段：南/北口六十六弓/六十五弓一尺，至孙/卖；东/西长九十弓/九十五弓，至卖/陈。

十五段：东/西口四十弓/四十弓零三尺，至卖/卖；南/北长四十九弓一尺/五十弓零二尺五寸，至孙/卖。

十六段：东/西口十二弓半/无，至卖；南/北长五十弓零二尺五寸/无，至。

十七段：南/北口十六弓半/十四弓半，至卖/卖；东/西长四十一弓二尺五寸/四十九弓，至卖/卖。

十八段：南/北口十四弓/十三弓一尺，至卖/丁；东/西长七十六弓一尺/七十一弓，至王/卖。

十九段：南/北口二十二弓/二十三弓，至卖/丁；东/西长四十七弓二尺五寸/四十四弓，至卖/卖。

二十段：东/西口二十五弓/二十五弓二尺，至卖/卖；南/北长五十四弓三尺/五十七弓一尺，至卖/王。

二十一段：东/西口三十一弓/三十三弓，至王/卖；南/北长七十四弓/同，至卖/王。

二十二段：东/西口三十一弓半/二十弓，至王/卖；南/北长一百二十弓零四尺/一百二十三弓二尺，至路/卖。

二十三段：东/西口八十一弓二尺/一百二十一弓，至王/卖；南/北长一百零八弓/一百十九弓，至卖/路。内有孙姓荒废五亩一分三厘。

二十四段：东/西口二十九弓一尺/二十八弓二尺，至丁/卖；南/北长九十七弓/一百十四弓，至丁/王。

二十五段：南/北口六十三弓二尺/八十弓，至卖/卖；东/西长一百零六弓四尺/八十一弓三尺，至王/卖。

二十六段：东/西口六十九弓三尺五寸/六十八弓半，至赵/王；南/北长七十弓/七十八弓，至王/卖。

二十七段：东/西口十九弓三尺五寸/二十弓，至卖/卖；南/北长四十四弓三尺/四十七弓，至邵/卖。

二十八段：南/北口二十弓/三十三弓一尺，至邵/卖；东/西长一百十八弓/一百二十三弓，至邵/卖。有坟基一分。

二十九段：南/北口二十弓/十九弓，至陈/陈；东/西长一百十四弓半/一百十七弓半，至陈/卖。

三十段：南/北口九十四弓三尺/九十三弓半，至卖/孙；东/西长一百三十一弓二尺/一百十五弓二尺，至卖/陈。有坟基三分。

三十一段：东/西口二十五弓一尺/三十五弓二尺，至卖/卖；南/北长二十七弓一尺/三十六弓二尺，至陈/卖。

三十二段：南/北口四十六弓一尺/六十一弓，至陈/陈；东/西长五十七弓一尺/五十三弓，至卖/路。

三十三段：东/西口十弓/四十三弓，至石/石；南/北长九十一弓/九十弓，至陈/石。

三十四段：南/北口二十弓/同，至顾/路；东/西长七十四弓/六十七弓，至顾/顾。

三十五段：南/北口八十一弓/八十九弓一尺，至顾/路；东/西长一百十三弓半/七十八弓，至顾/顾。有坟基二分。

三十六段：东/西口十一弓/十弓，至路/顾；南/北长四十弓/三十八弓，至卖/石。

三十七段：东/西口二十五弓一尺/二十一弓一尺，至路/顾；南/北长五十一弓四尺/四十八弓，至顾/卖。

三十八段：东/西口六十六弓二尺五寸/同，至路/顾；南/北长一百十七弓/一百十弓二尺五寸，至卖/顾。

三十九段：东/西口六十一弓/六十弓零二尺五寸，至路/顾；南/北长一百九十一弓/一百八十五弓二尺五寸，至王/卖。

四十段：东/西口八弓一尺/八弓三尺，至卖/王；南/北长一百零五弓三尺/一百零八弓三尺，至王/顾。

四十一段：南/北口十二弓半/十一弓四尺，至陈/顾；东/西长九十五弓/九十三弓一尺，至顾/路。

四十二段：南/北口六弓二尺/同，至王/卖；东/西长十八弓一尺/十八弓四尺，至陈/李。

四十三段：东/西口四十五弓半/四十五弓一尺，至路/王；南/北长六十弓/四十五弓三尺，至卖/王。有坟基二分。

四十四段：东/西口四十九弓二尺/四十八弓，至路/王；南/北长一百零三弓四尺/七十四弓二尺，至丁/卖。

四十五段：东/西口十弓/六弓半，至路/王；南/北长五十弓/四十一弓，至王/卖。

四十六段：东/西口二十八弓四尺/二十七弓四尺，至邵/邵；南/北长四十三弓三尺/四十一弓四尺，至王/邵。

四十七段：南/北口一百二十八弓/同，至孙/卖；东/西长三百三十弓/同，至陈/丁。

四十八段：东/西口九弓/无，至王；南/北长一百二十八弓/无，至卖。

同治九年六月十六日立变卖洋田文契吴义让堂押

置买吴义让堂洋田契纸

立变卖洋田文契吴义让，堂今因正用，愿将祖遗田产一分，坐落清河县娘子庄镇十丘，出卖于名下，永远执业。凭中议定每亩足大钱二千六百文，计田四顷五十三亩四分二厘七毫五丝六忽，内除坟基一亩二分、荒废四十亩，实存田四顷十二亩二分二厘七毫五丝六忽，共派钱一千零七十一千七百九十二文。当时契钱两交，毫无悬欠。自卖之后，所有按亩钱粮，随田过割完纳。倘有界址不清，全在卖主一面承管。此系两愿，永无异说。今欲有凭，立此变卖洋田文契存照。

计弓口四至粘单：

一段：东/西口三十九弓/三十六弓，至卖/卖；南/北长六十九弓/五十六弓半，至孙/卖。

二段：东/西口三十九弓半/三十七弓，至陈/李；南/北长五十二弓/四十二弓，至卖/王有坟基三分。

三段：东/西口二十三弓一尺/同，至李/张；南/北长一百弓/一百十弓，至孙/李坟基三座三分。

四段：东/西口十八弓/同，至孙/孙；南/北长三十一弓半/三十六弓半，至孙/卖。

五段：东/西口二十弓零二尺五寸/二十一弓零二尺，至李/孙；南/北长三十二弓四尺/二十九弓四尺，至孙/孙。

六段：南/北口十四弓/十五弓四尺，至卖/孙；东/西长一百十六弓/同，至张/张。

七段：南/北口十四弓/十六弓一尺，至李/丁；东/西长一百十二弓半/同，至王/李。

八段：东/西口十二弓四尺/十三弓，至梁/陈；南/北长一百六十七弓半/同，至单/丁。

九段：南/北口二十二弓半/二十一弓四尺五寸，至陈/丁；东/西长五十一弓/五十二弓二尺，至陈/陈。

十段：东/西口二十四弓一尺/同，至卖/姚；南/北长一百十弓零一尺/同，至陈/章/陈姓坟基三分。

十一段：南/北口二十五弓/二十五弓半，至石/章；东/西长六十六弓一尺/同，至顾/卖。

十二段：南/北口十七弓/十九弓二尺，至童/陈；东/西长一百零三弓二尺/同，至张/陈。

十三段：南/北口十六弓/十五弓四尺，至张/卖；东/西长一百十六弓/同，至张/张。

十四段：南/北口十弓/同，至张/卖；东/西长十八弓一尺/十八弓四尺，至卖/张。

十五段：南/北口九十四弓四尺/九十四弓四尺五寸，至陈/卖；东/西长一百八十八弓一尺/一百八十七弓，至陈/陈/卖姓坟基三分。

十六段：南/北口三十二弓一尺/三十八弓二尺，至张/卖；东/西长一百八十七弓/一百八十五弓一尺，至卖/卖。

十七段：南/北口二十九弓四尺/三十弓三尺，至卖/卖；东/西长一百三十五弓三尺/同，至卖/陈。

十八段：东/西口十五弓/同，至卖/陈；南/北长十五弓一尺/十五弓，至卖/卖。

十九段：南/北口八弓/同，至卖/卖；东/西长十六弓/同，至卖/陈。

二十段：南/北口二十五弓四尺/三十四弓，至陈/陈；东/西长一百九十弓/同，至陈/童。

二十一段：东/西口四十弓/同，至张/陈；南/北长四十八弓/五十弓，至张/卖。

二十二段：东/西口十三弓四尺/十七弓，至张/张；南/北长二十七弓一尺/二十八弓，至张/卖。

二十三段：东/西口一百零八弓四尺/九十二弓三尺，至靳/卖；南/北长一百五十四弓三尺/一百六十二弓半，至卖/靳马。

二十四段：东/西口五十二弓四尺/五十五弓四尺，至卖/靳；南/北长一百五十弓/一百五十四弓三尺，至孙/卖。

二十五段：南/北口十六弓/同，至孙/孙；东/西长五十二弓一尺/五十二弓半，至卖/孙。

二十六段：南/北口十二弓/同，至卖/孙；东/西长三十四弓三尺/同，至卖/贺。

二十七段：东/西口三十八弓/三十九弓，至卖/卖；南/北长九十一弓/同，至孙/贺。

二十八段：东/西口二十弓零一尺/二十弓零三尺，至孙/贺；南/北长一百四十三弓一尺/同，至贺/卖。

二十九段：东/西口十二弓四尺/十三弓二尺，至孙/贺；南/北长六十八弓/同，至贺/卖。

三十段：南/北口二十四弓一尺五寸/二十一弓一尺，至朱/卖；东/西长一百零四弓一尺/一百零七弓一尺，至贺/贺。

三十一段：东/西口五十五弓二尺/四十七弓一尺，至卖/贺；南/北长一百零三弓二尺/一百零一弓一尺，至卖/孙。

三十二段：南/北口二十四弓/二十一弓二尺五寸，至卖/卖；东/西长五十二弓二尺五寸/五十弓，至孙/贺。

三十三段：南/北口十三弓一尺/同，至卖/卖；东/西长四十九弓一尺/同，至万/卖。

三十四段：东/西口二十一弓/二十弓，至万/卖；南/北长二十二弓一尺/二十一弓，至万/万。

三十五段：南/北口十六弓/十五弓三尺，至万/王；东/西长五十二弓/同，至王/万。

三十六段：南/北口十六弓/十七弓，至卖/万；东/西长一百弓/一百零二弓，至卖/万。

三十七段：东/西口二十二弓二尺/二十四弓四尺，至万/卖；南/北长十弓/十五弓三尺，至卖/万。

三十八段：南/北口二十九弓一尺/二十四弓，至卖/卖；东/西长二十八弓二尺/二十九弓，至万/卖。

三十九段：南/北口三十四弓二尺/三十三弓，至卖/卖；东/西长五十一弓/五十四弓四尺，至卖/卖。

四十段：南/北口二十七弓三尺/十九弓半，至卖/卖；东/西长五十九弓/六十四弓半，至卖/卖。

四十一段：东/西口四弓/同，至万/万；南/北长十三弓/同，至卖/万。

同治九年六月十六日立变卖洋田文契吴义让堂押

凭中

置买安东庄吴义让堂洋田契纸

立变卖洋田文契吴义让堂，今因正用，愿将祖遗田产一分，坐落清河县娘子庄镇六丘，出卖于名下，永远执业。凭中议定每亩足大钱三千二百文，计田五顷二十亩零五分六厘二毫五丝，共派钱一千六百六十五千六百四十六文。当时钱契两交，毫无悬欠。自卖之后，所有按亩钱粮，随地过割完纳。倘有界址不清，全在卖主一面承管。此系两愿，永无异说。今欲有凭，立此变卖洋田文契存照。

计开弓口四至粘单：

一段：南/北口三十二弓二尺/三十八弓二尺，至孙/卖；东/西长八十二弓四尺/八十三弓二尺，至孙/孙。

二段：东/西口二十六弓四尺/二十五弓三尺，至卖/卖；南/北长四十九弓四尺/三十八弓二尺，至卖/卖。

三段：南/北口七十五弓四尺/三十弓零二尺，至孙/卖；东/西长一百三十一弓二尺/一百二十六弓二尺，至万/孙。

四段：南/北口二十二弓/三十弓，至卖/孙；东/西长七十一弓/六十八弓，至孙/卖。

五段：南/北口五十四弓/六十弓，至崔/孙；东/西长一百十三弓半/一百十六弓四尺，至孙/万。

六段：东/西口十六弓/十五弓，至卖/万；南/北长一百七十弓/一百六十九弓半，至万/石。

七段：东/西口七十四弓零五寸/五十五弓三尺，至卖/万；南/北长一百十弓零三尺/一百零七弓三尺，至万/万。

八段：东/西口二十二弓一尺/十九弓三尺，至卖/丁；南/北长一百四十五弓三尺/一百四十六弓，至卖/姜。

九段：东/西口二十九弓一尺/十八弓四尺，至卖/卖；南/北长一百六十九弓二尺/一百六十九弓四尺，至卖/万。

十段：东/西口三十八弓四尺/四十二弓三尺，至万/卖；南/北长一百二十一弓三尺/一百二十三弓四尺，至卖/万。

十一段：东/西口四十一弓二尺五寸/三十八弓，至卖/万；南/北长三百十四弓二尺/三百零三弓半，至丁/卖/卖。

十二段：东/西口三十九弓一尺/四十三弓半，至丁/丁；南/中/北长八十二弓三尺/七十九弓三尺/八十二弓三尺，至卖/卖。

十三段：南/北口五弓四尺/同，至丁/卖；东/西长一百二十弓零二尺五寸/一百十八弓半，至卖/嵇。

十四段：南/北口四十七弓/四十五弓一尺，至丁/卖；东/西长一百零八弓一尺/一百二十弓零二尺五寸，至丁/卖。

十五段：东/西口三十八弓一尺/同，至丁/丁；南/北长六十八弓四尺五寸/六十九弓，至卖/卖。

十六段：东/西口二弓二尺/六弓，至丁/丁；南/北长六十六弓一尺/六十七弓半，至卖/卖。

十七段：东/西口五弓/十弓零一尺，至丁/丁；南/北长四十三弓半/四十五弓，至丁/卖。

十八段：东/西口十八弓/同，至卖/丁；南/北长二十八弓/同，至丁/丁。

十九段：东/西口一百三十四弓二尺/一百三十二弓，至卖/卖/丁；南/北长一百三十九弓一尺/一百四十七弓二尺，至丁/卖。

二十段：南/北口十八弓/同，至童/卖；东/西长七十八弓/同，至卖/童。

二十一段：东/西口三十弓/同，至卖/童；南/北长一百三十七弓半/一百四十二弓半，至童/卖。

二十二段：东/西口四十五弓三尺/同，至卖/童；南/北长二百二十弓/二百二十二弓，至卖/卖。

二十三段：东/西口一百零四弓/一百零二弓，至；南/北长二百二十九弓/二百二十一弓，至卖/卖。

同治九年六月十六日立变卖洋田文契吴义让堂押

凭中

吴崇让堂洋田文契

立绝卖洋田文契。吴崇让堂，今将祖遗洋田一堰，计地七十一亩五分三厘九毫，坐落安东县庄毗连吴城乡地方，出卖与同善局永远承业。当日议定估值时价，共合钱三百六十七千七百八十二文。是日钱契两交，并无悬欠，亦无折准等情。倘有亲族人等争论，以及界址不清，俱在卖主一面承管，与买主无干。其地钱粮漕米，照亩过割输纳。此系两相情愿，各无异说。今恐无凭，立此绝卖文契存照。

计开弓口四至清单一纸：

一段：南/北口十二弓二尺/十一弓，至朱/本；东/西长一百零四弓二尺五寸/一百零六弓四尺，至贺/本。

二段：南/北口十一弓四尺/十弓二尺五寸，至朱/本；东/西长一百零六弓四尺/一百零八弓三尺，至本/贺。

三段：南/北长六十八弓四尺/六十八弓二尺，至孙/本；东/西口十二弓四尺/十三弓四尺，至孙/贺。

四段：南/北长一百四十四弓二尺/同，至贺/本/本；东/西口二十一弓一尺/二十弓一尺，至孙/孙。

五段：南/北长六十二弓/六十一弓，至本/孙/本；东/西口四十九弓二尺五寸/四十七弓，至本/贺。

六段：南/北长二十四弓一尺/二十三弓一尺，至本/本；东/西口十六弓/十五弓一尺，至孙/贺。

七段：南/北口二十三弓一尺/二十一弓四尺，至本/吴；东/西长三十七弓三尺/三十五弓二尺，至孙/贺。

八段：南/北口二十七弓二尺五寸/二十九弓二尺五寸，至吴/本/万；东/西长六十弓四尺/六十五弓，至吴/本。

九段：南/北口三十五弓一尺/三十四弓，至吴/本；东/西长五十一弓二尺/五十四弓，至本/吴。

十段：南/北长三十八弓二尺/三十六弓一尺，至本/万；东西口二十四弓一尺，有方塘二亩五分/二十七弓一尺，至万/本。

十一段：南/北口十五弓三尺/十七弓三尺，至吴/万；东/西长一百零一弓，内有方塘五分/一百零五弓，至本/万。

十二段：南/北口十三弓一尺/十一弓，至本/万；东/西长七十二弓/七十一弓，至本/万。

十三段：南/北长五弓四尺/同，至本/万；东/西口二弓四尺/同，至本/万。

十四段：南/北口八弓四尺/七弓二尺五寸，至万/万；东/西长二十三弓四尺五寸/同，至万/本。

十五段：南/北口十六弓三尺/十五弓一尺，至万/万；东/西长五十一弓/五十三弓，至万/万。

同治十年十月　日立绝卖洋田文契吴崇让堂押

正契同善局执据。

吴崇让堂洋田文契

立绝卖洋田文契吴崇让堂，今将祖遗洋田一埏，计田四顷三十九亩一分四厘二毫，坐落吴城乡洪西庄地方，出卖与同善局永远承业。当日议定估值时价，共合钱二千二百五十七千一百九十文。是日钱契两交，并无悬欠，亦无折准等情。倘有亲族人等争论，以及界址不清，俱在卖主一面承管，与买主无干。其地钱粮漕米，照亩过割输纳。此系两相情愿，各无异说。今恐无凭，立此绝卖文契，永远存照。

计开弓口四至清单一纸：

一段：南/北口六十七弓二尺/五十三弓四尺，至本/陈；东/西长一百三十一弓一尺/一百四十弓，至吴/陈。

二段：东/西口十六弓/十七弓，至本/何；南/北长六十一弓/六十四弓，至本/何。

三段：东/西口四弓/四弓三尺，至本/陈；南/北长三十九弓三尺/同，至何/何。

四段：南/北口七十九弓四尺/八十九弓半，至何/陈；东/西长四十六弓四尺/四十三弓半，至本/何。

五段：南/北长一百十八弓一尺/一百二十六弓，至本/本；东/西口一百零四弓/九十八弓三尺，至张/何。内除张姓坟基一亩。

六段：东/西口五十一弓半/五十二弓，至张/陈；南/北长一百零一弓四尺/一百零五弓一尺，至本/丁/本。

七段：东/西长一百七十五弓半/一百七十四弓半，至张/丁；南/北口二十二弓/二十四弓二尺，至吴/本。内除张姓坟基三分。

八段：东/西长八十八弓/九十一弓，至丁/陈；南/北口三十弓/四十二弓，至胡/本。

九段：南/北长一百六十弓半/一百五十二弓二尺，至尹/陈；东/西口二十四弓半/二十八弓，至陈/魏。

十段：东/西口二十九弓四尺/四十四弓二尺，至陈/魏；南/北长四十一弓/四十一弓一尺，至本/本。

十一段：东/西口三十弓零一尺/二十九弓一尺，至陈/魏；南/北长三十二弓/五十二弓半，至本/本。

十二段：东/西长七十四弓/七十五弓，至陈/魏；南/北口五十二弓半/四十九弓半，至本/何。

十三段：南/北口十七弓四尺五寸/十三弓，至吴/石；东/西长三百二十五弓/三百二十六弓，至张/张。

十四段：东/西口八十三弓一尺/八十七弓二尺，至吴/高；南/北长一百十二弓二尺/一百二十二弓半，至胡/本。

十五段：东/西口一百零一弓一尺/九十三弓半，至吴/张；南/北长一百二十二弓半/八十三弓，至本/张。

十六段：东/西长三十六弓四尺/三十四弓，至张/张；南/北口十七弓四尺/十七弓，至本/张。内除何姓坟基三亩。

十七段：南/北长一百四十五弓/一百七十三弓，至本/吴；东/西口一百零九弓一尺/一百零六弓，至吴/翟。

十八段：东/西口四十二弓/同，至吴/义冢；南/北长一百六十一弓/同，至本/本。

十九段：东/西口五十八弓/同，至吴/义冢；南/北长一百六十一弓/同，至吴/本。

同治十年十月　日立绝卖洋田文契吴崇让堂押

正契同善局收执据。

吴崇让洋田契

立绝卖洋田文契吴崇让堂，今将祖遗洋田一埏，计地一顷四十一亩三分六厘五毫，坐落吴城乡条河庄地方，出卖与同善局永远承业。当日议定估值时价，共合钱七百二十五千零六十一文。是日钱契两交，并无悬欠，亦无折准等情。倘有亲族人等争论以及界址不明，俱在卖主一面承管，与买主无干。其地钱粮漕米，照亩过割输纳。此系两相情愿，各无异说。今恐无凭，立此绝卖文契存照。

计开弓口四至清单一纸：

一段：南/北口十七弓四尺/十九弓，至童/本；东/西长七十八弓三尺/七十九弓，至本/丁/万。

二段：南/北口一百三十八弓四尺/一百四十二弓一尺，至万/本/本；东/西长六十四弓/六十二弓，至本/丁。

三段：南/北口一百四十三弓四尺/一百四十八弓三尺五寸，至本/本/万；东/西长七十三弓三尺/七十弓零一尺，至本/丁。

四段：南/北口一百二十三弓四尺五寸/一百二十六弓，至本/万；东/西长三十九弓一尺/四十三弓一尺，至万/本。

五段：南/北长二十八弓二尺/三十四弓四尺五寸，至丁/本；东/西口十三弓/十七弓二尺，至姜/丁。

六段：南/北口三十四弓四尺五寸/三十三弓二尺五寸，至本/本；东/西长三十六弓/三十七弓三尺，至姜/姜。

七段：南/北口四十八弓/四十六弓四尺，至丁/本；东/西长一百零九弓四尺/一百二十三弓，至丁/本。

八段：南/北口五弓一尺/六弓二尺，至丁/姜；东/西长一百二十三弓/一百二十弓零一尺五寸，至本/嵇。

同治十年十月　日立绝卖洋田文契吴崇让堂押

正契同善局执据。

洪湖滩地退让官据

立退让据周开元，今有洪湖原滩吴五图人字六号，顶领下则等地十七顷九十八亩九分一厘二毫（内除官路十六亩一分七厘一毫、河浤五十一亩六分六厘七毫），兹因无力耕种，恐累租款，凭同田长等议明，情愿照数退让与同善局名下接领耕种完租。所有周姓顶领前缴经费报效军需，及开垦荒地人工牛力粪水各项费用，议明每亩津贴足制钱一千四百五十文，共合计钱二千五百十千五十七文。其地租钱照亩过户，换照执业完租，自本年秋租为始。如有积欠租钱及地界不清，均惟让地是问，与顶领户无干。自让之后，听凭顶领户耕种栽树、挑沟转让。此系两相情愿，恐后无凭，立此退让官据，永远存照。（内有草庄房九间、碌碡十条。）

计开地亩丈尺四至：

东/西口二百四十二丈五尺七寸/同，至人字又六号/苏界；南/北长四百三十三丈八尺二寸/四百二十六丈二尺五寸，至苏/莫界。东/西口六十四丈/同，至本界/河；南/北长五十丈/六十三丈一尺六寸，至高/苏界。

同治九年七月　日立让据周开元等押

凭中人李厚庵押

执据同善局

天字第一百九十三号

洪湖滩地退让官据

立退让据乔万昌等。今有洪湖原滩吴一图寿字一号，原领中、上、下则计田十三顷十九亩三分四厘六毫（内除官路三亩九分五厘九毫，又除河浤十九亩一分九厘八毫），兹因无力耕种，恐累租款，凭同田长等议明，情愿照数退让与同善局名下接领，耕种完租。所有乔姓原领前缴报效军需，及开垦荒地人工牛力粪水各项费用，议明每亩津贴足制钱一千五百文，共合计钱一千九百四十四千二百八十三文。其地租钱照亩过户，换照执业完租，自来年麦租为始，如有积欠租钱及地界不清，均惟让地是问，与顶领户无干。自让之后，听凭顶领户耕种栽树、挑沟转让。此系两相情愿，恐后无凭，立此退让官据，永远存照。

计开地亩丈尺四至（地内草庄房九间、碌碡二十五条、大柳树八十七棵、小柳树、砖土地庙一座，均在其内）：

<table><tr><td>南
北</td><td>口</td><td>一百十八丈六尺九寸八分
同</td><td>，至</td><td>赵张氏
魏瑶春
朱霖等</td><td>；</td><td>东
西</td><td>长</td><td>六百十四丈九寸六分
七百十九丈七尺二寸二分</td><td>，至</td><td>附和号
天然河土山。</td></tr></table>

同治九年八月　日立让据乔万昌等押

凭中李厚庵押

执据同善局

地字第一百四十一号

洪湖滩地退让官据

立退让据人屠慎修，今有洪湖原滩人字四号，原领中、上、下则计地一顷八十七亩七分二厘八毫（内除官路一亩三分五厘五毫、河浤十一亩四分一厘七毫），兹因无力耕种，恐累租款，凭同田长等议明，情愿照数退让与同善局名下接领，耕种完租。所有屠姓原领前缴报效军需，及开垦荒地人工牛力粪水各项费用，议明每亩津贴足制钱二千文，共合计钱三百四十九千九百二十文。其地租钱照亩过户，换照执业完租，自来年麦租为始。如有积欠租钱及地界不清，均惟让地是问，与顶领户无干。自让之后，听凭顶领户耕种栽树、挑沟转让。此系两相情愿，恐后无凭，立此退让官据，永远存照。

计开地亩丈尺四至：

<table><tr><td>东
西</td><td>口</td><td>二十丈三尺二寸
同</td><td>，至</td><td>董界
护河学田</td><td>；</td><td>南
北</td><td>长</td><td></td><td>；至</td><td>屠富有
李恪素。</td></tr></table>

同治九年十一月　日立让据屠慎修押

执据同善局

天字第二百九号

洪湖滩地退让官据

立退让据人屠富有，今有洪湖原滩人字六号，原领下则计地一顷五十亩八分七厘四毫，内除官路一亩六厘四毫。兹因无力耕种，恐累租款，凭同田长等议明，情愿照数退让与同善局名下接领，耕种完租。所有屠姓原领前缴报效军需，及开垦荒地人工牛力粪水各项费用，议明每亩津贴足制钱二千文，共合计钱二百九十九千六百二十文。其地租钱照亩过户，换照执业完租，自来年麦租为始。如有积欠租钱及地界不清，均惟让地是问，与顶领户无干。自让之后，听凭顶领户耕种栽树、挑沟转让。此系两相情愿，恐后无凭，立此退让官据，永远存照。

计开地亩丈尺四至：

东西口十五丈九尺五寸七分同，至人字又六号护河学田；南北长五百六十五丈九尺六分二厘二毫五百六十八丈七尺，至王贞一人字五号。

同治九年十一月　日立让据屠富有押

执据同善局

天字第二百十号

仓后于姓地契

立契据于昌遂，今有先世所置地基一块，坐落磨盘庄地方，与新建丰济仓毗连。昌遂情愿将地基归公，作为仓中晒场。当蒙漕宪张委估时值曹〔漕〕平银八百五十四两，由同善局给发祇领。合立契据，呈送备案。所有地基丈尺四至另单粘后。此据。

同治九年十二月　日立契据于昌遂押

凭中人路崇押

许佐廷押

潘福辰押

计开四至丈尺：

丰济仓后檐小地一块：东西五丈一尺五寸（连墙），南北四丈六尺（连墙），计地三分九厘四毫；接连长地一块：东西十二丈五尺（连墙），南北十四丈六尺（连墙），计地三亩零四厘一毫；又小地一块（沈姓宅内），东西六丈二尺，南北一丈四尺，计地一分四厘四毫。

兵部侍郎漕运总督部堂提督海防军务兼管河务盐务文为给发执照事。照得宝应湖滩溢地，前经委员查丈开领，现已领竣。兹据淮扬海道详据湖滩委员禀以该仓遵缴报效，承领地亩，请领执照前来。除批准外，合行颁发执照，永远承业。该仓即照后开数目，按则完租，勿稍拖欠。仍各守界址，毋得侵占滋事。嗣后如有无力承种情愿退让者，准其禀明退让，随时将旧照呈验请销，换给新照，以免弊混。倘该仓任意积欠租钱，定即撤退，另行召领。须至执照者。

计开：

一、领户丰济仓接领天字号地：东西口八十九丈仝，北南长五十丈一百零二丈四尺，计地一顷十三亩零三厘。内中下下则十一亩三分零三毫一顷零一亩七分二厘七毫，东西至刘省吾近仁湖边原领滩地界，北南至王彦明滩尾尉融滩尾溢地界。

右照给丰济仓收执。

光绪五年十月初三日给。

宝字一百五十九号执照一纸。

又领户丰济仓接领续地字号地：东西口三十五丈三尺仝，北南长九十丈七十丈。计地四十七亩零六厘六毫，系下下则。东西至米万仓等原领滩地湖边界，北南至潘有祥尾滩乔居易尾滩界。

右照给丰济仓收执。

光绪五年十月初三日给。

宝字一百八十五号执照一纸。同上。

一、领户同善丰接领续地字号地：东/西口三百三十二丈六尺/仝，北/南长尖/二百三十丈，计地六顷三十七亩四分八厘三毫，系下下则。东/西至湖宝廷等原领滩地/湖边界，北/南至湖边水塘/同善济滩地界。

右照给领户同善丰收执。

光绪五年十月初三日给。

宝字一百八十七号执照一纸。同上。

一、领户同善济接领续地字号地：东/西口三十一丈九尺/仝，北/南长二百三十丈/三百十三丈五尺，计地一顷四十四亩四分八厘，内上/中/下下则十四亩四分四厘八毫/二十八亩八分九厘六毫/一顷零一亩一分三厘六毫。东/西至刘公合原领滩地/湖边界，北/南至同善丰/同善仓滩地界。

右照给领户同善济收执。

光绪五年十月初三日给。

宝字一百八十八号执照一纸。同上。

一、领户同善仓接领续地字号地：东/西口二十五丈/仝，北/南长三百十三丈五尺/三百三十丈，计地一顷三十四亩零六厘二毫，内上/中/下下则二十六亩八分一厘二毫四丝/十三亩四分零六毫二丝/九十三亩八分四厘三毫四丝。东/西至刘锡谷原领滩地/湖边界，北/南至同善济/同善堂滩地界。

右照给领户同善仓收执。

光绪五年十月初三日给。

宝字一百八十九号执照一纸。同上。

一、领户同善堂接领续地字号地：东/西口一百丈/仝，北/南长三百三十丈/二百四十丈，计地三顷九十一亩六分六厘六毫，内上/中/下下则三十九亩一分六厘六毫六丝/三十九亩一分六厘六毫六丝/三顷十三亩三分三厘二毫八丝。东/西至刘锡谷原领滩地/湖边界，北/南至同善仓/同善堂滩地界。

右照给领户同善收执。

光绪五年十月初三日给。

宝字一百九十号执照一纸。同上。

兵部侍郎漕运总督部堂提督海防军务兼管河务盐务周为给发执照事。照得宝应湖滩地亩，经前部堂召领试种，颁照执业在案。兹据征租委员许令佐廷禀，领户刘公合前领地字五十五号地二顷零零四分五厘三毫，因无力承种，情愿退让丰济仓执业，呈缴旧照，转请换给新照前来。合行给照，永远承业。该仓即照后开领照数目，按则征租，仍各守界址，毋得侵占滋事。嗣后如情愿退让，准其禀明，随时将旧照呈验请销，换给新照，以免弊混。所收租钱，并由征租委员按年缴仓，不得任意拖欠，是为至要。须至执照者。

计开：

一、领户同善济承领地字五十五号地：东/西口三十一丈九尺/仝，北/南长三百八十七丈五尺五寸四分/三百六十六丈五尺，计地二顷零零四分五厘三毫，内上上/上/中/下/下下则五十八亩八分三厘/二十五亩三分四厘/三十六亩四分六厘/五十一亩一分三厘/二十八亩六分九厘三毫。东/西至闸河/同善济前领地界，北/南至金坤/同善仓地界。

右照给同善济。准此。

光绪八年四月十四日

宝字二百十五号

兵部侍郎漕运总督部堂提督海防军务兼管河务盐务周为给发执照事。照得宝应湖滩地亩，经前部堂召领试种，颁照执业在案。兹据征租委员许令佐廷禀，领户刘锡谷前领地字五十六号起至五十八号止，计地九顷七十七亩零四厘六毫，因无力承种，情愿退让丰济仓执业，呈缴旧照，转请换给新照前来。合行给照，永远承业。该仓即照后开领照数目，按则征租，仍各守界址，毋得侵占滋事。嗣后如情愿退让，准其禀明，随时将旧照呈验请销，换给新照，以免弊混。所收租钱，并由征租委员按年缴仓，不得任意拖欠，是为至要。须至执照者。

计开：

一、领户同善仓承领地字五十六号地：一顷四十九亩二分七厘一毫，（东/西）口（二十五丈/仝），（北/南）长（三百五十丈/三百六十六丈五尺）；地字五十七号地：七顷五十八亩三分三厘三毫，（东/西）口（一百丈/仝），（北/南）长（五百六十丈/三百五十丈），（东/西）至（闸河/同善仓前领）界，（北/南）至（同善济/同善仓）界；地字五十八号地：六十九亩四分四厘二毫，（东/西）口（七丈五尺/仝），（北/南）长（五百六十丈/五百五十一丈零七寸五分），（东/西）至（闸河/宝善堂）界，（北/南）至（同善仓/宝善堂）界。

共计地九顷七十七亩零四厘六毫，内（上上则三顷二十八亩八分零四毫/上则五十七亩零八厘八毫/中则三顷零一亩二分三厘一毫/下则一顷六十八亩四分七厘八毫/下下则一顷二十一亩四分四厘五毫）。

右照给同善仓。准此。

光绪八年四月十四日

宝字二百十六号

以上执照二纸，共计地十一顷七十七亩四分九厘九毫，系文漕宪于丙子年赈余糙米价值内动给钱文置办。

以上宝应湖滩地执照共八纸，于光绪十一年十一月经仓委冯令际春、许和事广成禀送院署储库。

续买宝善堂退让洪湖滩地让据

立退让据宝善堂，今有洪湖原滩吴五图人字五号（中/上/下）则计地四顷二十三亩四分三厘七毫（内官路二亩七分三厘六毫，河浤洼废无），又吴五图人字号（中/上/下）则计地五顷八十三亩八分八厘五毫（内官路三亩八分九厘，河浤洼废无），二共合计（中/上/下）则地十顷零七亩三分三厘二毫。兹因无力耕种，恐累租款，凭中议明，情愿照数退与漕河部堂丰济仓名下接领耕种完租。所有宝善堂原领前缴报效军需及开垦荒地人工牛力粪水各项费用，议明共津贴足制钱五千文。其地租钱照亩过户，换照执业完租。自光绪十一年秋租为始，如有积欠租钱及地界不清，均惟退让地是问，与顶领户无干。自让之后，听凭顶领户耕种栽树、挑沟转让。此系两相情愿，恐后无凭，立此退让官据，永远存照。

计开滩地顷亩丈尺四至：

人字五号地四顷二十三亩四分三厘七毫（内有柳树并碌碡三条）：

东西口均四十六丈六尺八寸二分三厘，至人字又五号张福口河；南北长二百九十七丈二尺七寸六分七厘三百二十丈三尺九寸四分七厘，至本徐界。合计地二顷四十亩零二分八厘六毫。

又东西口均三十五丈四尺七分三厘，至张福口河；南北长三百十二丈一尺三寸七厘三毫三百八丈五尺九寸，至张福口河。合计地一顷八十三亩一分五厘一毫。

又人字五号地五顷八十三亩八分八厘五毫（内有小柳树一围、碌碡五条）：

东西口均五十八丈三尺四寸五分七厘，至人字又五号张福口河；南北长五百八十八丈九尺一寸二分六百十一丈九尺七寸，至莫史沃三姓界。合计地五顷八十三亩八分八厘五毫。

三共计地十顷零零七亩三分二厘二毫。

光绪十一年四月　日立让据宝善堂

凭中人万少筠

衷莲溪

许乐泉

续买乐善堂房屋文契

立杜卖瓦草房文契乐善堂，今因正用无出，愿将自置瓦草住房三宅，计大小房八十间，坐落公铺前地方，凭中议价，出卖与漕河部堂丰济仓名下永远执业。按照时值，估价足制钱三千六百千文。当日凭中，钱契两交，毫无不白。自卖之后，听凭买主租赁兴造。倘有亲族人等争论，俱在卖主一面承管，与买主无干。此系两相情愿，各无异说。今恐无凭，立此杜卖文契存照。

计开：

住房三宅：

东西口十一丈八尺，内除朱姓住房东西口二丈五尺二丈二尺，南北长三丈八尺同十四丈九尺，至官路本仓界；南北口十一丈五尺十二丈一尺，至官路于姓界。

瓦房二十九间，瓦走廊七间，瓦走巷二间，砖墙草房三十八间，砖墙走廊四间，地板四间，鱼池一面，在房装修门窗格扇间板俱全，在地铺砌砖石全。

光绪十一年四月　日立杜卖瓦草房文契乐善堂

经手许玉章

凭中崔新甫

张拙庵

许乐泉

一、上续置滩地民房契图及上首官据老契，均于光绪十一年十一月由仓委冯令际春、许知事广成禀缴院署储库。

置买洪湖滩小桥王姓市房文契

立绝卖草市房文契王子昌，今将自己草房九间，坐落湖滩小桥集地方，凭中人说合，出绝卖与宪仓台下管业。当日三面议定，估值时价足西典钱一百八十千文整。当日钱契两交，并无悬欠，此外亦无增添。倘有亲族人等争论画字等情，以及此房交错不明，俱在卖主一面承管，与买主无干。此系两家情愿，各无异说。今恐无凭，立此绝卖文契存照。

计开：

朝西草门面房三间，板店门三槽，上下框槛闩环榥俱全，向后腰板门一付，框槛全。接连南首草银房两间，银房板门一付全。又接连朝北草厨房一间，内砖灶两眼。又朝西草堂屋三间，板堂门一付，上下框槛闩全。后檐砖墙石根墙壁全，南首砖石根围墙一堵。店门外有笆草捲棚三间，不在九间之内。所有随房草木砖石概卖契内，并出庇滴水、出路出水，一切照旧。自买之后，听凭买主更改自便。倘有卖户亲族人等争论，在出卖之人承管，与买主无涉。嗣后各无异说，永断葛藤。今欲有凭，立此存照。其房前至大街，后至集主界，南至万宅界，北至民局张界，四至分明。以后翻盖，仍照旧制。又照。

光绪十五年七月初十日立绝卖草门面房文契王子昌十

官牙王豫盛图章　　中人王润之押

光绪十五年经仓委买契宪仓台下执据。沈倅召、许知事广成禀缴存案。

清江滩地总局为给发执照事。照得桃源县吴六二乡滨湖永沉滩地，奉漕宪查照奏案开领，令据丰济仓承领下下则地二十顷。除造册详请漕宪核咨并按季征租外，合给局照执业。所有弓口四至开列于后。嗣后如无力耕种，准许退让，呈请更名过户换照。须至执照者。

计开西滩九段续涸地，坐落何家集北：

东西宽三百五十丈同，至河内民田；南北长三百四十二丈八尺六寸同，至民田桃源清节堂地。

右照给领户丰济仓收执。

光绪二十三年七月三十日给。

桃字第一百九十一号

上海县积谷息款借给各乡平粜贴价征信录

清光绪八年刻本

（清）佚 名 辑

赵晓华 点校

上海县积谷息款借给各乡平粜贴价征信录

办理积谷官董衔名：

钦加二品衔江南分巡苏松太兵备道袁树勋

钦加三品衔在任候选道特授江苏上海县知县汪懋琨

同仁辅元堂兼普育堂董曹基善

果育堂董姚文枬

钦加三品衔在任候选道授江苏上海县正堂汪为据情照会事。本月初三日，据闵行北马桥镇董事李祖锡等禀称，窃以上年秋收歉薄，今岁春花尤伤淫雨，收成只得三四分，民力拮据，殊堪悯恻。倘得米价平减，犹可支撑。不料入春以来，有涨无落，近更腾贵，每石将满八元，尤恐青黄不接之时无米可炊，乡民不免滋闹。况外来光蛋伏莽尚多，一朝勾结，其患不可胜言。光绪二十四年间，闹米之案层见叠出，可为殷鉴。且前次米贵，四乡尚有囤积，此次米贵，四乡并无盖藏。若非出洋采办，不足以济民食而靖民心。近悉曾绅铸蒿目民艰，设法补救，爰就商务局邀集同志筹议，暂借道库巨款作为运本，自备资斧，亲自出洋，购米回申，以平市价，急公好义。董等佥以米贵之苦，乡民尤甚，不得已就商会绅，恳其多购万石以作四乡平粜，倘有不敷之处，随时转运。蒙许运本，毋庸另筹贴耗，务须有著。因思积谷息款现有二万余千，应请尽提，藉补折耗，以公济公，针孔相符，舆情无不允协。惟事关阖邑，董等一隅之见，未敢擅便。是否求照会城绅，邀集各局董订期议复。如无异议，备文申详大宪，尽提谷息，候批举办，一面照会曾绅先购万石，以资接济等情到县。据此查上年秋收歉薄，户鲜盖藏，本年自春徂夏，米价日见昂贵，小民粒食维艰，瞬届青黄不接之时，情形更难设想。诚非购米平粜，不足以资补救。据禀曾绅筹借道库巨款，亲自出洋，购米回申，以平市价，该董等已向商恳多购万石，为四乡平粜之用，请提积谷息款，藉补折耗。事属以公济公，维民食以靖民心，自可照行。除批示外，合行照会。为此照会贵绅董等，烦为查照，希即邀集各乡局董赶紧会同妥议，克日复候详报各宪提款济用，幸勿有稽。望切。须至照会者。

右照会办理积谷事务三善堂绅董曹、姚。

光绪二十八年五月初四日照会

果育堂/同仁辅元兼普育堂职董姚文枬/曹基善呈为陈覆事。窃于五月初四日奉照会（全叙云云），奉此遵即函邀各乡董，于初九日来城集议，佥谓照所呈章程六条办理，均经允洽，嘱即禀覆，请给谕各乡董先将各贫户刻日造册呈送，以便开办等情。至典息一项，请先给谕典董及司年备齐解交积谷，总局收存转发，并恳详请道宪，将正息款项钱二万二千二百七十六千四百二十八文各典领状发出，俟息款解齐后，分派各乡镇董，具给领去，以备陆续平粜转运资本。

是否有当，优乞公祖大人鉴核，迅赐转详，实为公便。谨呈。

光绪二十八年五月　日呈

一呈汪邑尊

钦加三品衔在任候选道松江府上海县正堂汪为照会事。照得本埠存米无多，来源又竭，以致日来市价飞涨，贫苦小民几致无从得食。前据闵行镇董顾言等禀请照会曾绅铸出洋代购米万石，以作四乡平粜之用，提支积谷息款，藉补折耗等情，据经照会贵董等妥议办理，并请曾绅照办在案。现在本县续又商请道宪转求督抚宪为苏、松、太三属奏请暂借存沪漕粮二十万石，平价出粜。如蒙俯如所请，就所核计上海一邑当可派米数万石。兹据乡董李祖锡等酌议章程六则禀呈到县，细加查核，除第三条平粜两月为期，恐米数不敷，能否照办，未能悬定，其余各条似均可行。除先行谕饬各乡局董会同图董保确查图内实在贫苦户口，造具清册，汇送城局查核办理，并照会典业董事将存典积谷息款先行备齐，听候提取拨用外，合行抄章照会。为此照会贵董，烦为查照该乡董等所议章程，希即悉心妥为筹办，并催各乡局董将各图贫民户口赶紧造册呈报，一俟奉准拨借漕粮，即当按册出粜。事关救荒要举，幸勿任延。望切。须至照会者。

计抄粘章程。

右照会总办积谷事务三善堂绅董曹、姚。

光绪二十八年五月十二日照会

钦加三品衔候选道特授上海县正堂汪为录批照会事。本月初六日，奉道宪袁批，本县详据闵行等镇局董李祖锡等禀奉借漕米平粜，秋后买还，价值盈亏，预筹办法，转详示遵由。奉批：据详已悉，本邑借漕平粜城厢内外以及浦东一带，已经商务公所禀奉盛大臣核定设局十二处，由道照会绅董，并分饬巡防委员襄理弹压，抄章行知在案。四乡自应同时举办。所拟日后归补办法，事属可行，仰即会商公所酌定米数，转饬赴领，妥为办理可也。此缴。又于本月初八日奉道宪批：本县禀拟请拨余存漕粮，在四乡各镇设局平粜，乞赐示遵由。奉批：据禀即经电禀盛宫保核示，兹奉复电，上海县代闵行各镇领米，即在续拨二万石先发二千石，责成汪令缴价一万元，再行续发。因原议官商只能包赔五万石，闵行等已在五万之外等因，除函致商业公所外，仰即遵照面商严、周道台，缴价领米可也各等因下县。奉此查各乡平粜米石，既蒙盛宫保核示先发二千石，缴价一万元，再行续发，惟有责成各乡董将初次领到米石售出价本，凑足万元，交由贵董送县，转送商务公所收存，再行续领米石粜售。奉批前因，合抄禀详录批照会。为此照会贵董等烦为查照，希即转致各乡董遵照办理，一面督同妥议，各乡应于何处核要设局，刻日具覆，以凭定期开办，幸勿有稽。望切。须至照会者。

右照会总办积谷事务绅董曹、姚。

光绪二十八年六月十三日照会

钦加三品衔候选道松江府上海县正堂汪为照会事。据闵行北马桥镇局董李祖锡等禀称，切以本年米价奇昂，乡民艰于糊口，荷蒙禀请各大宪电奏酌借储沪漕米十五万石，以资平粜。城厢内外业由商务公所分设十二局，拨米平粜，均已开办，平民饱腾，口碑载道。惟是粒食之艰，四乡更甚。若不设法平粜，未免向隅。董等拟请商务公所分设乡局外，曾请尽提谷息，自行采办，设局平粜，接济乡民，而息款仅二万余千，藉补折耗，不敷甚巨。即以闵行一局论之，现据各图查造大小户口清册，小口折米，计有一万二千余口之多，每日约须米一百二十余石，每石减价洋六角，以五十天核算，须贴补洋三千六百余元。别局情形不甚相远。若不于正本项下借支尾积，筹措无从。因思光绪二十六年间借给籽种，经秦绅荣光等禀请，除提现息外，动支谷本一万余千，可否援案办理，以资公用。秋收获稔，今冬即可带还。是否有当，陈请电鉴，俯赐吊核卷宗，援照二十六年分成案准提谷息，并动正本一万余千，备文申详各大宪，一面照会总董曹绅咨照各典提钱应用等情到县。查各乡贫户众多，值此米价奇昂，糊口之艰，视城厢为尤甚。虽已由县禀请道宪仿照城厢内外平粜章程一体设局，拨米平粜，仍恐米数有限，不能编〔遍〕给。据请提支积谷息款，并动正本万余千，另再购米平粜。所有折耗之项，俟秋稔带征归还。事属可行，除据情详请各宪，一俟奉准，即当照会提款，送交购米开办外，合行照会。为此照会贵局董等，烦为查照，希即会同该董等先行妥议详细章程，刻日复候核办，幸勿有稽。须至照会者。

右照会办理积谷事务绅董曹、姚。

光绪二十八年六月初九日照会

钦加三品衔在任候选道江苏上海县正堂汪为录批照会事。本年七月初六日，奉本府宪余札，奉藩宪陆批：本县禀奉拨漕粮设局平粜情形，及现议动支存典积谷本息，另再购米接济由，奉批：据禀该县借漕平粜，既虑不敷分拨，请提借积谷息款及正本万余千，另再自行购米平粜，使四乡贫民同沾实惠，所有亏耗，俟今岁秋收带征归款，应准照办。仰松江府速饬遵照，督董查明四乡贫户大小户口粜给，务使实惠及民，勿稍遗滥，并饬将详细章程赶紧妥议，通送察核，均毋违延。切切！此缴。并奉府宪批：据禀已悉，仰即谕饬各董赶速查造贫户清册，由县核明示谕，静候平粜，汇造总册通送，一面将四乡各处共设几局，于何日开局，议具详细妥洽章程，并应提积谷息款实数，刻日通禀核办。事关民食，毋得遗滥违延。仍候藩宪批示缴各等因到县。奉此合行照会。为此照会贵绅董等，烦为查照宪批事理，会同各乡董妥为办理，勿任遗滥，仍俟事竣核实造册，呈候转报。望切。须至照会者。

右照会办理积谷事务绅董曹、姚。

光绪二十八年七月十六日照会

经办平粜借给积谷息款城局乡局董事姓名：

城局总董：同仁辅元堂兼管普育堂董曹基善　果育堂董姚文枬

闵行局董：顾言　李祖锡　吴良谟　蒋庆和　黄宗麟

北桥局董：黄金照　周同德

马桥局董：耿光觐　王　平　王廷奎

颛桥局董：杨森　徐上林　何其章

高家行局董：顾泽尧　朱有恒　曹士煦

引翔港局董：王增禧　王增祺　周树莲
江桥局董：徐维孝　金士林
虹桥局董：王萃龢　蒋家凤
漕河泾局董：史国升　张彦勋　杨立诚
曹家行局董：刘增善　刘增祥　姜渭渔　曹寿恭
诸翟局董：沈宗懋　张　焜
洋泾局董：潘伟绩　刘至涛
塘桥局董：严思正　严祖德

奉准提取发存各典积谷正息钱数，开列于左：
计开：
一、收同昌典钱一千六百三十八千一百三十六文；
一、收安定典钱二千一百二十二千一百七十六文；
一、收恒德典钱一千七百四十二千七百九十四文；
一、收源来典钱一千一百十一千七百七十五文；
一、收益昌典钱一千三百七十六千六百三文；
一、收同源典钱七百六千一百三十三文；
一、收公协泰典钱一百四十二千四百文；
一、收同德典钱一千六十一千六百八十八文；
一、收滋泰典钱八百七十二千七百六十四文；
一、收恒大典钱二千一百六十四千六百六十四文；
一、收鸿裕典钱一千六百九千九百七十二文；
一、收萃昌典钱一千二百四十五千八百七十二文；
一、收源盛典钱二千四百九十三千二百八十六文；
一、收德润典钱三百三十六千一百六十二文；
一、收晋泰典钱九十五千五百二十文；
一、收益茂典钱八十九千六百文；
一、收元丰典钱一千五百九十千九百五十五文；
一、收公泰典钱八百四十五千九百七文；
一、收济宏典钱九百八十五千三百十二文；
一、收泩泰典钱七百二十六千六百六十六文；
一、收恒丰典钱九百二十千六百六十一文；
一、收乾昌典钱一千一百二千七百八十六文；
一、收德生典钱七百九十五千四百三十五文；
一、收厚生典钱三百六十九千九百九十九文；
一、收协泰典钱三百六十五千百三十三文；
一、收仁大典钱二十二千四百文。

以上共收正息钱二万六千四百六十三千九百九十九文。

各乡局经办平粜遵章按亩核给各图钱数开列于左：

计开：

闵行局

一、支十六保十八图钱七十八千二百文；

一、支十六保二十六图钱一百六千六百文；

一、支十六保二十八图钱一百二十七千五百六十文；

一、支十六保二十九图钱一百三十五千四百文；

一、支十六保三十一图钱二百二十千四百文；

一、支十六保三十二图钱一百二十七千六百八十文；

一、支十六保二十五七三十三八图钱一百九十六千五百六十文；

一、支十六保三十九图钱二百五十五千三百六十文；

一、支十六保四十二图钱七十二千四百文；

一、支十六保四十四五图钱一百五十四千四百文；

一、支十六保四十六图钱一百十九千二百八十文；

一、支十六保四十七九图钱八十三千八百八十文；

一、支十六保五十一图钱六十千一百六十文；

一、支十六保五十二图钱六十二千六百文；

一、支二十一保头图钱一百六千八百文；

一、支二十一保六、九图钱一百八十五千八百八十文；

一、支二十一保五十四五图钱一百九十三千六百四十文。

以上共十七图，田额五万七千一百六十一亩，按每亩四十文核给，计给钱二千二百八十六千四百四十文。

马桥局

一、支十八保一、二图钱一百八十三千二百四十文；

一、支十八保二、三图钱一百十五千四百八十文；

一、支十八保五、七图钱二百七千八百八十文；

一、支十八保四、三十六图钱一百四十二千八十文；

一、支十八保十图钱一百十五千二百文；

一、支十八保十一图钱七十六千四十文；

一、支十八保十二图钱七十八千八百八十文；

一、支十八保十三图钱一百八千三百二十文；

一、支十八保四十一图钱一百二十四千六百文；

一、支十八保四十八图钱一百二十五千八百四十文。

以上共十图，田额三万一千九百三十九亩，按每亩四十文核给，计给钱一千二百七十七千五百六十文。

北桥局

一、支十八保十四图钱九十四千七百二十文；

一、支十八保十七图钱五十四千七百二十文；

一、支十八保十九图钱九十一千一百二十文；

一、支十八保二十、二十一图钱一百三十五千三百六十文；

一、支十八保二十二图钱一百五千二百八十文；

一、支十八保二十四图钱八十六千五百六十文；

一、支十八保三十九图钱六十七千四百文；

一、支十八保五十图钱二百八十五千四十文。

以上共八图，田额二万三千五亩，按每亩四十文核给，计给钱九百二十千二百文。

颛桥局

一、支十八保七、八图钱一百七十三千六百八十文；

一、支十八保九图钱一百三十七千八十文；

一、支十八保十五图钱五十七千六百文；

一、支十八保十六图钱一百十八千二百八十文；

一、支十八保十八图钱八十三千九百二十文。

以上共五图，田额一万四千二百六十四亩，按每亩四十文核给，计给钱五百七十千五百六十文。

引翔港局

一、支二十二保五十一图钱六十四千九百二十文；

一、支二十三保一、二图钱一百四十六千八百八十文；

一、支二十三保三、五图钱一百八十二千四百八十文；

一、支二十三保六图钱一百九十二千六百四十文；

一、支二十三保四、七图钱一百七十六千二百八十文；

一、支二十三保八图钱一百二十九千一百二十文；

一、支二十三保九图钱一百十四千七百二十文；

一、支二十三保十图钱八十五千六百八十文；

一、支二十三保十一图钱一百十六千四十文；

一、支二十三保十二图钱九十四千四百文；

一、支二十三保十三图钱一百七十九千七百二十文；

一、支二十三保十五图钱九十三千二百八十文；

一、支二十三保十六图钱一百三十五千四百四十文；

一、支二十三保正十九图钱一百九千七百六十文；

一、支二十三保分十九图钱三十七千六百四十文。

以上共十五图，田额四万六千四百七十五亩，按每亩四十文核给，计给钱一千八百五十九千文。

高家行局

一、支二十二保三图钱六十六千四百文；

一、支二十二保二十一图钱八十七千一百六十文；

一、支二十二保二十二图钱七十三千五百六十文；

一、支二十二保二十三图钱七十八千七百六十文；

一、支二十二保二十四图钱一百二十千八百四十文；
一、支二十二保二十六图钱一百二十五千四十文；
一、支二十二保二十八图钱八十九千四百四十文；
一、支二十二保二十九图钱一百六十三千六百四十文；
一、支二十二保三十四图钱一百五十四千二百文；
一、支二十二保三十五六八图钱二百四千四十文；
一、支二十二保五十图钱一百九十九千八十文；
一、支二十二保五十二图钱九十九千六百文；
一、支二十二保五十三图钱一百千七百六十文。

以上共十三图，田额三万九千六十三亩，按每亩四十文核给，计给钱一千五百六十二千五百二十文。

江桥局

一、支二十七保十一图钱九十二千四十文；
一、支二十八保十并十一图钱二百十二千八百八十文；
一、支二十八保南十二图钱一百三十七千七百六十文；
一、支三十保九图钱一百三十三千四百八十文；
一、支三十保十图钱二百二十七千九百二十文；
一、支三十保十二图钱八十六千四十文。

以上共六图，田额二万二千二百五十三亩，按每亩四十文核给，计给钱八百九十千一百二十文。

诸翟局

一、支三十保一图钱一百三十千七百六十文；
一、支三十保二图钱二百四千一百二十文；
一、支三十保三图钱一百二千五百二十文；
一、支三十保四图钱一百八十四千六百文；
一、支三十保五图钱一百六十一千四百四十文；
一、支三十保六图钱二百九千八十文；
一、支三十保七图钱一百二十四千九百六十文。

以上共七图，田额二万七千九百三十七亩，按每亩四十文核给，计给钱一千一百十七千四百八十文。

虹桥局

一、支二十八保头图钱一百八十八千八百八十文；
一、支二十八保二图钱一百九十一千九百二十文；
一、支二十八保十七图钱一百六十七千九百二十文；
一、支二十八保十九图钱一百八十千七百二十文；
一、支二十九保头图钱二百十五千八十文；
一、支二十九保二图钱二百四十七千四百文；
一、支二十九保三图钱三百三十七千六百文。

以上共七图，田额三万八千二百三十八亩，按每亩四十文核给，计给钱一千五百二十九千五百二十文。

洋泾局

一、支二十三保十四图钱三十八千四百文；

一、支二十四保十六图钱六十千二百八十文；

一、支二十四保十八图钱一百五十七千八十文；

一、支二十四保十九图钱一百六千七百六十文；

一、支二十四保二十图钱一百二十七千一百二十文；

一、支二十四保二十一图钱一百一千三百二十文；

一、支二十四保二十二图钱一百七千文；

一、支二十四保二十三图钱五十二千八百八十文；

一、支二十四保二十四图钱七十六千六百四十文；

一、支二十四保二十五图钱九十六千四百四十文；

一、支二十四保二十六图钱一百三千五百六十文；

一、支二十四保四十七图钱一百五十千八百八十文；

一、支二十四保四十八图钱一百三十一千七百二十文。

以上共十三图，田额三万二千七百五十二亩，按每亩四十文核给，计给钱一千三百十千八十文。

曹家行局

一、支十八保二十三五图钱一百四十八千八十文；

一、支十八保二十九、三十一图钱一百五十九千文；

一、支十八保三十二图钱一百二十千七百二十文；

一、支十八保三十三图钱三十七千一百六十文；

一、支十八保三十四五图钱一百六十九千二百文；

一、支十八保三十三八图钱一百十六千六百八十文；

一、支十八保六并三十七图钱一百六十一千七百六十文；

一、支二十六保二十一、三十一图钱一百八十五千五百六十文；

一、支二十六保二十八九图钱二百三千四百八十文。

以上共九图，田额三万二千五百四十一亩，按每亩四十文核给，计钱一千三百一千六百四十文。

漕河泾局

一、支二十四保九图钱五十三千八百八十文；

一、支二十六保十并十三图钱一百五十七千六百文；

一、支二十六保十四图钱一百四十四千四百八十文；

一、支二十六保十五图钱一百四千八百八十文；

一、支二十六保二十二图钱二百四十五千八百八十文；

一、支二十六保二十三图钱一百八十七千二百文；

一、支二十六保二十四图钱一百九十四千四百文；

一、支二十六保二十五图钱一百六十一千六百八十文；

一、支二十六保二十六图钱九十七千六百文；

一、支二十六保十三、十七图钱三百八千八十文。

以上共十图，田额四万一千三百九十二亩，按每亩四十文核给，计给钱一千六百五十五千六百八十文。

塘桥局

一、支二十四保十三图钱九十一千二百八十文；

一、支二十四保盖十二图钱一百二十七千二百文；

一、支二十四保十四图钱八十八千一百二十文；

一、支二十四保正十五图钱六十四千二百文；

一、支二十四保副十五图钱一百九千一百六十文；

一、支二十四保二区十六图钱五十千八百八十文；

一、支二十四保二区十七图钱一百六千六百文；

一、支二十四保四区十七图钱一百二千六百文。

以上共八图，田额一万八千五百一亩，按每亩四十文核给，计给钱七百四十千四十文。

以上十三局，统共田额四十二万五千五百二十一亩，计给钱一万七千二十千八百四十文。

各乡局领借积谷息款办理平粜收支细数及局用开列于左（悉照原报抄载）：

计开：

闵行局（六月二十一日开局，八月三十日撤局）

采办米数：

德发洋行六月十六日购汉籼，原来海斛计二百六十四石九斗九升二合，价〥〨计洋一千五百三十六元五角九分四厘，〩〣合钱一千四百二十九千三十二文，〧〣申郤见制斛计二百八十三石八斗六合（计卸亏五斗三升）。

德发洋行六月十九日购汉籼，原来海斛计二百五十九石一斗六升，价〥〨计洋一千五百三元一角二分八厘，〩〣合钱一千三百九十七千九百九文，〩〣申卸见制斛计二百七十七石五斗六升（计卸亏五斗一升九合）。

协康米行七月初二日购杜米，原来海斛计一百二石，价〧〢计洋七百三十四元四角，〩〣合钱六百八十二千九百九十二文，〧〧申卸见制斛计一百九石六斗五升（计卸亏二斗四合）。

德发洋行七月十九日购汉籼，原来海斛计一百四十石九斗四升（此米由颛桥局划来），价〦计洋八百四十五元六角四分，〩〣合钱七百八十六千四百四十五文，〧〣申卸见制斛一百五十一石斗（计卸亏一斗二升九合）。

德发洋行七月二十二日购汉籼，原来海斛计二百四十九石九斗五合，价〥〨计洋一千四百四十九元四角四分九厘，〩〣合钱一千三百四十七千九百八十七文，〧〣申卸见制斛计二百六十七石六斗（计卸亏五斗四升八合）。

以上籼杜米卸见制斛共计一千八十九石七斗一升六合（计共卸亏米一石九斗三升），价洋共合钱五千六百四十四千三百六十六文。

平粜总数：

六月二十一日至二十五日（籼米价每斗四百七十文）：

闵局共粜出米九石八斗七升，收见钱四十六千三百八十九文。

分局共粜出米三十四石六斗二升，收见钱一百六十二千七百十四文。

六月二十六日至七月十五日（籼米价每斗四百二十文）：

闵局共粜出米三百三石四斗二升，收见钱一千二百七十四千三百六十四文。

分局共粜出米一百二十二石八斗一升，收见钱五百十五千八百二文。

七月十六日至二十九日，籼米/杜米价每斗四百/五百六十文：

闵局共粜出米一百十三石四斗，收见钱四百五十二千一百六十文。

分局共粜出米四十八石四斗，收见钱一百九十三千六百文。

又粜出杜米一百六石二斗二升，收见钱五百九十四千八百三十二文。

八月初一日至三十日（籼米价每斗三百八十文）：

闵局共粜出米三百十六石七斗三升，收见钱一千二百三千五百七十四文。

以上粜出籼、杜米共计一千五十五石一斗一升（内量耗米三十四石六斗六合），共收见钱四千四百四十三千四百三十五文。

汇收总数：

一、收积谷正息洋二千五百元，〩〣合钱二千三百二十五千文；

一、收积谷转息洋一百元，〩〣合钱九十三千文；

一、收粜出米钱四千四百四十三千四百三十五文。

以上总共收钱六千八百六十一千四百三十五文。

正项支数：

一、支德发行米钱四千九百六十一千三百七十四文；

一、支协康行米钱六百八十二千九百九十二文；

一、支德发行栈租银拆钱二十六千六百五十四文；

一、支装运水脚钱六十三千四百二十六文；

一、支上力出栈过斛钱三十千九百四十四文。

以上共支钱五千七百六十五千三百九十文。

局费支数：

一、支造册填票薪水饭食钱八千文；

一、支闵局司事二人薪水钱十五千文；

一、支量手二人薪水钱十二千文；

一、支局使帮杂二人工钱十千二百二十文；

一、支二个半月伙食钱五十八千九百十三文；

一、支刻米印小木戳钱一千三百四十文；

一、支账薄纸笔墨钱二千七百九十文；

一、支烟茶油烛钱三千五百七十二文；

一、支洋信舟车力钱一千四百七十二文；

一、支司差弹压折点钱四百五十文；

一、支司差传崔各图领票工食钱八百文；

一、支扫帚艾绳油朱钱四百二十文；

一、支分局司事薪水钱九千文；

一、支量手薪水钱七千二百文；

一、支局使帮杂工钱八千三百三十文；

一、支烟茶笔墨账簿钱二千七百六十二文。

以上共支钱一百四十二千二百六十九文，共收钱六千八百六十一千四百三十五文，共支钱五千九百七千六百五十九文。

除支外，应缴钱九百五十三千七百七十六文。

赴沪购米川资及分局司事、量手、工人饭食，田董捐给。

马桥局

一、购德发洋行四次籼米，计原来海斛五百二十石五斗四升六合，〦〣申制斛卸见米五百五十七石九斗一升（计卸亏米六斗三升五合），价〥〨计洋三千十九元一角六分七厘，〩〣合钱二千八百七千八百二十五文。

六月二十一日开局至二十五日（米价每斗四百七十文）：共粜出米十石六斗四升三合，计钱五十千二十二文。

六月二十六日至七月十五日（米价每斗四百二十文）：共粜出米三百二十四石七斗七升四合，计钱一千三百六十四千五十文。

七月十六日至八月初五日（米价每斗四百文）：共粜出米一百九十四石六斗二升二合，计钱七百七十八千四百八十八文。

以上共粜出籼米五百三十石三升九合（计量亏米二十七石二斗三升六合），共计钱二千一百九十二千五百六十文。

一、收积谷正息钱一千八十五千八百八十九文；

一、收转息钱四十六千五百文；

一、收粜出米钱二千一百九十二千五百六十文。

三共收钱三千三百二十四千九百四十九文。

一、支购米钱二千八百七千八百二十五文；

一、支德发行栈租银折钱十一千四百三十六文；

一、支驳运船力（六百包，每包扯钱五十文）钱三十千文；

一、支上下力（每包扯二十文）钱十二千文。

四项共支钱二千八百六十一千二百六十一文。

局费支数：

一、支写米票（每张二文）钱四千三百七十八文；

一、支赴沪购米盘川（四次）钱九千文；

一、支司事三人薪水饭食（一个半月）钱二十七千文；

一、支量手三人薪水饭食（一个半月）钱二十四千三百文；

一、支局使帮工（一百三十五工，每工连伙食一百六十文）钱二十一千六百文；

一、支分票轿力钱三千六百文；

一、支巡司弹压差随折点钱二千二百文；

一、支送巡司代席钱一千八百文；

一、支司差传催造册跑力钱九百文；

一、支烟茶煤炭油烛等钱五千二百文；

一、支刻字油朱钱七百九十文；

一、支笔墨帐簿纸张钱五百六十文；

一、支车信力钱九百文。

共支钱一百二千二百二十八文。

统共除收支外，计缴余钱三百六十一千四百六十文。

北桥局

德发洋行购籼米，原来海斛三百五十七石三斗七升四合，价〥亖计洋二千七十二元七角六分九厘，攵川合钱一千九百二十七千六百七十五文，亠川申卸见制斛实米三百八十二石五斗六升九合（卸亏米八斗九升三合）。

福泰米行购杜米，原来海斛一百五十石，价亠亠〥计洋九百九十七元五角，攵川合钱九百二十七千六百七十五文，亠川申卸见制斛实米一百六十石三斗三升（卸亏米六斗二升）。

福泰米行购籼米，原来海斛二百石，价〥〥计洋一千一百元，攵川合钱一千二十三千文，亠川申卸见制斛实米二百十四石一斗一升八合（卸亏米五斗六升二合）。

恒丰米行购籼米，原来海斛一百石七斗，价七十石七斗〥亖/三十石〥亠乂计洋五百八十二元二角六分，攵川合钱五百四十一千五百二文，亠川申卸见制斛实米一百七石七斗七升六合（卸亏米二斗七升五合）。

以上共籼、杜米卸见实米八百六十四石七斗九升三合，共卸亏米二石三斗五升，共计米价合钱四千四百十九千八百五十二文。

六月二十一日开局至二十五日（米价每斗四百七十文）：共粜出籼米六十六石五斗五升五合，粜见钱三百十二千八百八文。

六月二十六日至七月十五日（籼/杜米价每四百二十文/四百八十文）：共粜出籼米三百二石五斗九升九合，又粜出杜米一百五十四石七斗二升，粜见钱二千十三千五百七十二文。

七月十六日至二十一日撤局（籼米价每斗四百文）：共粜出籼米三百九石九斗三升，粜见钱一千二百三十九千七百二十文。

以上共粜出籼、杜米计八百三十三石八斗四合，共粜见钱三千五百六十六千一百文，共量耗米计三十石二斗三升三合。

正项收支总数：

一、收积谷正息钱九百二十一〈千〉六百三十文；

一、收粜出米钱三千五百六十六千一百文；

共收钱四千四百八十七千七百三十文；

一、支德发米洋二千七十二元七角六分九厘；

一、支福泰米洋二千九十七元五角；

一、支恒丰米洋五百八十二元二角六分；

一、支德发栈租银拆洋九元八角；

一、支福泰恒丰出仓下力驳船洋十一元五角二分八厘；

一、支装运水脚洋五十六元一角六分；

一、支上力过斛出栈洋十七元二角八分。

以上共支洋四千八百四十七元二角九分七厘，夂川合钱四千五百七千九百八十六文。

除收不敷钱二十千二百五十六文。

局费支数：

一、支造册填票薪水钱三千七百二十文；

一、支司账一人薪水钱四千文；

一、支司事三人薪水钱九千文；

一、支量手三人薪水钱八千三百七十文；

一、支赴申运米川资四次钱四千四百六十四文；

一、支帮杂小工二名钱四千八十文；

一、支局使一名钱二千四十文；

一、支米栈房租金钱一千文；

一、支暂雇忙工钱一千二百文；

一、支柴米饭菜点心（四十天）钱四十八千二百四十三文；

一、支烟茶油烛钱二千九百六十二文；

一、支信力洋力车钱九百二十四文；

一、支刻米印洋印木戳钱七百八十五文；

一、支纸笔墨帐簿油朱钱一千九百五十文；

一、支巡司弹压代席二元合钱一千八百六十文；

一、支司差随役折点钱一千一百九十文。

以上共支钱九十五千七百八十八文。

颛桥局（计口每亩以海斛公派六合三勺）

十八保七、八图：大口八百五十九
小口三百五十九口，每口给米二升六合
减半，计二十七石二升七合。

九图：大口六百十五
小口二百七十八口，每口给米二升八合
减半，计二十一石一斗一升二合。

十五图：大口三百七十三
小口一百十六口，每口给米二升一合
减半，计九石五升一合。

十六图：大口四百三十七
小口二百六口，每口给米三升四合
减半，计十八石三斗二升六合。

十八图：小合大六百七口半，每口给米二升二合，计十三石三斗六升五合。

以上计给发米八十八石八斗八升一合（量耗一石五斗三升，余三斗八升九合滩讫）。

一、支粜本地杜米海斛九十石八斗，价亠亖计洋六百十七元四角四分。夂川合钱五百七十四千二百十九文，计找借钱二千六百三十三文。

局费支数：

一、支各图地保造册饭资（内七、八图分两图）六图钱六千文；

一、支钱庄扣洋力钱一百十二文；

一、支运米水脚上下力钱六千六百六十文；

一、支买茶点零用钱一千文；

一、支专差邀集各图董保工食钱一千文；
一、支往各图清查户口肩舆工食钱三千文；
一、支写联票钱三千一百三十六文；
一、支伙食七天钱十六千八百文；
一、支烟茶油烛钱一千二百八十文；
一、支弓兵二名弹压工食钱二千四百文；
一、支笔墨纸账簿钱六百五十文；
一、支局使四名工食钱五千六百文；
一、支总账司事辛资钱四千文；
一、支帮友酬劳酒席钱七千二百文；
一、支局董城乡往返船资钱十二千文；
一、支给舟子酒力钱四百文。

以上共计钱七十一千二百三十八文。

引翔港局（计口大一升、小五合，统发一次）

二十三保一、二图：共一百二十二户，大五百十四口，小二百八十一口。

三、五图：共六百五十五户，大二千一百五口，小一千二十八口。

四、七图：共四百十三户，大一千二百五十二口，小六百七十五口。

六图：共五百二十二户，大一千七百五十八口，小八百五十七口。

八图：共四百三十户，大一千三百八口，小七百二十二口。

九图：共二百八十六户，大八百五十八口，小四百九十一口。

十图：共二百二十七户，大六百十九口，小四百四十一口。

十一图：共四百八十八户，大一千三百七十五口，小八百五十四口。

十二图：共四百二十六户，大一千三百八十三口，小九百三十三口。

东、西十三图：共七百五十六户，大二千二百四十三口，小一千四百二十五口。

十五图：共三百五十三户，大一千四十九口，小六百七十四口。

十六图：共六百二十户，大二千一百六口，小一千二百三十二口。

正十九图：共二百五十九户，大八百九十七口，小三百六十七口。

分十九图：共九十五户，大二百九十七口，小二百四十三口。

二十二保五十一图：共二百七十六户，大一千七口，小二百五十口。

共计五千九百二十八户。大一万八千七百七十一口，小一万四百七十三口。

共发米二百四十石七升半。

一、支买米二百石，亠元合钱一千三百二千文；
一、支买米四十石，亠亠合钱二百四十九千二百四十文。

计支钱一千五百五十一千二百四十文。

一、收正息款钱一千八百五十九千文。

除支外，净缴余钱三百七千七百六十文。

局费支数：

一、支各图地保造册费（十五图）钱十五千文；
一、支誊写户口清册（每户一文）钱五千九百二十八文；

一、支填写小票钱五千九百二十八文；

一、支伙食（十五天）钱十五千文；

一、支笔墨纸张刻印钱八百四十文；

一、支发米六人酬劳每三元，合钱十六千七百四十文；

一、支司账酬劳（四元）合钱三千七百二十文；

一、支烟茶油烛点心钱三千二百文；

一、支专差信力钱一千三百六十文；

一、支局使辛工（二名每二元）合钱三千七百二十文；

一、支装米船力（二百四十担）钱四千八百八十文；

一、支上米挑力钱四千八百八十文；

一、支发票车资钱二千八百文。

共计支钱八十三千九十六文。

高行局（统局计户给米一次，每户派三升五合）

二十二保三图：贫户三百六户，共给米十石七斗一升。

二十一图：贫户一百十二户，共给米三石九斗二升。

二十二图：贫户三百七十二户，共给米十三石二升。

二十三图：贫户三百七十三户，共给米十三石五升五合。

二十四图：贫户四百七十户，共给米十六石四斗五升。

二十六图：贫户五百七十五户，共给米二十石一斗二升五合。

二十八图：贫户三百六十户，共给米十二石六斗。

二十九图：贫户七百三十七户，共给米二十五石七斗九升五合。

三十四图：贫户六百四户，共给米二十一石一斗四升。

三十五六八图：贫户九百七十六户，共给米三十四石一斗六升。

五十图：贫户八百六十七户，共给米二十九石三斗四升五合。

五十二图：贫户四百三户，共给米十四石一斗五合。

五十三图：贫户三百六十户，共给米十二石六斗。

以上十三图，计六千三百八十九户，共给米二百二十三石二斗六升五合，粜进白米二百二十四石（量耗五斗九升三合，余米一斗四升二合，给极贫户讫）。

一、收谷息钱一千五百六十二千五百二十文；

一、支粜米二百二十石〧〢，加水脚五分卡捐五分，计洋一千六百六元；

一、支粜米四石，〧〢〥计洋二十九元。

除支外，应缴余钱四十四千五十八文。

局费支数：

一、支地保造册费（内三十五六八图作二图给）钱十四千文；

一、支伙食（包办每桌四百五十，每日午晚各二桌，十天共四十桌）钱十八千文；

一、支挑力（每石四十文）钱八千九百六十文；

一、支司账酬劳（洋四元）合钱三千六百八十文；

一、支填票司事酬劳（四人八元）钱七千三百六十文；

一、支量米四人钱八千文；

一、支学生帮忙二人钱一千四百文；

一、支局使二人钱一千八百四十文；

一、支栈司二人工饭钱四千文；

一、支图章印色钱四百二十文；

一、支笔墨纸张烟茶油烛钱一千八百四十二文；

一、支专差跑乡信力钱一千四百二十八文；

一、支司事到申粜米盘川钱六百文。

以上共支钱七十一千五百三十文。

江桥局（计口分六期粜给，大口一升，小口五合）

二十七保十一图：一百四十三户，大三百七十四口，小二百二十口，计六期粜米二十九石四升。

二十八保十并十一东半图：二百一户，大四百八十九口，小二百五十六口，计六期粜米三十七石二升。

十并十一西半图：一百九十户，大五百四十四口，小三百三十五口，计六期粜米四十二石六斗九升。

南十二图：一百五十二户，大三百七十七口，小二百三十八口，计六期粜米二十九石七斗六升。

三十保九图：一百七十八户，大三百八十六口，小二百四十四口，计六期粜米三十石四斗八升。

十图：三百二十九户，大八百七口，小四百五十八口，计六期粜米六十二石一斗六升。

十二图：八十一户，大一百八十三口，小一百口，计六期粜米十三石九斗八升。

以上六图，贫户一千二百七十四户，大三千一百六十口，小一千八百五十一口，共粜米二百四十五石一斗三升（量耗米一石七升）。平粜每石〣三收见钱八百八千九百二十九文。

一、收谷息钱八百九十千一百二十文。

一、支买白米二百四十六石二斗，价〦〩计钱一千六百九十八千七百八十文。

除支外，缴余钱二百六十九文。

局费支数：

一、支地保造册费（分作七图）钱七千文；

一、支装米船力（每石二十文）钱四千九百二十四文；

一、支上米力连斛（每石十文）钱二千四百六十二文；

一、支填写联票（每张一文）钱一千二百七十四文；

一、支邀各图董保跑差工食钱一千二百文；

一、支伙食钱十五千三百六十文；

一、支书算兼核对户册钱三千五百文；

一、支量米二人辛资钱六千文；

一、支局使一名钱二千四百文。

以上共支钱四十四千一百二十文。（往返城乡各图发票车轿力，由董捐给。）

诸翟局

总派数：

一图：四十九石一斗五升；二图：七十六石七斗二升；三图：三十八石五斗三升；南四图：三十九石五斗四升；北四图：二十九石八斗三升；五图：六十石六斗八升；六图：六十四石六斗五升；北六图：十三石九斗四升；七图：四十六石九斗七升。计应需米四百二十石一升。

逐图派票：

一图：一百九户，大/小口五百五十五/一百四十口，每口一斗五升/八升，四十九石四斗五升。

二图：二百二十五户，大/小口四百九十五/二百七十口，每口一斗二升/七升，七十八石三斗。

三图：七十七户，大/小口一百八十九/九十二口，每口一斗六升/八升，三十七石六斗。

南四图：一百二十一户，大/小口三百十七/一百三十六口，每口一斗/六升，三十九石八斗六升。

北四图：一百七十九户，大/小口四百二十二/二百六十六口，每口五升/三升，二十九石八升。

五图：二百二十七户，大/小口五百二十四/二百九十口，每口九升/五升，六十一石六斗六升。

六图：二百四十五户，大/小口五百八十八/三百二十口，每口八升/五升，六十三石四升。

北六图：三十六户，大/小口八十/五十一口，每口一斗三升/七升，十三石九斗七升。

七图：二百十三户，大/小口四百三十二/二百六十三口，每口八升/四升，四十五石四升。

合共注票米四百十八石。

领到积谷息款洋一千二百三元五角五分。粜见洋三百十元五角三分。购办芜湖白籼米沪斛二百六十六石，连费每石扯价洋五元七角，共该洋一千五百十六元两角。照付两款外，不敷洋二元一角二分。

以半价每斗米收取钱二百六十文分粜：

一图：七石四斗五升；二图：十六石九斗；三图：四石三斗五升；南四图：九石二斗七升；北四图：十九石二斗；五图：十四石二斗一升；六图：二十五石四斗九升；北六图：二石三升；七图：十石九斗八升。

共米一百九石八斗八升，收见钱二百八十五千六百八十八文，合洋三百十元五角三分。

以照票折半米散给：

一图：二十一石；二图：三十石七斗；三图：十六石六斗二升五合；南四图：十五石二斗九升五合；北四图：四石九斗四升；五图：二十三石七斗二升五合；六图：十八石七斗七升五合；北六图：五石九斗七升；七图：十七石三升。

共米一百五十四石六升，补耗短米二石六升，计粜散米二百六十六石。

局费支数：

一、支各图造册饭资钱七千文；

一、支印色纸簿笔墨钱一千二百十五文；

一、支分发填写联票钱一千四百三十五文；

一、支各图董保茶点钱七百五十三文；

一、支赴乡分票查户车舆工食钱四千九百十文；

一、支书算校对酬劳（洋二元）合钱一千八百四十文；

一、支由申领取升斗并往来信资钱二百七十六文；

一、支设局租房钱九百二十文；

一、支借器具扛力钱八百文；

一、支司帐对票量米六人、局使二人（十二天，每人每日辛饭二百文）钱十九千二百文；

一、支烟茶等费钱一千五百五十八文；

一、支司事城乡往返船费钱六千四百六十六文。

以上计支用钱四十六千三百七十三文。

虹桥局

一、收积谷息钱一千五百二十九千五百二十文。

二十八保头图：六百二十三户，大一千三百六十九口，小七百二口，应粜米十七石九斗。收钱核转（十二次），计补平米耗费钱一百八十九千八百八十八文。

二十八保二图：五百三十七户，大一千三百三十口，小五百八十二口，应粜米十六石二斗一升。收钱核转（十三次），计补平米耗费钱一百九十三千八百七十二文。

二十八保十七图：三百五十三户，大八百十五口，小四百八口，应粜米十石一斗九升。收钱核转（十八次），计补平米耗费钱一百六十八千七百四十六文。

二十八保十九图：三百三十二户，大七百八十七口，小三百六十口，应粜米九石六斗七升。收钱核转（二十次），计补平米耗费钱一百七十七千九百二十八文。

二十九保头图：四百十六户，大一千十四口，小六百三口，应粜米十三石一斗五升五合。收钱核转（十八次），计补平米耗费钱二百十七千八百三十八文。

二十九保二图：四百六十二户，大一千一百五十六口，小七百五十八口，应粜米十五石三斗五升。收钱核转（十八次），计补平米耗费钱二百五十四千一百九十六文。

二十九保三图：五百八十四户，大一千三百十八口，小六百三十四口，应粜米十六石三斗五升。收钱核转（二十二次），计补平米耗费钱三百三十千九百二十四文。

通共支平米补耗钱一千五百三十三千三百九十二文（粜费在内），除收外，实不敷钱三千八百七十二文。

局用开支：

一、支兑洋贴水钱九千二百六十六文；

一、支地保饭资钱七千文；

一、支城乡往返车轿力钱三千九百文；

一、支局用伙食钱十一千八百二十六文；

一、支油烛纸张烟茶钱一千七百六十文；

一、支司事司帐辛资钱十二千文；

一、支局使工食钱六千文。

以上共支钱五十一千七百五十二文。

洋泾局

一、收钱一千三百十千八十文，合钱一千四百十元九角八分。

一、付米一百九十六石，亠‖合洋一千四百十一元二角（不敷二角二分，合钱二百文）。

每石一百七十斤（共三万三千三百二十斤），每斤十六两（共五十三万三千一百二十两）。

二十三保十四图：四百九十二户，大一千三百十一 小六百五十三口，每口给米二十二 十二两，合十三石二斗四升五合。

二十四保十六图：四百三十八户，大八百八十八 小九百十口，全，合十石八斗六升二合。

十八图：五百六十一户，大一千三十一 小五百五十九口，全，合十石五半五升九合。

十九图：三百七十户，大一千一百三十一 小五百五十五口，全，合十一石三斗九升一合。

二十图：六百五十二户，大一千三百五十四 小一千二百八十一口，全，合十六石一斗三升二合。

二十一图：五百四十六户，大一千四百六十四 小八百九十口，全，合十五石四斗三升八合。

二十二图：八百三十一户，大一千八百九十九 小一千四百三十八口，全，合二十一石一斗七升五合。

二十三图：五百二十五户，大一千二百七十五 小九百三十九口，全，合十四石一斗一升。

二十四图：二百六十八户，大七百九十二 小八百五口，全，合九石六斗六升一合。

二十五图：七百二十六户，大一千九百八十四 小一千一百四口，全，合二十石五斗一升一合。

二十六图：八百二十六户，大二千二 小一千二百九十八口，全，合二十一石四斗四升六合。

四十七图：六百九户，大一千四百二 小八百四十七口，全，合十四石七斗六升四合。

四十八图：五百九十七户，大一千五百三十一 小九百二十一口，全，合十六石一斗八合。

以上十三图，共计七千四百四十一户，大一万八千六十四口，小一万二千二百口，共给米一百九十五石四斗三升八合（余米五斗六升，留发岁杪贫）。

局用支数：

一、支各图造册费钱十三千文；

一、支填写联票（每张一文）七千四百四十一文；

一、支局使二名（十七天）钱四千七百六十文；

一、支伙食（十七天，每天一千文）钱十七千文；

一、支纸张、笔墨、油朱、图章、烟茶、煤炭钱三千六十八文；

一、支发米司事（四人）钱七千六百文；

一、支司帐辛资钱三千文；

一、支运米水脚挑力上力钱八千三十六文；

一、支斛力打包力钱一千九百六十文；

一、支各图董保点心、专差信力钱二千二百八十四文；

一、支二十三、二十二、二十四图（因离局甚远，由洋泾运米至沈家弄庄宅，给发四十五石）运力上力钱一千八百四十五文。

以上共支钱六十九千九百九十四文。

曹行局（计口两小口合一大算）

十八保六并三十七图：一千七十口，每口给米二升三合，计二十四石六斗一升，加给十户四斗五升。

二十九、三十一图：一千三百九十口，每口给米一升七合，计二十三石六斗三升，加给九户四斗二升。

三十四五图：一千一百三十三口，每口给米二升三合，计二十六石五升九合，加给七户二斗四升。

二十三五图：八百六十三口，每口给米二升六合，计二十二石四斗三升八合，加给十户三斗九升。

三十三八图：六百十一口，每口给米二升九合，计十七石七斗一升九合，加给九户三斗六升。

三十二图：九百五十七口，每口给米二升一合，计二十石九升七合，加给十八户七斗八升。

三十三图：一百八十一口，每口给米二升一合，计三石八斗一合，加给四户二斗一升。

二十六保二十二/三十二上图：八百十口，每口给米二升，下图四百六十四口，每口给米三升，计三十石一斗二升。

二十八九图：一千四百八十六口，每口给米二升，计二十九石七斗二升。

又酌给各图孤寡穷民六石四斗五升六合。

以上计折给平粜杜米二百七石五斗，价〦〧〥计洋一千四百元六角二分五厘。应缴余洋一元二角六分九厘，合钱一千一百五十四文。

局用支数：

一、支填写米票笔墨工费钱三千五百文；

一、支装米船力钱八千三百文；

一、支挑米力钱十千三百七十五文；

一、支局使二名工饭钱二千四百文；

一、支升斗散给辛工钱三千六百八十文；

一、支南局七图董保到局烟茶点心钱五千文；

一、支各图地保造册饭食钱十千文。

以上共支钱四十三千二百五十五文。

漕河泾局

一、收钱一千六百五十五千六百八十文，合洋一千七百八十三元二角四厘。

一、支粜出白一千六石九斗四升，粜亏洋六百三十四元三角七分二厘二毫；

一、支给发白米一百十五石五斗九升，洋七百七十四元四角五分三厘；

一、支粜给量亏米二十一石五斗九升二合，洋一百四十四元六角六分六厘四毫；

一、支申运到局斛亏米十六石三斗七升八合，洋一百九元七角三分二厘六毫；

一、支粜出白籼米八石一斗五升，粜亏洋四元六角四分五厘五毫；

一、支粜给量斛两亏籼米二石三斗五升，洋十三元三角九分五厘；

一、支船资斛力上下力洋八十七元九角四厘七毫。

以上七项共支洋一千七百六十九元二角四厘七毫。

除支外，净缴余洋十三元九角九分九厘七毫，合钱十二千七百四十文。

局费支数：

一、支各图地保造册饭资钱十千文；

一、支邀集各图董保往来信力跑力钱一千文；

一、支办米及解送银钱川资钱二千一百文；

一、支纸张笔墨图章钱一千二百文；

一、支巡员折席随从酬劳（洋五元）合钱四千五百五十文；

一、支巡勇二名、局差一名弹压工食钱八千一百九十文；

一、支经理钱洋给票填票量手七八〔人〕辛资钱三十八千二百二十文；

一、支司事司帐稽察银米辛资钱六千三百七十文；

一、支栈司二名、局使二名辛工钱七千二百八十文；

一、支专司运米川资辛工钱五千四百六十文；

一、支烟茶油烛钱一千三百文；

一、支伙食（二十三天，每日早粥午晚各三桌）钱三十五千八百八十文；

一、支囤米用竹芦等器及装修工料钱五千四百六十文。

以上共支钱一百二十七千十文。

塘桥局（六月二十一日开局，七月十五日撤局）

一、收钱七百四十千四十文，合洋七百九十六元九角八分。

一、粜出白米六百石，扯〦〇〢〢〨，收见洋三千六百十三元四角八分。

一、支办白米六百石，扯〧〡〨，计洋四千二百六十九元三角六分。

除支外，净缴余洋一百四十一元一角，合钱一百三十一千二百二十一文。

局用支数：

一、支各图地保造册费钱八千文；

一、支发写联票（每张一文）钱二千九百文；

一、支邀集董保烟茶点心钱四千三百六十文；

一、支司帐量手辛资七人钱二十五千文；

一、支局使辛工跑差工食钱四千五百文；

一、支伙食（二十五天）钱十五千文。

一、支下乡发票轿役工食钱四千六十文；

一、支运米上驳力钱十六千八百文；

一、支赴申买米盘川零用钱二千文；

一、支帐簿纸张笔图章油朱钱一千三百二十文。

以上共支钱八十三千九百四十文。

各乡局缴回余钱数目开列于左：

计开：

一、收闵行局钱九百六十四千四百八十五文；

一、收马桥局钱六百八千八百二十二文；

一、收引翔港局钱三百七千七百六十文；

一、收高行局钱四十四千五十八文；

一、收江桥局钱二百六十九文；

一、收曹行局钱一千一百五十四文；

一、收漕河泾局钱十二千七百四十文；

一、收塘桥局钱一百三十一千二百二十一文。

以上共计收回钱二千七十千五百九文。

各乡局找借钱数开列于左：

计开：

一、支北桥局钱二十千二百五十六文；

一、支颛桥局钱二千六百三十三文；

一、支诸翟局钱一千九百五十文；

一、支虹桥局钱三千八百七十二文；

一、支洋泾局钱二百文。

以上共支找钱二十八千九百十一文。

城总局经办各乡平粜各项支销细数开列于左：

计开：

一、支刻刷榜示工料钱五千六百十六文；

一、支刻刷董保谕单工料钱六千二百八十四文；

一、支刻刷贫户领票工料钱五十三千八百五十二文；

一、支刻各乡局木戳钱四百六十二文；

一、支各乡局量米（升一百、斗五十）只钱十九千文；

一、支帐簿纸张、笔墨、信笺封钱二千七百四十八文；

一、支印色油朱钱一千七百五十九文；

一、支茶点油烛信力等钱四千七百八十四文；

一、支县署承办稿书饭食辛资（六十天）钱十二千文；

一、支县署清书（一名，四十五天）钱九千文；

一、支暂用司事二人辛资钱四十二千文；

一、支暂用跑差一名工食钱六千文；

一、支酌贴稿清书（油烛纸帐及事竣办理详报等案务）钱十四千文；

一、支藩府房经承笔资钱十八千四百文。

以上计支用钱一百九十五千九百五文。

积谷正息收支总数开列于左：

计开：

一、收各典正息钱二万六千四百六十三千九百九十九文。

一、支核借各乡局平粜贴价钱一万七千二十千八百四十文。

一、收回各乡局缴还余钱钱二千七十千五百九文。

一、支各乡局找借畸零钱二十八千九百十一文。

一、支城乡局用钱一千二百二十九千三百九十八文。

以上除收回连找借，大共实支钱一万六千二百八千六百四十文。除支借，实余正息钱一万二百五十五千三百五十九文。

办理积谷事务董事曹基善、姚文枏呈为动支积谷正息购米平粜事竣造册报请详销事。窃查本年夏秋之交，因上年秋收歉薄，米价翔贵，民食维艰，历奉照会，详蒙省宪批准，提借积谷钱款，购米接济平粜等因，早经遵饬，督同各乡董保妥议章程，详查户口，核实办理在案。兹奉录批照催汇造清册，呈候核详等因。遵此伏查本届办理平粜，计提各典正息钱二万六千四百六十三千九百九十九文，照章按各乡田额六十五万七百二十二亩、每亩给钱四十文核派，自六月二十一日起至八月底止，除法华等八局领款迁延，未经照办外，共计闵行等十三局领发平粜贴价钱一万七千二十千八百四十文，除据各乡局缴余钱二千四十一千五百九十八文，实共发给钱一万四千九百七十九千二百四十二文，又城乡局用共支钱一千二百二十九千三百九十八文，总共实销钱一万六千二百八千六百四十文。尚余钱一万二百五十五千三百五十九文，现暂存局，容即发典领存生息。至提取各典正息，以钱易洋，彼时典牌九百三十文，现发余之洋发存各典，以洋易钱，而近日洋价渐短，此届洋亏甚属不赀。所有遵饬动支积谷正息发给各乡平粜事竣缘由，理合另具清册，陈乞公祖大人鉴核，俯赐详销，实为公便。再，各乡局造报迟延，稍稽时日，合并声明。谨呈。

计呈清册一本。

光绪二十八年十一月　日呈

一呈上海县正堂。

办理积谷事务董事曹基善、姚文枏呈为陈请备案事。窃查本届动支积谷正息，购米平粜一案，早经事竣造册，呈候核详在案。所有发余钱一万二百五十五千三百五十九文，扣去暗亏洋水钱五百五十一千三百五十九文，净余钱九千七百四千文，当即发存各典，于十一月十一日起仍归正息项下五厘生息。除照章归入月报，并取到息折留局外，所有领状二十五纸，业经申缴道辕。理合将取到领状息折分别缴存缘由，陈乞公祖大人鉴核，备案施行。谨呈。

光绪二十八年十一月　日呈

一呈上海县正堂。

嘉定县仓案汇编

清光绪八年刻本

（清）杨恒福　辑

赵晓华　吴四伍　王丽娜　点校

嘉定县仓案汇编目录

嘉定县仓案汇编序

三代下讲积储之法者二，曰常平仓，曰社仓。常平昉于汉宣帝时耿寿昌令边郡皆建仓，谷贱增价以籴，谷贵减价以粜。此以官赈民者也。社仓之行莫善于朱子。其先当隋开皇之世，长孙平奏请令诸州当社共立义仓。收获时随其所得，劝课出粟及麦，委社司收积，勿使损败。有饥馑者，即以给之。是隋所谓义仓，即宋所谓社仓。此以民赈民者也。顾设常平者，不及社仓，设社仓者，不及常平，殆亦势之难兼备欤？我圣朝轸恤群黎，无微不至，各直省州县向有义仓之设，盖以官赈民，有常平遗意焉。至积谷则敛私储为公产，以民赈民，与社仓庶乎近之。嘉邑当道光中创义仓，遭兵燹而廒全毁。前侯汪君既请于大吏，按忙酌提公费，以复其旧。嗣复奉文筹办积谷，经由前尹于同治七年禀请按亩计捐，建廒籴谷，与义仓一并延董经理。迨其珏之莅斯土也，开办已逾十年。查勘义仓，存谷二千八百石有奇。积谷仓亦存一万二千余石，而发典之款尚多。熟察民田种殖，棉七稻三。平时饘粥所需，且待他方转运。猝逢岁歉，储谷不充，四野嗷鸿，其何以给？非添盖仓房逐年备款购谷不可。商之董事王君文思、杨君恒福，佥曰然。爰自戊寅至今，仓谷数溢四万石，缗钱所积仍在七万串外。诸董又以翻晒亏折，虽叠奉定章，诚恐鼠雀侵蚀，逾限赔累，先后筹集杂款，储谷备耗。事惟求是，利必归公，不亦可谓经理得人哉？抑又闻之，常平仓之建也，汉刘般以为有利民之名而内实侵刻百姓。社仓之建也，明朱纁以为州县之积谷，徒资贪吏掊克。大抵有一利即有一弊。今仓谷出纳，悉以董事任之，官第视其成耳。其珏固幸诸君矢勤矢慎，相与有成也。尤愿后人追维开办之时，所以普皇仁慰宪廑，随事有裨于民者，惟诸君之力是赖，永永遵循旧章，毋纷更，毋废堕，以垂百年之乐利也。岂不威哉？是为序。

赐进士出身翰林院庶吉士改授嘉定县知县宜黄程其珏谨撰

《记》曰：三年耕必有一年之食，九年耕必有三年之食。必有云者，谓图匮于丰，非可仅足而无余也。然地大物博则有余，时和年丰则有余，氓庶殷富、乡里委积则有余。若素不产米之区，值甫经兵燹之后，公私储蓄荡然无存，设遇旱潦，民即饔飧不继，求以菜色延旦暮且不可得，而何一年三年之有乎？同治七八年间，丁中丞抚吴，创议积谷，檄行所属，随漕带征。我邑父老，踊跃应命，请亩征二十文，除剔荒外，岁可万缗。节相曾文正公先以迹近加赋为嫌，既知民皆乐输，则询期限，父老以五年对，从之。是年漕竣，而带征之万缗亦集署。邑侯田公募董建仓籴谷，佥谋于众，以事属予。继田者为陆侯、曾侯，依限接征。一有成数，即发典生息。观岁丰歉，视价上下，以时籴储。光绪七年，旧仓既盈，邑侯程公别建新仓。予选靖江教谕之官，杨君月如继之。计先后建仓二区，得屋若干楹，谷若干石，存典钱若干缗，月如编次案牍，刊刻成册。先是有义仓者，汪观察莅嘉时创捐，在条银平余内每两提钱二十文，令浦君棣香董其事，建仓一区，岁以其钱储谷。后邑侯踵行之，亦裒然成巨款。浦殁并附积谷。董事经理至是汇为一编，邮致靖江，嘱予弁其端。予考民间积谷，皆仿朱子社仓成法，而今昔时势有必不能同者二。社仓散置各乡，今储城中，一也。社仓春借秋还，今置不动，二也。凡事立法易，得人难。城中绅富并集，耳目彰著，经理之善不善，通邑皆所见闻。若析置各乡，畏事者多不肯任，喜事者又不敢任之。散之难为功，未若聚之易为力矣。至出纳之间，弊窦滋多而谤讟易起。旧法借谷一石，还谷一石二斗，有朱子之德之才则可，否或不善行之，即与青苗无二，故上不用为令，下不援为请也。独抽陈易新之法，始尝议之，今并不行。如天之福，数十年谷得无动，能坚好否？不朽腐否？此非更事既久，目击其实者无由臆恻也。予任事初年，尝以积谷原征钱存典，以典息钱籴谷。当时籴未及额，上游颇严檄相催。今籴且溢额矣。以仓与谷计之，用逾六七万缗，而原征之五万余缗，尚余四万余缗存典无动。典息虽一再核减，岁犹四千余缗，仓用岁数十缗。故带征只五年，视他县之征十余年者有赢焉。义仓之积钱与谷，并如积谷仓法。无事之日，谷耗而恃钱以孳生；有事之时，谷罄而得钱以接济。一年三年之计，庶或在是乎？再公令储谷一石，准耗四升。予往在仓中，见硕鼠鼓腹，跳跃谷面，空壳累寸。日久依令核计，不知果无溢耗否？因取累次建仓节省及竹头木屑，易钱购筹备谷数百石，别储在仓。今附册后。异时簸扬给赈，必洁必净。设有溢耗，用此抵补。此又变通于法外者。凡在仓在典，一谷一钱，皆公中所自有，予无能裨益。但矢誓同人，勿为饥民先筹备谷不以上闻，藉此区区，亦勿为后之任事者累。是则所望览是册者，有以谅予之苦心也夫。

光绪八年秋九月邑人王文思序

《周礼·大司徒》以荒政十有二聚万民，大都言救荒之策，而未及备荒之法。惟遗人掌乡关之委积，即后世义、社、常平规制之所由昉。行之之法，历代互有因革，事难执一，理宜变通。有行于昔而不能行于今者，有行于彼而不能行于此者，则以其时其地之各有不同也。原建仓之义，自以储谷为本务，然储谷、储钱当并行而不悖。明广东佥事林希元尝言，救荒有三便，极贫民便赈米，次贫民便赈钱，稍贫民便赈贷；有三权，借官钱以籴粜，兴工作以助赈，贷牛种以通变。则有谷无钱，临时将何措置？吾邑道光间水灾，其时仓谷无多，全赖素封之家捐资济用。今自咸丰间兵燹之后，十室九空。虽急公好义不乏其人，而戋戋者何补于事？果能钱谷并储，则转运平粜，兴工作，贷牛种，皆足以广赈济。东南东北乡水道潮汐淤塞，届时必有议以工代赈者。城内支港湮塞，地脉不通，非特农田水利攸关，即以地方形势论之，似亦有关于通邑利病。乘此时而议储，尤为民所乐从。吾故谓储谷储钱，当并行而不悖；推陈易新，此说之不易者也。然揆之吾邑，则有窒碍之处。往年赴宜兴采办，见彼处仓谷一年一易。盖宜兴为产谷之区，商贾云集。每届秋成，随粜随籴，一转移间耳。吾邑地不产谷，仓谷皆取给于宜兴，一旦而议推陈，将转运他处以贩卖乎？则运不胜运。将招集客商以贸易乎？则招之不来。且数万石之数年陈谷，苟非荒歉之年，有何地可适用乎？即谓留七粜三，轮年推易，似属轻而易举矣。然粜在青黄不接之时，非若宜兴之随粜随籴，其时年之丰稔，犹未可卜也。万一天灾流行，则旧谷贱粜而新谷贵籴，亏损已多，且其中流弊不可胜言。道光间陶文毅公总制两江，尝谓推陈易新，易滋朦混，概不准行。创论亦确论也。然则年复一年，能保无朽坏之虞乎？则有摊晒之法。在冬间新谷进仓，俟明春摊晒搧净，以后可以无虑。惟每遇天雨，察廒屋之渗漏否？谷粒之郁湿否？司其事者，尽心力以为之而已。论者闻摊晒宜于三伏，然予尝遍访农商，佥云谷之藏者，以春日摊晒为佳，三伏太阳过燥，恐伤谷性也。惟偶有郁湿之处，不拘何时，皆宜摊晒。其无须摊晒者，或恐其日久受湿，则翻廒之法，尤为简便。翻廒者，择风燥之日，以此廒之谷易入他廒。一经翻腾，湿气可散，故仓中必先留有空廒也。今吴县潘太史遵祁尝咨访江北，深明积谷者云储藏得宜，可支四十年。故苏郡丰备义仓亦寝推易之议。顾积之既久，储谷则仓廒易满，发贷则质库难加，且一遇灾歉，恐质库不能拔本。于是有创为置田之议者，然万不可轻率行之。陶文毅公曰：置买产业，虽属经久之计，然不能救济，目前亦非急务。必积谷实在丰裕，以少半置田乃可，否则不必。职司仓钥者尚其三复斯言乎？同治间，予师汪侯下车之后，修举废堕，节缩署中公费，倡设义仓。踵其后者，咸率由之。盖贤邑宰之流泽长矣。积谷仓则奉大吏檄饬建置，取之于民，盖图匮于丰之意。为民虑者，至周且密。予尝与之经始，旋因奉檄之滇，遂不与闻。庚辰冬乞归，程侯嘱仍襄理斯役。共事者王君文思，告予曰，数年来经办章程及出纳各数，盍为之纂辑成编，刊布通邑，俾良法美意，邑之人世世守之。予因辑是编，亟授手民。自后屡丰告庆，仓储之数愈积愈多，如何而可以推陈易新，如何而可以增置田产，尤望有参酌变通，蕲至于尽美尽善，匡予不逮者。

光绪八年岁次壬午秋日杨恒福识

凡　例

一、义仓官捐民办，建在先；积谷仓民捐民办，建在后。自应先列义仓，次积谷仓。惟一切应办事宜详于积谷仓案，而义仓案较略，故是编先积谷仓，次义仓，俾阅者先得其详。

一、是编先公牍，明定章也。次基地、房屋，防侵占也。次钱谷款目，慎出纳也。次扦量接收，专责成也。既分次编列，又各以年代先后为序，俾是后经办事宜，皆可按年增入。

一、两仓奉行条款、详办章程，先后间有不同，兹并录入，以见事难执一，法宜变通，庶可垂之久远。

一、仓案繁琐，有见于此而彼可略者，如钱谷各数按月造折呈报，按年造册报销。是编既详载收支清册，凡报销禀文及月折，皆可不录。至禀详文件，各有批复。兹择其要者录入，他如既据通禀，仰候某宪批示云云，及禀详文尾套语，概不备录，以省卷帙。余类推。

一、每廒储谷若干，均按粜谷年分详列四柱册内。次年或翻晒，或盘量，即注明每年改入某字廒。嗣届新旧官交接，或盘量改入他廒，则于接收册内注明原储某字廒，以清眉目。总之旧官任内粜储廒谷细数，以新任接收为准；新官任内粜储廒谷细数，未经后任接收，以四柱册为准。

一、凡出纳之数，有正款即有杂款。杂款之不列报销四柱册者，别为一卷，附后以示核实。

卷一　积谷仓公牍

署嘉定县田详办积谷章程

为遵饬筹办通详立案事。同治七年十二月初三日，奉本州十二月初二日札，十一月二十四日奉藩司、宪台、藩宪十一月二十二日札，十一月十五日奉抚宪、宪台批青浦县禀遵饬筹办积谷筹议章程，禀请按田起捐，拟自今届冬漕为始，随漕带收，禀乞批示遵办一案由。奉批：所议收办章程，均属妥洽，应准照行。该令捐廉倡率，尤属好义可嘉。仰苏藩司转饬晓谕阖邑绅士一体遵照完捐，并慎选公正经董督同办理，将收捐钱数、建仓买谷缘由禀报察核。至该县章程最为简易，并即由司速行通饬各属，一体参酌仿办。征漕将届，毋稍延误。切切。此缴。折存等因到司，札州饬县一体遵照，参酌仿办，毋稍延误。并将照办缘由报查等因到县。奉此遵查此案，先于九月十六日奉本州、宪台札，奉藩司、宪台、藩宪，转奉抚宪、宪台札开，苏省未经兵燹以前，各府州县存仓谷石，陈陈相因，即偶遇天灾流行，亦可有恃无恐。自从贼扰以来，仓廒毁于兵火，富户化为虫沙。万一偏灾告警，公储私积一无可恃，吾民岂不坐以待毙？言念及此，可为寒心。故痛定思痛，当毖后而惩前；年复有年，须图丰以防匮。札司督同府县，会商绅董，仿照常平、社仓之法，或筹备闲款，或按亩带捐，一俟新谷登场，即可采买存储。能集腋以成裘，庶有备而无患。敛私储以为公储，仍是百姓私家之物；缘乐岁以防歉岁，即为太平乐利之谋。谅亦官绅所当及时尽心，而百姓所甘踊跃输纳者也。惟是义出于公，必先事求其实。倘官役经手人等藉此侵渔，只求染指，一经查出，定即严惩。本部院为小民积谷防饥起见，非为官吏藉公济私起见也。该司商有成法，仍即详请核定通饬各府县遵照办理等因到司。札州转行下县，奉经谕董会议妥筹。嗣据绅董五品衔布经历浦福缘、举人王文思、廪生杨震福、职员吴东明等禀称，嘉邑地居偏僻，民无殷富，一时殊难劝办。溯查道光年间创办义仓，系按编夫派捐。现惟援照按夫劝办，庶几集腋成裘，易于蒇事。嘉邑额设夫束五千余夫，每夫捐钱一千文，以之建仓积谷，不数年间，当可仓储丰盈，有备无患。公叩核详等情。当经复核转禀禀明□宪宪台抚藩宪在案。兹奉前因，复又邀集各绅董确筹妥议。该董等咸以前奉饬办社仓，实因公款民资，两无设法，是拟援案按夫捐办。惟编夫原有挑河本款，是以派数无多，深恐一时仓储难于充足。兹奉宪饬，仿照青浦县转禀章程，按亩派捐，随漕收缴，办法最为简便。在民间每亩捐谷无多，而以通县额田计之，每年积谷多则万石，少亦数千石，实足预防荒歉。是百姓以丰稔余资为旱潦之备，亦属众所乐从。第嘉邑向种棉七稻三，与产米之区不同，若令捐缴稻谷，深为不便。惟有按亩捐钱二十文，随漕缴县，由县派董买谷存储，较为便捷。公请核详等情。伏查卑县农田种植，由来棉多稻少，是以应征冬漕，历系民折官办。据请社仓积谷，按亩捐钱，适与完纳漕折之义吻合。自应顺从民便，俯如所请。试以民间秋收计之，每亩捐钱二十文，尚属轻而易举，亦可照办。惟捐数系按田核计，年成丰歉不同，若不稍示区别，未免民有隐忧。倘稍形歉减，即行停捐，亦殊因噎废食。卑职愚昧之见，拟以征漕之分数定捐款之多寡，即如全征年分，照章每亩捐钱二十文，征漕八成，即缴捐钱十六文，庶几事归核实，垂之久远，不致高下其手。当此创办之初，立法不厌详细，除弊务期净尽。谨就管见所及，参酌事宜，督董筹议章程八条，理合具文通详，仰乞宪台电鉴察核。再，此外如有未尽事宜，容当续议禀办。惟款系随漕带捐，凡按田科算、加戳收缴及先期出示晓谕，均须提前赶办，伏候迅赐批示。云云。

计章程。

一详督、藩、巡抚、粮、州

同治七年十二月　日

章　　程

一、兴复社仓，宜筹经费也。查嘉邑从前设立社仓，经费系按通县额设夫束派捐济用，是以前拟循案办理。兹奉宪台、抚宪批，青浦县禀按田起捐，随漕带收，通饬各属一体仿办，自应遵照办理。查卑县额田六十四万五千六十三亩一分二厘，截至本年秋成止，除抛荒外，实该原熟新垦共田六十二万六十三亩有零。现拟每亩捐钱二十文，永为定额。全征年分照额收捐，歉减之年，征漕几成即收捐几成，一律随漕加戳带缴。本年全熟田六十一万四千八百八十八亩，每亩捐钱二十文，共捐钱一万二千二百九十余千；新垦六成征收田五千一百七十五亩，每亩捐钱十二文，共捐钱六十二千有零。两共应捐钱一万二千三百余千。嗣后歉熟年分，应请照此办理，俾示至公而恤民隐。

一、因时制宜，建立总仓也。查社仓古法，分建各乡。现值兵燹之后，各乡绅耆零落，经理乏人，分建仓屋所费甚大，亦无从筹此巨款。是于城内义仓左近宽阔公地建立总仓一所，俾便稽察而免散漫。现拟共建门道三间，以资管钥；仓廒二十间，为积谷之用；正屋三间，为官绅聚集办公之处；余屋四间，为堆积器具及看守工作住宿之地。届期由各董公同撙节估计，呈县覆核，在于本年捐款内核实支销，刊入征信录，呈候备查。再，现在创建仓屋，尤须工坚料实，地高屋敞，围墙坚固，以期经久。董宜破除情面，官应不时监察，务使工归实济，以杜苟简之弊，庶免虚耗而实仓储。嗣后经费日充，再行随时察看情形，扩充禀办。

一、收捐粜谷宜有定章也。查卑县甲年冬漕向于乙年二月开征，四五月间全完。其时收缴捐款，适值青黄不接之时，谷价正在翔贵，购买暗多亏折。应将收缴捐钱分发城乡各典存储，按月一分起息。至秋末冬初谷价平减，先将存本提清，买谷积储，其息钱截至提本之日结该若干，仍存该典生息，为买谷川资、粜籴人工、积久折耗、添置器具、修理房屋一切常年经费之用。庶收缴一文之捐款，实买一文之谷石，滴滴归公，毫无折减，而常年经费有着，亦可毋庸另行设法矣。其息钱除支销常年经费之外，如有余存，三年一结，一并提清，购谷储仓，俾归核实。

一、禁绝挪借，以资征信也。查社仓积谷系集百姓丰稔余资，官为收储，颗粒皆百姓私家之物，预为防荒之计。无论地方要公，不得丝毫移借，经手官绅不得藉词侵挪。每年熟田若干，置谷若干，连共积谷若干，于年终刊刻征信录，仍由各绅董会同值年经董，将实在储仓谷数出具无亏切结呈县，由县复查加结，同征信录申送各宪备查。所有收支款目，一览无余，丝毫无从弊混。事系民捐民办，应请免其造报，一面查照征信录各总数列款晓示仓前，务使上下相孚，人人共晓，以杜侵挪而资征信。

一、慎选董事，轮年经理也。查社仓积谷年年加增，每一出纳，动辄盈千累万，迥非寻常善举可比。若专派一二董事经理，不但稽察难周，抑难当此重任。现拟遴选董事浦福缘、王文思、秦庆泰、杨震福、杨恒福、黄宗濂、陈时中、周宗琦等八人为社仓董事。刻下清理基地、建造仓房、采买谷石，事务纷繁，一切均同创始，自宜公同办理。嗣后每年收捐粜谷，推陈易新，稽察晒晾，一切常年公事，即照现举各董每年轮派二人会同经理。甲年事竣，即于年终将通年出入款项结算清楚，邀集各董将银钱谷石、装修器具、一切帐目，公同点交乙年轮值董事接收承办，及刊刻征信录，并将会同交接缘由禀县查考。如甲年董事款目不清，乙年董事据实禀追，倘或含糊接收，至乙年年终查有亏缺，定惟接手之人是问。如此按年轮值，周而复始，以杜积重难返之弊。其每年粜谷贵贱、新陈市价，凡一切应行禀办之件及遇荒歉赈恤平粜等事，仍应各董会办，以昭慎重。

一、变通成法，推陈易新也。查社仓古法，春借秋偿，岁易新谷，法诚至善。第嘉邑业田之家，向种棉七稻三，与他邑之全种稻谷不同。寻常食米不敷，尚须购之他处，借谷还谷，民多不便，借谷还钱，易滋流弊。今拟因地制宜，以存谷三分之一，逐年出粜，三年一周，以免朽坏。其粜籴之法，以每年五六月间，由各董会同确计应粜谷石若干，秉公参酌时价，禀县给示。粜变收下钱文，至易新之期，相去四五个月之久，易启侵挪之渐，应即发典生息。至新谷登场，由董禀县谕典，将本提清，给照赴产米之区，购谷还仓。价有盈余，一并买谷，不准挪作别用。其息钱归入各年所捐谷本典息项下，作常年经费。嗣后无论谷价贵贱，每年照章办理，以从民便而重仓储。

一、荒歉赈恤，宜有定章也。查社仓积谷，原为预防荒歉而设。如逢歉年谷贵，应将存谷由董酌价禀县，由县核定，分派城乡，出示平粜，粜存钱文发典生息，次年买补。实荒之年，砻米赈恤。俟成熟之年，照章随漕带捐归款。所有积谷，凡遇荒歉年分，无论平粜赈恤，均应通禀立案，一面由县亲自赴仓弹压。其动用谷数至多不得过六成，以防次年青黄不接及丰歉不测之虞。至砻米赈恤，虽多一番费用，然荒岁哀鸿得米即食，获益实非浅鲜。

〈一、〉稽察宜严，以防流弊也。每届随漕收缴捐钱，一有成数，即行发典，县中不得存留分文。倘有亏挪，由董事及后任禀请委提清款，不准列入交代。其钱发典之后，董事必凭印谕，始能公同向典提钱。该典验明印谕，钱交董手，县中不得径提。如各董并不会齐及无印谕为凭，典商徇私擅付，除严追清缴外，仍应罚典缴半充公，以示惩儆。歉岁平粜，当年变价均应照此办理，庶几互相稽察而免侵挪之弊。该典遇有停歇，无论盈亏，必将存款首先呈缴。倘敢亏短，通禀监追，以杜延欠。每届经书按亩科算，加戳收缴，不无辛工饭食之需，每捐钱一千文，给钱五文，于典息项下支销，以免藉端需索，并于斗则告示内，剀切声明，俾使周知而杜弊窦。

太仓州蒯奉批转饬札

为转饬事。本年十二月二十五日，奉布政使司张札开，本年十二月十六日，奉苏抚部院丁批该县详遵饬筹办社仓，督董参酌章程，详请示遵由，奉批：所议按亩派捐并出纳章程，甚为周妥，应准照办。该令接奉通饬，即督董另议核实办法，呈请举行。具见关心民瘼，办事认真，深堪嘉奖。仰苏藩司转饬出示晓谕，阖邑绅民一体遵照，随漕按数完缴，由县督董妥为办理。将所收捐钱建仓买谷各数按届截清，造册通报，并刊征信录，分发晓谕，毋致有名无实，仍候督部堂批示。缴册存等因到司。奉此并据该县并详前来。查该县社仓积谷，先据议请按编派捐，经前署司饬据该州核议，详请照办。当因青浦县筹议捐办积谷章程业奉抚宪批司通饬仿办，究竟该县应否仿照办理，抑仍按夫集捐，复经批令察酌情形，妥议通详核办在案。奉批前因，合就转饬札州立即转行，出示晓谕，阖邑绅民一体遵照，随漕按数完缴，由县督董妥为办理。将所收捐钱建仓买谷各数按届截清，造册通报察核，并刊刻征信录，分发晓谕，勿致有名无实等因到州。奉此合行转饬。札到，该县立即出示晓谕，阖邑绅民一体遵照，随漕按数完缴，由县督董妥为办理。将所收捐钱建仓买谷各数按届截清造册，通报察核，并刊刻征信录，分发晓谕，不致有名无实。此系备荒善政，毋得始勤终怠，是所至要。切切。特札。

同治七年十二月　日

署嘉定县田奉批具覆文

为具文申覆事。本年正月二十六日奉本州、宪台批，正月十九日奉宪台、藩宪札开，同治七年十二月二十八日奉宪台、督宪批阜县详遵饬筹办社仓，督董参酌章程，详请示遵由，奉批：筹备仓谷，系属善举。如须按亩派捐，自应分别大小户酌量办理。若竟不论鳏寡孤独及三五亩之零星小户，一概饬捐，殊未平允。况此项仓谷原为预防荒歉，只须筹办足敷，即行停捐。查核详册及章程内并无筹款年限，但称每亩捐钱二十文，永为定额。是竟须按年摊捐，并无停捐之期。后条又称实荒之年，砻米赈恤，俟成熟之年照章随漕带捐归款等语，更与前条自相矛盾。究竟所谓照章带捐者，是否即系每亩二十文之议，抑又二十文之外又行增派，殊不明白。社仓之法，自应各归各乡，分仓存储，方于名实相符。小民咸知为备荒之举，即遇有荒歉，亦可就近赈恤，免致襁负就赈。若将捐谷均归城内总仓，不但将来平粜粥赈多所跋涉，更恐小民先滋疑虑，尤未允洽。仰苏州布政司确切核明，饬令再行妥筹详办，总须斟酌尽善，方可行之永久。仍候抚部院批示。缴。章程存等因到司，札州行县。奉此伏查现办积谷，只以因时因地以制宜，致与社仓成法小有不同。从前社仓各归各乡，春借秋还，遇灾赈贷，熟年归偿，立法至善。现因兵燹之后，各乡经理乏人，分建仓廒，猝难筹此巨款，加以卑县农民向种棉七稻三，借谷还谷，民多不便，是拟建立总仓，慎其职守。设遇灾歉赈恤平粜，均应分派各乡，俾免跋涉就赈之劳。已于原议章程声明。至灾年赈恤，熟年照章随漕带捐归款，所收之数，除照章每亩二十文之外，并不加增。再，卑县户粮零星，实因小户多于大户，是以碍难分别。惟鳏寡孤独中之零星小户，自应剔除免捐，以示体恤。所有筹款年限，诚如宪饬，只须筹备足敷。若得连年丰稔，三五年间得以仓储丰盈，即当停捐，以裕民力。以上三层，同其余未尽事宜，汇入续议章程，专案详办。缘奉前因，合先具文申覆。云云。

一申督、藩、州

同治八年二月　日

署嘉定县田请减捐八年分积谷禀文

敬禀者：窃卑县奉办积谷，上年拟议章程，熟田随漕每亩捐钱二十文，歉年征漕几成即收捐几成，并声明如有未尽事宜，仍随时续议禀办，详明宪鉴遵奉在案。本年秋收歉薄，应征银米，禀奉藩司、宪台、藩宪批准，减免一成。所有应捐积谷，本应照章饬捐九成，随漕带缴。惟今届秋成过歉，民力拮据，加以上下两忙，曾遵奏案每亩随捐华亭海塘经费钱十文，今积谷一款，倘仍照每亩二十文九折饬捐，以本年应征熟田漕米计之，每征米一石，又须随缴积谷钱七百数十文。卑职体察民情，实属力有未逮。惟积谷系为预防荒歉至计，上年甫经创办，存款无多，亦不得不兼为筹及。卑职思惟至再，维有因时制宜，量为变通，本年每亩随漕捐钱十文，俾公私得以两全而免顾此失彼。嗣后年成丰稔，仍当照章办理。卑职系为体恤民隐起见，不敢因详有定章，稍事拘泥。合肃驰禀，仰乞俯赐批示。云云。

一禀抚、藩、州

同治八年十一月　日

太仓州蒯奉批转饬札

为转饬事。本年十二月二十五日，奉布政使司张十二月二十三日札开，本年十二月十七日奉苏抚部院丁批嘉定县禀本年积谷一款，拟请酌减捐办由，奉批：该县本年秋收歉薄，随漕应捐积谷，民间力难照完，据请改为每亩酌捐钱十文，应准照行。仰苏藩司转饬遵照，出示晓谕捐收，并于漕串上加盖每亩随收积谷钱数红戳，将出过示式加戳串式，通送查核。此缴等因到司。奉此，查此案前据该县并禀，即经批州饬候宪示在案。兹奉前因，合就转饬札州，即便转饬遵照示谕捐收，并于漕串上加盖每亩随收积谷钱数红戳，将出过示式加戳串式，通送查核毋违等因到州。奉此，查此案前奉宪批，即经转饬遵照在案。兹奉前因，合亟转饬。札到该县，即便遵照宪饬示谕捐收，并于漕串上加盖每亩随收积谷钱数红戳，将出过示式加戳串式，通送查核毋违。此札。

同治八年十二月　日

署嘉定县陆请免厘捐详文

为详请事。案照卑县遵饬筹备积谷，详明各大宪批准，于冬漕案内每亩带捐钱文籴谷储备一案，兹届新谷登场，本邑非产米之区，自应前赴产地购买，运回储仓。是经会商积谷仓经董，筹议籴谷一万石，又义仓捐存款项议籴谷二千石。并据举保诚实、谙练之职员吴东明、葛文林、徐振先，随带谷价，前赴常、照〔昭〕、锡、金、宜、荆等处产地购籴谷石，仍由吴东明等轮流分起，运回储仓。伏查前项仓谷系奉宪台 各宪为地方预防荒歉备赈起见，与民间籴谷买卖者不同，应请宪台檄饬牙厘局宪转饬 移明牙厘局宪转饬 檄饬锡、金、宜、荆、常、昭等处捐厘局卡免予抽捐，以示体恤。仍由卑职按船编号，给发护照，呈验放行。云云。

一详抚、藩、牙厘局

同治九年九月　日

嗣后每届籴谷，均准免捐。

太仓州吴奉批转行札

为转饬事。十月二十五日，奉布政使司张札开，本年十月十三日奉苏抚部院丁批：嘉定县详购籴仓谷，请饬厘卡免予抽捐由，奉批：已据详批饬苏省牙厘总局，转行各局卡一体遵照，验明护照谷数，免捐放行矣。仰苏藩司转饬知照。缴等因到司。奉此，查此案前据具详到司，即经批州饬候牙厘总局核饬验放在案。奉批前因，合就转饬等因到州。奉此查此案前奉藩宪批示，业经转饬查案，补详备核在案。兹奉前因，合行转饬。札到，该县立即遵照迅速查明，详州以凭备考。毋违。特札。

同治九年闰十月　日

署嘉定县陆派夫挑谷入仓谕

谕仰学前□担行知悉：照得积谷仓、义仓谕董赴产地购谷，运回储仓，不日即当运到。查所籴谷石，为数甚巨，应照向章，由该各担行派夫挑运入仓，合行谕饬。为此谕，仰该担行即速传知东门、西门、南门、北门、州桥、管家桥、回春桥、孩儿桥、新巷衖各担行遵照，一俟两仓谷石运到，即会同轮流挑运入仓。仍候每百斤由仓给发担力钱三文。毋得违误迟延。切速。切速。

同治九年十月　日

嗣后每届籴谷，由县给谕遵办。

署嘉定县陆捐办九年分积谷申文

为申报事。案照卑邑奉饬筹办积谷一案，议定章程，熟年每亩捐钱二十文，于次年春征收漕折时，随漕带收，当经详明宪鉴遵奉在案。兹届开征同治九年漕折，所有前项捐钱，查照定章，仍于漕折串内加盖红戳，随漕带收。查同治九年应捐积谷钱文，成熟田六十一万九千三百三十八亩五分三毫，每亩带捐钱二十文，共应收钱一万二千三百八十六千七百七十一文，定于二月初九日随漕捐收。一俟收有成数，暂行发典生息。俟届新谷登场，饬董购谷入仓。合将熟田亩数、应捐钱数具文报明，仰祈宪台鉴核。云云。

一申抚、藩、州

同治十年正月　日

嘉定县曾捐办十年分积谷申文

为申报事。案照卑邑奉饬筹办积谷一案，议定章程，熟年每亩捐钱二十文，于次年春征收漕折时，随漕带收，当经详明宪鉴遵奉在案。现届禀办十年冬漕，所有前项捐钱，查照定章，仍于漕折串内加盖红戳，随漕带收。查同治十年应捐积谷钱文成熟田六十一万九千三百三十八亩五分三毫，每亩带捐钱二十文，共应收钱一万二千三百八十六千七百七十一文。一俟启征，随漕捐收。收有成数，查照定章，暂行发典生息。俟届新谷登场，饬董购谷入仓。合将熟田亩数、应捐钱数具文申报，仰祈宪台鉴核。云云。

一申抚、藩、州

同治十年十一月　日

嘉定县曾奉饬存储仓谷百斤为石照会

为照会事。奉藩宪札开，照得积谷乃民捐以备地方济荒要举，所收捐钱自应随时交董，分别建仓买谷，或先发典生息，随后购办，总不得存留县库，为逐渐挪移地步。业经应前署司详定，无论随漕随忙带收，捐钱凡满三百千以外，务即随时发董存储，不得存库，致滋挪移，通饬遵办在案。现届新谷登场之际，所有已建仓廒各处收存积谷捐钱，自应赶紧尽数买谷存储，以备缓急。查各处买谷，均系以石为断，惟谷有瘪绽。瘪轻而绽重。若第论石数，则瘪谷亦可盈斛，将来砻出米数，必致短少。此中流弊，不可胜言。不若以斤两计算较为核实。合再札饬。札到，该县立即遵照。凡已建仓廒者，赶将存储前项钱文立即尽数买谷运仓收储，均以十六两为一斤，以漕斛一百斤为一石开报，不得徒以石论，致短米数。其尚未建仓者，仍遵前饬，凡满三百千以外，即行发典生息，所具典商领结呈送备案，勿得徒托空言，有妨备荒善举，并即赶速先将遵办缘由禀报札饬遵照，将钱尽数买谷运仓收储。所收之谷，应以十六两为一斤，以秤足一百斤为一石开报，不得徒以石论，致短米数。仍将遵办缘由禀报等因到县。奉此，除申覆外，合行照会。为此照会贵董，希即遵照办理。须至照会者。

同治十年十一月　日

布政使应通饬积谷捐钱不得存留县库札

为通饬遵办事。照得积谷乃备荒要政，所收捐钱自应随时交董，分别建仓买谷，或先行发典生息，随后提本购办，总不得存留县库，以免瓜李之嫌而绝挪移之弊。今本署司确查报案，各州县经收捐钱，有存库数百串，多至数千串，延不交董分别买谷存典，殊不可解。合亟通饬。札到，该县立即遵照，速将收存捐钱刻日尽数交董，分别建仓买谷，或暂行发典生息，专案具复查考。以后无论随漕随忙带收捐钱，凡满三百千以外，务即随时发董存积，不得留存县库，致滋亏挪。一面遵照前饬，将十年分收支细数，再限十日内造册禀报，并遵颁式另开简明清折一分，随文呈送查核，毋再违延干咎。切切。特札。

同治十一年五月　日

太仓州吴抄详转饬不准挪用积谷钱文札

为转饬事。本年八月初九日，奉署布政使司应札，奉署督部堂何批本署司详震泽县等县挪用积谷钱文，勒限清缴一案由。奉批：查积谷一捐，系属备荒要款。邵令等辄敢任意挪移，甚至如方令延欠至一万六千余串之多，荒谬糊涂，至此已极。仰即赶紧分别勒限，严追清缴。其未清缴以前，停其差委署事。逾限不缴，即行从严详请参办，毋稍姑容。至其余各州县，是否尚无此项情弊，应再由司通饬。以后各州县经收此项钱文，一有成数，即各就地方情形随时禀明，或发董买谷，或交典生息，不准再任日久存署，致启移挪之渐，并由司移会江藩司，通饬所属一体遵照。仍候署抚院批示。缴等因到司。奉此，查此案前于具详时即经分饬缴解在案。奉批前因，除分饬依限清缴禀报外，合亟抄详转饬札州，立即通行所属各县一体遵照办理，毋稍玩违，同干参咎。切切等因到州。奉此，合亟抄详转饬。札到该县，一体遵照办理，毋稍玩违，致干未便。切切。此札。

计抄详。

同治十一年八月　日

详　　文

为详明事。窃照摊捐积谷经费，专为建仓买谷而设。如因捐数无多，或谷价昂贵，亦应将收下钱文随时交董发典生息，不得久存县库，致生瓜李之嫌而启挪移之渐。节经本司衙门严札饬遵在案。今核各县收存谷捐，已经卸事而未交给董事者共有三处。一、前任震泽县邵燮元征存未交钱五百五十九千零。现据禀覆，已列交代，有垫放俸工祭品银九百余两，应由后任王令追还归款。查此等备荒要款，本不准任意挪用，列入交代，今后任既已按款接收，且邵令垫发之俸工祭品银两，蚤应于起征地丁项下按数归还，何以积谷一项迄未清出交董？均属不合。一、前任昭文县梁蒲贵征存未交钱四百八十五千零，先经饬据现任申复议明，由梁令自行清理。兹查梁令任内有各差欠缴库款，经后任陆续追缴银八百两、钱一千串，批解府库兑收，除动解地丁外，尚余银四十余两、钱一千串。所有欠缴积谷钱文，应由府如数提出，径发现任交董买谷，或先存典生息，专案禀报督核。一、前任南汇县方浚益历年收存捐钱，为数甚巨，节催建仓买谷，迄未遵办。续据后任罗令造送收支册内登明，方令收存未经发典钱一万六千四百五十余千。现在会算交代，俟清出发典等情。阅之更堪诧异，即经札府严催清缴，迄今多日，究竟交代算清前项谷捐是否应由方令自行清理，抑归现任代缴，杳无只字禀覆。各该令于备赈要款，竟敢挪移延欠，实属不成政体。若不严限追缴，势必日久延宕，有失备荒要旨。现今本司酌定，凡已列入交代者，即著现任清交；未入交代者，仍著经纪之员筹补，全数清出，发董收领买谷，或先存典生息禀报。如八月以前逾限不缴，或缴不足数，即作侵吞赈款论，详请从严参办，以儆效尤。除分饬遵办外，理合具文详明。云云。

嘉定县曾减捐十一年分积谷详文

为据情详请事。案奉本州、宪台札，奉藩司、宪台、藩宪札开，照得苏省各属筹办积谷一案，或系随漕带纳，或系分忙摊捐，均已办有成效。本年秋收尚称丰稔，应征下忙冬漕又将次第开征，所有积谷一项，自应接续捐办，以期愈积愈多，有备无患。合亟札饬札州，立即遵照，分节所属各县一律照章带收，收下钱文先行发典生息，一面赶紧接续建仓买谷，随时筹议禀办等因。转饬下县，奉经饬办捐收。间据积谷仓董王文思、杨震福、杨恒福禀称，窃嘉邑奉饬筹办积谷一案，奉田前任会议详定，自同治七年冬漕起捐，至十年冬漕止，先后收捐钱建仓粜谷，余钱发典生息在案。今届应征十一年漕项带捐积谷，因查今届夏秋亢旱，禾棉歉收，民力甚属拮据。加以本年上下两忙，宝山县海塘仿照华亭县海塘奏案，每忙每亩捐钱十文。今积谷一款，仍照详定章程，每亩捐钱二十文，民情实有未逮。可否仍照八年捐案，每亩减捐钱十文。嗣后年成丰稔，仍当照章捐办。绅等体察情形，是否有当，理合援案详请示遵等情前来。伏查卑县八年收成歉薄，经卑前县田令详请减征钱粮一案，积谷捐款，亦请减半捐收。本年尚称中稔，惟棉谷价值较低，有谷贱伤农之患。据请援照八年成案，减半捐收，亦是体恤民艰之意。理合具文详请，仰祈宪台批示。云云。

一详抚、藩、州

同治十一年十一月　日

太仓州吴奉批转行札

为转饬事。同治十二年正月初一日，奉署布政司应札，奉署抚宪恩批嘉定县详奉饬捐收积谷，据董禀请减半带收由，奉批：该县本年禾棉歉收，所有冬漕应收积谷捐款，应准援案每亩减捐钱十文，以纾民力。仰苏藩司核饬遵照，示谕减收，仍将出过示式送查。此致等因到司。奉此，查前据并详，当经批州转饬照办，核明应捐细数，先行报查，一面随漕带征，随时交董，分别添仓买谷，不准存留挪用，仍将十年分收支细数查明造册，禀复察核在案。今奉前因，合就转饬等因到州。奉此，查此案前奉藩宪批示，即经转饬遵照在案。兹奉前因，合亟转饬。札到该县，立即遵照示谕减收，照录示式，核明应捐细数，通报查考。所收钱文随时交董，分别添仓买谷，不准存留挪用。仍将十年分收支存典各数，刻日查明造册，禀复藩宪暨本州察核。均毋违延。切切。特札。

同治十二年正月　日

署布政使应通饬分别扦量盘量札

为遵饬通行事。奉苏抚部院张札开，据该司申报，苏省举办谷捐，已历多年，积存钱谷为数颇巨，第各属办法不同，尚未悉臻妥洽。现经详加察访，胪列条款，通饬遵办。合将所拟条款录报鉴核等情到本部院。据此查扦量一法，最为简捷。然考之户部则例，只有盘量而无扦量。推原例意，殆因积谷满廒，其中或有霉变搀杂情弊，非盘不清。嗣后遇有交代，应责成接收之员，察看情形，或酌量抽查，如无可疑，即照新章扦量，毋得延宕。如查有掺杂霉变各情，应准后任逐廒盘量，以免日后争执诿卸。如积谷数多，盘量需日者，并准专禀声明，听候院司酌给宽限日期，但不得藉口故延，致干咎戾。其余所议各条，均为核实经久起见，俱准照行。合行札司，即便通饬各属一体遵照等因到司。奉此，除将前颁条款及现奉宪札一并抄行书局，刊入省例通行遵办外，合行通饬。札到该县，即便遵照办理。毋违。此札。

同治十三年六月　日

署嘉定县魏饬造立方尺发库收储谕

仰库书知悉：案奉宪饬，积谷储廒谷石每值交卸，由新任会董扦量结报等因。兹本县赴仓查验扦量积谷、义仓储廒谷石，据经董以漕平十六两为一斤，百斤合漕斛一石，前仿南汇县制立方尺一杆呈验，按廒以尺量扦，核算无异。除结报外，合将尺杆由本县书押带回储库。该书即便妥为收储，毋得损伤。切切。特谕。

计发立方尺一杆。

同治十三年十月　日

附节录南汇县金令福曾禀明造尺扦量法

扦量一事，既省盘斛，又免狼藉折耗，实为简便。惟仓市各斛大小不同，即尺亦参差互异。今考阮太傅文达公扦量过淮漕米以铁斛制尺之意，将义仓原制一石之斛，斛见谷一石，立作六面方，制尺一杆，谓之立方尺，以一石之谷，合六面一尺之方，寸即是斗，分即是升，以此丈量宽阔浅深，合算只用乘法，积见几千几百丈，即是几千几百石。如此造准一尺，则实储之数，丝毫无误。督量之人，即不谙折算之法，亦一见而明，毋庸归除折算，假手于人，反滋高下之弊。将来印官交代，或董事接替，均可以此扦量交盘，以免尺斛大小互异之弊。

嘉定县曾奉札摊晒谷石量定秤准储仓照会

为照会事。奉藩宪札，奉抚宪札开：照得苏属五府州厅县办有积谷者十之八九，其中章程未能画一，原因情形不同，然大意总以久储实存为主。惟既须久储，全在仓制如法，尤在晒晾得宜。凡米谷经伏日中晒过，三足日则燥性内含，愈久愈坚，积年不坏，且或遇煮赈，米性起涨，尤宜饿羸之人。储谷之法，莫要于此。本部院访闻各属仓制，不全合法，尤恐晒晾不透，谷难久存，札司即日查明业经造仓储谷各州厅县，径行飞札，务令趁此三伏日，将积谷出仓摊晒。日卯至酉为一日，于四十日内，必晒过三足日。如偶遇云阴，即不能作一日论。晒时须刻刻匀摊，晒毕又须于风燥处晾透。总在照料得人，董其事者躬亲监视，方可放心。经此次晒晾后，即饬将实存谷数通报。倘有霉变以及损耗，亦必从实报明，毋得含混。务使小民颗粒之余，实可为不虞之备，而历任有司经营所就，不致转为赔累之由。则良法不隳，官民两利，幸勿膜视。切切等因到司。奉此，合亟转饬，札到该县，立即遵照，务令趁此三伏日将积谷出仓摊晒，以自卯至酉为一日，于四十日内必须晒过三足日。如偶遇云阴，即不能作一日论。晒时须刻刻匀摊，晒毕又须于风燥处晾透。总在照料得人，董其事者躬亲监视，方可放心。经此次晒晾后，即将实存谷数造册通报。倘有霉变以及损耗，亦必从实报明，毋得含混。此系奉宪特饬之件，务将遵办缘由禀复等因到县。奉此合行照会。为此照会贵绅董，烦即遵照宪饬，督同司事，严饬仓夫，迅将储仓谷石于三伏内先行量见现存石数并秤见斤数，摊晒三足日，再行量定秤准，装储仓廒。仍将出仓量秤各数及晒后量秤各数缕晰报县，以便转报各宪查考。此系奉宪特饬之件，务望遵照办理。望切。须至照会者。

同治十二年闰六月　日

嘉定县曾请减捐十二年分积谷详文

为据情详请事。奉本州、宪台札，奉藩司、宪台、藩宪札开：照得苏省各属筹办积谷一案，或随漕带纳，或分忙摊捐，均已办有成效。本年下忙冬漕又将次第开征，所有积谷自应察酌情形接续捐办，以期愈积愈多。札饬一体照章带收，收下钱文先行发典生息，一面接续建仓买谷，随时筹议禀办等因转饬下县。奉经谕饬经书，核明应收捐数开报去后，兹据仓董王文思、杨震福、杨恒福禀称，嘉邑筹办积谷一案，自田前任会议章程详定，自同治七年冬漕起至十一年冬漕止，蒙将捐钱建仓籴谷，余钱发典生息在案。现届应征十二年分冬漕之时，查积谷带捐，照章每亩应收钱二十文。惟本年夏秋亢旱，较上年更甚，且嘉邑地产棉七稻三，目下棉花价值更贱于前年，民情日形拮据。积谷一款，若照章每亩捐钱二十文，民力实有未逮。可否照八年及上年歉收捐案，每亩捐钱十文，嗣后年成丰稔，仍当照章捐办。绅等为民力未逮起见，是否有当，理合援案禀请示遵等情到县。卑职伏查卑县本年夏秋亢旱虽久，而棉稻收成尚称中稔，民力尚无大碍。惟目前棉花价值过于低减，实与谷贱同一伤农。据称积谷钱文照章带捐，民力未逮，系属实在情形。据请援案减半捐收，为体恤民艰起见，理合详请宪台批示。云云。

一详抚、藩、州

同治十二年十一月　日

太仓州吴奉批转行札

为转饬事。奉署布政使司应札，奉苏抚部院张批嘉定县详本年冬漕请减收积谷捐钱由，奉批：该县本年花价短绌，民力拮据，应准将冬漕案内积谷钱文减半捐收，以示体恤。仰苏藩司转饬遵照，示谕带收，仍将出过示式送查毋违。缴等因到司。奉此，查此案前据并详，即经批州转饬照办在案。奉批前因，合就转饬札州，即便转行遵照，示谕带收，仍将出过示式通送查核毋违等因到州。奉此，查前奉藩宪批示，即经转行遵照在案。今奉前因，合就转饬。札到该县，立即遵照示谕带收，仍将出过示式通送查核。毋违。特札。

同治十二年十二月　日

嘉定县曾奉发条款照会

为照会事。奉署藩宪应札开：照得苏省举办谷捐，已历多年，积存钱谷，为数颇巨。各属办法不同，尚未悉臻妥洽。现经本署司详加察访，胪列条款，通饬遵办，以昭慎重而期久远。合行札饬。札到该县，立即遵照后开条款，分别妥办详复等因到县。奉此，合行照会。为此照会贵董，烦即遵照条款，迅将现储谷石逐廒扦量准确，务于半月内造册呈送，以凭核明转报。望勿稽延。须至照会者。

同治十三年五月　日

计抄条款：

一、专责成。查积谷为备荒要政，虽由董事经管，身为民牧者，应如何慎重其事，岂容一概诿诸经董，置身事外。现在办理已有数年，各处存谷不少，亟应彻底清查，冀垂永久。应由各州县于文到日，即将所存仓谷统为扦量。其扦量之法，用上圆下锐长铁签一枝，直扦到底，看深若干，再量长若干、宽若干，实存谷数，一算便知。各县工书均晓此法，如未学习，可函询邻县是何算法，不难一览而知。既省工费，又免耗折，较为简便。量毕之后，即造存谷存钱细册，出具无缺印结，于一月内送司。嗣新旧交接，即由新任于一月内会董照前扦量结报。如有短少，除现定准耗外，禀由前任及董事各半赔补。倘徇隐不禀，即着后任买赔。如此任任扦量，责有攸归，庶无推诿。惟此项积谷及存典钱文，每任出具印结，专案于限内由府核转，不准混入交代。倘敢不遵，详请撤任，或敢逾限，亦即详记大过，以期遵守。

一、定折耗。查各州县自办积谷以来，所有经董实心任事者不乏其人。当年新谷略有折耗，在所不免。如概令赔补，不足以昭平允。现经访查明确，本年之谷，果实干洁、圆绽，晒后亏折不过二升。今为从宽明定章程，嗣后一年以内之谷，每石准折耗三升。二年之谷，连前共准折耗四升。三年以后，不准亏耗。将来如须出陈易新，务必公同察酌情形，禀候核定饬办。至现买之谷，应分仓另储，以免牵混。以前谷石，仍查明进仓日期，扣算年限，于册内分晰注明。照章准折外，如再有短少，则是官绅办理不善所致，应即由官绅分赔足数。总之各州县积谷折耗，经此番核定，断不准稍有加增，以示限制。

一、核经费。查积谷既有仓廒，势不能一无所费。惟费用宜有常经，开支亦宜核实。各州县应将常年用度，或留或减或删，酌量情形，会商绅董，详细分别核定，禀请示遵。嗣后每年即照支用，庶不致有浮费。至修仓添用芦席等项，非年年必需之用，无论多寡，应随时先行禀明动支。除置有田产经费有着之县不准动及别项外，其余各州县应准于存典生息项下动支，第只准取用利息，不准动用存本，以垂永久。

一、明功过。各州县总董人品不齐，经理失当者平日既有分赔之责，则实力实心始终如一者，自应酌加奖励。现亦明定章程，如办理四年，仓谷完好，毫无短缺，有职者准给劳绩一次；如不须劳绩者，由县核议，请示奖励，以昭激劝。

署嘉定县魏停捐积谷详文

为据情详请事。窃照卑邑筹办积谷一案，自同治七年起，详明于冬漕串内盖戳带捐，计已六漕，历经遵办。内同治七、九、十年，每亩照章捐收钱二十文；同治八、十一、十二年，因秋收歉减，详奉宪台批准，每亩减半捐收钱十文。现届查造册串，前项捐钱，自应体察民情，酌量带收办理。当经照会该仓经董，查明议复核办。去后兹据积谷仓董王文思等禀称，查积谷章程内载每亩带捐钱二十文，永为定额等语。当奉督宪批示，筹备仓谷，系属善举，原为预防荒歉，只须足敷，即应停捐。查核详册及章程内，并无筹款年限，但称每亩捐钱二十文，永为定额，是竟须按年摊捐，并无停捐之期等因。奉经前县复详声明，三五年间得以仓储丰盈，即当停捐在案。本年秋间，虽称中稔，然本邑地产棉七稻三，棉花价值过贱，民情实属拮据。且本年下忙带捐州、宪署经费，来年上忙尚须并捐，民力委有未逮。查积谷案内，截至本年底止，所有存典钱文不下五万串，现存谷一万一千三百余石。前项捐钱本年冬漕可否暂行停捐，一俟来岁丰收，酌量续捐等情禀覆前来。据此伏查卑县积谷钱文，自同治七年冬漕捐起，计已带过六漕，共五万五千余串。除建仓粜谷外，截至现在为止，实计存典生息钱四万五千余串，又存仓谷一万一千三百余石。章程内载每亩带收钱二十文，永为定额。嗣奉督宪批饬，只须足敷，即应停捐等因。复经卑前县田令详明带收三五年间，得以仓储丰盈，即当停捐各在案。因思积谷为备荒要政，图匮于丰，多多益善。现据该董所禀，本年秋收虽称中稔，而棉花价贱，民情已形拮据，兼之忙内带捐州、宪署经费，小民更形竭蹙，自系实在情形。可否本年冬漕暂行停收，俟来岁丰收续捐之处，抑仍每亩带捐钱十文，卑职未敢擅便，除遵札饬董酌支存典钱文，买谷存储，专案具报外，理合详请宪台批示。云云。

一详藩、州

同治十三年十二月　日

藩宪批：查该县本年冬漕已有带收州署经费，若再带捐积谷钱文，民力未逮，尚系实情。应准将积谷捐款暂行停收，仍候来年秋后再行察看禀办。仰即示谕停收，录式送查。毋违。此缴。

布政使恩禁止私借谷捐札

为通饬遵办事，照得各属存典谷捐，专为备荒而设，非系建仓买谷，不得动支分文。昨奉抚宪面谕，间有不肖经董，私向各典借用此项钱文，现虽随借随还，久后必有空缺。防微杜渐，不得不预为禁止。现经本司酌定章程，嗣后各厅州县此项存典钱文，无论买谷进仓，以及收取息钱等项，均应由董先行禀县，由县核定支取钱数，分备印谕两纸，注明因何提用，一饬典商如数提给，一给董事持谕面取。如典商尚未奉到县谕，或董事取钱并未持谕者，概不得照付。倘有故违，一经查出，定即分别追缴。如经董并未禀请动支，而各该县擅出印谕，向典提钱，定即详请撤任参办。总之，谕由县发，钱归董收，互相牵制，庶杜弊端。仍于给谕时专案通报查考。除详请院宪批示立案外，合亟通饬。札到该县，立即遵照，先行分谕各经董及典商知悉，毋稍玩违。切切。特札。

光绪元年十一月　日

署嘉定县周据禀详请动拨款项浚河文

为据情详请事。据卑县绅士廖惟城等禀称，嘉邑毗连宝山，本年淫雨挟潮，禾棉受伤大半。禀蒙详准，普减条银一成五厘。伏念今岁被灾之重，虽因天雨连旬，实为河道淤塞。其尤甚者，莫如嘉宝连界之界泾，与南入练祁北出刘河之新泾。界泾自雍正中年开浚后，至今一百五十余年，非常淤塞，几有仅存河形之处。旱潦之年，无从灌溉，及天雨过多，则又无从泄泻。新泾自咸丰初开浚后，日见淤塞。倘听其自然，不独水利不通，农田因之日坏。此外淤塞支河如顾浦、吴塘、鸡鸣塘等，亦复不少。本年被荒情形，已在各大宪洞鉴之中，虽俯从减免，仅止一成五厘，而深知民力实有未逮。可否详请抚宪在工程局拨款，将界泾、新泾及各支河等克期开浚，并提本邑积谷仓、义仓积利以作经费，一面咨照宝邑，并提公款积利，将界泾与嘉定分段开浚，同日起工，则水利农田两有裨益，而本年灾重减轻之处，希冀稍可挹注等情，并据开具土方夫工清折呈送前来。卑职复查无异，理合照开清折据情具文，详请俯赐转详批示。云云。

一详州

光绪元年十一月　日

署嘉定县周奉札详覆请动拨款项浚河文

为详请示遵事。本年十二月初六日，奉宪台札：据卑县绅士廖惟城等禀以界泾及吴塘、顾浦、鸡鸣塘等处河道淤塞，均须及时开浚，请拨本邑积谷义仓息钱一万千串开浚新泾等河，藉以代赈。至界泾一河，系嘉宝连界，绵亘百里，工重费繁，可否禀请大宪委勘拨款等情到州。饬即遵照，将界泾河道会同宝邑确勘核实估计，造具土方丈尺等项细册，呈候覆议详办，一面将新泾等河能否同时并举，由积谷、义仓典息项下动拨充费，有无窒碍，将来如何归款，一并详细议覆，等因下县。奉此遵查此案，前据该绅士廖惟城等来县具禀，业经据情详请宪示在案。奉札前因，遵即移知宝邑，将界泾河道会勘议覆，一面照会原禀绅士及积谷仓董事遵照查明新泾等河，由积谷、义仓典息项下动拨充费，有无窒碍，将来如何归款，各工能否同时并举，速即会同妥议覆候核办。去后兹据该绅士廖惟城等禀称，新泾河道淤塞，引泄皆艰，急需及时开浚，约计工费六千六百余千。吴塘、顾浦、鸡鸣塘等各河均有浅狭淤塞不通之处，约需工费四千串，亦须一时开浚，以备旱潦。际此歉岁，民力拮据，无从编折。绅等集同公议，拟以积谷、义仓典息项下动支钱一万千文，以充经费。窃念积谷、义仓本为备荒而设，今将此项息钱浚河动用，非但农田得沾水利，而贫民亦藉工得食，洵属大有裨益。若请来年编折归还，诚恐民力未逮，况文庙经费尚须分年带征，情难重叠累民。绅等再四筹思，惟有仰祈详请大宪，准将动支积谷、义仓息钱一万千文免其征还。此系以公济公，并无窒碍。是否可行，乞赐详请示遵施行。一面饬书将新泾及吴塘、顾浦、鸡鸣塘等处河道逐一丈量，造具分段土方清册，先行呈送。俾奉到宪示，即可同时开浚。其界泾一河，与宝山毗连，工重费繁，无从筹款。伏乞禀请拨款开浚，不独两岸瘠壤仍为膏腴，旱潦引泄，亦属两得。其宜功德匪细，合并声明。并据积谷、义仓绅士王文思等禀，以绅士廖惟城等禀请开浚新泾等河，自于水利有裨，惟禀请动拨积谷、义仓钱文，缘董等节奉照会，转奉各大宪札饬，该项除建仓籴谷外，不准动支，所有廖绅等禀请借拨钱一万串开浚各河，有无窒碍之处，董等未敢擅便，乞赐转请大宪核夺各等情禀复前来。卑职复查该绅董等所禀，均属实情，正在具详间，又准宝山县移以前开顾浦等河，借领司库钱文，尚未折征清解，现在更难复请拨款，前项河工一时无款筹办等因，移覆到县。查卑邑与宝邑连界，界泾河工程绵亘至百里之遥，需费甚巨。卑邑与宝邑均无款可筹。即卑邑之新泾、吴塘、顾浦、鸡鸣塘等处，需费亦须一万串有奇。可否俯如该绅董等所禀，转请各宪分别委勘，将界泾河摊捐开浚，其新泾河工于积谷、义仓两项息钱提用一万串，以济公用之处，理合详请宪台核示。云云。

一详州

光绪元年十二月　日

太仓州吴查勘河工应否拨谷捐开浚禀文

敬禀者：窃奉宪台、抚宪面谕，将嘉定之新泾等河应否疏浚，由州亲往察看情形，据实禀覆等因。奉此卑职遵即束装，于正月二十四日前往嘉定，会同该县周历河干，逐细履勘，新泾河南通练祁，北接刘河，为东北乡通潮幹河。咸丰初开浚后，迄今时阅二十余载，潮汐挟沙内灌，日渐淤塞。自练祁进口起，至石家塘口，工长四千丈。测量坍石桥迤北，水深二尺三〔二〕三寸不等；最浅之朱家桥一带，不至一尺一二寸；再北至石家桥，有二尺二三寸不等。沿途询据附近农民，佥称朱家桥天晴潮落时，水深仅止六七寸。石家塘因有中黄姑塘清水冲刷，浑沙不致停积，故水较深。前年乡民会议开浚，因经费无出，不能集事等语。其顾浦、吴塘、鸡鸣塘等处，系坐落该县西乡，顾浦尚可缓浚，吴塘、鸡鸣塘等处，间有浅阻，工段无多，捞挖亦易为力。其所需经费应俟开办时确切估计，方为准确。此察河工之大略情形也。该县绅董所请动用积谷典息一层，询据董事王文思面称，历年带捐积谷钱文，均经存典生息。所收息钱，亦陆续存典。其未存典钱仅止六千余串。现奉宪饬购办谷石，仓廒不敷存储，前项未存典钱拟备建仓之用等情。卑职伏查该县开河旧章，向用编夫应役，亦有雇募民夫，按方给价，由官先行筹垫，事竣于应役编夫项下折征归款。今新泾河为东乡附近田畴灌溉要需，实在应浚之列，惟承上年歉收之后，若照章编折开挑，民力实有未逮。至积谷息钱，既经存典，即与谷本无异。其未存典钱，既须添购谷石，不得不先尽建廒之用。当与周令筹商，应否将前项河道缓至秋后察看，如岁获丰收，民有余力，仍用编夫开办，抑先借支积谷息钱，事竣由县折征归款之处，卑职未敢擅便。除将该县原详转详宪案外，缘奉前因，理合将查勘嘉定县河工情形，肃泐禀陈，仰祈鉴核，俯赐批示饬遵。至界泾一河，工繁费重，断难同时并举，应请俟新泾开挑后再行议浚。合并声明。云云。

一禀抚、藩、局

光绪二年正月　日

太仓州吴奉批转饬不准挪用谷捐札

为转饬事。案奉布政使司恩札，奉苏抚部院吴批该州详据嘉邑详请动拨款项，开挑界泾、新泾等处河道由，奉批：嘉宝界泾河道，年久未浚，淤塞不通。水利攸关，自应上紧开挑。惟据另禀，工巨费繁，断难同时并举，应准俟新泾挑竣后，即行筹议疏浚，以利农田。仰苏藩司核明饬遵。其开浚新泾等河所请借拨积谷、义仓息钱，已于附禀明晰批示，并即由司查照另批，核饬遵办毋违。缴。并奉抚宪批该州禀新泾等河应否拨谷捐开浚由，奉批：苏省各属捐办积谷，本为备荒而设，又因民力积累非易，深恐官吏侵挪，是以专归绅董经管。一遇饥馑，即散之民，非地方有司所得而私。除实储仓谷外，所收捐款向皆交典生息。无论息钱多寡，专备建造仓廒、添买谷石之用。业经该司严定章程，不准官绅挪用，原所以防其渐也。近颇有欲借积谷经费移作别项公用者，殊失备荒初意，均未准行。如嘉定一开其端，则别属将援为例，窒碍甚多。所有谷息，自应赶紧建廒，添购谷石，仍准该司定章，不准挪用。此后该县积谷一捐，亦即停止。至新泾等河，既据该州勘明，现为水利要工，实在当挑之列，应如该州所禀，循照旧章，仍用编夫开挖，或由州县官先行筹垫，事后折征归款，或俟秋成后即行开办。民利攸关，仰苏藩司转饬该州酌量情形，亟筹妥办，勿稍怠忽，亦毋得稍有扰累。并将如何筹办缘由，随时报查。切切。此缴。禀抄发各等因到司。奉此并据详禀前来，合就转饬等因到州。奉此，查此案前奉局宪批示，即经抄禀转饬在案。兹奉前因，合就转饬。札到该县，立即遵照宪批指饬各层，酌量情形，妥速筹办，并将如何筹办缘由随时详候察夺。毋违。切切。特札。

光绪二年三月　日

嘉定县程停捐积谷禀文

敬禀者：窃案奉宪台、抚宪札饬，积谷所以备荒，顾名思义，所重在谷，应即建仓添谷，仍俟本年下忙起，筹办带捐等因。当将卑邑积谷仓廒原建五十间，现储谷石外，尚有空廒二十四间，俟秋成后将存典捐钱提出买谷，并察看情形，酌议带征禀覆宪鉴在案。伏查卑邑前此奉办积谷，于冬漕项下先后共带捐钱五万五千七百余千，除支建仓廒并籴谷一万二千八十四石有零外，共存发典本钱三万二千余串，及连年积存息钱三万余千。又自本年正月起，至现今止，各典息钱六千串。是卑邑积谷一项，存典本息钱文甚为可观，而仓储谷石尚止一万二千余石，未免谷少钱多。只因连年谷价昂贵，致未多购存储。惟备荒至计，首重民食。卑职本年抵任，察核情形，时与绅董商议，必须多购谷石，拯饥始有实济，诚如宪谕，以所积者重在谷耳。况卑邑积谷仓尚有空廒二十四间，义仓空廒亦有十间，即先购买新谷一万余石，核之廒屋谷本，均属绰有裕余。现据绅董王文思等先后禀请提拨典息钱一万二千二百六十余千，前赴宜兴产地，采买净谷，约可先购一万石以外。一俟运回，核实盘验，另行具报。如果谷价不致陡涨，即再督饬经董接续购买，一面添置基地、增建廒屋，总以储谷愈多，为有备无患之计。现在该绅董等分投采买，委实殚力经营。惟是卑邑种棉之区，本年秋后正当扬花结铃，频遭风雨摇撼，以致杆折铃疏，虽曰中稔之年，实则收成暗亏。钱漕既已照额全征，下忙加有学校捐款，民间输将日形拮据。节据该绅董等禀称，若再带收谷捐，民力实有未逮，请俟来年察看禀办等情。卑职体访情形，委系实在。况卑邑昔年积存捐钱，为数甚巨，正可宽为买谷，用广储蓄，与他邑之捐钱尚少、存积无几者，似稍有间。第是备荒之举，愈多愈善，来年民力舒裕，自当仍饬带捐，以仰副宪台垂念民瘼、图匮于丰至意。合将卑邑现在添谷添廒并请暂缓带捐缘由据情转禀，伏乞鉴核训示。云云。

一禀抚、藩、州

光绪四年十一月　日

署太仓州万奉批转行札

为转饬事。奉布政使司勒札，奉苏抚部院吴批嘉定县禀遵饬买谷添仓，并请缓俟来年带收谷捐由，奉批：据禀已悉，仰苏藩司核明饬遵，具报查核。缴等因到司。奉此并据该县并禀前来。查该县所禀本年秋收暗亏，下忙已有学校捐款，若再带收谷捐，民力实有未逮，请俟来年察看禀办等情，尚系实情，应准照办。奉批前因，除呈复外，合就转饬札州，立饬遵照，俟来年秋后察看民力稍舒，即行禀明带捐，不得再有延藉。并饬将各董采买谷石，一俟运回，即行核实，报候委员盘验上仓。用过价脚各数，亦即据实造册送候察核，毋任浮混。切切等因。又奉藩宪批该县禀同前由，蒙批：此案现奉抚宪批司转饬，仰太仓州查照另札遵行。缴各到州。奉此，合亟转饬。札到该县，立即遵照宪饬办理，毋稍混延。切切。此札。

光绪四年十二月　日

嘉定县程奉札饬议谷耗章程照会

为照会事。本月十三日奉布政使司勒本月初九日札开：照得各属举办积谷折耗一层，前经应前署司明定章程，一年以内所买之谷，每石准耗三升；二年之谷，连前共准耗四升；三年以后不准亏耗。如有短少，应由原买官绅分赔足数。业经刊入省章，通行遵办在案。乃查近来各属积谷，年年晒晾盘报，总不能无所折耗。其中未逾定章者固属不少，而溢额报耗者比比皆然，岂四升之数为少，果不足抵其折耗欤？抑采买之时未能一律干洁欤？又岂各属经理之人有善而不善欤？抑仓廒未能如法，鼠偷雀耗所致欤？亟宜明晰详议，无弊无偏，勿使官绅视为畏途，庶为经久可行之法。合亟特札饬议。札到该县，立即遵照指饬，各抒所见，妥议章程，讨论不厌其详，立法总期无累，限于半月内禀候汇案察夺，毋稍违延。切切等因。奉此细绎宪札，意在严杜折耗，不事粉饰。盖因备荒善举，重在核实经久。本邑积谷，虽据每年三伏晒晾，不致溢额短少，但雀鼠等耗，固不能保其必无，亦难听其自然。实践深思，定有善策。贵董等经理有年，实心任事，既佩讲求于平昔，尤望日后之良图。合亟照会，希即遵照指饬，各抒所见，克日妥议具复，以便核明议详。此系特奉宪檄饬议之件，幸勿有稽。望速。须至照会者。

光绪五年二月　日

积谷、义仓董事王文思、杨震福议复谷耗章程禀文

为奉饬详议谷耗，谨就经管以来体察所及略陈管见事。窃奉照会，转奉藩宪札开，各属举办积谷定章，限耗四升，以后不准再耗。近来各属盘报，逾额谷耗者比比皆然。是否四升之数尚少，抑买谷未能干洁，经理未能尽善，饬即各抒所见，妥议章程，讨论不厌其详，立法总期无累等因行县，照会速议。到仓，绅等遵查积谷一项，始因兵燹之后，为闾阎略谋盖藏。行之数年，多有集成巨款。为各邑要公所在，即通省大计所在。其积钱虽多，储谷尚少者，非积谷命名本义，而储谷既多，官绅相顾，私忧亏耗，甚恐为子孙之累者，诚如宪谕，视为畏途。顾绅等私计以四升之耗为已足，以外即须着赔，则年复一年，雀鼠啄蚀，其中虽悬榜在门，限数限年，亦鹤有金牌、犬不识字之比。以四升之数为未足，再请议加，则立法必有限制，且究竟谷储几年，应耗几升，岂能先有把握？即宽为定耗，亦只官绅预为跕足之地，非实事求是之道。绅等经理数年，悉心体察，知亏耗一节，有斛耗多而秤耗者〔少〕者，有秤耗多而斛耗少者。定章每谷量见漕斛一石，秤重曹砝一百斤，最为酌中。买谷在顺成之年，果能揙净进仓，每石实不止百斤。原买之谷总在百斤左右，揙去瘪粒，每石或四五升不等，而秤见则有一百三四斤，所谓斛耗多而秤耗少也。

及进仓之后，初年原须摊晒，次年谷性已绝，非渗漏受潮，水不蒸变，惟廒面雀鼠啄食，间杂空谷，或至数寸，而斛见仍如故额，所谓秤耗多而斛耗少也。窃谓进仓之先，务令秤有溢斤，进仓之后，自可斛无短粒。秤耗之处以原溢之斤补之，斛耗之处以准折之数抵之，似为经久可行之道。嘉邑初二次购储之谷，系照定章，每石一百斤。近将十年，底数与原储不相上下，面谷较轻，自系实在情形。至盘见石数，除准折四升外，尚不致再形亏短。上年购储之谷，力求搧净，务令溢出数斤，则以后面谷稍轻，通仓核计，似可与定章每石百斤仍属相符。绅等于斯事经手之初，会同矢誓神明，苟有侵隐分毫，即与自列饥民无异，故无一钱不实存在典，无一谷不实储在仓。以后能否更无缺耗，惟有随时检察，以期上慰宪廑，下答桑梓，备豫不虞之意。抑窃有请者。久经储廒之谷，似可但用扦量底数签筒可验，不宜过多颠动。盖雀鼠啄食，仅能在于面谷数寸，一经颠动，则空谷落下，而面谷便其啄食，伤耗愈多。前后任接收之际，或酌盘一二廒，余则概用扦量及扦筒掣验底样，似亦稍省亏耗之一法。缘奉饬议，谨就经理以来体察所及，据实覆陈，伏乞裁核转详。

光绪五年三月　日

县正堂批：所议各层具见实事求是，希候酌核禀覆。至鼠雀食耗，每在廒面，此后三伏晒晾时，似可将廒面之谷掠去，俟晒竣装廒，仍铺廒面，即使重经鼠雀啄蚀，渐有限制。上年新买之谷，仍希赶晒盘报。

嘉定县程遵饬妥议谷耗章程禀文

敬禀者：窃奉宪饬，各属举办积谷，前经应前署司详定，二年之谷，每石共准折耗四升；三年以外，不准亏耗。乃查近来各属未逾定章，固属不少，而溢额报耗者比比皆然，岂四升之数尚少，抑买谷未能干洁，仓廒未能如法，经理尚有未善？讨论不厌其详，立法总期无累，饬即遵照指饬，妥议具覆等因，并奉本州、宪台转饬下县。奉此，仰见于慎重备荒之中，持经久可行之法，博采萃议，垂示嘉谋，钦叩下怀，曷可言喻！伏查卑邑积谷、义仓，自同治六年起，陆续买储一万四千八百余石，已在两年之外，照章不准折耗。卑职上年盘验干洁，尚无溢额亏短。至上冬所买新谷一万五百余石，虽属一律结绽，恐虑新购质嫩，现饬经董逐日摊晒，以期干透进廒，久储不变，将来纵有所耗，当不致过多。卑职时与经董商议，反复详求。窃谓潮湿之蒸耗，其弊易除；鼠雀之剥啄，实难净尽。四升准耗之数，可遵于目前，不准再耗之章，或难恪守于日后。盖购谷之初，慎选干洁，进廒之后，翻晒以时，仓屋坚厚，铺垫高燥，人事在在克修，自无潮湿蒸耗。此智力之能竭者也。第廒屋必须畅阳通气，不能如无缝天衣，即难使雀鼠绝迹，窜伏侵蚀，线隙可乘。此啄耗之难期尽绝，人力所不胜其防者。在定章之始，四升之耗，原属宽裕，官董交相稽察，或尚不及耗额。递年通率，得免溢耗，犹幸年月未远也。若四升之耗从此无耗，则逐年翻晒，陈陈相因，盘出量进，既不能秕粒无遗，亦难令其永远不亏。此久难恪守之成章，必求变通于异日者。然事易图始，难于虑终；补偏救弊，贵乎因时。即卑邑仓廒虽俱完固，盘量谷石尚无溢耗，而事关备荒要举，颗粒均系民命，防微杜渐，曷可不思？细察鼠雀啄食，仅能在于仓面，为数尚属无几，然每届摊晒，转动翻腾，则下面之好谷势必又资啮噬，年复一年，暗消不赀。现拟于三伏晾晒之时，先将廒面之谷掠开另储，俟通廒晒竣储放之后，仍将掠出之谷铺盖廒面。此后即为鼠雀窃食，所损更属有限，防范自较周密。第年年之翻晒，固不容以噎废食，则久后之微耗，恐或事理所难免。出陈易新之举，非有实在俭岁，又何敢轻议及此？卑职惟有与在事经董共矢冰兢，慎重盖藏，尽得一分心力，期少一分折耗，以仰宪台勤求储积之至意。缘奉前因，理合缕晰禀陈，伏乞俯赐鉴核。云云。

一禀藩、州

光绪五年三月　日

藩宪批：积谷章程，既经应前署司详定饬办于前，从本年秋季止，前存之谷折耗斤两，自应仍照向章核办，毋庸更议。今后买谷存储一切办法，现经续议新章，详准照办，已另行刊本饬发遵行矣。仰即遵照。缴。

署布政使薛议详刊发章程

为酌议积谷章程详请核示事。窃照积谷所以备荒，定章贵求尽善。苏省兵燹后，举办积谷已逾十稔。其间积储额数、粜籴期限、斤两轻重、折耗多寡以及分设董事、酌给薪水诸事，或缺而未备，或略而未详，是以各属积钱惟图生息买谷甚微者有之，频年屡有溢耗延不赔足者有之，或因原定斤数太轻，买时先不慎选，耗数较多，经董视为畏途。勒前司有见于此，深恐日久弊生，与各属反覆考核，谓干洁圆绽好谷一石，确有曹砝十六两秤一百七八斤以上，是以欲定章程，未及详办。旋奉旨升任卸事。本署司到任，综核各卷，体察下情，窃谓江南地形卑下，办理积谷，应先酌定额数，令各属将旧积钱文提出八成买谷收储，以后续征谷捐，随收随买。俟买购足额，即仿照存七粜三之例，将额谷分作三股，每年核出一股，春粜秋籴，以三年为一周，轮流转换。所购新谷照勒前司所定，每石秤见一百七八斤以上，方准收储。惟分年准耗之数，应行酌量变通，改为每石第一年准耗三升，第二年准耗一升，第三年准耗一升，以后不准再耗。如此宽定耗谷，既免赔累之虞，分股出粜，亦无霉变之患。加以讲求收藏，分董经理，津贴董事，责成印官，设再有溢耗短缺、蒸变之事，非收储违乎成法，即采购不慎择选，其经理失宜之绅董同失于查察之州县，立予照章分别勒赔详办，不致再有藉口，亦无所用其姑息。是否有当，理合将议呈章程十八条开折具文详请，伏祈宪台鉴核批示，以便刊刻遵行，实为公便。为此备由具详，伏乞照详施行。

计章程。

一详督、抚

光绪五年七月　日

章　　程

一、积谷宜定额数也。查从前苏省常平仓谷，例载每县或二万石，或三万石，各有定额。社仓、义仓复相辅而行，以备凶荒，有恃无恐。今各仓荡然无存，专赖积谷一项，其额数应比例加增。凡例储二万石者。以储足三万石为度，例储三万石者，以储足五万石为度。

一、谷额宜亟令买足也。查苏省举办积谷已逾十稔，各县狃于目前小利，往往多存钱文，其积储尚有仅止数千石者。万一仓卒需用，必至棘手，殊失备荒本旨。今酌定凡各州县积存谷本，无论已未存典，今年新谷登场，概令核出八成，选购好谷存储，其余二成暂存典中，收取息钱，以备翻晒盘量支用。如足额后再有余资，方准全数存放生息。

一、谷本宜随征随交也。查各州县劝办积谷，有绅富捐助者，有计田带捐者，有随忙随漕征收者。所收钱文，莫不先存县库。向章凡积至三百千以上，即行交董存积。乃日久玩生，已不乏盈千累百存县不交之事。自此次定章后，再有数至三百千以上延不交董存放采买，一经查出，或据接任官开数报闻，无论有无侵挪，立将存捐之员记过勒交。至经董有无挪延，并责成县官稽察。

一、谷价宜核实也。查谷由经董采买，已不涉书吏之手，无论本境及邻近县分，皆可随宜购买。惟采买时，经董须将赴采地方、拟买谷数先期报明，运回时买谷若干、价值若干亦即禀县转报，以便与各属买价互相较核。如查有勾通行户、虚价立票及脚力杂支浮冒等弊，立即驳诘删减罚赔，董事斥退。县官扶同隐徇，详请记过。

一、谷石宜秤足斤数也。查干洁圆绽之谷，每石足有一百十斤，省章许以百斤为石。当采买时，恐已有不实不尽，无怪后来折耗之巨。自此次定章后，买谷进仓，应遴委廉能之员，会县验明干洁，眼同秤量，先用漕斛量准，并以曹砝十六两之天平针秤，秤见每石一百七八斤以上者，方准收储。秤不如数，或晒有折耗，均照新章所定斤数，分别买赔扣算。至前存谷石，仍照旧章，以原数分廒存储，造具实储廒口清册，通送存查。册内注明共存旧谷若干石，分储某某字廒，挨次编列，庶免前后牵混。其已满三年之谷，例不准再有短少。若未满三年之新谷，一经翻晒，势不能无所折耗。仍照旧章百斤一石及四升折耗之数扣除，不得援照新章计算。三年以外之谷再有溢耗，亦照旧章赔补。日后推易，先尽旧谷尽数粜卖，再粜新章以后之谷。斤数石数，各归各章，分别登记，以清界限。

一、折耗宜变通也。查旧章，新谷进仓，逐年翻晒，每石共准耗四升。此次重定章程，既于买谷时验明干洁，考足斤数，四升折耗颇足敷补。惟立法姑予从宽，仍于共耗四升之外，量为加增，改为第一年每石准耗三升，第二年每石准耗一升，第三年每石准耗一升，连前共耗五升，以示格外体恤。此外再有溢耗，概责官董分赔。

一、交代宜分别秤量也。查仓谷按年晒晾，量见溢耗，已议照章罚赔。嗣后凡新旧交接，前任曾经开仓翻晒，添买新谷，恐有不肖丁书乘势搀杂砻糠瘪谷，致斛数虽足，而斤两暗中亏耗，后任应照章盘量斤数，一一秤足，方准收接。若所短径庭，即予查验究办。如署事人员任内并未开仓籴粜，添购晒晾，质之经董，众口一词，即准原接原交，取具官董无亏切结存案。不得藉口盘量，扩〔旷〕日持久，以长刁难勒掯之渐。况少盘一次，谷粒既免狼戾，工费亦可节省。

一、建仓宜讲求也。查积谷首重仓廒，应令次第建足。除社仓准其分建四乡，及乡镇业经修建成功者不必移易外，此后凡积谷仓廒，务宜于城内觅地建造。如城内实无余地，亦须于四关厢买购基址，不得散布乡镇。以期耳目易周，便于照料，看仓工食亦不至重叠开报。至廒座瓦缝宜密，墙垣宜厚，廒板去地宜高，沟管宜清，苫盖、衬垫、气筒、窗网悉宜如法。如州县漫不经心，任令偷工减料，以致渗漏霉变隳坏全功者，除照章著赔外，仍详请特参。其仓基务择地势高燥宽敞地方，不可与市廛紧接，以免水火之患。

一、经董宜分设也。查积谷非一年之事，责任綦重。若一董经理，诚恐照料难周。今酌定每谷三千石，设经董一人，分廒认办，粜籴翻晒，责令一手经理，仍设总董监察，则耳目较多，防范自易。设尚有溢耗之事，责成县官赔五成，总董赔一成，经董赔四成。

一、存谷宜转换也。查昔人推陈易新，粜三留七，粜半留半，因地制宜，不拘一格。苏省州县地形稍有高卑。今酌中定议，俟谷数足额，每年青黄不接时，准出粜三股之一，由远及近，以三年为一轮，周而复始，则必无霉变之患。如谷数未足定额，而谷色变坏，必须转换者，准随时禀明办理。

一、出粜宜照时价也。查积谷本有平粜借贷诸法，惟经理不慎，易为民累。嗣后常年出粜一股，应令仍照时价粜卖，将所得谷价于一月内分别本利存典生息，俟秋后买补提用。如有不肖绅董勾串行户，作低价值，私自分肥，及售价后不即存典者，一经查出，斥退追究。至出售市价，仍由府县确访详报，并明晰出示，实贴仓门及通衢晓谕。

一、粜籴宜定期限也。查此次既议贵粜贱籴，则粜谷不得过五月，籴谷不得过十一月。粜籴之先，应令禀明，粜籴之后，即当造报。其粜回之谷存储廒名，应编号登记，以便挨次换粜，庶照章分年折耗之数亦便稽核。

一、董事宜酌送薪水也。查绅董经管积谷，固属情敦桑梓。惟舟车夫马，在在需费。应各就地方情形，于息余项下酌送薪水，俾资津贴。如殷实绅董，必不肯受者听之。

一、杂支宜指款动拨也。查仓内杂用并看仓夫工等项，向章只准动支典息。将来一经推易，必有余利。此等董事薪水及杂支各款，可于粜谷赢余项下动支拨用，按年仍由县核实造报。

一、董事宜给奖也。查自古有治法，尤赖有治人。访举廉正富实董事，经理积谷，以代牧令之劳。该县自宜格外优礼。迨至三年无误，职员给予劳绩一次。生员会学报优一次。其不须劳绩报优者，由县禀请上司酌给匾封，以示优异。至粜籴支放之际，各牧令仍应实力稽查，不得徇情含糊。

一、委员宜慎选也。查委员收受程仪，最为仕途陋习。嗣后凡值收验廒座、盘量谷石，委员川资由司移请善后局从优给发。该县经董不得致送分文。如仍有私相授受，扶同弊混，徇情出结等事，一经发觉，县官记过，董事斥退，委员停委。

一、县官宜专责成也。查州县为民父母，积谷关系民生，自应实力稽查，以期无负。其或防范不周，至有溢耗，若再视为赔款，观望图宕，则其居心已可概见。除由司将应赔谷价即于该令领款内首先查扣，如扣数不敷，除详明勒追外，仍禀明院宪，分别停委记过。

一、章程宜会通也。查定章粜籴推易，系指常理而言。如应粜时谷价平减，应籴时谷价翔贵，或未满年限而谷色已变，已足年限而谷质尚好，并其中或有未尽事宜及须删改者，即当随时随地察看情形，酌为增改。事难执一，理须变通，均准随时禀明，分别办理。

抚宪吴批开：查阅所议，各条尚为周妥，惟第一条积谷定额，大邑必须积存四五万石，即小邑州县亦必须积至三万石作为定额，以广储蓄。仰即核明改定后刊板刷印，通颁各州县，每处各数本，俾官绅各执遵办。并于章程后声明，如其中或有未尽事宜及须删改者，即当随时随地察看情形，酌为增改，禀明核夺。务期尽美善而绝弊端，庶可垂久远而备不虞。仍即补详督部堂查考，并候批示。缴。章程存。

督宪沈批开：如详办理，仰即通饬遵照，仍候抚部院批示。缴。章程存。

仓董杨恒福、唐泰请派司月董事禀文

为添设仓董，分派司月，以密稽查而重积储事。窃本邑自同治间建造义仓、积谷仓，本年又添建积谷分仓。查义仓章程内载，城乡选派公正绅董十余人，积谷章程内载，选董事八人，每年轮派二人经理各在案。开办以来，已历十有余年。乡镇董事离城既远，势不能来城照管，即在城各董，或宦或幕或游学，亦不能常川在籍。而现在仓谷及存典钱数愈积愈多，董等深恐稽察难周。再四思维，惟有添设董事，分认司月，俾彼此互相稽察，庶可绝弊窦而垂永久。查有在籍绅士吴东明、葛文桂、葛文林、周家栋、诸鼒、叶声骏、秦锡元并恒福、泰等九人，每月以三人轮当司月，周而复始。自光绪八年正月分起，由该仓司事择天气晴燥、廒谷不受潮湿之日，邀集司月董事到仓，会同各司事开廒查验，验毕锁封，并将存典钱折存仓零钱逐一查验，仍交司事收管。各董不支薪水，惟每月到仓查验，钱谷数巨，自必尽一日之功，议由仓备具烟茶伙食，每月一次，每次限支用钱数百文，列入报销册内。董等为慎重仓储起见，如蒙允准，请赐照会吴绅等七人，会同董等分认司月，以资办理。伏乞电核施行。

光绪七年十二月　日

县正堂批：所禀系因慎重积储，严杜弊端起见，殊属周妥。候即分别照会可也。

太仓州吴转饬易买新谷照章完捐札

为转饬事。奉署布政使许札，准金陵厘捐总局咨开：照得本总局议详各处出易积谷，拟分新陈区别完捐，请示立案由，奉督宪刘批：据详各属积谷，每届出陈易新之时，出粜陈谷，曾经捐过者，于照内详注陈谷石数，免予重捐。易买新谷，照章核实完捐。应准照办。仰即移会苏宁两藩司一体通饬遵照，仍候护抚院批示。缴等因到局。奉此，除移行外，合亟抄详移会，咨烦查照，一体移行通饬遵照，望速施行等因到司。准此，除移苏沪二厘局通饬各属遵办外，合亟抄粘转饬等因到州。奉此合行转饬。札到，该县即便遵照毋违。特札。

光绪七年十二月　日

查金陵厘局详文所叙，均系金陵情形。惟照章完捐，系通饬苏沪各属遵办之案，故但录札文，不录详文，以省卷帙。

代理嘉定县吴奉札通饬赔补溢耗谷石照会

为照会事。本年七月二十九日，奉州宪札，奉布政使司谭札开：案照前任奉贤县韩令任内，溢耗积谷七百三十余石，前奉抚宪批饬，严催官董照章各半分赔。续据韩令以被参回籍，无力分赔禀请，援照前任方濬益之案，求免赔缴。当查方令前此溢耗谷五百余石，分半计二百余石，因系参革回籍之员，详准免追。今韩令事虽相同，而溢耗较巨，且越耗越多，不能久援为例，以致储蓄有亏。然方令请免于前，而韩令追缴于后，未免偏袒，似应准照前案，免其赔补。第若不示限制，恐滋后来口舌。兹拟除此次韩令照准外，以后各属遇有参革回籍、或告养、或丁忧、或病故各员，于交卸时查有溢耗谷石，如在百石以内者，准其援免；倘出百石以外，或由本身、或着其家属如数追赔，不得以前经有案可稽，并以穷乏塞责。至买补溢耗一层，前曾据奉贤县援照上海成案，详准于息中息钱项下提补弥缝。查各属息钱多寡不一，倘溢耗太甚，安有许多息钱作提补之用？且经董恃此可抵，必至漫不经心。亦拟除此次奉贤照办外，以后无论官董，遇有事故，其溢耗在百石以内者，均准以息中息买补，余饬自行买赔，庶溢耗不致泛滥。前经详请抚宪核示在案。兹奉批开，如详将奉贤韩前令任内溢耗积谷，姑准免赔，嗣后事故人员在任溢耗谷数，其只百石以内者，准其援免，倘逾百石，仍令官董各半照章追赔，不得率行请免。其溢耗在百石以内，应予免赔者，准其照案提用息中息买补；倘为数较多，有逾此次定章限制者，仍令自行赔买，不准稍动存款。仰即转饬遵照。缴等因到司。奉此合亟札饬札州，转饬移董一体遵照等因到县。奉此合行照会。为此照会。云云。

光绪八年八月　日

卷二 积谷仓基地 房屋

南门内下塘赵家衖积谷仓基地

一、拱一图云圩第七十八号地，二亩七分二厘。（号数照同治三年清丈田册。）

前款原系斗姥阁地，阁内附设存仁堂栖流所。咸丰十年毁，同治八年改建积谷仓。

一、第七十八号地，六分四厘。

一、第八十号地，二亩二分八厘。

前二款，买潘叩之地，契内载地三亩，丈见实地二亩九分二厘，计地价钱七十八千文。嘉邑民间卖买田地，于正价外另加中笔费钱。今仓地应需中笔等费并在契价钱数之内，不另开支。契存县案。下并同。

一、第八十号地，一亩二分四厘。（以上并拱一图云圩。）

前款，秦世善堂捐地八分，归公荒地二分；又买曹文祥、曹文瑞地一分五厘，计钱八千文；买王心田地九厘，计钱七千文。

以上计共地六亩八分八厘。今田册以社仓为承粮户名。查同治七年，奉文于各乡分建社仓。官绅公议，以分建费巨，详定于城内建积谷总仓，惟田册仍立社仓名目。光绪七年，以总仓不敷储积，复于城内建积谷分仓。

东门内大街积谷分仓基地

一、拱四图海圩第一百三十五号地，三亩三分九厘一毫。

前款，买龚锦地一分，计钱二十千文；买朱云亭地一分，计钱二十二千文。又买秦霞城仝弟仲衡、珠浦地，契内载地三亩二分，丈见实地三亩一分九厘一毫，计钱五十五千文。

一、第一百三十六号地，一亩八分。

前款系公占地，曹姓建屋，完纳学租。咸丰十年屋毁，基地内存有砖石，由曹蕴甫卖归仓用，计钱十五千文。曹姓契内载地一亩六分，丈见实地一亩八分。

一、第一百三十六号地，一亩九分。

一、第一百三十九号地，七分。

前两款，买曹蕴甫地二亩一分，秦霞城地五分，计钱七十千文。此项基地原系唐仁卿购买曹蕴甫立有卖契秦姓地五分，并在曹姓契内由秦仲衡批明秦姓应得地价，向曹姓收取，不另立契。嗣因建仓需用，唐姓于原契后批明归仓，其钱由仓给还唐姓。

一、第一百三十八号地，二亩四分。

一、第一百三十九号地，三分。

前两款，买王树伯地，计钱一百八十千文。

一、第一百三十七号地，四分八厘四毫。(以上并拱四图海圩。)

一、拱二图夜圩第二百二十四号地，七厘四毫。

前两款，买张友松地，计钱九十四千文。

一、第二百二十三号地，二分三厘。

一、第二百二十四号地，一分二厘五毫。(以上并拱二图夜圩。)

前两款，买樊品泉地，计钱四十八千文，又偿撤地基钱二十四千文。

以上计共地十一亩四分四毫。今田册及学租册，以积谷分仓为承粮承租户名。

同治八年建造积谷仓房屋

计开：

一、建坐北朝南头门三间(中高一丈九尺六寸，廊高一丈六寸，深二丈七尺二寸，宽三丈三尺五寸四分)。头门二扇，大栅栏一扇，签头栅栏一扇，次间腰门二扇，前后门四扇，上下槿四扇，短窗八扇。

一、建坐北朝南正厅三间(中高一丈九尺六寸，廊高一丈六寸，深二丈七尺二寸，宽三丈五尺五寸四分)，长窗六扇，短窗十二扇，屏门六扇。

一、建头门左右朝北仓廒各五间，正厅左右朝南仓廒各五间，共二十间。(每间宽一丈三尺，深二丈七尺二寸，廊高一丈六寸，中高一丈九尺六寸。)廒闸板、气窗、地阁、壁骨、直楞、篾簟全。

一、建正厅两旁朝西朝东仓廒各四间，共八间。(每间宽一丈三尺，深二丈七尺二寸，廊高一丈六寸，中高一丈九尺六寸。)廒闸板、气窗、地阁、壁骨、直楞、篾簟全。

一、建西偏余屋十间(中高一丈四尺，廊高八尺八寸，共宽十二丈七尺八寸，深二丈三尺六寸)，墙门四扇，板壁一堂，长窗四扇，短窗二十四扇，腰门九扇，沿街门五扇，上、下槿十扇。

一、筑水桥二座。

光绪二年添建积谷仓房屋

计开：

一、建坐东朝西头门三间(中高一丈九尺六寸，廊高一丈二尺六寸，深二丈一尺六寸，开间共宽三丈四尺七寸)，头门二扇，大栅栏一扇，签头栅栏一扇，次间腰门二扇，前后门四扇，上下槿四扇，短窗八扇。

一、建坐南朝北廒房二十二间(每间宽一丈三尺，深二丈七尺二寸，廊柱高一丈六寸，中高一丈九尺六寸)，廒闸板、气窗、地阁、壁骨、直楞及篾簟全。

一、建仓丁宿屋二间(廊高一丈六寸，中高一丈六尺二寸，深二丈一尺六寸，共宽二丈五尺四寸)，门四扇，短窗四扇，直楞二扇。

光绪七年建造积谷分仓房屋

计开：

一、建坐北朝南头门三间（中高一丈八尺六寸，廊高一丈二尺六寸，深二丈一尺六寸，阔四丈），头门二扇，大栅栏一扇，次间腰门二扇，上下槿十二扇，门二扇，半窗八扇。

一、建门道七间（中高一丈五尺六寸六分，廊高一丈六分，深二丈一尺六寸，阔九丈五尺五寸），门七扇，上下槿四十四扇，半窗十二扇，栏杆二扇，腰门二扇。

一、建廒房六十三间，过路五间（每间中高一丈九尺六寸，廊高一丈六分，深二丈七尺二寸，阔一丈三尺），廒闸板、气窗、地阁、壁骨、直楞、篾簟全。

一、建坐北朝南官厅三间（中高一丈七尺三寸，廊高九尺六寸，深二丈七尺二寸，宽二丈八尺五寸），长窗六扇，屏门六扇，半窗八扇，腰门一扇，大门二扇。

一、建门道三间（中高一丈九尺六寸，廊高一丈六分，深二丈一尺六寸，阔二丈七尺二分），大门二扇，槿二扇，腰门二扇，半窗八扇。

一、建仓神殿二间（高同前，深二丈七尺二寸，阔二丈八尺五寸），长窗八扇，腰门二扇，半窗四扇。

一、筑石磡一堤，水桥一座。

积 谷 仓 图

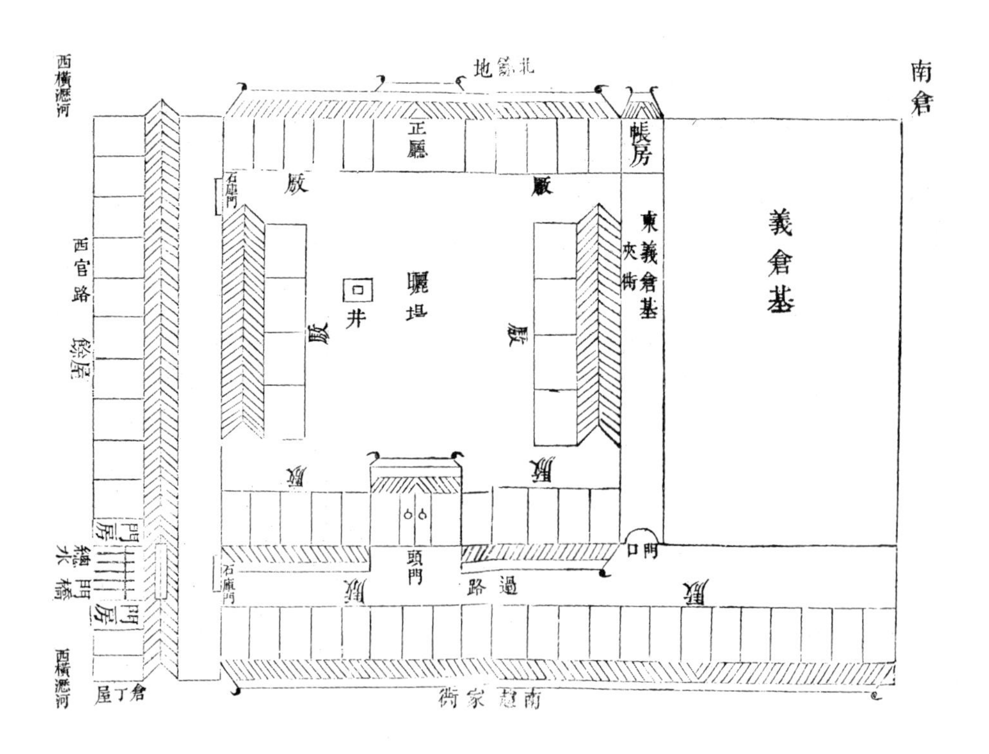

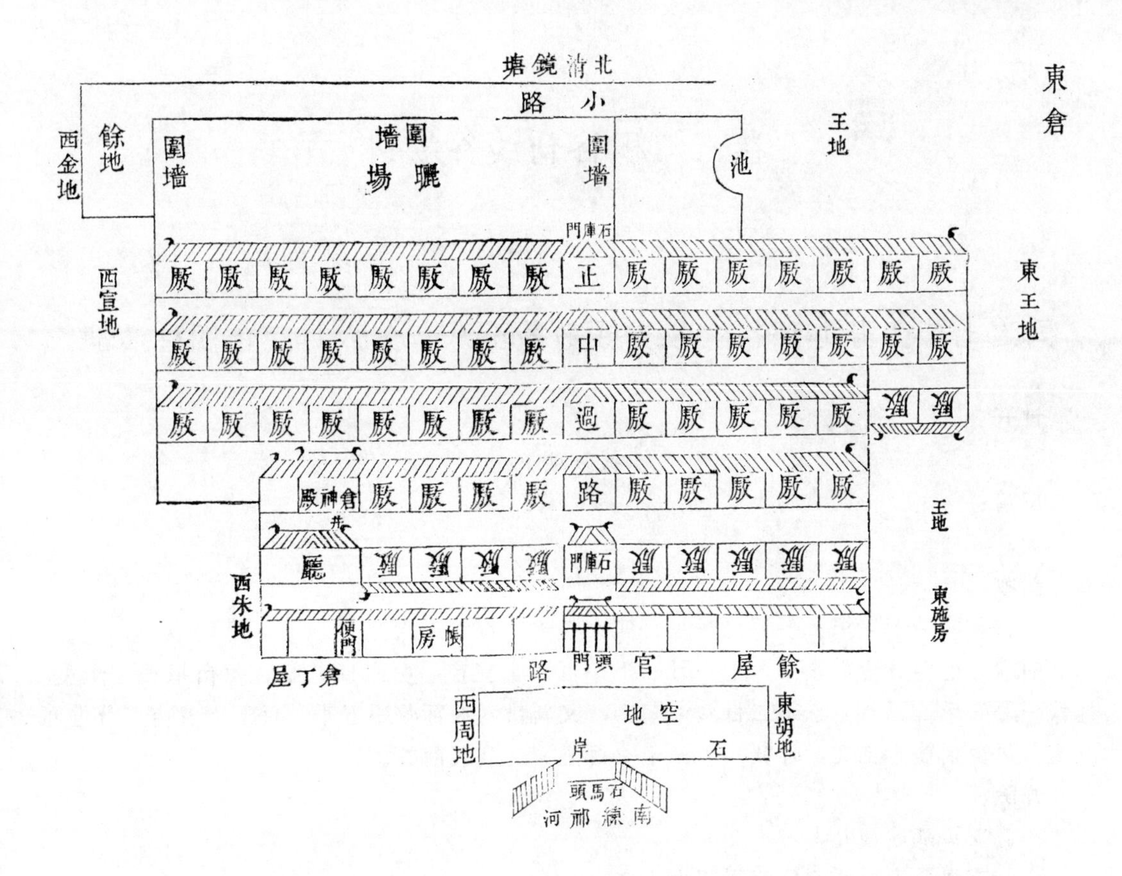
北清鏡塘
東倉
小路
西金地
餘地
圍墻
圍墻
曬場
圍墻
池
王地
石庫門
正
中
過
路
東王地
西宣地
倉神殿
井
廳
石庫門
王地
東施房
西朱地
便門
帳房
倉丁屋
路
頭門
官
屋
餘
西周地
空地
東胡地
岸
石
石馬頭
南練祁河

卷三　积谷仓钱谷款目

同治七年分开办积谷仓收支钱数截至八年分六月底止四柱清册

计开：

钱款项下

旧管：

无。

新收：

一、收同治七年捐钱一万二千三百四十五千三百六十八文。

前款，七年分全征熟田六十一万四千一百六十三亩一分二厘八毫，每亩捐钱二十文，计钱一万二千二百八十三千二百六十三文。又新垦六成征收田五千一百七十五亩三分七厘五毫，每亩捐钱十二文，计钱六十二千一百五文。共钱前数。

开除：

一、支买基地钱九十三千文。

一、支建仓工料钱五千四百四十千文。

以上开除共钱五千五百三十三千文。

实在：

一、存大昌典钱三千千文。

一、存同泰典钱三千千文。

前二款，同治八年七月初一日起息。

一、存县库钱八百十二千三百六十八文。

以上实在共钱六千八百十二千三百六十八文。

同治八年分七月起积谷仓钱谷各数
截至九年分十二月底止四柱清册

计开：

钱款项下

旧管：

一、存大昌典钱三千千文。

一、存同泰典钱三千千文。

前二款，同治八年七月初一日起，按月一分生息，于九年九月十七日提同泰本钱二千千文买谷。

一、存县库钱八百十二千三百六十八文。

前款仝八年分捐钱，于九年六月十一日存典生息，九月十七、十月二十三、闰十月初十等日提回买谷。

新收：

一、收同治八年捐钱六千一百九十三千三百八十五文。

前款八年分熟田六十一万九千三百三十八亩五分三毫，因秋收歉薄，每亩捐钱十文，共钱前数。九年六月十一日，并同旧管项下存库一款发典生息。

一、收大昌典息钱四百八十千文。

前款旧管项下该典存本之息，自八年七月初一日起，至九年十月底止，计十六个月，按月一分，息钱前数。

一、收同泰典息钱四百三十七千文。

前款旧管项下该典存本之息，自八年七月初一日起，至九年九月十七日止，计十四个月十七日，按月一分，息钱前数。

一、收大昌、同泰、洽昌三典息钱二百四十五千三百四十六文。

前款系旧管项下存库钱并八年分捐钱，于九年六月十一日发典生息，九月十七、十月二十三、闰十月初十等日提回六千五千七百五十三文买谷，计生息钱前数。

以上新收，共钱七千三百五十五千七百三十一文。连旧管共钱一万四千一百六十八千九十九文。

开除：

一、支秈谷价钱五千三百九十六千六百十六文。

前款赴宜兴县和桥镇籴秈谷四千九百十八石二斗五升。内一千二百五十五石五升，每石钱一千九十九文零，计钱一千三百八十千八十七文；又三千六百六十三石二斗，每石钱一千九十六文零，计钱四千十六千五百二十九文。共钱前数。

一、支粳谷价钱九百二十四千六百二十二文。

前款籴和桥粳谷九百二石五升，每石钱一千二十五文零，共钱前数。

一、支杜谷价钱六百二十七千二百文。

前款籴本地杜谷五百六十石，每石钱一千一百二十文，共钱前数。

一、支运船水脚沿途起驳钱四百八十千一百七十五文。

前款籴秈粳谷共五千八百二十石三斗，驳运等费每石钱八十二文半，共钱前数。

一、支行用斛驳下力钱二百九十一千十五文。

前款籴秈粳谷行用斛力、驳力、下力，每石钱五十文，共钱前数。

一、支上谷挑力钱十九千一百四十一文。

前款总共籴谷六千三百八十石三斗，由仓西首上岸，挑运入廒，每石钱三文，共钱前数。

一、支备办器具钱七十千二百八十五文。

前款芦席一千九十张，计钱三十四千八百八十文；签席、毛竹、竹匠、工料，四千十文；木风车一部，五千文；大秤二枝，二千六百八十文；五斗漕斛一只，五千二百文；二斗五升漕斛一只，一千五百二十文；斛皮一块，二千八十文；廒门铁锁十三把，二千一百四十五文。大笆斗三十只，十千九百五十文；中笆斗十只，一千八百二十文。共钱前数。

一、支经书七、八两年按亩科算加戳收缴辛饭钱九十二千六百九十三文。

前款七、八两年共收积谷钱一万八千五百三十八千七百五十三文，照章每千给钱五文，共钱前数。

一、支司事薪水仓夫工食钱二十一千文。

前款专用司事一人，经管钱谷每年薪水钱二十四千文，九年七月起，至年底止，给钱十二千文。仓夫一名，住宿照管，打扫场地，每年工食钱十八千文，九年七月起至年底止，给钱九千文。共钱前数。

以上开除共钱七千九百二十二千七百四十七文。

实在：

一、存洽昌典钱一千千文。

前款于九年六月十一日发存，九月十七日止，息钱收讫。

一、存同泰典钱六百二十二千六百七十六文。

一、存洽昌典钱六百二十二千六百七十六文。

前二款原因粜谷提回，嗣因无需支用，于九年十二月底发存下年起息。

一、原存大昌典钱三千文。

前款九年十月底止，息钱收讫。

一、原存同泰典除提实存钱一千千文。

前款九年九月十七日止，息钱收讫。

以上实在共钱六千二百四十五千三百五十二文。

积谷项下

旧管：无。

新收：

一、张字廒储谷五百七石二斗一升。

一、来字廒四百九十八石六斗五升。

一、往字廒五百五石二斗。

一、余字廒四百九十七石二斗五升。

一、藏字廒五百五石二斗五升。

一、岁字廒四百九十四石五升。

一、吕字廒四百九十六石二斗。

一、律字廒四百八十七石四斗八升。

一、成字廒四百八十六石七斗一升。

一、闰字廒四百四十石二斗五升。（以上籼谷。）

一、冬字廒四百九十四石一斗（十年分翻晒，入冬字廒。）

一、列字廒四百七石九斗五升。（十年分翻晒，入暑字廒。以上粳谷。）

一、暑字廒五百六十石。（十年分翻晒，入寒字廒。杜谷。）

开除：无。

实在：

一、存谷六千三百八十石三升。

同治十年积谷仓钱谷各数四柱清册

计开：

钱款项下

旧管：

一、存大昌典钱三千千文。

一、存同泰典钱一千千文。

前大昌一款，于上年闰十月初一日起，同泰一款，于上年九月十八日起，均按月一分生息，本年九月二十八、三十等日提回买谷。

一、存洽昌典钱一千千文。

前款上年九月十八日起，按月一分生息，本年九月三十日提回买谷。

一、存同泰典钱六百二十二千六百七十六文。

一、存洽昌典钱六百二十二千六百七十六文。

前二款本年正月初一日起，按月一分生息，九月三十日提回买谷。

新收：

一、收同治九年捐钱一万二千三百八十六千七百七十文。

前款九年分熟田六十一万九千三百三十八亩五分三毫，每亩捐钱二十文，共钱前数。十年六月初一日发典生息。

一、收大昌典息钱三百五十八千文。

前款旧管项下该典存本之息，上年闰十月初一日起，至本年九月二十八日止，计连闰十一个月二十八日，按月一分，息钱前数。

一、收同泰、洽昌两典息钱二百六十八千六百六十六文。

前款旧管项下该两典各存本钱一千千文，上年九月十八日起，至本年九月底止，计连闰十三个月十三日，按月一分，息钱前数。

一、收同泰、洽昌两典息钱一百十二千八十二文。

前款旧管项下该两典各存本钱六百二十二千六百七十六文，本年正月初一日起，至九月底止，计九个月，按月一分，息钱前数。

一、收大昌、同泰、洽昌三典息钱六百二十七千七十四文。

前款九年分捐钱一万二千三百八十六千七百七十文，于十年六月初一日发存大昌典四千三百八十六千七百七十文，至十二月底止，计七个月一分息钱三百七千七十四文，又发存同泰、洽昌两典各四千千文，至九月底止，计四个月一分息钱三百二十千文，共息钱前数。

以上新收共钱一万三千七百五十二千五百九十二文。连旧管共钱一万九千九百九十七千九百四十四文。

开除：

一、支籼谷价钱五千二百九十六千七百三十二文。

前款籴和桥籼谷五千四百二十六石一斗一升。内二千八百五十五石四斗，每石钱九百八十文零，计钱二千七百九十九千四百九十一文；又二千五百七十石七斗一升，每石钱九百七十一文零，计钱二千四百九十七千二百四十一文。共钱前数。

一、支运船水脚沿途起驳钱四百五十五千七百九十三文。

前款籴和桥谷驳运等费每石钱八十四文，共钱前数。

一、支行用斛驳下力钱二百七十一千三百六文。

前款籴和桥谷行用斛力、驳力、下力，每石钱五十文，共钱前数。

一、支上谷力钱十六千二百七十八文。

一、支备办器具钱二十一千七百六十一文。

前款芦席四百十张，计钱十五千一百七十文；签席、毛竹、竹匠、工料，三千三百六十五文；中笆斗二只，三百六十文；廒门铁锁十一具，一千六百五十文；看谷样筒一个，四百三十二文；铁皮四张，七百八十四文。共钱前数。

一、支完仓基上年米折本年上下忙条银钱一千九百八文。

一、支晒谷工钱十四千五百五十文。

一、支发款挑力赴典川资钱十六千五百三十八文。

一、支经书辛饭钱六十一千九百三十四文。

一、支司事薪水、仓夫工食钱四十二千文。

以上开除共钱六千一百九十八千八百文。

实在：

一、存大昌典钱三百千文。

一、存同泰典钱五百五十六千一百八十七文。

一、存洽昌典钱五百五十六千一百八十七文。

前三款系本年提收各典本息钱文籴谷用剩，于十二月底发典，下年起息。

一、存大昌典钱四千三百八十六千七百七十文。

一、存同泰典钱四千千文。

一、存洽昌典钱四千千文。

前三款系九年分积谷钱文，于十年六月初一日发存。内大昌一款，息钱计收至本年十二月底止；同泰、洽昌两典息钱，计收至本年九月底止。

以上实在共钱一万三千七百九十九千一百四十四文。

积谷项下

旧管：

一、存谷六千三百八十石三斗。

新收：

一、列字廒储谷五百二十二石五升。

一、辰字廒五百二十一石六斗。

一、宿字廒五百九石六斗三升。

一、雨字廒四百九十五石五斗。（十三年分盘入为字廒。）

一、腾字廒四百九十九石七斗五升。

一、阳字廒四百九十八石九斗五升。

一、结字廒四百九十二石二斗。

一、调字廒四百九十七石。（十三年分盘入致字廒。）

一、致字廒四百七十石九斗五升。(十一年分翻晒，入霜字廒。)

一、露字廒四百八十一石九斗三升。

一、云字廒四百三十六石五斗五升。

开除：无。

实在：

一、存谷一万一千八百六石四斗一升。

同治十一年积谷仓钱谷各数四柱清册

计开：

钱款项下

旧管：

一、存大昌典钱四千六百八十六千七百七十文。

一、存同泰典钱五百五十六千一百八十七文。

一、存洽昌典钱五百五十六千一百八十七文。

前三款本年正月初一日起，按月一分生息。内大昌典于十二月初一日报歇，至初十日将存款如数缴还，存济平典，于十五日起息。

一、存同泰典钱四千千文。

一、存洽昌典钱四千千文。

前二款上年十月初一日起，按月一分生息。

新收：

一、收同治十年捐钱一万二千三百八十六千七百七十文。

前款十年分熟田六十一万九千三百三十八亩五分三毫，每亩捐钱二十文，共钱前数。十一年六月初一日发存大昌、洽昌两典各四千千文，同泰典四千三百八十六千七百七十文。内大昌典于十二月初一日报歇，至初十日缴还，于十九日改存公和典。

一、收大昌典息钱七百八十四千五百文。

前款该典原存本钱四千六百八十六千七百七十文，本年正月初一日起，至十二月初十缴还日止，计十一个月十日一分息钱五百三十一千一百六十七文；又领存上年捐钱四千千文，本年六月初一日起，至十二月初十缴还日止，计六个月十日一分息钱二百五十三千三百三十三文。共息钱前数。

一、收同泰、洽昌两典息钱一千九百二十千五百五十八文。

前款该两典各原存本钱五百五十六千一百八十七文，本年十二个月两典共一分息钱一百三十三千四百八十四文；又各原存本钱四千千文，上年十月初一日起，至本年年底止，计十五个月，两典共一分息钱一千二百千文；又同泰典领存十年分捐钱四千三百八十六千七百七十文，本年六月初一日起，至年底止，计七个月一分息钱三百七千七十四文；又洽昌典领存十年分捐钱四千千文，本年六月初一日起，至年底止，计七个月一分息钱二百八十千文。共息钱前数。

以上新收共钱一万五千九十一千八百二十八文，连旧管共钱二万八千八百九十千九百七十二文。

开除：

一、支完仓基上年米折本年上下忙条银钱二千六十二文。

一、支发款挑力赴典川资钱十九千五百九十三文。

一、支经书辛饭钱六十一千九百三十四文。

一、支司事薪水、仓夫工食钱四十二千文。

以上开除共钱一百二十五千五百八十九文。

实在：

一、存同泰典钱八千九百四十二千九百五十七文。

一、存洽昌典钱八千五百五十六千一百八十七文。

前两款本年息钱收讫。

一、存济平典钱五千六百八十六千七百七十文。

前款大昌典原存钱四千六百八十六千七百七十文，又各典息钱内提钱一千千文，共计前数发存该典，于本年十二月十五日起息。

一、存公和典钱五千五百千文。

前款大昌典领存十年分捐钱四千千文，因报歇后改发该典，又各典息钱内提钱一千五百千文发存该典，于本年十二月十九日起息。

一、存仓钱七十九千四百六十九文。

以上实在共钱二万八千七百六十五千三百八十三文。

积谷项下

旧管：

一、存谷一万一千八百六石四斗一升。

新收：无。

开除：无。

实在：

一、存谷一万一千八百六石四斗一升。

同治十二年积谷仓钱谷各数四柱清册

计开：

钱款项下

旧管：

一、存同泰典钱八千九百四十二千九百五十七文。

一、存洽昌典钱八千五百五十六千一百八十七文。

前二款本年正月初一日起，按月一分生息。

一、存济平典钱五千六百八十六千七百七十文。

前款上年十二月十五日起，按月一分生息。

一、存公和典钱五千五百千文。

前款上年十二月十九日起，按月一分生息。

一、存仓钱七十九千四百六十九文。

新收：

一、收同治十一年捐钱六千一百九十八千四百七十八文。

前款十一年分熟田六十一万九千八百四十七亩八分六毫，每亩捐钱十文，共钱前数。

一、收济平典息钱三十千三百二十九文。

前款旧管项下该典存本之息，上年十二月十五日起，至三十日，计十六日息钱前数。

一、收公和典息钱二十二千文。

前款旧管项下该典存本之息，上年十二月十九日起，至三十日，计十二日息钱前数。

一、收同泰典息钱一千一百六十二千五百八十四文。

一、收洽昌典息钱一千一百十二千三百四文。

一、收济平典息钱七百三十九千二百八十文。

一、收公和典息钱七百十五千文。

前四款旧管项下各该典存本之息，本年连闰十三个月应缴息钱前数，均寄存各该典，俟应用时随时往取。

一、收同泰典息钱八十千文。

一、收洽昌典息钱八十千文。

一、收泰来典息钱三百三十五千八百七十八文。

前三款系十一年分捐钱六千一百九十八千四百七十八文，十二年六月初一日分存三典，至年底止，连闰八个月一分息钱前数，均寄存各该典，俟应用时随时往取。同泰典于本年十二月十六日火灾停当。据该典商禀明，如能续开，所存公款仍当按日生息；如果闭歇，当认期清缴，应以失火日止息。现因开闭未定，是以息钱仍算至年底止。倘或停歇，将来应扣还十五日息钱。

以上新收共钱一万四百七十五千八百五十三文，连旧管共钱三万九千二百四十一千二百三十六文。

开除：

一、支完仓基上年米折本年上下忙条银钱二千六文。

一、支晒谷工钱五千一百文。

一、支发款挑力赴典川资钱六千五百文。

一、支经书辛饭钱三十千九百九十二文。

一、支司事薪水、仓夫工食钱四十二千文。

以上开除共钱八十六千五百九十八文。

实在：

一、存同泰典钱八千九百四十二千九百五十七文。

一、存洽昌典钱八千五百五十六千一百八十七文。

一、存济平典钱五千六百八十六千七百七十文。

一、存公和典钱五千五百千文。

前四款本年息钱收讫。

一、存泰来典钱四千一百九十八千四百七十八文。

一、存同泰典钱一千千文。

一、存洽昌典钱一千千文。

前三款系十一年捐款，于十二年六月初一日起，至年底止，息钱收讫。

一、存仓钱四十五千二百文。

一、存同泰典息钱一千二百四十二千五百八十四文。

一、存洽昌典息钱一千一百九十二千三百四文。

一、存济平典息钱七百三十九千二百八十文。

一、存公和典息钱七百十五千文。

一、存泰来典息钱三百三十五千八百七十八文。

前五款各典应缴本年息钱，因籴谷非时，暂存各典。

以上实在共钱三万九千一百五十四千六百三十八文。

积谷项下

旧管：

一、存谷一万一千八百六石四斗一升。

新收：无。

开除：无。

实在：

一、存谷一万一千八百六石四斗一升。

同治十三年积谷仓钱谷各数四柱清册

计开：

钱款项下

旧管：

一、存同泰典钱九千九百四十二千九百五十七文。

一、存洽昌典钱九千五百五十六千一百八十七文。

一、存济平典钱五千六百八十六千七百七十文。

一、存公和典钱五千五百千文。

一、存泰来典钱四千一百九十八千四百七十八文。

前五款本年正月初一日起，按月一分生息。

一、存同泰典息钱一千二百四十二千五百八十四文。

一、存洽昌典息钱一千一百九十二千三百四文。

一、存济平典息钱七百三十九千二百八十文。

一、存公和典息钱七百十五千文。

一、存泰来典息钱三百三十五千八百七十八文。

前五款上年寄存各典，嗣因济平、公和两点需用，情愿倾存生息，于本年四月十六日收回，分存济平、公和两典，按月一分生息。

一、存仓钱四十五千二百文。

新收：

一、收同治十二年捐钱六千二百四十一千一百二十七文。

前款十二年分熟田六十二万四千一百十二亩六分七厘六毫，每亩捐钱十文，共钱前数。十三年六月初一日发存济平典，按月一分生息。

一、收济平典息钱一千三百六千四十五文。

前款该典原存本钱五千六百八十六千七百七十文，本年十二个月按月一分息钱六百八十二千四百十二文。又本年四月十六日，领存钱一千五百千文，至年底止，计八个半月按月一分息钱一百二十七千五百文。又六月初一日领存钱六千二百四十一千一百二十七文，至年底止，计七个月一分息钱四百三十六千八百七十九文。又十一月初一日领存钱一千千文，至年底止，计二个月一分息钱二十千文。又十二月初一日，领存钱三千九百二十五千四百四十七文，至年底止，计一个月一分息钱三十九千二百五十四文。共息钱前数。

一、收洽昌典息钱一千二百六千七百四十二文。

前款该典原存本钱九千五百五十六千一百八十七文，本年十二个月按月一分息钱一千一百四十六千七百四十二文。又本年十一月初一日领存钱二千千文，至年底止，计二个月一分息钱四千千文。又十二月初一日，领存钱二千千文，至年底止，计一个月一分息钱二十千文。共息钱前数。

一、收泰来典息钱五百四十三千八百十七文。

前款该典原存本钱四千一百九十八千四百七十八文，本年十二个月按月一分息钱五百三千八百十七文。又本年十一月初一日领存钱二千千文，至年底止，计二个月一分息钱四十千文。共息钱前数。

一、收公和典息钱八百九十三千七百五十文。

前款该典原存本钱五千五百千文，本年十二个月按月一分息钱六百六十千文。又本年四月十六日领存钱二千七百五十千文，至年底止，计八个半月一分息钱二百三十三千七百五十文。共息钱前数。

一、收同泰典息钱一千四十八千一百六十四文。

前款该典原存本钱九千九百四十二千九百五十七文，本年正月初一日起，至十月底止，计十个月按月一分息钱九百九十四千二百九十六文。十月三十日缴还本钱四千五百五十六千一百八十七文，尚存本钱五千三百八十六千七百七十文。至十一月三十日缴还，计一个月一分息钱五十三千八百六十八文。共息钱前数。

以上新收共钱一万一千二百三十九千六百四十五文。连旧管共钱五万三百九十四千二百八十三文。

开除：

一、支完仓基上年米折本年上下忙条银钱二千七十五文。

一、支晒谷工钱九千一百五十文。

一、支发款挑力赴典川资钱四千四百文。

一、支经书辛饭钱三十一千二百六文。

一、支司事薪水、仓夫工食钱四十二千文。

以上开除共钱八十八千八百三十一文。

实在：

一、存济平典钱一万八千三百五十三千三百四十四文。

一、存洽昌典钱一万三千五百五十六千一百八十七文。

一、存公和典钱八千二百五十千文。

一、存泰来典钱六千一百九十八千四百七十八文。

前四款本年息钱收讫。

一、存济平典息钱一千三百千文。

一、存洽昌典息钱一千二百千文。

一、存公和典息钱八百五十千文。

一、存泰来典息钱五百千文。

前四款各典应缴本年息钱，寄存各典。设该典需用，随时具领起息。

一、存仓钱九十七千四百四十三文。

以上实在共钱五万三百五千四百五十二文。

积谷项下

旧管：

一、存谷一万一千八百六石四斗一升。

新收：无。

开除：

一、除亏耗谷三十石六斗一升六合。

一、除仓面鼠耗空谷及热蒸谷三百九十四石三斗四合。

以上开除共谷四百二十四石九斗二升。（详卷四魏任申文。）

实在：

一、存谷一万一千三百八十一石四斗九升。

光绪元年积谷仓钱谷各数四柱清册

计开：

钱款项下

旧管：

一、存济平典钱一万八千三百五十三千三百四十四文。

一、存洽昌典钱一万三千五百五十六千一百八十七文。

一、存公和典钱八千二百五十千文。

一、存泰来典钱六千一百九十八千四百七十八文。

前四款〈系〉本年正月初一日起按月一分息钱。泰来典于七月内闭歇，该典存款及应缴息钱由接开之元成典盘接汇缴。

一、存济平典息钱一千三百千文。

一、存洽昌典息钱一千二百千文。

一、存公和典息钱八百五十千文。

一、存泰来典息钱五百千文。

前四款息钱上年寄存各典，本年十一月初一日发存济平典六、百四十六千六百五十六文、元成典一千五百一千五百二十二文、洽昌典九百四十三千八百十三文、公和典七百五十千文，按月一分生息。

一、存仓钱九十七千四百四十三文。

新收：

一、收济平典息钱二千二百十五千三百三十四文。

前款该典原存本钱一万八千三百五十三千三百四十四文，本年十二个月按月一分息钱二千二百二千四百一文。又本年十一月初一日发存钱六百四十六千六百五十六文，至年底止，计二个月一分息钱十二千九百三十三文。共息钱前数。

一、收元成典息钱七百七十三千八百四十七文。

前款原存泰来典本钱六千一百九十八千四百七十八文，泰来典闭歇，将本息盘交元成典收存生息，本年十二个月按月一分息钱七百四十三千八百十七文。又本年十一月初一日发存钱一千五百一千五百二十二文，至年底止，计二个月一分息钱三十千三十文。共息钱前数。

一、收公和典息钱一千五千文。

前款该典原存本钱八千二百五十千文，本年十二个月按月一分息钱九百九十千文。又本年十一月初一日发存钱七百五十千文，至年底止，计二个月一分息钱十五千文。共息钱前数。

一、收洽昌典息钱一千六百四十五千六百十八文。

前款该典原存本钱一万三千五百五十六千一百八十七文，本年十二个月按月一分息钱一千六百二十六千七百四十二文。又本年十一月初一日发存钱九百四十三千八百十三文，至年底止，计二个月一分息钱十八千八百七十六文。共息钱前数。

以上新收共钱五千六百三十九千七百九十九文。连旧管共钱五万五千九百四十五千二百五十一文。

开除：

一、支完仓基上年米折本年上下忙条银钱一千八百八文。

一、支晒谷工钱五十七千九百五十文。

一、支发款挑力赴典川资钱二千二百六十五文。

一、支司事薪水、仓夫工食钱四十二千文。

以上开除共钱一百四千二十三文。

实在：

一、存济平典钱一万九千千文。

一、存洽昌典钱一万四千五百千文。

一、存公和典钱九千千文。

一、存元成典钱七千七百千文。

前四款本年息钱收讫。

一、存县库钱五千六百三十千文。

一、存仓钱十一千二百二十八文。

以上实在共钱五万五千八百四十一千二百二十八文。

积谷项下

旧管：

一、存谷一万一千三百八十一石四斗九升。

新收：无。

开除：无。

实在：

一、存谷一万一千三百八十一石四斗九升。

光绪二年积谷仓钱谷各数四柱清册

计开：

钱款项下

旧管：

一、存济平典钱一万九千千文。

一、存洽昌典钱一万四千五百千文。

一、存公和典钱九千千文。

一、存元成典钱七千七百千文。

前四款本年正月初一日起，按月一分生息。

一、存县库钱五千六百三十千文。

一、存仓钱十一千二百二十八文。

新收：

一、收济平典息钱二千四百七十千文。

一、收洽昌典息钱一千八百八十五千文。

一、收公和典息钱一千一百七十千文。

一、收元成典息钱一千一千文。

前四款旧管项下该四典存本之息，本年连闰十三个月，按月一分，息钱前数。

以上新收共钱六千五百二十六千文，连旧管共钱六万二千三百六十七千二百二十八文。

开除：

一、支添建仓廒等屋钱五千五十二千二百六十七文。

一、支籼谷价钱九百十五千九百三文。

前款籴和桥籼谷七百二十四石三斗二升，每石钱一千二百六十四文零，共钱前数。

一、支运船水脚沿途起驳钱六十一千五百六十七文。

前款籴和桥谷驳运等费每石钱八十五文，共钱前数。

一、支行用斛驳下力钱三十六千二百十六文。

前款籴和桥谷行用斛力、驳力、下力每石钱五十文，共钱前数。

一、支上谷力钱二千一百七十三文。

一、支备办器具钱三十千四百五十六文。

前款芦席六百二张，计钱二十一千七十文；签席、毛竹、竹匠、工料，一千五百四十六文；太平缸四只，四千八百文；斛皮一张，二千一百文；铁锁十具，九百四十文。共钱前数。

一、支完仓基上年米折本年上下忙条银钱二千二十一文。

一、支晒谷工钱五十七千一百九十文。

一、支赴典支息船钱二千五百文。

一、支司事薪水、仓夫工食钱四十二千文。

以上开除共钱六千二百二千二百九十三文。

实在：

一、存济平典钱一万九千千文。

一、存洽昌典钱一万四千五百千文。

一、存公和典钱九千千文。

一、存元成典钱七千七百千文。

前四款本年息钱收讫。

一、存济平典息作本钱一千七百千文。

一、存洽昌典息作本钱一千七百千文。

一、存公和典息作本钱一千二百千文。

一、存元成典息作本钱一千二百千文。

前四款下年起息。

一、存仓钱一百六十四千九百三十五文。

以上实在共钱五万六千一百六十四千九百三十五文。

积谷项下

旧管：

一、存谷一万一千三百八十一石四斗九升。

新收：

一、称字廒储谷五百二石一斗八升四合。

一、夜字廒二百二十二石一斗三升六合。

开除：无。

实在：

一、存谷一万二千一百五石八斗一升。

光绪三年积谷仓钱谷各数四柱清册

计开：

钱款项下

旧管：

一、存济平典钱一万九千千文。

一、存洽昌典钱一万四千五百千文。

一、存公和典钱九千千文。

一、存元成典钱七千七百千文。

前四款本年正月初一日起，按月一分生息。

一、存济平典息作本钱一千七百千文。

一、存洽昌典息作本钱一千七百千文。

一、存公和典息作本钱一千二百千文。

一、存元成典息作本钱一千二百千文。

前四款本年正月初一日起，按月七厘生息。

一、存仓钱一百六十四千九百三十五文。

新收：

一、收济平典息钱二千四百二十二千八百文。

一、收洽昌典息钱一千八百八十二千八百文。

一、收公和典息钱一千一百八十千八百文。

一、收元成典息钱一千二十四千八百文。

前四款旧管项下该四典存本钱五万二百千文，本年十二月按月一分息钱六千二十四千文。又存息作本钱五千八百千文，本年十二个月按月七厘息钱四百八十七千二百文。共钱前数。

以上新收共钱六千五百十一千二百文，连旧管共钱六万二千六百七十六千一百三十五文。

开除：

一、支仓基上年米折本年上下忙条银钱一千七百四十文。

一、支赴典支息船钱一千八百五十文。

一、支司事薪水、仓夫工食钱四十二千文。

以上开除共钱四十五千五百九十文。

实在：

一、存济平典钱一万九千千文。

一、存洽昌典钱一万四千五百千文。

一、存公和典钱九千千文。

一、存元成典钱七千七百千文。

前四款本年息钱收讫。

一、存济平典息作本钱三千五百千文。

一、存洽昌典息作本钱三千七百千文。

一、存公和典息作本钱二千六百千文。

一、存元成典息作本钱二千五百千文。

前四款一万二千三百千文，内五千八百千文原存典中本年息钱业已收讫；又六千五百千文，系本年十二月发典，应自下年起息。

一、存仓钱一百三十千五百四十五文。

以上实在共钱六万二千六百三十千五百四十五文。

积谷项下

旧管：

一、存谷一万二千一百五石八斗一升。

新收：无。

开除：

一、除亏耗谷二十一石七斗三升。

前件光绪二年籴谷七百二十四石三斗二升，至三年年底计逾一年，每石除耗三升，共符前数。

实在：

一、存谷一万二千八十四石八升。

光绪四年积谷仓钱谷各数四柱清册

计开：

钱款项下

旧管：

一、存济平典钱一万九千千文。

一、存洽昌典钱一万四千五百千文。

一、存公和典钱九千千文。

一、存元成典钱七千七百千文。

前四款本年正月初一日起，按月一分生息。

一、存济平典息作本钱三千五百千文。

一、存洽昌典息作本钱三千七百千文。

一、存公和典息作本钱二千六百千文。

一、存元成典息作本钱二千五百千文。

前四款本年正月初一日起，按月七厘生息。

一、存仓钱一百三十千五百四十五文。

新收：

一、收济平典息钱二千五百五十三千文。

一、收洽昌典息钱二千二十七千文。

一、收公和典息钱一千二百八十三千文。

一、收元成典息钱一千一百二十千文。

前四款旧管项下该四典存本钱五万二百千文，本年十二个月按月一分息钱六千二十四千文。又存息作本钱一万二千三百千文，本年正月起，至十月止，计十个月按月七厘息钱八百六十一千文。十月三十日因购谷需用，于息作本钱项下提回钱五千三百千文，尚存息作本钱七千千文，十一、十二两个月七厘息钱九十八千文。共息钱前数。

以上新收共钱六千九百八十三千文，连旧管共钱六万九千六百十三千五百四十五文。

开除：

一、支谷价钱九千五百二十六千八百文。

前款籴和桥籼谷八千一百六十石，每石价钱一千一百四十文起，至一千一百九十文止，扯价一千一百六十七文零，共钱前数。

一、支脚费等钱一千一百十九千一百九十八文。

前款籴和桥谷，八千一百六十石归积谷仓，又二千四百石归义仓，运船水脚钱八百五十七千六百八十三文，行用斛驳下力等钱四百十一千八百四十文。运谷到仓，上岸进廒，内五千石，每石钱三文，五千五百六十石，每石钱四文，共钱三十七千二百四十文。董事赴和、司事二次解送谷价到和桥伙食船钱四十六千三百七十一文。短雇司事六人，四人赴和，二人在仓，每人送薪水钱十二千文，共钱七十二千文。又仓中伙食、烟茶零用钱二十三千二百六十一文。共用钱一千四百四十八千三百九十五文，每石派钱一百三十七文一厘六毫零，除二千四百石归义仓外，积谷仓应派支钱前数。

一、支置备器具钱四十七千四百三十五文。

前款篾簟五十二张，计钱十八千九百二十八文；斛谷软口扁二只，一千三百三十二文；竹马二只，一千文；芦席四百二十五张，十七千八百五十文；斛皮一块，七百五文；修笆斗工料，四千一百六十文；签席衬仓毛竹工料，一千三百六十文；廒门铁销二十五具，二千一百文。共钱前数。

一、支完仓基上年米折本年上下忙条银钱一千八百六十文。

一、支晒谷工钱十七千八百六十文。

一、支司事薪水、仓夫工食钱四十二千文。

以上开除共钱一万七百五十五千一百五十三文。

实在：

一、存济平典钱一万九千千文。

一、存洽昌典钱一万四千五百千文。

一、存公和典钱九千千文。

一、存元成典钱七千七百千文。

前四款本年息钱收讫。

一、存济平典息作本钱二千四百千文。

一、存洽昌典息作本钱二千千文。

一、存元成典息作本钱二千五百千文。

一、存公和典息作本钱一千五百千文。

前四款八千四百千文，内七千千文原存典中，本年息钱收讫；又一千四百千文，初因购谷提取，嗣因无需支用，分存济平、元成两典，自下年起息。

一、存仓钱二百五十八千三百九十二文。

以上实在共钱五万八千八百五十八千三百九十二文。

积谷项下

旧管：

一、存谷一万二千八十四石八升。

新收：

一、水字廒除储谷五百二十石。

一、昆字廒五百十石。

一、冈字廒五百十石。

一、剑字廒五百十石。

一、号字廒五百十石。

一、巨字廒五百十石。

一、阙字廒五百十石。

一、珠字廒五百十石。

一、光字廒五百十石。

一、果字廒五百十石。

一、珍字廒五百十石。

一、李字廒五百十石。

一、柰字廒五百十石。

一、菜字廒五百十石。

一、重字廒五百十石。

一、阳字廒五百石。

开除：

一、除亏耗谷七石二斗四升三合。

前件光绪二年籴谷七百二十四石三斗二升，至四年年底，计逾二年，每石除耗一升，共符前数。

实在：

一、存谷二万二百三十六石八斗三升七合。

光绪五年积谷仓钱谷各数四柱清册

计开：

钱款项下

旧管：

一、存济平典钱一万九千千文。

一、存洽昌典钱一万四千五百千文。

一、存公和典钱九千千文。

一、存元成典钱七千七百千文。

前四款本年正月初一日起，按月一分生息。

一、存济平典息作本钱二千四百千文。

一、存洽昌典息作本钱二千千文。

一、存元成典息作本钱二千五百千文。

一、存公和典息作本钱一千五百千文。

前四款本年正月初一日起，按月七厘生息。

一、存仓钱二百五十八千三百九十二文。

新收：

一、收济平典息钱二千六百八十六八千四百文。

一、收洽昌典息钱二千六十七千文。

一、收元成典息钱一千二百二十八千五百文。

一、收公和典息钱一千三百六千五百文。

前四款旧管项下该四典存本钱五万二百千文，本年连闰十三个月，按月一分，息钱六千五百二十六千文；又存息作本钱八千四百千文，十三个月，按月七厘，息钱七百六十四千四百文。共息钱前数。

以上新收共钱七千二百九十千四百文，连旧管共钱六万六千一百四十八千七百九十二文。

开除：

一、支谷价钱二千四百五千五百三十六文。

前款籴和桥秈谷二千二百五十六石六斗，每石价钱一千六十六文，计钱前数。

一、支脚费等钱三百四十六千七百九十四文。

前款籴和桥谷，每石应派运船行用斛驳下力，司事坐船、伙食、薪水等钱一百五十三文零，计钱前数。

一、支买基地钱一百五十七千文。

一、支完仓基上年米折本年上下忙条银钱一千八百九十四文。

一、支司事薪水、仓夫工食钱四十二千文。

一、支晒谷工钱一百七千七百三十文。

以上开除共钱三千六十千九百五十四文。

实在：

一、存济平典钱一万九千千文。

一、存洽昌典钱一万四千五百千文。

一、存公和典钱九千千文。

一、存元成典钱七千七百千文。

前四款本年息钱收讫。

一、存济平典息作本钱三千七百千文。

一、存洽昌典息作本钱三千千文。

一、存公和典息作本钱二千三百千文。

一、存元成典息作本钱三千七百千文。

前四款下年起息。

一、存仓钱一百八十七千八百三十八文。

以上实在共钱六万三千八十七千八百三十八文。

积谷项下

旧管：

一、存谷二万二百三十六石八斗三升七合。

新收：

一、金字廒储谷四百五十石四斗四升。

一、生字廒四百五十石四斗四升。

一、露字廒四百五十四石八斗四升。

一、冬字廒四百五十石四斗四升。

一、寄储义仓往字廒四百五十石四斗四升。

开除：

一、除亏耗谷二百四十四石八斗。

前款光绪四年分籴谷八千一百六十石，第一年内每石除耗三升，共符前数。

实在：

一、存谷二万二千二百四十八石六斗三升七合。

光绪六年积谷仓钱谷各数四柱清册

计开：

钱款项下

旧管：

一、存济平典钱一万九千千文。

一、存洽昌典钱一万四千五百千文。

一、存公和典钱九千千文。

一、存元成典钱七千七百千文。

前四款本年正月初一日起，按月一分生息。

一、存济平典息作本钱三千七百千文。

一、存洽昌典息作本钱三千千文。

一、存公和典息作本钱二千三百千文。

一、存元成典息作本钱三千七百千文。

前四款本年正月初一日起，按月七厘生息。

一、存仓钱一百八十七千八百三十八文。

新收：

一、收济平典息钱二千五百九十千八百文。

一、收洽昌典息钱一千九百九十二千文。

一、收公和典息钱一千二百七十三千二百文。

一、收元成典息钱一千二百三十四千八百文。

前四款旧管项下该四典存本钱五万二百千文，本年十二个月，按月一分，息钱六千二十四千文；又存息作本钱一万二千七百千文，按月七厘，息钱一千六十六千八百文。共息钱前数。

以上新收共钱七千九十千八百文，连旧管共钱七万一百七十八千六百三十八文。

开除：

一、支买基地钱三百七十一千文。

一、支盘谷夫工等钱五十一千三百四十八文。

前款奉藩宪委员查验，五年分新谷雇夫盘量工钱十一千七百八十文，董事烟茶伙食等钱三千八百四十八文，交伏晒谷夫工钱三十五千七百二十文，共钱前数。

一、支谷价钱一千四百六十四千三百五十九文。

前款粜和桥籼谷一千五百三石三斗，每石价钱九百七十四文零，共钱前数。

一、支脚费等钱一百八十七千十八文。

前款粜和桥谷运船行用斛驳下力，司事坐船、伙食、薪水等，共钱前数。

一、支置备衬仓芦席钱七千九百五十七文。

一、支完仓基上年米折本年上下忙条银钱三千五百四十一文。

一、支司事薪水、仓夫工食钱四十二千文。

一、支赴典支息船钱二千一百文。

以上开除共钱二千一百二十九千三百二十三文。

实在：

一、存济平典钱一万九千千文。

一、存洽昌典钱一万四千五百千文。

一、存公和典钱九千千文。

一、存元成典钱七千七百千文。

前四款本年息钱收讫。

一、存济平典息作本钱五千三百千文。

一、存洽昌典息作本钱三千三百千文。

一、存公和典息作本钱四千四百千文。

一、存元成典息作本钱四千七百千文。

前四款本年息钱收讫。

一、存仓钱一百四十九千三百十五文。

以上实在共钱六万八千四十九千三百十五文。

积谷项下

旧管：

一、存谷二万二千二百四十八石六斗三升七合。

新收：

一、出字廒储谷五百八石八斗。

一、丽字廒四百九十二石七斗。

一、寄储义仓成字廒五百一石八斗。

开除：

一、除亏耗谷一百四十九石二斗九升八合。

前款光绪四年粜谷八千一百六十石，第二年内每石除耗一升，计耗谷八十一石六斗；又五年分粜谷二千二百五十六石六斗，第一年除耗三升，计耗谷六十七石六斗九升八合。共除前数。

实在：

一、存谷二万三千六百二石六斗三升九合。

光绪七年积谷仓钱谷各数四柱清册

计开：

钱款项下

旧管：

一、存济平典钱一万九千千文。

一、存洽昌典钱一万四千五百千文。

一、存公和典钱九千千文。

一、存元成典钱七千七百千文。

前四款本年正月初一日起，详准改作常年一分起息。

一、存济平典息作本钱五千三百千文。

一、存洽昌典息作本钱三千三百千文。

一、存公和典息作本钱四千四百千文。

一、存元成典息作本钱四千七百千文。

前四款本年正月初一日起，改作常年七厘起息。

一、存仓钱一百四十九千三百十五文。

新收：

一、收济平典等息钱五百九千四百二十六文。

前款本年正月底提济平、元成典息作本钱六百千文，随收常年七厘息钱三千五百文，又二月底提济平、元成典息作本钱二千千文，随收息钱二十三千三百三十四文，又二月二十四文〔日〕提公和典息作本钱二千一百千文，随收息钱二十二千五十文，又四月底提济平、元成、洽昌典息作本钱四千千文，随收息钱九十三千三百三十三文，又五月底提洽昌典息作本钱一千三百千文，随收息钱三十七千九百十七文，又六月十五日提公和典息作本钱一千一百千文，随收息钱三十五千二百九十二文，又六月底提济平典息作本钱一千三百千文，随收息钱四十五千五百文，又七月底提元成典息作本钱一千四百千文，随收息钱五十七千一百六十七文，又八月底提济平典息作本钱七百千文，随收息钱三十二千六百六十七文，又九月十五日提济平、元成、公和典息作本钱三千二百千文，随收息钱一百五十八千六百六十六文，共息钱前数。

一、收济平等典息钱三千七百六十五千文。

前款旧管项下共存典正本钱五万二百千文，本年正月起至九月底止，计常年一分息钱前数。

一、收济平典息钱十六千六百六十七文。

前款旧管项下存济平典正本钱一万九千千文，内于本年十一月底提回正本钱一千千，除九月底止息钱已收外，应收十月、十一月分常年一分息钱前数。

一、收济平等典息钱一千二百三十千文。

前款旧管项下各典存正本钱五万二百千文，内济平典提回钱一千千，尚存各典正本钱四万九千二百千文。除九月底止息钱已收外，应收十月起至年底止常年一分息钱前数。

以上新收共钱五千五百二十一千九十三文，连旧管共钱七万三千五百七十千四百八文。

开除：

一、支建东门内分仓工料钱一万四千八百八十二千八百十四文。

一、支谷价钱一万三千一百十千四百三十八文。

前款籴和桥秈谷一万一千九百三十六石三斗，连行用斛力、驳力，每石扯钱一千九十八文零，共钱前数。

一、支运船水脚钱八百五十四千四百四十八文。

前款由和桥雇船装谷，每石钱三十八文零，共钱前数。

一、支租赁驳船钱三千八百三十五文。

一、支上谷力钱四十四千四百六十文。

一、支值廒斛手工钱二十三千六百七十文。

一、支赴和川资等钱一百四十一千九百五十四文。

前款短雇司事四人辛资钱五十五千文，董事司事赴和伙食零用钱四十五千一百六十文，赴和船钱并陆续解送洋钱到和船钱三十八千三十文，捆洋麻袋钱二千三百二十四文，灯笼船旗钱一千四百四十文，共钱前数。

一、支赴典提款川资钱四千九百六十六文。

一、支仓中伙食等钱三十九千七十七文。

前款开仓收谷伙食零用钱三十四千五百八十八文，烟茶纸笔钱四千四百八十九文，共钱前数。

一、支置备器具钱八十五千二百八十三文。

前款芦席一千一百七十张，计钱四十六千八百文；扦廒竹匠工钱，四千九百文；山笆三十六只，十千八十文；畚笆十八只，二千八百八十文；栳桶一只，一千四百二十四文；大秤一杆，一千六百文；栈条脚扁，三千四百五文；铁锁，二千八百文；碗盏杂物，十一千三百九十四文。共钱前数。

一、支完仓基上年米折本年上下忙条银钱二千九百九十文。

一、支晒谷工钱三十六千四百八十文。

一、支南仓司事薪水钱二十七千文。

前款向给钱二十四千文。本年十月由董禀明，该仓公事较烦，每年给钱三十六千，自十月起，至年底止，加给钱三千文。

一、支东仓司事薪水钱七千五百文。

前款添用司事一人，经管东门内分仓廒谷，每年薪水钱三十千文，本年十月起，至年底止，共给钱前数。

一、支南仓仓夫工食钱十八千文。

一、支东仓仓夫工食钱六千文。

前款添用仓夫一人，住宿照管东仓，每年给工食钱十八千文，本年九月起，至年底止，共给钱前数。

一、支年终司事赴典结帐川资钱二千二百三十文。

以上开除共钱二万九千二百九十一千一百四十五文。

实在：

一、存济平典钱一万三千千文。

前款旧管项下原存本钱一万九千千文，除十一月底提本一千千、十二月底提本五千千文支用外，共存钱前数。

一、存洽昌典钱一万四千五百千文。

一、存公和典钱九千千文。

一、存元成典钱七千七百千文。

前四款本年息钱收讫。

一、存仓钱七十九千二百六十三文。

以上实在共钱四万四千二百七十九千二百六十三文。

仓谷项下

旧管：

一、存谷二万三千六百二石六斗三升九合。

新收：

一、宾字廒储谷五百石。

一、体字廒五百石。

一、迩字廒五百石。

一、伏字廒九十七石三斗五升。

一、羌字廒五百石。

一、遐字廒五百石。

一、垂字廒五百石。

一、坐字廒五百石。

一、朝字廒五百石。

一、道字廒五百石。

一、拱字廒五百石。

一、章字廒五百石。

一、育字廒五百石。

一、黎字廒五百石。

一、位字廒三百三十八石九斗五升。

一、裳字廒五百石。

一、制字廒五百石。

一、乃字廒五百石。

一、衣字廒五百石。

一、推字廒五百石。

一、让字廒五百石。

一、有字廒五百石。

一、河字廒五百石。

一、咸字廒五百石。

一、淡字廒五百石。

开除：

一、除耗谷六十七石六斗六升五合。

前款光绪五年分粜谷二千二百五十六石六斗，第二年每石除耗一升，计耗二十二石五斗六升六合；又六年分粜谷一千五百三石三斗，第一年每石除耗三升，计耗四十五石九升九合。共除前数。

实在：

一、南仓存谷二万三千五百三十四石九斗七升四合。

一、东仓存谷一万一千九百三十六石三斗。

以上实在共谷三万五千四百七十一石二斗七升四合。

卷四　积谷仓扦量接收

署嘉定县魏接收积谷义仓钱谷各数申文

为申送事。准卑前县曾令移交积谷案内，截至本年七月分折报止，共储谷一万一千八百六石四斗一升，存典生息钱四万五千三百七十五千五百一十九文，存仓钱九十二千九百六十五文；又义仓案内，共储谷二千九百十一石五斗三升，存典生息钱七千二百六十千二百七十一文；存仓钱九千四百一文；又本年上忙案内照章提捐存典生息钱九百十九千五百三十八文，移请核盘具报等因。卑职当查积谷新章，由新任于一月内会董扦量结报。卑职系于八月十三日接印任事，即于八月十四日赴太办理试差供应，不及遵限盘量，业经禀奉宪台批准，展限一月在案。旋于九月十六日差竣公回，卑职先期知照董事前赴南汇，仿照立方尺式，以凭督同扦量。去后兹据积谷义仓董事王文忠、杨震福、周宗琦、童式谷、吴东明禀称，查义仓、积谷仓储谷，现用立方尺逐廒扦量，折耗每石牵计不及三合。查看各廒谷石尚称干洁，惟廒面热蒸寸余，略有起潮，次谷及鼠耗空谷，每廒十四、五、六石不等。现已摊晒，仍覆廒面，以散郁湿而免重伤。剔除牵散，每石折除不及四升。伏查各廒谷石，尚在九、十两年籴储，均逾二年，与宪章准亏折耗数目均属有减无增。义仓储谷六廒，与积谷仓相同。为将逐廒扦量，造具清册，伏乞赴仓验看等情，并据送呈立方尺一杆，实储廒口清册二本到县。卑职随于十月初三、四、五等日亲自赴仓，将所储积谷、义仓以立方尺逐廒复量，并用漕斛相较，委与该董册报之数相符，并无短缺。查验谷色，惟廒面热蒸寸余，并有起潮及鼠耗空廒之谷，其余尚称干洁。询之经董，据云进廒之后，尚未晒遍。所有廒面热蒸起潮谷石，已由该董逐廒摊晒，仍覆廒面，以免重伤好谷。各廒谷石系在九、十年间籴储，均逾二年，现在逐廒扦量，约计折耗每石不及三合。加以廒面热蒸起潮及鼠耗谷石，核与宪章已逾二年之谷每石准耗四升数目，有减无增。除折耗外，现在积谷案内实储谷一万一千三百八十石四斗九升，义仓案内实储谷二千八百石八斗七升三合。至各典领存积谷生息钱四万五千三百七十五千五百十九文，存仓钱九十二千九百六十五文，又领存义仓生息钱八千一百七十九千八百九文，存仓钱九千四百一文，卑职核查典领。惟南翔镇同泰一典上年失火被毁，据禀认缴领存公款本息陆续措缴。所有领存前款积谷本钱九千九百四十二千九百五十八文，又认定应缴本年二月初一日起前款息钱，卑职现饬赶速呈缴，以凭转发生息。其余典领均属相符。除将尺带回储库并随时查察外，理合照造廒储谷石清册及各典领存生息册，加接备文申送，仰祈宪台鉴核云云。

计积谷、义仓储廒谷石清册、存典钱文清册并印结。

一申抚、藩、州

同治十三年十月　日

积谷仓储廒谷数

（钱数详四柱册，兹不录）

廒间宽深：（照漕平十六两为一斤，一百斤合漕斛一石。立方制尺量见廒间宽七尺三寸三分，进深一丈三尺九寸，各廒间均同。）

一、张字廒原储谷五百七石二斗一升，扦高四尺九寸六分七厘，计谷五百六石七升三合，计亏耗谷一石一斗三升七合，又仓面鼠耗空壳、热蒸色次谷扦高一寸七分，计谷十七石三斗二升一合，除去外，计四百八十八石七斗五升二合。

一、来字廒原储谷四百九十八石六斗五升，扦高四尺八寸八分三厘，计谷四百九十七石五斗一升四合，计亏耗谷一石一斗三升六合，又仓面鼠耗空壳、热蒸色次谷扦高一寸六分，计谷十六石三斗二合，除去外，计四百八十一石二斗一升二合。

一、往字廒原储谷五百五石二斗，扦高四尺九寸四分六厘，计谷五百三石九斗三升三合，计亏耗谷一石二斗六升七合，又仓面鼠耗空壳、热蒸色次谷扦高一寸八分，计谷十八石三斗四升，除去外，计四百八十五石五斗九升三合。

一、余字廒原储谷四百九十七石二斗五升，扦高四尺八寸六分七厘，计谷四百九十五石八斗八升四合，计亏耗谷一石三斗六升六合，又仓面鼠耗空壳、热蒸色次谷扦高一寸七分，计谷十七石三斗二升一合，除去外，计四百七十八石五斗六升三合。

一、藏字廒原储谷五百五石二斗五升，扦高四尺九寸四分八厘，计谷五百四石一斗三升七合，计亏耗谷一石一斗一升三合。又仓面鼠耗空壳、热蒸色次谷扦高一寸八分，计谷十八石三斗四升，除去外，计四百八十五石七斗九升七合。

一、岁字廒原储谷四百九十四石五升，扦高四尺八寸三分三厘，计谷四百九十二石四斗二升，计亏耗谷一石六斗三升，又仓面鼠耗空壳、热蒸色次谷扦高一寸七分，计谷十七石三斗二升一合，除去外，计四百七十五石九升九合。

一、吕字廒原储谷四百九十六石二斗，扦高四尺八寸五分五厘，计谷四百九十四石六斗六升一合，计亏耗谷一石五斗三升九合，又仓面鼠耗空壳、热蒸色次谷扦高一寸六分，计谷十六石三斗二合，除去外，计四百七十八石三斗五升九合。

一、律字廒原储谷四百八十七石四斗八升，扦高四尺七寸七分四厘，计谷四百八十六石四斗九合，计亏耗谷一石七升一合，又仓面鼠耗空壳、热蒸色次谷扦高一寸五分，计谷十五石二斗八升三合，除去外，计四百七十一石一斗二升六合。

一、成字廒原储谷四百八十六石七斗一升，扦高四尺七寸六分五厘，计谷四百八十五石四斗九升二合，计亏耗谷一石二斗一升八合，又仓面鼠耗空壳、热蒸色次谷扦高一寸五分，计谷十五石二斗八升三合，除去外，计四百七十石二斗九合。

一、闰字廒原储谷四百四十石二斗五升，扦高四尺三寸一分二厘，计谷四百三十九石三斗三升七合，计亏耗谷九斗一升三合，又仓面鼠耗空壳、热蒸色次谷扦高一寸四分，计谷十四石二斗六升四合，除去外，计四百二十五石七升三合。（以上并同治九年分籴储籼谷。）

一、列字廒原储谷五百二十二石五升，扦高五尺一寸一分，计谷五百二十石六斗四升三合，计亏耗谷一石四斗七合，又仓面鼠耗空壳、热蒸色次谷扦高一寸七分，计谷十七石三斗二升一合，除去外，计五百三石三斗二升二合。

一、辰字廒原储谷五百二十一石六斗，扦高五尺一寸九厘，计谷五百二十石五斗四升，计亏耗谷一石六升，又仓面鼠耗空壳、热蒸色次谷扦高一寸八分，计谷十八石三斗四升，除去外，计五百二石二斗。

一、宿字廒原储谷五百九石六斗三升，扦高四尺九寸八分七厘，计谷五百八石一斗一升，计亏耗谷一石五斗二升，又仓面鼠耗空壳、热蒸色次谷扦高一寸六分，计谷十六石三斗二合，除去外，计四百九十一石八斗八合。

一、为字廒原储谷四百九十五石五斗，扦高四尺八寸五分，计谷四百九十四石一斗五升二合，计亏耗谷一石三斗四升八合，又仓面鼠耗空壳、热蒸色次谷扦高一寸五分，计谷十五石二斗八升三合，除去外，计四百七十八石八斗六升九合。

一、腾字廒原储谷四百九十九石七斗五升，扦高四尺八寸九分，计谷四百九十八石二斗二升七合，计亏耗谷一石五斗二升三合，又仓面鼠耗空壳、热蒸色次谷扦高一寸六分，计谷十六石三斗二合，除去外，计四百八十一石九斗二升五合。

一、阳字廒原储谷四百九十八石九斗五升，扦高四尺八寸八分五厘，计谷四百九十七石七斗一升八合，计亏耗谷一石二斗三升二合，又仓面鼠耗空壳、热蒸色次谷扦高一寸六分，计谷十六石三斗二合，除去外，计四百八十一石四斗一升六合。

一、结字廒原储谷四百九十二石五斗，扦高四尺八寸二分，计谷四百九十一石九升五合，计亏耗谷一石一斗五合，又仓面鼠耗空壳、热蒸色次谷扦高一寸五分，计谷十五石二斗八升三合，除去外，计四百七十五石八斗一升二合。

一、致字廒原储谷四百九十七石，扦高四尺八寸六分七厘，计谷四百九十五石八斗八升四合，计亏耗谷一石一斗一升六合，又仓面鼠耗空壳、热蒸色次谷扦高一寸六分，计谷十六石三斗二合，除去外，计四百七十九石五斗八升二合。

一、霜字廒原储谷四百七十石九斗五升，扦高四尺六寸一分，计谷四百六十九石六斗九升九合，计亏耗谷一石二斗五升一合，又仓面鼠耗空壳、热蒸色次谷扦高一寸五分，计谷十五石二斗八升三合，除去外，计四百五十四石四斗一升六合。

一、露字廒原储谷四百八十一石九斗三升，扦高四尺七寸二分，计谷四百八十石九斗七合，计亏耗谷一石二升三合，又仓面鼠耗空壳、热蒸色次谷扦高一寸五分，计谷十五石二斗八升三合，除去外，计四百六十五石六斗二升四合。

一、云字廒原储谷四百三十六石五斗五升，扦高四尺二寸七分四厘，计谷四百三十五石四斗六升五合，计亏耗谷一石八升五合，又仓面鼠耗空壳、热蒸色次谷扦高一寸四分，计谷十四石二斗六升四合，除去外，计四百二十一石二斗一合。（以上并十年分籴储籼谷。）

一、暑字廒原储谷四百九十四石一斗，扦高四尺八寸三分五厘，计谷四百九十二石六斗二升四合，计亏耗谷一石四斗七升六合，又仓面鼠耗空壳、热蒸色次谷扦高一寸七分，计谷十七石三斗二升一合，除去外，计四百七十五石三斗三合。

一、冬字廒原储谷四百七石九斗五升，扦高三尺九寸五分，计谷四百六石五斗二升九合，计亏耗谷一石四斗二升一合，又仓面鼠耗空壳、热蒸色次谷扦高一寸四分，计谷十四石二斗六升四合，除去外，计三百九十二石二斗六升五合。（以上并九年分籴储粳谷。）

一、寒字廒原储谷五百六十石，扦高五尺四寸八分，计谷五百五十八石三斗四升一合，计亏耗谷一石六斗五升九合，又仓面鼠耗空壳、热蒸色次谷扦高二寸，计谷二十石三斗七升七合，除去外，计五百三十七石九斗六升四合。（系九年分籴储杜谷。）

以上各廒，原储谷一万一千八百六石四斗一升，除亏耗谷三十石六斗一升六合，仓面鼠耗空壳及热蒸色次谷三百九十四石三斗四合，实存谷一万一千三百八十一石四斗九升。

署嘉定县周接收积谷、义仓钱谷各数申文

为申送事。准卑前署县魏令移交积谷案内，截至本年四月分折报止，共储谷一万一千三百八十一石四斗九升，共存钱五万三百五千四百五十二文，内发济平等典具领按月一分起息本钱四万六千三百五十八千九文，寄存各典不起息息钱三千八百五十千文，存仓钱九十七千四百四十三文；又义仓案内共储谷二千八百石八斗七升三合，共存钱九千九百九十四千五百十文；内发济平等典具领按月一分起息本钱九千九百十千二百九十七文，存仓钱八十四千二百十三文；又本年上忙案内照章提捐钱八百五十千八百四十四文，发交仓董具领外，移请核盘具报等因。卑职当查积谷新章，新旧交接，由新任一月内会董扦量结报，又奉饬于三伏翻晒之后，限七月底统造廒口细册，并加如亏认赔切结通送院司衙门备案各等因。卑职于六月十三日抵任，适当初伏，即经会商绅董，将仓廒谷石督饬晒晾。惟查定章，抵任一月抽盘扦量结报，三伏翻晒之后，限于七月底造册加结呈送，因在三伏，既需盘晒，又需扦量，不特转辗周折，人工倍费，且恐仓廒谷数易致牵混，是经禀奉宪台批准，展限造册结报。卑职抵任至今，会同经董王文忠、杨震福等，督饬将积谷、义仓各廒谷石分别翻腾摊晒盘量，除出魏任册报折耗以及廒面热蒸起潮鼠耗空壳之谷，综计实储各仓总数核与魏令册报数目相符，两仓谷石堪称干洁。至各典领存生息本钱及寄存息钱，均系实存之数，查核典领亦相符合。除仍随时查察外，合将积谷仓、义仓两案开造廒储谷石清册及各典领存生息本钱及寄存息钱清册加结备文申送，仰祈宪台鉴核云云。

计册结。

一、申抚、藩、州

光绪元年八月　日

积谷仓储廒谷数

一、来字廒四百八十八石七斗五升二合（原储张字廒）。

一、吕字廒四百八十一石二斗一升二合（原储来字廒）。

一、张字廒四百八十五石五斗九升三合（原储往字廒）。

一、藏字廒四百七十八石五斗六升三合（原储余字廒）。

一、往字廒四百八十五石七斗九升七合（原储藏字廒）。

一、余字廒四百七十五石九升九合（原储岁字廒）。

一、腾字廒四百七十八石三斗五升九合（原储吕字廒）。

一、为字廒四百七十一石一斗二升六合（原储律字廒）。

一、律字廒四百七十石二斗九合（原储成字廒）。

一、成字廒四百二十五石七升三合（原储闰字廒）。

一、暑字廒五百三石三斗二升二合（原储列字廒）。

一、列字廒五百二石二斗（原储辰字廒）。

一、辰字廒四百九十一石八斗八合（原储宿字廒）。

一、露字廒四百七十八石八斗六升九合（原储为字廒）。
一、雨字廒四百八十一石九斗二升五合（原储腾字廒）。
一、结字廒四百八十一石四斗一升六合（原储阳字廒）。
一、霜字廒四百七十五石八斗一升二合（原储结字廒）。
一、云字廒四百七十九石五斗八升二合（原储致字廒）。
一、岁字廒四百五十四石四斗一升六合（原储霜字廒）。
一、致字廒四百六十五石六斗二升四合（原储露字廒）。
一、调字廒四百二十一石二斗一合（原储云字廒）。
一、闰字廒四百七十五石三斗三合（原储暑字廒）。
一、寒字廒三百九十二石二斗六升五合（原储冬字廒）。
一、秋字廒五百三十七石九斗六升四合（原储寒字廒）。

以上各廒，除去折耗并廒面热蒸起潮次色鼠耗空壳，共计谷一万一千三百八十一石四斗九升。

嘉定县程接收积谷、义仓钱谷各数申文

为申送事。窃准卑前代理移交嘉邑积谷案内，现共存储谷一万二千八十四石八升，共存钱六万二千六百三十千五百四十五文，内存典钱六万二千五百千文，又仓中存钱一百三十千五百四十五文；又义仓案内共储谷二千八百石八斗七升三合，共存钱一万九千四百九十五千三百四十一文，内存典钱一万九千四百千文，又存仓钱九十五千三百四十一文，移请核盘具报等因。准此，卑职查积谷定章，新旧交接，应由新任由一月内盘量结报。随即照会经董逐廒查看，分别扦量，盘量储廒谷石，尚属明绽，并无搀杂霉变，核与前任册报数目亦属相符。至各典领存生息本钱，核查领状均属符合。除仍随时查察外，理合造册具结，备文申送，仰祈宪台鉴核云云。

计册结。

一申抚、藩、州

光绪四年七月　日

积谷仓储廒谷数

一、来字廒四百八十八石七斗五升二合。
一、吕字廒四百八十一石二斗一升二合。
一、藏字廒四百七十八石五斗六升三合。
一、往字廒四百八十五石七斗九升七合。
一、余字廒四百七十五石九升九合。
一、腾字廒四百七十八石三斗五升九合。
一、为字廒四百七十一石一斗二升六合。
一、成字廒四百二十五石七升三合。
一、暑字廒五百三石三斗二升二合。
一、列字廒五百二石二斗。

一、辰字廒四百九十一石八斗八合。

一、雨字廒四百八十一石九斗二升五合。

一、霜字廒四百七十五石八斗一升二合。

一、岁字廒四百五十四石四斗一升六合。

一、致字廒四百六十五石六斗二升四合。

一、寒字廒三百九十二石二斗六升五合。

一、秋字廒五百三十七石九斗六升四合。

一、闰字廒四百七十五石三斗三合。（以上均系原廒。）

一、调字廒四百七十石二斗九合（原储律字廒）。

一、律字廒四百七十八石八斗六升九合（原储露字廒）。

一、结字廒四百八十一石四斗一升六合（原廒）。

一、张字廒四百七十九石五斗八升二合（原储云字廒）。

一、云字廒四百二十一石二斗一合（原储调字廒）。

一、宿字廒四百八十五石五斗九升三合（原储张字廒）。

以上二十四廒，计谷一万一千三百八十一石四斗九升，系同治九、十两年籴储。

一、称字廒四百八十七石一斗一升八合。

一、夜字廒二百十五石四斗七升二合。

以上二廒，计谷七百二石五斗九升，系光绪二年籴储。

代理嘉定县吴接收积谷、义仓钱谷各数申文

为申送事。窃准卑前县程令移交嘉邑积谷案内，现共存旧仓谷二万三千五百三十四石九斗七升四合，新仓谷一万一千九百三十六石三斗，共存典钱四万四千二百千文，又存仓钱五十千二百七十九文；义仓案内共存谷六千六十四石八斗七升三合，共存典钱三万一千八百千文，又存仓钱一百五十七千九百七十七文，移请核盘具报等因。准此，卑职查积谷章程，新旧交接，应由新任于一月内盘量结报。随即照会经董饬取廒口册，赴仓逐廒查看，分别扦量，盘量储廒谷粒，实系干洁圆绽，并无霉变搀杂，每石秤见计重在一百七八斤以上。查核该董所呈廒口册，与前任移交数目均属相符。至存典钱文，核查领状亦均符合。除由卑职随时查察，并饬经董认真经理外，理合造册具结，备文申送，仰祈宪台鉴核云云。

计册结。

一申抚、藩、州

光绪八年八月　日

积谷仓储廒谷数

一、南仓来字、吕字、藏字、往字、余字、腾字、为字、成字、暑字、列字、辰字、雨字、霜字、岁字、致字、寒字、秋字、闰字、调字、律字、结字、张字、云字、宿字等二十四廒，除二年折耗外，计籼谷、粳谷、杜谷一万一千三百八十一石四斗九升，系同治九、十两年籴。其每廒储谷细数详见前任接收。

一、南仓称字廒四百八十二石九升七合。

一、南仓夜字廒二百十三石二斗五升。

以上两廒，除二年折耗外，计秈谷六百九十五石三斗四升七合，系光绪二年粜。

一、南仓水字廒四百九十九石二斗。

一、南仓阳字廒四百八十石。

一、南仓昆字、冈字、剑字、号字、巨字、阙字、珠字、光字、果字、珍字、李字、柰字、菜字、重字等十四廒，每廒四百八十九石六斗。

以上十六廒，除二年折耗外，计秈谷七千八百三十三石六斗，系光绪四年粜。

一、南仓金字廒四百三十二石四斗二升三合。

一、南仓露字廒四百三十二石四斗二升三合（原储生字廒）。

一、南仓冬字廒四百三十二石四斗二升三合。

一、寄储义仓往字廒四百三十六石六斗四升四合（原储露字廒）。

一、寄储义仓余字廒四百三十二石四斗二升三合（原储义仓往字廒）。

以上五廒，除二年折耗外，计秈谷二千一百六十六石三斗三升六合，系光绪五年粜。

一、南仓出字廒四百九十三石五斗三升六合。

一、南仓丽字廒四百七十七石九斗一升九合。

一、寄储义仓成字廒四百八十六石七斗四升六合。

以上三廒，除二年折耗外，计秈谷一千四百五十八石二斗一合，系光绪六年粜。

一、东仓宾字、体字、迩字、羌字、遐字、垂字、坐字、朝字、道字、拱字、章字、育字、黎字、裳字、制字、乃字、农字、推字、让字、有字、河字、咸字、淡字等二十三廒，每廒五百石。

一、东仓伏字廒九十七石三斗五升。

一、东仓位字廒三百三十八石九斗五升。

以上二十五廒，计秈谷一万一千九百三十六石三斗，未除折耗，系光绪七年粜。

卷五　义仓公牍　基地　房屋

署嘉定县汪创捐兴复义仓禀文

敬禀者：窃卑县匪扰以前，地方绅士向有办理各项善举，曰书院，曰义仓，曰存仁，曰公车宾兴，曰恤嫠。或捐钱生息，或置产收租，各有章程，遵行勿替。自遭兵燹，房屋均被毁坏，田地亦多荒芜，存款全行抢失，岌岌乎均有不可兴复之势。卑职权篆以来，次第设法书院、存仁两项，现已筹款创复，院堂修建一新，田产悉皆清理，城乡义学亦经筹费设立，公车宾兴上年亦曾捐资酌送，独此义仓、恤嫠两事未曾举行，即公车宾兴亦无集成之项，可暂而不可久。卑职有志未遑，抚衷自愧。窃念义仓积谷，所以备荒年缓急之需，公车宾兴，所以助寒士观光之志，恤嫠所以全贫妇坚贞之操，三者皆不可缓，但向祗捐存公款发典生息，并无田亩。今各典被贼滋扰，归款为难，而当此地方残破之余，商富凋零，闾阎困乏，又无可筹之款。卑职再四踌躇，欲图兴复善政，唯有节省署中公费之一法。伏查现在征收钱粮，奉各大宪严禁浮收，于时价之外，每两收公费钱六百文。卑职恪遵办理，较之从前每两减去四百余文。乃又蒙大宪于垂念民隐之中，仍寓体恤属僚之意，减火耗，革浮用，停摊捐。凡属官民，罔不同深感戴。就卑县目前情形而论，以钱漕公费之入抵一岁办公之需，通盘核计，樽节支用，尚可免于亏累。卑职拟即自同治四年下忙起，除折漕向系常年议价不计外，每征条银一两，于公费六百文内提捐钱三十文，以二十文为筹办义仓之用，以五文为公车宾兴之费，以五文为办理恤嫠之资，随交给殷实公正绅董专款存储，别项公事不准分文挪用。将来全熟启征，共计额征上下忙银九万四千五百二十六两九钱九分一厘，义仓岁可捐钱一千八百九十千五百四十文，公车宾兴、恤嫠岁各捐钱四百七十二千六百三十五文。倘有本地绅富好善乐施，公车宾兴、恤嫠固可逐渐扩充，即义仓不数年间亦可积谷丰盈，多多益善。庶几凶荒有备，水旱无虞，多士登进有资，穷嫠饥寒可免，籍以副宪台轸念民依、造就人才之至意。卑职谨就所见得者悉心筹画，即后来之令此土者，既不致入不敷出，强其所难，自不能有始无终，半途而废。理合议拟章程，肃泐具禀，仰祈鉴核，训示遵行，并乞批示勒石云云。

计章程。

一禀督、抚、藩、臬、运司、巡道、州

同治四年十二月　日

章　程

一、宜筹集经费也。查卑县向有义仓一所，被扰毁坏，已成平地。询诸绅耆，佥云当时系按亩捐钱四十文，买谷储仓，备荒年平粜之用。咸丰六年因被旱成灾，详动发赈。至七年春报销，盈余钱六千余串，分存阖邑典商秦元益等十四典，按年一分生息，年终汇缴息钱，归补义仓存本。今各典均被抢失，无从归缴，不得不另行设法。兵燹之后，民困未苏，田亩项下万难带征，而义仓系备荒急务，亦不可缓。现拟于署中公费六百文项下格外节省，每两提捐钱二十文，将来全熟启征，岁可捐钱一千八百九十千五百四十文。不数年间，可以积谷丰盈，有备无患矣。

一、宜遴选董事也。查义仓事务浩繁，拟由卑县于城乡选派公正绅士十余人，所捐钱文俟开征后，按月由董出具领状承领，暂存殷实典铺，取具的实保状备案，不得存放董事私室。生息动用时，必须由县出谕，交董亲赴提支，不准挪作别用。若无谕单，董事自向提取不付；有县谕而非董事亲取，亦不付。并于该典承领时给谕告知原委，以杜亏挪。万一董事官吏擅行挪用，许阖邑绅耆指名呈控。

一、宜稽察收支也。查此项经费，系由县中办公经费项下提捐，本与钱粮同收，应着库书于每日缴库时，核明收数，按日提出，于库内另设木柜，另立库薄，专款存储。俟月底截数由董事承领存典，于买谷时按数提支。不准藉口存典生息，致启侵挪之渐。

一、宜分别稽查也。查此项经费，于开征后即由董事按月按数领出，县自不能短少。如遇交卸时，亦必须将捐款库薄与董事领状核对相符，谕知董事以清界限。倘有尾欠，亦即按数清交董事，不得列入交代，致滋纠葛。其董事承领存典之款及买存谷数，分作上下两忙造册报县，上忙以六月为期，下忙以岁终为期。所存谷数各款，后任接印时亦必核案盘明，均以漕斛为准。但此项经费虽系县署公费节省，究系民间所出，与民捐民办无异，应请免其造册报销，仍着董事于每年岁底，将收支存储各项，查刻征信录，送县备查，以昭核实。

一、宜更易新陈也。查存储仓谷，为预备荒年民食起见，歉收之年不准动用，水旱成灾方准详请平粜发赈。惟荒灾非常年所有，所储仓谷日久恐致朽坏，必须粜变。兹议以三年为期。如买存之谷已经三年，即将此三年之蓄于五六月间粜出。所变钱文，遵照前议，暂存典铺，仍赶于十月、十一月籴进存储。倘遇谷价太贱，亦不必拘定三年，即四年亦可。逐年仿办。

一、宜择地建造也。查嘉邑义仓被毁无存，现拟于署内东偏空地建造，以防宵小。明春先建仓廒数间，并置备应用物件。如有余款，即买谷存储。俟捐项充裕，接续添建，以备宽为买储。仍派司帐一人经管，应给辛资按年酌给。

爵督宪李批：据禀该县于条银公费内酌提钱文，兴复义仓、宾兴、恤嫠等项善举，具见任事实心，急公可嘉。察核章程，亦尚妥洽。仰苏州布政司核饬立案，一面督饬绅董认真经理，以期惠及士民，用垂永久。仍候护抚院批示缴。章程存。

护抚宪刘批：该令节省上下两忙内随收办公经费，分拨义仓、宾兴、恤嫠等善举，洵称克己爱人，裨益地方，深堪嘉尚。苏藩司即饬按忙提存，分交各经董承领，照章妥为经理。其义仓一款，并令各绅董捐建仓廒，将此款尽数买谷存储，以备凶荒。仍将按年提捐钱数、采买谷数随时报闻。所议各章程，勒石永守，勿得违逾。并候爵督部堂批示。此致。章程存。

右章程禀批刊载碑石，在县署大堂。

县署内义仓基地

一、县署仪门外左偏转北，旧有土地祠，咸丰十年毁，同治五年改建义仓。嗣因地狭不敷储积，迁建赵家衖内。前建仓屋改归县署公用。

南门内下塘赵家衖义仓基地

一、拱一图云圩第八十号地，二亩三分三厘。

前款原系吕祖庙基地，咸丰十年毁，同治七年改建义仓。

一、第八十一号地，三亩八分五厘。(图圩同前。)

前款存仁堂公地一分，划拨仓用。又买许耀祖地二亩，丈见实地一亩五分，计地价钱十四千文。买陆寿金地一亩六分，计钱三十千文。买陆少庵地四分五厘，计钱十八千文。买陆庄氏地三分，丈见实地二分，计钱十千文。

以上计共地六亩一分八厘。今田册以义仓为承粮户名。

查嘉邑义仓旧在集仙官内，咸丰十年毁，兹不复录。

同治五年建造义仓房屋

计开：

一、建头门一间(中高一丈四尺，进深九尺，开间九尺)，头门二扇。

一、建仓廒三间(中高一丈九尺，八路进深二丈八尺，两次间、正间均开阔一丈五尺五寸)，廒、闸板、地阁、壁骨、直楞、篾簟全。

同治七年迁建义仓房屋

计开：

一、建坐北朝南仓廒六间(中高一丈九尺六寸，每间阔一丈三尺，进深八路二丈八尺)，廒、闸板、壁骨、直棂、篾簟、地阁全。

一、建坐北朝南正厅三间(中高深与廒同，阔三丈)，屏、门、地砖全。

一、建坐北朝南门道三间(中高深与廒同，深□□正厅同)，头门二扇，上直棂一道，后面直棂一道，左次间门一扇，右次间门一扇，吊槿二扇，木腰门二扇，后面门一扇，短窗二扇。

同治八年添建义仓房屋

计开：

一、添建正厅前东首朝西廒房五间(中高一丈九尺六寸，每间阔一丈三尺，进深八路二丈八尺)，廒、闸板、壁骨、直棂、篾簟、地阁全。

一、添建门道左右朝南余屋六间(中高一丈六尺六寸，每间阔一丈三尺八寸，进深七路二丈六尺六寸)，大门四扇，腰门二扇，短窗八扇。

一、添备正厅装修，长窗六扇，短窗八扇。

同治十二年添建义仓廒屋并厅场铺石

计开：

一、添建正厅前西首朝东廒房五间(中高一丈九尺六寸，每间阔一丈三尺，进深八路二丈八尺)，廒、闸板、壁骨、直棂、篾簟、地阁全。

一、正厅前场地统铺石板(南北深五丈六尺，东西宽三丈三尺)。

义 仓 图

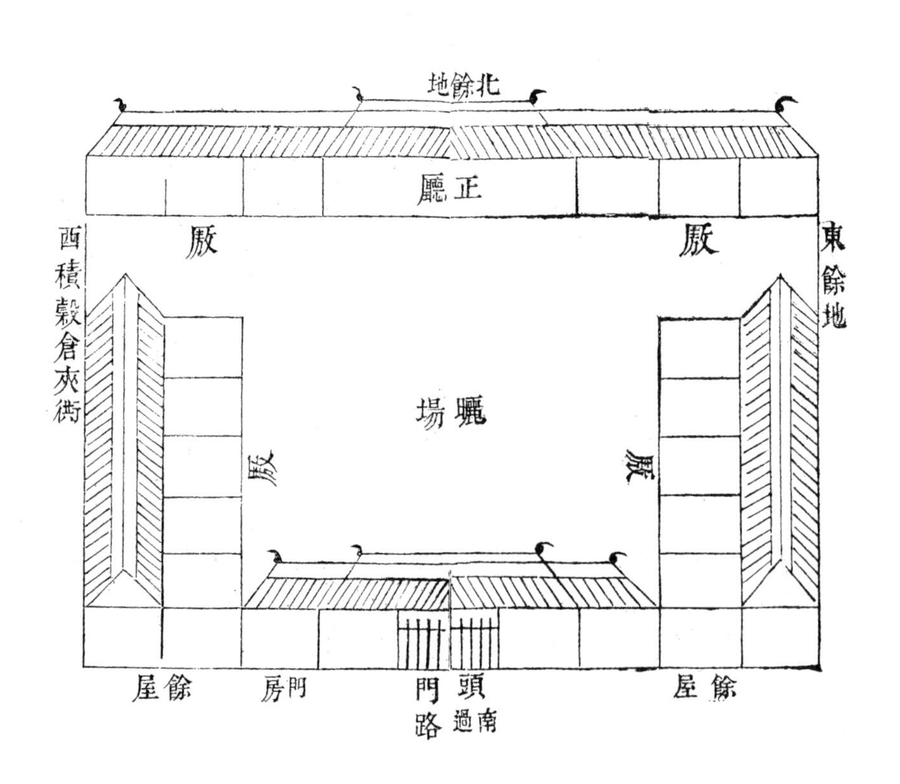

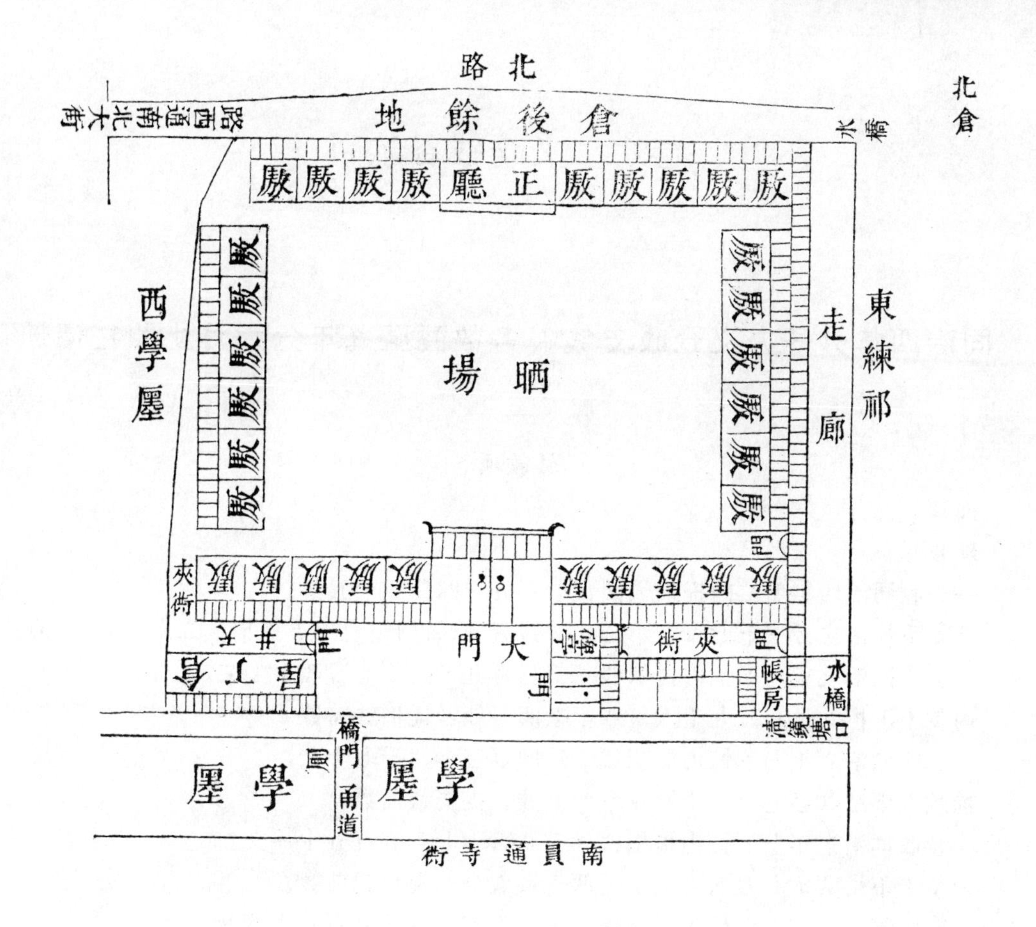
北路
倉後餘地
路西通南北大街
北倉
水橋
正廳
晒場
西學壓
東練祁
走廊
大門
夾街
井
倉丁屋
碑亭
帳房
水橋口
學壓
學壓
橋門甬道
南員通寺街

卷六　义仓钱谷款目

同治四年分开办义仓收支钱谷各数截至九年分六月止四柱清册

计开：

钱款项下

旧管：无。

新收：

一、收同治四年下忙内提捐钱四百七十五千四百四十五文。

前款下忙银二万三千七百七十二两二钱五分,每两公费项下提捐钱二十文,共钱前数。

一、收同治五年上下忙内提捐钱一千三百九十三千七百四十二文。

前款上下忙共银六万九千六百八十七两一钱，提捐钱前数。

一、收同治六年上下忙内提捐钱一千四百三十六千七十文。

前款上下忙共银七万一千八百三两五钱，提捐钱前数。

一、收同治七年上下忙内提捐钱一千八百十七千五百五十一文。

前款上下忙共银九万八百七十七两五钱五分，提捐钱前数。

一、收同治八年上下忙内提捐钱一千六百三十五千九百八十八文。

前款上下忙共银八万一千七百九十九两四钱，提捐钱前数。

一、收同治九年上忙内提捐钱七百九十三千八百九十文。

前款上忙银三万九千六百九十四两五钱，提捐钱前数。

以上新收共钱七千五百五十二千六百八十六文。

开除：

一、同治五年支建仓工料钱四百八十千文。

一、同治七年支迁建义仓工料钱一千八百十八千八百八十八文。

一、同治八年支添建廒屋工料钱一千一百九十六千九百五十一文。

一、支买许耀祖基地钱十四千文。

一、同治五年支谷价钱三百九十二千五百四十文。

前款籴溧阳谷二百八十九石六斗六升，每石价钱一千三百五十五文零，连运船水脚在内，共钱前数。

一、同治五年支谷价钱九百二十千六百八文。

前款籴常熟谷六百二十一石八斗七升，每石价钱一千四百八十文零，连运船水脚在内，共钱前数。

一、支溧阳厘卡捐钱十七千三百六十文。

前款籴溧阳谷，因未详请免捐，计捐钱前数。

一、支仓董赴常熟川资钱四千三百五十六文。

一、支驳船工食钱三千六百四十文。

前款由常熟运谷，因冬令水涸，雇用驳船三号，计钱前数。

一、支上谷挑力钱三千九百四文。

前款运回仓谷，由县署前上岸挑运入仓，共给力钱前数。

一、支上谷值廒小工工食钱一千七百六十文。

一、支备办器具钱十八千八百六十四文。

前款芦席一百五十张，计钱七千二百文；衬仓稻柴，六百五十四文；秤一管，一千七百文；漕斛一只，四千八百文；手砻二个，二百八十文；笆斗，八百文；筹桶一只，四百二十文；竹垫四个、铁锁五把，一千二百十文；银杏板对一副，连刻字漆工，一千八百文。共钱前数。

一、支八年分晒谷工食钱十六千九百二十八文。

一、支刻碑工料钱三十二千三百十二文。

前款义仓章程石碑在县署大堂，计工料钱二十六千六百十二文；记文石碑在义仓头门，计工料钱五千七百文。共钱前数。

一、支县署发款挑力钱一千八十文。

一、支完仓基九年分上忙钱二百六十二文。

一、支纸帐笔墨钱九百七十八文。

一、支司事薪水、仓夫节赏钱一百三十八千文。

前款专用司事一人经管钱谷，每年给薪水钱四十二千文。同治六年七月起，至九年六月止，给钱一百二十六千文。七年分所建义仓在拱一图，至九年分六月尚未储谷，不设仓夫。五年分所建义仓在县署东偏，雇夫一名随时打扫。每年端午、中秋、岁除三节，每节赏钱一千二百文，不另给工食。同治六年分起至九年六月止，共十节，计赏钱十二千文。共钱前数。

以上开除共钱五千六十二千四百三十一文。

实在：

一、存同泰、洽昌典钱一千七百三十七千八百六十八文。

前款同治九年六月二十二日起息。

一、存大昌典钱七百五十二千三百八十七文。

前款同治九年七月十三日起息。

以上实在共钱二千四百九十千二百五十五文。

仓谷项下

旧管：无。

新收：

一、张字廒储谷四百五十二石四斗。

一、寒字廒储谷四百五十九石一斗三升。

前款原系五年分籴储县署东偏仓内。至七年分移入拱一图仓。至光绪二年，禀准借动仓谷留养江北灾民，粜换和桥籼谷。

开除：无。

实在：

一、存谷九百十一石五斗三升。

同治九年分七月起义仓钱谷各数截至年底止四柱清册

计开：

钱款项下

旧管：

一、存同泰、洽昌典钱一千七百三十七千八百六十八文。

前款本年六月二十二日起，按月一分生息。

一、存大昌典钱七百五十二千三百八十七文。

前款本年七月十三日起，按月一分生息。

新收：

一、收同治九年上忙内续提捐钱一百十八千五十九文。

前款续征上忙银五千九百二两九钱二分四厘，每两提捐钱二十文，共钱前数。

一、收同治九年下忙内提捐钱九百十一千九百四十九文。

前款下忙银四万五千五百九十七两四钱五分三厘，每两提捐钱二十文，共钱前数。

一、收同泰、洽昌典息钱一百二十六千八百六十四文。

前款旧管项下该两典存本之息，本年六月二十二日起至年底止，连闰七个月九日，按月一分，息钱前数。

一、收大昌典息钱四十九千六百五十七文。

前款旧管项下该典存本之息，本年七月十三日起至年底止，连闰六个月十八日，按月一分，息钱前数。

一、收提大昌典存本钱七十七千九百三文。

前款旧管项下该典存本钱七百五十二千三百八十七文，内提用钱前数。

以上新收共钱一千二百八十四千四百三十二文，连旧管共钱三千七百七十四千六百八十七文。

开除：

一、支籼谷价钱一千九十九千六百二十七文。

前款赴宜兴县和桥镇籴籼谷一千石，每石钱一千九十九文零，共钱前数。

一、支运船水脚钱八十二千五百文。

前款籴和桥谷驳运等费，每石钱八十二文半，共钱前数。

一、支行用斛驳下力钱五十千文。

前款籴和桥谷行用斛力、驳力、下力，每石钱五十文，共钱前数。

一、支上谷力钱四千文。

前款运回仓谷，由仓西首上岸，挑运入廒，每石钱四文，共钱前数。

一、支备办器具钱二十四千九百五文。

前款芦席二百二十五张，计钱七千二百文；帐檯一只，四千五百四十文；大笆斗二十只，七千四百文；中笆斗四只，七百四十八文；木马头一座，三千四百三文；铁锁二把，三百八文；签席、毛竹、竹匠工料，九百十文；畚箕、扫帚等，三百九十六文。共钱前数。

一、支司事薪水、仓夫节赏钱二十三千四百文。

前款九年七月初一日起至年底止，司事薪水钱二十一千文。该仓于九年冬储谷之后，因与积谷仓毗连，由积谷仓仓夫兼管打扫场地。每年三节，每节赏钱一千二百文。九年分中秋、岁除二节，赏钱二千四百文。共钱前数。

以上开除共钱一千二百八十四千四百三十二文。

实在：

一、存同泰、洽昌典钱一千七百三十七千八百六十八文。

一、存大昌典钱六百七十四千四百八十四文。

前两款本年息钱收讫。

以上实在共钱二千四百十二千三百五十二文。

仓谷项下

旧管：

一、存谷九百十一石五斗三升。

新收：

一、列字廒储谷五百石一斗二升。

一、宿字廒四百九十九石八斗八升。

开除：无。

实在：

一、存谷一千九百十一石五斗三升。

同治十年义仓钱谷各数四柱清册

计开：

钱款项下

旧管：

一、存同泰、洽昌典钱一千七百三十七千八百六十八文。

一、存大昌典钱六百七十四千四百八十四文。

前二款，本年正月初一日起，按月一分生息。十二月三十日在同泰、洽昌二典提回钱七百七十七千七百四十文买谷。

新收：

一、收同治十年上忙内提捐钱八百二十九千七百三十二文。

前款上忙银四万一千四百八十六两六钱四分三厘，每两提捐钱二十文，共钱前数。内七百七十八千七百三十二文，于本年七月初一日发存同泰、洽昌、大昌三典生息；余五十一千文存仓。

一、收同治十年上忙内续提捐钱七十九千一百四十九文。

前款续征上忙银三千九百五十七两四钱五分八厘，每两提捐钱二十文，共钱前数。

一、收同治十年下忙内提捐钱九百八千八百八十二文。

前款下忙银四万五千四百四十四两一钱一厘，每两提捐钱二十文，共钱前数。并同上忙内提捐钱文，因仓董赴吴淞工程，尚未具领，暂存县库。

一、收同泰、洽昌典息钱二百八千五百四十四文。

前款旧管项下该二典存本之息，本年十二个月，按月一分，息钱前数。

一、收大昌典息钱八十千九百三十八文。

前款旧管项下该典存本之息，本年十二个月，按月一分，息钱前数。

一、收同泰、洽昌、大昌三典息钱四十六千七百二十四文。

前款上忙内提捐钱文发存该三典生息，本年七月初一日起至年底止，计六个月，按月一分，息钱前数。

以上新收共钱二千一百五十三千九百六十九文，连旧管共钱四千五百六十六千三百二十一文。

开除：

一、支籼谷价钱九百八十千四百二十文。

前款籴和桥籼谷一千石，每石钱九百八十文零，共钱前数。

一、支运船水脚沿途起驳钱八十四千文。

前款籴和桥谷驳运等费，每石钱八十四文，共钱前数。

一、支行用斛驳下力钱五十千文。

前款籴和桥谷行用斛力、驳力、下力，每石钱五十文，共钱前数。

一、支置备廒房铁锁二把，钱三百文。

一、支上谷力钱四千文。

一、支完仓基上年米折本年上下忙条银钱六百二十六文。

一、支司事薪水、仓夫节赏钱四十五千六百文。

以上开除共钱一千一百六十四千九百四十六文。

实在：

一、原存同泰、洽昌典钱九百六十千一百二十八文。

一、原存大昌典钱六百七十四千四百八十四文。

一、存大昌典钱三百七十八千七百三十二文。

一、存同泰、洽昌典钱四百千文。

前四款本年息钱收讫。

一、存县库钱九百八十八千三十一文。

前款续征本年上忙内提捐钱七十九千一百四十九文，又下忙内提捐钱九百八千八百八十二文，共钱前数。

以上实在共钱三千四百一千三百七十五文。

仓谷项下

旧管：

一、存谷一千九百十一石五斗三升。

新收：

一、辰字廒储谷五百石。

一、来字廒五百石。

开除：无。

实在：

一、存谷二千九百十一石五斗三升。

同治十一年义仓钱谷各数四柱清册

计开：

钱款项下

旧管：

一、存大昌典钱一千五十三千二百十六文。

一、存同泰、洽昌典钱一千三百六十千一百二十八文。

前二款，本年正月初一日起，按月一分生息。内大昌典于十二月初一日报歇，至十九日缴还，存款改存洽昌典。

一、存县库钱九百八十八千三十一文。

前款本年三月二十八日发存大昌典生息。该典于十二月初一日报歇，至十九日缴还，改存洽昌典。

新收：

一、收同治十一年上忙内提捐钱七百七十八千八百九十六文。

前款上忙银三万八千九百四十四两七钱九分一厘，每两提捐钱二十文，共钱前数。于九月初二日发存同泰、洽昌，按月一分生息。

一、收同治十一年续征上忙并下忙内提捐钱一千三十八千八百六十八文。

前款续征上忙银六千四百九十九两三钱一分，又下忙银四万五千四百四十四两一钱一厘，每两提捐钱二十文，共钱前数。于十二月三十日发存公和典，下年正月初一日起，按月一分生息。

一、收大昌典息钱二百八千八百十二文。

前款旧管项下该典存本之息，本年正月初一日起，至十二月十九日报歇后缴还日止，计十一个月十九日，按月一分，息钱一百二十二千五百二十四文。又本年三月二十八日发存钱九百八十八千三十一文，至十二月十九日缴还日止，计八个月二十二日，按月一分，息钱八十六千二百八十八文。共息钱前数。

一、收同泰、洽昌典息钱一百六十三千二百六十文。

前款旧管项下该两典存本之息，本年十二个月，按月一分，息钱前数。

一、收同泰、洽昌典息钱三十千八百九十六文。

前款本年九月初二日发存钱七百七十八千八百九十六文，至年底止，计三个月二十九日，按月一分，息钱前数。

以上新收共钱二千二百二十千六百八十八文，连旧管共钱五千六百二十二千六十三文。

开除：

一、支司事薪水、仓夫节赏钱四十五千六百文。

一、支完仓基十年分米折十一年分上下忙条银钱七百八十一文。

以上开除共钱四十六千三百八十一文。

实在：

一、存同泰、洽昌典钱二千一百三十九千二十四文。

前款旧管项下原存该典钱一千三百六十千一百二十八文，又本年九月初二日发存该典钱七百七十八千八百九十六文，共钱前数。本年息钱收讫。

一、存洽昌典钱二千四十一千二百四十七文。

前款旧管项下原存大昌二款共计前数，因该典报歇，改存洽昌，本年十二月二十日起息。

一、存公和典钱一千三百八十千文。

前款收存各典息钱三百四十一千一百三十二文，又续征上忙并下忙内提捐钱一千三十八千八百六十八文，共钱前数，发存公和，下年起息。

一、存仓钱十五千四百十一文。

以上实在共钱五千五百七十五千六百八十二文。

仓谷项下

旧管：

一、存谷二千九百十一石五斗三升。

新收：无。

开除：无。

实在：

一、存谷二千九百十一石五斗三升。

同治十二年义仓钱谷各数四柱清册

计开：

钱款项下

旧管：

一、存同泰、洽昌典钱二千一百三十九千二十四文。

一、存公和典钱一千三百八十千文。

前二款本年正月初一日起，按月一分生息。

一、存洽昌典钱二千四十一千二百四十七文。

前款上年十二月二十日起，按月一分生息。

一、存仓钱十五千四百十一文。

新收：

一、收同治十二年上忙内提捐钱七百八十三千六百六十五文。

前款上忙银三万九千一百八十三两二钱二分三厘，每两提捐钱二十文，共钱前数，抵支添建仓廒经费。

一、收同治十二年续征上忙并下忙内共提捐钱一千四十七千七百十六文。

前款续征上忙银六千五百九十八两七钱六分八厘，又下忙银四万五千七百八十七两一分三厘，每两提捐钱二十文，共钱前数。于本年十二月底，同仓中余款凑集成数，发典生息。

一、收同泰、洽昌典息钱二百七十八千七十二文。

前款旧管项下该二典存本之息，本年连闰十三个月，按月一分，息钱前数。

一、收洽昌典息钱二百七十二千八百四十七文。

前款旧管项下该典存本之息，上年十二月二十日起，至本年年底止，连闰十三个月十一日，按月一分，息钱前数。

一、收公和典息钱一百七十九千四百文。

前款旧管项下该典存本之息，本年连闰十三个月，按月一分，息钱前数。

以上新收共钱二千五百六十一千七百文，连旧管共钱八千一百三十七千三百八十二文。

开除：

一、支司事薪水、仓夫节赏钱四十五千六百文。

一、支完仓基上年米折本年上下忙条银钱七百三十四文。

一、支添建廒房五间并厅场铺石工料钱七百九十八千七百一文。

以上开除共钱八百四十五千三十五文。

实在：

一、存同泰、洽昌典钱二千一百三十九千二十四文。

一、存洽昌典钱二千四十一千二百四十七文。

一、存公和典钱一千三百八十千文

前三款本年息钱收讫。

一、存公和典钱一千四百千文

一、存济平典钱三百千文

前二款系所收各典息钱，连十二年分上下忙内提捐钱，又于本年十二月底发典。

一、存仓钱三十二千七十六文。

以上实在共钱七千二百九十二千三百四十七文。

仓谷项下

旧管：

一、存谷二千九百十一石五斗三升

新收：无。

开除：无。

实在：

一、存谷二千九百十一石五斗三升。

同治十三年义仓钱谷各数四柱清册

计开：

钱款项下

旧管：

一、存同泰典钱一千六十九千五百十二文。

一、存洽昌典钱一千六十九千五百十二文。

一、存洽昌典钱二千四十一千二百四十七文。

一、存公和典钱二千七百八十千文。

一、存济平典钱三百千文。

前五款本年正月初一日起，按月一分生息。

一、存仓钱三十二千七十六文。

新收：

一、收同治十三年上忙内提捐钱九百十九千五百三十八文。

前款上忙银四万五千九百七十六两九钱二分，每两提捐钱二十文，共钱前数。九月初一日发存济平典，按月一分生息。

一、收同治十三年下忙内提捐钱九百十九千五百四十文。

前款下忙银四万五千九百七十六两九钱八分二厘，每两提捐钱二十文，共钱前数。

一、收洽昌典息钱三百七十三千二百九十一文。

前款旧管项下该典存本之息，本年十二个月，按月一分，息钱前数。

一、收同泰典息钱九十千九百八文。

前款旧管项下该典存本之息，本年正月初一日起，至九月十五因该典报歇缴还日止，计八个半月，按月一分，息钱前数。所有本息两款共钱一千一百六十千四百二十文，于九月十六日改存泰来典，按月一分起息。

一、收泰来典息钱四十千六百十五文。

前款系本年九月十六日发存该典钱一千一百六十千四百二十文，至年底止，计三个半月，按月一分，息钱前数。

一、收公和典息钱三百三十三千六百文。

前款旧管项下该典存本之息，本年十二个月，按月一分，息钱前数。

一、收济平典息钱七十二千七百八十二文。

前款旧管项下该典存本之息，本年十二个月，按月一分，息钱三十六千六。又本年九月初一日发存钱九百十九千五百三十八文，至年底止计四个月，按月一分，息钱三十六千七百八十二文。共息钱前数。

以上新收共钱二千七百五十千二百七十四文，连旧管共钱一万四十二千六百二十一文。

开除：

一、支司事薪水、仓夫节赏钱四十五千六百文。

一、支完仓基上年米折本年上下忙条银钱七百三十四文。

一、支晒谷工钱一千七百七十七文。

以上开除共钱四十八千一百十一文。

实在：

一、存洽昌典钱三千一百十千七百五十九文。

一、存公和典钱二千七百八十千文。

一、存济平典钱一千二百十九千五百三十八文。

一、存泰来典钱一千一百六十千四百二十文。

前四款本年息钱收讫。

一、存洽昌典息钱三百五十千文。

一、存公和典息钱三百五十千文。

一、存济平典息钱二百千文。

前三款系各典应缴息钱。俟有成数，再行发典生息。

一、存县库提捐钱九百十九千五百四十文。

前款因垫办漕米，留存县库。俟折征冬漕，发典生息。

一、存仓钱四千二百五十三文

以上实在共钱九千九百九十四千五百十文。

仓谷项下

旧管：

一、存谷二千九百十一石五斗三升。

新收：无。

开除：

一、除亏耗谷六石七斗三升一合。

一、除仓面鼠耗空谷及热蒸谷一百三石九斗二升六合。

以上开除共谷一百十石六斗五升七合。（详卷四魏任申文。）

实在：

一、存谷二千八百石八斗七升三合。

光绪元年义仓钱谷各数四柱清册

计开：

钱款项下

旧管：

一、存洽昌典钱三千一百十千七百五十九文。

一、存公和典钱二千七百八十千文。

一、存济平典钱一千二百十九千五百三十八文。

一、存泰来典钱一千一百六十千四百二十文。

前四款本年正月初一日起，按月一分生息。泰来典于七月内闭歇，该典存款及应缴息钱由接开之元成典盘接汇缴。

一、存洽昌典息钱三百五十千文。

一、存公和典息钱三百五十千文。

一、存济平典息钱一百千文。

一、存县库钱九百十九千五百四十文。

前四款内一千六百三十九千五百八十文，本年四月十一日发存泰来典，按月一分生息。

一、存仓钱四千二百五十三文。

新收：

一、收光绪元年上忙内提捐钱八百五十千八百四十四文。

前款上忙银四万二千五百四十二两二钱，每两提捐钱二十文，共钱前数。内八百二十千文，本年八月初一日发存公和典，按月一分生息。

一、收光绪元年续征上忙并下忙内提捐钱七百二十五千一百一文。

前款续征上忙并下忙银三万六千二百五十五两五分，每两提捐钱二十文，共钱前数。

一、收治昌典息钱三百七十三千二百九十一文。

前款旧管项下该典存本之息，本年十二个月，按月一分，息钱前数。

一、收公和典息钱三百七十四千六百文。

前款旧管项下该典存本之息，本年十二个月，按月一分，息钱三百三十三千六百文。又本年八月初一日发存钱八百二十千文，至年底止，计五个月一分息钱四十一千文。共息钱前数。

一、收济平典息钱一百四十六千三百四十五文。

前款旧管项下该典存本之息，本年十二个月，按月一分，息钱前数。

一、收元成典息钱二百八十一千三百四十七文。

前款旧管项下原存泰来典钱一千一百六十千四百二十文，泰来典闭歇，由接开之元成典收存生息，本年十二个月，按月一分，息钱一百三十九千二百五十文。又本年四月十一日发存泰来钱一千六百三十九千五百八十文，亦由该典盘收，至年底止，计八个月二十日一分息钱一百四十二千九十七文。共息钱前数。

以上新收共钱二千七百五十一千五百二十八文，连旧管共钱一万二千七百四十六千三十八文。

开除：

一、支司事薪水、仓夫节赏钱四十五千六百文

一、支完仓基上年米折本年上下忙条银钱六百五十四文。

一、支晒谷工钱十六千七百二十文。

一、支县署发款挑力钱三百六十文。

以上开除共钱六十三千三百三十四文。

实在：

一、存治昌典钱三千一百十千七百五十九文。

一、存公和典钱三千六百千文。

一、存济平典钱一千二百十九千五百三十八文。

一、存元成典钱二千八百千文。

前四款本年息钱收讫。

一、存县库钱一千八百七十九千一文。

前款系提取本年各典息钱，并本年上忙、尾欠及下忙内应提捐项。

一、存仓钱七十三千四百六文。

以上实在共钱一万二千六百八十二千七百四文。

仓谷项下

旧管：

一、存谷二千八百石八斗七升三合。

新收：无。

开除：无。

实在：

一、存谷二千八百石八斗七升三合。

光绪二年义仓钱谷各数四柱清册

计开：

钱款项下

旧管：

一、存洽昌典钱三千一百十千七百五十九文。

一、存公和典钱三千六百千文。

一、存济平典钱一千二百十九千五百三十八文。

一、存元成典钱二千八百千文。

前四款本年正月初一日起，按月一分生息。

一、存县库钱一千八百七十九千一文。

前款本年三月初一日发存济平典九百八十千四百六十二文、洽昌典八百八十九千二百四十一文，按月一分生息。

一、存仓钱七十三千四百六文。

新收：

一、收光绪二年上忙内提捐钱七百四十八千八十三文。

前款上忙银三万七千四百四两一钱五分，每两提捐钱二十文，共钱前数。

一、收光绪二年续征上忙并下忙内提捐钱一千一百二十二千五百五十八文。

前款续征上忙并下忙银五万六千一百二十七两九钱，每两提捐钱二十文，共钱前数。

一、收洽昌典息钱五百二千二百十六文。

前款旧管项下该典存本之息，本年连闰十三个月，按月一分，息钱四百四千三百九十九文。又本年三月初一日发存钱八百八十九千二百四十一文，至年底止，连闰十一个月，一分息钱九十七千八百十七文。共息钱前数。

一、收济平典息钱二百六十六千三百九十一文。

前款旧管项下该典存本之息，本年连闰十三个月，按月一分，息钱一百五十八千五百四十文。又本年三月初一日发存钱九百八十千四百六十二文，至年底止，连闰十一个月，一分息钱一百七千八百五十一文。共息钱前数。

一、收公和典息钱四百六十八千文。

前款旧管项下该典存本之息，本年连闰十三个月，按月一分，息钱前数。

一、收元成典息钱三百六十四千文。

前款旧管项下该典存本之息，本年连闰十三个月，按月一分，息钱前数。

以上新收共钱三千四百七十一千二百四十八文，连旧管。

共钱一万六千一百五十三千九百五十二文。

开除：

一、支司事薪水、仓夫节赏钱四十五千六百文。

一、支完仓基上年米折本年上下忙条银钱七百二十九文。

一、支晒谷工钱十八千五十文。

一、支县署发款挑力赴典取息川资钱五千六百十二文。

以上开除共钱六十九千九百九十一文。

实在：

一、存洽昌典钱四千千文。

一、存公和典钱三千六百千文。

一、存济平典钱二千二百千文。

一、存元成典钱二千八百千文。

前四款本年息钱收讫。

一、存县库钱一千一百二十二千五百五十八文。

一、存仓钱二千三百六十一千四百三文。

以上实在共钱一万六千八十三千九百六十一文。

仓谷项下

旧管：

一、存谷二千八百石八斗七升三合。

新收：无。

开除：无。

实在：

一、存谷二千八百石八斗七升三合。

光绪三年义仓钱谷各数四柱清册

计开：

钱款项下

旧管：

一、存洽昌典钱四千千文。

一、存公和典钱三千六百千文。

一、存济平典钱二千二百千文。

一、存元成典钱二千八百千文。

前四款本年正月初一日起，按月一分生息。

一、存县库钱一千二百二十二千五百五十八文。

一、存仓钱二千三百六十一千四百三文。

前二款本年三月初一日发存公和典一千四百千文、元成典一千二百千文、济平典八百千文，按月一分生息。

新收：

一、收光绪三年上忙内提捐钱九百三十五千六百七文。

前款上忙银四万六千七百八十两三钱五分，每两提捐钱二十文，共钱前数。

一、收洽昌典息钱四百八十千文。

前款旧管项下该典存本之息，本年十二个月，按月一分，息钱前数。

一、收公和典息钱六百八千文。

前款旧管项下该典存本之息，本年十二个月，按月一分，息钱四百三十二千文。又本年三月初一日发存钱一千四百千文，至年底止，计十个月一分息钱一百四十千文。又九月初一日发存钱九百千文，至年底止，计四个月一分息钱三十六千文。共钱前数。

一、收济平典息钱三百四十四千文。

前款旧管项下该典存本之息，本年十二个月，按月一分，息钱二百六十四千文。又三月初一日发存钱八百千文，至年底止，计十个月一分息钱八十千文。共钱前数。

一、收元成典息钱四百五十六千文。

前款旧管项下该典存本之息，本年十二个月，按月一分，息钱三百三十六千文。又三月初一日发存钱一千二百千文，至年底止，计十个月一分息钱一百二十千文。共钱前数。

以上新收共钱二千八百二十三千六百七文，连旧管共钱一万八千九百七千五百六十八文。

开除：

一、支司事薪水、仓夫节赏钱四十五千六百文。

一、支完仓基上年米折本年上下忙条银钱六百三十一文。

一、支县署发款挑力赴典取息川资钱二千三十七文。

以上开除共钱四十八千二百六十八文。

实在：

一、存洽昌典钱四千千文。

一、存公和典钱五千九百千文。

一、存济平典钱三千千文。

一、存元成典钱四千千文。

前四款本年息钱收讫。

一、存济平典息作本钱五百千文。

一、存洽昌典息钱作本钱五百千文。

一、存元成典息作本钱四百千文。

一、存公和典息作本钱四百千文。

前四款本年十二月发典，下年起息。

一、存仓钱一百五十九千三百文。

以上实在共钱一万八千八百五十九千三百文。

仓谷项下

旧管：

一、存谷二千八百石八斗七升三合。

新收：无。

开除：无。

实在：

一、存谷二千八百石八斗七升三合。

光绪四年义仓钱谷各数四柱清册

计开：

钱款项下

旧管：

一、存洽昌典钱四千千文。

一、存公和典钱五千九百千文。

一、存济平典钱三千千文。

一、存元成典钱四千千文。

前四款本年正月初一日起，按月一分生息。

一、存济平典息作本钱五百千文。

一、存洽昌典息作本钱五百千文。

一、存元成典息作本钱四百千文。

一、存公和典息作本钱四百千文。

前四款本年正月初一日起，按月七厘生息。

一、存仓钱一百五十九千三百文。

新收：

一、收光绪三年上忙内提捐钱六百三十六千四十一文。

前款下忙银三万一千八百二两五分，每两提捐钱二十文，共钱前数。并于仓中存款内凑足钱七百千文发存洽昌典，按月一分生息。

一、收光绪四年上忙内提捐钱九百三十六千七十六文。

前款上忙银四万六千八百三两八钱，每两提捐钱二十文，共钱前数。

一、收公和典息钱七百四十一千六百文。

前款旧管项下该典存本之息，本年十二个月，按月一分，息钱七百八千文。又存息作本钱四百千文，按月七厘，息钱三十三千六百文。共钱前数。

一、收洽昌典息钱五百八十五千文。

前款旧管项下该典存本之息，本年十二个月，按月一分，息钱四百八十千文。又存息作本钱五百千文，按月七厘，息钱四十二千文。又本年四月初一日发存钱七百千文，至十二月止，计九个月，按月一分，息钱六十三千文。共钱前数。

一、存元成典息钱五百十三千六百文。

前款旧管项下该典存本之息，本年十二个月，按月一分，息钱四百八十千文。又存息作本钱四百千文，按月七厘，息钱三十三千六百文。共钱前数。

一、收济平典息钱四百二千文。

前款旧管项下该典存本之息，本年十二个月，按月一分，息钱三百六十千文。又存息作本钱五百千文，按月七厘，息钱四十二千文。共钱前数。

以上新收共钱三千八百十四千三百十七文，连旧管共钱二万二千六百七十三千六百十七文。

开除：

一、支谷价钱二千八百二千文。

前款枭和桥籼谷二千四百石，每石价钱一千一百六十七文半，共钱前数。

一、支脚费等钱三百二十九千一百七十七文。

前款枭和桥谷运船水脚，行用斛驳下力，经董、司事坐船、伙食、薪水，上力等费，每石派钱一百三十七文零，共钱前数。

一、支置备衬仓芦席钱八千九百九十文。

前款芦席二百张，八千四百文；签席毛竹工料，五百九十文。共钱前数。

一、支完仓基上年米折本年上下忙条银钱六百六十三文。

一、支晒谷工钱四千三百七十文。

一、支县署发款赴典挑力船钱一千二百文。

一、支司事薪水、仓夫节赏钱四十五千六百文。

以上开除共钱三千一百九十二千文。

实在：

一、存洽昌典钱四千七百千文

一、存公和典钱五千九百千文。

一、存济平典钱三千千文。

一、存元成典钱四千千文。

前四款本年息钱收讫。

一、存济平典息作本钱五百千文。

一、存洽昌典息作本钱五百千文。

一、存元成典息作本钱四百千文。

一、存公和典息作本钱四百千文。

前四款本年息钱收讫。

一、存仓钱八十一千六百十七文

以上实在共钱一万九千四百八十一千六百十七文。

仓谷项下

旧管：

一、存谷二千八百石八斗七升三合。

新收：

一、岁字廒储谷五百石。（五年分翻晒，入闰字廒。）

一、余字廒五百石。

一、冬字廒五百石。（五年分翻晒，入秋字廒。）

一、寒字廒五百石。（五年分翻晒，入冬字廒。）

一、宿字廒四百石。

开除：无。

实在：

一、存谷五千二百石八斗七升三合。

光绪五年义仓钱谷各数四柱清册

计开：

钱款项下

旧管：

一、存洽昌典钱四千七百千文。

一、存公和典钱五千九百千文。

一、存济平典钱三千千文。

一、存元成典钱四千千文。

前四款本年正月初一日起，按月一分生息。

一、存济平典息作本钱五百千文。

一、存洽昌典息作本钱五百千文。

一、存元成典息作本钱四百千文。

一、存公和典息作本钱四百千文。

前四款本年正月初一日起，按月七厘生息。

一、存仓钱八十一千六百十七文。

新收：

一、收光绪四年下忙内提捐钱九百三十六千五十二文。

前款下忙银四万六千八百二两六钱，每两提捐钱二十文，共钱前数。于五年闰三月初一日由仓凑足钱一千千文，分存元成、济平各五百千文，按月一分生息。

一、收光绪五年上忙内提捐钱九百三十九千九百三十文。

前款上忙银四万六千九百九十六两五钱，每两提捐钱二十文，共钱前数。十一月初一日发存甡泰钱八百千文，按月一分生息。

一、收济平典息钱四百八十五千五百文。

前款旧管项下该典存本之息，本年连闰十三个月，按月一分，息钱三百九十千文。又存息作本钱五百千文，按月七厘，息钱四十五千五百文。又闰三月初一日发存钱五百千文，至年底止，计十个月，按月一分，息钱五十千文。共钱前数。

一、收洽昌典息钱六百五十六千五百文。

前款旧管项下该典存本之息，本年连闰十三个月，按月一分，息钱六百十一千文。又存息作本钱五百千文，按月七厘，息钱四十五千五百文。共钱前数。

一、收公和典息钱八百三千四百文。

前款旧管项下该典存本之息，本年连闰十三个月，按月一分，息钱七百六十七千文。又存息作本钱四百千文，按月七厘，息钱三十六千四百文。共钱前数。

一、收元成典息钱六百六千四百文。

前款旧管项下该典存本之息，本年连闰十三个月，按月一分，息钱五百二十千文。又存息作本钱四百千文，按月七厘，息钱三十六千四百文。又闰三月初一日发存钱五百千文，计十个月，按月一分，息钱五十千文。共钱前数。

一、收甡泰典息钱十六千文。

前款本年十一月初一日发存该典钱八百千文，至年底止，计二个月，按月一分，息钱前数。

以上新收共钱四千四百四十三千七百八十二文，连旧管共钱二万三千九百二十五千三百九十九文。

开除：

一、支谷价钱一千六十六千文。

前款籴和桥籼谷一千石，每石价钱一千六十六文，共钱前数。

一、支脚费等钱一百五十三千六百八十七文。

前款籴和桥谷，每石应派运船水脚，行用斛驳下力，司事坐船、伙食、薪水等钱一百五十三文零，共钱前数。

一、支司事薪水、仓夫节赏钱四十五千六百文。

一、支置买基地钱五十八千文。

一、支完仓基上年米折本年上下忙条银钱六百六十文。

一、支晒谷工钱四十千六百六十文。

一、支县署发款赴典挑力川资钱一千六百四文。

以上开除共钱一千三百六十六千二百十一文。

实在：

一、存洽昌典钱四千七百千文。

一、存济平典钱三千五百千文。

一、存公和典钱五千九百千文。

一、存元成典钱四千五百千文。

一、存甡泰典钱八百千文。

前五款本年息钱收讫。

一、存济平典息作本钱五百千文。

一、存洽昌典息作本钱一千二百千文。

一、存元成典息作本钱四百千文。

一、存公和典息作本钱一千千文。

前四款下年起息。

一、存仓钱五十九千一百八十八文。

以上实在共钱二万二千五百五十九千一百八十八文。

仓谷项下

旧管：

一、存谷五千二百石八斗七升三合。

新收：

一、寒字廒储谷五百石。

一、岁字廒储谷五百石。

开除：

一、除耗谷七十二石。

前款光绪四年籴谷二千四百石，照章第一年内每石除耗三升，共除前数。

实在：

一、存谷六千一百二十八石八斗七升三合。

光绪六年义仓钱谷各数四柱清册

计开：

钱款项下

旧管：

一、存济平典钱三千五百千文。

一、存公和典钱五千九百千文。

一、存洽昌典钱四千七百千文。

一、存元成典钱四千五百千文。

一、存甡泰典钱八百千文。

前五款本年正月初一日起，按月一分生息。

一、存济平典息作本钱五百千文。

一、存洽昌典息作本钱一千二百千文。

一、存公和典息作本钱一千千文。

一、存元成典息作本钱四百千文。

前四款本年正月初一日起，按月七厘生息。

一、存仓钱五十九千一百八十八文。

新收：

一、收光绪五年下忙内提捐钱九百四十千二十九文。

前款下忙银四万七千一两四钱五分，每两提捐钱二十文，共钱前数。于四月初一日发存甡泰典钱九百千文，按月一分生息。

一、收光绪六年上忙内提捐钱九百三十七千五百四十三文。

前款上忙银四万六千八百七十七两一钱五分，每两提捐钱二十文，共钱前数。于十一月初一日发存甡泰典钱九百四十千文，按月一分生息。

一、收济平典息钱四百六十二千文。

前款旧管项下该典存本之息，本年十二个月，按月一分，息钱四百二十千文。又存息作本钱五百千文，按月七厘，息钱四十二千文。共钱前数。

一、收公和典息钱七百九十二千文。

前款旧管项下该典存本之息，本年十二个月，按月一分，息钱七百八千文。又存息作本钱一千千文，按月七厘，息钱八十四千文。共钱前数。

一、收洽昌典息钱六百六十四千八百文。

前款旧管项下该典存本之息，本年十二个月，按月一分，息钱五百六十四千文。又存息作本钱一千二百千文，按月七厘，息钱一百千八百文。共钱前数。

一、收元成典息钱五百七十三千六百文。

前款旧管项下该典存本之息，本年十二个月，按月一分，息钱五百四十千文。又存息作本钱四百千文，按月七厘，息钱三十三千六百文。共钱前数。

一、收甡泰典息钱一百九十五千八百文。

前款旧管项下该典存本之息，本年十二个月，按月一分，息钱九十六千文。又本年四月初一日发存本钱九百千文，至年底止，计九个月，按月一分，息钱八十一千文。又十一月初一日发存本钱九百四十千文，至年底止，计二个月，按月一分，息钱十八千八百文。共钱前数。

以上新收共钱四千五百六十五千七百七十二文，连旧管共钱二万七千一百二十四千九百六十文。

开除：

一、支司事薪水、仓夫节赏钱四十五千六百文。

一、支完仓基上年米折本年上下忙条银钱一千三百七十文。

一、支县署发款挑力钱四千二十文。

一、支查验谷石、翻晒颠廒工钱二十一千四百七十文。

以上开除共钱七十二千四百六十文。

实在：

一、存济平典钱三千五百千文。

一、存治昌典钱四千七百千文。

一、存元成典钱四千五百千文。

一、存公和典钱五千九百千文。

一、存甡泰典钱二千六百四十千文。

前五款本年息钱收讫。

一、存济平典息作本钱五百千文。

一、存治昌典息作本钱三千六百千文。

一、存元成典息作本钱四百千文。

一、存公和典息作本钱一千千文。

一、存甡泰典息作本钱二百千文。

前五款本年息钱收讫。

一、存仓钱一百十二千五百文。

以上实在共钱二万七千五十二千五百文。

仓谷项下

旧管：

一、存谷六千一百二十八石八斗七升三合。

新收：无。

开除：

一、除耗谷五十四石。

前款光绪四年分籴谷二千四百石，六年分系第二年，照章每石除耗一升，计二十四石。五年分籴谷一千石，系第一年，照章每石除耗三升，计三十石。计共除前数。

实在：

一、存谷六千七十四石八斗七升三合。

光绪七年义仓钱谷各数四柱清册

计开：

钱款项下

旧管：

一、存济平典钱三千五百千文。

一、存洽昌典钱四千七百千文。

一、存公和典钱五千九百千文。

一、存元成典钱四千五百千文。

一、存甡泰典钱二千六百四十千文。

前五款本年正月初一日起，常年一分起息。

一、存济平典息作本钱五百千文。

一、存洽昌典息作本钱三千六百千文。

一、存元成典息作本钱四百千文。

一、存公和典息作本钱一千千文。

一、存甡泰典息作本钱二百千文。

前五年本年正月初一日起，常年七厘生息。

一、存仓钱一百十二千五百文。

新收：

一、收光绪六年下忙内提捐钱九百三十七千五百七十六文。

前款下忙银四万六千八百七十八两八钱，每两提捐钱二十文，共钱前数。由仓凑足钱九百六十千文，本年四月初一日发存甡泰典，常年一分生息。

一、收济平等典息钱三百二十六千九百七十七文。

前款本年十月二十四日积谷仓粜谷，借提义仓项下，济平、元成两典息作本钱九百千文，随收常年七厘息钱五十一千四百五十文。又十月二十五日借提洽昌、公和两典息作本钱四千六百千文，随收常年七厘息钱二百六十三千八百六十一文。又十月二十九日借提甡泰典息作本钱二百千文，随收常年七厘息钱十一千六百六十六文。共息钱前数。至年底在济平典积谷仓正本项下拨还义仓钱五千千文，并还息钱一千千文。

一、收济平等典息钱二千一百九十六千文。

前款旧管项下各典存正本钱二万一千二百四十千文，计收常年一分息钱二千一百二十四千文。又四月初一日发存甡泰正本钱九百六十千文，计收九个月常年一分息钱七十二千文。共息钱前数。

以上新收共钱三千四百六十千五百五十三文，连旧管共钱三万五百十三千五十三文。

开除：

一、支司事薪水钱三十九千文。

前款向给钱四十二千文。本年十月由董禀明，该仓公事较简，每年给钱三十千文。自十月起至年底止，减给钱三千文。

一、支仓夫节赏钱三千六百文

一、支完仓基上年米折本年上下忙条银钱一千三十九文。

一、支发甡泰典存款挑力钱二千八十文。

一、支晒谷工钱十五千五百八十文。

一、支年终司事赴典结帐川资钱二千四百十文。

以上开除共钱六十三千七百九文。

实在：

一、存济平典钱八千五百千文。

一、存洽昌典钱四千七百千文。

一、存公和典钱五千九百千文。

一、存元成典钱四千五百千文。

一、存甡泰典钱三千六百千文。

前五款本年息钱收讫。

一、存公和典息作本钱一千二百千文。

一、存洽昌典息作本钱八百千文。

一、存济平典息作本钱一千千文。

前三款本年息钱收讫。

一、存仓钱二百四十九千三百四十四文。

以上实在共钱三万四百四十九千三百四十四文。

仓谷项下

旧管：

一、存谷六千七十四石八斗七升三合。

新收：无。

开除：一、除耗谷十石。

前款光绪五年籴谷一千石，第二年每石除耗一升，共除前数。

实在：

一、存谷六千六十四石八斗七升三合。

卷七　义仓扦量接收

署嘉定县魏扦量义仓储廒谷数

计开：

廒间宽深

（照漕平十六两为一斛，一百斛合漕斛一石。立方制尺量见廒间宽七尺三寸三分，进深一丈三尺九寸。各廒间均同。）

一、张字廒原储谷四百五十二石四斗，扦高四尺四寸三分，计谷四百五十一石三斗五升九合，计亏耗谷一石四升一合，又仓面鼠耗空壳、热蒸色次谷扦高一寸六分，计谷十六石三斗二合，除去外，计四百三十五石五升七合。

一、寒字廒原储谷四百五十九石一斗三升，扦高四尺四寸九分，计谷四百五十七石四斗七升三合，计亏耗谷一石六斗五升七合，又仓面鼠耗空壳、热蒸色次谷扦高一寸六分，计谷十六石三斗二合，除去外，计四百四十一石一斗七升一合。（以上同治五年分籴储籼谷。）

一、列字廒原储谷五百石一斗二升，扦高四尺八寸九分八厘，计谷四百九十九石四升三合，计亏谷一石七升七合，又仓面鼠耗空壳、热蒸色次谷扦高一寸七分，计谷十七石三斗二升一合，除去外，计四百八十一石七斗二升二合。

一、宿字廒原储谷四百九十九石八斗八升，扦高四尺八寸九分六厘，计谷四百九十八石八斗三升九合，计亏耗谷一石四升一合，又仓面鼠耗空壳、热蒸色次谷扦高一寸八分，计谷十八石三斗四升，除去外，计四百八十石四斗九升九合。（以上九年分籴储籼谷。）

一、辰字廒原储谷五百石，扦高四尺九寸一厘，计谷四百九十九石三斗四升八合，计亏耗谷六斗五升二合，又仓面鼠耗空壳、热蒸色次谷扦高一寸八分，计谷十八石三斗四升，除去外，计四百八十一石八合。

一、来字廒原储谷五百石，扦高四尺八寸九分五厘，计谷四百九十八石七斗三升七合，计亏耗谷一石二斗六升三合，又仓面鼠耗空壳、热蒸色次谷扦高一寸七分，计谷十七石三斗二升一合，除去外，计四百八十一石四斗一升六合。（以上十年分籴储籼谷。）

以上各廒，原储二千九百十一石五斗三升，除去亏耗谷六石七斗三升一合，仓面鼠耗空壳及热蒸色次谷一百三石九斗二升六合，实存干洁净谷二千八百石八斗七升三合。

署嘉定县周盘量义仓储廒谷数

计开：

一、宿字廒谷四百三十五石五升七合。（原储张字廒。）

一、张字廒谷四百四十一石一斗七升一合。（原储寒字廒。）

一、藏字廒谷四百八十一石七斗二升二合。(原储列字廒。)

一、辰字廒谷四百八十石四斗九升九合。(原储宿字廒。)

一、列字廒谷四百八十一石八合。(原储辰字廒。)

一、寒字廒谷四百八十一石四斗一升六合。(原储来字廒。)

以上六廒，共储谷二千八百石八斗七升三合。

嘉定县程盘量义仓储廒谷数

计开：

一、藏字廒谷四百三十五石五升七合。(原储宿字廒。)

一、辰字廒谷四百四十一石一斗七升一合。(原储张字廒。以上二廒系光绪二年分粜换新谷。)

一、列字廒谷四百八十一石七斗二升二合。(原储藏字廒。)

一、来字廒谷四百八十石四斗九升九合。(原储辰字廒。)

一、张字廒谷四百八十一石八合。(原储列字廒。)

一、收字廒谷四百八十一石四斗一升六合。(原储寒字廒。)

以上六廒，共储谷二千八百石八斗七升三合。

嘉定县吴接收义仓储廒谷数

一、藏字、辰字二廒，除二年折耗外，计籼谷八百七十六石二斗二升八合。系同治五年粜，光绪二年易新。

一、列字、来字、张字、收字等四廒，除二年折耗外，计籼谷一千九百二十四石六斗四升五合。系同治九、十两年粜。

以上每廒储谷细数，详见前任接收。

一、闰字、秋字、冬字等三廒，每廒四百八十石。

一、岁字廒四百八十石。(原储余字廒。)

一、宿字廒三百八十四石。

以上五廒，除二年折耗外，计籼谷二千三百四石。系光绪四年粜。

一、署字廒四百八十石。(原储寒字廒。)

一、寒字廒四百八十石。(原储岁字廒。)

以上二廒，除二年折耗外，计籼谷九百六十石。系光绪五年粜。

卷末　两仓杂款*

正款之外有杂款。正款列四柱册报销，其不列报销之杂款，既不能作正开支，费何由出？是以两仓之旁建有余屋义仓，又有田亩，俾杂款皆取给于此。每届岁终，由司事开列细数，呈县核销。工程积有竹木杂料，变价归公，预备补耗，法至密也，虑至周也。爰附卷末。

积谷仓项下

房　屋

一、拱一图仓旁余屋六间。（另四间司帐居住。）

一、拱四图仓旁余屋四间。

同治九年七月起至年底止收支谷数

一、收屋租钱二十四千文。

前款房屋间或空闭，租户时有更易，租钱间有尾欠，故历年收数不同。

一、支完仓基九年分上下忙条银钱一千三百八十三文。

前款仓基自同治八年建仓后，至九年分始完纳钱粮。当时甫经创始，列入杂款开支。嗣因正供之数应归正款，故是年米折及十年分起条米，列入正款报销。

一、支余屋改建门口、添砌腰墙工料钱二千九百十文。

一、支司房纸笔费洋六元，合钱七千二百文。

一、支州房纸笔费洋一元，合钱一千二百文。

前两款按年以洋支给，钱数照洋价核算。

一、支县房纸笔费钱六千文。

前三款：各衙门书吏势难枵腹办公。查长元吴丰备义仓，自道光十五年始有院司府县书吏、辛工、纸张费一款，常年支给，与陋规房费迥别。今仿照省例酌给，以资办公。

以上共支钱十八千六百九十三文，除外存钱五千三百七文。

同治十年收支各数

一、上年存钱五千三百七文。

一、收房租钱三十九千五百文。

一、收八年分建仓用剩竹木杂料并竹木屑等变价钱一百四十二千三百五十文。

以上共钱一百八十七千一百五十七文。

一、支买仓前曹姓水桥石钱二千文。

一、支买桐油并抹油工钱十三千二百二十四文。
一、支秋字廒换樑工料钱三千三十文。
一、支补屋漏、修阴沟工钱一千一百四十文。
一、支买糊窗纸、竹丝帚等钱四百九十八文。
一、支□备耗谷一百石连行用斛驳等费钱一百十千八百五十文。
一、支司房纸笔费钱七千三百八十文。
一、支州房纸笔费钱一千二百三十文。
一、支县房纸笔费钱六千文。
以上共支钱一百四十五千三百五十二文，除外存钱四十一千八百五文。

同治十一年收支各数

一、上年存钱四十一千八百五文。
一、收房租钱四十四千文。
以上共钱八十五千八百五文。
一、支填仓前河岸挑泥工料钱九百十文。
一、支修余屋工料钱一千二百三十文。
一、支买桐油并抹油工钱一千五百四十文。
一、支赴各典收息船钱一千三百十文。
一、支司房纸笔费钱七千五百文。
一、支州房纸笔费钱一千二百五十文。
一、支县房纸笔费钱六千文。
以上共支钱十九千七百四十文，除外存钱六十六千六十五文。

同治十二年收支各数

一、上年存钱六十六千六十五文。
一、收屋租钱四十七千文。
以上共钱一百十三千六十五文。
一、支买桐油并抹油工钱四千三百四十四文。
一、支修屋工料钱二千五百八文。
一、支修山笆工钱六百七十文。
一、支司房纸笔费钱七千二百六十文。
一、支州房纸笔费钱一千二百十文。
一、支县房纸笔费钱六千文。
以上共支钱二十一千九百九十二文，除外存钱九十一千七十三文。

同治十三年收支各数

一、上年存钱九十一千七十三文。
一、收屋租钱三十九千文。
以上共钱一百三十千七十三文。

一、支买桐油并抹油工钱十三千七十九文。
一、支修屋工料钱五千三百二十文。
一、支买帐箱一只钱一千一百五十文。
一、支置方箱丈竿铁茎工料钱二千五百文。
一、支赴各典收息船钱一千九百六十文。
前款及十一年分一款并作杂款开支，自后列正款报销。
一、支磨荞麦工钱二千四百六十八文。
前款奉州宪发给麦种，开垦荒地，旋因地土不合，磨面发给孤贫。
一、支司房纸笔费钱七千二百文。
一、支州房纸笔费钱一千二百文。
一、支县房纸笔费钱十千文。
前款向给钱六千文，嗣因钱谷事烦，是以加给。
以上共支钱四十四千八百七十七文，除外存钱八十五千一百九十六文。

光绪元年收支各数

一、上年存钱八十五千一百九十六文。
一、收屋租钱三十六千九百七十文。
以上共钱一百二十二千一百六十文文。
一、支修屋工料钱二千九百五十一文。
一、支染廒扁廒门字钱四千二百文。
一、支修漕斛工料钱五百三十五文。
一、支院房纸笔费洋三元，合钱三千四百八十文。
前款自是年始，按年支给洋三元。
一、支司房纸笔费钱六千九百六十文。
一、支州房纸笔费钱一千二百六十文。
一、支县房纸笔费钱十千文。
以上共支钱二十九千二百八十六文，除外存钱九十二千八百八十文。

光绪二年收支各数

一、上年存钱九十二千八百八十文。
一、收屋租钱三十七千二百文。
以上共钱一百三十千八十文。
一、支修屋工料钱三千八百五十文。
一、支修山笆工料钱一千五百五十文。
一、支买亢枕、亢垫钱二千六百文。
一、支院房纸笔费钱三千五百四十文。
一、支司房纸笔费钱七千八十文。
一、支州房纸笔费钱一千一百八十文。
一、支县房纸笔费钱十千文。

一、支贴义仓敷钱二千六百七十二文。

以上共文钱三十二千四百七十二文，除外存钱九十七千六百八文。

光绪三年收支各数

一、上年存钱九十七千六百八文。

一、收屋租钱三十七千四百五十五文。

以上共钱一百三十五千六十三文。

一、支修屋工料钱三千八百三十五文。

一、支院房纸笔费钱三千一百八十文。

一、支司房纸笔费钱六千三百六十文。

一、支州房纸笔费钱一千六十文。

一、支县房纸笔费钱十千文。

以上共文钱二十四千四百三十五文，除外存钱一百十千六百二十八文。

光绪四年收支各数

一、上年存钱一百十千六百二十八文。

一、收屋租钱四十一千六百十文。

一、收二年分建仓用剩竹木杂料并竹木屑等变价钱一百六十一千二百四十六文。

以上共钱三百十三千四百八十四文。

一、支帐房置风窗二扇工料钱二千九十文。

一、支璃壳窗工料钱七百四文。

一、支置木簸箕四只工料钱一千四百文。

一、支粜备耗谷钱二百五十三千九百九十七文。

前款备耗谷三百五十石，计钱四百八千六百二十五文。除支二百五十三千九百九十七文外，不敷钱一百五十四千六百二十八文，在义仓杂款内开支。

一、支院房纸笔费钱三千二百十文。

一、支司房纸笔费钱六千四百二十文。

一、支州房纸笔费钱一千七十文。

一、支县房纸笔费钱十千文。

一、支另给院司房纸笔费钱十二千八百四十文。

前款因本年粜谷数多，公事较烦，是以酌给。

以上共支钱二百九十一千七百三十一文除外，存钱二十一千七百五十三文。

光绪五年收支各数

一、上年存钱二十一千七百五十三文。

一、收屋租钱三十七千七百二十文。

以上共钱五十九千四百七十三文。

一、支修屋工料钱五千二百八十八文。

一、支买桐油并抹油工钱九千七百六十九文。

一、支县宪查仓雇用值廒小工并董事烟茶伙食钱一千九百二十文。

一、支新买拱四图地完四年分米折五年分条银钱一千三百七文。

前款基地议建分仓，因田册尚未过户，应纳钱粮暂就杂款开支，次年始列正款报销。

一、支仓地立界石十一块工料钱六百六十文。

一、支院房纸笔费钱三千三百三十文。

一、支司房纸笔费钱六千六百六十文。

一、支州房纸笔费钱一千一百十文。

一、支县房纸笔费钱十千文。

一、支酌送县仓书丧费钱二十二千文。

以上共支钱六十二千四十四文，除存款收款外，垫钱二千五百七十一文。

光绪六年收支各数

一、收屋租钱三十八千二百五十五文。除还上年垫款外，计钱三十五千六百八十四文。

一、支修屋工料钱四千四百六十五文。

一、支院房纸笔费钱三千四百五文。

一、支司房纸笔费钱六千八百十文。

一、支州房纸笔费钱一千一百三十五文。

一、支县房纸笔费钱十千文。

以上共支钱二十五千八百十五文，除外存钱九千八百六十九文。

光绪七年收支各数

一、上年存钱九千八百六十九文。

一、收屋租钱二十六千二百二十文。

一、收本年建仓用剩竹木杂料并竹木屑等变价钱三百三十一千二百七十二文。

以上共钱三百六十七千三百六十一文。

一、支籴备耗谷钱三百三十一千二百七十二文。

一、支帐薄纸笔钱七百六十文。

一、支箕帚钱五百四十八文。

一、支院房纸笔费钱三千三百六十文。

一、支司房纸笔费钱六千七百二十文。

一、支州房纸笔费钱一千一百二十文。

一、支县房纸笔费钱十千文。

以上共支钱三百五十三千七百八十文，除外存钱十三千五百八十一文。

义仓项下

余屋

一、拱一图仓旁余屋五间。

前款房屋向有租户居住。自光绪二年积谷仓添建廒屋，因与前款房屋毗连，是以出入不便，遂致空闭。

田　亩

一、往二十五图雨圩第三十四号田八分六厘二毫，又第七十八号田一亩二分三厘，又第五百二十号田一亩，又第五百二十一号田四亩九分九厘，又第六百六十三号田五分，又第六百九十九号田一亩七分二厘九毫，又第七百号田一亩三分，又第七百一号田一亩九分二厘。

一、出二十九图来圩第五十一号田二亩五厘。

一、阳五图宿圩第八十八号田一亩六分五厘，又第八十九号田八分，又第九十号田一亩五分一厘，又第九十二号田八亩二分一厘。

以上计共田二十七亩七分五厘一毫。咸丰初，某姓因案罚充义仓公用。兵燹后因存仁堂经费不敷，暂充堂费。至光绪三年，仍归义仓，租额钱四十五千四百六十文。歉收则减成收租，丰岁亦有尾欠，是以历年收数有盈有缩。

同治九年分七月起至年底止收支各数

一、收屋租钱十千三百二十文。

一、支完仓基九年分下忙条银钱二百六十二文。

一、支县署发款挑力钱六百三十五文。

一、支修屋工料钱一千四百九十文。

一、支场地拔草工钱二百四十文。

一、支置筹桶、竹筹并抹油工料钱七百六十文。

一、支司房纸笔费洋二元，合钱二千四百文。

一、支州房纸笔费洋一元，合钱一千二百文。

一、支县房纸笔费洋四元，合钱四千八百文。

前三款按年以洋支给，钱数照洋价核算。

以上共支钱十一千七百八十七文，除收款外，垫钱一千四百六十七文。

同治十年收支各数

一、收屋租钱二十一千六十文，除还上年垫款外，计钱十九千五百九十三文。

一、支发各典存款挑力船钱一千三百五十八文。

一、支修屋工料钱一千八百八十文。

一、支县署内义仓谷搬运入拱一图仓，计钱十四千九百文。

一、支签廒竹匠工料钱七百二十五文。

一、支拔草工钱二百六十文。

一、支买锁二把钱二百八十文。

一、支司房纸笔费钱二千四百六十文。

一、支州房纸笔费钱一千二百三十文。

一、支县房纸笔费钱四千九百二十文。

以上共支钱二十八千十三文，除收款外，垫钱八千四百二十文。

同治十一年收支各数

一、收屋租钱二十一千四百八十文，除还上年垫款外，计钱十三千六十文。
一、支发各典存款挑力船钱六千一百十八文。
一、支修屋工钱一千五百七十文。
一、支司房纸笔费钱二千五百文。
一、支州房纸笔费钱一千二百五十文。
一、支县房纸笔费钱五千文。
以上共支钱十六千四百三十八文，除收款外，垫钱三千三百七十八文。

同治十二年收支各数

一、收屋租钱十八千九百六十文，除还上年垫款外，计钱十五千五百八十二文。
一、支发各典存款挑力船钱二千十四文。
一、支修屋工料钱一千四百二十八文。
一、支张字廒颠谷工钱六百文。
一、支帐檯钉锁钱五百六十文。
一、支司房纸笔费钱二千四百二十文。
一、支州房纸笔费钱一千二百十文。
一、支县房纸笔费钱四千八百四十文。
以上共支钱十三千七十二文，除外存钱二千五百十文。

同治十三年收支各数

一、上年存钱二千五百十文。
一、收屋租钱二十一千四百八十文。
以上共钱二十三千九百九十文。
一、支修屋工料钱二千五百八十八文。
一、支买桐油并抹油工钱六千二百四十六文。
一、支司房纸笔费钱二千四百文。
一、支州房纸笔费钱一千二百文。
一、支县房纸笔费钱七千二百文。
前款向给洋四元，嗣因钱谷数巨，公事较烦，自后按年给洋六元。
以上共支钱十九千六百三十四文，除外存钱四千三百五十六文。

光绪元年收支各数

一、上年存钱四千三百五十六文。
一、收屋租钱十八千六百七十文。
以上共钱二十三千二十六文。
一、支染廒扁廒门字钱八百文。

一、支扫屋补漏工钱一千二百六十七文。

一、支院房纸笔费钱一千一百六十文。

一、支司房纸笔费钱二千三百二十文。

一、支州房纸笔费钱一千一百六十文。

一、支县房纸笔费钱六千九百六十文。

以上共支钱十三千六百六十七文，除外存钱九千三百五十九文。

光绪二年收支各数

一、上年存钱九千三百五十九文。

一、支朔望香烛钱二百三十一文。

前款本年二月十五日起设仓神位，朔望虔供香烛。

一、支院房纸笔费钱一千一百八十文。

一、支司房纸笔费钱二千三百六十文。

一、支州房纸笔费钱一千一百八十文。

一、支县房纸笔费钱七千八十文。

以上共支钱十二千三十一文。除上年存钱外，不敷钱二千六百七十二文，由积谷仓津贴。

光绪三年收支各数

一、收田租钱二十一千六百六十文。

一、支完三年分下忙条银钱六千二百四十四文。

前款田亩项下应完条米银钱，自本年下忙起，由仓开支。

一、支收租工钱一千八十文。

一、支修屋工钱一千八百五十文。

一、支朔望香烛钱五百十文。

一、支院房纸笔费钱一千六十文。

一、支司房纸笔费钱二千一百二十文。

一、支州房纸笔费钱一千六十文。

一、支县房纸笔费钱六千三百六十文。

以上共支钱二十千二百八十四文，除外存钱一千三百七十六文。

光绪四年收支各数

一、上年存钱一千三百七十六文。

一、收田租钱三十三千二百二十五文。

一、收同治间建仓用剩竹木杂料并竹木屑等变价钱一百五十四千六百二十八文。

以上共钱一百八十九千二百二十九文。

一、支完三年分米折四年分上下忙条银钱九千九百十三文。

一、支收租工钱一千六百六十文。

一、支扫屋补漏工钱三千二百四十四文。

一、支朔望香烛钱四百六十八文。
一、支籴备耗谷钱一百五十四千六百二十八文。(详积谷项下。)
一、支院房纸笔费钱一千七十文。
一、支司房纸笔费钱二千一百四十文。
一、支州房纸笔费钱一千七十文。
一、支县房纸笔费钱六千四百二十文。
以上共支钱一百八十千六百十三文，除外存钱八千六百十六文。

光绪五年收支各数

一、上年存钱八千六百十六文。
一、收田租钱三十八千三百六十文。
以上共钱四十六千九百七十六文。
一、支完四年分米折五年分上下忙条银钱十千一百三十五文。
一、支完新买地基上下忙条银钱五百六文。
前款新买仓旁余地尚未详报，故应完本年条银暂作杂款开支，至次年始入正款报销。
一、支修屋工料钱二千五百七十文。
一、支买桐油并抹油工钱二千六百八十四文。
一、支收租工钱二千文。
一、支朔望香烛钱四百九十三文。
一、纸〔支〕院房纸笔费钱一千一百十文。
一、支司房纸笔费钱二千二百二十文。
一、支州房纸笔费钱一千一百十文。
一、支县房纸笔费钱六千六百六十文。
以上共支钱二十九千四百八十八文，除外存钱十七千四百八十八文。

光绪六年收支各数

一、上年存钱十七千四百八十八文。
一、收田租钱四十九千八百四十文。
以上共钱六十七千三百二十八文。
一、支完五年分米折六年分上下忙条银钱九千七百九十文。
一、支修屋工料钱一千七百四十文。
一、支收租工钱二千五百文。
一、支朔望香烛钱四百七十六文。
一、支院房纸笔费钱一千一百三十五文。
一、支司房纸笔费钱二千二百七十文。
一、支州房纸笔费钱一千一百三十五文。
一、支县房纸笔费钱六千八百十文。
以上共支钱二十五千八百五十六文，除外存钱四十一千四百七十二文。

光绪七年收支各数

一、上年存钱四十一千四百七十二文。

一、收田租钱三十二千五百五十文。

以上共钱七十四千二十二文。

一、支完六年分米折七年分上下忙条银钱八千七十二文。

一、支修墙扫屋工料钱八千九百七十五文。

一、支朔望香烛钱四百五十九文。

一、支收租工钱一千六百七十文。

一、支院房纸笔费钱一千一百二十文。

一、支司房纸笔费钱二千二百四十文。

一、支州房纸笔费钱一千一百二十文。

一、支县房纸笔费钱六千七百二十文。

以上共支钱三十千三百七十六文，除外存钱四十三千六百四十六文。

仓董王文思、童式谷 杨震福、唐泰周宗琦筹谷备耗禀文

为筹集杂款储谷备耗事。窃绅等历奉照会，经理积谷、义仓，先后籴储谷二万数千石。缘该项储仓谷石，前奉大宪颁发章程，三年之内，每石准亏耗四升，以后不得再亏。惟定章自须设有限止，而鼠雀常年侵蚀，难保不稍有逾限。绅等于同治八年建造积谷仓时，用剩竹木杂料并竹木屑等变价钱一百十千有零，先经籴谷一百石附储备耗，未曾报案。兹又集存仓杂款，同治七、八年并十二年分建造义仓，并光绪二年添造积谷仓廒，用剩杂料变价钱三百十五千八百七十四文，又历年余屋租价项下除报明开支外，酌提余剩钱九十二千七百五十一文，共钱四百八千六百二十五文，于光绪四年时籴籼谷三百五十石，先后共籴备耗谷四百五十石。现在正项储谷既多，此项备耗之谷另储一廒，设有雀鼠蚀耗逾限，拟请将此抵补。除仍随时督察仓丁勤慎防护，勿令多有折耗外，合将凑集杂款储谷备耗缘由，叩请验收立案。绅等为慎重仓储起见，伏乞赐批备案。公便上禀。

光绪四年十二月　日

县正堂批：如禀另储一廒，以备添补折耗。仍希将买回新谷赶紧晾晒储廒具报。

仓董杨恒福 唐泰筹谷备耗禀文

为援案筹集杂款，另购谷石以备补耗事。窃查光绪四年仓董王文思等，以积谷、义仓储谷数多，除遵照宪章二年之内每石准亏耗四升之外，鼠雀常年侵蚀，难保不稍有逾限，是经筹集杂款另储备耗谷四百五十石，禀奉批准在案。该董所称二年之内每石准亏耗四升，系同治十三年奉署藩宪应颁发章程。嗣于光绪五年奉署藩宪薛重定新章，三年以内之谷，每石准亏耗五升。前存谷石，仍照旧章扣耗；新章以后储谷，照新章扣耗。董等自当随时督察仓丁，谨慎防护，勿令折耗溢限。惟现在两仓储谷更多，本年添建积谷分仓，所有用剩竹木杂料并竹木屑等变价钱三百三十一千二百七十二文。此项钱文系属杂款，现经

籴储本地杜谷二百三十石、籼谷六十七石，共支钱三百三十一千二百七十二文。将来正项仓谷设亏耗溢限，拟即将此抵补。伏乞准赐备案。再，此项谷价既将杂款开支，无容列入报销册内，合并声明。公便上禀。

光绪七年十二月　日

县正堂批：各绅经理新仓工程，事事核实。现将用剩竹木杂料变价籴谷以抵溢耗，尤属涓滴归公，钦佩之至。准如禀备案。

储廒备耗谷数

计开：

一、南仓玉字廒储籼谷四百五十石。（同治十年、光绪四年分籴。）

一、南仓秋字廒储杜谷九十五石。

前款秋字廒原储正项谷五百三十七石有零，今备耗谷九十五石并储在内。

一、东仓皇字廒储籼谷六十七石。

一、东仓始字廒储杜谷一百三十五石。（以上光绪七年分籴。）

豫省仓储征信录

清光绪年间刻本

（清）河南省赈务善后局 辑

惠清楼 点校

豫省仓储征信录

涂朗轩中丞撰新建丰豫仓碑记(光绪六年十一月)

岁戊寅，余奉天子命，由粤西移抚豫疆，四月十二日受篆。时则灾祲方深，流亡未复，自惧智力浅短，无以宣主德而起疮痍。适莅事之三日，甘霖普霈。是岁秋稼中稔，赈务渐简，各省协款尚有赢余。因念咸同以来唯豫省苦兵最久，仓庾多阙，户少盖藏，以致一遇灾荒，补苴竭蹶。所赖挽输，远道力穷，而至已后时。前车之鉴，良可感喟，亟应广为储备，以待不虞。考诸志乘，省中旧常平仓在宋门迤北，又有新建仓在贡院迤南，历年久远，基址芜没。惟存道光八年费方伯丙章经建司备仓及钱敏肃公抚豫时就宝河钱局修改丰备仓两处。爰大加修葺，并就丰备仓余基，添建廒房九十一间，用银二万九千八百七十五两有奇。复在北门内置买宋姓地基，庀材鸠工，建仓一座。经始于光绪五年十二月，至次年十月工竣。凡成廒房五十七间，为殿以奉仓神者三间，备官府治事者二间，寓仓夫斗级者八间，用银二万三千一百三十两有奇。颜之曰“丰豫仓”，祝岁丰而为事豫也。又购宋姓住宅一所，为房一百六十六间。初就其地设保节堂，继亦量加修改，借以储谷，计用银五千九百九十两有奇。因毗乎丰豫仓而处其东，颜之曰“丰豫东仓”。工既竣，储以粟谷八万六千八百四十五石六斗六合七勺。其储司备仓者，粟谷五万三千二百九十三石七斗八合；储丰备仓者，粟谷又八万七百七十九石七斗四升四勺。计共买谷银十五万七百八十六两九钱六分三厘六毫。盖积两年之久，经委员八九辈奔驰采买之力，始有此数。亦幸值连年丰稔，粮价较平，得以乘时集事。此后倘遇歉岁，或应平粜，或应赈济，一依常平仓成例办理。唯是谷石既多，则有夫役守视之烦；红朽堪虞，又须为出陈易新之计；以及廒宇岁修，在在皆资经费。缘提拨存司赈余银一万两，发当生息，以备常平各仓应用。至外府州县，亦同时办理善后。计修仓廒者四十余处，发银买谷实存三十八万八十三石二斗七升一合九勺五杪四撮。官办不足，继以民捐，又实存劝捐谷二十四万六千六百三十四石六斗四升六合九勺。又常平诸仓暨旧劝积谷，自其先由各州县协济邻境。今比岁丰，邻境劝捐买还，仍储各原仓谷十六万四千三百九十一石二斗九升四合六勺。共计外府州县存谷七十九万一千一百零九石二斗一升三合四勺五杪四撮，省仓存谷二十二万零九百十九石一斗二升三合三勺，通省存谷一百零一万二千零二十八石二斗六升八合五勺五杪四撮，尚有存司赈余银二十万五千一百十五两七钱九厘五毫。议定以五载为期，分年酌发各州县，一律买谷存储，统入常平新仓。以后岁事屡丰，尚可添筹捐谷，多多益善，缓急足资。是在贤有司随时规画，酌盈剂虚，毋法久而弊生，毋处安而忘备，则不佞所大愿者。因丰豫仓之成，书此以志梗概。时豫东屏方伯麟子瑞、廉访蒋蓬史观察，同总理赈务善后局勾稽布置，得力为多。而董其役者，布经历马玉麟、布库大使宋光祚也。例得备书。

详　　文*

赈务善后局呈修建省城仓廒以及各府州县添建仓房用过经费详为详明事。窃照省城常平等仓，久经湮废，惟存道光年间费藩司丙章经建司备仓一座，新旧廒房七十五间。又同治十一年前抚部院钱任内就宝河钱局原基修改丰备仓一座，廒房七十间。所储谷石，业因大赈散用无存。自前年粮价较平，蒙宪台谕令乘时买补。且照原存数目，恐不足以御奇荒，必须添筹储备，即须添建廒房。当经由局派委前新息通判李倅应垣勘估丰备仓余地，拓建东西廒房七十间。续委宋大使光祚、马经历玉麟添建丰备仓正廒二十一间。又将丰备仓庚、壬等廒，司备仓充字等廒分别修理翻盖，并契买北门宋鸣皋、石顺雨等地基，建盖丰豫新仓一座。所需工料经费，均由赈抚项下筹拨银两应用。又典得北门大街陈宝善堂原典宋姓房屋一所，由局付价转典，作为保节堂，以资收养穷嫠。嗣将毗连丁孝友堂原典宋姓房屋，亦用价转典，续据宋姓愿将两所房屋找价绝卖。现俱量加修改，装钉站板，一并存储谷石，作为丰豫东仓。并价买宋姓门面房屋一所，计可月得租钱，以资该仓经费。现在各项工程均已告竣，理合将修建廒房间数及用过经费银两造具清册，备文详呈宪台鉴核备案。再，各州县仓储年久多形废弛，廒房亦渐就倾圮〔圮〕。自前年大祲之后，发银买谷，又通饬劝办民捐积谷，不得不图整饬。或就原廒修增，或购备工料新建，又或置买民房量加修改。所需经费，由局察看情形，酌拨银两。不敷则由该地方官自行筹垫办理，亦有全资民力捐建之处。所有修建仓廒，已未完工等州县及拨发过银两数目，合并开具清册，附呈钧核备查。中如河南府裕州、汤阴、临漳、获嘉、宁陵、新安、南阳、灵宝、原武等县，仓工尚未就绪，将来应由藩司随时札催核办。除详河部堂、抚部院并咨司查照外，为此备由具呈，伏乞照详施行。

光绪六年十一月二十九日具详，奉巡抚部院涂批：据详已悉。其修仓尚未就绪之各府州县如详移咨藩司，将来由司随时札催核办，仍候河部堂批示。缴册存。

是年十二月，中丞奏报裁撤赈务善后局日期，复声明现在仓谷赈捐等项以及沙堤各工，尚有未尽事宜，须发款项。应仍饬原管赈抚局之总理粮台蒋道，暂时会同藩司，督率在台委员，陆续清厘，以资熟手。遇有文件，即借粮台关防钤用，庶清眉目而专责成等因。奉旨：知道了。钦此（附记）。

布政使司、赈务善后局会详筹议司备等仓经费，拟在未发买谷银内提银生息，为会详呈请示遵事。窃据本藩司经历马玉麟禀覆奉饬筹议司备等仓应需各项经费银两禀由到司，即经抄禀移会核议到局，当将原禀逐条详加核阅。查丰豫仓甫经告成，各委员购办未运之谷六万余石，现正逐日验收。冬间晴雪无常，运脚难以预定，约计必须三四个月始能收竣。火神庙所存粟谷，来年即应移储丰豫等仓。此项收谷盘运经费，及铺垫廒底贴墙席片杆草，以及委员薪水、一应夫役人等饭食，自现在十一月起至来年二月底止，共计需银一千二三百两。此后常年经费，司备新旧两仓，向设仓夫五名，每月工食银九两。丰备仓原设看守仓夫三名，现在廒房较多，添募仓夫二名，每月工食银九两。丰豫仓及丰豫东仓分布看守巡更、仓夫五名，每月工食银九两。又五仓每夜巡更油烛，每日发钱二百四十文，每月作银四两。又添设字识二名，每名每月给工食银三两，共六两。每月办公纸张、添备各仓修理器具等件，作银六两。丰豫仓现设委员一员，每月在经费项下月支薪水钱二十千文，将来拟改为每月银十二两。以上各项，每月共银五十五两，常年应需经费银六百六十两。核计禀内所开，尚属无浮。此项经费，前经本藩司筹议，先行筹备一年。连本年三月至十月，发过仓中经费银一千一百两；十一月至来年二月，应发经费银一千三百两，共银三千零六十两。同拨还浚县借拨赈银一千两，续拨城工银一万六千二两九钱六分，咨明本局，请汇入局案报销。将存司未发买谷银二十三万五千一百七十八两零，作为存司银二十一万五千一百十五两零。是光绪七年一年五仓经费，司中业已留存。惟经费所需较多，司库款项，一针一孔，皆有归宿，年年通挪非易。且各仓粟谷共计二十二万余石，霉变可虞，必须出陈易新。该经历请预立章程，每年于春季出陈谷二万余石，秋后如数买还。按年次第办理，以十年为度，周而复始。倘一年中出陈易新为难，不能照二万石之数，即于夏秋时酌量倒廒出风，陆续晒晾。所议均属周妥，将来应即责成该经历每年通盘筹画，酌量禀商妥办。惟此等逐年经理以及各仓岁修工程，皆不能不资经费，即不能不为预筹。本司局公同悉心酌核，拟请由存司未发买谷银内提银一万两发当，每月一分生息，每年可得息银一千二百两，由司随时酌发该经历，以资五仓。各项经费仍饬核实支销。如本年得能撙节有余，即留备次年应用，不必尽数作为例款。似此通融办理，于事可期经久。而筹款仍为仓谷，并非出于两歧。是否有当，理合备文会详，呈请宪台鉴核，俯赐批示祗遵。为此备由会呈，伏乞照详施行。

光绪六年十一月二十日会详。奉巡抚部院涂批：如详办理。缴。布政使司觉罗成、管理粮台候补道黄详请豁免牛具耕马等银并筹还司拨赈余买谷存款，为详请示遵事。窃照前因灾祲之余，地多荒芜，小民垦种维艰，由赈抚局筹发各属牛具、耕马，藉资工作，议定分别缴价缴谷，以实仓储。数载以来，迭据各属禀报，照章催收。截至上年六月止，计尚余郑州、荥阳、原武、济源、偃师、渑池、灵宝、阌乡、伊阳等九州县欠缴牛具银一万零二百四十七两二钱七分一厘，马价银一千九百五十九两四钱七分。时值麦收较歉，民情拮据，因详请缓至本年麦后再行催缴。当蒙前宪台涂批准遵行在案。旋因省城五仓经费无出，由存司未发买谷款内提拨银一万两，交开封府转发所属各当商生息，俾资岁修经费。又渑池县禀请筹款垦荒，复由司筹提银二千两转发应用。以上两项银两，于上年九月经本司台会议，以各属民欠牛具、耕马银两数目相等，应俟陆续收起，解还归款，详奉宪台批准又在案。迨至本年四月，麦收已过，前项牛具、耕马银两应即催收。当经札委张丞壬林、毛倅大猷分赴郑州等处，确切查明催提去后。现据荥阳县先期清解牛具银八百两，原武县解到牛具银二百零六两一钱，济源县解到耕马银一千一百十三两九钱八分，偃师县解到牛具银六百两，渑池县解到牛具银一千两，阌乡县解到牛具银一百十一两五钱五分，灵宝县禀解牛具银五十四两七钱五分、耕马银一百零六两九分。计八州县尚欠解银八千二百六十四两二钱七分一厘。并据该委员会同该州县等，以此项下余民欠，实俱系零星无力穷户，一时催征非易等情，据实禀请核夺前来。本司道公同商酌，此项银两原为买谷备荒之用，现在积时已久，催缴较难。与其朝夕追呼，筹济民艰于日后，何若恩施宽大，俾纾民困于目前。合无仰恳宪台恩准，将郑州等八州县民欠未完牛具、耕马银两概予免缴，以清案牍，而省扰累。至于应归司发前项银一万二千两，拟请即以现经荥阳等县禀解牛具、耕马银三千九百九十四两四钱七分，又上年十一月据新安县解存台库牛具银三千四百五十四两四钱二分，济源县原存未发牛具银四十八两，先行归款。并查有临漳县解存彰德府库赈余米石粜价钱一千零十五千一百七十八文，照市价合银六百十一两五钱五分三厘，济源县解存府库粥厂余银三百八十八两八钱一厘，灵宝县前存牛具银三百九十五两八钱一分、耕马价银三百八十五两五钱三分。亦可一并提拨归款，统俟秋间分别饬发买谷，入于司存谷价银二十一万五千一百十五两有零款内核办。除现在存收各款共银九千二百七十六两五钱八分四厘外，计尚短银二千七百二十余两。应在于每岁五仓经费息银项下，按年撙节扣拨归还。如此变通办理，庶足以裨益民生，而款仍有着。所有本司道等会议缘由，是否有当，理合具文详请宪台鉴核批示祇遵。为此备由会呈，伏乞照详施行。

光绪八年八月初四日奉巡抚部院李批：如详办理。缴。

查光绪七年续请报销赈务余款案内声明，除用余存库平银二百六十二两五钱三分九丝二忽，由台移交司库存储，酌发各州县买谷，已奉部覆在案。

河南省城新建仓廒用款

计开：

一、光绪四年，由赈抚局委前新息通判李应垣，就丰备仓空院四处，添建廒房十所，计七十间。自九月开工，五年四月工竣。共用工料经费库平银一万四千一百零一两零六毫。

一、由赈抚局委宋大使光祚等，就丰备仓后院添建正廒二十一间、东西车门及仓夫房各五间。五年五月开工，十一月工竣。共用工料经费库平银九千零五十九两零二钱一分。

一、由赈抚局委宋大使等翻修司备老仓充字正廒十三间，并丰豫等廒。四年十月开工，十二月工竣。共用工料经费库平银一千七百二十六两六钱七分三厘。

一、由赈抚局委宋大使等翻修司备老仓元字廒七间，及堂字廒十间。五年二月开工，闰三月工竣。共用工料经费库平银二千零八十六两四钱五分二厘。

一、由赈抚局委宋大使等修理司备老仓亨字廒七间。六年五月开工，七月工竣。共用工料经费库平银六百五十八两七钱七分三厘。

一、由赈抚局委宋大使等修理丰备仓庚、壬等旧廒十所，或拆修，或补修。四月开工，五月工竣。共用工料经费库平银二千四百十三两四钱四分九厘。

一、由赈抚局转典北门大街陈宝善堂原典宋姓房屋前后九十一间，付价汴平银二千九百七十两，又制钱一百一十五千文。又添盖瓦房，翻盖围房，收拾各院各屋墙垣砖地，钱三百二十五千文。本作为保节堂。又转典东边丁孝友堂原典宋姓房屋四十六间，付价汴平银一千二百三十五两七钱。旋据宋鸣皋、宋鸣谦等愿将此所东西中三院瓦房，找价绝卖，当经找付汴平银八百两。现在俱作丰豫东仓储谷。又价买毗连宋姓之临街门面房二十二间，后倒座七间，付汴平银八百两。总合库平银五千九百九十两零三钱三分三厘。

一、价买北门内宋鸣皋等空地八段、草房五间，宋玉珂空地三段，宋鸣铎空地二段，石顺雨等空地四段，宋鸣皋谦等北屋六间、西屋三间、庄基一段，宋鸣翙空地基三段、大小瓦房十三间、井二眼，付价库平银四百八十九两五钱九分。

一、委宋大使等就宋姓地基建盖丰豫仓廒房五所，大小五十七间。又仓神殿、官厅、仓夫房前后仓门，共房十七间。自五年十二月开工，六年十月工竣。共用工料经费库平银二万一千零四十四两七钱七分。内有原买宋鸣翙祠堂北屋六间、东游廊四间、西厢三间，将砖瓦木料拆卸配用。

一、修理丰豫东仓中西两院房屋，及修改后群房西院北屋、西屋、丰备仓、仓神殿，及暂存谷石之火神庙戏台、后大殿东西游廊等处前檐，装钉站板，共用工料经费库平银一千六百九十七两四钱六分八厘。

河南省城五仓现存谷数

计开：

司备老仓，共存粟谷仓斗四万一百五十九石八斗五升九合八勺。

司备新仓，共存粟谷仓斗一万三千一百三十三石八斗四升八合二勺。

丰备仓，共存粟谷仓斗八万七百七十九石七斗四升四勺。

丰豫仓，共存粟谷仓斗六万九千四百三十七石六斗一升六合六勺。

丰豫东仓，共存粟谷仓斗一万七千四百零八石零五升八合三勺。

附　　记

丰豫仓：新买存煤一百三十一万零三百八十五斤（二十两秤）。查司备仓原存煤一百万斤，除支发慈幼堂动用外，尚存九十余万斤。光绪四年，因需修理储谷腾仓，以资工作，当经陆续平粜煤九十二万二千三百斤，收价钱五千五百四十六千五百七十六文，按一五合银三千六百九十七两七钱二分。至六年八月，发交署巩县凌令钺，由巩妥为购办。并因司备仓廒储谷已满，适新建丰豫仓告成，即饬马藩经玉麟等在彼开窖收储，先后分六批运到净煤一百三十万一千五百斤，又盈余煤八千八百八十五斤，二共煤一百三十一万零三百八十五斤。付过凌令煤斤价值、水陆运费，合库平银三千六百七十五两一钱五分一厘，马藩经验收。开窖经费，合银八十六两五钱七分一厘。实共发银三千七百六十一两七钱二分二厘，较原存平粜煤价，计多发银六十四两零。其买还煤斤，较原存平粜煤斤，计多三十八万八千零八十。

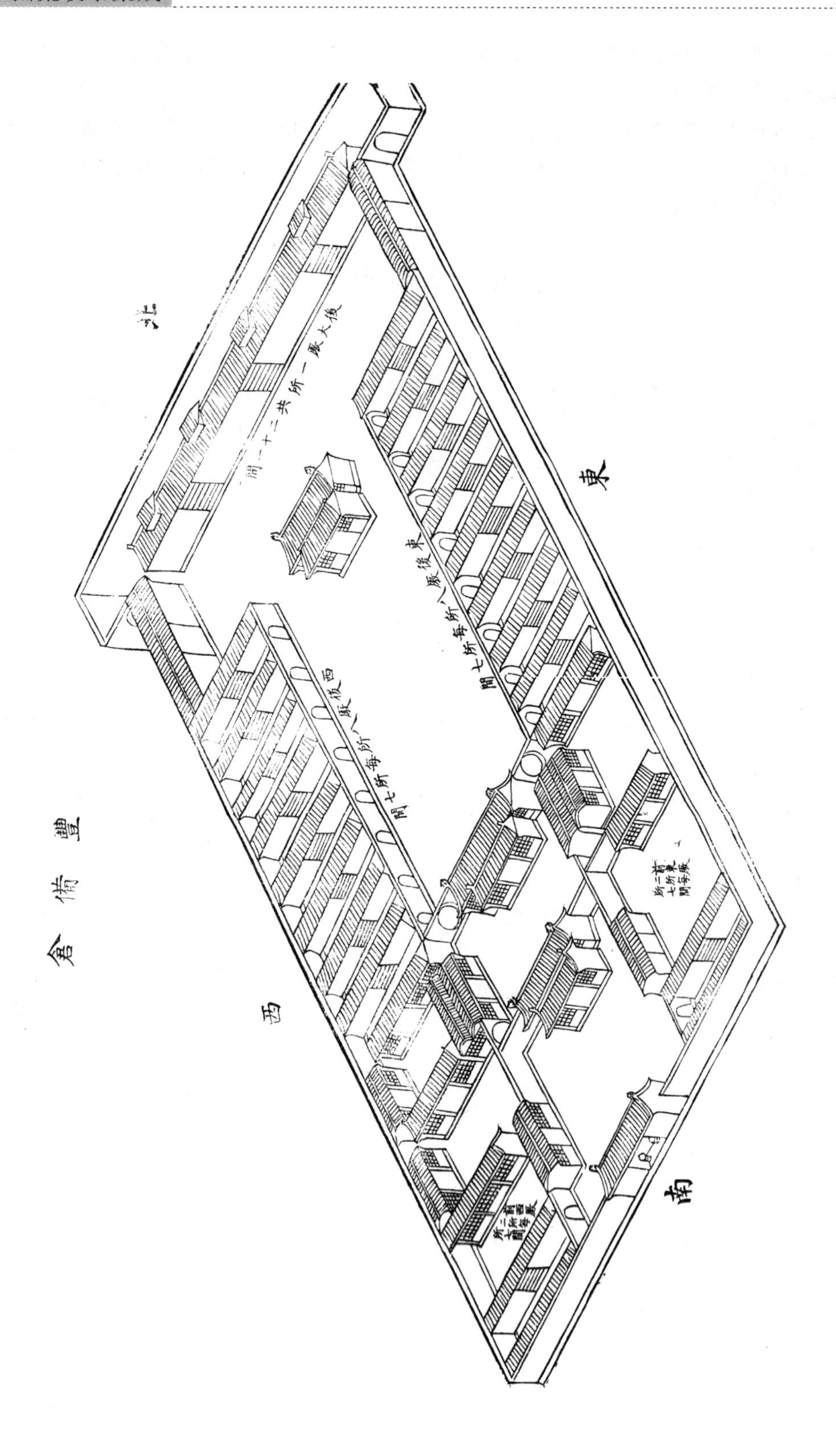
豐備倉
北
東
西
南
後大廒一所共十二間
東後廒八所每所七間
西後廒八所每所七間
東前廒二所每所七間
西前廒二所每所十七間

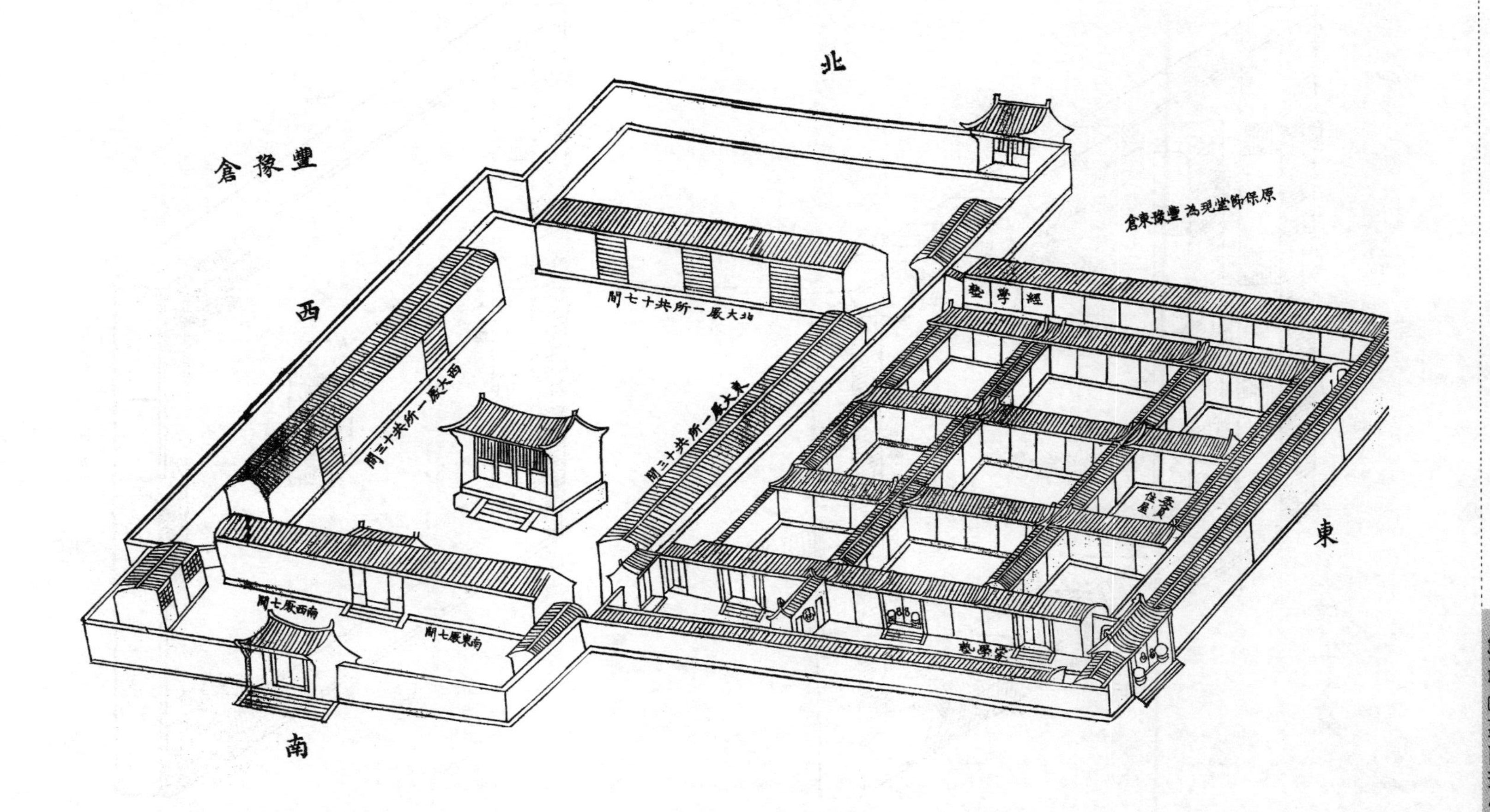
豐豫倉
北
原保節堂現為豐豫東倉
西
北大厰一所共十七間
西大厰一所共十三間
東大厰一所共十三間
經學塾
南西厰七間
南東厰七間
東
南

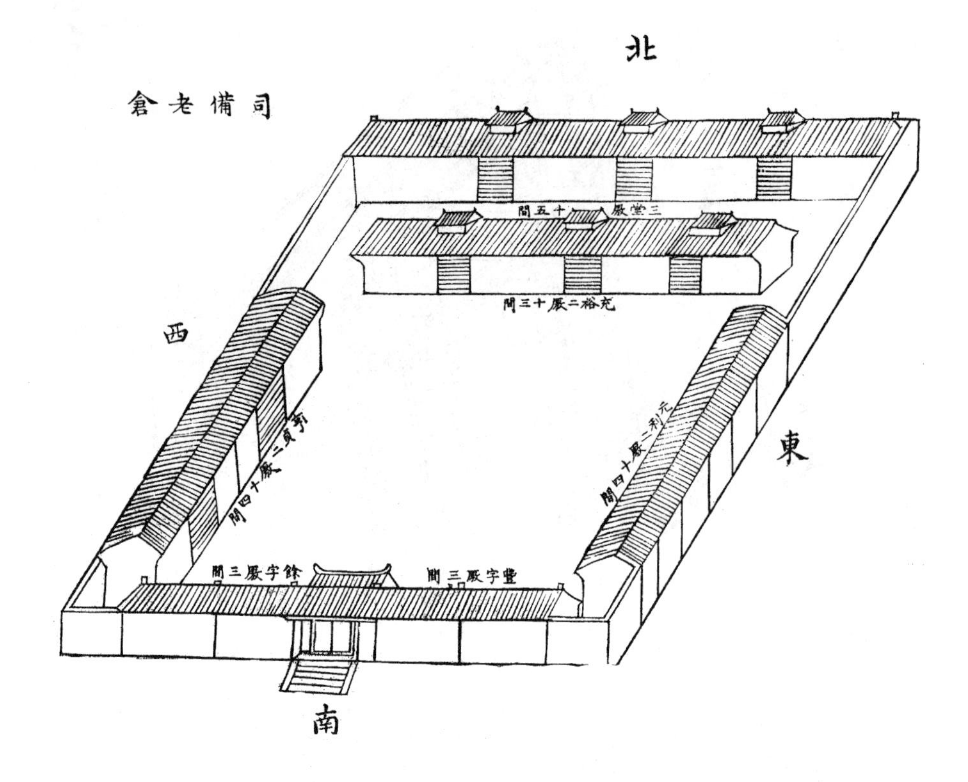
司備老倉
北
三堂廒十五間
充裕二廒十三間
西
亨貞二廒十四間
元利二廒十四間
東
餘字廒三間
豐字廒三間
南

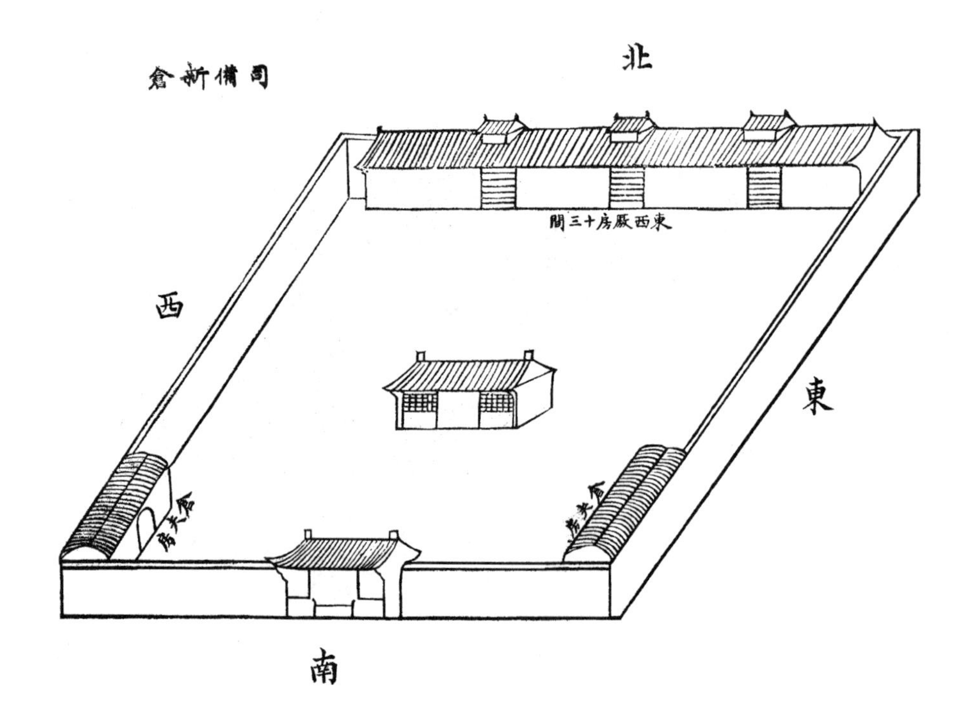
司備新倉
北
東西廒房十三間
西
東
倉夫房
倉夫房
南

光绪九年各州县现存常平新仓谷数(系七月截止之数)

开封府属

陈留县　现存谷七千六百七十二石

杞　县　现存谷二千二百七十一石六斗六升

通许县　现存谷六千一百七十七石二斗二升

尉氏县　现存谷八千零一十八石一斗五升

洧川县　现存谷八千二百八十五石五斗四升

鄢陵县　现存谷四千三百六十一石四升二合四勺

中牟县　现存谷八千九百二十七石七斗四升四合

兰仪县　现存谷五千六百四十五石五斗四升

郑　州　现存谷五千五百四石八斗四勺

荥阳县　现存谷六千七百九十五石零七升二合八勺

荥泽县　现存谷五千五百三十八石二斗八升

汜水县　现存谷三千二百石

禹　州　现存谷六千九百七十六石二斗二升八合

密　县　现存谷六千五百四十三石五升四勺

新郑县　现存谷八千六百八十三石四斗六升六合五勺

归德府属

商丘县　现存谷一万二千一百二石三斗三升三合三勺

宁陵县　现存谷五千四百十七石三斗二升三合九勺

夏邑县　现存谷四千三百石

虞城县　现存谷五千七十四石

考城县　现存谷五千零五石六斗九升五勺

柘城县　现存谷五千八百三十八石一斗一升二合

陈州府属

西华县　现存谷二千零一十石三斗二升五合

许州属

郾城县　现存谷三千一百八十五石二斗四升三合一勺

长葛县　现存谷四千一十石

彰德府属

安阳县　现存谷三千九百八十四石五斗七升一合

汤阴县　现存谷八千零九十三石，内有出借谷三千六百五十八石一斗六升未还

临漳县　现存谷四千六百三十一石五斗八升五合

林　县　现存谷八千四百五十五石八斗三升

内黄县　现存谷七千零一十石

武安县　现存谷三千九百八十五石

涉　县　现存谷六千八百四十一石七斗三升四合七勺

卫辉府属

汲　县　存谷六千七百七十九石三升一合六勺，内有出借谷一千二百九十二石四斗六升

新乡县　现存谷八千五百五十二石六斗九升一勺

获嘉县　存谷一万零二百六十六石七斗五升九合九勺，内有出借谷一千八百三十八石二斗二升

淇　县　现存谷六千三百七十九石三斗六升三合

辉　县　现存谷二千五百八十三石二斗六升七合七勺

延津县　现存谷七千四百十七石四斗八升三合

浚　县　现存谷七千九百石

滑　县　现存谷八千八百二十三石五斗三升

封丘县　现存谷五千五百三十一石一升二合五勺

怀庆府属

济源县　现存谷四千一百五十石

原武县　现存谷一万零六百二十五石六斗七升六合

修武县　现存谷六千四百九十六石四斗三升一合八勺

武陟县　现存谷四千九百九十八石零五升一合

孟　县　现存谷二千三百三十四石零八升一合九勺

温　县　现存谷四百六十六石六斗六升六合六勺

阳武县　现存谷四千二百零一石二斗

河南府属

洛阳县　现存谷三千七百零三石九斗三升

偃师县　现存谷四千六百八十五石

巩　县　现存谷三千六百七十二石

孟津县　现存谷四千零七石八斗四升八合

宜阳县　现存谷二千九百石零二斗三合一勺

登封县　现存谷三千七百二十石

永宁县　现存谷一千二百八十七石七斗五升

新安县　现存谷三千三百九十石零四斗九升

渑池县　现存谷三千一百二十三石六斗二升

嵩　县　现存谷四千二百十四石四斗四升四合四勺

〈陕州属〉

陕　州　现存谷七千三百七十七石八斗一升二合三勺五杪四撮

灵宝县　现存谷四千三百七十七石七斗八升六合六勺

阌乡县　现存谷四千七百八十八石五斗二升

卢氏县　现存谷六千零十二石七斗三升九合一勺

〈汝州属〉

汝　州　现存谷六千九百九十四石七斗三升九合

鲁山县　现存谷五千六百四十二石八升七合六勺

郏　县　现存谷七千九百十一石一斗五升四合

宝丰县　现存谷九千九百三十一石一斗一合四勺

伊阳县　现存谷六千六百九十五石二斗八升二合

南阳府属

南阳县　现存谷三千九百九十四石四斗六升

南召县　现存谷四千零二十五石

裕　州　现存谷三千九百一十石六斗四合五勺

叶　县　现存谷三千零九十一石七斗二升六合八勺

汝宁府属

正阳县　现存稻谷一千二百八十石零五升，又续买出借未还秫谷二千零九十四石二斗

新蔡县　新买谷六百二十五石，出借未还

西平县　现存谷一千一百四十八石七斗一升八合

遂平县　现存谷一千四百五十四石五斗四升四合

光州属

息　县　新买谷一千五百六十九石八斗五升八合，出借未还

以上共现存常平新仓谷三十九万九千六百八十石零四斗五升七合九勺五杪四撮，内有出借未还谷一万一千零七十七石八斗九升八合。

光绪九年各州县现存新劝民捐谷数(系七月截止之数)

开封府属

陈留县　捐存谷一千五百十三石

杞　县　捐存谷四千五百十一石二斗

洧川县　捐存谷三千九百七十二石六斗一升六合一勺

鄢陵县　捐存谷六千一百零四石二斗六升

兰仪县　捐存谷六百五十七石

禹　州　捐存谷一万石

密　县　捐存谷六千三百七十一石三斗四合

新郑县　捐存谷二千石

归德府属

商丘县　捐存谷四千六百十八石七斗

宁陵县　捐存谷四千八百四十八石

鹿邑县　捐存谷六千一百九十四石一斗九合

夏邑县　捐存谷五千八十八石九斗

永城县　捐存谷一万五千三百五十五石七斗七升一合

虞城县　捐存谷九百零六石三斗一升六合

睢　州　捐存谷七千零四石

考城县　捐存谷一千九百二十八石四斗二升

柘城县　捐存谷十五石

陈州府属

淮宁县 捐存谷一万九千六百零七石七斗

商水县 捐存谷六千八百零七石七斗五升

西华县 捐存谷六千石

项城县 捐存谷四千四百二十七石二斗三升

沈丘县 捐存谷二千一百一十石四斗三升

太康县 捐存谷一万六千六百七十五石零四升

扶沟县 捐存谷六千五百二十六石八斗

〈许州属〉

许 州 捐存谷一万七千五百八十一石八斗三升五合

临颍县 捐存谷七千七百零八石

襄城县 捐存谷四千一百五十五石

郾城县 捐存谷三千石

长葛县 捐存谷六千四百六十二石二斗

卫辉府属

浚 县 捐存谷七千二百零七石

滑 县 捐存谷八千零二十石四斗七升

怀庆府属

河内县 捐存谷二万七千九百十七石五斗五升二合

武陟县 捐存谷八十石

孟 县 存谷五千三百六十八石五斗九升，内有出借谷一千九百九十九石二斗二升未还

温 县 捐存谷四千零十九石

河南府属

永宁县 捐存谷四千六百石

〈陕州属〉

陕 州 捐存谷三千石

阌乡县 捐存谷二千四百石

卢氏县 捐存谷二千一百十一石七斗九升五合

南阳府属

唐 县 捐存谷一万五千四百四十五石四斗二升

裕 州 捐存谷八千六百五十四石八斗八升五合

舞阳县 捐存谷一万二千四百二十八石八斗一升

叶 县 捐存谷五千五百零七石二升五合二勺

汝宁府属

上蔡县 捐存谷一万四千三百八十石

新蔡县 捐存谷二千二百七十七石二升（出借未还）

西平县 捐存谷二千五百六十三石三斗四升

汝州属

鲁山县 捐存谷六千石

以上共现存新劝民捐谷三十万零九千一百四十二石五斗八升八合三勺，内有出借未还谷四千二百七十六石二斗四升。

光绪九年各州县现存捐还常平漕蓟义社等仓谷数

开封府属

鄢陵县　捐还常平仓谷八十四石三斗三升三合

新郑县　捐还常平仓谷九百四十二石六斗

归德府属

睢　州　捐还社仓谷三石一斗五合

陈州府属

商水县　捐还漕仓谷一千零四十石九斗八升一合八勺

捐还义社仓谷四百三十四石七斗二升四合

捐还旧捐社仓谷三千五百九十八石五斗七升七合九勺

许州属

临颍县　捐还常平仓谷一千六百十七石六斗五勺

捐还漕仓谷八百五十四石六斗五升五合

捐还义社仓谷三百四十二石八斗一升五合四勺

捐还旧捐社仓谷一千三百五十二石五斗八升九合一勺

襄城县　捐还常平仓谷四百八十一石一合六勺

捐还漕仓谷一千七百十二石九斗七升

捐还义社仓谷一千五百零七石八斗四升

捐还旧捐社仓谷一千九百九十石一斗六升

郾城县　捐还常平仓谷四千八百四十五石七斗三升七合三勺

捐还义社仓谷五百七十五石八斗八升五合八勺

卫辉府属

获嘉县　捐还常平仓谷十三石五斗三升四合七勺

捐还义社仓谷七十七石七斗二升一合八勺

怀庆府属

温　县　捐还常平仓谷一百九十二石

陕　州　捐还常平仓谷二百八十四石九斗一升八合八勺

南阳府属

镇平县　捐还常平仓谷一千三百七十一石八斗三升四合五勺

唐　县　捐还常平仓谷九百七十三石三斗二升二合二勺

捐还义社仓谷七百八十六石三斗三合

泌阳县　捐还常平义社仓谷四百石

新野县　捐还常平仓谷三千三百三十三石六斗九合

舞阳县　捐还常平仓谷八千零五十石，捐还义社仓谷四百八十二石

叶　县　捐还常平仓谷二百五十四石七斗二升二合

汝宁府属

正阳县　捐还常平仓谷七十八石八斗一升九合六勺

遂平县　捐还常平仓谷三百九十五石一斗三升三合，捐还义社仓谷四十九石五斗

罗山县　捐还常平仓谷八石二斗八升七合二勺

捐还义社仓谷一百零二石二斗五升

捐还旧捐社仓谷二十九石二斗九升一合八勺

光州属

固始县　捐还常平仓谷一百九十四石

汝　州　捐还常平仓谷七十一石五斗三升四合四勺

郏　县　捐还常平仓谷八百四十一石

伊阳县　捐还常平仓谷三百八十五石六斗八升

以上共现存常平、漕、蓟、义、社等仓谷三万九千七百六十一石零四升九合二勺。

光绪九年各州县现存捐还旧劝民捐谷数

开封府属

新郑县　捐还旧劝积谷五十一石

归德府属

鹿邑县　捐还旧劝积谷五百零五石七斗三升八合

陈州府属

商水县　捐还旧劝积谷一百五十石

沈邱县　捐还旧劝积谷三千八百九十八石一斗一升六合

许州属

襄城县　捐还旧劝积谷一千五百二十七石五斗

彰德府属

安阳县　捐还旧劝积谷六千七百七十五石八斗八合

内黄县　捐还旧劝积谷一千零五十五石一斗七升四合二勺

河南府属

嵩　县　捐还旧劝积谷六百九十四石

南阳府属

淅川厅　捐还旧劝积谷四千四百六十八石四斗，内有出借谷九百六十九石未还

镇平县　捐还旧劝积谷六千五百三十一石五斗七升四合三勺

桐柏县　捐还旧劝积谷二百三十六石一斗

邓　州　捐还旧劝积谷一万零八十一石二斗九升一合一勺七撮如数出借未还

新野县　捐还旧劝积谷四千三百四十一石六斗二升五合

汝宁府属

汝阳县　捐还旧劝积谷一千九百十六石六斗一升

上蔡县　捐还旧劝积谷二百四十一石一斗五升二合

新蔡县　捐还旧劝积谷一千三百四十四石九斗八升（如数出借未还）

确山县　捐还旧劝积谷五千六百九十四石七斗五升，内有借放谷四千三百九十四石七斗五升未还

信阳州　捐还旧劝积谷五千五百七十九石七斗八升一合四勺

罗山县　捐还旧劝积谷一万七千一十六石三斗四升一合四勺

〈光州属〉

光　州　捐还旧劝积谷一万二千六百五十石四斗三升五合

光山县　捐还旧劝积谷一万八千五百四十九石六斗一升

固始县　捐还旧劝积谷八千七百六十五石八斗六升

息　县　捐还旧劝积谷七千五百八十八石九斗二升一合，内有出借谷四千九百三十九石九斗一升五合未还

商城县　捐还旧劝积谷四千八百五十石四斗七升八合

汝州属

鲁山县　捐还旧劝积谷一百十五石

以上共现存捐还旧劝积谷十二万四千六百三十石二斗四升五合四勺七撮，内有出借未还谷二万一千七百二十九石九斗三升六合一勺七撮。

上海金州局内闽越江浙协赈公所收解直东江浙赈捐征信录

清光绪年间刻本

（清）佚名　辑

赵晓华　点校

上海金州局内闽越江浙协赈公所收解直东江浙赈捐征信录

（光绪九年分）

扬州严佑之明经议赈山东书

昨奉赐复并电报章程一本，藉谂勋劳丕著，为颂为慰。电线为开辟未有之奇，诸君子创此不朽之业，弟自愧无才，而亦叨附末光，益增惭恧。东省水患告警，昨接山左戴树人来信，灾黎之惨，真有不忍卒读者。连日大雨如注，江河之水日涨，沿江下河一带甚属可危。因思历年来江浙有灾而不致为害者，幸赖南省诸善姓弥缝补救，所谓办他省已成之灾，可以弭本省未来之患，是其明征。此不可不办者一也。人生不过数十寒暑耳。我辈已过半百，虽日孜孜，犹恐不及。此不可不办者二也。自办赈以来，诸君子或病在垂危而起死回生，或宦海风波而鸿毛遇顺，或艰于嗣息而求子得子，若始勤终怠，是为负天。此不可不办者三也。或曰年年办赈，难乎为继，又或恐物议沸腾，祸生不测，似宜及好而止。其说未为无理，然我人作事，只问当为不当为，至于成败利钝，在所不计。矧历省赈务，难在创始，而不难于后日。东省之事，仍乞诸公努力提倡，如可筹垫万金，镇杨亦可筹垫五千，弟并可邀约数人效奔走之劳，先行驰往看灾，分轻重再筹接济。是否有当，伏候环示。严作霖顿首。六月二十日。

致各善堂各电局书

诸贤长先生大人阁下：远远德教，深切依驰。比想台祺日懋，鼎祉咸亨，至以为颂。兹有恳者，月之中旬，得接严佑之明经来函，历述山左被水情形，亟拟赴赈。弟等以南中筹赈七载，于兹竭忠尽欢，君子所戒，揆时度势，敬谢不敏。乃于二十二日复以书来，谆嘱筹垫，适滋大典铺被火不焚，愿垫五千金为倡。因即合垫万金，汇交佑翁，携带赴赈。顷接电函，知已即日就道。又值金州矿局延友赴东，寄汇银两较为顺便，遂请其专司收解。夙仰贵都人士乐善好施，久著闻望，如有赈款交到，幸乞代寄上海陈家木桥金州矿局代收，掣付收条，代为汇解，仍登《申报》，以昭凭信。感佩私衷，实与灾黎共之。肃泐敬请勋安。前办上海协赈公所同人苏州桃花坞赈寓同人拜启。

直隶筹赈局金苕人观察来书

敬启者：直省今年从六月起，积水过多，各河并涨，霪潦为灾，被水者已有数十州县。如永平府之演武厅，仅剩桅杆半根。热河朱翼翁所造矿房多在山脚高地，皆被冲没。

周京兆折内称为五十年来未有之水，于各属灾象略陈大概，已见邸抄，固已情形极重，民困难言矣。乃自七月以来，秋霖益甚，计二十三四以后，直至月杪，无日不狂风骤雨，自昼彻夜。八月初六日，大风雨尤为非常之灾，五大河汪洋一片，到处可以通舟。民间倒塌房屋，一县之中动以数万计。从前淹剩秋粮，尽付波臣。有合村数百家竟无半椽片瓦之存者，哭声遍野，老幼妇女露宿于堤岸土墩之上，怒浪忽来，全家顿毙。如弟所办之子牙河，近以滹沱两河六十里水头合流下注，臧家桥水高三丈，数百里河套全开，虽两堤幸保，而东为黑龙港，西为文大洼，沥水已满，深广无涯，其间村落之幸存者，但见屋在水中，炊烟零落，牲畜早已卖空，皆因无草可喂，无地可种，而尤为宝贵者，一束之柴视同性命。此等景象，惨目伤心。乃闻低洼之处、淀泊之地，其困苦有更甚于弟所见者。因思东省黄流为虐，南中不惮发棠，重谋泛粟，今顺直各属水灾不下东省，人情见急则思救，在近则忘远，严子屏兄睹此奇灾，慨然愿得巨款，躬历灾区，分任查振，务求实济，霁塘兄在此亦可分查一路。倘蒙诸大君子就东赈之款分半汇直，或另筹直赈，弟虽碌碌，必当弃绝一切公事，与子屏、霁塘两君专办民赈，择最急之处尽款酌办，不求奖叙，仍照豫晋历届办法随时登列《申报》，事竣刊征信录，普告同人，并乞另延赈友如梁资卿诸君来直，一切仰仗大力主持，广种福田。是否有当，统希酌办，无任企祷。至于官赈，傅相已奏截漕米拨发库银，会同京兆分筹赶办。而子屏兄目睹惨伤，嘱弟代达，专函驰布，敬请德安。愚小弟金福曾顿首。八月十三日。

周小棠大京兆来书

启者：弟久任京畿，本年乃遇此奇灾。二十四属，惟昌平一州尚完，武清、宝坻、香河、蓟州、永清尤被灾重大，冲溺者已付东流，存者亦立就沟壑。永清漫口，下流直及文安、大城、霸州、保定，不堪设想。顺义为灾少之区，而沿河村庄有全被冲没无一家存留者，惨状诚不可言。较之东灾，直无稍异，而东灾人人知之，咸思拯救，顺属自被灾后，经弟呼号求救，走书四方，迄今尚无一应。罄本库所藏，不足二万金，蒙皇太后将中秋节需拨赈五万金，核计所需尚少十分之九，从何着手？据查赈官绅来告，有至今围在巨浸中，此不能近彼不能出者，似此尚何能稍待？因思地居畿辅根本所在，公忠恺悌之贤，闻之必思垂救。贵省诸巨公功成身退，身在林泉，心在王室，如此奇灾，上廑慈念，情关援溺，义切拱辰，若能共出巨资，以济全局，或独捐一邑，终始生全，岂独功德无量，抑亦风义持超今古矣。用寄呈捐册一本，求我哥广为敦劝，早集巨款，以资拯济。救数百万灾黎，即救弟微躯，感当不朽。苏申扬浙诸君，曾于山东西及豫省各灾摹捐巨款，托所信好，携银办理赈务。似此生佛一临，则濒死孑遗立登衽席，我哥当必夙相谂好，[并]并求代陈苦情，一为切籲。鹄候德音，无任迫切屏营之至。愚弟周家楣顿首。八月十六日。

严君佑之山东来书

十四奉上电信并元号信，十八复发一电，先后谅投台鉴。弟等十六至齐东。合境四百数十庄，被灾者四百余庄，饥民十余万口。弟等十八日分四路下乡，或水或旱，仍有水旱不通之处，查放甚难。房屋大半倒坍，或就堤岸搭蓬，或在坟冢栖止，逃亡者亦复不少，哀鸿露处，惨不可言。官赈不能分贫富，弟等减而又减，亦有六七万口。弟处之款仅敷一县，已函致振翁约其合办惠民。适振翁、启翁由利津来，据振翁言，利津须用二万余金，意在救人救彻，将利津三十余庄之灾民留养至明年二月为止。弟只得请振翁节省利津之款，合办惠民。南中如有续款，即请电示，以便酌放。湖北、江苏究竟灾况轻重若何，直省亦复大水，前存五万余金，何人往放，乞示知。东省之事，弟拟办三县后回南。赈款既不接济，只好恝焉舍去也。专此布达，即请台安。严作霖顿首。八月二十一日。

潘君振声山东来书

迭奉电示，藉聆种切。民表现在利津，目睹昏垫之民，惨难为状。利津系黄河入海口门，众水所归，其流甚悍。邑分十四户，四十余庄，现在尽成泽国。弟择高阜各庄设厂，令在水灾民即行迁往。来者约二万余人，势须留养，至明春再谋生计。即此一县，非七八万金不办，尚祈广为筹款。事已到此，不能束手而去也。严佑翁在齐东，施子英兄闻亦到省，或办留养，或办散放均视灾之轻重以为权衡。惟秋泛又来，阴雨不止，嗷嗷百万众露处水中，棉衣俱无，寒冬将届，如何是好？弟等虽竭心力而为之，亦全恃诸君广为集捐，早日援手也。寄来赈款，容集数后，将收条统行寄上。所有赈项共来七万余两，仅敷两县之用。其余七八县如何措置，目不忍睹，耳不忍闻，言之泪下。深恐捐款不继，日夜焦虑，如何如何？匆匆。敬颂善安。潘民表自利津肃。八月二十三日。

常州来函

启者：顷接常州友人来函，日来正拟筹劝东赈，乃念一、念二两日狂风骤雨，潮水突涨，竟将武邑沿江一带圩堤冲破九十余处，庐舍荡然，人畜淹毙。善堂绅士现在筹费前往放赈施粥，势难为继。节婴局姚君经理其事，据云筹款极难，尊处既筹东赈，可否更为常郡设法等语。为合大呼将伯，如有善士捐助常州赈款，请寄常州马山埠节婴总局经收，功德无量。

扬州来函

启者：连日风雨，竟成奇灾。眼看苗实，可庆秋成，孰知念一日风雨骤来，至午愈急，迨至念二日晚间，拔木倾盆，人力难施，无从抢护。今闻永安州已破十余圩，中兴沙全行淹没，伤人约及二百名。口岸之北，上自杨湾，下至三江营，沿江一带堤岸全破，满目哀鸿。尤惨者，洲民去岁本鲜盖藏，今春又无收获，现在突遭水患，实有倒悬之急、旦夕之危。务祈杨镇苏申诸君子体天地生成之德，宏圣贤胞与之怀，迅赐拯援，踊跃倡捐，俾灾民共获生全之庆，获报无涯涘也。谨启。

靖江来函

哀启者：敝处于七月念一日午后大风，念二日狂风急雨一昼夜，圩岸尽破，沙州尽陷，内地十余里无不水高数尺，房屋人畜器具尽行掷入水中。其幸免者无一不露宿水栖，奄奄待毙。镇江沿江各洲已有柳君等放赈，江北扬属各洲亦有邵君等赈济，常州、武进亦有府城绅士赈济。惟我靖江，僻在江北，善士推归江北。邑尊查明府为民请命，四处乞赈，迄无应者。务祈好善君子速筹捐款，交付上海金州局、苏州电报局、扬州电报局、镇江电报局经收，派人速来救命，公侯万代。此启。靖江灾民恭叩。

海宁来函

海宁于上月念一日风暴复作，念二日自辰至申，雨大如注，风狂莫当。州城内外屋倒墙坍，十居八九，数抱之树，摧折不少。至四乡之禾尽偃，大木斯拔，不可胜计，微特目不忍睹，抑且耳不忍闻。海神庙石牌坊两座，自雍正间创建，至今未经坍损，亦间有被风吹落者。实未经遇见之大灾也。彼时虽值小潮泛，而风挟潮头，复涌高十余丈，扑塘而上。沿塘一带水未尽退，复遭淹没，大塘亦甚危险，竟有坍大口之患。州尊冒雨步行，赴各庙虔求晴霁，至晚始得风息潮平。睹此情形，备塘河不能不急筹疏浚也。当风刮潮水冲溢时，其河通流处尚可稍阻奔注，其淤塞处漫溢入内，民房民田被害者较前加甚，奔哭之声震野，栖宿之地奚投？虽曰天灾，实未尽人力耳。秋潮伊迩，恨不能毁家纾难，以救沿塘一带灾民。急救之法，惟有速浚此河，奏功最易。若得乘时举办，其利有五：潮可以免内灌，泥可以填塘面，河可以运工，水可以溉民田，工可以代赈济。而遇塘冲溢之潮水，藉河以资积蓄，何致奔避无计，死丧频仍哉？用敢代民请命，为抚有斯邦者告。浙西幸免漂没子又拜上。

浙绍来函

敬启者：敝乡余姚、上虞、萧山等邑，前月间三次风潮，海塘倒灌，如坎山、夏盖山、倪家路、舜山头、白沙路坎墩、浒山、历山以及毗连慈溪鸣鹤场一带二百余里，塘外沿海，沙圩尽被冲破，淹毙人口动以千计。其幸而逃避者，庐舍荡然，行将散之四方。故乡父老叠次书来，告灾乞赈。谊关桑梓，已先集在沪乡人凑借微资，函托上虞归安公局查勘酌办。方今各省水患频仍，同乡苟可自谋，原不欲动四方之听，奈敝地灾亦甚巨，不得不求助于各处仁人扩一视同仁之量。倘蒙惠助，按旬录登《申报》，以昭信实。远省同乡官幕殷商愿取捐册经募者，候示寄奉，尤为感祷。浙绍同人公启。

直东江浙四省水灾募赈启

启者：本年夏秋以来，风雨疾厉，河海横流，山东濒河二十余邑一片汪洋，顺天、直隶所属四十余州县以及江浙沙洲尽成泽国。说者谓灾重地广，变出非常，死者累累，亦长已耳。若其沟壑余生，待毙求救，急之须臾则生，缓之须臾则死者，亦且数百万计。朝廷轸念灾黎，颁帑截漕，恩膏叠沛，甚至中秋令节应进宫闱款项，亦蒙抵拨灾区，减玉食而益万方，厚泽深仁，震襮今古。凡有血气者，自无不宏其胞与草偃德风。无如灾异逾恒，施济难博，阅时既久，集款更难，自非合十八省善士同急扶持，将何望数百万灾民早全生命？是用刊分捐册，敬告同心。哀此嗷嗷，何非朝廷赤子？大君子廑忧饥溺，怀抱公忠，值时事之多艰，宜保民而卫国，泛舟相助，挟策筹赀，苟有利于灾黎，分文非少，愿散财而市义，万贯非多。所冀施当其时，善囊迅解，云天在望，祷祀同深，临颖不胜急切待命之至。粤闽江浙协赈公所同人谨启。（公所设在上海陈家木桥金矿局内。）

赐助赈款，当即掣奉收条，按旬刊布日报。将所收捐款，以十分之四解交直隶金苕人、薛霁堂、严紫屏、梁资卿诸君，散赈顺直等属，以十分之三解交山东潘振声、严佑之、施子英诸君，散赈利津齐东等处，以十分之三解交江浙各处办赈善士。经放事竣，刊录征信。如有捐银千两以上者，当禀请奏准建坊；欲请奖虚衔封典者，另有章程列后。远处寄款如嫌不便，即请就近交付后开各处经收掣票，汇总起解。

苏州（电报局、酱园公所、中市泰昶庄）、镇江（电报局、招商局）、扬州（电报局、教场黄家园王公馆、复茂恒钱庄、元亨利钱庄）、清江（电报局）、松江（辅德堂、全节堂）、盛泽（邵合记绸庄）、江宁（花市大街祝善隆箔庄）、泰兴（包家巷何月翁）、常州（马山埠保婴局）、无锡（善材局、电报局、金匮学）、杭州（同善常、电报局、钱塘县学姚君）、宁波（电报局、招商局、瑞康钱庄、沈竹亭翁）、绍兴（电报局水澄巷徐）、湖州（仁济堂）、嘉兴（县学王篑圃翁）、南浔（电报局、育婴堂）、兰溪（电报局）、温州（招商局）、福州（华税局、招商局、城内普安堂、城外莫裕昌洋行）、厦门（招商局）、台湾（招商局、凤山县学王君少樵）、广州（招商局、爱育堂）、香港（东华医院、招商局）、汕头（招商局、仁裕号陈全德翁）、牛庄（招商局、仁裕号陈雨亭翁）、烟台（招商局、信盛号周峻山翁、沙逊洋行谭韶东翁）、济宁（电报局）、京都（广仁堂）、通州（电报局）、天津（广仁堂、电报局）、抚湖（招商局）、安庆（按照磨署王君子肃）、九江（招商局、永昌官银号、新关朱君松云、何君梅阁）、汉口（招商局、乾裕官银号）、宜昌（招商局）、武昌（城内公济益官银号）、四川（重庆府城打铜街升丰泰王荐之翁）、山西（省城戒烟局杨君致远）、河南（抚辕文案委员李君翥霄）、湖南（长沙府城军装局刘司马治越）、云南（云南府署邓太守）、贵州（迤东道署罗方伯）、暹罗（招商局郑君庆裕）、仰江（协振号蔡金玉翁）、新加坡（招商局陈君金钟）、槟〔槟〕榔屿（招商局胡君紫珊）、东京（中国使署）、横滨（永昌和号罗君伟堂）、神户（怡和号麦君旭初）、长崎（庆裕隆号郭君孟毓）、英国（伦敦京城肇兴公司梁君星垣）、美国（华盛顿京城中国使署）、德国（伯灵京城中国使署）。

潘君振声山东济阳县来函

连奉惠缄，藉悉一是。表于前月二十一将利津赈银全数散放。原拟将水中救出灾民养至明春二月遣散，因与佑翁相商，捐款断不敷用，不若散赈一次，可以各自谋生。因即按口散放，大口给制钱二千五百文，小口减半，共散去一万八千金。其余一万二千金交付佑翁，合办惠民。表亦念二日起身，前往会办。在途忽闻济阳决口，且闻其地灾况与惠民、齐东并重，即与佑翁相商，酌带四千金，择其最苦之区赶为查放。昨到此间，晤周莲士大令，知合邑共四百村，约非二三万金不能遍查。仅此四竿，断然无济。现在被灾之地四面皆水，房屋倒坍，颗粒无存，壮者奔走他乡，所余妇女老幼借贷无所，迁移无地，仅采柳叶草皮以充饥。嗣后树叶卷落，寸草不生，嗟此穷黎，何以度日？表乘舟往来水中，数十里间，举火煮食者甚觉寥寥。霜降以后，河水忽又涨发丈余，漂没房屋人口无算。灾上加灾，心伤目惨。现在水仍不退，麦无可种，灾民实无生计可寻。前与佑翁谈及直隶之灾重在广，山东重在久，二者未可偏废，所望仁人君子广为劝募，以三分之二赈顺天、直隶，以三分之一赈山东，使两处灾民均沾实惠，俟至来岁秋成有望，便可各自谋生。此实无穷功德也。表俟济阳赈毕，如无续款，即便回京。手此肃复，即请善安。愚小弟潘民表顿首。十月初十日。

附启者：敝处于十月十二日合解东赈五千两，后又值凑解直赈一万二千五百两，遂致有垫无存。日下来源既极萧条，各处市面又甚艰窘，劝无可劝，募无可募，所冀沈灾渐淡，勉可敷衍。乃接振声先生函，所述灾况又如此万分迫切，既不忍劳观袖手，又不能无米为炊，仍惟有刊登新报，冀有天下善士、中国仁人，慨念斯民皆我圣朝赤子，今日救一哀号垂毙之灾民，即异日多一保卫皇家之义士，多方设法，随宜劝捐，迅解灾区，拯此及溺，岂惟受之者颂德歌功，即天神亦必嘉许，岂惟同人等倾心拜佩，即朝廷亦必褒嘉，拭目以俟，跂足以待，无任迫切企祷之至。江浙闽粤同人再拜启。

金君茗人直隶文安县来函

迭奉惠函。第一次银五千两，已交严紫翁、梁资翁在武清查放；第二次银三千两，拨赈文安；第三次三千两，弟在献县查放；第四次二千两，拟办粥厂之用。此次电示，续解弟处二千五百两，转交严佑翁一万两，到时再行奉复。弟因京兆必欲邀办顺赈，故专办文、大、保三县，兼及河、献、清、静各县。文洼边境，纵宽一百数十里，全是一片汪洋，但有一二长堤横亘于中，可想见水势之大。弟因地广灾重，为款不多，势难一律查放，拟于查放户口外，兼办发苇草收席、发棉花收布，买高粱柴草运至文大洼，平粜平卖，庶可源源周转，不至一放即完，一完仍旧饿死，但办理殊非易易，尚在踌躇。卖男鬻女之事，近时已见。天津为灾民乞食汇集之处，散放极不容易，不能不设一粥厂，然须办理得人，亦在踌躇。南来捐款，弟意在择要救急，故第三次之三千两带至献县一带，专就房屋全坍、无处栖住者酌施之。专就献县一邑论，倒屋一万五千余间，似较笼统散放实惠，而不至难继。严、梁两兄在武清查放，幸有禀拨之二万金，连现解之五千金，并绅捐万五千金，于官赈之外加赈一次。弟现办文安，派有万三千金，系于官赈之外分赈若干村。严佑翁闻带数万金来顺助赈，未识果有带款否？此间待款甚急，而南中应接不暇。弟俟大邑放毕，无款再赈，拟办平粜，惟念灾况太重，以后解佑翁之款，可否分半相济？谢啸谷一函，附呈台鉴。弟所不敢狂呼将伯者，实因南中情形之难皆在意中，傅相亦因从前各省助力不少，故不便再行函商。然目击灾区，实难为怀，南望云天，无任祷企。敬请台安。弟福曾顿首。十月十七日。

左各庄奉一芜禀，谅达电照。以晚看来，顺直各属被灾，莫有过于文安者。他县总有高地，此则汪洋一片，十有七年，素来殷实之家亦无非以浮萍草充饥。南中善路久已开通，今困苦若此，来款无几，想此间灾状，未必深知耳。务祈速发告急之书，或请某某翁、某某翁自来设局，灾民方可更生。否则坐视死亡，晚实不忍，只好告别矣。禀请勋安。治晚谢文虎禀。初八日。

附启者：潘君振声方催东省赈款，金君茗人又述顺直情形，拜阅一过，心伤目惨。富室而食萍草，坍屋而至万间，此何如灾况耶！赈款不济而思发苇收席、发棉收布、发粮平粜，谢君啸谷甚至不忍坐视，函请告别，此何如情形耶！噫嘻！我国家列祖列宗三百年来，敬天勤民，超越前古，蚩蚩之民尚知仰体皇仁，梦梦者天竟忍水旱频仍，杀斯民以伤天地之和，亦甚不可解矣。方今朝廷仁圣，视民如伤，我侪小民虽不能挽回天意，感召和甘，独不思仰副圣心，共图拯救乎？所愧诚信未孚，不足以动四方之听，才力有限，不足以救非常之灾，伏求仁人义士、善绅殷商，大发慈悲，代弥缺憾，或另刊劝捐册籍，或另设收解公所，或自集捐款，解交官局，或独输巨赀，往赈灾区，或来取捐册，代为筹劝，或别筹良策，见诸施行，苟有利于灾民，即是公忠报国，论将来之福报，岂徒富贵浮华？祷祀以求，馨香以祝，同人等实与灾民共之。临池九叩，伏乞公鉴。江浙闽粤同人拜启。

严君佑之自黄庄来书

十三具上十号信，十九奉上绥兄一信，谅均达览。辰维筹祉，吉祥为颂。宝邑灾况极重，故前信有挪借二万金之说。嗣后奉绥兄电示，嘱尽万五赈宝。市穷勿大望，理应遵命。无奈宝坻全境被灾，今仅择尤查放，不过官赈中四分之一，已属哓哓不已，加之闻赈归来，纷纷求乞，前此逃亡在外，各自谋生，此番闻赈而归，奔走恐后，较之在家者，其情更属可悯，终日环跪局门，哀号救命，虽铁石心肠，亦为之酸鼻。无如人数众多，款项不济，而且人情叵测，真伪难分，只得昧著天良，硬说不补。然清夜扪心，实属不安。闻赈而归，是弟等招之使来，今令其奔走道途，空费往返，岂仁者之所为耶？弟本不才，徒增罪孽，未识诸善长其何以教我？弟手本紧，断不肯以有用之金钱轻于一掷，非万不得已之时，不敢挪借。今宝邑减之又减，统计除万五之外，尚少万金。先在尹宪处借用京平六千，尚恐不敷，祈执事设法解还为祷。宝邑事竣，是否先至雄安守候南中之款，抑束装回南，昨已有电信请示矣。再，前解规银五千两，周筱翁查实解京平四千八百五十两。京平比库平每百两小六两，究竟规银折京平足银若干，弟亦不知。嗣后汇银乞归申公砝平，以便核算，是所切祷。再，越南事闻已决裂。越民将新主鸩弑，法人因此增兵，攻西山、北宁。恐所窥伺者尚不止越南也。愤甚闷甚！专此布达，即请台安。愚小弟严作霖顿首。十二月初三日。

敬覆者。十六寄奉二号信，并解款想已得达。十一月十三来信至今未到，十九信于本月初十到沪，初三信顷已接读，就悉饥溺苦衷，艰难情状，同时并接电示，大略相同。在执事触目伤心，无财不可为悦。乃此间民穷财尽，无米断难为炊，况兼筹东赈，时际多艰，越事一日不定，即市面一日不复，捐款一日不旺，一日仅收一二百元，一月亦止二千金，核奖加捐开办半月，仅收六十金，其何能济？先查安州，于办法甚是，然无款发放，徒查何益？蚤夜以思，我心如结，于无可如何之中，作极无聊赖之想，莫如投笔从戎，靖此藩服，向既以活人为事，今何妨以杀人为业，敌忾同仇，非异人任公其有意乎？续解难期，欲言不尽。

致各善士公函

各省筹赈助赈诸先生大人阁下：献岁发春，纳福无量为颂。上年顺、直、山东赈捐，叠蒙殊施，不独受者感激涕零，即同人承宣善惠，敬佩亦复何涯。除夕前数日，顺直赈董金苕人、严佑之诸君、山东赈董潘振声、施子英诸君叠来电函，各言春赈方长，需款孔亟。宝坻不敷，已借垫五千金，急须南中解偿。邻近各邑仍一片汪洋，春麦未种，苟无巨款，必废半途，灾民既无生全之望，即有谗嚣之虑。情辞均甚急切。同人莫展一筹，无辞可答，亦知身无责守，原不妨恝然舍置，惟念宵旰勤劳，无非为民保命，诸执事恺悌公忠，助赈报国，既共体圣上之心以为心矣，同人天良未泯，敢不体诸君之心以为心乎？用再刊呈公启，上渎清听，或仍设公所，代为收解，或添取捐册，广为劝筹，或从速解囊，各随心力，下以拯倒悬之民命，即上以培元气于国家，明则有君相之褒嘉，亦幽则有鬼神之福佑。同人馨香以祝，祷祀以求，实不胜急切企盼之至。敬请均安，并贺新禧。伏乞公鉴，恕不寄函。江浙闽粤同人、桃坞同人百叩九顿上。

一、敝所刊刻之四省灾图捐册留存尚多，善士俯予代募，幸祈随时函索。上年散出各册，务求赶紧募缴。

一、各省代收赈捐之善堂局所地址，久经刊布，想邀公鉴。如有善士助赈，可就近交托汇解。

一、原捐善士欲核请虚衔封典者，每例银百两，如有捐票八十四两，请找库平十六两；欲核请贡监者，每例银百两，如有捐票六十八两，请找库平三十二两，即可核给实收，倒换部照。所有部饭照公费一总在内。

一、如有捐银千两以上者，即为禀请奏予建坊，并无公费。

一、募赈千两以上之善堂绅士，当禀两省大宪给匾旌扬。其一人独募万两以上，愿得奖叙者，亦当代为禀请。敝同人则因人成事，不在此例。

一、乐输捐款交到敝所，无论巨细，均有收照为凭，并将总数登列新报，事竣刊布征信录。

一、善士欲将输捐情节及筹赈策刊入新闻纸者，敝所当为录登。惟只节叙大略，因篇幅有限，难容长篇也。

一、善士赐函，幸祈开示地址，以便函复。至因信足立候，未及函复者，幸谅其疏。

一、如有善士指捐湖北赈款，敝处当代收转解汉口存仁巷善堂冯君价庵散放。

直隶赈董严佑之自青县来书

粤闽江浙善长、沪苏镇扬诸公大人阁下：岁杪寄奉一缄，谅蒙垂鉴。作霖由宝坻回津，本欲南返，因伯相暨赈局诸公谆谆挽留，辞不获已。窃计旱道南返，多延时日，不如代放一县，守候南中续款。遂领万五千金，于念八日起行，除夕抵青县，初五分投下乡查户，约计二月初可以蒇事。前奉电示，嘱行止自定。作霖南中经手事件纷如蝟集，恨不立刻回南，第念畿辅重灾，哀鸿遍野，又当海防多事之秋，万一民穷思盗，心腹可忧。诸善长筹赈以来，各省输捐义士，无非仰体朝廷博大之仁，散财发粟，活此烝民，藉以图报二百数十年以来列祖列宗休养生息之恩，尤赖诸执事激励人心，共矢忠义。若值此赈务吃紧之时，知难而退，上何以慰九重霄旰之劳，下何以慰百万灾民之望，外何以显中国之民心，内何以副平生之志愿？想诸公决不为此也。犹忆赴直之际，绥兄来函，谓来春捐款，或尚有为。作霖若决计南归，岂不阻塞后路？反复筹思，俟二月初再酌。倘南中竟无接济，只得奉身而退。若每月可解二万金，作霖断不敢惮奔走之劳。伏乞诸公设法外之法，俾亿万灾民不致流离失所，此则作霖夙夜盼祷者也。东省自作霖去后，潘振翁处共解若干。振翁历办晋豫赈事，查赈老手中坚忍耐苦者首屈一指，如有续济，必不负善士之托。惠民、济阳、齐东，春抚万不可少，尊处尚有协助否？法越军务若何，南中市面若何，乞便示知。肃请台安。严作霖顿首。正月八日青县寄。

上海陈家木桥振所五月底停撤公启

启者：敝所自上年夏间仰承各省善士委解赈捐，瞬及一载，乞邻滋愧，衾影难安，宣惠承流，感激无似。兹幸山东赈友潘振声诸君已于五月望告竣，顺天赈友严佑之诸君亦于五月十九日回南，收解事宜勉可截止。现准于五月底将公所停撤，各省输捐善士如须核奖者，即请将捐票、履历、部饭公照等银即日掷下，代为造册禀请。劝捐善士应须请匾奖励者，亦候汇收捐款之处赐示遵办。但公所既撤之后，虽留一友在上海电报局中刊录征信，然至闰五月中，征信当可造竣，友人亦即辞退。如蒙见委，务乞于期前示知，过此以往，势必有负雅嘱。特先声明，幸乞原谅。抑又请者，同人襄理转输已及七年，代解代收，等于票庄信局，较诸筹捐善士苦口劝募者迥然不同，不但功无可居，亦且过无可受。外观不谅，或代惊其虚声，或忘加夫奖许，遂令暗中折福，四顾贻羞。此后永永年代，惟祝人寿年丰，不闻荒政。万一偶遇歉收，务祈待赈诸君别相劝勉，输捐善士另托解交，俾同人得免无穷之疚。感甚祷甚。

上海金州局内协赈公所收解直东江浙四省水灾赈捐清册

（自光绪九年六月二十七日起至拾壹年五月二十日止）

旧管：无。

新收：

一、收札发委解项下：

浙江抚、藩宪库平六千两，合规银六千五百四十四两。

又洋一万元。

闽省善后局规银六千四百另八两六钱九分三厘。

李军门规银九百念六两四钱七分六厘。

以上共收规银一万三千八百七十九两一钱六分九厘，洋一万元。

一、收本所另收项下：

申字册各善士捐募规银八千二百另五两五钱三分，洋三万六千九百九十二元七角五分，钱三百八十五千一百五十九文。

顾若翁募（潘李两君）规银一千六百两另另四钱一分三厘。

黄春翁募规银二百六十两另另七分，洋二百五十一元，钱一千一百文。

果育堂募洋二百六十四元。

升茂庄募（桶捐）规银二百三十五两四钱二分九厘，洋九百八十三元，钱三百十一千七百七十五文。

施少翁募规银一千两。

怡顺昌募规银一千三百念八两一钱三分一厘。

袁九翁募规银五百两。

和理记募规银一千另八十两另五钱。

上海电局募规银一千一百念五两四钱三分。

芜湖公所崔同茂募规银六十八两另五分，洋一百七十五元。

高邮公所丁镜翁募规银十两零九钱二分，洋三百捌十一元，钱四百八十文。

苏州公所彭菊翁募洋一千八百元。

又王景翁募洋一千零五十元，规银九百九十七两八钱七分。

盛泽公所吴霭翁募规银一两二钱，洋七百五十二元，钱一千一百六十文。

同里公所金小翁募洋一百零八元，钱四千六百二十文。

松江公所辅德堂募洋七百八十五元，规银一两三钱六分五厘，钱八千七百五十文。

又曾明府募规银一千两。

又岁寒堂募规银三千二百八十二两八钱三分七厘，洋七百五十元。

常州公所何慎翁募洋二千元。

凤阳公所沈叔翁募规银九百零八两七钱八分六厘，洋八十四元，钱二千八百八十文。

浙江公所松记募规银二千两。

又潜园募洋一千元。

以上共收规银二万三千六百零六两五钱三分一厘，洋四万七千三百七十五元七角五分，钱七百十五千九百二十四文。

一、收各省项下：

苏字册苏州电报局王步洲、王柳堂、林恕斋、谢佩孜翁募规银二万三千一百四十六两六钱零六厘，洋一千五百零七元，钱四千七百五十文。

镇字册镇江电报局张廉泉翁募规银一万四千七百十二两三钱五分四厘，洋二十元。

又镇江招商局募洋一百六十七元。

扬字册扬州元亨利、复茂恒募规银五千一百三十九两五钱四分四厘，洋一千五百八十二元，钱一千六百四十文。

常字册常州保婴局刘云、姚彦翁募规银一千三百零二两零五分，洋六千六百三十一元八角四分一厘，钱一千五百五十三文。

泰字册泰兴何月樵翁募洋一千一百元。

同字册苏州祝心翁募规银三百十三两三钱一分六厘，洋一千六百八十六元，钱十八千八百六十五文。

皖字册芜湖招商局刘吉六翁募规银二十两零九钱五分，洋四百八十二元七角五分，钱二百文。

又屯溪司张晴溪翁募洋二百八十九元。

又安庆府学汪立斋、吴仁圃翁募规银十六两四钱八分，洋二百二十三元。

又按经厅王子肃翁募规银三百二十两，洋九十九元，钱三百六十文。

江字册九江关朱松云、何梅阁翁募规银四百四十八两一钱四分二厘，洋六百五十八元，钱二百千零零一百九十文。

又永昌银号募洋六十二元。

又九江招商局孙楚卿翁募规银二百九十两零九钱三分二厘。

浙字册杭州同善堂募规银一百二十两零五钱七分，洋三千六百四十二元，钱一百五十四文。

又杭州电报局张既耕翁募规银一钱五分，洋四千六百零四元，钱一千三百二十五文。

又刘庆翁九成庄泰和典恒裕庄募洋一百八十元。

又钱塘学姚静庵翁募规银七钱五分，洋五百八十三元，钱四百四十文。

又浙江牙厘局盛方伯、林太守募规银四钱五分，洋四千三百五十元零五角，钱七千一百五十七文。

又宁波招商局谢益斋翁募洋二百五十元。

又宁波电报局华小湖翁募洋一百十五元，钱四百四十文。

又南浔电报局庞芸皋、刘□、郭嵩仙翁募规银七百三十一两，洋七百十四元，钱一千一百六十文。

又宁波瑞康庄沈竹翁募洋二百零二元。

又兰溪电报局巢盟芷翁募洋一百五十元。

又温州海关汪莲缘翁募规银三钱，洋二百七十六元。

又温州招商局蔡侣陶月轩翁募规银一钱五分，洋一百元，钱一百九十文。

又嘉兴学王筤圃翁募洋一百零五元。

又绍兴电报局经凤君翁募洋八十三元，钱五百五十文。

鄂字册汉口招商局吴辉垣、张寅宾翁募规银二百零六两九钱八分八厘，洋九百九十五元，钱三百八十四文。

又宜昌招商局募规银一百三十四两六钱九分四厘。

又淮军转运局江筱棠翁募规银三百十二两五钱一分三厘，坏洋折规银十七两二钱，洋六十九元，小洋合钱一百九十文。

又公济益号方允符子厚翁募规银六十四两九钱，金饰兑见规银十一两五钱四分五厘，洋一百九十二元，坏洋全规银一钱五分。

又益记茶栈庄亦琴翁募洋二百十七元，钱合规银十八两九钱三分七厘。

闽字册裕昌行莫澹如翁募 普安堂曾伯厚、王子芸翁募规银三千七百三十两零九钱二分三厘。

又福州招商局募规银六百十二两，洋八十八元，钱二百七十文。

又厦门招商局王渊如翁募规银四百二十三两一钱七分七厘。

又台湾凤山学王少樵翁募规银三百七十五两二钱五分一厘。

粤字册汕头招商局廖紫珊翁募规银四百三十五两七钱九分。

又广州招商局募洋五十元。

又广州电报局周少逸翁募规银二百八十三两二钱零八厘，洋一百三十元。

又香港东华医院募规银五千二百七十五两九钱一分四厘，洋五元。

又香港招商局张禄如翁募规银四千三百七十一两五钱四分八厘。

东字册烟台招商局陈敬亭、谭韶东翁募规银四钱五分，洋五百二十三元。

黔字册罗星潭观察募规银一百五十七两二钱。

滇字册邓小赤太守募规银六千一百十二两二钱九分九厘。

直字册天津招商局黄花农翁募规银七十八两四钱六分，洋一百四十九元，钱一千二百八十三文。

豫字册江苏会馆李霭霄、杨乐亭翁募规银一千三百五十一两三钱零六厘。

洋字册出使日本黎大臣募洋三千一百九十一元。

又出使德国李大臣募规银七百二十两零三钱四分四厘。

又仰冈协振号蔡开运金玉翁募规银二千九百四十两。

又新嘉坡招商局陈金钟翁募规银四千九百七十八两八钱五分，洋九百二十四元。

又关桂林洋一百元。

又神户广帮众商洋二千五百元。

又大坂神户众商洋二百三十二元五角。

又神户怡和行麦旭初翁募洋三百十元零四角。

又增泰募洋一百六十一元。

又日本三口领事署募规银三百七十五两四钱五分六厘。

又嘡咪裕隆兴募规银一百十六两，钱二百文。

以上共收规银七万九千六百六十八两八钱四分七厘，洋三万九千六百九十八元九角九分一厘，钱二百四十一千三百零一文。

一、收核奖加捐项下：

东奖加捐部饭公费库平银三千九百十三两八钱八分四厘。

直奖加捐部饭公费库平银二千六百七十九两二钱二分五厘。

皖奖加捐部饭公费库平银九百零二两五钱六分。

苏电局来加捐部饭公费库平银八百九十七两五钱。

扬电局来加捐部饭公费库平银六百十三两七钱六分。

镇电局来部饭公费库平银二百八十两零七钱五分六厘。

以上共收库平九千二百八十七两六钱八分五厘。

（查以上四项，共收库银九千二百八十七两六钱八分五厘，合规银一万零二百十六两四钱五分三厘五毫。又原收规银十一万七千一百五十四两五钱四分七厘；又收洋九万七千零七十四元七角四分一厘，合规银七万零五百二十四两四钱九分五厘五毫；又收钱九百五十七千二百二十五文，合规银六百三十八两一钱四分九厘。大共规银一十九万八千五百三十三两一钱四分五厘。各户细数均见申沪报，故不细刊，至申沪报所载细单，逐次均有结数，附刻于后，以资引证。）

一、收代解及转账项下：

九年六月二十八日，扬州公所公砝一万五千两，合规银一万六千一百十两。又怡顺昌库平五千两，合规银五千五百两。

八月初一日，怡顺昌库平六千两，合规银六千四百四十四两。又丝业会馆公砝七千两，合规银七千五百十八两。

八月三十日，直赈局拨还南绅存款四万一千七百四十四两，合规银四万四千六百六十六两零八分。又怡顺昌库平四千两，合规银四千四百两。

十一月二十九日，怡顺昌公砝一千五百两，合规银一千六百零五两。

十年正月二十一日，怡顺昌库平二千两，合规银二千二百两。

以上共收规银八万八千四百四十三两零八分。

一、收各庄暂存利息项下：

以上共收规银二百零八两九钱三分二厘五毫。

共收规银二十万零五千八百零六两五钱五分九厘五毫；共收库银九千二百八十七两六钱八分五厘，合规银一万零二百十六两四钱五分三厘五毫；共收洋九万七千零七十四元七角四分一厘，合规银七万零五百二十四两四钱九分五厘五毫；共收钱九百五十七千二百七十五文，合规银六百三十八两一钱四分九厘。

大共收规银二十八万七千一百八十五两六钱五分七厘五毫。

开除：

一、支解山东赈款，共合规银十四万五千四百九十五两七钱零九厘。

内计：

一批规银一万两。

二批镇江划公砝一千两，合规银一千零七十四两。又代解扬州捐公砝一万五千两，合规银一万六千一百十两。又代解怡顺昌公砝五千两，合规银五千五百两。

三批公砝一万八千两，合规银一万九千三百二十一两八钱一分六厘。（以上五项，均九年七月解严佑翁。）

四、五批公砝一万四千两，合规银一万五千零三十八两。又代解怡顺昌公砝六千两，合规银六千四百四十四两。又代解丝业会馆公砝七千两，合规银七千五百十八两。（以上三项，均八月解严佑翁。）

六批代解怡顺昌瑞林祥、呈祥汇库平四千两，合规银四千四百两。（九月解严佑翁。）

八批公砝五千两，合规银伍千三百七十二两二钱七分五厘。（十月解潘振翁。）

九批公砝五千两，合规银五千三百七十两。（十一月解潘振翁。）又代解怡顺昌隆祥汇库平银二千两，合规银二千二百两。（十一月解严佑翁。）

十批公砝五千两，合规〈银〉五千三百七十二两五钱。（十年正月解潘振翁。）

十一批公砝五千两，合规银五千三百七十五两。（正月解潘振翁。）

十二批公砝三千六百五十六两二钱八分三厘，合规银三千九百十九两七钱九分九厘。（二月解潘振翁。）又浙抚宪委解库平银一千两，闽善后局委解规银六千六百零八两六钱九分三厘，浙藩宪委解洋二千元，三共合规银八千九百四十五两六钱九分三厘。

十三批浙藩宪委解库平银二千两，合规银二千一百八十两。（以上两项，均二月解东抚院。）

十四批核奖加捐库平二千四百零五两二钱九分九厘，合规银二千六百四十五两八钱二分八厘九毫。

十五批苏州核奖加捐库平三百零八两零六分，合规银三百三十八两八钱六分六厘。

十六批库平银一千两，合规银一千一百两。（以上三项，均三月解潘振翁。）又核奖饭费库平五百四十六两六钱六分五厘，合规银六百零一两三钱三分一厘五毫。又苏州核奖饭费库平陆十八两八钱一分五厘，合规银七十五两六钱九分六厘五毫。（以上两项，均三月解东抚院。）

十七批公砝四千二百九十九两八钱九分，合规银四千六百三十八两零五分八厘。又浙藩司委解洋一千元，合规银七百二十六两。（以上两项，均四月解东抚院。）

十八批浙藩司委解洋一千元，合规银七百三十两。

十九批核奖加捐库平七百五十五两三钱三分，苏州核奖加捐库平四百二十五两一钱六分，扬州核奖加捐库平四百六十七两六钱四分，共合规银一千八百十二两九钱四分三厘。又核奖公费库平二百零六两五钱九分，苏州公费库平九十五两四钱六分五厘，扬州公费库平一百四十六两一钱二分，镇江公费库平二百五十五两一钱五分六厘，共合规银七百七十三两六钱六分四厘一毫。

二十批公砝一千九百九十四两八钱七分，合规银二千一百四十一两零二分。（以上四项，均闰五月解东抚院。）

廿一批江苏藩司委解洋一千元，合规银七百三十两。（六月解东抚院。）

廿二批浙藩司委解洋一千元，合规银七百三十七两。又公砝二千零四十二两八钱一分三厘，合规银二千一百九十六两零二分四厘。（以上两项，七月解东抚院。）

廿三批规银一千三百六十八两四钱六分二厘。（九月解扬州公所。）

廿四批规银七百三十九两七钱三分二厘。（十二月解扬州公所。）

共解东抚院规银二万六千二百八十七两四钱三分零一毫，共解严佑翁规银八万七千六百零五两八钱一分六厘，共解潘振翁规银二万九千四百九十四两二钱六分八厘九毫，共解扬州公所规银二千一百零八两一钱九分四厘。

一、支解顺直赈款规银一十二万七千四百三十三两二钱三分一厘二毫。

内计：

一批公砝五千两，合规银五千三百五十两。（八月十五日解金苕翁处严梁诸君。）

二批公砝三千两，合规银三千二百十两。（八月三十日解金苕翁。）

三批公砝五千两，合规银五千二百九十六两。（九月初六日解金苕翁。）

四批公砝三千两，合规银三千二百十两。（九月三十日解金苕翁。）又划拨南绅存广仁堂公砝二万两，合规银二万一千四百两。（八月划拨顺天府尹堂。）又划拨南绅存广仁堂公砝二万一千七百四十四两，合规银二万三千二百六十六两零八分。（八月划拨直隶筹赈局。）

五、六批湘平一万两，合规银一万零五百六十八两。（十月二十日解严佑翁。）又湘平二千五百两，合规银二千六百四十二两二钱零五厘。（解金苕翁。）

七批规银五千两。（十一月二十日解严佑翁。）又怡顺昌解公砝一千五百两，合规银一千六百零五两。（解严佑翁。）

八批规银二千五百两。（十二月十五日解严佑翁。）又规银二千五百两。（解金苕翁。）

九批公砝五千两，合规银五千三百七十五两。（十月正月十五日解严佑翁。）

十批公砝五千两，合规银五千三百七十五两。（正月三十日解严佑翁。）

十一批浙抚宪委解库平一千两，浙藩宪委解洋二千元，江南提督军门委解规银九百二十六两四钱七分六厘，共合规银三千四百六十三两四钱七分六厘。（二月二十五日解顺尹堂。）又公砝四千六百六十两，合规银五千两。（解严佑翁。）又禀由苏抚宪追泰来庄规银七千四百六十六两三钱二分九厘。（由苏抚院咨解直督宪。）

十三批公砝三千两，合规银三千二百十九两。（三月十二日解直隶筹赈局。）

十四批浙藩宪委解洋一千元，合规银七百二十六两。（四月初十日解顺尹堂。）

十五批核奖加捐库平二千一百零三两六钱三分二厘五毫，合规银二千三百十三两九钱九分五厘七毫。（四月三十日解顺尹堂。）又核奖公费库平五百七十五两五钱九分二厘五毫，合规银六百三十三两一钱五分一厘八毫。（解直隶筹赈局。）

十六批浙藩宪委解洋一千元，合规银七百三十两。（五月初五日解顺尹堂。）

十七批皖奖加捐库平六百七十八两一钱二分二厘五毫，合规银七百四十五两九钱三分四厘七毫。（解直隶筹赈局。）又规银一千两。（五月初十日解直隶筹赈局。）

十八批规银二千六百五十八两零五分九厘。（闰月三十日解由顺赈驻沪局转解周尹堂。）

共解严佑翁规银三万五千四百二十三两，共解金苕翁规银二万二千二百零八两二钱零五厘，共解顺尹堂规银三万三千四百七十一两五钱三分零七毫，共解直督部堂筹赈局规银三万六千三百三十两零四钱九分五厘五毫。

一、支解各省赈捐规银五千九百九十三两一钱一分三厘三毫。

内计：

扬州府属沙洲赈交李维翁洋五百元，又彩票七十九元，合规银四百十八两六钱九分六厘；镇江府属沙洲赈交张廉翁洋五百元，合规银三百六十一两五钱；常熟沙洲赈交凝善堂洋一百三十四元，合规银九十六两七钱九分五厘；震泽县赈 交徐翰翁洋一千元，合规银七百二十五两七钱五分；青浦龙风赈交丝业会馆洋二百五十元，合规银一百八十二两；靖江沙洲赈交张雪翁洋二千九百十九元，钱七百四十文，合规银二千一百二十三两八钱三分一厘；安徽赈交邹隽翁洋五百元，合规银三百六十一两七钱五分；绍兴赈交官银号洋一千元，合规银七百二十二两五钱；湖北赈交冯介翁洋一千元，合规银七百二十五两二钱五分；安徽核奖公费库平二百二十四两四钱三分七厘五毫，合规银二百四十六两八钱八分一厘三毫；安徽核奖公费金州局手库平二十五两六钱，合规银二十八两一钱六分。

一、支棉衣一万五千六百件，合规银七千三百二十两零六钱二分四厘。

一、支核奖加捐公费未收到九户，合规银三百二十六两二钱一分六厘。

一、支宝生轮船沈失捐洋一百元，合规银七十三两。

一、支移交粤赈公所规银四百六十两零五钱四分四厘，洋一百十四元，合规银五百四十三两七钱六分四厘。

大共支规银二十八万七千一百八十五两六钱五分七厘五毫。

实在：无。

杨丽卿、杨子萱、金立甫、王守之核造，汪卓人、张亮甫覆核

收款逐次总数（细数均见申沪报）

一、收（九年六月廿七至三十日）第一单规银三百十九两二钱六分一厘。

一、收（七月初一至初五日）第二单规银一千六百念两另六钱八分二厘。

一、收（初六至初十日）第三单规银七百四十一两六钱九分一厘。

一、收（十一至十五日）第四单规银三千三百四十一两四钱九分六厘。

一、收（十六至二十日）第五单规银一千六百十二两另另三厘。

一、收（二十一日至二十五日）第六单规银一万另三百八十一两八钱八分一厘。

一、收（二十六至二十九日）第七单规银六千六百六十八两一钱九分。

一、收（八月初一至初五日）第八单规银四千三百八十九两八钱三分三厘。

一、收（初六至初十日）第九单规银三千六百六十九两七钱八分六厘。

一、收（十一至十五日）第十单（原报规银二千七百四十三两四钱另九厘，应加宝银五十两，合规银五十三两七钱八分五厘，实收）规银二千七百九十七两一钱九分四厘。

一、收（十六至二十日）第十一单规银二千二百五十一两八钱八分二厘。

一、收（廿一至廿五日）第十二单规银五千六百三十二两四钱一分二厘。

一、收（廿六至三十日）第十三单（原报规银三千二百七十七两七钱七分八厘，除洋一百元，合规银七十二两八钱九分，实收）规银三千二百四两八钱八分八厘。

一、收（九月初一至初五日）第十四单规银六千另九十三两五钱一分八厘。

一、收（初六至初十日）第十五单规银四千另八十八两三钱二分八厘。

一、收又代解怡顺昌规银五百两。

一、收（十一至十五日）第十六单规银三千四百七十五两七钱三分。

一、收（十六至二十日）第十七单规银四千一百七十二两七钱八分一厘。

一、收（二十一至二十五日）第十八单规银一千九百十两另七钱一分九厘。

一、收（廿六至三十日）第十九单规银一千八百六十四两一钱三分。

一、收（十月初一至初五日）第二十单规银二千三百另六两五钱五分七厘。

一、收（初六至初十日）第廿一单规银一千六百八十四两五钱三分。

一、收（十一至十五日）第廿二单规银三千八百七十九两二钱二分八厘。

一、收（十六至二十日）第廿三单规银一千七百三十七两九钱七分八厘。

一、收（廿一至廿五日）第廿四单（原报四千七百四十九两四钱七分五厘，应除一两六钱九分二厘，实收）规银四千七百四十七两七钱八分三厘。

一、收（廿六至三十日）第廿五单规银四千六百八十二两九钱八分三厘。

一、收（十一月初一至初五日）第廿六单规银四百六十四两六钱七分五厘。

一、收（初六至初十日）第廿七单规银二千一百七十二两四钱六分。

一、收（十一至十五日）第廿八单规银六千三百三十九两六钱四分二厘。

一、收（十六至二十日）第廿九单（原报规银二千二百三十一两六钱一分九厘，应加三两六钱一分，实收）规银二千二百三十五两二钱二分九厘。

一、收（廿一至廿五日）第三十单规银二千另八十五两一钱九分八厘。

一、收（廿六至廿九日）第卅一单规银一千六百五十四两九钱九分一厘。

一、收（十二月初一至初五日）第卅二单（原报规银一千六百另四两另五分七厘，应加一千另七十二两六钱六分八厘，实收）规银二千六百七十六两七钱二分五厘。

一、收（初六至初十日）第卅三单规银二千九百八十七两六钱二分七厘。

一、收（十一至十五日）第卅四单（原报规银一千五百九十三两二钱二分三厘，应加五两七钱三分一厘，实收）规银一千五百九十八两九钱五分四厘。

一、收（十六至二十日）第卅五单（原报规银一千六百另六两九钱三分一厘，应加卅四两七钱六分八厘，实收）规银一千六百四十一两六钱九分九厘。

一、收（廿一至廿五日）第卅六单规银二千八百九十一两六钱另二厘。

一、收（廿六至三十日）第卅七单（原报规银三百七十七两八钱一分三厘，应加一两六钱八分七厘，实收）规银三百七十九两五钱。

一、收（十年正月初一至十五日）第卅八、卅九、四十单规银三千另另六两一钱二分八厘。

一、收（十六至二十日）第四十一单规银八千二百十九两六钱四分二厘。

一、收（廿一至二十五日）第四十二单规银二千两另另另另八分八厘。

一、收（廿六至三十日）第四十三单规银二千二百七十四两二钱二分九厘。

一、收（二月初一至初五日）第四十四单规银六百五十七两九钱另三厘。

一、收（初六至初十日）第四十五单规银一万三千八百三十七两七钱八分五厘。

一、收（十一至十五日）第四十六单规银一千九百另四两二钱一分三厘。

一、收（十六至二十日）第四十七单规银二千一百十二两二钱一分三厘。

一、收（廿一至廿五日）第四十八单规银一万三千五百十七两三七另二厘。

一、收（廿六至廿九日）第四十九单（原报规银一千三百五十四两一钱二分五厘，应加一百三十八两四钱七分五厘，实收）规银一千四百九十二两六钱。

一、收（三月初一至初五日）第五十单规银一千四百七十六两八钱八分四厘。

一、收（初六至初十日）第五十一单规银二千三百五十一两四钱七分九厘。

一、收（十一至十五日）第五十二单（原报九百另一两六钱另九厘，应除九钱七分，实收）规银九百两另另六钱三分九厘。

一、收（十六至二十日）第五十三单规银一千八百念一两五钱七分二厘。

一、收（廿一至廿五日）第五十四单规银九百九十九两另九分六厘。

一、收（廿六至廿九日）第五十五单规银四百十七两一钱六分四厘。

一、收（四月初一至初五日）第五十六单（原报四千七百三十二两五钱七分五厘，应加五两，实收）规银四千七百三十七两五钱七分五厘。

一、收又代解怡顺昌规银八百念八两一钱三分一厘。

一、收（初六至初十日）第五十七单规银二千九百念两另一钱八分四厘。

一、收（十一至十五日）第五十八单规银五百五十九两一钱九分八厘。

一、收（十六至二十日）第五十九单规银六百八十七两五钱二分三厘。

一、收（廿一至廿五日）第六十单规银八百十四两二钱一分五厘。

一、收（廿六至三十日）第六十一单规银一千五百另九两八钱六分八厘。

一、收（五月分）第六十二单规银五千八百五十八两二钱七分九厘。

一、收（闰五月分）第六十三单（原报规银三千三千三百五十八两三钱三分五厘，应除三两四钱五分八厘，实收）规银三千三百五十四两八钱七分七厘。

一、收（六七月分）第六十四单（原报规银三千一百两另另八钱另九厘，应加一两另三分，实收）规银三千一百另一两八钱三分九厘。

一、收（八月分）第六十五单规银九百八十九两七钱五分七厘。

一、收（九、十、十一月分）第六十六单规银七百三十九两七钱三分二厘。

一、收（十二月至十一年五月廿日）第六十七单规银五百四十三两七钱六分四厘。（即移交文报局款，由文报局登报。）

共收规银十九万八千五百三十三两六钱四分五厘。

助赈物件

佐慈：棉衣一百五十件。沈芝轩：旧棉衣五百件。同善居：棉裤一百件。杨春坡来：新棉衣五百件。泽记：棉女帽一百顶。王少泉：新棉衣五十件。毘陵女善士：新棉衣一千件。严仰翁募棉衣裤一千七百五十件。东陵书屋：棉衣一百三十件。洪顾氏新田室：棉衣裤八十件。无名氏潘清记：新棉衣十件。吾尽心力人：新棉衣三百件。丁义成：新棉义一百件。

以上共收四千七百七十件，又收自做一万五千六百件。付解山东一万件，顺直八千件、一百顶，靖江二千件，丝业会馆一百件，上海散送一百七十件讫。

江清卿：痧药三百瓶。慕耘庵主：咽喉丹、红灵丹二百服。魏公馆：保和丸七百五十瓶。皖南力不从心：膏药油六斤。

以上解严佑翁讫。

勉力子：金丝环脚七分。叶顺安：金花笙二钱五分六厘。升茂募金戒六钱四分。彭张氏：金针一钱一分。芸香阁主：金押发六钱。浦东隐名氏：文海一部书念六种。一杯水：书籍念五本。不留名：养晦堂集两部。勿欺樵者：图书集成、股票两股。非富非贫人：表一只。朱子清：册页一本、画两轴。

以上销见规银三十二两六钱九分，洋一百六十一元，已收入各户捐款内。

流落异地人：水烟筒一只。无力氏：油纸扇一百九十把。藏锋逸史：翠玉镯一对；藏锋逸史：玉翎管一件。又朝珠一串；又玉文带一枝；又蓝翎一枝；又小钟一只；又线绉马甲一件；又蓝绸棉褂一件；又线绉马挂一件；又棉套裤一双。宏农袁氏：翠烟筒嘴一只。陆吉仙：未裱琴对四副。吴千里氏：元色纱外套一件。丁募怅怅主人：董字手卷一件。奉邑朱少卿：白扣布两疋。抱芳阁书坊：足本钟鼎五十部。俞求合家平安：合锦扇面单条两轴。俞求合家平安：挂幅两轴。求勉水灾人：霍乱治方书五十本（送讫）。玉珍女士：银镶籐镯一只。不留名代萧母：玉如意一枝。陆静涛：山水立轴念幅；陆静涛：山水条幅四堂；又大小合景条幅三拾张。昆山陆体仁：书就白矾面扇面十张；昆山陆体仁：纸对五幅；又朱子格言三付；又感应篇一付。升茂庄交来（補捐）：小堂画一轴；升茂庄交来：石图章两方；又镶宝银戒指一只；又汉玉镯一只；又银镯二对 簪二枝，计重一两四钱；又书画舫五本；又牛皮袋一只；又帽饰银字二十四个；又银寿星两尊；又小银镯两对；又屏条四张；又石图章五方；又单条四张；又扇骨一柄。习安甫田氏：银牙笙一付；习安雨田氏：油翠二块；又汉玉鱼两条；又料晶猫一只。丁镜斋募墨拓大屏二付，计念四张；丁镜斋募见心集五十部。又瘟病条辩五十部；又半舫斋古文两部（计八本）；又圣教序帖四张；又画就扇面四张；又湘谷诗文稿四本；又履园丛话十二本。抱佛脚：洒花帐夹一个。汪律本：邓完白字手卷一轴。王聿逢：石印四书味根录一部；王聿逢：显微镜一个。管毓寿堂、黎状旧主：香草集十本；管毓寿堂、黎状旧主：剪金集十本。敬修妇职：荷绸手帕一方；敬修妇职：五色信笺一百张（用去）；又银罗挽袖一双；又信封一百个（用去）；又钥匙袋二对；又白绫裙花两对。莫裕昌行还珠氏：翠玉佩大小三块；莫裕昌行还珠氏：翠玉环二个；又翠玉表坠四粒；莫裕昌行募蓝翎两枝。朱子清：沈石田山水手卷一个。宝山一杯水：双款条幅四张。途次拾遗人：元色三脚缠十八付。南翔宝成庄募小银镯一双。果育堂：米襄阳手卷一个；果育堂：黄山谷书手卷一个；又墨精眼镜一付。金募（不留名、隐名氏）鄂渚同声集六本；金募（不留名、隐名氏）感应篇十二本；又退补斋八本。沪上隐名氏：蓝扣布四疋。有心无力人：佛经书六种三十三本。彭张氏：小银鱼一条。芸香阁主：银镯三两另五分；吕芍栏：吕宋票半张（废去）。嘉定葛心嘉募书籍七十八本；嘉定葛心嘉募书籍四十八本；又牙筌袋一只；又料翎管二个；又水晶顶二个；又红木镶玉墨床一个；又玉鹅一只；又银首饰五件（计一两九钱二分）；又女帽四顶；又洒花袋二只。金载锡堂募书籍五十七本；金载锡堂募空白册页二本；又白卷子三个。上海新关：梅红京片一千张；上海新关：天缎马挂料一件。双玉楼主代故友助：银荷花筌一只。无力人：古钱五个。有心无力人：酱色纱袍一件。夏昌祺：孝行录五十部。怡顺昌募顾璜书条幅未裱八堂；怡顺昌募文集钟鼎书二部。青田陈少尉：石刘海一尊；青田陈少尉：石小图章连匣十件；又石图章六件；又石水仙花盆一件；又石八仙一堂。苏局来：沈香镶银酒杯两只；苏局来：银锁银牌三件；又金罄圈一对；又眼镜一付；又玉佩一个；又陆研北兰亭序大字样一部；又印字胶板一付；又洛神一轴；又石印味根录一部；又四书辑要十本；又翁康贻山水一幅；又无量寿佛一轴；又王山水册十二页；又诗韵合璧念部。扬州局来：鼻烟瓶四个（翠一、玛瑙、套红一、晶一）；扬州局来：玉班指二个；又玉翎管四个；又玉牌二件；又玉钗玉耳扒三件；又多宝串一挂；又玉山鹤一支；又玉器十一件；又翡翠玛瑙七件；又翠蝴蝶三对；又玛瑙玉戒指二只；又手串佛头五个一付；又玉鱼玉排扣三件；又翠鮝色（计一百六十六件）一包；又白玉鱼挂件一块；又翠玉镯一支；又白玉连环三对；又翡翠如意一支。

以上移交高易公馆内两广协赈所。

江村书屋：布股分票五股。徐彭龄：贵池矿局股分票四股。扬州局来：赤金如意一支（计七钱重）。

以上移交文报局内协赈公所。

附公所支用开销帐

一、支捐册、单图、登报费、刻征信录纸张、信力，共洋四百八十九元，银七十九两四钱八分二厘，钱二百五十五千三百八十八文。

一、支解银保险、棉衣打包，洋四十九元，银一百五十三两四钱三分八厘，钱三千七百四十八文。

一、支各处收捐鲘桶六十只，洋廿八元，银六两，钱十七千五百六十七文。

一、支酬劳核奖各友公费、收捐友仆谢仪，银二百十七两五钱二分五厘，洋四百另五元，钱四百五十文。（因核奖公费全数起解，由同人赔送。）

一、支赔失票洋念元。

共支银四百五十六两四钱四分五厘，洋九百九十一元，钱二百七十七千一百五十三文。（均由同人赔贴。）又饭食烟茶约计三百六十元，由金州矿局捐帖。又电报费四百六十二元六角二分，由电报局捐助。（十一年五月底以后，粤赈现付。）又赈友运银运棉衣水脚约计五百两，由轮船招商局捐助。

顺直各董查赈报销帐

金茗翁、梁资翁报销

一、收上海协赈公所公砝银一万六千两。

一、收又湘平银二千五百两。

一、收又规平银二千五百两。

一、收奉顺尹堂发南绅存广仁堂银二万两。

一、收申水公砝银五十四两五钱。

共收银四万一千另五十四两五钱。

一、支文安县（大口三万三千四百八十五口，小口一万七千五百八十七口）银九千两。

一、支大城县（大口一万二千三百五十九口，小口七千三百四十四口）四千两。

一、支天津县（大口五千三百九十五口，小口六千四百七十四口）银一千两。

一、支青县（大口五千五百十七口，小口三千八百三十口）银一千两。

一、支武清县（大口一万七千三百九十四口，小口九千六百六十九口）银一万五千两。

一、支文、大、霸、保平籴平卖公砝银四千两。

一、支天津县粥厂公砝银二千两。

一、支献县冬赈留养春抚公砝银三千两。

一、支杨殿翁保安局公砝银一千两。

一、支静海县冬赈公砝银一千两。

共支银四万一千两。（存银五十四两五钱，归入顺属平粜项下）。

严佑翁报销

一、收上海协赈公所湘平银一万两。

一、收又规平银七千五百两。

一、收又公砝银一万六千一百六十两。

一、收筹赈局发南绅存广仁堂公砝银一万五千两。（除平二百五十两。）

一、收尹宪发京平银三万四千二百七十三两。（除贴平七百六十两另三钱。）

一、收李辉亭捐曹〔漕〕平五百两。

一、收李慎潭捐曹〔漕〕平一百两。

一、收唐统领、杨军门捐京钱四千串，合银一千二百五十两。

一、收平余及自贴不敷银念六两八钱三分四厘。

共收银八万三千七百九十九两五钱三分四厘。

一、支青县大口三万一千一百三十六口/小口二万九千一百二十二口每六百/三百文，共连补串钱二万七千四百十八千二百文，又堤工二千三百五十五千文，合公砝银一万八千八百九十五两四钱六分四厘。

一、支宝坻大口三万一千五十四口/小口三万二千三十一口每七百/三百五十文，共连补串钱三万二千九百四十八千六百五十文，合公砝银二万一千二百另九两三钱七分。

一、支涿州开沟公砝银三千两。

一、支文安大口四万四千七百八十口 小口四万二百二十三口每一千 五百文，共连补串钱六万四千八百九十一千五百文，又代赎农具钱一千三百念五千八百十四文，又存典备荒钱一千七百八十五千一百十八文，合公砝银三万九千四百念一两七钱。

一、支永清大口一千七百另六口 小口八百十九口每一千 五百文，共连补串钱二千一百十五千五百文，合公砝银一千二百七十三两。

共支银八万三千七百九十九两五钱三分四厘。（一切费用由李辉亭维之拍备。）

山东查赈各董报销帐

严佑翁报销

一、收上海协赈公所公砝银六万六千两。

一、收又库平银六千两。（申见公砝六千一百八十两。）

一、收又规银一万两。（折见公砝九千六百两另另一钱四分。）

一、收棉衣一万件。

共收公砝八万一千七百八十两另一钱四分，棉衣一万件。

一、支齐东赈大口四万一百二十二口 小口二万五千五百二十二口，每八百 四百文，合公砝银二万七千二百八十两另六钱四分。

一、支惠民赈大口三万九千五十六口 小口二万三千六百三十五口，每八百 四百文，合公砝银二万五千四百三十七两六钱四分四厘。

一、支施绅子英经放齐河赈公砝银七千一百四十两。（由施绅报销。）

共支公砝银五万九千八百五十八两二钱八分四厘。（一切费用均系另备。）

一、存公砝银二万一千九百念一两八钱五分六厘。（移交潘振翁。）

潘振翁报销

一、收严佑翁移交公砝银二万一千九百念一两八钱五分六厘。

一、收上海协赈公所公砝银二万三千六百五十六两二钱八分三厘。

一、收又库平银三千七百十三两三钱五分九厘（申公砝三千七百八十七两陆钱二分六厘二毫）。

一、收周京兆公砝银三千两。

共收公砝银五万二千三百六十五两七钱六分五厘二毫。

一、支利津留养灾民大口七千五百五十六口 小口四千另七十五口，计公砝银一万六千九百八十两另一钱九分。

一、支缪绅起泉经放济阳赈，计公砝银一千二百五十一两七钱二分。

一、支商河赈大口三千七百六十六口 小口二千三百五十四口，每八百 四百文，计公砝银二千五百三十三两五钱九分八厘四毫。

一、支海丰赈大口六千另六十三口 小口五千三百七十三口，每八百 四百文，计公砝银四千六百念二两三钱七分四厘八毫。

一、支济阳历城赈大口三万六千八百九十四口
小口一万八千九百五十四口，每八百
四百文，计公砝银二万二千九百九十二两九钱七分二厘一毫。

一、支历城留养局公砝银一千两。

一、支霑化赈大口六千另六口
小口四千另十口，每五百
二百五十文，计公砝银二千五百七十六两四钱五分六厘三毫。

共支公砝银五万一千九百五十七两三钱一分一厘六毫，存公砝银四百另八两四钱五分三厘六毫。（续收周京兆库银五千两、上海公所十七批公砝银四千二百九十九两八钱九分，容后报销。）

汴游助赈丛钞

台北文海出版社据清光绪十年稿本影印

（清）孙传鸬 撰
赵晓华 点校

目　录

汴游助赈丛钞

河南送匾牌附录

匾　惠及河嵩　钦命兵部右侍郎、江苏巡抚部院吴，名元炳，字子健，河南光州固始县人，于光绪四年闰三月为复设教谕孙传鹰立

牌　救灾恤邻　恭颂江苏绅士孙大老爷仁泽

牌　解衣推食　河南阖城耆民敬立

牌　泽周嵩洛　恭颂江苏绅士孙老伯大人惠泽

牌　功轶监门　河南阖城在厂生监敬立

牌　望君如岁　恭颂江苏大善士孙大老爷仁德

牌　粒我烝民　河南怀庆府原武县民敬送

赴汴摘要

用轿车牲口由清江起程，按十一站，刻期可到。是陆路也。

如由汴旋南，水路要到周家口下船，约二十里，仍要走山东济宁，始入运河，而河水甚浅，非一月不可。倘走亳州下船，要经马鞍山，上有二十里车路，甚难行也。

南关外设立同善栖留所

（光绪三年十月　日起，四年六月　日撤）

计开章程：

一、厂中编为三号，一号住男，一号住女，一号住有家室者。

一、厂中止留外州县流民，其在本城祥符县界者不收。

一、流民入厂后，不准出外到别厂再领米粥，违者察出逐去。

一、每日卯刻给粥，击鼓为号。各流民排列栅外，不准东西奔走，候送饭者分给。每栅几人，由栅长报明，对册给发。午后击锣，酉刻击鼓，总栅门派人把守。卯开酉闭，不准私自乱跑。

（后改章程）晨给小米饭一顿，晚给杂粮食一顿，因有糟蹋也。

一、每日改章后，晨晚各给一顿。缘流民于未食完之粥，闻当给发，多倾地壖，再来争取者。兹另派签子，分朱墨两色，隔夜派签给粥时收掉签子，无签不给。由栅长持签，来前验明始发。倘栅长靳不与食，准随时叫喊，立即逐出。挟嫌者亦并逐出。

一、每人入厂，即注清册姓名、年岁、籍贯、习业。

一、有文理素优者，准其在厂帮写，每月三期，作文诗各一，另给纸笔花红。

一、水夫烧粥打杂人等，即从流民中拔出年力精壮之人，另给每月工钱。

一、每人入厂，给牌一块，书姓名、年貌、籍贯。其席棚以千字文编定，辰宿列张号起。每棚竖小旗一面，编定其字号，二十号一排。每司事一人，管二十号。内有疾病死亡、医药生产等事，随时报明。逢五十期，各司事查点各棚长厂中人数有无多少，核册详对。司事作弊，立行辞撤。

一、厂内煮锅器用，一切大小物件，均在助赈款内提用。

一、南边各董来汴办赈者，概不支薪水。骡马等费另用自备。至司事每月或三千文，或二千文不等，由赈款提用。

一、厂中弹压委员伙食车费，由厂酌付，薪水不支。兵勇书役，由地方官酌给。

一、厂内办事、熬粥、屯粮、积柴及宿地一切等，应搭蓬厂，量度基址，禀请饬办。

一、本厂全资苏省接济赈款。现河北由凌淦等分办，经费有限。一俟各处雨泽沾足，即行资遣流民回籍。

豫抚院批：所拟章程极为妥协，即照章办理可也。苏绅办善，遐迩咸钦，各厂亦当照办理。

游汴见闻实录

（光绪四年三月戊寅赴汴助赈记）

河南西三百里竟有父子相食者。有某姓人卖出小孩，七八岁光景，得钱二百八十文。适晤亲戚，泣诉无食，故而卖孩与人。伊亲付钱嘱赎，至则小孩已在锅中矣。

西关外二里许，骡肉馅馒头每个七文，人肉馅馒头每个五文。名曰肉包，即是人肉也。有人买过，见指甲，细探得之。

陕州县属有一教官，多卖女孩贩运。生一女嫁于某姓，即娶某姓之女为媳。是日女归宁，在双沟围内与嫂同车。随带两小婢，即新买下者。且该官署与家不甚相远。突出四五个强人，随至某村打尖地方，有意为难。该家人即飞信至署，留两人看守。及至传集多人到彼，车骡无恙，两家人面缚两小婢仍在，而女与媳已挟往矣。天道好还，贩卖女孩者鉴之。

渑池县界有四勇路过山脚。忽山洞出来四五人，十分凶猛，劫去二人。余两人逃脱。至县署，阒无一人在外，如阴城隍庙一般。击鼓求救，半天光景，有一垂毙老仆出来。询问其故，答云：本官上省请赈一月余未归，不能作主。勇见势不佳，往营内讨救。营官拨勇五人，枪声振地。到该处地方，人皆奔散，遥见一人持一腿随食随走。视其锅灶甚热，开视则腿臂等在焉，已将劫去者煮熟矣。

有外国人二名，带银来汴发赈。一名花国香，一名芦亨利。亦曾到过我处厂内，观看一切规条。据云见过涂中丞，答云发赈救民，极好之事，惟汴民顽梗，恐有滋事，将银交我代放。阖城居民闻之，遍贴告白，有"宁可食夷肉，不可食夷粟"句。四月十六日，书院课投禀，要与西人打仗，约期在明日。西人闻之，夜遁。

西人天主堂，各省起造不少，惟汴省无之，已滋事者数矣。而该必欲与之为难，不准建造。

周家口有施粥者，每碗收钱一文，每食只准二十一人一板凳，吃完再换班。闻〔问〕其姓名，含糊而对。

渑池一带人将相食，彰德一带单车难行，馍用骡马肉及人肉馅。至人肉煮好者，每块八文。

三月廿八，余从袁星使行辕归，忽遇大风。时甫未刻，但见红光烛天，飞沙卷地。车行道中，对面不见。时当白昼，家家上灯闭户，所谓昼晦也。空中飘下沙土，有蜈蚣蛇蝎各痕印在沙上，形迹毕见。

南关外有一辆小车，坐一老人。车夫因风狂沙卷，车不能挽，嘱老人卧道旁避之。甫经刻余，车夫见风不止，唤老人上车。见沙积数寸，其身已僵矣。是日黄河中坏粮艘数十号。向在嘉庆时，曾发此风，不过半日，今则几及一昼夜矣。是日之风，由直隶长垣县起，离汴一百余里，到汴省许州止，离汴二百余里。四月初五日亦复大风，刮沙如前稍好，而沙上仍有毒虫痕迹。

五月内，汴京瘟疫大行，死者遍地，棺木市上几缺。吾乡舍馆乡祠内，无日无灵柩送进。一处如此，他处可知。市上谣言顿起，云瘟神须明年动身。于是阖城土人及客居者，均以五月廿三日送灶君，廿九为大除夕，六月朔为元旦，家家锣鼓爆竹喧天，各铺均不做卖买，更有乘舆拜年者。汴京俗云，总要带了凉帽送灶王乃好云云。至是其语始验。

嵇姓守备驻周家口，专以贩人为事，羽党尤多。凡妇女有姿色者，先奸后买，土人侧目。经涂中丞访知，请伊入署商酌公事，甫及出署，即以军法从事。人心快甚。

余幼时常梦一神，玉带朝服，云当会于河内。余心甚恶之而未敢言，以为水神也。至本年五月间，渡黄河，过原武，欲至木鸾店宿夜不及，即于近水寨之古庙宿焉。入门见庙中尊神，即幼时常梦见者，倍觉懔懔。及至怀庆府，始知有河内县。余亦止宿，去古庙不过七八十里。后询知即河内县城隍。始知前次神语已有定数，余不助赈，断不至河内耳。

地黄即生地，怀庆地界田中多种莳。至莺粟花开时，畦中五色烂漫，五月中结实离离。土人云，如拔去莺粟，先种麻，三年后方始可以种麦。盖此花有毒，入土须借麻拔去，乃可下麦。怀庆地方最多。

大米出清江界，宿迁尚有，余皆以麦为饭，黍为粥。汴省大米运自辰州来，而固始米尤佳。

汴京当办赈时，鸡鸭腾贵，即食之如同嚼蜡，缘无虫豸等食也。蘑姑鲜鲜者颇多，均细小无味，肉更无味矣。菜以茭白为上品，鲤鱼尤珍重。果子则花红尤佳，西瓜次之，有大至五十斤一个者。

大相国寺在省城内地方，即《水浒传》所云鲁智深栖身地也。

南门外有菜园。亦云即《水浒》张青菜园。内有井两口，其水甚淡，土人云甜也。余井多咸。

龙廷在汴城内，宋太祖登基地，两边宫殿，今则为水沟一带矣。缘沙土汴省尤多。龙廷有石级三十层左右，宋时五朝门也。上有亭高插云霄，俯视之下，北面则满城，南面汴城，东面铁塔，西面鼓楼，有景致之地。闻系宋建，咸丰初重修。远视太行，青色绵亘，数百里约略得之。洵大观也。

陈桥宋太祖黄袍加身处，离汴城廿四里。

朱仙镇即岳武穆败金兀术处，离汴四十里。其镇在四大名镇内，地近河口，可以通洪泽河，达江南。每年四五月间，江苏乡祠内同乡之柩半由该镇下船，过此则水浅难行。水道要口，商贾云集地也。

樊楼即樊台，梁王尝宴诸侯处，在南门外。所谓樊楼灯火夜千家也。昔时最热闹处，今为瓦砾，无迹可寻。

汴梁城，即卫之浚郊也。地界黄河，现道改流，故多淤塞。街道颇高，绝不见有石子石板，均被沙土吹积。入其门者，阶级反低于街。是街面高而房屋低。土人云，街道向系石板，后遇黄河水决，杂沙土冲入，遂愈积愈高。现今西门外偶见地中有屋巅，故时屋也。

汴城，宋太祖筑城建都，其城圆形。徽、钦时改圆为方，而金人入寇。现沙土日高，又增数仞，城上筑城矣。

开封府署东首有包龙图乌台古迹。好事者每云值晦雨之时，又时闻呼叱朴〔扑〕责声。其室至今不敢启，坏则修葺封锢云。

汴城有曹门，即太祖被困潜遁处。上有龙神庙，太祖从庙中走出，霎时见乌龙蟠舞，云气迷漫，遂出。今庙犹存。

风俗以强为胜，欺生客。其俗不甚惜字。书肆春册淫画左右堆积，全不为耻。此郑卫遗风也。官场讲衣着，各缺总须略报荒歉，乃可上下其手，而取民之税敛，事事从严，不准民间报荒也。所食以面当饭，人心刁滑异常。官斯土者，甚为不易。

汴城粮道衙门大堂系杨令公点将台，其下有地道可达城外云云。

汴城，春秋为卫地，《诗》在浚之郊也。新郑即古郑邑。怀庆即书《禹贡》之覃怀。唐郭汾阳收复河朔，此也。河内县在怀庆城内，即梁王移民易粟处。济源即济渎，是黄河发源处。其地有济渎庙，内有东西井两口。余往庙亲见。土人云，是黄河源头所归。东井常涸，西井之水亦不甚急。济源上有王屋山，山近山西垣曲县。怀庆西之清化镇竹园极多，地出班竹，四五月有笋，立秋始老而成竹。渑池在河南府，赵王会秦王击筑处。嵩山上有古柏，大可数十抱。中间一穴，人可进出。即王莽追更始至树边，更始从穴出，其迹依然。现树封将军。

济源山顶，春秋两季百花都备，光怪陆离。偶移栽别处，即取其土以培植，罕有能活者。郭橐重来，恐难见效。

归德府即宋彭城，葵邱驿在睢州城内。宋郊救蚁处在杞县城外石桥堍，有眉额横题，系石刻也。杞县即春秋之夏肄。其城四围多栽杨柳，数千百株，风景颇佳。

四月十四夜，复大风刮沙。十五之晨，几与三月廿八相埒。白昼亦须点烛，大有昼晦之象。但见风沙刮地，目为之眯，幸即大雨。

原武县在黄河之北，离汴二十五里，本晋国赵衰为原大夫故址。汉周条侯讳亚夫及唐娄贞公均生于此，有合祠焉。尚不至大坏。

原武即原陵，东西两阕相去一二里，地之蕞尔可知。高令去岁接印时，母鸡只署中有一只，阖城无之。犬已食尽，不见一只。余五月在原，雏鸡阖城有七只。城方狭小，按户可核。猪肉每斤官价钱五十文，而无豕肉可买，鱼则视为贵品，绝无片鳞。每朝市上只买萝卜、青菜、茳头、素果、葫芦而已。天天有鸡蛋吃，已是大户人家，地瘠可知。偶有小巷，妇女麕集，无非卖买旧衣服、铜器另物，皆待以举火耳。

原武有一廪生崔姓，贩女为事。经一乡人告发，在高袖海案下。因伊妻在家被其骗去，及归已另外售脱。经高令坐堂，先以夏楚重责，发学详院，须摘衣顶。人心之不知廉耻如是。

原武前任知县丁令名△△到任后，旱荒已逾两年，依然照前开征。乡里骚扰，怨声载道，民不聊生，皆弃故庐而行。身故署中，至是年三月二十八日灵柩回里。渡黄河，猝遇大风，其柩覆入河中，无可打捞。知天鉴不远。彼令民去其乡里，天即令其骸骨不得回乡，为令者当鉴诸。丁任即高令之前任也，高公亲为余言之。

大河以北三府二十四县，南则八府四州七十三县，共九十七县。汴省九十七个山，每一县一山。原武界茅山。

汴城正月间锅烧人肉不少。童谣有云：人乏谷，狗食肉（谓人肉也）。明年斗麦只买二百六云云。

河以北均称河阳，盖河之北为河阳、河之南为河阴，与山之南为山阳、山之北为山阴相对偶。

卫辉府署系卫灵公墓旧址，大堂下即是葬处。不时夜出，见着青衣官必升，着黑衣官必降。

襄县南阳府之大堂系杨令公点将台，下有地道，可通城外。当杨公点兵时，命军士昼从城门进，夜由地道出，敌人不知其兵数也。

河南某县教官生一子一女，娶某姓，并将生女配与伊媳之弟，已二三年矣。今年四月见鬻贩子女者颇得利，心动如法而行，经手不知多少矣。五月初送女及媳回家，并择所贩之女四人，送两女与己女，又送两女与亲家母作使婢。道经某处打尖，忽有游勇来到，围中各店之人及伊教官家人均逃避。事后家人往探悉，车辆均在而细细点核，教官之女及媳被游勇抢去，余外四女无恙仍在，天之巧报何速也。

河北某村老夫妇两人子出外贸易，仅存一媳，不食四日矣。夜闻妇唤夫云，明日再不得食，要作饿殍，何弗将媳妇煮食，可作数餐？媳从夹壁听见，即逃回母家，告其所以。母云，既女回家，一滴亲骨肉，与其鼓他姓之腹，何弗自享？女啼泣而逃至厂中来。

河北某村父食其子。即南关我厂中，父未气绝，子即剥其衣服者，行如枭獍矣。

有流民兄嫂两人偕妹逃荒，至一村围，饥甚，买馍半斤，夫妇同食，置妹不问。妹饥甚大哭。适车夫在旁不忍，亦买馍半斤，与其妹食。车夫即行，伊妹追及，仅二十余步之隔。呼车夫云，我欲嫁汝，一饱之恩不敢忘也。车夫再四回绝，伊妹云，我从兄走，如此情形，终是饿死。不如随汝，或有生路。言毕大泣，经旁人撺掇，再买馍三四斤，与其兄嫂分手而去，遂成夫妇。

五月十七日，余路经武陟，见放粥厂集数千人，内搽粉抹脂者亦坐地吃粥。岂真无饭吃耶？何脂粉如故也。

西关放粥，竟有妇女戴金器钱票而往吃粥者。如开景盛饭庄子女人，雄于财，亦往西关吃粥。讵料天气过热，人拥不堪，入而不能出之时，伊即昏倒。俟放过后，旁人看其插戴满头金饰，腰间有钱票三十千文，知为有力人家，而无人识认。委员即鸣锣彰明其事。越日景盛馆小东家来认，乃其母也。厂员木〔大〕怒，谓如此妆饰，岂是厂中吃粥者？罚伊子捐钱三百二十千文，充公作费，方始收敛。亦一笑谈也，而事则的确。

袁星使号筱坞，名保恒，本省人也。奉谕旨赴汴办赈，随员吾乡曾内阁名金章、号印若，闽省黄部郎名贻楫、号济川，皆一时俊彦。袁君忧国忧民，愿以身殉而受罚，日祷神灵。未起病之前梦至一所，上题曰风神庙。入内见设四座，先有两古衣冠者在。见袁入，谓之曰：汝之为国为民，上帝亦知之，惟捍灾御患，有时在天之神不能不有为难者。汝归座有时，任其事当知其艰也。袁问第三第四座，何以虚设？左一神曰：第三座即君同年倪某，现任藩司，不日将到。第四即君座也，归宜措置一切。梦醒即觉喉间有痛，旬日而卒。汴人均以袁星使为风神下界云。

游汴口吟（守耕氏待定州）

戊寅暮春，偕同志办赈汴梁，偶学讴吟，得诗五十余。改之，余存诗三十余首，即景言情，工拙不计也。至古体则概删之，都不惬心云尔。

金阊夜泊，同人饯于泰来之别墅，时大雨矣

恤邻救患发高歌（同行保之母舅有恤邻歌），梁苑时嗟亢旱多（已三年不雨）。一样天［宫］公憎爱判，江南三月雨滂沱（同人下舟，衣履均湿）。

游京口登岘山

非晴非雨罨长天，策马京山望渺然。一带金焦浮水外，四围铁瓮峙江边。传书旅雁家乡隔，遍地哀鸿梦绪牵。明日维扬应可到，称心好比顺风船。

过召伯镇

鸡鸣犬吠屋蝉联，召伯甘棠胜迹传（闻系召伯循行之区）。一棹轻舟双桨荡，绿杨如画雨如烟（洪泽湖岸均种垂杨）。

宿露筋庙

幼小红妆比屋居，十年待字守贞初。美人多少埋黄土，节操冰清纵不如（庙有节操冰清额）。

露筋庙古肃烝尝，蚕妇斋娘击鼓忙（祠中报赛，击鼓为事）。毕竟人间名节重，千秋朽骨亦馨香。

淮阴钓台（在淮城外里许）

淮城环绕水淙淙，韩信遗台俯石矼。我亦濠梁垂钓者（余家向住濠南），谁知国士也无双。

泊袁浦

安澜城阙映斜晖（安澜门即清江之东门），万点桅樯拥石矶。寄语道傍名利客，急流勇退示先机（清江闸口颜“急流勇退”字）。

从清江上车赴汴口占

策马驱车雨乍晴，王营遥指亦分明。劳人草草征途去，非上公车也北行。

徐州道作

路出南徐下（南徐山名），天涯此壮游。沙堤高似岭，茅屋小于舟。绿柳笼如画，黄河壅不流。汴京何日到，征客动吟讴。

过葵邱驿

盟溯葵邱霸业隆，镇襄楼上挹高风（镇襄楼在驿东侧）。齐桓毕竟非中主，尚有尊王攘狄功。

彭城道次遇雨

雨势倾盆急点扬，彭城道次湿行装。绿章拟向天公诉，乞借甘霖沛汴梁。

睢州张侯杀妾享士处

百日围城食力艰，将军恩爱割红颜。拼将一死酬夫主，辗转马嵬笑阿环。

平明过高作集

濛濛雾罨晓星微，茅屋两三迹认希。细雨湿途尘不起，绿杨阴里马如飞（岸多□柳）。

砀砀山遇雨

车驻山前雾谷封（时天阴雨），斩蛇有客访遗踪。漫夸人物中州聚，王气也从僻壤□。

题归德府城邸舍，时见流民结伴而下，赋诗寄示璜、宝两儿

鸿嗷遍野叹颠连，为迫饥寒异地迁。寄语汝曹当惜福，须知饱暖即神仙。

双沟逆旅主人，嫠妇也。贫乏难支，中宵对儿女泣。仆人陈福偶述其事，同人赠以金，励以节。夜不能寐矣

见星犹未卸尘装，驰赴双沟夜未央。一片凄凉闻旅邸，呜呜妇女泣空囊。

过杞县早行

杨柳千株护短堤（县城四面栽柳），早行一路听鸣鸡。传呼鱼钥忙关尹，残月晓风送马蹄。

过宋状元救蚁处有碑

石碣留题字不磨，存心救蚁兆登科。漫言穷达终由命，自古阴功食报多。

流民载涂感而有作

烈日当空草尽枯，携妻扶老泪模糊。饿莩遍野生兼死，谁绘监门一幅图（路见已毙者鸟啄犬衔，目不忍睹）。

如此天灾降亦□，饔飧不继依何之？谁知豪侈开筵者，食味犹嫌不入守。

江苏会馆在汴省城内，同人办赈而来，同乡留之驻足焉。因赋诗赠司年商董谢君春农名文沛

梓桑旧谊聚同俦，创造艰辛共溯邹（会馆创于锡山邹君，讳鸣鹤）。大地河山分卫国（邑省垣汴系卫之浚郊），前朝灯火忆樊楼（即梁王宴诸侯处）。

祠堂新葺衣冠萃（时逢新葺，同乡约日团拜），联额高悬姓氏留（同年徐颂阁郙、费云舫延厘等均有联额）。独有东山高卧客，洒诗结契最情投。

谒乡祠赠司事江君朗轩名钧

乡祠瞻拜式威仪，安妥英灵免馁而。莫叹家园千里隔，道旁荒冢半流离。

同善栖流厂设于南关外，同人招集流民，与以饮食，日而来厂求食者数千人。感而赋此

蕴隆旱甚叹斯饥，地近南关设厂时。签判墨朱予麦饭（另有章程附载），帐分男女卫藩篱（厂中共养流民三千余人）。逃亡甘向邻封走（时有直隶、山西等荒区亦来厂就食），章法惭教各局师（中丞以苏绅立法最善，大加奖赏，令颁各局，照章办理）。但望甘霖千亩润，遣归梓里免流离。

五月十四余与严竹君渡黄河办赈

鞭丝帽影趁风□，道出中牟树荫多。一路沙堤高似岭，征车五月渡黄河。

人马登舟涉水来，风平浪静道纡回（黄河水两岸非可直达，必迤逦屈曲而行）。禽言漫唤公无渡，已到中流志不灰。

至怀庆道次口占

车行河朔访灾区，赤日当天赋载驱。济水发源流浚急（怀庆有济渎庙，系发源处），衡阳叠翠路崎岖（太行即衡山县，亘八百里，由清化镇走达山西界）。移民纵笑梁王拙（河内县在府城内），饩粟敢嗤展氏迂（新郑县在河北，与怀庆较近）。最忆汾阳功绩懋，国家底定重唐都（河朔即汾阳胜回纥处）。

赠怀庆太府卓友莲名景濂同年

河内驱车至，相逢旧雨频。十年经阔别（君与余已别十年），一见话前因。诗酒欢无厌（君嗜饮，工吟咏），丹青笔有神（并擅丹青）。骊歌明日唱，何术慰饥民。

赠崔季芬廷桂军门

衡山接壤气苍苍，恢复覃怀被泽民（捻匪之变，城由军门恢复）。刁斗倍严程不识，国家再造郭汾阳（河朔郭子仪破回纥处）。轻裘缓带前徽媲，艺菊栽花夙愿偿（军门向有此愿，署中种菊莳花）。赈粟发棠宏利济（河北荐饥，请于中丞开仓发粟），哀鸿受惠乐无疆。

宿原武同乡高云帆名袖海署内

满目荒凉甚，衙斋旧雨逢（谓程少珊在京识面）。乡心千里月，客梦五更钟。倚枕难成寐，

驱车暂息踪。明朝棠粟发，襄助力非慵。

赠程少珊谱弟时遇于原武官舍

京花忆昔逐风尘，识得丰裁忆夙因（余丙子入都，识君于琉璃厂）。笑我酒诗仍有癖，似君倜傥更无人。千缗赤仄穷民慰，九曲黄河跋涉辛（原武在黄河边界，即赵衰处原故地）。赈务不教襄晋地，良朋何处达鱼鳞。

宿原武喜雨时赈务甫竣

到眼流民匝地哀，输钱赈粟渡河来。天公亦顺人情者，赈后连宵雨意催。

谒冯司徒异庙（怀庆府城东）

半生谦退度能含，崤底功成战倍酣。汉将留名能有几，云台绘像独无惭。同谋克敌偕王霸，赐玺劳勋迈耿弇。仓卒芜蒌君志德，征西绩册书谙（按：此句疑有脱漏。）

谒周条侯亚夫庙（原武县城东）

将军本是从天降，胆略惊人计出奇。细柳巡营遵约束，荥阳坚壁定倾危。新祠配享娄师德（祠中栗主与唐娄贞公并奉），旧守规模晋赵衰（见《晋史》）。自古英才生僻壤（周娄诸公均原武人），登堂瞻拜肃威仪。

浚郊赈归，痔疾顿愈，喜而有作

湿疾薰蒸体不舒，廿年腹疾比河鱼（余痔疾已二十年，清晨必泻而见红）。何居办赈归与赋，宿恙遽从旬日除（归家痔管已脱，渐即全愈矣）。

录熊纯叔题归德客邸

有女有女来大梁，驱车驱车转他乡。飞絮一随不知处，杨柳不集双鸳鸯。一顾远兄弟，再顾别爷娘。眼枯忽作溺人笑，天涯海角长相望。君不见，前村嫣然姊妹花，薄命风催兼雨蹴。十年爱惜掌中珠，一旦淋漓几上肉。我闻此语发长唉，夜深沉沉起徘徊。新月自圆歌自卮此心要使如死灰。有酒不饮何为哉！丝声咽竹声忽裂，无端凄凄复切切。为语歌儿子夜歌，慎勿再唱无家别。

路有鬻儿者，同事赎之，父子复完

一掬分离泪，三春大地寒。二天何处戴，真当子孙看。

汴游助赈丛钞日记类

（屿芝随笔记）

光绪四年二月二十七日。巳刻，余随严保之母舅衣冠乘轩，谒吴子健中丞（名元炳）。午前谒见中丞，系河南光州固始人，知余等往汴梁办赈，十分嘉许。所请护照，允许即日发出。知带现银，即用虎头牌知照沿途大小文武官员，一体照料护送。倘有误公，立即参办等语。少坐片时送出，开麒麟门。余等万不肯走，中丞挽手而行，不能再客气矣。送至滴水檐前升轿，而后入内。此番助赈，民捐民办，中丞家住汴京，逾格优待也。傍晚，中丞差官赍来护照，并询何日起程，亲来送行云云。午后往潘臬两处辞行，均他出未晤。（是日三处饯行未往，因行期促也。）

二十八日。余晨往各亲友处略略辞行，束装行李，定于三月朔起程也。

二十九日。晨间，吴中丞来送行。及薛臬司（名书常）亦系汴人，故亦亲到。余皆名片到门而已。午前祀祖先，拜行神，行李业经收拾。遂至周补香处，适遇陈珠生，同饮于泰丰。归已二鼓，因彼饯行时天大雨矣。

三月朔，辛亥，天雨。晨往保母舅处即归。未正雷雨大作，冒雨下行李黼，得两弟福卿、璜儿送至严处。遂同严竹君名钟瑞常庠生叙姻谊，余外叔祖也。何君寿朋、沈君佐芗与保母舅共五人，唤一叶小舟出城。适雨势倾盆。至艺兰堂，杨君子萱饯行于泰来。二炮下船，衣履尽湿。雨师之威，一至于此。夜泊金阊。是日晨间往城隍庙拈香立誓，不支赈捐薪水。诸公同往立愿。

初二日，雨，寒食节。同往助赈者五人，前记不赘。黎明开棹，天仍大雨，幸一帆风顺。辰刻过浒关，巳初过南北望亭，午后雨更大，申刻至锡山，泊于北门外。同伴皆上岸，予在船。夜泊黄婆墩，雨声竟夕。锡金两县仅持公事并帖子差人往拜。遂即辞行，请其不必派勇，因沿途各卡已奉明文，格外照料也。酉刻两县来拜，当驾未见。舟中狭小，且为节省浮费起见，不敢坐宽大之船也。前神前立誓，除船只车费饭食等公用外，余如薙头洗衣，一切均各自开支，不用公款分文。余与保母舅竹寿四人均同。惟沈君佐芗系司事名目，每月照例给发薪水，附识于此。

初三，雨，清明佳节。辰刻由无锡开船，东风大作，雨又如注。杨帆四五叶，其行如飞。巳刻过洛社，午前到横陵，未刻戚墅堰，申刻抵常，泊舟西门外。天雨稍止，余偕竹寿佐三君上岸，茗于飞霞阁，啖肉饺。至城内，遇城隍会，与同人聚观。仪从虽不逮苏城，而旗旄伞盖亦楚楚成行。下船已上灯矣。夜雨稍止，泊常之西门。晚持帖命仆但到府署。上灯时府里来拜，未会。终夜击柝声未绝。

初四，阴。黎明开船，到奔牛仅巳刻，一路顺风。舟人活白鱼二条，烹之失饪。保母舅□啖竹与余食素菜皮蛋而已。未初抵吕城，未正到丹阳。风利不得泊，未曾停桡。至新丰，已上灯。下员王姓来拜，遂邀夜膳，却之。炮船两只歇在船边，终夜未睡。雨又大作，竟夕未住点。

初五，阴。辰正到丹徒口，阻风停泊。同伴均上岸散步，余亦同往。午前略有日光，诸君因守风之故，拟往京口买物，系车上所用者。遂同策蹇驴，每骑七十文，送至镇江，仅十五里也。骑驴而进，均石子街，更有车路一条，系石板者。行二里许，过普霖庵，高下麦田均皆积水。路渐高下，骑上岭即京岘山。下视岭前，粉壁红墙，系新修之梵宇，竹篱茅舍，认远近之村墟。山路不甚高，均皆石板。到山腰俯视，大江茫茫，樯痕帆影，约略可识，金焦一带隐隐在望。上有观音寺，来往者均于此驻足。半晌中有老衲住持。复骑驴放辔，疾行下岭，到京口东门，约四五里之遥。同人下驴，街路泥泞，著屐而行，十分疲惫。由东门到西门外约三四里许，茶于景春，遂即办应用之物。见墙壁贴大雅园戏单，同人谓，到汴助赈，必备尝艰苦，曷弗观优一乐耶？遂公分集资，仅看两出天复大雨，申刻即出戏园，雨更大矣。余购徽伞一柄，钱二百四十文。遂入城冒雨前行，街衢大路如在沟浍中行走，衣衫尽湿。欲投客邸，而船中虽有仆夫，惟银两在舟，实不放心，倘有疏失，谁任其咎？且公文护照均皆在船。行至西门，异常枵腹，啖胡饼数枚，如尝异味。冒雨出东门，筋力惫甚。忽见小车两乘，谈定送至丹徒口，价三百文一乘。保与竹均骑驴。时已薄暮，雨仍如泻。上京岘山岭，茫茫烟雾，月黑之夜，更无把握。小憩观音寺，饮茶一盏，如得甘露。幸庙中有灯笼，取两盏买烛点灯。行至半路，乘驴两君已先行，余与寿朋坐小车，瞠乎在后。雨更大作，风复狂甚，灯笼忽灭。面绝四无人舍，进退维谷。两旁均积水之麦田，车从泥泞中黑夜奔驰，稍一失势，滚入沟中。车夫又恶劣，而幸所随舟子带有火种，敲石取火，始复然烛。丹徒口下船，衣服如洗。此番吃苦，平生在兵燹中未尝者，亦一大遭际也。夜饮高粱食粥。时复大雷雨，河水陡涨二尺，同人竟夕不寐。余得句云：汴梁苦旱江南雨，同一天公两样心。是日发第一号公信及家报。由京口寄。

初六，阴，大风。江中无一行船，又不得渡江矣。闻邻舟云，日昨毗陵出蛟，水流湍急异常。夜复雨，同人闷极，买刀鱼二斤，下人陈福不善烹调，腥味触鼻。早睡。

初七，阴。风势稍缓，仍复不利。余与同人议商，日复一日，望赈者之心何以慰，且多停一日，即少救一日待毙之命。现风稍和，拟往丹徒司署请红船渡江，公事要紧也。保母舅往拜，丹徒司许姓号对山一口允许，立即办差拨船。遂出口，风稍平，而金焦仍在烟雾中也。未刻低瓜洲关歇夜。舟人云，到清江尚隔三百五十里云。

初八，阴。辰刻到扬州钞关。诸公入城，街衢颇阔，茗于旭升园，食点于金桂园。路经教场，见茶店鳞次，地方辽阔，为时尚早，打拳演戏法者尚在搭蓬子。诸郡与余在聚凤小坐啜茗，打缠薤头，匆匆即去，幸待诏人多，片时即一齐告竣。经运司署，出东阁下舟。见外关营头方出队，并不带军器，均携扁担筐篮，约有七八百人。询之舟人，知筑修炮台，部伍极齐整。即开船，午刻至湾头镇即泊。因大雨如注也，早睡。

初九，雨。黎明开船二十里，至邵白镇。驳岸甚高，房屋甚众。据土人云，此镇甚大，岸边绿杨千万株。因近高邮老河，水势泛滥，往往冲决堤岸，栽杨柳以卫之。时烟雨迷濛，绿杨袅娜之状，一望无边。余遂得句云：鸡鸣犬吠屋殃�，召伯甘棠胜迹传。（岸上有牌楼，题召伯甘棠四字。闻系召伯循行之区。）今人曰邵伯，误也。复续句云：一棹轻舟双桨荡，绿杨如画雨如烟。天又大雨，纤不能拉，行至露筋祠即停泊。据土人云，有姑嫂二人夜行，逢夏夜蚊虫如蛾，有人劝渠如此露宿，何以驱蚊，不如借宿人家较少。二人不从，至天明已被蚊啮尽，仅露筋骨，故谓露筋。后人哀其贞节，醵金建庙，至今香火鼎盛。均系渔船蚕妇等奉祀。有祷庙者，先击鼓如雷，然后入庙云。余又得句云：露筋古庙肃烝尝，蚕妇斋娘击鼓忙。毕竟人间名节重，千秋朽骨亦馨香。雨大不能放棹，即泊于庙侧，闻离高邮三十里。

初十，晴。下舟第一日看见太阳，欣喜之至。由露筋庙开船约二十余里，至秋罗镇，有金龙四大王庙。至高邮城，已正矣。城外马头有“瑞暎珠湖”四字匾，塔则耸然。行二十里至清水潭，但见绿柳千株，红墙一角，耳目一新。行十里许，风转扬帆，过马篷镇、六房湾，至界首镇。已起更，停泊。（是日行一百里。）

十一，晴。辰刻至汜水镇，有万寿庵，市稍有城隍庙。未刻抵宝应，至平桥停泊。（是日书第二号家信。）

十二，阴，微雨。巳刻至淮城。经淮阴，钓台有碑耸然。庆成门对河有御诗亭，复庙重檐，规模甚大，均用琉璃瓦。过军饷关。午刻至淮关，关上有“万商皆悦”四金字额，对岸观音寺庙宇宏敞。未刻抵清江东门外码头，有木牌坊书“到此是岸”四字。大闸水流急湍，舟人拉纤而行。上岸宿于正大客栈。开翁徐丽生每人每日寓饭钱一百四十文，油火在内。早睡。

十三，晴。入清江城，系东门，名安澜门。城中各店亦齐整。至赵家楼名草市口，到青云室纸店，同王品三茶于同盛楼。晤李启明，招饮共吃五百文有另。本地人吃局打七扣。是日午后往谒文漕帅，晤面略谈。又拜清河县万小汀，即归托寓主人叫车。适文漕帅子入都车辆叫缺，即托清河县赶办，因急欲赴汴也。夜寓主徐公来，云车价现下极昂，每辆连包饭要二十千文。倘差车，每辆十一千文。牲口不能拣选，当驾之人亦皆不堪。因价昂未曾定夺。早睡。

十四，阴。文漕帅差答，清河县来，当驾。午前往拜田总镇名恩来，晤面细谈，知并接省中吴中丞牌单，仰该镇通饬各营武弁沿途护送，倘有懈怠，听候参革等语。故各武员均十分小心也。车户张祥来寓，托寓主人介绍，并求不要向县中催促，拣上号牲口、妥当驾车人。讲定每辆包五日饭，至徐州止，余外不包饭食，送至汴梁，每辆十六千文，定车五辆，限明日动身。先付钱四千文，即差陈福持片赴漕帅总镇及县中辞行，并关照差车不用矣，已雇定也。午后闷雨，彻夜未停。

十五，雨。张祥来覆，因天雨车辆难齐，须明日可齐。清河县来送行，未见。田镇台送文书到寓，并下滚单，标定十六起程日子，仰各汛各营沿途照料云云。午后雨仍未止，杜门不出。

十六，微雨。田镇台差拜送行，并问何时起程。适张祥来，傍晚车辆可齐。余大怒，命陈福送县惩办误公。经寓主人徐丽生再四恳求，明日包伊身上动身，遂持片到田镇台处，说明准于明日起行。晚束装，书第三号家信，买油布三块。

十七，晴。黎明即起，整顿行李，奈车辆尚未到齐，护送兵勇已在门侍候。午后车辆始齐，遂同诸君上车。田镇台又派参将一名陈大本号道生、步兵四人护送，在路颇热闹。行李银两随车装载。酉刻至御沟宿夜。有围子四面如城，闻系防捻子而筑，人家店铺均在其内。自后到投宿均住围子内，不另载。陈公到御沟即传地保，并传汛官，告以中丞差使，不可疏懈。至夜，汛官守门，加更巡绰，军士打口号，彻夜不绝。余与诸君竟夕不寐。嗣后到处皆然，不赘。是日行程内见一路垂杨，五色桃花，田中花黄麦秀。到寓唤堂柜打洗脸水。夜车夫包饭，四盆四碗，无可下箸，惟尚有大米饭吃。

十八，晴。黎明开车至来安集，一路桃花盛放。行四十里，至重兴集打尖。寓颇爽垲，壁上题诗甚多，惟大米饭已无吃处，只有小米粥麦饼而已。食毕遂复上车，道路崎岖，车行踯躅，坐其中者东碰西击，始觉南边舟楫安逸异常。至仰花集，已夕阳在树，即宿夜。是日行九十里。夜柝声达旦，通宵不寐，四更微雨。

十九，晴，黎明开车，午前至运河之顺清河，下车唤渡。河面阔甚，水势尤急，唤渡者人马簇拥。幸副将陈道生带勇护卫弹压众人，余及诸君尽先登岸，车骡随之。至宿迁城外打尖，啖麦饼面条。食毕由土城上行，遥望黄河古道，均皆壅塞。向筑土城，所以防水决者。俯见城内庙宇轩昂，房屋宏畅。午后微雨，余有函致李咏棠同年。时为宿迁广文，饬兵勇去，即来至高作集姚店歇。夜行一百三十里。公泰布庄之张友三来寓长谈，即睡。

二十，晴。黎明开车约四十里，至龙集到尖。晤钱玉舫兄，系竹君外叔祖契友也。长谈，千里同乡欢然相遇，何快如之！食毕，与钱公同行。酉刻，至双沟安徽灵璧县界高店歇夜。该店规模甚大，寓中客多房少，钱君后至，不及同寓。此店适同年林文宗名天林按临徐属考试，前日过境，故一切尚有点缀。是日行九十里，遇有山西张公昆仲两人。渠系张朗轩军门手下当勇，由口外归。据伊云，去年八月十三，自口外随左帅名宗棠打仗回来，曾过火焰山。是处日间火势燎原，热不可当，人皆暗伏，至夜方可食物。且云口外男人薙发而不薙须，二十岁以外须已长数寸。男女衣服均穿白布皮鞋，男人无辫，女人有辫。左帅兵过西藏，其间肉身活佛亦不甚多，且吃三牲，均不茹斋。左帅以德服人，口外各国数万里均皆诚服。河南至彼计程一百四十站，有万里之遥，惟十日之内有七八日怪风，风来有怪出现，人马食物一并吹入空中。真海外奇谈也。食麦饼睡。

二十一，晴。黎明开车，行二十里至方集买点，啖高脚馒两枚。又行二十里，至张集打尖。据陈参将云，此路不甚好走，向多盗寇。食毕行过萧家集，行五十里到徐州外罗城，有夷庚门三字。进城市面热闹，街道不平，车上大受颠簸之累。有过街楼，题额曰“奎光阁”，规模极大。走毓秀街，有石牌头，题额曰“江北第一楼”。楼高三层，前面额书“大观在上”，后面额书“中区巨镇”。到詹家店宿夜，毂击肩摩，人头拥挤异常。见苏绿荫堂、小西扫叶各书坊均在。询之，知林学院于初八日开考，故考客颇多。余即往拜董镇台投文，并同年谭序初名钧培，系徐州道。用治年愚弟帖，饬勇递送公文，清江护勇至是交卸。因为时已晚，但啖麦饼。是日行九十里。据该处土人云，徐州至汴京有六百里足路云。

二十二，晴。在客邸俟董镇台护勇至，辰刻派都司徐金堂带勇六名护送，辰刻始到。至西门陈道生处，送程仪银四两，赏勇八串钱，给回片销差。出西关武宁门三十里，合集打尖。至郝家集，有土城上书“永清寨”三字，进围寓六承店。欲赶至黄花集，已抵莫不及。适谭序初观察派兵赶赴护送，有马队四名，因护勇太多，随付名片嘱渠回徐销差。该处荒凉之极，人情不好，地又丛杂难行，此即书所谓徐戎也。此地系萧县城外，有施粥厂散给流民者。晨间此处劫去粮车两乘，故土人来往之驾牛大车均带军器。地方险阻，人情凶悍，于此尤甚。是日行七十里。

二十三，晴。黎明开车六十里，至马昂头打尖，行三十六里，至砀山外罗城，有“青阳”二字。至南关李店投宿。时光尚早，同竹寿两公入城南，门上有“景云”二字。城门口立志思碑，系颂樊兰台德政，书“两袖清风”四大字。城内学宫近在咫尺，南北城仅半里许，店铺亦不齐整。惟学宫规模颇大，左系文昌阁，亦极宏壮，庙堂均五色琉璃瓦。城外店铺不多，若乡村然。下邑偏陬，洵瘠土也。饬勇持片至樊令署，更夫两名早睡。是日行九十六里地。有砖砀山，即汉高祖斩蛇处。

二十四，晴。黎明由砀山南关穿城，走其山，不甚高，路极崎岖曲折。行三十二里，抵小阳集，有“同心寨”三字。始入河南界。行数里，有砖城地，未考打尖。行二十里，有土城，门书“寨通牛马”。又二十里，至牧马集，有土城，上书“福禄寿”三字，是河南商邱县界。店面颇多，人亦热闹，马腾骡跃。投宿张店。先派护勇发归德府文书，因与该处相距四十里也。夜饭有荤两碗，颇觉可口。是日行八十余里。按商邱之南有新城。《左传・文十四年》盟于新城夏邑县。或云即古商邱，附于楚为邑。

二十五，晴。黎明开车，午前至归德府，进外罗城，入东关宾阳门，有匾三题“淮徐保障”、“气通帝座”、“声震睢阳”。内有褒忠亲王祠，学宫前有文正书院。府衙前十分热闹。出西关打尖，见壁上同乡熊纯叔题诗佳甚，亦系放赈先至者。余即和诗一首，另录。

闻知府姓蔡，福建人。适归德镇台牛名师韩来拜，因接公文，排道而来，客邸主人十分惊惶。当驾未见，派勇护送。车夫促驾，即上车。加鞭约二十里，过围子题曰“睢阳右障”，随出西围。交未刻，忽刮地大风，尘沙扑面。约又行二十里，入围子，有东镇睢阳，西通露岭，东西分峙。马趁风威，疾行如飞。至宁陵县界，渐见流民自西而来，络绎不绝，鸠形鹄面。年轻者勉强推一小车，车中载另物，或载家眷，沿街沟中多有席地而坐不能行走者。余在车中望见，扼腕久之。入城东面有“接宗”二字，停宿在城内荣升客栈，寓颇高爽。余往拜宁陵县，系同乡朱海舫名永清，东洞庭人，见面长谈，十分款洽。再四留饭，因同寓人多，以却之。适牛镇台遣马队四名护送，追赶来前。朱海翁送酒席来，诸公已睡矣。

二十六，晴。黎明开车，除马队护送外，又见每站有步兵持兵器，沿途保护。每站交卸，须持名片往销差，因镇台发滚单下来也。出西门，见一片黄沙，野无青草，见一女尸在墟墓，身无片缕，群鸦啄其睛，群犬衔其骨，更有饿莩数名横亘道左，尚有手足能动者，目不忍睹。惟嘱车夫加鞭，期早一日到汴，早办一日公事。到此间，功名富贵之心顿化浮云。约行二十里，进东围，题曰“道通古宋”，西围题曰“地接葵邱”。又二十五里入睢州外城，题曰“兴仁”。到悦来客店打尖，亦颇爽垲。即行进东关，题曰“朝阳”。城中周围约十里，店面亦不甚整齐。过镇襄楼，有三层高，下层如城堵然，往来过路，上层书“声震葵邱”之额，西面额曰“大梁左翊”，石工颇细。洛学书院门面规模亦壮。西关相近有张侯杀妾享士处碑。出关见一路流民，扶老携幼，互相涕泣，面不成人，并不乞食。遍野黄沙，无一青草。偶有麦田一角，细若秧针。因十六得一犁雨，久旱之下，土人云亦不济事。行三十里进围子，东门有甲乙木三字。又起狂风，飞沙眯目，路不能视。出西围，有庚辛金三字。流民东下者愈众，见有牛车装载年轻妇女，兵勇押车而行。询之土人，据云贩至他乡图利者。光天化日竟有此等目无法纪者，令人发指。又四十里，至杞县东关外投宿。派勇持片往拜该县，系黄见山，福建人。闻知之下，派更大四名亲来答拜，未晤。随即送酒席一桌来。同人已高卧，却之，赏钱两吊。（途中古树不少。）

二十七，晴。五更开车，到东门叫关而出，但见绿杨护城，有数千株，残月在天，晓星照地，一路鸡鸣，四郊犬吠，正旅客晓行图画也。东门额曰“寅春门”，西门曰“庆成门”。出西关里许有石桥，傍有石牌，题“宋状元救蚁处”，忆春秋时夏肄藩封。途中两岸植柳成阴，骡马从杨柳丛中驶出，路亦平坦。六十里至陈留南关外打尖。又作狂风，尘沙扑面，胜于前两日矣。四十五里至汴京南关外，径往同人所设同善栖流饭厂。见四面均用泥土筑成，如垒营式，濠沟亦绕四面。时方申刻，晤见同乡蒋子彬兄，面谈片时。同人连日车行辛苦，急觅寓所，即驱车入城。城垣甚高，名曰宋门，即宋太祖古迹也。夜宿南门内山货店之聚德堂客店，每客钱一百四十文，连早晚膳，不过素菜而已。自苏城下船，无日不雨，清江上车，无日不晴，天佑之也。蒋子翁宿在寓所，知汴城大疫，死亡枕籍，棺木为之缺货。吾厂现留养人口计大小一千九百余口。厂中司事多病床第，且云厂外饥民席地而坐，欲求留养者，每天有一二百人，哭声终夜不绝。惟厂中所收儿二千人，现虽有带来之银两接济，而用款甚巨，倘南省不能应手，汴中绅士万无商量，深虑来得去不得耳。

二十八，晴。辰刻始起身，熊纯叔同乡来拜，知凌荔生往凤阳办粮矣。午后唤车两辆拜客，竭见袁筱午星使，黄济川、曾印若副使，长谈。至祥符县，系潘钟瀚，金陵人。至本地绅士刘南卿处长谈，忽风雷交作，势如潮涌。顺路拜开封府山西人马先登处，闲谈片刻，送出上车。陡觉红光烛天，黄沙卷地，风势之大，林木为摧，路上店铺瓦飞如败叶。时申刻，对面几不及见人，家家闭户，竟断人踪。迅速回寓，已黑暗无光，满天红亮如夜火燎原，所谓昼晦是也。沙挟风威，几席随扫随积。人皆屏息而坐，一呼一吸，臭恶难闻。此时情景，困苦难言，余与同伴诸君均有戒心。到晚土饭尘羹，焉能下箸。夜风仍不息，屋宇震响有声，不得已蒙被而睡，犹觉臭恶异常，神昏气促，入黑沙地狱一般。据土人云，数十年来无此暴风。嘉庆间曾有一次，亦无此甚。非常变异，恐天灾方兴未艾也。是日谒见袁星使，十分慰劳，谈及归德府一路欲设粥厂，意在委江苏绅士，欲余等办理。行将出奏，因余等初到，未便即委往办也。现奏准发白粮十八万石、银十万两，在河南省给发，山西亦然。民心稍定。

二十九，阴。风稍缓而沙飞如故。据土人云，昨夜风沙无孔不入。凡桌上室内之沙痕，均有蛇蝎蜈蚣等痕迹，各处皆然。即素所封锢者，其迹依然。人言籍籍，悚惶异常。曾印若、熊纯叔来，午后搬寓至江苏会馆，在西门内府城隍庙西首。会馆向例，同乡概不住宿。余等放赈而来，故格外款留。其屋轩昂，其地爽垲，共有四十余椽。乡祠在外，中设吴太伯栗主，有享堂，有戏台，两廊宽敞。本年系谢春农上海人司年。司事系陈卓甫，常州人，即住官厅。西侧首屋三间，极大，颇惬意。即往内厅拜李玉书，上海人，亦系办赈来者。早睡。是日熊纯叔已动身往河北，故往拜未晤。厂中仍派蒋子彬兄住厂董理各事。

四月，朔，晴。同乡来拜者纷纷。早晨袁星使来，答当驾不得，未及开正门，以步入内矣，长谈。黄济川、曾印若两副使来，答即去。午后仍与保母舅同拜当道及各同乡，归下晚。

初二，晴。各当道、各同乡均来答，应接不暇。午前至曾印若同乡处，归与保母舅茗点于新星楼。余买端砚一方，书第四号公信旋南，家书并发。熊纯叔来长谈。是日袁星使托曾印翁谈委余等往归德设厂，截留流民，而斧资恐或不继，虽许而尚有踌躇也。

初三，晴。晨镳局何姓寄来信，并汇到赈款银四千两。午后书收到信，即将第四号家信托曾印翁由排单寄。苏会馆司事谢春农送一品锅来。（银价每两换钱一千二百左右。）

初四，晴。午前城隍庙拈香。因厂中大疫，死者甚众，余与保竹寿写公疏焚化庙中，求减疫消灾。谢春农来，近日公冗稍暇，明日约定诸公同往厂中办事。是日闻袁星使患喉症甚剧。

初五，立夏，阴。大风刮地，飞沙眯目，不能行走。沙上均有虫形及各物足迹。余终日未出门。

初六，阴，微雨。熊纯叔、张蒲翁等清晨赴河北济源办赈，余同竹、保两君往南关栖流厂。见厂外流民求食者纷纷，入厂四面筑濠中，有官厅，上首系账房，下首蒋子彬兄憩息之所。搭铺每房三席，已不能旋转。内设席棚，大号可容十余人，包工每棚钱三千四百文；中号可容十人，包工钱一千六百文；小号八九百文钱，只容三四人。细查规条，男女各归一面，分东西两处。该处风气席地坐卧，不用搁铺。晨间击鼓，令流民均站在棚外持盂，另饬人分四路给派，抢夺者责二十小棍。男至女棚，女至男棚，果系本家，尚有可原，素非亲族，私自相晤，逐出不收。地近桑间濮上，有不堪问者，故立规甚严。午刻鸣锣，酉刻仍击鼓，规约亦如之。不准另自起锅烧煮。每人给牌一面，挂于纽扣，给饭时每棚先报名此棚若干户，核册给发，不准私自出厂。另由署中拨兵勇十名弹压，书办两名、差役四名供事。总栅门卯开酉闭，夜男栅更夫四名，女栅用女更方两名，彻夜巡绰。寅刻先着打扫夫打扫，午刻及晚又须打扫。所煮皆小米饭，加以馍馍。厂中司炉、司灶、司水、司柴下人毕集，司事之司粟、司钱、司账等友共有四人，总理则归蒋子翁。查簿计口，已有三千数百名。午后会馆来信，袁星使于今日卯刻身故，不胜惋惜。闻往伊妹处探病，似觉喉痒，仅三日而卒。此老忧国忧民，吾厂中照拂十分，今忽身故，顿失右肱，归德设厂恐作罢论。申刻回会馆。上灯时李海帆同乡从曲兴集办粮来，长谈。（是日接公信、家书，均第一号。）

初七，晴。晨未出。午后往书田街书店，余买赋汇一部。是日竹丈寿诞，邀同寓诸公饮于俊盛馆，在北书田街。黄济翁、曾印翁到会馆，邀往小叙，遂与保母舅至河道街天顺馆面晤畅谈。因袁公去也，闷极，借此散心也。

初八，晴。凌荔生同年由曲兴办粮来，长谈。午后，同人在会馆盘存留粮食。每日发粮七十余石，由本厂熟人来取。嗣虑车装到厂有十余里之远，恐有遗失，改章每期发粮二百石，由司事押运。厂粮定三日为期。午后到厂查勘一切，归上灯时。夜书第六号公信及第五号家书。早睡。夜雨。

初九，阴。同保母舅钱铺换钱即归。蒋子翁来，商酌赈务及厂中公事，拟禀俟新任涂朗轩中丞到任递送。因知各处已皆得雨，外间纷纷报雨，拟办厂中资遣回籍耕种也。午饭未食，吃馄饨于新星楼。忽大风刮地，沙尘又起，至夜不息。蒋子翁宿会馆，无聊之下，讲东洋景致甚详。存天成大米九千四百七十二斤，本日止出票券来。

初十，阴。仍大风，至午始停。与李玉书、竹丈以银易钱。苏平一百金合汴平除二钱，倘杭平，每千两扣二两二钱，合价杭平似稍公道。随兑银三千五百两，向丰豫庄上换杭平，每两换钱一千二百五十七文，随书折一个，由李玉书保。又至宝兴隆，徐云亭经手兑钱。太仓同乡杨亦翰兄来，名钦弼，现任汤阴县，闲谈而去。

十一，晴。同人与予均往钱庄兑钱。涂中丞宗瀛今日辰刻接篆。又大风沙起，天色黄黑，回寓沙已积寸余，又似昼晦状。午饭又食尘羹土饭，较前月二十八日稍轻。午后风沙依然。沈佐翁由厂归，满身沙土。连日厂中又添收四五十人一天，每日吃水由南关菜园车载入城，故厂中信息极便也。闷坐不出。

十二，晴。风止。平明起身，同诸公到本厂□□点卯。步行而出，晓星又在天也。余与竹丈查西南中三厂，约计二百余小厂，尚有西边分设病人厂、生产厂不在其列。甫到厂门，兵勇各差均皆站立。入门吃饼数枚，烧酒一樽。各处查验，分路而行，烈日烘天，四面周视，劳瘁异常。适委员汪又东，宝应人，闻余等猝然查号，亦即同查，嘱渠命书吏赶造新册，注明某乡某县远近地方，且来厂之始共有几人，现存几人，死亡者另备清册，为日后资遣地步，以十日为期。午后又大风，不能再查，赶即回寓。是日接南边二号公信，凌荔生来寓饮酒长谈。

十三，晴。延陵季子诞。向例会馆中围拜做戏，官商幕均出公分，现因年荒不行此例。同乡来拜者纷纷，余与诸君衣冠半日酬应，自辰至午始散。有同乡陈冠庭合往山货店荣升馆观优，每客二百文。因汴京近黄河大王，到时必要唱戏款待，年景虽歉，班子不散，惟行头之恶劣不堪入目。到戏馆后，冠翁有人招往店中，即去。适班中有旦脚名杨永兴，年十五岁，即下台侍立，言语颇灵巧，即命老班换茶点，请点数出，因在馆厅戏者仅有十一人，班内有一百余人吃饭。何寿翁、竹丈两人颇赏其灵巧，且却不过情，点水斗一出，赏钱一千文。侍立恪恭，颇为殷勤。市面之小如是。□渠算来，今日不过三千文左右，竟演□□颇为认真。年饥世乱，代为一叹。抵暮归，永兴竟送寿竹，车到会馆而去。余等凡有酬应等，一切均自备钞。

十四，晴。晨起，余与竹丈唤车一辆，往奠袁星使。拜毕往曾印翁处长谈，据云不日回京，此间绅衿除钱姓外无一肯办善事。余与竹丈等因袁公已故，公事再办，恐不趁手，且候补班见苏绅办事竭力竭心，而上游又极器重，适形伊等之短，颇有忌克者。同人因天已降雨，逞此机会，拟办资遣回南。印若亦以为然。厂中现赶造册。归寓，同人看戏之兴未尽，保母舅作东，人归已上灯。永兴演穿珠记出。凌荔生病于聚德堂颇重，代为焦灼之至。半夜又起大雨大风矣。

十五，阴。大风刮沙，几如昼晦。午后大雨淋漓，至上灯时止。沟浍皆盈，路途积水，民心大快。据土人云，前年三月下大雨，直至如今。诸公皆快甚，作喜雨诗一首，以后秋收有望矣。午刻谢春农来，云昨三更时有扣户者，问之系藩臬送札，委伊嵩山求雨。札上系祥符县潘禀，称候补人员。谢君非候补者，原札藉缴，亦一大奇事。大约潘令之糊涂也。春农归时，候雨略小，已二更矣。

十六，晴。唤李正叫车，余与竹丈往竭涂中丞也。到署投帖，据号房云，大人概不见客。嘱巡捕金姓赍帖，且说明余等苏绅为赈务拜谒，即闻传呼开门。谒见时十分慰劳，大加奖赏。面呈资遣，禀帖，中丞允以一一照办，且甚合意，亦以各处叠报均得甘霖，欲办资遣，并云当另派委员来厂资遣商酌而行可也。午后同乡李翥霄来，名标风，已奉委札来商，着往各县押发资遣事务。汪又东来，细述厂中人口各事即去。晚至北书田街，见饿莩在地，给以钱文而归。

十七。敷门不出。嘱沈佐香着厂中书办赶造册子，为资遣计也。

十八，晴。吴太伯圣诞会馆中向例演戏，因年饥停演，同乡各绅官商约到拈香。余因督办书吏造资遣流民册，拈香后不出外，自朝至暮，实未离席。晚李翥霄来，因厂中存米及粮食甚巨，伊请于赈抚局，既意在资遣，俾流民旋里耕作，将以米易钱，为资遣之用。又饬人来要清单抄数而去。吴福堂兄病痊，又复发狂，闷闷。是日买全唐书一部。

十九，晴。燥热。在会馆仍督造册。午后寿翁、竹保两丈出外，在山货店啖面而甘，归。适翥霄至，晨见涂中丞，深赞办事惟苏绅在汴最为实心实力，已嘱各厂委员须效江苏同善厂办理。即去。闻河北三府今已得雨，甚透。

二十，晴。余写第七号公信及家信，仍督办造册。早睡。

二十一，晴。黎明雇车二辆往南关，同人俱往。本厂查点饥民与册子吻合否，数日前未露声色，猝然而去，恐司事舞弊也。至厂尚未开门，传呼启钥，日光微动，入厂到官厅，即传司门者闭关，以备稽查。辰刻起查点饥民，分头办理，分四路，余任南厂，竹丈任西厂，寿朋任东厂，委员李翥霄及厂员汪又东任北厂。先问棚头某人开列名字，在棚共有几人记簿，然后逐人点名验牌，问明年岁籍贯里居，有无田地亲人，另给腰牌一块，传语由县差及厂中司事。奈赤日当天，口枯舌燥，兼之近立书案前，秽臭不堪。至午点三百余名，午后又点四百余名。竹丈办事最快，点至一千余名。惟北厂均换女号，人数最多，点名更难，抵暮始毕。一切册子带入会馆。狂风大作，沙扬遍地。余与诸公劳瘁不堪，遂即上车。晚膳后大雷雨，有两犁外。（是日归开巡道德名馨来厂，均谒见，大加奖赏。）

念二，晴。晨乘车赴厂，昨所未竣之事一手办完。午前赈抚局派吕小琴及秦蒋两员，因本厂禀明中丞，现当各处得雨，拟资遣回籍，耕种尚有余米，卖与赈抚局。晚李翥霄、汪又东来会馆，为商酌资遣事。

念三，晴。晨起同人各缮清册，分开县分，颇费周折。午前翥霄公来帮忙。终日赶办，将第一批愿回籍人民二百余人入册造写，即交翥霄面呈中丞。二鼓始睡。

念四，晴。晨间余与保母舅谒见中丞长谈，又往臬司傅秋余处。伊云倘有公事掣肘，一力担承。伊原籍因金陵，同乡故也。并往藩司巡河道处，即在德河道处吃午膳，商酌资遣事无例可循，此番事属创办，且面承涂中丞谕，俟我厂创办资遣，余厂如法资遣。且云江苏绅士办善，总比他处周到，故愈不敢轻动也。竹丈乘车到厂，查愿回籍之户，按厂稽询，愿回者寥寥。揆厥情理，因归里亦难存活。然上宪亦以资遣为第一善策，倘不乘甘霖大沛，一意资遣，中州人民多惰游者，积习使然，即如耕田一事，全赖天雨方肯播种，万不肯用桔槔等灌田也。与翥霄商酌，非厚给钱米不可。函致赈抚局，若不资遣，恐南边饷源不继，厚给钱米而该局又不以为然，因恐碍他厂资遗，难以照例。是日仍未定议。晚接同年费芸舫名延厘札，承伊荐与吴广庵同年名承潞太仓州，每年但支干脯洋一百圆云云，不到署，在外办事可也。

念五，雨。余与同人赞理造册。午前翥霄来，谈及涂中丞意欲留余等再办两月，因愿归者少，俟六月底截止，听余等回南。如资斧不继，尽可到中丞处拨付。余等再四商酌，天雨既降，遣归□尚可耕种，若七月资遣，无麦无禾，何以卒岁？同人商议，决意重给川资口粮，每人给以两月用度，俾归里耕耨，秋收有望。时不可失，急书禀单，拟明日面谒中丞，道达其情。晚曾印翁来，细商一切并改定禀底。是日敳门不出。（是日发家信并复云舫札）。

念六，阴。天热愈甚。黄济翁来辞行。午后接家信，知同乡崔季芬军门，名廷桂，徐州人，现任镇台到汴，潘辛芝名观保，亦到。闻伊子鹤亭身故，颇为扼腕。是日赶办册子，未出门。

念七，雨，复晴。雇车，余同保母舅、竹丈谒见涂中丞，面呈禀帖。禀中以时不可失句作主，江苏厂每名拟给川费钱二千文，小口减半，口粮视远近酌给领凭。由祥符县给到本县，每名领耕地银、垦田钱合银一两，当堂给发。其银由本厂按名造册，解赈抚局，即由该局发县，并请派员弹压，护送到县。给发之银由本县备文报局，即交委员带回销差。涂中丞称善而尚有踌躇者，恐碍各厂因照办匪易也，约明日传司道汇议来覆。出署往拜崔季芬，又往军需局拜潘辛芝，均他出。往曾印翁处，顺便拜黄济翁，游大相国寺，因伊寓所也。

念八，晴。潘辛芝来，宋伟度及李翥霄来，即去。有金陵同乡甘建侯名元焕来拜。中丞之得意门生，中丞差来探我们资遣究竟如何办法。闻日昨司道汇议，未有定论。李翥霄又来，渠已委本厂护送差。又闻中丞再要派四人来厂，每名中丞定以大口银一两二钱，小口减半，且云资遣恐一时难以净尽，中丞务要留我们再办两月，一面尽可资遣云云。然当中丞十分器重之时，必固执前议，似亦未便。姑遵伊谕，再办两月，一面仍办资遣。是日往谢春农处，偶然谈起省中疾疫大起，饥民医药更难说法。保母舅等允许即在全馆中设立药局，施医给药，惟延妥当医生，即托久居于汴之同乡邀请。伊一口允许，药由同仁等道地药铺凭局票给药，东西南北以四药店分给，均由谢春翁保荐，即于五月朔开局。午后甘建翁又来信，云中丞定欲余等再办两月，因办各事贫民均沾实惠，现办黄河堤工，俟渠堤工告竣，约两月可竣，听凭诸君子旋里，决不再留云云。余答□竟其如是可也。李翥霄又来，约明日到厂点卯发资遣也。

念九，晴。崔镇台季芬来，骑从如云，长谈。云伊署在河北怀庆府，该处黄河之北时雨已足，急宜耕种。渠意欲向营中借牲口一千，耕河北怀庆辖下荒田，每亩七十文经费，二人可种二十亩，一万亩只需七百千文，三月之间可转荒为熟。莫大之举，何弗一办？同人汇商此事，独力难支，须各处凑资。余处准办二万亩，作钱一千四百千文。长谈而去，晚邀夜膳，却之。夜又大雨。

三十，晴。崔镇台送来徐州沛酒一大篓，计五十斤。余未出门，竹丈往厂。是日资遣计二百余名。午前保母舅送往崔处钱一千四百千文，开垦用也。

五月，朔，晴。天燥热。谢春农来，商议药局须初四开局，请医生须三十千文一月。此汴京风气，与南边迥异。未出门。

初二，晴。谢春翁、陈焕之来。午后竹寿两君邀往观优于荣升，至暮而归。夜大雨。

初三，晴。写汪柳门信，及发第八号家信、公信，及芸舫广庵同年处信。天热甚。明日要开药局也。竹丈往厂稽查，又资遣二百余名。

初四，晴。热甚。是日药局第一日只有四五号。谢在翁、陈焕翁来。晚大雷雨，天热更甚。青蝇日来渐多矣。

初五，晴。端节在会馆，杜门不出，所吃之菜无一可口。回思家乡□首，鱼南茭白黍尝新，榴花照眼，洵良辰美景也。午后厂中沈佐香回，知又资遣一百余名，厂中日有毙者，秽气乘热气而升，易令人病也。早睡。

初六，晴。在会馆不出门。午后移榻东厢，稍觉舒齐。天又大雷雨。去年旱甚，今则叠沛甘霖，天心悔祸可见也。

初七，晴。敂门不出，午后竹寿往印若处，□与佐香往北上街德润洗澡。适遇竹寿二公亦在，同归。上灯矣。（是日新用一庖人，颇佳。）

初八，阴。敂门不出。竹丈往厂，知又资遣一百三十六名。寿朋独往观优。诸公均未出门。天热甚也。

初九，晴。大热。青蝇之多，无以复加。药局诊病者甚多，妇人亦有装俙乘舆来视诊者。有仆李正，其子颇能书，嘱伊来局抄写册子。余未出门，因厂中另派蒋子彬兄董理其事也。是日厂中来报，又资遣二百余名。以后每日有资遣，不赘。

初十，晴。同人以崔季翁未有回信，叫余往怀庆一走。因与竹丈商议同往，允之。遂即唤车，无由招寻，均往道口运粮也。汤阴县杨公系太仓同乡，名钦琦，来拜，长谈而去。

十一，晴。天热。明日拟渡河到怀庆，托李平书唤车辆。□前有赈抚局道员郭名溶书年愚弟帖，知伊弟任常熟，与余同年也。午后往答，顺至厂中稽查，知日有愿，回籍者，离乡背井本非所愿，迫于饥寒故也。束装后早睡。

十二，晴。黎明，余与竹丈乘车两辆，并带司事陈艾生同往怀庆。更有仆人李正向，祥符县要差一名引路。出汴城西关，行二十余里，到回回庄。又四五里，谢大王庙，甚显昂。又二十五里，东庄打尖，据车夫云，已行五十里矣。赤日当天，暑热异常。行二十五里，至赵口，渡黄河，拉大艘一只，人骡同上。见黄河对岸，可见舟子在河中拉纤而行。南边纤夫在岸，今则由水而行。据舟子云，幸今日风平浪静，若有波浪，只须河中波纹一皱，风浪即由河底翻出，滔滔波泛，船即上涌，顿高数十丈，对面可见之岸变为一片汪洋矣。据云河底如脚炉，盖有孔无数，其水天上来，云云。此真险道也。余到此办赈心急，置身度外，瞬息渡河至北岸，即所谓河北也。余吸旱烟一管，未竣即到，快甚。赶行念五里至官庄，已日暮。进围见人家萧瑟，门闭而人迹阒绝。远望屋中墙壁，虽有椽节而栋梁楹柱皆拆去。土人云木料等物因无吃用，拆去变买。俟买无可买，或死于室中，或散之四方。至罗庄歇夜，客店只有一人，几等饿莩，所见之人大半无人形者。夜卧竟夕，无鸡鸣犬吠声。夜膳无着，即将炒米煮粥，苦极苦极。

十三，晴。辰正始由罗庄开车，不敢早行也。车夫姓徐，山东人，忽病，勉强而行。但见土无草根，满目荒凉，行二十里绝无人迹。遇见骸骨累累，横卧道旁，身首不全者居多。至原武，有店数家，如晨星，然行人亦不多。该县当怀庆冲要，衰颓如此，诚乡镇之不若也。县令高袖海，号云帆，徐州同乡，闻往府请赈，因无款可拨，日在府署为民请命。忽车夫进原武后仍复不愈，姑且安顿原武旅店，用祥符差人代为赶车，骡即顽劣异常。偶步行至原署中，一望如乡镇城隍庙然，因绝无一人也。当时与竹丈约，目前所见，原武最苦，必要开赈，然非车夫延耽，不能备悉也。上车行二十里至王村，入围未逢一人，店客打尖，只有清茶，别无一物。询客店主人，不论何物，取来疗饥，彼云不食三日矣。今日有人馈麦粞一握，和青草做团，已做五枚，食三枚，尚有两枚，明日充饥所用，有钱不卖也。询伊后日如何，伊云只知明日，不计后日。其苦惨形状，目不忍睹。适有饥民阳武张明秀者，母妻嫂四人俱病，到王村客邸，呻吟之声耳不忍闻，遂给钱一千三百文。车夫郭姓因同伴之徐姓病在原武，放心不下，赶往一看，约半个时辰来。遂与竹丈出门散步，见比屋相连而无一人在舍，皆往别处逃生，或则觅食夜归。约一时许，车夫始□□车而行，知徐姓略愈，约明日在清化镇相会。烈日当空，人骡之汗如潮而涌。赶行四十五里，到近水寨，有大王庙。因赶宿头不上，宿在古庙，幸有一僧看守。入见神像，即幼时常梦见之神，玉带朝服，敝已不堪。即瞻像拜跪，始知人生所历之境，亦由前定。此番若非放赈，断不至黄河以北。书之懔懔。夜吃面条甚佳，屋亦宽畅，天热甚。

十四，晴。至木鸾店，已行十八里矣。渡沁河，即在武涉县城外。其河甚狭，人则坐船，骡则渡水。然土人云此河不时要决，故武涉城内人家门首多有木筏搭好者。河北道衙门在武涉城内。约十余里，到岳家庄，有岳武穆祠，土人云武穆之祖始居此。又二十里到王顺打尖，至秦村。一路里数甚大，每里约有里半光景。十里至徐堡村，田中罂粟花甚好，五色分开，已垂垂结实矣。三十五里至怀庆府城，已在山西垣曲县交界矣。垣曲者，即同年王植三大令殉难地也。即到崔镇台署投刺，适他出，寓萃余堂客店。闻崔季翁回署，即往拜，承再四招住署中花园内，园中百花均备，知开垦事尚须缓办。□□□陈原武之□目所亲见，意在办赈。据崔季翁云，凌荔生亦有此意，即托崔公书札邀凌荔生来署商办。晤见伊幕友杜霁川、王百川两君，长谈漏下三更始睡。（崔公拨二武弁来侍奉，颇周致。）

十五，晴。晨间季翁来谈，谈即去。余与竹丈在署内花园游玩。花卉金鱼，颇觉幽雅，而种菊尤多。余借季翁坐车拜当道，并派五品差官一名打顶马，因知余与竹丈要谒太尊及县令，河内县也。府尊卓友莲名景濂与余同年，十分莫逆，并拉余住伊署中，然崔季翁已留宿，不能再搬，却之。即归，拜河内县姓欧阳。适因病未见，路经府学，规模大，傍 有许文正公祠，即叔重先生祠也。归寓，季翁请吃午膳，均用银器，八小碟，四大碗，四小碗，四中碗。主菜先上，系鱼两头。余与竹丈不解时，季翁问云，苏城有此鱼味否？

余始恍然，盖黄河之鲤味冠群腥，即诗衡门所咏，岂其食鱼，必河之鲤也。余遂大赞赏，实则无甚好吃，且问价必昂贵。季翁云，近来中等之鲤不可多得，价须钱二千文两尾。盖上客始用，较鱼翅燕鸽为上。余亟称不敢。第二次菜方用鱼翅，有绍酒吃而味苦。陪客有朱姓、周姓、季翁及伊子诗，现捐河南河工通判，劝酒敬菜，十分殷勤。夜亦盛席。午后府尊卓友莲来答未晤，并请明日午膳，余却之再三，因明日急需向原武办赈也。晚买药于东门外春元药行，怀山药买二三十斤，以及党参、地黄等物。夜二更束装。□季翁叫郎君来留，再盘桓一二日。余答以办赈而来，急如星火，不敢误公，亟须赴原武筹办耳。二炮后，荔生回信到，叫余等先往，伊二十边来原武云。彼处给粮，我处散钱，同日并行，必须分疆划界，为后日报消〔销〕计云。

十六，晴。黎明，辞季翁出署后，与竹丈陈□生兄开车。季翁派哨官一名护送到原武。出怀庆北关，过怀上，多药行，均芦席为栅。行四十二里至缑山村，一路傍竹林而行，极为清雅。至清化镇，约远三里许，至康叔豹家，系吴子和所托，有信银送彼，不能不到。叔豹之母系子和姊也。入门见有"大中丞第"四字匾，而破屋颓恒，隐隐见楼台殿阁。询之知向系花园，十分华丽，七年分遭捻匪之难，精舍均付祝融氏，仅存旁屋数椽。晤叔豹兄，问起里居，始悉根由。请入内堂，伊太夫人隔门细询延陵氏情形、亲戚景况，余以知者答之，并述近况拮据。遂将子和嘱付之银一包计八两并信交付，另承招饮，因急欲赶路，即行出门。康氏再四款留，略坐，即有老妪送上黍粥一瓯，竹笋一喋，麦饭一盂。此时枵腹已极，食之如麟脯鹿肉，甘美异常。知竹笋系伊园随吃随斫者，清化镇系出竹之区，伊处竹扇极为南边器重。余极称竹笋之甘而嫩，始知该处地方五月方有笋吃，不□□边五月中笋已成竹也。濒行又送笋十余斤。叔豹引路，送出该村。一路从竹林中小步，千竿掩映，风韵萧萧，别有一洞天矣。出村时见车辆停歇，武弁侍立，聚而观者几及百人。到清□镇，知系怀庆第一大镇，其地通山西太行山，其泉清而甘，即退之送李愿居盘谷地也。其泉涌出。环镇骡马不绝于路，均系西客上太行山行者，衣箱等均背在骡上。打尖后啖胡饼，以新笋夹食，饮汶酒数两。又买笋三十斤，知伊地四五月出笋，立秋乃止。西关有"丽泽门"字，一路面太行而行，据云绵亘八百里。东关至挹秀门。行二十里，围子名八湾寨。又行十五里至小高寨，行四十里至木鸾店，亦怀庆大镇，进围投宿，已上灯时。是日行一百十五里，而里站甚长。

十七，晴。黎明，由木鸾开车，渡沁河口。行十里，过大王庙，见有粥厂，饥民取粥。者络绎不绝，竟有妇人抹粉涂脂，亦来取粥。据土人云，每日待饭而食者四五千人，盖汴中以粥为饭也。行三十里到张店打尖。数十里草根树干均无留者，但见黄沙蔽野，偶遇村人，皆手持竹竿，鹄面鸠形，提篮乞食，始信河北之荒胜于河南，非亲历不知也。余遂着哨官驰马先发，到原武投帖致信。忽起大风，狂沙飞舞，骡行甚艰，绝无途遇之人。行四十五里到原武，城中绝无店铺，更少行人，屋虽有比连处而门面扃锁，内屋栋梁窗棂均因拆去变买，因乏食也。每见庭柱等木荷肩唤卖，每斤仅值钱二三文，作为柴火之用，可慨也夫。原武官署在破屋颓垣之内，晚到县谒县令，系同乡，徐州宿迁人，高名袖海，字云帆，与汪柳门甲子同年。见余等至，大喜，以为民有生机也。设席款待，谈起城中百姓日日饿死，不忍坐视，已屡请于府宪，欲挂印回乡矣。故此番之喜为百姓喜耳。后悉同年凌荔生作书寄苏云，若余到原武，再迟十日，又要饿毙万余人，而余则初时不知也。此行若非严竹丈肯与同行，实难蒇事。此功当让与竹丈。是日张步翁由济源回，午前到原武，同宿署中，早睡。

十八。张步翁动身赴汴省，托伊带信一封、竹笋一包到会馆，交严保之母舅。午前原武各乡妇女来署约二百余名，求收养赈济。高令坐堂，着吏记名，久传不至，因各吏往省求食，只有一吏已老惫，三日不食矣。门役着下人四面招寻，只有三人因向附近饭厂取饭即粥也，午后始到坐堂□□尺适微雨，同竹丈云翁之坦、袁彦礽兄及程少珊并捕厅徐酉生往看已经收养之妇女。厂在县东，地甚狭窄，育婴厂在原陵书院。所请本地绅士管厂，衣衫蓝缕，并不穿长衣服，令人可笑，然亦不能怪也。城内东西两门相望，周围三四里弹丸之至，到晚路少行人，鸡犬亦少，迨天晓罕闻其声者。铺户只有一二粮食店，无大米卖，无卖油烛糕饼，并有一馍馍店，只此而已。适天大雨，张步翁弟、瀛洲兄解赈银五千两，由李秋翁处解来，长谈。夜竟夕大雨，喜甚。是日高令饬经承地总造图册，明日务要一例办齐。奈只有一人，余皆糊口他方。高令并着门口家丁凡能书者一概帮忙赶办清册，以待核数发赈。

十九，雨。晨起无事。午前，康叔豹兄由清化镇送来竹笋五十五斤。午后与张瀛翁、高云翁商办赈济之法，拟挨户查办，又恐钱款不敷，荔生又不到。细查册子，连四乡向有十三四万人，今只有三万六千人。请竹丈往省押钱来原，明日动身，拟与瀛翁同往。

二十，晴。竹丈独自一人到汴，余在原署守候，并不出门。夜与程少珊长谈，遂即修函一封，因高云翁要汇钱三十千文到汴，伊公馆在汴也。是日荔生有信来，粮亦陆续到矣。惟如何办法，尚须商酌。

念一，晴，高云翁天天长谈，瀛翁天天同食，在署专候汴音，无聊之极。午后同少珊出署闲步，买铜面盆一只，计四百文。晚接省信及第三号家言，遂即书第九号家信，着原人带汴寄苏。知同年费云舫荐余与吴广安同年，时任太仓州，复由广安荐与崇明之吴子备名观乐处，已下关聘，每年送干脯六十番，云云。荔生信来，定章彼处由原武发粮，每人一斗，余亦定议每亩发锄地钱二百文。当时在怀庆，与崔季翁军门本有此议，盖无食不能存活，无钱更无以买锄地各物，因民间变卖尽尽，家无一铁器也。荔生并云粮在周家口，恐一时难到，因水浅之故。请我处先行开办，早办一日，早救一日民命云云。

念二，晴。天气大热。午前到粥厂帮忙，人头拥挤。午后归，大热之至。晚，张步翁由汴来。夜诸公毕集，商酌赈务，睡已三更。

念三，阴。晨起，书札与季翁，催前交汇银一款，嘱由怀庆换钱，饬弁押解来原。午前到育婴一走即归，无事不出门一步。晚所寓之官厅顶篷忽压下，失修之故，尘沙满室。

念四。天气热甚，终日不出。高云翁喉间有恙。晚发贫妇钱一千余文。天有作阵之势，微雨即止。天气陡热，彻夜不寐。

念五，晴。是日约计汴京诸友及钱车可以到原，以资开办。午前接信，订念五请练军数名在黄河赵家渡接应钱车，共先拨五千串来原发赈。高云翁闻之，喜动颜色，谓原武人民可获再生之庆，即请营兵两、差两迅往赵家渡照呼渡河之车。原人闻信，渐渐麕至，欢声载道矣。夜陈叔安来，安徽人，高令幕友，闻讯来帮忙者。早睡。天气颇凉而钱车未到，念甚。

念六，晴。风大。是日另开女厂，高令与陈艾生早往，留养妇女三十余人。余于午前往见，地方狭小，秽气逼人。内屋十余椽，妇女栖息，携女挈孩，嘈嘈之声不绝，均皆席地而卧。外厅设木栅，不准男人入内。司女事者系老妇五人，在木栅左右而已。张步翁是日动身赴济源，余附致崔季芬军门札，嘱伊将余局存伊之钱即日解来。午后严竹丈由汴来原，知钱车装载，向涂中丞请弁押解，已蒙允准，明日渡河可到局中。周子安同来。（是日微凉。）

念七，晴。热甚。午前由涂中丞派参将一名、千总四名、亲兵十二名，周子安同来。渡河幸有抚院派员弁而已，十分周折。用厂车十四辆装钱先来，二千串余陆续解到，中丞用火签知照沿途文武营汛经过地方照料，如有错误，听参革不贷。亦为原武百姓起见，非仅待我处十二分要好也。是日高令喜甚，大开筵席，由武陟木兰镇买绍酒一大坛相款。共坐三席，余与竹丈席最丰盛，程少珊、陈顺安陪客饮颇畅。闻续解钱由金姓押来，未到为盼。

念八，晴。催房吏赶造册子，高令标朱签，限三日解案。时书吏闻风稍稍继至，盖有吃饭也。与高令闲谈，现下衙署无事无人，狱中只有一犯，已寄与祥符，政简刑清之至。夜与少珊长谈，约十月朔换帖。

附录原武城乡现在造册之大小户口：

本城	大一千九百九十六口	小二千一百六十六口	各小庄附记于此	
白塔村	大一千零七十五口	小一千零三十八口	寨头牌	大成庄
闫实口	大一千七百八十五口	小一千六百八十八口	南张庄	何庄
磁硇堤	大二千六百七十八口	小二千四百四十九口	赵庄	丁庄
王村	大一千九百二十六口	小一千八百四十七口	包庄	萧庄
张角村	大一千一百十三口	小一千八百四十七口	李园	高木庄
娄村	大七百二十四口	小六百四十九口	东杨庄	香王庄
庙王口	大二千九百十七口	小二千九百四十二口	名利庄	全庄
马渡	大一千九百七十三口	小一千七百五十五口	陈庄	
胡村铺	大二千零三十九口	小一千八百二十五口	前营庄	
官厂	大二千四百七十口	小二千一百另二口	营郊庄	
娄采店	大一千六百八十九口	小一千五百另七口	棘针坟	
塞里村	大一千三百另三口	小一千一百七十口	各小庄计大口一千零五十五名小口九百九十三名	

总共原武县连城乡大口二万四千七百四十三名
小口二万四千一百六十八名，折大口一万二千零一十四名

统共合大口三万六千八百二十七名（四年五月照册□记）

查原武旧册向有十三、四万人，今剩三四万人矣。附识。

念九，晴。午前金士奇兄同周仲莲兄及锦云斋友赵少翁押来钱三千四百串，一路带勇渡黑堽而来，十分周折。因赴院请勇押钱一事，轰动汴城，苏帮人以躬逢其事为快，故帮忙者踵相接也。高令已派勇四名到赵口往接未遇。午后大热，闻凌荔生处所办之粮被船户作弊沾湿，据闻其约在万担左右，其中尚有积弊，粮由周家口办运至原武，地远之故。现将船户押在原武。余以分疆画界而办，未便往问。未刻又接省信，内附第四号家信，系四月二十七日发。晚程少珊长谈饮酒而去。夜微雨。明日余茹素，起雷斋也。

六月，朔。雨微微不止，午前高云翁已判定初五起初八止四天，余处发籽种钱，凌荔翁处发粮。我处在县署大堂发钱，凌处由城隍庙发粮，以我处小票为凭，田一亩发粮一斗，与荔生函商订定在前也。夜与竹丈、艾生、子安等赶办小票，另用图记印好。少珊来帮忙，睡已一下钟。而天燥热之至，嘱李正下人烧茶吃，各人口吻渴甚。是日赵少翁动身

往获加〔嘉〕县办赈，见我处而动心也。

初二，微雨，有日光。午刻程少珊兄约小叙，同席九人，均是同乡，饮酒颇畅。适崔季芬军门专差武弁四人、护勇八人送钱来，计一千四百串，尚有一百千在凌荔生处。申刻凌荔生及谈任翁来署晤面，知济源已办发完赈务，共用钱一万四千金。谈至深更，商酌一切，订定办原武赈事规模。是日余同诸公串钱，起要发锄地钱也。是日高令告示遍贴城乡，凡在境内穷民来取赈钱及粮，初五发南乡，初六发西乡，初七发东乡，初八北乡，限期四日，过限不发。原武一县计十四里，即图也。

初三，微雨。终日串钱，颇觉吃力。早往街上闲行，惟见父老童稚均有喜色，因知发赈在即，均有生路也。是日早睡，与荔生长谈。天气凉甚，可着棉夹衣服。

初四，晴。串钱竟日不休，明日发赈也，早睡。

初五，阴。是日凌晨即起，发南乡赈。自早至晚，即在原武大堂发赈。余与竹丈分东西两面坐开，高令中坐，看清有无冒领重领等事。来报者凭以田单，倘无田单，令其报明都图姓名位处、大小口数，与现造之册吻合否，每亩发锄地钱二百文。每亩者实每人也。如果极苦而老病者加给。并予以小票加戳，嘱伊向城隍庙领粮，由凌荔生处发给。但见鹄面鸠形，扶老携幼，均执一竹杆，负囊挈袋，亲来领取，欢呼之声闻于道左。来者多老妇幼孩，问之，知壮男则乞食他方，少妇则半被人买去矣。可哀哉！至晚始歇。（是日放钱四百五十串。）

初六，阴。晨起发西乡赈，照册最苦者加给。是晨至暮，放钱五百千。晚高云翁在署设席慰劳，同坐者徐梯云、程少珊，均无锡人，袁云珊，京口人，均署友。凌荔生处另设一席。是日，熊纯叔由济源来，长谈。

初七，晴。天热甚。是日发东乡赈，用去钱八百五十串。连日辛苦备尝，余及诸公惫甚，即睡。

初八，晴。是日发北乡赈，放钱一千二百串。总共四乡，共放钱三千串有另。前两天放钱不敢多加给者，恐不敷也。而乡民络绎奔来，求请补给，署中大堂上长跪求请者几遍。余与高令商酌，明日准补给各乡一天。夜大雨倾盆，得两犁外甚透。从此雨足郊原，而放钱正在及时，农夫可望生成矣。喜甚，吟诗一首而睡。

初九，阴。是日补给各乡未到之户，用去钱八百余串。准明日再补给一天，余不再补。是日与程少珊换帖。

初十，晴。是日统补城乡各户，在大堂照料放钱。细察情形，略有弊端。因见有一二再来领者，遂诉明高令，立唤地保书办，遂至言语支吾。高令知有弊窦，拟欲重责加〔枷〕号。余曰：此亦台下饥民也，其弊只在领钱，另无讼事害人，罪似可赦。高云翁然之，即停止不放。看衙门口人头挤挤，均皆老妇稚子，余与竹丈思变章办理。约停一个时辰放，遂用小票盖印，大口每人小票一张，用两印，小口每人小票一张，用一印。即唤饥民出头门外，由东里库进，西里库出。设两案于东西之中路，余给大口两印之票，竹给小口单印之票，而票上并不注明钱数。另派周子安、陈艾生及署友程少珊、袁云珊等带差在头门外弹压，东进者不能再行复入，西出者不得绕道至东。谕以明日持票到城隍庙领钱。约计发票大小五百张，老妇居多。讵料踵相接者如蚁来县，拥挤大堂叫喊。高令大怒，坐堂再四劝谕，明日再与苏董商办。均皆不去，务要钱文。遂择两幼妇，一穿孝，一面麻者，云你前日已来领钱，何今日又来？不示惩戒，伊于何底？即唤掌把，每人二十。余皆一哄而散，俏无一人在大堂者，可见王法犹在也。原武初稽鱼鳞册，约用六千串有另，讵知死亡大半，只放钱四千余串为籽种费也。夜月色大佳。

十一，阴。城隍庙放钱，至午而毕。河北原武之赈告竣，备车拟即回汴。云翁设席饯行，余因牙痛未饮酒。同人赶紧催县中门尹雇车，明日必要起程也。夜与纯叔、荔生长谈。

十二，阴，雨。平明辞高令，由原武开车。同人上车，高云翁在署诸友皆送行话别。一路细雨濛濛，天气甚冷，可穿棉衣，风又大。打尖地方系河道巡河之行辕，玻璃房屋，十分干净豪爽，馍馍又干净异常。即行至斗门（系商邱地）歇夜。一路禾黍芃芃，瓜瓞绵绵，天心悔祸，人事转机矣。是地离渭城八里，离黑堽二十八里。时夕阳未下，居然夜间闻有鸡鸣矣。庄子颇好，干净之至。

十三，晴。三更即动身开车至渭城，天尚未明。一路村庄大有可观，林木之茂，禾黍之盛，且经路纡曲。到黑堽，拟渡黄河。来起行时日乌乍吐，即赶唤渡船。适是日袁星使灵柩渡河来北，苦于无船可唤。偶于茶棚小憩，恰遇前由抚院所派押钱来原武弁五六人，当时曾给赏号，留宿留饭，故而熟识，且告其无船可渡情形。伊即去拉一渡船来，嘱即下船。因将牲口车辆等下船，行二时之久，尚未登岸，较前番来北时渡河已迟延久矣。尚幸风平浪静，忽而河中之水如馒头式样皱起，风即随水而至，陡然高涨数丈，其声朗朗，其水混混。船人稍停吃馍，以辣火佐之，大啖一饱，再吃小米粥。见中流奔腾如沸，潮汐大至。舟子奋身入水，用纤在水中拉行，即所谓拉水纤也。船必如扇式斜行。舟子下水皆不穿裤，向来身无寸缕。前由某官眷属渡河，见之不雅，每人给布一块，专遮下身，后为例也。且拉纤在水中者，行如鹜鸭之状，划水而走，回头一望，下船之地已为泽国矣。巳刻始至黑堽打尖。赶行到汴城江苏会馆，已申刻。见常熟方恂卿、蔡理翁、曹镜翁及同伴诸君，尘装甫卸，相对各皆以辛苦劳之。偶谈渡河迟早不同，座中张姓号吉甫云，渠渡黑堽，在渡船猝遇大风，至三日之久方始来南。甚矣！黄河之不易走也。晚浴于西大街，早睡。余身子颇倦。

十四，晴。早晨唤车辆同竹丈往拜高云翁子，名绛年，号普卿，次子名绮年，号次角。公馆在宋门大街。又拜陈泰，即艾生之父，长谈。杨乐庭来会馆，并府照磨周姓系同乡，住平江路胡相思巷。艾生处送菜来，其味甚佳。饭厂中事，余前月在汴面禀涂中丞，因天雨已降，各处沾足，发资遣钱。每人钱二串，粮五斗，小口减半，陆续分遣，由中丞派员押送各县。灾民归里。诸事即日可了，局亦可以撤矣。总共资遣费约用银三千数百两，饭厂共亦用银三千数百两。二十前可束装南归矣。

十五，晴。天气颇凉，晨可穿棉衣。是日厂中资遣难民寥寥矣，即日可以告竣。佐香回会馆，带进来城无可资遣之小孩共八九人，张小萍、王帮妞、陈二妞等，既无可遣归，拟带回南也。汴中苍蝇甚多，菜与饭须搬到即吃。稍缓片时，蝇集于上，如墨色无隙，可□矣！即室中垂帘于外，片时又复钻入。夜饭在会馆内戏台下吃，取其凉快也。余早晨在会馆各处拈香，竟日未出门。

十六，晴。天凉甚。是日，谢春翁、陈焕翁、杨乐庭诸同乡在会馆饯行，设两席菜（荤一素一），以茭白为素桌上等菜。同乡知己者均到，极杯酒之欢，叙同乡之乐，至晚始散。

十七，晴。终日料理撤厂情事，在会馆各衙门递呈报撤厂日期。知袁子鹏自清江来信，初十边来汴。甘剑候来送中丞护照来，长谈。是日厂中资遣各各告竣，一切物件重难拖带者，均交会馆陈卓翁司事手另开细账。厂中各司事均亦遣散。蒋子彬亦来会馆，拟束装旋里。同人欣欣有喜色矣。

十八，晴。天骤热，谢春农来。午后涂中丞饬差官两名、武弁四名，送来满汉酒筵一席，以慰同人办赈辛苦，遂开发代茶银四两，赏钱二千与武弁。余等均茹斋，请杨乐亭、谢春农、李翥霄、陈焕之一叙。天晚有雷声，周子安兄到伊叔祖公馆内，即在省城。知伊叔祖现任渑池县令，二月到任求雨，天降甘霖。现小麦月底可以收成，十分丰稔。是最歉之地易为有秋，天心人事，一转瞬已变易矣。是日向车行要车辆，该行二十三日袁钦使之差，二十五瞿学宪考试之差，须二十九可以齐集。现只有四辆，只好尽琴川友方恂翁、蔡理翁、曹镜翁常熟帮动身。遂书札与甘剑候，托伊由抚院押令要车。回信云准十九叫车来会馆，二十可走也。夜束装，至三更睡。

十九，晴。晨，余一人到衙门辞行。涂中丞请见，十分慰劳，大加奖赏，且云江苏人办善事，个个实心实力，钦佩之至，云云。藩臬（土人唤东西司）傅臬司系金陵人，亦十分奖励各同乡。顺便辞行，归已午初矣。见谢春农、周逸山、李翥霄、陈焕之、杨乐亭、尤少文均来送行，谈起会馆经费不敷开消云云，保母舅等汇商，即由赈款内提钱一千二百千文，作会馆经费，恤嫠捐钱六百千文、施棺捐钱四百千文、义塾捐钱二百千文，共由赈款余钱内捐钱二千四百千文。首事谢春农手，周逸山、李翥霄、尤少文、陈焕之、杨乐亭均在座见证。当时将钱交出，谢春翁收明而去，散已五下钟。晚甘剑候来札，只有马车。是日车辆未到，早睡。（常帮拟明日先行。）

二十，晴。自涂中丞亲到送行后，各官均到，一概挡驾。午前藩臬各送菜来，遂邀同乡一叙，共十五人。是日早，方、曹、蔡三公先开车回南。谢春农来，订明日伊另设席饯行。晚德名馨开归陈道又送菜来。天气又热，又皆茹斋，遂请陈卓翁及各友之在药局帮忙者食之，已变味矣。束装已毕，各事舒齐，专候车辆。是日试吃汴京西瓜，每个重四十斤者，买二枚，已九十余斤。

念一，晴。午前谢春农邀李翥霄、尤少文陪客，菜尤佳，半素半荤，十分可口。晚来车四辆，每辆十六千七百文。余与竹丈、寿朋、佐香先行，保母舅等约念四开车，明日准走也。晚装车，涂中丞派护勇四名来，已二更矣。

念二，晴。平明由汴京旋南，余与竹丈、寿朋、佐香四辆车，带护勇四名。开车四十里到陈留尖，约五十里杞县宿。道路所见，禾黍油油，转歉为丰，知得雨透甚也。

念三，晴。平明开车，睢州尖，宁陵宿。夜雨。是日过袁子鹏、谭子安等在睢州路上，伊往汴也。

念四，阴。天寒甚，微雨。余车行四十里，街路泥泞，车骡恶劣不能前进。出木门，天又大雨。前车已行，仅剩余车瞠乎在后。另雇骡一口，计一千二百文，言明送至归德，奈雨止而地不能行。至薄暮，诸公已到归德，见余车不到，饬护勇连次出探，至上灯后到。是日腹痛大泻，痔出不能进，坐卧不安，苦极苦极，永夜不寐。以下叙事从略，痔痛不能握管也。

念五。冒雨就道，骡仍不能行，鞭之不动。忽又大雨，仍宿归德，另雇车辆，计十四千文，因余车之骡不能行也。是日在归德住一天，痔痛，不能坐卧。

念六，晴。牧马尖，砀山宿。痔痛依然。

念七，晴。马昂尖，郝集宿。予痔依然。

念八，晴。午前至徐州尖。因路上积水甚深，车不能行，遂止徐州宿焉。予痔大发。路上禾麦不及河南多矣，被水故也。

念九，晴。徐州起身，方集尖，双沟宿。是夜旅店有寡妇哭声甚凄凉，至夜尤甚。询之，知伊开客店者，男人新故，诸债毕集。唤其入内，多方劝慰，嘱伊务将幼子抚长成人，俾汝夫在九泉亦瞑目。赠伊钱四千文，房饭一切另算。

三十，晴。龙集尖，高作宿。

七月初一。至宿迁，知有运河可通清江。因余痔疮不能收功，又不能坐车，遂唤船。晚下舟，同人均一起行也。

初二，晴。由宿迁开船，至二更抵杨庄。

初三，晴。失记。

初四，晴。晨到天妃闸，水势湍急，高低十余丈。现自上流驶下较便，雇小车过闸。小船到清江仅巳刻，仍寓正大栈。见徐丽生。余痔稍好，仍不能坐，只睡而已。

初五，晴。在寓。竹丈与方恂翁等先动身回里。下午，保母舅等车亦到清江。余为痔累，寸步难行。

初六，晴。午后余先下船，因同伴赴汴者均已齐集在袁浦，明日回苏也。舟子高姓，坐船颇大，分两船而坐。余与寿朋、佐香同伴，带王帮妞小兰同船，以便服役，因痔疮，洗刷需人也。凡洗刷时，必有如扁带式样堕下水内。初不知何物，久知痔管溃烂也。

初七，晴。由清江（即袁浦）开船，午前过淮关，宝应宿。

初八，晴。开船黎明，一路水势暴涨，下岸之堤均已没水中。痔疮渐愈，管亦渐平。宿高邮。

初九，晴。热甚。至邵伯镇，因风遇石尤宿焉。予熬痔痛，与佐香、寿朋登岸吃饺子，颇佳。

初十，晴。辰刻过扬州。行至瓜关，天又作阵，即停船。余痔管渐平，因思汪林乙拔去痔管，由伊亲铜坑顾铁山手，吃顶高人参一只，十分艰难。余因办赈归里，得邀天佑，痔患从此脱根。二十年来大便之累，霍然而愈，倘非办善，安能至此耶！书此以劝同人，见善举之不可不办。

十一，晴。早晨过江进京口，茶于同春，吃饺子。即开船，宿丹阳。

十二，晴。未刻到常州，宿戚堰。是日行一百三十里。

十三，晴，四更开船，巳刻到无锡，遂茗于惠山，夜泊望亭。

十四，晴。五更开船，到苏城时上午，遂唤小舟将行李送至家中。幸同伴诸公无恙，家中亦平安。悉吴中丞子健已有照会送来，委办清江代赎局事，迅即起行云云。余痔疮已渐愈，可喜之至。

十五，晴。晨同保母舅乘轿往谒吴中丞并薛臬宪名书常，均河南人，面见长谈，十分慰劳。申刻均来答拜。

计开：

开封府为省城，在京师一千五百四十里，即京师之西南。苏州及江苏各同乡曾往来者

崔廷桂（季芬，镇台），徐州人；尤毓源（少文，府幕），无锡人；李翥霄（名标凤，抚院文案，候补知县），吴县人；周隽叔（名钊），无锡人；潘辛之（名观保），吴县人；杨大沂（字乐亭，开锦云斋缠庄），南京人；宋怀度（名祖骏，河南候知府），江苏人；高袖海（字云帆，原武县），宿迁人；谢文沛（字春农，闻远斋烟店），上海人；陈焕之（名鸿泉，公利号），吴县光福人；龚竹坪（义楙，公吉成号），金陵人；李应桂（子明，候补），吴县光福人；郭溶（与伊兄同年，前江苏常熟县），福建人；陈卓甫（会馆，司事），无锡人；江（乡祠司事，号朗轩，名钧），无锡人；张益山（名锡纯，河院师席），常府人；潘锺瀚（祥符县正堂），南京人；康延之（住清化镇），河南济源人；傅寿彤（字青余，现臬司），大兴人，原籍南京；曾金章（字印若，小钦差），常熟人；黄贻楫（字济川，宗汉公之子，又小钦差），福建人；宋光祚（道库厅），同乡；顾福昌（号翰仰）；杨钦琦（字亦翰，现任汤阴县），无锡人。

河督李鹤年；抚涂宗瀛；藩刘齐衔、裕宽；臬傅寿彤；开封府李德均、马光登；祥符县赵集成、潘锺瀚；军需局委员蒋如淦、潘观保；汪景度，助赈局员；开归道德馨。

钦差督办赈务袁保恒（号筱午），河南辰州府人。

录河南江苏会馆额联

（系无锡邹鸣鹤创始，会馆在西门内府城隍庙西首）

正殿 延陵李子 吴太伯 先贤言子 神位　额 至德遗风 弁冕东吴 必恭敬止　风敦克让

联：至德开基礼让风高绳祖武，博文立教絃歌化洽广师传。勾吴德望契尼山瞻庙貌巍峨一圣两贤礼乐诗书宜俎豆，江左风流殃洛社看衣冠宴集三洲八郡睦姻任恤重枌榆。私淑企前徽仰钦揖让絃歌愿共励清时簪绂，公涂映胜赏指点淮山江树尚无虚佳日春秋。学使仪征吴文镕书。

东庑　额：义昭两庑　汇三江八郡之英自古生才多硕德，继一圣两贤而后迄今寿世几传人。（河南道开封府事锡山邹鸣鹤。）

汉左丞相绛候周公之位　宋孝子华宝之之位
唐中书侍郎刘公希美之位　唐平章事权文公之位
宋左仆射同知枢密院事（范忠宣公）　宋防御推官徐节孝处士
宋赠秘书阁修撰陈公少阳　明兵部尚书徐忠敬
明南京礼部尚书邵文庄　明文选部中顾端文
明御史周忠毅　明左都御史李忠毅
明左都御史高中宪　明七省总督卢忠烈公
明东阁大学士堵文忠公　明长乐知县夏忠节公
明进士黄忠节公

西庑　额：名重三吴

联：自汉迄明著硕望于东南远溯同贤承一脉，维桑与梓奉神灵兮左右长流股荐共千秋。河南按察司

张祥河。

晋御史中丞周孝候之位	唐中书令来公济之位
唐扶阳郡王醒忠烈公之位	宋参知政事范文正公
宋太常博士胡公翼之	宋左正贤邹忠
宋左丞相陆公君实	明太子太傅赠太师徐忠贞公
明工部主司何公孟循	明礼部尚书孙文介公
明东阁大学士文文肃公	明吏部主司周忠介
明简讨缪文贞公	明司经局洗马马文忠公
明大学士临柱伯瞿忠宣公	明兵科给事中陈忠裕公

国朝赐恤原任广西巡抚部院前知河南开封府事邹鸣鹤创造会馆

官厅　额：江左衣冠　家在江南（嘉定徐郙）　希文遗范（粤西使者邹鸣锡）

联：四十年重认棠阴问襁褓依稀记否河声环岳色，二千里远持荡节喜衣冠彬雅还将梁苑作吴都。邵亨豫。世家传礼让迄今簪盍天中欢殃裙屐见酒醴笙簧犹守敬恭桑梓，吾道仰仪型想古风流江左社结枌榆愿东南宾主毋忘文学絃歌。陆高龄。灵威遍冀豫梁荆昭假无方三吴更祝神明佑，祀典冠日星河岳鉴临有赫九拜初瞻籥舞新。庄受祺。

联：吴江烟水久疏借此地朗月清风高念井乡父老，梁苑邹枚犹在溯往时车尘马迹悦趋诗礼家庭。徐郙。同时梁苑叙欢悰喜握手谈心顿忘羁旅，今日江乡离浩劫愿黜华崇实共亨升平。费延厘。

后轩：先烈著春明旧馆汀南孤掌复，创图襄汴水新祠江左半年成。

乡祠客堂对（均同乡停柩处）额：是式是凭

联：何时千里招魂帐月冷吴江欲归不得，忍使九原落魄幸风高梁苑且住为佳。集故土簪缨继梁苑词客之踪风遗古址，拜先贤俎豆自梅里让王而下代著伟人。风雪梁园暂羁琴剑，春秋佳节为忆故乡。汴水东流看堤柳成行地原接壤，吴山南望忆江梅放处人是同乡。共话江乡敦任恤，好偕洛社集英灵。

门对：人文江左传千古，灯火樊楼亚六朝。

光绪十年岁次甲申九秋之月重誊于碧风里之太湖救生总局

救荒百策

清光绪十三年重刻本

（清）寄湘渔父　撰

赵晓华　点校

序

古之言荒策、行荒政者，周秦而下，代有其书。然其法有初行则效，再行而不效者，有此行则效，彼行而不效者，有言之似有效，行之竟无效者，有行之可以拯岁荒而不可以济兵荒者。惟前明宁都魏氏所著《救荒策》各条，分门别类，纲举目张，既豫备于未荒之前，复博济于当荒之际，更维持于已荒之后，其法有经有权，非特以救一时之荒，且足以保富庶而全廉耻，行之久远而皆效者也。惜遐陬僻壤，未能佥有其书，奉为救荒之法。岁癸亥，予随湘军驻陇上，戎事余闲，因取魏氏之策，并前贤救荒诸书，择其言之宜今而易行者，得六十策，业于己卯秋付梓镌赠。但彼时身膺烦剧，靡有暇时，凡编中之次第条目，均未能斟酌悉当，知不免贻笑方家。兹按条改削，并增辑四十策，总为百策，分备荒、弭荒、筹荒、赈荒、抚荒五纲，盖即窃比魏氏之意，推而广之也。编成，就正友人邱瑟门、易植庭、施均甫、周铁真、唐子迈、张研芬、朱锦江、于子俊、薛子善诸君，谬蒙许可，促予锓版。因不揣固陋，并略改前序而重刊之，亦聊以备有心济世者指臂一助云尔。时光绪十年岁次甲申孟冬，寄湘渔父记于甘肃秦州署之尘定轩

凡　例

一、设策提要，分为五纲。首备荒者，米价未贵，百姓未饥，有策以备之，四境安饱，即有荒岁而无荒民，所谓思患豫防也。次弭荒者，水旱已兆，尚未成灾，有策以弭之，尽人回天，荒或可免，所谓转祸为福也。次筹荒者，施济临时，经营掣肘，有策以筹之，凡诸赈款，裕于几先，所谓前定不困也。次赈荒者，米贵而未尽，民饥而未死，有策以赈之，而民得以生全，所谓急则治其标也。终抚荒者，饥祲甫过，民尚流离，有策以抚之，则流者可以复归，离者可以复聚，所谓转荒郊而为乐土也。其细目百条，各以类从，分列于诸大纲之下，但有资于荒政者，概辑于编。

一、发赈最难审户。审户不清，不但粜济等第不均，抑且虑丁口混乱冒充。是编审户之法，即寓于四时保甲册中，临灾按簿抽造贫户清册，于勘灾时便带挨查，给发赈票，不过数日内即可使实惠及民。是为荒政紧要关键。

一、给粥不如给米。给粥一家数口必须齐出，且以少年妇女出头露面，有志者羞愧饮泣，愚昧者习成无耻，甚至厂役之夫，丧心评论，凶暴之徒，争挤调戏，事变丛生，言之足令发竖。况一日只一餐，朝赴暮归，不胜其劳，居城市者犹可，若乡落断难行矣。至于疲癃残疾之辈，必欲行而足不能前，势必坐以待弊〔毙〕。惟给米则诸弊可免。故是编给粥之法略，而给米之法详。

一、给米莫善于四方分段，而城市总给，不善莫大焉。总给城市之中，不但人户难稽，从生诸弊，且贫民奔走数十里之遥，以受给一二升之米，往返在道，不免枵腹难支，将米易饵充饥，而家中老幼仍嗷嗷待哺。若四方分段给散，则相距咫尺，往返甚便，且农不辍耕，妇不废织。故是编城市给米之法，概不采录。

一、一日一给米，不若五日、十日一给者之善。一日一给，不但局中值事惮烦，即贫民亦易荒生业。若五日、十日一给，与者受者，皆有暇日，得以经营本务。故是编一日一给之法，概不采录。

一、发赈人多拥挤，最难约束。是编给米则仿保甲法，给粥则编户丁牌，安插难民则仿军伍法，分养饥民则谕富室铺户，酌量派赈，用意极周，举行极便。留心民瘼者，当不河汉斯言也。

一、古人救荒诸策，多密于当荒之时，而疏于已荒之后。殊不知荒后如病人初起，若不加意抚绥，小民仍难望其生全。是编如招开垦、筹农本、惠工商、劝减利、助路费，以及奖孝弟、旌忠义、培士气、寓兵于农诸条，加润于已苏之后，正曲全其拯救之劳，非好为烦碎也。

一、是编虽本魏氏《救荒策》，然如六经诸史、治谱、山经、□囊补、《农政全书》、《资治新书》、《救荒本草》、五种遗规、《荒政辑要》、《备荒录》、《牧令书》、《得一录》，洎论义仓、社仓、常平仓诸编，皆有所采择。或祖其意而为之发明，或直述其语而参以末议，均未一一注明出自某氏某书，以免剞劂之繁。

救荒百策目次

救荒百策

严江寄湘渔父蒐集

备荒十二策

一、筹农事，以裕民食也。农者粟之本，备荒莫先于筹农事，筹农事莫先于兴水利。牧民者下车伊始，即须详查境内山溪，某处应疏浚泄水，某处应筑防蓄水，陂塘堤坝坏者修之，废者复之。水利既兴，令民多备谷种，分别播种。其舍旁田畔以及荒山僻壤，不能树艺五谷者，广植桑麻、桐、茶、薯、竹、果蓏之类。近水者或凿池养鱼，或随流蓄鸭，或栽莲种菜，以济五谷之余收。更能不以工役违其时，不以讼狱扰其力，则农事举而荒有备矣。

一、行区代田法，以防岁旱也。昔伊尹作区田，赵过作代田，教民粪种，负水灌浇，实为救旱良策。兹遵区田之制，参代田之意，并斟酌今农治田之功，合拟一法。每田一亩，按阔尺一二寸分列成行，直长到底。每四行作一直陇，约高阔八九寸，再于行内画而为区，界以横陇。每区长广相乘，如菜畦形，俾好疏风蓄水。无论平地山坡，皆可为之。其种法，空一行，种一行，如今岁种此行，明岁种彼行，互相易种，不但地力有余，且便耘锄灌溉。其区土须于暇时旋旋开掘，有牛者以牛犁之，无牛者用锹镘垦劚，隔年翻治一两回，临春雨水前又翻治一两回，使种后苗根直生向下，著土坚实，能耐旱干。将种时，掘起区土尺许，杴积空行，多用熟粪和土，厚垫区底，以备撒种。盖粪足则精气尽聚穗头，颗粒自然饱满。种既下，即以土匀覆按实，令土与种相著。苗出视稀稠去留，不可贪多，约相去寸半，留苗一株。锄不厌频，旱则汲灌，苗长尺余，即用土壅其根，结实时再锄再壅，以防大风摇摆。纵大旱，但能浇灌六七次，即可收成。至所种之种，随天时早晚、地气寒暖、物土之宜而为之。如近水之乡，区头可开横沟，引水灌润，更觉省力。凡丁男妇稚，量力分工，定为课业，各务精勤，则岁可常熟，计一亩可获谷十一二石，或十四五石。大率一家四五口，但种一亩，即可无饥。田多之户，除当种外，酌种数亩，田少者可尽力为之。若粪治得宜，沃灌以时，将丰年坐享赢余，旱岁亦占鱼梦，讵非备荒之捷法哉？

一、严禁游民，以清盗源也。平日居民有不谋生业者，令各乡保查造保甲册时，逐庄询访，汇开姓名住址，清折送核，以凭谕饬绅耆邻里督令力食谋生，不遵者送案惩究。盖平时多一游民，即荒年多一盗贼也。

一、设仓积谷，以备荒歉也。自来备荒，惟义仓、社仓、常平仓法为至当，然行之不善，历久弊生，往往官民俱累。今合诸仓之制，并参丰备仓法而少变之。其法乡间或一庄各设一仓，或数庄合设一仓，城市或一族自设一仓，或一街共设一仓，悉听民便，官只出示劝之。集谷之法，于乐岁秋收后，乡间则计田亩，城市则视家资，各量盈绌，捐谷存储，出者无吝，劝者无勒，或数十石，或十数石，多则一二百石，少即数斗数升，均无不可。此外如民间演戏酬神及嫁娶庆祝，尽可将糜费折谷捐入仓内，即一斗数升，必纪名以彰好义。其一切出纳，公同立簿登记。每年正月，会算上年谷数，先缮晓单，贴出仓门，然后造具册结，报官存案。择老成殷实者数人，轮年递管，不给薪赀，亦不许藉端开销，以设仓本系义举也。惟守仓人朝夕巡查，必须按月给以工食。仍设立四柱交册，分别旧管、新收、开除、实在，明晰登载。其共仓人户，另造丁册二分，凡户中有老弱无告、极次贫户，均于册内姓名下注明。其册以一分附正月谷数册结赍县，一分交管事人收掌，以便查更迁移、物故、新生丁口。谷已积有成数，即赴地方官呈明立案，以免匪徒阻挠，扰乱章程。以后捐多捐少，收放出入，官吏概不与闻。常年存半出半，于夏至前后分三期发借，每石取息谷一斗五升。凡力田之家，无论佃田自田，有乡邻的保，亲书借券，均准酌借。惟每户借谷不过三石，其游手无业无保者，不许借给。秋分前后三期，用原斗收还归仓，不准抽换借券，以旧欠转作新借。其交还谷石，必须晒干车净，不准以湿穲霉变搪塞抵交。如逾期不还，即惟保人是问。小荒存四出六，借与贫民，较常年而减其息。若遇死丧大故，每石只收耗谷五升，不取其息。大荒全出，或济或贷或粜，按照丁册，先尽老弱无告，次及极贫，又次及中贫，分别大小丁口，照后章给之。倘或先在此仓捐谷之家，后移居他处，遇此仓散放，不得以曾经捐谷回向转索。新来之户，从前虽未在此仓捐谷，遇有散放，亦应酌给，不得独任向隅。盖各保各境，以境界为断，虽救恤无分彼此，而谷少人多，亦不得不稍为限制。其各族设仓积谷者，不必拘此。每年利息，除开支守仓工资及修理仓廒工料等项外，以一半转作赀本籴谷，一半置买义田收租。如此岁岁相沿，则谷不可胜食矣。是举专以备岁荒，别项公事，即有急需，不得挪移，以免耗散。其量斛斗升之类，悉请官给，盖以赏罚之权归于官，则人知所畏，以出入之数归于民，则官无可私。如此官民相制，其法可无弊也。至若建仓之法，初时仓廒未立，或神庙公祠，或富室仓屋有余者，可暂借储，俟谷石稍充，城市则令各街公买地址，建修仓廒，周围高筑墙垣，旁凿池井以防不测，乡间无城郭可恃，或虞兵寇掠散，须择附近村庄有险足恃之处，修筑堡寨，建仓于中，有急则并妇女牲畜徙居之。如修仓五间，以四间盛谷，中留空仓一间，以备整修仓房及新谷发热、搬移谷石之用。其锁钥灰印等件，管事者随时检收，不可交守仓人经管，致滋弊窦。

一、劝牧令捐谷，以济年荒也。凡牧令奉委到任，大府于其谒见时，先劝以捐谷备荒并给以劝札，蔼颜温语，事在必行。上缺每年劝捐谷二三百石，或一二百石，中下缺以次递减。须于劝札中载定捐数，卸任时列入交代册，由后任另结详报立案。约计大省每年可得谷二万余石，中省每年可得谷万余石，小省亦可得谷五六千石。任任相沿，有举无废，猝遇荒年，大有裨益。总在秉政者循循善诱，倡导其事耳。

一、劝富民捐谷，以备岁饥也。乐岁粒米狼戾，宜劝四乡富户，设仓积谷，豫为荒备。如一乡有富户五家，即五家共设一仓，有富户十家，即十家共设一仓，胥令捐谷存储，由乡保随时开折呈报。一遇荒年，各按境内贫户而济贷之。盖留富者平时之余，即可以救贫，周贫者荒年之急，正所以保富，是一举而两善也。

一、劝立勤俭社，以集钱备荒也。法以里居联络者邀集百人或四五十人，设立一社，每人日积钱二文，别储一筒，百人每年可得钱七十二千。岁终社长汇数收齐，籴谷存储。常年粜陈籴新，小荒减价粜与社内贫民，社外之人不准混籴。大荒全捐，捐后再积。人心苟勤，虽鄙事，一日不无一钱之余；人心苟俭，虽小用，一日亦可省一钱之出。富者积此钱，可以惠周同里；贫者积此钱，可以保养自身。至便至易，久将相观而善，翕然从风，无往非勤俭之人，无在非勤俭之社。

一、劝节日用，以积钱济荒也。人欲以财行德，莫若荒年救命一事。惟恐囊无余赀，竟成虚愿。因想一法，甚属简便。无论贫富，每日总有常用之钱，贫者设一筒，富者设一柜，于每日常用钱中省出若干，积于筒柜，纵有急需，不得挪用。每届年终，取出籴谷存储。一遇荒年，尽出济贫。竟似惠而不费，愿有心人留意焉。

一、劝囤谷石，以备荒年采购也。地方连年丰稔，谷价必贱，宜劝令绅民家有余赀者多囤谷石，年终由庄保开折呈报，以备歉时易于采购。

一、撙节公积，以防饥馑也。民间有祭田、桥田，洎渡船、茶亭各田，其类不一，皆属义举。每年所收租谷，往往以资属公款，动用不无过费。务令节省得中，俾常有赢余。猝遇荒年，一族所积可济一族之饥，一庄所积可济一庄之饥，亦备荒一法也。

一、酌禁远粜，以防灾患也。本地产谷，有足支数年者，以远方籴运过多，遂致产谷之地，陡成饥荒，然概禁远粜，则一方粟死，一方金死，交困之道也。当于收成时出示晓谕，凡有谷者，自计二年口食外，每谷十石，准粜五石支用，留五石备荒。又须酌视时价贵贱，以为启闭。如邻境米价仅满本地常价，听其搬粜，倘过本地常价三分之一，即酌禁之。至新谷既升，则旧谷任粜矣。

一、劝民蓄菜，以助谷食也。谚云：菜当半年粮。是以古人御冬必蓄菜。考菜可备荒者，以甘薯、洋芋、蔓青、萝卜、苜蓿五种为最。薯宜高地沙地，土要松肥。立春后耕地，用大粪、柴灰或牛马粪壅之。至春分后下种时翻犁二尺深，将薯种截断种之，约深寸许，每茎相去尺余。俟苗生藤蔓，再翦藤另插他处，数日即发苗生根，与原种无异。自二三月至七八月皆可种，八九月薯初结即可食，藤叶亦可作菜。若因旱涝过时，不及艺谷，惟翦藤种薯，尚可济急。即有蝗害，急发土壅其根叶，则荐食不及，以后滋生更盛，实备荒嘉种也。蔓菁四时皆可种，春食苗，夏食心，秋食茎，冬食根，且子可取油，然灯甚明。自正月至八月，皆可种，每亩根叶可得四五十石，每五石可当米一石，则数人一岁之粮也。洋芋亦易种多收，萝卜亦四时可种。苜蓿子可炊饭，叶可和面蒸食，种一年可生发五六年，最易繁茂。此外如白菜、芥菜、苋菜、芋禾、南瓜之类，熟时令妇稚多为采取，晒干收蓄，均可备荒。

弭荒六策

一、捕治蝻蝗，以除苗蠹也。蝻蝗有化生、卵生二种。化生者，鱼虾散子水草间，在水仍化为鱼虾，惟有水而涸，春夏日气薰蒸，遂化为蝻蝗，故涸泽有蝻，苇洲有蝗。卵生者，即蝗之遗孽。蝗性喜燥恶湿而畏雪，其生子必择坚硬黑土高亢之处，频扇两翅，用尾锥插入土，随下子于土内，深不及寸，仍留孔窍，状类蜂窝。其内藏子，形如豆粒，中止白汁，渐次充实分颗，一粒中有细子百余。如交冬得雪一寸，子即入土一尺，得雪盈尺，即烂土中。若冬无大雪，明年春夏间必出为蝻。老农云，蝻初生如粟米，不数日大如蝇，能跳跃群行，是名为蝻。所止之处，啮不停喙，故《易林》名为饥虫。又数日而孕子于地，越十八日复为蝻，蝻复为蝗。循环相生，为害最烈。蝗不食惟豌豆、绿豆、大麻、苘麻、棉花、荞麦、薯蓣、芋、桑、菱、芡等物，所惧惟金声、炮声、爆竹、流星、彩旗、石灰、扫帚、榜楼、筲箕之类。捕之之法，每里设一总厂，饬绅耆庄保司之。每甲设一分厂，饬甲长牌头司之。每里备大旗一杆，锣二面，每甲备小旗一杆，锣一面。每户派夫一名，捕治器具一件，无田者不派。一有飞蝗入境，总厂放炮为号，甲长传锣，齐集民夫，各带捕扑器具到厂。庄保执大旗，每甲抽夫二名，向前鸣锣放炮，如军营出队状。东庄人齐立东边，西庄人齐立西边，各听锣声，按步徐行捕扑，不许踹坏禾苗。东边人直捕至西尽处，再转而东，西边人直捕至东尽处，再转而西。勤者赏，惰者罚。每日东方微亮时发头炮，甲长传锣，催民夫尽起早饭。黎明发二炮，各牌头带领民夫齐集有蝗处。早晨蝗沾露不飞，合力捕扑。大饭时蝗飞难捕，民夫散歇。日午蝗交不飞，再捕。未后蝗飞，民夫复歇。日暮蝗聚又捕。每日捕此三时，傍晚散归。蝗之在麦田禾稼中者，每日清晨，尽聚苗捎食露，宜用筲箕榜楼之类，左右抄掠，倾入布囊，掘坑焚埋。蝗之在平原旷野者，宜掘坑于前，两旁用木板接连八字摆列，集众发喊，尽驱入坑，覆以干草，火焚而土压之。其或搜于未萌之前，查有湖荡水涯及乍盈乍涸水草蔓延处，必有鱼虾遗子，即集民人铲刈焚烧。其或掘于将萌之际。凡蝗停聚之地，谕饬农民时加寻视，但见土脉坟起处，必有遗种，立即挖绝，不可稍迟。其或弊于初生如蚁之时，用旧皮鞋底或草鞋旧鞋之类，蹲地掴搭，以免带伤田苗。其或捕于成形之后，掘长沟深广二尺，多集民夫，各执捕扑器具，沿沟摆列，每五十人用一人鸣锣，蝻闻金声，则惊跳入沟，众各齐心，扫者扫，扑者扑，焚者焚，埋者埋。一庄如是，庄庄皆然，何患其不尽灭哉！此外又有乘衰捕、拦头捕、执灯捕、趁雨捕、因风捕各法，详拙辑捕蝗编，可参用之。其捕扑之地，蝗或尽灭，或未尽灭，或飞入他境，庄保立即飞报，不准稍迟。至设局收买蝻蝗，每蝗一斤，酌给钱四五文，每蝻一斤，酌给钱十余文，每蝗子一斤，酌给钱三四十文。其一切费用按田亩摊派。如一时醵费不起，可将地方公款暂行挪用，事竣摊派归款。

一、掘地伐蛟，以御水灾也。蛟之出多在夏末秋初，形似蛇而四足细颈，颈有白瘿，本龙属也。其孕而成形，率在陵谷间。盖雉与蛇当春而交，精沦于地，闻雷声则入地成卵，渐次下达于泉。积数十年气候已足，卵大如轮。其地冬雪不存，夏苗不长，鸟雀不集，草木不生，土色赤，有气朝黄而暮黑，星夜视之，黑气上冲于霄。卵既成形，一闻雷声，即从泉间渐起而上，其地之色与气亦渐显而明。未起二三月前，远闻似秋蝉闷在人手中而鸣，或如醉人声。此时蛟能动不能飞，伐之颇易。及渐起离地面仅三四尺许，声响渐大，不过数日，逢雷雨即出。至是则难翦除矣。故伐蛟必须于冬雪时视其地圆围不存雪，又素无草木，复于春夏之间视地色与气异乎寻常，则以锄掘之。果有蛟，掘至四五尺，其卵即得，大如二斛瓮。先以不洁之物或铁与犬血镇之，再用利刃剖之，其害立绝。又蛟畏金鼓火光，山中久雨，夜立高竿，悬挂一灯笼，可以避蛟。夏月田间击金鼓以督农，则蛟不起，即或起而作波，擂鼓鸣钲，多发火光以拒之，水势必退。

一、诛除旱魃，以救旱灾也。《诗》：旱魃为虐。注曰：旱神。《说文》曰：旱鬼。考神异经与东西南北中诸山经，兆天下之旱者二，兆一国之旱者二，兆一邑之旱者四。其状如狐而有翼，音如鸿而名獙。姑逢山中有之。其生石膏水中者似鳣，只一目而音如鸥。女巫山中有之。见则天下旱也。其旱一国者，若南方之似人，两目生顶上，又行如飞者，一首两身似蛇，名曰肥遗，生于浑夕山者是也。其旱一邑者，人面龙身，状如鹗而赤足直喙，音如鹄而黄文白首，出于钟山之东也。有鸟焉似鹗而人面，蜼身而犬尾，见于崦嵫山也。西望幽都，有音如牛，是錞于母逢山之大蛇也。有如蛇而四翼，其音如磬，是鲜山下鲜水中之鸣蛇也。但见有一于此，即率众操强弓毒矢往诛之。

一、扰龙事，以祈雨泽也。宋淳熙时大旱，知县李伯时以扰龙事告太守，用长绳系虎骨，缒于龙潭中，遂得雨。盖龙虎相敌故也。至雨多祈晴，则有伐鼓用牲，禜祭城门之典礼焉。

一、察冤狱，以严天威也。罪及无辜，辄有天灾。凡遇水旱，上官须饬各牧令出囚遍审。如有冤抑诬服已定案者，详请出罪，奏免处分；未定案者，逐件讯明，当堂省释。如孝妇含冤，一祭即雨，徇妇出罪，大雨如注。此其明征也。

一、掩枯骨，以感召天和地。汉周畅为河南尹，永初二年夏旱，久祷无雨。畅因收葬雒城傍客死骸凡万余，应时雨，岁乃稔。盖掩骼埋胔，著为政典，遇灾顾可忽乎哉？

筹荒八策

一、先示谕，以定民志也。时将饥荒，民情汹汹，宜趁民之未饥，多揭榜示曰：我为尔等父母官，当此年荒，自必为尔等设法。尔等宜耐心静候，毋过忧，毋弃田庐，毋离本土。则民志定矣。

一、饬庄保先开户口，以备亲查根底也。凡遇灾查开户口，固不可专属庄保，要必以庄保开其先，应传集县署，酌给刊式草簿，令同妥绅照式确查开报，然后下乡亲查。若无此根底，一旦纷驰乡里，四顾茫然，某庄有若干户，某户有业，系其己产，某户无业，并无营生，焉能从头至尾，挨家询问。恐遗滥不知凡几。

一、筹预籴，以备转粜也。凡地方遇有水旱，便当实稽境内人丁，核境内谷数，扣算缺少若干，则多方筹画，遣殷商豫往谷多处买之，运归存储，以备转粜。盖有水旱则必有饥荒，若临饥方议他籴，便难措手，且米价亦必腾贵也。

一、劝富民兴贩，以先事预筹也。地方遇有旱涝，必有饥荒，即当劝谕富民，豫往熟处籴粮，运归本处，任照市价转粜贫民，官无抑勒。俟卖出价银，复携往籴，源源转运。既可济贫民之急，又可因以获利，富民必乐趋也。

一、劝富室节省糜费，以救贫民也。富豪之家，日用之正供有几，无端之糜费綦多。不知遇荒歉之年，省一华筵之费以给饥民，可活几人？省一交际之费以给饥民，可活几人？省一摩挲古玩之费以给饥民，可活几人？省一供给优伶之费以给饥民，可活几人？总在贤牧令、乡善士为提醒劝导耳。

一、禁酿糖酒，以节米粟也。荒年无糖酒，人不为害，无米粟，人不聊生。二项禁止，约计大邑每日可省米粟二三百石，中邑每日可省米粟一二百石，小邑每日亦可省米粟百数十石。凡地方遇有水旱，急宜豫为示禁。

一、教别种，以期失彼得此也。地方遇有水旱，种植必不得时。务须多备谷种，详察地利，择其宜水耐旱者，相时播种，以期失彼得此，尚可支持其半，总以先时筹备为胜著也。

一、编联保甲，以弭盗贼也。荒年贫民饥迫，闻粟所在，群趋争贷；争贷不从，或行强掠，且曰我非盗也，饥民也。若持法太严，则失缓刑之意，稍宽又开劫夺之门。须外示震严，内存宽恕，如柴瑾之封剑命诛、王会之笞释死囚，斯为得当。如审系惯盗，立即严惩，决不可先有饥寒所迫四字，横踞胸中，草草发落，姑息养奸也。然欲防患于未萌，必须编联保甲。其法每十户为一牌，牌内择一人为牌长，每十牌为一甲，甲内择一人为甲长，每十甲为一保，保内择一人为保正，均须年力精壮，明白端谨者，方可任事。如每牌十户，若有零户数在三户以内者，则附于本牌之末，数过三户者，则与本牌匀分为两牌；每甲十牌，若有零牌数在三牌以内者，则附于本甲之末，数过三牌者，则与本甲匀分为两甲。其村庄不满十户者，即就本村庄编为一牌；不满十牌者，即就本村庄编为一甲。凡平日犯窃及习过邪教并一切不安本分之徒，一体编入牌中，准于册内姓名上盖用自新二字戳记，以示区别。编牌后如仍蹈故辙，牌甲长立即指名禀究，不准一户遗漏，使若辈置身牌外，恃无稽察，肆行无忌。如此则盗贼隙泯，荒政亦不致棘手矣。

赈荒六十策

一、择贤任能，以主持荒政也。救荒务在得人，方能济事。故林希元上疏首言得人难，在院司当牧令是求，在州县宜绅耆是选。如被灾州县正印官不堪委用，可调无灾州县廉能正印官用之。盖荒事处变，虽以常例拘也。至于分赈官绅，可令主赈官绅举之。递相慎择，必得其人；任之以事，自无不济。

一、报勘请赈，以安民心也。地方水旱成灾，须先画清界限，一接报呈，即亲带庄保草册，先将顷亩分数大概勘定，一面通报情形，一面移委教职佐杂，分图按户详开顷亩分数，及应赈户口细册，照例先请一月口粮，然后造具灾田分数，蠲缓册结，依限通报，再按分数区别极次贫户，详请加赈。如被灾十分者，极贫赈四个月，次贫三个月；九分者，极贫赈三个月，次贫两个月；七八分者，极贫赈两个月，次贫一个月；六分者，极贫赈一个月，次贫不赈。此定例也。盖顷亩为蠲缓张本，分数为赈济权衡。办灾要务，莫先于此。若惮烦劳，惜小费，稍有疏忽，不但核户多生荆棘，即催科亦系考成。九分十分，灾綦重矣。或七或八，能辨晰于秋毫乎？六分七分，则赈与不赈，由此以分。《赈纪》云：与其畸轻，毋宁畸重。是又办赈者不可不知。查报灾定例，夏灾不出六月，秋灾不出九月。甘肃地气较迟，夏灾不出七月半，秋灾不出十月半，原指题报而言。至于州县被灾，夏收在四五月，秋成在七八月，则有收无收，早已定局。其被灾情形，应于五八月内勘确通报，以便汇案详题。若延至六九月始行详报，必稽题限而干严谴。查报勘灾定例，灾田分数蠲缓册结，应自题报情形日起，限四十五日具题，迟则计日处分。此四十五日内，由州县府道藩司层层核转，以至院署拜疏，均在其间扣算，为期甚迫，处分綦严。而州县报勘灾田分数蠲缓册结，又须由协查委员及该管府道加结送司核转，每至迟延干咎。嗣后州县应豫商协查，限期蒇事，俟查勘已毕，即亲督书吏，赶将册结造齐，专马黏用时单分赍，庶无稽误。查蠲缓钱粮定例，被灾十分者蠲免七分，缓征三分；被灾九分者，蠲免六分，缓征四分；被灾八分者，蠲免四分，缓征六分；被灾七分者，蠲免二分，缓征八分；被灾六分五分者，蠲免一分，缓征九分。其缓征钱粮，勘报之日即行停征。被灾十分九分八分者，分作三年带征；被灾七分六分五分者，分作二年带征。此专指被灾田亩钱粮而言。其未被灾田亩钱粮，不得援引统扣蠲缓。其五分以下勘不成灾，及先经报灾后勘不成灾田地，钱粮虽无蠲缓之例，然收成究属歉薄，亦须查明实在科则数目，另造一册，附成灾田亩册结，一并赍司核办。至报后续灾续勘正限、展限及稳匿、迟延、删减分数，扶同具结，率行加结，各处分极严。《荒政辑要》引论最详，不复赘录。

一、亲查户口，以免遗滥也。发赈最难审户。审户之法，莫良于平日遴选妥绅，督同保正，认真查造保甲册丁口。无论贫富男妇老幼，逐一开载名氏、年纪、田粮、生业，按季造册呈报。一遇灾荒，照册抽录贫户大小丁口，汇造赈册，勘灾时便带挨查，点其锅灶，视其门牌，询其人口田亩，察其生理屋宇，验其丁庄牲畜，分别何者应赈、何者不应赈，于应赈之中，斟酌极贫次贫，填给赈票，铢两无差，彼不得与者亦帖然矣。其逃荒出外贫户，令保甲查实，将丁口、住址另造一册，以备闻赈归来，补给赈票。如开赈后有迁移新生，随时查明开报，以便扣增赈粮。若稍有不实，一经查出，立即惩究。此常灾办赈审户之法。若兵燹后，情形各有不同。尝见逆踪蹂躏之区，绅商富室往往被贼搜括殆尽。间有善为躲避者，本地奸民为之导引，悉索无遗。以故平常饶裕之家，忽焉赤贫如洗，而素称穷困者，或因贼不屑诛求，转得安然无恙。虽未必比户皆然，而实情类多如是。此与寻常灾祲不同，未可拘泥成章办理。必须临时斟酌地方情形，与明干绅耆从长计议，善为变通，庶遗黎均沾实惠，而帑项不致虚糜。

一、定贫户丁口，以均赈济也。家本贫而更遭水旱、徒立四壁者为极贫，其庐舍器用仅有存而难久支者为次贫。十二岁以下为小口，十二岁以上为大口，例也。极贫例不减口，丁壮亦全给赈；次贫老幼入赈，丁庄应当酌给。均须查户口时预于册票内注明。或初给赈时系次贫，数月后渐成极贫者，是又不可不知。

一、捐俸倡赈，以身先民也。地方大饥，为牧令者当以至诚开谕富室，劝令解囊助赈，然必须先自捐俸倡首，始能感发人心。至富户中有鄙吝性成，以绅势违抗劝赈者，即照康熙年间平湖令董天眷办赈捐法，饬令差役协同地保送给为富不仁匾额，钉悬大门，俟其助赈再行揭去。

一、分起劝募，以济急需也。荒年劝募不易，宜预查城乡有若干社，每社先访才干出众者数人，聘以礼，酌以筵，许以旌奖，每一人令其劝募若干户，以多者为能。盖多劝一人捐，即多活数人命也。倘有富不听募者，地方官始自劝焉，循循善诱，务在必得。如是则社社无不输之上户，村村无不救之穷民，有无于以相通，济贫即是安富，分劝其可少乎？

一、优奖巨捐，以彰好义也。凡饥馑时，有能出大粟以赈者，或闻于朝廷，加以官号，或请于上司，给以旌额，以示酬劝而彰好义。

一、赎重罪，以权行赈也。宁都魏氏曰：重罪无可赎之理，然能多出粟以救荒者，则虽枉法以生一人，而实救数千百人之死，亦权道也。按：此策系指泛常人命、犯事在未荒以前者而言。若谋劫重案及犯事在当荒时者，则断乎不可，恐富人乘机报复也。

一、兴作利民之务，以工代赈也。地方被灾，贫民多无生业。此时或修城垣，或建堡寨，或开河渠，或筑堤堰，所用工匠人役，悉雇被灾贫民，每日除饭食外，稍为宽给工赀。在贫民既得借力谋生，而我亦因以兴利，一举两得之道也。

一、劝富室兴土木，以助赈济也。饥岁工价必贱，宜劝富室各兴土木，俾贫民得资力食，一则成吾欲为之事，一则借此赈贫，有大阴德，一则贫民有业，不致扰富。劝谕时，须以此三利歆动之。

一、请留上供米石，以济灾黎也。地方大饥，或有本地应解粮米及他处经过粮船，不妨一面申报，一面权留赈济，俟秋熟如数籴偿。此不过缓数月之正供，即可活数十万灾黎之命，虽以此贾罪，何伤哉？

一、开仓赈粜，以济贫民也。荒年赈粜，宜分别城乡。城市之粜，按各街保甲册，抽录贫户丁口，填给赈票，然后就仓开粜。其法每街三日一轮，如初一日粜东街，初二日即接粜南街，初三四日即接粜西北街，初五日复转粜东街，周而复始，愈久愈善。乡村之粜，将有灾村庄查明贫户丁口，填给赈票，排定某日粜某村某庄，次序如前法。均须先行出示通知，以免往返空嗟。其粜价比市价酌量减少，先计仓储，再议籴粜。

一、循环籴粜，以资接济也。境内灾荒，将议赈济，则恐官府之囷廪有限；将议劝借，则恐地方之殷实无多。惟有暂借地方公项，派委廉正绅商，分投熟处籴粮，运归本处，按照籴价加以水脚饭食，该价若干，粜与贫民，水脚饭食之外，不得多增毫厘。每银一万两，先发五千两籴谷至局，再发五千两往籴，先五千两之谷粜完，而后五千两之谷继至，后五千两之谷将尽，而先五千两之谷复来。如此转运循环，则民食有资，必臻安静。事竣即将原本归还。如地方无项可借，即挪移库款，一面禀告，一面动用。此时最要立定主意，切勿轻听无识之言，惧受处分，欲行且却。盖处分事小，救人事大，即因此而罹参谴，官之罪，民之福也，何惜焉？宋环庆大饥，帅守坐不职罢去，范忠宣公代之。始至境，饿殍载路，欲发常平仓封储之粟赈之。州郡官皆不可，曰：常平仓粟擅支罪不赦。公曰：环庆一路生灵付某，岂可坐视其死而不救。众曰：须请得旨。公曰：人七日不食则死，岂能待乎？诸君且勿与，吾独坐罪可耳。即发仓粟赈之。环庆一路饥民，悉得全活。吾愿膺民社者一遇荒年，急取范公吾独坐罪四字而深思之。

一、增减米价，以示权宜也。凡遇荒年米贵，措置必须有法。如本地米足，不藉客米，则应减价，不减则富民居奇，而民食艰矣。如本地米缺，仰藉客米，则不应骤减，骤减则米商裹足，而民食愈艰矣。文潞国在成都，米价腾贵，因就城门相近凡十八处，减价平粜，翼日米价遂减。赵清献在越州，两浙旱蝗，米价涌贵，饥死相望。诸州皆榜衢路，禁增米价。公独榜通衢，令有米者增价粜之。于是米商辐辏，米价顿减。二公所行，迥不相侔，而各有成效，盖由蜀地米足，不藉客米，越地米不足，仰藉客米故也。

一、劝富室平粜，以周恤乡邻也。岁荒粮价腾贵，凡城乡富厚之家，仓箱充溢，务须心存惠济，将所积米谷减价平粜，切毋居奇长价，忍视灾黎垂毙。万一民穷盗起，戈矛相向，虽有粟，吾得而食诸？倘仓无赢余，亦须存人饥己饥之心，解囊采购，粜济乡邻。

一、劝借米粟，以济急需也。岁歉慨施米粟以赈，诚莫大之功，然人多吝财，谁肯竟舍，虽以官府临之，终莫肯多应也。今使有人于此与米一升，明日即无以继，有人借米五升，至冬要还一斗，二者不可得兼，其人必愿借五升矣。盖与而无继，究必饿死，借而获生，奚忍负恩？况将来秋收一熟，何难偿此一斗。是劝赈不如劝借之善。凡衣食不缺之家，若肯竭力节省，岂无一石五斗赢余？省得一石出借，即可救百人三日之饥；省得五斗出借，亦可济百人日半之饥。既获重利，又救人命，是一举两得也。

一、查城乡谷米，以免闭粜也。饥民日得米三合，即可不死。计一岁中只米一石零，即可救活一人。若闭粜一石，即死一人，闭粜千百石，即死千百人。凡遇荒年，查城乡富户铺户除留本家口食一年外，有余谷米至五十石以上闭粜专利者，即勒令将一半照时价出粜，一半罚出赈饥，以为浊富刁商戒。

一、严禁强籴强借，以防生乱也。饥馑荐臻，民易生乱。若纵强籴强借，则有谷者愈不肯出粜，而四方客粟亦闻风远避，穷民立饿死矣。且强籴强借不禁，势必抢夺，抢夺势必敌杀。当豫出示严禁，查有强籴强借刁顽，立拿严究，则此风自息矣。

一、设图赈，以便乡村也。法以分图劝捐，即分图办赈，以各图所捐之钱，即赈各图之饥。图有贫富，以富图之有余，协济贫图之不足。图内各举一人经理，其钱即存捐者之家，官与董事者只纪数调拨而已。某图饥口若干、捐钱若干、协济若干，各书一榜，张贴图内，使贫富晓然明白。施者知其财所由往，受者知其食所自来，则捐者无所迟疑，不捐者无所藉口，且以富稽贫，其户口必清，以贫核富，其捐数必实，于恤贫中寓保富之意，则事易集而官不劳，诚至简至便法也。

一、派分养，以便城市也。地方大饥，城市贫民猝集，权宜赈济之法，莫若派分养为善。传集富室铺户，谕以大义，富有者日派其分养十名或二十名，少有者日派其分养五名或十名，大铺户日派其分养十名或二十名，中铺户日派其分养五名或十名。如分养者居东街，即将饥民拨往东街空所栖止，分养者居西街，即将饥民拨往西街空所栖止。每街派绅保差役各二名，随时稽查，带引就食，荒过乃止。其绅士人等每日饭食，即由地方官捐廉酌给。此道光二十八九年先大夫官湖南时已行之效。

一、宽设厂舍，以安流民也。师旅饥馑之年，贫民转徙就食者盈千累万，若安罪失宜，最易生变。惟仿行五法以绳之。多择城外庙宇、空所分厂安置，按名登册，给以赈票。每厂择流民中稳练者，派厂长一名，绅保巡查各一名。每五厂派总查一员，一以约束流民，一以访查奸细，均由地方官酌给薪赀饭食。每日炊卧有定所，出入有定时，领米领面有定额，妇女令炊爨，少壮令樵汲，毋许坐食。若乱法者，初犯一日不给粮，再犯重惩，三犯逐出厂外，不准受赈。然此事必须移请邻封一体照办，庶免独力难支之虑。至若乞丐，半是攘鸡偷狗之辈，断不可与流民杂处。须另设赈厂，饬丐头严为约束，免滋事端。

一、定赈期赈所，以示民信也。时当粜济，须预定赈期赈所。如城市某街某巷贫民，准某日某厂领赈，乡间某村某庄贫民，准某日某厂领赈，均先期示谕，俾届期趋领，以免往返空劳。

一、多设赈厂，以便灾黎也。考散赈定例，州县本城设厂，四乡各于适中设厂。第州县之大小不一，村庄之远近不齐，辰出而酉未归，腹且枵矣，家远而日已西，宿于露矣。扶老而襁幼，肩摩趾错，保无颠踬乎？囊负而手提，荒村月夕，保无他虑乎？地方官宜勿拘成例，毋惜小费，于城乡多设数厂，前后左右，以二十里为率。监赈官须于放赈前夕，就厂住宿，及早开放。其厂门两旁十丈外，界以长绳。预令乡保各照村庄地名书立一旗，灾民各立各旗下。以道路远近为给放次第，乡保执旗前导，灾民随次唱名领赈，一庄领讫，即令先归，俾免喧哗拥挤。至监赈散赈之人，须择诚实可靠者，断不可令书役与事。

一、委大姓散赈，以施实惠也。散赈往往吏缘为奸，贫者未必报，报者未必给，其报而给者又未必贫。须推里中一二大姓，任以赈事，有司不时临视，稍立赏罚以劝戒之。盖大姓给散，其利有九。悉知贫户多寡，不至漏冒，一也；给散近在里中，得免奔走留滞，二也；姓名谷米之数，披籍即知，三也；以邻里之谊，不致伪杂捐耗，四也；贫户素服大姓，即有缺漏，易于自鸣，五也；食赈各于其乡，不至群聚喧杂，秽恶熏蒸而成疫疠，六也；大姓熟识近邻，不至攫夺，七也；分县官之劳，八也；吏不能为奸，九也。

一、验票给赈，以杜冒领也。灾户领赈，即执前给赈票赴厂，委员验明放给，于票上钤用第几赈放讫戳记，仍付灾民，以备下次查验。赈册内亦并用戳，俟领完末赈，即将原票缴县核销。如有赈未领完，原票遗失者，查明果系实情，许同庄灾户一二人互保补给，仍于册内注明票失换给字样，以杜拾票者冒领。

一、城乡分别给赈，以免奔走荒业也。凡赈粜赈施，若每日一给，则事太烦，而民易荒生业；若半月一给，则谷又多，民或不知撙节，不数日仍嗷嗷待哺。兹定以城市之民五日一给，乡村之民十日一给，则领者既不至废时失业，而给者亦无烦扰之苦。

一、给米分等第，以昭平允也。大口每日给米五合，小口每日给米三合，其未满一岁尚资乳食者，照大丁数给之。

一、给米仿保甲法，以便约束也。领米人多，最难约束。须每户给一赈票，十户派以牌长。票内止填丁首一人姓名，余填大口几名、小口几名、每日应领米若干。如丁口有添减，准报名更注，以凭扣增赈粮。牌长每日多给米一分，令给米日率各户丁首持票领米，余丁概不赴局。其疲隆残疾及孀处无丁男者，许族邻带票代领，册票内添注代领名姓。如代领不转给本人者，立即追给，并革去代领人赈粮，枷号二日示警。

一、择给米之人，以益饥民也。主管给米，最要得人。须每处访择廉能者主之，再听其自择一二人为副。断不可令衙役与事，致滋折扣虚报之弊。

一、不时巡访，以杜诸弊也。分派发米之人，未必一一皆当。地方官于散赈时，当不时出访，或随手取米以验美恶，或随唤领米人以询升合。然必须轻车缓步，不可盛列驺从，使觉而有备。

一、给粥编户丁牌，以防趋挤也。凶年饥民云集，济急莫善于施粥。盖得钱犹待买食，得米犹待举火，皆不如得粥即可下咽。然必须择宽展地方，或考院或寺观，分设粥厂。厂前左右设立栅门，每门派四人把守，左栅门安鼓一面，右栅门安锣一面，令饥民听鼓入厂，闻锣出厂。每厂派总管一人，掌簿二人，司积二人，粥长二人，以殷实廉干者为之。每锅设火夫一名，每三锅设水夫一名，以饥民中壮健者为之。每名每日以米四合为率，或增或减，掌簿者先夕报数于司积，司积给米于粥长，继长分交火夫，用旧锅熬煮。如用新锅，须烧热入清油，俟满锅烟起，出尽铁毒，再洗净备用，方不伤肠胃。煮粥每米一斗，下食盐一两、生姜二三两。粥成用大缸盛之，俾出热气。给法每二十户编为一牌，每牌设一牌头。丁口无论大小，各给粥筹一枝。筹分红绿两种，单日给红筹，双日给绿筹，以杜重冒。给粥日，各牌头率领饥民照牌序立左栅门外，候门夫击鼓开门，率领鱼贯入厂，分行列坐，一行坐尽，又坐一行，以面相对，以背相倚，空其中路，以便发粥者行走。坐满五牌，击梆一通，高唱给第一次粥，挨次轮给，食先毕者不得混与。二次如前法，三次即止。其粥不可太热，食粥尤不可过饱。盖久饥之人，肠胃枯槁，过热过饱，均立死无救。宜将此数语多书长条告示，并令粥夫宣言厂中，俾食粥者闻之自警。如有称父母妻子卧病在床者，但有粥筹可凭，即给与携归。一回放讫，牌头即引从右栅门鱼贯而出，鸣锣三声，门随关闭。左栅门闻右栅门锣声，知先进饥民粥讫已出，即击鼓三通，开门再放饥民进厂，给粥入座如前法。喧哗乱走者停赈一日。惟人多群聚，秽恶熏蒸，须多备苍术、大黄、醋碗之类，烧薰以防疫气。又须不时至厂查验，有克米搀石灰诸弊，立拿严究。

一、施给菜粥，以节工费也。菜粥法，用杂粮磨面，每面八斤，加碎米二斤、杂菜二三斤，调煮成粥。择一庙外空处，傍墙搭棚十间，两头设立栅门，每门派二人把守。栅内砌灶五眼，用大锅五口。空其首锅，以四锅注水烧滚，豫将米面和匀，堆积棚内。第二锅水滚，入菜和米面调搅，顷刻成粥。杓盛首锅，俾出热气。然后由东栅门放饥民鱼贯而入，就锅施散，每名给一大杓，随令由西栅门出，以免喧挤。首锅散完，即注水烧滚待用，复于第三锅下米面杂菜调搅。顷刻又熟，杓盛第二锅内。次第以至五锅，而首锅之水又早滚可用矣。灶上五人，灶下十人，输流替换，足供是役。每日自辰初至午末竣事，计粥一锅，约需面十二斤、米三斤、杂菜四五斤，可济三十人，百锅即可济三千人。是举也，其便有四。一、价贱则经费易充，行之可久；一、菜粥恶于米粥，非实在饥民不来就食；一、碎米杂于面中，厂内人不能窃取；一、菜面和煮，顷刻可食，不费工候。如城乡分设五厂十厂，则境无饥矣。

一、开设粥店，以便灾黎也。从来救饥之法，莫善于煮赈，而煮赈究不能无弊。盖设厂煮赈，必俟远近饥口齐集，方可给发，不至日中，必不得食，彼枵腹者恐不及待矣。且煮赈必按口给发，凡家有数口者，不得不扶老挈幼而出，始则奔走恐后，继则拥挤争先，其疲癃残疾、不胜奔走拥挤者，不得食也。此设厂煮赈之弊也。故有心救荒者，莫如去赈之名而存赈之实，于被灾之区多设粥店。每粥一杓，酌取价值三四文，派妥人一二名监煮；见无钱买者，暗给钱数文，或代还粥价。较之煮赈，其便有四：随到随买，不须等候，则无拥挤之患。便一也。一家只须一人来买，余可待食，不致废时失业。便二也。煮赈经费浩繁，难于久远，此以煮赈一处之费，可分设三四处，以煮一月之费，可延至三四月，费少则易成。便三也。设厂施粥，顾体面者，往往不屑嗟来，而爱好妇女，又不肯赴厂。此则以买为名，与者非惠，受者无嫌，且可带买，则妇女不必亲来。便四也。好善君子，能以此参菜粥法行之，俾嗷嗷者均沾实惠，造福岂有涯哉！

一、减价卖粥，以暗济穷民也。卖粥不拘成法，多制有盖木桶，高一尺六寸，径圆亦如之。每桶约可盛粥五六十碗。其桶盖半边放活可开，半边钉合不动，粥多气聚，经时不冷。黎明煮就盛桶，随带碗箸篮系桶侧，令人分挑城市唤卖，每粥一碗，酌取价值二三文。另派一二妥人监随前后，见无钱买食者，施给数文，或代还粥价。计粥一肩，需米不过十斤，杂面不过二斤，柴炭工价不过百余文，综核所费只在六百文以内。富有者不难日卖五六担，少有者不难日卖一二担，即力薄者亦可合数人日卖一担，计每粥一担可延百人一日之命。此即嘉善陈氏挑粥就人之法，兼参林文忠公办江南积荒旧章，变而用之也。

一、暗给钱米，以周民急也。明瞿兴嗣仁慈好施。岁歉有一寒士，值大雪，饿不能起。晨往以钱二十缗，投窗隙而去。又有一贫民籴米，受其钱五千，佯忘曰：汝钱十千耶？倍与之。凡遇荒年，当商富室，如能仿行，阴德无边无量。

一、施给米汤，以润饥肠也。民遇饥岁，不得食而死者十之六七，得食而死者十之三四。盖饥久肠胃枯细，骤食不能受，遂致肠断而死。救荒书云：久饥之人，不可骤与粥。宜倾泼桌上，令渐渐舔食之，恐伤其肠胃也。愿同志者于每日炊饭时，挹取米汤数杓，盆盛门首施之，俾过路饥民，稍润饥肠，得沾谷气。

一、采取草木，以助赈养也。年荒赈养难周，须采食草木以佐之。草根如蕨根、葛根、野苎麻根，皆可捶捣漉澄作粉。树皮如榆树皮、杨柳树皮，用刀剥取，刮去粗皮，留内白腻，晒干捣末，搀面作食。树叶如榆叶、桑叶，晒干捣末，搀面煮食。松柏叶捣末和水食，或清米汤送下更佳。次则槐叶、樗叶、柳叶、嫩杨叶，用水浸三日夜，和面作食。草实如蒉稗、薏米，树实如桑葚、槐米、松子，皆可疗饥。野菜如蕨芽、马齿苋、野蒜、野芹，均可和面作食。其余草木皮根叶实可采食者甚多，不及备载。此外有救饥丸、可辟谷经验方，另列于后。又水经百滚，亦能补人。每日煎服数碗，枣数枚，芝麻合许，便不饥。又有咽津法。闭口静坐，以舌搅上下齿，取津液咽之，一日得三百六十咽便佳。渐习至千，即不饥。初习三五日，觉小疲，过此便渐轻强。此数法可补赈养之穷，故并录之。

一、另设病民厂，以免传染也。凡饥民患病，最易传染。宜派员逐一查明，另厂安置医治，以免传染。每日除给赈粮外，另给钱二三十文，俾资调摄。

一、设医药局，以救病民也。荒年最多疫疠，贫民无力医治，误死者不知凡几。须于赈厂侧设立医药局，令病者就近诊视领药，以资调理，亦荒政中切要之务。

一、遣医送药，以济乡民也。乡间少医人药铺，即有亦多在集市。距集市稍远者，觅请维艰。故荒年贫民患病最苦。当于疫疠流行时，觅倩妥医，随带咀片药引，赴乡施治。遇病即诊，诊后即照方给药，不可受谢分文。医一处再至一处，去时必告以所往，俾可寻访。设遇重病，暂留一二日。或转至其地病多处，酌添医分办。纵无回生之术，宜存起死之心。

一、设局典买衣物，以广赈法也。岁荒，贫民典卖衣物作炊者十之八九。多有浊富贪商，乘其急而辗转剥削之，致使贱价而沽，抱璞而泣。此时不妨挪移公项，设局平价典买，限一年期满，减息赎取，如逾期不赎者，转卖归公。然必须绅民具禀，官为据禀转详，奉批准后，再饬绅民办理，否则恐启劣绅上控之端。

一、典当耕牛，以免妨农也。凶年农民饔飧不继，多卖耕牛以救目前，而谋利奸屠，乘机贩杀。亟应出示严禁。一面设局典当，仍交原主牧养，不给工资，限六月期满，原价赎取。倘届期不赎，即由局变卖归公，值有长赢，仍给原主，以示体恤。

一、周寒士，以重斯文也。寒士不工不商，非农非贾，青灯暗室，常无越宿之粮，煮字餐书，每短谋生之计。一遇荒年，其疗饥更艰于他人。若不从厚周之，何以见斯文之重？

一、悯婴儿，以保幼命也。不论男妇到厂吃粥，见怀中有婴儿者，许给一人之粥，令其携归哺之。彼利此粥，自不致弃其婴儿也。散赈者宜随时留意。

一、怜妇女，以全廉耻也。凡少妇处女，初次到厂吃粥之后，当给半月之粮，令其吃完此米，再到厂中来吃一次，仍如前给之。不可令彼含羞忍耻，日日到厂，挨挤于稠人广众之中。

一、矜全产妇，以保婴儿也。生产本属险事，荒年产妇更堪悯怜，一旦以寒饿之躯，猝焉坐草，枵腹难支，往往昏晕虚脱。若待报局查验，迁延时日，所得断难应急。须于审户时将饥民中有孕之妇，逐一查明，登记赈册赈票，准分娩后持票报局，先领米一斗、钱二百文，随后查验。无论男女，俱以生日为始，照大丁入册，起给赈粮。如此则婴孩既以得所助而易为留养，产妇亦以得所助而藉以保全。一举手间，即关两命，便宜善事，莫过于此。

一、禁止卖妇，以保全夫妇也。凡荒年卖妇者，须严为禁止。倘有迫切真情，将夫妇并入厂中，妇令抚婴，夫归厂用，俾彼此均得糊口，自无生离之惨。

一、及时婚配，以免流散也。凶年人各逃生，或男子虽已成人而无室依恋，不逃散他方，即流为盗贼。女子青年未字，因饥乞食，难保不失贞操。务令局绅于领赈饥民中详细查明，其已订婚者，令其父母迅为完配；其未订婚者，代觅媒妁，为之相攸，一切亲迎奁妆，概行权免。如此则男女均相依顾，不致飘流。

一、收养饥民子女，以保全幼弱也。饥民逃荒，始而骨肉相依，原难遽舍，继而饥寒交迫，自顾不遑，有将子女遗弃道途，或愿卖于他人者，居民每虑事后讹诈，不敢收养，每致委填沟壑。须出示晓谕，劝令收养，并饬局绅随时登记，由官给与收养执照，以杜后患。迨子女长成，即从收养父母之姓，准入宗谱，注明收养子女，使不乱宗。有能收养十名二十名者，给匾额以奖之。事竣，局绅总计收养若干名，汇造清册送县备案。如收养家居心贪鄙，复将此等子女鬻于柳巷梨园者，一经查出，按例惩究。

一、暂弛税禁，以广生路也。凡售卖山泽市货等物，例应税禁者，宜奏请暂弛之，以广穷民营生之路。俟饥荒已过，仍旧税禁。救荒之时，不可无此权宜。

一、清理庶狱，以恤囚犯也。凶年饥岁，平民尚难治生，矧狱囚乎？治狱者宜分三等发落，轻者竟释之，次者饬亲邻结保之，大罪重犯宜少赈之。

一、暂停词讼，以悯灾患也。官不滥受词讼，即是盛德。况满目凄伤之际，治生不暇，忍民兴讼乎？除人命拐盗抢劫外，一切财产等讼暂停不行，俟荒灾平息，再为讯判。

一、捐给棉衣，以御寒冷也。冬无棉衣，断难度活。故给衣一件即救一命，给衣千百件即救千百命。宜豫为捐备，于点名放赈时，见有单寒露体者，即于册内姓名下暗记之，然后散给，自无冒滥，并用花样图记于胸襟前印之，以杜当卖之弊。

一、施给草衣草笠，以庇风雨也。制草衣法，以稻草打软，用麻皮线编成，背后双层，余俱单层，长约二尺二寸。即雇善做蓑衣人，编成式样，广传分发，俾妇女农民照式编制。每件约重四斤，计工料六十余文。以棉衣一件之费，可做草衣十余件，所费甚微，所惠甚大。草笠更贱，可并施之。

一、施给棺木，以收瘗贫尸也。凶年饿殍盈涂，遗骸遍野，甚为可惨。急宜捐施棺木，饬地保人收埋，勿令暴露荒郊。其无主之尸，地保必须报明，再行领棺殓埋标记，以免痞棍藉端讹诈。每收埋一尸，酌给辛力钱四百文。掘土深以五尺为度，务令封筑坚固。不得浮浅草率，致腐骸戾气与地气同升，流为疫疠。

一、查拿流痞，以靖地方也。省城兵民杂处，市廛稠密，本境及外来饥民日积日多，其间流痞溷迹，乘机拐诱妇女，滋生事端。宜委干员会同保甲，严行稽拿，有犯必惩，毋得轻纵。

一、察乡保，以杜需索也。凡乡保于查报饥口、散给赈票时，如有指称使费，需索贫民，多方刁蹬者，即委各官立拿究革，枷示追赃。倘有回护故纵，即由该管道府查实详参。

一、严防书吏，以杜苛索也。凡各衙门书吏，多视办灾为利薮，给票则索票费，造册则索册费，灾民无力出钱，动辄删减口数。州县如此，府司院书吏更可想而知。稍不遂意，即将册籍任意苛驳。办赈者无款酬应，只得朦开捏造，于赈粮内取盈以给。此非上下衙门本官互相严察，不能破此弊也。

一、粪除街道，以避疫气也。凡人烟稠密之地，巷侧街旁，每多秽污。一值久雨初晴，湿热交蒸，酿而为毒。饥民肠胃虚空，一触其气，立成疫疾。宜责成地保，传派街民，随时扫除净尽。

一、别赏罚，以服人心也。古今事机成败，悉由赏罚。倘办赈而无赏罚，虽才如望旦，终难措置裕如也。查在事官绅中有公正廉能者，或优以冠带，或旌以财帛，有奸贪私刻者，或加以刑法，或罚以谷石。如此则人心悦服，办赈者日见踊跃，捐赈者愈形鼓舞，将见有荒岁而无荒民，亦如唐虞三代之世矣，岂不懿欤？

抚荒十四策

一、招募开垦，以安辑残黎也。灾后田亩荒废，当以募民开垦为急务。凡被灾州县，应将四乡各里荒地分别地段，用官定弓步逐一丈量，画清疆界，编列字号，总计上中下地亩若干，查明有主无主，分别记档。然后禀请经费，招民开垦。愿承种者赴县报明，领取地票。无主绝产，垦熟后即准换给执照，作为己业。有主产业，限定三年原主能归，查明契据确实在未经播种前到者，即令承种人退耕，准其接收本业；在已经播种后到者，须俟收获已毕，始准接收。每亩凭中酌给承种人开垦之资；如盖有庐舍，秉公估价，不准借口掯交。承种人退耕后，官为另给荒地，以资耕作。如原主无力给承种人开垦之资，情愿另领荒地耕种者，赴县报明，取具两造甘结存案，即准承种人换领执照，作为己业。官于执照后批明盖印，以杜日后争端。其或原主归来，仅存妇孺，有契据而不能指认者，照契内所注地段亩数访查确实，准领田招佃。若契纸证据俱无，乡保领右已绝，妇孺确能指认地段者，另行记档，准其招佃耕种，不准出卖。俟三年后，别无事故，方准领照管业。至当业，原主倘以当年当价昂于目下买价，不愿赎取者，准将当契呈官，批明盖印，即准作为己业。若原主已绝，服内有亲属愿赎者，取具切结，准其赎取，当主不得与争。若当主契据已失，即将其业归公，另行招垦，以免凭空混冒。考湘阴左相国酌定甘肃善后垦荒章程，每领垦上等荒地一亩，限定开垦之次年收获后，缴地价钱五百文，中地每亩缴钱三百文，下地每亩缴钱一百文。其半熟之地，限定领垦之初年收获后，每上地一亩缴钱二千文，中下地以次递减。至应纳地丁仓粮，统限以领垦三年后，查照原额起征。其地价钱文，随时按限催收，造册呈报，以备丈地绅员薪水及地方公用之需。又考湘乡刘抚军辑陕西延绥各郡章程，领垦三年后，准换给执照作为已业，照原额起征钱粮。其自四年起至六年止，每年按仓斗，上地一亩，输岁租二斗五升，中地一亩，输岁租二斗，下地一亩，输岁租一斗。其粮各归义仓存放，以备荒歉。此皆酌度时势，变通至善也。兵荒岁荒后，能踵而行之，则垦荒即备荒之本，足民为裕国之源，牧民者亟应尽心筹画耳。

一、发借农器、籽粮、牛只，以资开垦也。灾祲甫过，一旦招民开垦，其农器、籽粮、牛只势必仰给于官。宜仿照旧章，每户给锄镢镰杴各一件，每垦田十亩借给食粮一石、籽种三斗，五十亩给牛一头、犁一柄，或有驴马能耕者，酌减给发。开垦后，除锄镢镰杴免缴外，其籽粮牛价，以开垦第二年扣算起，分作二年归偿。

一、劝借农器、籽粮、牛只，以资耕作也。官发农器等项，恐难遍及，须谕民间宽为借贷。借农器者，每日每件出租钱一二文，损坏照件赔偿。借牛只者，除供牛食外，租钱酌议，失牛照赔。借籽粮者，官为作主，重加其息，收成时许债主收取本利。均不许任意拖欠。如是则有农器、籽粮、牛只者，皆乐于供而不患其无偿，缺农器、籽粮、牛只者，皆利于借而不患其乏用，斯不难于耕作矣。

一、招商复市，以通货财也。荒后坐贾流离，行商裹足。有愿归复业而诚朴可靠者，宜筹款酌给资本，俾其收买贩卖，俟生息流通，再令陆续偿还。如此有无交易，庶城乡四处便益。

一、借本营生，以便贫民也。荒后肩贩手艺及缝织妇女人等乏本营生，束手坐困，而所需却不在多，各得钱一二千文，即可糊其口而养其家。宜令富室酌借资本，或独任其事，或集众公办，但有保人即借，其钱不得过二千之数。凡借钱一千，每日缴利二文，三月后每月缴本钱百文。如实有经营无利或患病停作者，让息不取。此中可扶植多少穷民，虽取利而不失为方便。然必须官为作主，以免地棍藉端讹诈。

一、劝典商减利，以赎农器、棉衣也。岁荒贫民无计支持，往往将农器、棉衣典质，以救目前。荒后自须设法取赎。务劝典商人等减让月利，令易取赎，有能止取当本、不取利息者，立加优奖。

一、劝公平置产，以济力田也。灾后贫民春耕无力，不得不典质田产以作资本。有力者往往借此勒掯，或故短价值，或不听回赎，大失赈恤之道。须知刻薄成家，理无久享。务须公平议价，并于契内注明限年回赎字样，即时交价，以济力田，则典者感德，受者亦积功无量。昔人诗云：绿野青畴景色幽，前人田土后人收。后人收得休欢喜，还有收人在后头。置产者宜三复斯言。

一、给坍屋修费，以奠民居也。查水灾贫民房屋冲塌，《户部则例》所载各省章程不同。每瓦屋一间，有给银数钱者，有给银两余者。土房草房一间，有给银三四钱者，有给银六七钱者。地方官须于水退后勘验情形轻重，或全塌，或半倒，木料有存无存，按照省分详请给发银两。若此处房屋被冲，别处尚有屋可居及有房主力能修葺者，不给。

一、劝缓索旧债，以舒困穷也。荒后贫民朝不谋夕，即国家惟正之供，尚且蠲缓，何况私债？宜出示劝谕，凡贫民一切旧逋夙欠，概行缓讨，俟年谷丰稔再计本利索取。

一、助流民路费，以便还乡居业也。荒年贫民扶老携幼，就食外方，一届春融，未有不思返故里、力穑服田者，奈旅橐萧然，欲归无计，情形尤为可悯。应酌助川资，令各归务本业，免致流落。

一、奖孝弟，以重伦纪也。饥年贫民骨肉不能相保，间有子弃其父，弟弃其兄，置天伦于不顾者。荒后民多愁苦，易于教化。地方官须时时将爱亲敬长之道恺切开导，查有孝养父母、善事兄长者，即行奖励，以昭激劝。

一、旌忠节，以盛志操也。兵荒岁荒之后，查有绅民团丁男女人等，或随征阵亡，或城陷捐躯，或忍饿而死，不失名节，其情均堪矜悯。应查明详恳分别旌恤，以慰忠魂而励志节。

一、培士气，以敦风俗也。民风视士习为转移。荒后应酌提绝产，充作公田，建立义学，择有品学者为之师。凡读书子弟，亦量助日食。其有暴弃者，严为戒饬。则秀者必自琢磨，余亦免为匪僻。

一、寓兵于农，以辟荒御寇也。招募开垦，若立法太宽，则正供难复，若立法太严，则民力难支。兹不揣固陋，妄拟一则，附于抚荒之后，以备采择。凡地方甫经平定，不可无兵勇驻防。守土者查勘地方情形，即宜禀请大府颁发帑项，招募遗黎之精壮者充当防勇，编成营哨，有事令执戈矛以守御，无事饬负耒耜以开荒。其法仿照营制，以五百人为一营。每营营官一员，月给薪赀公费银三十六两，文案帐友在内。哨长四名，每名月给银四两。什长三十八名，每名月给银一两五钱。亲兵六十名，护勇二十名，每名月给银一两。正勇三百三十六名，每名月给银九钱。伙勇四十二名，每名月给银六钱。此外每名日给食粮二斤。以上大建月共给银五百十六两六钱、食粮三万六十斤，小建月共给银四百九十九两三钱八分、食粮二万九千五十八斤。每营发劈山炮二尊，抬枪三十二杆，小枪八十八杆，长矛二百杆，旗帜五十面，号衣五百件，蓝布夹帐房三顶，白布单帐房四十二顶，大令一架，铜号一对，铁锅四十三口，水桶四十三担，火绳子药锣鼓刀碗等件。洎随营长夫，概仿营制酌给。其布置队伍之法，亲兵六十名并什长伙勇各六名，随营官驻扎。余分前后左右列为四哨，每哨计弁勇一百七名。内除哨长一名、护勇五名、伙勇一名列归哨队外，余分为八队。内抬枪二队，每队什长一名，正勇十二名，伙勇一名；矛枪六队，每队什长一名，正勇十名，伙勇一名。合四哨并亲兵共成五百人。郡县虽极辽阔，招募五营，可以分布。即以前左右后中为营名。中营驻近城郭之处，以便兼送粮饷，保护行人。其余四营分驻四乡，或二十里，或三十里，修筑一堡，派哨长一员，拨勇丁五十名，驻扎其中，严为约束。规模既定，即将荒地用官定弓步逐一丈量。通计城乡共田亩若干，分别上中下三等，设局编册登记。然后会商营官，每勇一名，令开地十五六亩，由各哨长赴局报名，领取地票，填注某营某哨某队某勇领地若干亩，每名给锄镢镰杴各一件，每地一亩给籽种五斤，每棚给牛一头、犁一柄。开荒之初年收获后，各勇将谷呈缴营官，营官收储造册报局，以作日后军粮籽种。次年饬各勇将所开之地亩顶与新归民人承种，每亩准勇丁取辛资钱三四百文，营官随时造册报局备查。如新归民人满三五十户，即迁移营勇三五十名，向别处另垦荒地，领票顶种，一切概照前章。其顶种之地，民人承种二年限满，即将营勇原领地票呈局，更名换照。准作己业，照例起科。各勇中有愿告假受业者，亦准照章换照。照费无论民勇，每亩准局员取钱四五十文，以作局中费用。其营中月饷，初年各勇甫行开垦，发给十二个月；次年以后，除营官哨长仍按月照发外，其余勇丁每年只发六个月，籽粮牛只、农器等项，一律停给。统计五营一年可开荒地三万五千余亩，限以三年起科。地丁仓粮何难复额？此即古人寓兵于农之法，师其意而少变之也。兵燹后倘能采而行之，将见武备修，民业广，国课充，一举而众善备矣。薪赀公费须酌加。收获后，谷须酌提分赏，不宜全缴归公。次年减发月饷、停给牛只农器两层，亦须斟酌。愚于屯垦事曾理数年，颇悉其中艰苦，谬有论述，俟当出以问世。一言以蔽之：曰无欲速，无见小利而已。因重刊是书，姑先笔数言于尾。莕村老圃识。

區代田式

圖合代區

溝 衡

空 空 空 空
行 行 行 行

圖田區

圖田代

溝 衡

畎 隴 畎

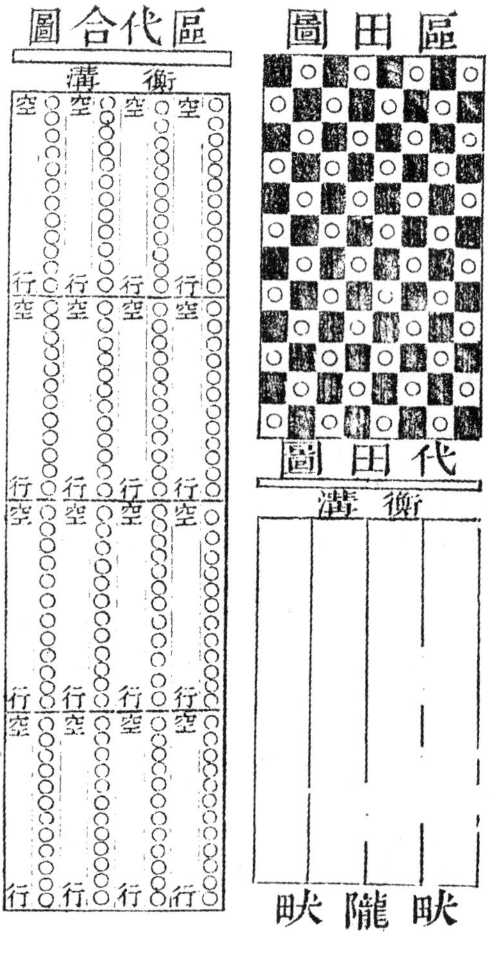

区代灌种法，详载备荒第二条策内。

济 难 良 方

普济丹　黄豆（七斗），芝麻（三斗）。水淘过即蒸，不可浸至多时，致泄元气。蒸过即晒，晒干去壳再蒸，三蒸三晒，捣为丸，

賑票式

賑票根查

州縣正堂為給賑事今查 城鄉 街村

一戶貧

應賑大丁 口

計 日共應給賑糧 斗 升 合 勺

年 月 日給存此備查

賑字第 號

領賑執照

州縣正堂為給賑事今查 城鄉 街村

一戶貧

應賑大丁 口

計 日共應給賑糧 斗 升 合 勺

年 月 日給憑此領賑

票用坚柔纸刷订，填号钤印，分半幅存查，半幅给贫户持验领粮。每次发讫，于票背注明图记。赈册、腰牌仿此。

如核桃大。每服一丸，可三日不饥。

行路不饥丸　芝麻（微炒），糯米（炒黄），红枣（各等分）。先将芝麻、糯米为末，再将红枣煮熟，去皮核，加炼蜜合捣为丸，如弹子大。每服一丸，汤水任下，可一日不饥。

辟谷方　白面（六斤），黄米（三升），麻油、白蜜（炼）、山药（各二斤），甘草、干姜（各二两，滚水泡），生姜、茯苓（各四两），共为末，和成一块。切片蒸一时久，阴干为末。饱饭后服一茶匙，净水送下。若服至一盏，可一月不饥。欲解药力，用葵菜煎汤服之。

服黄精方　黄精蒸熟，晒干为末，另用生黄精切碎熬膏，捣丸如鸡子大。日服三次，每次一丸，可以绝食不饥。渴则饮水。

守山干粮　红萝卜洗净蒸熟，候半干捣烂，用糯米蒸饭，等分合捣如糊，涂竹壁上，听其自干，愈久愈坚。遇荒年取下掌大一块，可煮成稀粥一锅，食之能以耐饥，或做成方块，砌墙亦可。

止儿啼方　兵荒避难，小儿啼哭，恐为贼闻。须用棉花缚一小球，略使满口而不致闭气，以甘草煎汤渍之，外以一线牵住，置儿口中，使咽其味，自不啼哭。

解烟熏法　居民避难土洞中，贼以烟火熏之，迷闷欲死。得萝卜嚼汁下咽即苏，或用萝卜子，水研取汁，服之亦可。

新定灾案章程

清光绪年间刻本

（清）佚名 辑
赵晓华 点校

新定灾案章程

原书补录：藩宪原札内开，查直隶水旱风雹等灾伤，向系各乡村地保人等呈报州县，查勘属实，克日禀请本管道府厅州委员，会同各牧令，亲往地所，履亩勘定何村成灾，何村被歉，议定分数，联衔合禀。本司核明某州县某某等若干村成灾几分，某等若干村歉收几分，照例拟议蠲缓带征，并由本管道府厅州亲往履勘明确，禀司汇案详请核奏。俟奉到谕旨，即行刊刻誊黄，颁发晓谕，一面饬令各州县查造灾歉蠲缓顷亩册结，送司汇核详题。至未被灾以前花户长完蠲免银两，准抵次年正赋；其缓征银内预完之项，即从已完造报，不抵下年正赋。此历来办理之情形也。今奉大部奏定章程五条，比较定例并向办章程，倍加严密，自应遵章妥办。嗣后地方遇有灾□，各州县应钦遵谕旨并部定条款，迅速禀请本管道府厅州亲往，会同勘明某村某图某甲地亩若干，被灾被歉几分，应蠲应缓银数若干，统共亩数银数各若干，勘报之日即行停征。一面会同出示晓谕，将蠲缓亩数银数逐一载明，并于会禀内切实声叙总散地数银数，以凭汇核详禀。随后查明某村几图几甲，业户某某，被灾被歉几分，应蠲应缓顷亩银米各若干，其缓征者缓至何年何时启征，带征者分作几年征收，何年何时应征若干，造具详账细册，于会禀后十五日内申送本司，俾得依限详请具题咨部。仍开具细单送司覆核无异，发送刊刻印单，按户给发收执。其有递缓之项，一并按照前项注明，并照缮大张告示晓谕，以绝吏胥影射索诈之弊。至花户长完缓征银两，一体作抵下年正赋，不得仍作已完造报。誊黄颁到，即日张贴，尤不准稍事稽延。至被灾州县中歉收四分各村，歉例应新旧并缓，散收三分村庄缓旧征新，系指当年钱粮而言。其次年春征新赋，向系于普锡春祺案内奏请缓至麦收征收，应于钦奉恩旨后刊刻誊黄，颁发缓征。拟请嗣后司中核定前项总案后，一面具详，一面分饬被灾各州县，即将歉收三四分各村庄应纳次年春征银米若干，缓至麦后启征缘由，详晰出示晓谕，不准同无灾歉村庄一律开征。

户部为传付事。福建司案呈准北档房传付内称，本部并案议覆御史程鼎芬、郑训承等奏嗣后遇有灾缓之年，州县概于勘报日起照例停征，并拟蠲缓章程五条一折，光绪十年闰五月十二日具奏，本日奉上谕：前据御史程鼎芬奏，各省办理灾缓，应于勘报日起照例停征，郑训承奏，蠲缓恩旨，地方官任意延搁，请严定誊黄限期各折片，先后交户部妥议具奏。兹据该部分晰详议，严定章程五条，开单呈览。各直省遇有灾歉，一经该督抚奏请，无不立沛恩施，谕令刊刻誊黄，不准稍有延搁。其查勘灾缓，应于勘报之日即行停征，定例亦极详明。朝廷体恤民艰，无微不至，乃各州县奉行不力，玩视民瘼，甚至讳饰捏报，藉端取巧。灾区虽已查明，并不照例停征，转致追呼愈迫。及奉到誊黄，匿不张贴，朦混征收，侵吞肥己。以穷黎之脂膏，供贪吏之溪壑，罔上害民，莫此为甚。该管上司或漫无觉察，或有心徇庇，以致恩膏阻遏，民困莫伸。种种弊端，实堪痛恨。现经户部申明定例，严定章程，所有勘灾详报、出示停征各节，著各直省督抚严饬藩司通行各属，遵照此次定章实力办理。民间沾一分实惠，即为国家培一分元气。嗣后如再有违例启征及延搁誊黄等弊，一经发觉，定将该州县从重治罪。各该管上司责有攸归，亦必严行惩处，不稍宽贷。将此通谕知之。钦此。相应抄录原奏清单，恭录谕旨，飞咨直隶总督转饬遵照办理可也。

户部谨奏为遵旨议奏事。光绪十年四月初二日，内阁奉上谕：御史程鼎芬片奏，嗣后遇有灾缓之年，州县概于勘报日起照例停征等语，著户部议奏。钦此。四月二十二日，内阁奉上谕：御史郑训承奏，蠲缓恩旨，地方官任意延搁，请饬严定誊黄限期一折，著户部归入御史程鼎芬前奏蠲免钱粮勘报停征折片内，一并妥议具奏。钦此。臣等敬维我朝子惠元元，遇有各省水旱偏灾，一经陈奏，莫不恩施立沛，损上益下，原期体养闾阎，泽至渥也。乃各省督抚或奉行不善，致不肖州县得以藉端取巧。如该御史程鼎芬奏称报勘后并不停征，且尽力严追，酷于平日，追不足额，始作为民欠请缓，御史郑训承奏称，延搁恩纶、私征入己等语，所陈尚未尽其弊。夫地方有灾，实官吏之不幸。乃近日州县不以为戚，转以为利。东乡有灾，或报以西乡南乡有灾，或洒入北乡，为利所在，择肥而啮。且有某县某乡岁岁请缓，若循例然，其为捏报入己，更无疑义。至于已完之款，捏作民欠应豁之额，仍复重征，挪旧掩新，移甲就乙，劣绅藉以把持，奸胥因而染指，上行其惠，下屯其膏，蠹国病民，莫此为甚。查州县官奉蠲钱粮，迟延重征，均以欺侵论罪。乃近来积习相沿，遂至藐视典例，至奉旨誊黄，竟敢延搁，尤属胆大妄为。臣等详考旧例，再加严密，定为章程五条，其要以报勘得实，即将应蠲应缓之地方亩数、分数、银数先行出示晓谕，以杜重征之弊。州县初报，督抚初奏，均声明应蠲应缓之地数银数，以杜冒灾之弊。二者实为杜弊切要关键。应俟命下，由臣部通行各直省，俾各遵守。徒法不能以自行，尤在各省大吏勿以簿书期会为烦苦，勿以履勘给报为具文，然后人存政举。应并请旨饬下各省督抚，严饬司道牧守，遇有各属报灾，即遵照此次奏定章程办理。倘再有违例取巧，即行从重参处。如敢有延搁誊黄，即照违制例议罪，或别经发觉，并治该督抚以徇隐之罪，庶州县知所惩儆，小民得以闿泽均占矣。所有臣部遵议缘由，谨详查典例，严定章程，缮具清单，恭折具陈，伏乞皇太后、皇上圣鉴。谨奏。

谨拟直省考核州县蠲缓章程五条。计开：

一、例载地方遇有灾伤，该督抚先将被灾情形日期飞章题报，一面遴委妥员，会同该州县迅诣灾所，履亩确勘，将被灾分数按照区图村庄逐加分别申报，详请具题等语。惟查直省州县离省城或数十百里远，或至千余里，往返需时，嗣后各直省所属有灾伤，一面申报督抚藩司，一面报明该管道府、直隶州，不必由省委员，即令该管道府、直隶州轻骑减从，即日亲诣履勘，不准稍行迟缓，会同该州县，将东西南北乡某村某图某甲被灾分数、亩数及应免应缓几分、应征几分银两若干总数，即随勘灾之文申报督抚藩司。该上司即据详入奏，折内仍声明道府州某某会勘某州县某乡某村某图某甲、被灾几分及应免应缓总共亩数银数，毋得遗漏。再令该州县照例按照区图村庄，详细分晰某区某村、几图几甲、业户某某、被灾几分、应豁应缓银米若干，一一开具细册，依限申详。该督抚仍照例具题，并按属造具细册，分晰某县某乡、几图几甲、被灾分数、应豁应缓至何年开征、银米若干，详晰分别咨部备核。臣部即按册开与初奏之亩数银数核对，如有不符，即将该督抚州县参处。其有续报者亦如之。

一、例载勘明灾地钱粮，勘报之日即行停征等语。查例称勘报之日，即指委勘申报之日而言。乃近来州县遇有灾歉，虽经勘明申报，辄以未奉谕旨为词，仍行照例开征。小民迫于追呼，遂亦照旧完纳。推原其故，由于被灾之区，其应蠲缓，与不应蠲缓并应蠲缓几分、尚应征几分，民间无由周知，不肖官吏遂得任意鱼肉。及奉旨誊黄，而民脂民膏已入贪壑，无从偿补。请令嗣后直省遇有灾歉，经该管道府、直隶州亲勘得实之日，即由道府、直隶州会同该州县即日先出简明告示，即日停征，示内注明某村某图某甲被灾几分，地若干亩，应免应缓银米若干，其应征钱粮自某日停征，遍揭被灾村庄，俾小民无不知晓。该道府州县密加察访，如该州县暗行抑阻，不出告示，或将某村庄漏未遍贴，或虽经出示而示内不详注被灾村庄图甲亩数银数者，即将该州县撤任严参。如府道、直隶州扶同捏饰，即由该督抚查明，并治以欺侵之罪。

一、例载恭遇蠲免钱粮，以奉旨之日为始。其奉旨以后文到以前已输在官者，准流抵次年应完正赋等语。嗣后除恭遇特旨蠲免，仍应照例办理外，如有因灾请蠲请缓者，不论已完未完，均以应豁应缓之分数为准。如有先期全输在官，除应征分数长余应蠲应缓分数，俱准流抵下年正赋，不得仅以未完之项请缓，以杜朦混。

一、例载凡遇蠲免钱粮年分，各该州县查明应征应免数目，预期开单，申缴藩司细加核定，发回刊刻，填给各业户收执，仍照单开各款大张告示晓谕等语。嗣后各直省遇有灾缓，应遵照办理。除会勘得实，即行出示停征外，仍按照区图村庄，分晰应完应缓分数银米，申缴藩司核定，发后即刊填印单，注明某乡某图某甲业户某应缓几分、银米若干、于何年带征，如有递缓，即注递缓至何年开征，并照单开各款大张告示晓谕，以绝吏胥影射索诈之弊。

一、各省钱粮恭遇特旨蠲免及水旱偏灾，奉旨准蠲准缓。该督抚于钦奉谕旨日，即行刊刻誊黄，遍行蠲缓，各属令该州县遍贴四乡。倘查有延搁及不行遍贴者，即以违制参处。

苏州府昭文县赈款征信录

清光绪年间刻本

（清）佚名 辑

赵晓华 点校

苏州府昭文县赈款征信录

征信录序

昭邑东鄙，花七稻三。盖其地滨海，沙土瘠薄，只宜植棉。棉之性喜燥恶湿，夏秋之交，雨旸时若，可冀丰收。一遇疾风暴雨，旦夕即形枯萎，竟有不可收拾者。且居民无隔岁储，适遭歉岁，糠核不饱，有不能不为之分灾恤患者矣。光绪癸未，东南诸省多水患，苏太其下流尤苦水潦，昭邑花地仅收二成。闽浙布商既虞资本匮乏，又患道途阻梗，市廛冷淡，生计萧条。以致农有释耒之叹，女绝机杼之声，阖门槁饿者所在都有，而中户以下三日不举火者十居五六。夫同舟遇风，秦越人犹相呼救，满堂饮酒，有向隅者举座为之不乐，况在桑梓之乡，有不恻然于怀者乎？邑中诸君子蒿目时艰，鸠集同志，共襄义举，城乡联为一体，转相劝输，豆区釜锺，各随其力，筹得粥米若干石，分作两赈，按极贫图分逐户书册，散给米票，届时至各处领米，不假手里胥，以杜积弊。并邀集经手诸君，于邑城隍庙神前设有誓词，共矢公忱，不辞嫌怨。次年初春，适遇雨雪载途，诸君亲履各图，逐户细查，栉沐辛勤，舟车跋涉，贫户之得沾其泽者莫不感激无既。而尤虑化日舒长，所捐不能接济，复呈请大府拨放仓谷四成，以弥其隙。幸二麦已稔，民困渐苏，此举之得溃于成，未始非一片至诚恻怛之心而不以文具，行之者天，赞之实人力为之也。爰厘成征信录一册，属余纪其事，以弁简端，俾后来者有可考焉。光绪甲申中秋邑人李芝绶谨序。

钦加同知衔江南苏州府昭文县正堂黄为出示晓谕事

据户部郎中赵宗德等禀称，窃东乡坰身路各镇因木，特歉，纱布利微，小民乏食垂毙情形，业由城镇绅耆集捐粥米救急，并蒙仁宪及常邑均分俸佽助，已集有成数。现拟同人即赴东乡各镇稽查户口，分别极贫者，先将粥米酌给，稍苏涸辙。但车薪杯水，沾润无多，饥口甚众，必需仓谷下颁，庶几贫民均邀惠泽。诚恐编氓未喻，索食纷纭，并虑不法棍徒藉端滋闹，为亟陈明迅赐出示晓谕，传知各图地保，听候按户稽查，并札饬白茆巡司就近妥为弹压等情到县。据此，查该绅等集捐粥米，拯济贫民，具见好义急公，深堪嘉尚。禀请动拨积谷，亦奉各宪批准照行。除札饬白茆司妥为弹压外，合行出示晓谕。为此示，仰该处居民及地保人等知悉。尔等须知捐米散放暨动拨积谷，专为赤贫之户起见。倘稍有衣食者，不得冒领。该贫民等理应静候稽查确实，然后散给，毋须拥挤争闹，致干重咎。如有不法棍徒藉端滋扰，许该地保随时扭解来县，以凭严办。该地保如敢徇隐包庇，察出并惩，均各凛遵毋违。特示。

光绪十年正月　日示

昭文县城隍神庙誓文

惟神威灵显赫，正直聪明，固诚悃之潜通，亦隐微之昭鉴。往岁邑东木棉告歉，饿莩在野，铁人堕泪。贤宰分俸以救灾，绅商指囷以赒急，将为泛舟之役，远希饲饿之风。凡我在事诸人，所不和衷共济、顾全大局者，惟神殛之；经理出入，有一毫苟且者，惟神殛之；稽查户口，有片念阿私者，惟神殛之；灾区轻重，有上下其手，任意颠倒者，惟神殛之；发放粥米，有克扣升合，私肥中饱者，惟神殛之。殃及灾黎，祸延孙子，共白乃心，有如皦日。谨誓。

凡　例

一、此举为上年木棉歉收，贫民纺织无利，难以自存起见。所捐钱米，专给昭邑东乡木棉地极贫户口及鳏寡孤独之尤苦者，与放赈不同，无庸按户给发。

一、各都图地段广狭不齐，司查诸友先事查访股派，拈阄分任，以专责成。临时会集该乡镇素熟情形者一二人协同查勘，注册给票，届期照票给米。

一、乡董中有诚实可靠、愿兼任查户放米者，城友不再下乡，以节经费。

一、各图极贫户每期大口给米一斗，小口给米五升，在附近寺庙公所约期散给，以示体恤而免拥挤。

一、各贫户所处图分，悉照县造办荒图册核实而行。其有次荒图分而户多极贫者，或给米一期，或减半给米，均与各乡诚笃经董酌量办理，以示区别。

一、贫户粥米共发两期，有头期未及、次期请补者，悉凭乡董确查补入，给票领米。并不假手地保，以杜徇私虚捏等弊。

一、给米两期，后蒙大宪准拨积谷，饬照极贫户散给，以资接济。有坐落次荒图分而户实极贫，例不准滥领积谷者，查确减半给米，注明代谷字样存考。

一、所捐之数，除放给两期外，尚有余存，仍由经查人择其最荒之区悉心覆查。遇有前属次贫，阅两月而情形实与极贫户等者，将存米均摊，按大小口减半给米，注明补户口数。若曾经领过米者，不再补给。

一、同人慨捐钱米，缴到后均有收照，照内注明实收数目。所捐钱洋，代为买米开除，以昭核实。

一、收照与收册核对，倘已缴而未有收照，或照内收数不符及遗漏舛错者，向经捐经收人查问。

一、同人查户放米下乡，舟车等费概归节省。其有自愿捐备或另捐备用，并不在帐支销者，分别附刊。

一、各镇经费汇数时无从凭核者，概以本镇集捐应用或某人捐垫字样填注。

一、事竣刊刻征信录，以凭稽考。

经手收付司查监放各台甫登左

李升兰 陆云孙 钱漱青 蒋石枫 赵价人 庞云槎 曾君表 曾士常 翁菉卿
方恂卿 曾君静 胡酉生 陆叔文 平孚吉 姚芝生 钱少甫 刘闰生 程育生
丁琴生 曹明之 严竹君 冯月庭 屈味霞 屈吉士 屈吉人 瞿斐卿 范履端
庞也梅 宗幼谷 童子贞 曹望之 顾鹤九 归君亮 胡达夫 杨少泉 陆洵孚
姚绅伯 姚襄仲 谭松严 汪莱峰 缪琴生 周雪村 蔡亦修 朱晓岑 徐東之
郑杏香 郑樵生 王允孚 周云章 王凤洲 瞿静园 瞿静之 张玉如 刘吉甫
顾叙开 马少严 吴俊人 杨湛章 黄述斋 唐叔禾 曾静川 陈仲甫 项香泉
马蓝田 王聘三 董苞九 刘月岑 王禹卿 王镜清 娄香轮 王受甫 王怡轩
薛砚山 薛省吾 薛是门 薛云斋 薛维勤 朱东恒 朱云村 朱介章 金永甫
郑劭钦 黄莱峰 张翰臣 张砚宾 张纯卿 郑饲鹤 吴占一 彭秉臣 季耀宗
王子英 李俊珊 陆似云 邓星宇 彭映川 彭宝谷 徐小章 王云峰 邵玉书
何心乔 顾心田 吴幼谷 梅问羹 徐心葵 徐洽卿 张宪卿 叶翥云 孔玉庭
潘雪山 徐雅轮 王卓人 徐赓卿 王馥堂 徐吉人 程芥畦 陈松泉 陈济轩
陈晓涵 陈苹卿 陈咏莪 潘少山 葛敬初 朱定卿 朱仲华 葛仲怀 潘静涵
徐心渊 徐步廷 徐端卿 龚寅谷 管叔行 许啸霞 周砺之 程似梅 魏豹卿
余锦章 胡鹤年 仲虞樵 陈云泉 徐赓香 周静卿 庞紫纶 萧阮生 宗用舟
宗思柔 陶渭臣 蔡朴庵 顾香轮 俞硕庵 赵次侯 陶缦云 钱稚兰 浦少怀
徐拙庵 屈琴涵 徐木君 吴振亭 王惠生 曾检云 沈幼连 徐朗岩 戴小梅
陈芝仙 李蕴之 严翰卿 蔡小樵 周安谷 庞宝士 范轶能 李伯棠 翁士吉
庞伯深 丁炳卿 蒋莲峰 叶素存 庞叔廉 周维之 桑镜仙 浦玉圃 陈如山
姚屺瞻 殷芝阶 顾应芝 谭煦斋 汪逊斋 李鲁瞻 张君莲 俞南泉 王小卿
黄仲梅 季芷湄

各善姓捐数开列于后

常正堂钱，捐米六十石。昭正堂黄，捐米一百石。昭左堂梁，捐洋四元。翁叔平，捐京平纹银一百两(粜见米六十石余，洋八元钱三百文)。

经捐赵价人

赵价人，捐米二十石。杨怡爱、杨云门、钱秋畦、陈茂堂，各捐米十石。杨勤记，捐米五石。谢燕贻，捐米三石。水吾园赵、周维城、杨鹤峰、杨思立、裘杆小筑，各捐米二石。王君屏，捐洋十六元。无名氏，捐洋四元。

经捐蒋石枫

黄幼帆，捐米十石。敬一堂，捐米八石。浣花堂杜，捐米四石。陈崇德，捐米三石六斗九升。屈保远、屈颐寿，各捐米三石。六如居士，捐米一石。蒋月樵，捐洋三十元。无名氏，捐洋十二元。济阳书屋、树萱草堂，各捐洋二元。

经捐蒋莲峰、李伯棠

陆玉记，捐米一石五斗。蒋揖秀、王敬安、沈德庆、黄宜雅、龚存性、殷松荫、黄是政、任学礼、寿石居、陆伯记、陆仲记、陆孙记、陆月记、胡迈德、张新记，各捐米一石。周少江、听松仙馆、李缃记，各捐米五斗。李伯记，捐洋一元。

经捐钱漱青、翁士吉

钱承志庄、凝善公堂、蔡抡才庄、问心居士、节用居季、俞揖柳、强厚伯，各捐米十石。井养室翁，捐米四石。黄安记、翁乐志、宗衍忠、翁贞裕、钱三余、张裕椿，各捐米二石。邓歉记、丁荫根、赵显臣、孙安仁、吴祉庵，各捐米一石。严心田，捐洋二十元。戴小梅，捐洋四元。沈于卿，捐洋二元（钱三百文）。钱漱记，捐洋二元。朱少篪，捐洋一元。

经捐钱漱青、徐拙庵

半笏轩，捐米四石。澹香书屋，捐米三石。徐乐贤，捐米一石五斗、洋三元、钱三百三十文。黄宜雅，捐米一石。周荣记，捐米五斗。俞宝记，捐洋二元，钱二百七十文。

经捐曾士常

沈介藩，捐米二十石。曾辛叟，捐米五石。曾辛记，捐米一石。

经捐陆云孙

张思齐，捐米二十石。棠阴小馆、陆鼎记、同乐记、彭拱星，各捐米十石。无名氏、无名字，各捐米二石。纯锡棠蔡，捐洋十元。曾金记，捐洋二元。

经捐曾君表、君静

曾日省，捐米四十石。邹浩文，捐米三十五石。邹隆志庄，捐米十九石八斗八升五合。钱锡卿，捐米五石。季聿修，捐米四石。贾姓，捐米三石。田堵严，捐米一石。忘姓名，捐米五斗。

经捐赵次侯

王清晖、赵次侯，各捐米三十石。杨养源、钱萼辉、翁棻卿，各捐米二十石。杜仲儒，捐米十石。赵素记，捐米三石。赵玉记、赵默君、顾叔伦、丁安记、杨高记，各捐米二石。殷可园、顾赓韶、赵元孙，各捐米一石。

经捐庞云槎

庞惇裕、无名氏，各捐米十石。邹履和、裴春晖，各捐米三石。陆鹤巢、章贞荫、吴铨士、屈敦礼，各捐米二石。张百忍，捐米二石六斗一升。张厚斋，捐米一石七斗四升。石仁本，捐米一石七斗二升。钱敦厚，捐米一石三斗五合。陶锡蕃，捐米一石。徐晋涛、庞恒安，各捐米五斗。顾鸿逵，捐米四斗。天成，捐米二斗。

经捐胡酉生

胡世寿、无名氏，各捐米十石

经捐平孚吉

顾安礼，捐米五石。潜虽伏，捐米四石。赵渔溪，捐米二石、洋二元、钱二百七十文。陈月帆、陈秋记、陆燕翼，各捐米二石。赵苑卿、王似斋、王芙生，各捐米一石。陶渭臣，捐米五斗。席隐名，捐米四斗。周逸泉，捐米三斗。代善居士、黄叔楳，各捐洋十元。潘易安，捐洋七元。李惺庵（经捐棺木存余）捐洋五元，钱六百二十文。徐介福，捐洋三元。瞿晴霞、明月，各捐洋二元。移善居、汪迩珊，各捐洋一元。隐名氏合，捐洋四元。

经捐方恂卿

张守忍，捐米二十石。居易庐、沈申之，各捐米十石。方延禧，捐米六石。邓心斋，捐米三石。无名氏，捐米一石。

经捐归君亮

春风楼、沈澹如、归君亮，各捐米十石。丁崇德、顾纯甫，各捐米四石。春风间人、顾毓石、归宝善，各捐米二石。归敦勤，捐米一石五斗。肄柿轩李、席纯武、无名氏、归凝道、宗月锄、韦佩斋、悔过室、估安居，各捐米一石。归达记，捐洋四十元。蔡见心，捐洋二元。曾乐志、无名氏，各捐洋一元。

经捐庞宝士

天鉴堂、坤顺堂、积善堂、枕善堂、留余室，各捐米五石。宝记，捐洋十元。

经捐蔡鲤庭

无名氏，捐洋一百元。蔡季衡，捐洋十元。

经捐丁炳卿

丁世德，捐米二十六石。丁世寿、丁世盛，各捐米十石。丁琴笙，捐米四石。丁福记，捐米一石。

经捐周维之

丛桂山庄，捐米十石。孙积善，捐米五石。徐茂根，捐米四石。周桂岩、周桂荫、无名氏，各捐米三石。周少塘，捐米二石。浦世德、周绮堂，各捐米一石。

经捐曹明之、丁芹生

丁义庄、丁敬德堂，各捐米十石。陆绶卿，捐洋二元。

经捐屈琴涵

钱古春，捐米五石。陈用仪、无名氏，各捐洋一元。

经捐蔡小樵

蔡小樵，捐米二十石。小桥湾王，捐米十石。胡雪帆，捐米五石。周宝善堂，捐米五斗一升。

经捐李蕴之

李秀野，捐米七石。李三善，捐米三石。

经捐宗思柔

荫忠馆、了愿室，各捐米五石。爱莲书屋，捐米四石。王颂芬，捐米二石。保幼室，捐米一石。薛三凤，捐米五斗。今吾庐，捐洋十元。吴春晖，捐洋三元。方耕霞、张心泉、宗嘉宜，各捐洋二元。周玉书、小安乐窝，各捐洋一元。

南阳氏，捐洋一元，钱二百七十文。

经捐陶缦云、童子贞

陶缦云、李养初、赵奎孙、邹访渔、丁顺德、李胡氏，各捐米一石。童善记、童子山、张序宾、陶季昌，各捐米五斗。岁寒庐，捐米二斗。童子范，捐洋二元。李庆余，捐洋一元。

经捐庞伯琛

长生堂，捐米十石。翁一经、庞贻谷、庞贻安，各捐米五石。沈遇见、无名氏，各捐米二石。言彩衣、庞良记、吴兴滋，各捐米一石。树德堂孙，捐洋十元。顾鹤九，捐洋二元。

经捐庞叔廉

萧勤补斋，捐米十石。

经捐浦玉圃

陆文海、怀玉山房浦，各捐米二石。周显卿、金琢之，各捐米九斗八升五合。浦积善，捐洋五元。金仲卿，捐洋二元。

经捐曾检云

丁崇礼，捐米一石。裴伯谦，捐洋六元六角。曾鹤年、邹易知、曾检云，各捐洋四元四角。屈少寰，捐洋三元三角。五榆堂毛、无名氏、俞养真，各捐洋二元二角。瞿晴霞、戴植卿、王亮坡、姚荫之、吴叔庄，各捐洋一元一角。

经捐严竹君

沈安素、严惠卿姚受之合，各捐米十石。李凝远，捐米六石。桑砚记，捐米三石。衣德堂，捐米二石五斗。小云巢，捐米二石。自新室，捐米一石五斗。阙如氏、王建辰、丁良记、丁翼经、钱协兴、朱善怀，各捐米五斗。胡鹤年，捐米三斗。无名氏，捐洋三元。李亦樵、六如居士，各捐洋二元。羡善士，捐洋一元。

经捐严竹君、陈如山

世义栈时，捐米三石。守扑子、姚三寿，各捐米二石。吴德让，捐米一石五斗。德润栈时，捐米一石。唐仁昌，捐米五斗。

经捐严竹君、桑镜仙

镜心仙馆、铁砚家翠记，各捐米五石。朱惇裕堂、集古轩张，各捐米三石。永修堂桑、喜会堂侯、王诵芬铭德合、朱岩记、积善堂陈，各捐米一石。选古堂钱、鱼乐轩、蒋砚如，各捐米五斗。梅隐书屋，捐米四斗。

经捐周安谷

周至德，捐米四石。查树德，捐米三石。周三让，捐米二石五斗。王冯氏，捐米五斗。周竹谦、陆吉安、李继成、黄敦仁、各捐洋二元。林厚德、黄云轩，各捐洋一元五角。陆佩莪、钱恒泰、钱申三、钱恒丰、叶春甫、钱三益、宝善堂、陆全相，各捐洋一元。季朗寰，捐洋五角。

经捐沈幼莲、范履端

沈思石、月玲珑馆，各捐米五石。张怡记，捐米二石。沈思永、范履端、沈立直，各捐米一石。范蔚记，捐米五斗。慎余堂，捐米二斗。徐长乐，捐洋四元。姚绅伯、石仁本，各捐洋一元。

经捐徐朗岩

吕毓记，捐洋四元，钱五百四十文。积善堂马、大道生、时泰典、济成典、时亨典、信大典、永隆典、济兴典、时丰昶，各捐洋三元。济豫典、省吾居、李仁善、严富春、徐茂根、陶积善、余庆堂、黄乐善、周桂荫、元善堂、六如居士王，各捐洋二元。屈宝善、石崇礼、陆凤梧、无名氏叶、陈同昌、钱俊明、朱焕文、徐炳文、王颖记，各捐洋一元。

经捐姚屺瞻、殷芝阶、顾应芝

红杏书屋，捐米十石。倚兰书屋、双桂轩，各捐米一石。陈少芝，捐米三斗。倚云书屋、殷宪臣，各捐洋七元。丁慎德，捐洋六元。归旭如、顾应芝，各捐洋五元。殷志翔、程达记、丁毓记，各捐洋四元。孙小川、孙君培、孙瑞卿、殷君衡、孙留耕、黄仲记、归慎记、丁文记、顾吉记，各捐洋二元。胡膺甫、邹绶记、潘纯甫、周兰记、邹森玉、苏宝记、范少记。各捐洋一元。屈小卿、屈秀生，各捐洋一元、钱一百文。屈虞臣、张受申，各捐洋六角。李颂陶、吟香书屋，各捐洋五角。李纬卿、归应律，各捐钱五百四十文。刘戒石，捐钱四百四十文。

经捐叶素存

碧梧书屋，捐洋四元五角。叶树德、程协和，各捐洋四元。叶三捷、杨留耕、吴德永、自怡书屋、吕德顺、徐余庆，各捐洋二元。曹四正、庞容安、苏殿卿，各捐洋一元。俞仲芬，捐洋五角。不留名，捐钱五百四十文。

经捐戴小梅

蔡金甫、蔡莲洲，各捐米二石。林一居士、顾莲汀、林一书屋、黄谷生、邓绍卿，各捐米一石。学士居、蔡文鸿、周文泉、王锦帆、黄尧河、一煦、赓扬，各捐米五斗。

经捐浦少怀

李松轩，捐洋二元、钱三百三十二。陈承志、夏习礼、李青来、王御之、浦世训、祝瑞芝、何燕贻，各捐洋一元、钱一百六十六。葛诞华，捐洋一元。

经捐范轶能

严敬之，捐洋三元。黄仲记、刘朵云、无名氏，各捐洋二元三角。徐甡记，捐洋一元一角。范月卿、范裕庆、徐雨岚、吴学如、汪式廷、周受记、浦叔长、王梅轩、姚应之，各捐洋一元。

经捐严翰卿

毛勉之，捐米三石五斗。王仲卿、王培椿，各捐米三石。王心田、王近仁、朱晓春、顾心陶，各捐米二石。怡隐村居、吴健伯、王植卿，各捐米一石。王义柏，捐米五斗。戴订礼、滕余庆、金宝之，各捐洋二元。

经捐屈味霞

棣萼和乐居，捐米十石。

经捐屈吉人

屈嘉会、补过斋，各捐米五石。待鹤楼，捐米二石。李惺庵、朱钱氏，各捐米一石。陈宝记，捐洋二元、钱三百三十文。

经捐王惠生、屈吉人

宝记，捐洋四元。不留名、无名氏，各捐洋三元。正记、协盛、莫厘山人，各捐洋二元。张棣华、荣芳阁、仁记、隐名氏、话雨轩、无名氏、琴南小隐，各捐洋一元。

经捐汪逊斋

汪逊斋、吕义藩，各捐米二石。汪树亭，捐米一石。世德堂、席树滋，各捐洋六元六角。王墅田，捐洋五元。冯义兴，捐洋四元、钱五百四十文。王锦帆，捐洋四元四角。周幼兰，捐洋四元。世彩堂刘、宝善堂濮、席丽记、诸顺记，各捐洋二元二角。陈少华、无名氏，各捐洋二元。陶惠贤，捐洋一元一角。同昌义、义昌，各捐洋一元。

经捐徐木君

张芸楣，捐米二石。顾小石，捐米一石。消寒减费，捐洋三十元。慎龢祥、李太和，各捐洋十元。顾真衡，捐洋五元。昭署内、徐太太、李太太，各捐洋四元。益泰丰，捐洋四元、钱五百四十文。程芝香、任云芝、史子衡、求安室，各捐洋三元。德新庄、陈振卿、黄坦安、赵春华，各捐洋二元。依孝堂、崇德堂、慎德堂、松记，各捐洋一元。

经捐谭煦斋、陈芝仙

张九思，捐米十石。陈文范，捐米三石七斗六升。殷安乐、沈亦葵，各捐米三石。倪儒记，捐米一石五斗。朱梅记、李仁寿、徐协盛、无名氏，各捐米一石。龙怀素、龙三畏、敦行堂、邵殷氏，各捐米五斗。张雯记，捐米三斗。韩淇章，捐洋四元。

经捐李鲁瞻

李心培，捐洋十六元。徐香生，捐洋二元。李书田、归幼山，各捐洋一元。

经捐吴振亭

吴义庄，捐米十石。顾瑞善，捐洋二元。沈永锦堂、杨贻经、陈余庆、宁俭堂，各捐洋一元。

经捐胡鹤年

徐仲记，捐洋四元。蒋太太，捐洋一元。

经捐周启庵

周怀德，捐米二十石。屈垂裕堂，捐米五石。桐华书屋，捐米一石五斗。糜钧熙、陈耀祥，各捐米一石。

经捐钱穉兰

钱厚植，捐米十石。陶鼎和、乐善室、谢燕贻，各捐米五石。杜源丰，捐米四石。无名氏，捐米三石。监公堂，捐米二石七斗三升。徐惇大、黄慎思，各捐米二石。程方洲、郭渭宾，各捐米一石五斗。周勉哉、张启秀、方斯美、陆鹤巢、王源兴、章贞荫、陆素安，各捐米一石。柯心培、汤义隆、江恒泰、钱乾盛、周渔卿、许夔臣，各捐洋五斗。钟莲舫、沈公茂，各捐米四斗五升五合。程溆芳，捐米三斗。赵骏德，捐米二斗七升。徐永和，捐米二斗。联封堂、陆杏生，各捐洋二元。沈公茂、胡静芬、张云堂、求安宁，各捐洋一元。

经捐张君莲

无名氏，捐米五石。

经捐俞南泉

孙积善，捐米一石，洋二元。钱石生，捐米五斗。季大奎、庞继记，各捐洋二元。俞恒泰，捐洋一元三角。曾晋卿、殷世德、周万丰、丽华楼、也寒居、鼎记、永和，各捐洋一元。

经捐王小卿

无名字袁、无名字俊，各捐洋五斗。隐姓名，捐洋四元。黄大隆、泳兴、许金号、徐德顺、无名氏周，各捐洋二元。无名氏徐，捐洋一元。

经捐黄仲梅

黄仲记，捐七元。春风记、顾应记，各捐洋二元。俞养记、顾吉记、范轶记、周望记、蔡见记、陆云记、纯锡记、王梅记、李绍记，各捐洋一元。

凝善堂经收各善姓钱米数

屈德庆、周高氏（八十生辰），各捐米一百石。肃勤补斋，续捐米九十石。屈荫堂，捐米三十石。吴振亭、博济堂诸友经募，各捐洋二十石。归云林，捐米十二石。北野居士、陶莘耘、草艸草堂、棣萼和乐居屈，各捐米十石。屈达泉本君合、胡凤翔，各捐米五石。张景韩经手，捐米四石五斗。黄述庵、非我也谷，各捐米四石。周凤林堂、颜桂馨、陈钱氏，各捐米三石。纯义阁拨年米，捐米二石五斗。俞铭椒、高桂轩、俞珍记、博济堂（经手），各捐米二石。王少华、华映乔，各捐米一石四斗。丁子延、姚启正，各捐米一石。陆致远，捐米六斗。赵蕴芬、缪含章、汪莱峰、孙伯涵、季富记，各捐米五斗。赵少虞、陈涤良、陈浩然，各捐米三斗。吴炳文、王云山、黄渭卿，各捐米一斗。谢绥之手江浙闽粤协赈公所拨，捐洋一百三十四元。金传远堂臧三氏，捐洋三十七元。屈达泉、范云亭，各捐洋二十元。周同福义悬牌减席费、静记移烧香礼斗费，各捐洋十二元。济成典诸友节席费，捐洋十一元。代善居士、童仁泰、吴隐名、周隐名、山阴陆厚庵、杭州项介眉、仁和介峰子、棣华书屋龙、味菜根斋姚、袁生生节席费、柳仁仁节席费，各捐洋十元。王斗槎，捐洋九元、钱十文。济兴典诸友节席费、孙云宾，各捐洋八元。张松谷，捐洋六元。杨静岩、九如堂、邹温氏，各捐洋五元。黄顺泰、陆韵兰、桑君修、桑君安、吴门无名氏（永兴经捐）、久和诸友节席费，各捐洋四元。翁仲渊、序伦堂陈、孙屈氏、苏城杨元泰、心容居、喆安庐程、黄士达、上海吴惕庵，各捐洋二元。翁寅臣、无名氏、仁和店、王三槐、丰泰沈记、红鳒山庄、时泰典友、二松居、宁益堂叶、陈公正、沈李氏、唐顾氏、黄清芬、吴孙氏、周王氏、刘吴氏、苏城徐恂卿，各捐洋一元。无名氏（王蕙生经捐），捐洋一元、钱五百四十文。邹方渔花粞，捐洋三元、钱五百九十九。吴月波白粞，捐钱一千六百二十文。姚福记、时记烟店、陈龚氏，各捐洋一千文。翁惠夫纹银兑，捐钱一千六百文。无名氏，捐钱八百十文。阴遗氏，捐钱五百四十文。陈芝泉、华廷卿、华寿记、华成记、叶钧堂、李彩庭、史祥泰，各捐钱二百七十文。无名氏、无名字，各捐钱二百文。邵芳林，捐钱一百八十文。棣萼和乐居，续捐米十石。（此户捐米，该捐户径交菰里村经董，散给贫民，不归帐内。）

塔图募捐钱米数汇刊

塔图捐户繁多，不胜尽刊。只将各募捐姓氏及第册领户总数刻入，其余按户照录榜列，昭城隍庙以备众览。

沈培沧募捐第一册　沈杏溪等二十户，共洋九元、钱一百文。

严咏梧募捐第二册　徐西渠等三十九户，共米四石、洋六元、钱三百六十文。

沈兰言募捐第五、六、八、九、十、四十七、五十四、一百念五、一百念六、一百念七、一百念八册　盛锦成等六十五户，共洋六十五元、钱三千九百文。

徐赓芗募捐第十一、十五、十七、十八、十九、二十、六十一、六十二、六十三、六十四、七十册　张铭斋等一百四十户，共米五石、洋五十元、钱二十二千五百九十五文。

龚寅谷募捐第十三册　陈云山等三十六户，共米二斗二升、洋五元、钱十六千四百七十三文。

縻彩章募捐第二十一册　王霖记等七十五户，共洋八元、钱一千九百二十文。

縻文明募捐第二十二册　沈廷锡等八户，共钱八百文。

王兰青募捐第二十三册　周炳文等二十五户，共洋九元、钱八百文。

周渔卿募捐第二十四册　程义茂等二十六户，共洋九元

明月和尚募捐第二十五册　正信师等十户，共洋四元、钱三百二十文。

程叔贤募捐第二十七册　程福记等七户，共钱三千四百文。

金荫斋募捐第二十八、四十八册　义大昌等十一户，共洋二元、钱二千八百九十文。

屈吉人募捐第二十九册　云霞书屋等二十户，共洋九元、钱一百文。

徐君屏募捐第三十册　自娱子等十户，共洋七元、钱二千三百文。

谭煦斋募捐第三十一册　伽贞等十户，共洋八元、钱七百文。

张云樵募捐第三十七册　张松记等二十五户，共洋一元、钱八千八百七十文。

吴蔚如募捐第三十八、三十九、四十、四十一册　吴恒和等三十四户，共洋十九元、钱二千四百四十文（对开洋一元）。

仲炳鸿募捐第四十三册　桂荫轩等十一户，共洋五元、钱一千七百四十九文。

叶信孚募捐第四十四册　姚元章等四十八户，共洋五元、钱四千九百五十文。

程煦堂募捐第四十五册　吴冠记等九户，共洋四元、钱六百文。

杨春坡募捐第四十六册　免灾求安氏等二户，共洋六元。

孙叙山募捐第四十九册　守信居，共洋二元。

周蔚君募捐第五十册　求安子等十九户，共洋十二元、钱九百文。

赵敬亭募捐第五十一册　周万丰等七户，共米五斗、洋二元、钱五百文。

吴步青募捐第五十二册　时泰典诸善士，共洋六元、钱六百文。

曹秉生募捐第五十三册　宋祖臣等十六户，共洋九元。

蔡锦祥募捐第五十六册　李信顺等八户，共洋一元、钱八百六十文。

周若辅募捐第六十册　永春典等十二户，共洋九元、钱九百文。

屈酉生募捐第六十五册　周受辅等四户，共洋一元、钱八百十文。

缪含章募捐第六十七册　邵蓉川等十户，共洋十元。

缪琴生募捐第六十八册　锦记等十一户，共洋三元、钱一百文。

汪莱峰募捐第六十九册　汪程氏等十九户，共洋八元、钱二百文。

严隽卿募捐第七十一册　吴宝麟等二户，共洋一元、钱三百文。

聚沙塔募捐第七十二册　钱姓等七户，共钱一千二百文。

瞿云宾募捐第九十八册　瞿汉贤等七户，共钱一千一百文。

松江善姓集捐第一百一、一百二、一百四、一百六册　姚王氏等九十一户，共洋三十四元、钱六百四十文、对开洋二元。

烛业公所集捐第一百十一册　诸善姓，共洋六元。

郭亦庭募捐第一百十二册　李步洲等十户，共洋九元、钱一百文。

张子蓉募捐第一百十三、一百十四、一百十七册　陆大和等四十四户，共米二石、洋十六元、钱五千五百文。

顾互丹募捐第一百十六册　潘梅生等七户，共洋四元、钱二百文。

孙成之募捐第一百十八/二十二册　群玉山房等二十八户，共洋十六元、钱二千四百文。

张端卿募捐第一百十九/二十册　希太轩等十一户，共米四石、洋五元。

沈子章募捐第一百二十一册　恒新典等二十五户。共洋二元、钱五千文。

谭松岩募捐第一百二十三册　义隆庄等十六户，共洋八元。

华子材募捐第一百三十三四册　爱日堂等十六户，共洋四十三元、钱七十文。

季瓛卿募捐第一百三十六、一百三十七、一百三十八册　朱五福堂等四十户，共洋二十一元、钱五千六百八十文。

张士初、品山、钱季梅募捐第一百六十二册　周怀让等十四户，共洋六元。

丁步云募捐第一百六十三册　庄隆太等五户，共洋七元。

屈吉人、周文泉募捐第一百九十三册　奚霞记等十三户，共洋二元、钱一千三百文。

无锡善姓集捐第一百九十四册　侯亲仁等十三户，共洋十四元、钱一百文。

张墅诸友经捐钱米数

体仁堂郑、怀义堂，王各捐米三十石。杨宝庆熊记，捐米十一石。归仰山、王砚卿，各捐米十石。瞿雪记，捐米五石五斗。郑耕学、孙和甫、沈德庆、礼耕斋，各捐米五石。周心居士、郑诗礼、长寿堂，各捐米四石。孙苓记，捐米二石九斗一升六合。周心斋、鲍郑氏、周春堂、周怀堂、周忠存、孙崇德、宗云锄、庞训畬、钱凝吉，各捐米二石。孙吉记、孙祖记、孙宝记、庞同裕、孙少卿太太，各捐米一石九斗四升四合。郑行恕、郑致远、周澄德，各捐米一石五斗。王竹溪、归慎之、孙积善、杨善庆龢记、姚永吉、屈幼如、范玉之、爱古堂柏记、顾梅江、马载绩、陈耐柏、周存信兰记、王子逸、槐荫渭记、瞿二房明记、陈福履，各捐米一石。庞蕴真，捐米九斗七升四合。王遹声、无名氏、姚慎生、蔡小小姐、攀桂居、晋焕文、姚蓴晖保记，各捐米五斗。钱敦厚、周王氏，各捐米三斗。高启朋、无名氏，各捐米二斗。归秀文，捐洋买米十五石二斗五升。王兰峰，捐洋买米五石八斗七升八合。程至荣，捐洋买米四石八斗四升。曾梅村、杨菊村，各捐洋买米四石三斗五升八合。郑协衷，捐洋买米三石九斗四升七合。夏秉斋、许少泉、瞿郑氏、虞静夫、俞宾远、刘子高、黄懋昭，各捐洋买米一石七斗四升三合。顾子琛、陶悦田，各捐洋买米一石三斗二合。周兰峰、陆静生、严怀烈、刘大房，各捐洋买米八斗七升二合。徐亦涛、张仲儒、黄念溪、吴稻芬、后乐居、马春田、积善堂、夏亮卿、陈复初、郑善庆、郑平福、王吉甫，各捐洋买米四斗三升一合。郑体仁堂杏记、郑礼仁堂樵记、王怀义堂允记，各捐钱二十一千七百四文。郑体仁堂月记，捐钱四千文。郑乐寿，捐钱买米八斗一升七合五勺。王全和，捐钱买米四斗二升三合。郑仁寿，捐钱买米三斗九升七合。陈芳廷，捐钱买米二斗七升六合。

横塘墅诸友经捐钱米数

唐种石、钱云笙，各捐米六石。马秀峰，捐米五石。徐松筠，捐米四石。瞿品花，捐米二石。盛仲堂、王佐才，各捐米一石。倪菊村，捐米五斗。瞿蔼如，捐洋十元五角；又(经捐)捐洋九元五角。

东周墅诸友经捐钱米数

张玉如，捐米三石、钱二千六百六十六文。瞿静之，捐米二石、钱九千四十一文。顾绪开，捐米一石、钱二千二百四十一文。陆大章、程莹然，各捐米二石。瞿少华、郑永孝、金士兰、刘锡卿，各捐米一石。施古修、刘炳然，各捐米五斗。刘吉甫，捐钱二千三百八十一文。张万扬、夏云章、陈旭初、陈锦廷、高进康，各捐钱一千文。陆永顺，捐钱八百文。谢明隆、程文耀，各捐钱六百文。夏隽华、夏隽明、陈德基、郑文耀、陆叙成，各捐钱五百文。陈同升、陈杏春、周祥裕、王良臣、方振福，各捐钱四百文。曹福林、侯玉川、陈少山、郑文德、孙昭明，各捐钱三百文。夏隽达、王云坡、王仲卿、王进标、王新谷、朱栋材、方振廷、包倍山、徐锦章、程瑞轩、陈维贤、王长兴、王关通、周春观、宋振邦、陆茂成、同万裕、陆昌荣、陈嘉观、刘文起、顾学山、徐桂章、陈墙华、瞿志英、瞿志良、瞿志钦、刘蕴香、缪梅村、王森蓁、顾关仙、王湘观，各捐钱二百文。王永卿、言登观、王启观，各捐钱一百文。

老吴墅诸友经捐钱米数

白茆司叶，捐米二石。曾恒义，捐米十六石、钱五千一百五十二文。大正公典，捐米十石。吴敬思堂，捐米八石。唐积善堂，捐米六石。杨敏慎堂，捐米五石、钱二千五百七十六文。黄惟孝堂、司马文起堂，各捐米四石。马协昌，捐米三石。项香泉、宋万和、宋敬之、张隆顺，各捐米二石。王云卿、王槐茂，各捐米一石五斗。陈仲甫、信泰顺、柯清如、锦记、王升昌、夏正兴、吴同泰、陈惠萱、徐恒昌、管长兴，各捐米一石。吴绍伯，捐米七斗五升、钱二千八百文。高庆泰、张森茂、杨福兴、吴永泰、宋心如、胡慎泰，各捐米五斗。诸善士文帝社节费，捐钱十二千三百三十三。

西周墅诸友经捐钱米数

倦游子、徐济若，各捐米十石。归王氏，捐米五石。胡明经，捐米四石。先得月楼，捐米二石七斗，洋三元。薛叔贤，捐米一石八斗。程羹梅、曹浚成，各捐米一石。苏、黄两姓合，捐洋八元。陈恒德，捐洋二元。

小吴墅王受甫、怡轩，薛砚山、省吾、是门、云亭、维勤，朱东恒、云村、芥章，金永甫经捐钱米数

朱云村、王三槐堂，各捐米十石。朱东恒、恒源东记布行，各捐米六石。薛维勤，捐米五石。王晴川，捐米二石。秦文村、赵横溪、俞荫堂，各捐米一石。薛芝轩、朱云江，各捐米五斗。薛砚山、薛省吾，合捐洋四元。薛恒润、合丰，各捐洋一元。恒源东、永振昌合，捐钱十千文。黄焕明，捐钱一千九百文。叶公和、叶长盛，合捐钱一千文。

陆市诸友经捐钱米数

同真弟子，共捐米二百三十石。陆恒泰，捐米十五石。陆蕴澜，捐米十石。李载德，捐米八石。无名氏，捐米五石。河间书屋，捐米四石。陆敬堂，捐米三石。陆少甫、马允升，各捐米二石。张务本、无名氏，各捐米一石。白茆陆使，捐米一斗。问心居捐载米放米地方公食查户一切公费。

老徐墅诸友经捐钱米数

马敦裕，捐米五十石。寿妇程徐氏，捐米四十五石四斗五升五合。顾崇礼，捐米三十石。同真弟子、同德典、顾厚贻、周敦厚，各捐米十石。周励廷，捐米六石。黄达夫，捐米五石。闻长兴、杨复兴、金蔼堂，各捐米三石。归桐轩、归静村合，刘九瑞，各捐米二石。寿妇马曹氏捐载米放米地方工食一切公费。

归墅诸友经捐米数

董义庄、颂馨，合捐米三十石。顾德润，捐米二十石。朱念劬，捐米五石。吴玉棠、瑞园，合捐米四石。

碧溪市牛角尖徐雅轮、王卓人、徐赓卿、王馥堂、徐吉人、程芥畦经捐钱米数

赵合兴，捐米四石。春晖堂徐、庚月楼、吴秋轮，各捐米三石。树德堂陈、寿萱堂王，各捐米二石。无名氏，捐米一石五斗。耕读堂王、叶惠忠，各捐米一石。徐焕堂、钱信嘉、王友泉、王静涵，各捐米五斗。顾仲才、李玉亭，各捐米三斗。程馨宜，捐洋四元。程耀春，捐洋二元。王季新、徐在田，各捐洋一元。王德升，捐钱二千文。钱凝仁，捐钱七百文。陈关增、陈和观，各捐钱五百文。

周泾口诸友经捐钱米数

徐积善，捐米十石。徐心渊、徐端卿，各捐米二石。徐步廷，捐米二石、钱六百四十文。

沈墅诸友经捐钱米数

朱其顺，捐米四石一斗一升、钱五千文。朱怀古，捐米三石六斗一升。史杏园，捐米三石。毛锦堂、曹绮帆，各捐米二石五斗。潘世德、葛积善，各捐米二石。秦子耘，捐米一石三斗。朱俊卿、朱承裕，各捐米一石。朱鸣坡、朱仲山，各捐米七斗。朱仪卿、张燕

翼、赵福顺、李墨溪、吴筠泉、金元锺、沈埜荫，各捐米五斗。孟省钦，捐米四斗三升。吴正和、朱凤梧、何隆茂，各捐米三斗。朱聿修，捐洋一元。

董浜徐小章、王云峰、邵玉书、何心乔、顾心田、吴幼谷经捐米数

邵燕翼堂，捐米三十二石。何陆氏，捐米三十石。王耕余堂，捐米二十七石。何绳武堂，捐米二十六石。王义庄，捐米十六石。徐研经堂，捐米十三石二斗。何乾记，捐米十三石。陆光裕、沈埜荫，各捐米五石。顾泰来、汪树滋、何崇德，各捐米三石。徐顺和、黄养余、吴凝远、吴敦和、安定淑记，各捐米二石。吴涌兴，捐米一石八斗。吴协茂，捐米一石五斗。王槐茂、董恒源、高世德、朱仲康、顾积善、顾士方、吴隐梧轩、徐义和、王松山同侄，各捐米一石。王半舫轩、杨桂珍、方士华，各捐米五斗。

珍门庙诸友经捐钱米数

陈继美，捐米四石。陈宝善，捐米二石。陈桧云，捐米一石八斗。陈宝稼，捐米一石二斗。徐荫香、徐关根、张支山，各捐米一石。薛晓泉、金瑞泰、潘清泉、潘安之、陈松泉、潘老炳，各捐米五斗。薛聘如，捐米三斗。薛献夫，捐米二斗。陈宗培、无名氏，各捐洋一元。

梅里郑劭钦、黄兰峰经捐钱米数

敦信堂王、垂裕堂邓、王鸿九，各捐米二十石。端本堂张、树德堂彭、高晓初，各捐米十二石。通德堂郑、记本堂张、三槐堂王、听彝堂李、恒庆堂萧，各捐米十石。邓星斋、张思慎老二房，各捐米七石。本仁堂王、金源兴庄、张翰臣，各捐米五石。树本堂叶、吴培之子宽合、王者香、张蓉记，各捐米四石。至德堂周、爱莲室周、张菊记、方少屏，各捐米三石。吴仁厚、陆士记、冯松记、张理记、周云卿，各捐米二石。徐杏耕、沈纯熙，各捐米一石五斗。彭尚德堂、彭瑶圃、王念屺、闻积善、包海大、程润记、张云鳌、无名氏，各捐米一石。薛吉甫、彭尚德（四房），各捐米四斗。闻积善贤记，捐米三斗。张俞善士，捐钱二十千文。张奉宜，捐洋九元。恒盛元，捐洋六元、钱五百四十文。华源盛、不留名，各捐洋五元。陶善士，捐洋四元、钱五百文。张竹珊、汪日省堂，各捐洋四元。唐永文，捐洋三元。无名氏，捐洋二元、钱二百七十七文。至德堂吴、顾小亭、汪同兴、允泰庄、郑南号、无名氏、吴士梅、吴慎卿、曹俊峰、管恒兴、殷源丰、隆茂庄、梅吟香、隆藏诸友、寿萱室、梅吟记、隆茂泰、邓老二房、悔初居士、直爽心、厚有余、江赞卿、蒋乐记，各捐洋二元。柳仁仁，捐洋一元、钱八百九十文。钱恒昌、陈芝山、瞿天泰、李耀记、徐孝荣、王成章、谭锦泰、潘季岚、范恒裕、张继侯、东吕长盛、醉莲居、周元顺、恒裕祥、汪春远、戈柴行、桂荫堂张、陈通豫、冯仁大、万泰顺、昌顺祥、朱兰亭、方蕴珊、张同兴、三元堂、大和堂、王瑞华、金慎余、华源盛、墨香书屋、慎余、无

名氏、停琴书屋、无名氏、徐怀德、慎余，各捐洋一元。吴三让、刘宝善、缘中缘、力不足，各捐洋五角。众善士助文昌社分，捐钱十六千三十八文。大成祥、顾菊山、方日新、方少溪，各捐钱二千文。赵振泰，捐钱一千四百文。李隆顺，捐钱九百文。沈三房，捐钱八百文。永义昶，捐钱七百文。陈一桂，捐钱五百六十文。王源顺、郭稼山，各捐钱五百五十五文。尚义堂江、思善堂沈、吴仲铭、荣炳泉，各捐钱五百文。王亦洲、顾为舍己，各捐钱四百文。无名氏、心力不逮人，各捐钱三百文。慎余、无名氏，各捐钱二百七十文。无名氏、槐荫堂王、无名氏、戈咸义、存恕堂徐、琢而成之、慎以谦和、汪廷华、胡西垣氏、谢惠方、龚裕成、汪复兴，各捐钱二百文。周恒盛、萧森泰、张纪坤，各捐钱一百文。

赵墅塘坊桥、先生桥诸友经捐钱米数

徐心葵，捐米十二石。梅问羹，捐米六石。梅贫乐，捐米五石。张宪卿，捐米二石五斗。杨煦时、梅老二房，各捐米二石。徐洽钦、周祖保、杨芝山，各捐米一石。无名氏，捐钱二千文。

浒浦孔玉亭经捐钱米数

裕通，捐米十二石。潘公茂、罗福增，各捐米十石。江海关、潘裕顺、潘锡三、罗福泰、张恒兴，各捐米五石。周弼臣（海口厘捐总办），捐米四石。同大、协兴、许大昌、隆茂、陈永源、戴兆福、徐庆贻，各捐米三石。谢芝田、孙亮甫，各捐米二石五斗。张渭英、陆子律、程芝香、曹发顺、沈渭良、恭泰、济昌，各捐米二石。同裕丰、罗全寿、叶启宝、陆乾昌、顺诚、汪义源、吴安记，各捐米一石五斗。王士安，捐米一石四斗。吴汝霖、胡二官、王儒臣、金唫香、孔集成、吴云斋、陆轮香、朱子樵、陈桂先、奚裕泰、曹云溪、陈友梅、朱源盛、刘万兴、汪有兴、王宪良，各捐米一石。吴全和、赵关荣，各捐米八斗。高同庆，捐米六斗。戴乾元、闵九思、蒋乾镛、褚忆椿、潘菊亭、陆兰洲、周虎臣，各捐米五斗。吴清裔，捐洋五元。殷锦堂，捐洋三元。朱祥先，捐洋二元。胡恒泰、顾旭初、朱雪峰、陆绥芝、胡筱筠，各捐洋一元。

何墅诸友经捐钱米数

徐德顺心记，捐米二十石。汤惇德，捐米十石。道生公典，捐米八石。管叔行、龙少谔、庄隆太，各捐米四石。龙寅谷、钱协泰，各捐米三石。朱绣豸堂，捐米二石五斗。黄少轩、陈宝如、周小斋、黄子昭、周炳卿、过定邦、尹纯溪，各捐米二石。张东裕、太源裕、李雨田、张尚洲，各捐米一石五斗。陈致和，捐米一石四斗八升。仁益生、马振声，各捐米一石。广恒和，捐米九斗八升。龚芙轩，捐米九斗四升。龚叔梅、王似山，各捐米八斗五升。赵静溪、杨金山，各捐米五斗。唐恒盛，捐洋十三元。潘安斋，捐洋三元。徐瑞轩、徐仲谦、陆柳桥，各捐洋二元。邱东轩，捐洋一元。郎紫亦垣合、张锦堂（心记代缴）、金荣庄（心记代缴），各捐钱一千文。

支塘许啸霞经捐米数

大生典，捐米八石。邵聿修，捐米二石。周砺之、许啸霞，各捐米一石六斗六升。

问村程似梅经捐米数

程恒信昌，捐米十五石九石。季信义，捐米五石五斗。

东乡木棉地恤贫粥米城乡收付总数（细帐分别附后）

城局募捐米二千十六石四斗二升。又捐洋、钱买米六百四十二石六升，计支捐洋一千四百十九元、钱八百五十四文。又不敷垫捐米二石四斗二升一合。各乡局募捐米一千七百八十五石八斗九升四合五勺。又捐款买米九十石一斗五升五合，计支洋一百九十七元、钱五千九百八十八文。又不敷垫捐米九石九斗五升三合。

共计合米四千五百四十六石九斗三合五勺。

除城局原亏耗米六石六斗九升六合，张墅放米六百二十八石二斗三升九合五勺，横塘野放米三百八十六石，东周墅放米三百九十七石五斗四升，老吴墅放米三百六十二石二斗一升八合，西周墅放米三百七十七石九斗，梅里放米二百八十九石五斗，小吴墅放米二百四十九石九斗，陆墅放米三百四十一石一斗七升五合，老徐墅放米二百三十石六斗三升八合，赵墅先生、桥糖坊桥放米二百三十二石五斗，何墅放米一百八十五石九斗五升，归墅放米一百一石四斗，董浜放米一百九十六石，浒浦放米一百三十八石六斗，支塘放米一百三十四石七斗三升八合，碧溪墅放米一百石二斗七升四合，沈墅放米四十四石二斗五升，珍门庙放米三十九石八斗九升五合，牛角尖放米三十八石九斗五升，周泾口放米三十二石五斗四升，问村放米二十九石五斗。

以上动放米石，亏耗统算在内。统计连耗除放米四千五百四十四石四斗三合五勺，余米二石五斗，散给城厢附郭贫户。

城乡经捐钱洋除买米賸开除经费总数

城局除买米外，余存捐洋四百四十元，洋零七角作钱七百七十文；又钱一百二十二千一百二十六文。又原捐对开洋三元。又不敷垫捐钱三千五百八十文。

各乡局除买米外，余存捐洋十八元；又钱二百七千四百四文。又不敷垫捐钱二十一千三百十六文。

共计合洋四百五十八元、对开洋三元，钱三百五十五千一百九十六文。

除城局经用洋一百九十八元，又钱一百二十二千三百九十三文，张墅一应经费钱六十九千一百十三文，横塘野经费洋十二元，东周墅经费钱三十四千五百二十八文，老吴墅经费钱三十六千七百六十五文，西周墅经费洋四元（余少城局拨用），小吴墅经费钱十六千二百七十八文，梅里经费洋十二元、钱三十千九百七十六文，沈墅经费钱六千一百六十文，浒浦经费钱四百四十文、洋五元，牛角尖经费洋二元，赵墅用经费钱二千文，珍门庙经费钱九千十六文（内用⊦洋二元），周泾口经费钱一千四百四十二文。统计城乡支用洋二百三十三元、钱三百二十九千一百十一文（内用⊦洋二元）。

除用存洋二百二十三元、半洋三元、钱二十八千二百八十五文。

付助昭邑庙对联工料洋十二元，付刻征信录手工洋二十元、钱九百七十文，付刷印（五百三十部）纸张洋十五元、钱一千八十文，付印工装订洋八元、钱五百八十文，付拨博济堂施药费洋五十元，付拨昭邑庙施药费洋二十元，付酌补挖𢽾刻资洋一元，付字样润笔洋三元，付张挂塔图捐数木板钱三千文。

除付净存洋九十四元、对开洋三元、钱念二千六百五十五文，统拨常邑庙施诊局用。

常总书潘捐米三十石未缴。

昭总书唐捐米六十石未缴。

曾君表手收付银洋钱米数

收诸善姓捐米二百八十一石；收诸善姓捐洋八百三十八元四角；收日省堂续捐米十石；收诸善姓捐钱七千一百四文；收翁捐京平银一百两买米六十石；收翁银买米余洋八元、钱三百文；

收捐洋买米三百十石一斗。

付划拨老徐墅粥米三十五石；付划拨西周墅粥米五十三石五斗；付交赵处经拨米四百五十四石四斗；付拨沈墅米十五石；付拨支川米一百石六斗；付昭邑庙拈香香烛钱二百八十文；付又酬香伙及茶水钱五百四十文；付单邀同人拈香力钱二百四十文；付手折钱四百二十文；付买（二元二角二分五厘）米（一百石）洋二百二十二元五角；付买（二元二角）米（一百五石六斗）洋二百三十二元三角二分；付买（二元二角二分）米（二十四石五斗）五十四元三角九分；付买（二元二角五分）米（八十石）洋一百八十元；付捐户缴米（庞处三次船力）钱七百文；付刊印米票连纸张洋八元、钱二百七十文（宗幼谷手）；付添印粥米票洋一元（项香泉手）；付西周墅经费洋三十四元、钱三百八十六文（归君亮手）；付交赵处经用洋十五元、钱四千八十三文（细数核赵帐）；付六家墅车力钱一百八十文（程育生手）；付碧溪墅地方领查工食洋一元（钱少甫手）；付查户船只等费洋八元、钱一百八十三文（程、周、朱、庞四君经用）；付张墅（二、八）图（地方领查工食）钱一千六百文；付又小（六、七）图（地方领查工食）钱三百六十文；付东周墅（各图地方领查工食）钱二千五百文；付老吴墅地方（领查工食）钱一千五百四十文（四图、五图、四上下图）；付小吴（墅西一图地方领查工食）钱三百六十文；付随使舟子跟查酬犒钱一千四百文；付送老小吴墅信力钱二百六十文；付又拨小吴墅粥米一百二十三石二斗五升；付又拨老吴墅粥米一百六十五石六斗三升六合；付又拨（牛角尖下六图）粥米十八石八斗五升；付又拨周泾口粥米十六石五斗；付又拨何墅粥米八十石；付又拨珍门庙粥米三石一斗五升；付（交周处凑拨赵墅先生桥等处）米六十一石一斗四升八合；付各户原亏米一石五斗王升五合；付装船斛见亏耗米一石六斗四升；付拨支塘粥米十石；付小吴墅头期运米费洋一元、钱七百六十八文；付碧溪墅头期运米费洋一元、钱六十七文；付收捐米驳船上力钱四百二十文；付各处领米下力洋四元、钱一千二百八文；付置五升斗十六只洋四元、钱三百二十文；付添给县差下乡工食洋五元、钱一千三百文；付买米洋五十七元三角。

上共付米一千一百五十九石七斗四升，照收数抵讫无存。共付洋七十二元三角、钱四千八十三文。除收捐洋，余由曾处支拨。

庞云槎手收付钱洋米数

收诸善姓捐米五百七石一斗九升；收又捐洋五元、钱六百六十文。

付头、二期拨横塘野米三百二十八石二斗；付二期拨东周墅米一百七十石三斗；付各捐户原亏耗米二石二斗四升三合；付交周处拨支川米八石八斗六升八合；付上下捐斛力洋五元、钱四千二百四十文。

除收计亏米二石四斗二升一合，亏钱三千五百八十文，庞云槎捐垫。

周静卿手收付钱洋米数

收诸善姓捐米四百六十三石一斗；收诸善姓捐洋四百六十三元；收塔图募捐米十五石七斗二升；收塔图募捐洋四百八十八元；收捐洋买米三百六石三升；收诸善姓捐钱十一千一百八十九文；收塔图募捐钱一百三千七百念七文；收塔图募捐对开洋三元。收横塘墅捐款用剩洋三元。

付第一次拨归墅米四十二石四斗；付又拨张墅米三十三石；付又（刘月岑手）拨小吴墅米二十石；付又拨赵墅先生桥等处米一百石；付第二期拨六墅米四十八石二斗三升；付又拨张墅米一百五十六石；付又拨西周墅米一百五十四石；付又拨珍门庙米八石八斗五升；付又拨梅里米十石；付又添拨赵墅先生桥等处米三十八石八斗五升二合，付何墅东三、四代谷米八石三斗七升；付东周墅补户米五十三石；付张墅各图补户米三十五石三斗；付老吴墅五图、四五上下图补户米二十八石三斗（在张墅给发）；付又四图补户米一石（在张墅给发）；付老徐墅（一、二图补户拨）米十三石四斗；付六墅（四图补户）添助米一石；付横塘墅各图补户米三十石；付支川添拨米一石九斗五升；付原亏耗米一石一斗九升八合；付买（二元二角）米（三百六石三升）洋六百七十三元、钱二百九十二文；付刊印塔图募单洋四元、纸张工料钱八百六十五文；付陆巷培心堂捐拨掩埋、开塘洋十二元；付酬凝善堂使钱一千三百五十文；付各处寄缴捐款力钱一千六百九十九文；付收捐米下水挑力钱二千七百三文；付贴赵墅先生桥等处散给贫户洋七元、钱三百文；付帐簿钱九十六文；付张墅支川信力钱三百五十文；付赵墅等处两次运米船钱五千文；付贴何墅经费钱十五千五百五十六文；付贴胡仲两君下乡零用洋七元；付徐、吴、张三墅查户饭食船只洋五元、钱六百二十七文（冯月庭手）；付又钱五千九百九十文（严竹君手）；付又钱五千七百二十文；付归墅各图地方领查工食钱一千一百二十文；付又两次放米工食钱一千六百八十文；付又头期放米船只、饭食钱三千九百文；付又运米水脚钱一千五百文；付又车力钱二百三十文（以上胡达夫手）；付张墅四三四四七图地方领查工食钱一千五百文；付老吴墅东二四五上下图地方工食钱一千二百八十文；付查四五上、下图户车钱四百四十文；付张吴徐墅（加给最贫户）洋二元、钱二千九百六十文；付刻米票板木戳子钱二百三十文；付粥米票纸张印工洋三元、钱六百四十五文；付清册帐簿钱六百二十文；付横塘墅二上下、三、四图地方工食钱一千五百四十文；付自徐墅专送西周墅、张墅信钱三百文；付自吴墅专送西周墅、小墅信钱二百二十文；付代县差船饭钱八百文；付二期放米同徐胡两君至东周墅车钱三百六十文；付监放诸君由张墅至横塘墅车钱四百文；付贴汪庞诸君头期横塘墅放米船钱一千二百文；付杨少泉查户放米船只供应钱六千三百五十文；付又下乡补查户口舟车饭食供应钱四千九百六文；付又至六墅支川车力零用钱二千八百五十文；付又舟友酒力钱三百文；付蔡胡两君补查户口车力钱一千二百文；付郑樵生补查户口车力零用钱三百四十文；付又同鹤年自吴墅回张车钱一百四十文；付刘月岑补查户口车力零用钱一千文；付庞紫纶补查户口舟车零用钱八千四百五十四文；付东周墅各图地方补查工食钱一千四百文；付张墅各图地方领查补户工食钱二千三百八十文；付老吴墅四五上下五图地方工食钱八百四十文；付东周横塘墅赓香补户口下乡车钱六百文；付印色手折钱一百五十文；付贴支川运米费洋二元；付给各车夫酒力钱五百文；付张墅航友信件力钱二百七十文；付巡厅差役酬款钱八百文（以上萧阮生手）；付西周墅查户船只供应钱五千八百二十文；付雇夫拔船洋一元钱二百文；付头期放米船只供应钱三千四百五十文；付由吴墅至小墅轿、东周车钱五百六十文；付何墅募捐船只供应钱一千七百五十文；付自西周墅起至赵墅查户止伙食钱三千七百六十八文；付何墅查户舟车饭食钱三千五百十文；付又船菜零用钱八百二十七文；付二期放米连补查户舟车饭食钱十四千九百四十文；付又船菜零用钱四千七百三十八文；付给发最贫户钱二百文；付支川五七图地方工食钱四百二十文；付横塘墅各图地方补查工食钱一千八百八十二文；付代胡鹤年航船车钱一千二百五十文；付蔡胡船清册顶皮钱一百十六文；付何墅十六二下三十图地方领查工食钱五百六十文（以上徐赓香手）；付老徐墅各地方（领查工食）钱一千二百六十文；付下乡查车力钱二千二百文；付又补查工食费经洋二元（以上王聘三手）；付杨查支川图分地方工食钱四百二十文（船友经付）；付支川查户地方工食船只洋六元、经费钱五百七十六文（刘闰生手）；付赵墅先生桥、糖坊桥各图地方领查工食钱二千一百文；付诸友下乡查户车力钱二千七百八十文；付又船只供应洋五元、钱四千八百三十四文；付何墅各地方领查工食钱二千文；付又查户车力钱一千五百三十文；付又船只供应洋二元、钱二千三百九十一文（以上仲虞樵手）；付又舟车饭食供应洋三元、钱九百五十九文（郑樵生手）；付西周墅地方领查工食洋二元、钱八百六十文；付又查户舟车费洋八元、钱一千三百六十文（屈吉士手）。

上共付米七百八十四石八斗五升，照收数抵讫无存。共付洋七百四十四元、钱一百六十一千一百七十九文（内用卜洋四十三元），除净存洋一百六十七元、对开洋三元，存钱一千三十七文，统归总帐开除。

张墅各图极贫户口逐期放给粥米并开除一应经费数

东一场三十一都二图头期：大口三百九口（每口一斗），小口一百三十六口（每口五升）。

二期：大口三百三十三口，小口一百五十二口。

补户：大口一百二口（每口五升），小口八十九口（每口二升五合）。

四三图头期：大口二百八十二口，小口一百八十五口。

二期：大口三百六口，小口一百九十六口。

补户：大口一百四十四口，小口一百三十九口。
四四图头期：大口一百九十九口，小口一百九十三口。
二期：大口二百十四口，小口二百一口。
补户：大口一百五十二口，小口一百三十二口。
七图头期：大口三百三十三口，小口二百八十八口。
二期：大口三百九十六口，小口三百四十四口。
补户：大口二百三十口，小口二百二口。
三十三都六图头期：大口四十八口，小口十九口。
二期：大口六十九口，小口三十二口。
补户：大口十八口，小口十三口。
七图头期：大口五十四口，小口二十七口。
二期：大口五十六口，小口二十七口。
补户：大口十八口，小口九口。
八图头期：大口六百四十五口，小口五百九口。
二期：大口六百八十口，小口五百二十七口。
补户：大口一百八口，小口三十一口。

附东周、老吴墅随查补给贫户大口四十一口，小口八口。

附老吴墅四五上下图、五图补户大口三百六十八口，小口三百八十八口。

开除项下：

付各贫户头期粥米二百五十四石八斗五升；付又亏耗米二石六斗七升五合五勺。付各贫户二期粥米二百七十九石三斗五升；付又亏耗米二石五斗九升。付随谷补户减半米五十三石九斗七升五合。付带给东周老吴墅散户米四石五斗。付又老吴墅四五上下五图补户米二十八石一斗。付亏耗米八斗四升九合。付城拨米原亏耗米一石三斗五升。

上共连耗付米六百二十八石二斗三升九合五勺。内除城局拨米三百七十九石一斗二升，余少本镇募捐垫给。

付捐簿清册手折、纸张木戳钱三千二百九十四文。付刊印募捐启钱六百二十文。付赴城议事船钱三千七百二十文。付菰里村劝捐船钱一千二百文。付局用灯盏油烛钱一千一百六十四文。付茶叶水烟开水钱九百四十八文。付稻柴树柴钱八百六文。付竹作工料麻皮钱三百四十二文。付五升斗四只连包铜钱一千二百四十文。付钉铁木作工食钱四百三十文。付开锁配钥匙钱一百五十八文。付查户车力钱六百七十文。付各处收捐入城领米船只上力钱十六千八百十三文。付收捐领米饭点零用钱八百文。付局差短雇工钱三千三百文。付逐期放米地方工食钱一千八百九十文。付县差酬仪钱六百文。付客点心钱八百二十一文。付信封信笺钱二百四十文。付各镇往来信力钱八百二十九文。付局中饭食供应钱二十九千二百二十八文。

上共付钱六十九千一百十三文，本镇集捐垫用。

横塘墅各图极贫户口逐期放给粥米并开除一应经费数

东一场三十三都二上图头期：大口一百八十五口，小口一百三十一口。
二期：大口一百九十六口，小口一百六十一口。
补户：大口三十一口，小口三十口。
二下图头期：大口一百四十九口，小口一百三十三口。
二期：大口一百六十三口，小口一百四十七口。
补户：大口五口，小口四口。
三图头期：大口三百十六口，小口二百十六口。
二期：大口三百二十一口，小口二百十七口。
补户：大口四十二口，小口三十口。
四图头期：大口四百十五口，小口二百七口。
二期：大口四百十六口，小口二百二十六口。
补户：大口三百五十八口，小口一百九十九口。
五图头期：大口二百八十一口，小口一百十一口。
二期：大口二百八十七口，小口一百十三口。
补户：大口二十口，小口十五口。

开除项下：

付各贫户头期粥米一百七十四石五斗。

付又二期粥米一百八十一石五斗。

付随谷补户减半米二十九石七斗五升。

付亏耗米二斗五升。

上共连耗付米三百八十六石。内除城局拨米三百五十八石二斗，捐洋买米二石三斗，余少本镇集捐垫给。

付买米（二石三斗）价（二元二角）洋五元、钱六十六文。

付三次运米水脚洋十元、钱四百八十七文。

付放米地方工食钱一千四百文。

付县差茶点心钱三百文。

上共付洋十五元、钱二千二百五十三文（核洋二元）。本镇集捐应用外，余洋三元缴入城局（周静卿手）。

东周墅各图极贫户口逐期放给粥米并开除一应经费数

东一场三十一都北三图头期：大口三百九十七口，小口二百三口。
二期：大口三百九十八口，小口二百二十三口。
补户：大口五十九口，小口十九口。
四六图头期：大口四百三十口，小口三百四十七口。

二期：大口四百三十八口，小口三百四十六口。
补户：大口五百三十七口，小口三百五十口。
三十三都西六图头期：大口四百三十二口，小口三百三十八口。
二期：大口四百四十四口，小口三百四十六口。
补户：大口一百八十四口，小口一百六十八口。

开除项下：

付各贫户头期粥米一百七十石三斗。

付又二期粥米一百七十三石七斗五升。

付随谷补户减半米五十二石四斗二升五合。

付亏耗米一石六升五合。

上共连耗付米三百九十七石五斗四升。内除城局拨米三百八十二石六升，捐钱买米四斗八升，余少本镇集捐垫给。

付赴城议事船钱五百文。

付陪城友查户车力钱二千三百五十文。

付运米舟车上力钱十四千五百十六文。

付局中伙食零用钱七千四百四十五文。

付领米饭食茶点心钱一千八百三十九文。

付酒席钱五千六百文。

付局差工食钱二千八十文。

付买米四斗八升钱一千二百九十六文。

付各户捐款缺串钱一百九十八文。

上共付钱三十五千八百二十四文，本镇集捐垫用。

老吴墅各图极贫户口逐期放给粥米并一应经费开除数

东一场三十一都五图头期：大口二百十口，小口一百三十二口。
二期：大口二百二十四口，小口一百四十口。
四五图头期：大口二百九十九口，小口一百八十六口。
二期：大口三百三十一口，小口二百一口。
西二图头期：大口七十八口，小口五十九口。
二期：大口八十八口，小口五十九口。
东四场三十都东二图头期：大口一百九十三口，小口一百六十四口。
二期：大口一百九十三口，小口一百六十四口。
四图头期：大口二百三十口，小口一百三十三口。
二期：大口二百四十三口，小口一百四十六口。
东四图头期：大口二百八十七口，小口二百三十五口。
二期：大口三百六口，小口二百四十口。

开除项下：

付各贫户头期粥米一百七十五石一斗五升。

付又二期粥米一百八十六石。

付亏耗米七斗八升二合。

上共连耗付米三百六十一石九斗三升二合。内除城局拨米二百七十九石四斗六升八合，余少以本镇集捐米石垫给外，尚余米二斗八升六合，散给零户无存。

共付运米水脚、放米差地工食零用钱三十六千七百六十五文。除收捐社钱应用外，余少钱十三千九百四文。杨湛章、陈仲甫、马少岩、唐叔禾、吴俊人、曾静川、黄述斋、项香泉捐垫。

西周墅各图极贫户口逐期放给粥米并一应经费开除数

东四场二十九都一上下图头期：大口三百六十六口，小口七十九口。

二期：大口三百六十八口，小口七十九口。

三上下图头期：大口四百六十七口，小口一百十五口。

二期：大口四百七十口，小口一百十五口。

七图头期：大口一百十七口，小口十九口。

二期：大口一百十九口，小口二十二口。

二十都四图头期：大口一百十二口，小口四十八口。

二期：大口一百十二口，小口四十八口。

三十都三图头期：大口二百四口，小口六十二口。

二期：大口二百五口，小口六十三口。

西二图头期：大口三百八十四口，小口一百四十六口。

二期：大口三百八十四口，小口一百四十六口。

开除项下：

付各贫户头期粥米一百八十八石四斗五升。

付又二期粥米一百八十九石四斗五升。

上共付米三百七十七石九斗。内城局拨米三百三十七石五斗，乡捐洋买米四石，并入本镇集捐，计少米九斗（王禹卿捐垫）。

付买米四石洋九元。

付运米水脚帮人、地方放米工食洋三十七元、钱一千四百八十六文。

上共付洋四十六元，钱一千四百八十六文。内除乡捐洋十三元，余少城局拨回。

小吴墅各图极贫户口逐期放给粥米并一应经费开除数

东一场三十一都西一图头期：大口三百二十二口，小口二百六十七口。

二期：大口三百二十三口，小口二百六十八口。

东四场三十都六上下图头期：大口四百四十二口，小口二百七十口。

二期：大口四百六十七口，小口二百九十四口。

五图头期：大口一百四十一口，小口一百二口。

二期：大口一百四十八口，小口一百十一口。

开除项下：

付各贫户头期粥米一百二十二石四斗五升。

付又二期粥米一百二十七石四斗五升。

付转拨牛角尖米十石二斗五升。

上共付米二百六十石一斗五升。内除城局拨米二百十石三斗一升五合，捐洋买米一石六斗，本墅集捐垫给外，尚少米五石二斗三升五合，王寿甫捐足。

付头期城米上力钱九百十文。

付刘手拨米上下力船钱一千三百文。

付二期运米水脚钱三千四百五十一文。

付又上下力钱一千七百二十五文。

付收捐米上力船钱一千八百九十二文。

付买米一石六斗洋四元。

付放米地方上食钱一千一百二十文。

付帮人工食零用钱五千八百八十文。

上共付洋四元，钱十六千二百七十八文。除收本墅捐款外，计少钱一千一百七十八文，王寿甫捐垫。

梅里各图极贫户口逐期放给粥米并一应经费开除数

东一场二十一都十八图头期：大口八十八口，小口四十二口。

二期：大口九十口，小口四十三口。

东二场二十六都一图头期：大口四十四口，小口二十六口。

二期：大口五十二口，小口三十口。

二图头期：大口四十二口，小口十六口。

二期：大口六十九口，小口二十六口。

正三图头期：大口八十九口，小口四十八口。

二期：大口一百七口，小口六十三口。

又三图头期：大口九十四口，小口四十六口。

二期：大口一百十二口，小口五十二口。

四图头期：大口一百二十四口，小口八十一口。

二期：大口一百五十口，小口九十二口。

五图头期：大口五十四口，小口二十七口。

二期：大口六十九口，小口三十二口。

十三图头期：大口三十九口，小口二十九口。

二期：大口三十九口，小口二十九口。
十四图头期：大口一百三十三口，小口五十口。
二期：大口一百三十五口，小口五十口。
二十图头期：大口七十七口，小口二十四口。
二期：大口九十二口，小口三十四口。
东三场二十八都九一图头期：大口一百十三口，小口五十六口。
二期：大口一百三十五口，小口六十七口。
东四场二十九都二图头期：大口一百四十七口，小口九十三口。
二期：大口一百五十六口，小口九十八口。

开除项下：

付各贫户头期粥米一百三十一石三斗。

付又二期粥米一百五十一石四斗。

付协济珍门庙米九石。

付散给无着贫户米二石五斗。

付亏耗米四石七斗五升。

上共连耗付米二百九十八石五斗。内除城局拨米十石，捐洋买米六十三石四斗，余少本镇集垫给。

付买米六十三石四斗洋一百三十九元。

付又洋零添钱九百七十九文。

付上米捐斛力钱一千二百四十文。

付刊印米票连纸张钱四千三百六十文。

付协济先生桥贫户钱十四千八百文。

付散给本镇贫户钱九百四十八文。

付各地方领查放米工食钱六千五百文。

付放米汛兵弹压工食钱三千六百文。

付收捐米船钱一千二百八十文。

付下乡劝捐船钱四百文。

付局用饭米钱一千六百三十五文。

付贴翰臣下乡车力钱二百六十二文。

付帐簿纸张零用钱八百六十九文。

付局用油柴钱三百五十文。

付给看书院人钱三百文。

付帮人放米看米工钱六千四百八十六文。

付拈香香烛钱一百八十四文。

付酬差役钱六百文。

付亏串钱三百六十二文。

上共付洋一百三十九元，钱四十五千一百五十五文。内洋兑十二元，每元一千一百。

本镇集捐支用。

另两次放米上下饭菜，概由郑劭卿捐备。

碧溪墅牛角尖极贫户口逐期放给粥米并一应经费开除数

东四场二十九都五上下图头期：大口三百十三口，小口二百十五口。

二期：大口四百三十七口，小口二百七十四口。

六下图头期：大口一百二十七口，小口一百二十三口。

二期：大口一百三十六口，小口一百二十五口。

开除项下：

付各贫户头期粥米六十石九斗。

付又二期粥米七十七石二斗五升。

付亏耗米一石七升四合。

上共付米一百三十九石二斗二升四合。内城局拨米一百一石七斗二升四合，小吴墅拨米十石二斗五升，捐洋买米四石，余由本墅集捐垫给外，尚少米一斗五升（徐赓卿捐垫）。

付买米四石洋六元、钱三千七百文。

付查户经费洋二元。

上共付洋八元，钱三千七百文。本墅捐款抵用两次放米工食零用。

王馥堂、徐赓卿、徐雅轮、徐吉人、王卓人、程芥畦摊捐应用。

周泾口极贫户口逐期放给粥米并经费开除数

东三场二十八都九七图头期：大口一百三十六口，小口四十七口。

二期：大口一百四十口，小口四十七口。

开除项下：

付各贫户头期粥米十五石九斗五升。

付又二期粥米十六石三斗五升。

付亏耗米二斗四升。

上共连耗付米三十二石五斗四升。内城拨米十六石五斗，余集乡捐米垫给外，尚少米四升，徐端卿捐足。付运米放米诸费钱一千四百四十二文，除徐步廷捐款外，尚少钱八百二文，徐端卿捐用。

沈墅各图极贫户口逐期放给粥米并一应经费开除数

东二场二十七都一下图：大口一百五十五口，小口八十二口。

二十二图：大口七十七口，小口三十九口。

开除项下：

付各贫户头期粥米二十九石二斗五升。

付又二期减半放米十四石六斗二升五合。

付亏耗米三斗七升五合。

上共付米四十四石二斗五升。内除城局拨米十五石，余由本镇集捐垫给。

付收捐驳船上力钱二千三百二十文。

付清册木戳钱五百四十文。

付地方领查放米工食钱五百文。

付饭食零用钱二千八百文。

上共付钱六千一百六十文，朱姓捐款抵用。

董浜各图极贫户口逐期粥米开除数

东三场二十八都十四图：大口三百八十七口，小口二百三十二口。

二十一图：大口二百一口，小口九十七口。

二十五图：大口一百八十三口，小口八十四口。

上共头二期放给粥米一百九十五石五斗，拨珍门庙米四石、耗米五斗，本镇集捐合讫。

一应查户放米经费，本镇同人捐给。

珍门庙各图极贫户口逐期放给粥米并一应经费开除数

东二场二十七都一上图：大口八十口，小口三十一口。

二十六都十五图：大口一百五口，小口二十三口。

二十二图：大口三十三口，小口十七口。

开除项下：

付各贫户头期粥米二十五石三斗五升。

付又二期减半粥米十二石六斗七升五合。

付三处拨米原亏米四斗。

付散给无着贫民米一石四斗七升。

上共付米三十九石八斗九升五合。内城局拨米十二石，梅里拨米九石，董浜拨米四石，余将乡捐米垫给外，尚余米六斗五合（变价归款开除）。

付三处领拨粥米船钱一千九十文。

付散给无着贫民钱八百五十文。

付地方领查放米工食钱一千四百二十文。

付刷印米票纸张钱五百文。

付帮人工食零用钱四千一百五十六文。

上共付钱八千十六文。内除捐洋核钱二千二百文、米钱一千五百十三文，余少加给汛兵工食钱一千文，概由无名氏捐垫。放米诸友饭菜茶点。陈苹卿捐备。

陆墅各图极贫户口逐期放给粥米并一应经费开除数

东三场二十八都三图头期：大口一百十七口，小口五十三口。
二期：大口一百十九口，小口五十三口。
四图头期：大口一千四十口，小口二百六十七口。
二期：大口一千六十一口，小口二百八十五口。
补户：大口一百八十六口，小口六十七口。
五图头期：大口二百七十四口，小口八十三口。
二期：大口二百七十八口，小口八十五口。

开除项下：

付各贫户头期粥米一百六十三石二斗五升。

付又二期粥一米一百六十六石九斗五升。

付四图补户减半米十石九斗七升五合。

上共付米三百四十一石一斗七升五合。内除城拨米四十九石二斗三升，老徐墅拨米七石二斗一升七合，余将乡捐米垫给外，尚少米三石六斗二升八合，刘月岑捐垫。

归墅各图极贫户口逐期放给粥米并一应经费开除数

东一场三十一都南一图头、二期：大口各一百十五口，小口各八十七口。

东二场三十八都一上下图头、二期：大口各六十三口，小口各五十三口。

东三场二十八都十六图头、二期：大口各八十三口，小口各四十九口。
十七图头、二期：大口各六十一口，小口各五十九口。
十八图头、二期：大口各四十七口，小口各二十六口。

开除项下：

付各贫户头二期粥米一百一石二斗。

付亏耗米二斗。

上共连耗付米一百一石四斗。内除城拨米四十二石四斗，余少本墅集捐垫给。一应水脚工食经费，概由城局支用。

老徐墅各图极贫户口逐期放给粥米开除数

东三场二十八都一图头、二期：大口各二百七十五口，小口各二百七口。
补户：大口一百二十六口，小口二十八口。
二图头二期：大口各二百一口，小口各一百七十二口。

补户：大口一百四十一口，小口四十九口。
六图头期：大口一百五十口，小口七十四口。
二期：大口一百四十九口，小口七十一口。
十九图头、二期：大口各七十七口，小口各五十七口。
二十六图头、二期：大口各六十口，小口各三十三口。

开除项下：

付各贫户头期粥米一百三石四斗五升。

付又二期粥米一百三石二斗。

付一、二图补户减半米十五石二斗七升五合。

付亏耗米四石四斗三升。

付拨陆墅米七石二斗一升七合。

上共付米二百三十三石五斗七升二合。内城局拨米四十八石四斗，合本镇集捐米放给外，尚余米四石二斗八升三合，由马兰田、王聘三手节次补给遗漏贫户。

赵墅先生桥、糖坊桥各图极贫户口逐期放给粥米并一应经费开除数

东一场二十一都一图头期：大口九十九口，小口五十五口。
二期：大口一百二口，小口五十八口。
五图头期：大口二百二十口，小口一百四十六口。
二期：大口二百二十二口，小口一百四十七口。
七图头期：大口二百十二口，小口一百五十八口。
二期：大口二百十五口，小口一百六十三口。
八图头期：大口七十九口，小口四十一口。
二期：大口八十三口，小口四十二口。
十四图头期：大口三十二口，小口二十八口。
二期：大口三十二口，小口二十八口。
十五图头期：大口四十二口，小口十八口。
二期：大口四十二口，小口十八口。
十六图头期：大口十口，小口十一口。
二期：大口十口，小口十一口。
东四场二十都六图头期：大口一百四十二口，小口八十三口。
二期：大口一百四十四口，小口八十五口。
九上图头期：大口三十一口，小口十六口。
二期：大口三十二口，小口十六口。

开除项下：

付各贫户头期粥米一百十四石五斗。

付又二期粥米一百十六石六斗。

付给零户连亏耗米一石四斗。

上共付米二百三十二石五斗。内除城局拨米二百石，余少乡捐垫给。一应纸笔清册、上米帮工、各地方监放工食及放米日上下饭菜茶点零用，除无名氏捐钱外，余少梅问羹捐用。

浒浦各图极贫户口逐期放给粥米并一应经费开除数

东四场二十都九三下图：大口一百八十八口，小口一百二十五口。
七图：大口一百二口，小口四十九口。
五图：大口二十四口，小口十五口。
下九图：大口十一口，小口二口。
二十九都四图：大口二百九十六口，小口一百二十三口。
六上图：大口一百十三口，小口五十二口。

开除项下：
付各贫户头期粥米九十一石七斗。
付又二期减半放米四十五石八斗五升。
付亏耗米一石五升。
上共连耗付米一百三十八石六斗。内捐款添买米四石，余由本镇集数给发。
付买米四石洋九元六角。
付米票清册、运米水脚工食点饭洋五元四角。
上共付洋十五元，本镇集捐支用。

何墅各图极贫户口放给粥米及一应经费开除数

东二场三十八都十三图：大口一百三十二口，小口六十一口。
十二图：大口四十四口，小口三十四口。
十五图：大口八十五口，小口五十九口。
十六图：大口六十六口，小口四十七口。
十四图：大口九十八口，小口三十二口。
六图：大口七十口，小口三十五口。
十图：大口九十六口，小口六十一口。
八九图：大口二百九十七口，小口一百三十七口。
二上图：大口八十三口，小口七十口。
二下图：大口一百二十二口，小口七十六口。
十一图：大口五十三口，小口二十九口。
小七图：大口八十口，小口三十九口。
三十图：大口九十七口，小口三十七口。
四十一都东三图：大口二十六口，小口十一口。

东四图：大口六十一口，小口二十七口。

开除项下：

付各图贫户粥米一百七十八石七斗五升。

付东三、四图代谷加给减半米五石三斗。

付散给外来贫民米一石五斗六升。

付亏耗米三斗四升。

上共连耗付米一百八十五石九斗五升。内城局拨米八十八石三斗七升，捐洋买米十石九斗八升，余少本墅集捐垫给。

付买米十石九斗八升洋二十五元、钱八百八十三文。

付手折清册纸张钱六百九十五元。

付两次赴城商事船钱二千四百三十文。

付收捐米船捐力钱一千七百九十文。

付城运米船上力洋一元、钱三千一百文。

付地方放米工食钱二千一百文。

付帮人放看米工食钱二千一百二十文。

付酬县差钱六百文。

付专足送件航友往来信力钱三百五十四文。

付徐墅横塘墅车钱六百九十文。

付放米日各友点心钱三百三十四文。

付买米掮力钱一百六十文。

上共付洋二十六元，钱十五千二百五十六文。除收，本镇捐款亏钱十五千五百五十六文，城局拨用。

支塘各图极贫户口粥米开除数

东二场三十八都三图：大口二百四十一口小口二百三十口。

四图：大口一百九口小口八十七口。

五七图：大口二百二十九口小口一百二十五口。

东三场二十八都十五图：大口三百四口小口二百五口。

开除项下：

付各贫户一期粥米一百二十石六斗五升。

付散给邻图贫户米十一石八斗六升。

付原亏耗米二石二斗二升八合。

上共付米一百三十四石七斗三升八合。内城局拨米一百二十一石四斗一升八合，余少本镇集捐垫给。

问村极贫户口粥米开除数

东四场二十都九三上图：大口一百三十口，小口三十五口。

头二期共放粥米二十九石五斗，本村集捐放给。

附　　录

刘、姚、钱、范、丁、曹诸君初次查户舟车饭食等费，丁琴笙捐洋二十元支用。

庞、汪、谭、缪诸君初次查户舟车饭食等费，各自捐备。

萧阮生先后查户及逐次放米舟车饭食等费，自行捐备。

枕善居屈捐棉衣五十件，由萧阮生手，于初次查户时散给张、吴、徐三处极贫户口。

推广水灾救命捐简明征信录

清光绪年间刻本

(清)周培 辑

邵永忠 点校

推广水灾救命捐简明征信录

征信录序

光绪九年，顺天水灾。时家楣待罪京尹，一时来告者谓灾状之剧，昔所未有。不及待牧令之报，即就府库存储近两万金，亟遴员延绅，分携前往灾所，随宜拯救，具疏以闻。旋由宫太傅大学士总督伯相李公兼府尹总宪今尚书毕东河师会疏陈请恩施，蒙皇太后懿旨，以中秋节户部呈进银五万两，赏拨顺直振济。五城科道连衔疏请平粜、各省拨款，户部议上直隶拨银十万，每省拨一二万备振，兼办平粜。御史张君安甫陈奏救荒之策，请款十万金浚沟渠，以工代振。得旨，下户部、工部、顺天府会议。家楣亟商户部、工部，以灾民在各属不能赴京工作，若为振务计，以查户口、放振并办各属之工为宜。遂合词覆陈，奉命俞允，移款以振。其时家楣于闻灾后驰书于各封疆大臣并及戚友，赖诸大府先后拯济。豫、晋为近邻，各济顺直八万金，各戚友亦有呼辄应。合之各省援拨，得二十余万。顺天绅士复仿塔捐，刊本集振。副宪荔秋陈公函请出使各国大臣郑玉轩、京卿诸公，集募亦逾万金。朝士悯各省水灾，募集水灾救命捐，分拨顺、直、山东。山东是年被灾最先，家楣方以畿疆可望有秋，先拨存储库银援济山东，并致书上海、江浙、闽粤筹振诸公，前往振济。讵顺天之灾相踵而见，不能不急于自谋，于是亟请谢绥之、严佑之、施少钦及同志诸君来济。佑君遂由东至顺，携款数万，亲为查放。正在筹措接济间，适任逢□孝廉以钱子密铨部之议来告，曰：今宜为推广水灾□□□，遍告四方集款，京师归广育堂收，交府库存储，量灾□□□轻重分拨各省，而于京师根本重地，拯济为先，其必有济。遂亟行之。幸赖在朝公忠恺悌卿大夫士联名为公函白其状，各附捐册，以备书名书数，家楣亦附焉。从此，书如响应，款若贯串，相继而来。册中所捐，数大者万金、千金，上至巨公，均怀胞与，数小者尺布斗粟，乡市妇孺亦效乐施，或并隐姓名，务种德。虽边疆远徼、蒙古土司，莫不争先相助。合计此捐，共收银十二万六千六百九十三两八钱六分二厘四毫。均由广育堂绅余慕周水部经收，由家楣与同志诸公商酌分拨。除拨济山东诸省及生息银二万两外，均归顺天振济之用，得以无策不施，有施必速。访诸人言，谓自九年被灾之日起，以迄蒇事，死于无食者良鲜。要之，此次巨灾，百十万灾黎得以出死入生，重逢乐岁，诚上沐圣朝德泽，亦海内诸君子救饥拯溺之功也。兹因水部将收放各款，刊印《征信录》，属言其缘起如右。其非由广育堂经收者，另归顺天奏报案牍，不著于篇。时光绪十一年七月下浣署户部左侍郎兼管三库事务通政使司通政使前顺天府府尹周家楣谨序。

启*

敬启者：本年各省水患，久沐皇恩颁帑，官民输资，筹赈多方，全活无算。近自河流复溢，潦水皆冰，耕作期遥，饥寒苦迫，已生之民又将毙矣！同人仰体九重宵旰，悯念万姓流离，前于函牍布告外，复在京设水灾救命捐册，以期积少成多，藉苏民困。惟限于一隅，未能普遍。因思天下之大，以一人救一人，即可以一人救千万人，其力纾，其泽遍。诸君子久抱救人之愿者，薄海内外当无虑亿万。各省官民踊跃助赈，均能上副朝廷德意。况近依首善之区，尤有不容辞之责。兹特公同筹议推广救命捐，仍与各省地方官、善堂善士劝捐之法并行不悖。所愿诸君子乐善之心愈推愈广，无论何人，以亲及亲，以友及友，互相劝募，共济艰难。但使多活灾黎一人性命，即可为国家培一分元气。同人经理此事，务使捐户一钱功德，灾民即受一钱实惠。如有欺饰，天日鉴之，鬼神知之。至灾民苦状，共见共闻，昔谓铁人堕泪，今将无泪可堕矣！为此敬启并附条议于后：

一、此次推广水灾救命捐，现议定以京都琉璃厂沙土园广育堂为代收汇总之处。（系顺天府会同各直省京宦绅士所设善堂。）现经理者为工部余维桢。至先经寄致之册，无推广字样者，仍寄交经手人，交宝兴隆金店代收，以清眉目。

一、捐款以银两通行，无论京外，均交汇总之处，愈速愈妙。收到后，均送交顺天府尹署中，自顺天府属以及各直省所有被灾之区，分别轻重，酌量拨款。至办理放赈，各省本已有善士经理，即迅速妥寄，必可核实。

一、外省均由同人分别函托，在于何地收捐，应请随地酌定。捐款寄京，请径寄广育堂内，取收据为凭，或即寄交函托之人转交广育堂。各处收捐，应否各出收据，请同人随地制宜。京中广育堂收到捐款若干，即按册填掣总据。无总据者，即与同人无涉。

一、捐册均有号数、骑缝图记，发出均有日期，以昭郑重。将来完竣，册须一律收回。每发总收据后，即照书清单，榜贴通衢。事竣刊简明征信录，按收捐之处照发。其有独捐巨款，应请奏奖者，亦可代收，即转送顺天府筹赈局核办，决不迟误。

一、捐款不论多寡，自数万金至数百文、数十文均无不可。其有以书画润资助者，有脱簪珥出物件助者，均请本人或经手人随宜合银汇寄。有捐而不欲书名姓者，务各于捐册内注明经手某人为要。其距灾区近者，或杂捐米粮、籽种、药饵，势难汇总，由京外同人彼此飞速函商，务期妥适。

一、同人应用一切笔墨、纸张、零费等款，均自措备，不动丝毫捐款。想外省同人亦同此志。至赈银汇兑，各向殷实汇票号商酌。如可无须汇费更妙。傥有必须酌付者，即照数开支，以期妥速。

光绪九年十一月　日发递。

胡隆洵　李方豫　王懿荣　程志清　谈鸿鋆　俞宗海　钱骏祥　盛　昱　黄元善
杨　晨　徐悫立　杨宜治　余锺麟　周志靖　王邦玺　郑嵩龄　周銮诒　何福堃
陈望曾　姚景夔　余维桢　吴廷芬　何崇光　支恒荣　廖正华　封祝唐　王朝瀚
沈邦宪　许庚身　许有麟　杨　颐　李兆勖　冯锡仁　梁有常　钱绳祖　周家楣
国　炳　李　璲　洪良品　延　清　王仁东　吴诵清　陈兰彬　志　锐　赵增荣
余联沅　尹德坤　王　集　蔡源深　徐用仪　钱应溥　江树昀　李鸿猷　蔡世佐
赵臣翼　连文冲　恽彦彬　丁立瀛　关朝宗　徐道焜　王开甲　陆之斡　任申福
光　熙　丁立钧　徐致靖　傅　潽　龚寿昌　范树升　戚人铣　许景澄　李鼎铭
戴彬元　吴祖椿　法承源　方济宽　任锡汾　梁燿枢　金文同　卢秉政　杨万庆
张祥书　朱　溍　钱培仁仝启

捐　款

长芦运台额印勒精额集捐：刘如兰、郭源、冯守诚、赵世昌、黄敷廷、周郁文各六两。杨俊元、王守善、李士钰、黄垲、姚学源、时景山、杨景（梅俨）、宋辅恒、陆肇鸿、金欣农、刘永裕、刘昀、王晋卿各五两。王诏卿、王恕、许受之、方肃堂、朱德谦、张晋恒、高树棠、张徽典、张镛、程振声、李士斌、丁慎德、陈馨吾、传煜、邹衍祥、王复泰、郭继业、张育、高增祥、张照松、王恩荣、李志恒、华松年、王玉骥各四两。张作霖、刘承霈、刘敬伯、林逢春、邓伯麐、马秉镛、杨宝丰、崔岱云、严家瑞、周同文、黄士奇、吴光甲、何福恒、张锡庚、李积山、张家林、蔡国桢、姚福铨、刘文汉、华钰、娄观澜、华荫圃、李正阶、沈恩锡、孙志善各三两。

以上原来库平纹银三百两。（九年十二月二十日掣第一号收据。）合京平足银三百十八两正。

工部潘印作霖集捐：余庆堂四两、宝贤堂、爱日堂、潘宅沂记各三两。慎远堂、宝善斋、煌记、荣耀堂、李氏、王宅各二两。以义堂一两。仰山主人、诒善堂各八两。恒善堂十两。蔡宅六两。不书名、积善堂各五两。诏德堂、濂泉书屋各四两。集益堂二两。鸿福堂、慕善堂各十两。此君书屋、宝琴斋各六两。游岳居士、昌记、笃好堂各五两。敦和堂、广德堂各四两。陈庆滋堂十九两三钱。延寿堂、龙潘氏各五两五钱。百寿堂三两八钱六分。龙静芳堂二两八钱五分。

以上原来京平纹银一百七十三两一分。（九年十二月二十一日二十九两，掣第二号收据。十年正月十六日一百七两，掣第十二十三号收据。三月十八日三十七两一分，掣第六十七号收据。）合京平足银一百七十三两一分。

津关道周印馥集捐：周孝友堂一百两。世德堂、兰溪精舍各五十两。四知堂、津关房各二十两。傅迪后堂、余应堂各十两。澄心堂、黄永庆堂黄各四元。寿龄堂三元。劳玉初、朱子木、傅申甫、张思古堂、邱敬爱堂、张崇本堂、赵忠信堂、刘瑞生、毋忮求斋杨各二元。严晴秋、李星门、汤菁逸、张子长、张聘三、柳子青、何芝阁、严小舫、恽健卿、恽善卿、黄铁卿、姚斛泉、郭秋浦、丁叔登、孙荼荪、光世堂张、刘酉山、孟春堂、祁升庵、张桂圃、任吉甫、王兰舟、叶静涛、李畇蕉、崔漱溪、洪述轩、陈仲彦、潘笏南、康小亭、萧体之、李文静各一元。冯耀东、潘云山、陆世章、凌攀桂、邓云生、罗晴溪、葛远甫、郭秀山共六元。张性初、方揆卿、胡云集、王景坡、梁纪南、刘锡葵、骆秀石、梁让泉、杨采滨共五元。

以上原来市平足银二百六十两，英洋七十一元。（九年十二月二十三日掣第三号收据。）合京平纹银三百十四两九钱。（每洋一元作京纹七钱，下同。）

山东藩台崇印保五百两，集捐济南府福印润二百两。

以上原来库平足银七百两。（九年十二月二十五日掣第四号收据。）合京平纹银七百四十二两正。

刘敬慎堂一百千文。

以上原来湘平银六十两。（九年十二月二十九日掣第五号收据。）合京平纹银六十一两八分。

河南抚台鹿印传霖集捐三千两。

以上原来汴平银三千两。（九年十二月二十七日掣第六号收据。）合京平足银三千六十两正。（其余批解各款，均归顺天筹振局收支，备案不赘。）

陕西制台谭印锺麟集捐：无名氏一千两。甘肃学台陆印廷黻四百两。甘肃藩台魏印光焘一千两。甘肃臬台谭印继洵二百两。甘肃提台周印达、武肃州镇台周印绍濂各三百两。凉州副都统崇印志、宁夏镇台陶印世贵、宁夏道耆印彬各五百两。凉州镇台汪印柱元，记名镇台冯印南斌、兰州道陶印模各二百两。西宁镇台邓印荣佳、平庆泾固道方印鼎录、巩秦阶道姚印协赞、西宁道邓印承伟、署甘凉道雅印尔佳纳、署安肃道雷印声远各一百两。署兰州府定印祥、凉州府倭印什铿额、署河州周印丕沣、署张掖县张印珩山、丹县查印之屏各二百两。秦州余印泽春、武威县张印应周各四百两。署西宁府孔印广稷、宁夏府继印良、肃州谢印威凤、署宁州宋印之章、皋兰县李印裕泽、靖远县杨印益豫、通渭县刘印藜光、镇番县汪印渠、署平番县刘印亨柱、东乐县丞娄印英、镇海协郑印连拔、署秦州营游击李印良穆、肃州商民、高台县商民各一百两。平凉府徐印韦佩、泾州胡印韵兰、高台县罗印佐清各八十两。静宁州朱印铣平、凉县陈印延芬各七十两。固原州罗印镇嵩、安西州廖印溥明、正宁县黄印鼎铭各六十两。署甘州府支印昭辰、阶州叶印恩沛、署抚彝通判周印书署、狄道州龙印昆、灵州孙印承弼、金县封印汝弼、署隆德县王印树槐、秦安县贾印元涛、伏羌县汪印凤述、署安化县黄印仁治、灵台县贺印升运、镇原县刘印玉衡、署敦煌县唐印傅柄、中卫县俞印志敬各五十两。署华亭县赵印培、徽县左印寿源、署文县范印廷梁、署海城县高印蔚霞、合水县朱印材济、署玉门县唐印受桐、提督张印大雄、赵印连科、黄印增广、邓印少云、总兵唐印凤辉、武印万才、罗印吉亮、萧印有元、李印广珠、杨印耀关、马印古鳌、张印世才、李印志刚、张印佑庭、周印焕文、郎印永清、黄印兆熊、副将巢印端南、谭印隆尊、沈印福田、岳印正南、参将胡印起云、温印宗秀、游击马印如蛟、马印悟真、谢印仁抚、同知曾印傅节各四十两。署循化同知黄印河带、署礼县郑印业启、清水县潘印炳辰、宁远县刘印文海、署平远县周印兆璋、环县丁印佩璐、王子庄州同秦印敦义、署毛目县丞维印纶各三十两。渭源县黄印元珍、成县李印焌、署崇信县刘印子铣、硝河城州判康印钧、打拉池县丞张印家驹、署董志原县丞黄印焘肃、州吏目余印重腾、嘉峪关巡检王印文琳、高台县典史屠印麟瑞各二十两。署西固州同田印宝岐、白马关州判崔印万椿各十两。碾伯县赵印文伟、西宁县王印裕谦、代理大通县李印日乾、总兵邹印冠群、副李印扬芬、童印士俊共四百两。署巴燕戎格通判张印彦笃六两。巴燕戎格游击王印廷贤、大通县训导张印克宽、典史黄印梦庚各四两。

以上原来兰平银九千八百八十八两，湘平银二千一百八十两，又银四百七十两，共兑京平足银一万二千七百九十九两六钱六分。（十年正月初五日，五千两，掣第七号收据。二月十六日，五千两，掣第三十七号收据。三月二十六日，二千三百二十两二钱六分，掣第七十五号收据。四月十八日，四百七十九两四钱，掣第一百十一号收据。）合京平足银一万二千七百九十九两六钱六分。

升任河台庆印裕五百两。

以上原来银五百两。（十年正月初五日掣第八号收据。）合京平足银五百二十六两五钱。

山东胶州李印翼清二百两。

以上原来库平宝银二百两。（十年正月十三日掣第九号收据。）合京平足银二百十二两正。

大名镇台徐印道奎二百两。

以上原来京淞二百两。（十年正月十三日掣第十号收据。）合京平足银一百九十六两正。

钱爱敬堂五十千文。

以上原来市平纹银三十两。（十年正月十五日掣第十一号收据。）合京平足银三十两六钱。

山东运台黄印大鹤三百两。

以上原来京平足银三百两。（十年正月十八日掣第十四号收据。）合京平足银三百两正。

广西罗云生集捐：惟善堂、贻翼堂、从善堂各六十三两。敬善堂、守知堂各三十二两。福耕堂、进善堂各十九两。赍余堂、大利堂各十五两八钱。李授堂、志善堂各九两五钱。十一份十八两一钱。

以上原来京平足银三百五十九两七钱。（十年正月二十日掣第十五号收据。）合京平足银三百五十九两七钱。

吉林补用府李印金镛一千两。

以上原来库平松银一千两。（十年正月二十日掣第十六号收据。）合京平足银一千四十两正。

浙江粮道廖印寿丰二百两。

以上原来银二百两。（十年正月十九日掣第十七号收据。）合京平足银二百两正。

直隶唐县集捐：唐县刘印树勋四十两八钱。益兴德、裕德春各十两二钱。

以上原来市平淞银七十一两四钱。（十年正月二十五日掣第十八号收据。）合京平足银七十一两四钱。

广东水师提台吴印长庆集捐：庐江吴清俭堂五百两。江西黄崇义堂三百两。舒城朱白鹿堂二百两。庐江张从德堂、合肥吴延陵堂各一百五十两。驻防朝鲜庆字正副两营文武官勇共二百两。亲兵新前营文武官勇共一百两。亲兵新后营五哨官共五十两。亲兵新左四哨官共五十两。桐城方积善堂三十两。

以上原来湘平兑市平足银一千七百三十两。（十年正月二十五日掣第十九号收据。）合京平足银一千七百六十四两六钱。

四川成绵龙道王印祖源集捐：候选同知王印懿榮一百两。甘肃候补道王印季寅、四川候补县盖印绍曾、副将汪印期胜、汪印期绅、乐善堂、协同庆、王崇燕各五十两。候补府唐印承烈四十两。研露斋、赵厚田各三十两。候补县谭印西庆、钱印保塘、赖印景模、李印莲生、王崇烈、周鸿勋、朱策各二十两。候补县李印煊、田印广恩、严端森、严端凝、柴志云、陆荣祖、积善堂、白云子、德景堂、王蜀生、陈继善、刘华、绂雪堂、和尚周嘉枟、郭坤陆、祖熊、昭德堂、桐阴书屋、黔南刘、赵延龄、方豫堂各十两。严行宽九两。候补盐大使李印盛卿八两。著存堂七两。学稼堂、蔚泰厚、日升昌、蔚丰厚、协和信、天成亨、新泰厚、林荣椿堂、周维权各六两。张济川五两。即用县赵印源浚、候补县余印恩鸿、元兴长、积庆祥、严祖廉、建中堂、张怡堂、务本堂、候补知州王印巽俞、候补州判常印容斋、元丰九、庆余当、周搢、杜咏沂、观复堂、韩明恩、罗德兴、庞凤翥、赵鸿烈、松鹤堂各四两。蔡维清五两。刘济隆、吴瑞麟、清贻当、仁和长、魁盛隆、积芳当、恒发当、积英当、万绍远各三两。广膢当、谦益当、恒茂当、余庆当、长盛通各二两四钱。何通澍二两一钱。基美堂、闵裕（荣登）、马鼎元、梁凤顺、学致堂、刘万江、严正贵、诚意丰、恒隆当、长裕当、恒顺当、公益当、新生当、益泰当、清周当、何子亨、何通材、蔡崥、刘宗等、邓质、余定国、陆段少记、顺记、阎庆霖、左恩、永善堂、葛西园、王奎林、阎鸿臣、程彦桢、三益恒记、葛华轩、梁寿嵩、张义胜各二两。陈继坤、李振唐、义聚长、何云舫、聂伯阳、夏盛魁、无名氏、安庆麟、王兴年各一两。刘宗唐、刘三义各六钱三分。赖灼三、承吉堂各一两。王利生、李天合各五钱。彭浩、苟升、熊顺、罗荣、杨福、郑祥、李祥、李裕、李缙共一两。车振声、清白堂、蒋芾亭、李子和、许翰臣、范兴龙、莫个臣、张清雷、张长学、张有功、王福堂、孟传起、王得荣、戴长春、刘镇南、刘明山、王太平、解嘉文、甘永忠、樊友林、罗元福、吴镇麟、郭西兴、张万兴、徐万福、段荩臣、崇德堂、卿鉴秋、李绶廷、杨文山、兴炳安、郭荩臣、胡亮臣、集义堂共十六两一钱九分。无名氏二两五钱三分。

以上原来市平足银一千二百十六两六分。（十年二月初三日，五百两，掣第二十四号收据。闰五月初五日，七百十六两六分，掣第一百六十四号收据。）合京平足银一千二百四十两四钱四分。

福山镇台雷印玉春集捐五百三十元。

以上原来洋五百三十元，兑公砝银三百五十七两九钱三分。（十年正月二十七日掣第二十号收据。）合京平足银三百六十六两九分。

四川候补道丁印士彬一千两。

以上原来京平足银一千两。（十年正月二十九日掣第二十一号收据。）合京平足银一千两正。

皖南潘余庆堂五十两。

以上原来京平足银五十两。（兑欠平六分。十年二月初二日掣第二十二号收据。）合京平足银四十九两九钱四分。

扬州府黄印波二千两。

以上原来湘平兑京淞银二千六十七两八钱二分五厘。（十年二月初二日掣第二十三号收据。）合京平足银二千二十六两三钱。

长芦盐院巡厅徐印锺俊十两。集捐：长芦通纲一百两。仰赞堂、敦义堂、裕后堂、宋勇臣、无名氏各四两。高阳郡二两。补过堂、任玉安、彭城郡刘、天水郡黄、不书姓名人、贺宝廷、李平阶、关中郑、李静安各一两。魏良臣三千文。李建勋二元。

以上原来松银一百四十二两、洋二元、津钱三千文。（十年二月初三日掣第二十五号收据。）合京平足银一百四十一两五钱六分。（津钱三千作京纹一两。）

川东道彭印名湜三百两。

以上原来市平足银三百两。（十年二月初七日掣第二十六号收据。）合京平足银三百六两正。

钱平甫、洪良士集捐：恭寿堂五十两。三寿堂二十元。不留名二户各十元。时庵主人、循理斋、不留名三户各四元。古稀老人、不留名五户各二元。高太太八百文。金太太六百文。十龄童子四百文。张佣妇等共一千文。

以上原来京平足银一百二两六钱二分五厘，内除汇费二两。（十年二月初九日掣第二十七号收据。）合京平足银一百两六钱二分五厘。

四川臬台如印山、盐茶道崧印蕃各一百两。

以上原来市平足银二百两。（十年二月初十日掣第二十八九号收据。）合京平足银二百四两正。

福建臬台裴印荫森三百两。

以上原来京平足银三百两。（十年二月初十日掣第三十号收据。）合京平足银三百两正。

天津筹振局集捐：周孝友堂一百两。慕萱堂五十两。令德堂四十两。养拙庵二十两。省吾庐、秦立早堂、章玉辉山馆、积善堂、邗江何、不书名章各十两。棠荫书屋、居静堂、刘冼桐章各七两。金陵郭、何宅、臣兴隆、朱宅各六两。无名氏、不书名沈各五两。不书名何、皖江郭、生花吟馆各四两。无名氏四两六钱。居易书屋、无名氏、不书名郭、三槐堂、吉庆堂、天水郡西林草堂陈各二两。永和堂、怀德堂、不书名桐、荫山房、醉月轩、善庆堂、成庆堂、无名氏、卧云山房、桐花馆、乐善堂各一两。无名氏六钱。宋同钦二十元。政和堂、沈惜、分阴轩、毋忮求斋、行恕居、朱馥生各十元。电报紫局、周上达、宋周氏、黄永庆堂各四元。庆余堂、宋谌、桂芳、日兴昌各二元。宋张氏、宋乐氏、宋日长、王静山、李湖散人、松竹山房、宋庆裕堂、尔子各一元。

以上原来京足银二百四十一两，京淞银一百九十九两。（十年二月十四日掣第三十一号收据。）合京平足银四百三十六两二分。

江南苏淞镇台滕印嗣林二百元。又集捐：海门营副将王印清和五十元。都司周印鼎铭、张印玉标、守备华印鸿诏各十二元。千总黄印国香、张印飞熊、把总王印万年、曾印功昭、李印永均各八元。外委冯印荣华、高印保廷、刘印幻昌、滕印代芳各六元。中营游击王印金楷三十元。守备周印宝仓十二元。千总盛印光新、张印大义各八元。外委陈印伯起六元。左营游击韩印元孔三十元。守备徐印大保十二元。千总杨印星贵、五印德成各八元。外委张印镇邦六元。右营游击滕印代勇三十元。都司刘印连升十二元。千总吴印宝琛、周印鼎铨、把总宋印荣泰、张印锦城、倪印兆麟、施印文忠各八元。外委邹印占鳌、孙印克忠、熊印梦贤、薛印逢年、王印在东各六元。轮船都属许印国祥六元。中营六路守备周印允潞六元。千总黄印玮、把总毛印学志、薛印其惠、宋印荣清、蔡印兆鹏各二元。

以上原来英洋兑公砝足银四百十七两五钱五分。（十年二月十四日掣第三十二号收据。）合京平足银四百二十八两四钱五分。

湖北候补道瞿印廷韶集捐：于次棠一百两。素礼庭五十两。陈仲衡十六两。多介寿二十两。瞿赓甫、恽松耘各十两。宋菊抵八两。达右文、唐伯康、胡慈圃、史砚生、杭秀升、朱云曙、方介蕃、李广侯、王笃生、李月卿各六两。问月山房、严湘生、沈采臣、张词甫各五两。史文圃、洪桐云、黄梅先、傅竹箱、刘子霖、徐伯闻、丁斡臣、吴子厚、伍春堦、盛我彭、林梓民、马伯嘉各四两。陈小樵、谢浣堂、洪紫封、祝子禾、贾榴生、张叔明各三两。吕聘农、吴稼珊、唐琴轩、叶献廷、王瑞亭、林雪三、侯景斋、黄洛书、吴叙星各二两。叶肖卿、查雨泉、王养卿、恽望之、陈矩亭、华百川、周栗斋各一两。元砚农二十两。

以上原来京平足银四百两。（十年二月十五日掣第三十三号收据。）合京平足银四百两正。

狼山镇台杨印明海二百元。集捐：中营游击余印德昌三十元。守备严印松林十元。千总赵印恩承、张印殿卿、把总沈印绍金、陈印得贵、赵印得元各四元。外委李印青桂、张印照、陈印元龙各二两。泰州营都司彭印楚明八元。千总汤印怀仁、把总董印宝树、潘印兆熊、闻印延珍各四元。外委范印国桢、钱印国安、王印兰生、汤印金照、严印建中各二元。额外李遐龄、汤怀德、吴祥林、盛金彪、顾得芳各五角。泰兴营守备文家银八元。把总于印春芳、张印桂森各四元。外委张印元标、朱印朝考各二元。额外洪虎臣、刘天兴、宋天爵、王定邦、董宝善各五角。三江营守备于印国靖八元。千总徐印昆林、把总张印荣庆各四元。额外方纮生、攀桂、郭兴山各五角。南汇营游击廖印得胜三十二元。轮船都司袁印联魁、艇船都司萧印桂林、守备陆珍璠共四十元。千总湛印义福九元。外委唐印玉生七元。掘港营游击刘印长春三十元。轮船都司龚印云恺、艇船守备卞印瑞祥、张印锦升各十二元。轮船千总卞印瑞清、艇船把总李印培新各八元。外委陈印兰六元。狼右营游击周印鼎三十元。守备朱印兆堂十二元。千总陈印麟、张印炳麟、把总王印万春、贺印廷富、陈印铭恩、陈印日升各八元。外委邝印扬清、戴印天福、金印凤诏、黄印清涟、王印春茂各六元。通州营游击胡印弼武二十元。都司吴印启绳、刘印长清、刘印东林各十二元。千总周印名亮、谢印克明、把总朱印臣风、王印全贵、袁印邦杰各八元。外委朱印廷相、汪印雨亭、蔡印国勋、周印添忠各六元。

以上原来洋七百五十八元五角，兑京纹五百三十二两八钱六分。（十年二月十六日掣第三十四号收据。）合京平足银五百三十二两八钱六分。（汇费洋八元系杨镇台捐付。）

广东抚台倪印文蔚一千两。集捐：无名氏二十元。敦复堂彭、顾顾堂黄、辅德堂、天成亨、李芝兰、任立诚、程义堂江、麟德堂各十元。贻训堂六元。张孝友堂席、敦复堂金、小芝轩佘、守拙堂叶、敦怡堂万、扶风堂常、崇宝堂德、自立堂钱、四为堂刘、宝善堂徐、世经堂刘、延晖堂何、福星堂、耕心堂、耘心堂各四元。无名氏、俞敦义堂、协成乾、广升蔚、德兴行、三省堂各三元。畬经堂、积庆堂、无名氏、奉思堂、桐华轩、小浣花溪、带草堂、紫荆堂、敦厚堂、绳武堂、主信堂、立成堂、晚翠堂、培德堂、玉树堂、敦诗堂、继则堂、厚诒堂、诵芬堂、我尽我心斋、黄凝禧堂、复聚恒裕泰德生锦、裕盛号、正安、成信、昭隆、随变堂、佩芝堂、庆衍堂各二元。青莲堂、宝瓠斋、印心氏、思补斋、却病轩、怡怡堂、三值堂、协吉、鸿安、安利、同发、谦益、永顺、大全、王庆余、飞见堂、百忍堂、无名氏五户各一元。无名字八元。严敬修四元。

以上原来湘平合京淞银一千二百四十两六钱九分。（十年二月十六日掣第三十五号收据。）合京平足银一千二百十五两八钱八分。

记名提台刘印盛休五百两。

以上原来湘平银五百两。（十年二月十六日掣第三十六号收据。）合京平足银五百十两正。

河北镇台崔印廷桂集捐：敬义堂三百两。三戟堂崔二百两。居易堂、方敬止堂、王玉如各一百两。畬经堂、崔毕海、梯清远堂阎各五十两。

以上原来京平足银一千两。（十年二月十八日掣第三十八号收据。）合京平足银一千两正。

陈小浦、李芋香集捐：金瀛洲兵船共三十七元。铭武军提台章印高元三十元。总兵刘印朝祐二十元。副将汤印荣恩十元。罗崇素堂、朱崇礼堂各五元。聂徽琨八元。陈毓淞五元。许肇基四元。王斌三元。陈昆笙、王寿峰各二元。陈景康一元五角。陈鸿图、游师程、许献谧、许献咏、甘联筹、甘联沅、甘联驹、甘联丹各一元。靖远兵船后舱三元五角。靖远兵船水手共六元。藿甘书屋杨五十元。椿荫书胡三十元。双登瀛堂、薛徐鼎茂各十元。旌德吕谢氏十二元。傅经堂李十元。一篑山樵六元。振德堂吕二元。成纯阳、姚受辛堂、念辛楼各一元。一篑山樵四元。润平草堂二元。香雪草堂一元。夏威博士、格德各三元。博门氏、陈学仙各一元。杨和斋、周质庵各四千文。林汇川、程丽生、黄绣生、袁少山各二千文。王沛霖、徐全恒、王友茂、朱家业、饶谷田、夏耀斗各一千文。程文秉六百文。程文寿、汪兴、李佑廷各五百文。程文生四百文。韩子衡一元二百文。秦伯虞五百文。训读堂、世芳、世蕙、章何氏、藿甘书屋、杨小竹、杨刘氏、孙小石、柴章氏、张湘浦、张慕果、万轴堂、李东原泰封爱眉堂、马周氏、瑞芝云、林杨、竟成堂、杨积堂、杨薤七、杨振镄、杨子余、韩子静、何葑伯、韩诏泰各二百文。无名氏、铁牛、秦陈氏、无名氏、听雨堂、杨汤氏、杨丽娟、无名氏、连弟勤生松生文英柏官、张子久、吟香书屋、张杨氏、申生、张元鼎、种竹斋、鸣周无名氏、张夏氏、张五保、张汪氏、无名氏、李冠如、李余氏、炳寿马长瀛子英、韩紫荩、韩兆鸿、韩子勋、无名氏、何宗俊、何宗侃、何宗伟、何银如、何蕴如、何叶氏、何陈氏、谢何氏、笃成堂、老虎、朱陈氏、朱范氏、朱余氏、朱柏三、朱培元、朱瀚春、朱善祥各一百文。

以上原来漕平合京平足银二百九十七两四钱二分。（十年二月二十日掣第三十九号收据。）合京平足银二百九十七两四钱二分。

福建抚署文案沈印蕃集捐：施敏先十两。沈蔼生三两二钱八分。范筱湖三元、福申甫、积庆堂庄、刘玉璋各二十千文。王笑梅二元。静修堂丁、朱补庵各五千文。胡拾珊、陈扑如各六千文。梁德轩、敦本堂李、胡谷泉、程一甫、胡坤圃、王侣笙各四千文。朱福如、朱凤翔、鲁登四、章菊农、王翼南各三千文。沈亮甫、万云程、游颂三、饶谷孙、邹晓村、钱穗生、罗尧民、沈荫庭、娄同生、德星堂、陈朱启、仁惇行堂史、思无邪斋、姚瑞芝、傅玉臣、有怀堂顾、贾子贞、包哲臣各二千文。怡如轩、恂如轩、致和堂范、裕德堂叶、费严氏各一千文。

以上原来票钱新议平悉银京平文银，共合京平足银一百十一两。（十年二月二十日掣第四十号收据。）合京平足银一百十一两正。

粤海关监督崇印光五百两。

以上原来京淞银五百两。（十年二月十九日掣第四十一号收据。）合京平银足银四百九十两正。

前署福建粮道潘印骏章集捐：潘贻谷堂四十两。杨合春、黄必成、叶邓氏各一百元。何蔼臣五十元。瑞云茶栈、德安洋郊源通钱铺、汇丰庆记各三十元。刘说岩、黄孙氏、叶清潭、叶杨氏、叶林氏、叶王氏、叶林氏、叶董氏、叶杨氏、叶黄氏、叶吴氏各二十元。复利行、杨秋田、林鹏谱、唐日昌、戴子豪、潘小圃、黄联成、黄双连、松竹斋、廉兴号、朱炳堂、纪崧龄、叶捷信、吴宗荣、吴子恺、联美号各十元。莫蔼楼十五元。韦秉常、林梁氏各八元。唐耀垣六元。徐问庭、罗秉石、辜洪德、清记号、林永坚、义记、蔡子常各五元。琴韵书屋、卢秀川、义和堂、余客川、长源号、允茂号、盈山草堂、洪荣辉各四元。启望号、听彝堂、恒记、广兴、信成、新大、顺港、泰记、高仕甲、镇庆、茂美打辦房、林房洲、蓝戏司、林青渊、逢其源各二元。欧阳姓、李姓、林姓、周师毓、叶逢源、吴大草、陈必彩、陈维通、林玉泉、叶灿荣、陈永权、王倍全、刘景松、节斡堂、双桂堂、缵述堂、太素室、耕礼堂、林晋卿、苏志元、李登榜各一元。不书名一千文。

以上原来京平足银七百六十两三钱。（十年二月二十二日，六百两，掣第四十二号收据。四月十八日，一百六十两三钱，掣第一百十号收据。）合京平足银七百六十两三钱。

古织帘室沈一百两。

以上原来京足银一百两。（十年二月二十二日掣第四十三号收据。）合京平足银一百两正。

广东南韶连道华印祝三三百两。集捐：汪士煐五十两。

以上原来京纹洋银，合京平纹银三百四十七两八钱。（十年二月二十二日掣第四十四号收据。）合京银三百四十七两八钱。

徐质初集捐：沈桐轩二十元。章景贤堂、章德余堂、诸鹿君、茅长顺各十元。徐幼湖八元。沈水生六元。范春如五元。诵清芬斋、范子余、宋朴人、王少潭、平蓝波两分。顾禹平、俞芝生、沈碧塘、高海珊、孙安思各四元。胡全记、冯济堂、孙安思各二元。高翰辉一元。均祁季高经壬〔手〕。旌阳江十元。苏州沈六元。会稽朱四元。鉴水章若耶马、无名氏、柳浦朱各二元。陶里俞、星沙陈、茶陵李、歙县程、古茶谭、钱塘胡、湘西唐、三怀堂王、天水赵、平阳柴、张辅庭、沈彭年、傅明德、森玉堂倪、张秉珪、胡益茂行、汤公顺行各一元。均沈小蕙、朱彤伯经手。石门县刘印浚四十元。安仁堂手。朱小笏三十四元。拙安庐、画溪山人各二十元。古之愚六元。棣萼室、朱绣塍、陈恒甫各二元。张香山、赵梧斋、新馨室、唐桐瑞、顾嵩泉、陆云渠、程香庵、钮晴江、徐幼花、范锦帆、沈午桥、屠秋、思经堂汪、允德堂许各一元。朱小笏经手。平阳汪十元。孙张氏四元。濮继高、宋赵氏、不书名二户各二元。王和庭、王乐山各一元，和、任冶亭经手。路芝亭二十元。储安仁、杨洵侯各十元。徐姓二元。均路健初、储安仁经手。徐质初、仁寿堂沈、宜振堂汪各三十元。杨蕺塘郑、通德堂各二十元。寿萱堂朱十六元。济美堂章十五元。春晖堂何十二元。树鸿堂钱、勤补堂庄、邓筠孙各十元。春在堂章八元。陈晴峰六元。陆贻安堂吴、姓心心室、辅心心室、萱健堂何、寿萱堂万、万悦西各四元。金辉堂宋、赋梅堂、世经堂、惠迪堂孙、德基堂禹、卫生堂张、汝南堂周、德基堂詹、紫阳朱、古香书屋于、善忍堂张、汪恕斋、敦复堂席、陈锦镛、杨芝鋆、方梅亭、章伦川、积厚轩、许过筱、竹濮震生各二元。李子文、张斡臣、孙谔臣、陈竹轩、徐宅安、邵芝岩、许宜孙、朱讷甫、唐仲芝、汪子慎、曹厚之、贺滋泉、王玉泉、王见山、章宝恒、徐柏龄、陆浩仁、陆锦培、顾春熙、章子晋、杨文治、许篆云、罗云波、平蓝波、卢琴轩、泽古堂吴、金鼎华、吴恰卿、左克斋各一元。述亭、韵亭、蒋荫棠、许建芬、汪符、卿幼湘、沈宪坤、章淇园各五角。

以上原来洋六百九十八元，对开洋二元。除汇费，实兑到京平纹银四百六十七两七钱、洋二十元、对开洋二元。（十年二月二十八日，一百三十七两五钱，掣第四十五号收据。三月初五日，一百八十两，掣五十八号收据。三月十四日，一百三十八两，掣第六十三号收据。五月二十四日，五十四两二钱，对开洋二元，掣第一百七十三号收据。六月十一日，洋二十元，掣第一百八十三号收据。）合京平足银四百六十八两四钱、洋二十元正。

长芦盐大使任印敬敷集捐：务本堂任四两。忠泽堂、张晴江、王敬修、西沽税局、柜房、高熙澄各二千文。李彩章、徐子云、程星奎、康渐奎、不书名、黑播堂、刘可珍、颍川堂各一千文。

以上原来京纹四两、津钱十八千文，兑京纹六两。（十年二月二十九日掣第四十六号收据。）合京平足银十两正。

安徽抚臬藩道台二千九百四十两。

以上原来曹〔漕〕平足银二千九百四十两。（十年二月二十八日掣第四十七号收据。）合京平足银三千五十七两六钱。

吉林道顾印肇熙集捐：宾州厅李三百两。十二印斋二百三十两。吉林府孙一百两。伯都讷厅同、五常厅毓、双城厅双各五十两。庆余堂三十两。敬简堂一百五十六吊。同昌天锡恒升泰福恒源意诚正恒泰益升公福生东敦成万聚源德裕源德昌源源生东同茂德敦发源福和源同兴公瑞聚瑞盛同升永永源永隆祥集同庆德万盛德长德元兴正兴明东义兴庆泰成玉发魁聚源厚德春广聚成祥祥利永兴茂公升共一百三十二吊。源升合会全洪泰福泉日升涌源福盛公顺源兴顺云兴源隆万隆天合广和信泰源万合德成升广隆合广泉涌大德福和全祥盛德裕发永毓兴合天和三盛广积韩天和共一百三十二吊。恒吉裕泰泰来义昌万昌同发旭升永升增兴恒升复庆毓盛同荫双发同信同盛四合永裕发共一百三十二吊。顺成、庆义、东和、福升、同升、永庆、敦升、会隆、源升、德义、同裕、万来、会祥、东升、会源、同合、恒升、万和、集升、公升、日升、同顺共一百三十二吊。

以上原来银钱共兑市平松银一千两。（十年二月二十八日掣第四十八号收据。）合京平足银一千两正。

贵州抚台林印肇元四百七两一钱六分。署抚台李印用清四百两。集捐：学台杨印文莹三百十一两一钱九分。臬台曾印纪凤、贵东道林印福培各三百两。前粮道松印长四百十四两九钱三分。粮道吴印自发二百两。贵西道储印裕立一百一两七钱九分。候补道徐印达邦、邓印善燮、贵阳府蔡印同春各一百两。候补道颜印鼎二十两。前贵筑县林印品南、贵筑县李印兆梅、无名氏各十两。

以上原来京平、市平、贵平足银共二千七百八十五两七分。（十年二月二十三日京四百两，掣第四十九号收据。四月二十三年日，市一千三百七十五两七分，掣第一百十七、十八、十九、二十、二十一、二十

二、二十三、二十四号收据；贵八百两，掣第一百十三、十四、十五号收据。五月初七日，贵八百两，掣一百四十二号收据。五月十七日，贵一百十两，掣第一百四十五、四十六号收据。）合京平足银二千八百三十二两七钱七分。

山西学台吕印凤岐集捐：吕养德堂三十一两四钱四分。太原府学程印象濂、刘印克庸各十两。学院六房共八两。蒋枢桓、无名氏各六两。师俭斋侯五两。候补府何印葆恩、记名镇李印先义、候补府经历戈印锡瑛、候补巡检刘印宝康、陈宝桢、蔚盛长各四两。齐德堂三两。候补知县王印廷英、吴印达、李印诚蔚、陈印政诗、前蒲州府学张印于铸、阳曲县学刘印恒业、繁峙县学杨印笃、学院巡捕王印正鸿、张印生德、抚辕巡捕张印培永、济县丞郑印淦、三多堂董、缵绪堂方、谦受堂陶、五柳堂刘受之、令德堂内高锡华、米毓瑞、左栻各二两。游击刘印汉春、通判谭印治清、阳曲县学师印传述、永宁州学侯印宾光、代州学关印庆余、府经历谢印邦焜、张印用霖、陈印学祁、布照磨张印德润、巡检周印岳峻、周印浚蕃、严印昭瑞、吏目王印希灏、叶印道衡、教职刘印懋功、千总郝印亮采、晋阳书院内武鸿藻、郭景象、郑守谦、赵重信、郑得民、令德堂内谷如墉、胡元春、陈佛保、秦殿杰、养正书馆马尹、世德堂尉、慎修堂伊、毓德堂左、忠恕堂、正心堂、无名氏、朱玉林、方悦、鲁尹桂、林德生、锦德、星聚、复茂、诚隆、泰成、德新亨、周龙光各一两。李望云堂一两五钱六分。

以上原来京平淞江银二百两。（十年二月二十九日掣第五十号收据。）合京平银一百九十六两正。

浙江抚台刘印秉璋、藩台德印馨集捐二千元。

以上原来洋兑公砝银一千三百四十七两三钱四分。（十年三月初二日掣第五十一号收据。）合京平足银一千三百八十二两三钱六分。

江南提台李印朝斌集捐：岁寒堂李五百两。正前营李印松荣、中军王印幼山、游击郑印国祥、新中营各兵、新副营各兵各四十元。中营张印郁林、右营欧阳印积福各三十元。新质营各哨官二十五元。中营各哨官二十三元。左营各哨官、右营各哨官各二十一元。新质营李印昌和、新昌营曾印毓衢、左营谢印泰平、正前营各哨官、新昌营各哨官各二十元。左营游击杨印英、左营各官、前营游击赵印廷贵、前营各官各十五元。中营各官、新中营各哨官、松江城守各官、新副营各哨官各十元。

以上原来银洋共兑规银九百二十六两四钱七分六厘，合公砝银八百六十三两一钱一分。（十年三月初二日掣第五十二号收据。）合京平足银八百八十五两五钱四分。

固原提台雷印正绾一千两，集捐一千两。

以上原来湘平银二千两。（十年三月初二日掣第五十三号收据。）合京平足银二千四十两正。

湖州府官绅集捐：湖州府郅印馨三十元。赵紫琳二十元。赵居氏十二元。章春仙十元。姚甄甫、胡郁文各四元。赵陈氏、赵尤氏各三元。胡居氏、吕松泉各二元。赵宗氏、赵联元、赵阮氏、赵长生、胡征、胡广培、秦少堂、信儿、春兰各一元。邓伟卿、董方圃、包汇川、房蓉森、方小鼎、吕伯山各五角。陈性质、徐丁氏、黄徐氏共一元。均湖州府郅印馨经手。静致轩十元。兰桂精舍四元。一枝庐、亦吾庐各二元。均绅士周印学浚经手。王振声堂五十两。振声堂募五十两。均绅士王印思沂经手。刑部赵印燮五十两，又代募五十两。均绅士赵印燮经手。

以上原来银洋兑京淞银，除汇费，实到京平松银二百七十九两九钱。（十年三月初二日掣第五十四号收据。）合京平足银二百七十四两三钱二厘。

登莱青道方印汝翼集捐：修竹轩主人、隐名氏各五十元。余香堂、德盛号各二十元。建隆号、蔡新、祥和、福兴栈、孝思堂、丰兴栈各十元。杨鸿源号、德昌号各八元。丰泰隆六元。福顺记、震兴号、福泰栈各五元。云涛氏、黄锡猷、和顺隆、均利号、协泰号、两兴号、元顺号、泗裕号、松茂号、谦益隆、广荣泰、永裕号、陈源盛、宝泰、捷茂号各四元。市既居士、振盛昌各三元。善庆堂、苏炳明、高恒昌、高协成、李海泰、永丰泰各二元。郑顺成洽记十千。乾兴五吊。

以上原来钱洋共兑公估银二百二十三两五钱。(十年三月初二日掣五十五号收据。)。合京平足银二百二十六两。

浙江提台欧阳印利见三百两。

以上原来洋兑京平银二百七两五分六厘。(十年三月初二日掣五十六号收据。)合京平足银二百七两五分六厘。

前署福建盐道陆印六十两。

以上原来京松六十两。(十年三月初三日掣第五十七号收据。)合京平足银五十八两八钱。

户部吴印诵清集捐:敬业堂二百两。刘金寿一百十两。詹吉福一百两。天福堂五十两。嘉阳帮四十两。三义、春生鉴各三十两。聚兴二十七两。天吉、万源各二十五两。退思轩、启盛各二十两。元丰十八两。全斋吉庵采于均甫各八七两。恒泰、德生、聚丰各十五两。春台、南山、元清、溪楷臣、夔臣各十二两。恒德梁庸光恒昌益、王东山、董正谊、刘集庆各十两。鸿轩、瑞堦、紫卿、典臣、香臣、益亭各六两六钱七分。同春六两。永益、肇庆、尹恒裕各五两。均泰四两。以上均四川渝城花帮。裕厚永乾盛亨天成亨百川通蔚盛长谦吉升新泰厚协和信协同庆汇源涌巨兴和蔚泰厚蔚丰九元丰九日升昌各二十两。广庆泉四两。以上均四川渝城山西帮。广生同长顺复盛正福临怡天泰正大生厚复升恒义泰恒各二十两。春生鉴兴顺隆恒裕公利川乾各十五两兴顺义、裕泰隆各十两。恒升通裕泰升自生荣利顺和各六两。如松盛恒升长豫泰晋祥泰和各五两。以上均四川渝城盐帮。渝城五典五十两。无名氏二十两。积益谦源兴永如松盛源兴顺源盛镒永聚源万顺桂永聚公松甡和如松和恒泰盛永聚合世丰合无名氏各十两。泰来玉六两。无名氏、天增公复兴德兴隆星盛金各五两。邓都益大生永各四两。无名氏三两。以上均四川渝城陕帮。虞茂兴、天顺祥、同兴德各四十两。祥发公、翕和公、兴发公各二十两。王静斋、胡蓝田、李璨、刘春山各五两。何大发四两。刘笃生、杨子江、胡炳墀、周五美、邓百川各三两。正兴荣、余集义各二两。郭子章、赵吉川、李定镒、王宋氏、金长兴、张茂兴、曾恒顺、黄双发、汤秉忠、赵万青各一两。刘云章、杨春山、王耀廷、德昌恒、同心和、恒裕和各五钱。山货买卖客帮、太平千厮两门山货行帮各共一百两。鱼硐溪官盐店众姓共三两。以上均四川渝城来。喻义堂、西昌公、文峰堂各五十两。吉公义谦同各二十两。卢米善元汉公日成经艾四勿堂各十两。青麻公、烟行三各九两七钱。无名氏五两六钱。福泰裕、静庆公各五两。宏道堂四两。补过堂、傅善成、傅吉泰、松茂源、聚丰元、张彩廷各三两。裕泰和一两五钱。德昌荣、敦本堂、诚昌荣各二两。善之堂、王瑞生、吴长泰、玉昌和、江全泰、陈毓芝、王凤喈、汤立泰、朱六吉、人和乾记、复盛号、无名氏、王文诚、刘万兴各一两。无名氏九钱。吴建亭、协春森各五钱。许庆铉四钱六分。以上均四川嘉定。德生义、滋富堂、义兴合、同盛和、升丰泰各五十两。恒裕公、春生鉴各四十两。义茂和正三十两。隆泰洋行二十五两。魁盛隆、长盛通、诚意丰、元兴长、仁利长、集义堂、同生义、裕生祥、纸帮公记、公泰洋行各二十两。金德钧十两。德义元德兴元复兴祥同顺祥允大生同义成德盛元张松盛亿泰祥济川永谦吉兴太顺益文丰恒仁美益义源永济兴隆同义源仁美荣聚义元德顺和三泰和崇义永义森祥永茂正各六两。以上均四川嘉定疋头。张南山、刘泽斋各三两。郭镒泰二两六钱。福顺玉张洪茂大美合本立生周兴发邓全义万祥泰各二两五钱。张翰卿、李德孚、协和成、管信芳、萧书田、曹子成、何树生、刘镜之、李泉顺、傅华亭、段其萱、刘泽霖、毛鸿顺、马万和、刘松亭、张次典、杨晓山、刁宝臣、义昌合各二两，段德三、福圆长、刘献廷、仝新和、瑞丰和、罗溶斋、罗树生、陈庆余各一两五钱。泰森昌裕泰源裕和长荣泰元刘同兴德昌正聚义长牛慧斋、段汝贤、王瑞廷、刘裕斋、元吉恒、夏兴隆、谢寿亭、胡玉山、谢果成、裕盛德、大甡美、童宝山各一两。瞿松亭、张炳文、苟辉山、荣寿昌、协懋合、段及斋、侯润之、童兴发、泰顺长利和德、陈辉堂、张子美各五钱。以上均四川嘉定成都帮。春生鉴、郭荣利、人和祥、义顺成各十两。同兴德五两。陈聚源、裕和生各四两。德兴元三两九钱七分。聚兴泰三两八钱八分。松茂西二两九钱。裕和长利成公张松盛恒泰辅全信号德义元义和祥泰森明恒泰正涌顺泉协昌荣各二两。同兴源、周俊丰、王丰盛、文丰裕、信成公、聚兴祥各一两九钱四分。恒泰生永泰祥庆泰源镒顺文同盛长谦泰恒王瑞生荣瑞全乾昌永积玉成豫丰亨义生裕王瑞丰义生长义发源姜万顺裕兴仁荣发镒黄双发义和长鸿泰文义成全裕瑞祥谢泰顺鼎兴泰元利长德泰兴泰盛祥万茂元天瑞祥裕兴长裕丰泰庆和德同兴祥兴发公永丰乾各一两。长兴厚允义隆永茂生傅元丰肇昌生永和乾瑞成和源顺益振顺祥恒德和三元协瑞成生永泰长永盛公全信长聚祥元刘德盛万顺祥天吉长源茂和庆川兴大生永世丰裕泰顺和利贞亨乾元亨世盛老丰泰恒永发祥吴正兴义盛源仁美益长发荣谢亿泰徐永发戴茂益聚成祥世盛荣允盛元陈复兴杨永和元茂公同生元德兴仁洪顺祥黎协和利川厚德顺和永义合公兴益各九钱七分。刘全泰五钱。同义祥义和源复兴裕义泰源荣森昌徐集成镒源盛各一千四百八十文。义兴元一千四百七十文。同义公、福兴和一千四百五十文。全义隆一千四百二十八文。义成铨一千四百二十五文。喻德昌一千文。以上均四川渝城绸段帮。浙帮、章山氏各五十两。秦耀川二十四两。嘉阳帮、吉抚帮、怀帮各二十两。山货帮十两。刘仁义、郗重新各五两。以上均四川渝城药材帮。湖广省四十两。无名氏、江玉麟各十两。赵古正六两。王克宣、胡品五各五两。曾国钧四两。以上均四川永川来。刘务本堂二十八两。金敬信堂二十五两。魏惇义堂二十两。王怀之十两。汪养和堂五两。周厚泽堂、周慎修堂、周继善堂各四两。以上均四川长寿来。种德堂一百两。程云门、曲阿虎、余生各二十两。刘云生、姚寿伯、徐滋圃各十两。以上均四川涪州来。恒余记五百两。川东主教顾一百两。萧如澜、无名氏各五十两。渝城盐厘局候补府李三十两。彭友兰二十五两二钱。回龙石厘卡候补县罗二十两。唐家沱厘卡候补县丞黄渝城、船货厘局候补盐大使沈叶端、生罗广济裕济通、温峻山、陈敬斋、古冈栈、王文瑞、无名氏各十两。顺德栈六钱。廖达安四两三钱。李林茂、李同林、仝德济各四两。黄洪泰、协茂昌、罗鼎臣、萧贤、萧曾堂、荣利源、益寿恒、田重哥、向名扬、石兴盛、新泰森、李一桂各二两。王荣森一两七钱。以上均四川渝城来。王小槐堂、王两仪堂、王继述堂、王惠堂、王九皋、王子高、王鲁瞻、王越庸、王星垣、王达之、王春山、王星五、王子培、王西山、王星垣各四两。

以上原来京平纹银六十两；市平纹银，除补平补色，净五千五十三两七钱六分。（十年三月初七日，六十两，掣五十九号收据。三月初八日，一千两，掣六十号收据。五月初九日，四千五十三两七钱六分，掣一百四十三号收据。）合京平足银五千二百十四两八钱三分。

磨兜坚室主一元。

以上原来烂板洋一元。（十年三月初八日掣六十三号收据。）合京平足银六钱二分五厘。

长江提台李印成谋二百两。瓜州镇台吴印家榜八十两。集捐：中营副将唐印敏义五十两。金陵营参将谢印浚畬、裕溪营参将邵印云锡、大通营参将谭印鸿声各四十两。芜湖营游击胡印荣伟三十六两二钱。都司陈印福礼、谢印诗才、戴印华贵、洪印安富、张印华照、裘印德成、龙印义和、周印启茂、彭印源洽、石印沄奎各八两。守备朱印贞昌、吉印营昌、彭印志友、王印昌龄、刘印发祥、张印载春、邓印楚才、谭印忠义、曾印纪策、李印明亮各六两。江西湖口镇台丁印义方八十两。安庆营副将柳印金源五十两。吴城营参将张印瑞麟、饶州营参将田印明山各四十两。中营游击茅印子庄、华阳营游击颜印采喜各三十六两二钱。都司谢印洪春、赵印三星、杨印福田、蒋印受禄、池印永源、王印德斌、陈印百胜、王印长发、张印万成、周印吉祥各八两。守备袁印家珍、彭印开胜、毛印宗翰、熊印正彪、胡印民望、谭印宏亮、陈印宏友、龙印有升、韩印定湘、张印耀燕各六两。湖北汉阳镇台高印□□八十两。田镇营副将许印云发五十两。簰州营参将王印裕春四十两。中营游击李印全彪、巴河营游击王印洪升各三十六两二钱。都司黄印荣华、韩印春高、王印兆祥、龙印大梁、龙印海云、崔印光华、陶印运亨、曾印玉和各八两。守备韩印春高、彭印三泰、钟印光裕、梁印贵友、谭印良灿、王印荣中、余印宗禄、邓印开榜各六两。南岳州镇台陶印立忠八十两。荆州营副将郅印德泰五十两。沅江营参将鲁印洪达四十两。中营游击张印澍霖、陆溪营击邓印正扬各三十六两二钱。都司王印宗高、王印春和、赵印俊秀、赵印志忠、邹印育龙、欧阳印惟信、贺印世清、守备赵印我远、章印益胜、张印辅浦、杨印汉文、晏印得清、吴印光楚、彭印永越各六两。江南江阴营副将刘印得五十两。中营游击钟印明亮、三江营游击周印芳明、孟河营游击陶印树恩各三十六两二钱。都司韩印辅忠、王印鸿年、萧印九州、张印世忠、刘印三元、杨印友胜、郭印恒泰各八两。守备喻印祝元、罗印锦帆、张印志胜、周印家裕、彭印兆琳、符印仕揆、周印有功各六两。

以上原来湘平兑京平松银二千六十七两八钱二分。(十年三月初八日掣第六十三号收据。)合京平足银二千二十六两四钱六分。

福州将军穆印图善一千两。

以上原来市平足银一千两。(十年三月十四日掣第六十四号收据。)合京平足银一千二十两正。

树德堂叶一百两。

以上原来京纹一百两。(十年三月十六日掣第六十五号收据。)合京平足银一百两正。

钦差大臣兵部侍郎督办新疆军务刘印锦棠集捐九千一百四十三两五钱六分。湘营将领幕僚及南北两路官员并兵绅富共三千五百六十七两六钱九分。乌鲁木齐提台金印运昌二千两。升任西安将军恭印镗、乌鲁木齐都统长印顺、哈密办事大臣明印春、巴里坤镇台徐印占彪、镇台徐印占福、王印玉林、甘肃直隶州刘印兆梅各一千两。

以上原来市平足银二万七百十一两二钱五分，库平兑市平一千三十四两。(十年三月十七日，六千两，掣第六十六号收据。四月初一日，三千三十四两，掣第七十八、七十九、八十号收据。五月二十八日，九千五百六十七两六钱九分，掣第一百五十二、五十三、五十四、五十五、五十六、五十七号收据。八月二十四日三千一百四十三两五钱三分，掣第二百二十五号收据。)合京平足银二万二千一百六十七两五钱五分。

浙江嘉兴府署一百元。

以上原来洋兑京纹六十九两。(十年三月二十日掣第六十八号收据。)合京平足银六十九两正。

大通督销局杨印儒三百两。

以上原来曹〔漕〕平宝银三百两。(十年三月二十日掣第六十九号收据。)合京平足银三百十二两正。

山东东昌府程印绳武一百两。

以上原来京纹一百两。(十年三月二十日掣第七十号收据。)合京平足银一百两正。

江南徐州道程印国熙一百两。徐州府桂印中行四十两。集捐：安怡堂程二十两。云峰堂袁八十千文。候补县樊印燮四十千文。候补同知汪印镇、候补县丁印仁泽各三十千文。候补同知沈印福昌、准补砀山县赵印佩英各二十千文。游击李印秀岭十五千文。颐寿堂孙候补县孙印士鏻、姚印鸿杰、孙印炳墀、候补盐大使徐印正培、卫守备聂印士进各十千文。候补县高印笏承、候选县王印安东各八千文。候补同知丁印象鼎六千文。内阁刘印庠、候补县吴印士鉴、孙印庆璜、候选县孙印树勋、周印銮、候补盐知事胡印国钧、徐州府经历王印念祖、候补县丞程印荣、敦厚堂孙、侯在棠孙、敦循堂程各五千文。候补通判张印祖培、候补县张印开荣、候补巡检李印汝镛、铜山典史熊印方赓各四千文。铜山学程印席龄三千文。候选员外郎汪印宪哲、候补县戴印德明、府经历萧印汝滨、县丞朱印镛、主簿沈印谷荫、从九徐印国楠、全印钰、叶印华各二千文。徐州府学胡印壬源一千文。徐州镇台董印凤高一百千文。中营游击吴印玉昆二十五千文。新兵右营赵印立文、凤字左营陶印崇文、右营董印学友、马队中营徐印得贵各十六千文。宿州营游击米印占鳌十四千文。城守营李印庆升十二千文。萧营张印福元八千文。中营张印耀、新兵左营孙印文凤、右营黄印振清、凤字左营董印兰生、右营郑印玉山各五千文。宿州营谭印新益、西路汛陈印景镛、夏镇汛刘印承恩各四千文。铜山县袁印敬一百千文。福同裕盐店三百千文。王公兴、赵谨丰各一百千文。萧县王印敬修四十两。段慎裕、陈东裕各三十两。砀山县詹印联芳二十千文。唐云卿、义聚典、福和公、景新长共八十千文。沛县子平氏、琴鹤主人、墨雨山人、玉书氏、锄月山居、亦读山房、林显名、三宜堂、偶寄堂、无名氏、梦花后人、浙瓯余庆堂、毓凤山馆、兰堂陈氏、晚翠轩叶、积德堂林、范友堂管、紫华堂张、无名氏、协丰盐店、协丰盐公店、陈祝三、乔仁风、杨锺山、王星如、王紫庭、陈英三、商朴人、鼎泰店、永茂店、东泰店、毓丰衣店、聚兴永、永聚店、敦厚堂、张锐、罗云香、孙继泰、张信义店、王三同、王怡茂、张兰茂、协和行、全兴店、和顺店、合盛店、张尚玉、王建德、世德堂、经德堂、岑川程、王九如、永兴店、林山圩、兰家楼圩、李午亭、同昌店、玉丰店、户房三益店、万盛永、源盛果店、恒茂店、公和店、三阳店、延寿堂、永丰店、正隆店、福泰店、全盛店、祥太兴、东盛魁、进兴店、全泰店、兴盛店、同兴店、保和堂共合五十两。

以上原来银钱兑京平足银，除汇费，净一千一百六十两六钱八分。(十年三月二十日，四百二十九两三钱一分，掣第七十一号收据。八月十二日，七百三十一两三钱七分，掣第二百二十三号收据。)合京平足银一千一百六十两六钱八分。

山东兖沂道李印嘉乐一百两。兖州府伊印勒通阿、沂州府锡印恩、曹川府积印庆济、宁州尹印焕章各一百两。

以上原来京足银五百两。(十年三月二十二日掣第七十七号收据。)合京平足银五百两正。

湖北督销局程印桓集捐二千两。

以上原来京足银二千两。(十年三月二十四日掣第七十三号收据。)合京平足银二千两正。

湖北汉黄德道恽印彦琦二百两。

以上原来京淞二百两。(十年三月二十五日掣第七十四号收据。)合京平足银一百九十六两正。

升任通永镇台唐印仁廉集捐：吉善堂唐一百六两。怀远堂吴五十两。伏蒲堂史、宝善堂初各三十两。延陵郡吴、至德堂吴、本音堂谭、义胜营五哨各十两。读易堂周、仁字营四哨、练军中营四哨、左营四哨、右营四哨各八两。日省堂刘、余福畴各二两。

以上原来湘平兑京松银三百十两二钱七分。十年三月二十七日掣第七十六号收据。合京平足银三百四两一分七厘。

江苏泰州程印遵道一百两。集捐：泰州绅商共三百两。前海州运判许印宝书五十二两二钱五分。不书名十一两二钱一分八厘七毫。

以上原来京松四百五十二两二钱五分，京足十一两二钱一分八厘七毫。（十年三月二十九日，四百五十二两二钱五分，掣第七十七号收据。闰五月初三日，十一两二钱一分八厘七毫，掣第一百五十九号收据。）合京平足银四百五十四两四钱二分八厘七毫。

江苏学台黄印体芳五百两。集捐：总统铭武军唐印定奎二百元。江阴县属二百元。代统铭武军张印景春、江阴营游击刘印高山、江阴水师阖营、江阴县陈印康祺、江阴盐栈各一百元。浙西江海缉捕水师阖营八十元。江靖城守陆军缉私各营七十五元。铭字中军刘印朝祜、江阴城守阖营各五十元。武毅右军副营唐印鸣琴、武毅左军左营陈印有元、铭中前营梁印秉成、武毅右军左营唐印先品、武毅亲兵副营余印光德、不书名各三十元。学署王升、李光祖各二十元。学署崔殿卿、刘德祥各十六元。江阴黄田口海关、江阴厘局、江阴北门外米行、无名氏各十元。县署谢世德八元。学署叶琛、高振翔各五元。无名氏、学署李琛各四元。淮安无名氏、四明无名氏各二元。

以上原来银洋共兑京松银一千五百三十五两六钱四分。（十年四月初三日，一千三十五两六钱五分，掣第八十一号收据。闰五月十七日，五百两，掣第一百六十九号收据。）合京平足银一千五百四两九钱三分。

正定镇台叶印志超集捐：韵翰堂叶二百两。真烈堂卞、登瀛山房杜、励志堂张各一百两。乐善堂叶三十两。三省堂曾十四两。叶城甫、志义堂刘、积善堂叶、三省堂曾各十两。琴化斋六两。敦善堂查、百忍堂张各五两。

以上原来湘平银六百两。（十年四月初四日掣第八十二号据。）合京平足银六百十二两正。

乐字营集捐：统领李印得成、马队左营丁印达生、步队中营梅印东益共一百两。浙东慧觉生四两。桐城方石夫一两。

以上原来湘平银一百五两。（十年四月初四日，一百两，掣第八十三号收据。六月十九日五两，掣第二十二号收据。）合京平足银一百七两一钱。

总统盛军周印盛传集捐：北海老农二百五十两。盛字左军贾、右军卫、左军右营窦、右军左营杜、右军右营汤、正营周、前营李、后营孙、副营周、右营周、传字正营周各五十两。盛军飞骑马队吕、前营孙、后营吴、左营万、右营栗各四十两。

以上原来湘平银一千两。（十年四月初四日掣第八十四号收据。）合京平足银一千二十两正。

保定练军左营史印　　二十两。

以上原来库平银二十两。（十年四月初四日掣第八十五号收据。）合京平足银二十一两二钱。

直隶同知史印善诒集捐：统领保定练军熊印兆周一百两。候补同知范印德馨、候补县张印士馨各十两。

以上原来库纹一百两，京纹二十两。（十年四月初四日，一百十两，掣第八十六、八十七号收据。六月十一日，十两，掣第二百二号收据。）合京平足银一百二十六两正。

四川提台宋印庆五百两。

以上原来京纹五百两。（十年四月初五日掣第八十八号收据。）合京平足银五百两正。

江苏常镇道署集捐：道台黄印祖洛四百元。镇江府魁印元五十两。丹徒县冯印寿镜、焦山老僧手各一百元。隐名氏、洋药华栈各一百千文。洋药众商七十千文。双栋书屋四十元。安之堂三十千文。于百川十五两一钱八分七厘三毫。

以上原来银洋钱共兑京纹七百五两九钱八分一厘三毫。(十年四月初五日，六百六十七两八钱，掣第八十九、九十、九十一、九十二、九十三、九十四、九十五、九十六号收据。闰五月初五日，十五两一钱八分一厘三毫，掣第一百六十号收据。七月十四日，二十八两，掣第二百十六号收据。)合京平足银七百五两九钱八分一厘三毫。

江苏元和县马印海曙集捐四百元。

以上原来洋兑京纹二百八十两八钱。(十年四月初五日掣第九十七号收据。)合京平足银二百八十两八钱。

北洋水师提台丁印汝昌五百元。

以上原来洋五百元。(十年四月初六日掣第九十八号收据。)合京平足银三百五十两正。

蒋泽山集捐：程眉记、沈润记、马渌记、吴敏记、蒋泽记、郭子记、项少记、钮理德共八元。念修堂八元。

以上原来洋十六元。(十年四月初八日掣第九十九号收据。)合京平足银十一两二钱。

河北道许印振祎一千两。

以上原来京纹一千两。(十年四月初八日掣第一百号收据。)合京平足银一千两正。

延庆州章印成义三十两。

以上原来京纹三十两。(十年四月初十日掣第一百一号收据。)合京平足银三十两正。

江苏泰州运判沈印桂集捐二百两。

以上原来曹〔漕〕平银二百两。(十年四月十一日掣第一百二上据。)合京平足银二百八两正。

九江关道洪印绪集捐：孙楚卿、金雨卿各二十千文。新关朱、李耐三、松寿堂各十千文。周作宾、方子绶、万鬷卿各五千文。李退思堂、王金带堂各四千文。研余堂洪三千文。令裕堂、咸凝堂、敦厚堂各二千文。思令堂、留余堂、金鲂堂、祐永堂共四千文。仁德堂、宜春堂、保彝堂共三千文。浔溪草堂一两。

以上原来钱银共兑京松银七十两四钱六分。(十年四月初十日掣第一百三号收据。)合京平足银六十八两九钱八分。

江苏苏州府桐印泽三十两。

以上原来京纹三十两。(十年四月十四日掣第一百四号收据。)合京平足银三十两正。

陆惕身四两。集捐：孙得芝、祁子枞各一两。

以上原来济平银六两。(十年四月十六日掣第一百五号收据。)合京平足银六两二钱七分。

署正定镇台潘印万才一百两。集捐：先锋右营任印之潜五十两。固关参将阿印克达春二十五两。都司玉印昆、冯印恩福各二十两。都司张印正斌十八两。守备王印士祥、卢金堂、阎恒森、武成杰、孔士杰、李玉林、李汝龙、王荫经、李登龙各六两。伍泰生、田学文、缪自成、苏俊斗、苏广栋、李东亮、朱新博、陈金荣、李凤祥各五两。不愿书名、五景泰、王官政、梁元庆各四两。孙春龙、王傅田、赵文成、潘盘曾、郑彦勋、任之济、王有功、胡长林、杜景贤、刘蕴韬、王捷三、李伯龙、程铭、刘殿元、冯喜魁、张庆元、张明德、高维常、王荣绶、陈玉烜、史玉堦、孔庆云、赵有刚、李庆云、李琴芳、萧云碧各二两。

以上原来京纹四百两。(十年四月十六日掣第一百六号收据。)合京平足银四百两正。

江苏仪栈总办李印家骅一百两。

以上原来湘平，除汇费，实兑到京纹九十七两五钱。（十年四月十七日掣第一百七号收据。）合京平足银九十七两五钱。

山西候补府杜印嵩年集捐：曾旭初、李涑生各二十两。张联辉、张敬之各十五两。张小轩十二两。双合兴、同盛栈、增盛泰、海昆圃、陈小樵、秦小斌、刘有兰、王子铭各十两。杜又坡、陈佑卿、王友三共十两。王学谦、陈葆初、朱益斋、周少芷、徐觐文各七两。庆及堂六两。陈仲甫、王瑞臣、王张氏、昌庆堂、兴盛局、同源公、通盛德、曹仲彬、高因之、王子敬、贾振镛各四两。王世杰三两五钱。梁士英、张郁文等共四两。庞玉卿、兴益公、卫珍隆、日兴栈、万聚海各三两。希盛全文魁堂廉源恒鸿盛兴长盛德魁盛祥积泰顺双德盛庆义德兴盛玉裕庆盛源裕当、李竹恒、逯子皋、陈会吉、陈蔼堂、胡挺生、朱鹤生、要桂堂、陈刘氏、王炳堂、王莲生、王丽生、王铁鼎、王籍氏、熊勉旃、贾育亭、魏向阳、金相、徐赞臣各二两。义聚和增福意六和公、郭旺德堂、杨有华、韩大临、乔锡五、吴松龄、苏福生、王星桥、王冰士、程夺魁、乔起珧、王继会、王筱春、王治达各一两。啜腾蛟、王效龚、秦菊人、张修德堂各五钱。两合堂、秦子玉、韩辅国、陈志让、盐山某、梁镜洛各三钱。牛景宸二钱。

以上原来京平公砝平足银三百六十六两七钱三分。（十年四月十七日，京一百五十两，掣第一百八号收据。五月二十王日，公砝二百十六两七钱三分，掣第一百五十号收据。）合京平足银三百七十二两三钱二分。

记名提台张印绍棠一千两。

以上原来库纹一千两。（十年四月十七日掣第一百九号收据。）合京平足银一千六十两正。

山西臬台高印崇基集捐：屠松本、无名氏各十两。藩经厅、藩库房各六两。胡湘浦、高孙氏各四两。同义局三两。六和公西盛远谦源恒栾竞同盛栈、文魁堂、敦盛歧、王璜荣、和庆甡、茂成荣、和庆、玉圃堂、无名氏、三多堂、蔚盛长、韩集五、两益堂、高李氏各二两。永升堂、裕盛庆、曾传训、崔长顺、曾继尧、李素芬、贾设廷、益盛永、甡茂公、胡杨氏、锦延斋、梁晋卿、翟凤池、卢师古、贺庆云、庆升德、希盛全、李步堂、通盛德、德泰丰、双合兴、刘怀瑾、宏盛公、元盛和、隆泰和、存诚堂、得昌隆、晋盛公各一两。无名氏六钱六分。梁赵氏三钱二分。

以上原来库纹一百六两。（十年四月十九日掣第一百十二号收据。）合京平足银一百十二两三钱六分。

皖南镇台潘印鼎立集捐一百两。游击牛印琴书暨合营员弁共一百三十两。都司吴印天才暨合营员弁共八十两。副将赵印金凯暨合营员弁、参将朱印仁杰暨合营员弁各共七十两。参将王印凤祥暨合营员弁、都司穆印成龙暨合营员弁、曾印恒德暨合营员弁各共三五十两。

以上原来漕平纹银六百两。（十年四月二十四日掣第一百十六号收据。）合京平足银六百二十四两正。

四川学台邵印积诚一千两。集捐：王步瀛十两。

以上原来京纹一千十两。（十年四月二十五日掣第二百二十五、二十六号收据。）合京平足银一千十两正。

记名提台刘印维桢一百两。集捐：刘宝善堂、宝庆堂、同春堂、宗正堂各十串文。刘延龄堂十二串文。刘道生堂八串文。省垣道生当共七串文。

以上原来市平松银一百三十六两五钱。（十年四月二十六日，一百两，掣第一百二十七号收据。八月初五日，三十六两五钱，掣第二百二十二号收据。）合京平足银一百三十六两五钱。

直隶提台李印长乐集捐：营务处杨八两。右营梁六两。前营宋、马队杨、直字营刘、炮队罗各四两。古北口练军丁、许、张、傅、邵共二十两。

以上原来湘平银五十两。（十年四月二十九日，掣第一百二十八号收据。）合京平足银五十一两正。

宣化镇台王印可升集捐六百两。

以上原来库纹六百两。（十年四月三十日掣第一百二十九号收据。）合京平足银六百三十六两正。

四川官运局集捐：夏印旹一百两。文印天骏、陈印锡鬯、何印远庆各五十两。阮印全龄、国印璋各四十两。李印忠清、柳印文洙各三十两。赵印茂林、林印寿鼎、沈印芝田、旷印超一、杨印仪成、邓印元镳、张印继曾、粟印秉、华印国英、陈印桂馨、吕印烈嘉、盛印樾、牟印思敬、叶印春荣、印印启祥、濮印景贤、刘印廷恕、李印镛、曹印学斌、张印兰、刘印善源、杨印荫棠、花印映均、何印炳曦、夏印源各二十两。梁印亿年、白印椿、何印念慈、娄印诗澂、张印瑞麟、黄印应泰、施印毓霖、苗印立勋、王印家斌、沈印树桦、范印鹤年、陆印程鹏、蕲印长生、邓印尔棨、王印绍勋、柳印宗蘧、赵印廷澍、王印立权、郭印锡龄、夏印敬孚、王印烈、吴印宝铨、冉印瑞桐、高印士鹏、韩印炳杰、彭印祖厚、颜印锺运、沈印全修、杨印培馨、季印学英、伍印生辉各十两。景印其沅、吴印延庚、胡印霖瀚、聂印光鉴、傅印达源、何印其泰、胡印承铨、余印恩鸿、王印维祺、江印先立、张印光炤、王印宝章、赵印明经、段印兴宗各四两。

以上原来京纹一千二百五十六两。（十年四月三十日掣第一百三十号收据。）合说平足银一千二百五十六两正。

永宁道署无名氏一千两。

此款发刻在先，其书捐姓氏寄到在后，并有续交之款。遂将各姓氏银钱细数并总入后。兹属重出。

福建盐道解印煜二百两。集捐：广盈库朱印之棨、浦下关华印晋恩、石码关刘印锡濂、莲河场吕印镕、诏安场张印庭桢、惠安场张印世绂、沈庄记、孙闾记、王茝记、冯文记、邹观记、朱槐记、吴小记各三十两。梁特记二十四两。西河关潘印志濂、莆田场程印起瀛、浔美场朱印仪、浦南场赵印长荫、宋子记、左瑞记、张雨记、刘桂记、吴介记、张子记、刘少记、范镜记、金葵记各二十两。邱藻记、洪沇记各十八两。福兴场吴印沛棠、福清场胡印晋兢、江阴场娄印敬山、下里场郦印观保、前江场长印存、浯洲场方印略、祥丰场程印宝芬、徐乳记、彭小记、孙子记、胡巽记、俞龢记、沈小记、唐听记、苏月记、西仁记、梁芝记、胡梅记、王森记、沙赞记各十二两。邓白记、雷受记各十两。托秀记、黄兰记各八两。卞熙记、张海记、吴亦记各六两。杨鼎成八十五两五钱六分。李玉成八十四两四钱七厘。林黄经四十四两八钱四分九厘。何桂芳允升四十四两六钱七厘。王豫全三十一两七钱三分七厘。陈谦受三十一两一钱一厘。陈经猷二十七两六钱四分五厘。陈世昌、曹联陈、章云皋、陈之麟、陈永绥、潘超朗、蒋延祖、周兆兰各二十四两。杜春辉二十一两三钱八分七厘。黄晋丰二十一两三钱五分九厘。高美全十九两四分二厘。叶福全十六两一钱八分三厘。蔡吴同、黄经泰、郑陈邦各十六两。魏万全四十两一钱三分七厘。郭成亨十一两三钱一分。萨信顺七两二钱五分三厘。林聚全、冯调元各二两八钱二分七厘。谢跃云、黄鼎英、魏佐衡、吴钧泰等共一百七两。陆勤吾、罗文淦、章子美、杜梅轩等共八十两。汪泽、徐德峻、陈鋆、谢鸿钧等共七十两。遗安堂孙、彭光珍、孙英龙、孙虚谷等共六十八两。

以上原来库平纹银、新议平番银，共兑库平足银，除汇费，净二千二十一两八钱五分。（十年五月初一日掣第一百三十二号收据。）合京平足银二千一百四十三两一钱六分。

闽浙制台何印璟五百两。集捐：藩台沈印保靖、粮道刘印瑞祺、汀漳龙道联印兴、泉州府徐印震耀、沙县万印毓倬各一百两。兴泉永道孙印钦昂、延建邵道奎印俊各五十两。漳州府吉印昌七十一两四钱。南平县章印德华六十八两二钱九分。永安县四十九九钱五分。建宁府蒋印斯岱三十九两。马巷厅邓印宗瑞三十八两八钱八分。福鼎县邵印书升、宁德县朱印宝书各三十四两一钱二分五厘。瓯宁县俞印秉焜三十两。南靖县梁印锦澜二十一两。建安县周印廷献二十两二分五厘。长泰县吴印拱曜、龙溪县饶印世缨各二十两。平和县杨印卓濂十九两九钱八分。蚶江厅、泉州委员陈印濂共十六两三分五厘。海澄县赖印以森倡捐劝募共一百五十两。漳浦县施印锡卫倡捐劝募共六十二两。永春州彭印鏊二十八两。金和顺烟丝各铺十二元，又二十三两三钱二分五厘。翁有光二十五元。金永福十五元。金永丰、黄丰盛、黄荣华、万丰裕、金广盛、林德丰、金隆兴、林丰源、林裕源、金益兴、金协成、金悦来、金益丰、金协益、金益成各十元。义源九元。李凤瑞六元。同益、顺兴、新顺、泉发、怡源各五元。泉裕、瑞和、义泰、勤美、永发、义茂、永成、和仁、永昌、锦源、杏吉、协吉、金益、裕茂、协成、德泉、杏美、新成、同美、经纪、金兴、涌裕、泉益、生茂、隆裕、升泰、珍利、成利各四元。义盛、协利、顺吉、谦成各三元。义顺、谦泉、春盛、裕泰、永泉、益泉、胜泉、三泰、合裕各二元。益丰、永丰、余发、顺裕、兴顺、隆泉、宝裕、代畊、涌源、升源、益兴、泉益各一元。

以上原来库纹七百两，库番一千四百二十三两三钱三分五厘，兑库纹一千三百十四两三钱一分六毫。（十年五月初一日，一千七十一两九钱三分，掣第一百三十三、三十四、三十五、三十六、三十七、三十八、三十九、四十、四十一号收据。六月十一日，九百四十二两五钱九分三厘八毫，掣第一百八十六、八十七、八十八、八十九、九十、九十一、九十二、九十三、九十四、九十五、九十六、九十七、九十八、九十九、二百、二百一号收据。）合京平足银二千·百三十五两三钱九分三厘八毫。

福建台湾道刘印璈二百两。集捐：台湾镇台吴印光亮、台湾府侯印材骥各一百两。台湾县胡印培滋、凤山县唐印宝鉴、彰化县蔡印麟祥各七十二两。嘉义县张印星锷七十一两七钱。澎湖协周印善初五十两四钱。恒春县罗印建祥四十二两九钱六分。中路厅邹印渐鸿四十二两八钱。金城堂武毅营四十两八钱。台防厅余印修梅三十六两。澎湖厅郑印膺杰二十八两八钱。洋药分局十四两四钱。积善堂十三两六钱。前署澎湖厅李印嘉棠十两六钱。吴治平堂七两三钱。王省斋、朱云生各七两二钱。吴务本堂七两一钱四分。吴汝章七两一钱二分。张兰如六两六钱五分。冯拱振四两二钱六分。徐元焯二两八钱八分。苏式贤、张建功各二两七钱二分。吴凌云、刘兰田、张沛霖各二两四分。王守诚、平廷熊、卢宗烈、王祖清、喻楚材、石兰山馆、王仁寿、杨承藩、吴伦扬、王栋、王藩、林培春、陈浚、王兰玉各一两四钱四分。陈尚惠、曾云峰、陈楷、纪云官、余庆堂、张霞峰、王涿斋、周鸣声、童义臣、李世鸿、周南义、王华亭、张锦云、黄乾福号各一两三钱六分。黄谷生七钱三分。王秋澄、刘镜芙、任玉岐、李气恒、倪位三、陈新茶瑞、黄修甫各七钱二分。姚佐卿、高少泉、吴翰园、朱可堂、贺成斋各七钱。欧阳淇园、李庆发各六钱六分。台北府陈印星聚一百两。乐善堂、集善堂、候选道林印维源各一百四十二百四钱。署宜兰县彭印达孙七十二两。淡水县张印景祁七十一两四钱。署新竹县朱印永烈七十一两三钱。代理新竹县周印志祝三十五两六钱五分。浙江候补府李印彤恩三十四两五钱。提台曹印志忠三十两。基隆厅梁印纯夫二十八两八钱。协领兜印钦二十两六两〔钱〕。提台萧印荣贵、镇台廖印得胜、协台龙印惠南各二十两。俞元珍十四两四钱。署基隆厅章印瑞坦十四两二钱六分。协台尹印茂才十两。同知游印熙七两一钱八分。同知俞印鸿七两一钱七分。知县杨印崇铨六两九钱二分。李洪氏六两九钱。毛振扬六两八钱二分。府经历娄印昭四两三钱四分。从九徐印恺三两五钱六分。林则荣二两八钱二分。何恩培、刘清河各一两四钱一分。谢建安、何生、张尚廉、江程辉各七钱五厘。

以上原来库番二千一百二十两六钱六分，兑库纹一千九百五十五两二钱四分八厘六毫。（十年六月十一日掣第一百八十四、八十五号收据。）合京平足银二千七十二两五钱六分六毫。

湖南候补府任印国钧一百两。

以上原来湘平足银一百两。（十年五月初九日掣第一百四十四号收据。）合京平足银一百二两正。

朱觐侯集捐：吴持训十两。不留名六两四钱。俞仲寅六两。祝少芝四两。吴丹铭二两一钱。邓少饮二两。棣华堂十千文。刘蕖川五千文。李芸青、陆峻甫、钱翰香、敬修堂各四串文。致和堂三串文。贻厥堂、养拙山房、潘梅轩各二串文。潘芝孙二千四百文。李震卿、顾姓、米琴生、王子延、洪淑吾各一千文。陈紫绂、俞授之、司马子述、盖又于、吴锦亭、吴立夫各五百文。杨雨田、杨叙五、李缉熙、无名氏、彭巨川各四百文。洪心斋、朱晓岚各三百文。无名氏、李心斋各二百文。瞿世琯、程子昭、声浩室、刘永仲、无名氏四户共洋一元、钱一千四百文。

以上原来银洋钱共兑京纹六十三两七钱。（十年五月十九日掣第一百四十七号收据。）合京平足银六十三两七钱。

涪州众善士三百三十两。

以上原来市平纹银三百三十两。（十年五月二十日掣第一百四十八号收据。）合京足银三百三十六两六钱。

永定河道游印智开集捐五百两。

以上原来库纹五百两。（十年五月二十三日掣第一百四十九号收据。）合京平足银五百三十两正。

四川营山县傅印亦舟集捐二百两。

以上原来市平足银二百两。（十年五月二十七日掣第一百五十一号收据。）合京平足银二百四两正。

扬州堤工总局集捐：道台黄印祖络二百千文。黄修礼堂四十五元五角。王三槐堂、裘赐福堂、汪蓬仙各二元。高林手三十千文。李世德堂二十千文。时德豫堂十四千文。蒋瀚章十二千文。陆鹅湖堂、刘云乔各十千文。高克复堂、萧思诚堂各五千文。欢喜堂四千四百文。范玉峙堂、郭敦复堂、恒吉陈手各四千文。范友恭堂、彭瑞芝、杨树德、高助之、陈凤鸣堂、王宝树堂各三千文。陈积庆堂、蒋敦义堂、许慎余堂、柴首善堂、蔡敬胜堂、程忠恕堂、欧阳宽恭堂、周安怀堂、陈振轩、朱世德堂、叶藕槎、夏友人、高文斋、李景行堂、刘藜照堂、许谷香、张根箴、王衫和、李仆庵、赵吉人、李阶平、王贤颂堂、任锦堂、王二十四福堂、董丽生、王二十四福堂各一千文。万和易堂五百文。

以上原来钱洋共兑京纹二百八十五两八钱三分三厘。（十年闰五月初三日掣第一百五十八号收据。）合京平足银二百八十五两八钱三分三厘。

广西藩台张印梦元、抚台徐印延旭、桂林府秦印焕集捐：藩台张三百两。左江道彭印世昌、桂林府秦印焕、思恩府刘印思浚、柳州府杨印廷玙、随林州夏印敬颐、宾州杨印椿、怀远县熊印继轩、宣化县张印飏康、上林县何印寿萱各二百两。永福县任印玉森、柳城县向印万鍱各一百四十两。庆远府戴印霖祥一百二十两。太平府李印世椿、那马厅吴印廷勋、恩阳州判陈印善钊、北流县陈印赞尧、富州县顾印国诰、武缘县萧印虑章、天河县陈印敬诗、象州郭印步瀛、百色厅曾印延里各一百两。永安州秦印振玉七十两。平乐县全印文炳、武缘县赵印鉴、安定土司潘印承熙各五十两。河池州陈印师舞、东兰州李印沾春、迁江县姚印宝善各四十两。宜山县陈印炳星二十一两六钱。署思恩县首印成坤、思恩府学黎印承泽、管带防勇都司王印兰富各二十两。临桂县裘印彬十四两。藩署无名氏十一两三钱六分。藩署无名氏十两。南安土州杜印凤保、怀远卡华印世熙各七两二钱。宾州学梁印慕邹七两一钱。上林学郑印辉堂七两五分。恩隆县顾印思仁七两。上林学梁印万年五两。宾州学黄印彝奉四两二钱。无名氏三两五分。思恩府司狱蔡印湘五元。守备石印凤朝三元。

以上原来市平、省平花银，除水汇费，兑京纹三千五百九十七两五钱三分。（十年闰五月初三日，二千三百十六两八钱九分，掣第一百六十一号收据。九月二十一日，一千二百八十两六钱四分，掣第二百六十二号收据。）合京平足银三千五百九十七两五钱三分。

山西冀宁道左印隽集捐：无名氏二十两。何鹿秋四两三分。郑书玑、丁启宇、庄敏、门缙荣、无名氏各四两。龚芝英、刘华贵各二千文。左鹤汀、居易堂、无名氏、陈枚臣、张向辰各一千文。

以上原来银五十两。（十年闰五月初三日掣第一百六十二号收据。）合京平足银四十九两六钱二分。

蒋稚鹤集捐：知立斋、蒋稚鹤各二元。徐慎记、慎思居各一元。盛雾隐、姜慕记各五角。

以上原来洋兑京纹四两九钱。（十年闰五月初五掣第一百六十三号收据。）合京平足银四两九钱。

四川渠县张印协曾二十两。集捐：利川乾、裕泰隆各六两。廖汝梅、东升典各四两。田恒兴二千文。雍万和、王正发、刘和兴、大川号各一千文。廖玉怀、卢清和、傅鸿兴、朱清顺、杨德顺、杨万兴、刘伦升各六百文。吴治平、蓝景祥、段存敬、庞春林、段存忠、杨海门、寇焕堂各四百文。黄朝杰、陈文璧各三百文。杨汝兴、杨序文、朱岳臣、萧国仁、段国安、段国维、左赋堂各二百文。陈世洪、王治瑞、王怀治、刘顺川、李景明、代书各二千四百文。黄朝栋、李元凤各一千文。何兴仁四百文。杨双合、郭永泰、陈合太、黑山铺各一千文。吴纯一、真原堂各六百文。包玉和五百文。唐天顺、楚吉祥、康福顺、沈永茂、张加瑞、李玉顺、肖长发、吴兴发、李洪太、王兴盛、姜万国各四百文。谢正发、雍裕盛、黄长太、孙贤荣各三百文。杨裕兴、李人福、何光明、谭祥太、董开科各二百文。杜元兴三百文。杨万兴、陈国顺、张学德、陈伏兴、尹福源、盛洪发、尹义和、汤兴发各二百文。黄登寅二千文。廖朝伦、余慎修、贾世顺、吴盛早、张绍成、涂朝太、田玉玺、曹永方、叶年苾各一千文。范吉盛六百文。范合盛、杨富顺、周柱国、黎仁昌、杜兴发、李祯祥、朱茂盛各四百文。雍恒茂、张仁兴各三百文。王芝彪二百文。杨家坪保三千文。大小斌山保、千址田保、董文美保、李家沟保、楚家沟保、徐唐王保、邺家渡保各二千文。刘官坪保、杨其昌、杨柏梁、杨育德、赵安仁、徐扶元各一千文。杨本深、杨延德、杨本深、陈治平、李定川、符节玉各四百文。赵廷璧、李正兴各二百文。朱正太、卢兴才、李安培、李宣儒、熊大仪各一千六百文。孙承烈一千四百文。李祥贵、邓三朋、吴正伦、申秉田、李一川各一千二百文。楚占魁、谢长福各一千二百文。杨正常、武圣宫、李春芳、陈天昭、陈文芝、梨树寺、文星漕各一千文。蒋廷鳌六百文。何世琛、谭诗礼、陈士润、黄明照、刘寿星、杨宗元、黄光典、马学礼、单训才、何世伟、何六词、邓开封、颜百顺、郭南山各四百文。陈隆喜三百文。覃梓春、冯庆三、萧三合、周三合、袁宝富、郭二合、奉清和、张常林各二百文。武圣宫五两。万人缘三千文。李文侯、彭辉山、郑人纪、雷元普、郑鸿笃、王家坝保会、陈议保会各一千文。三保三千文。杨家场、元功保、高石保、万福保、陈家保各一千文。崇兴保、三山保、青山保、陌紫保、大河堰保各六百文。杨万相、胡登朝、熊子承、程志荣、黄正球、熊林旭各二千文。陈福贵、王斌朋、万福朝、冯时全、张春荣各一千文。杨正福、何培元、赵奇兴、刘李氏各五百文。王长春、夏有光、江兴贵各四百文。雷春阳、李先达、吴康发、杨敬礼、黄文学各二千文。雷四喜、雷映魁、杨仕义、戴玉文各一千文。赵向郭保四千文。雷居坪保二千六百文。杨家坝保、桂溪保各二千文。周郑杨保一千六百文。段伯高、唐炳东、城坝保、到座王保、石河溪保各一千文。李韩张保、凉水井保各八百文。禹王宫、义冢会、四省公会、保长会各六百文。赵桂芬、李含芳、马书芳、石柄宣各四百文。王泽澍、陈昌周各一千文。仁义保、官义保、夏家桥、齐心合、徐家沟、清义保各五百文。王泽周、王维纶、王道坦、王道备、王道正、杨焕奎、夏三合、周国兴、东旭寺各四百文。李发东六百文。李宗国、罗安寅、葛廷芳、周德太、王伊直、徐世贵、曾林庆、段运隆各二百文。僧绪禅一百文。邹名海、刘兴富、龙文光、刘必元各二千文。邹登福一千五百文。赵春芳一千四百文。杨乾亨、许世科、李子敬各一千文。寇友贵六百文。张文栋、僧觉念各四百文。王子珩、刘锡朝各三百文。史登庸、刘维璋、王文瑄、刘朝斌、张廷举、寇学荣各二百文。万品文、张廷荣、刘朝俊、汪清荣、寇德益、刘锡瑗各一百文。赵文成四千文。黄杨溪保会二千文。蹇家坪保会、枫厢沟保会、陈家河保会、知县坝保会、江家坝保会、叶家坝保会、白岩沟保会、王家坝保会、李家堑保会、西坝保会、黄家坪保会、董家坪保会、一把伞保会、街保、廖家坝保会、垴家坝保会、佛耳岩保会、古楼山保会、富贵山保会各一千文。谢家坝保会六百文。钟子山保、大石桥保、观音寺保、立石沟保、青龙嘴保、团坝子保各一千五百文。王纯一六百文。余映龙、苗尔成、李昌隆、邓维桢、杨霖春、罗万邦、裴文敷、李锺仁、邓济州、薛登渠各五百文。林春镕四百文。熊逢峨一千文。万蒲端、雷文昭、雷元普、李三星、李有会、杨敏笃、李先渠、雷祝三、雷大恒、胡朝合、陈兴开、熊光隆、李维汉、闫有庆、糜相品、苏廷选、熊有福、章顺泰、蔡绍通、谢光举、大座庵、周芝德、王志寅、王清贵、田鹏川、曹岱之、闫正平、魏国贤、谢洪盛、周芝通、闫万庆、戴升华、胡承端、闫有庆、刘或早、郭正容、郭正连、郭正品、王元蛟、彭启江、彭朝惠、彭朝纲、李纯才、张天会、邓开有、萧凤彩、李余才、郭大琦、黄兰葵、闫成寿、龙性章、熊鹏有、丁四合、旷嘉奉、闫友诗、叶启纲、闫杰庆、闫远庆、周芝通、胡承端、王德祥、苏和丰、易天相、易承祖、谢德寿、梁仁玖、蒋全德、雷承仁、雷洪钦、谢光斗、郭正瑄、李发春、张天升、李一瑞、李一模、李春才、熊生德各二百文。陈凤扬二千文。叶金山、张彬木、方成九、胡承宣、叶必达、唐芝岺、周尚寅、肖春发、李成芳、王基业、易三合、余聘三、万仁福各六百文。唐兴义等二千文。邹国霖一千六百文。严兴仁一千四百文。孙清、聂晓亭、严兴富、郭五贵、邓怀玉、聂盛联各一千文。赵正典五千文。邹文寿四千文。涂文星、郑相金、傅学悦、萧家瑞各一千文。蒲春芳、刘文端、贾兴朝、侯廷智、王映和、李成业各七百文。傅元发、黄一劲、王锡来、简申成、吴天德、黄大义、杨明耀各一千文。胡四合八百文。王九思、吴秉刚、陈万章、胡宗炳各六百文。吴朝顺、闫兴诗、王凤斗、叶正元、雷文元、余心元、肖贵玉各五百文。胡亨铭、范镃模、唐正衢、胡秀先、张福志、田天谟各四百文。姜一品三百文。唐正曲、罗必寅、罗有仪、黎登贵各一千文。陈吉堂八百文。罗文英、罗耀山、罗玉山、罗升堂、罗元吉、罗成觉、罗成现、罗十合、罗学纯、罗上义、罗金光、罗抡元、陈宗润、陈寿林、陈长太、陈自敏、僧天晓、罗双陈各四百文。钟记四千文。石映奎二千文。文广禹、王宫、秦建东、田雨金、吴上品、寇光耀、万寿宫各一千。三河公六百文。张正兴、邓体仁、李燮森、唐长兴、合王泰顺、汤荣发、曾永森、田保吉、火盆宕保、胡家山保、太极安保、段清太、龙眼窝、王家场、罗江坝、老龙礳、萧陈周王郑杨保、洪溪口保、毛滩沱保、曾泽安保、石佛寺保、官田坝保、三合寨保各四百文。谭祥太三百文。蒲潘林一千六百文。任张李燕郑周段余扬、龙台寺、李廷益、四甲岩、北斗坪、李家沟、李郭梁各一千二百文。观音岩、何陈张赵光兴各一千文。王炳灵等、王成烈各四千文。吴兴才一千文。刘文俊三千文。窦家营、礁洞硚、下龙泉、上龙泉、下瓦子坪、常玉观、李保兴、正贤寺七甲沟、刘大高、庙子沟各六百文。何家沟、文成乐各五百文。下瓦子坪、陈家沟各四百文。李坤、侯明、唐斌、袁文各三千文。黄果、郑芳各一千五百文。

以上原来渝平银三百十四两二钱二分，除去倾销汇费，共银十一两二钱，实寄到京市足银三百三两二分。（十年闰五月初九日掣第一百六十五号收据。）合京平足银三百九两八分。

广西学台詹印嗣贤一百两。

以上原来京松一百两。（十年闰五月初十日掣第一百六十六号收据。）合京平足银九十八两正。

山西抚台奎印斌集捐：河南候补直州同贾印业五百五十两。俊秀贾枞八十两。末满吏崔麟祉、贾彬、李寿芬、曾传诰各六十五两。又共捐一百十两。

以上原来库平纹银一千两。（十年闰五月初十日掣第一百六十七号收据。）合京平足银一千六十两正。

四川叙州府王印祥麟集捐：马边厅武印文源经手，共六十八两。分府委员周印奎耀、陈印禹堂、胡印荷泉、黄印宗宪、陈印昌图、董印威、陆印薰、董印毓麟、孙印琪、娄印锦、杨印如松、鄢印曰彬、陈印启铸、丁印辅臣、孙印维祖、张印开先、戴印笃昆、元印锺秀共四十两六钱八分。裕通亨十两。庆森隆五两。云顺德四两。豫丰亨陈、福生春刘、福生春、精义乾、同德元、胜昌元各三两。解德立诚恩受长济美和信泰兴日升东冯德立诚三益和各二两。普明一两。

以上原来市平足银一百六十二两六钱九分。（十年闰五月十七日掣第一百六十八号收据。）合京平足银一百六十六两四分。

湖北臬台黄印彭年、武昌道武印震集捐：不列名四十两。武昌府玉印庭桢、汉阳府庆印勋、黄州府英印启、沔阳州邓印焯英、兴国州宋印熙曾、蕲州封印蔚礽、江夏县罗印湘、大冶县林印佐、孝感县亢印廷镛、广济县王印方田、嘉鱼县黄印秩柄、麻城县朱印荣椿、黄冈县戴印昌言、监利县李印载珪、东湖县龙印兆霖、试用县陈印豪各二十两。通城县舒印恭寿十八两。罗田县管印贻葵十四两。候补通判冼印廷瑜、候补县钟印期浚各十两。不列名八两。

以上原来银四百二十两。（十年闰五月二十日掣第一百七十、七十一、七十二号收据。）合京平足银四百二十两九钱八分。

江西赣南道文印惠集捐：胡益沅三十元。廖君纯、季五氏各二十元。唐江埠、同丰质铺、和顺质铺、钟心一、有求氏、知非子、无名氏、胡崔氏各十元。淑德堂六元。项胡氏、萧寿椿堂各五元。崔康氏四元。同聚栈、董厚生、卢四盛各三元。四岁幼童丰隆、七岁幼童克祥、崔豫生、刘万垚、光邦氏、朱宗高、王瑞芝各二元。彭寿堂、顺安号、丰盛号、卢盛发、卢复茂、永发和、恒吉、福记、正太和、利生隆、涵盛栈、钟广源、彭兆丰、萃丰栈、蔡锦隆、吉甡记、唐江油行、安记、永和祥、王万春、聚景泰隆、明利华、能兴号永兴隆、瑞泰盐号、汪魁甲、陆兴贵、无名氏、姚张氏、姚黄氏、朱英振采、汪求氏、朱春发、康纶树、陈联顺、康恒发、黄顺泰各一元。恒茂祥、白水昌、吕兴共一元。裕春隆永兴恒丰谦和同泰升隆人茂利和兴永隆春同仁懋荣顺昌回春堂永聚隆乾泰游同发谦泰永恒兴泗兴顺昌谢源发共十一元。以上系南康卡经手。吴世修、何采臣、刘福松、杨友胜各十元。秉直堂、余庆堂、在兹堂、青山堂各六元。陈星如堂、普庆堂各四元。豫恒堂、江子滨各三元。树德堂李、亦有秋斋罗、退思堂、居易堂各二元。叶茂廷、元善堂、行恕堂、用章堂李、读书堂李母各一元。六吉堂六串文。自省斋四串文。可大堂二串文。以上系赣县经手。承荫堂三十二元。李日彩堂、欧阳龙、陈君聘各四元。彭明穆、赖维斡、王彦田各三元。欧阳坤山、欧阳球、曾云锋、王明义各二元。涤松草堂、邹宣华、陈质夫、蓝云继、熊湘云、李作轮、刘荣椿、曾廷山、李贡、金隆、陈其清、罗均仁、陈发祥、张锦兴、王阳昭、沈钜猷、李贤章、陈大和、谢福、隆昌、罗大有、沈孚达、刘茂发、罗观寿、罗文谌、任万泰、樊兴隆、李全发、李日初、万顺瑞和祥恒昌义昌义泰李恒顺鸿泰、熊中和、吕士镕、谢文璨、尹文球、欧阳锦昌、欧长青、曾士龙、刘抡豪、欧阳衡五、张国桢、陈耀宗、刘秀山、萧锡章、李浩琼、文光翥、黄沛芬、洪兴号、谢炎辉各一元。无名氏三十八户各一元。以上系会昌县经手。龙南县合邑士民一百元。系龙南县经手。修省堂、春晖堂各四元。郑笠垣、餐霞书屋、汝南堂、钟永怀、闰德堂、东海堂、钟盛华、欧阳鹤峰各二元。欧阳名贤一两。郑涤庵、曾子木、高某、欧阳哉生、郑士荣、万合义记、欧阳济臣、杜惟善、唐敷德、唐森辉、陈铭辉、吴振扬、彭其晃、陈德基、钟其兰、钟瀛、唐荣昌、秦有庆堂、薛士法、唐礼臣、欧阳志远、林长华、龚虎臣、曾善鸣、李德馨、唐锦标、赖宝霖、唐柴垣、欧阳子亮、魏朗如、林长发、缪倜生各一元。以上系安远县经手。长宁县杨印长达六两。金印继祥四两。长宁典史周印光渭三两。长宁学陈印大文二两。田福、长宁汛潘印玉桂各一两四钱。新坪司陈印治国、长宁汛谢印祥发各一两二钱。汤道冠一两。生员严印宝贤、监生严印元亨各七钱二分。都司何印世球、经历陈印经钊、贡生曾印玑。生员谢印珠明彭陇西堂黄印堃各七钱。从九黄印国华五钱六分。戴印宝光、生员赖印文霞各四钱。廪生赖印汉元三钱。监生刘印汝绅六百文。廪生钟印材权、曾贵各五百文。周台余升明升各四百文。王璿三百文。生员谢印凤麟、黎印高桂、周福各二百文。杨禄、卢彬各一百文。以上系长宁县经手。宁都州崔印国榜四百两。无名氏一百两。公茂十五两。陈毓秀堂、无名氏、厚生鼎和各十两。聚发、祥亨各八两。良茂、郭贤升各七两。连度衡亿盛生各六两。李振亭、吉祥沙福亨仁美敖荣昌各五两。州判王印寿松、守备余印承恩、焦承裕堂、阜昌隆和生俊各四两。谢怡发、段双茂源丰履中余盛公余各三两。学正杨印韵正、训导蒋印开骝、下河司金印镎、朱彝训堂、崔培、兰桂轩、陈泰升、履泰兴、远盛甡、廖恒顺、万顺、邓士林、永源德、茂广丰、温斡桢、何效曾、万泰、卢同顺、种德、彭省吾、卢洪波、魏松园、宋砚生、吴师尹、连茂和、典衣店、鞋行各二两。怡兴同和荣发连星聚隆发恒丰、苏容光、李嗣铭、汪由连、萧秀锟、周坤华、卢玉美、彭焕、顺祥丰、廖裕春、卢四美、温一峰、英秀堂、谭广顺、余裕隆、陈洪吉森茂玉万镒广茂荣泰鼎盛洪泰万益盛益顺彭世福邱之达温华圃彭亦才罗洪兴鸣顺号万泰隆万昌隆丰美曾效怡万聚日泰连隆盛、卢晋贤、曾忱耀各一两。以上系宁都州经手。瑞金县黄印锟四十元。文童刘克鸿四百元。胡会桥十元。胡承庆、赖同吉、德聚无名氏各四元。杨旭融三元。永镇汛崔印凤麒、吴国元、罗鸿藻、钟鼎烹、杨家泽、杨家彦、福生行、林焕文各二元。温润生、杨家沄、赖鸿猷、赖光玻、陈渚、谢鸿书、赖辉渠、刘声荣、谢达村、刘时道、林福吉、林平章、邱进利、李兆康、李应兰、成功各一元。以上系瑞金县经手。卢陵县谢印△△一百元。培根堂二两八钱。谢好记、谢生记、刘日汉、刘日隆、刘世美、刘炳修、刘联辉各一两。恒泰、再生氏、谦益堂各十元。李敦德堂四元。万美正三元。同丰益丰恒应昌恒升荣和泰昌合广孚长和祥仁兴祥义成和各二元。祥兴丁启元堂、王荣耀堂、房庆云、朱安昌、王锡联、王永隆、厚德堂、忠信堂、积庆堂、留余堂、余仁堂、余勇堂、余智堂、存诚堂、修德堂、仁政堂、王明轩、饶双振堂各一元。章凝德堂四千文。吴世同堂二千文。刘肇杰、刘抡才、刘辅才、刘彦才、刘笃才、刘佐才、刘奇才、刘英才、刘情厚、刘恒辉、刘振美、刘芝兰、刘芝芳、刘干才、刘显才、刘爱卿、刘调卿、刘桂卿、谢霭记、谢敏记、谢春记、谢李记、谢温记、谢赖记、谢陈记、王笃生、欧阳浍泗、罗慎甫、曾玉记、刘春林、李存仁堂、宋秋荣、王紫倩、谢敬渊、锡德堂、寿富堂、朱仁记、朱衡记、吴得秋馆、吴紫记、吴定记、绳缉堂、怡怡堂、光裕堂、并茂堂、刘心德堂、温济美堂、温亲睦堂、温传经堂、小瑯精舍、温大原堂、温宝树堂、沈敦善堂、谢金记、谢昌记各一千文。以上系卢陵县经手。万安县王印△△五十两。良口卡夏经募三十千文。以上系万安县经手。潘三株堂五十两。梁树德堂十两。同济堂五两。王麟振堂四两。贺养桂堂、同仁堂各二两。以上系连花厅经手。候补理问赵印人爵三十元。庆丰质铺三元。以上系信丰卡经手。吉水县林印五十两。红兰吟馆十两。以上系吉水县经手。赣县盐埠一百六十元。吴精业堂四十元。周笃庆堂、韩尽锦堂各三十六元。周怀德堂三十元。以上雩都卡经手。许世贤堂三十元。南安总埠十二元。何文元、公济铺各四元。伦业堂、广发同泰廖祥泰经昌定安昌永隆万兴福昌各二元。太和复昌隆记诚利安记金兴均和和隆恒昌利昌昌泰昌记新记伦兴筠盛隆协吉和吉赏怀德堂同兴广顺聚成惠来苏慎修永和祥大成泰来骏成恒丰泰丰光大广昌恒安大利祥盛泰泰生德万生许隆昌朱大顺张辉泰邓时泰各一元。梁德昌德昌和顺昌隆同兴德利昌全各三钱六分。以上系大庾卡经手。李纶孙二十元。刘桐孙、曹义泰成赖巨兴、鸿昌福各十元。章景福堂六元。协泰来、刘士桂各五元。陈谷诒堂四元。和美宝泉丰裕隆福元天顺景昌东成堂、徐西就堂、黄普庆堂各二元。两吉道人、乔金官、王利三、卢同盛、周同顺、恒豫匡、永吉、永昌、隆利、源信、源刘、长顺陈正昌祥云协隆永春黄道生黄德生广裕各一元。青云斋一吊。惟新安、俞永兴、戴茂盛、罗森茂、马翠和各五毫。以上系赣州西关卡经手。陈星如、廖同孚、永荣昌各十元。同丰福隆谦泰开泰源生美昌各五元。聚昌奎、悦来各四元。聚美庆仁锦兴同德升发隆聚泰各二元。乾元、同聚、聚宝福、聚和、郭鼎盛、陈福诚、三益德新同庆源茂晏益泰、晏鼎兴、黄义生、胡永茂、万发楼、正源、瑞泰、天源、周德昌、三元斋、傅怡斋、德元、德美、和利、三昌各一元。复兴园、兴发隆、德松茂共一元。周同德五毫。邱广昌五百文。以上系赣州东关卡经手。凌篷生、李屏偕各十元。再捐生、无名氏各八元。无名氏六元。李贻谷堂、无名氏各五元。无名氏二户各三元。麦春畦、凌述绪堂各二元。黄定文、麦启琛、麦启璋、张慎猷、凌德修、李省三、凌黄氏、凌李氏、凌徐氏、凌日烜、简佐卿、曾福、应隆、罗芳园、林云泉、广华号、曾悦来、李裕均、应隆泰、乾元号、汤问雪、黄焕生、永和祥、黄宏育、蔡溢谦、汤兰芬、万泉、陈福诚、广生昌、守恕堂、黄丽生、同和盛、黄宁江、黄源江、黄德文、万镒、广裕和、叶德堃、彭启端、黄馥昭、程烈卿、刘钜经、凌乙垣、凌锡麟、张宝卿、凌善之、张丽堂、林同福、叶镜堂、彭盛朝、钟福隆各一元。李章裕、凌凤才、梁启宗、张佑恭各半元。以上系洋药局经手。

以上原来银洋钱共兑九三八平纹银，除汇费，净二千三百六十一两一钱四分三厘。（十年闰月二十三日掣第一百七十四号收据。）合京平足银二千四百二十七两九钱。

云南抚台唐印炯、云南藩台李印德莪集捐：藩台李一百两。臬台熊、粮道刘、盐道锺各五十两。迤东道崇、迤西道翁、云南府邓、曲靖府施各三十两。候补道翁、候补道吴各二十两。黄云卿、曾子继各十两。彭卓田八两。宋秋崖、李仲戬各六两。曹鸣翼五两。藩署各房共五两。张裕三两。廖懋逢、翟剑泉、吴幼卿、叶小泉、吴德熙、李春和、常农各二两。周觐卿、焦显第、陈杰、孙仁甫、李金山、刘鸿顺、龙遇春、潘泰来、李荣华、梁敏斋、陈克俭、李润泽、叶兰江各一两。李稼生九钱。郑理六钱。杨汉卿、赵茂廷、李清登、侯辅臣、周桂林、杨正春、秦元春各五钱。无名氏四钱。李文卿、李云樵各三钱。

以上原来云平足银五百二十四两。(十年闰五月初七日掣第一百七十五号收据。)合京平足银五百三十四两四钱八分。

湖北宜昌盐局大关集捐：候补道陈印建侯、宜昌镇台罗印缙绅各一百两。税厘局余印受祺十二两。宜昌府存印厚、补用府聂印元龙、候补县陶印蕃祒、沈印炘、署东湖县柳印正笏、大关文案陆印维祺各十两。候补县袁印鸿畴、归州沈印云骏、补用知州易印学灏、即用县唐印步云各六两。宜昌镇游击朱印大珍、松印山、杨印龙章、刘印步瀛各五两。候补同知罗印金寿、同知衔林印芬、补用县张印金澜、余印受祺、从九黄印寿蕃各四两。饶镜光八十两。广生同恒茂祥三秦和兴玉通裕大生厚吉诚升各六十两。隆秦、公泰各五十两。立德三十两。长顺兴顺义德生义恒益公裕盛荣义泰恒泰昌恒福兴隆李义兴同兴仁广生同大生厚各二十五两。楷记二十两。

以上原来九六平银一千二百六十五两。(十年闰五月二十七日掣第一百七十六号收据。)合京平足银一千二百六十五两正。

广东高廉道崇印绚集捐：茂名县绅士邓印维鋆一千两。吴川县绅士陈印嵩梅一百四十两。职员周印寿清五十两。前茂晖场大使李印积莱二十两。

以上原来洋银兑京松银，除汇费，净一千一百二十两。(十年六月初二日掣第一百七十七号收据。)合京平足银一千九十七两六钱。

广西左江道彭印世昌一百两。集捐：左江镇台刘印光裕、南宁府延印昌、横州文印星昭、南宁糖务总行各一百元。南宁同知潘印保泰、百色厅曾印延里、隆安县刘印庆桢各五十两。太平府李印世椿五十两。归顺州梁印庆鎏四十元。右江镇台徐印生德三十二两。西隆州何印养恒、署西隆州陈印子廉、恩隆县张印毓麟各三十两。镇安府邓印辅绵、左州曾印绍班、龙州同知蔡印希邠各三十元。泗城府陈印善均、崇善县陈印鸣谦、天保县谢印焕章、西林县周印绍年、抚标都司陈印元燧各二十元。永康州蒲印让卿、明江同知绶印麟、南宁盐务总行各二十元。养利州廖印绍麟十四两。宁明州刘印凤纪十六元。署奉议州陆印树谷、右江镇标游击刘印登洪、候补同知胡印廷培、恩赐厅陈印善钊、署恩隆县顾印思仁、西隆州判邵印利仁各十两。候选县丞萧印允文八两。补用府潘印汝杰、宁明州学钟印逢銮、南宁杨荫美堂各十元。凌云县丞首印成均、临桂邹江临各五两。西林县学吴印乃鸿、泗城土知府畬世袭八品承祀岑印润传、平乐司陈印恩湛、汪甸卡吴印焕章、榜墟司郝印联茹各四两。百色厅学梁印廉夫、百色厅巡检叶印衍龄、江右侯用铨各四元。百色厅照磨徐印振声、恩隆县丞刘印国宾各三两。太平府学杨印超松、李印锺渊、永康州学全印献廷、阳印晖吉、泗城府学伍印建邦、署泗城府经历周印琦、凌云县典史邓印炽南、东凌寨司景印文焘、恩隆县典史罗印福河、永康州吏目骆印建章、凭祥土州判赵印庆善、熊醉经堂各二两。恩隆营千总林印树棠二元。恩隆县学李印骥元、右江镇标守备莫印正美各一两四钱。临桂邹闵氏一两六钱。太平府知事高印迪祥、崇善县典史史印鸿宾、泗城府经厅冯印国材、候补县丞冯印鸿举、巡检贾印遗泽、庆远协都司蒋印现龙、右江镇标守备张印继先各一两。

以上原来银洋共兑京松银一千五十六两五钱。（十年六月初三日掣第一百七十八号收据。）合京平足银一千三十五两三钱七分。

福建候补同知任印邦翰一百十四元八角五占柒。集捐：张追远堂十元。唐苏亭、张济生各八元。张仲华二元。

以上原来番银兑台新议平纹银九十二两二钱。（十年六月初五日掣第一百七十九号收据。）合京平足银九十四两九钱六分。

贵州松桃厅集捐：天字号、仁字号各六两。涂育记、灿记、忠记、典记、飏记各四两。大兴公三两。万恒泰一两四钱。罗松盛、李太荣、李太和各一两二钱。朱义麟、万德茂、万德兴、罗恒兴各一两。胡义盛、黄裕丰、和泰顺、周源泰、鲁福茂、龚友仁、洪杏林、李伟枝、洪如源、张尚友各六钱。李崇勋、黄庶蕃、同兴发、熊吉兴、周寿林、周明顺、刘义隆、刘安品、傅松柏、黄镒各三钱。

以上原来京足银五十三两。（十年六月初九日掣第一百八十号收据。）合京平足银五十三两正。

周筱雅一百元。

以上原来洋一百元。（十年六月初九掣第一百八十一号收据。）合京平足银七十两正。

河南永宁县杨印　　集捐：元泰德、金润清、宋永昌、张恩维、焦集义、杨振邦、韦克仁、罗化鹏、宋海宴各五百文。程大顺、张长顺、卫振江、陈玉堂、魏中和、太和号、张玉温、天成永、张和今、田清芝、元昌丰义丰祥发长、黄廷宝各三百文。杨锦芳、锁成娃、锁青云、陈士彦、宋魁盛、雷三震、张玉端、骏兴协、黄之润、德义和、张德盛各二百文。赵六合、崔文昌、公天锡、赵先知、杨书生、祥元隆、焦永泰、李秉顺、赵乐天、张永信各一百文。

以上原来钱兑京足银六两六钱一分。（十年六月初九日掣第一百八十二号收据。）合京平足银六两六钱一分。

直隶顺德府李印赞元集捐：李襄虞二十两。张锡畴、杜家桢、余金绶各四两。姜锡纶、叶向荣、熊大座、彭铭恩、恩奎、薛廷懋、王俊文、高思涵、孙清柱、王先楷各一两。邢台县李印云藻四十两。南和县李印应培二十两。沙河县孙印清穆十三两二钱八分。沙河学萧印文治、丁印大年、典史王印振銮、毓秀堂、长盛坡各二两。益德裕四两。沙河汛陈印玉顺一两五钱。赵允中、片玉堂莫、植德堂王、陈植、段凤来各一两。胡守成、胡人元、王保民、裴克忠、张立本、魏席珍、胡人龙、许梦庚、王玉珍、苑春长、赵莲魁、高勇、赵可金、胡守文、胡人贤各五百文。王心一、张新榛、苑春藻、郭齐政、郭清选、韩蓬莱各三百文。樊登瀛二百五十文。苑邦均、王丙寅各二百文。广宗县长印秀、通盛当各六两。宏泰三两。豫泰恒二两。无名氏二户、俞鲁斋各一两。钜鹿县赵印映辰六两。张孔林十两。闫蜚轩、申月樵、田廷献、孙魁斗各二两。王右泉一两二钱。张惠轩、张翰墨、高人杰、董彦硕各一两。王彤云八钱。唐山县陈印嵋十两。唐山学张印叙典、李印飞鸣、典史沈印沅共四两。内邱县陈印缙十两。典史车印瀚、傅绳正堂各一两。瑞昌盐店、钱布店各四两。钮秉臣三两八钱四分七厘。任县观印祜二十两。任县学张印汝魁、齐印赞廷、典史陈印寿乔、外季李印成栋各二千文。县署各房各十二千文。赵治清、赵振邦、李生花共六千文。粮行共四千五百文。节爱当、义泰公各一千六百文。庆德公益谦益各一千五百文。泰运昌协和永永和成永盛祥永昌、苗呈瑞各一千文。光裕八百文。

以上原来银二百六十四两二钱八分。（十年六月十二日掣第二百三、四、五、六、七、八、九、十、十一号收据。）合京平足银二百六十四两二钱八分。

广东潮惠嘉道张印联桂、潮州府朱丙寿集捐五百两。

以上原来洋银五百两。十年六月二十六日掣第二百十三号收据。合京平足银四百七十九两正。

湖南兴宁县连印自华集捐：无名氏一百元。李甲春五十四元。无名氏四十元。李安民二十一元。无名氏、范仲永、蔡仲春各十五元。黎陋斋十元。刘君玖九元。无名氏、方性禾、黄二发各八元。

以上原来洋兑市纹二百两。（十年七月初七日，五十两，掣第二百十四号收据。十月初三日，一百五十两，掣第二百二十八号收据。）合京平足银二百四两正。

江西候补县任印国铨集捐：树德堂十三两二钱四分。心余力弱人二两。西江友二元。候补府戴印兆英、截取县俞印寿祺、赐锦堂、述事堂各四千文。清河堂三千文。盐大使史印崧年、候补县黄印际亨、候补同知郁印震培、好善堂、积庆堂、世同堂、九疑杨、基福堂、春渚草堂各二千文。候补县杨印青选、彭印　　、汪印　　、李印　　、张印凤龄、黄印廷黼、徐印礼、石印寿祺、吴印　　、候补县丞成印　　、彭印　　、道库厅六印桂森、巡检任印光辰、按知厅蒋印　　、杨敦厚堂、竹荫山房、蒋修堂、包守研堂、董谷贻堂、龙慎余堂、存心氏、乌真超海、赵赐郦阁、观我堂、从善堂、松茂堂、行溪堂、古梅书屋、庞山傒丞、月子种竹书、舍正大店、豫怡堂、诵芬堂、听琴读画堂、养福堂、清穆堂各一千文。乐善堂、表湖司彭印翊各五百文。

以上原来银钱共兑曹纹六十两。（十年七月初八日掣第二百十五号收据。）合京平足银六十二两四钱。

广东陆路提台张印曜一千两。集捐：提台孙印金彪、王印连三各二百两。杨印寿山一百两。

以上原来京纹一千五百两。（十年七月十八日掣第二百十七、十八、十九、二十号收据。）合京平足银一千五百两正。

广东潮州府朱印丙寿集捐一千五百两。

以上原来洋银兑京纹一千四百三十七两。（十年七月二十一日，九百五十八两，掣第二百二十一号收据。十月初三日，四百七十九两，掣第二百二十九号收据。）合京平足银一千四百三十七两正。

广东粮道王印之春八百两。

以上原来市平银八百两。（十年八月二十一日掣第一百二十四号收据。）合京平足银八百十六两正。

四川重庆镇台田印在田九十两。集捐：无名氏十两。

以上原来京纹一百两。（十年十月初二日掣第二百二十七号收据。）合京平足银一百两正。

四川永宁道署集捐：萧正武、萧王氏共一百千文。游海帆十二千文。徐开桂、游立山、杨学浚各十千文。曹维清、忠义甲、静安甲各五千文。李国启、胡绍庭、王汝锡、李忠沅、云龙寺、三可堂、温应元、刘万福、简仕伦、邓朝宾、孙腾骕、林子和、林秉忠各四千文。周心斋、郑级三各三千文。曹维明银一两。兴隆庙、杜光唐、陈宗衡、陈宗典、呙昌猷、程云鹏、魏思德、罗国才、魏思彦、张大发、王三元、曹五氏、曹税氏、余青钱、王学汤、杨冯氏、杨学瀚、彭樗、石自林、梁文光、刘珊洲、刘少蓉、张大潮、刘定魁、僧御莲、郭张氏、邱翊淮、周大顺、易抡魁、刘元魁、王道培、刁刘氏、魏刘氏、马朝绎、车智、熊焕亭、李益善、蹇杜氏、朱玉山、易甫臣、严子园、刘香亭、熊占翊、罗乾初、熊光第、熊西成、李秀安、李吉三、王大邦、熊德三、水口寺、熊羽丰、胡学泮、胡鸣远、胡礼远、胡四知、熊北海、李恒升、邓尧阶、徐开富、李国钰、胡海、傅纯九、刘贤多、屈平川、屈应扬、孝义会、周益斋、夏源泰、胡泰亨、杨宏道、万寿宫、尹士奇、悦来典、保和典、赵宝济、泰公喻富泰、曾兴发各二千文。苏永和、恩济成、唐忠孝、郑怀义、萧维祖、先才顺、李兴泰、敖国祯、郑凌峰、张学海、郑礼智、张文纬、王遇春、袁廷襄、白云峰、范顺、敖国俊、张文经、曹克庵、张文绣、张普、敖国鲁、僧果维、邓廷彦、刘德孚、张文俊、张永和、先金荣、宋元炳、宋洪恩、杨美祖、何国斌、杨煜林、李献廷、彭明庵、罗聚贤泰、彭学昭、王运熙、宋富生、王黄氏、宋洪鼎、袁正邦、匡延寿、易遵华、刘润琳、杜有言、杜有全、袁正宽、淦世芳、伍大业、杨浩然、李文学、罗永楷、梁文衡、曹培文、蔡显礼、程泰有、李宗举、彭建庵、蔡应宗、罗窦氏、石自荣、李树堂、屈洪源、梁明兴、周体康、梁明春、牟思隽、周文金、李文隽、王清廉、李作霖、傅国俊、张国贤、张治贤、张文铸、王应才、李春涛、罗章泽、王绎、何聚坤、僧慧住、刘徐氏、余王氏、萧时赞、陈开诚、阴仕元、晏协先、僧慧佳、刘炳南、陈开庸、陈万森、张维宗、雷应祯、雷立斋、呙昌言、雷超融、程屈氏、程子谦、唐登俊、戴庆元、何晏清、戴鉴侯、戴荣寰、赵廉臣、陈国仲、潘文升、周文光、曾玉朝、郭应僖、祝杆仲、潘文玉、刘正钰、刘正铃、冉清和、皇甫梁、杨贞朝、杨奂孚、杨奂荣、郭应卿、刘正常、李镇南、李德元、张崇锡、王定堃、张敷文、詹树华、吕兴坤、袁正川、任徐氏、夏锦荣、王定斌、张自成、张时泰、杜占升、邓文禄、王治凤、赖大兴、罗永兴、曾玉发、韩登仙、周丰亭、杨朝勋、黄泽、代明盛、曾明五、杨成宝、陈万亨、周万和、邓长发、郭应昌、陈致和、缘兴和、聚奎号、舒士朝、济泰公、刘朝碧、张文翰、孙月曜、何增裕、侯宗智、曾玉琮、孙月亭、孙明聪、孙长洲、梁绍瀛、余才学、詹世浚、周瑞亭、杨恩明、黄良坤、张凤翥、徐鸿远、徐开衡、段安全、熊兴仪、济泰公、熊长顺、刘永相、周朝纲、赵利贞、僧春霖、张义兴、僧宗清、梁杜、熊汝诚、吴廷俊、李谦元、刁文端、罗思林、朱国群、刘天德、丑宿宫、都官祠、桓侯宫、禹王宫、南华宫、罗大顺、李洪进、僧东华、李清元、应洪礼、廖运珠、廖运忠、李高氏、万廷沾、康立柱、王道彰、林有山、刘天培、莫大华、马朝绪、尹正元、赵世鈊、傅玉质、刘敏超、张文龙、赵世钦、袁祥庆、袁光文、袁槐山、吴祥庆、周华轩、刘伟庵、周性敏、唐永常、夏合兴、胥文光、方田盛、刘世宦、赵应顺、蓝长盛、萧玉昆、邓朝纲、傅唐氏、孙余氏、雷汪氏、许福林、刘遂生、梅国儒、周文升、斯元朝、姜正宇、胡国昭、周文继、周文茂、舒国权、郭家笏、杨时栋、周正宾、萧如南、刘廷顺、张良进、张良遇、刘美堂、张元亭、天仙硐、范贵盛、刘忠芳、刘忠纯、金凤山、何裕泰、曾贵盛、姚盛明、唐世钦、曾鸿盛、德裕通、萧元盛、黄朝荣、周益暟、李洪泽、张肇伦、张肇礼、刘继富、马国彬、李文玺、李文玑、李文玖、李寿元、李永年、彭陈氏、李易氏、卢四、洪顺、王贤彪、黄金顺、僧映祥、巫华山、周平斋、王仁美、僧安和、陶雨苍、陶莅唐、陶绰然、费应储、郑恒盛、张全武、杨长发、傅吉、泰祥、孙万顺、祥泰源、义信号、恒泰、充德盛长、杨福星、夏永顺、兴发寿洪盛金晏三泰大兴公大顺和温永盛、杨和泰、黄德茂、喻富泰义昌忠杨庆兴、汤全盛、刘豫丰、温永盛、衷启元、万知铭、张庆昌、彭乾昌、邹道生、禹王宫、武庙、张万泰、南华宫、杨玉书、僧元贞、刘泽远、高崵之、朱伯英、同兴裕、李美堂、李瓯堂、温永盛、屈昆圃、叶长顺、杨青云、马玉堂、蒋聚庆、谢乐庭、喻富泰、楚正溪、王恒足、闵文发、廖芳荪、张溶江、杨哲生、杨蕴山、陈茂先、杨西堂、元泰祥、周兴发、黄元利、杨六兴、彭德和、陈万兴、邓兴发同心永济泰市店白玉兴、义和生、李义顺、唐兴发、王义顺、李双发、彭祥发、仇裕森、王永兴、韩恒发、姜春发、兴泰源、邝绍周、邝新余三、朱福来、余源顺、张大兴、雍华兴、复顺合、欧阳承龙、王祯、屈应涵、屈四友、屈达中、胡思万、屈四聪、郑槐中、郑仕中、郑启中、郑钦贤、屈达德、屈全仁、屈三华、屈达庸、屈济美、屈三重、屈成德、黄有楼、黄钦臣、李时章、严洪泰、李时望、陈两仪、薛觐堂、雷升庵、雷四和、黄子波、李发盛、钟登阁、曾诚斋、熊升堂、张绍富、汪正印、王邦昌、詹维瑭、罗益星、韩应知、韩臣斋、詹世斗、詹维明、熊寿庵、郑昌惠、李银斋、张德舆、何维成、桂腾芳、郑三元、邱长顺、刘炳然、熊辰久、郭辉亨、胡学信、李国贵、杨德才、马联三、五峰寺、李国瑞、熊绍尧、尚安芝、黄赞之、屠海清、刘太和、曾世杰、黄玉庵、李正端、甘培福、明正树、明占元、徐三元、刘乐斋、徐正才、徐正坤、李忠蔚、徐栋占、熊太顺、明泽三、何焕章、彭浚卿、余天朝、五复元、熊泽九、徐明斋、马世笃、马世基、万里傅、周正卿、周正鼎、舒如甲、舒一元各一千文。陈福兴、张万发、文玉泰共九百文。马义生、王兴盛、李三江、李三全各八百文。刘正富七百文。蓝昺章、黄万青、董绍遇、屈福庵、屈应安、屈和轩、屈五福、曾长盛、李成龙、雷玉山、段允斋、许祝三、阳继堂、杨通荣、唐守远、马正崇、朝阳观、张伦元、刘天赞、梁星斋、王祥泰、刁厚庵、张如意、戴德阳、鲁会元、刘福如、文元太、陈德三各六百文。陈永森、范万兴、顺发和共六百文。黄复顺、马鹏九、周元盛共六百文。尚振泰、陈永和、杜裕丰、温永盛、舒万发、王洪发、郑人和、田永茂、熊松发、王洪顺、杨玉兴、杨和发、黄鸿川、尹和丰、刘兴顺、余大顺、李福生、李春和、王洪顺、同发号、宋荣生、黄永聚、蒋恒济、陈洪顺、朱裕顺、汪长兴、熊聚源、周裕盛、李桂芳、朱正兴、王仁聚、李荣盛、余三和、温永盛、李春华、傅长泰、贺兴发、钟荣发、戴长兴、刘玉源、韩遇顺、张大华、邹黍春、杨正兴、石玉森、向玉顺、陈全发、徐德泰、孙和顺、王槐茂、义发衡、刘广裕、庆森荣、温玉顺、长顺公、朱福成、福泰号、富泰堃、钜盛源、徐广全、恒益、丰明、熊聚源、沈茂盛、韩恒发、天美号、天成分店、洪顺全、泰昌号、益发、仁庆泰行、刘合兴、永兴号、孙万和、孙子香、谢百川、杨资生、泰顺源、裕丰厚、田大有、兴盛行、周全和、四合源、张泗泉、肖厚昌、永丰行、徐大盛、胡泰兴、聚泰公、卢鸿裕、龙元亨、周裕顺、忠信行、戴洪顺、梁益泰、黄元泰、刘豫升、正星乾、天泰森、江全泰、龙元和、玉兴丰、福兴隆、崇发公、裕兴祥、尚有恒、吴国瑞、皮仁仁世昌、正森发栈、戴义盛、陈荣发、玉全号、黄巨发、罗协盛、杨选顺、戴洪昌、杨洪盛、郑合兴、福泰裕、集义生、邓广茂、同荣堂、赖永丰、启大行、义和全、吴兴隆、王栖鸿、余合镇、古源茂、张万太、江德和、袁家和、万益全、雷义顺、吴乾元、福向全、义品鑫、源德全和潘义全、盛陈洪泰宝兴玉邓义亨刘万丰税金兴、李德盛、邓荣、兴义、利亨、杨隆泰、刘炳升、罗元、顺兴、邓全泰、复盛怀、何正兴、邢发荣、孙永和、洪顺金天成森、王洪顺、陈天泰、周复元、梁甫臣、赖长生、马云仙、戈元正、七仙会、唐文宾、严益春、陈绍绪、孙法尧、袁洪金、李荣、韩恒发、辛长发、曾裕全、江长顺、祥兴泰、古万顺、梅德盛、梁义和、曾泰亨、魏双和、帅合兴、田永发、罗洪发、方月盛、曾昆山、马竹溪、胡长兴、李后庚、蒋源兴、李光裕、赵芝田、曾和森、杨耀廷、张恒昌、恒侯宫、李秀德、吴龙泉、蒋开科、罗登鳌、严益春、陈麻、鄌约、谢庭兰、刘舒氏、肖可廷、三皇宫、罗耀堂、吴子仪、施月峰、尹和丰、余源顺、孙祥茂、王逸舫、陈恒盛、钟集斋、古长发、张祥泰、周乾昌、萧薇堦、余永发、刘万、顺利、赖俊臣、余小篪、吴渔帆、尹义泰、夏天和、刘涌顺、韩恒发、王长盛、艾洪顺、黄太和、吴次千、章玉顺、田寿山、万兴和、苏少东、范思仲、曾何氏、刘天顺、陈有信、萧成斋、刘定远、刘朝检、杨开泰、张全茂、袁大顺、邹国霖、陈元兴、何长顺、范超华、范思和、何大乾、何大金、刘荣盛、曾瑞麟、昌长顺、刘利顺、刘悦盛、曾和盛、张元顺、张开顺、刘德彰、姚盛聪、陈熙山、张洪发、李纶、李绩、李锡谷黄芝昌长顺、袁昆山、赵邦尧、刘文鹏、孙代有、罗辅亭、曾恭泰、王良科、罗正才、况相城、何春林、康青山、冯致和、张隆发、义义兴、张易兴、陈童枢、陈德和、萧居仁、陈绍尧、张镇铭、李中鼎、粟万举、王明聪、李维瑶、张朝纲、王步、张朝纶、粟荣洪、王明尊、李邦伸、欧文仕、王才利、梁朝绎、刘元朝、罗蒋氏、刘元善、唐宗敬、张学田、葛正兴、任先元、何国用、刘德光、葛福堂、刘德厚、王元发、易顺升、段灵秀、张才美、周炳森、张昌泰、僧云庆、刘道重宗、王文崇、董余氏、张光铨、饶明耀、张镜堂、张肇兴、张茂升、刘秀川金和、苏国龙、夏启芳、胡国维、王国龙、杨福隆、杨镛、王明卓、刘天位、周长德、王明鳌、马朝堂、李有禄、夏定有、王永福、马相国、马再田、马国凤、张声闻、张昌明、王国清、王明心、叶朝元、张玉凤、刘昭盈、刘先玉、李正兴、粟荣隆、胡朝相、刘朝衡、杨泽之、曾贵兴、杨国臣、王朴庵、李德治、胡祯祥、刘国彬、雷豫权、雷祥发、刘厚培、刘厚仁、张为珖、朱忠明、张和发、李中本、曾洪顺、张邦策、朱正才、刘顺庵、李同、杨晋、唐吴、张如彭、刘玉堂、刘焕亭、李春亭、李邦相、王履坦、高开化、陈祥涵、易顺纲、高吉人、易顺观、曾宣贵、易顺文、王履墀、王代荣、王才全、陈履斋、陈祥宽、高德观、杨泗海、杨正升、易顺豫、白世华、陈祥烈、王正星、王正聪、饶明彩、吴洪福、何国士、陈大培、黄道喜、黄刘氏、黄陈氏、王廷魁、陈代芳、陈经廷、吴春山、梁云斋、吴世明、黄辅三、黄燮堂、黄叶氏、晋天元、宋辉远、李彭氏、黄奉三、巫云山、万兴隆、万泰元、杨起高、张玉明、张永和、杨元升、王贤彪、王裕源、吴永隆、王雅堂、巫近塘、张荣兴、周开文、龙泰昌、谭世芳、萧文梁、周开运、沙溪寺、郭长兴、郭大兴、锺万泽、李高梧、陶以柏、陶以梗、周星明、龙达三、陈美堂、谭世清、钟仕之、袁宝之、黄开文、马继元、李光仪、钟虚斋、郭荣兴、陶本唐、张世华、白玉泰、张崇梁、李茂轩、熊绍湖、徐雨三、徐邹氏、徐继然、徐超群、武恒泰、罗刘氏、罗殷氏、詹王氏、李文广、叶连生、林新顺、吴汝钦、吴定统、林荣泰、戴玉喜、李玉乾、罗大川、方朝柱、罗玉端、韩登玉、韩登孝、陈汉通、潘立朝、余占廷、王朝元、詹维瑛、刘永麟、吴王氏、刘永兴、甘有元、韩殿玉、涂文元、武正银、僧德茂、彭述举、杨诗玟、龙叶氏、张崇善、詹世斟、韩殿学、王文贵、车大枢、赖文瑞、詹维林、赵子椿、罗振明、赵国臣、李洪阳、陈源清、李朝衡、李玉瑢、李玉亨、邓坤阳、吴级三、车治安、卓洪顺、范绍丰、邹辅堂、曹元钦、向镛川、刘文灿、李席珍、刘明全、梁双盛、玉皇观、赵世品、李洪森、李范庵、陈焕章、傅法斋、曹元智、何清泰、黄朝俊、李洪伦、黄正举、王国义、向镇川、傅廉臣、陈积玉、欧朝富、孔太顺、傅瑞峰　张文基、骆正顺、李绍裔、李应逵、范洋、曹德元、曹德渔、甘锡源、邓尔臣、冯克庵、冯万发、王国泰、杨绣林、曹帝臣、张锺钘、杨锡昌、李恒发、晏忠和、傅洪熙、甘焕仲、陈万和、张才富、李万发、张恒英、杨赓堂、萧振贵、李洪兴、蒋长发、陈元文、余洪兴、曹瑞亭、吴宗尧、王明城、曹元寿、张才俊、孔青山、李耀廷、宋大成、张文绅、张德才、骆华山、苏寿山、曹文照、曹秀生、曹道承、观音寺、范鸿、甘席珍、易万兴、邹义庵、王正垣、何国佑、邹绍乾、王三元、罗朝春、李洪发、曹元朝、黄成德、邹启相、王国相、但有坤、刘应椿、杨鉴溪、王太安、宋崇之、刘光国、杨全武、李芳洲、古世福、李茂亭、宋洪议、易星斋、彭尚勤、易纯品、文湜、文见贤、傅雅斋、先富亭、张映、李乾山、易纯喜、杨熙祖、李应芳、聂文宗、淦世荣、张新荣、张联芳、观音寺、淦廷琨、罗吉亭、陈天维、王德发、王官洪、曹易氏、梁明章、梁明伦、胡光堂、陈良敬、梁智庵、张有恒、李富智、李富良、王有芳、罗永宽、周朝仁、黄锡三、文英奇、僧天恺、僧如金、王定川、孙张氏、孙腾辉、刘顺炤、李洪珍、鸿良寿、刘茂宗、聂宋氏、罗聚贤太张天锡、王正维、孙大顺、杨绍荣、马宗治、王学田、毛万顺、王克绥、罗永海、杨昌成、罗世钿、彭义源、刘义顺、杨兴发、许兴顺堂、王永和、恩济成、杨泰顺、永丰元、万两利、罗元赐、税廷兴、范玉升、宋洪业、曾复兴、陆富泰、梁义恒、乾丰泰、潘源兴恒张洪顺、匡义兴、周双发、彭平斋、陈理先、陈文英、陈光先、王世龙、魏永川、魏永乾、刘忠林、潘国梁、邓汉琼、邓汉铨、刘应荣、魏永新、魏振权、魏洪烨、魏永彰、魏永洲、魏永衡、魏永彬、张宗昙、魏洪芳、魏振洲、刘秘斋、刘应永、张伯约、陈光奇、罗世荣、陈明和、王太华、许世华、刘启铭、宋丕振、谢宗启、许才达、许泮华、刘其仲、聂森三、牟学进、牟曰魁、牟学阳、牟秀溪、牟德超、张富祖、邓洪荣、牟良礼、牟曰鳌、牟元品、牟德进、牟德孚、刘邦荣、刘邦福、黄启藩、洪朝升、周文先、牟炳堂、周文学、周维顺、文肇寿、李济之、彭学潮、李华山、郭才选、潘昱祖、张文江、王盛有、王盛周、张鸿勋、朱宗华、张镛、傅宗伦、唐德深、余永恒、窦元荣、文澧、郑香村、喻三和、吴春亭、邓东松、郑雨三、吴小山、李炳山、徐正川、张顺贤、严正顺、陈德亭、郭健亭、马龙山、杨正太、阳玉兴、王护亭、周粹亭、曾海楼、彭青亭、朱玉亭、阳家臣、刘元银、李和昌、朱国顺、陈文兴、韩金顺、蓝贤位、严一顺、唐永乾、刘炳南、周玉成、吴成斋、黄国臣、刘登举、刘国均、僧文绩、僧月德、向宗理、李益山、秦代美、马永洪、蒲廷一、刘海源、吴学粹、陈履鲸、陈有猷、刘廷位、潘玉金、曾希舜、李喜德、韩结三、李世卿、陈明宽、王兴美、刘利顺、李昌黎、阳春亭、游天福、李锡珍、林万象、卢殿邦、龚元和、李昌洪、卢懿川、龚鸣凤、杨隽臣、尹士奇、魏祥兴、刘平庵、黄益顺、刘尚忠、宋晓汀、易仁春、黄义盛、秦代印、周肇举、龚子仪、马春林、谭德盛、孔一顺、孔双泰、詹利和、朱煋顺、曾大顺、秦益盛、文全三、许丕绪、许丕才、邢洪兴、赖福兴、刘淮萱、朱元亨、罗第金、朱登春、罗恒兴、苟永秀、殷洪兴、刘一顺、游显亭、游兴书、饶海亭、徐长兴、徐正亨、邢万盛、邢义顺、刘玉成、秦相三、秦似之、吴宪章、吴恒章、邵隆升、秦利兴、刘沛春、苟香山、彭光宝、赵应钤、胡仕印、彭光橦、王如銮、罗永清、黄廷福、何诚金、李方超、李邹氏、周智仁、何远照、彭文斐、张焕堂、廖廷英、文宗星、王大智、吴相亭、冯应杰、张胜元、赵武卿、赵光廷、谭德盛、罗双发、张灼然、邓汉秀、车大泽、冯应仙、詹维琮、赵牧、姜应辉、马正才、马先亭、万笃卿、万合庵、李玉发、何万顺、张海山、邵其顺、邵泰来、赖合顺、车荣顺、吴大兴盛赖金山、邹金顺、殷元太、徐和兴、殷永顺、黄松山、李晓楼、陈洪兴、乔益顺、吴福盛、冯元顺、吴锡辅、吴德盛、陈瑞祥、陈显才、韩致庵、袁庆荣、牟天佑、袁华岚、杨维英、雷天佑、孙正纲、殷世鹏、韩绍亭、韩绍宾、牟天印、蓝小窗、谭仲钦、牟天有、李溶斋、孙邱氏、韩正清、韩正纲、彭朝珍、杨时铭、刘光文、刘琼龙、姜正纪、余世义、斯正梁、刘奉龙、斯洪鉴、刘云龙、刘逾龙、高继宗、高继尧、高正洪、杨天扶、许教国、张玉瑚、叶万有、高恒茂、谢先氏、邓为斌、周文显、何洪扬、周正朝、何正汉、粟绍荣、舒润元、周朝阳、周朝玟、周高氏、邱有富、魏崇信、张开泰、杨大兴、熊华国、邹一才、曾玉僧、刘朝福、魏正元、周万和、刘朝纲、钟正和、刘世应、曾超奎、桂大顺、曾超乾、曾超喜、李子寿、邹隆柱、张春扬、张玉堂、冉吉三、杨贞才、罗会元、刘正才、刘正和、刘正统、杨绍喜、杨奂和、杨维喜、杨正鹏、陈黄氏、杨正洪、刘正一、胡正荣、刘朝海、余绍由、杨正仕、潘祖铨、冉正君、刘正统、徐先喜、杨天才、杨贞秀、刘正坪、杨天培、刘宽一、刘堂一、余权一、庞照临、僧宗振、潘兴烈、刘体川、张志达、陈华馥、邹世华、潘润元、潘宜元、潘才宝、潘树南、潘才升、邹兴泽、张珉孝、潘才越、杨贞甲、杨贞启、潘必裕、张观文、金光彩、孙一枝、金光地、王永兴、张元高、张锡畴、张崇英、袁德亨、庞世美、张宣文、金山寺、晏遇缘、胡承材、焦杜氏、黎辅和、焦邱氏、赵辅臣、蔡李氏、孙焕堂、邓贤俊、游华兴、钟正贵、皇甫扬、黄开印、代和兴、郭应文、黄开富、郭于豳、刘子渊、刘玉琦、翁明乾、郭应仪、曾兴顺、张自禄、龙长盛、何德盛、王洪发、泰和森、裕顺源、致昌号、舒翼龙、谢治国、李绍陵、李杜诗、史正洪、陈明宽、陶成理、陶成玳、陶成珂、刘正院、邓经纶、徐国明、李文佑、胡远龙、徐继章、傅永麟、邹兴泰、徐继武、徐继德、吴九铃、吴春铃、孙长祚、周亭章、黄寿山、黄植泰、刘文明、僧通贵、张永发、张世珩、毛凤元、毛凤全、黄天瑢、王光品、云谷寺、黄章禹、黄章成、李光栋、韩世鼎、熊汝辉、刘坤立、杜光尧、向朝珍、向徐氏、熊兴卿、李国衡、李夏氏、刘应芳、曾玉凤、向玉山、张文荣、夏敬承、唐仁仲、范有奎、毛正尧、颜泽民、王启治、毛正旗、陈元科、范全兴、王化煦、刘天文、赵茂齐、毛正亨、王朝椿、罗凤鳌、僧洪兴、唐仁喜、赵白华、赵桂山、刘朝相、李定文、詹裕先、刘朝品、叶文章、熊正同、梁明麟、田恒裕、胡绍堂、陈恩学、陈惠富、王世英、彭玉钦、彭钦才、刁文星、邱翊汉、邓宗璗、罗仕进、罗仕相、李洪光、李新元、唐文畅、济泰公、文昌宫、殷存春、张长顺、惠珉宫、寿佛宫、程赵氏、周和兴、邱奕奎、邱玉昌、罗三和、张元镇、马廷鳌、彭大海、杜炳祥、唐俊扬、黄鸣山、黄荣亨、刘永盛、刁文毓、黄鸣斗、黄荣祖、黄荣鹏、邱学进、喻学张、尹正富、蔡文富、张宝三、曾兴和、王启清、罗九和、涂有顺、陈永顺、陈考旼、何秉清、陈洪泰、陈正先、李克智、余有兴、萧启梁、萧启嘉、范崇绪、刘天礼、徐张氏、夏甘氏、陈刘氏、邹登学、夏罗氏、刘荣山、陈洪泰、朱子英、罗安怀、王子尧、王荣山、严泽有、毛凤鹏、范启元、毛家品、范子华、余有文、范子伸、谈国政、徐应鳌、何廉清、余文彬、梁绍虞、刘朝兴、张世禄、张正长、毛正乾、何登位、张正珧、谈王氏、赵文俊、何国英、陈正贵、徐光前、陈玉山、胡良培、彭合兴、田家瑄、王维之、李宇寒、王在奎、严锡龄、萧登爵、邓达庵、刘复兴、孙少武、袁炳南、袁惟勤、童德玺、邱洪人、杨黄氏、曾自堃、刘国安、赖光蘖、许国仁、曾怀相、彭徐氏、何登榜、严国经、田王氏、王银发、刁玉川、王有让、刁治庵、杨厚卿、陈正伦、邹兴文、刁玉良、刁宗衡、李光厚、李光柱、李文杰、袁家宾、骆子栋、张大喜、徐福龄、陈东泰、雷应墀、程益三、刘维珍、童大宾、杨登仁、杨玉田、胡有荣、林德修、袁家厚、梁成武、田家珍、童上卿、童余三、陈拱之、林永楠、谭孝虞、唐明山、赖文昶、赵廖氏、宴仁先、许国成、邓元仲、张琢堂、陈朝荣各五百文。刘香亭、邹志忠、鲁廷琏、张抡文、郑治忠、王连城、铨泰源、赵廷瑶、陈万顺、宋福成、松茂和、李体泰、黄全发、饶玉屏、梁春廷、曾荣盛、李文织、高聚兴、黄发祥、饶双盛、宋兴顺、刘恒泰、唐超群、黄至堂、黄忠帝、饶丕廷、黄献廷、张云山、晋学优、饶汪氏、饶元宗、张源兴、呈奏兴、黄永顺、凌周氏、凌明山、杨正兴、陈有谟、杨国祯、陈合元、黄明清、黄明朝、黄明乾、李溪山、宋泽波、黄显斋、凌永泰、宋立三、邓隆盛、宋同春、饶坤山、廖洪兴、易金山、聂开元、唐春山、姜春然、黄玉成、晋辅亭、李法道、韩世法、王应芳、屈书鹏、李轩荣、郑五福、胡德新、胡淑新、陈邦瑞、赖文玲、郑六和、屈启箴、胡上高、赖文杠、赖志理、屈镜载、陈奕元、郑荣华、郑永开、李章元、李名国、胡振禄、李吉照、李春元、郑淑中、王宣正、王席珍、蓝鸿湾、黄四美、郑琦山、郑泽全、郑琮山、郑策中、郑嵊山、周能星、周能铨、周能格、郑辉山、蓝槐章、黄贵峰、朱秉权、刘三贤、孟其界、蒋德华、蒋星楼、蒋德福、蒋道衡、朱林端、段贵安、薛三贤、贾学升、薛有元、郭四美、徐联璧、徐三德、僧续慧、郑川元、屈应桂、屈中贞、董绍和、屈应台、刘贵先、吴兴盛、熊恒隆、傅吉泰、正盛公、庆丰号、姚万兴、王福昌、张荣臣、玄天宫、蓝公和、马玉堂、周永万、胡三如、罗正泰、李成灯各四百文。叶全盛、李荣发、曾四魁、杨称兴、蒋富隆各三百二十文。王世钦、薛四德、董三元、黄孝利、黄坤元、甘德馨、张隆泰、孙裕恒、丁曾氏、李玉春、李树堂、李九如、吴元顺、王步堂、李发初、韩隆高、林大兴、唐昌旺、李起常、李三元、李国和、吴永兴、巫恒盛、聂玉山、聂天常、袁光正、陈洪麟、刘春亭、刘兴隆、石万兴、谢兴顺、荣兴和、龙玉堂、刘杰臣、曾世洪、陈锺灵、李文林、李洪发、萧仁和、欧元亨、刘存恒、王乾泰、游万泰、李德勤、裕兴公、黄炳盛、苏大川、王永盛公张荣太炳、荣元、李裕盛、张镒美、张兴太、曾德鑫、刘爱人、王太森、李兴顺、李锦昌、陈太和、李万全、荣兴公、周义和、萧云程、兴泰源、义和森、胡荣森、和兴站、万岱福、天森号、吴德盛、曾大顺、苏橘井、德全森、同源盛、唐洪发、周洪泰、杨洪泰、甘明顺、吴谷诒、先泰森、陈洪顺、焦万顺、黄同发、温永盛、谢顺心、陈永盛、杨和发、陈阆生、刘洪兴、熊绍清、李国相、熊升炤、王潘氏、周昌泰、陈万兴、金顺合三兴公陈生发梁万益仁和行周裕盛李富泰周春林欧德生厚高云生陈复兴永庆和万顺号骆玉顺泰昌德颜大顺泗兴公周德泰同仁唐万泰森邓清泰孙洪顺段森盛彭万昌邱永顺天锡昌三义森夏复兴、李全兴、樊万和、林永和、方来源、袁云龙、袁兴发、罗永发、李天锡、雷聚星长发祥忠义和王万顺和隆丰泰万元利吴三让荣泰元德生铨张大顺张仁玉文福泰永昌生李金源、德茂元、泰亨美、裕泰号、宝和元、张协丰、聂洪顺、豫东亨、刘光泰、周致顺、德顺合、宏泰全、宋荣盛、詹洪元合永兴源、永泰源、信泰恒、同泰堂、五福行、裕泰行、益顺金、豫顺全恒豫行、谢裕顺、亿生荣、罗德盛、杨泰顺、邹宏昌、段荣昌、李炳盛、王义祥、陈兴发、两美公魏复兴、曾鑫荣、乾太和、德荣和、先万和、谢合盛、永盛源、鸿盛福、源顺明、陈洪顺、瑞兰斋、福兴源、东兴号、新泰生、松茂荣、李荣发、德茂源、李炳荣、三义恒、协泰祥、世昌厚、童正泰、福生荣、万福鸿、元贞合、萧和森、泰盛源、赵晋昌、义森公、镒美钰、葛隆盛、徐长发、陈德芝、尹和丰、马仙峤、周雅素、金华站、向秉之、王鸿宾、傅万春、邓宗瑜、孔光明、周化南、刘文广、李光亮、刘可、荣马聪、李春方、李春槐、杨顺发、陈查氏、何国贵、陈希颜、侯永超、傅星耀、瞿顺和、詹炳堂、邹联升、邹奠山、刘金元、王正相、孙月亭、孙萃山、桂登富、熊禄斋、余正兴、曾桂山、曾万方、曾伯玉、马正才、罗芳廷、刘世发、熊丕臻、姚合兴、陈朝卿、舒渭龙、陈显明、余炳南、万杭、郭兴朝、郭兴廷、郭兴相、郭兴文、傅洪柄、侯耀先各三百文。徐潘氏、唐志远、施万衡、刘永贵、施灼然、杨芳翰、施尚条、徐光熙、程钦慕、刘永福、潘光本、徐治庵、杨治庵、唐子元、徐长发、徐承先、孙自正、李明三、张肇隆各二百五十元。僧舟渡、僧舟洋、王炳勋、李鸿才、王品卿、赖文和、郑洋中、陈奕亮各二百四十文。陈奕亮二百二十文。孔广银、赖明勋、王经烈、袁三兴、张志成、屈达彝、屈达荣、屈启麟、屈双和、屈达纪、匡大成、郑宗山、郑锡瑞、屈应发、孟其德、贾志材、雷和顺、曾乾坤、邓三德、邓开科、僧大兴、曾德孝、贾世凤、胡朝亨、屈达启、屈达佑、屈达恂、王福森、谢兴盛、长盛源、陈同太、吕兰生、黄以安、袁开泰、吴泰顺、庞铨盛、游仰山、罗洪发、周乾元、李体全、税铨兴、陈馨发、金洪顺、谢洪发、福泰长、王鸿发、游艺林、杨惠心、曾德轩、于长顺、刘同盛、刘忠佐、杨桂安、刘春三、刘树棠、黄雨正、罗春亭、张元泰、曾荣盛、李毓中、李代芳、张范成、李洪源、李法秀、李毓纪、李发秾、李云呈、李发林、李纶常、李发锺、唐吉元、王万盛、周会亭、周利生、李隆兴、袁光照、傅肇堂、何成海、潘德盛、巫雨亭、巫裕丰、张荣盛、贾泰兴、韩世均、龙西平、彭人和、僧福田、僧亢龙、袁光乾、袁祥逊、巫克明、龙雨三、熊永昭、王邦福、冯兴发、罗万泰、龙发顺、森发荣、欧发虚、新盛祥、向雨全、董合明、胡岗站、毛大成、张荣泰、赵心田、王葆荃、游茂堂、张大丰、张天恩、赖世兴、周聚福、杨超君、刘玉之、过汝香、张安仁、涂金源、陈安邦、夏兴隆、李顺发、铨曾、荣泽、彭洪发、龙利贞、牟光和、尹元赓、刘荣发、杨万发、曾合川、周文有、刘永发、王德兴、魏至华、宋复兴、应洪昌、雷克堂、唐秉云、刘泰盛、韩遇顺、夏洪发、罗锦文、周大生、聚泰源、郑海清、段源发、杨福星、谢阳春、何兴顺、黄兴顺、王太元、杨益丰、胡兴发、王兴顺、黄树堂、张青云、冯荣森、郑炘盛、梁大有、刘利生、易春霖、杨万丰、缪洪发、蒲万盛、贞静庵、王泰兴、周雅素、唐长兴、吉泰号、白乾兴、万生源、邹利兴、福泰祥、刘泰生、张大丰、周庆和、王荣发、伍洪发、翕和福、夏庆兴、吴洪顺、罗顺发、王万兴、铨兴公、曾德鑫、萧荣生、李裕盛、陈炳乾、丹桂轩、仁和元、裕昌公、姚泰兴、郭元昌、周隆泰、可兴玉、松竹斋、福美和、喻炳堃、王钧、温永顺、杨荣发、曹长兴、德盛荣、大昌号、陈双和、熊合川、蒲万顺、至宝源利贞和刘东杨隆和福义昌生复星站元兴和祥发站两仪和东顺兴德元店何兴隆洪发站全兴恒邱万泰匡义兴春生荣李致和汪有盛刘裕顺王永兴丰泰荣裕福斋杨正兴长兴德汪仁裕豫堂泰、胡森发、林药斋、永兴源、刘永济、王大有、谭兴发、闵兴发、罗洪发、杨宏昌、方和兴、谭和兴、匡义兴、唐天泰、陈长盛、夏洪兴、车洪发、王洪盛、王正兴、全泰和、何炳盛、邹家祠、陈德三、徐福庆、同发号、先荣春、春和醺、王同德、光顺祥、张利安、李美乐、陈洪兴、周金声、方开泰、孙万顺、何炳荣、李义兴、李炳兴、牛荣盛、林万顺、黄松竹、游荣盛、侯长发、王源发、秦赓飏、严乾太、罗春林、李树帆、牟义盛、牟凤岗、尹德和、陈显谟、蒋有信、皮广顺、胡思治、何国绪、何洪顺、潘海棠、刘致一、杨开良、侯正元、陈玉廷、侯正荣、陈兴顺、熊新顺、李奎丰、宋绍清、陈斐然、杨万兴、王国均、曾海山、任国川、龚见明、陈步瀛、谢鉴昭、李源顺、张洪报、李春贵、曾长兴、蒋兴发、傅星炳、詹恒之、王福安、曾昆山、杨吉三、罗曾氏、熊丕致、罗元海、陈官良、何增炳、代青潮、舒绍基、刘玉珂、钟远超、周国沛、熊遇翰、僧乐田、严辉伦、徐裕邦、赵宝卿、何隆盛、刘心粹、陈周氏、刘天开、刘乾治各二百文。刘洪顺、刘兴顺、庆元堂、刘永兴、罗元相、许棋、曾肯堂、孙玉顺、曾崇禄、刘复太、顺心昌、蒲炳森、蔡太顺、李森海、李全发、邹一品、牟兴和、卫玉金、张复太、苏兴发、沈碧泉、钟致和、侯金元、罗双发、伍炳兴、冷万和、姜隆盛、王太兴、谢绍发、周启太、宋永兴、刘炳森、刘清香、徐品顺、王兴发、巫双发、赵炳荣、吴云树、王万顺、陈正顺、刘洪兴、文兴顺、钟万顺、温玉盛、郑瑞发、任洪兴、郑泰森、张顺发、陈兴发、邓森盛、刘万和、梁长盛、陶兴顺、何正兴、王荣山、潘聚贤、杨炳和、杨宅安、夏荣发、郑鸿恩、陈文明、邹洪顺、刘万明、谢正发、唐元兴、张义发、李仙实、陈大生、荣盛公、张兴顺、张文聚、杨乐芝、夏洪盛、钟全生、张安有、杨全泰、周洪顺、杨万顺、同人和罗、德美源、杨玉兴、李清华炳森荣、陈德隆、唐五福、李德盛、温香茗、夏品森、刘广发、唐义泰、张财顺、史洪顺、刘万春、杨洪顺、何荣山、王树敏、陈兴发、何隆盛、何金盛、周洪顺、邱永顺、刘裕顺、赵三和、卓金盛、徐复顺、易东升、罗福全、杨金铨、陈义顺、周天顺、衷国珍、德昌厚、刘兴顺、陈祥兴、陈双和、官昌国、曾万顺、吴长清、李洪顺、黄福泰、王正举、邱万泰、周铨兴、陈万顺、黄辅臣、毛洪发、宝兴站、李元泰、曾炳兴、杨炳森、王有德、黎万发、高太丰、李锡民、林兴顺、陈洪顺、王兴发、林森盛、屈荣华、黄立方、赵铨兴、肖万发、刘兴发、吴济升、张洪、洪顺、李洪泰、倪公平、黄首三、缪遇元、毛万发、田大有、刘施生、尚振泰、吴世杰、王铨兴、张源发、詹定安、叶杏林、龙兴盛、何全盛、陈福兴、胡永顺、万昌和、长发荣、陈全德、刘万发、杜万和、何恒足、王洪顺、罗泰荣、黄炳盛、李全仁、毛万岱、叶忠煌、屈启玉、屈启湛、屈天培、卢廷发、屈绍康、匡家寺、邓有仪各一百文。明德全、韩登榜、卫峻三、谢荣三、陈五美、李泰恒、宋才福各一千五百文。黄四怀、屈达庚各一千四百文。黄四隆、黄四元各一千二百文。尚义号四钏文。李振麟五钏文。其昌枧十钏文。万全恒四钏文。永生元三钏文。义泰恒三千文。同兴厂四吊文。如意成四吊文。新顺隆四吊文。祥泰和二串文。同德和二吊文。万兴厂四千文。裕顺祥二吊文。恒升通二吊文。玉盛生二吊文。天生合四吊文。广生同四吊文。丰成井四吊文。天复井二十吊文。洪顺井四吊文。增寿灶四吊文。金丰井二吊文。金海井二吊文。一成井一吊文。天申井二吊文。蒸源井二吊文。日升灶二吊文。集生灶二吊文。杨向春二吊文。顾蕴山二吊文。三生井二吊文。毓琛井二吊文。地成井二吊文。五福井一吊文。泗发井一吊文。清疆井二吊文。天海井二吊文。日新灶二吊文。又新灶二吊文。其新枧十吊文。福全忠二吊文。王三畏一百零五两。沈五寿三十两。

以上原来京平足银一千三百十三两正。(十年五月初四日一千两，掣第一百三十一号收据。十月十四日，三百十三两，掣第二百三十号收据。)合京平足银一千三百十三两正。

广东高廉道崇印绚集捐：第二次寄到廉州府黄印杰一百元。合浦县杨印生春五十两。合邑官绅商民、李印光朝、陈印志侃共一百九十户共二百七十八两八钱八分。灵山县邓印倬堂四十两。灵邑官绅商民、典史、汪印朝杰、城守李印正华共一百九十八户共二百两。廉州府钦州余印鉴四十元。署钦州参将莫印善喜二十元。前广丁提台冯印子材四十元。钦属官绅商民共三十六户共一百五十八两。高州府信宜县雷印树春二十两。典史雷印化纯、绅士李印增荣共四十三户共一百三十五两八分。博茂场大使叶印效洛七十两。绅商、何公和号共二十七户共一百五两六钱二分。石城县绅士、李印兆熊共十户共二十六两九钱二分。

以上原来洋银兑京淞银，除汇费，净一千一百两。(十年十月十四日掣第二百三十一号收据。)

合京平足银一千七十八两正。

伊犁将军金印顺一千二百两。集捐：青州副都统托印云布四百两。伊犁总镇刘印宏发二百两。巴里坤领队大臣沙印克都林扎布五十两。乌鲁木齐领队大臣萨印凌阿五十两。锡伯营领队大臣果印权五十两。额鲁特领队大臣依印椤额五十两。察哈尔领队大臣王印宽五十两。索伦营领队大臣春印满三十两。统领军胜等营提台马印玉昆五十两。江苏候补直隶州游印春泽五十两。分省遇缺知府杨印综清五十两。分省遇缺知县徐印桂芬五十两。副都统马印亮一百两。甘肃遇缺道王印金海五十两。提台邓印增二十两。提台纪印才俊二十两。总镇王印鸿发三十两。署伊犁巴彦营都司贾印逢寅二十两。提台段印文彬二十两。提台李印松十五两。总镇黄印占彪十五两。留甘补用副将李印得林十五两。总镇胡印广元十五两。游击陈印甲福十五两。副都统万印升十五两。署伊犁抚民同知雷印铭三五十两。伊犁满营协领和印陈泰三十两。甘肃补用县许印文二十两。甘肃补用知州李 印永祐十五两。补用直隶州上官印振勋十两。四川成都廪生杨印宜瀚十两。陕甘补用都司黄印金仓十两。甘肃道马印希融五两。甘肃补用县白印遇吉五两。甘肃候补县白印受采五两。副都统全印成五两。副都统防御委营总保印林五两。副都统贵印升、副将杨印长庚、副将宋印家顺、佐领占印住、参将吴印鉴、参将余印华林共一百两。副都统衔即补参领喀印勒充伊一百两。

以上原来市平足银三千两。（十一年二月十一日掣第二百三十二号收据。）合京平足银三千六十两正。

候选盐大使万印启钊集捐：安邑高平运局一两。运城得意祥一两。鸿升正一两。刘义泰二两。灵石刘伯城二两。解州中兴裕五钱。福牲基一两。成章协一两。隆成菸行一两。正泰源一两。解会公益义一两。解州双盛合一两。解州当行一两。晋沃常盛乾一两。解州益顺元一两。解会兴顺牲一两。合义彩一两。万邑敬信义一两。闻邑诚意信一两。解会公合昌一两。临邑德盛正一两。解州郭福泰一两。永茂裕一两。万邑顺兴元一两。内乡时登贵一两。万邑同兴顺五钱。解会天德合三钱。芮城官运局四两。

以上原来足银三十一两三钱。（十 年二月二十五日掣第二百三十三号收据。）合京平足银三十三两七分。

署山东肥城县秦印浩然三十两。史谷生经手。候选盐经历须印良国甫三十两。张金门经手。分省补用同知姚印作霖二十两。彭培之经手。候选直隶州州同孔印庆祥二两四钱。彭培芝经手。候选县丞邹印光谟十两。张金门经手。候选儒学何印长佑八两。卞善生经手。求无愧斋五十两。廉仲高经手。蕉溪居士四十两。沈子衡经手。慕义堂王四十两。袁鲁门经手。思补斋项三十六两。吴仲猷经手。隐名氏二十八两。贾植三经手。景星堂徐二十四两。吴仲猷经手。清畏知斋十六两。魏静庵经手。兰谷山人十四两。严星垣经手。力不足斋八两。沈子衡经手。静吉居士八两。史谷生经手。复圆道人八两。严子端经手。小补轩七两六钱。冯寿芝经手。李不书名四两。冯寿芝经手。

以上原来济平、京平、库平银三百八十四两。（十一年三月初三日，掣第二百三十四、五、六、七、八、九，四十，四十一、二、三、四、五、六、七、八、九，五十，五十一、二号收据。）合京平足银三百九十四两三钱八分。

江西赣南道文印惠集捐：第二次寄到同仁、同信各十千文。邹春和、邹履中各五千文。吕福兴三千文。萧皞农二十千文。李文涛十三千文。蔼吉堂六千文。福源店、万昌店、瑞和店、瀛和店、源和店、春茂店、恒茂店、美昌店各一千文。以上系兴国县经手。署信丰县朱印国光三十元。署信丰县教谕徐一元。信丰县训导雷四元。把总杜四元。外委潘二元。典史傅四元。曾如棨四元。王亮天、李志椿、邱大椿各一元。曹凤翔二元。素位堂、罗春圃、忠恕斋、王修荣、张景华、钱荫堂、朱培瑗、朱球、黄锦三各一元。陆时龙二元。中和堂二十元。和衷堂、贻善堂、施鲲化各四元。两宜堂十元。盍簪堂八元。聚福堂四元。永和堂二元。永吉堂四元。广益堂二元。以上系信丰县经手。定南厅王印泽二十两。山阴省丞五元。诒谷堂二元。定南厅训导刘印士元四两。照磨洪印业辉四元。横冈都司林印祖武八两。署定南厅下历司徐印贞元四元。横冈营外委范印存忠二元。定南厅汛把总陈印永祥二两。公兴质铺二元。积厚堂王三元。以上系定南厅经手。刘仁山一千文。古有森六百文。陈嘉猷、萧开清、谢晖山、谢东盛、何冠文、刘淑尧、刘凤翙各四百文。黄金鼎三百文。刘世崧、范振仪、陈安良、何金镶各二百文。以上系长宁县经手。安定堂胡五十两。花萼堂瞿四元。懋德堂胡六两一钱二分。陈占元六钱。远怡堂三钱六分。吴依纯一两三钱。本立堂、爱敬堂各三两五钱。余庆堂三两二钱五分。如心堂、李芳彬、吴延陵堂、钟柳亭、宝树堂、崇善堂、振美堂各七钱二分。振兴号三钱六分。义泰号六钱。黄同泰、万亿号各三钱六分。祥云号七钱二分。义德号、森聚号、永泰升各三钱六分。南安总埠七两二钱。松荫堂一两。胡庚星、冯益泰各六钱六分。张勉旃七钱。公济质铺四两二钱。培德堂一两二钱七分。紫阳堂二两一钱。吕汉周六钱六分。刘达经七钱。陈绍卿六钱三分五厘。以上系大庾县经手。上犹县沈印维桢捐募一百两。石城县钟印瀚捐一百十两。龙泉县刘印昌岳五十元。龙泉营都司黄十元。龙泉学朱六元。署龙泉县丞秦印以鼎四元。典史寇印梁四元。谷余号四元。水北街市共十二两。善明号四元。鼎丰、乾丰共四元。丰泰号一元。水南街市共四元。良口卡委员夏经募二十千文。以上系龙泉县经手。永宁县谢印若潮捐募二十九两二钱。沈彩丰五百文。钟仁利一千文。合顺一串。沈礼徵五毫。罗兴森六钱。李洪来一元。梅春发三百文。熊谦泰三百文。钟继盛五百元。曾兴利、曾定利各四百文。蔡瑞兴三百文。以上系信丰卡经手。师俭堂马五十千文。宾兴局三十千文。李砚芗、黄梦生、陈南屏、刘星阁、卓清泉、李夔镛、禄铨各一千文。吴九峰二千文。张桂榜、谢作云、刘文逑各一千文。范成祥五百文。积胜局一元。钟彩盛五百文。王立三三百文。黄同春二百文。黄日星、刘天福共四百文。刘正题四百文。聂亿和、刘桂煌、蒋音和各二百文。曹锺瑞一元。朱云鹏一千文。林铨量一元。朱相作二百文。吴材嵩、钟锡恩、邱楚吉堂各一元。刘秉忠四百文。王国兴二百文。王其中二百六十文。林树庭六百文。林镜深、林兴造共四百文。朱溢伦、曹利发、谢佐纲、谢士敏、赖门蔡氏各二百文。黄迪发四百文。朱龙章、朱世志共四百文。黄大楚、王道中共四百文。好义局一千文。张家茂六百文。罗庭广、张超铣各五百文。谢振家、张彩盛、刘受亭各三百文。罗明万、罗正涛共六百文。李凤翔二百文。黄业财、彭科生共六百文。罗兴佐、吴衡镃共六百文。卢同京、黄同和、黄广和、扶万生共一千二百文。沈厚泉、赖垂峋、朱会川、卢由彬共四百文。谢开杏、晏宗岱、赖维柏共五百文。宾兴局十千文。以上系南康县经手。

以上原来银洋钱共兑九三八平纹银，除汇费，净六百三十三两九钱六分六厘。(十一年三月十四日掣第二百五十三四、五、六、七、八、九，六十，六十一、二、三号收据。)合京平足银六百五十一两七钱二分。

通共合收京平足银十二万六千六百九十三两八钱六分二厘四毫，英洋二十元正。

收支存余各数*

今将推广水灾救命捐收支存余各数具列于后：

计开：

收款项下

一、收京平足银十二万六千六百九十三两八钱六分二厘四毫；

一、收英洋二十元正。

开除项下

一、支拨赈山东京平足银二万九千六百两正。以上系潘孝廉民表、直隶候补同知史善贻经手。

一、支拨赈江西景德镇京平足银二千两正。以上系上海施绅善昌经手。

一、支拨赈江苏镇江、沙洲京平足银一千两正。以上系总办救生保婴局陈绅任旸经手。

一、支拨赈浙江山会两县京平足银一千两正。以上系苏淞太道邵友濂经手。

一、支拨赈湖北京平足银一千两正。以上系洪给谏良品、余太史联沅经手。

一、支拨赈广西京平足银一千两正。以上系上海电报局谢绅家福经手。

一、支拨赈直隶玉田、丰润两县牛斗、高粱一千石（以二石二斗为一石。）合京平足银三千一百十三两一钱三分。

一、支拨发宝坻、武清县购放柴薪京平足银三千两正。

一、支拨发武清县收当牛驴京平足银三千四百二十七两七钱三分。

一、支拨发良乡、大兴、固安等县设局留养灾民京平足银四千五百三十八两三钱九分三厘。

一、支拨发宝坻县平粜局说法平足银三千两正。

一、支拨发官药局京平足银三千九百五十六两四钱，又英洋二十元。

一、支拨发京城内外各善堂局厂棉衣裤京平足银一万两正。

一、支拨发顺天府各属十年抚冬。十一年春抚京平足银三万五千七百一两八钱六分七厘四毫。

一、支拨发霸州、文安、大城等县麦种京平足银四千三百五十六两三钱四分二厘。

以上均系顺天府派员延绅经手。

通共支京平足银十两六千六百九十三两八钱六分二厘四毫。

实在项下

净存京平足银二万两正。系顺天府奏交电报局生息备济。

今将推广水灾救命捐所捐丹丸、药料、单裤各数并列于后：

施少钦集捐：纯阳正气丸二万八千二百服，卧龙丹三千瓶，蟾酥丸一千八百七十瓶，天中茶四千三百五十封，痧药一千瓶，霍香正气丸一千二百三十颗，又小丸十二两，辟瘟丹一千锭，混元一气丹三百服，红灵丹一百九十八瓶，开关散一大瓶。

潘杏词集捐：广东灵宝如意丹一千瓶，广东霍香正气丸三百四十颗。

储翔青集捐：塘栖痧丸九两。

储晋三集捐：杭州辟瘟丹九十锭。

应楚卿捐：肉桂五两六钱五分，清瘟解毒丸五百二十五颗合十斤，太乙救苦辟瘟丹二百颗，清咽散二百瓶。集捐：不书名捐云茯苓十九两，於术十五两。倪德麟捐肉桂七两八钱。

久大药行捐：厚朴十斤，清瘟解毒丸二百颗，霍香正气丸四百颗。

陆墨斋捐：生地十斤。

四知堂杨捐肉桂七两九钱，冬术十八两。

以上均拨付官药局应用，并分拨各灾区局厂施送。

应楚卿集捐单裤：懋德堂陈十条。戴贞甫五条。余龙甫十条。世德堂万一百条。仇丙侯二十条。李美堂二十条。倪瑞庭十条。蔡瑞枫十条。王幼亭二十条。韩书田十条。静观室十条。虚心室十条。未归氏十条。

以上分拨大兴、宛平、良乡、固安、宝坻等县各局厂散给。

一、支笔墨纸张零费等款京平足银五十三两五钱。（系同人捐资付给。）

一、支刊刻征信录纸张工料等京平足银一百一十五两三钱五分。（系前任顺天府尹周家楣捐廉付给。）

赈济山会两邑沿海水灾征信录

清光绪年间铅印本

（清）徐树兰　编

邵永忠　点校

赈济山会两邑沿海水灾征信录

会稽徐树兰仲凡甫编刊

办理赈务在事官绅衔名

城乡劝捐绅董不及备载，捐赀助赈各户另刊于后

知绍兴府事霍顺武
知山阴县事会寿麟
知会稽县事俞凤冈
山阴县县丞陈增俊
会稽县县丞程继修
分府委员候补巡政厅李继昌
柯桥巡检姚立祥
曹娥巡检丰荣
分府委员尽先前用巡检林承露
分府委员试用从九品李涛
萧山县委盛林湾弹压典史姚以蔚
分府委员未入傅玉森
千总方得高
千总吴彩荣
把总陈显章
把总张用仪
把总卢凤鸣
候补把总邱殿元
外委刘瀛士
候补外委王云
绅士马濂
绅士顾庆章
绅士朱会
绅士徐澍咸
绅士许在衡
绅士寿庆慈
绅士杨福璋
绅士朱峻润
绅士陶联琇
绅士陈燕昌
绅士陶佩贤
绅士陶寿勋
绅士朱其轼
绅士马家泰
绅士马家藻
绅士平步青
绅士马傅煦
绅士杜致泰
绅士秦树敏
绅士章锡侯
绅士张嘉言
绅士何浚
绅士沈凤墀
绅士余凤鸣
绅士范台
绅士朱鋆
绅士徐友兰
绅士胡寿鼎
绅士徐树兰

呈绍兴府暨山会两县

经办赈务绅士花翎四品衔兵部郎中徐树兰、花翎四品衔刑部郎中胡寿鼎呈：

为陈明办理赈务情形，恳请速筹款项，以资散放事。窃本年七月间风潮肆虐，山、会两邑塘外沙地尽遭淹没，冲坏堤埂、庐舍无算。七月十一日，经生员马濂告知情形，树兰当往察看。其时咸潮初退，木棉遍地，弥望皆枯。灾民荡析离居，伤心惨目。其受灾以会邑之南汇、东隅、西隅、残嘴里、小南汇，山邑之三江口天、地、清字号，丁家堰、童家笪、乾坤字号等沙地为最重。会邑之啸吟段，会上两邑连界之严家舍、沥海所北门，山邑之直湖头、夹滨、夹沼次之。山邑之大连、南旺、丈五村、团前、大车路、党山、梅林、白洋西塘、下山、西村、垦渡，以至山萧两邑连界之盛林，则受灾轻重不等。其南汇东西隅及乾坤字号三十五丘等地堤埂，被潮水冲激成坎者百数十处，坍倒残缺仅剩堤脚者，不可胜计。当由树兰捐资抢筑，以工代赈，于七月十三日开工。从南汇筑起，以次及于乾、坤字号。不意廿一、二日风潮猛烈，尤甚于前，灾上加灾，情形愈惨。职等因与徐绅友兰、生员马濂商议，各倡捐洋银制备棉衣，一面添募捐输，设法施赈。事竣编刊《征信录》分送各处，以昭核实。商议既定，当将拟办大略情形，面请裁示，并面商山阴曾会稽俞县尊，俱蒙采纳。旋经县尊颁发捐簿四十本，转交各绅劝捐。嗣又照会各绅赴乡广劝捐输，又虑缓不济急，蒙饬县传谕各钱庄酌量通融，以资散放。具见仁台体恤灾黎，无微不至，可胜钦佩。现职等邀同举人许在衡、陈燕昌、陶联琇、寿庆慈、顾庆章、徐澍咸、杨福璋、生员马濂、陶佩贤、陶寿勋、马家泰、马家藻、职员朱曾、朱其轼、徐启周、朱峻润等，酌分地段，亲赴各灾区，挨查户口。无论民地、灶地及东江场，已未摘赈，一律挨户清查。除将花地尚有收成，堪以勤苦度日，及有潮地晒滷为业者，逐一剔除外，其极贫至苦者六千五百廿七户，许大小二万四千一百十八名口。前经酌定，大口每名给钱三百文，小口一百五十文。年内先放两次，开年再放一次。三次之后，察看情形，如有款项可筹，再行添放一次。庶麦秋期近，可望转机。现由职等议立章程，分为五路，各就适中之地，分派同志设局散放。所有查户、放赈日用缴费，均各乡董自行捐备。其纸笔、印工及一切往来舟运等费，均由树兰捐助，不在赈款内开销。其放赈分局，一设盛林、一设梅林、一设党山、一设马鞍、一设桑盆。凡先查者先放。其盛林、梅林、党山三局，已于本月初八九日放讫。马鞍一局，系十一、二、三日放讫。尚有桑盆一局，定于二十、二十一日散放。各局蒙委文武员弁弹压，尚不拥挤。赈过地方，民情亦称安谧，堪慰仁廑。惟现在已收之捐，连仁台暨山阴曾会稽俞县尊所捐廉洋元九百元，上海赈局协洋五百元在内，共只收洋五千六百余元。除还棉衣欠款外，不敷一次放赈之用。现赖通借庄款，以资散放。转眼二次放期又届，放款毫无。年内为日无多，钱庄借款年底理应归还，开正放款年内宜先筹备。职等公同商议，别无款项可挪。拟请将义仓谷本一项存钱六千四百余十串，暂行提归赈用。然统盘计算，照此办法，用款不敷尚巨。应如何设法筹捐，源源接济之处，尚求仁台妥筹拨给，庶于赈务不致掣肘。除将户口数目开送备查外，合行具呈为此，呈请大公祖大人察核施行。须至呈者。

光绪九年十一月　日

呈绍兴府暨山会两县

为呈报事：光绪九年七月间，山会两邑塘外沙地被风潮淹没成灾。当蒙设法筹捐，由职等制备棉衣、钱米，酌分地段，亲诣编查，核实散放。业于九年十一月间将办理大概情形呈明在案。嗣于十一月、十二月接连放赈两次，本年二月复赈一次。本拟从此停赈，乃缘民气未苏，耔种均未下地，故四月中旬又赈一次。前后共赈四次。除各局查放解运、日用缴费及一切辛工、纸张、刊刻《征信录》，由职等捐助，概不开销外，连梅林、沥泗两处掘湾修埂，并制棉衣四千九百七十六件，扇头地散米四十五石，并归还钱庄义仓借款在内，共用钱四万五千四十八千八百四十五文。自九年十月劝捐起，至本年九月截捐止，所收捐款钱洋并钱庄义仓及上海筹赈公所各借款，一并合作制钱四万二千三百六十九千五百五十文。除逐项支销外，计尚不敷钱二千六百七十九千二百九十五文。现在各殷户书捐未缴者尚多，如能陆续缴到，所有短欠钱文，大约可望弥补。容俟续收完竣，编刊征信录，再行呈报。今将开办以来收支实在各数目，先开清折，呈候核转，并请将已书捐款催令速缴，以清款目。除呈山、会两县衙门外，理合具呈。为此呈请大公祖大人察核，望速施行。须至呈者。

计送清折。

光绪十年十二月　日

谨将光绪九年山、会两邑两次潮患查赈沿海沙地灾民口数，及筹借散放钱洋、棉衣、米石，并陆续兑收捐款，截至光绪十年九月止，不敷支销各数目，开具简明清折呈核。

计开：

剔赈极贫二万四千一百十八名口，又续查补赈极贫一千四百三十八名口，两共二万五千五百五十六名口。内大口一万一千五百六十七名口，每口每次给钱三百文；小口一万三千九百八十九名口，每口每次给钱一百五十文。

旧管：无。

新收：

一、收各钱庄借垫洋一万五百元，⊢〡⊧作钱一万一千七百八十一千文；

一、收义仓谷本钱六千四百八十七千七百二文；

一、收借支上海筹赈公所洋五千五百元，扯⊢〣文δ作钱六千二百六十七千二百五十文；

一、收光绪九年九月募捐起，至十年九月止，共捐洋一万五千六百七十一元，扯⊢〣三作钱　万七千八百三十三千五百九十八文。

以上共收钱六千四百八十七千七百二文，又共收洋合钱三万五千八百八十一千八百四十八文，通共收钱四万二千三百六十九千五百五十文。

开支：

一、制棉衣四千九百七十六件，支工料洋三千五百七十七元，⊢〤┤作钱四千七十七千七百八十文；

一、第一次散放支钱五千五百六十八千四百五十文；

一、第二次散放支钱五千五百六十八千四百五十文；（剔除大十口、小八口，扣留钱四千二百文。）

一、第三次散放支钱五千五百六十八千四百五十文；（剔除大廿二口、小廿一口，扣留钱九千七百五十文。）

一、第四次散放支钱五千五百六十八千四百五十文；（剔除大廿一口、小廿口，扣留钱九千三百文。）

一、山邑梅林村开掘挽沟，支工赈洋二十元，⊦〤┤作钱二十二千八百文；

一、会邑扇头地赈米四十五石，计支钱一百十一千十三文；

一、会邑沥泗帮修包塘，支工赈钱一百五十千文；

一、归还各钱庄借款，支钱一万一千九百四十九千文，⊦〣三合洋一万五百元；

一、归还义仓谷本钱六千四百八十七千七百二文，⊦〡〩〥合洋五千七百九十五元一角七分九厘。

以上共支钱四万九百四十八千二百六十五文，又共支洋合钱四千一百千五百八十文，通共支钱四万五千四十八千八百四十五文。

实在：

一、除开支外，净计不敷钱二千六百七十九千二百九十五文，仍在义仓谷本项下垫用，拟俟弥补足数，再行归仓。合并声明。

呈绍兴府暨山会两县

为赈务完竣，存款备荒，呈请转报立案事。光绪九年七月间，风潮为患，山、会两邑塘外沙地淹没成灾，会绅筹办赈抚一案，前将历办情形，及经收捐款截至十年九月止，除各项支销外，计尚不敷钱二千六百七十九千二百九十五文，业经开折报明在案。兹据已书未缴各户续将捐款交来，自十年十月至本年六月止，计收洋合钱一万七千五百六十千九百七十文，又收掉息钱二百五十八千六百四文。六月初四日，上海筹赈公所谢绅家福等来函，以现在两广水灾甚重，严绅作霖驰往施赈，请将寄去捐册、捐单力速劝捐接济等语。职等思上年乞赈于上海，上海助之款。今募捐于山、会，山、会乌容辞？但急切无款可筹，惟现在赈捐盈余一项，尚可移缓济急。因面请尊示，遵即拨钱二千三百千文，合作洋银二千元解沪，移助粤赈。掣有文报局收照一纸，已送请山阴县转申在案。除此项移助及弥补上年不敷欠款，并洋水折耗钱一百六十七千七百六十四文外，计余剩钱一万二千六百七十二千五百十五文。职等公同商义，山、会地濒江海，时防水厄，郡仓万石之外，别无积聚。现当钦奉谕旨，饬各直省查照川省积谷章程广筹储蓄之时，何可不及时筹备？现将所有赈款余剩钱一万二千六百七十二千五百十五文，发交山、会钱业公派领存，作为山、会备荒之用。无论何项公事，不准挪移。议定本年七月初一日起息，按月七厘，半年一缴。仍以息作本，发存生息。各立凭折，存藏山、会同善局，由值年钱庄轮流经管，年终归入同善局造册报府，并刊刷分送，以昭核实。俟十年之后，积有成数，再行防照本城义仓办法，钱谷并存。设遇灾荒，官绅会议，酌提赈抚。庶日积月累，有备无虞。今将各户花名、捐数及支付发存各数，分别开具折单，送请查核。希即转报各大宪批明立案，以重款目而期经久。除呈山、会两县，一面刊布《征信录》外，理合具呈。为此呈请大公祖大人察核，恳速施行。再，各钱业领存此款，轮年认真经理，兼议息亦较寻常稍重，系皆为事属备荒，谊关桑梓起见。将来别项公款，未便援以为例。合并声明。须至呈者。

计送清折、清单、发存钱业名单。

光绪十一年七月 日

谨将光绪九年九月起至本年六月止，经收山、会两邑沙地潮患各户捐助赈济钱洋全数，开具清折，送呈察核。

计开：

云贵总督部堂岑捐洋五百元。（原捐一千元，拨出五百元归余姚善堂。）绍兴府正堂霍捐洋二百元。（原捐五百元，拨出三百元归萧、余、上三县。）山阴县正堂曾捐洋四百元。会稽县正堂俞捐洋三百元，又捐钱一百五十千文。仁和县正堂赵捐洋二百元。上海筹赈公所谢绅家福、经绅元善等，前后代募协赈捐洋五千五百元。徐树谖堂捐洋二千元。胡至善堂捐洋二千元。果行道人捐洋一千元。孙怀德堂捐洋九百五十元。董镜湖、田茂荆堂合捐洋六百五十元。徐章氏助棉衣捐洋六百元。孙耀庭捐洋五百五十元。许寿萱堂捐洋五百元。平水金捐洋三百五十元。赵湘洲捐洋三百二十元。陈尚古堂捐洋三百元。冯卜臣捐洋二百八十元。何秀珊同嫂许氏捐洋二百四十元。茅敬承堂捐洋一百八十五元。倪德源堂捐洋一百七十元。萧山钱清不书名捐洋一百三十七元。谢洁亭捐募捐洋一百三十元。俞敦本堂捐洋一百十五元。孙茂昌星枝信记合捐洋一百五元。张诒善堂捐洋九十元。娄松荫堂捐洋八十五元。朱南阳捐洋六十八元九角一分。缪树滋堂捐洋五十五元。谢吉庭捐募共洋五十一元。裘咸升米业捐洋四十九元。沈霭堂捐洋四十八元。陈德顺堂捐洋四十六元。吴茂泰米业捐洋三十九元。倪经锄堂捐洋三十八元。宋阶记捐洋三十七元。张涵一捐洋三十四元。秦树德堂捐洋三十三元。马凌记捐洋三十二元。章升大南货栈、赵琴鹤堂合捐洋二十八元。王赤周捐洋二十三元。许篆云捐洋二十二元。（原来捐洋二十四元，内有次洋二元，兑换未交来。）贾何氏捐洋十七元。孙曾祚捐洋十四元。俞继州捐洋十三元。敬德堂捐洋十一元。邵仁寿堂捐钱四十五千文。马三泰捐钱十千文。陆续掉息洋二百七元五角七分九厘。安昌掉息洋十八元三角九分四厘。

以上共洋一万八千七百四十一元八角八分三厘，又钱二百五千文。

何谦誉堂、徐芝山，以上二户各捐洋四百元。

陶琴士、章四者堂、姚麟如，以上三户各捐洋二百五十元。

陈式如、余干臣人俟合捐，冯裕德、倪秀章捐募，以上四户各捐洋二百元。

姚莲堂、沈滋德堂，以上二户各捐洋一百八十元。

朱春第同侄慎怡、陈汝澜，以上二户各捐洋一百六十元。

张槎仙、王卿田、陈小记、陈福记、王裕泰廷盛锡记合捐，以上五户各捐洋一百五十元。

鲍含翁交来东江赈余、朱东杲记、陶裕泰、宋瑞泰，以上四户各捐洋一百四十元。

姚海槎、沈培贤、许少泉、王云峰、前梅村、章象贤堂、骆子穆、金介房，以上八户各捐洋一百二十元。

沈伯庠、留耕堂费王霭记合捐、无名氏，宋存本堂、吴遐德堂、李余庆堂、陈琛树堂、敦夙好斋主人、马春旸、阮中和堂桐清雪记合捐、朱滋根堂、李继述堂、江都县谢、吴博堂、沈憩南、张幼亭、王鲁田、劳修德堂、金鲁珍、章承庆堂、陈宜周、孙绍堂、杜荣三堂、沈惠源堂、冯克三、郭焕庭、梯青书屋、鲍洁卿捐募、王德符堂谦之房、徐幼湖捐助棉衣，以上三十户各捐洋一百元。

孙咸泰、金午记，以上二户各捐洋八十元四角三分。

张嘉孝、耕余轩、寿念祖堂、章彩章、贾立诚堂、朱立本堂，以上六户各捐洋八十元。

郑立刚、陈耕历堂，以上二户各捐洋七十二元。

朱滋仁、陈绍濂、平祥一、汤鹤记、徐薪记、罗彩、许幼桥、承德堂、蒋三森、冯景星，以上十户各捐洋七十元。

陈山寿、章贞记，以上二户各捐洋六十八元九角四分。

俞吉人、马宅、于顺德堂嘉义房，以上三户各捐洋六十五元。

赵衡之、二如轩、轶伦堂、沂川书屋、赵鹤江，以上五户各捐洋六十四元。

谢理堂、朱东杲记合捐、李玉记、缪斌霞、李宝记、沈通美、滕德兴、田礼耕堂、任越帆、马仲威、杨石麓、郁鉴山、郁仲超、沈联梅生吴清朱氏合捐，傅宝善堂铨熙仁义合捐，以上十五户各捐洋六十元。

任调记、陈兰记、塘角杨，以上三户各捐洋五十七元四角五分。

鹤侣氏、秦秋伊、漱玉房、宋□氏、贾立诚堂、诸庆余堂、听啸书屋、宋静山、姚尧臣、马尔山、王雪斋、何恒益、陈养吾、鲁九余、章荣庆堂、陈福田、申江余梅村、徐慎思堂、东海氏保病、上党郡徐氏、魏孝友堂、金丽生、胡霞蔚书屋、陈秀夫、无名氏，以上二十五户各捐洋五十元。

郁贻经堂、郁惜阴书屋、韩标记，以上三户各捐洋四十五元。

四维氏、义记陈绍堂、骆隆高、谢郁斋、王莲丞、金鸿崖、钱爱日堂、陈培德堂瑞堂房、陈大兴、汤源元少记、高曙堂捐募、孙太兴、荣庆堂、孙迎恩堂、映雪草堂、许子良、瑯琊氏、沈宝泰号、徐世德堂、严达三、王蓉江、章延记、周爱莲堂、周荣茂、傅立本堂，以上二十五户各捐洋四十元。

楚香居士、严大鹤，以上二户各捐洋三十六元。

王槐荫堂、王三槐堂三乐房，以上二户各捐洋三十五元。

心田氏、姚海槎、贺东团公号盐厂、骆清泉、骆梦熊、章四者堂、谢齐眉、公号盐厂、张天记、金瑞章、颍川陈、许益记、屈日氏、太原云记、陈德方、俞少选卿合捐、傅六阶、张敬之、杜三友堂、徐延泽堂、朱滋本堂、许子建、尊让堂、竹林氏、倪德源堂、许思居堂、韩三房、魏陶氏、魏瑞芸书屋、章赓堂房、章修记、胡毓德堂、傅福记，以上三十三户各捐洋三十元。

无名氏、马三泰、冯信昌烛淘，以上三户各捐洋二十九元。

郦少山、车敬舆、车养泉，以上三户各捐洋二十六元。

茅敬承堂、章晓记、章北记、王直万堂晓记、王直方堂紫记、王直方堂申记、章老宁德、章圣记、章景陶房、章肯记，以上十户各捐洋二十五元。

张陆氏、梅溪熙、无名氏、许月湖、余慎德堂、胡尚志堂，以上六户各捐洋二十四元。

陶薇畊、王卿记、王绍德堂、钮洁天、谢洁亭、李茂仪堂、马三泰凌记、傅留余堂、魏陶氏、孙树德堂、无名氏、全永泰、立羽氏、朱鲁庵、钟芝轩、孙梅生、吴爱莲、周岩、孙霁堂、孙芑记、王槐荫堂、沈伯庠捐募、无名氏、顾念湖、韩德润堂芝楣房、陈琛树堂曼龄房、王直方堂、庆记、贾俞氏、孟秉麾、吕世德堂、新迎团朱、马继善堂、无名氏、沈耀堂、周朝英、无名氏雪，以上三十七户各捐洋二十元。

朱楙斋、章东明、陆幼舫、陈公云川合捐，以上四户捐洋十八元。

章高氏、德星堂、朱林华林朱合捐，李文川、王心田、罗月泉、胡墨汀，以上七户各捐洋十六元。

夏扬侯、何远记、何炳堂、杨元泰、赵义兴、黄源隆、永昌氏、陈韵泉、王绍鼎、易春林、易润甫、易敬生、何永思堂少占、沈淇园、光裕堂、高元勋、四知堂英记，以上十七户各捐洋十五元。

冯宝记、谢雨樵、徐天香居士、王益斋、王直方堂根记、沈震一房、赵琴鹤堂，俞德昌霞年合捐，以上八户各捐洋十二元。

王干庭、金鹤记、谢洽记、姚润德堂、何谢氏、张楚江、钱砚香、傅叶舟、章心华、杨耕读堂、诸安吉堂、许法正、许恒、放生会、王季香、贾友韩、汪鸣盛、章豫贤堂、象贤堂源记、马玉燕堂、月梅书屋、贾徐氏、李焕宗、陈顺德堂彭土房、无名氏、程玉记、右竹氏、程玉书、桑义盛、陈长发、陈万和、王新茂陈元茂合捐，无名氏、无名氏、无名氏、无名氏、陈森舫、潘舜仪、张致远堂、孙德庆堂、盛佩铭、王三槐堂、王秀成堂、王卿余堂、徐圣治、徐德鉴、潘葆初、鲁世琦、吴质庵、裘洁庭、王春源、王济美、朱松樵、易汝章、徐树人书屋、桐荫轩、硖石、严诚丰号、沈德斋、党山官廒、周宁远堂、周保灿、无名氏，以上六十三户各捐洋十元。

朱宝敕堂、王公义、姜茂皆、韩克昌、无名氏，以上五户各捐洋八元。

同馨茶栈、王宝孺，以上二户各捐洋六元。

陈星聚堂、何清记、张怀仁堂、宋心斋、宋息记、陶五柳堂、俞静舟、陈大有、章瑞记、章茅氏、冯子记、杨四知堂、张梅岩、张蕺崖、蒋谷帆、施铁仙、沈振德堂、王直方堂月佐记合捐、施秀湖、易玉芝堂、沈理堂，以上二十一户各捐洋五元。

陶东皋、吴念荪、王广思堂、莲守素堂、宋行之、陆冯氏、宋钮氏、王张氏、周厚甫、胡诗记、叶沈氏、宋宝记、竹林堂、宋雨记、孙惜阴轩浩记、冯憩桥、陆子记、八咏楼主人、胡德兴、许涌、徐公盛、陈丹木、赵荣昌、程守余堂、景星堂，以上二十五户各捐洋四元。

始平氏、李福堂、胡宝记，以上三户各捐洋三元。

陶松和、任丙斋、陶马氏、崇德堂、宋师记、陈兰记、余雪记、丁午庄、正昌、周汉记、赵云记、金吴氏、梅从熙、宋明记、胡济美堂、沈芸记、孙章氏、克六有堂、高达甫、陈颜臣、陈子琴、王绩臣，以上二十二户各捐洋二元。

朱国泰、朱国良、朱国贤、朱国信、章步记、徐恒裕、韩润梅、张恒丰、张浩元、濮松茂、陈恒兴、钱日新、沈斯滨、金鼎森、丁和贵、徐德盛、存心堂、宣福成、陈庆荪、俞柏泉，以上二十户各捐洋一元。

谨将光绪十年十月起，至本年六月止，续收山、会赈捐及弥补上年不敷欠款，并移助粤西协赈钱洋各数目，开具清单，送请察核。

计开：

一、续收山、会赈捐洋一万五千一百六十六元，（扯价一千一百四十四文四毫）作钱一万七千三百五十五千九百七十文。

一、续收捐钱二百五千文。

一、收陆续掉息洋二百二十五元九角七分三厘，（扯价一千一百四十四文四毫）作钱二百五十八千六百四文。

以上收钱一万七千八百十九千五百七十四文。

一、付归还不敷赈款钱二千六百七十九千二百九十五文。

一、付交上海筹赈公所募助粤西水灾协赈洋二千元，（扯价一千一百五十文）作钱二千三百千文。

一、付洋水折耗钱一百六十七千七百六十四文。

以上付钱五千一百四十七千五十九文。

除开支外，计存余剩钱一万二千六百七十二千五百十五文，发商生息备荒。

谨将各钱业领存山会备荒经费钱数开单送呈察核。

计开：

成康、震丰、德源、颐德、震亨、震生、开源（济号）、同孚、穗馨、全昌、厚孚、允中、恒记、萃源、同茂、其昌、安记、震祥，以上十八庄各领存钱六百千文。

豫号、振记、晋升、诚裕，以上四庄各领存钱三百千文。

穌记，以上一庄领存钱六百七十二千五百十五文。

通共领存钱一万二千六百七十二千五百十五文。

呈绍兴府暨山、会两县

为呈请事。光绪九年间山会两邑沙地被风潮淹没筹办赈抚一案，本年七月间，业将续缴捐款，除弥补执欠及移助粤赈等项外，计余剩钱一万二千六百七十二千五百十五文，尽数发存钱业生息，作为山会备荒经费，分别开具折单，呈请转报在案。兹又据已书未缴各户交到捐洋四百七十二元，合作九九六串制钱五百四十千九百十二文，又由穌记钱庄领存成本项下拨出钱五十九千八十八文，合成钱六百千文，发交康泰、大生钱庄各领存钱三百千文，于本年七月初一日起利，按月七厘照章生息，作为山会备荒之用。应请归入正案，一并转报，以期久远。再，自办赈以来，各局所用舟车运脚、辛工饭食及刊刻征信录一切经费，均由绅等及经办乡董捐助，概不开销。惟委员分赴城乡劝募捐输，历时甚久，兼每届散赈派委文武员弁下乡弹压，其舟舆、夫马、川资、饭食一切支应之费，蒙山阴曾会稽俞县尊筹垫给发。虽其数无由备悉，而约计所费，实属不赀，应如何开销弥补之处，应请裁示遵行，并刊入征信录，以资观感。除呈山、会两县衙门外，理合呈明。为此呈请大公祖大人察核施行，实为公便。须至呈者。

计送清折。

光绪十一年七月　日

谨将光绪十一年七月续收各户赈款及照章发存钱业各数目，开折送呈察核。

计开：

西泽单捐洋一百八十元。张顺清捐洋七十元。刘浚川捐洋五十元。王芍农捐洋四十元。全芸轩捐洋三十元。张子明捐洋三十元。徐葆三捐洋三十元。刘子诚捐洋二十元。寿玉溪捐洋二十元。许篆云（补交兑换）洋二元。

共续收捐洋四百七十二元，扯〦〤〨作钱五百四十千九百十二文。

发存：

康泰钱三百千文。

大生钱二百四十千九百十二文，又钱五十九千八十八文。由稣记领存项下拨出补足合成钱三百千文，除拨补外，稣记实领存钱六百十三千四百二十七文。

附刻绍城同善局接管山、会备荒经费年终本利清目

今将奉府发存成康等钱庄山、会两邑备荒经费钱文，自光绪十一年七月初一日起，截至年底止，按月七厘所收利息，及以息作本，另发存放各数目，开载于左。

计开：

旧管：

一、成康、震丰、震亨、震生、全昌、穗馨、允中、同茂、安记、颐德、德源、开源（济号）、同孚、厚孚、恒记、萃源、其昌、震祥，共十八庄各存钱六百千文，计共存钱一万八百千文。

一、稣记十庄存钱六百十三千四百二十七文。

一、豫号、振记、康泰、诚裕、晋升、大生，共六庄，各存钱三百千文，计共存钱一千八百千文。

以上三共存钱一万三千二百十三千四百二十七文。

新收：

一、收成康、震丰、震亨、震生、全昌、穗馨、允中、同茂、安记、颐德、德源、开源（济号）、同孚、厚孚、恒记、萃源、其昌、震祥，共十八庄，每庄息钱二十五千二百文，计共息钱四百五十三千六百文。

一、收稣记一庄息钱二十五千七百六十四文。

一、收豫号、振记、康泰、诚裕、晋升、大生，共六庄，每庄息钱十二千六百文，计共息钱七十五千六百文。

一、收提回稣记庄领存成本钱十三千四百二十七文。（除提回外，稣记名下净存钱六百千文。）

以上共息钱五百五十四千九百六十四文，提回成本钱十三千四百二十七文，两项共钱

五百六十八千三百九十一文。

一、光绪十一年十二月三十日发存厚昌庄钱五百六十八千三百九十一文。(照章按月七厘，以发存之日起息。)

实在：

一、成康等二十六庄共存钱一万三千七百六十八千二百九十一文。

津河广仁堂征信录

清光绪十一年刻本

（清）潘功甫 编
赵晓华 点校

序

光绪戊寅春，河间所属旱荒。宣怀奉合肥相国檄，专任献县赈抚。维时吴窓斋中丞、李秋亭太守亦往来于阜景东交一带，秋谷登场，始告息肩。是年议设广仁堂于津门，收恤灾区妇孺，为赈务之善后。宣怀既力赞其成，迨奉相檄□理□堂，获与诸君子互相劝勉，次第举行。七载以来，各所分班教养，子弟之耕者读者渐有可观。节妇幼女，亦循规蹈矩，勤习女红书籍，而为世所罕觏者，又重加仇校，付诸梓人。他如农桑工艺、养病戒烟，方拟渐推渐广，上副君相济世惠民之盛意。虽才力容有未逮，而兢兢业业之心，未敢少懈。出入款项，例编征信，用识缘起，以告群贤。继自今慎终为始，力戒具文，无负大府之期许、妇孺之仰望，愿与同人共勉焉。乙酉夏六月中浣武进盛宣怀撰

津河广仁堂征信录总目

本堂章程、案牍、花名等项，现在另编堂志，约于冬闲可以刊成，兹故不赘。

卷　一

阁爵督宪李奏案及钦奉谕旨*

大学士直隶总督一等肃毅伯臣李鸿章跪奏为津郡创设广仁堂，收恤妇孺，分别教养，已著成效，恭折仰祈圣鉴事。窃天津、河间等属，地瘠民贫，叠遭灾歉，孤儿嫠妇往往无以自存，情甚可悯，必须创设善堂，兼筹教养。前于光绪四年旱灾后，据南省助赈绅士前署陕西藩司王承基、候选道郑官应、主事经元善等集捐洋银一万圆，经臣商属前督办河间赈务、今太仆寺卿吴大澂、三品衔知府李金镛，先于津郡东门外南斜街暂设广仁堂，收养天津、河间两府属遗弃子女、贫苦节妇。一面倡劝捐资，多多益善，饬道员盛宣怀等督同绅董妥筹经久之策。嗣因经费集有成数，遂于西门外太平庄卜地建堂，盖屋二百八十余间，将南斜街原收妇孺并归太平庄。堂中分设六所：一曰慈幼所，收养男孩。初收则为涤垢治病，继则分拨各所授事。二曰蒙养所，设义塾五斋，择聪俊者延师课读。三曰力田所，于堂之左右购置地亩，种植木棉、稻黍、菜蔬，择粗笨者雇老农教习。四曰工艺所，择不能耕读者，令习刻字、印书、编藤、织帘，俟年长业成，听其出堂自谋衣食。五曰敬节所，收养青年节妇及无依幼女，仍令各勤女工，不使闲逸。幼女无家可归，俟长成为之择配。六曰戒烟所，专延良医，妥置方药，疗治鸦片瘾病，使吸食者有自新之路，庶烟禁不致虚设。各所均派诚实司事专管。其敬节所均系妇女，终日扃锁，以慎关防。饭食等项，悉由转桶出入，公举年高有德之节妇在内管束。俟守节年例相符，由在堂绅董出结移县，转请旌表。现计开办三年，屋宇一律竣工，章程亦皆妥定，耕读纺织成效昭然，而戒烟除瘾者已有二千余人，实于风俗人心大有裨助。此后应责成绅董，遵照定章，实心经理，务垂永久。溯查道光年间保定省城创设全节堂，其时仅养妇女五十名。今津郡广仁堂定额七百五十名之多，各所收养穷民亦众，岁需教养费用甚巨。而存本生息之款无几，诚恐未能持久。除督同官绅随时设法募捐接济外，查上年京城仿照津章新设广仁堂，经顺天府尹奏奉谕旨，每年赏给米三百石，钦遵在案。津郡创设广仁堂，实为北省赈抚善后一大义举，与京城善堂情形相同，相应奏请敕部立案，并援案吁恳天恩，准自本年起，每年赏给南米三百石，于江苏海运漕粮项下在津就近拨领，以广皇仁。是否有当，理合恭折具奏，伏乞皇太后、皇上圣鉴训示。谨奏。

光绪八年三月初六日，在天津行馆专弁具奏。十一日，差弁赍回原折后开：军机大臣奉旨：著照所请。该部知道。钦此。

再查雍正八年钦奉上谕：怡贤亲王福国佑民，有祷必应。著通行直省有欲为王建立祠宇，岁时展祀者，准其举行，或塑遗像，或设神牌，听之等因。钦此。伏查天津自怡贤亲王创修水利，建立祠宇，并颁御书联额，迄今百数十年，祠宇荒废，联额无存，而绅民追慕功德，久而勿替。前经广仁堂绅董恭设怡贤亲王神牌于堂中，即以正室为王祠宇，岁时祭祀，以同时经营水利之原任大学士朱轼、孙家淦、陈宏谋、侍讲学士陈仪附祀。并考求前天津镇总兵蓝理营田旧址，师王遗规，购地浚垦。近则南乡一带引河新开，荒田渐辟，雨旸时若，可庆有秋。实惟贤王默佑，敬感尤深。据官绅呈请奏颁匾额前来，相应仰恳天恩，颁发怡贤亲王祠匾额一方，由臣祗领，交该堂绅董敬谨摹泐悬挂，以答神庥而顺舆情。理合附片具陈，伏乞圣鉴训示。谨奏。

光绪八年二月初六日，在天津行馆专弁附奏。十一日，差弁赍回原片，后开：军机大臣奉旨：另有旨。钦此。

光绪八年三月初九日奉上谕：李鸿章奏，前因怡贤亲王创修水利，功德及民，天津地方曾为建立祠宇，迄今年久荒废。绅民追慕不忘，于广仁堂恭设神牌，以正室为王祠宇，岁时祭祀，呈请颁发匾额等语。著南书房翰林恭书匾额一方，交李鸿章祗领悬挂，以顺舆情。钦此。

广仁堂图说*

本堂卜地于直隶天津府西门外太平庄。该处地甚洼，爰以五十畮地环之以濠，濠之土即以培基，高八尺。基之小半建屋，计大小二百六十九间，分中东西三院。经始于光绪庚辰孟春，落成于壬午仲夏。屋图列右。

中院前为头门三间，左右门房、号房各一。中南向五间为正殿，左右夹室藏祭器，殿檐下为露台。东西庑各三间。后七间，中为客堂，东西各三间为董事房。

中院之左第一进为东号厨房三间，厨房之左西向为水灶二间。第二进为东号司事房三间，左厢设转桶。左厢之东夹衖内南向二小间为洗心处，北向二小间为澡身处。第三进北向三间，中为相在尔室，左为东新塾，右为西新塾。第四进南向三间，为恒斋。第五进北向三间，中为客堂，左右为帐房。第六进北向三间，为轿厅。厅北两房，左为戒烟所挂号处，右为后门之门房，再北为后门（常日于此出入）。

中院之右第一进为西号厨房三间。第二进为西号司事房三间，右厢设转桶。右厢之西夹衖内南北向各一小间，为女使房。第三进为试塾三间，塾前西边为惜字炉。第四进为毋自欺斋三间。第六进为董事司事厨房三间。

东院第一进北向六间，左三间为车房、马房及马夫房，右三间为物料房，房之左边为厕。第二进蒙养所十间，中三间为义塾，左四间为仁塾，右三间为礼塾。第三进蒙养所九间，中三间为濂洛关闽五子祠，左三间为信塾，右三间为智塾。第四进慈幼所十间，分“保”、“赤”、“抚”、“字”、“加”、“勤”、“黎”、“元”、“爱”、“育”十字号。第五进慈幼所十间，分“存”、“孤”、“养”、“幼”、“载”、“在”、“礼”、“经”、“诚”、“求”十字号。第六进工艺所十间，中一间为公输子祠，左四间为修发处，右五间为编藤处。第七进工艺所十间，中三间为印订处，左四间为镌刻处，右三间为织帘处。第八进戒烟所九间，左六间为戒烟人就医处，右三间中为林文忠公祠，左为医生房，右为委员房。委员房之右为厨房二间，东向茶房二间，北向下人房二间。

西院第一进敬节所十间，分“节”、“励”、“寒”、“松”、“百”、“世”、“流”、“芳”、“千”、“秋”十字号。第二进敬节所九间，中三间为孟母祠，左右各三间为女司事房。第三进敬节所十间，分“冰”、“霜”、“心”、“坚”、“金”、“石”、“芬”、“扬”、“彤”、“管”

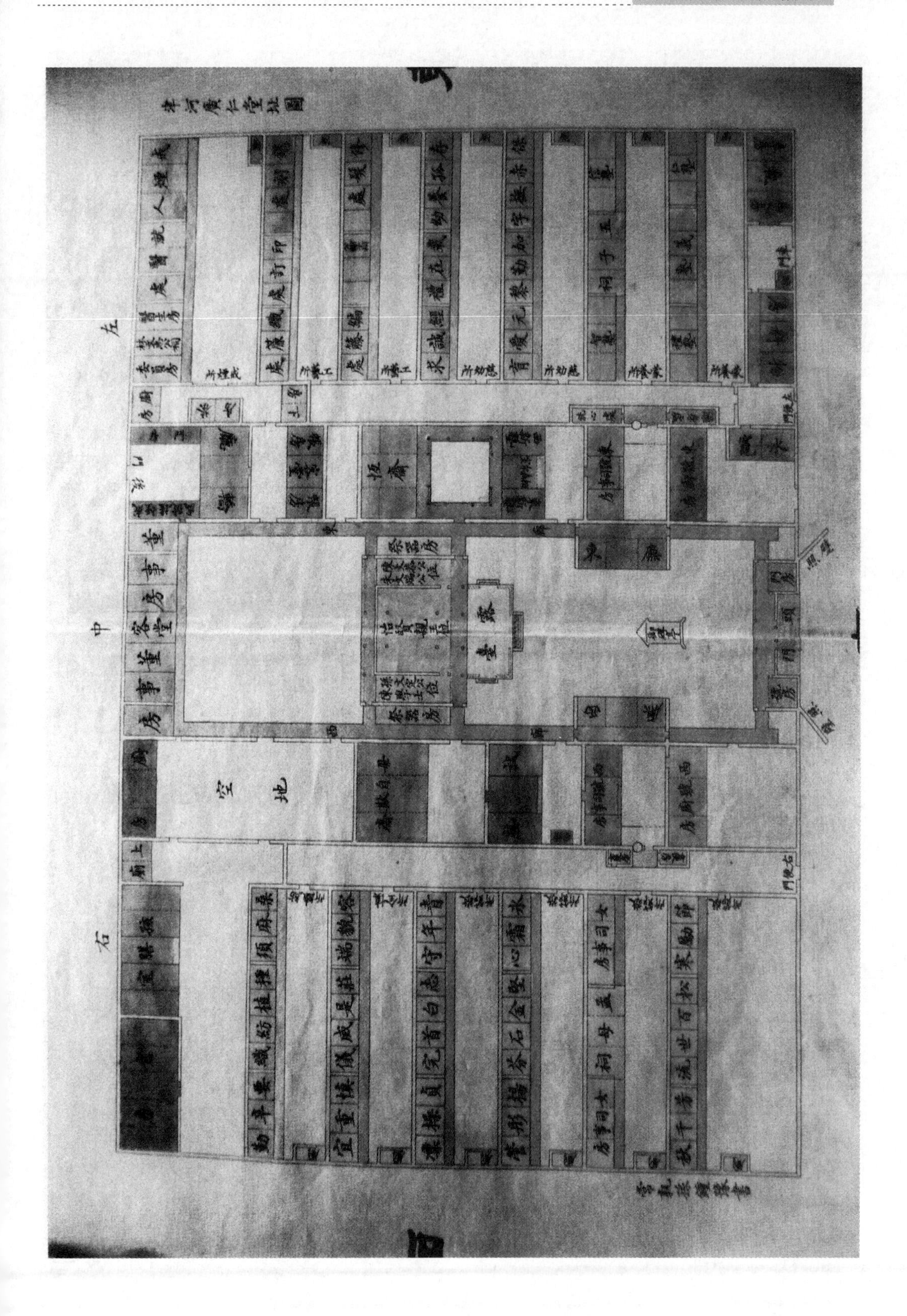
津河廣仁堂址圖
左
中
右
空
地

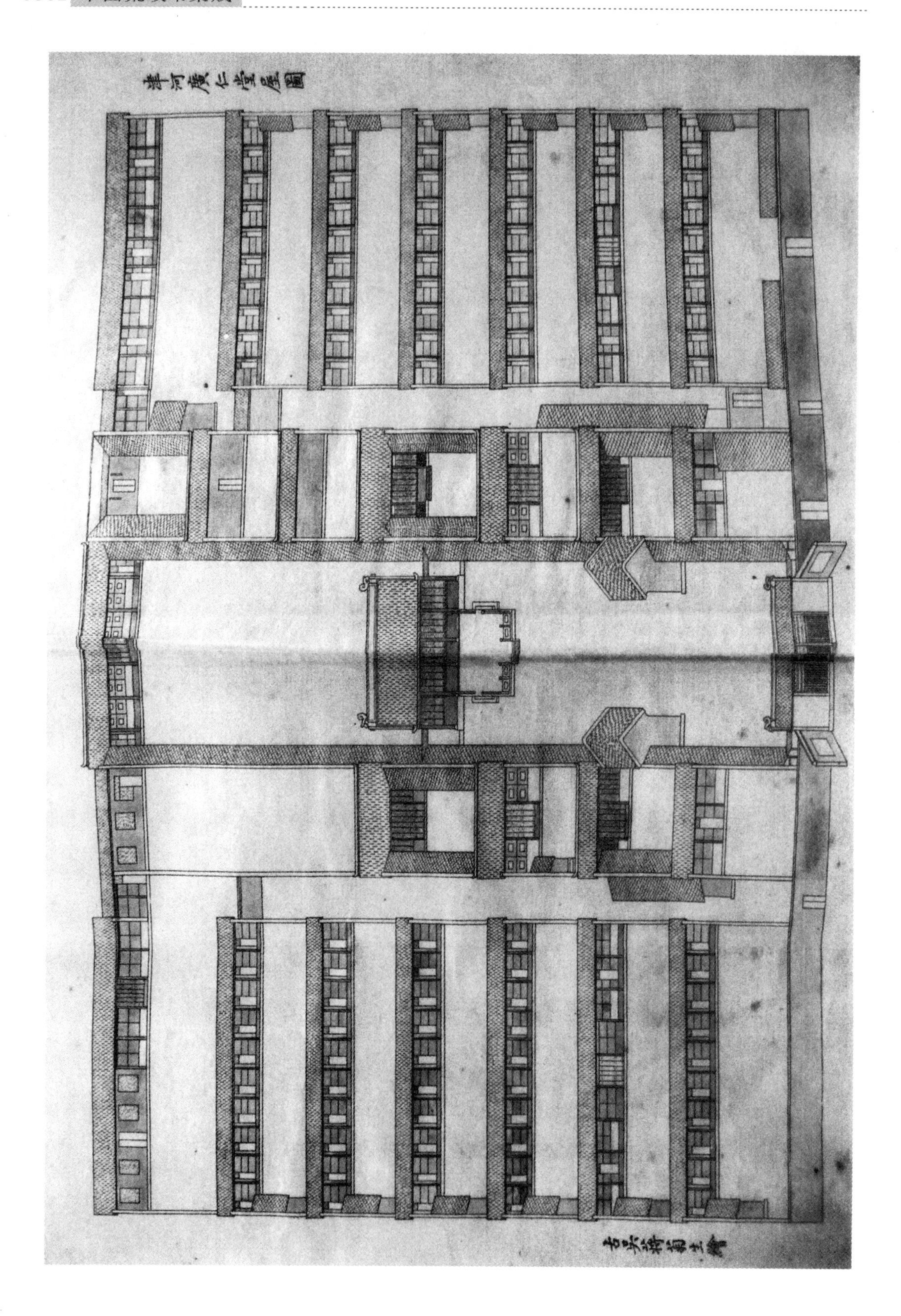
津河廣仁堂屋圖

十字号。第四进敬节所十间，分“青”、“年”、“守”、“志”、“白”、“首”、“完”、“贞”、“操”、“凛”十字号。第五进慎全所十间，分“容”、“貌”、“端”、“庄”、“是”、“威”、“仪”、“慎”、“重”、“宜”十字号。第六进为纺织所十间，分“桑”、“麻”、“须”、“种”、“植”、“纺”、“绩”、“要”、“辛”、“勤”十字号。第七进十间，左五间为孩膳室，右五间为仓房膳室，之左夹衖内为厕二间。

每间屋东西北向者均注明，不注者系南向。每号舍一排靠边设一小间为厕，左右夹道之南各设门一，便妇孺病故，棺木出入。东院第一进设门一，便车马出入。图内黄色者，回廊也；绿色者，男号舍也；淡青色者，女号舍也；赭色者，戒烟所也；淡墨色者，中院房屋也；无色者，园子也（南人谓之天井）。大门外空基尚多，今均树桑。俟经费充足，收养逾额，再议增建。

光绪戊寅年八月二十一日起庚辰年十二月分止四注册*

光绪四年八月二十一日起，五年二月十五日止

计开：

旧管：无。

新收：

一、收爵阁督宪李捐湘平银五百两，合行平化宝银四百九十四两七钱五分。

一、收直隶藩台周捐库平银五百两，合行平化宝银五百十六两二钱五分。

一、收津海关道丁捐钱平银五百两，合行平化宝银四百九十六两。

一、收津海关道郑捐钱平钱二百两，合行平化宝银一百九十八两四钱。

一、收天津道刘捐钱平银五百两，合行平化宝银四百九十五两五钱。

一、收天津府万捐津平银五十两，合行平银四十七两。

一、收天津河防同知吴捐行平银二十五两。

一、收天津县王捐行平银一百两。

一、收天津县委员张、戴、宋捐行平银二十五两六钱。

一、收太医院刘捐津平银二伯两，合行平银一百九十八两四钱。

一、收姚郎中集捐公砝平银三千六百两，合行平银三千五百七十二两。

一、收上海保婴局集捐英洋一千元，合行平银六百八十八两三钱二分。

一、收上海筹赈公所集捐行平银二千七百五十七两三钱二分。

一、收上海筹赈公所集捐英洋一万元，在津兑见津钱二万五百五十千文。

一、收天津县王捐税房契银二十一两一钱八分。

一、收天津绅士李主政世珍捐钱平银一千两，合行平化宝银九百九十二两。

一、收自新所移交津钱十七千九百三十文。

一、收公典利息津钱四百八十千文。

一、收以银易换津钱一千四百二十一千二百九十二文。

以上共收行平银一万六百二十七两七钱二分、津钱二万二千四百六十九千二百二十二文。

开除：

一、支兑钱用行平银四百八十七两四分。

一、支置买南斜街房屋并修理行平银七百二十两三钱、津钱三百十四千六百二十八文。

一、支税房契银二十一两一钱八分。

一、支置买器具津钱四百四十七千六百二十六文。

一、支笔墨纸张津钱二十二千六百四十二文。

一、支小米十二石八升，津钱七十九千四百文。

一、支磨面黑豆津钱十千五十文。

一、支油盐菜蔬津钱七十八千二百六十二文。

一、支柴草煤炭津钱一百四十八千八百十文。

一、支各妇孩衣被行平银三十一两九钱、津钱一百七十七千三百六十四文。

一、支各妇孩药饵行平银三十两、津钱八十千一百四文。

一、支各妇孩煮粥大米三石、津钱二十六千八百七十文。

一、支幼孩薙发洗澡津钱四千八百六十四文。

一、支灯油茶水津钱三十一千九百三十六文。

一、支杂项津钱四十四千八百六十文。

一、支棺木掩埋津钱十四千三百文。

一、支公文信力津钱三十千九百文。

一、支刊印弟子规津钱二十二千一百文。

一、支雇写募启并刊印津钱七十五千文。

一、支司事三人两个月薪水津钱七十二千文。

一、支住堂司事四人（四年十一月十五日至十二月三十日止）一个半月薪水津钱四十八千文。

一、支司事二人（本年正月初一日至二月十五日止）一个半月薪水津钱四十二千文。

一、支塾师修金一个半月津钱二十一千文。

一、支医师节敬津钱十二千文。

一、支女司事一人（四年十一月十五日至本年二月十五日止）三个月薪水津钱四十一千文。

一、支公用大米二十石五升、行平银二十九两五钱、津钱九十七千五百九十文。

一、支公用伙食津钱八十三千五百五十八文。

一、支执役工食津钱三十九千文。

一、支女夫头工食津钱九千八百文。

一、支男、女号头赏犒津钱二十千五百七十八文。

一、支装运银钱车船力津钱二十七千文。

一、支装运红粮车力津钱十九千四百三十文。

一、支补串津钱十一千二百八十四文。

以上共支行平银一千三百十九两九钱二分、津钱二千一百五十三千九百五十六文。

实在：

一、存天津公当行公砝平银七千两，合行平银六千九百六十五两。

一、存天津公当行九七六津钱二万千文。

一、存阜康银号行平银一千两。
一、存本堂行平银一千三百四十二两八钱、津钱三百十五千二百六十六文。
以上共存行平银九千三百七两八钱、津钱二万三百十五千二百六十六文。

光绪五年二月十六日至三月十五日止

旧管：
前存行平银九千三百七两八钱、津钱二万三百十五千二百六十六文。
新收：
一、收河间府札捐京平银二百两，合行平银一百九十一两二分。
一、收天津河防同知吴捐春季津平化宝银二十五两，合行平银二十四两八钱。
一、收医士金明一捐九六津钱十六千文。
一、收以银易进津钱二百八十五千七百九十六文。
以上共收行平银二百十五两八钱二分、津钱三百一千七百九十六文。
开除
一、支兑钱用行平银一百两。
一、支大小米共钱五十七千一百八十四文。
一、支油盐菜蔬、朔望加肉共钱六十七千八百五十六文。
一、支妇孩药饵钱三十八千九百四十六文。
一、支敬节所门役、又照看病孩之役犒赏共钱四千九百五十二文。
一、支各孩修发洗浴钱一千五百六十八文。
一、支妇孩衣被鞋袜钱六十二千七百八十八文。
一、支柴草煤炭钱三十七千四百二十四文。
一、支油烛茶水钱十三千三百二十四文。
一、支纸墨笔砚钱三千六百五十文。
一、支河间府信力安平局送家具力钱五千文。
一、支义塾置买书籍钱四百八十文。
一、支棺木掩埋钱一千二百文。
一、支塾师束修钱十八千文。
一、支司事、女董薪水钱五十八千文。
一、支门役、厨夫、水夫、女夫头工钱十五千六百文。
一、支医士敬仪轿钱二十五千六百文。
一、支修理房屋钱三千一百五十二文。
一、支杂项钱四千九百七十文。
一、支置买器具钱二十四千八百十四文。
以上共支行平银一百两、津钱四百四十四千五百八文。
实在：
一、存公当行生息九七六津钱二万千文。
一、存公当行公砝平银七千两，合行平银六千九百六十五两。
一、存阜康福银号行平银一千九十一两二分。

一、现存行平银一千三百六十七两六钱。
一、现存九六津钱一百七十二千五百五十四文。
以上共存行平银九千四百二十三两六钱二分、津钱二万一百七十二千五百五十四文。

光绪五年三月十六日至闰三月十五日止

旧管：
前存行平银九千四百二十三两六钱二分、津钱二万一百七十二千五百五十四文。
新收：
一、收以银易进钱一百四十六千五百六十二文。
一、收严绅克宽垫津钱六百七千五百七十八文。
以上共收津钱七百五十四千一百四十文。
开除：
一、支兑钱用行平银五十两八钱。
一、支大小米钱一百一千四百文。
一、支油盐菜蔬、朔望加猪肉共钱七十九千六百五十文。
一、支妇孩衣被鞋袜钱二百三十五千一百六十文。
一、支妇孩药饵钱二十八千五百四十四文。
一、支敬节所门役、又照看病孩之役犒赏共钱一千八百二十四文。
一、支各孩修发沐浴钱二千九百二十六文。
一、支柴草煤炭钱二十七千六百七十四文。
一、支油烛茶水钱十四千四十文。
一、支纸笔朱墨钱九千三百八十六文。
一、支义塾置书籍钱四千一百五十文。
一、支棺木掩埋钱五千一百二十文。
一、支修理房钱二百十三千五百五十二文。
一、支置买器具钱六十二千八百三十八文。
一、支塾师束修钱三十六千文。
一、支司事、女董薪水钱五十八千文。
一、支门役、厨夫、水夫、女夫头工钱十五千六百文。
一、支医士轿钱二十三千七百文。
一、支杂项钱七千一百三十文。
以上共支行平银五十两八钱、津钱九百二十六千六百九十四文。
实在：
一、存公当行公砝平银七千两，合行平银六千九百六十五两。
一、存公当行九七六津钱二万千文。
一、存阜康福银号行平银二千四百七两八钱二分。
以上共存行平银九千三百七十二两八钱二分、津钱二万千文。

光绪五年闰三月十六日至四月十五日止

旧管：

前存行平银九千三百七十二两八钱二分、津钱二万千文。

新收：

一、收李绅世珍、严绅克宽捐九七六津钱四百四十四千五百八文。

一、收以银易进钱五百八十九千五百十二文。

一、收严绅克宽垫津钱一百七十一千七百二十二文。

以上共收津钱一千二百五千七百四十二文。

开除：

一、支兑钱用行平银一百九十八两四钱。

一、支大小米钱九十四千文。

一、支油盐菜蔬、朔望加猪肉钱五十七千十四文。

一、支鞋袜钱十二千六百十文。

一、支药饵钱十一千四百八文。

一、支敬节所门役、又照看病孩之役犒赏钱一千五百六十文。

一、支各孩修发洗浴钱一千四百二十四文。

一、支柴草炭钱二十八千三百二文。

一、支油烛茶水钱七千七百五十四文。

一、支纸笔朱墨钱六千八百五十六文。

一、支义塾置买书籍钱三千三百文。

一、支棺木掩埋钱二千四百六十文。

一、支修理房屋钱一百八十千六百七十八文。

一、支置买器具钱六十七千二百二文。

一、支塾师束修钱三十六千文。

一、支司事、女董薪水钱五十八千文。

一、支门役、厨夫、水夫、女夫头工钱十五千一百文。

一、支医士轿钱十二千文。

一、支杂项钱二千四百九十六文。

一、支还上月严绅垫钱六百七千五百七十八文。

以上共支行平银一百九十八两四钱、津钱一千二百五千七百四十二文。

实在：

一、存公当行公砝平银七千两、合行平银六千九百六十五两。

一、存公当行九七六津钱二万千文。

一、存阜康福行平银二千二百九两四钱二分。

以上共存行平银九千一百七十四两四钱二分、津钱二万千文。

光绪五年四月十六日至五月十五日止

旧管：

前存行平银九千一百七十四两四钱二分、津钱二万千文。

新收：

一、收公当行息钱四百八十千文。

一、收戴星斋大令捐钱十七千八百文。

一、收九六底钱六千七十二文。

一、收严绅克宽垫津钱一百七十千五百六十六文。

以上共收津钱六百七十四千四百三十八文。

开除：

一、支大小米共钱八十八千一百文。

一、支油盐菜蔬、朔望加猪肉共钱七十六千五百八十二文。

一、支妇孩衣被鞋袜钱九十三千三百二十二文。

一、支妇孩药饵钱十二千八百八文。

一、支敬节所门役、又照看病孩之役犒赏钱一千四百六十文。

一、支各孩修发洗浴钱一千三百六十六文。

一、支柴草钱三十千二百六十六文。

一、支油烛茶水钱七千四百二十文。

一、支纸笔朱墨钱二千六百八十文。

一、支义塾置买书籍钱一千七百五十文。

一、支前天津县王捐助家具车力、又段司事赴静海查勘节妇田亩车钱等十千九百文。

一、支修理房屋钱八千一百三十六文。

一、支置买器具钱二十一千五百四文。

一、支熟师束修钱三十六千文。

一、支司事、女董薪水钱五十八千文。

一、支塾师节敬钱八千文。

一、支医士轿钱二十千四百文。

一、支门役、厨夫、水夫、女夫头工钱十五千一百文。

一、支杂项钱八千九百二十二文。

一、支还上月严绅垫钱一百七十一千七百二十二文。

以上共支津钱六百七十四千四百三十八文。

实在：

一、存公当行公砝平银七千两，合行平银六千九百六十五两。

一、存公当行九七六津钱二万千文。

一、存阜康福银号行平银二千二百九两四钱二分。

以上共存行平银九千一百七十四两四钱二分、津钱二万千文。

光绪五年五月十六日至二十九日止

旧管：

前存行平银九千一百七十四两四钱二分、津钱二万千文。

新收：

一、收以银易进津钱五百九十一千四百六十二文。

开除：

一、支兑钱用行平银一百九十八两四钱。

一、支大小米面钱五十六千八百八十文。

一、支油盐菜蔬、朔望加猪肉钱三十一千一百九十二文。

一、支各孩鞋袜钱一千八百五十文。

一、支妇孩药饵钱十七千三百五十四文。

一、支敬节所门役、又照看病孩之役犒赏钱六百七十二文。

一、支各孩修发洗浴钱一千二百七十文。

一、支柴草钱十七千四百九十文。

一、支油烛茶叶钱二千八百三十文。

一、支纸笔朱墨钱五千文。

一、支义塾置买书籍钱三百文。

一、支送公文信脚钱二百文。

一、支修理房屋钱七千九百三十八文。

一、支置买器具钱四十五千八百七十文。

一、支塾师束修钱十八千文。

一、支副董、司事、女董薪水钱六十六千文。

一、支门役、厨夫、水夫、女夫头工钱七千八百文。

一、支内科医士轿资钱十二千八百文。

一、支（三月至五月止）外科医金药资钱六十千文。

一、支杂项钱一千三百三十文。

一、支亲属领幼孩给资遣钱三千文。

一、支还上月严绅垫钱一百七十千五百六十六文。

以上共支行平银一百九十八两四钱、津钱五百二十八千三百四十二文。

实在

一、存公当行公砝平银七千两、合行平银六千九百六十五两。

一、存公当行九七六津钱二万千文。

一、存阜康福号行平银二千十一两二分。

一、存现钱六十三千一百二十文。

以上共存行平银八千九百七十六两二分、津钱二万六十三千一百二十文。

光绪五年六月分

旧管：

前存行平银八千九百七十六两二分、津钱二万六十三千一百二十文。

新收：

一、收黎召民廉访捐京平银一千两，合行平银九百七十二两六钱四分。

一、收筹赈局札发李守金镛经收移奖之款申公砝平银二千两，合行平银二千二十六两四钱。

一、收以银易进钱八百九十五千九百四文。

以上共收行平银二千九百九十九两四分、津钱八百九十五千九百四文。

开除：

一、支兑钱用行平银二百九十七两六钱。

一、支大小米面钱一百九千四百四十文。

一、支油盐菜蔬、朔望加猪肉钱七十五千一百四十二文。

一、支妇孩衣服鞋袜钱四十九千四百四十四文。

一、支妇孩药饵钱十七千一百二十二文。

一、支敬节所门役、又照看病孩之役犒赏钱一千六百文。

一、支各孩修发沐浴钱二千五百五十文。

一、支工艺所房租钱一百四十七千文。

一、支柴炭钱三十四千二百七十六文。

一、支油烛茶叶钱四千九百四十八文。

一、支纸笔朱墨钱八千五百三十四文。

一、支义塾置买书籍钱八百二十文。

一、支送公文信力钱七百文。

一、支棺木掩埋钱三千四百二十文。

一、支修理房屋钱四十六千七百九十八文。

一、支置买器具钱一百十五千一百二文。

一、支塾师束修钱三十六千文。

一、支副董、司事、女董薪水钱九十八千文。

一、支门役、厨夫、水夫、女夫头工钱二十九千六百文。

一、支医士轿钱十九千八百文。

一、支杂项钱七千七百八十六文。

一、支亲属领幼孩给发资遣钱四千文。

以上共支行平银二百九十七两六钱、津钱八百十二千八十二文。

实在：

一、存公当行公砝平银七千两，合行平银六千九百六十五两。

一、存公当行九七六津钱二万千文。

一、存阜康福银号行平银四千七百十二两四钱六分。

一、存现钱一百四十六千九百四十二文。

以上共存行平银一万一千六百七十七两四钱六分、津钱二万一百四十六千九百四十二文。

光绪五年七月分

旧管：

前存行平银一万一千六百七十七两四钱六分、津钱二万一百四十六千九百四十二文。

新收：

一、收海关道罚捐船户漏税津平银三百两，合行平银二百九十七两六钱。

一、收营务处咨送追出游勇略买妇女身价九六津钱十四千文。

一、收回司事周少泉一月薪水钱十四千文。

一、收易进钱九百一千八百五十四文。

一、收严绅克宽垫钱一百十二千一百七十四文。

以上共收行平银二百九十七两六钱、津钱一千四十二千二十八文。

开除：

一、支易出津平银三百两，合行平银二百九十七两六钱。

一、支大小米面钱一百二十四千七百八十文。

一、支油盐菜蔬、朔望加猪肉钱八十三千四百二十二文。

一、支工艺所饭菜钱五十三千一百文。

一、支妇孩衣被鞋袜钱三百二十二千八百六十六文。

一、支药饵钱四十四千六百六十六文。

一、支敬节所门役犒赏钱七百六十四文。

一、支各孩修发洗浴钱三千七百三十八文。

一、支柴炭钱六十千四百七十文。

一、支油烛茶叶钱十二千五百三十八文。

一、支纸笔朱墨钱十四千二十文。

一、支义塾书籍钱四千六百十文。

一、支上海寄章程二箱车力信脚钱一千二百八十文。

一、支棺木掩埋钱一千二百四十文。

一、支修理房屋钱十三千八百四文。

一、支置买器具钱一百四十九千八百八十八文。

一、支塾师束修钱三十六千文。

一、支副董、司事、女董薪水钱九十八千文。

一、支门役、厨夫、水夫、女夫头工钱三十四千六百文。

一、支外科医士轿钱、药资钱十五千文。

一、支杂项钱六千二百八十四文。

一、支女号内闺女陈大姐给亲完聚舟车钱九千文。

一、支编藤教习工钱十千四百四十文。

一、支织帘教习工钱八千七百文。

一、支购买藤竹物料钱七十千五百六十文。

一、支内科姚医士轿钱九千二百文。
以上共支行平银二百九十七两六钱、津钱一千一百八十八千九百七十文。

实在：

一、存公当行公砝平银七千两，合行平银六千九百六十五两。
一、存公当行九七六津钱二万千文。
一、存阜康福号行平银四千七百十二两四钱六分。
以上共存行平银一万一千六百七十七两四钱六分、津钱二万千文。

光绪五年八月分

旧管：

前存行平银一万一千六百七十七两四钱六分，津钱二万千文。

新收：

一、收公当行息钱六百四十千文。
一、收以银易进钱六百十四千四百九十八文。
以上共收津钱一千二百五十四千四百九十八文。

开除：

一、支兑钱用行平银一百九十八两四钱。
一、支大小米面钱二百六十千八百十文。
一、支油盐菜蔬、朔望加猪肉钱一百千四百八十四文。
一、支妇孩衣服鞋帽钱一百五千三百四十文。
一、支药饵钱三千五百四文。
一、支男孩在外学艺立字钱三千文。
一、支堂役节赏、敬节所门役、又照看病孩之役犒赏钱二十二千九十六文。
一、支各孩修发洗浴钱一千一百三十六文。
一、支柴禾煤炭钱六十四千五百二十四文。
一、支油烛茶叶钱二十四千三百五十文。
一、支纸笔墨帐钱八千四百七十文。
一、支义塾书籍钱二百三十文。
一、支送公文信力钱二千二百五十文。
一、支棺木掩埋钱一千三百六十文。
一、支修理房屋钱一百十三千五百九十四文。
一、支置买器具钱十五千三百六十九文。
一、支塾师束修节敬钱四十四千文。
一、支副董、司事、女董薪水钱一百十八千文。
一、支门役、厨水夫、女夫头工钱三十四千六百文。
一、支送内科马医士行平银十五两八钱八分。
一、支外科医士轿金、药资钱十五千文。
一、支杂项钱九千八百九十四文。
一、支补司事张肇安薪水钱三十九千文。

一、支还上月严绅垫钱一百十二千一百七十四文。

一、支织帘教习工钱八千七百文。

一、支编藤教习工钱六千八百四十文。

一、支购买藤竹物料钱五十二千八百四十一文。

一、支马料钱十千五百五十文。

以上共支行平银二百十四两二钱八分、津钱一千一百七十八千一百十六文。

实在：

一、存公当九七六津钱二万千文。

一、存公当公砝平银七千两，合行平银六千九百六十五两。

一、存阜康福号行平银四千四百九十八两一钱八分。

一、存现钱七十六千三百八十二文。

以上共存行平银一万一千四百六十三两一钱八分、津钱二万七十六千三百八十二文。

光绪五年九月分

旧管：

前存行平银一万一千四百六十三两一钱八分、津钱二万七十六千三百八十二文。

新收

一、收天津道刘捐本年九个月养廉津平银一百八十两，合行平银一百七十八两一钱八分。

一、收以银易进钱一千一百九十三千九百九十四文。

以上共收行平银一百七十八两一银八分、津钱一千一百九十三千九百九十四文。

开除：

一、支兑钱用行平银三百九十六两八钱。

一、支大小米面钱二百七十三千九十文。

一、支油盐菜蔬、朔望加猪肉钱九十三千六百三十二文。

一、支妇孩衣服鞋帽钱一百九十六千二百九十四文。

一、支妇孩药饵钱五千六百十四文。

一、支照看病孩之役犒赏钱七百二十文。

一、支各孩修发洗浴钱一千四十文。

一、支柴禾煤炭钱七十八千二百十四文。

一、支油烛茶叶钱十九千四文。

一、支纸笔墨册版钱十三千五百七十四文。

一、支义塾置买书籍钱三百六十文。

一、支与敬节所内韩四姐代取地租船脚饭食钱一千一百四十文。

一、支棺木掩埋钱五千四百二十八文。

一、支修理房屋钱六千八十二文。

一、支置买器具钱九千五百二文。

一、支塾师修金钱三十六千文。

一、支副董、司事、女董薪水钱一百十八千文。

一、支门役、厨夫、水夫、女夫头工钱三十四千六百文。
一、支外科娄医士斩金、药资钱十五千文。
一、支杂项钱三千九百十文。
一、支总董六个月薪水，共行平银七十二两。
一、支置买太平庄地基钱二百千文。
一、支织帘教习工钱九千文。
一、支编藤教习工钱十千八百文。
一、支购买藤料钱十千五百十六文。
一、支喂马麸料钱十千五百文。
以上共支行平银四百六十八两八钱、津钱一千一百五十二千二十文。

实在：

一、存公当行公砝平银七千两，合行平银六千九百六十五两。
一、存阜康福号行平银四千二百七两五钱六分。
一、存公当行津钱二万千文。
一、存现钱一百十八千三百五十六文。
以上共存行平银一万一千一百七十二两五钱六分、津钱二万一百十八千三百五十六文。

光绪五年十月分

旧管：

前存行平银一万一千一百七十二两五钱六分、津钱二万一百十八千三百五十六文。

新收：

一、收爵阁督宪李岁捐本年分湘平银五百两，合行平银四百九十八两二钱五分。
一、收晋赈移奖余款并新捐局捐七厘局费共津平银五千八百五十八两六钱二分九厘九毫，合行平银五千八百十一两七钱六分。
一、收以银易进钱二千六十九千三百二十八文。
以上共收行平银六千三百十两一分、津钱二千六十九千三百二十八文。

开除：

一、支兑钱用行平银六百九十八两九钱六分。
一、支大小米面钱二百二十五千五百三十文。
一、支油盐菜蔬、朔望加猪肉钱九十千一百四十文。
一、支妇孩衣被鞋帽钱一百四十千五百九十八文。
一、支妇孩药饵钱八千五百五十六文。
一、支幼童刘牛学艺立字钱二千文。
一、支工艺所半季房租钱一百四十四千文。
一、支照看病孩之役犒赏钱九百九十六文。
一、支各孩修发洗浴钱一千五百六十六文。
一、支柴禾煤炭钱八十九千五百六十文。
一、支油烛茶叶钱十六千六百六十二文。
一、支纸笔墨册纸钱十千五百九十文。

一、支义塾置买书籍钱一千六百十文。
一、支送公文看地车钱二千三百文。
一、支修理房屋钱一百七千六百二十文。
一、支置买器具钱五十八千五百三十四文。
一、支塾师束修钱三十六千文。
一、支副董四个月薪水钱八十千文。
一、支门役、厨夫、水夫、女夫头工钱三十四千六百文。
一、支副董、司事、女董薪水钱一百十八千文。
一、支资遣献县灾民李姓大小二十八口川资船钱六十五千文。
一、支外科娄医士轿金、药资钱十五千文。
一、支梁郎氏所捐地亩钱粮钱一千二百文。
一、以杂项钱五千七百三十八文。
一、支总董六个月薪水行平银七十二两。
一、支置买太平庄地基找价钱五百七十三千文。
一、支副董庄桂生回南川资银十两。
一、支织帘教习工钱八千七百文。
一、支编藤教习工钱十千四百四十文。
一、支购买藤竹物料钱六十一千一百四十八文。
一、支喂马草料钱八千七百文。
以上共支行平银七百八十两九钱六分、津钱一千九百十七千七百八十八文。
实在：
一、存阜康福号行平银七千五百四两五钱九分。
一、存华裕号行平银七千七百五十两六钱三分。
一、存甘泽溥等期票三张，计行平银一千四百四十六两三钱九分。
一、存公当行津钱二万千文。
一、存现钱二百六十九千八百九十六文。
以上共存行平银一万六千七百一两六钱一分、津钱二万二百六十九千八百九十六文。

光绪五年十一月分

旧管：
前存行平银一万六千七百一两六钱一分、津钱二万二百六十九千八百九十六文。
新收：
一、收任方伯岁捐库平银五百两，合行平银五百十六两一钱九分。
一、收华裕号生息行平银五十四两二钱五分。
一、收公当生息津钱四百八十千文。
一、收以银易进津钱七百三十四千七百三十八文。
以上共收行平银五百七十两四钱四分、津钱一千二百十四千七百三十八文。
开除
一、支兑钱用行平银二百四十八两四钱三分。

一、支大小米面钱三百二十六千二百文。
一、支油盐菜疏、朔望加猪肉钱一百三千二百三十文。
一、支妇孩衣服鞋袜钱五十五千七百六十文。
一、支妇孩药饵钱十千三十二文。
一、支照看病孩人犒赏钱七百二十文。
一、支各孩修发洗浴钱一千四百三十八文。
一、支柴炭钱一百二千三百八十六文。
一、支茶叶油烛钱十七千八百七十六文。
一、支纸笔册纸钱十一千六百十二文。
一、支义塾置买书籍钱一百五十六文。
一、支送公文信力钱二千六百九十文。
一、支棺木掩埋钱二千四百八十文。
一、支修理房屋钱二千四百四十四文。
一、支置买器具钱六十千九十文。
一、支塾师束修钱三十六千文。
一、支副董、司事、女董薪水钱一百十八千文。
一、支门役、厨夫、水夫、女夫头工钱三十六千一百文。
一、支内科邵医士两个月轿钱三十千文。
一、支外科娄医士轿金、药资钱十五千文。
一、支杂项钱三千一百九十四文。
一、支汪副董支领六个月薪水行平银七十二两。
一、支织帘教习工钱九千文。
一、支编藤教习工钱并试验学徒赏钱十一千二百四十文。
一、支购买藤料钱六千七百文。
以上共支行平银三百二十两四钱三分、津钱九百六十二千三百四十八文。
实在：
一、存华裕号行平银七千七百五十两六钱三分。
一、存阜康福号行平银七千七百五十四两六钱。
一、存甘泽溥等期票三张，计行平银一千四百四十六两三钱九分。
一、存公当津钱二万千文。
一、存现钱五百二十二千二百八十六文。
以上共存行平银一万六千九百五十一两六钱二分、津钱二万五百二十二千二百八十六文。

光绪五年十二月分

旧管：
前存行平银一万六千九百五十一两六钱二分、津钱二万五百二十二千二百八十六文。
新收：
一、收华裕号生息行平银五十四两二钱五分。
一、收东海关道方解五年分洋药厘项加抽本堂经费库平银三千两、合行平银三千一百二两。

一、收山海关道续解五年分八月底止洋药厘项加抽本堂经费库平银一千四百九十六两一钱五分二厘，合行平银一千五百四十六两一钱二分。

一、收津海关道郑解五年分洋药厘项加抽本堂经费行平银二千七百九十八两四钱三分。

一、收津海关道郑岁捐钱平银五百两，合行平银四百九十六两。

一、收以银易进津钱九百三十三千七百二十文。

以上共收行平银七千九百九十六两八钱、津钱九百三十三千七百二十文。

开除：

一、支兑钱用行平银三百十九两八钱七分。

一、支大小米面、妇孩度岁馒首白面钱三百四十七千八百四十八文。

一、支油盐菜蔬及朔望加猪肉并过年猪肉钱一百四十七千六十二文。

一、支妇孩衣被鞋袜钱一百六千一百八十四文。

一、支妇孩药饵钱三千八百五十八文。

一、支堂役节赏并敬节所门役、照看病孩之役犒赏钱二十四千五百四十六文。

一、支各孩修发洗浴并红头绳钱五千九百四十六文。

一、支柴炭并冬三月煤钱一百六十千三百五十二文。

一、支油烛茶叶钱二十一千三百六十文。

一、支纸笔墨册纸钱十三千二百八十二文。

一、支义塾置买书籍钱八十文。

一、支送公文信力钱二千文。

一、支修理房屋钱二十四千三百二十六文。

一、支置买器具钱二十九千五百三十二文。

一、支塾师束修、节敬钱四十四千文。

一、支副董、司事、女董薪水钱一百十八千文。

一、支门役、厨夫、水夫、女夫头工钱三十五千六百文。

一、支由任邱带来幼孩十三名车脚钱三千文。

一、支内科刘医士斩金十五千文。

一、支外科娄医士斩金、药资钱十五千文。

一、支除夕内外敬神香烛纸供钱三千六百六十四文。

一、支补司事陈润川十二个月薪水钱一百六十八千文。

一、支织帘教习工钱八千七百文。

一、支编藤教习工钱十千四百四十文。

一、支学徒节赏钱一千一百文。

一、支购买藤料钱九千五百文。

一、支杂项钱十千三百三十八文。

以上共支行平银三百十九两八钱七分、津钱一千三百二十八千七百十八文。

实在：

一、存华裕号行平银七千七百五十两六钱三分。

一、存阜康福号行平银七千四百八十八两九钱八分。

一、存津海关道关库平银三千两，合行平银三千一百二两。

一、存又关库平银一千四百九十六两一钱五分二厘，合行平银一千五百四十六两一钱二分。

一、存又行平银二千七百九十八两四钱三分。

一、存又钱平银五百两，合行平银四百九十六两。

一、存甘泽溥等期票三张，计行平银一千四百四十六两三钱九分。

一、存公当津钱二万千文。

一、存现钱一百二十七千二百八十八文。

以上共存行平银二万四千六百二十八两五钱五分、津钱二万一百二十七千二百八十八文。

光绪六年正月分

旧管：

前存行平银二万四千六百二十八两五钱五分、津钱二万一百二十七千二百八十八文。

新收：

一、收华裕号生息行平银一百八两五钱。

一、收以银易进津钱七百七十八千七百五十八文。

以上共收行平银一百八两五钱、津钱七百七十八千七百五十八文。

开除：

一、支兑钱用行平银二百六十二两九钱六分。

一、支大小米面钱一百四十五千一百三十八文。

一、支香油菜蔬钱及朔望加猪肉共钱八十九千四百三十文。

一、支妇孩添补零布鞋袜共钱十三千八百九十文。

一、支妇孩药饵钱五千一百八十六文。

一、支照看病孩之役犒赏钱一千二百文。

一、支各孩修发洗浴钱二千五百九十八文。

一、支柴禾煤炭钱一百十四千四百十四文。

一、支油烛茶叶钱十七千二百四十八文。

一、支纸笔墨朱钱九千一百四十六文。

一、支递送公文信力并西沽粥厂送水桶力钱三千一百文。

一、支修理房屋钱十一千九百七十文。

一、支置买器具钱十四千六百四文。

一、支塾师束修贽敬钱四十八千文。

一、支副董、司事、女董薪水银十二两、钱一百十八千文。

一、支内科刘医士轿金钱十五千文。

一、支外科娄医士轿金、药资钱十五千文。

一、支门役、厨夫、水夫、女夫头工钱三十五千六百文。

一、支幼童许牛等三名学艺立字钱六千文。

一、支代天津道备办奖励本堂女董王朱氏匾额添置工料钱十三千文。

一、支杂项钱二千八百十文。

一、支购买藤竹物料钱二十千五百四十六文。

一、支织帘教习工钱九千文。

一、支编藤教习工钱十千八百文。

一、支考试学徒奖赏钱三百八十文。

以上共支行平银二百七十四两九钱六分、津钱七百二十二千六十文。

实在：

一、存华裕银号行平银七千七百五十两六钱三分。

一、存阜康福银号行平银七千三百二十二两五钱二分。

一、存津海关道库行平银七千九百四十二两五钱五分。

一、存甘泽溥等期票三张，计行平银一千四百四十六两三钱九分。

一、存公当津钱二万千文。

一、存现钱一百八十三千九百八十六文。

以上共存行平银二万四千四百六十二两九分、津钱二万一百八十三千九百八十六文。

光绪六年二月分

旧管：

前存行平银二万四千四百六十二两九分、津钱二万一百八十三千九百八十六文。

新收：

一、收天津道盛捐五年十月至六年正月计四个月养廉松江津平银八十两，合行平银七十九两三钱六分。

一、收津海关道郑解上年洋药厘项加抽行平银一百十四两六钱八分。

一、收候选州同张友信捐津钱八百千文。

一、收华裕号生息行平银五十四两二钱五分。

一、收公当行生息津钱四百八十千文。

一、收以银易进津钱一千十五千五百四十二文。

以上共收行平银二百四十八两二钱九分、津钱二千二百九十五千五百四十二文。

开除：

一、支兑钱用行平银三百三十九两七钱一分。

一、支大小米面钱八百七十四千九百十文。

一、支香油菜蔬及朔望加猪肉共钱一百七十二千三百二十八文。

一、支妇孩衣被鞋袜钱一百四千三百二十文。

一、支妇孩药饵钱十四千三十六文。

一、支幼童九名学艺立字钱十八千文。

一、支照看病孩之役犒赏钱二千二十二文。

一、支各孩修发洗浴钱三千三十二文。

一、支柴炭钱六十七千一百四十文。

一、支油烛茶叶钱十九千六十八文。

一、支纸笔墨册纸钱十三千二十文。
一、支义塾置买书籍钱一千一百九十文。
一、支递送公文信力钱九百五十文。
一、支修理房屋钱八千一百六十六文。
一、支置买器具钱三十二千八百文。
一、支塾师束修钱三十六千文。
一、支副董、司事、女董薪水银十二两、钱一百十八千文。
一、支内科刘医士轿金钱十五千文。
一、支外科娄医士轿金、药资钱十五千文。
一、支门役、厨夫、水夫、女夫头工钱三十七千一百文。
一、支节妇杨汤氏入堂轿钱二百四十文。
一、支杂项钱二千六百十二文。
一、支续置西门外太平庄基地三十三亩八厘钱五百四十六千二百八十文。
一、支赈务公所置买器具钱十六千四百十文。
一、支购买藤竹物料钱三十六千三百八十文。
一、支织帘教习工钱八千七百文。
一、支编藤教习工钱十千四百四十文。
以上共支行平银三百五十一两七钱一分、津钱二千一百七十三千一百四十四文。

实在：

一、存华裕号行平银七千七百五十两六钱三分。
一、存阜康福号行平银一万五千二百六十三两一钱五分。
一、存甘泽溥等期票行平银一千三百四十四两八钱九分。
一、存公当行津钱二万千文。
一、存现钱三百六千三百八十四文。
以上共存行平银二万四千三百五十八两六钱七分、津钱二万三百六千三百八十四文。

光绪六年三月分

旧管：

前存行平银二万四千三百五十八两六钱七分、津钱二万三百六千三百八十四文。

新收：

一、收华裕号生息行平银五十四两二钱五分。
一、收以银易进津钱六百七千七百三十文。
以上共收行平银五十四两二钱五分、津钱六百七千七百三十文。

开除：

一、支兑钱用行平银一百九十八两四钱。
一、支大小米面钱七十三千一百四十文。
一、支油盐菜蔬及朔望加猪肉共钱一百五十三千九百文。
一、支妇孩衣被鞋袜钱一百千三百二十文。
一、支做单夹衣衫买洋布三十疋行平银九十两一钱五分。

一、支妇孩药饵钱六千五百六十文。
一、支照看病孩之役犒赏钱一千八百文。
一、支各孩修发洗浴钱二千四百五十四文。
一、支柴禾钱七十千九百六十二文。
一、支油烛茶叶钱十七千二百六十四文。
一、支纸笔朱墨钱七千三十四文。
一、支义塾置买书籍钱三千三百文。
一、支递送公文信脚钱二百文。
一、支置买器具钱四千三百七十文。
一、支塾师束修钱三十六千文。
一、支副董、司事、女董薪水银十二两、钱一百十八千文。
一、支内科刘医士轿钱十五千文。
一、支外科娄医士轿金、药资钱十五千文。
一、支门役、厨夫、水夫、女夫头工钱三十七千六百文。
一、支杂项钱二千八百九十文。
一、支购买藤竹物料钱八十七千五十文。
一、支织帘教习工钱九千文。
一、支编藤教习工钱十千八百文。
以上共支行平银三百两五钱五分、津钱七百七十二千六百四十四文。
实在：
一、存华裕号行平银七千七百五十两六钱三分。
一、存阜康福号行平银三千五百二十三两三钱七分。
一、存甘泽溥等期票行平银一千三百四十四两八钱九分。
一、存公当津钱二万千文。
一、存现银一万一千四百九十三两四钱八分。
一、存现钱一百四十一千四百七十文。
以上共存行平银二万四千一百十二两三钱七分、津钱二万一百四十一千四百七十文。

光绪六年四月分

旧管：
前存行平银二万四千一百十二两三钱七分、津钱二万一百四十一千四百七十文。
新收：
一、收华裕号生息行平银五十四两二钱五分。
一、收以银易进津钱一千六十九千三百九十四文。
以上共收行平银五十四两二钱五分、津钱一千六十九千三百九十四文。
开除：
一、支兑钱用行平银三百四十四两二钱七分。
一、支大小米面钱六十六千八百二十文。
一、支油盐菜蔬及朔望加猪肉钱四十七千七百二十六文。

一、支妇孩衣被鞋袜钱七十一千六十文。
一、支男孩节妇药钱九千五十文。
一、支各孩修发洗浴钱一千六百二十二文。
一、支柴炭煤钱四十五千七十六文。
一、支油烛茶叶钱十千一百九十文。
一、支义塾置买书籍钱一千二十文。
一、支纸笔墨砚钱十五千二百九十文。
一、支塾师束修钱三十六千文。
一、支董事薪水银十二两。
一、支医生酬金钱三十千文。
一、支司事薪水钱一百十八千文。
一、支门役、厨夫、水夫、女夫头工钱三十一千七百文。
一、支置买器具钱十四千七百七十六文。
一、支内外堂草房加泥钱二十一千二百十六文。
一、支公文信力钱一千二十文。
一、支工艺所学徒王德宝、萧牛外学手艺立字钱四千文。
一、支收养女孩张大姐出嫁妆奁钱三十千文。
一、支施医天棚钱二百七千一百十文。
一、支工艺所藤竹物料钱二百十九千五十二文。
一、支奖赏学徒钱七百二十文。
一、支伙食钱六十二千四百三十文。
一、支杂项钱四千六百七十八文。
以上共支行平银三百五十六两二钱七分、津钱一千四十八千五百五十六文。
实在：
一、存华裕号行平银七千七百五十两六钱三分。
一、存阜康福号行平银三千五百二十四两八钱五分。
一、存甘泽溥等期票银一千三百四十四两八钱九分。
一、存工程所备用行平银一万一千一百八十九两九钱八分。
一、存工艺所钱五千九百二文。
一、存本堂钱一百五十六千四百六文。
一、存公当津钱二万千文。
以上共存行平银二万三千八百十两三钱五分、津钱二万一百六十二千三百八文。

光绪六年五月分

旧管：
前存行平银二万三千八百十两三钱五分、津钱二万一百六十二千三百八文。
新收：
一、收山海关解洋药厘项加抽库平银一千二十两三钱四分二厘，合行平银一千五十三两九钱五分。

一、收公当行生息钱四百八十千文。

一、收青齐留养局余钱七百五十七千七百四十二文。

一、收华裕生息银五十四两二钱五分。

一、收竹帘售见钱二百六十四千五十文。

一、收藤器售见钱一百十千三百五十六文。

一、收易进津钱六百三十一千四百六十四文。

以上共收行平银一千一百八两二钱、津钱二千二百四十三千六百十二文。

开除：

一、支兑钱用行平银一百九十五两八钱三分。

一、支大小米面钱五十三千九百四十文。

一、支菜蔬及初二、十六两天慈幼所、敬节所肉钱六十九千七百七十文。

一、支幼孩鞋袜衣工钱四十二千八百七十二文。

一、支慈幼敬节所药饵钱三十二千一百四十二文。

一、支午节赏各夫役钱二十六千八百二十六文。

一、支幼孩修发沐浴钱四千九百十四文。

一、支柴草煤炭钱九十二千一百四文。

一、支棺埋钱一千五百四十文。

一、支蒙养所塾师修金钱四十四千文。

一、支资遣朱昭姐钱一千八百文。

一、支于三姐出嫁妆奁钱三十千文。

一、支裱糊书塾冷布裱工钱一千七百十文。

一、支置买器具钱九十二千二百十六文。

一、支油烛茶叶钱十一千五百二十文。

一、支伙食钱九十五千六百九十六文。

一、支工艺所幼童周长春学手艺立字钱二千文。

一、支董事薪水银六十八两。

一、支司事薪水钱一百十八千文。

一、支医生酬金钱三十千文。

一、支各役工食钱三十三千一百文。

一、支施医内外科薪水钱三十千文。

一、支又加内外科药钱十五千文。

一、支又司事二名薪水钱二十千文。

一、支又纸张笔墨、药簿零物钱九千七百七十四文。

一、支又开局请医生酒席钱四千五百文。

一、支工艺所竹藤物料钱二百八十三千四百七十二文。

一、支纸笔墨砚钱七千九百文。

一、支各署送文夫役节赏等钱十五千六百八十二文。

一、支工程所用银一万五千一百二十五两二钱二分。

一、支又钱六百八十六千二百三十二文。

以上共支行平银一万五千三百八十九两五分、津钱一千八百五十六千七百十文。

实在：

一、存华裕号银七千七百五十两六钱三分。

一、存阜康福号银四百三十三两九钱八分。

一、存甘泽溥等期票未到银一千三百四十四两八钱九分。

一、存工艺所钱二百九千二百四十二文。

一、存本堂钱三百三十九千九百六十八文。

一、存公当行九七六津钱二万千文。

以上共存行平银九千五百二十九两五钱、津钱二万五百四十九千二百十文。

光绪六年六月分

旧管：

前存行平银九千五百二十九两五钱、津钱二万五百四十九千二百十文。

新收：

一、收杨绅云章捐钱平松江银五百两，合行平银四百九十六两。

一、收竹帘售见钱八千九百文。

一、收藤器售见钱二十千三百八十文。

一、收以银兑入钱一千五百六十千八百九十二文。

以上共收行平银四百九十六两、津钱一千五百九十千一百七十二文。

开除

一、支兑钱用银四百九十六两。

一、支工程所用银四千八百七两四钱二分。

一、支大小米面钱六十八千一百六十四文。

一、支菜蔬及初二、十六日敬节、慈幼所肉钱一百十四千五百三十六文。

一、支敬节、慈幼所药钱九千九百四十四文。

一、支蒙养所塾师修金钱三十六千文。

一、支又纸墨笔砚钱八千十二文。

一、支又花红钱三千八百二十文。

一、支又置买书籍钱一千文。

一、支敬节所资遣朱蔡氏子女川资钱四千文。

一、支慈幼所修发沐浴钱七千六百七十二文。

一、支又鞋袜衣被钱三十六千五百三十二文。

一、支又焦成、卢合、万国恩三孩童外学立字钱六千文。

一、支工艺所藤竹物料钱二百四十四千九百三十六文。

一、支内外科医生修金钱三十千文。

一、支施医局修金药资钱五十七千二百八十文。

一、支修理房屋钱十六千六百六十八文。

一、支董事薪水银二十四两。

一、支司事薪水钱一百三十六千文。

一、支各役工食钱三十三千六百文。

一、支柴火煤炭钱六十五千二百二十二文。

一、支杂项钱三千六百四十二文。

一、支茶叶油烛钱十二千一百六十四文。

一、支买办器具钱十六千五百九十六文。

以上共支行平银五千三百二十七两四钱二分、津钱九百十一千七百八十八文。

实在：

一、存公当行九七六津足钱二万千文。

一、存华裕号银三千三百五十三两一钱九分。

一、存又津钱九百七十千文。

一、存甘泽溥等期票银一千三百四十四两八钱九分。

一、存工艺所钱九十二千三百八十六文。

一、存本堂钱一百六十五千二百八文。

以上共存行平银四千六百九十八两八分、津钱二万一千二百二十七千五百九十四文。

光绪六年七月至十二月分

旧管：

前存行平银四千六百九十八两八分、津钱二万一千二百二十七千五百九十四文。

新收：

一、收东海关道方解六年分洋药厘捐加抽本堂经费库平银一千五百两，合行平银一千五百五十一两三钱。

一、收天津道吴岁捐六个月经费松江钱平银一百二十两，合行平银一百十九两四分。

一、收李绅金镛交到程让贤捐款库平银二百三十九两四钱，合行平银二百四十七两六分。

一、收华裕生息行平银五十二两八钱三分。

一、收编藤售见钱四十千八百四十文。

一、收织帘售见钱六千二百文。

一、收津海关道咨送恒利金店罚款津平化宝银一百两，合行平银九十九两二钱。

一、收华裕生息行平银二十三两六钱四分。

一、收公当行生息九七六钱四百八十千文。

一、收又补底钱八千文。

一、收编藤售见钱三十一千八百四十文。

一、收天津县郭捐春夏秋季钱平松江银七十五两，除短平耗色，计合行平银七十三两二钱八分。

一、收编藤售见钱四十千二百十文。

一、收山海关道洋药厘捐项下库平银八百三十四两二钱四厘五毫，合行平银八百六十一两六钱五分。

一、收津海关道捐本年经费钱平化宝银五百两，合行平银四百九十六两。

一、收津海关道本年洋药厘捐项下行平银一千六百三十四两八钱二分。

一、收公当行息钱四百八十千文。

一、收又补底钱八千文。

一、收无名氏捐助钱三百二十二千四百四文。

一、收天津道吴岁捐钱平松江银一百两，合行平银九十九两二钱。

一、收天津县冬季岁捐钱平松江银二十五两，合行平银二十四两八钱。

一、收方伯任岁捐库平银五百两，合行平银五百十七两。

一、收中堂李岁捐湘平银五百两，合行平银四百九十八两。

一、收天津府宜岁捐钱平松江银一百两，合行平银九十九两二钱。

一、收以银兑入钱二万一百十五千八百十八文。

一、收入补底钱三百三十六千六百六文。

以上共收行平银六千三百九十七两二分、津钱二万一千八百六十九千九百十八文。

七月分开除：

一、支工程所用行平银五百五十两三钱六分一厘。

一、支又津钱十千文。

一、支敬节、慈幼所等米面钱七十三千五百四文。

一、支菜蔬伙食钱一百八千五百八十八文。

一、支敬节、慈幼所等衣被鞋袜钱五十三千五百四十文。

一、支又洋布银四十九两二钱。

一、支油烛茶叶钱十一千七百六十六文。

一、支柴火煤炭钱六十四千三百四文。

一、支修发洗澡钱五千七百五十八文。

一、支交还程让贤期票一纸，计银二百三十九两四钱。

一、支纸墨笔砚文册钱十五千二百文。

一、支蒙养所花红钱三千八百二十文。

一、支各所药饵钱五千四百五十八文。

一、支置办家具钱二千七百二十八文。

一、支塾师修金钱三十六千文。

一、支聘请蒙养所斋长王艾臣、薛霁塘银三两六钱。

一、支内外科医修金钱三十千文。

一、支施医局钱五十千三百五十文。

一、支董事
司事薪水银二十四两
钱一百六十二千文。

一、支各夫役工钱三十三千六百文。

一、支外学工艺立字钱二千文。

一、支修理门桌匠工钱一千二百文。

一、支资遣宋秃儿钱二千文。

一、支杂项钱十二千四百九十八文。

一、支工艺所物料钱二百五十九千五百七十二文。

以上七月分共支行平银八百六十六两五钱六分一厘、津钱九百四十三千八百八十六文。

八月分开除：

一、支工程所足钱三千三百九十千文。

一、支又加申补底串钱五十六千五百文。

一、支工程所行平松江银一百十九两四分。

一、支又行平化宝银九十九两二钱。

一、支敬节、慈幼所米面钱六十六千三百五十八文。

一、支菜蔬伙食钱一百二十五千四百五十四文。

一、支衣被袜履钱一百九千六百三十八文。

一、支药饵钱九千五十文。

一、支各所奖赏花红钱二十一千七十文。

一、支各孩修发洗浴钱四千九百十四文。

一、支煤炭柴草钱四十七千九百五十二文。

一、支油烛茶叶钱十千三十四文。

一、支纸墨笔砚钱十七千七百九十六文。

一、支蒙养所书本钱六千八百四十文。

一、支掩埋棺木钱四千五百七十文。

一、支修理房屋钱二千四百五十文。

一、支置买器具钱四千三百二文。

一、支塾师束修贽敬钱四十千文。

一、支董事薪水银二十四两。

一、支司事薪水钱一百四千文。

一、支内外科医修金钱三十千文。

一、支施医八月初十止钱二十七千文。

一、支各夫役工钱三十三千六百文。

一、支杂项钱十千六百八十四文。

一、支工艺所物料钱一百五十七千四百十四文。

以上八月分共支行平银二百四十二两二钱四分、津钱四千二百七十九千六百二十六文。

九月分开除：

一、支工程所足钱四千七百千文。

一、支又加申补底串钱七十八千三百三十四文。

一、支又行平银一千五十两六钱四分。

一、支敬节、慈幼所米面钱六十六千二百四十文。

一、支菜蔬伙食钱九十六千五百三十六文。

一、支衣被袜履钱八十八千八十六文。

一、支药饵钱二十一千二百四十二文。

一、支蒙养所花红钱一千七百二十文。

一、支各孩修发洗浴钱四千七百四十六文。
一、支柴草煤炭钱五十四千二百四十文。
一、支油烛茶叶钱五千四百七十八文。
一、支纸墨笔砚钱四千四百四十文。
一、支蒙养所书本行平银十两、钱四百文。
一、支棺木掩埋钱十八千文。
一、支置买器具钱四千九百七十二文。
一、支塾师修金钱二十千八百文。
一、支董事薪水银二十四两。
一、支司事薪水钱一百四千文。
一、支内外科医修金钱三十千文。
一、支各夫役工钱三十二千八百六十六文。
一、支幼孩外学手艺立字钱二千文。
一、支资遣难妇钱三十千文。
一、支杂项钱十二千八十二文。
一、支工艺所物料钱一百四十三千八百七十八文。
以上九月分共支行平银一千八十四两六钱四分、津钱五千五百二十千六十文。
十月分开除：
一、支工程所足钱七千二百千文。
一、支又加申补底串钱一百二十千文。
一、支又行平锦槽银四百二十六两六钱七分。
一、支又行平化宝银二百七十七两。
一、支敬节、慈幼所米面钱一百六十五千七百七十二文。
一、支菜蔬伙食钱九十八千二百三十六文。
一、支衣被鞋履行平银三十一两八钱二分、津钱五百四十八千八百五十二文。
一、支药饵钱十八千二百九十四文。
一、支蒙养所花红钱一千七百二十文。
一、支幼孩修发洗浴钱三千六十文。
一、支柴草煤炭钱五十一千二百五十八文。
一、支油烛茶叶钱十一千九百三十六文。
一、支纸墨笔砚钱九千七十二文。
一、支棺木掩埋钱二千五百三十文。
一、支修理房屋钱二百五十文。
一、支置买器具钱五千八百四十四文。
一、支塾师修金钱二十千八百文。
一、支董事薪水银八十四两。
一、支司事薪水钱一百四千文。
一、支内外科医修金钱三十千文。
一、支各夫役工钱三十三千六百文。

一、支幼孩外学手艺立字钱二千文。

一、支杂项钱三千七百六十二文。

以上十月分共支行平银八百十九两四钱九分、津钱八千四百三十千九百八十六文。

十一月分开除：

一、支敬节、慈幼所米面钱一百七千六百四文。

一、支菜蔬伙食钱九十三千六百十六文。

一、支各所衣被袜履钱九十四千二十文。

一、支药饵钱二十三千九百四十四文。

一、支蒙养所花红钱一千七百二十文。

一、支柴草煤炭钱六十二千一百五十八文。

一、支油烛茶叶钱七千九百二十文。

一、纸墨笔砚钱二十四千五百七十文。

一、支棺木掩埋钱四千七百七十文。

一、支修理房屋钱九千文。

一、支置买器具钱十四千四百八十八文。

一、支塾师修金钱四十千四百文。

一、支董事薪水银五十四两。

一、支司事薪水钱一百四千文。

一、支各夫役工钱三十五千一百文。

一、支内外科医修金钱三十千文。

一、支幼孩外学手艺立字钱二千文。

一、支杂项钱三十二千二百二十八文。

以上十一月分共支行平银五十四两、津钱六百八十七千五百三十八文。

十二月分开除：

一、支工程所钱四百六十千文。

一、支又钱三百二十五千文。

一、支棺木掩埋钱一千五百文。

一、支采办煤炭行平银三百两、钱九十三千七百四文。

一、支七月至十二月止易出银六千四百十四两九钱九分九厘。

一、支敬节所共用钱三百千四百八十六文。（内早晚膳钱二百三十三千三百四十文，杂项钱四十一千一百六文，医药钱二十五千八百三十六文，幼孩修发钱二百四文。）

一、支慈幼所共用钱五百六十三千三百十二文。（内早晚膳一百三十一千文，杂项钱九十五千八百二十四文，衣履钱三百三十一千八百文，修发洗浴钱一千六百七十八文，医药钱三千十文。）

一、支蒙养所共用钱二百六十六千九百四十四文。（内塾师修金钱十千文，早晚膳钱八十七千五百文，器具钱一百四十三千七百四十六文，修发洗浴钱七百六文，杂项钱十九千七十八文，医药钱五千九百十四文。）

一、支工艺所共用钱一百六十六千七百文。（内早晚膳钱四十一千四十文，编藤织帘教习工钱十九千八百文，器具钱六十七千二百十文，织帘料钱二十三千六百六十八文，编藤料钱七千五百八十文，修发器具钱四千五百三十六文，修发教习工钱二千三百文，幼孩修发洗浴钱五百六十六文。）

一、支公中各项共用行平银六十三两六钱六分、钱七百二十七千二百二文。（内完国课银一两四钱六分，董事薪水银五十六两，司事薪水钱二百二十八千文，早晚膳钱一百十五千四百三十文，置办器具行平银六两二钱、钱一百八十七千四百二十八文，杂项钱一百三十九千七百四十四文，各夫役工钱五十六千六百文。）

以上十二月分共支行平银六千七百七十八两六钱五分九厘、津钱二千九百四千八百四十八文。

统计六年七月至十二月止共支行平银九千八百四十五两五钱九分、津钱二万二千七百六十六千九百四十四文。

实存：

一、存公当行津钱二万千文。

一、存甘泽溥等期票银一千一百五两四钱九分。（查前项期票本系一千三百四十四两八钱九分，因内有程让贤一户二百三十九两四钱已据交到，是以扣除，尚该前数，理合登明。）

一、存华裕号行平银一百十四两二分。

一、存工艺所钱九十七千八百九十文。

一、存本堂行平银三十两、津钱二百三十二千六百七十八文。

以上共存行平银一千二百四十九两五钱一分、津钱二万三百三十千五百六十八文。

卷　二

光绪辛巳年正月分起壬午年十二月分止四柱册*

光绪七年正月至四月分

旧管：

前存行平银一千二百四十九两五钱一分、津钱二万三百三十千五百六十八文。

新收：

一、收煤炭售见钱六百十千一百七十二文。

一、收以银易进英洋七百九十四元。

一、收以银易进钱四千七百五十六千四百八十四文。

一、收又补底钱七十九千二百七十四文。

一、收东海关道方解六年冬洋药厘捐加抽库平银一千五百两，合行平银一千五百五十一两。

一、收津海关道郑解六年九月十六日起七年正月十五日止洋药厘捐加抽行平化宝银四百六十四两八分。

一、收河间县吴捐助七年分上半年经费五十两，合行平银五十一两一钱五分。

一、收天津县郭捐助七年分春季经费钱平银二十五两，合行平银二十四两七钱五分。

一、收公当行息钱四百八十千文。

一、收又补底钱八千文。

一、收本堂工程所钱四百二十八千九百三十文。

一、收编藤、织帘售见钱十九千八百文。

一、收南斜街房租钱四百千文。

一、又补底钱六千六百六十六文。

一、收本堂工程所钱一百七十八千一百五十二文。

一、收又钱一百七十千七百二十八文。

一、收又补底钱三千八百六十四文。

一、收源丰润号行平银九两三钱四分。

一、收华裕号行平银三十四两三钱六分。

一、收又钱一千七十九千二百七十二文。

一、收又补底钱十八千文。

以上共收英洋七百九十四元、行平银二千一百三十四两六钱八分、津钱八千二百三十九千三百四十二文。

正月分开除项下：

一、支敬节所用钱三百九十二千一百九十二文。（内早晚膳钱二百五十六千六百八十文，衣服钱十千五百三十文，家具钱四千二百五十八文，杂项钱二十七千五百二十四文，司事薪水钱五十六千文，门役、厨夫、水工钱十五千文，女夫头工钱三千六百文，医药钱十七千一百六十文，棺葬钱一千四百四十文。）

一、支慈幼所用钱三百十三千八百七十文。（内早晚膳钱一百六十一千二百二十文，衣履钱九十千四十二文，家具钱二千六十八文，杂项钱六千五百八十文，医药钱十六千九百六十文，司事薪水钱二十八千文，下人工钱七千文，女仆管理病孩工钱二千文。）

一、支蒙养所用钱二百二十三千五百六十二文。（内早晚膳钱一百十二千二十文，师修赀钱四十六千文，衣履钱四千八百十二文，家具钱一千八百十四文，杂项钱十二千九百四十四文，书籍钱二十六千九百五十二文，医药钱十三千二十文，值书塾、厨夫、买办工钱六千文。）

一、支工艺所用钱一百六十一千九百八十八文。（内早晚膳钱六十一千九百二十文，衣履钱三千文，家具钱四百文，司事薪水钱十四千文，编藤料钱三千三百文，教习二名工钱二十二千一百四十文，织帘料钱四十千二百三十八文，修发家具钱七千三百四十八文，杂项钱九千六百四十二文。）

一、支公中各项用银四十两、钱三百七十八千八百三十六文。（内早晚膳钱十七千七百六十文，家具钱九十千五百十四文，栽树钱五千文，添补装修钱一百二十二千五百文，董事薪水行平银四十两，司事薪水钱五十四千文，门役、厨夫、更夫工钱十八千文，杂项钱五十二千九十六文，笔墨纸砚钱十八千九百六十六文。）

一、支工程所用钱三百二十五千文。

以上辛巳正月分共支行平银四十两、津钱一千七百九十五千四百四十八文。

二月分开除项下：

一、支南斜街旧屋修理工料钱二百十七千三十文。

一、支敬节所用钱三百九十七千五十八文。（内早晚膳钱二百六十二千八百九十文，衣服钱六千五百五十文，司事薪水钱五十六千文，门役、厨夫、水夫、买办工钱十五千文，女夫头工钱五千五百三十四文，医药钱二十七千四百四文，家具钱三千八百九十文，杂项钱十九千七百九十文。）

一、支慈幼所用钱二百四十千九百八十八文。（内早晚膳钱一百五十五千九百七十文，衣履钱五千六百九十二文，家具钱一千九十四文，司事薪水钱二十八千文，下人工钱十千九百三十四文，女仆收拾病孩钱五千九百三十二文，棺葬钱一千六百四十文，医药钱十四千六百二文，杂项钱十七千一百二十四文。）

一、支蒙养所用钱五百十四千二十二文。（内早晚膳钱一百四十七千六百十文，家具钱十千四百五十四文，杂项钱五十千二百五十文，师修钱七十千六百六十六文，骆师川资钱二十八千文，司事薪水川资一百四十八千文，书籍钱二十六千六百八十文，值塾、买办、厨夫工钱十六千三百三十二文，医药钱十四千三百九十文，棺葬钱一千六百四十文。）

一、支工艺所用钱三百二十九千七十文。（内早晚膳钱一百三千六百八十文，家具钱二千九百三十六文，杂项钱十四千八百七十二文，司事薪水钱十四千文，教习工钱二十二千八百文，缮写宋字工钱三十八千八百七十四文，镌刻工钱六十千五百九十四文，修发家具钱三百三十文，编藤料钱十二千六百六十四文，织帘料钱五十五千九百文，医药钱四百二十文，更夫工钱二千文。）

一、支力田所用钱四十三千二百八十文。（内购办种籽钱十二千五百文，家具钱十八千二百十六文，栽树钱十千文，杂项钱二千五百六十四文。）

一、支公中各项用银四十两、英洋七百九十四元、钱二百八十六千二百六十四文。（内早晚膳钱三十八千八百三十文，家具钱七十四千六百八文，置办木器家具英洋七百九十四元，添补装修钱四千五百八十八文，杂项钱九十二千四百七十六文，纸张笔墨钱三千六百六十二文，董/司事薪水行平银四十两/钱五十四千文，门役、厨夫、更夫工钱十八千文，掩埋暴露小孩钱一百文。）

以上辛巳二月分共支行平银四十两、英洋七百九十四元、津钱二千二十七千七百十二文。

三月分开除：

一、支南斜街旧屋修理工料钱三百七十一千三百八十二文。

一、支敬节所用钱五百四十一千二百十六文。（内早晚膳钱二百七十七千九十文，衣履钱一百二十三千八百六十八文，家具钱十千九百四文，杂项钱十五千四百六十八文，司事薪水钱七十千文，门役、厨夫、水夫、买办工钱十五千六百六十六文，女夫头工钱五千六百文，医药钱二十二千六百二十文。）

一、支慈幼所用钱一百八十二千七百二十六文。（内早晚膳钱一百七千四百六十文，衣履钱十二千二百三十四文，家具钱一千四百二十二文，杂项钱五千七十四文，司事薪水钱二十八千文，下人工钱六千五百文，女仆收拾病孩钱七千八百六十六文，医药钱十四千一百七十文。）

一、支蒙养所用钱三百七十一千七百三十八文。（内早晚膳钱一百九十二千七百十文，衣履钱五十九千三百六文，家具钱二千四百十八文，杂项钱十四千六百五十八文，书籍钱四百文，师修钱七十千六百六十六文，值书塾、买办、厨夫工钱十五千一百三十四文，医药钱十六千四百四十六文。）

一、支工艺所用钱三百九十八千八百十文。（内早晚膳钱一百二十一千三百文，衣履钱三十五千二百十二文，家具钱一百二十文，杂项钱四千一百二文，缮写宋字工钱六十二千四百五十文，镌刻工钱六十一千九百四十文，编藤刀一把钱一百十二文，织帘料钱七十四千五百九十文，司事薪水钱十四千文，藤帘教习工钱二十二千一百四十文，医药钱四百八十文，更夫工钱一千二百六十四文，修发家具钱一千一百文。）

一、支力田所用钱九十二千九百二十八文。（内早晚膳钱二十九千二百七十文，耕地工钱二十一千二百文，衣履袜做工钱二百八文，家具钱二千三百七十六文，杂项钱八千五百五十四文，各种籽钱十六千三百二十文，栽树钱十五千文。）

一、支公中各项用银五十二两、钱三百一千八百六文。（内早晚膳钱五十三千二百二十文，家具钱九十六千四百十二文，添补装修钱四十三千七百五十文，杂项钱二十六千六十八文，董司事薪水行平银五十二两钱五十四千文，门役、厨夫、更夫工钱十八千文，笔墨纸张钱二千六百四十六文，柴草钱七千七百十文。）

以上辛巳三月分共支行平银五十二两、津钱二千二百六十千六百六文。

四月分开除：

一、支南斜街旧屋修理工料钱三十四千四百文。

一、支敬节所用钱四百八十千五百三十文。（内早晚膳钱二百九十七千五百六十文，司事薪水钱七十千文，衣履钱二十九千四百五十六文，家具钱十四千一百十四文，杂项钱二十二千二十六文，医药钱二十五千七百九十文，女仆工钱二十一千五百八十四文。）

一、支蒙养所用钱三百五十五千一百九十六文。（内早晚膳钱二百一千七十文，师修钱九十八千五百三十二文，衣履钱一千八百九十六文，家具钱二千文，杂项钱二十一千三百三十八文，书籍钱三千一百五十文，医药钱十二千二百十文，下人工钱十五千文。）

一、支慈幼所用钱一百五十八千五百七十二文。（内早晚膳钱一百六千九百三十文，司事薪水钱十四千文，衣履钱二千九百八十八文，家具钱七百文，杂项钱十一千五百四十二文，医药钱十一千四百八十文，女仆工钱十千九百三十二文。）

一、支工艺所用钱四百五十六千六百四十六文。（内早晚膳钱一百二十九千二百文，司事薪水钱十四千文，教习工钱二十二千八百文，编藤料钱三十千一百二十文，织帘料钱九十六千四百八文，修发家具钱一千六十八文，衣履钱三千九百二十文，家具钱八百八十文，杂项钱六千四百四文，缮写宋字钱五十四千六百六十文，镌刻宋字钱八十八千九百六十文，成衣家具钱七千三百六十文，医药钱四百文，下人工钱四百六十六文。）

一、支力田所用钱四十千八百五十文。（内早晚膳钱二十三千九百十文，农夫工钱五千文，栽树钱一千文，耕地钱三千文，家具柳条杆钱三十文，杂项钱三千二百十文，种籽钱四千七百文。）

一、支公中各项用银十六两、钱二百二十五千二百三十文。（内早晚膳钱三十五千一百八十文，司事薪水钱三十四千文，杂项钱二十五千一百九十八文，董事薪水银十六两，家具钱十五千六百三十六文，装修钱十七千八百五十四文，纸张笔墨钱一千九百六十六文，柴火钱七十五千七百三十文，葬暴露骸骨钱二百文，下人工钱十九千四百六十六文。)

一、支慈幼、蒙养所零物工钱三十八千七百五十四文。

一、支正月至四月止易出行平银二千四十九两一钱一分六厘。

以上辛巳四月分共支行平银二千六十五两一钱一分六厘、津钱一千七百九十千一百七十八文。

统计七年正月至四月止，共支英洋七百九十四元、行平银二千一百九十七两一钱一分六厘、津钱七千八百七十三千九百四十四文。

实在：

一、存公当行九七六津钱二万千文。

一、存甘泽溥等期票银一千一百五两四钱九分。

一、存工艺所钱九十七千八百九十文。

一、存本堂钱五十六千五百九十文。

一、存又钱五百四十一千四百八十六文。

一、存又行平银八十一两五钱八分四厘。

以上共存行平银一千一百八十七两七分四厘、津钱二万六百九十五千九百六十六文。

光绪七年五月分

旧管：

前存行平银一千一百八十七两七分四厘、津钱二万六百九十五千九百六十六文。

新收：

一、收公当行息钱四百八十千文。

一、收又补底钱八千文。

一、收得见斋善书坊房租钱二百千文。

一、收竹帘售见钱四千四百文。

一、收煤炭售见钱二十千三百二十六文。

一、收以银兑入钱三百二十四千文。

一、收又补底钱五千四百文。

一、收华裕号钱一千千文。

一、收又补底钱十六千一百二十六文。

一、收华裕号行平银十二两。

一、收源丰润号行平银一百十六两。

以上共收行平银一百二十八两、津钱二千五十八千二百五十二文。

开除：

一、支敬节所用钱五百三十三千二十四文。(内早晚膳钱二百九十九千五百二十文，衣履钱二十六千四百二十文，家具钱一百六十八文，杂项钱四十二千六百六十六文，司事薪水钱七十千文，男女使工钱三十六千六百文，医药钱二十三千七百七十文，棺葬钱三十三千八百八十文。)

一、支蒙养所用钱三百七十七千五百十八文。(内早晚膳钱一百九十九千五百九十文，师修节敬钱九十八千六百六十六文，衣履钱八千一百十四文，家具钱二千四百七十二文，杂项钱三十二千六文，书籍钱一千八百八十文，医药钱十一千一百九十文，下人工钱二十三千六百文。)

一、支慈幼所用钱一百六十九千三百二文。(内早晚膳钱一百三千七百十文，司事薪水钱十四千文，衣履钱十一千八百十文，家具钱一千四百文，杂项钱九千五百八十二文，医药钱十一千一百文，男女使工钱十七千七百文。）

一、支工艺所用钱三百三十千九百二十六文。（内早晚膳钱一百三十七千六百五十文，司事薪水钱十四千文，各教习工钱二十二千一百四十文，缮写宋字各书教习钱六十三千六百十二文，镌刻各书教习钱七十四千七百二十四文，编藤家具钱二百八十八文，修发家具钱二千二百文，成衣家具钱一百八十文，衣履钱六百文，杂项钱十千二百五十八文，织帘料钱二千八百二十文，医药钱三百八十八文，下人工钱二千六十六文。）

一、支力田所用钱三十二千六百八文。（内早晚膳钱二十千九十文，衣服钱一千四十文，家具钱二千九百九十文，杂项钱三千一百八十八文，耕地钱九百文，种籽钱四千四百文。）

一、支公中各项用银一百二十八两、钱三百三十四千八百四十二文。（内兑出银一百两，南斜街修理房屋钱四十三千四百文，置办家具钱十三千一百六十六文，添补装修钱一千二百四十六文，资遣南来难民十七口回籍钱二十七千四百文，纸张笔墨钱三千十文，掩埋暴露工钱一百文，午节犒赏各夫役钱五十二千五百文，敬节、慈幼等所鞋子工料钱三十四千六百文，早晚膳钱三十六千八百六十文，董事薪水银二十八两，司事薪水钱三十四千文，杂项钱六十三千八百五十文，水锅柴草钱二十四千七百十文。）

以上共支行平银一百二十八两，津钱一千七百七十八千二百二十文。

实在：

一、存工艺所钱九十七千八百九十文。

一、存公当行九七六津钱二万千文。

一、存甘泽溥等期票银一千一百五两四钱九分。

一、存本堂钱三百三十六千六百三十文。

一、存本堂行平银八十一两五钱八分四厘。

一、存本堂津钱五百四十一千四百七十八文。

以上共存行平银一千一百八十七两七分四厘、津钱二万九百七十五千九百九十八文。

光绪七年六月分

旧管：

前存津钱二万九百七十五千九百九十八文，行平银一千一百八十七两七分四厘。

新收：

一、收东光县捐春夏两季京平银四十两，合行平银三十七两四钱九分。

一、收任方伯发下库平白银三千二百两申色，合行平银三千三百七十九两一钱九分。

一、收天津县捐夏季钱平松江银二十五两，除短平耗色，合行平银二十四两四钱五分。

一、收藤器售见钱六千三百八十文。

一、收章记捐助钱五千文。

一、收以银兑入钱三千九百二十五千三百文。

一、收又补底串钱六十五千四百二十二文。

一、收以银兑入英洋九十元。

以上共收英洋九十元、行平银三千四百四十一两一钱三分、津钱四千二千一百二文。

开除：

一、支兑钱用行平银一千二百六十三两九钱。

一、支南斜街修屋工程行平银二十四两七钱一分、钱二十八千二百八十八文。

一、支本堂工程所用行平银八百五十二两四钱。

一、支敬节所用钱四百四十七千九百八十四文。(内早晚膳钱三百十二千九百三十文，衣服钱十六千九百五十四文，家具钱四千五百八十八文，男女司事薪水钱七十千文，男女使工钱十八千八百五十二文，杂项钱十一千二百六十文，医药钱十三千四百文。)

一、支蒙养所用钱三百五十八千四百四文。(内塾师修钱七十一千四百八十六文，早晚膳钱二百十三千四百九十文，衣服钱四千四百二十四文，家具钱三千三百八十四文，杂项钱二十千二百九十文，书籍钱十八千六百九十文，医药钱十一千六百四十文，下人工钱十五千文。)

一、支慈幼所用钱二百二十六千四百四十六文。(内早晚膳钱一百十五千八百四十文，衣服钱十六千六十八文，杂项钱十三千七十八文，司事薪水钱五十六千文，男女使工钱十四千文，医药钱十一千四百六十文。)

一、支工艺所用钱四百三十九千五百四十四文。(内各教习工钱二十二千八百文，藤料钱四十千二百八十八文，竹帘料钱三千四十八文，修发家具钱八百四十二文，早晚膳钱一百四十九千五百四十文，衣服钱一千九百五十文，杂项钱四千八百六十文，教习宋字并写样钱四十六千九百八文，刻字教习镌刻书籍钱一百五十三千四十六〈文〉，成衣家具钱二百六十二文，司事薪水钱十四千文，下人工钱二千文。)

一、支力田所用钱五十九千八百二十二文。(内早晚膳钱二十七千七百五十文，司事月费四个月钱二十四千文，农夫工钱五千文，衣服钱五百文，家具钱二百五十四文，杂项钱七百六十二文，种籽钱一千五百五十六文。)

一、支公中用银二十九两六钱、钱五百三十四千九百三十八文、洋九十元。(内盛杨董薪水银二十八两，董司事等早晚膳钱四十六千九百九十文，司事薪水钱三十四千文，下人工钱二十千文，家具钱二十一千二百六十八文、英洋九十元，搭盖天棚、修补土工、重填墙脚钱五十千三百七十文，开沟筑堤、棺木掩埋钱二百三千七百六十八文，杂项钱三十八千二百五十四文，资遣难民回籍钱五十二千二百六十文，杨董赴保定领银川资钱三十一千文，纸张笔墨钱三千四百五十文，柴草钱三十三千五百七十八文，完地丁银一两五钱四分三厘，合行平一两六钱。)

一、支慈幼、敬节所鞋子工料钱九十六千四百文。

一、支还源丰润银号行平银一百二十五两三十四分。

一、支还华裕号行平银四十六两三钱六分。

一、支又钱一千九百七十千文。

一、支又补底钱三十二千八百三十四文。

以上共支行平银二千三百四十二两三钱一分、英洋九十元、津钱四千一百九十四千六百六十文。

实在：

一、存公当行九七六津钱二万千文。

一、存甘泽溥等期票银一千一百五两四钱九分。

一、存华裕号银一千九十四两九钱八分。

一、存源丰润号银三两八钱四分。

一、存工艺所钱九十七千八百九十文。

一、存本堂钱六百八十五千五百五十文。

一、存又行平银八十一两五钱八分四厘。

以上共存津钱二万七百八十三千四百四十文、行平银二千二百八十五两八钱九分四厘。

光绪七年七月分

旧管：

前存行平银二千二百八十五两八钱九分四厘、津钱二万七百八十三千四百四十文。

新收：

一、收津海关道解到行平银一千一百七十一两八钱一分。（查前项系七年正月十六日起六月十五日止洋药加捐银两。）

一、收东海关道解到行平银一千五百五十一两。（查前项系七年夏季东海关加捐洋药库平银一千五百两合见前数。）

一、收山海关道解到行平银三百二十八两三分。（查前项系六年九月初一日起七年二月底止，山海关加捐洋药锦槽原平银三百十九两四钱四分四厘，合库平银三百十八两八钱八分，申平十两六钱五分，耗色一两五钱，合见前数。）

一、收编藤售见钱七十三千五百三十六文。

一、收织帘售见钱三十五千五百文。

一、收工程所钱六百五十千文。

一、收河工余剩钱二百四十八千四百二十二文。（查前款系禀奉批示作为岁修之用。）

一、收石灰价钱六十二千五百四十六文。（查前款系石灰一万七千三百七十四斤，每百斤三百六十文卖出。）

一、收石灰价钱四十六千八百文。（查前款系石灰七千二百斤，每百斤六百五十文卖出。）

一、收华裕银号钱八十千文。

一、收以银易进钱二千七百八十一千四百七十文。

一、收又补底钱四十六千二百七十文。

以上共收行平银三千五十两八钱四分、津钱四千二十四千五百四十四文。

开除：

一、支工程所用银九百八十二两三钱四分。

一、支又钱九百六十三千四百十四文。

一、支南斜街旧屋修理工料钱五百八十千四百四十六文。

一、支京都广仁堂移去银一千五百四两五钱。

一、支易出银八百五十二两七钱六分。

一、支敬节所用钱四百五十六千二百三十四文。（内早晚膳钱三百十三千二百四十文，衣服钱五千二百六文，家具钱十一千六百四十四文，司事月修钱七十千文，医药钱十六千三百八十文，杂项钱二十千六百六十四文，女夫头工钱十九千一百文。）

一、支蒙养所用银三两八钱、钱四百一千五百二十八文。（内早晚膳钱二百十四千八十文，师修钱七十千六百六十六文，衣服钱六十千十文，家具钱五百四十二文，书籍行平银三两八钱，又钱三千五百十文，医药钱十千二百六十文，杂项钱二十七千四百六十文，下人工钱十五千文。）

一、支慈幼所用钱二百六千一百文。（内早晚膳钱一百十一千五百六十文，衣服钱四十七千一百四十文，家具钱一千九百六十四文，司事月修钱十四千文，杂项钱六千四百十六文，医药钱十一千二十文，下人工钱十四千文。）

一、支工艺所用钱六百六十二千五百十四文。（内早晚膳钱一百三十九千五百七十文，衣服钱二十八千七百文，家具钱二千二百十六文，杂项钱二十千七百七十八文，教习工钱二十二千八百文，编藤织帘教习年满赏钱一百十千文，编藤料钱八十千八百二十四文，织帘料钱五十三千三十文，修发家具钱五百二十文，镌刻宋字钱一百三十八千二百十文，缮写宋字钱四十九千六百八十六文，司事月修钱十四千文，医药钱一百八十文，下人工钱二千文。）

一、支力田所用钱一百十千一百四文。（内早晚膳钱八十二千一百文，衣服钱四千五百七十文，家具钱六千九百八十文，杂项钱六千五百四文，各样种籽钱三千九百五十文，司事月费钱六千文。）

一、支公中用银二十九两五钱四分、钱二百六十八千八十二文。（内早晚膳钱四十八千五百二十文，董事盛杨薪水银二十八两，司事月修钱三十四千文，家具钱三千二百四十文，竹种八十四枝行平银一两五钱四分，杂项钱七十七千七百文，纸张笔墨钱一千五十文，柴草钱七十千三百五十八文，门役、厨夫、更夫工钱二十千文。）

置沈国泰河地七亩八分，钱十二千四百八十文；粮每亩九十四文，钱七百三十四文。

以上共支行平银三千三百七十二两九钱四分、津钱三千六百四十八千四百二十二文。

实在：

一、存公当九七六津钱二万千文。

一、存工艺所钱九十七千八百九十文。

一、存本堂钱一千六十一千六百七十二文。

一、存华裕号银七百七十二两四钱八分。

一、存甘泽溥等期票银一千一百五两四钱九分。

一、存本堂银八十一两五钱八分四厘。

一、存源丰润银三两八钱四分。

以上共存行平银一千九百六十三两七钱九分四厘、津钱二万一千一百五十九千五百六十二文。

光绪七年闰七月分

旧管：

前存津钱二万一千一百五十九千五百六十二文、行平银一千九百六十三两七钱九分四厘。

新收：

一、收卖出石灰八百斤钱四千八百文。

一、收以银易进钱一千九百四十七千文。

一、收又补底钱三十二千九百六十六文。

一、收工程所行平银五百七十两九钱。（查前款系湘平五百七十四两二钱，扣色一两，再以九九六合见此数。）

一、收浙江海运局沙船水脚捐九七六钱二千八百千文。

一、收江苏海运局沙船水脚捐九七六钱一千四百一千文。

一、收又九六钱九十九千文。

以上共收银五百七十两九钱、钱六千二百八十四千七百六十六文。

开除：

一、支工程所用银五百七十两九钱。

一、支易出行平银六百两。

一、支工程所用九七六钱四千二百一千文。

一、支又九六钱九十九千文。

一、支南斜街旧屋修理钱三十四千八百六文。

一、支敬节所用钱七百六千六百八十八文。（内早晚膳钱二百九十六千四百九十文，衣服钱二百四十五千三百十八文，家具钱二千九百四十八文，杂项钱十七千六百五十八文，司事月修钱七十千文，医药钱二十千二百五十八文，棺葬钱三十四千九百十六文，下人工钱十三千五百文，女夫头工钱五千六百文。）

一、支蒙养所用钱三百五十八千五百九十二文。（内早晚膳钱二百五千七百六十文，师修贽钱七十二千六百六十六文，司事月修钱二十千文，衣服钱八百十文，家具钱三千一百二十文，杂项钱二十四千七百四十二文，书籍钱五千八百十文，医药钱十一千三百五十文，下人工钱十四千三百三十四文。）

一、支工艺所用钱三百九十六千三百九十文。（内早晚膳钱一百五十一千七百三十文，编织修发教习工钱二十二千一百四十文，藤料钱六十文，帘料钱五千二百二十文，修发家具钱一千二百七十文，衣服二十千八百六十文，家具钱二千三百六十四文，杂项钱十二千七百二文，司事月修钱十四千文，缮写宋字钱四十三千四百二十八文，刊刻宋字钱一百十八千一百九十四文，医药钱二千四百九十文，下人工钱一千九百三十二文。）

一、支慈幼所用钱一百四十七千五百二十八文。（内早晚膳钱九十一千四百四十文，衣服钱三千八百五十文，家具钱四百文，杂项钱五千八百九十八文，司事月修钱十四千文，外学算命瞽孩二名饭钱六千六百文，医药钱十一千三百四十文，下人工钱八千文，女仆工钱六千文。）

一、支力田所用钱一百七十千四百四十八文。（内早晚膳钱二十二千四百四十文，司事月费钱六千文，农夫忙工钱四十六千九百五十文，佣夫工钱六千文，种竹八十四株车钱、船钱、取土车工钱十二千十六文，衣服钱一百文，家具钱四千二百八十六文，杂项钱七十二千六百五十六文。）

一、支公中用银五十二两、钱二百二十五千四百五十文。（内盛杨董薪水银十六两十二两，又杨董八九月薪水银二十四两，薛师月修二个半月钱五十千文，司事王、葛薪水钱三十四千文，早晚膳钱三十三千一百文，家具钱十九千二百二十四文，修理填土钱八千三百五十文，杂项钱二十二千六百七十六文，纸张笔墨钱二千九百文，柴草钱三十五千二百文，门役、厨夫、更夫工钱二十千文。）

以上共支行平银一千二百二十二两九钱、津钱六千三百三十九千九百二文。

实在：

一、存甘泽溥等期票银一千一百五两四钱九分。

一、存本堂银二百六两三钱四厘。

一、存公当九七六津钱二万千文。

一、存工艺所钱九十七千八百九十文。

一、存本堂钱一千六千五百三十六文。

以上共存行平银一千三百十一两七钱九分四厘、津钱二万一千一百四千四百二十六文。

光绪七年八月分

旧管：

前存行平银一千三百十一两七钱九分四厘、津钱二万一千一百四千四百二十六文。

新收：

一、收当行息钱六百四十千文。

一、收又补底钱十千六百六十六文。

一、收书籍售见钱四百五十文。

一、收易进钱三百四十四千四百五十八文。

一、收又补底钱五千七百四十文。

一、收借华裕钱一千吊文。

一、收津海关道解到行平银二百二十六两三钱九分。（查前款系洋药加抽本堂经费六月十六日起至八月十五止。）

一、收借钱局钱平化宝银一千两。

一、收袁纯记捐申公砝平化宝银七百两。

一、收又余平银二钱四分。

以上共收钱平化宝银一千两、申公砝化宝银七百两、行平化宝银二百二十六两六钱三分、钱二千一千三百十四文。

开除：

一、支易出行平银一百八两三钱二分。

一、支南斜街旧屋修理钱五千五百文。

一、支敬节所用钱四百八十六千一百七十八文。（内衣服钱二十五千八百二十四文，早晚膳钱三百四千十文，家具钱一千六十文，杂项钱三十六千五百十八文，司事月修钱七十千文，医药钱十七千四百六十六文，棺葬钱二百文，男女使工钱三十一千一百文。）

一、支蒙养所用钱五百千五百二十四文。（内早晚膳钱二百十四千五百八十文，衣服钱八十七千一百九十四文，家具钱二千四百八十四文，杂项钱三十六千五百二十文，书籍钱四千二百文，师修贽敬钱一百一千六十六文，司事月修钱二十千文，医药钱十四千四百八十文，下人工钱二十千文。）

一、支慈幼所用钱二百三十九千一百七十八文。（内早晚膳钱九十四千六十文，衣服钱七十五千四百五十六文，家具钱六千五百五十四文，杂项钱十二千七百六十八文，司事月修钱十四千文，瞽童外学节敬钱四千文，医药钱十二千一百四十文，下人工钱二十千二百文。）

一、支工艺所用钱四百八十二千一百八十八文。（内早晚膳钱一百五十八千六百十文，衣服钱八十六千七百九十四文，家具钱七百四十文，杂项钱二十五千四十二文，司事月修钱十四千文，编藤织帘教习工钱十九千八百文，修发教习工钱三千文，修发家具钱一千一百三十六文，缮写宋字钱五十一千八百五十二文，刊刻宋字钱一百十六千九百四十四文，医药钱一千二百七十文，下人工钱三千文。）

一、支力田所用钱一百千五百三十八文。（内早晚膳钱二十三千八百文，忙工钱十四千一百文，衣服钱十五千六百六十四文，家具钱三千六十文，杂项钱五千七十四文，司事月费钱六千文，农夫工钱十一千八百四十文，栽槐树钱九千文，长工农夫钱十二千文。）

一、支公中用银十六两、钱二百六十六千七百七十八文。（内董事盛薪水银十六两，司事月修钱五十四千文，早晚膳钱三十八千七百文，家具钱二十五千九百四文，杂项钱五十一千三百九十八文，笔墨纸张钱三千七百文，柴钱四十一千七十六文，门役、厨夫、更夫、工钱五十二千文。）

以上共支行平银一百二十四两三钱二分、津钱二千八十千八百八十四文。

实在：

一、存甘泽溥等期票银一千一百五两四钱九分。

一、存工艺所钱九十七千八百九十文。

一、存本堂钱三百八十五千四百八十八文。

一、存本堂行平银三百八两六钱一分四厘。

一、存本堂钱平化宝银一千两。

一、存本堂申公砝化宝银七百两。

一、存公当九七六津钱二万千文。

一、又存钱五百四十一千四百七十八文。

以上共存行平化宝银一千四百十四两一钱四厘、钱平化宝银一千两、申公砝化宝银七百两、津钱二万一千二十四千八百五十六文。

光绪七年九月分

旧管：

前存行平化宝银一千四百十四两一钱四厘、钱平化宝银一千两、申公砝化宝银七百两、津钱二万一千二十四千八百五十六文。

新收：

一、收借华裕钱一千六百八十八千三百八十二文。

一、收又行平化宝银十五两八钱四分。

一、收易进钱四千二十六千五百九十四文。

一、收又补底钱六十三千五百七十六文。

一、收芦台船捐局解到行平化宝银三百三十一两四钱三分。（查前款系京平白宝银三百四十两九钱九分四厘四毫合见。）

一、收又申色银九钱三分。

一、收天津县郭捐南斜街屋税契银四两八钱。

一、收编藤售见钱二千串文。

以上共收行平银三百五十三两、津钱七千七百七十八千五百五十二文。

开除：

一、支易出行平银三百六十五两六钱。

一、支易出申公砝平银五百两。

一、支易出钱平化宝银四百十六两八钱一分。

一、支工程所用钱二千串文。

一、支拨寄京都广仁堂行平化宝银一百四十五两八钱。（查前款系京平白宝银一百五十两合见。）

一、支置买南斜街后面周大房屋价钱三百二十千文。

一、支置买地亩用钱一千六百七十三千八百二十文，银四两八钱。

一、支敬节所用行平银八两、钱四百五十五千六百四十文。（内早晚膳钱三百十四千六百二十文，衣服钱十三千八百六十文，家具钱十二千四百四十二文，杂项钱十八千三百七十二文，司事月修钱七十千文，医药行平银八两、钱七千二百四十六文，下人工钱十九千一百文。）

一、支蒙养所用行平银八两、钱四百六十一千三百八十二文。（内早晚膳钱二百二十八千二百文，衣服钱二千六百十六文，家具钱四千一百十四文，杂项钱三十五千五百文，师修钱七十千六百六十六文，司事月费钱二十千文，书籍钱八十一千二百五十文，医药行平银八两、钱四千三十六文，下人工钱十五千文。）

一、支工艺所用行平银八两、钱二千一千二十四文。（内早晚膳钱一百五十八千九百二十文，衣服钱二千七百三十八文，家具钱五百四十四文，杂项钱十二千五百七十八文，司事月修钱十四千文，教习工钱二十二千八百文，缮写宋字钱四十二千四百八十四文，镌刻宋字钱一百四十三千三百四十六文，编藤料钱一千五百八千五百四十四文，织帘材料钱九十二千十文，医药行平银八两、钱一千六十文，下人工钱二千文。）

一、支慈幼所用行平银八两、钱一百三十八千一百六十二文。（内早晚膳钱九十二千八十文，衣服钱二千九百四十文，家具钱七百四十二文，杂项钱八千三百三十六文，瞽孩外学算命贴膳钱六千文，司事月修钱十四千文，医药行平银八两、钱六十四文，下人工钱十四千文。）

一、支力田所用钱二百十一千八百六十六文。（内早晚膳钱三十五千文，衣服钱五百三十文，家具钱六十三千八百八十文，杂项钱三十六千七百八十六文，忙工钱五十七千三百五十文，司事月费钱六千文，长工钱十一千文，种子钱一千三百二十文。）

一、支公中用银三十一两八钱三分、钱一百七十千四百三十四文。（内早晚膳钱三十七千五十文，董事薪水行平银十六两，司事月修钱五十四千文，家具钱七千七百五十六文，添补装修钱十一千三百五十文，杂项钱二十五千六百四文，纸张笔墨钱五千七百四文，税田契行平银十五两八钱三分，掩埋棺木一具钱十一千六百文，门役、更夫、厨夫工钱十八千文。）

以上共支津钱七千四百三十二千三百二十八文、行平银五百八十两三分、钱平银四百十六两八钱一分、申公砝银五百两。

实在：

一、存公当行九七六津钱二万千文。

一、存甘泽溥等期票一千一百五两四钱九分。

一、存工艺所钱九十七千八百九十文。

一、存本堂钱一千二百七十三千一百九十文。

一、存钱平银五百八十三两一钱九分。

一、存申公砝平银二百两。

一、存行平银八十一两五钱八分四厘。

以上共存津钱二万一千三百七十一千八十文、行平银一千一百八十七两七分四厘、钱平银五百八十三两一钱九分、申公砝银二百两。

光绪七年十月分

旧管：

前存行平银一千一百八十七两七分四厘、申公砝平银二百两、钱平银五百八十三两一钱九分、津钱二万一千三百七十一千八十文。

新收：

一、收天津县郭捐行平银四十八两三钱。（查前款系捐秋冬二季经费，计原封银五十两，合见行平前数。）

一、收东光县捐本年秋冬二季京平松江银四十两，合见行平银三十八两三钱。

一、收东海关道委解本年冬季洋药厘捐项下加抽本堂经费库平银一千五百两，合见行平银一千五百六十一两五钱。

一、收煤炭售见钱十三千三百五十六文。

一、收藤器售钱五十六千五百三十文。

一、收借华裕钱八百千文。

一、收借华裕行平银四十九两一钱。

一、收易进钱二千四十一千八百四文。

一、收又补底钱三十四千十文。

一、收董事暂垫钱一百八千三十六文。

以上共收行平银一千六百九十七两二钱、津钱三千五十三千七百三十六文。

开除：

一、支易出申公砝银二百两。

一、支易出钱平银三百两。

一、支易出行平银一百三十八两三钱。

一、支还华裕钱四百千文。

一、支工程钱一千五百五千文。

一、支又行平银四十九两一钱。

一、支敬节所用行平银四两、钱四百六十三千七百六十六文。（内早晚膳钱三百十六千三百六十文，衣履钱十七千九百七十文，家具钱一十四千五百七十八文，杂项钱二十三千三百七十八文，司事薪水钱七十千文，医药行平银四两、钱一千三百八十文，女夫头工钱五千六百文，门役、厨夫、水夫、买办工钱十四千五百文。）

一、支蒙养所用银四两、钱四百八十千八百五十四文。（内早晚膳钱二百二十千九百文，衣履钱三十千三百八十二文，家具钱三千二百十二文，杂项钱五十八千七百四文，师修贽敬钱七十一千四百六十六文，司事薪水钱二十千文，书籍钱五十九千九百十文，医药行平银四两，医药钱一千二百八十文，厨夫、更夫、买办［更夫］工钱十五千文。）

一、支工艺所用银四两、钱四百二十千八百二十四文。（内早晚膳钱一百四十三千六百文，衣履钱三千三百六十八文，家具钱一百九十四文，杂项钱十五千四百五十二文，司事薪水钱十四千文，教习工钱二十二千一百四十文，编藤料钱六百六十文，织帘料钱十一千九百文，修发家具钱一千一百三十文，缮写宋字钱五十千六百四文，刊刻宋字钱一百三十九千一百十文，医药行平银四两、下人工钱六百六十六文。）

一、支慈幼所用银四两、钱二百三十二千四百三十八文。（内早晚膳钱一百二千八百六十文，衣履钱八十一千二十六文，家具钱三千七百二十八文，杂项钱十千六百二十四文，司事薪水钱十四千文，瞽孩外学算命贴膳钱六千文，医药行平银四两，医药钱二百文，女仆管理病孩工钱六千文，厨夫、更夫、买办工钱八千文。）

一、支公中用银二十八两、钱二百一千八文。（内早晚膳钱三十六千七百四十文，董事薪水行平银二十八两，司事薪水钱五十四千文，家具钱二十六千五十四文，添补装修钱五千文，杂项钱五十七千二百十二文，纸张笔墨钱二千四百二文，门役、厨夫、更夫工钱十九千六百文。）

一、支力田所用钱九十九千五百五十八文。（内早晚膳钱二十三千六百四十文，衣履钱四千九百六十文，家具钱六千七百三十二文，杂项钱三千五百二十六文，司事月费钱六千文，长工、农夫工钱十千五百文，忙工钱四十四千二百文。）

以上共支行平银二百三十一两四钱、钱平银三百两、申公砝平银二百两、津钱三千七百八十五千四百四十八文。

实在：

一、存公当行九七六钱二万千文。

一、存行平银一千五百四十七两三钱八分四厘。

一、存钱平银二百八十三两一钱九分。

一、存甘泽溥等期票银一千一百五两四钱九分。

一、存本堂钱五百四十一千四百七十八文。

一、存工艺所钱九十七千八百九十文。

以上共存钱平银二百八十三两一钱九分、行平银二千六百五十二两八钱七分四厘、津钱二万六百三十九千三百六十八文。

光绪七年十一月分

旧管：

前存津钱二万六百三十九千三百六十八文、钱平银二百八十三两一〈钱〉九分、行平银二千六百五十二两八钱七分四厘。

新收：

一、收王希孟捐助行平银九两七钱九分。（查前款系捐助本堂经费钱平松江银十两合见。）

一、收庆云县丁捐助行平银二百四两。（查前款系该县马差余剩钱捐作本堂经费平松江银二百两合见。）

一、收公当行息钱四百八十千文。

一、收芦台船捐局解到行平银一百九十三两三钱九分。（查前款系京平银一百九十七两九钱七分一厘六毫八丝合见。）

一、收芦台船捐局解到行平银二百九十一两六钱。（查前款系京平银三百两合见。）

一、收工程所来行平银三百四十四两五钱二分。（查前款系工程所余存木料变价。）

一、收易进钱四千四百六十二千四百文。

一、收补底钱八十二千三百六十二文。

以上共收行平银一千四十三两三钱、津钱五千二十四千七百六十二文。

开除：

一、支工程所用钱八百千文。

一、支工程所行平银十六两五钱二分。

一、支寄京都广仁堂行平银二百九十四两五钱三分。

一、支易出行平银一千四百两。

一、支置买田产钱一千二百八十六千二百九十四文。

一、支本堂修扎篱笆工料钱六十五千三百九十文。

一、支本堂添置家具钱五千三百八十文。

一、支敬节所用银四两、钱四百七十四千五百四十六文。（内早晚膳钱三百四十五千二百八十文，家具钱一千六百五十八文，杂项钱三十三千九百十八文，司事薪水钱七十千文，医药行平银四两、钱三千五百九十文，女夫头工钱五千六百文，下人工钱十四千五百文。）

一、支蒙养所用银四两、钱五百九十五千十文。（内早晚膳钱二百三十一千九百二十文，衣履钱二十七千一百八十文，家具钱三千一百七十四文，杂项钱七十千三百五十四文，书籍钱一百四十六千七百五十六文，司事薪水钱二十千文，塾师修金贽敬钱七十四千六百六十六文，医药行平银四两、钱五千九百六十文，下人工钱十五千文。）

一、支工艺所用银四两、钱四百九十八千七百十八文。（内早晚膳钱一百五十二千六百四十文，衣履钱十七千二十六文，家具钱八百二十八文，杂项钱二十二千五百九十六文，司事薪水钱十四千文，教习工钱二十二千八百文，藤料钱一千二百四十文，帘料钱六十九千一百三十四文，修发家具钱七千三百八十四文，写宋字钱四十三千二百四文，刻宋字钱一百四十五千二十六文，医药银四两、钱八百四十文，下人工钱二千文。）

一、支慈幼所用银四两、钱二百三十九千八百八文。（内早晚膳钱一百三十三千八百文，衣履钱三十九千九百二十文，家具钱一千八百五十文，杂项钱十七千一百二十八文，司事薪水钱十四千文，瞽孩外学贴膳钱六千文，医药行平银四两、钱十一千三百六十八文，女使管理病孩钱六千文，棺葬钱一千七百四十二文，下人工钱八千文。）

一、支力田所用钱三十一千三十四文。（内早晚膳钱十六千八百文，家具钱二百七十六文，杂项钱四千九百五十八文，司事月费钱六千文，长工工钱三千文。）

一、支公中用银二十八两、钱三百十六千一百三十二文。（内早晚膳钱五十五千三十文。董事薪水行平银二十八两，司事薪水钱四十千文，杂项钱六十一千六百三十二文，纸张笔墨钱三千四百七十文，柴草钱一百三十五千文，门役、厨夫、更夫工钱二十一千文。）

一、支还董事前垫钱一百八千三十六文。

以上共支行平银一千七百五十五两五分、津钱四千四百二十千三百四十八文。

实在：

一、存公当行九七六津钱二万千文。

一、存甘泽溥等期票银一千一百五两四钱九分。

一、存工艺所钱九十七千八百九十文。

一、存本堂钱平银二百八十三两一钱九分。

一、存本堂行平银八百三十五两六钱三分四厘。

一、存本堂津钱一千一百四十五千八百九十二文。

以上共存津钱二万一千二百四十三千七百八十二文、钱平银二百八十三两一钱九分、行平银一千九百四十一两一钱二分四厘。

光绪七年十二月分

旧管：

前存津钱二万一千二百四十三千七百八十二文、行平银一千九百四十一两一钱二分四厘、钱平银二百八十三两一钱九分。

新收：

一、收阁爵督宪李岁捐湘平银五百两，合行平银四百九十八两。

一、收津海关道周岁捐钱平银五百两，合行平银四百九十六两。

一、收天津道吴岁捐钱平银二百四十两，合行平银二百三十三两四分。

一、收筹赈局拨来公砝银一千两，合行平银九百九十四两六钱。

一、收津海关道解到洋药加抽厘捐项下截至十二月十五日止行平银四百一两一分。

一、收山海关道解到洋药厘捐项下加抽库平银三百四十四两四钱八分一厘，合行平银三百五十七两九钱七分。

一、收工程所来行平银五百五十四两一钱七分。

一、收工程所来钱六十一千五百二文。

一、收藤器售见钱七十七千五百十文。

一、收竹帘售见钱八十七千一百文。

一、收力田所菜蔬售见钱一百十八千九百六十文。

一、收易进钱八千七百三十六千六百五十四文。

一、收补底钱一百三十八千二百六十二文。

以上共收行平银三千五百三十四两七钱九分、津钱九千一百六十千四十八文。

开除：

一、支还前借华裕号钱三千八十八千三百八十二文。

一、支还前借华裕号行平银六十四两九钱三分。

一、支易出行平银二千四百七十二两九钱八分。

一、支易出钱平银二百八十三两一钱九分。

一、支寄京都广仁堂行平银一百九十二两四钱。

一、支工程所用足钱六百四十九千八百五十四文。

一、支置买地亩钱二千七百三十八千十四文。

一、支置买器具钱六十六千七百七十文。

一、支修理房灶钱八百六十六文。

一、支敬节所用行平银四两、钱五百十九千一百三十六文。（内早晚膳钱三百四十二千八百文，衣履钱三十千七百六十六文，家具钱十五千二百八十四文，杂项钱三十八千三百十四文，司事薪水钱七十千文，医药行平银四两、钱一千八百七十二文，女使工钱五千六百文，男使工钱十四千五百文。）

一、支蒙养所用行平银二十七两六分、钱五百三十一千六百二十文。（内早晚膳钱二百二十千六百八十文，衣履钱五十千四十四文，家具钱三十二千五百八十八文，医药行平银四两、钱一千一百六十文，杂项钱四十三千一百三十二文，司事回南川资行平银十四两，司事薪水钱二十千文，塾师修金钱一百四千六百六十六文，书籍钱四十四千三百五十文，书籍行平银九两六分，男使工钱十五千文。）

一、支工艺所用行平银四两、钱六百九十八千七百六十四文。（内早晚膳钱一百四十九千四百文，衣履钱二十八千八百三十八文，家具钱六千九百十八文，杂项钱三十千四百十六文，司事薪水钱十四千文，写宋字钱五十二千九十二文，刻宋字钱一百二十五千七百二十文，刷印陈学士文集工料钱二百五十千文，教习工钱二十二千一百四十文，藤料钱十三千二百十文，修发家具钱四千三十文，医药行平银四两，下人工钱二千文。）

一、支力田所用钱三百四十二千三百三十二文。（内早晚膳钱十六千四百文，衣履钱三千七百九十文，家具钱四百八十文，杂项钱八千九百八十二文，种子钱三百二千六百八十文，司事月费钱六千文，农夫工钱四千文。）

一、支慈幼所用银四两、钱二百九十七千三百五十四文。（内早晚膳钱一百五十千八百二十文，衣履钱六十四千三百六十文，家具钱十四千三百十八文，杂项钱十六千九百九十六文，司事薪水钱二十八千文，瞽孩外学贴膳节赏钱八千文，医药行平银四两、钱八百六十文，女仆工钱六千文，厨夫、更夫、买办工钱八千文。）

一、支公中用行平银二十八两、钱二百三十六千九百三十八文。（内早晚膳钱五十七千六百九十文，董事薪水行平银二十八两，司事薪水钱四十千文，杂项钱五十二千九十八文，纸张笔墨钱三千二百三十八文，柴草钱六十二千九百十二文，门役、厨夫、更夫工钱二十一千文。）

以上共支钱平银二百八十三两一钱九分、行平银二千七百九十七两三钱七分、津钱九千一百七十千三十文。

实在：

一、存公当钱二万千文。

一、存工艺所钱九十七千八百九十文。

一、存本堂钱一千一百三十五千九百十文。

一、存期票银一千一百五两四钱九分。

一、存本堂银一千五百七十三两五分四厘。

以上共存行平银二千六百七十八两五钱四分四厘，钱二万一千二百三十三千八百文。

光绪八年正月分

旧管：

前存行平银二千六百七十八两五钱四分四厘、津钱二万一千二百三十三千八百文。

新收：

一、收天津县郭捐助行平银二十四两四钱。（查前款系捐助春季钱平松江银二十五两合见。）

一、收工程所来行平银九十七两一钱二分。

一、收又九六钱一千五百七十千二百七十六文。

一、收以银易进钱二千五百七十三千四百文。

一、收又补底钱四十二千八百六十六文。

以上共收行平银一百二十一两五钱二分、津钱四千一百八十六千五百四十二文。

开除：

一、支易出行平银八百两。

一、支补酬沈游击廷栋开河时监工夫马钱一百五千文。

一、支六年工程所造木器家具钱一千一百五十一千一百九十八文。

一、支六年工程所挑筑基地、埋葬骸骨钱二百五十四千三百四十文。

一、支修理堂前大路挑土钱二十千六百四十文。

一、支置田钱九百七十三千八百五十四文。

一、支税田契行平银四十四两九分。

一、支纸张笔墨钱七千九十二文。

一、支耗底钱二千七十八文。

一、支敬节所行平银四两、钱四百五十八千四百四十文。(内早晚膳钱三百三十八千三百六十文，衣履钱六千四百十文，家具钱一千九十八文，杂项钱十八千八百六十八文，司事薪水钱七十千文，医药行平银四两、又钱二千一百四文，女夫头工钱五千六百文，门役、厨夫工钱十六千文。)

一、支蒙养所行平银四两、钱四百九十四千三百四十四文。(内早晚膳钱二百六十二千三十文，衣履钱六千六百文，家具钱二十八千一百二十文，杂项钱十三千二百六十二文，塾师修金贽敬钱一百三十四千二百六十六文，书籍钱九千四百文，纸张笔墨钱二十四千六百二十六文，医药行平银四两，医药钱一千四十文，厨夫、更夫工钱十五千文。)

一、支工艺所行平银四两、津钱三百九十千一百二十二文。(内早晚膳钱一百四十二千八百二十文，杂项钱八千四百七十文，司事薪水钱十四千文，教习工钱二十三千一百四十文，修发家具钱六千文，编藤送力钱四十文，织帘裁料钱三十五千三百五十八文，写宋字钱三十五千三百八十四文，刻宋字钱一百二十一千九百二十文，医药行平银四两、又钱四百九十文，下人工钱二千五百文。)

一、支慈幼所行平银四两、钱一百七十五千五百七十文。(内早晚膳钱一百三十六千七百四十文，衣履钱一百五十文，家具钱三百五十二文，杂项钱六百三十八文，司事薪水钱十四千文，瞽孩外学算命贴钱六千文，医药行平银四两、又钱二千六百九十文，管理病孩女仆工钱六千文，厨夫、更夫工钱九千文。)

一、支力田所钱三百八十五千一百十六文。(内早晚膳钱二十一千八百四十文，家具钱三千七百三十文，杂项钱十三千三百四十文，香料食盐钱十九千五百五十六文，司事月费钱六千文，种籽钱二百三十六千六百文，农夫工钱三千文，忙工工钱十六千五十文，栽树钱六十五千文。)

一、支公中用行平银二十八两、钱一百三十三千九百十二文。(内早晚膳钱五十三千二百七十文，董事薪水银二十八两，司事薪水钱四十千文，杂项钱十四千一百二十二文，柴草钱八千五百二十文，门役、厨夫、更夫工钱十八千文。)

以上共支行平银八百八十八两九分、钱四千五百五十一千七百六文。

实在：

一、存公当行九七六钱二万千文。

一、存甘泽溥等期票银一千一百五两四钱九分。

一、存本堂行平银八百六两四钱八分四厘。

一、存本堂钱七百七十千七百四十六文。

一、存工艺所钱九十七千八百九十文。

以上共存行平银一千九百十一两九钱七分四厘、津钱二万八百六十八千六百三十六文。

光绪八年二月分

旧管：

前存行平银一千九百十一两九钱七分四厘、津钱二万八百六十八千六百三十六文。

新收：

一、收天津府宜捐助本堂经费钱平松江银一百两，合见行平银九十七两三钱。

一、收公当行利息钱四百八十千文。

一、收盛督办发戒烟所经费公砝平二千两，合见行平银一千九百八十九两二钱。

一、收又公砝平一百两，合见行平银九十九两五钱。

一、收书籍售见钱二十一千七百九十二文。

一、收以银易进钱六千六百二十八千九百十六文。

一、收以银易进补底钱一百十八千四百三十二文。

以上共收行平银二千一百八十六两，津钱七千二百四十九千一百四十文。

开除：

一、支易出行平银二千五十七两八钱四分。

一、支置买南洼荒地钱二千三百三十七千七百九十二文。

一、支工程所钱五百千文。

一、支挑筑大道钱二百二十一千二百文。

一、支添置器具钱十千七十文。

一、支纸张笔墨钱十千七百五十四文。

一、支掩埋骸骨钱六千五百文。

一、支敬节所用银四两、钱四百九十三千四百六十二文。（内早晚膳三百五十六千六百十文，衣履十三千四十文，家具钱五千七百九十八文，杂项二十五千三百六十八文，司事薪水七十千文，女使工五千六百文，医药行平银四两、钱一千三百八十文，门役、厨夫、更夫等工十五千六百六十六文。）

一、支蒙养所用银四两、钱七百十一千一百三十八文。（内早晚膳三百四十千三百六十文，衣履一百五十四千四百八十文，家具三十八千六百六十八文，杂项二十五千八百七十四文，塾师修金九十八千六百六十六文，书籍十四千文，医药银四两、钱五百十文，纸张笔墨二十九千七百八十文，厨夫、更夫等工八千八百文。）

一、支工艺所用银四两、钱四百十千一百三十四文。（内早晚膳一百四十八千七百十文，衣履六十千五十八文，家具十三千七百九十八文，杂项十一千七百六十八文，司事薪水十四千文，教习工二十三千八百文，编藤物料十五千五百六十四文，织帘物料十八千一百五十文，修发器具二百三十文，缮写宋字四十六千四百二十文，医药银四两、钱四百六十文，镌刻宋字五十四千一百七十六文，男使工三千文。）

一、支慈幼所用行平银四两、钱二百六十千八百八文。（内早晚膳一百十六千四百八十文，衣履九十千二百三十二文，器具五千七百四文，杂项十千八十二文，司事薪水十四千文，瞽孩外学算命贴膳六千文，医药行平银四两、钱三千三百十文，管理病孩女使工六千文，厨夫、更夫等工九千文。）

一、支力田所用钱三百八十八千一百二十八文。（内早晚膳二十八千七百五十文，家具八百二十文，杂项三千四百十八文，司事月费六千文，各样种籽三十一千六百二十文，农工七千五百文，农忙雇工四十四千三百九十文，栽树二百六十五千六百三十文。）

一、支营田所行平银八十六两二钱二分、钱四千八百七十四文。

一、支公中用银十六两、钱二百三十一千二百四十四文。（内早晚膳六十三千七百三十文，董事薪水银十六两，司事薪水二十千文，杂项三十三千五百九十六文，柴九十五千三百十八文，门役厨夫更夫工十八千六百文。）

以上共支行平银二千一百七十六两六分、津钱五千五百八十六千一百四文。

实在：

一、存甘泽溥等期票银一千一百五两四钱九分。

一、存工艺所钱九十七千八百九十文。

一、存公当行九七六钱二万千文。

一、存本堂行平银八百十六两四钱二分四厘。

一、存本堂钱二千四百三十三千七百八十二文。

以上共存行平银一千九百二十一两九钱一分四厘、津钱二万二千五百三十一千六百七十二文。

光绪八年三月分

旧管：

前存行平银一千九百二十一两九钱一分四厘、津钱二万二千五百三十一千六百七十二文。

新收：

一、收期票内郭之桢名下钱平银一百四十两，合见行平银一百三十八两八钱八分。

一、收藩宪崧七年分岁捐原解库平银五百两，合行平银五百十五两九钱三分。

一、收售见书籍钱四千四百五十文。

一、收借华裕号钱一千五百千文。

一、收借又行平银一千七十一两八钱九分。

一、收以银易进钱四千八百二千四百五十八文。

一、收以银易钱补底钱八十千二十四文。

以上共收行平银一千七百二十六两七钱、津钱六千三百八十六千九百三十二文。

开除：

一、支易出行平银一千四百九十两二钱二分。

一、支刷印书籍钱十四千文。

一、支置买南洼荒地钱三千三百九十四千九百二十二文。

一、支添修房屋装折行平银十四两三钱八分、钱三十五千七十二文。

一、支置办器具钱十二千三百八文。

一、支纸张笔墨钱九千三百二十文。

一、支交还郭之桢期票一纸，计银一百四十两。

一、支敬节所用行平银四两、钱五百五十三千九百三十二文。（内早晚膳三百四十九千二百十文，衣履六十三千一百四十文，器具三十八千六百五十四文，杂项六千五百六十八文，司事薪水七十千文，女使工五千六百文，医药行平银四两、钱五千二百六十文，门役、厨夫、水夫、更夫等工十五千五百文。）

一、支蒙养所用行平银十八两二钱、钱八百十千九百二十六文。（内早晚膳三百二十八千八百六十文，衣履二百八十五千五百十文，器具三千五百四十文，杂项三十一千九百八十八文，请司事谈任之来津川资行平银十四两二钱，师修九十八千六百六十六文，医药行平银四两、钱八千七百五十四文，书籍二千二百文，纸张笔墨三十一千四百六十八文，棺葬四千四百文，厨夫、更夫等工十六千文。）

一、支工艺所用行平银四两、钱五百二十九千七百六十文。（内早晚膳一百四十四千四百八十文，衣履一百八千四百四十八文，器具一千九百八十文，杂项十千七百二十六文，司事薪水十四千文，教习工钱二十三千一百四十文，织帘料三十八千三百二十文，修发器具四百六十二文，医药行平银四两、钱二百六文，缮写宋字工十一千一百七十八文，镌刻宋字工一百七十三千八百二十文，下人工三千文。）

一、支慈幼所用行平银四两、钱三百八十千七百八十六文。（内早晚膳一百九千四十文，衣履二百十九千一百六十六文，器具三千三百四十文，杂项一千八百九十文，司事薪水十四千文，瞽孩外学贴膳六千文，医药行平银四两、钱十千三百五十文，棺葬二千文，女使工六千文，厨夫、更夫等工九千文。）

一、支力田所用钱一百八十九千二十文。（内早晚膳六十千一百六十文，衣履三千六百六十文，器具六千三百四十四文，杂项二千九百四十六文，司事月费六千文，种籽二千八百二十文，农夫工五千六百文，忙工四十八千八百九十文，栽树五十二千六百文。）

一、支公中用行平银四十两、钱一百三十二千三百三十八文。（内早晚膳五十五千八百三十文，董事薪水银四十两，司事薪水二十千文，杂项三十八千五百八文，门役、厨夫、更夫工十八千文。）

一、支营田所用钱四十三千九百七十四文。

以上共支行平银一千七百十四两八钱、津钱六千一百六千三百五十八文。

实在：

一、存公当足钱二万千文。

一、存甘泽溥等期票银九百六十五两四钱九分。（查前项期票，本系一千一百五两四钱九分，因内有郭之桢一户一百四十两已据交到，是以扣除，尚该前数，理合登明。）

一、存工艺所钱九十七千八百九十文。

一、存本堂行平银九百六十八两三钱二分四厘。

一、存又钱二千一百七十二千八百八十文。

一、存又钱五百四十一千四百七十六文。

以上共存行平银一千九百三十三两八钱一分四厘、津钱二万二千八百十二千二百四十六文。

光绪八年四月分

旧管：

前存行平银一千九百三十三两八钱一分四厘、津钱二万二千八百十二千二百四十六文。

新收：

一、收郑陶斋观察捐助英洋五十元。

一、收工程所木料变价钱一千一百二十四千七十六文。

一、收借华裕号行平银六百二两七钱九分。

一、收西号存款生息公砝银一百四十五两九钱二分三厘。

一、收南斜街房屋租价钱三百千文。

一、收又补底钱五千文。

一、收董事垫借钱五百千文。

一、收以银兑钱三千二百九十一千二百文。

一、收又补底钱五十四千六百七十八文。

以上共收行平银六百二两七钱九分、公砝平银一百四十五两九钱二分三厘、英洋五十元、钱五千二百七十四千九百五十四文。

开除：

一、支易出行平银一千两。

一、支兑出英洋四元。

一、支完地丁行平银一两五钱一分。

一、支刷印书籍钱十三千九百六十文。

一、支工程所用钱二百十八千七百九十文。

一、支又用钱四千三十六千三百六十四文。

一、支添修装折并搭天棚钱六十六千六百四十文。

一、支置办祭器行平银一百四十九两五钱五分。

一、支添置木器家具并买水船钱二百九十七千九百四十文。

一、支纸张笔墨钱三千三百二十八文。

一、支敬节所用行平银四两、钱六百十五千八十文。(内早晚膳三百六十九千二百二十文，衣履二十九千六百五十文，家具十千五百六十八文，杂项二十八千二百九十二文，司事薪水七十千文，孟母祠匾额、神位、冠袍七十三千五十文，医药行平银四两、钱十三千二百文，男女使工二十一千一百文。)

一、支蒙养所用行平银四两、钱六百七十六千五百八文。(内早晚膳三百三十八千一百八十文，衣履四十一千二百十四文，器具八十一千八百三十二文，杂项三十一千四百六十六文，周济前塾师李先生二十七千一百六十文，师修九十八千六百六十六文，医药行平银四两、二十千七百七十文，书籍三千文，纸笔墨十八千八百二十文，下人工十五千四百文。)

一、支工艺所用行平银四两、钱五百三十千六百三十六文。(内早晚膳一百五十一千四百七十文，衣履十五千九百三十文，器具二十七千八百四十文，刻宋字器具二十二千文，杂项十三千八百四十六文，司事薪水十四千文，教习工二十三千八百文，修发器具六百六十四文，编藤物料二千五百三十文，织帘物料三十一千四百六十文，医药行平银四两、钱三千五百五十文，镌刻宋字二百二十千五百四十六文，男使工三千文。)

一、支慈幼所用行平银四两、钱二百二十四千六百七十四文。(内早晚膳一百七千七百六文，衣履三十四千九百八文，器具二十八千七十文，杂项七千二百二十文，司事薪水十四千文，瞽孩外学贴膳六千文，医药行平银四两、钱十一千七百十六文，男女使工十五千文。)

一、支力田所用钱二百八十三千四百五十文。(内早晚膳六十一千二百四十文，器具八千四百二十文，杂项二千七百五十文，粪四十千七百四十文，司事月费六千文，种籽十五千九百文，农夫工四千文，农忙雇工一百九千五百十文，栽树三十四千八百九十文。)

一、支公中用行平银二十八两、钱二百八千四百五十四文。(内早晚膳六十四千一百三十二文，董事薪水二十八两，司事薪水八十千文，杂项四十六千四百三十四文，门役、厨夫、更夫工二十千九百文。)

一、支营田所用公砝银一百四十五两九钱二分三厘、钱一百四十六千四百十文。

以上共支行平银一千一百九十五两六分、公砝银一百四十五两九钱二分三厘、英洋四元、津钱七千三百二十二千二百三十四文。

实在：

一、存公当行足钱二万千文。

一、存甘泽溥等期票银九百六十五两四钱九分。

一、存工艺所钱九十七千八百九十文。

一、存本堂行平银三百七十六两五分四厘。

一、存又津钱六百六十七千七十六文。

一、存又英洋四十六元。

以上共存英洋四十六元、行平银一千三百四十一两五钱四分四厘、津钱二万七百六十四千九百六十六文。

光绪八年五月分

旧管：

前存英洋四十六元、行平银一千三百四十一两五钱四分四厘、津钱二万七百六十四千九百六十六文。

新收：

一、收津海关道解洋药加抽项下截至本年四月十五日止捐助本堂经费行平银五百六十三两二钱八分。

一、收招商局漕米项下每石提捐制钱二文，计五十二万四千三百八十石八斗一升五合三勺，钱二千九十七千五百二十四文。

一、收又补底钱三十四千九百五十文。

一、收衣记捐助公砝银一千二百两。

一、收盛督办捐助公砝平银三百两。

一、收水记捐助本堂经费公砝平八百二十两，合行平银八百十五两五钱八分。

一、收东海关道解洋药加抽项下捐助本堂上半年经费库平足银一千五百两，合行平银一千五百五十八两五钱九分。

一、收山海关道解洋药加抽项下捐助本堂经费自七年九月初一日起，至八年二月止，计库平银一百六十八两四钱一分五厘，合行平银一百七十三两八钱八分。

一、收公当行息钱四百八十千文。

一、收又补底钱八千文。

一、收芦台船捐局解到京平足银二百八十五两六钱五分六厘九毫六丝。

一、收西号存款生息公砝银二百五十八两七钱二分。

一、收工艺所织帘售见钱八十五千一百文。

一、收又编藤售见钱二十三千一百四十文。

一、收力田所菜蔬售见钱二十六千四百六十文。

一、收借华裕号行平银二百两。

一、收工程所木料售见钱七十一千四百八十文。

一、收以银易进钱一千六百六十九千八百十四文。

以上共收京平足银二百八十五两六钱五分六厘九毫六丝、公砝银一千七百五十八两七钱二分、行平银三千三百十一两三钱三分、津钱四千四百九十六千四百六十八文。

开除：

一、支兑钱行平银四百两。

一、支兑钱公砝平银一百六两五钱六分。

一、支刷印书籍钱二千七百文。

一、支工程所钱八百三十千九百五十文。

一、支寄京都广仁堂京平足银二百八十五两六钱五分六厘九毫六丝。

一、支还董事垫借钱五百千文。

一、支还华裕号行平银一千三百七十八两八钱六分。

一、支九龙金边蓝地金字樟木匾额工料钱一百八十千六百文。

一、支悬匾赞礼酒菜香烛一应钱一百五十五千二十二文。

一、支修理房屋并搭天棚钱三十四千五百五十文。

一、支添置器具及大堂炕垫一百五十六千八百四十八文。

一、支置办南洼荒地钱一百五十七千八十文。

一、支纸帐笔墨钱八千四百三十文。

一、支敬节所用行平银四两、钱五百七十五千九百二十四文。（内早晚膳三百六十七千二百六十文，衣履五十一千一百三十文，器具二十五千八百四十文，杂项十五千八百四十八文，司事五人薪水七十千文，男女使工二十千三百三十二文，医药行平银四两、钱二十五千五百五十文。）

一、支蒙养所用行平银四两、钱六百三十六千一百二十四文。（内早晚膳三百三十二千八百文，衣履三十千文，器具二十九千三百八十文，杂项二十千六百四十八文，司事薪水二十六千四百八十文，师修贽节敬一百四十三千六十六文，医药行平银四两、钱六千五百五十文，书籍七千四百三十文，纸笔墨二十三千七百七十文，男使工十六千文。）

一、支工艺所用行平银四两、钱六百九十九千四百七十二文。（内早晚膳一百六十四千五百五十文，衣履十一千三百五十文，家具十五千五百四十六文，杂项二十九千九百六文，宋字学徒满年奖给教习一百千文，司事薪水十四千文，教习工二十三千一百四十文，修发家具九十二文，编藤物料七十八千七百二十四文，织帘物料四十九千六百九十二文，医药行平银四两、钱一千五百二文，镌刻宋字二百七千九百七十文、男使工三千文。）

一、支慈幼所用行平银四两、钱一百八十千二百五十文。（内早晚膳一百十六千七百六十文，衣履七千五十四文，家具九千四十八文，杂项十一千八文，司事薪水十四千文，瞽孩外学贴膳六千文，医药行平银四两、钱一千三百八十文，男女使工十五千文。）

一、支力田所用钱一百五十八千九百八十二文。（内早晚膳三十九千五百八十文，衣履一千二百文，家具三千四百六十文，杂项二十八千八百八十二文，司事月费六千文，农工九千五百文，农忙雇工六十二千六百五十文，栽树七千七百十文。）

一、支公中用行平银二十八两、钱一百八十四千七百八文。（内早晚膳五十八千二百九十文，董事薪水二十八两，司事薪水二十千文，杂项三十四千七百二十八文，柴四十六千一百九十文，门役、厨夫、更夫工二十五千五百文。）

一、支营田所公砝银二百五十八两七钱二分、津钱三百三十六千一百八十文。

一、支戒烟所公砝银一百八十三两、钱三百五十千文。

以上共支行平银一千八百二十二两八钱六分、京平银二百八十五两六钱五分六厘九毫六丝、公砝银五百四十八两二钱八分、津钱五千一百四十七千八百二十文。

实在：

一、存公当足钱二万千文。

一、存甘泽溥等期票银九百六十五两四钱九分。

一、存本堂公砝银一千二百十两四钱四分。

一、存又行平银一千八百六十四两五钱二分四厘。

一、存又津钱一百十三千六百十四文。

一、存英洋四十六元。

以上共存行平银二千八百三十两一分四厘、公砝银一千二百十两四钱四分、英洋四十六元、津钱二万一百十三千六百十四文。

光绪八年六月分

旧管：

前存行平银二千八百三十两一分四厘、公砝银一千二百十两四钱四分、英洋四十六元、津钱二万一百十三千六百十四文。

新收：

一、收水记捐款公砝平一百八十两，合见行平一百七十九两三分。

一、收天津道春夏两季捐款钱平一百二十两，合见行平一百十八两九钱二分。

一、收恩赏江南漕米由招商局折价行平四百五十两。

一、收西号存款生息公砝平二百五十八两七钱二分。

一、收借华裕行平四百五十七两四钱九分。

一、收得见斋善书坊房租十六千六百六十六文。

一、收力田所菜蔬折价四十一千五百二十六文。

一、收书籍售见二千文。

一、收以银易进钱四千二百四十一千一百四十四文。

以上共收公砝平二百五十八两七钱二分、行平一千二百五两四钱四分、津钱四千三百一千三百三十六文。

开除：

一、支易出行平一千一百五十七两四钱九分。

一、支又公砝平一百三十七两七钱。

一、支还华裕行平六百二十九两三分。

一、支又钱一千五百千文。

一、支刷印书籍四千一百文。

一、支工程所用八十八千三百八十文。

一、支又高诚斋薪水行平五十五两。

一、支家具十千四百二十六文。

一、支修理房屋八千五百二十四文。

一、支纸帐笔墨三千二百文。

一、支敬节所用钱四百九十一千八百十六文。（内早晚膳三百五十九千七百七十文，衣履一千六十文，家具六百六十文，杂项二十三千八百十八文，司事薪水七十千文，门役、厨、更、水夫工十四千五百文，女使工五千六百文，医药十六千四百八文。）

一、支蒙养所用行平银三十两、钱五百十六千一百三十文。（内早晚膳三百十六千八百文，家具七千八百六十八文，杂项十七千三百九十八文，司事谈任之薪水行平八两、又回南川资行平十二两，师修贽一百九千六百文，塾师聘金行平十两、英洋二元，医药十四千八百九十文，书籍五千一百八十四文，纸笔墨二十八千三百九十文，厨夫、更夫、杂差工十六千文。）

一、支工艺所用钱五百五十五千六百五十四文。（内早晚膳一百九十四千八百八十文，家具八千一百三十六文，杂项八千八百九十四文，司事薪水十四千文，教习工二十三千八百文，修发家具三千六百文，藤料五十八千八十文，帘料三十三千六百文，医药二千二百五十六文，刻宋字二百五千四百八文，下人工三千文。）

一、支慈幼所用钱一百四十二千七百四十文。（内早晚膳八十千文，衣履五千三百八文，家具十七千三百四十八文，杂项四千一百七十四文，司事薪水十四千文，瞽孩贴膳六千文，医药九百十文，管理病孩女使工六千文，更夫、厨夫、杂差工九千文。）

一、支力田所用钱二百四千九百四十六文。（内早晚膳三十三千二百四十文，家具三千八百五十文，杂项五千五百六文，司事月费六千文，种籽十四千三百文，农夫工六千文，农忙雇工一百三十四千一百九十文，栽树一千八百六十文。）

一、支公中用行平银五十二两、钱一百九十一千一百三十二文。（内早晚膳五十五千五百七十文，董事薪水行平五十二两，司事薪水二十千文，杂项三十五千七百三十四文，柴五十三千三百二十八文，门役、厨夫、更夫工二十六千五百文。）

一、支营田所用公砝平二百五十八两七钱二分。

一、支戒烟所用公砝平九十五两、钱四百四十六千一百四十四文。

以上共支公砝平四百九十一两四钱二分、行平一千九百二十三两五钱二分、英洋二元、津钱四千一百六十三千一百九十二文。

实在：

一、存公当九七六津钱二万千文。

一、存甘泽溥等期票银九百六十五两四钱九分。

一、存本堂行平银一千一百四十六两四钱四分四厘。

一、存又英洋四十四元。

一、存又钱二百五十一千七百五十八文。

一、存本堂公砝平银九百七十七两七钱四分。

以上共存行平银二千一百十一两九钱三分四厘、公砝银九百七十七两七钱四分、英洋四十四元、津钱二万二百五十一千七百五十八文。

光绪八年七月分

旧管：

前存英洋四十四元、行平银二千一百十一两九钱三分四厘、公砝平银九百七十七两七钱四分、津钱二万二百五十一千七百五十八文。

新收：

一、收西号生息公砝平二百五十八两七钱二分。

一、收得见斋善书坊房租钱六千六百六十六文。

一、收力田所菜蔬变价钱三十一千二百二十四文。

一、收蒙养所聘师退回行平银二两。

一、收易进钱二千四百八十五千六百文。

以上共收公砝银二百五十八两七钱二分、行平银二两、钱二千五百三十三千四百九十文。

开除：

一、支易出行平银六百六十两。

一、支又公砝平银九十两九钱八分。

一、支家具钱四十二千八百十八文。

一、支修理房屋钱六千四百四文。

一、支纸张笔墨钱二千三十文。

一、支运祭器轮船水脚行平银五两三钱四分。

一、支敬节所用钱八百三千二百二十二文。（内早晚膳三百二十四千十文，衣履三百三十八千二百九十文，家具二十千七百七十四文，杂项十二千九百九十二文，司事薪水七十千文，医药十四千五十六文，女使工五千六百文，门役、厨夫、更夫、水夫、杂差工十七千五百文。）

一、支蒙养所用钱五百四十五千九百八十八文。（内早晚膳三百十二千七百二十文，衣履三十二千七百四十文，家具四千八百三十文，杂项二十九千八百十二文，塾师修金贽敬一百九千六十六文，医药十五千五百八十四文，书籍十四千二百九十六文，纸墨笔十八千三百四十文，厨夫、更夫、杂差工八千六百文。）

一、支工艺所用钱四百二十一千一百三十二文。（内早晚膳一百八十八千四百文，衣履十六千四百八十文，家具九百十四文，杂项十千四十八文，司事薪水十四千文，教习工三十二千一百四十文，藤料一千二百九十二文，帘料七十一千二十文，医药九千七百四十二文，刻宋字七十四千九十六文，下人工三千文。）

一、支慈幼所用钱一百四十七千五百十八文。（内早晚膳六十五千三百四十文，衣履二十四千三百八文，家具五千九百六十八文，杂项六千三百十文，司事薪水十四千文，瞽孩贴膳六千文，医药七千九百九十二文，女使工六千文，厨夫、更夫、杂差工十一千六百文。）

一、支力田所用钱二百九十六千四百七十六文。（内早晚膳三十七千七百四十文，家具六千二百八十文，杂项六千六十六文，粪一百三十六千文，司事月费六千文，农夫工六千文，农忙雇工九十七千四百四十文，栽树九百五十文。）

一、支公中用行平银十六两、钱二百十七千三百十六文。（内早晚膳五十一千九百文，董事薪水行平银十六两，司事薪水二十千文，杂项十六千四百五十四文，柴一百三千九百六十二文，门役、厨夫、更夫工二十五千文。）

一、支营田所用公砝平二百五十八两七钱二分。

一、支戒烟所用公砝平一百四十两七钱六分、钱三百千文。

以上共支公砝平四百九十两四钱六分、行平六百八十一两三钱四分、津钱二千七百八十二千九百四十文。

实在：

一、存本堂津钱二千三百四十四文。

一、存又公砝平银七百四十六两。

一、存又行平银四百六十七两一钱四厘。

一、存又英洋四十四元。

一、存甘泽溥等期票银九百六十五两四钱九分。

一、存公当行九七六津钱二万千文。

以上共存行平银一千四百三十二两五钱九分四厘、津钱二万二千三百四十四文、公砝平银七百四十六两、英洋四十四元。

光绪八年八月分

旧管：

前存公砝平银七百四十六两、行平银一千四百三十二两五钱九分四厘、英洋四十四元、津钱二万二千三百四十四文。

新收：

一、收公当行利息钱四百八十千文。

一、收又补底钱八千文。

一、收西号存款生息公砝平二百五十八两七钱二分。

一、收借源丰润行平银五百八十二两七钱三分。

一、收得见斋善书坊房租钱十六千六百六十六文。

一、收易进钱二千七百八十四千三百二十六文。

以上共收公砝平银二百五十八两七钱二分、行平银五百八十二两七钱三分，九六津钱三千二百八十八千九百九十二文。

开除：

一、支易出行平银七百五十两三钱一分。

一、支又公砝平银九十两九分。

一、支修造南面大桥并修房屋行平银三十九两二钱八分、钱二百八十七千七十六文。

一、支家具钱四十二千九百五十文。

一、支纸张笔墨钱六千七百九十文。

一、支敬节所用钱五百六十六千一百六十四文。(内早晚膳三百三十八千十文，衣履三十三千五百五十文，家具三十千二百十四文，杂项三十二千一百四十六文，司事薪水七十千文，医药九千一百四十四文，女孩孙撰出嫁贴三十千文，女使工五千六百文，门役、厨更夫、杂差工十七千五百文。)

一、支蒙养所用行平银二十两、钱七百九千五百七十文。(内早晚膳三百三十三千一百文，衣履一百五十二千六百十六文，家具二千一百八十八文，杂项四十一千四百文，师修节敬行平银二十两、钱一百十八千文，医药十一千八百八十六文，书籍十八千九百五十文，纸笔墨二十二千四百三十文，厨夫、更夫、买办工九千文。)

一、支工艺所用钱六百五十六千六百二十文。(内早晚膳一百九十三千二百文，衣履六十五千六百二十四文，家具八千七百二十四文，杂项二十六千七百五十文，司事薪水十四千文，教习工三十二千八百文，藤料四十八千三百十文，帘料六十六千六百五十四文，医药十二千六百七十八文，刻宋字一百七十九千三百十四文，修发家具五千五百六十六文，下人工三千文。)

一、支慈幼所用钱一百七十五千六百五十二文。(内早晚膳七十千四百四十文，衣履四十三千六百九十二文，家具三千六百文，杂项十千三百十六文，司事薪水十四千文，瞽孩贴膳节赏八千文，医药七千六百四文，女使工六千文，厨夫、更夫、杂差工十二千文。)

一、支力田所用钱一百三十五千四百六十二文。(内早晚膳十八千五百文，家具六百文，杂项八千六百四十二文，粪十二千六百文，司事月费六千文，农夫工六千文，农忙雇工八十三千一百二十文。)

一、支公中用行平银十六两、钱二百三十四千二百五十文。(内早晚膳五十六千一百九十文，董事薪水行平十六两，司事薪水二十千文，杂项五十九千七百六十文，柴七十四千八百文，门役、厨更夫二十三千五百文。)

一、支营田所用公砝平银二百五十八两七钱二分。

一、支戒烟所用公砝平银六十九两七钱、钱三百千文。

以上共支公砝平银四百十八两五钱一分、行平银八百二十五两五钱九分、九六钱三千一百十四千五百三十四文。

实在：

一、存公当行九七六津钱二万千文。

一、存甘泽溥等期票银九百六十五两四钱九分。

一、存本堂行平银二百二十四两二钱四分四厘。

一、存又英洋四十四元。

一、存又津钱一百七十六千八百二文。

一、存又公砝平银五百八十六两二钱一分。

以上共存公砝平银五百八十六两二钱一分、行平银一千一百八十九两七钱三分四厘、英洋四十四元、津钱二万一百七十六千八百二文。

光绪八年九月分

旧管：

前存公砝平银五百八十六两二钱一分、行平银一千一百八十九两七钱三分四厘、英洋四十四元、津钱二万一百七十六千八百二文。

新收：

一、收借源丰润行平六百十六两。

一、收西号存款生息公砝平二百五十八两七钱二分。

一、收得见斋善书坊房租十六千六百六十六文。

一、收力田所售见菜蔬四十九千文。

一、收书籍售见五十七千六百文。

一、收易进钱二千三百五十四千六百文。

以上共收公砝平二百五十八两七钱二分、行平六百十六两、九六钱二千四百七十七千八百六十六文。

开除：

一、支易出行平银六百两。

一、支又公砝平银一百十三两五钱一分。

一、支又英洋二元。

一、支掩埋木匣钱七千二百文。

一、支刷印书籍钱五十四千三百文。

一、支裱糊房屋工料钱二千三百六十文。

一、支家具钱十千九百六十文。

一、支纸张笔墨钱三千一百七十四文。

一、支敬节所用钱五百二十五千八十文。（内早晚膳三百四十千一百五十文，衣履十七千三百四十文，家具一千八百五十四文，杂项十千四百六文，秋季折各妇女鞋袜零星一切杂用五十三千文，司事五人薪水七十千文，医药九千二百三十文，女使工五千六百文，门役、更、厨水夫、杂差工十七千五百文。）

一、支蒙养所用银五两、钱五百八十三千三十六文。（内早晚膳三百三十五千八百八十文，衣履八十九千二百三十八文，家具三千九百九十四文，杂项二十五千一百九十六文，师修五两、八十二千八百文，医药十二千四十八文，书籍四千三百文，纸笔墨二十千五百八十文，厨夫、更夫、杂差工九千文。）

一、支工艺所用钱四百七十五千五百四十四文。（内早晚膳一百九十五千文，衣履三十四千三百七十文，家具二百二十文，杂项十四千四百七十八文，司事薪水十四千文，教习工三十二千八百文，帘料十五千文，医药七千九百四十二文，修发家具三百文，刻宋字一百五十八千四百三十四文，下人工三千文。）

一、支慈幼所用钱一百二十四千五十六文。（内早晚膳六十五千八十文，衣履十一千四百四十文，杂项一千八百十六文，司事薪水十四千文，瞽孩外学贴膳六千文，医药七千七百二十文，女使工六千文，厨夫、更夫、买办工十二千文。）

一、支力田所用钱二百十一千五百七十二文。（内早晚膳十八千五百六十文，家具一千九百八十文，杂项二十二千九百五十六文，盐四十四千九百八十文，司事月费六千文，农夫工六千文，农忙雇工一百十一千九十六文。）

一、支公中用银十六两、钱一百八十六千三百七十八文。（内早晚膳五十四千九百七十文，董事薪水行平银十六两，司事薪水二十千文，杂项四十三千九百三十二文，柴四十四千五百六十文，门役、厨更夫工二十二千九百十六文。）

一、支营田所用公砝平二百五十八两七钱二分。

一、支戒烟所用公砝平八十九两五钱、钱三百七十千文。

以上共支英洋二元、行平银六百二十一两、公砝平银四百六十一两七钱三分、九六津钱二千五百五十三千六百六十文。

实在：

一、存公当行九七六津钱二万千文。

一、存甘泽溥等期票银九百六十五两四钱九分。

一、存本堂公砝平三百八十三两二钱。

一、存又行平二百十九两二钱四分四厘。

一、存又津钱一百一千八文。

一、存又英洋四十二元。

以上共存公砝平银三百八十三两二钱、行平银一千一百八十四两七钱三分四厘、英洋四十二元、津钱二万一百一千八文。

光绪八年十月分

旧管：

前存公砝平银三百八十三两二钱、行平银一千一百八十四两七钱三分四厘、英洋四十二元、津钱二万一百一千八文。

新收：

一、收董事筹垫钱一千六百千文。

一、收东海关解洋药加抽项下捐助本堂经费库平足银一千五百两，合行平银一千五百五十九两二钱五分。

一、收编藤售见钱二十四千二百五十文。

一、收织帘售见钱十三千文。

一、收菜蔬售见钱五十千五百二十六文。

一、收盛督办发来戒烟经费公砝平银四百七十四两八钱三分。

一、收以银易进钱二千六百十一千五百文。

一、收南斜街行馆租钱三百千文。

一、收又补底钱五千文。

一、收得见斋善书坊房租钱十六千六百六十六文。

一、收借源丰润行平银八百二十九两六钱四分。

一、收西号存款生息公砝平银二百五十八两七钱二分。

以上共收行平银二千三百八十八两八钱九分、公砝平银七百三十三两五钱五分、钱四千六百二十千九百四十二文。

开除：

一、支戒烟所用公砝平七十七两二钱、钱二百八十千文。

一、支营田所用公砝平二百五十八两七钱二分。

一、支易出公砝平八十四两七钱二分。

一、支又行平银七百两。

一、支交存源丰润行平一千五百五十九两二钱五分。

一、支四轮洋龙一条行平银一百二两八钱四分。

一、支修造更房、扎篱笆工料钱一百七十七千八百八文。

一、支刷印书籍钱八百八十文。

一、支家具钱二十一千七百十六文。

一、支纸笔墨钱四千六百六十八文。

一、支敬节所用钱五百二十三千五百二十二文。（内早晚膳三百三十二千三百文，衣履三十三千六百文，家具二十三千五十文，煤炭六千一百六十文，杂项二十一千一百五十二文，男女司事薪水七十千文，医药十二千一百四十文，女使工五千六百文，门役、厨更夫工十七千五百文，纺织家具二千二十文。）

一、支蒙养所用行平银三两、钱五百七十二千七百三十二文。（内早晚膳三百二十三千六十文，衣履十八千二百六十文，家具二千七百文，炭四十八千四百八十文，杂项三十二千九十二文，医药十二千二百九十文，师修三两、八十八千五百文，书籍十千一百六十文，纸笔墨二十八千一百九十文，下人工九千文。）

一、支工艺所用钱七百九十八千四百七十八文。（内早晚膳一百八十六千四百八十文，衣履二十四千七百二十二文，刻字家具二十三千七百六十文，刻字学徒年满酬师八十千文，修发学徒年满酬师二十千文，学徒年满考试花红八千五百文，炭八千九百十文，纸笔墨六千一百四十文，杂项十一千六百十四文，石清江庚辰薪水八十四千文，司事薪水十四千文，下人工三千文，教习工三十二千一百四十文，修发家具三千六百四十文，藤料五十一千八百文，写宋字二十四千五百八十八文，刻又二百九千一百八十四文，医药十千文。）

一、支慈幼所用钱一百二十五千九百四十六文。（内早晚膳六十四千四百二十文，衣履八千二百八十文，家具一千一百文，炭三千六百文，杂项二千七百九十六文，司事薪水十四千文，生徒外学贴膳六千文，厨更夫工十二千文，医药七千七百五十文，女使工六千文。）

一、支力田所用钱八十七千六百八十文。（内早晚膳二十千三百四十文，衣履二百四十文，炭一千八百文，杂项五千四百三十文，司事月费六千文，农夫工九千文，农忙雇工四十四千八百七十文。）

一、支公中用行平银二十九两八钱、钱四百十六千一百四文。（内早晚膳五十二千三百文，董事薪水银十六两，司帐葛薪水并预支六十千文，司帐程半月薪水十千文，画图蒋菊生薪水八个月一百七十五千七百十八文，司帐回南川资银十两八钱，炭十六千七百四十文，杂项十九千一百二十四文，柴六十一千七百二十二文，清书工食银三两，厨夫、更夫等工二十千五百文。）

以上共支公砝平银四百二十两六钱四分、行平银二千三百九十四两八钱九分、钱三千九千五百三十四文。

实在：

一、存期票银九百六十五两四钱九分。

一、存英洋四十二元。

一、存公砝银六百九十六两一钱一分。

一、存行平银二百十三两二钱四分四厘。

一、存九六钱一千七百十二千四百十六文。

一、存公当行九七六津钱二万千文。

光绪八年十一月分

旧管：

前存公砝平银六百九十六两一银〔钱〕一分、行平银二百十三两二钱四分四厘、期票银九百六十五两四钱九分、英洋四十二元、九六钱一千七百十二千四百十六文，公当行九七六津钱二万千文。

新收：

一、收公当行息钱四百八十千文。

一、收又补底钱八千文。

一、收总董筹垫钱四百千文。

一、收西号存款生息公砝平银二百五十八两七钱二分。

一、收借华裕号行平银六百一两一钱一分。

一、收借源丰润行平银四百六十二两。

一、收营田所还行平银八十六两二钱二分。

一、收又钱五百三十千八百三十八文，合行平银一百五十七两六钱六分九厘。

一、收又种籽钱五百二十一千八百八十文，合行平银一百五十五两一厘。

一、收得见斋善书坊房租钱十六千六百六十六文。

一、收易进九六钱一千六百千三百六十文。

一、收书籍售见钱三十八千六百文。

一、收菜蔬售见钱一百十七千八百四十文。

以上共收公砝平银二百五十八两七钱二分、行平银一千四百六十二两、九六津钱二千六百六十一千四百六十六文。

开除：

一、支典宝姓塌河淀苇地价行平银一千两。

一、支易出行平银四百四两。

一、支又公砝平银七十四两八钱六分。

一、支营田所用公砝平银二百五十八两七钱二分。

一、支戒烟所用公砝平银六十三两五钱、钱二百五十千文。

一、支刷印书籍钱五十四千一百文。

一、支修理大殿工匠钱十七千一百文。

一、支添置家具钱十四千七百五十二文。

一、支纸张笔墨钱四千六百七十二文。

一、支完国课钱六百二十四文。

一、支敬节所用钱五百二十七千八百五十六文。（内早晚膳三百五十七千五十文，衣履一千九百八十文，家具六千二百四十八文，煤炭十七千四百四十文，油火茶叶等十六千四百四十八文，男女司事薪水八十四千文，门役、更夫等工十七千五百文，纺织家具六千五百文，医药十三千三百十文，掩埋一千七百八十文，女使工五千六百文。）

一、支蒙养所用行平银四两、钱五百八十千九百五十二文。（内早晚膳三百三十四千二百文，衣履八十六千六百文，家具五千六百三十文，塾师聘金行平银四两，察课花红一千一百文，油火茶叶等二十二千八百五十八文，师修八十八千七百文，厨夫、更夫等工九千文，书籍六千七百七十六文，纸张笔墨十六千六百十文，医药九千四百七十八文。）

一、支工艺所用钱五百九十五千一百六文。（内早晚膳一百九十五千文，衣履四十五千五百五十二文，家具五百文，炭十二千九百文，纸笔五千九百文，油火、茶叶等八千七百四十二文，司事薪水十四千文，教习工三十二千八百文，藤料十一千六百文，帘料二十五千六百文，写宋字五十五千七百八十四文，刻宋字一百六十九千七百四文，医药十四千二十四文，下人工三千文。）

一、支慈幼所用钱一百七十千一百五十文。（内早晚膳七十三千八百文，衣履四十千一百六十文，家具三百文，炭五千四百文，油火茶叶四千一百七十二文，司事薪水十四千文，瞽孩贴膳六千文，医药九千三十八文，管理病孩女使工六千文，厨夫、更夫工十二千文。）

一、支力田所用钱四十五千三百四十文。（内早晚膳十五千文，衣履三千七百文，炭二千七百文，油火茶叶九百四十文，司事月费六千文，长工六千文，农忙雇工十一千文。）

一、支公中用行平银五十八两、钱一百五十七千七百五十六文。（内早晚膳五十七千二百八十文，董事薪水行平十六两，杨董九、十、十一月薪水行平三十六两，司事薪水二十千文，炭九千一百八十文，难民回籍川资三千文，油茶杂项二十四千三百二十文，柴二十四千九百七十六文，缮写文册辛金饭资行平六两，门役、更厨夫工十九千文。）

以上共支公砝平银三百九十七两八分、行平银一千四百六十六两、九六钱二千四百十八千四百八文。

实在：

一、存公砝平银五百五十七两七钱五分。

一、存行平银二百九两二钱四分四厘。

一、存英洋四十二元。

一、存九六津钱一千九百五十五千四百七十四文。

一、存期票银九百六十五两四钱九分。

一、存公当行九七六津钱二万千文。

光绪八年十二月分

旧管：

前存公砝平银五百五十七两七钱五分、行平银二百九两二钱四分四厘、英洋四十二元、九六钱一千九百五十五千四百七十四文、期票银九百六十五两四钱九分、公当行九七六津钱二万千文。

新收：

一、收海关道周八年分岁捐钱平五百两，合行平银四百九十六两。

一、收又解洋药加抽厘捐项下截至本年十二月十五日止行平银一千六十两九钱一分。

一、收山海关解洋药加抽厘捐项下三月初一日起至八月底止，库平二百八十四两八钱三分二厘，合行平银二百九十一两四钱四分。

一、收天津道额秋冬两季捐款钱平一百二十两，合行平银一百十九两四分。

一、收督宪李本年岁捐湘平五百两，合行平银四百九十八两。

一、收藩宪崧本年岁捐库平五百两，合行平银五百十五两九钱三分。

一、收天津县朱本年秋冬二季捐京平五十两，合行平银四十七两一钱。

一、收借华裕行平银二百两。

一、收借源丰润行平银一千三十六两二钱七分。

一、收西号存款生息公砝平银五百十七两四钱四分。

一、收易进钱三千六百二十四千五百四十六文。

一、收得见斋善书坊房租钱十六千六百六十六文。

一、收书籍售见钱五千四百五十二文。

一、收菜蔬售见钱十四千二百八十六文。

以上共收行平银四千二百六十四两六钱九分、公砝平银五百十七两四钱四分、九六钱三千六百六十千九百五十文。

开除：

一、支还华裕号行平银五百六十三两三分。

一、支还源丰润号行平银二千四百六十五两三钱九分。

一、支宝姓苇地加典价行平银二百两。

一、支易出行平银九百七十四两二钱七分。

一、支营田所用公砝平银五百十七两四钱四分。

一、支易出公砝平银一百四两七钱三分。

一、支戒烟所用公砝平银四十八两四钱。

一、支又钱三百五十千文。

一、支添办家具钱五十九千九百六十四文。

一、支完国课钱一千八百六十六文。

一、支岁修工匠钱六千六百五十四文。

一、支纸张笔墨钱十五千九百七十文。

一、支敬节所用钱七百六千八百二十文。(内早晚膳三百七十一千四百十文，衣履四十千八百四十文，折鞋袜五十九千五百文，家具十千七十六文，女孩张黑姐出嫁妆奁三十千文，炭六千文，年节犒肉十五千三十文，洗补六千九百六十文，油茶等十五千七百五十四文，男女司事薪水八十四千文，纺织家具二十千三百五十文，医药十九千八百文，掩埋四千文，门役、厨夫、更夫工十七千五百文，女使工五千六百文。)

一、支蒙养所用行平银八两、钱五百九十六千三百十二文。(内早晚膳三百二十二千五百三十文，衣履五十五千八百文，家具四千五百文，塾师回籍车脚十二千文，年节犒肉八千三百七十文，刷印日记五千七百六十文，洗补十一千二百文，炭七千五百文，油火茶叶等二十三千八百八十文，师修银八两，又一百十千文，书籍六千六百九十二文，纸张笔墨九千三百五十文，医药九千七百三十文，厨夫、更夫、杂差九千文。)

一、支工艺所用钱六百八十九千四百七十六文。(内早晚膳一百八十七千三百文，衣履二十五千七百六十八文，家具二千八百六十四文，工徒吕锁儿、尤庆婚娶一百千文，年节赏各学徒十九千二百文，刷印日记二千五百六十文，洗补二千二百四十文，年节犒肉三千七百八十文，油茶等八千六百七十四文，司事薪水十四千文，刻宋字一百七十五千五百二十四文，写宋字五十六千二百十六文，各教习工三十二千八百文，藤料三十八千四百五十文，医药十一千二百五十文，掩埋五千八百五十文，下人工三千文。)

一、支慈幼所用钱二百五十四千九十二文。(内早晚膳一百三十六千二百四十文，衣履五十二千九百六十六文，家具五千三百十六文，年节犒肉六千三十文，洗补八百文，油茶等六千六百五十二文，司事薪水十四千文，瞽孩外学贴膳六千文，医药八千八十八文，厨夫、更夫等工十二千文，管理病孩女使工六千文。)

一、支力田所用钱四十三千四百三十四文。(内早晚膳十二千五百文，衣履八百六十文，家具六千六百文，油茶等一千九百七十四文，司事月费六千文，农夫工十五千五百文。)

一、支公中用行平银三十四两、钱二百二十六千一百八十文。(内早晚膳五十五千五百六十文，董事薪水二十八两，司事薪水二十千文，炭三千文，煤油七千文，给难民回籍一千文，柴九十千一百九十文，缮写文册薪工六两，门役、更夫、厨夫等工十九千文，敬神香烛、油茶杂项等三十千四百三十文。)

以上共支行平银四千二百四十四两六钱九分、公砝平银六百七十两五钱七分、九六津钱二千九百五十千七百六十八文。

实在：

一、存公砝平银四百四两六钱二分。

一、存行平银二百二十九两二钱四分四厘。

一、存九六津钱二千六百六十五千六百五十六文。

一、存英洋四十二元。

一、存期票银九百六十五两四钱九分。

一、存公当九七六津钱二万千文。

卷　三

光绪癸未年正月分起甲申年十二月分止四注册*

光绪九年正月分

旧管：

前存公砝平银四百四两六钱二分、行平银二百二十九两二钱四分四厘、英洋四十二元、九六津钱二千六百六十五千六百五十六文、九七六津钱二万千文、期票银九百六十五两四钱九分。

新收：

一、收吉林府李捐钱平五十两，合行平银四十九两六钱。

一、收天津府宜八年分岁捐钱平一百两，除耗色，合行平银九十六两九钱。

一、收回前存源丰润行平银五百七十六两。

一、收以银易进津钱一千八百二十八千文。

一、收南斜街得见斋房租钱十六千六百六十六文。

一、收力田所菜蔬售见钱十千一百五十十文。

以上共新收行平银七百二十二两五钱、九六津钱一千八百五十四千八百十六文。

开除：

一、支暂存源丰润行平银一百四十六两五钱。

一、支易钱用行平银五百两。

一、支又公砝平银四十五两一钱五分。

一、支戒烟所用公砝平银六十五两。

一、支又津钱一百五十千文。

一、支刷印书籍钱五千二百文。

一、支塌河淀苇地修船工钱三千文。

一、支重修仁济桥预支木料钱二百千文。

一、支续添家具钱五千三百九十二文。

一、支续修工匠钱二千六百文。

一、支纸笔墨钱三千四百二十八文。

一、支敬节所用钱五百二十千一百四十四文。（内早晚膳三百六十一千三百七十文，家具三百五十六文，男司事薪水二十八千文，女司事又五十六千文，纺织家具二千五百五十文，修理工匠石料十七千文，木炭十千三百文，医药十四千五百九十八文，油茶草纸八千三百七十文，男女使工二十一千六百文。）

一、支蒙养所用钱五百三十六千七百十六文。（内早晚膳三百二十三千五百文，衣履一千五百五十文，家具九千九百七十文，塾师修理金八十千文，又来堂车十四千文，纸笔墨砚二十二千一百三十文，书籍三十六千二百九十八文，木炭十四千三百文，医药十二千三百九十四文，油茶草纸十一千七十四文，下人工十一千五百文。）

一、支工艺所用钱四百四十六千九百十六文。（内早晚膳一百七十二千八百文，司事薪水十四千文，修发家具一千七百文，刻字板料十千文，织帘料十八千四百文，教习工四十一千四百文，写宋字四十三千三百文，刻宋字一百一千四百七十四文，修理工匠六千二百五十文，纸笔墨十一千五百八十文，木炭七千二百文，医药八千二百十四文，油茶草纸四千五百九十八文，下人工六千文。）

一、支慈幼所用钱一百七十八千八百六十文。（内早晚膳一百二十五千七百文，衣履四百文，家具一百二十二文，司事薪水十四千文，外学徒贴膳六千文，木炭七千二百文，修义冢工匠四千文，医药七千六百七十文，油茶草纸一千七百六十八文，下人工十二千文。）

一、支力田所用钱四十七千一百二十文。（内早晚膳八千七百文，官盐腌菜三十二千二百四十文，司事月费六千文，茶叶一百八十文。）

一、支公中用行平银三十四两、钱一百十三千九百三十二文。（内早晚膳五十三千三百六十文，董事薪水行平银二十八两，司事薪水二十千文，缮写文册辛工银六两，木炭十千四百文，油茶草纸九千一百七十二文，下人工二十一千文。）

以上共支行平银六百八十两五钱、公砝平银一百十两一钱五分、九六钱二千二百十三千三百八文。

实在：

一、存行平银二百七十一两二钱四分四厘。

一、存公砝平银二百九十四两四钱七分。

一、存英洋四十二元。

一、存九六津钱二千三百七千一百六十四文。

一、存公当行九七六津钱二万千文。

一、存期票银九百六十五两四钱九分。

光绪九年二月分

旧管：

前存公砝平银二百九十四两四钱七分、行平银二百七十一两二钱四分四厘、英洋四十二元、九六津钱二千三百七千一百六十四文、期票银九百六十五两四钱九分、九七六津钱二万千文。

新收：

一、收西号存款生息公砝平二百五十八两七钱二分。

一、收回前存源丰润行平银六百十两。

一、收以银易进英洋二百元。

一、收以银易进钱一千七百五十二千五百文。

一、收南斜街得见斋房租钱十六千六百六十六文。

一、收力田所菜蔬售见钱七千八百文。

一、收公当行息钱四百八十千文。

一、收又补底钱八千文。

以上共新收公砝平银二百五十八两七钱二分、行平银六百十两、英洋二百元、九六钱二千二百六十四千九百六十六文。

开除：

一、支易出行平银五百九十二两。

一、支易出公砝平银八十一两八分。

一、支营田所用公砝平银二百五十八两七钱二分。

一、支戒烟所用公砝平九十八两五钱、钱二百七十千文。

一、支刷印书籍钱五千一百五十文。

一、支塌河淀苇地修船找工钱二千八百八十四文。

一、支重修仁济桥找木料工价钱一百四十六千七百文。

一、支修理堂北草房工料钱十六千六百文。

一、支纸墨笔钱六千六百五十文。

一、支家具钱十一千八百八十二文。

一、支柴钱七十七千八百八十文。

一、支喂牲草钱七十三千二百二十四文。

一、支敬节所用钱五百九十二千八十二文。（内早晚膳三百七十千三百九十文，衣履十千二百八十文，男女司薪水八十四千文，纺织家具二千四百四十文，津贴女孩出嫁妆奁六十千文，医药十六千五百二文，修理工匠五千三百十四文，油茶十二千三百九十二文，洗补三千文，花名册六千九十二文，家具七十二文，门役、厨夫、更夫、水夫等工十六千文，女使工五千六百文。）

一、支蒙养所用钱五百五十一千八百六文。（内早晚膳三百六十一千七百四十文，衣履六百文，家具八百八十文，塾师修金贽敬八十三千六百文，纸笔墨二十八千八百十文，书籍二十三千二百文，刷日记五千七百六十文，洗补五千六百文，油茶十一千六百九十六文，修理工匠二千六百五十文，医药十三千一百七十文，掩埋二千六百文，下人工十一千五百文。）

一、支工艺所用钱四百六十七千三百二十八文。（内早晚膳一百七十九千二十文，家具一百八十文，司事薪水十四千文，外学立字四千文，刷日记二千五百六十文，纸笔墨九千七百三十文，写宋字五十三千三百八十六文，刻宋字一百二十七千二百十六文，刻字木板二千五百文，织帘料十二千八百文，编藤料四百文，教习工四十一千一百四十文，修发家具一千六百文，修理工匠一千五十文，洗补一千一百二十文，医药八千一百四十文，油茶二千四百八十六文，下人工六千文。）

一、支慈幼所用钱一百七十七千三百十文。（内早晚膳一百十二千二百四十文，衣履十三千七百八十四文，司事薪水十四千文，花名册五千四百文，外学贴膳六千文，修理工匠三千五十文，医药八千三百三十六文，油茶二千五百文，男使工六千文，女使工六千文。）

一、支力田所用钱一百二十一千八百十八文。（内早晚膳十一千四百四十文，司事月费六千文，刷日记六百四十文，小孩习耕贴膳十二千文，腌菜用盐六十九千四百五十八文，腌菜香料十三千三百文，忙工八千八百文，茶叶一百八十文。）

一、支公中用行平银三十四两、钱一百十二千九十文。（内早晚膳四十九千二百八十文，董事薪水银二十八两，司事薪水二十千文，写文册辛工银六两，春祭香烛一应等七千三百三十二文，木炭三千九百文，油烛茶叶十一千八百七十八文，下人工十九千七百文。）

以上共支行平银六百二十六两、公砝平银四百三十八两三钱、九六钱二千六百三十三千四百四文。

实在：

一、存行平银二百五十五两二钱四分四厘。

一、存公砝平银一百十四两八钱九分。

一、存英洋二百四十二元。

一、存九六钱一千九百三十八千七百二十六文。

一、存公当行九七六津钱二万千文。

一、存期票九百六十五两四钱九分。

光绪九年三月分

旧管：

前存公砝平银一百十四两八钱九分、行平银二百五十五两二钱四分四厘、英洋二百四十二元、九六津钱一千九百三十八千七百二十六文、九七六津钱二万千文、期票银九百六十五两四钱九分。

新收：

一、收天津道本年春季捐钱平六十两，合行平五十九两四钱六分。

一、收西号存款生息公砝平二百五十八两七钱二分。

一、收盛督办来规元五百两，合公砝平四百七十三两九钱三分。

一、收回前存源丰润行平二百十八两。

一、收塌河淀苇地租钱六百千文。

一、收南斜街得见斋房租钱十六千六百六十六文。

一、收力田所菜蔬售见钱一百八十千一百八十二文。

一、收以银易进钱一千一百二十四千二百七十二文。

以上共新收行平银二百七十七两四钱六分、公砝平银七百三十二两六钱五分、九六津钱一千九百二十一千一百二十文。

开除：

一、支易出行平二百五十九两四钱六分。

一、支易出公砝平八十六两二钱七分。

一、支营田所用公砝平二百五十八两七钱二分。

一、支戒烟所用公砝平一百五十六两。

一、支又用钱二百八十千文。

一、支苇地租出酬劳并饭食钱三十一千六百文。

一、支修理工匠钱三千四百二十文。

一、支纸张笔墨钱二千三百十文。

一、支喂牲草钱十一千一百二十六文。

一、支为桑树置买地亩钱三百十千五百文。

一、支家具钱四千八百二十四文。

一、支敬节所用七百六十六千九十四文。（内早晚膳三百九十六千六百六十文，衣履二百二十二千六百文，家具二百四文，男女司事薪水八十四千文，洗补三千文，医药十五千八百八文，掩埋七千四百文，坟地培土八百五十文，油茶十一千九百七十二文，男使工十六千文，女使工七千六百文。）

一、支蒙养所用钱六百五十七千八百九十四文。（内早晚膳三百七十五千三百文，衣履一百十九千一百六十文，家具一千四百六十文，洗补五千六百文，塾师修金八十二千文，书籍十四千五百四十文，纸张笔墨二十二千文，医药十三千五百六十文，油茶草纸十二千九百七十四文，下人工十一千三百文。）

一、支工艺所用钱五百六十九千二百二文。（内早晚膳一百八十五千四百文，衣履六十二千四百二十文，家具三百四十文，洗补一千一百二十文，司薪水十四千文，纸墨笔砚五千六百二十文，教习工四十一千八百文，写宋字五十五千五百三十文，刻宋字一百三十三千三百八十文，织帘料二十四千七百文，编藤料二十四千二百文，医药九千九百二十八文，油茶草纸四千七百六十四文，下人工六千文。）

一、支慈幼所用钱二百十六千五百十六文。（内早晚膳一百十二千五百二十文，衣履五十九千七百二十文，家具一千文，司事薪水十四千文，瞽孩外学贴膳六千文，医药八千四百三十文，油茶草纸二千八百四十六文，男使工六千文，管理病孩女使工六千文。）

一、支力田所用钱七十千六百八十文。（内早晚膳八千八百文，衣履十一千五百文，司事月费六千文，小孩习耕贴膳十二千文，藕秧三十千文，忙工二千二百文，茶叶一百八十文。）

一、支公中用行平银三十四两、钱一百十千六百十八文。（内早晚膳四十八千四百八十文，董事薪水银二十八两，司事薪水二十千文，缮写文册辛资助银六两，煤油一箱五千六百五十文，油茶草纸十二千九百八十八文，下人工二十三千五百文。）

以上共支行平银二百九十三两四钱六分、公砝银五百两九钱九分、九六钱三千三十四千七百八十四文。

实在：

一、存行平银二百三十九两二钱四分四厘。

一、存公砝平银三百四十六两五钱五分。

一、存英洋二百四十二元。

一、存九六津钱八百二十五千六十二文。

一、存公当行九七六津钱二万千文。

一、存期票银九百六十五两四钱九分。

光绪九年四月分

旧管：

前存公砝平银三百四十六两五钱五分、行平银二百三十九两二钱四分四厘、英洋二百四十二元、九六钱八百二十五千六十二文、九七六津钱二万千文、期票银九百六十五两四钱九分。

新收：

一、收甘泽溥期票先交库平二百六十两，合见行平银二百六十九两二钱六分。

一、收回前存源丰润行平六两。

一、收西号存款生息公砝平二百五十八两七钱二分。

一、收总董筹垫钱一千千文。

一、收南斜街得见斋房租钱十六千六百六十六文。

一、收殿记房租钱八千三百三十四文。

一、收藤器售见钱八千八百文。

一、收南斜街房租春夏二季钱三百千文。

一、收又补底钱五千文。

一、收以银易进钱三百五十五千文。

以上共新收行平银二百七十五两二钱六分、公砝平银二百五十八两七钱二分、九六津钱一千六百九十三千八百文。

开除：

一、支寄存源丰润行平二百六十九两二钱六分。

一、支易出公砝平一百九两五钱七分。

一、支营田所用公砝平二百五十八两七钱二分。

一、支戒烟所用公砝平一百十六两四钱。

一、支又用钱一百五十五千文。

一、支塌河淀苇地管理人工食钱八千文。

一、支堂屋修理工钱二千五百文。

一、支纸笔墨钱三千八百七十四文。

一、支家具钱五千七百四十二文。

一、支柴钱一百三十九千三百二文。

一、支敬节所用钱六百三十二千八百四十六文。（内早晚膳三百九十四千九百八十文，衣履九十千一百四十文，家具六千八百三十六文，洗补五千五百二十文，男女司事薪水八十四千文，医药十五千一百五十文，油茶草纸十二千六百二十文，男使工十六千文，女使工七千六百文。）

一、支蒙养所用钱五百六十一千三百九十二文。（内早晚膳三百五十九千九百文，衣履十九千六百文，家具一千三百三十二文，洗补十一千五百二十文，日记二千八百八十文，塾师贽敬修金八十五千六百文，书籍八千二百四十文，纸笔墨二十千六百四十文，医药二十五千二百十四文，油茶草纸十四千九百六十六文，下人工十一千五百文。）

一、支工艺所用钱四百千六百四文。（内早晚膳一百七十一千五百四十文，衣履八千四百四十八文，家具四百五十文，洗补二千二百四十文，刷日记一千二百八十文，司事薪水十四千文，小孩外学立字二千文，纸笔五千三百五十文，写宋字四十一千五百四十四文，刻宋字七十二千十二文，织帘料十八千七百四十文，编藤料一千三百八文，教习工四十一千一百四十文，医药料八千二百六十文，油茶草纸六千二百九十二文，下人工六千文。）

一、支慈幼所用钱一百六十二千六百四十二文。（内早晚膳一百三千四百二十文，衣履十二千六十文，家具一百六十六文，洗补四千文，司事薪水十四千文，外学徒贴膳六千文，医药七千八百十文，油茶草纸三千一百八十六文，男女使工十二千文。）

一、支力田所用钱三十二千三百六文。（内早晚膳七千五百四十文，衣履二千五百九十六文，司事月费六千文，小孩习耕贴膳十二千文，忙工三千一百文，油茶一千七十文。）

一、支公中用行平银四十二两、钱九十七千六百十文。（内早晚膳四十二千七百二十文，董事薪水银三十六两，司事薪水二十千文，缮写文册辛工银六两，油茶草纸十五千八百九十文，下人工十九千文。）

以上共支行平银三百十一两二钱六分、公砝平银四百八十四两六钱九分、九六钱二千四百一千八百十八文。

实在：

一、存公砝平银一百二十两五钱八分。

一、存行平银二百三两二钱四分四厘。

一、存英洋二百四十二元。

一、存九六钱一百十七千四十四文。

一、存公当行九七六津钱二万千文。

一、存期票银七百五两四钱九分。（查前项期票旧管计存九百六十五两四钱九分，现已据甘泽溥先交来现银二百六十两，当即付还期票一纸，计银二百六十两，合符前数。）

光绪九年五月分

旧管：

前存公砝平银一百二十两五钱八分、行平银二百三两二钱四分四厘、英洋二百四十二元、九六钱一百十七千四十四文、九七六津钱二万千文、期票银七百五两四钱九分。

新收：

一、收恩赏南漕由招商局折价行平银五百四十两。

一、收回前存源丰润行平银三百二十九两。

一、收西号存款生息公砝银二百五十八两七钱二分。

一、收公当行存款生息钱四百八十千文。

一、收又补底钱八千文。

一、收总董筹垫钱五百千文。

一、收南斜街得见斋房租钱十六千六百六十六文。

一、收殿记房租残八千三百三十四文。

一、收织帘售见钱四十三千一百四十文。

一、收以银易进钱一千八百五十六千文。

以上共新收行平银八百六十九两、公砝平银二百五十八两七钱二分、九六钱二千九百十二千一百四十文。

开除：

一、支寄存源丰润行平三百四十两。

一、支易出行平五百两。

一、支易出公砝平七十七两九钱九分。

一、支营田所用公砝平二百五十八两七钱二分。

一、支戒烟所用公砝平二十一两。

一、支又钱二百五十千文。

一、支修堂屋工料钱十五千八百十四文。

一、支纸笔钱一千七百文。

一、支搭盖天棚钱二十九千九百文。

一、支家具钱二十四千七百五十四文。

一、支柴钱一百二十九千七百十二文。

一、支完国课钱四千八百文。

一、支敬节所用钱五百六十五千五百四十八文。（内早晚膳四百八千九百二十文，衣履七千二十文，家具十千六十四文，男女司事薪水八十四千文，节妇端节犒肉七千六百八十四文，又粽子二千五百文，医药十七千二十二文，油茶草纸七千二百三十八文，男使工十三千五百文，女使工七千六百文。）

一、支蒙养所用钱六百十七千七百七十文。（内早晚膳三百五十八千九百文，衣履七十五千九百八十文，家具五千二百九十文，塾师修金节敬一百十千四百文，书籍三千八百文，刷日记二千八百八十文，纸笔墨十九千九百文，小孩端节犒肉四千四百五十八文，又粽子一千九百二十六文，油茶草纸七千七百八十六文，医药十千五百五十文，工匠四千四百文，下人工十一千五百文。）

一、支工艺所用钱四百四十五千八百三十八文。（内早晚膳一百六十四千五百文，衣履三十四千三百五十四文，家具二千四文，刷日记一千二百八十文，司事薪水十四千文，纸笔墨六千二百六十文，写宋字四十五千三百二十文，刻宋字七十五千四百四十六文，编藤料三十三千四百十六文，织帘料五千二百十二文，修发家具三千二百二十文，教习工四十一千一百四十文，端节犒肉一千六百六十六文，又粽子七百二十文，医药七千七百四十六文，油茶草纸三千五百五十四文，下人工六千文。）

一、支慈幼所用钱一百七十七千百二百二十四文。（内早晚膳九十七千八百四十文，衣履二十八千九百八十六文，家具二千二十文，司事薪水十四千文，小孩端节犒肉二千七百三十八文，又粽子一千一百八十八文，外学徒贴膳六千文，酬外学师节敬二千文，医药九千三百文，油茶草纸一千一百五十二文，男女使工十二千文。）

一、支力田所用钱四十二千三百七十文。（内早晚膳七千五百四十文，衣履十六千三百三十文，司事月费六千文，小孩习耕贴膳十二千文，油茶五百文。）

一、支公中用行平银二十二两、钱一百三千九十四文。（内早晚膳四十三千二百八十文，董事杨薪水银十六两，司事薪水二十千文，缮写文册辛工银六两，煤油一箱五千六百文，油茶草纸十五千二百十四文，下人工十九千文。）

以上共支行平银八百六十二两、公砝平银三百五十七两七钱一分、九六钱二千四百八千五百二十四文。

实在：

一、存公砝平银二十一两五钱九分。

一、存行平银二百十两二钱四分四厘。

一、存英洋二百四十二元。

一、存九六津钱六百二十千六百六十文。

一、存公当行九七六津钱二万千文。

一、存期票银七百五两四钱九分。

光绪九年六月分

旧管：

前存公砝平银二十一两五钱九分、行平银二百十两二钱四分四厘、英洋二百四十二元、九六津钱六百二十千六百六十文、九七六津钱二万千文、期票银七百五两四钱九分。

新收：

一、收东海关解洋药项下本堂夏季库平一千五百两，合行平一千五百五十九两二钱五分。

一、收山海关解洋药项下加抽本堂经费，八年九月初一起，本年二月底止，库平一百九十四两四钱七分三厘，合行平一百九十八两二钱二分。

一、收朱翼甫观察捐助行平一百两。

一、收西号存款生息公砝平二百五十八两七钱二分。

一、收回前存源丰润行平三百四十一两。

一、收筹赈局拨戒烟所经费公砝平五百两。

一、收南斜街得见斋房租钱十六千六百六十六文。

一、收殿记房租钱八千三百三十四文。

一、收织帘藤器售见钱六千八百文。

一、收以银易进钱一千四百九十五千文。

以上共新收行平银二千一百九十八两四钱七分、公砝平银七百五十八两七钱二分、九六津钱一千五百二十六千八百文。

开除：

一、支寄存源丰润行平一千七百五十七两四钱七分。

一、支易出行平四百两。

一、支易出公共场砝平七十三两二钱七分。

一、支营田所用公砝平二百五十八两七钱二分。

一、支戒烟所用公砝平一百十九两。

一、又钱二百三十千文。

一、支堂屋修理工匠钱三千四百五十文。

一、支纸笔钱三千五百四十文。

一、支家具钱十七千一百三十文。

一、支敬节所用钱五百八十六千上百七十文。（内早晚膳四百十九千一百四十文，家具四百六十文，男女司薪水八十四千文，津贴女孩出嫁妆奁三十千文，医药十四千九百八十二文，洗补五千四十文，油茶草纸十一千二百四十八文，男女使工二十一千六百文。）

一、支蒙养所用钱五百三十五千九百二十文。（内早晚膳三百七十一千二百二十文，家具一千一百八十文，刷日记二千八百八十文，塾师修金贽敬八十四千四百文，书籍五千六百七十文，纸笔墨二十五千五百十文，洗补十一千五百二十文，医药十千八百二十四文，油茶八千七百十六文，下人工十四千文。）

一、支工艺所用钱三百七十二千四百十六文。（内早晚膳一百六十八千文，洗补二千七百二十文，刷日记一千二百八十文，司事薪水十四千文，纸笔墨五千八百五十文，写宋字五十五千五十四文，刻宋字五十三千三百七十四文，教习工四十一千八百文，织帘料十二千二百文，医药八千六百九十文，油茶草纸三千四百四十八文，下人工六千文。）

一、支慈幼所钱一百四十一千五百九十文。（内早晚膳九十三千七百二十文，洗补二千八百八十文，司事薪水十四千文，外学徒膳六千文，衣履三千二十四文，医药九千五百四十文，油茶草纸一千七百二十六文，男女使工十千七百文。）

一、支力田所用钱二十六千六百四十文。（内早晚膳七千八百文，小孩习耕贴膳十二千文，司事月费六千文，油茶八百四十文。）

一、支公中用行平银二十六两八钱、钱九十五千七百六十二文。（内早晚膳四十五千二百文，杨董事薪水行平十六两，司事薪水二十千文，石司事回南川资行平十两八钱，油茶草纸十一千五百六十二文，下人工十九千文。）

以上共支行平银二千一百八十四两二钱七分、公砝平银四百五十两九钱九分、九六津钱二千十二千九百十八文。

实在：

一、存公砝平银三百二十九两三钱二分。

一、存行平银二百二十四两四钱四分四厘。

一、存英洋二百四十二元。

一、存九六津钱一百三十四千五百四十二文。

一、存公当行九七六津钱二万千文。

一、存期票银七百五两四钱九分。

光绪九年七月分

旧管：

前存公砝平银三百二十九两三钱二分、行平银二百二十四两四钱四分四厘、英洋二百四十二元、九六津钱一百三十四千五百四十二文、九七六津钱二万千文、期票银七百五两四钱九分。

新收：

一、收招商局漕米水脚项下每石捐制钱四文，计三十五万六千五百十八石，合钱一千四百二十六千七十二文。

一、收又补底钱二十三千七百六十八文。

一、收回前存源丰润行平银二百二十六两。

一、收西号存款生息公砝银二百五十八两七钱二分。

一、收南斜街得见斋房租钱十六千六百六十六文。

一、收殿记房租钱八千三百三十四文。

一、收以银易进钱九百四十八千文。

以上共新收行平银二百二十六两、公砝平银二百五十八两七钱二分、九六钱二千四百二十二千八百四十文。

开除：

一、支易出行平银二百两。

一、支易出公砝平银七十七两四钱。

一、支易出英洋二十元。

一、支营田所用公砝平银二百五十八两七钱二分。

一、支戒烟所用公砝平银十五两。

一、支又钱二百五十千文。

一、支修理堂屋工匠钱二千二百六十文。

一、支纸笔钱一千六百七十文。

一、支家具钱七千七百三十文。

一、支柴钱六十千一百九十六文。

一、支喂牲草钱十七千一百十六文。

一、支敬节所用钱五百七十九千七百六十二文。（内早晚膳四百四千六百四十文，衣服七千一百八十文，家具五千二百文，男女司事薪水八十四千文，纺织家具一千文，津贴袁六姐妆奁三十千文，医药十三千三百四十文，油茶草纸十千八百二文，男女使工二十三千六百文。）

一、支蒙养所用钱五百十五千五十二文。（内早晚膳三百四十五千八百四十文，衣履十七千一百五十六文，家具六千四十文，刷日记二千八百八十文，塾师修金贽敬八十二千四百文，书籍十一千三百十八文，纸笔墨砚二十一千二百文，医药九千一百四十二文，油茶草纸五千七十六文，下人工十四千文。）

一、支工艺所用钱三百九十六千三百二十六文。（内早晚膳一百六十千四百八十文，刷日记一千二百八十文，司事薪水十四千文，教习工四十一千一百四十文，刻字家具五千文，刻宋字七十千二百七十四文，写宋字四十六千七百二十二文，纸笔三千七百八十文，医药七千五百七十四文，油茶草纸一千五百十四文，藤料三十六千文，帘料二千五百六十二文，下人工六千文。）

一、支慈幼所用钱一百二十八千六百八十文。（内早晚膳九十四千文，衣服七百四十文，司事薪水十四千文，医药七千五百八十文，油茶草纸三百六十文，男女使工十二千文。）

一、支力田所用钱二十六千四十文。（内早晚膳七千五百四十文，司事月费六千文，小孩习耕贴膳十二千文，茶叶草纸五百文。）

一、支公中用行平银十六两、钱一百四千九百六十四文。（内早晚膳四十三千七百六十文，杨董事薪水行平十六两，司事薪水二十千文，缮写文册薪水七千文，煤油一箱五千五百二十文，油茶草纸九千六百八十四文，下人工十九千文。）

以上共支行平银二百十六两、公砝平银三百五十一两一钱二分、英洋二十元、九六津钱二千八十九千七百九十六文。

实在：

一、存公砝平银二百三十六两九钱二分。

一、存行平银二百三十四两四钱四分四厘。

一、存英洋二百二十二元。

一、存九六津钱四百六十七千五百八十六文。

一、存公当行九七六津钱二万千文。

一、存期票银七百五两四钱九分。

光绪九年八月分

旧管：

前存行平银二百三十四两四钱四分四厘、公砝平银二百三十六两九钱二分、英洋二百二十二元、九六津钱四百六十七千五百八十六文、九七六津钱二万千文、期票银七百五两四钱九分。

新收：

一、收津海关道解洋药项下加抽本堂经费，八年十二月十六日起，本年七月十五日止，行平九百三十两七钱四分。

一、收回前存源丰润行平六百二十七两。

一、收西号存款生息公砝平二百五十八两七钱二分。

一、收公当行秋季息钱四百八十千文。

一、收又补底钱八千文。

一、收塌河淀苇地租钱九十千文。

一、收南斜街得见斋房租钱十六千六百六十六文。

一、收又殿记房租钱八千三百三十四文。

一、收以银易进钱一千八百二十二千文。

以上共新收行平银一千五百五十七两七钱四分、公砝平银二百五十八两七钱二分、九六津钱二千四百二十五千文。

开除：

一、支寄存源丰润行平九百三十两七钱四分。

一、支易出行平五百两。

一、支易出公砝平六十二两二分。

一、支营田所用公砝平二百五十八两七钱二分。

一、支戒烟所用公砝平八十三两九钱。

一、支又钱二百千文。

一、支修理堂屋工匠一千三百文。

一、支纸笔二千九百二十四文。

一、支家具八千五十四文。

一、支柴一百二十六千四百三十六文。

一、支喂牲草五十四千九百七十二文。

一、支煤屑十三千六百文。

一、支敬节所用钱五百九十七千八百二十四文。（内早晚膳四百二十三千二百八十文，衣履十九千四十文，家具二千五百七十四文，洗补二千五百二十文，男女司事薪水八十四千文，节妇犒肉八千一百五十四文，又月饼钱七千七百五十文，医药十二千四百六十四文，糊窗纸四千四百文，油茶草纸十一千四十二文，男女使工二十二千六百文。）

一、支蒙养所用行平银八十五两、钱六百三十三千四百二十八文。（内早晚膳三百三十七千二十文，衣履七十四千七百九十二文，家具五千六百文，洗补五千六百文，塾师范修金行平银八十两、又修金节敬一百三十四千八百文，书籍四千三百三十文、又行平银五两，纸笔墨砚二十三千五百五十文，小孩犒肉四千一百二十文、又月饼五千一十六文，刷日记二千八百八十文，医药一千九百文，小孩埋葬四百文，油茶草纸九千四百文，下人工十四千文。）

一、支工艺所用钱三百七十五千七百五十文。（内早晚膳一百四十八千一百二十文，衣履三十二千四百四十八文，家具二千九百三十文，洗补一千六百文，刷日记一千二百八十文，小孩犒肉月饼三千二百八十六文，司事薪水十四千文，教习工二十二千文，写宋字五十一千八百四十文，刻宋字四十四千一百七十文，纸笔九千四百二十文，藤料二十五千三百文，医药七千九百三十二文，油茶草纸二千二百五十文，修发家具二千四百七十文，下人工六千文。）

一、支慈幼所用钱一百七十二千二百三十八文。（内早晚膳八十九千六百二十文，衣履三十七千六百七十四文，家具四千九十四文，洗补八百八十文，司事薪水十四千文，小孩犒肉、月饼四千二百七十六文，医药八千三十文，油茶草纸一千六百六十四文，男女使工十二千文。）

一、支力田所用钱十九千八百八十四文。（内早晚膳七千八百文，衣履四千五十四文，司事月费六千文，油茶叶草纸一千五百三十文，下人工五百文。）

一、支公中用行平银八十两、钱一百十三千八百五十六文。（内早晚膳四十五千六百八十文，杨董事薪水十六两，盛董事薪水六十四两，司事薪水二十千文，写文册薪水七千文，秋祭香烛一应五千四百文，中秋各署节赏四千八百文，油茶草纸十千九百七十六文，下人工十九千文。）

以上共支行平银一千五百九十五两七钱四分、公砝平银四百四两六钱四分、九六津钱二千三百二十千二百六十六文。

实在：

一、存公砝平银九十一两。

一、存行平银一百九十六两四钱四分四厘。

一、存英洋二百二十二元。

一、存九六津钱五百七十二千三百二十文。

一、存公当行九七六津钱二万千文。

一、存期票银七百五两四钱九分。

光绪九年九月分

旧管：

前存行平银一百九十六两四钱四分四厘、公砝平银九十一两、英洋二百二十二元、九六津钱五百七十二千三百二十文、九七六津钱二万千文、期票银七百五两四钱九分。

新收：

一、收天津道刘夏秋二季捐钱平一百二十两，合行平一百十七两。

一、收延庆州章捐钱平五十两，合行平四十九两六钱。

一、收筹赈局拨解公砝平一万两。

一、收西号存款生息公砝平二百五十八两七钱二分。

一、收又公砝平五两三钱三分。

一、收回前存源丰润行平六百三十二两。

一、收戒烟所借源丰润公砝平五十五两一钱九分。

一、收塌河淀苇地租一百十千文。

一、收南斜街得见斋房租十六千六百六十六文。

一、收又殿记房租八千三百三十四文。

一、收藤器售见英洋五元。

一、收又一千二百四十文。

一、收以银易进二千一百五十四千五百文。

以上共收行平银七百九十八两六钱、公砝平银一万三百十九两二钱四分、英洋五元、九六津钱二千二百九十千七百四十文。

开除：

一、支寄存源丰润行平一百六十六两六钱。

一、支又公砝平二百六十四两四分。

一、支易出行平六百两。

一、支又公砝平八十五两二钱。

一、支戒烟所用公砝平六十一两。

一、支又钱二百七十千文。

一、支得见斋修屋工料二十二千五百七十文。

一、支岁修堂屋工匠八十四千一百五十文。

一、支纸笔二千一百六十文。

一、支家具十三千二百文。

一、支裱糊纸料九千二百文。

一、支喂牲草七十三千二百八十六文。

一、支煤屑四十五千文。

一、支木炭六千八百文。

一、支敬节所用钱九百四十千二百九十四文。（内早晚膳四百二十千四百六十文，衣履三百五千六百八十文，家具一千十八文，洗补二千六百四十文，男女司事薪水八十四千文，纺织家具二百八十文，岁修工匠七十九千一百七十文，医药十三千五百八十六文，油茶草纸十一千八百六十文，男使工十六千文，女使工五千六百文。）

一、支蒙养所用钱五百七十千三百五十六文。（内早晚膳三百二十千三百四十文，衣履三十三千二百七十文，家具一千三百四十文，洗补五千六百文，刷日记四千四百八十文，塾师范修金八十三千二百文，书籍七千一百文，纸笔墨砚三十六千九百文，察课花红一千四百文，工匠三十八千九百九十四文，医药十千三百六十四文，油茶草纸十三千三百六十八文，下人工十四千文。）

一、支工艺所用钱三百八十千九百九十四文。（内早晚膳一百四十七千六百文，衣履十三千七百四十文，家具一千二百文，洗补一千六百文，刷日记一千九百二十文，酬学徒满师三十千文，教习工二十千文，刻字板木五千文，写宋字四十三千七百八十二文，刻宋字六十七千一百八十四文，纸笔六千三百八十文，工匠二十三千八百文，医药七千七百四十文，油茶草纸三千四十八文，下人工六千文。）

一、支慈幼所用钱一百五十七千七百六十四文。（内早晚膳八十千三百六十文，衣履十四千七百四十四文，家具四百八十文，洗补八百八十文，司事薪水十四千文，工匠二十三千七百文，油茶草纸一千六百五十文，医药九千九百五十文，男女使工十二千文。）

一、支力田所用钱四十四千四百八十文。（内早晚膳七千八百文，王静记薪水六千文，补谢啸记三个月薪水三十千文，茶叶一百八十文，小孩和喜工五百文。）

一、支公中用行平银三十二两，钱一百十五千五百七十四文。（内早晚膳五十千二百文，董事盛、杨薪水银三十二两，司事薪水二十千文，缮写册子薪水七千文，煤油一箱五千八百文，油茶草纸十一千五百七十四文，下人工二十一千文。）

以上共支行平银七百九十八两六钱、公砝平银四百十两二钱四分、九六津钱二千七百三十五千八百二十八文。

实在：

一、存巨兴隆公砝平五千两。

一、存巨兴和公砝平五千两。

一、存本堂行平一百九十六两四钱四分四厘。

一、存又英洋二百二十七元。

一、存又九六钱一百二十七千二百三十二文。

一、存公当行九七六津钱二万千文。

一、存期票银七百五两四钱九分。

光绪九年十月分

旧管：

前存行平银一百九十六两四钱四分四厘、英洋二百二十七元、九六津钱一百二十七千二百三十二文、九七六津钱二万千文、公砝平五千两、公砝平五千两、期票银七百五两四钱九分。

新收：

一、收回前存源丰润行平九百八十二两八钱。

一、收戒烟所借源丰润公砝平二百二十一两三钱八分。

一、收巨兴隆利息公砝平二十五两。

一、收巨兴和利息公砝平二十五两。

一、收庆记捐制足钱一百八十四千文，合津钱三百八十三千三百三十四文。

一、收南斜街得见斋房租十六千六百六十六文。

一、收又殿记房租八千三百三十四文。

一、收籐器售见三千文。

一、收力田所菜蔬售见六十三千九百文。

一、收南斜街房租秋冬二季钱三百千文。

一、收又补底钱五千文。

一、收以银易进钱三千七十一千六百六十二文。

一、收以银易进英洋十元。

以上共收行平银九百八十二两八钱、公砝平银二百七十一两三钱八分、英洋十元、九六津钱三千八百五十一千八百九十六文。

开除：

一、支易出行平八百九十两八钱。

一、支又公砝平八十六两三钱八分。

一、支还源丰润公砝平五十两。

一、支易钱用英洋二十二元。

一、支油漆各种籐器英洋二十七元。

一、支碑石二条连写刻工料共英洋十七元。

一、支写刻刷印《陆清献公年谱》、《王氏懿言日录》钱六百四十一千五百九十六文。

一、支戒烟所用公砝平一百三十五两。

一、支又钱二百七十千文。

一、支刷印书籍钱二十三千三百文。

一、支修理堂屋工料钱一百二十三千文。

一、支家具钱十千九百四十文。

一、支纸笔钱五千文。

一、支喂牲草钱六十二千一百六十八文。

一、支煤屑炭钱六十一千一百六十八文。

一、支敬节所用钱七百四十五千三十文。（内早晚膳四百四十三千九百六十文，衣服七十千四百八十文，家具一千八百四文，木炭十千二百文，洗补三千三百六十文，男女司事薪水八十四千文，修房屋灰料五十三千四百文，垫炕稻草十四千四百文，节妇来堂车脚一千文，油茶草纸十四千四百五十二文，医药二十六千三百七十四文，男女使工二十一千六百文。）

一、支蒙养所用五百六十七千八百二十八文。（内早晚膳三百二十千九百文，衣履三十三千九百八十六文，家具二千二十文，洗补五千六百文，垫炕稻草九千文，木炭二十六千五百八十八文，各塾修金八十二千文，书籍十千二十八文，纸笔墨砚十七千六百十文，察课花红一千五百六十文，修理房屋灰料二十千文，油茶草纸十三千五百十六文，医药十一千二十文，下人工十四千文。）

一、支工艺所用行平银十四两二钱、英洋十元、津钱七百二十三千八百五十文。（内早晚膳一百七十千七百文，衣履二十七千九十四文，家具一百八十文，洗补八百文，石司事薪水行平银十四两二钱，又预借薪水英洋十元，教习工二十二千文，刻宋字学徒花红八千五百文，刻宋字学徒满师酬师一百七十千文，写宋字学徒花红六千一百文，写宋字学徒满师酬师四十五千文，纸笔三千九百二十文，藤料三十四千四百八十文，修发家具八千一百四十文，刻字家具三十二千文，写宋字三十七千五百八十文，刻宋字一百十三千一百五十六文，修房屋灰料十七千文，垫炕稻草四千七百七十八文，木炭五千一百文，油茶草纸三千五百七十八文，医药七千七百四十四文，下人工六千文。）

一、支慈幼所用钱一百八十六千三百二文。（内早晚膳八十三千四百六十文，衣服四十三千一百六文，家具二百文，洗补八百文，司事薪水十四千文，修房屋灰料十二千六百文，垫炕稻草四千五百文，木炭五千一百文，给小孩回家费一千文，油茶草纸一千七百六十二文，医药七千七百七十四文，男女使工十二千文。）

一、支力田所用钱十四千四百八十文。（内早晚膳七千八百文，司事月费六千文，茶叶一百八十文，拾粪小孩工五百文。）

一、支公中用行平银三十二两、钱一百三十一千九百十二文。（内早晚膳五十六千八百文，盛、杨董事薪水银三十二两，司事薪水二十千文，缮写文册薪水七千文，煤油二箱计四桶十二千文，油茶草纸十四千一百十二文，下人工二十二千文。）

以上共支行平银九百三十七两、公砝平银二百七十一两三钱八分、英洋七十六元、九六津钱三千五百六十六千五百七十四文。

实在：

一、存巨兴隆公砝平五千两。

一、存巨兴和公砝平五千两。

一、存本堂行平二百四十二两二钱四分四厘。

一、存又英洋一百六十一元。

一、存又九六钱四百十四千五百五十四文。

一、存公当行九七六津钱二万千文。

一、存期票银七百五两四钱九分。

光绪九年十一月分

旧管：

前存行平银二百四十二两二钱四分四厘、英洋一百六十一元、九六钱四百十二千五百五十四文、公砝平五千两、公砝平五千两、九七六津钱二万千文、期票银七百五两四钱九分。

新收：

一、收塾师李丹步、李慎如退回去年聘金行平八两。

一、收东海关解洋药项下冬季原库平一千五百两，合行平一千五百五十八两五钱。

一、收回前存源丰润行平四百四十两。

一、收又戒烟所公砝平八十六两八钱七分。

一、收巨兴隆利息公砝平二十五两。

一、收巨兴和利息公砝平二十五两。

一、收石清记还来英洋十元。

一、收当行利息冬季钱四百八十千文。

一、收又补底钱八千文。

一、收南斜街得见斋房租钱十六千六百六十六文。

一、收殿记房租钱八千三百三十四文。

一、收藤器售见钱七千五百文。

一、收菜蔬售见钱三十七千六百五十二文。

一、收塌河淀苇地租钱五百五十千文。

一、收以银易进钱一千四百七十一千八百三十二文。

以上共新收行平银二千六两五钱、公砝平银一百三十六两八钱七分、英洋十元、九六津钱二千五百七十九千九百八十四文。

开除：

一、支寄存源丰润行平一千五百五十八两五钱。

一、支易出行平四百两。

一、支又公砝平七十两八钱七分。

一、支戒烟所还源丰润公砝平五十两。

一、支戒烟所用公砝平十六两、钱二百二十千文。

一、支修理堂屋钱十三千五百文。

一、支添家具钱七千一百文。

一、支煤炭钱七十四千三百二十文。

一、支喂牲草钱四十三千三百五十八文。

一、支敬节所用钱五百七十四千八百九十二文。（内早晚膳四百三十五千一百文，衣服一千一百文，家具二千三百八十文，洗补三千二百四十文，纺织家具五百文，女四书一千六百五十文，男女司事薪水八十四千文，医药十五千三百七十文，油茶草纸九千五百五十二文，小孩病故埋费四百文，男女使工二十一千六百文。）

一、支蒙养所用行平银四十两、钱四百九十九千八百五十四文。（内早晚膳三百十三千七百六十文，家具一千八百四十文，洗补五千六百文，刷日记四千四百八十文，塾师修金行平四十两，又贽敬修金八十五千二百文，书籍十千八百十文，纸笔墨十五千八百三十文，察课花红七百文，工匠八百文，木炭二十二千四百文，油茶草纸十三千一百四十四文，医药十一千二百九十文，下人工十四千文。）

一、支工艺所用钱三百五十千五百二文。（内早晚膳一百八十六千九百二十文，衣服二千六十四文，家具四百文，洗补八百文，刷日记一千九百二十文，外学徒立字六千文，写宋字三十五千六十八文，刻宋字五十八千三百九十六文，各教习工二十二千文，纸笔六千八十文，修发家具四千一百四文，木炭九千六百文，油茶草纸三千二十四文，医药八千一百二十六文，下人工六千文。）

一、支慈幼所用钱二百三千二百三十六文。（内早晚膳一百七千六百四十文，衣服五十二千七百九十文，家具二千二百文，洗补六百四十文，司事薪水十四千文，木炭三千八百四十文，油茶草纸一千九百六文，医药八千二百二十文，男使工六千文，管理病孩女使六千文。）

一、支力田所用钱十八千一百二十文。（内早晚膳七千五百四十文，司事薪水六千文，木炭茶叶四千八十文，小孩拾粪工五百文。）

一、支公中用行平银三十二两、钱一百十八千八百九十四文。（内早晚膳五十二千六百二十文，董事薪水银三十二两，司事薪水二十千文，缮写文册薪水七千文，油茶草纸十七千二百七十四文，下人工二十二千文。）

以上共支行平银二千三十两五钱、公砝平银一百三十六两八钱七分、九六津钱二千一百二十三千七百六文。

实在：

一、存巨兴和公砝平五千两。

一、存巨兴隆公砝平五千两。

一、存本堂行平二百十八两二钱四分四厘。

一、存又英洋一百七十一元。

一、存又九六津钱八百六十八千八百三十二文。

一、存公当行九七六津钱二万千文。

一、存期票银七百五两四钱九分。

光绪九年十二月分

旧管：

前存公砝银五千两、公砝银五千两、行平银二百十八两二钱四分四厘、英洋一百七十一元、九六津钱八百六十八千八百三十二文、九七六津钱二万千文、期票银七百五两四钱九分。

新收：

一、收李传相岁捐湘平五百两，合行平四百九十八两。

一、收天津道冬季捐钱平六十两，合行平五十九两四钱。

一、收天津府汪岁捐钱平一百两，合行平九十九两一钱。

一、收津海关道周岁捐行平五百两。

一、收又解洋药项下加抽本堂经费，自七月十六日起，至十二月十五日止，行平五百九十一两一钱八分。

一、收山海关道解洋药项下加抽本堂经费，三月初一日起，至八月底止，原平二百二十三两九钱六分七厘，合行平二百三十二两五钱八分。

一、收甘泽溥期票交到库平五十二两四分，合行平五十四两二钱六分。

一、收回前存源丰润行平一千一百三十二两。

一、收又戒烟所借公砝平一百三十六两八钱四分。

一、收巨兴隆利息公砝平二十二两五钱。

一、收巨兴和利息公砝平二十二两五钱。

一、收南斜街得见斋房租钱十六千六百六十六文。

一、收殿记房租钱八千三百三十四文。

一、收籐器售见钱二千文。

一、收以银易进钱三千六百三十千文。

以上共新收行平银三千一百六十六两五钱二分、公砝银一百八十一两八钱四分、九六津钱三千六百五十七千文。

开除：

一、支华裕号行平六百十三两。

一、支寄存源丰润行平一千三十六两五钱二分。

一、支易出行平一千一百两。

一、支又公砝平八十五两四钱四分。

一、支为戒烟所还源丰润公砝平四十五两。

一、支戒烟所用公砝平五十一两四钱。

一、支又用钱二百六十千文。

一、支刷印书籍钱三百七千五百四十文。

一、支书架二十座工料钱四十四千文。

一、支纸笔墨帐簿等钱十三千六十八文。

一、支工匠料钱三千八百文。

一、支家具钱十六千三百七十四文。

一、支苇地管人工钱十六千文。

一、支柴钱一百七十三千八十二文。

一、支煤炭钱七十五千二百四十文。

一、支喂牲草钱七十七千四百三十六文。

一、支敬节所用钱七百二十七千八百十六文。（内早晚膳四百四十千八百九十文，衣履六十八千文，家具八千三百十六文，洗补六千四百八十文，男女司事薪水八十四千文，煤炭四十二千四百文，年节犒肉十八千文，又馒首二千六百四十六文，油茶草纸十四千十二文，医药二十一千四百七十二文，男女使工二十一千六百文。）

一、支蒙养所暖和行平银八两、钱六百九十千一百八十四文。（内早晚膳三百六十七千七百文，衣履六十一千六百七十六文，家具八千六十文，塾师聘金银八两，又聘金四千文，塾师回家车脚十二千文，塾师
贽
修敬一百三十三千六百文，纸笔墨砚十四千二十文，书籍七千八百七十文，察课花红一千六百五十文，洗补十一千二
节
百文，煤炭二十千七百六十文，年节犒肉九千七百二十文，又馒首一千九百四十四文，油茶草纸十二千四百四十四文，医药九千五百四十文，下人工十四千文。）

一、支工艺所用钱七百七十六千八十八文。（内早晚膳一百九十八千四百八十文，衣履三十四千五百三十文，家具七千二百八十文，洗补一千六百文，司事三个月薪水四十二千文，教习工二十二千文，写宋字十二千二百七十八文，刻宋字三百十四千四百十四文，纸笔一千三百二十四文，藤料二十五千五百四十文，工孩萧群牛婚娶三十千文，工孩周日新回家费二千文，各学徒年节赏三十五千六百文，各孩年节犒肉三千八百七十文，又馒首七百七

十四文，煤炭二十七千二百文，油茶草纸三千六百九十八文，医药七千五百文，下人工六千文。）

一、支慈幼所用钱二百七十三千七百二十文。（内早晚膳一百六十六千五百八十文，衣履四十一千四百二十文，家具八千五百七十文，洗补一千二百八十文，司事薪水十四千文，年节犒肉八千一百文，又馒首一千六百十六文，又赏四千三百文，木炭三千四百文，油茶草纸三千五百三十四文，医药八千八百五十文，男女使工十二千文。）

一、支力田所用钱十四千四百八十文。（内早晚膳七千八百文，司事薪水六千文，茶叶一百八十文，小孩工五百文。）

一、支公中用行平银三十二两、钱一百三十千四百七十二文。（内早晚膳五十三千九百二十文，盛、杨董事薪水银三十二两，司事薪水二十千文，缮写文册薪水七千文，油茶草纸敬神等费二十二千二百五十二文，各署年节赏五千三百文，下人工二十二千文。）

以上共支行平银二千七百八十九两五钱二分、公砝平银一百八十一两八钱四分、九六津钱三千五百九十九千三百文。

实在：

一、存本堂行平银五百九十五两二钱四分四厘。

一、存又英洋一百七十一元。

一、存又九六钱九百二十六千五百三十二文。

一、存济美当铺公砝平银一万两。

一、存公当行九七六津钱二万千文。

一、存期票银六百五十三两四钱五分。（查前项旧管期票银七百五两四钱九〔五〕分，现据甘泽溥交到库平银五十二两四分，合符前数。）

光绪十年正月分

旧管：

前存行平银五百九十五两二钱四分四厘、公砝平银一万两、英洋一百七十一元、九七六津钱二万千文、九六津钱九百二十六千五百三十二文、期票银六百五十三两四钱五分。

新收：

一、收天津县陈九年分岁捐京平一百两，除耗平色，各行平九十五两二钱。

一、收回前存华裕号行平五十两六钱四分。

一、收回前存源丰润行平四百三十二两。

一、收又公砝平五十四两七钱一分。

一、收南斜街得见斋房租钱十六千六百六十六文。

一、收又殿记房租钱八千三百三十四文。

一、收藤器售见钱四千文。

一、收以银易进钱一千五百四十五千八文。

以上共收行平银五百七十七两八钱四分、公砝平银五十四两七钱一分、九六钱一千五百七十四千八文。

开除：

一、支寄存华裕号行平九十五两二钱。

一、支易钱用行平四百五十两六钱四分。

一、支易钱用公砝平四十八两七钱一分。

一、支戒烟所用公砝平六两。

一、支又钱一百五十千文。

一、支刷印书籍钱三千九百五十文。

一、支修屋工料钱二十九千文。

一、支添置家具钱三千八百文。

一、支笔墨纸张钱三千一百八十文。

一、支煤炭钱四十六千八百文。

一、支喂牲草料钱三十二千八百八十六文。

一、支敬节所用钱六百五十三千六百二十八文。(内早晚膳四百四十九千二百五十文，衣履七十三千四百五十文，家具八百五十二文，木炭三千四百文，司事薪水八十四千文，医药十千七百八十文，下人工十六千文，女使工五千六百文，灯油茶草纸十千二百九十六文。)

一、支蒙养所用钱五百七十六千四百三十文。(内早晚膳三百六十二千八百四十文，衣履十八千七百二十文，家具五千五百十文，书籍十二千五百六十文，笔墨纸张十五千五百十文，刷印日记五千七百六十文，塾师贽敬修金一百四千四百文，各塾师点五千四百文，工匠一千二百文，煤炭三千四百文，油火茶草纸等十四千二百六十文，医药十二千八百七十文，下人工十四千文。)

一、支工艺所用钱四百七十三千一百十文。(内早晚膳一百八十二千九百四十文，衣履八千三百二十文，刻字家具十千文，刷印日记一千九百二十文，纸笔四千七百四十文，编藤料三百六十文，工匠八百文，教习工二十二千文，写宋字十七千九百八十四文，刻宋字二百二千四百八十六文，外学徒立字二千文，油茶草纸二千六百六十文，医药七千五百文，下人工六千文，煤炭三千四百文。)

一、支慈幼所用钱三百十二千六百九十六文。(内早晚膳二百十四千三百六十文，衣履五十二千六百九十文，家具二千八百八十文，司事薪水十四千文，工匠一千二百文，小孩回家川资二千文，油茶草纸二千四百十六文，医药七千九百五十文，男女使工十二千文，小孩病故埋葬三千二百文。)

一、支力田所用钱三十六千二百三十文。(内早晚膳十五千八十文，蒜种十九千八百五十文，刷饭票三百文，小孩工一千文。)

一、支公中用行平三十二两、钱一百二十一千四百二十文。(内早晚膳五十四千八百九十文，盛、杨董事薪水银三十二两，司事薪水二十千文，缮写文册辛金七千文，油茶草纸十七千五百三十文，下人工二十二千文。)

以上共支行平银五百七十七两八钱四分、公砝平银五十四两七钱一分、九六钱二千四百四十三千一百三十文。

实在：

一、存本堂行平银五百九十五两二钱四分四厘。

一、存又英洋一百七十一元。

一、存又九六津钱五十七千四百十文。

一、存济美公典生息津公砝平银一万两。

一、存公当行生息九七六津钱二万千文。

一、存期票银六百五十三两四钱五分。

光绪十年二月分

旧管：

前存行平银五百九十五两二钱四分四厘、英洋一百七十一元、九六钱五十七千四百十文、津公砝平银一万两、九七六津钱二万千文、期票银六百五十三两四钱五分。

新收：

一、收藩宪崧九年分岁捐库平五百两，合行平五百十四两八钱。

一、收山海关道续捐钱平松江三百两，合行平二百九十二两八钱。

一、收回前存华裕号行平九十五两二钱。

一、收回前存源丰润行平四百七十七两四钱。

一、收又源丰润公砝平二百二十三两六钱一分。

一、收公当行春季存款利钱四百八十千文。

一、收又补底钱八千文。

一、收南斜街得见斋房租钱十六千六百六十六文。

一、收又殿记房租钱八千三百三十四文。

一、收售去书籍钱九千三十六文。

一、收以银易进钱二千四百五十六千三百四十八文。

一、收易进英洋二十二元。

以上共新收行平银一千三百八十两二钱、公砝银二百二十三两六钱一分、英洋二十二元、九六津钱二千九百七十八千三百八十四文。

开除：

一、支寄存源丰润行平银八百七两六钱。

一、支易出行平银七百十两六钱。

一、支又公砝银八十六两六钱一分。

一、支戒烟所用公砝银一百三十七两。

一、支又钱二百七十千文。

一、支刷印书籍钱七千九百四十四文。

一、支修理堂屋工料钱二十二千九百十文。

一、支续添家具钱二十五千六百文。

一、支纸笔墨钱三千三百六十文。

一、支煤炭钱五十九千四百八十文。

一、支喂牲草钱五十二千二百九十八文。

一、支种树钱八十九千六百文。

一、支敬节所用钱六百十九千一百二十六文。（内早晚膳四百四十九千文，衣履二千四百二十文，家具八千七百文，男女司事薪水八十四千文，女孩洗补三千一百二十文，张王氏回湖北川资二十四千文，木炭一千七百文，油茶草纸十二千文，医药十二千三百八十六文，女孩病故埋费四百文，男女使工二十一千六百文。）

一、支蒙养所用钱七百三十八千四百十二文。（内早晚膳四百二十二千七百二十文，衣履七十六千二百三十八文，家具六千七百七十文，书籍二十二千二百文，纸笔墨砚砚三十二千五百六十文，塾师范修金贽敬一百四千文，察课花红六百三十文，裱糊工匠一千五百文，洗补十二千文，各塾师点六千文，木炭一千七百文，油茶草纸十五千一百五十四文，医药二十二千九百四十文，下人工十四千文。）

一、支工艺所用钱三百八十三千文。（内早晚膳二百一千八百六十文，衣履二千四百六十六文，家具一千三百八十文，刻字家具五千文，修发家具六百六十文，教习工二十二千文，纸笔墨十千一百四十文，写宋字四十一千五百九十四文，刻宋字七十一千八百六十二文，洗补二千四百文，外学徒拜师六千文，油茶草纸三千五百三十二文，医药八千一百六文，下人工六千文。）

一、支慈幼所用钱三百四千三百七十六文。（内早晚膳二百二千九百六十文，衣履五十二千九百四十四文，家具二千文，洗补三千六百文，司事薪水十四千文，油茶草纸三千三百七十二文，医药十三千五百文，男女使工十二千文。）

一、支力田所用钱一百四千九十六文。（内早晚膳三十七千七百文，衣履四十五千七十六文，家具五千四百文，各样籽种十一千七百五十文，农夫工四千文，草纸一百七十文。）

一、支公中用行平三十二两、钱一百三十四千四百九十文。（内早晚膳五十九千七百九十文，盛、杨董事薪水银三十二两，司事薪水二十千文，缮写文册薪水七千文，春祭香烛一应六千八百六十文，煤油六千三百文，油茶草纸十二千五百四十文，下人工二十二千文。）

以上共支行平银一千五百五十两二钱、公砝银二百二十三两六钱一分、九六钱二千八百十四千八百九十二文。

实在：

一、存行平银四百二十五两二钱四分四厘。

一、存英洋一百九十三元。

一、存九六津钱二百二十千九百二文。

一、存济美公典生息津公砝平银一万两。

一、存公当行生息九七六津钱二万千文。

一、存期票银六百五十三两四钱五分。

光绪十年三月分

旧管：

前存行平银四百二十五两二钱四分四厘、英洋一百九十三元、九六钱二百二十千九百二文、津公砝平银一万两、九七六津钱二万千文、期票银六百五十三两四钱五分。

新收：

一、收回前存源丰润行平八百三十二两。

一、收又公砝平九十三两三钱六分。

一、收南斜街得见斋房租钱十六千六百六十六文。

一、收又殿记房租钱八千三百三十四文。

一、收售去书籍钱十一千七百八十四文。

一、收以银易进钱三千五十六千文。

以上共新收行平银八百三十二两、公砝银九十三两三钱六分、九六津钱三千九十二千七百八十四文。

开除：

一、支易出行平九百两。

一、支又公砝平八十七两三钱六分。

一、支戒烟所用公砝平六两。

一、支又钱二百七十千文。

一、支刷印书籍钱二百四千八百文。

一、支修堂屋工料钱十四千三百五十文。

一、支续添家具钱五千八百九十八文。

一、支纸笔钱二千一百九十文。

一、支煤炭钱三十二千六百四十文。

一、支喂牲草料钱七十一千三百六十六文。

一、支敬节所用钱七百三十五千六百九十八文。（内早晚膳四百五十三千七百三十文，衣履一百九千六百文，家具四千三百二十文，男女司事薪水八十四千文，炭三千四百文，节妇来堂车脚二千九百六十文，油茶草纸十千二百二十二文，医药十三千七百六十六文，张刘氏病故殓埋一应等费三十二千一百文，男女使工二十一千六百文。）

一、支蒙养所用钱六百六十七千六百二十四文。（内早晚膳四百三十一千二百八十文，衣履二十三千二百三十二文，家具九百四十四文，书籍九千七百七十文，刷印日记五千七百六十文，司事薪水十四千文，塾师修金贽敬九十九千六百文，塾师点心六千文，纸张笔墨二十五千三百六十文，察课花红二千三百七十文，炭一千七百文，油茶草纸十四千四百二十二文，医药十九千一百八十六文，下人工十四千文。）

一、支工艺所用钱五百五十七千三百五十二文。（内早晚膳二百五千九百文，衣服三千二百文，家具五百十文，刷印日记一千九百二十文，司事薪水十四千文，教习工二十二千文，编藤家具四千七百五十文，修发家具三千二百四十文，纸笔墨八千八百三十文，写宋字五十千八百八十四文，刻宋字二百十二千二百六十二文，外学徒拜师十千文，炭一千七百文，油茶草纸三千七十文，医药九千八十六文，下人工六千文。）

一、支慈幼所用钱二百五十千六百三十六文。（内早晚膳二百三千四百四十文，衣履五千二百九十六文，家具四百五十六文，司事薪水十四千文，医药十二千三百七十文，油茶草纸三千七十四文，男女使工十二千文。）

一、支力田所用钱六十八千四百七十文。（内早晚膳三十七千七百文，衣履七千五百六十六文，家具六百四十文，各样籽种十王千二百二十四文，农夫工七千文，茶叶等三百四十文。）

一、支公中用行平三十二两、钱一百三十一千四百八文。（内早晚膳六十三千六百六十文，盛、杨董事薪水银三十二两，司事薪水二十千文，写文册辛金七千文，裱挂屏工料一千四百文，煤油一箱五千七百六十文，油茶草纸十三千八十八文，下人工二十千五百文。）

以上共支行平银九百三十二两、公砝银九十三两三钱六分、九六津钱三千十二千四百三十二文。

实在：

一、存行平银三百二十五两二钱四分四厘。

一、存英洋一百九十三元。

一、存九六津钱三百一千二百五十四文。

一、存济美公典生息津公砝平银一万两。

一、存公当行生息九七六津钱二万千文。

一、存期票银六百五十三两四钱五分。

光绪十年四月分

旧管：

前存行平银三百二十五两二钱四分四厘、英洋一百九十三元、九六津钱三百一千二百五十四文、公砝平一万两、九七六津钱二万千文、期票银六百五十三两四钱五分。

新收：

一、收天津道裕春季岁捐钱平六十两，合行平银五十九两四钱。

一、收回前存源丰润行平五十三两四钱五分。

一、收又公砝平一百二十三两五钱八分。

一、收碑亭工料款公砝平八百四十六两。

一、收易进英洋三十元。

一、收易进钱三千五百九十二千五百文。

一、收招商局来漕米水脚捐钱一千八百六十八千五百九十文。

一、收南斜街得见斋房租钱十六千六百六十六文。

一、收又殿记房租钱八千三百三十四文。

一、收南斜街公馆春夏二季房租钱三百千文。

一、收又补底钱五千文。

一、收书籍售见钱十五千四百八十文。

一、收藤器售见钱九千八百文。

一、收借殿记钱一千五百千文。

一、收力田所菜蔬售见钱六千六十四文。

以上共新收行平银一百十二两八钱五分、公砝银九百六十九两五钱八分、英洋三十元、九六津钱七千三百二十二千四百三十四文。

开除：

一、支寄存源丰润行平银五十九两四钱。

一、支易出行平银二百二十一两四钱五分。

一、支又公砝银八百九十四两八分。

一、支戒烟所用公砝平银七十五两五钱。

一、支又钱一百五十千文。

一、支刷印书籍钱二十八千七百二十文。

一、支工匠钱一千二百文。

一、支续添家具钱十二千七百五十文。

一、支纸笔帐簿钱四千二百文。

一、支煤炭钱三十六千四十文。

一、支喂牲草钱三十八千二百三十四文。

一、支敬节所用钱八百四十七千一百十文。(内早晚膳四百七十三千九百文，衣服二百二十千六百八十文，家具十三千七百文，男女司事薪水八十四千文，女孩洗补三千四百八十文，木炭一千七百文，油茶草纸十三千七百文，医药十四千三百五十文，男女使工二十一千六百文。)

一、支蒙养所用钱七百四十三千一百六十四文。(内早晚膳四百四十八千四百八十文，衣服六十千二百八十四文，家具七千九百五十文，书籍十千一百九十八文，纸笔墨二十九千七十文，塾师修金贽敬一百千八百文，又点心六千文，司事薪水十四千文，察课花红四千一百文，小孩洗补十四千四百文，冷布一千九百五十文，炭一千七百文，油茶草纸十七千六文，医药十三千二百二十六文，下人工十四千文。)

一、支工艺所用钱五百八十五千二百二文。(内早晚膳二百十千二百文，衣服二十六千二百八十文，家具九千六百七十文，小孩洗补四千文，司事薪水十四千文，教习工二十六千五百文，刻字杜木十千文，纸笔墨九千四百二十文，写宋字五十九千四百四十六文，刻宋字一百九十六千一百三十六文，油茶草纸四千八百文，医药八千六百五十文，下人工六千文。)

一、支慈幼所用钱二百八十三千四百二十八文。(内早晚膳一百九十一千四百六十文，衣服四十六千九十四文，家具二千二百十文，小孩洗补四千五百六十文，司事薪水十四千文，油茶草纸二千七百三十六文，医药十千三百六十八文，男女使工十二千文。)

一、支力田所用钱五十八千一百十文。(内早晚膳三十九千文，衣服九千八百二十文，家具三千六百十文，农夫工五千五百文，茶叶一百八十文。)

一、支公中用行平银三十二两、钱一百三十七千八百九十六文。(内早晚膳六十三千八百六十文，盛、杨董事薪水银三十二两，司事薪水三十四千文，缮写文册薪水七千文，油茶草纸十四千三十六文，下人工十九千文。）

以上共支行平银三百十二两八钱五分、公砝银九百六十九两五钱八分、九六津钱二千九百二十六千五十四文。

实在：

一、存行平银一百二十五两二钱四分四厘。

一、存英洋二百二十三元。

一、存九六津钱四千六百九十七千六百三十四文。

一、存济美公典生息津公砝平银一万两。

一、存公当行生息九七六津钱二万千文。

一、存期票银六百五十三两四钱五分。

光绪十年五月分

旧管：

前存行平银一百二十五两二钱四分四厘、英洋二百二十三元、九六津钱四千六百九十七千六百三十四文、公砝平银一万两、九七六津钱二万千文、期票银六百五十三两四钱五分。

新收：

一、收顺天府尹周拨京平一千两，合行平九百七十三两。

一、收回前存源丰润行平四十六两三钱。

一、收又公砝平八十六两六钱。

一、收南斜街得见斋房租钱十六千六百六十六文。

一、收又殿记房租钱八千三百三十四文。

一、收藤器售见钱十五千九百五十文。

一、收公当行夏季生息津钱四百八十千文。

一、收又补底钱八千文。

一、收易进英洋二十元。

以上共新收行平银一千十九两三钱、公砝银八十六两六钱、英洋二十元、九六津钱五百二十八千九百五十文。

开除：

一、支寄存源丰润行平九百七十三两。

一、支易出行平十四两三钱。

一、支戒烟所用公砝平八十六两六钱。

一、支刷印书籍钱五十五千二百文。

一、支修理房屋、做木栅等工匠钱五十三千八百文。

一、支续添家具钱十一千一百四十四文。

一、支纸张笔墨钱二千三百七十文。

一、支煤炭钱三十五千五百二十文。

一、支喂牲草钱五十六千三百九十八文。

一、支敬节所用钱七百四十五千三百七十文。（内早晚膳四百六十六千二百六十文，衣服一百一十二千八百八十文，家具七千三百六十四文，女孩洗补二千一百六十文，男女司事薪水八十四千文，煤炭六千四百文，修屋工料三千四百六十二文，节妇犒肉粽子十二千四百三十四文，油茶草纸钱十一千五百八十六文，医药十七千二百二十四文，男女使工二十一千六百文。）

一、支蒙养所用钱七百九十二千五百三十二文。（内早晚膳四百二十九千六百八十文，衣服七十六千九百八十二文，家具七千四百八十六文，纸笔墨三十五千二百五十文，书籍十三千七百五十八文，司事薪水十四千文，塾师修金节敬一百三十六千文，又点心六千文，察课花红七千五百文，小孩洗补八千文，小孩午节犒肉粽七千七百二十四文，修屋工料六千四百文，医药十三千四百五十四文，油茶草纸十六千二百九十八文，下人工十四千文。）

一、支工艺所用钱六百七十五千四百二十六文。（内早晚膳一百九十七千七百六十文，衣履五十一千一百四文，家具二百八文，修屋工料五千七百二十文，司事薪水十四千文，教习工二十六千五百文，织帘料十五千四百三十文，编藤料四十七千八百八十文，纸笔墨十四千一百四十文，写宋字五十三千六百四十二文，刻宋字一百九十三千八百四十六文，小孩洗补一千六百文，煤炭三千二百文，小孩节赏十五千文，又犒肉粽四千二百八十文，外学徒拜师十二千文，油茶草纸四千二百五十四文，医药八千八百六十二文，下人工六千文。）

一、支慈幼所用钱三百三十千七百二文。（内早晚膳一百八十六千四百八十文，衣履三十一千一百七十八文，家具七十二文，小孩洗补二千三百二十文，司事薪水四十二千文，工匠三十千六百四十文，赏小孩三千四百文，又肉粽三千五百二十文，油茶草纸二千八百五十二文，医药九千九百四十文，小孩病故棺埋六千三百文，男女使工十二千文。）

一、支力田所用钱八十九千八百八文。（内早晚膳三十七千七百文，衣履二十一千五百文，家具二千八十文，农夫工五千五百文，小孩节赏二十千五百文，又肉粽九百九十文，油茶八百八十八文，籽种六百五十文。）

一、支公中用行平银三十二两、钱二百三千三百十四文。（内早晚膳六十八千七百九十文，盛、杨董事薪水银三十二两，司事薪水三十四千文，补萧文轩薪水五十千文，缮写文册辛工七千文，煤油一箱五千八百文，油茶草纸十八千七百二十四文，下人工十九千文。）

以上共支行平银一千十九两三钱、公砝平银八十六两六钱、九六钱三千五十一千五百八十四文。

实在：

一、存行平银一百二十五两二钱四分四厘。

一、存英洋二百四十三元。

一、存九六津钱二千一百七十五千文。

一、存济美公典生息津公砝平银一万两。

一、存公当行生息九七六津钱二万千文。

一、存期票银六百五十三两四钱五分。

光绪十年闰五月分

旧管：

前存行平银一百二十五两二钱四分四厘、英洋二百四十三元、九六津钱二千一百七十五千文、公砝平银一万两、九七六津钱二万千文、期票银六百五十三两四钱五分。

新收：

一、收津海关道解洋药项下加抽本堂经费，上年十二月十六日起，今年五月十五日止，行平六百十三两二钱七分。

一、收东海关道解洋药项下加抽本堂经费夏季库平一千五百两，合行平一千五百五十九两二钱五分。

一、收回前存源丰润行平银五百四十八两。

一、收董事筹垫津钱八百千文。

一、收南斜街得见斋房租钱十六千六百六十六文。

一、收殿记房租钱八千三百三十四文。

一、收帘子售见钱八十四千二百文。

一、收菜蔬售见钱二十八千一百五十四文。

一、收以银易进钱一千六百三千四百文。

以上共新收行平银二千七百二十两五钱二分、九六钱二千五百四十千七百五十四文。

开除：

一、支寄存源丰润行平银二千一百七十二两五钱二分。

一、支易出行平银五百两。

一、支易出英洋二十二元。

一、支上年办置农具船脚等项英洋一百五十四元。（内桑秧洋二十四元，桑翦五百六十文，桑锄一千一百文合洋一元，桑铲四百二十文，水车盘洋十六元，长车板洋七元，车轴洋六元，锄头钉扒刀洋一元，蓑衣扁担、盘筐筛子、蒲鞋撑四把、洋三元，张、王二农夫安家洋十二元，由南至津及在南办农具等川资洋七十八元，三人饭食零星洋六元。右钞谢啸谷帐。）

一、支刷行书籍钱六千八百九十文。

一、支还杨殿记四月分垫钱一千五百千文。

一、支搭盖天棚钱一百三千五百六十文。

一、支裱糊工料钱四千七百四十文。

一、支垫工钱十二千文。

一、支续添家具钱十四千八百三十二文。

一、支纸笔墨钱三千八百二十文。

一、支煤炭钱四十六千八百文。

一、支喂牲草料钱八十五千二百三十文。

一、支敬节所用钱六百九十四千十六文。（内早晚膳四百七十九千七百二十文，衣履十三千九百二十文，家具一千三百六文，男女司事薪水八十四千文，津贴女孩出嫁妆奁三十千文，女孩洗补二千一百六十文，油茶草纸蒲扇十三千二百二文，医药四十六千五十八文，埋葬二千五十文，男女使工二十一千六百文。）

一、支蒙养所用钱六百四十八千四百八十四文。（内早晚膳四百三十三千八百四十文，小孩洗补七千二百文，司事薪水十四千文，塾师修金贽敬九十八千文，塾师点心六千文，书籍九千一百二十八文，纸笔墨二十三千二百八十文，察课花红十五千五百五十文，油茶草纸十四千五百九十六文，医药十二千八百九十文，下人工十四千文。）

一、支工艺所用钱四百三十八千九十六文。（内早晚膳一百九十四千八十文，家具九百二十六文，司事薪水十四千文，教习工二十六千五百文，藤料七千八百八十文，帘料十五千四百文，刻字杜木十千文，纸笔四千八百四十文，写宋字四十一千五百十四文，刻宋字九十九千四百二十二文，小孩洗补二千八百八十文，刻字学徒回籍川资三千文，油茶草纸三千六百文，医药八千五十四文，下人工六千文。）

一、支慈幼所用钱一百九十三千七百五十八文。（内早晚膳一百五十四千四百文，衣服一千四百文，小孩洗补一千三百六十文，司事薪水十四千文，油茶草纸一千八百十文，医药八千七百八十八文，男女使工十二千文。）

一、支力田所用钱五十四千七百八十文。（内早晚膳三十七千七百文，蒲扇茶叶三百八十文，农夫小孩工九千二百文，茄种七千五百文。）

一、支公中用行平银四十八两、钱一百九十五千七百八十四文。（内早晚膳六十九千一百九十文，董事薪水银四十八两，东洼段葆清薪水三十千文，司事薪水五十四千文，缮写文册辛工七千文，油茶草纸十五千五百九十四文，下人工二十千文。）

以上共支行平银二千七百二十两五钱二分、英洋一百七十六元、九六津钱四千二千七百九十文。

实在：

一、存行平银一百二十五两二钱四分四厘。

一、存英洋六十七元。

一、存九六津钱七百十二千九百六十四文。

一、存济美公典生息津公砝平银一万两。

一、存公当行生息九七六津钱二万千文。

一、存期票银六百五十三两四钱五分。

光绪十年六月分

旧管：

前存行平银一百二十五两二钱四分四厘、英洋六十七元、九六津钱七百十二千九百六十四文、公砝银一万两、九七六津钱二万千文、期票银六百五十三两四钱五分。

新收：

一、收回前存源丰润行平一千三十二两。

一、收济美公典利息银公砝平五百两。

一、收南斜街得见斋房租钱十六千六百六十六文。

一、收又杨殿记房租钱八千三百三十四文。

一、收藤器售见钱十一千七百五十八文。

一、收书籍售见钱六千六百五十四文。

一、收以银易进钱三千一百六十七千五百文。

以上共新收行平银一千三十二两、公砝银五百两、九六津钱三千二百十千九百十二文。

开除：

一、支易出行平银一千两。

一、支刷印书籍钱八十八千八百四十文。

一、支续添家具钱七千五百六十文。

一、支煤炭钱六十六千四百文。

一、支埽河淀苇地中费钱一百五十千文。

一、支县署送告示赏差役钱三千文。

一、支修理堂屋工匠垫土钱三十六千一百二十文。

一、支运送碑石脚力钱二十五千文。

一、支敬节所用钱八百二千三百二十文。（内早晚膳四百九十八千七百四十文，衣服二十四千四百八十文，家具三百八十二文，修屋工料四十五千七百十文，男女司事薪水七十千文，出嫁女孩妆奁三十千文，炭一千六百文，油茶草纸十二千三百十文，医药三十九千三百八十文，棺殓等费五十八千一百十八文，男女使工二十一千六百文。）

一、支蒙养所用钱九百六十三千五百四十八文。（内早晚膳四百二十三千七百文，衣履二百八十二千二百六十文，家具十七千二百三十二文，书籍八千六十文，修屋工料四十二千一百二十文，纸笔墨二十三千二百三十文，司事薪水十四千文，塾师修金贽敬一百千八百文，塾师点心六千文，察课花红七千五百文，油茶草纸等十一千七百五十六文，炭一千六百文，医药十一千二百九十文，下人工十四千文。）

一、支工艺所用钱六百十九千二百九十文。（内早晚膳一百九十四千八百八十文，衣履一百十二千一百文，家具一千十文，司事薪水十四千文，教习工二十六千五百文，织帘料一千三百三十文，修发家具二千六百二十八文，修屋工料十四千四百二十文，纸笔墨十一千五百四十文，写宋字四十七千六百八十四文，刻宋字一百六千九百九十二文，学徒满师谢师八千文，津贴学徒许马婚娶六十千文，油茶草纸二千九百十四文，医药九千二百九十二文，下人工六千文。）

一、支慈幼所用钱三百二千九百八十四文。（内早晚膳一百五十四千二百四十文，衣履九十六千八百九十文，家具一千九十四文，司事薪水十四千文，工料十四千三百六十八文，油茶草纸等一千六百七十二文，医药八千三百二十文，埋葬四百文，男女使工十二千文。）

一、支力田所用钱一百千二百十文。（内早晚膳三十九千文，衣履二十六千文，家具三千五百文，农夫小孩工九千二百文，籽种二十一千七百文，茶草纸八百十文。）

一、支公中用行平银三十二两、钱二百六十千五十八文。（内早晚膳七十一千八百文，董事薪水银三十二两，司事薪水五十四千文，段葆清薪水三十千文，缮写文册辛工七千文，煤油一箱五千七百五十文，油茶草纸等十七千五百八文，下人工二十千文。）

以上共支行平银一千三十二两、九六钱三千三百七十一千三百三十文。

实在：

一、存行平银一百二十五两二钱四分四厘。

一、存英洋六十七元。

一、存公砝银五百两。

一、存九六津钱五百五十二千五百四十六文。

一、存济美公典生息津公砝平银一万两。

一、存公当行生息九七六津钱二万千文。

一、存期票银六百五十三两四钱五分。

光绪十年七月分

旧管：

前存行平银一百二十五两二钱四分四厘、英洋六十七元、公砝银五百两、九六钱五百五十二千五百四十六文、公砝银一万两、九七六津钱二万千文、期票银六百五十三两四钱五分。

新收：

一、收津海关道盛解洋药捐，上年九月初一日至今年二月三十日止，库平一百四十八两八钱三分，合行平一百五十二两九分。

一、收天津道刘捐夏季钱平六十两，除耗色，合行平五十七两八钱。

一、收回前存源丰润行平三百三十二两。

一、收董事筹垫钱七百千文。

一、收南斜街得见斋房租钱十六千六百六十六文。

一、收又殿记房租钱八千三百三十四文。

一、收竹帘售见钱一千五十文。

一、收藤器售见钱六千八百文。

一、收书籍售见钱七千一百十二文。

一、收以银易进钱一千九百十五千五百文。

以上共新收行平银五百四十一两八钱九分、九六钱二千六百五十五千四百六十二文。

开除：

一、支暂存华裕行平银五十七两八钱。

一、支暂存源丰润行平银一百五十二两九分。

一、支兑钱用行平银三百两。

一、支又公砝银三百两。

一、支刷印书籍钱一百一千三百十文。

一、支修堂屋工料钱七十二千六百六十文。

一、支添置家具钱三千九百五十六文。

一、支纸笔墨钱七千六百六文。

一、支炭钱三千一百二十文。

一、支喂牲口草料四十三千七百七十八文。

一、支塌河淀庄头辛工钱十二千文。

一、支赴塌河淀钱三千四百文。

一、支敬节所用钱六百五十九千五十二文。（内早晚膳四百八十二千五百文，家具四百五十文，男女司事薪水七十千文，女孩出嫁妆奁三十千文，洗补三千九百六十文，炭一千六百文，油茶草纸十一千四百二文，医药三十八千一百四十文，男女使工二十一千文。）

一、支蒙养所用钱八百九十三千四百六十八文。（内早晚膳三百八十二千八百文，衣服一百六千三百二十文，家具五千五十六文，书籍十千一百六十文，纸笔墨二十一千二百五十文，修屋工料二百八千三百二十四文，司事薪水十四千文，塾师修金八十三千二百文，点心五千四百文，察课花红五千八百文，洗补十二千八百文，炭一千六百文，油茶草纸等十二千九百四十八文，医药九千八百十文，下人工十四千文。）

一、支工艺所用钱四百六十二千五百七十文。（内早晚膳一百八十九千九百文，衣服十千一百十文，家具五千六百三十八文，洗补七千一百二十文，司事薪水十四千文，教习工二十六千五百文，刻字杜木六千一百文，刻宋字一百三十千六百五十八文，写宋字三十六千六百七十六文，纸笔墨八千二百九十文，修屋一千二百文，酬教习满师二千文，医药十五千七百五十文，油茶草纸二千六百二十八文，男使工六千文。）

一、支慈幼所用钱二百二十千四百九十二文。（内早晚膳一百五十一千七百八十文，衣履二十五千三百八十四文，家具一百九十文，司事薪水十四千文，洗补九百六十文，油茶草纸等二千八百六十六文，下人工十六千文，医药九千三百十二文。）

一、支力田所用钱四十九千九百九十八文。（内早晚膳三十七千七百文，衣履二千二百文，家具五百五十文，油茶草纸等三百四十八文，农夫工九千二百文。）

一、支公中用行平银三十二两、钱一百九十三千三百二十六文。（内早晚膳六十七千二十文，董事薪水银三十二两，司事薪水五十四千文，段葆清薪水三十千文，缮写文册工七千文，纸油茶烛十八千三百六文，下人工十七千文。）

以上共支行平银五百四十一两八钱九分、公砝银三百两、九六钱二千七百二十六千七百三十六文。

实在：

一、存行平银一百二十五两二钱四分四厘。

一、存英洋六十七元。

一、存公砝银二百两。

一、存九六津钱四百八十一千二百七十二文。

一、存济美公典生息津公砝平银一万两。

一、存公当行生息九七六津钱二万千文。

一、存期票银六百五十三两四钱五分。

光绪十年八月分

旧管：

前存行平银一百二十五两二钱四分四厘、英洋六十七元、九六津钱四百八十一千二百七十二文、公砝银二百两、公砝银一万两、九七六津钱二万千文、期票银六百五十三两四钱五分。

新收：

一、收津海关道盛解来洋药项下加抽本堂经费行平三百七十七两三钱九分。

一、收回前存源丰润行平八百三十六两七钱七分。

一、收公当行秋季并闰月生息钱六百四十千文。

一、收又补底钱十千六百六十四文。

一、收南斜街得见斋房租钱十六千六百六十六文。

一、收又殿记房租钱八千三百三十四文。

一、收藤器售见钱十三千九百五十六文。

一、收以银易进钱一千九百十一千文。

以上共新收行平银一千二百十四两一钱六分、九六钱二千六百千六百二十文。

开除：

一、支暂存华裕行平银三百七十七两三钱九分。

一、支易出兑钱用行平银六百两。

一、支刷印书籍钱四千八百文。

一、支修理房屋钱一百四十四千三百九十四文。

一、支添家具钱四十五千三十二文。

一、支纸笔墨钱二千四百二十文。

一、支煤炭钱三十千四十八文。

一、支喂牲草钱四十二千四百十二文。

一、支塌河淀庄头辛工钱十二千文。

一、支敬节所用钱八百四十六千七百四文。（内早晚膳四百九十一千四十文，衣履一百九千文，家具六千五百文，男女司事薪水七十千文，女孩出嫁妆奁六十千文，洗补一千八百文，炭三千二百文，中秋节肉、月饼十八千三百四十二文，糊窗纸五千五百文，修屋四千七百十文，油茶草纸十一千四百五十六文，男女使工二十一千文，医药四十四千一百五十六文。）

一、支蒙养所用银八十两、钱八百三十千六百五十八文。（内早晚膳三百九十六千文，衣履九十四千三百二十八文，家具十八千九百十四文，书籍十五千三百五十四文，纸笔三十三千七百五十文，修屋六十一千九百二文，察课花红三千七百文，司事薪水十四千文，塾师修金银八十两、又八十千文，贽金节敬五十五千二百文，洗补五千一百二十文，塾师点心五千四百文，医药九千一百文，油茶草纸十三千三百六文，节肉、月饼十千五百八十四文，男使工十四千文。）

一、支工艺所用钱五百六十八千八百四十八文。（内早晚膳一百八十八千四百二十文，衣履五十二千八百九十文，家具四千七百二十六文，司事薪水十四千文，教习工二十六千五百文，藤料五十四千四百文，修发家具一千六百五十文，纸笔墨十千九百六十文，写宋字二十八千七百二十六文，刻宋字九十二千三百八十八文，修屋六十一千八百四十文，洗补三千六百文，花红四千文，节肉、月饼七千三百三十四文，油茶草纸二千九百七十二文，医药八千四百四十二文，男使工六千文。）

一、支慈幼所用钱二百五十九千二百二文。（内早晚膳一百六十五千六百文，衣履四十一千一百六十六文，家具三千四百四十八文，司事薪水十四千文，节肉、月饼四千七百九十六文，小孩节赏四千文，油茶草纸二千四百十文，医药七千七百八十二文，男使工六千文，女使工十千文。）

一、支力田所用钱七十七千八百十二文。（内早晚膳三十九千文，衣履十三千六百二十四文，节肉、月饼一千五百八文，又节赏小孩十九千文，茶叶一百八十文，农夫工四千五百文。）

一、支公中用行平银三十二两、钱一百五十七千六百八十六文。（内早晚膳七十七千一百六十文，董事薪水银三十二两，司事薪水三十四千文，煤油五千七百五十文，秋祭香烛素菜等六千八百八十八文，油茶草纸等十六千八百八十八文，男使工十七千文。）

以上共支行平银一千八十九两三钱九分、九六钱三千二十二千十六文。

实在：

一、存行平银二百五十两一分四厘。

一、存英洋六十七元。

一、存九六钱五十九千八百七十六文。

一、存公砝平银二百两。

一、存济美公典生息津公砝平银一万两。

一、存公当行生息九七六钱二万千文。

一、存期票银六百五十三两四钱五分。

光绪十年九月分

旧管：

前存行平银二百五十两一分四厘、英洋六十七元、九六津钱五十九千八百七十六文、公砝银一万两、公砝银二百两、九七六津钱二万千文、期票银六百五十三两四钱五分。

新收：

一、收山海关道解洋药项下加抽经费库平一百五十八两一钱七厘五毫，合行平一百六十二两一钱七分。

一、收华裕号行平四百两。

一、收源丰润号行平三十二两。

一、收南斜街公馆秋冬两季房租钱三百千文。

一、收又补底钱五千文。

一、收书籍售见钱六百四文。

一、收菜蔬售见钱十三千一百八十八文。

一、收南洼分收租地菜蔬钱八千七百四十二文。

一、收柳滩分收租地粮食折钱五百九十三千六百七十文。

一、收以银易进钱一千九百九千文。

以上共收行平银五百九十四两一钱七分、九六津钱二千八百三十千二百四文。

开除：

一、支寄存源丰润行平银一百六十二两一钱七分。

一、支添家具钱十九千六百五十八文。

一、支易出行平银四百两。

一、支又公砝银二百两。

一、支修理堂屋工料十五千一百三十六文。

一、支纸笔帐本钱七千四百三十文。

一、支煤炭钱三十一千四十文。

一、支塌河淀庄头辛工十二千文。

一、支敬节所用钱九百二十五千二百六十八文。（内早晚膳四百八十二千七百二十文，衣履二百五十五千文，家具六千八百六十六文，男女司事薪水七十千文，女孩出嫁妆奁三十千文，炭四千八百文，垫床草十三千二百文，油茶等十一千七十文，医药二十九千三百十二文，埋葬三百文，门役、更夫等工十六千文，女使工六千文。）

一、支蒙养所用钱八百十四千七百八十四文。（内早晚膳三百九十六千文，衣履二百二十四千八百八十四文，家具四百九十文，书籍十八千六十二文，纸墨笔砚二十六千九百八十文，工匠一千二百文，师修八十四千四百文，司事薪水十四千文，煤炭三千二百文，察课花红三千三百文，师点心五千四百文，油茶等十五千四百三十二文，医药七千四百三十六文，下人工十四千文。）

一、支工艺所用钱四百六十六千四百九十文。（内早晚膳一百八十六千五百文，衣履七十六千五百十六文，家具四百四十文，司事薪水十四千文，教习工二十六千五百文，修发家具二千五百六十文，刻字杜木十一千三百文，纸笔墨三千二百二十文，写宋字七十四季吉八百九十四文，刻又五十二千四百十四文，工匠一千文，煤炭一千四百四十文，学徒回家费二千文，油茶等三千七百十六文，医药三千九百九十文，下人工六千文。）

一、支慈幼所用钱二百三十六千一百文。（内早晚膳一百六十一千八百二十文，衣履三十七千六百十六文，家具四十文，司事薪水十四千文，医药三千九百十文，纸油茶叶等二千七百十四文，门役、更夫工六千文，女使工十千文。）

一、支力田所用钱五十六千九百六文。（内早晚膳三十九千文，衣履十千六百六十文，家具四百文，农夫工六千五百文，纸茶等三百四十六文。）

一、支公中用行平银三十二两、钱二百三十三千四百六十四文。（内早晚膳七十八千一百二十文，董事薪水行平银三十二两，司事薪水五十四千文，段葆清八、九月薪水六十千文，门役、更夫等工十七千文，煤油六千一百文，油烛茶叶等十八千二百四十四文。）

以上共支行平银五百九十四两一钱七分、公砝银二百两、九六钱二千八百十八千二百七十六文。

实在：

一、存行平银二百五十两一分四厘。

一、存英洋六十七元。

一、存九六津钱七十一千八百四文。

一、存济美公典生息津公砝平银一万两。

一、存公当行生息九七六津钱二万千文。

一、存期票银六百五十三两四钱五分。

光绪十年十月分

旧管：

前存行平银二百五十两一分四厘、英洋六十七元、九六津钱七十一千八百四文、公砝银一万两、九七六津钱二万千文、期票银六百五十三两四钱五分。

新收：

一、收东海关道方解冬季洋药加捐库平一千五百两，合行平一千五百五十七两。

一、收前存源丰润行平六百四十两。

一、收前存华裕行平十一两。

一、收南斜街得见斋房租残十六千六百六十六文。

一、收南斜街殿记房租钱八千三百三十四文。

一、收书籍售见钱十七千八百二十六文。

一、收菜蔬售见钱二百三十六千八百文。

一、收吴家嘴芦苇售见钱六百五十千文。

一、收又补底钱十千八百三十四文。

一、收霍孟地苇地出租定钱四十千六百六十六文。

一、收以银易进钱一千九百二十四千文。

以上共收行平银二千二百八两、九六津钱二千九百五千一百二十六文。

开除：

一、支暂存源丰润行平一千五百五十七两。

一、支易银用行平六百两。

一、支添置家具钱六千七百七十文。

一、支修理堂屋工匠钱二千八百文。

一、支笔墨纸张钱四千九百文。

一、支煤炭钱六十五千八百八文。

一、支喂牲草料钱六十千六文。

一、支柳滩苇地庄头工钱九千八百文。

一、支团练局捐南斜街得见斋房租一个月钱十六千六百六十六文。

一、支敬节所用钱六百五十千八百八文。（内早晚膳四百七十五千五百六十文，衣履十四千一百文，司事薪水七十千文，嫁女妆奁三十千文，洗补一千八百文，炭八千四百文，油茶草纸十千九百七十文，医药十七千九百七十八文，男使工十六千文，女使工六千文。）

一、支蒙养所用钱六百二十九千七百九十二文。（内早晚膳三百八十二千八百文，衣履二十八千一百九十文，家具四千文，书籍十一千二百二十八文，纸墨笔砚三十三千九百五十文，塾师修金贽敬八十二千八百文，司事薪水十四千文，煤炭二十八千文，洗补四千文，察课花红一千二百文，塾师点心五千四百文，油茶草纸十五千一百五十文，医药五千七十四文，下人工十四千文。）

一、支工艺所用钱五百七千九百四十文。（内早晚膳一百八十一千九百四十文，衣履七十七千二百七十八文，家具四千六百五十文，司事薪水十四千文，教习工二十六千五百文，刻字家具二千二百四十文，笔墨纸张十千三百四十文，写刻宋字一百六十二千五百文，炭八千四百文，洗补三千二百文，生徒花红一千八百文，油茶草纸三千九百六十二文，医药五千一百三十文，下人工钱六千文。）

一、支慈幼所用钱二百五十三千六百十二文。（内早晚膳一百六十三千八百文，衣履四十七千一百三十六文，家具五百九十文，司事薪水十四千文，炭三千三百六十文，洗补八百八十文，油茶草纸三千二十六文，医药四千八百二十文，男使工六千文，女使工十千文。）

一、支力田所用钱六十一千七百八十八文。（内早晚膳三十七千七百文，衣履三千九百六十二文，家具二百七十文，司事薪水十四千文，茶叶草纸三百五十六文，农夫工五千五百文。）

一、支公中用银四十三两、钱二百九十六千五十四文。（内早晚膳八十千三百文，董事薪水银三十二两，段委员薪水四个月一百二十千文，又回南川资银十一两，司事薪水五十四千文，煤油八千三百文，油烛茶叶草纸十六千四百五十四文，下人工十七千文。）

以上共支行平银二千二百两、九六津钱二千五百六十五千九百三十四文。

实在：

一、现存行平银二百五十八两一分四厘。

一、现存英洋六十七元。

一、现存九六津钱四百十千九百九十六文。

一、外存当行生息九七六津钱二万千文。

一、外存济美公典生息津公砝平银一万两。

一、存期票银六百五十三两四钱五分。

光绪十年十一月分

旧管：

前存行平银二百五十八两一分四厘、英洋六十七元、九六钱四百十千九百九十六文、公砝银一万两、九七六津钱二万千文、期票银六百五十三两四钱五分。

新收：

一、收延庆州章捐行平五十两。

一、收回前存源丰润行平一千三十二两。

一、收公当行冬季息津钱四百八十千文。

一、收又补底津钱八千文。

一、收南斜街得见斋房租钱十六千六百六十六文。

一、收又殿记房租钱八千三百三十四文。

一、收南洼分收地租钱二千六百八十文。

一、收易进钱三千一百八十三千文。

以上共收行平银一千八十二两、九六津钱三千六百九十八千六百八十文。

开除：

一、支兑钱用行平一千两。

一、支暂存源丰润行平五十两。

一、支刷印书籍钱一百十四千二十文。

一、支添置家具钱九千五百二十八文。

一、支纸笔钱四千二百五十文。

一、支煤炭钱四十三千九百九十文。

一、支代毕姓还马荫亭、张宏升典地钱三百六十千文。

一、支修理堂屋工料钱四十五千七百文。

一、支敬节所用钱七百二千八百八十四文。（内早晚膳四百九十一千八十文，衣履八千九百六十文，家具六百七十文，司事薪水七十千文，嫁女妆奁六十千文，洗补四千四百四十文，煤炭十七千九百七十文，油茶草纸十二千九百文，医药十六千八百六十四文，下人工十四千文，女使工钱六千文。）

一、支蒙养所用钱六百十四千九百二十四文。（内早晚膳三百九十六升文，衣履五百五十二文，家具一千三百七十文，书籍十一千六百十文，纸墨笔二十一千九百四十二文，塾师修金八十二千文，司事薪水十四千文，察课花红五千文，煤炭三十二千六百五十文，洗补九千五百二十文，塾师点心五千四百文，油茶草纸十五千五百五十文，医药五千三百三十文，下人工十四千文。）

一、支工艺所用钱四百七十三千七十六文。（内早晚膳一百八十九千一百文，衣履十六千七百六十文，家具五百三十文，司事薪水十四千文，教习工二十六千五百十文，藤料三千五百文，修发家具三千五百文，刻字家具十千八百五十文，纸墨笔九千四十文，刻宋字一百四十六千五百六文，修屋工匠四百文，煤炭十七千三百五十六文，洗补五千二百文，生徒花红十一千文，生徒回籍川资三千文，油茶草纸三千八百四十文，医药五千九百八十四文，下人工六千文。）

一、支慈幼所用钱二百四十九千八百二十文。（内早晚膳一百七十千九百八十文，衣履二十八千九百三十二文，司事薪水十四千文，炭四千八百文，洗补一千二百文，油茶草纸三千五百十八文，医药五千八百九十文，埋葬四千五百文，男使工六千文，女使工十千文。）

一、支力田所用钱六十七千四百四十文。（内早晚膳二十四千九百四十文，衣履十六千文，家具一千五百文，农夫工六千五百文，司事薪水十四千文，茶叶草纸四千五百文。）

一、支公中用行平银三十二两、钱一百七十四千二百八文。（内早晚膳八十一千五百六十文，董事薪水银三十二两，司事薪水五十四千文，油烛茶叶草纸十四千六百八文，稻草四千八百四十文，下人工十九千二百文。）

以上共支行平银一千八十二两、九六津钱二千八百五十九千八百四十文。

实在：

一、现存行平银二百五十八两一分四厘。

一、现存英洋六十七元。

一、现存九六津钱一千二百四十九千八百三十六文。

一、外存公当行生息九七六津钱二万千文。

一、外存济美当生息津公砝平银一万两。

一、存期票银六百五十三两四钱五分。

光绪十年十二月分

旧管：

前存行平银二百五十八两一分四厘、公砝银一万两、英洋六十七元、期票银六百五十三两四钱五分、九七六津钱二万千文、九六津钱一千二百四十九千八百三十六文。

新收：

一、收阁爵部堂李岁捐湘平银五百两，合行平银四百九十八两七钱五分。

一、收天津道季岁捐秋冬两季钱平松江银一百二十两，合行平银一百十六两七钱六分。

一、收津关道周岁捐钱平银五百两，合行平银四百九十六两。

一、收天津府汪岁捐钱平银一百两，合行平银九十九两二钱。

一、收回源丰润行平银一千三十九两四钱四分。

一、收卢家胡同房租钱平银五十两，合行平银四十九两五钱五分。

一、收南斜街得见斋房租九六津钱十六千六百六十六文。

一、收南斜街殿记房租九六津钱八千三百三十四文。

一、收藤器售见九六津钱二十六千六百五十文。

一、收书籍售见九六津钱二十六千二百五十二文。

一、收力田所菜蔬售见九六津钱六十六千九百九十文。

一、收欢坨鱼苇九六津钱五百三十三千一百九十六文。

一、收霍孟地等处苇利九六津钱六百二十千一百六十六文。

一、收以银易进九六津钱二千二百六千文。

以上共新收行平银二千二百九十九两七钱、九六津钱三千五百四千二百五十四文。

开除：

一、支完欢坨地粮行平银九十八两三钱四分。

一、支交存源丰润行平银一千二百六十两二钱六分。

一、支易钱用行平银七百两。

一、支修理本堂房屋工料钱八十千三百六十文。

一、支碑亭工程先支钱一千二百千文。

一、支添置家具钱七十九千二百六十六文。

一、支纸笔钱二千八百五十八文。

一、支煤炭钱七十九千二百六十六文。

一、支喂养牲口草料钱四十八千三百三十六文。

一、支敬节所用钱六百九十八千一百六十四文。（内早晚膳钱四百八十四千文，衣履钱七十二千二百四十文，家具钱十二千六百十二文，司事薪水钱七十千文，洗补钱二千七百六十文，煤炭钱十一千三百七十文，灯油茶叶草纸钱十一千二百七十二文，男使工钱十六千文，女使工钱四千文，医药钱十三千九百十文。）

一、支蒙养所用行平银四十两、钱七百十三千四百二文。（内早晚膳钱三百七十九千四十文，衣履钱八十四千一百二十四文，家具钱十二千二百文，书籍钱四千八百十二文，纸笔钱九千七百四十文，塾师修金行平银四十两、钱一百二十六千文，司事薪水钱十四千文，察课花红钱四千二百文，煤炭钱七千七百文，生徒洗补钱四千文，各塾师点心钱五千四百文，生徒回籍川资钱十二千文，灯油茶叶草纸钱十三千三十八文，医药钱九千一百四十八文，下人工钱十四千文，塾师回家川资钱十四千文。）

一、支工艺所用钱八百三十五千八百七十二文。（内早晚膳钱一百八十千四百八十文，衣履钱四十九千八十二文，家具钱四千三百七十文，司事薪水钱十四千文，各教习工钱二十六千五百文，藤料钱四十三千三百五十文，修发家具钱三千六百九十文，刻字木板钱三十五千文，写刻宋字钱二百七十千二百九十文，镌刻生徒学成三名酬师钱一百千文，编藤生徒学成二名酬师钱七十千文，煤炭钱十四千五十四文，洗补衣裤被钱二千八百八十文，年节奖赏各学徒钱七千二百文，油火茶叶草纸钱四千十六文，医药钱四千九百六十文，下人工钱六千文。）

一、支慈幼所用钱三百千九百四十四文。（内早晚膳钱一百七十一千四百四十文，衣履钱四十千十六文，家具钱二千三百六十文，司事薪水钱十四千文，工匠钱一千二百五十文，小孩洗补衣裤钱一千一百二十文，灯油茶叶草纸钱二千六百三十二文，门役、更夫工钱六千文，医药钱五十一千一百二十六文，女使工钱十千文。）

一、支力田所用钱一百二十六千一百四十二文。（内早晚膳钱十七千六百文，衣履钱十七千四十四文，农夫工钱六千五百文，司事薪水钱十四千文，灯油茶叶草纸钱五百四十四文，年节赏习农小孩等钱二十二千五百文，造猪圈一所并购小猪十只钱四十八千七百五十四文。）

一、支公中用行平银三十二两、钱一百八十九千六百文。（内早晚膳钱八十千三百六十文，董事薪水行平银三十二两，司事薪水钱五十四千文，煤油钱八千九百文，各役年节赏钱五千六百文，油烛茶叶草纸钱十九千七百四十文，门役、栅夫、厨夫、更夫工钱二十一千文。）

以上共支行平银二千一百三十两六钱、九六津钱四千三百五十五千十文。

实在：

一、现存行平银四百二十七两一钱一分四厘。

一、现存英洋六十七元。

一、现存九六津钱三百九十九千八十文。

一、外存公当行生息九七六津钱二万千文。

一、外存济美当生息公砝银一万两。

一、存期票银六百五十三两四钱五分。

卷　四

工程四注册*

光绪五年冬，卜地天津西门外太平庄，先将五十余亩之地筑高建屋。该处地形低洼，培基之费较巨。工程一切，当经顾缉庭观察肇熙、姚访梅观察文楠会同议派汪子仁通守维城、沈子钦游戎廷栋、严仁波副郎克宽、杨襄成封翁云章等专司经理。六年春开工，是秋号舍等屋一百六十间工竣，因款绌暂停。七年夏接办头门、正殿等屋，经盛杏荪观察宣怀派委蒋月槎大令文霖、薛霁塘参军景清、高诚斋二尹维敬专司工程。八年正月，续造之大小屋一百二十三间告成。所有买地、搭厂、挑筑屋基、夯硪、灰土、造桥等项工程做法、收支数目，开列如左：

工程项下：

一、置买太平庄基地九十五亩四分七厘五毫四丝。

一、挑筑屋基东西宽四十七丈，南北长五十四丈，均高九尺，挑土二万九千一百八十七方五尺四寸，硪实土二万二千八百四十二方。

一、赁地搭盖灰房七间，檐高八尺，每间宽一丈，进深一丈一尺，八柁四檩做法。后檐暨三墙周立黍秸，满涂胶土，顶用包皮板椽、芦苇铺盖，上苫青白灰。前檐砌矮土胚墙，上装方眼窗十个、上亮三块、大门三副。又圈棚一间，中高九尺，进深二丈，七檩，芦苇铺盖，上苫青灰，前装方眼窗二个、上亮一个、荷叶门一副，后装方眼窗一个。又搭包皮板厂四间，上苫胶泥。

一、行硪八千二百三十八方。

一、墙脚共长四百六十六丈六尺八寸二分，打素土三千八百十五方七尺九寸，灰土一千一百六十方四尺二寸五分。

一、墙脚长二百六十五丈四尺，打素土一千一百七十四方，灰土四百四十方。

一、墙脚打杨木桩一百十二棵。

一、墙脚打杨木桩一百二十四棵。

一、挑河长二百五十八丈三尺，面底均宽二丈，均深五尺，共土二千五百八十三方。

一、填坡行硪八百二十一方一尺。

一、造桥二座，马头高九尺，打杨木桩四十二棵，满挂包皮，板上用抽板桥面四块。

一、黍秸篱笆上下二道，长二百十四丈。

收数项下：

一、收本堂行平化宝银四千五百六十二两九钱一分。

一、收本堂九七六津钱一万五千二百九十千文。

一、收本堂九六津钱三千千文。

一、收筹赈局拨给津贴米九百八十三石四斗七升七合。

一、收银易钱一万三千七百十三千八百二十六文。

以上共收津钱三万二千三千八百二十六文。

开除项下：

一、支易钱行平化宝银四千五百六十二两九钱一分。

一、支地价钱九百七十五千五百八十文。

一、支挑土（每百方扯合价五十三千一百三十文）合钱一万五千五百七千六百三十二文。

一、支挑土津贴米三百二十六石七斗六升五合。

一、支行硪（每百方扯合价一百十三千九百八十二文四厘）合付钱一千三十二千五百七十八文。

一、支淘水拉扒平土钱七百四十四千九百五十文。

一、支施土夫水钱七十三千一百八十四文。

一、支打素土（每方价六百文）合钱一千一百九十三千二百七十四文、米二百五十二石。

一、支打素土（每方价六百文）钱七百四千四百文。

一、支打灰土（每方价一千五百文）合钱八百七十千六百三十六文、米二百石。

一、支打灰土（每方价一千二百文）钱五百二十八千文。

一、支墙脚杨木桩一百十二棵（每棵扯合价力一千八百七十二文）钱二百九千六百六十四文。

一、支墙脚杨木桩一百二十四棵（每棵扯合价力一千八百七十二文）钱二百三十二千一百二十八文。

一、支桥码头杨木桩四十二棵（每棵扯合价力一千八百七十二文）钱七十八千六百二十四文。

一、支桥面松板四块（扣四料八分八厘，每料扯合价力三千一百文）钱十五千一百二十八文。

一、支打桩工价（每百棵扯合价四十五千七百十四文）钱七十千四百文。

一、支打桩工价（每百棵扯合价四十五千文）钱五十五千八百文。

一、支码头包皮板一百二十块（扣十七料二分六厘，每料扯合价力三千一百文）钱五十三千五百六文。

一、支土胚钱十三千五百二十六文。

一、支蔴刀二百七十四斤（每百斤扯合价力七千八百三十五文七厘六毫）钱二十一千四百七十文。

一、支蔴草五千八十斤（每百斤扯合价力五百文）钱二十五千四百文。

一、支扒头钉十斤（每斤价钱一百二十文）钱一千二百文。

一、支连钉五斤（每斤价一百五十文）钱七百五十文。

一、支老鱼眼钉五百个（每百个价二百六十文）钱一千三百文。

一、支大鱼眼钉五百个（每百个价一百八十文）钱九百文。

一、支铁门扇六副（每副价一百八十文）钱一千八十文。

一、支铁门吊代鼻十副（每副价五十四文）钱五百四十文。

一、支瓦匠大工二百五十名（每名工食四百文）钱一百千文。

一、支瓦匠小工八十六名（每名工食三百文）钱二十五千八百文。

一、支木匠工七百三十九名（每名工食四百文）钱二百九十五千六百文。

一、支黍秸篱笆钱一百十三千九百四十文。

一、支扎篱笆工钱二百八千文。

一、支运米脚力钱一百九十八千八百五十文。

一、支石灰八十一万六千六百斤（每万斤扯合价力六十五千二百十二文八分）钱五千三百二十五千二百七十八文。

一、支石灰二十二万八千斤（每万斤扯合价力六十五千六百二十七文）钱一千四百九十六千一百九十二文。

一、支地尺地签一千五百四根（每百根扯合工料九千四百六十四文一分）钱一百四十二千三百四十文。

一、支挑河米二百四石七斗一升二合。

一、支房心填土打硪钱二百三千四百五十八文。

一、支零物料钱七十千一百四十六文。

一、支司事十一人（自光绪六年二月十五日起至六月底止四个半月，每人月薪十千文）钱四百九十五千文。

一、支堂食（自光绪六年二月二十二日起至六年六月底止）钱六百二十六千九百九十文。

一、支纸张笔墨印色等钱十七千六百四十二文。

一、支茶叶煤炭钱二十八千四百十四文。

一、支煤油灯烛钱三十七千五百六十二文。

一、支杂项钱二十三千九百八十文。

一、支碗盏、瓦盆、洋灯钱二十五千七百十六文。

一、支柴草钱九十九千四百三十文。

一、支听差二名（自光绪六年二月二十二日起至六月三十日止，一百二十八天，每日每名辛工一百五十文）钱三十八千四百文。

一、支更夫二名（自光绪六年二月二十二日起至六月三十日止，一百二十八天，每日每名辛工一百五十文）钱三十八千四百文。

一、支厨火夫二名（自光绪六年二月二十二日起至六月三十日止，一百二十八天，每日每名辛工一百五十文）合付钱三十八千四百文。

一、支喂养水车牛料草钱十一千三百十文。

以上共支行平化宝银四千百五百六十二两九钱一分、津钱三万一千八百九十二千四百九十八文、米九百八十三石四斗七升七合。

实在项下：

应存津钱一百十一千三百二十八文。（此款移交造房工程。）

光绪八年三月汇造（六年三月至八年正月止）建屋工程丈尺做法收支册

计开：

工程项下：

前院中门一座，两边立二丈长柱两根，埋土五尺。前后撑柱四根，上装飞翅，铺披水板；中安栅栏门一对。

头门五间，三明两暗。台高二尺二寸，檐高一丈一尺五寸，中间宽一丈二尺，四稍间宽一丈八寸。五檩四柁合龙鼓做法。顶用方椽望砖，上做五脊，两头吻兽，两面披带，随安海马，铺盖铜瓦，猫头滴水。两边庛墙，四腿磨砖细缝，前马头雕刻寿星。前面檐墙并左右撞檠边间断间墙，俱磨砖细垒，下墁方砖地。三明间上装升斗，下安仰云屈屉，雕刻各样花卉人物，矮柱抱荷叶兜。前檐满装栅栏，中安栅门，两边间后檠上装插网窗上亮，下砌坎墙。后檐中间闪屏一槽，四边间上楣下栏，两边钻庛发券门。过道曲折，中间大门一副，上钉铜钹大环，下装活槛，上装直檩栅，雕花门赞，均描色贴金，间搓朱黑色油。照安青狮花鼓门枕石，各柱鼓磉石，前后抱角石条，石台阶三层。

八字墙两道，高一丈一尺五寸，宽一丈一尺五寸，厚一尺七寸。顶瓮筒瓦，上条清水脊，中捺白灰，下墁站水。

东西围墙两道，长三十四丈六尺，高一丈二尺五寸，厚一尺六寸。通用料半砖灌浆实垒，上盖板瓦，檐头下墁站水，东西安大门二副。

大殿五间，台高三尺，檐高一丈二尺五寸，进深三丈九尺。十一檩六柁做法。前后走廊、曲折过道，顶用方椽望砖，荷叶兜抱矮柱，上做五脊，两头用大吻兽，二面披带吹兽，随安海人海马十二属，铺盖铜瓦，猫头滴水，下墁尺六大方砖地。左右庛墙前后四腿、钻山门四个及下堿，均磨砖细做。中三间后檠垒状元墙，后边间砌坎墙，上装嵌花和合窗上亮，内装落地罩各两槽。左右隔庛二道，方砖门框，安门两对，前檠装长窗五槽。前檐上楣、后檐上楣下栏、各柱檩柁窗隔刮灰，上银朱油。用柱鼓磉石，周围墙砌满镶条石，前后抱角石条，石台阶三层。

月台高二尺六寸，南北深一丈六尺，东西宽三丈四尺六寸。三面立石柱十二根，磨砖细做。栏杆斜墁尺六方砖地，条石镶边。中间台阶五层，左右台阶三层。前甬道长九丈二尺，宽一丈四尺，立墁小砖地。

东西厢房六间，台高二尺二寸，檐高一丈一尺，进深一丈六尺。七檩四柁做法。顶用方椽望砖，上做清水脊，铺盖猫头筒瓦。三面垒砌砖墙，前腿磨砖细做。两庛后檠左右各留钻山门两个，檠下各装闪屏一槽、推窗两槽。前檐满装长槅各三槽，上银朱油。下墁方砖地。各柱照安柱磉石、条石，一阶三层，接墁小砖地，各长二丈二尺，宽一丈二尺。

董事办公所七间。台高二尺，檐高一丈一尺，中间宽一丈三尺，边间宽一丈二尺，进深二丈四尺。七檩八柁。做法：上做清水脊，瓮阴阳瓦，花边滴水瓦。左右后三面新砖砌墙。东西梢间隔庛两道，下堿灌浆，顶用方椽望砖，下墁小砖地。各柱均用磉石，方砖阶沿条石踏垛。檠柱下装棋盘板七槽，中间装插网长槅六扇，帘架风门各一扇。两边六间下砌坎墙，上装插网和合窗二十四扇、荷叶门风窗各二扇。屋内装隔间板壁六槽，安荷叶门四副，走廊两头安桶子门二副，均上柿黄油。院墁小砖地引路。

东西回廊过道四十四间，台高一尺八寸，檐高一丈一尺。三檩两柁做法。顶用方椽望砖，铺盖筒瓦，猫头滴水。方砖台阶，下墁方砖地，外墁站水引路，上柿黄油。

慈幼等所号舍六联五十九间，台高二尺，檐高九尺，宽一丈一寸，进深一丈五尺五寸。七檩十一柁做法，内一联七檩十柁做法。上做马鞍脊，瓮阴阳瓦，花边滴水。左右后新砖砌墙。中砌隔庛八道，下堿灌浆，顶用方椽望砖，新砖墁地。各柱均用磉石，方砖阶沿条石踏垛。院墁小砖站水引路明沟。东西垒小砖墙，东墙发券各安大门一副。檠柱下装棋盘板五十九槽、大和合窗五十八槽、长槅一槽、荷叶门五十六副，内隔间板四十九槽，上柿黄油。

敬节等所号舍六联五十九间，台高二尺，檐高九尺，宽一丈一寸，进深一丈五尺五寸。七檩十一柁做法，内一联七檩十柁做法。上做马鞍脊，瓫阴阳瓦，花边滴水。左右后用新砖砌墙。中砌隔庀八道，下堿灌浆，顶用方椽望砖，新砖墁地。各柱均用磉石，方砖阶沿条石踏垛。院墁小砖站水引路。东西垒小砖墙，西墙发券各安大门一副。檠柱下装棋盘板五十九槽、大和合窗五十八槽、长槅一槽、荷叶门五十六副、风门五十六副，屋内隔间板四十九槽，上柿黄油。

敬节、慈幼所转桶房六间，台高一尺，檐高九尺，宽八尺，进深八尺。三檩四柁做法。上用青白灰苫背，顶用小椽望砖，下墁小砖地。前檐装大方窗两扇、风门一扇，后壁安转桶一架，上柿黄油。

敬节、慈幼所中厕十二间，台高一尺五寸，檐高七尺，宽九尺，进深八尺。三檩一柁两面硬庀架檩做法。上用青白灰苫背，檐头两庀铺瓦，左前新砖砌墙，顶用小椽望砖，小砖墁地，前檐装板门十二扇、窗十二槽。

慈幼、敬节两所夹道卡挡墙三段，高一丈，共宽四丈八尺，厚一尺六寸，均用新砖实砌。上用新砖立砌，顶捺青灰，夹道内通墁小砖甬路站水。南面围墙上安大门二副，上柿黄油。

敬节、慈幼等所司事房六间，台高二尺，檐高一丈，中间宽一丈三尺，边间宽一丈二尺，进深一丈五尺。五檩四柁做法。顶用方椽望砖，上瓫阴阳瓦，花边滴水，左右后新砖砌墙，各柱照安磉石，中间方砖墁地，边间小砖墁地。前檐中间装长槅各一槽，边间装短槅各二槽。后檐中间安大门一副，上柿黄油。院墁小砖地，东西垒小砖，各安大门一副。

敬节、慈幼等所厨房六间，台高二尺，檐高一丈，中间宽一丈三尺，边间宽一丈二尺，进深一丈五尺。五檩四柁做法。顶用方椽望砖，上瓫阴阳瓦，花边滴水，左右后新砖砌墙，各柱照安磉石，下墁小砖地。前檐装推窗各三槽、门各一副，后檐装门一副，上柿黄油。慈幼所厨房内搭五锅高灶一座。

试塾前进三间，台高二尺，檐高一丈，中间宽一丈三尺，边间宽一丈二尺，进深二丈二尺。七檩四柁做法。上做清水脊，瓫阴阳瓦，花边滴水。左右后新砖砌墙。下堿灌浆，顶用方椽望砖，下墁小砖地。各柱均用磉石，方砖阶沿条石踏垛。前院墁小砖引路，东西小砖垒墙，东安桶子门一副。中间檠下装上亮三方、长槅六扇，前装状檠板二段。边间前檐下砌坎墙，上装上亮六方、和合窗八扇，后檐装大门一副。屋内装隔间板三槽、对门四副，上柿黄油。

东西厢房六小间，台高二尺，檐高一丈一尺，中间宽八尺，边间宽七尺，进深七尺。三檩四柁做法。上瓫阴阳瓦，花边滴水。新砖砌墙，顶用方椽望砖，下墁小砖地。各柱均用磉石，方砖阶沿条石踏垛。东厢中间后壁安桶子一个，北面板墙一槽。西厢中间后壁安大门一副，前檐两边间砌坎墙，上装小槅八扇。北面板墙两槽、风门一扇，上柿黄油。

试塾后进三间，台高一丈一尺，中间宽一丈三尺，边间宽一丈二尺，进深二丈六尺，八檩四柁做法。上条清水脊，瓫阴阳瓦，花边滴水。两庀新砖垒墙。前檐长槅一槽。短槅两槽，安门两副；后檐冰文方窗一块、推窗两槽。下墁小砖地，各柱照安磉石、阶沿。院墁小砖，东西垒墙，安桶子门两个、月亮门洞一个、大门一副。

讲堂三间，台高二尺，檐高一丈一尺，中间宽一丈三尺，边间宽一丈二尺，进深二丈二尺。七檩四柁做法。上做清水脊，瓫阴阳瓦，花边滴水。两庀料半砖砌墙，上白灰。下堿灌浆，垒磨缝砖。顶用方椽、刮细望砖，下墁刮细方砖地。各柱均用磉石，前后阶沿砌条石，垂带台坡三层。院墁小砖地，东西垒小砖墙安桶子门一副。前檐上装挂楣，下装栏杆。檠柱下上装插网上亮九方，下装插网长槅十八扇。后檐磨砖坎墙，上装丁字上亮九个，下装插网长槅六扇、玻璃和合窗八扇。后檠中间上装朱油棋盘板一槽，下装青金闪屏六扇，隔间装上亮六方，嵌花纱窗，装上亮六方，十二扇屏，后装荷叶门二副，贴脸嵌门头花。均上色油。

客厅三间，台高二尺，檐高一丈一尺，中间宽一丈三尺，边间宽一丈二尺，进深一丈六尺。八檩四柁做法。上做清水脊，瓮阴阳瓦，花边滴水。两庛墙砌料半砖，上白灰。下堿灌浆，砌磨缝砖，顶用方椽、刮细望砖。檠柱前装荷叶轩，三楹四檩四柁。顶用弯椽、刮细望砖，下墁刮细方砖地。各柱均用磉石，阶沿砌条石，垂带台坡三层。院墁小砖地，东西垒墙安桶子门一副。前檐上装吊楣，下装栏杆。檠柱下装插网上亮九方，下装插网长槅十八扇。后檐磨砖坎墙，中装冰纹大方窗一扇，两边间装丁字上亮六个，下装玻璃和合窗八扇。后檠下中装落地罩一槽，两边间白粉闪屏八扇，屏后隔间板两槽、荷叶门两副，贴脸嵌门头花。均上色油。

东西两廊六间，台高二尺，檐高一丈一尺，中间宽八尺，两边间宽七尺，进深七尺。四檩二柁做法。上瓮阴阳瓦，花边滴水。后墙砌料半砖，上白灰。下堿灌浆，砌磨缝砖。各柱均用磉石，阶沿台坡三层。前檐上装吊楣，下装栏杆。东廊中间安大门一副，西廊中间安桶子门一副。均上色油。

戒烟所九间，台高一尺五寸，檐高一丈，宽一丈一尺二寸，进深二丈四尺。七檩十柁做法。上瓮阴阳瓦，花边滴水。左右后三面新砖砌墙，中砌隔庛二道，下堿灌浆，顶用方椽望砖，下墁小砖。各柱均用磉石方砖阶沿条石踏垛。院墁小砖地，前檠下砌坎墙，上装推窗，中安对门共九槽，内装隔间板二槽、荷叶门两副，上柿黄油。院内中厕一间，台高一尺，檐高八尺，宽九尺，进深八尺。三檩两柁硬庛架檩做法。上用青白灰苫背，小砖垒墁地，前檐板门一扇。

戒烟所厨房二间，台高一尺五寸，檐高九尺，宽八尺，进深一丈一尺。五檩三柁做法。上瓮阴阳瓦，花边滴水。后面新砖砌墙，下堿灌浆。顶用方椽望砖，下墁小砖地。各柱均用磉石。前后檐小砖墁站水，院内墁引路。前檐装大方窗两槽、荷叶门一副，上柿黄油。

戒烟下房两间，台高一尺，檐高九尺，进深一丈二尺，五檩三柁做法。上瓮阴阳瓦，花边滴水。顶用方椽望砖，下墁小砖地。各柱均用磉石。前檐下砌坎墙，上装方眼窗两槽、门一副，上柿黄油。

仓房十间，台高一尺五寸，檐高一丈，宽一丈一寸，进深二丈四尺。七檩十一柁做法。上瓮阴阳瓦，花边滴水。左右后三面实砌新砖墙，中砌隔庛墙一道，下堿灌浆。顶用方椽望砖，下墁小砖地。各柱均用磉石，方砖阶沿，条石踏垛。前后檐墁站水，院内墁引路。西五间前檐砌状元墙，中装大门一副，两边装大方窗四槽，内加推槽板四槽。东五间前檐中装长槅六扇，两边装和合窗十六扇，屋内装隔间板两槽、荷叶门两副，上柿黄油。

中厕二间，台高一尺五寸，檐高九尺，宽八尺，进深一丈一尺，五檩三柁做法。上瓮阴阳瓦，花边滴水。后面新砖砌墙，下堿灌浆。顶用方椽望砖，下墁小砖地。前后檐墁站水，院内墁引路。各柱均用磉石。前檐砌状元墙，装大方窗两槽、荷叶门一副，上柿黄油。

帐房三间，台高二尺，檐高九尺五寸，中间宽一丈三尺，边间宽一丈二尺，进深一丈六尺。七檩四柁做法。上做清水脊，宼阴阳瓦，花边滴水。左右后新砖砌墙，下堿灌浆。顶用方椽望砖，下墁新砖地。各柱均用磉石，方砖台阶，中间条石两层踏垛。院墁小砖地。东西垒小砖墙，东安大门一副，西月亮门洞安栅栏一座。前檐中间装插网长槅六扇，边间装插网和合窗八扇，屋内装隔间板两槽、对门两副，均上柿黄油。

董司夫役厨房三间，台高一尺五寸，檐高一丈，中间宽一丈三尺，边间宽一丈二尺，进深一丈二尺。五檩四柁做法。上宼阴阳瓦，花边滴水。左右后实砌砖墙，下堿灌浆，顶用方椽望砖，下墁小砖地。各柱均用磉石，方砖阶沿，条石踏垛。前后檐墁站水，院内墁引路。前檐垒状元墙，装上亮和合窗三槽、对门一副，上柿黄油。屋内垒四眼锅高灶一座，刮细方砖铺面，上身下脚满捺白灰。

后厅三间，台高二尺，檐高一丈一尺，中间宽一丈三尺，边间宽一丈二尺，进深二丈。七檩四柁做法。上做清水脊，宼阴阳瓦，花边滴水。左右后新砖砌墙，下堿灌浆。顶用方椽望砖，下墁方砖地。各柱均用磉石，条石二层阶沿。院中墁小砖地。后檠中装银朱棋盘板一槽、青金闪屏六扇。后檐中装大门一对，上柿黄油。

东西厢房六间，台高二尺，檐高一丈一尺，宽八尺，进深七尺。四檩三柁做法。上宼阴阳板瓦，花边滴水。顶用方椽望砖，下墁小砖地。各柱均用磉石。前檐台子满墁方砖。小砖砌坎墙，上装小槅三十二扇、上亮二方、风窗两扇、隔间板二槽、荷叶门二副。

后门三小间，台高二尺，檐高一丈一尺，宽八尺，进深五尺，二檩二柁做法。上宼阴阳瓦，花边滴水。后垒小砖大墙，下堿灌浆，顶用方椽望砖。后墙中垒推帮吊顶磨细方砖，门桶条石阶沿，安大门一副，外墁小砖地一方，刷色上油。

惜字炉一座，高八尺，宽八尺，深六尺，新砖发圈。上檐下座，均垒磨砖。东、南、西墙三道，高一丈三尺，共宽六丈七尺，厚一尺四寸，新砖实砌。下堿灌浆，顶用新砖铺面，上捺青灰。

收数项下：

一、收本堂行平银一万七千九百五十九两八钱一厘。

一、收本堂钱一千五百三千八百四十四文。

一、收地工移交钱一百十一千三百二十八文。

一、收申底钱一千七百七十六文。

一、收以银易钱五万五千八十二千七百十文。

一、收本堂行平银一千八百七十两五钱。

一、收本堂钱八百四十七千七百文。

一、收以银易钱六千一百九千五十二文。

以上共收行平化宝银一万九千八百三十两三钱一厘、九六津钱六万三千六百五十六千四百十文。

开除项下：

一、支易出行平银一万七千九百五十九两八钱一厘。（自光绪六年三月初一日起，至十二月底止，每两扯合市价，易九六钱三千六十七文。）

一、支易出行平银一千八百七十两五钱。（自光绪七年七月初一日起，至十二月底止，每两扯合市价，易九六津钱三千二百六十六文。）

以上共支行平化宝银一万九千八百三十两三钱一厘。

一、支杉木长白条五百四根（每根扯合价力三千五百十五文）合钱一千七百七十一千五百六十文。

一、支杉木连半二百三十二根（每根扯合价力四千一百五十文）合钱九百六十二千八百文。

一、支杉木短白条八十六根（每根扯合价力一千六百八十四文）合钱一百四十四千八百二十四文。

一、支丈六杉木四根（每根扯合价力十千二百文）合钱四十千八百文。

一、支丈五杉木五百二根（每根扯合价力三千九百文）合钱一千九百五十七千八百文。

一、支丈四杉木一千一百二根（每根扯合价力三千三百文）合钱三千六百三十六千六百文。

一、支杉木通材一百八十五根（每根扯合价力一千八百文）合钱三百三十三千文。

一、支松木连三檩子一百十六件（合一千四十四寸，每寸扯合价力一千一百文）合钱一千一百四十八千四百文。

一、支松木连三檩子四件（合六十二寸五分，每寸扯合价力一千二百文）合钱七十五千文。

一、支松木连三残檩十二件（合八十九寸，每寸扯合价力七百文）合钱六十二千三百文。

一、支松木连二檩子八件（合七十寸三分，每寸合价力七百文）合钱四十九千二百十文。

一、支松木连三方子三件（合四十六料三分，每料扯合价力二千五百八十文）合钱一百十九千四百五十四文。

一、支油松方子四百七十八件（合一千十三料四分三厘，每料扯合价力三千二百五十文）合钱三千二百九十三千六百四十六文。

一、支油松方子二百六十七件（合五百三十七料一分一厘，每料扯合价力三千二百文）合钱一千七百十八千七百五十二文。

一、支油松方子十六件（合二十九料四分二厘，每料扯合价力三千文）合钱八十八千二百六十文。

一、支油松连二方子七十一件（合五百九十九料五分六厘，每料扯合价力三千一百文）合钱一千八百五十八千六百三十六文。

一、支油松连二方子九件（合一百二十料一分二厘，每料扯合价力二千三百四十文）合钱二百八十一千八十文。

一、支松木连二方子十四件（合二百四料二分二厘，每料扯合价力二千五百五文）合钱五百十一千五百七十文。

一、支松木连二方子三十件（合四百五十二料七分，每料扯合价力二千五百八十文）合钱一千一百六十七千九百六十六文。

一、支油松方子三十一件（合二百五十七料九分，每料扯合价力二千五百八十文）合钱六百六十五千三百八十二文。

一、支寸板三十四块（每块扯合价力一千一百四十七文）合钱三十九千文。

一、支松木寸板一百块（每块扯合价力一千一百文）合钱一百十千文。

以上木料共支津钱二万三十六千四十文。

一、支二棍砖六十八万四千五百二十二块（每万块扯合价力一百十四千三百十九文）合钱七千八百二十五千三百八十六文。

一、支料半砖十五万八千三百八十块（每万块扯合价力一百三十七千四百文）合钱二千一百七十六千一百四十文。

一、支行砖二十四万八千一百三十八块（每万块扯合价力九十二千一百二十三文）合钱二千二百八十五千九百二十二文。

一、支行砖二十八万四千八百八十五块（每万块扯合价力九十五千二百八文）合钱二千七百十二千三百三十六文。

一、支望板砖七万六千八百七十三块（每万块扯合价力一百五千七百六十五文）合钱八百十三千四十六文。

一、支望板砖四万二千七百七十四块（每万块扯合价力九十一千二百四十五文）合钱三百九十千二百九十四文。

一、支尺六方砖一千一百二十六块（每千块扯合价力三百十一千四百四十文）合钱三百五十千六百八十文。

一、支尺二方砖三千九百八十八块（每千块扯合价力一百一千七百五十三文）合钱四百五千七百九十文。

一、支尺二方砖五千三百十六块（每千块扯合价力九十四千十九文）合钱四百九十九千八百四文。

一、支条砖一千九百七十九块（每千块扯合价力四十千三百五十四文）合钱七十九千八百六十文。

一、支旧砖十三万八千二百六十三块（每万块扯合价力八十五千七百九十文）合钱一千一百八十六千一百五十八文。

一、支旧砖六万六千八百六十九块（每万块扯合价力八十七千一百四十文）合钱五百八十二千六百九十六文。

一、支断砖六十六方六尺七寸三分二厘（每十方扯合价力五十六千八十八文）合钱二百五千六百九十二文。

一、支新瓦二十八万四百三十块（每万块扯合价力四十三千八百八文）合钱一千二百二十八千五百六文。

一、支花边滴水一万一千七百九十二块（每万块扯合价力八十千九百四十八文）合钱九十五千四百五十四文。

一、支猫头洞瓦三万三千一百三十三块（每万块扯合价力七十五千三百十六文）合钱二百四十九千五百四十四文。

一、支旧瓦二十二万六千三百七十七块（每万块扯合价力四十一千七百七十八文）合钱九百四十五千七百五十八文。

一、支稳兽二副，计钱五十千五百文。

以上砖瓦共支津钱二万二千八十三千五百六十六文。

一、支条石九十丈九尺六寸（每丈扯合价力七千文）合钱六百三十六千七百二十文。

一、支条石八十四丈五尺八寸（每丈扯合价力工六千八百九十六文）合钱五百八十三千二百六十四文。

一、支大小柱顶石八百八个（每百个扯合价力工五十九千文）合钱四百七十六千七百二十文。

一、支门枕石七副（每副扯合价力工六百二十八文）合钱四千三百九十六文。

一、支门鼓石一对，计钱四十五千文。

一、支石柱十二块（每块扯合价力工二千八百五十文）合钱三十四千二百文。

一、支土板石四十七块（每块扯合价力工二百五十文）合钱十一千七百五十文。

一、支青白灰二十九万三千斤（每万斤扯合价力六十五千二百十二文）合钱一千九百十千七百十二文。

一、支青白灰十万一千一百二十五斤（每万斤扯合价力六十五千六百二十七文）合钱六百六十三千六百五十二文。

以上灰石共支津钱四千三百六十六千四百十四文。

一、支揑头钉一千六十一斤（每斤一百二十文）合钱一百二十七千三百二十文。

一、支扒头钉九百五十九斤（每斤一百二十文）合钱一百十五千八十文。

一、支枣核钉三百五十六斤八两（每斤一百二十文）合钱四十二千七百八十文。

一、支连钉四百五斤（每斤一百五十文）合钱六十千七百五十文。

一、支羊眼钉七千个（每百个五百文）合钱三十五千文。

一、支老鱼眼钉四万七千七百个（每百个二百六十文）合钱一百二十四千二十文。

一、支大号鱼眼钉二万四千八百个（每百个一百八十文）合钱四十四千六百四十文。

一、支二号鱼眼钉五千五百个（每百个一百六十文）合钱八千八百文。

一、支三号鱼眼钉二万二百十个（每百个一百二十文）合钱二十四千二百五十二文。

一、支猫眼钉二千九百个（每百个三百二十文）合钱九千二百八十文。

一、支乳头钉五百六十六个（每百个一千文）合钱五千六百六十文。

一、支大小屈戌二百四十副（每百副扯合价力五千八百三十二文）合钱十三千九百九十六文。

一、支大小荷叶合扇三百十八副（每百副扯合价十八千三百四十八文）合钱五十八千三百四十六文。

一、支碰头九十个（每个七十文）合钱六千三百文。

一、支黄绿豆条十一斤（每斤四百八十文）合钱五千二百八十文。

一、支板凳锯二百五十个（每百个扯合价一千七百四文）合钱四千二百六十文。

一、支大小铁锯三百二十三斤（每斤一百二十文）合钱三十八千七百六十文。

一、支惜字炉铁门一扇钱二千三百文。

一、支大小铜环、灯钩、铜钹四十七斤三两（每斤六百六十文）合钱三十一千一百四十四文。

一、支麻刀六千五百五十斤（每百斤七千三百二十六文）合钱四百七十九千八百五十四文。

一、支麻绳、泥斗布钱一百五十千三百四十二文。

以上钉、铁、铜环、麻刀、绳索共支津钱一千三百八十八千一百六十四文。

一、支苠草三万四千八百八十六斤（每百斤扯合价力五千文）合钱一百七十四千四百三十文。

一、支苇席六百五领（每领扯合价力一百八十四文）合钱一百十一千三百二十文。

一、支鱼胶一百五十七斤（每斤一千二百文）合钱一百八十八千四百文。

一、支玻璃一百五十五块（每十块扯合价三千三百五十文）合钱五十一千九百二十四文。

一、支裱糊顶槅工料钱三十二千文。

以上苇席、鱼胶、玻璃、苠草共支津钱五百五十八千七十四文。

一、支硍朱六百四十包（每包一百六十文）合钱一百二千四百文。

一、支赤金八十帖（每帖三百四十文）合钱二十七千二百文。

一、支佛青五斤（每斤七百文）合钱三千五百文。

一、支官粉六十斤（每斤二百二十文）合钱十三千二百文。

一、支水胶一百五十斤（每斤三百二十文）合钱四十八千文。

一、支南化土子三十斤（每斤四十文）合钱一千二百文。

一、支青粉六百四十块（每块五文）合钱三千二百文。

一、支槐子二百十斤（每斤七十二文）合钱十五千一百二十文。

一、支漳丹三百八十包（每包一百八十文）合钱六十八千四百文。

一、支洋绿五斤（每斤九百六十文）合钱四千八百文。

一、支罐红四十斤（每斤四十文）合钱一千六百文。

一、支光油八百九十斤（每斤二百四十文）合钱二百十三千六百文。

一、支生桐油五百五十斤（每斤二百二十文）合钱一百二十一千文。

一、支菜油六十斤（每斤一百七十文）合钱十千二百文。

一、支砂布、挫草等物钱六千七十四文。

以上油漆颜料共支津钱六百三十九千四百九十四文。

一、支纸张、笔墨、印色、戳子、棕印等件钱五十四千四百四十文。

一、支灯烛八十九斤八两（每十斤扯合价二千九百六十三文）合钱二十六千六百六文。

一、支煤油四百四十八斤（每斤扯合价九十六文）合钱四十三千八文。

一、支茶叶煤炭钱六十三千四百五十文。

一、支路灯、铁架、洋灯、碗盏、盆罐等件钱三十二千三百五十四文。

一、支杂项钱五十三千二十六文。

以上油烛、纸张、家具杂款共支津钱二百七十二千八百八十四文。

一、支瓦匠大工一万二千六百四十名（每名工四百文）合钱五千五十六千文。

一、支瓦匠小工六千三名（每名工三百文）合钱一千八百千九百文。

一、支木匠工九千二百三十九名（每名工四百文）合钱三千六百九十五千六百文。

一、支锯匠工一千八百九十八名（每名工四百文）合钱七百五十九千二百文。

一、支油漆匠工八百九十七名（每名工四百文）合钱三百五十八千八百文。

一、支更夫听差六名（自光绪六年七月初一日起，至十二月二十日止，一百七十天，每名每天辛工一百五十文）合钱一百五十三千文。

一、支厨火夫二名（自光绪六年七月初一日起，至十一月十五日止，一百三十五天，每名每天辛工一百五十文）合钱四十千五百文。

一、支水车夫一名（自光绪六年七月初一日起至十一月十五日止，四个半月，每月辛工四千文）合钱十八千文。

一、支犒赏夫头、地保钱五十千文。

以上工匠夫役赏犒共支津钱一万一千九百三十二千文。

一、支沈游击廷栋（自光绪六年三月分起至十二月分止，十个月车马费）合钱二百十千文。

一、支司事九人（自光绪六年七月分起至十一月分止，五个月，每人每月薪水十千文）合钱四百五十千文。

一、支司事二人（自光绪七年七月分起至八年二月十五日止，八个半月，每人每月薪水十四千文）合钱二百三十八千文。

一、支伙食钱七百九十八千九百六十文。

一、支柴草钱四十八千五百七十四文。

一、支喂养水车牛料并钉掌等件钱九十三千八百三十四文。

一、支耗底钱一百四十六千一百二十二文。

以上薪水、伙食、喂养共支津钱一千九百八十五千四百九十文。

大共支行平化宝银一万九千八百三十两三钱一厘、九六津钱六万三千二百六十二千一百二十六文。

实在项下：

应存九六津钱三百九十四千二百八十四文。

此款付还本堂总帐。

营田四柱册*

光绪八年二月二十七日起至七月底止营田所四柱册

计开：

旧管：

无。

新收：

一、收本堂行平八十六两二钱二分。

一、收又公砝平九百二十二两八分三厘。

一、收又钱一千五十三千三百二十四文。

一、收有余堂捐助一千七百五十八千文。

一、收售见小麦三百九十六千七百八十八文。

一、收以银易进二千八百十一千一百九十二文。

以上共收行平银八十六两二钱二分、公砝平银九百二十二两八分三厘、九六津钱六千十九千三百四文。

开除：

一、支易出公砝平七百六十五两九钱二分三厘。

一、支又行平八十六两二钱二分。

一、支籽种七百八十二千七百七十四文。（内麦种八十石，五百二十一千八百八十文；糯种六石五斗，四十三千三百三十五文；白稻种一石七斗，十一千三百三十二文；小稻种一石九斗，十千五百六十七文；又稻种二千八百三十六斤，一百四十一千八百文；红粱种四千三百六十文；稻秧四十九千五百文。）

一、支粪一百二十八千三百九十文。（内粪一百二十五担，三十二千文；麻酱四千五百斤，九十三千六百文；炕灰二千七百九十文。）

一、支季工九名（三月起至年底止）三百二十千二百十四文。

一、支月工九名（三月起至七月底止）九十二千三百四十文。

一、支日工一千一百一千三十文。（内管饭一百五十一工，三十千二百文；包饭三千二百五十五工，一千四十一千六百文；领作七十九工，二十九千二百三十文。）

一、支佃户垦荒二百八千五百文。（内承种旱稻十顷六十亩，每亩贴钱一百五十文；又杂粮四顷九十五亩，每亩贴钱一百文。）

一、支农家具一百六十千二十六文。（内石碾、风车全副一百十千文；镐一张、镰六把，一千二百四十文；铁掀十张，六千三百文；铁四齿十把，五千八百文；耙柄二件，二千八百文；抹子一把，二百二十文；木掀一张，一百五十文；木叉三把，三百九十文；磟碡并架板，六千四百十文；驴套板一副，五百五十文；铡刀一把，五千五百文；草筛一个，一百六十六文；锄一张，八百三十文；抬筐一副，三百六十文；锅一口，四千七百五十文；木桶一个，二千七百文；竹帘一挂，二千四百文；竹竿十根，三百二十文；簸箕、竹筛，九百文；笸罗，一千文；秤一杆，六百五十文；瓷器、铲刀、竹筷、锅盖、铁勺，六千五百九十文。）

一、支笔墨、纸张、洋布、油烛、茶叶、杂项四十九千二十二文。

一、支取水车川资六千文。

一、支犒赏五十二千一百五十文。（内插秧工人十九千七百五十文，节赏酬劳十六千四百文，闸夫地方十六千文。）

一、支驴两匹二十七千文。

一、支喂养三十一千文。

一、支建屋一千三百九十二千四百三十文。（内屋十间，台高一尺二寸，檐高九尺五寸，开间一丈一尺，进深一丈五尺，五檩四柁，苇把围圆七寸，墙用土甓，砖城十三层，顶上草泥，工料五百九十千文；院墙高八尺，长二十一丈，砖城七层，上用土甓，一百六十八千文；马棚三间，高八尺，开间一丈，进深八尺，四檩二柁，三面土墙，工料一百三十五千文；大门一间，十八千文；屋基围沟周四十七丈五尺五寸，口宽三丈五尺，底宽一丈五尺，深五尺，每丈见土十一方三尺七寸五分，共五百四十方八尺八寸，每方二百七十文，共一百四十六千三十八文；打素土长六十八丈二尺五寸，宽四尺，见土一百九方二尺，每方六百文，共六十五千五百二十文；石灰九千七百四十四斗，一百九千九百五十二文；麻刀一千五百八十二斗，九十四千九百二十文；泥匠土工六十五千文。）

一、支开沟、垫道八百七十千三百三十四文。（内第一估工长二百五十丈五尺，口宽一丈五尺，底宽五尺，深四尺，每丈见土四方，共一千二方，每方一百八十文，共一百八十千三百六十文；第二估工长二百六十九丈二尺，口宽八尺，底宽二尺，深三尺，每丈见土一方五尺，共四百三方八尺，每方一百八十文，共七十二千六百八十四文；第三估工长二百九十九丈，口宽八尺，底宽二尺，深三尺，每丈见土一方五尺，共四百四十八方五尺，每方一百三十文，共五十八千三百四文；第四估工长一百八十七丈，口宽一丈五尺，底宽五尺，深四尺，每丈见土四方，共七百四十八方，每方一百八十文，共一百三十四千六百四十文；第五估工长三十三丈八尺，口宽八尺，底宽二尺，深三尺，每丈见土一方五尺，共五十方七尺，每方一百八十文，共九千一百二十六文；第六估工长一百七十三丈三尺，口宽八尺，底宽二尺，深三尺，每丈见土一方五尺，共二百六十方，每方一百八十文，共四十六千八百文；第七估工长一千四百四十丈，口宽四尺，底宽一尺，深二尺，每丈见土五尺，共七百二十方，每方一百三十文，共九十三千六百文；第八估工长五百三十五丈五尺，口宽八尺，底宽二尺，深三尺，每丈见土一方五尺，共八百三方二尺五寸，每方一百四十文，共一百十二千四百五十六文；第九估工长六十丈，口宽七尺，底宽二尺，深三尺，每丈见土一方三尺五寸，共八十一方，每方一百四十文，共十一千三百四十文；第十估工长一百七十七丈五尺，口宽五尺，底宽二尺，深二尺，每丈见土七尺，共一百二十四方二尺五寸，每方一百四十文，共十七千三百九十六文；第十一估工长二十丈四尺七寸五分，口宽八尺三寸三分，底宽二尺，深四尺，每丈见土二方六寸六分，共四十二方三尺，每方四百文，共十六千九百二十文，垫道工长八十八丈九尺二寸，面宽一丈五尺，底宽二丈，高三尺，每丈见土五方二尺五寸，共土四百六十六方八尺三寸，每方二百五十文，共一百十六千七百八文。）

一、支建木桥涵洞工料十八两六钱三百十七千九百三十二文。（内桱木连截四根，二十千文；又通材五根，七两二钱；木梢一百十四根，十一两四钱；松木连方三寸板一丈八尺九寸，九十八千二百八十文；单截三寸板二丈五尺二寸，六十千四百八十文；又松板二丈六尺六寸，十一千一百七十二文；板皮一千六百五十斗，三十九千六百文；铁拉条三十根，三十六千文；铁钉六十斗，八千四百文；木作五十工，二十千文；土工打桩，二十四千文。）

一、支坝工二十八两、二十千二百文。（内木梢二百八十根，二十八两；苇三十个，十五千文；打桩七工二千八百文；扒钉二十斗，二千四百文。）

一、支瓦涵洞水斗丈绳十七千四百五十四文。

一、支由蓟州河北运稻种木料车力八十三千七百八十文。

一、支买南洼地十六亩十九千二百文。

一、支纳课七千三百十六文。

一、支福食一百六十四千一百四十二文。

一、支高季员五月至七月薪水三十六两。

一、支程王司事三个月薪水四十二十八千文。

以上共支行平银八十六两二钱二文、公砝平银八百四十八两五钱二分三厘、九六津钱五千九百十一千二百三十四文。

实在：

共存公砝平银七十三两五钱六分、九六津钱一百八千七十文。

光绪八年八月分营田所四柱册

旧管：

前存公砝平银七十三两五钱六分、九六津钱一百八千七十文。

新收：

一、收本堂公砝平二百五十八两七钱二分。

一、收以银易进钱六百四十千文。

一、收申底十千六百六十六文。

以上共收公砝平银二百五十八两七钱二分、九六津钱六百五十千六百六十六文。

开除：

一、支易出公砝平二百两。

一、支买南洼地二百五十九亩五分三厘，价四百五十四千一百七十四文。

一、支又酬中九千八十四文。

一、支津贴佃户垦荒二十一千文。（内垦稻地一百四十亩，每亩一百五十文。）

一、支添置农具十二千九百四十文。

一、支小船一只三十千文。

一、支垫道十三千八百六十文。（内四十二工，每工三百三十文。）

一、支修理墙垣二千六百文。

一、支月工十六千八百文。（内人工四名，每名拉〔扯〕合四千二百文。）

一、支日工四十四千九百八十文。（内不管饭九十二工，每工三百二十文，共二十九千四百四十文；领作四十二工，每工三百七十文，共十五千五百四十文。）

一、支运脚三千二百文。

一、支高委员薪水十二两。

一、支程、王、周三司事薪水三十千文。

一、支福食四十八千八百六十六文。

一、支杂项三千九百二十二文。

一、支餼养七千三百二十文。

一、支犒赏二十七千四百七十六文。

以上共支公砝平银二百十二两、九六津钱七百二十六千二百二十二文。

实在：

共存公砝平银一百二十两二钱八分、九六津钱三十二千五百十四文。

光绪八年九、十月分营田所四柱册

旧管：

前存公砝平银一百二十两二钱八分、九六津钱三十二千五百十四文。

新收：

一、收本堂公砝平五百十七两四钱四分。

一、收稻草售见十九千二百五十文。

一、收易进钱八百十一千五百文。

一、收串底十三千四百五十四文。

以上共收公砝平银五百十七两四钱四分、九六津钱八百四十四千二百四文。

开除：

一、支易出银二百五十两。

一、支季工回蓟州川资三千文。

一、支月工二十七千二百五十文。

一、支日工四十七千三百二十文。（内不管饭一百二十六工，每工三百二十文；管饭三十五工，每工二百文。）

一、支修墙七千三百六十文。

一、支闸口挑淤十八千六百文。

一、支农具器皿十七千七百二十六文。

一、支运脚八千五百文。

一、支高委员两月薪水二十四两。

一、支程、周两司事两月薪水四十八千文。

一、支王司事九月分薪水六千文。

一、支杂项五千二百四十文。

一、支福食六十三千一百三十六文。

一、支犒赏九千文。

一、支更夫皮衣七千二百八文。

一、支牲畜三千四百三十文。

一、支餧养六千文。

以上共支公砝平银二百七十四两、九六津钱二百七十七千七百七十文。

实在：

共存公砝平银三百六十三两七钱二分、九六津钱五百九十八千九百四十八文。

光绪八年十一月、十二月分营田所四柱册

旧管：

前存公砝平银三百六十三两七钱二分、九六津钱五百九十八千九百四十八文。

新收：

一、收本堂公砝平七百七十六两一钱六分。

一、收稻草售见二千二百五十四文。

一、收以银易进一千八十一千三百十八文。

一、收串底十八千二十文。

一、收佃户交还籽种四十五千文。

以上共收公砝平银七百七十六两一钱六分、九六津钱一千一百四十六千五百九十二文。

开除：

一、支易出公砝平三百二十九两八分。

一、支交本堂公砝平八十六两六钱五分（合行平八十六两二钱二分）。

一、支又公砝平三百十四两二钱四分（作钱一千五十二千七百十八文）。

一、支买南洼荒地三百三十二千九十文。（内徐、王、李等姓地一百十八亩三分四厘，价二百七千九十文；又徐、王等姓地三百亩，价五百二十五千，先付一百二十五千文。）

一、支买地酬中十四千六百文。

一、支牛水车二二部工料七十两二百十四千文。

一、支季工四名，给来年一半工价九十二千文。

一、支月工二十五千文。

一、支日工四百文。

一、支籽种一百千文。

一、支纳课七十八两五钱六分。

一、支又六十一千二百九十文。

一、支粪一百二十四千文。

一、支修闸石料八十两。

一、支修造各项工料九十九千七百十四文。

一、支添置器用十九千四百七十文。

一、支运费二千八百五十文。

一、支高委员薪水二十四两。

一、支高、王、周司事三人薪水六十六千文。

一、支福食四十二千三百二十文。

一、支犒赏三十四千文。

一、支杂项三十三千七百九十六文。

一、支马一匹二十九千文。

一、支餧养六千四百八十文。

以上共支公砝平银九百八十二两五钱三分、九六津钱一千二百九十七千十文。

实在：

共存公砝平银一百五十七两三钱五分、九六津钱四百四十八千五百三十文。

光绪九年分营田所四柱册

旧管：

前存公砝平银一百五十七两三钱五分、九六津钱四百四十八千五百三十文。

新收：

一、收本堂公砝平一千八百十一两四分。

一、收易银钱五千八百四十七千三百五十二文。

一、收申底九十七千四百五十四文。

一、收鱼钱三千文。

一、收铁钉、铁条十八千九百六十文。

一、收石料变价二百六十六千四百文。

一、收卖驴一匹七千文。

一、收卖骡一匹二十七千文。

一、收卖鸭四十二千四百文。

一、收卖猪三十千文。

一、收回砖钱二十六千四百文。

以上共收公砝平银一千八百十一两四分、九六津钱六千三百六十五千九百六十六文。

开除：

一、支易钱公砝平一千八百三十八两七钱九分。

一、支籽种八十五千四百八十文。（内稻种十八石，七十二千文；大麻种二斗，一千文；荸荠三斗，一千三百二十文；葱秧三千七百文；白菜子一千文；藕秧六千四百六十文。）

一、支栽柳四百株五十九千文。

一、支佃户徐国庆等借籽种钱一百四十二千文。

一、支又贾永恭泰等一千三百五十六千文。

一、支麻酱（二万二千四百九十六斤）四百八十一千二百四文。

一、支季工三百八十五千一百五十文、二十一两六钱。（内范锐亭两季，一百二十千九百五十文；崔永才等三名两季，一百三十四千文；刘义等二名半季，二十七千五百文；木工一名半季，七千七百文；王德庆、张鼎山两季，九十五千文；又王、张回南川资二十一两六钱。）

一、支月工三百二十四千文。（内共十八名，自三月初一日起至八月底止，每月每名三千文。）

一、支日工三百九十五千八百四十文。

一、支农具四百四千九百八十六文。（内簸箕、叵罗，一千七百文；木掀二柄，二百八十四文；耧两个、犁二张、耠二个、钃二张，十三千文；铁工炉火，二十一千二百五十四文；耠斗七百文；条帚二十把，三百十二文；套包二个，一千三百文；笼头，一千文；粪箕、抬筐，二千五十文；修理农具，三千六百六十文；小风车样，二千四百文；车套全副，八千文；铁掀，七千七百三十文；铁耠头二个，三百八十文；套绳，三千九百九十文；扁担七条，一千六百六十文；铁铃四个，五百二十文；木锨四把，六百四十文；水车十二部，一百六十四千六百文；牛车二辆、小车四辆，一百六十九千八百六文。）

一、支修闸工料一千二百八十二千五百四十二文。（内秫秸五十四千二百四十八文；石灰四十七千二百文；木料二百七十二千一百九十文；砖四十千文；麻刀苇把二十一千八百七十六文；铁料、油灰十四千九百八十八文；桐油十二千九百六十文；杨木桩六十一千一百五十文；铁钉、铁条十六千四百八十文；木工四十二千九百文；土工打硪并开沟、垫场园六百九十一千三百文；水桶七千二百五十文。）

一、支添置器皿一百四十八千二百七十二文。

一、支牲畜二百五十四千二百八十四文。（内猪三只，八千七百文；骡三匹，一百五十三千文；驴四匹，六十九千五百文；鸭三百十四只，二十三千八十四文。）

一、支杂项一百二十一千五百二文。

一、支喂养一百三十九千八百八十四文。

一、支运稻种、家具脚力五十三千一百六十文。

一、支工人、闸夫犒赏六十千七十文。

一、支福食六百四十二千八百五十四文。

一、支八年十二月分买徐、王等姓荒地找价三百千文。

一、支纳课十三千二百八十二文。

一、支高委员九个月薪水一百八两。

一、支程司事正月分薪水十四千文。

一、支周　　八个月薪水八十千文。

一、支谢　　四个月薪水四十千文。

一、支王　　六个月薪水三十六千文。

以上共支公砝平银一千九百六十八两三钱九分、九六津钱六千八百十九千五百十文。

实在：

共不敷钱五千十四文。

光绪十年分营田所四柱册

旧管：

前不敷钱五千十四文。

新收：

一、收售小麦四十四石五斗，四千八百文，合二百十三千六百文。

一、收卖驴二匹十七千文。

一、收鱼利三百五十三千八百十文。

以上共收九六津钱五百八十四千四百十文。

开除：

一、支南洼勘水船脚三千八百文。

一、支修庄房十八千文。

一、支修船工料十一千二百八十文。

一、支修补堤埝一百二十六千文。

一、支修垫闸口十一千六百文。

一、支稻种四千六百斤，四千八百文，合二百二十千八百文。

一、支塌河淀四次勘地船脚二十四千九百文。

一、支又福食零用十八千六百七十八文。

一、支厨夫工价一千文。

一、支赏船户一千四百文。

一、支查鱼巡丁饭钱二十九千八百五十文。（内自闰五月二十五日起至六月二十五日止，又七月初一日起至十二月二十六日止，共一百九十九日，每日一百五十文。）

一、支又皮袄三千六百五十文。

一、支看守庄房佃户工食四十一千九百文。

一、支运房木闸板到堂脚力三千五百文。

一、支纸张杂项二千六百七十六文。

以上共支九六津钱五百十九千三十四文。

实在：

共存九六津钱六十千三百六十二文。

营田所置买天津海光门外南洼蓝田荒地亩数价钱册

计开：

一、买穆文彬地十三顷九十一亩五分一厘七毫八丝，价一千六百六十九千八百二十文。

一、买费云章地八十五亩，价一百二千文。

一、买王塏地五十九亩七分，价七十一千六百四十文。

一、买张世和、马桂林、于万成地六顷三十九亩七分一厘，价七百六十七千六百五十二文。

一、买王荫福地一顷十九亩，价一百四十二千八百文。

一、买马桂林地一顷五十五亩六分六厘，价一百八十六千七百九十二文。

一、买马长泰地八十一亩八厘三毫，价九十七千三百文。

一、买马桂林、王塏地五顷五十九亩一分五厘，价六百七十千九百八十文。

一、买徐国庆柱地一顷九十亩五分，价二百九千五百五十文。

一、买徐国庆柱地四十亩，价四十八千文。

一、买朱恩开地六十一亩，价六十七千一百文。

一、买张德林地六十亩，价七十二千文。

一、买王有地六十亩，价六十六千文。

一、买孔树地七十三亩，价八十七千六百文。

一、买马桂林地五十八亩，价六十九千六百文。

一、买张树宝地三十亩，价三十六千文。

一、买马桂林地六十五亩，价七十八千文。

一、买王国启地六十五亩，价七十一千五百文。

一、买刘鼎地三十二亩，价三十八千四百文。

一、买徐国庆柱地五十五亩，价六十六千文。

一、买崔珍地十六亩，价十九千二百文。

一、买马桂林地四十八亩，价五十七千六百文。

一、买郑荣地九十三亩，价一百十一千六百文。

一、买崔珍地三十九亩，价四十六千八百文。

一、买刘鼎地三十三亩，价三十九千六百文。
一、买李庆春地三十亩，价三十六千文。
一、买马桂林地四十八亩，价五十七千六百文。
一、买孔树地四十八亩，价五十七千六百文。
一、买张平地十六亩，价十七千六百文。
一、买郑荣地六十五亩，价七十八千文。
一、买张自安地三十亩，价三十三千文。
一、买徐青地一顷二十亩，价一百三十二千文。
一、买王垲地二十二亩，价二十六千四百文。
一、买王春地二十八亩，价三十千八百文。
一、买王垲地五十三亩，价六十三千六百文。
一、买王垲地九十二亩，价一百十千四百文。
一、买张永地十一亩，价十二千一百文。
一、买于万成地四顷七十三亩，价五百六十七千六百文。
一、买马长吉地四十四亩，价五十二千八百十二文。
一、买马长吉地二顷七十八亩六分二厘七毫，价三百三十四千三百五十二文。
一、买吉辅谦地六十六亩，价一百十五千五百文。
一、买徐文兆地五十一亩，价八十九千二百五十文。
一、买王有功地三十四亩四分，价六十千二百文。
一、买张雨樵地二十一亩五分六厘，价三十七千七百三十文。
一、买姜子有明地一顷八十三亩五分二厘九毫，价三百二十一千一百七十四文。
一、买翟文成地四十三亩三分六毫，价七十五千七百八十四文。
一、买王凤舞、李万春地一顷七十八亩九厘六毫，价三百十一千六百六十六文。
一、买徐青地四十四亩，价七十七千文。
一、买徐凤春地二十亩，价三十五千文。
一、买姜子诚地五十一亩三分七厘七毫，价八十九千九百十文。
一、买徐国柱、王桂永地四十一亩二分八厘，价七十二千二百四十文。
一、买徐国柱、王桂永地一顷二十八亩，价二百二十四千文。
一、买房兆顺地十亩五分，价十八千三百七十四文。
一、买徐成宽地三十四亩五分，价六十千三百七十四文。
一、买何永兴地三十四亩五分，价六十千三百七十四文。
一、买张雨樵地二十一亩三分七厘，价三十七千三百九十六文。
一、买徐国胜地五十亩四分六厘，价八十八千三百四文。
一、买张雨樵地八十一亩，价一百四十一千七百五十文。
一、买翟文成地十六亩，价二十八千文。
一、买胡有来地十六亩，价二十八千文。
一、买郁振魁地四十六亩，价八十千五百文。
一、买黄振清地四十六亩，价七十八千二百文。

一、买董顺地十六亩，价二十八千文。

一、买三合堂周地十二顷九十八亩一分，价二千二百七十一千六百七十四文。

一、买三合堂周地二顷四十三亩，价四百二十五千二百五十文。

一、买王长有地三十八亩七分四厘五毫，价六十七千七百八十四文。

一、买王兆元地二十九亩，价五十千七百五十文。

一、买徐国柱、王桂永地一顷三十亩，价二百二十七千五百文。

一、买王平九地四十二亩五分，价七十四千三百七十四文。

一、买徐国柱、王桂永地一顷八十八亩六分，价三百三十千五十文。

一、买徐文魁地三十二亩，价五十六千文。

一、买孙连举地四十四亩三分五厘，价七十七千六百十二文。

一、买徐青地二十七亩二分五厘，价四十七千六百八十六文。

一、买徐青地九十亩九分八厘，价一百五十九千二百十四文。

一、买徐成龙地十八亩六分四厘，价三十二千六百二十文。

一、买徐国庆地十五亩，价二十六千二百五十文。

一、买孙连举地四十七亩三分一厘，价八十二千七百九十二文。

一、买尤茂亭地二十五亩，价三十千文。

一、买李兆明地五十六亩，价九十八千文。

一、买董起地十六亩，价十九千二百文。

一、买徐国柱、王贵永地七十二亩六分，价一百二十七千五十文。

一、买李万起地四十五亩七分四厘，价八十千四十文。

一、买徐国柱、王贵永地三顷，价四百二十五千文。

一、买地酬中及丈地经费三百二十千七百十文。

以上共地九十四顷六十三亩六分四厘九毫八丝、钱一万三千六百九十一千六百八十文。(查前项地价由本堂支钱一万二千五百六十一千七百七十六文，由营田所付钱一千一百二十九千九百四文。)

徐国柱、王贵永三顷之地，候委员高差旋丈清，应再找钱一百千文。

津河广仁堂所刻书总目(以刻成先后为序)

(光绪乙酉孟夏四月吴县吴大澂审检)

《圣谕广训直解》一卷

《圣谕广训十六条》附《律易解》一卷

《庭训格言》一卷

《弟子规》一卷

《童蒙须知韵语》一卷

《小儿语》一卷

《性理字训》一卷

《养蒙彝训》一卷

《广三字经》一卷

《六艺纲目》二卷

《袁氏世范》三卷

《听训斋语》一卷

《训子语》二卷

《女小儿语》一卷

《女诫直解》一卷

《女学》六卷

《教女彝训》一卷

《小学》六卷

《近思录集解》十四卷

(按：以上书目，原书有重复，此删。)

《观澜讲义》一卷
《课士直解》七卷
《北溪字义》二卷
《为学大指》一卷
《圣学入门书》一卷
《灵峡学则》一卷
《吕氏乡约》一卷
《朱子行状》一卷
《读书分年日程》三卷
《读书举要》一卷
《四礼翼》一卷
《夜行烛》一卷
《乡塾正误》二卷
《教谕语》五卷
《演教谕语》一卷
《吕子节录》四卷
《明贤蒙正录》二卷
《手札节要》三卷
《弟子箴言》十六卷
《恒斋日记》二卷
《性理小学浅说》二卷
《懿言日录》一卷
《读书做人谱》一卷
《卫道编》二卷
《暗修记》□卷
《铢寸录》四卷
《恒产琐言》一卷
《丰裕庄本书》一卷
《蚕桑实济》六卷
《山居琐言》一卷
《莅政摘要》二卷
《校邠庐抗议》一卷
《怡贤亲王奏疏》一卷
《病榻梦痕录辑要》□卷
《愧讷集》十二卷
《柏庐外集》四卷
《桴亭文集》五卷
《陈布衣集》四卷
《况太守集》十六卷
《陈学士文集》六卷
《蔚山草堂集》□卷
《毋自欺室文集》十卷
《龙泉园集》□卷
《张杨园先生年谱》一卷
《陈确庵先生年谱》□卷
《陆清献公年谱》二卷
《汤文正公年谱》□卷
《魏敏果公年谱》□卷
《朱文端公年谱》□卷
《陈文恭公年谱》□卷
《汪双池先生年谱》□卷
《罗忠节公年谱》□卷

津河广仁堂所刻书籍价目

（以刊成先后为序，均用津钱）

《弟子规》	每本	连史纸	钱五十文
		毛太纸	钱三十四文
《童蒙须知韵语》	每本	连史纸	钱五十六文
		毛太纸	钱三十八文
《小儿语》	每本	连史纸	钱五十文
		毛太纸	钱三十四文
《性理字训》	每本	连史纸	钱六十文

		毛太纸	钱四十文
《先喆格言》	每本	连史纸	钱三十四文
		毛太纸	钱二十六文
《灵峡学则》	每本	连史纸	钱六十文
		毛太纸	钱四十文
《小学读本》	每部（两本）	连史纸	钱四百文
		毛太纸	钱二百五十文
《乡塾正误》	每本	连史纸	钱一百四十文
		毛太纸	钱九十文
《教谕语》	每本	连史纸	钱一百八十文
		毛太纸	钱一百二十文
《夜行烛》	每本	连史纸	钱一百八十文
		毛太纸	钱一百二十文
《庭训格言》	每本	连史纸	钱二百五十文
		毛太纸	钱一百六十文
《弟子箴言》	每部（四本）	连史纸	钱六百四十文
		毛太纸	钱四百十文

以上共书十二种，订十二本。连史纸，每函津钱二千五十文；毛太纸，每函津钱一千三百五十文。

壬午书籍价目

《陆氏观澜讲义》	每本	连史纸	钱一百十四文
		毛太纸	钱八十四文
《四礼翼》	每本	连史纸	钱一百五十文
		毛太纸	钱一百文
《北溪字义》	每部（两本）	连史纸	钱三百五十文
		毛太纸	钱二百二十八文
《读书分年日程》	每部（两本）	连史纸	钱四百四十文
		毛太纸	钱二百八十四文
《明贤蒙正录》	每本	连史纸	钱一百八十四文
		毛太纸	钱一百二十四文
《莅政摘要》	每本	连史纸	钱二百四十四文
		毛太纸	钱一百四十六文
《读书举要》	每本	连史纸	钱一百零六文
		毛太纸	钱五十六文
《恒产琐言》	每本	连史纸	钱五十四文
		毛太纸	钱四十文
《聪训斋语》	每本	连史纸	钱一百四十四文
		毛太纸	钱一百文

《潘丰裕庄本书》　每本　连史纸　钱一百二十文
　　毛太纸　钱八十文
《蚕桑实济》　每部（两本）　连史纸　钱三百三十四文
　　毛太纸　钱二百十六文
《愧讷集》　每部（四本）　连史纸　钱一千零八十文
　　毛太纸　钱七百文
《柏庐外集》　每部（两本）　连史纸　钱五百四十文
　　毛太纸　钱三百四十四文

以上共书十三种，订十八本。连史纸，每部合津钱三千八百六十文；毛太纸，每部合津钱二千五百文。

癸未书籍价目

《陆桴亭文集》　每部（两本）　连史纸　钱五百十六文
　　毛太纸　钱三百十文
《吕子节录》　每部（两本）　连史纸　钱三百八十八文
　　毛太纸　钱二百五十文
《训子语》　每本　连史纸　钱一百九十文
　　毛太纸　钱一百二十四文
《恒斋日记》　每本　连史纸　钱一百八十文
　　毛太纸　钱一百十八文
《广三字经》　每本　连史纸　钱二百十文
　　毛太纸　钱一百四十文
《演教谕语》　每本　连史纸　钱七十八文
　　毛太纸　钱五十四文
《校邠庐抗议》　每本　连史纸　钱四百六十文
　　毛太纸　钱二百九十二文
《卫道编》　每本　连史纸　钱二百九十文
　　毛太纸　钱一百八十八文
《女学》　每部（两本）　连史纸　钱四百九十文
　　毛太纸　钱三百十四文

连史毛太纸每部合津钱二千八七百零二九十文。

《圣谕广训直解》　每本　连史纸　钱
　　毛太纸　钱
《怡贤亲王奏疏》　每本　连史纸　钱一百八十文
　　毛太纸　钱一百二十文
《朱子行状》《吕氏乡约》《圣学入门》《为学大指》　合一本　连史纸　钱二百七十文
　　毛太纸　钱一百八十文
《袁氏世范》　每部（两本）　连史纸　钱二百三十文

		毛太纸	钱一百六十八文
《叶氏近思录集解》	每部（两本）	连史纸	钱四百九十文
		毛太纸	钱四百二十八文
《朱文端公年谱》	每本	连史纸	钱一百七十文
		毛太纸	钱一百十文
《手札节存》	每部（两本）	连史纸	钱四百四十文
		毛太纸	钱二百八十文
《懿言日录》	每本	连史纸	钱一百六十文
		毛太纸	钱一百十文
《课士直解》	每部（四本）	连史纸	钱九百七十文
		毛太纸	钱六百二十文
《文章本原》	每本	连史纸	钱三百四十六文
		毛太纸	钱二百二十文
《陆清献公年谱》	每部（三本）	连史纸	钱六百八十文
		毛太纸	钱四百五十二文
《陈布衣遗集》	每本	连史纸	钱四百二十文
		毛太纸	钱二百八十文
《况太守集》	每本（四本）	连史纸	钱七百二十文
		毛太纸	钱四百八十文
《性理小学浅说》	每本	连史纸	钱一百四十四文
		毛太纸	钱九十六文
《山居琐言》	每本	连史纸	钱一百三十文
		毛太纸	钱八十四文
《读书做人谱》	每本	连史纸	钱二百四十文
		毛太纸	钱一百五十六文
附：			
《陈学士文集》	每部□本	连史纸	钱二千二百五十文
		毛太纸	钱一千六百文
《越南辑略》	每部□本	连史纸	钱六百文
		毛太纸	钱四百文

各所日记式*

蒙养日记*

月　　日课程　　塾师在/不在馆

晨起昨日生书背读　　遍

带书　　首背读　　遍

理熟书　　本均　　字号背读　　遍

上生书起止　　行背读　　遍

以上各本有/无强记不熟　写中/大/小字　　个有/无草率

讲书起止　回讲能/不能合　能/不能分

出/应对　夜读

作诗　作文

有/无礼貌。有/无虱。有/无疮。有/无狼籍字纸五谷。衣服床褥能/不能整洁

月　　日课程　　塾师在/不在馆

晨起昨日生书背读　　遍

带书　　首背读　　遍

理熟书　　本均　　字号背读　　遍

上生书起止　　行背读　　遍

以上各本有/无强记不熟　写中/大/小字　　个有/无草率

讲书起止　回讲能/不能合　能/不能分

出/应对　夜读

作诗　作文

有/无礼貌。有/无虱。有/无疮。有/无狼籍字纸五谷。衣服床褥能/不能整洁

工艺日记*

月　日课程　教习　在不在堂
晨起
午后
下晚
灯下
本日有无旷功
所做能不能认真如式
饮食动止有无礼貌。有无骂人口角争斗
身上有无虱。有无疮。有无狼籍字纸五谷
衣服床褥能不能整洁。院室坑厕能不能洒扫

月　日课程　教习　在不在堂
晨起
午后
下晚
灯下
本日有无旷功
所做能不能认真如式
饮食动止有无礼貌。有无骂人口角争斗
身上有无虱。有无疮。有无狼籍字纸五谷
衣服床褥能不能整洁。院室坑厕能不能洒扫

节妇进堂结式*

具结　　县人住　　生理
县人住　　生理
县人住　　生理
县人住　　生理
今结得节妇　　氏系已故

之妻，现年实系　　岁，委系　　岁，夫故即行守节，并无再醮及为人佣工情事。　等深知现在贫苦无依，情愿入堂守节。该节妇夫家、母家族长及其至亲人等亦俱情愿，嘱　　等赴堂具结存案。该节妇及其亲属均遵堂内成规。倘入堂之后，该节妇显露别项情弊暨难耐清苦，不能安居，并节妇故后亲属籍端生衅，均惟出结之人是问。所具保结是实。

光绪　　年　　月　　日具结人

各所花名册式*

花名号簿*

第 号	第 号	第 号	第 号	第 号	第 号	第 号	第 号	第 号	第 号	第 号	第 号	第 号	第 号	第 号	第 号	第 号	第 号	第 号	第 号
岁人	岁人	岁人	岁人	岁人	岁人	岁人	岁人	岁人	岁人	岁人	岁人	岁人	岁人	岁人	岁人	岁人	岁人	岁人	岁人
年 月 日进堂	年 月 日进堂	年 月 日进堂	年 月 日进堂	年 月 日进堂	年 月 日进堂	年 月 日进堂	年 月 日进堂	年 月 日进堂	年 月 日进堂	年 月 日进堂	年 月 日进堂	年 月 日进堂	年 月 日进堂	年 月 日进堂	年 月 日进堂	年 月 日进堂	年 月 日进堂	年 月 日进堂	年 月 日进堂

花名册*

氏
年　　岁　　省　　县人住
夫　　向业　　于　　年　　月
日病故
子
女
夫家
母家
产
光绪　　年　　月　　日进堂
保人
十　　岁守节起
已守节　　年
女司事　　管
发　　字　　号住

年　　岁　　省　　县　　人
父　　向业
母　　氏
家中
田产
房产
光绪　　年　　月　　日进堂
发　　字　　号住
司事　　管
在　　所

流民记

清光绪十二年刻本

（清）王庸 著
邵永忠 点校

序*

流民记序

昔在柔兆困敦之岁，回乱甫平，西北亢旱，延及中州，民之饿莩填沟壑者，固已不可胜算。其间流离转徙，求一线之延而不得，盖又十之八九焉。朝廷轸念民生，议蠲议振，抚恤而安集之者，无微不至。而大僚之承流宣化者，复劝捐施济，冀普生恩。于是东南乐善之民，遂有踊跃输将，不惮跋山涉水之劳，笃救灾恤邻之谊者，窃以为民困可苏、民生可遂矣。余自己卯夏，饥驱游梁，时岁谷比登，天灾旱息，民瘼非敢问焉。居半载，而山左王君午庭自秦来豫，同襄校士之役。晨夕相亲，纵谭时事，慨然谓吾人得志，必先为三年聚蓄之计。余疑而问之，曰：子知比年饥矣，亦知当日流民之况乎？乃举身之所经，目之所击，旁及所闻之足信者，笔之于书以示余，恻然不忍卒读焉。始知圣恩之优渥、当事之设施、远方之急公好义，纵史策所罕闻，古今所希有，而民犹有未沾其泽者，非谋之不臧，实备之未豫。然亦未可一概论也。天下愚贱之苦，甚于搢绅，荒远之艰，有逾都鄙，而惠之所施，往往不逮。此尤在奉行之未得其人，无以保民之生耳。夫以蚩蚩之氓，死于饿，死于疫，死于颠沛倾覆，而或以孝见，或以节见，或以慈爱见，甚至守礼而羞嘑蹴，忍饿而却嗟来，坚贞之操，穷而不渝，此固不可以凡民目也。非我国家厚泽深仁，培养者久，犯义干刑之事，岂仅在一二无知之辈哉！盖有斯民，可见圣朝之德；有斯文，足知流民之情。世之留心民事者，其以是为前车之戒，而不徒作陈迹之观也，庶无负记者之意乎！爰识数语，以质同志。光绪辛巳秋七月下瀚古鄮钱元汾次阳谨序。时在中州学幕。

流民记序

天灾流行，国家代有，尧舜禹汤之世，亦不得免也。惟视遭之者幸不幸耳。幸遇承平，终身不知所苦。阅史载奇灾浩劫，犹疑张大其词，及不幸而荡析离居，生死莫保。且至强食弱肉，析骸以爨，欲先朝露而填沟壑，亦不可得，於乎惨已！即岁庚申，吾浙红巾之乱，全浙数百万户咸罹其厄。余被困凡二载，目击其屠烧城市，残杀不辜。每下一城，掠一镇，老羸者悉刃之，执幼壮者以去。至则贼踞堂上，众缚堂下。堂下号泣，畏慑蹙缩，堂上歌呼，饮博跳舞，雌雄杂遝，喜狎怒戮，少违其意，炮烙椎剥。子女不屈者，桎梏其四体，裸而强之。死则弃于野，尸或未寒，复奸而污之。惨酷万状，莫能殚述。当此之时，若乘羸马，行乱山中，夕阳欲下，虎来攫人，腥风四逼，魂胆俱沦。既下危坡，疾驰平旷，得村堡而止宿焉。回念来程，犹惴惴焉，不能须臾释也。今旅食梁园，与山左王君午庭同居学幕。谈次出示《流民记》一编，盖志秦、陇、晋、豫灾也。受而读之，欷歔欲泣者累日。因相与叹曰：天既生斯民也，何又蹂躏若是之甚耶！抑人自作之，而天不能曲为呵护耶？茫茫天道，我不敢知。然观记中所载，或以孝友著，或以节义彰，若而民者，岂尽自绝于天乎？苟令贤有司教养得宜，一何至此？虽曰天灾，不当尽委诸天也。乃知此记用意良深，为灾异记可，为劝善录亦无不可；为牧令之龟鉴可，为太史之輶轩亦何不可？岂徒述见闻之异，而骇人心目已哉？甲申秋八月，海宁马瑞熙序于新安县道次。

序

今有人焉，颠连呼号于水火锋刃之间，见之者莫不失声而叹，心口嗟呀，思有以挽回而拯救之者。子舆氏所谓“恻隐之心，人皆有之”。人心所系，即天理之所存，发于不自知，形于不及觉，是固性真之流露也。夫凶灾之为祸，甚于水火；饥寒之交迫，甚于锋刃。在远者或漠然无动于中，若秦人视越人之肥瘠然，殆亦未之见耳。乃者中原荐饥，赤地千里，居民无少壮老弱，枕藉道路，填塞沟壑者，不知凡几，散而之四方者亦仅矣。人之处世也，穷极富贵，则淫佚之志萌；贫困无聊，则愁怨之声起，墨子云：非无足财也，人无足心也；非无安居也，人无安心也。《素书》云：吉莫吉于知足。老氏云：知止不殆，心为境累。是皆不知止足之一念有以中之也。观于流民之荡析离居，死亡无日，则饱食暖衣，如在天上，淫佚之志，何自而萌？愁怨之声，何自而起？此《流民记》之所由作欤！锡读未终篇，觉悲风飒飒从纸中来，天日黯然为之寡色。郑侠《流民图》，殆不过是。门人张生宗昱既为之序，复请于余。余曰：世谓读《陈情表》而不下泪者，必非孝子；读《出师表》而不下泪者，必非忠臣。因得而断之曰：读《流民记》而不下泪者，必非仁人。仁义之人，其言蔼如；作者之心，固昭然若揭。而隐其姓氏，刊布流传者，其用心不更加人一等哉！是为序。光绪乙酉岁冬十一月既望日平陵蔡锡龄宠九氏稿。

序

呜呼！患至于不可救，则益思所以救之；人至于必不生，则益思所以生之。此即人心天理之所存，而为民上者，尤宜知之悉、谋之审者也。夫火灾可以灌而息之，兵祸可以御而防之，故火来则迁，兵至则避。而避无所避，迁无所迁，息之无术，防之不及者，其惟饥馑乎？饥馑者，天灾也。天灾而生于兵火之后，豹尾虎走，鲸从鳄游。噫！甚矣殆！当回匪之扰乱也，遭患之民，流离饥寒，富者贫，贫者死矣。及其既平，又继以水旱，虽乐善之人周施于后，而计其前之不及而死者，已不可胜数。其祸孰咎？咎在上无以备之。虽然往者不追，来者足戒。后之民牧，征前善后，则必有以救不救之患，而生不生之人也。然时久则事忘，欲其不忘，莫如笔之于书。王君午庭之记流民，意在此乎！意在此乎！君非昱素识也。乙酉岁，寄族叔君《流民记》一册，用为之序，刊而传之。读其书即知其心，知其心如见其人。彰贞节于受污之女，传孝弟于枉死之夫，使生者有所戒，死者无所憾，虽古良史，何以加焉！光绪乙酉岁秋九月既望日新安朗之张宗昱书于沪城食古斋。

流民记叙

甘肃回乱，起于狄河。其时在同治改元，初犹未饥也。甘省之饥，在乙丑秋。回逆一炬，河北尽为灰烬。入冬，死者不下百十万。明年二月，标兵杀楚勇，省垣为墟。至于陇西逼近贼巢，贼来则饥，贼去，民废耕亦饥。丙寅城陷，饿死之余，几无噍类。此余游甘时所见也。陕西之饥，由于亢旱。大兵之后，毫无备储。自丙子起，赤地三年，死者之多，较前此之兵倍蓰过之。至戊寅夏得雨，民始苏，然已靡有孑遗矣。此余游陕时所见也。两次所见，中隔十年，因兵因旱，事虽异，荒则同也。豫晋之荒，与陕同时，故亦因陕附记焉。就中见者十之三四，闻者十之六七，耳目并用，胪列稍多，然究不能道其万一也。至甘肃因兵而荒，而记兵者不过一二，则以记荒而兵自见。且遇兵犹或不死，遇荒竟无可生，其惨百倍锋镝也。事后追思，节多脱略，任意胪列，亦少体裁。记竟名曰《流民记》，意者鉴已往之疮痍，造斯民之福于将来，或在有其权者与？光绪七年岁次辛巳七月既望，山左福山午庭王庸自叙。

甘事多目见，耳闻者亦多。陕事多耳闻，目见者转少。要皆亲历其地，悉其情形，参以土人告语，与同事及隶役所传述。虽属耳闻，实则不啻目见。故当日有所闻见，即于风尘扰攘中，用寸余笺条，以数字暗识其略，藉免遗忘。他人见之，不能喻也。久欲详述其事，辄因疏懒中止。日复一日，大惧琐屑情节渐次模糊。适江苏嘉定钱次阳（元汾）与余同处汴省学幕，暇时询及西北荒状，乃出所存条略，每日检数纸详告之，因笔之为记，匝月成编。甘肃则但记乙丑省中绝粮一事，附以陇西荒事，及秦而止，以荒后余之所亲经也。陕西则专记丁丑戊寅旱荒一事，亦以余之所经为次。记三原较详者，以居三原最久也。事后各处一二轶事，得诸传闻，亦分隶焉。至晋荒与陕同时，时有平遥二三友人，朝夕过从，又有旧好在晋，闲以鱼书见赠，故亦得闻其详。惟时未尝客晋，无可为次。因条其事，依类次之。其有传闻得诸事后者，仍编入焉。编成之日，客汴已久，于汴荒亦略有所闻，爰取情节稍异者，复依类为记。寥寥数事，存其大略而已。此辛巳年事也。兹以学幕同事长洲戴诚甫（元章）于怀庆考院见余是编，谓为可存，并据其荒后客晋所闻，添入晋事数条。因为之重加厘定，附志缘起，合于前叙之后。时甲申八月念二日也。午庭又叙。

流民记卷之一　甘肃兵荒

甘肃土广人稀，一年耕可足数年食，惟苦无钱，用常不足。咸丰以前，每麦面一斤，钱十二三文；烧酒每斤，钱三十余文；煤一块，重八九斤，钱四五文。物愈贱，钱愈贵，然从无不足于食者。自莺粟种，传自关外，较种田利十倍，一时争相仿效，膏腴尽栽莺粟。数年间，无地不花，竟视耕田为不急之务。于是粮价腾跃，所得虽多，所费转钜。遂使用之不足者，未能有余，而粮之有余者，日形不足。此风俗日偷，民情日薄，乡里细故，因之激成事变也。

甘肃回民，居汉民十之六。其地古皆回部，汉以后中国版图渐辟而西，非西域部落渐启而东也。统计甘地回民，惟西宁撒拉，为回之别种，素称强悍。道光季年，琦制军治以重典，稍稍帖服。此外各郡县，久服王化，并不难控制。即汉回不睦，间滋事端，甚且彼此械斗，酿成巨案，临民者苟宽严有法，情喻理遣，固无不可弭之隙也。

同治改元，狄道河州汉回械斗，互有杀伤，渐成骑虎之势。使当时有人焉，轻骑减从，谕以法之不可干，杀人者之必死也，俾之献出正凶，余从末减，其事自不难敉定。否则明言不讳，通禀大宪，临之以兵，置之于法，亦不至支蔓难图。乃杀人者自知罪在不赦，方欲作倖免之计，而当事者转膜外视之，始也托为不知，继也付之不问，至万不得已，无可弥缝，又不思车薪之火非杯水所能救，于是以捕役试之，而捕役为其所拒，以营兵蹙之，而营兵为其所伤，前罪未减，后罪叠加，是何异以刑止杀人，不能坚其叛心，而复以法当族灭者激而成之也。然当是时，苟或有人焉，知祸机起于因循，不动声色，迅加扑灭，顾此熠熠，亦奚有于燎原者？不谓老成持重，首先防御，盘踞者愈聚愈多，得从容以展其势，堵御者渐守渐弃，转退让不屑与争。狄河二州，不经年遂为贼有。加以陕西回逆倾巢西来，各处闻风响应，而河西（汉河西四郡即今甘肃）一片干净土，竟化为满地烽烟矣。

兰州为甘肃省会，背依黄河。河之北为北山，山多腴田，实为出粮之区。兰州城厢，丁口二十五六万，合之客籍，不下三十万，皆仰食焉。其不给者，则有西宁水运，自西来济之。癸亥狄河贼起，南路不通。甲子陕贼西窜，平、庆二郡不守，宁夏继为贼据。东北两路，又复阻绝。是时兰垣所恃以无恐者，惟北山与西宁之粮耳。北山之北，与宁夏接界，西宁东南，尤密迩贼巢。故河北屯有重兵，近保民田，即遥护西宁粮道，计甚周也。（以下记兰垣）

皋兰为兰州负郭邑。初狄河回叛，皋兰狱有回囚四十七人，皆要犯。癸亥秋，暗约狄河叛贼，将启城纳之。至期外贼未至，十七人竟越狱出。二鼓后，夺官局器械，呼号而起。营兵逐入木塔寺，格杀之。中有健者四人，登殿脊，揭砖瓦投人。营兵以火器攻之，尽殪。入冬，县狱有鬼哭，如狼如驼，其声幽以长，日落辄闻，不一声，声不一地。有时闻其在狱，狱中则闻在县署，署中又闻在署西之马房，彼此互证，各易其处。已而哭于街衢，行者多闻之。已而满城齐哭，远近尽闻之。人心惶惶，白昼皆惊，如是者几半年。论者指为城将空虚之兆。彼十七人者，死当其罪，且相去已数月，似与之无涉也。

兰垣将荒之际，城哭者数次。夜静无风，呜呜然其声悲以惨，闻者多发竖。又鸡鸣无时，彻夜乱唱。癸亥后，数年皆然。论者谓兰垣将有可虑，然可虑在贼，初不知其为饥也。

乙丑秋，正禾稼登场之时。督兵者以贼之盘扰多在南路，遂撤去河北兵防。贼于此时，乘虚窜入北山，在在付之一炬。凡粮之藏于家、登于场者，尽为灰烬。贼又四出劫掠，阻绝西宁粮道。其意固以内粮既尽，外粮无从而入，不待环攻，可使城中坐毙，计诚毒矣。

北山一炬，当撤兵时，已在识者意中，而乡民不之知也。终岁勤动，收效正在此时。忽而贼兵麇至，烽火连天，粒米无存，居室尽成焦土。突遭此劫，计无可施。于是扶老携幼，逃入关厢。关厢人数，增至数倍，纷纷行乞，日踵于途。加以边地苦寒，劲风透骨，既艰于食，又苦无衣，遂使靡室靡家之民，更罹鬻妻鬻女之惨，真可痛也。

一妇卖女于某为婢，年可八九岁。某令妇为女梳洗然后去。妇对女泪如雨下。梳洗毕，将去，女泣曰：母向欲投河，以有我故，不忍也。今舍我去，恐投河矣。妇以有钱不投河慰之，并以后日将复来约之。女始忍泣令母去。后届约期，留所得甘旨，双目炯炯盼母至。迨过期数日，闻剥椓声，犹栩栩然以为其母来也。

某买一婢六七岁，其母领价将去，婢亦欲从之去。其母曰：从我去，饿汝死矣。曰：愿饿死。又吓曰：从我去，挞汝死矣。曰：愿挞死。百计不能留。某谓其母曰：多与尔资，一二日辄来视若。若心安，然后去。母从之。婢渐安，母遂去。后婢犹盼母来，或告之曰：尔母已死，不复来矣。婢大哭，废食。翌早，忽欣然曰：吾母未死，何相诳也？或曰：安知尔母未死？曰：昨晚曾来视我。曰：今安在？曰：视我仍去矣。盖梦中事也。

一妇卖女为婢，临去嘱女曰：凡事必慎，凡人必敬。骂则听之，挞则受之，委曲在心，勿形于面。今后尔无母，无尔容娇惯地矣。言讫，挥泪去。

某夫妇携一子一女，皆六七岁。资尽，卖其女。妇见钱，谓女曰：我有钱，儿无母矣。执女手欲有言，呜咽不能成声。既而女随买者去，子亦尾而从之去。父遥呼曰：尔姊为若买去，尔勿去也。子闻言驻足，哭失声。及遥望其姊不见，始回步，从其父母哭而去。

某买一婢，约八九岁。一日窗外有啜泣声，视之乃五六岁一童子，与婢相对泣。问诸婢，则其弟也。盖买婢时，从其母曾至门外，故能知姊门，背其母来寻其姊也。予之食，拽其姊与之共食，行动惟姊是依。越日，其母寻至，携之去。后数日辄来，来辄为母寻去。最后，越旬余日，某于婢榻下，见有果蔬等物，色皆变。问之，曰：将以食弟也。然其弟绝迹矣。

一妇卖其女将去，女泣曰：过此以往，不知今生尚能再见否？妇曰：今日此时，我以汝为已死将敛之时，汝亦以我为既死将埋之日。我与汝母女情尽，言之无益，徒自伤耳。女复欲有言，妇曰：不必矣。遂去。

某买一婢，时郁郁焉若有所思。问之，曰：思吾姊。曰：已不能见，思之何益？曰：姊在某处，俟丰年后，父母偕弟来，赎吾与姊同归也。

某卖其妇，其子方五六岁，不之知也。妇将去，先令其子他往。乃迎妇者至，夫妇各无言，惟相对饮泣。良久，迎者促妇去，妇谓夫曰：过此一往，与尔便为陌路人。言至此，哭失声，不复能言。迎者复促之，妇忍泣曰：我此去，当不忧冻馁。所虑者，尔父子恐难度此严冬也。及移步去，又回顾曰：傥大难已退，得返乡里，再成家时，勿忘我无母之子也。言讫，忍泣不能仰视，迎者拽之登车，疾驰而去。

北山焚在深秋，乡人卖妇女，即当其时。至初冬，省垣粮尽，虽有妇女，无人买矣。计冬腊两月，每小麦一斗，磨面八十斤，需银八十两。面馍一枚，重三两，需制钱二百四十文。每大豆（即兰花豆）一枚，钱三文。猪肉一斤，钱三千文。每银一两，钱八九百文，或一千一二百文。某畜二猪，杀而售之，竟得一官。又有藏麦数斗，粜之亦得一官者。

初荒，乡民多入关厢。及隆冬，多入城。或庙前，或阶下，一家数口，或十数口，坐卧冻地。多只半月，皆以次饿死。若此者无虑百千万家。冬月，万寿宫西，一家来此，一女极美，坐于墙隅。老年中年四五妇，环坐于外，大小男子五六人在极外。观其容止，诗礼家也。数日过其地，见只五六人。又数日，只三四人。最后，则只其女在焉。瘦削见骨，坐其地不动，亦不作饥寒声。有问之者，始终不对。又数日过之，遂不见。

兰垣北门外，为黄河所经，其门俗称水北门。粮绝时，饿死者固多，投河者尤不可胜纪。自交冬令，每日死者，或数家，或数十家，皆在水北门外，上下十余里中。盖粮绝于内，贼扰于外，无资可逃，亦实无路可逃也。

一妇乳儿河岸，乳竟，自投于河。儿于岸上坐待之，薄暮见有过者，即指水哭诉曰：母入此不出矣。或诱之去，不去也。曰：将待母出也。经宿犹兀坐河岸，后不知所终。

某暮年，止一子，才七八岁。粮绝，一家数口，无可为生。因与众议曰：今日内外阻绝，既不能逃，断难倖免。与其奄奄待毙，不如早为之图。议既定，以其所有易酒食，先食其子。出素所持杖，书姓名系族，并情节于上，与子曰：尔可持此，入城乞食。有怜而收尔者，若以尔为奴，尔即以主人称之。勿负气，动与侪辈争。若以尔为子，尔即以事我者事之，勿任情，致干长者怒。敬持此杖，如见乃翁。身苟存，杖勿弃也。语竟，遣之去，乃与合家痛饮。出长绳约合家腰，相联而投诸河。

一妇泣河上，一小儿七八岁坐其旁。已而妇辍泣谓儿曰：城中门之高大者，尔可往乞食。乞食须作哀切声，勿强求，勿私取，勿怨人，勿詈人。夜宿人门下，须择往来人多处。若与人同宿，切勿与人争。人或怒于尔，尔须央求之。曰我无母，望尔怜我也。语竟起立，抚儿顶，泪如雨下。促儿去，儿不去。怒呵之，儿不得已。去十余步，一回顾，妇已投河。儿急跳号呼救。适某仆行河上，见之。则妇入大溜，瞬即不见。儿狂叫失声，直奔河岸。某仆恐儿亦投河，携之入城。白诸主人，主人使仆妇留养之。

某听鼓省垣。一日有女约四五岁，直入内宅，不去。问之，曰：吾母送吾来，以此为吾家，令吾在此候之也。叩其里居姓氏，不能对。其母久不至，问之亦不知也。或曰：恐其母投河死，设此计，为女求生也。某怜其情，留养之，然究莫测其故。

初死者纷纷，大都乡民居多。既而乡民已无孑遗，死者皆城厢居民，或投河，或自缢，或坐毙。其未尽死者，当罗掘既空，遂有食人之事。

兰垣食人，在腊尽春初。是时大宪督兵在外，城厢居民，存者不过十之一二。人死辄食，无过问者。先是，贼骑纷来，周城十余里外，即见烽火。标兵登城，昼夜防守。日给白面一斤，后减至半斤。至丙寅初正，渐减至三四两。另有楚勇千余人驻制署。乃督率标兵守城者，其勇素饱，待标兵颇虐。标兵时有怨言。正月杪，楚勇虑标兵滋事，驱之登城，昼夜不令下。二月初十日昧爽，标兵在城者呼号而起，下城入制署，尽楚勇杀之。有匿入民舍者，搜歼无遗，并平民亦有被其误杀者。于是标兵久枵腹，至是遂尽所杀者食之，其弃余又为居民所食。通计死者约二千人，无一入土者。标兵既杀楚勇，旋有搜粮之事。除公门外，由候补及绅民，无一免者。初议得粮，只分其半。及其搜也，则尽取之。大索十余日，所得转无几，盖藏粮久罄矣。

兰垣自遭此变，贼兵直扑城下。幸标兵依旧守城，初无二志；某提军（曹克忠，天津人）又自外来援，兵力稍厚。贼遂远去。至三四月后，粮道复通，然居民已死亡尽矣。人烟寥落，市廛无人。偶见一二人，皆精神恍惚，形类痴呆，若不知尚生在人间者。

兰垣街衢，素称逼仄，至是转觉宽敞。一二人偶尔过往，不辨其为居民，为乞者。寂寞之极，至使人生畏。虽在白昼，远望之皆疑鬼疑神。

钟楼左近向，为乞者所聚。一日过其地，但有童子十余人，或坐或卧，任意欹侧，若在厅事中。即而视之，十余人皆无足。问其故，曰：冻也。初冻则痛，久则肿，入春则溃烂，溃烂极则全脱矣。或曰：此去冬百十万家乡民所仅存焉者也。呜乎惨已！

秦州为东南一大都会，省垣粮绝，仕商多避居其地。以其地路通川陕，可以退身也。至此次兵变，避入其地者尤多。惟自省至秦九百余里，中隔巩昌，巩昌密迩贼巢，沿途又多为贼据，实畏途也。（以下记巩昌）

由兰垣至巩昌，按程备五日粮。中途阻雨，粮绝。晚宿车道岭，以贼故，店无居人。入山窑，寻一货驴肉者至，始得一饱。又多购为来日用。及至巩昌，言其事，佥曰：车道岭贼扰已久，安得有驴肉？适有未尽者出视之，佥惊曰：此人肉也。然在路已饱餐再四矣。因详观其肉，色灰黑而纹理不甚了了。回忆充饥时，入口松湿，绝无香腻气，即非人肉，亦断非驴肉。饥不暇择，自悔孟浪，为之反胃者月余。〇此丙寅二月，余所亲经也。由省至巩四百余里，悉为贼有。车道岭适当其中，长可二百里，尤为贼所久据。是夜买肉充饥。访贼息，去此仅七里。已宽衣解带，上下安眠，以为去贼远也。店主人皆逃入山寨，店内外无门窗，累砖石，寝处其中。临行拆去砖石，始得出。沿途无分昼夜，见贼即伏，贼去即行。五日路，十日乃至。生平所经，险苦之境极多，然莫此为甚。盖较之饥民，幸犹未久，而险于饥民更多一贼也。

将至巩昌，入一野人家。见其人皆瘦削若病，食时老幼毕集。观其所食，则若糊而色碧。问之，对曰：青草切极烂，加榆皮少许，煮而为此。曰：此岂可食者哉？曰：去冬，虽此不得耳。盖贼骑纷扰，民之废耕已久矣。

巩昌多山。去城数里外，村民辄于山上筑寨，合数村之民保焉。险峻为贼所不能攻，较之城厢，似为稳固。然其上亦有缺粮时，且多缺水者。

巩属将荒，晨鸡亦多夜鸣。又有九头鸟鸣。每鸣贼即至，土人即准之为趋避。甲子后，数年皆然。

乙丑，巩昌被围。日久粮绝，瘟疫适起。死者之多，一日至三百余人。皆为饥民割食，无一葬者。

一人行忽蹶，众以为死也，趋而取其肉。其人痛告曰：我尚未死，乞少待。言未竟，而肉已尽矣。

又一人饿于路，众取其肉。一人摇手曰：不可，尚未气绝。其人曰：可哉！忍痛一时，胜我忍饿数日。众闻其言，一哄而散，而两股肉多处，已为怀利刃者割去。

贼困于外，疫起于内。夏秋之交，城中人相食者数阅月。贼退，东门外路南白骨屹立如山。逾年，尸骨余气化而为虱，接生人之气能横飞。过其地者，数十步外，即飞集人衣，稍近则衣为之满。经伏雨后始绝。

当贼困粮绝时，客其地者，无论仕商奴仆，多与本地联姻，或为妻，或为妾。即仕族中女，亦不暇细择。其议曰：久处此地，不死于饥，必死于贼。在室女尤多可虑。与其一旦瓦解，任贼所为，何若嫁诸远人，俾随之去，犹得保其性命也。故有女及笄，无资可逃，不论远人贵贱，但问名辄嫁之。

陇西为巩昌负郭邑，陇西西四十里为渭源。渭源既陷，巩昌昼夜戒严。凡民废耕，人相食，皆在其时。至丙寅春夏，贼骑绝迹，人心渐安，粮价亦稍减。或谓贼频年来攻，不得志，殆将绝意于此。或谓巩昌城坚兵强，贼即来，亦无能为役。八月朔，夜将四鼓，城内喊声四起。时孟公麟轩署陇西县篆，以为贼至，将饬丁役登陴。谍者曰：北关已失，贼之大队刻已入城。盖半月前，贼即浑迹在内。至是猝发，故得开门纳贼，如入无人之境。公见事急，乃率丁役，护其妻子出署。署东南数十武有鼓楼，高大坚固，为一郡之冠，遂登焉。因号于众曰：凡奔至楼下者皆登。于是男女登者三千人。其去鼓楼远者，无可避匿，咸于梦寐中，或被掳，或被杀。统一郡之人民，计之三千人外，无一免者。天既明，阖城皆贼旗。贼攻楼，公率众揭砖瓦击之，日凡数次。数日后，有倡议降贼者，公晓以大义，众志稍定。然阁楼之人，不食已五六日矣。初城破登楼时，公曾以重赏使人出告急。适某统领潜以兵至。时巩昌精华，贼已运尽，本有去志，及某兵至，贼即率众去。楼上人以满城骚动，疑贼将大举来攻，复议降。公见贼既纷扰，众情又如此离异，不觉一愤而绝。迨其知为贼退官兵至，而公体已冰矣。官兵既入城，恨城空无所得，乃登楼寻人搜之。自公夫人以下，每一人单衫，余物悉为兵有。时在城破第七日也。公讳锺瀛，四川中江人，慷慨有志略，工整散各体文，以军功通仕籍。前为陇西县丞，驻县南九十里武阳分署。能合众志，讲守御之策，贼不敢犯其境。及署陇西，仍欲以治武阳者治之，因事多掣肘，且履任未久，遂及是难。身后萧然，赖众佽助，夫人及公子始得护丧归。典史某城破远逃，闻公卒，禀称城之克复，由己出境求援之力。上宪以为能，遂委之署陇西。

巩昌既复，人民尽遭杀掳，城厢遂绝人烟。其寥落之概，较兰垣殆有甚焉。嗣是西宁不守，西北一带处处戒严，甘境遂无净土。惟秦州尚称完善，时因趋附者众，渐有人满之患。不但米珠薪桂，客居不易，即土著者，亦时形艰苦焉。（以下记秦州及事后续闻）

秦州为巩秦阶道所分驻，向有候补委员公馆十余家。自省垣听鼓者，逃居斯地，突添公馆二百余家。至富商大贾挟资来逃者，尤不可胜计。以故秦州客寓，价增数倍，每人每日栖宿之资，较之饮食之费，实为过之。

仕商固多入秦，其被兵各县无可谋生者，亦多逃入秦地。市廛行乞，纷纷往来，皆邻境难民也。幸地方丰富，尚无饿死者。

秦州为甘省繁华之区，久为贼所垂涎。其始终得保无虞者，以地富民强，防守犹属认真也。

某于兰垣买一婢，才十岁，颇娟好。半年许，携之入秦。一日婢忽惊喜欲狂，曰：适于对门中见吾姊矣。盖婢父为诸生，携妻与二女逃，妻死，以携女不便，故卖之。姊长婢数岁，尤秀美，卖于某宅。适某宅与婢主为婚媾，亦避乱至秦，与婢主对门居，故婢得与姊见也。年丰，两婢主皆回兰垣。逾年父来省女，两家议不责直，归其女。父曰：女在府中为婢，胜于舍下为女。但能常相见，受惠多矣。不敢望父女重聚也。阅数年，姊主旋里，送姊于婢主，使共畜之。婢主喜极，谓人曰：吾生平无女，今幸得二女，将来厚其妆奁，为之议婚世族，以了此心愿。

某秀才死于病，遗腹生一子。而乱作，而粮绝，妇曰：丰岁吾家犹饥，遭此大戾，乌能生耶？适某宦觅乳媪，妇应之。数年所得，薄治田产，自计田之所出再以针黹佐之，便可存活，因辞焉。宦家留之，妇不可，曰：子渐长成，归将教之读，成先夫志也。宦家素敬妇，又见子颇慧，于其归也，厚赠之。后闻其子入泮，年才成童云。

某夫妇一子一女，妇没夫再娶，虐遇之。子长女二岁，女年十二。境内粮绝，贼尤不时入境，合村议逃。而女适病，众议弃女。子以妹，故不忍也，独留守之。某夫妇遂携幼子女偕邻去。去不数百里，夫死，妇所生者亦死。妇辗转乞食，年余仍入故境。一日至其里，私意所弃子女，饱犬狼久矣。及入门，则见屋宇增辉，子与女无恙也。盖夫妇初去时，子守病女，枵腹相对，自分已无生理。后某营兵驻村外，子为之服役，颇得众之欢心。及知子女被弃状，争相佽助，数月竟致小康。妇闻故，弃其乞篮登堂，仍为子女母，待子女亦遂不虐云。

某夫妇逾六旬，止一女，极慧丽，甚爱之。以兄之子为子，谓子曰：异日产业，须与姊共之。女及笄，将议婚而乱作。贼退，失女所在。月余，有传女被掳，幸以疯免，得不污，为某处某媪收养，嘱其父母往迓之。语传其子，某夫妇不之知也。乃知之，已逾年。恨其子忍，且虑其欺也，乃使女之中表某秀才往。秀才亦世胄，尚未婚，久嘱意女。闻命喜甚，星夜遄发。乃至，媪曰：来何暮也。女在此，始而望，继而怨，及逾年，则忿甚，现已去矣。问何往，曰初随某妪去，欲入某庵为尼。近为妪赚，闻入某处青楼，去处远矣。秀才某大失所望，继以佳人难得，竟访至某处青楼。入见女，历诉衷情，并言女父母相思之苦。女漠然，曰：若所言，一字不解。想是误认，我非其人也。再三慰论，终不认。不得已，归白其父母。父母闻之，即日偕秀才某往。及至，则女已先数日去矣。遍访无踪，怅惘而归。〇但以难堪之死责人，则被掳不死，继又误入青楼，似亦不足深论。然余于其事，窃有疑焉。其子闻信，逾年不白诸亲。此一年中，安知无绝女之言，且安知女之失身？非即其子陷之。总之女之所处为极难耳。余反覆推求，转服女见之高，否则待其父母既至，随之归里，将来为其子所不容，恐家庭难处更有甚者，则何如决绝于此时之为愈也。

某弁归里，一贫如洗，弁死。境内粮绝，家人亦渐死。惟一女十二三，流入村中行乞。既而觅其亲友，四出告贷。日久有余资，渐不贫。及十五六岁时，容既秀雅，服亦鲜艳。自畜一马，能于马上绝尘而奔。暇时出入各营，众呼为女公子。又往来各省，访其父之交好。无家可归，亦绝不作于归计，但以一人一马自豪。各省人物山川，经历殆遍。见之者几莫测其为何许人也。（荒后续闻五条，亦兰巩之事居多。以其事系秦友函致，故附秦后。秦州直隶州在甘肃东南，此篇所谓秦者皆指此，非谓关中也。）

流民记卷之二　　陕西旱荒

发逆起于东南，各省窜扰几遍，惟关中称为乐土。犹忆咸丰辛酉冬，余策马入关，闾阎静谧，气象清夷。辄叹天下如此汹汹，泥封函谷，竟尔鸡犬无惊，心羡者久之。迨同治改元，发贼由商洛内犯，省中议防，致与回民启衅。贼退，回民聚而不散，旋起逆志，四出劫掠，大肆杀戮。二三年间，全陕糜烂，满地烽烟。及回逆西窜，渐次底平。然当疮痍未复，甘肃用兵，各路练军屯驻于此。为进取计，于是车马差役，征调日烦，民间财力，竭尽无余，不待饥馑荐臻，已时时有流亡之患。丙寅秋，余自秦州，绕成、徽两县，至陕之凤翔，振策东下。沿途所见，败垣破壁中，蓬蒿挺出如林木，瓦砾场白骨色粲似银。每村镇只数家，家只数人，亦有若大村墟，并不见一人者。野外则荆棘满目，陆海遍生草莱。嗟嗟！此非前日之乐土耶！彼都人士，今安适归耶！越十年，丙子秋，余由都下，进获鹿山，至蒲坂渡河，复入关。是时族而居者稍多，荒田已渐有垦辟者。窃谓从此休息二三十年，元气可望全复。讵意本年缺雨，一旱三年，陕民之阨，且踵至焉。

陕地将荒，亦时闻九头鸟鸣。其鸣以夜，声甚凄惨。即多人聚谈，骤闻之皆色变发竖。其形不可见。晴天月明时，有见其旋绕空中，影黑如盘者。

又未荒之前，有精风鉴者，谓长安城东，地中有龙气，宜掘之。掘之则土中另有土，其性粘，其色红，其形龙，斫而断之，其臭腥。一时论者纷纷，谓伤动土脉，恐于居民不利。

关中沃野七百里，其平如砥，所谓原也。四外周以大山，山多野兽，平素鲜有至原者。将荒，原多狼，白昼伤人，无县无之。土人云：是名狼虎下界，其占为民间有死亡之祸。

丙子，全陕缺雨。入冬，见雪数次，皆厚不盈寸。乡民乏食，乞者接踵。识者以民困未苏，不堪再遇荒年，已时切杞尤。

丁丑春，仍缺雨，麦苗菜甲，渐多枯槁。间有得雨寸许者，亦未能有济。至麦秋，农人皆仰屋而叹。于是各处祈雨，冀得秋成。六月初，省垣迤北得雨，可二寸。农人喜甚，称贷子种，惟恐失时。讵种未出土，旱魃依旧肆其虐。

亢旱甚，野草皆枯，木叶当午倒卷如旗，亦间有黄落者。时犹在盛夏也。一种焦燥之气，人触之辄病，为霍乱，为痧胀，幸而犹多可救者。

陕西学臣，驻省北九十里之三原县。三原向有郑白渠，乃郑国病秦，转为秦利者。历代因之，溉民田不下百千顷。近虽水利不修，然每届试期，必导水入城，以便汲饮。是年夏，学臣岁试，渠水不至。或曰：郑渠水颇旺，其不至也，由上流堤堰失修之所致。乃当时无问其事者，但闻城中纷纷，以为郑渠泉竭云。

旱象成于前年秋冬，至是年春夏，贫民已多流离。及秋昏失种麦之期，中上农夫亦皆流为饿莩。就全陕论之，西、同、乾、凤以北为甚。南山之兴汉，较关中稍轻。时南山各属，有报求缓考者。或谓南山素不畏旱，报恐不实。故虽饿莩载道，学臣仍案临南山。

穷农居僻乡，村只两三家。岁偶不登，即便他徙。徙之日，祭其祖先，封其门户，携其老幼而去。盖此等农民，稍歉即饥，一饥即流，在平素本属可怜。而当大荒时，转觉其见几最早。较后此之去者，实多所全活也。九月一日，由三原西南四百余里，至凤翔府，沿途居民似此者甚多。观其门户，大半尘封，访之则春夏间已寻乐郊去矣。（以下记三原至汉中）

由凤翔西南九十里，至宝鸡入山。山即终南，所谓秦岭也。（东西七百里，为全陕屏幛。）是为川省通衢。流民之逃入川地者，多由于此。一男子担两筐，一置婴儿，一置行李。随行二妇，后老者约其母，半老者盖其妻也。时当暮秋，山涧支灶。夫取柴，妇爇火。炊已，母子夫妇聚食。长途遇此，始叹井里桑麻，为田家乐事。

难民支釜作炊，或溪边，或林下，清水煮野蔬。有少加米其中者，亦有无米可加，并无盐而淡食者。靡室靡家，聊以活命，乍见之已堪下泪。

入宝鸡山，南行秦栈中，六百余里至汉中府。沿途所见，大半皆鹄形鸠面之难民。幸时未沍寒，尚少死亡之惨。

汉郡为陕西南一大都会。数年前，发逆攻陷，城厢一片焦土。现值旱荒，虽鼓山北为轻，然难民纷纷入境，乞者到处塞路，见食物则公然劫夺。守土者莫之能禁，村镇往往罢市。

汉之厅与州县，凡十有二属，以西南邻蜀者荒为最轻。学臣案临生童应试者，减常数亦无几。东北各属，童场有减至十之三四者，生场则至者转不及十之三四。

汉属一童曳白，附说帖卷中。略曰：余非游戏场屋者。只以穷遇荒年，无力应试，继思得名，或犹有生机，因枵腹来郡，忍饿而筹卷费。自谓抖擞精神，临时尚能一战，岂知饿体久亏，不复可振。每一捉笔，即眼前昏花，此不但功名与我无分，当是性命与我无缘矣。异日宗师起马，闻有某属童生饿死半路者，即我也。原帖颇长，阅之酸鼻，因存其略。

由汉中七八百里，东至兴安。时交初冬，沿路不见饥民。盖此数百里在秦岭之南，地瘠路险，故难民鲜有至者。（以下记汉中至兴安）

兴郡当陕省已〔巳〕位，为水陆通衢。各属荒象，较汉郡为重。饥民到处嚣然，抢劫之案层见叠出。类皆饥饿所迫，理法不能禁也。

乡民藏粮之家，土人谓之大户。饥民聚老幼男女，数十人或数百人，就大户坐食之，谓之吃大户。往往藏粮百千石，富甲一乡，吃大户者至，数日吃尽。门窗木器，亦被拆烧。一家老少，即随饥民转而吃人。今日为人所吃之大户，明日即为吃大户之人。岁荒，此风所在多有。兴安一带尤甚，虽官府无如何也。兴安北山某富于粮，与邻村约曰：某有粮若干石，可食若干家。每月朔望发放，至得雨之月止。今与众约，愿共保之。于是周围数村联为一体，吃大户者不得入其境。某既借众力保其家，众亦赖某粮养其命。公私两得，法诚善矣。

兴郡南，山重水复，二三百里外，为川陕湖三省荒地。草木丛茂，居民鲜少。山外饥民逃入其中，采草木之华实以充饥，全活无算。

兴郡城北，为汉水所经，地故多水。北山各村，又有缺水者。是年夏，大旱泉竭，往往取水于二三十里外。富者已难自给，贫民则竟有渴死者。

兴郡七属，僻在万山中。是年冬，各属皆有振荒之举。某属约日振民。振之日，老弱病饿者步履本属多艰，而急于得粮者又拥簇而前，加以不逞之徒从而冲突之、挤排之，于是男压死，女踹死，彼无肱，此无足，一时痛哭嗷号，干霄彻野。虽千军万马，无其喧哗。迨振毕检视死伤，则致命者数人，残废者数人，伤及官骸者，尤不可胜纪。遂相传某处散振，为饥民一劫。

由兴安水路东行，约五六百里，入湖北界。沿路难民，又复纷然。天寒地冻，堕指裂肤，较之深秋逃者，其惨不啻百倍。(以下记兴安至楚界)

舟行汉江，见北岸土石间，有物蠕蠕然动。细审之则人也，面皆土色，无人形。舟人曰：此某村难民也。百十人结队而逃，沿路死亡。逃至此，只賸数人，气尽力竭，不复能行，数日于兹矣。予之食，皆不能受。舟人曰：肠胃已枯，即能受食，亦下咽即死。若数日前，或犹可救耳。

兴安难民，东逃入楚者固多。省中难民，由蓝关出，纷纷南下者，尤不可纪。幸而逃入楚地，米珠薪桂已难聊生。否则未入乐郊，先隶鬼籍，其情更可怜也。

一无告老民，逃入楚地，或问荒状，详告之。或曰：荒至此，民不变焉。何也？曰：不敢也。曰：无一敢变者乎？曰：间有之。然其变者有故也。天久不雨矣，不为之报也。旱已成灾矣，犹为之匿也。夫固以钱粮为官之性命，傥报而不匿，则钱粮一免，民有性命，官无性命矣。于是比焉征焉，垂楚而桎梏焉，无在非枵腹之民也。至痛饿难堪，相与聚而乞命，则临民者有词矣。目之为聚众，指之为抗粮，冤犹未申，已在不宥之条矣。某县征比太急，数千人聚而不散。官曰：此乱民也。将剿之。民曰：是诬我也。反拒之。洎〔洎〕乎寡不敌众，而官死矣。官死而兵至，而民亦遂肝脑涂地矣。优恤者，第知某官死于非命，为可悼也，而不知饥饿敲扑之余，致之死地。而又蒙以不轨之名，尤可痛也。此则其敢变者也。其不敢者，则饥饿以次死，彼此不相顾也。旱已成象，则乞者先死，不乞者不顾也。其次则游民之无恒产者先死，有恒产者不顾也。既而农末少有恒产者亦死，恒产稍多者不顾也。当其将死也，未必无思变之心。而思变者止此数人，数人外饥饿未甚者，犹无是心也。况饥饿者分处各乡，其势既散而不聚。而当病莫能兴之日，尤无力可以逞强也。是则不敢变，亦实由于不能变也。然此犹其始也，死犹未多也。其多死而仍不变者何也？则亦以次死焉故也。境内绝粮，贫者嗷嗷，有资者尚不至是。而当道殣相望，已人人自危，因各出其资以聚粮。粮聚于有资者之家，而无资者无从得粮矣。是时也，使向之死者仍在，未必不劫而夺之也。而回视兹之待毙者，乃寒士也。否亦稍顾廉耻者也。乞贷且有所不甘，而肯劫夺求生耶？维时寒士死焉，而死者多矣。商贾之绌于财者死焉，而死者多矣。有田园而急不得售者死焉，而死者更多矣。盖至统一县计之，富贵势利而外，能结交富贵势利者，或犹可生，而生者少矣，而死者乃不可胜数矣。不敢变，不能变，殆又有不肯变者焉。矧指贫民为乱民，前鉴尤不远耶，亦何疑于至死不变也？○楚某作陕西荒民述，洋洋数千言，兹存其略。

由湖北界之夹河口，三百余里，仍入陕西界，北至商州。时届隆冬，逃者愈多，其形亦愈惨。纷纷道路，即郑侠见之，亦不能尽绘为图。(以下记楚界至商州)

荒山中一老人卧于地，一中年者哭守之。忽老人睁目曰：趁尔尚未病，东南再行两三日入湖北界，便不至饿死。可速去。言已复瞑。许久，复问曰：尔尚未去耶？此系先人香火所关，何不遵吾命？乃尔少焉自恨，曰：真不料累若至此。因复低语曰：好将此地记清。他日过此，酒一杯，楮一分，我便在此消受矣。今日死守于此，无益也。行者曰：此某处儒生，中年者其子也。十余口逃出，只余父子二人，卧病于此，已三日矣。

初荒，难民犹有携犬者。至极荒，犬皆杀食。往往数百里，不闻有吠声。某家初逃时，一犬随之。数月，家人渐死，惟一弱女存焉。四顾惘惘，不辨东西，每行惟犬之所向。犬亦寸步不离，相与左右先后之，似为女之导引者。后女病不起，犬守之。及死，犬卧尸旁不去，见人则吠，久之亦饿死。

一壮者负十余岁病疫一男子，一老妪右扶杖，左携八九岁一童子随其后。二中年妇，一负一子，约两三岁，一抱一子，不过周岁，各拄杖随老妪后。另有中年二男子，肩挑行李，与众人互相前后。最后一策杖老翁、未及笄一女从之。荒山中，前后去村落皆可十余里。忽而狂风四起，白雪横飞，一时老者罢乏声，病者呻吟声，妇女愁叹声，儿童哭泣声，与寒林愁惨声，杂闻数里外。耳而目之，真令人寸肠皆裂也。

商州为东南雄镇，乱山高下，地多石田，故旱灾较重。由汉江北来，沿路所见已堪惨目。及入商境，村落为墟，乡镇罢市，城厢尤异常寥落，盖皆绝粮而去也。其最为失计者，则莫若结队而逃。

凡结队而逃，以平素有品望者，为之领袖。一村之老幼男女，皆随之行。其行也，日不过十数里。若橐囊，若釜灶，若苇箔、竹席，及一切应用之物，则有负者、挑者、提携者。更有怀抱婴儿、扶持高年者。其衰朽甚者，或二人共抬一人；其孩提不能行者，又或一人筐挑数人。至年之稍稚与女之荏弱不胜任载者，则手杖从之。若是者无虑数十人、数百人。行则俱行，若队伍。然其止也，或庙宇，或场圃，或午餐，或夜宿，一过即去。若其留也，则必于城池关厢与村镇之大者，择隙地处焉。领袖者于是服公服，执名版，往见地方官及首事人，以相告贷。众男女则席地为榻，围箔作墙，彼支灶，此架釜，彼取水，此采薪。俟告贷者至，则同力合作，计口均分，无私无怠，惟领袖之命是听。领袖者又于就近村落，四出告贷。告贷毕，然后率众去。去则夜宿午餐，不遭风雨，仍不少留。有病者，公舁之；有死者，共埋之。遇城池村镇，复止而告贷如初。然风霜寒暑之交侵，疾病死亡之相继，结队而出，不获结队而归，比比然矣。人愈多则愈难周济，口愈多则愈难为生。一村之人，饿死殆尽，皆由结队而逃误之也。悲夫！

商州北地中忽出白土，饥民争食之，名曰观音粉。他县亦间有出者，相传为观音出世救饥。

由商州西北二百余里，至蓝田出山，山亦秦岭也。又二百里至三原，沿路时时有风雪。然只能为行人之苦，乃落民田，其厚初不盈寸。(以下记商州至三原)

出山后，气象愈形愁惨。沿路树皮，皆为饥民剥食。自根至梢，不留片肤，远望之一白如银。

风雪中有饿于道者，予之食，不尽食。问其故，曰：不敢饱也，且留之，尚可延一日之命。吾饿不能逃，不至死，并不至病者，恃此道也。彼忽饿忽饱，先我而病且死者，皆由不能自节耳。

泾杨县向为商人所辐辏，自被兵后，多辐辏三原。市廛之盛，称为关中第一，虽省会弗逮也。兹以旱荒，乡民日多逃亡。入冬，城厢渐有饿死者。久之，死者益多，市廛愈形衰落。(以下总记三原)

三原居民，固多远逃，他处亦有逃至三原者。天阴欲雪，刺骨风寒，老弱男女数十人，匍匐远来。门者曰：难民禁不入城。于是止于关外败园中，支釜作炊。炊竟卧于平地。风雪纷飞，毫无障蔽，真堪惨目。

初三原猾商某，见天灾不能遽息，挟资入市。旬日间，聚小麦数千石，由是粮价腾跃，渐至斗麦三贯。及交冬令，价益昂。或劝之粜，曰：利不十倍不粜也。闻者皆发指，而商则恣横如故。贫民以升鬲籴粮者，渐饿死，实自商聚粮始。事为省宪所闻，将使县令抄之。然县中皆商之爪牙，议卒不行。

一老民卧于路，见客过则乞焉。或语之曰：邑有振济，何舍之而饿于此？曰：振济一事，城厢或可沾润，乡民则不能得也。即城厢能得者，亦多隶役亲友，与绅耆姻娅。真贫民，不在此数，不敢望也。至郊外远乡，必素有名色者，始得列名。列名者村不过数人，大抵皆不贫者耳。盖邑宰深居简出，不能逐户查看。但列极贫、次贫之名目，使数十大绅士合办之。大绅士养尊处优，不肯逐户查看，又各使数十小绅士分办之。小绅士则成见在胸，不用逐户查看，乃各出其所知者参办之。饱者一家列数名，饿者数家无一名，甚至放粮者忽为领粮之人，领粮者仍多放粮之子。统一县计之，死者数已过半，皆其人不幸而不为诸绅士所识也。予亦安得而不饿于此也。

残腊将尽，民粮益缺。六畜早经杀食，渐至有食人者。然始犹死而后食，后则肥大者不敢独行。盖去城数里外，即多以过客为鱼肉云。

洋烟偷漏有厉禁。一人包裹入城，过厘局，张皇失措，局役疑为私携洋烟。揭而视之，则人肉也。叩其人，则饭店；问其用，曰备客餐也。

当途以人死则食，此风断不可长。因议犯者，获则埋之。三原获者三人，就埋时，一人大恸曰：本以母饿，故而犯法。今犯法仍不免母于饿。母之死，谅不远矣，然不及见矣。因谓观者曰：各宜忍饿，有父母者当以我为戒。

一老妪割尸被获，讯之则反目相向，曰：吾孤寡一身，平素之贫粮，既不可得，今日之振济，又不敢望。饿甚，见众割一尸，其弃者吾取之。犹未食，竟执我在此。彼先割大块去者，何不拘来与我共质也？且今之死者，无人瘗埋，大半饱于豺狼。乘豺狼未至，使饿者得一饱，即死者谅亦无恨。何厚于物而薄于人？重死者而轻生者耶？连讯之，终不屈。嗣以原情，释之去，曰：身非男子，无可谋生，愿留此不去也。且恐去仍犯法，再见执也。善遣之，亦不去。后列其名于养济院，始去。

戊寅初春，天灾如故。二三月瘟疫渐起，市廛行乞，死者接踵。其尤惨者，莫若妇女孩提，真有令人目不忍见者。（以下记三原市廛）

一老妪病卧道旁，其妇乞食养之。未几妇病不起，妪又欲乞食养妇。适道左一门，膝行而往。未尽阶一级，坠而死。妇见妪死，亦即时气绝。

又一老妪病卧死妇旁，巡者舁妇尸。老妪曰：此吾寡媳也。吾病卧不起，赖媳乞食得不死。今媳先我死，无为我养者矣。及见妇尸去，呜咽曰：恨我不能动。昨尔病危，求滴水润喉不可得。今尔去，亦并不得一滴清水奠尔也。须臾气亦绝。

廿余一妇，抱一子，三四岁。一中年妇引之行乞，未几三人忽不能行。识者曰：此为恶气所中，病也，非饿也。若非行乞，犹属可治。后母子俱死，惟余中年妇卧于尸旁。或问之，泣指尸曰：此吾媳与孙也。吾姑与吾及媳，三世寡居，惟此子耳。前者姑死于病，今媳与孙又死。言之呜咽，闻者酸鼻。阅日妇亦逝。

一妇病于路，二女逻守之，年皆十余岁。轮乞于市，以养母。母死，复于市乞买纸钱，往瘗母处焚之。焚竟，坐墓侧，数日共饿死。此事为同事某所亲见，某曾含泪为余言之。余曰：其母未死，见其细密；其母既死，见其从容。迨墓侧共饿，尤见其果决。孝耶！烈耶！可以传矣！

一妇衣履颇洁，乞食市井中，携一子可五六岁。妇病，子乞食奉之。及死，子不知其死，犹时以食饲之。巡者舁尸去，子不听其舁，乃跳号从之。既埋，即坐卧埋处。饿则入城求食，得食返埋处，仍掘地入食其中，以为其母受食也。有时犹喁喁焉隔土与母语，且怨其母之不应焉。旷野无人，长夜漫漫，豺狼未尝肆其虐，子亦似绝无所恐者。掘地进食，渐见母衣。数日后，僵死掘处，两手犹牵母衣云。

一妇背负一儿，两手拱一盘，膝行于通衢。哭诉曰：姑死未敛，已两日矣。往来者多投钱盘中周之，妇哭不绝声。儿亦时于背上呱呱作泣，真堪惨日〔目〕。

一妇死道旁。其子可十岁，白昼乞食，夜仍卧妇死处。或问之，曰：母死于此，不忍离也。且恐母魂来不见我，转增其悲也。众谓其孝，争食之，且周以钱。然不月余竟死，盖已饿伤也。

一妇行乞，一子可六七岁。妇病，子守之，且长跽祷之。及妇病革，执子之手，袖掩其面而逝。子见母逝，哭不绝声。不半刻亦卧死妇怀，手则仍在母握中也。

一妇病卧市间，以席自障。一子可岁余，时出席外嬉戏。久之，但见其子匍匐出入，不见妇动。或疑而窥之，则妇尸已败，子犹含乳在口。继将舁妇尸，子犹卧妇怀不去也。

三原乡村，逃亡几尽。其未逃者，或行乞饿死，或闭户自尽，其惨更不忍言。（以下记三原乡村）

某家久不举火。其邻以数日不见其出入，趋而视之，则老幼男女，或卧床，或倒地，皆已气绝。惟年余一婴儿，匍匐于地，拾己所遗粪，哭而食之。

饥不择食，得食皆可救。惟土与棉花及毛发，食之者不可救。缘三物非肠胃所能传化，阻绝于中，无药能攻也。商人某闻旱归，其家犹未尽死，以曾食棉花，坐视其毙，竟无一生者。

某佣于外，闻荒归。将及家半里许，访诸途人，知其家饿死已久。即于其地大号半日，旋市冥镪，遥望其室，焚之而去。

某商于外，闻旱荒，知其家必不能逃，乃托邻某寄银其家。邻某归，访其村，入其门，则见满庭荒草，败絮积室中，床头粲粲，白骨数堆而已。

村民皆逃，气象愁惨。入其中，但觉阴风飒飒，似有鬼物往来，能令人发竖而心悸。忽败壁间隐约有形影，偪而视之，一老妪在焉。问所以不逃之故，慨然曰：凡逃者，非有人，即有财。余则一身外毫无所有，虽欲为流民不得也。曰：何不入城就振求生？曰：入城求生，不闻有一生者。与其离乡而求生不得，固不若故土相依，使饿魂犹不至失所也。曰：然则独居无恐乎？曰：生已非人，死即为鬼。人鬼之交，分在旦夕，不知恐矣。

自交夏令，疫气愈重。不但饥民辗转相染，即富商大贾，居高养重者，亦多不免。浩劫茫茫，于是已极。端节后，死者渐少。非死者少也，饥民死亡尽也。（以下杂记三原兼及全陕）

三原考院，每当夏令，各院皆有天棚，向由永远局支应。是年夏，只正院一棚，且草率异常。询及书吏，曰：境内苇席，无论新旧，搀用已尽。问何用，曰：城内街巷，凡有死者，皆以苇席裹之。自去冬起，每一席裹一人，渐至裹二人或三人。计至今夏，用席已无算矣。

席裹者惟城内为然，至关厢死者，即无席矣。当死者多时，各关外豫治一坑，不论男女，辄投其中，满则填之。另治一坑，以待用。每坑之尸，多至数十具。

坑埋者在关厢。关厢而外，或村墟，或沟壑，尸皆暴露，无所谓掩埋之事。日久腐败，但见白骨满目。

三原人口最繁。数年前，因回乱查保甲，人数至二十余万。此次民死田荒，清查户口，统城厢计之，才四万人。即此而全陕之死亡者可推矣！

应试者之多，莫如同州。此次旱荒岁试，某处新生甫经旋里，即全家饿死。某县案首科试未至，问之，则亦饿死。郃阳童试逾二千人，荒后至者才三百余人。即郃阳一县，而同属应试者之死亡可推矣！除兴汉外，各郡荒象，较同州有过之，无不及。则就同州一郡，而全陕应试者之死亡又可推矣！

天降大戾，农末同归于尽，已属非常。至伤及士类，又有如是之多。故关中父老谓此次之荒，为闯贼后二百余年第一奇劫。

本县死者，多邻县难民。本县难民，又多死在邻县。皆由彼此乱逃，故死者虽多，土著者转少也。其逃往他省者，亦多因病致死。有客自蜀来，或问之，曰：闻川中疫气盛行，死者皆陕之难民。土人则无一死者。信乎？曰：然。曰：然则居既饿死，逃亦病死，大劫固难逃乎？曰：逃者荒也，非劫也。其死者饿也，病也，亦非劫也。劫之一字，为泄泄者所藉口，三代上不闻有是也。彼盖见无辜者之就死，对之赧颜也，因委之为劫，以谢其责。又恐委之而人不服也，因援出境者之死，从而信之也。实则因饿而病，因病而死，不可误也。盖惟饿也，气故馁也，体亦虚也，而又加以山川之跋涉、风霜雾露之交侵，其病之乘虚而入，早已中乎膏肓，不可为力。故同一疫也，在土人则生，在难民则死也。不然当饿极将逃之时，有能饱而安之者，使之不逃，可决其不病也。安见其必死？然不必死者竟逃而至于死，则虽非劫，而姑名之为劫也亦宜。要之人也非天也，是在有其权者，思患豫防，作未雨之绸缪。

否极泰来，无往不复。五月杪，得雨寸许。六月初，又连得雨寸许。及中旬，大雨倾盆，昼夜不息者四五日。阖境沾足，无土不膏。于是农庆于野，商庆于市，官府亦因而各庙谢降焉。盖气象自此一新矣。（以下记全陕雨后）

初得雨，争种菜蔬。数日后，即可充饥。而奸商之藏粮于家者，亦登时出粜。故不待秋成，已渐有生机。

未雨前，粮绝薪亦绝。既得雨，缺薪如故，省垣为甚。去省垣数里，贫民聚集成群，搒无主之棺木作炊。继而有主者亦掘发，继而新葬者亦启焉。世家大族坟墓，多不可保，虽有厉禁，莫可谁何也。

省垣行台（本清军厅署）东有园，可十余亩。荒草中有花，叶大如掌。一老妪每日采之，问何为，曰：是名烧饼花。未荒前，吾取其叶干之。及荒，以之为食，得不死。今虽转歉为丰，仍蓄之以备不虞。

一老妪收榆叶盈筐，晒干搓为面。每缺粮，辄食之。至是亦得庆再生。

秋后黄云被陇，豆谷较丰。然鸟啄禽飧，当未登场时，多有受其害者。

极荒时，竟〔境〕内无鸟鼠。解者曰：鸟鼠依人而食，人既流亡，无可得食，故去。然城厢人多处，胡亦不之见也？或曰：物能得气之先，大戾将至，率皆避去。迨戾气渐消，去者亦渐返。凡物皆然，鸟鼠特易见者耳。是说也似较前说为优。观于转歉为丰，一时禽飨鼠窃，遐迩并见，所谓去者渐返，殆其验欤？然余于是，殊触当日隐痛也。在昔粮绝时，民之聚族而逃也，盖欲求生也。而所逃之地，不皆可生，且有较之故乡为尤甚者。甚又有此既逃去，数百里外转有逃而来此者。方其逃也，未有饱而安之者。使之不逃，亦未有明示一可逃之地者，使之不误于所逃。一任夫扶老携幼，出门惘惘，不知何处为乐郊，何处为荒境，莫不筋疲力尽，肠断胃枯，宛转沟壑以死。是岂人之智反出物下哉？何此往彼来，纷纷者尽作他乡之鬼，曾不如飞者走者，尚得于大难既夷后返其巢穴焉。饿魂有知，我知其恨积不能平也，是诚可痛也！〇前因境内人相食，论及睢阳罗掘鸟鼠事。适土人某在坐曰：此次旱荒，并鸟鼠无之，虽欲为睢阳不可得也。因留心数日，竟不见一鸟。凡有所藏，亦不见有鼠耗。暇与同事二三人细揆其理，咸以物能得气之先为论，又各举所见闻实之。有云无事之日，物或聚族而去，其地必将有灾。有事之时，物苟安然不动，必能转换为福。荒后得雨，岁亦有秋。旋闻禽飨鼠窃，为民所苦。证以前日众论，确有可信。至回忆流民死亡，生还者少，转难为情，故既记其事，并著其颠末如此。

正荒时，省垣某当途。收子女之弃于路者，各除一室养之。秋收后，择年貌相当者，配为眷属，予之资而遣之。其幼者留备使令。此等善举，若能多人行之，广为收之，真无量福德也。

长安一妇，痴不知人。携一子，可四五岁，或泣或歌，往来市廛。识之者曰：合家远逃，惟余妇与此子。秋成旋里，过其舅姑与夫死处，痛哭欲绝。及入门，满院零落，伤感益深，遂成此疾。在妇已不能愈，可怜者惟其子耳。

天灾既息，流民某全家旋里。即日设祭中庭，男女逻拜，拜已且泣。或疑而问之，曰：荒时惟余一牛，始欲卖之不忍也。继不得已，杀而腊之，磨为面，携之而逃。每日每人食少许，即不饿。同时逃者携钱与粮，十不一归。吾赖此牛，全家不死。今归而祭之，所以报也。且有感于同里之人死亡已尽，是以悲耳。

荒后仍多狼，省垣以北尤甚。三原则始在野，继在郊，伤人之多，不可枚举。邑宰某有能名，严饬猎者捕之，迄无效。入冬益肆，渐入关，白昼杀人，伤者接踵。宰以为是必有神焉主之，乃自作文，设酒醴冥镪祭之。祭之夜，狼入城，杀数人。嗣是日落辄入城，杀人无虚日。宰各庙虔祷，亦无少应，后年余患始息。

己卯春夏，雨旸时若。秋大熟，仍多野禽为患。谷之在野者，几飨其半。及收藏后，尤患鼠窃。粮多者尚不觉，若数石数斗，瞬即窃空，潼关外尤甚。见食物则结队而来，猫不能制，人亦不能防，形较常鼠稍大。识者曰：此硕鼠也。旅店中夜出伤人，耳目口鼻辄被噬烂。过客时有戒心。较初丰时鼠患，殆十倍过之。时人号为鼠荒，有“硕鼠硕鼠，勿食我鼻”等语。语虽戏，皆实事也。逾年始息。

荒时苦境，瞬成陈迹。数年后，间有一二遗事，播为佳话者，亦可资人听闻也。某妇不为舅姑及夫所喜。及远逃，出门数十里，妇以孕不能行，为其家所弃。不得已仍旋故里，数日生一子。某素封闻而怜之，周以粟，得不死。年丰，逃者归。其家之逃者竟无耗。又逾年，其同时逃者自他省归。妇往访之，则自弃妇后，不两月已尽死矣。（以下记荒后续闻）

某生好行善，家道中落，然田园场圃，废地尚多。中年生一女，继又纳妾，生二子。而某遂卒，而家益落。旱荒女已及笄，受聘尚未嫁；二子才七八岁。未几一家尽饿死，惟女与二子存焉。饿甚，女携二弟入园中，掘树根下虫食之。有时中虫毒，面目皆黄肿。邻某闻状，慨然曰：某无后，为善者沮矣。约同志者数人，竭力周之，姊弟遂得不死。岁丰，夫家议娶女，女不允，曰：凶时不我问。今我去，二弟安归也？于是卖其无用场圃，留其可耕者，招佃雇工，大兴农事。秋成，得利十倍，一时争传女才。夫家闻之，又议娶女。女曰：待四五年后，为弟成家然后去。否则，任彼另娶，将守二弟不嫁也。夫家无如何，乃听之。后连年收获，远近藉藉，谓其家道复兴云。

某士子女，幼时为人窃去。女颇慧，能知父名及其乡贯。以去家远，无可自主。长遂入乐籍，名甚噪，私蓄亦厚。逾二旬，恐色衰，门前冷落。访其父母尚在，欲携资作大归计。托客于其乡者，达其意。某妻意颇动，某则不允也。曰：微论情有可疑，即果为吾女，亦断无令归理。事遂寝。适旱荒，某全家将不起。女闻之，除籍归，出资解其家之厄。其家见女美多金，恐其即去。惟某以失女多年，恐于名有玷，时踌躇焉。同邑某生，名下士也，艳女姿色，丧偶来问名。某喜，商诸女。女亦喜，因嫁之。生本寒族，藉女资，得少康。女又善于作家，无娇惰气，颇为戚里所称云。旱荒，骨肉多离，女乃因荒得合，且嫁为名士妇。一似不堪之遭，天以之困一世，而偏借之玉成此女者，斯亦奇矣。然亦幸而多金耳，否则先不能归，遑问其后哉！

一女入乐籍，名甚噪。然非其本心也，虔奉大士，经声不绝口。又时置鱼钵及道服。或见而问之，曰：某地一庵，庵尼多清修。俟私蓄满千金，以其半为饿死父母立嗣，以其半入庵为尼。预修出家装，将来脱苦海，好到彼岸也。或曰：既为父母立嗣，何不择人而从，使未〔末〕世有所依托。曰：生我者，与我同生者，无一存焉。触目伤心，不复作红尘想矣。

某少年浮荡，及长益甚。每出游，辄厚载归，行踪诡秘。或谓其得诸染上，里中士人多鄙之。旱荒，某旋里，愤然曰：某某等习得满嘴也者之乎，真性丧尽。今日宛转沟壑，实为分所应尔。可怜者惟良民耳。乃出其资，遍周里中。里中百余家，某一岁凡数周，遂得无饿莩。年丰，父老曰：里中赖若以不死，胜官赈多矣。请闻诸县，援例为若奖。某闻之，辞曰：列某于奖中，受奖者赧颜矣，实亦某所赧颜也。此等事，正可让满嘴也者之乎者为之，某则不能也。数日访之，已出游去矣。后闻其应得之奖，为某绅移去。

流民记卷之三　　晋荒附闻

晋自咸丰癸丑平阳失守，旋经克复，直至同治丁卯贼由同州渡河内，犯不久即去，此外绝无烽烟。故各省经发逆捻回窜扰几遍，晋地独称乐土。惟晋人工心计，各挟重资，经商万里外，他省被兵，转多丧其资斧。加以四方多故，兵差纷出其途，无气之伤，盖不在饥馑之后，已在四境无事之先也。

秦、豫、晋三省旱荒，晋为甚，秦次之，豫又次之。盖豫之东南，吴楚之粮可至；秦之西南，川肃之粮可至。至晋则西秦南豫，同时并灾，东抵燕京，时亦久旱粮缺，北临绝塞，尤为不产五谷之区，四顾无援，靡粜可告，故灾为最重。

晋灾之重，固由四邻无援，亦由丙子前一年，因旱歉收，至本年缺雨，旱象已成，较之秦豫，实先一年即荒也。

晋地既荒，万民离散。过其地者，出以告人，多疑其言之不实。盖荒已经年，四方鲜有知者，即都下亦不闻有传其事。迨饿死几尽，始纷纷议蠲议振，已无及矣。缺雨之初，获鹿山中即有菜色。盖此山南枕河流，北走塞外，不知其长何极。东西则横亘六七百里，所产惟铁与煤。人多勤苦，地鲜膏腴。平素之粮，仰给山外。至东西适中之地，出山皆三四百里，虽丰年犹恶岁也。此次旱荒，各处赤地千里，无粮可进。故山外荒犹未甚，山中已无孑遗。

获鹿外，南霍北恒，晋民实多山居。膏腴之田本逊他省，而风会所趋，又贱农重商，故富于财者多，富于粮者少。一经粮绝，与农民同归于尽。且不如农民身耐劳苦，尚能忍饿须臾也。逐末忘本之弊，言之可胜浩叹。（以下记）

富商贸易于外，军兴后既多饿莩。其稍有资本，居奇本地者，亦皆以之权子母，不使家有藏镪。际此荒年，飞蚨化为空券，在人者不能登时收回，在己即无可买命也。（通衢有钱尚可得粮。若偏僻处，虽有钱无济。）

资寄于外，固多饿死。其坐拥厚实者，尤必粮未绝时急为买足，始无可虞。否则，或因价贵，稍事观望，一至粮绝，虽有万金，不得粒粟，亦惟有坐毙耳。

某商闻旱荒，寄资其弟，令储一岁粮。其弟储粮，后见粮价日昂，较初籴时利倍蓰，私意秋后未必不转歉为丰，因出所储之半粜之。及粮尽，灾益甚。即倍其所得价，无可复籴，一家遂饿死。（晋虽先秦一年即荒，至饿死食人各节，则皆与秦同时。故于晋遂不复识岁月。）

某商闻旱归，见满地荒草，屋宇尘封，不觉怆然。俄一童子至，则其子也。盖全家既尽，此子为邻某收养，得不死。商见之，问家人饿死状。子指梁上曰：某绳为祖父母死处，某某绳为母与姊、兄与嫂、弟与侄死处。商闻之大恸，往谢养子家，曰：触目伤心，此生不欲再履此土也。即时携子去。

某富于丁，数年前资财丧于他省。旱荒自念食指浩繁，天灾又无转机，亲友则累之至再至三，时皆自顾不暇，筹画无策，数日须发尽白。乃慨然太息，泣数行下，曰：终须累及亲友。翌日，携其幼年嫡孙，寄远乡某亲处。曰：将过此至某处告贷，俟告贷毕，即携之归也。已乃归治盛馔，谓家人曰：枵腹数日，藉此稍润饥肠。因偕合家一饱。其孙待之久不至，亲某代访之。则某于寄孙之次日，合家数十口与某同时尽矣。盖某自知难免，故私置鸩馔中，作此辣手也。

晋商多富。至诗礼之家，则清贫者居多，且多勤俭，有唐之遗风，绝无骄奢气。故此次之厄，士类虽多死亡，而较之商人犹觉稍轻也。（以下记士人）

某生勤俭持家，每年束脩所得，仅可自给。自某冬入泮，得贺仪若干，因以之储来岁之粮。由是每年脩金，必先期买足一年粮。在生棱棱自持，非必预为防患计。而当旱荒时，一村之足于财者皆饿死，生竟藉此无菜色。

某旧族，阀阅宽宏，居宅四五层，廊如也。旱荒，入其门，庭中无人，冷落殊甚。至最后一层，则男女十余口聚居焉。堂前无长物，唯瓦盆二三，水浸败叶其中，黑如墨，苦如胆。合家护持，若唯恐人之倾取者。问所用，曰：此某树叶，用水浸汁。当饿极时，滴点汁入喉，能降饥火一时许。比来连日断炊，合家所恃以为命者此也。曰：此方传自何人？曰：以意为之，无所传也。

某乡一无告老儒，坐碾旁而泣。或问故，曰：周碾墙缝中，有积糠。吾饿极，辄来就食。今复来，糠皆为人取尽。绝此活命源，吾无生理矣。或曰：某处尚有一碾，盍往就之。曰此处尽，某处亦必无存。且去此约半里，吾体已惫，不能往也。

某生有文名，岁荒断炊，邑宰闻而周之，同学中亦时以粟馈之。及大旱经年，生自以介节自持，不惯仰面向人。曰：乌能以父母遗体，为口腹累，作乞丐相也。竟闭户而死。

某生家绝粮数日，邻某往视之，则一家尽毙。惟及笄一女，气息仅属，然已昏不知人矣。急以薄粥灌之，又频频以稀粥饮之，半日始苏。及起坐，见其母姊与兄嫂等，纵横死于前。回忆合家饿状，恍如梦境。不觉大恸，恸极仍卧故处。邻某以粥进，则闭口不纳，阅日复饿死。

某生女受聘未嫁，其家饿尽死。女以父母遗命，往投其夫家。夫家见女病将死，不之纳。女痛恨羞沮，坐其门前，泪如雨下，顷刻而逝。

某客晋，一日归寓，一女从之入，年可十五六，瘦削中姿态犹娟好。某怜而问之，曰：父诸生，一家尽饿死。因受此处秀才某子之聘，不得已来相投。及至，则一门亦尽矣。茕茕一身，进退失据。有活我者，婢之可也。某见其举止语言娴雅，颇垂意。以客中无可安置，予之食遣之，而心犹恋恋焉。阅日复出，见有僵于路者，细审之，即女也。盖已饿死矣。

晋地奢侈之风，商人开之。流亡之祸，亦多商人受之。家无斗石，出外则规模阔绰，几类显宦。一遇荒年，其家不能自保，往往卖眷属糊口。夫卖妇，母卖女，交易纷纷，渐至各处卖人有市。较甘肃之北山粮荚，兰州卖人，为地既宽，为时又久，为情亦愈惨也。（以下记贩卖妇女）

秦荒，妇女多为人作婢妾。一经卖去，即免饥寒，所惨者惟别离耳。至晋之妇女，本地无可销售，皆归贩者居为奇货。始则百端磨折，继多坠入烟花，茫茫苦海，渺无际涯。

凡贩妇女出境，每日食以薄粥两次，每次人一碗，沿途但能不饿死，不能饱也。及出荒境，则饰以丽服，另有卖之之市。其有为人买作婢妾者，尚云有幸。

某行商于外，一日见家书，其容有蹙。同伙某见而疑之，伺其出，私窥其书。则其家及笄一女，已因荒为人买去矣。

某商有妹，与某同胞。母卒，父再娶，待之颇虐。某商于外，妹年已及笄。其家因年荒卖之，临去谓邻妪曰：吾兄若在，吾不至此。吾兄归，令将吾赎还也。及某归，邻妪以情告，则已为贩者携之出境，渺如黄鹄矣。

某商过晋，见幼女价廉，竭其资，得有资色者十余人，意将奇货居之也。行数百里，资斧已尽，不复行。遂自寿阳入山，于人迹罕到处，尽弃诸女而去。后过其地者，每遇天阴薄暮时，辄闻号泣声。盖饿魂犹聚而不散也。（凡携妇女、婴儿弃于路，各处有厉禁。故商于无人处弃之。）

某商客豫之周家口，一日散步河上，有船载妇女顺流下。中一人酷似其妻，尾而访之，知所载皆晋之饥民。因登船细审，果其妻也。问其故，则父母无所养，妻以三绵，为牙人所得。商乃还其值并沿路之费，遂为夫妻如初。

又一人于牙船上遇其妻与妹，议以原价赎之，牙人不允也。盖二人丰于色，牙人所望正奢。商百计宛转，皆不从。不得已讼于庭，听者断以倍价赎其妻，其妹竟随牙人去。

某妇寡居，子五六岁，姑六七十岁。旱荒无计，议自鬻，养其姑若子。妇素有姿色，同邑某闻之，来问价。妇曰：必以姑家为母家，往来如婚媾，始能从。盖恐姑与子资尽养不给，预为之作周恤地也。议既定，妇去。子以不见母渐废食，姑以孙不食，亦废食，数日俱毙。妇闻之泣曰：本为全姑与子性命，今若此，焉用生为也。遂自缢。

一妪二子，为长者娶妇，颇贤。数年子死，妇无所出，以姑老叔弱，初无他志。及旱作，姑与叔饿将死，不得已遂自鬻。既成约，于去之前一日，取秋衣之须濯者、冬衣之待补者，尽日夜之力，为姑与叔预治之。治竟，天将曙。又恐己乍去，姑与叔或废食，乃入灶下作炊。炊熟，趁姑与叔未醒，始含泪去。

某妇颇艳，与某情好甚笃。数年生一子，爱如拱璧。某出经商，适值天旱，家所有典质已空，不得已自鬻其身，以所得与子。托诸其邻，曰：吾夫半世只此子。吾若与之俱死，无以对吾夫。今以身价为子乞活，仰赖厚谊赞成之。吾夫妇没齿不忘也。时子已四五岁，因抚子顶指邻母曰：此尔再生母。今后勿念尔忍心母也。言已，不觉哭失声。子亦投妇怀不去，妇无如何。至夜分，子睡始去。后某归，见其子，辄思妇。间关数百里，访妇耗，往赎之。至则其家云：妇自入门，即不食，未浃旬已死矣。

自来兵荒旱荒，饿死者皆平民，青楼中不闻有饿死者。盖平日交好，皆富贵中人。荒乱无聊，尤多散闷其地。故虽道殣相望，门前仍不至冷落。（以下记妓馆）

某妓颇有名，私蓄多金。旱荒，见饿者辄周之，全活甚众。邻某饿，将杀其驴。为妓所闻，倍其价买之。又倩人牧之，费颇厚。闻者咸笑其痴。某父老曰：一邑有此十数人，则人物皆得遂其生矣。彼不能于人物有济者，皆由不痴也，痴顾可笑哉？

某店一妓，有艳名。某精岐黄，过而访之。妓以病告，且求诊。诊已，某曰：病由经水失养所致，厌见客，勿强留客，不半月即愈矣。妓闻言泪如雨下，盖过客多粗戾，但以资财逼人欢，从未有知其疴痒者。某不待妓言，即能指其所苦。妓故不觉感动，为之堕知心之泪也。时有与妓狎者，不知妓意，见妓泣，解之曰：彼非乐于为此者，若半月无客，恐全家无命矣。所言虽实情，究非妓此时之心。妓闻之益悲。某多方慰藉之，迨妓破涕为笑，然后去。

晋为川、陕、甘肃、新疆、西藏各处通衢，驿站所在，妓寮尤多。时虽赤地千里，而仕宦之出其途者，仍无异平素。故良家妇女，无路可活，失身其中者，不可胜纪。（以下记

妇女失身）

又有合家枵腹，食无所出，使少年妇女，寄居客店，为客浣濯，为客缝纫，为客供奉烟茶，视一日所得，卜一家之饥饱。其事可悯，其情更可怜也。

某店有三妓，姿仅中人，举止言笑尤粗俗，过客鲜有问名者。店主人曰：三人为姊妹，乃某村某某女。一家十余口，皆恃此三人为命也。过客闻而怜之，遂多赠以资者。

某娶妇美而贤，母寡，祖父母已衰朽，妇皆能得其欢心。又有弟二人、妹三人，妇亦能善遇之。其年某亡，妇无所出，欲殉夫。以夫之弟小妹弱，母与祖父母无倚，不忍也。旱既成灾，一门嗷嗷，渐至不起。妇谓姑曰：为燃眉计，惟妇一身。第欲售无主，即有主，亦只济一时。所得之资既尽，一家之命仍休矣！今欲卖身救急，且图长久，惟有入客店耳。入客店，晋之秽亵语也。平素，良家妇女以入客店为辱。是时，居近通衢者多入客店求活，故妇言及之。姑闻言颇惊，继以妇不能忍饿，稍慰藉之。妇曰：筹之熟矣。一家性命，毙在旦夕。苟死中犹有生机，不敢爱一己之名节，坐视不救也。因辞姑去，有所得，辄归姑。后遂留店中，以所得召叔往取之。由是一门无菜色。既而得雨，灾渐息，姑令叔召妇归。妇曰：初得雨，收成尚不可必。倘再凶，奈何？俟缓雨三月，使有一年之蓄，然后归。两月后，所蓄既多，姑与祖舅姑坚议令妇归，遣叔入店召之。店主人曰：前夜已去矣。问何去，曰：去时但云欲归耳。叔因启钥视之，则什物具在，素所佩饰及华好者亦具在。急归白诸母，母惊曰：吾妇殆矣！妇非失节人，以全合家性命忍而为此。前日之去与后之不来，吾固疑之。今窥此形迹，无复生理矣！祖舅姑疑其他往，姑泣曰：向未他往，往将何之？且他往，随身之物，岂不将去？盖不欲有玷清白，尤不欲以始污终洁者，显一己之名，伤吾合家心也。其殆于僻无人处死也。祖舅姑犹令人遍访之，数年竟无耗。毁其节，救八人之命；捐其生，雪一门之耻；隐其死，安合家之心。亦豪侠，亦精细，须眉男子对之汗颜者多矣。前年其乡人传其事，欲为之旌表不可得，闻者皆憾之。呜乎！此岂知妇者哉！其救一家之生也，本非博当世之名；其隐一己之死也，实以杜将来之口。妇之见亦高矣，其又何憾焉？

某客晋，眷一妓，情好甚笃。临去厚赠之，妓亦答礼甚丰。逾年复至晋，则桃花依旧，人而不见矣。一日过一门，见前妓倚门立，喜甚，与之通款曲，不应而入。从之入，反加诟谇，且出数男子饱以老拳。某狼藉归，以为误认也。及访之，实前妓。盖因荒入院，继得资，仍出院为良民矣。

岁荒入院，荒退仍为良民，较之卖眷属者，似为便宜。然必稍有姿色，且路近通衢者，始得为此。否则，欲卖眷属，且无买之者，此纷纷者所以多饿死也。

人有死者，即有食者。此次旱荒，各省皆然，而晋为甚。平遥、介休等处，为晋之腴壤，民间尤多素封。岁荒，食人者且纷纷然，即其他可知矣。先是人死，乞者食之，既而饥民亦食之。法合所不能禁，然亦不闻有禁之者。（以下记食死人）

乞者两三人，爇火令极炽。择尸之未败者，举而加其上。少焉尸熟，乃共食之。其哑号曰：吃烧烤。（晋产煤，故火易。）

旷野中以火为号，寻尸者有所得，皆赴火处炙之。少则均分，多则共饱。再多则各分其余，怀之去。入夜四顾，野火如星，或远或近，皆乞人吃烧烤之所为也。

饥民食人，多在白昼，三五成群，结伴而出。各处搜寻无所得，则钞入坟茔，凡抔土未干者，多为掘发。然皆死而后食也。至荒久尸不敷用，食及生人，而晋地之祸亟矣。

正荒时，商旅过晋必结队。遇有饥民，列队以行，否则辄为劫食。若只身或止两三人，则不敢出于其途也。(以下记食生人)

某处商人，结队十余人过晋地。一日过一僻村，不见有饥民，遂缓步而过。过竟，一人行颇迟，在极后，去前过者约数十步。忽路旁败园中跃出两三人，曳倒其人，出利刃，割其臀及两股之肉而去。其人痛极而号，前行者闻声反，则其人已绝矣。

极荒时，路绝行人。不惟远客戒严，即城厢居民，亦无敢只身远出者。当是时，各处人肉有市，夜分交易，至晓而散。官府虽知之，不能禁也。

省垣西关某委员，一日查赈骑骡出，绅士书役及众从者随之。出关，骡狂奔，众落后。某任骡所之。驰数里，适有枵腹者若干人立道旁，骡遂止。骡为某所自蓄者，本肥壮，以荒故稍消瘦。时荒境中六畜皆食尽，久无此庞然物。枵腹者出于乍见，不觉垂涎，乃夺而杀之，分其肉。旋以人多肉不足，因某体胖，遂并杀某，以其肉配骡肉均分之，然后散。殆从者至，寻某不见，微见地有血迹，疑之。翼日，仍至其处寻觅，忽道左一茔中有新土，蹙之则某头见焉。急发之，头以下骨与肠胃犹存，肉则搒剔已净。至其所乘骡，并头、骨、肠、胃亦无矣。某王姓，官同知。

岁荒杀人而食，变已非常，乃晋之变，尤有甚者。须眉男子多饥而死，而自食其力之妇人，不闻有死者，则皆杀人而食也。盖晋多游食之妇，丰年出入殷实家以糊口，至凶年无所得食，遂相与诱而食人。千百里中，不约而同，真奇变也。(以下记妇人食人)

临汾某村有妪绝粮，卖其所生女。既而资尽，粮仍绝。适邻有枵腹女过其门，以食赚之入，烹而食之。邻失女，无可踪迹，忽某妇以事入妪舍，见妪睛色赤，床下白骨成堆，疑邻女为妪所食。闻诸邻，邻搒之，得女衣履等物。时晋荒虽亟，汾地稍轻，众怒其忍，并恐其蚕食不已也，鸣诸官。官曰：既卖已之生者食之，又诱人之饿者烹之，是诚法所难容。因倒悬于树，毙之。曰：以惩忍人，且警来者。后荒甚，犯者渐多，法令虽严，蔑如也。

某新娶之妇，未经年，适旱荒。妇归宁，逾期久不至。再三促之，仍不来。夫往访之，闻妇为其继母杀食。夫怒，率众搒之，则衣履具在，妇果不见。及搒至园中，粲粲者见白骨焉。盖妇未嫁时，本为继母所不容，时值其家粮绝，故及是难。

某媪，年周甲，居某巷，孑然一身。素与巷中往还，颇平善。旱荒，巷中小儿往往出门即不见。失儿既多，巷中互相觉察。一日有小儿入媪舍，久不出。众疑而搒之，则儿之形体已分，在釜者且熟矣。因而遍搒其家，得小儿衣若干袭，始知曩所失儿，皆遭媪之毒手。

一半老妇人，齿虽长而色犹不衰。某少年过其门，以眉目陷之入，醉之酒，将杀之。赖家人某尾而救其后，得不死。因为之发其覆，则杀人已多矣。盖此等伎俩，不但以人肉充饥，直以杀人作生涯也。

某地一妇，有子有媳，有女有孙。一家五六口，无恒产，亦无菜色。及荒退，转有余资，出以权子母。邻某疑其事，遍访之。或曰：是乃荒时，列人肉为市者。其诱人杀人之术，皆妇自操之，行踪诡秘，外人不得与闻。故至今未败。

秦地路食行人，皆不逞之徒，倏聚倏散，犹可防也。至晋则无地无食人之妇，久与相处，暗中择食，虽欲防之不能焉。推原其故，总由殷实者平素骄奢，不立家法，使三姑六婆任意出入，易于得食。故废织之妇，多聚其地，以一日之趋承，可免终岁之勤动。安逸既久，忽遭天变，身不能逃，腹无可果，遂忍而为此。余既以妇多游食，揭其食人之渐，兹复以不立家法，揭其多游食之渐，临民者苟杜渐防微，治于未然，庶荒年无食人之妇矣。

由食尸而食人，渐至妇人食人，惨矣。然犹夜间为市，诱而杀之，非公然为之也。继又有死者不敷用，生者无可取，明杀一人以果腹者。或以理迫之，曰：众不食尔，尔究必死。死一也，盍竟为众死？或以情胁之，曰：尔好行善，舍身救人，善事也。尔其勿我靳。故每当无所食，即公杀一人食之。为所杀者不能辨，即辨亦不能免也。(以下记乡里食人)

某客晋，爱其地易于居积，有家焉之志。适某村有媪，以某善于作家，妻之以女。某因赘女家，治家人产，与村中往还，村人颇重之。及岁荒，村中人相食。某亦以家累，忧粮绝。一日晨起，有数人踵于门，相告曰：众欲推尔为主，设法救荒。现在某处集议，来相约，可速去。某从之，至一庙，先有两三人在焉，曰：实相告，某等皆数日不食，素仰尔慷慨好施，从无吝色。兹以无计可活，欲假尔一饱，幸勿我责。某方欲有言，众一拥而前，各出利刃，支解之而去。某家以某出不归，访之杳然。后微有所闻，以众故，不敢穷究焉。

某小康，吝于财，不为众所喜。及岁荒，家所蓄，已渐次为众劫去。最后又有来劫者，入其室，无所得。适某出怒呵之，众曳之去，杀而瓜分焉。某家将鸣诸官，或劝之曰：若辈现皆结成党舆，即告之官，官亦不敢过问。是自危之道也。事竟寝。

某于乡称善人，一日过邻村，遇众割一人，血肉狼藉。某见之，慨然兴叹。某本为众所识，众闻叹声，疑曰：尔将以我辈为忍耶？某见众色变，解之曰：吾绝食两三日，自叹来迟，不能藉众力一饱耳。众曰：果尔，我辈非得食独饱者，因各出所得分馈之。某受之归，谓家人曰：今日若非转机捷，此时已肉入人俎矣。

当众人食人时，人死不敢哭，哭则为众所觉，众必攙食之。其家人且将重得罪，曰彼生不舍命饷我，死犹靳不我食焉。见饿者将死，竟不救，何忍心乃尔？于是既食死者，犹必罚其生者。故人死不敢哭，保死者也，亦所以保生者。

某病将死，同里某往问焉。临去，谓其家人曰：死必以告。其家人以属在同里，本有匍匐相救之谊，死果告焉。某闻告，以其党至。某先入，见邻某数人先在，因扬言曰：现在到处人相食，有死者借众腹葬之。死者安，生者亦便也。若违众而葬，终必掘发。与其任人掘之于后，曷若令人分之于前，尤可使食者当面知感也。言已，门外纷纷，一拥而入，各出利刃，取其肉。邻众莫之或阻，其家人亦噤不敢声。肉尽，某率众去。惟头与骨尚存，其家人因葬之。(以上六段皆事后续闻，传者谓僻乡中此类甚多。若城厢，尚不闻有此也。)

流民记卷之四　　豫荒附闻

中州为四面受敌之国，自咸丰改元后，红巾外扰，捻贼内讧，民之流离失所，无地无之。其尤甚者，西北一隅，为关中咽喉。关中军兴，兵马纷出其途。地瘠民贫，差徭繁重，即在丰年，已属不支，一遇岁旱，何怪死亡殆尽也。

由洛阳西至潼关，五百里中，为州县者凡五，以渑池为最苦。渑池差徭，计亩均摊，极重。时每年每亩派制钱至二十五六千之多。其派之之法，邑宰责成隶役，隶役责成地保，地保责成乡民。乡民无以应，则出其日用器具，称贷于隶役，俟秋禾登场，然后加利取赎。若差徭继至，仍无以应，则又出其衣服、衾裯，以相称贷。故遇有差徭，隶役纷纷四出，皆挟民之所急需者，满载而归，以为异日索偿之据。辗转剥削，十室九空。有未至秋收，无物可抵，已逃而之四方者；有秋收所得不足以偿隶役，因逃而之四方者。一县若此，余县可知。论者谓此次旱荒，关外死亡殆尽，实由差徭过重之所致。良不诬也。（近来此弊稍革。）

豫荒与秦晋同时，较秦晋稍轻者，以东南光州各属，尚未成灾也。至西北邻于秦晋，亦与秦晋无异。统计全豫荒象，以陕州、河南及河北三府为最重。开、归、陈、许与汝州次之。南阳与汝宁间有未荒处，则又次之。且东南界连吴楚，并可资其接济。故当时逃者，有利东南不利西北之谣。

荒与秦晋同，民间情况亦大略相同。惟妇人食人，为晋之所独。此外则见此即可知彼，无甚区别也。余记流离死亡之惨，于秦较详，观于秦而晋可知，即豫可知矣。食尸食人之事，于晋较详，观于晋而秦可知，即豫可知矣。至贩卖妇女，秦地绝无其事，（秦止卖于本地，为人婢妾。无贩卖出境者。）而豫则较晋为甚，则观于晋，即豫又可知矣。故所有荒状，既详于秦晋者，其情节苟无所异，即于豫略焉，非豫境绝无其事也。

豫于贩卖妇女有禁。每贩者一人，辄买十许妇女，载之出境。所过州县，一经发觉，即由所犯之地惩办。贩者则没其资本，按律惩治。妇女则无论远近，资遣回籍。有惜资遣之费者，奉行往往不力。贩者尤多于隶役中潜为润色，即力于奉行，亦苦无从觉察。故禁虽严，贩者仍踵相接也。

晋地贩卖妇女有市，豫于市之外，又有行。（音杭）贩者由行买卖，在本地可无发觉之虞。亦有贩者自相买卖，由行过付，听其分用者。于是，官府既多一禁，遂为居奇者添一利窦。

旱荒食人，各省皆然。至析骸而爨，则惟见于豫境。宋门外一桥下，荒民聚炊，臭闻数里。或即而视之，则所爨者人骨也。问何以焫此，曰：雪天无柴，故焫此耳。视为固然，绝不为怪，亦不闻有禁之者。省垣若此，他可知矣。

省垣极荒时，夜行辄闻尸臭气。或曰：皆乞者炙人肉，作晚炊也。又极荒时，白昼通衢中，有割尸而食者。然亦乞者所为，居民尚不闻有此。（此专就省垣言。省垣而外食人者，即不可胜计。）

西北荒重处，死亡之余，仅存十之二。其散之四方者，多不见其生还。且有因赋役烦重，年丰不敢旋里者。一车夫年近古稀，颇衰朽，立于辕前，时作太息声。问其故，曰：吾非业此者。本某县人，地数百亩，丁数十口。因饿尽死，只我不死，不得已逃而为此，将来为他乡鬼矣。曰：收成已久，胡不返耕？曰：田已荒，器已坏，不可复耕。且地亩多，无以完积欠，应徭役也。

一老民携一女一小儿坐于路，诉曰：此吾女也，小儿女所生也。本河北人，以女夫客南阳，岁荒往访之，至则女夫死矣。今转歉为丰，将旋里而资绝。但得千钱北渡河，便可生矣。女扶儿顶曰：吾父女不食，已数日矣。有此儿者，千钱即卖之。儿闻卖，泣不从。女曰：尔忘尔饿极即哭耶？卖尔去，尔即不饿矣。父诉女悲，女诉子泣，见者多垂泪。

某院有二妓，齿稚而色丽。然不为鸨母所屈，诟谇之声，时闻院外。盖二人本良家女，因荒落籍。稍长，不甘自污，鸨母凌辱万端，志终不夺。事为大宪所闻，委首县某廉其情，为之削其籍。其一荒前已字人，寻其旧盟嫁之。其一犹待聘，乃于大梁书院中，择诸生优而未娶者媒合焉。（所择生田秀芝，济源人。）候补县某为之主盟。于归之日，远近藉藉，传为佳话。然荒后若二女之失身者多矣，而二女竟得遂其志，亦幸矣哉。

陕州乡民多洞居。或山根，或坡底，直穿一洞，有深至七八丈者，再于洞中横穿数洞，一家之老幼妇女分居焉。士人名曰窑洞，即陶复陶穴之遗风也。（窑洞，陕甘最多。陕州与陕西接壤，故窑洞亦多。）每家一洞，族而居者多至数十家，远望之直如蜂房。若止一两家，则又落落如晨星。岁荒粮绝，有饿死洞中者。冬月尸不败，日久遂能为妖。往往夜出伤人，遭之辄死。盖僻处荒山，其死也人莫之知。及其为妖也，人亦莫知其处。死者既多，妖遂四起。但闻日落闭户，远近愕然。陕属三县，处处戒严，数年后始绝。

陕州饿死者不可胜纪。当极荒时，厢中有阖家尽死，无人埋者。亦有饿死街巷，不及埋者。某当途收集其骨，约五千余具，于城西起一大冢，远望之矗立如山。其先后死者，及死而随时埋者，皆不在此数。然则观陕之城厢，其四境可知，即陕之各属可知矣。凡豫境之荒，与陕同者亦因可知矣。（陕州为周之虢、汉之宏——按：避“弘”字讳——农，西去潼关二百里。相传周召分陕处即此。今为直隶州，属河南。凡豫记中称陕者，皆指此，非谓关中也。）

江苏以西北各省旱荒，于本境内为各省筹赈，俾殷实者量力佽助。又绘饥民为图，名曰《铁泪图》，分悬通衢。各置一櫝于下，俾平民亦得量力佽助。一乞者积钱二三百文，见图悉倾所有入櫝。他若瞽者推衍之所得，嫠妇针黹之所得，以至售其藏书，典其钗镮，莫不悉心协力，踊跃争先。赈款既齐，佽助中州者有善士数人，自备资斧，亲至灾重各郡县，入僻乡，寻饿户分赈之。此等义举，即非身受者，亦为之感泣也。

江苏善士谭某（仁之，扬州人。），至怀庆散赈。以其余资收童子之弃于路者，除一室养之。又为之请蒙师数人、业师数人，勘列条规，开馆授业。三年后，皆彬彬可观。庚辰，入黉序者四人。（皆河内人。）远近翕然，附学者踵相接。转饥饿之余为儒雅，而又使境内之士风因之丕振，学之有体有用，其斯人与！（其学舍在河南县，即怀庆首县，今尚未废。）

流民记后序

自古救荒无上策。所谓上策者，在备于未荒之前。不易得而偶得之，丰年耳。留心民瘼者，诚不以官府为传舍，无论久于其任、偶承其乏，值上策可行之日，举常平、义仓、社仓，为之讲明而修复之，则岁可不荒，而民可不流。不求上策，势必至于无策，中策、下策不可得也。盖偶尔歉收，或可以补苴挽之。至饥馑荐臻，赤地千里，则临时干济，于民之流离死亡，毫无裨也。《记》中所记，皆民间琐屑之事及一切委曲之情。若时政之得失，非书生所能知，亦非书生所宜言，故略而不记。即流民之口，语多伤时，亦罕记焉。其有事无可传，言犹可录，亦间为记之者。乃因其言以存其人，且以见宛转沟壑中，亦多留心时事之子，而不尽蚩蚩之氓也。至于节或少变，守或不终，甚至天性刻薄，显悖恒情者，亦因其事为之杂记，则以其来有渐。求上策者，既能于其民预思有以养之，尤当于其弊豫思有以防之也。嗟乎！浩劫茫茫，万死并无一生。而不逞之徒，又或脍炙生灵，强食弱肉，如秦商之渔利、晋妇之食人，其堪为发指者，我知千百年后，闻者犹将剉烧而舂磨之，则亦安得不详为记，使之愓息于将来也?

曩游甘陕，见饥民流离之状，未尝一日不在心目中。即得之传闻者，亦未尝一日或去诸怀也。辛巳夏，襄校南阳试卷，暇与同幕谈及，取当日笺记节略，录而存之。自六月十五日起，至七月十五日止，得百余条。在南阳记者，约十之六；由南阳回汴，记于路者，约十之四。记毕之明日到汴，连日苦暑。秋风至，覆阅之，因附叙于后，复为之识其巅末。时在又七月初七日。午庭再叙拜识。

灾赈章程

（附光绪十四年丹阳办理灾案）

清光绪年间抄本

（清）佚名 辑

贾国静 李文海 点校

汇纂灾赈章程

勘灾事宜十八条

报灾定例，夏灾不出六月底，秋灾不出九月底，原指题报之限而言。（原书眉批：定例，夏灾不出六月底，秋灾不出九月底，系院宪题报之限，非州县报院之限也。该州县报灾，总在五月、八月内；如无灾，亦在五月、八月内具详。）至于州县被灾，自必由渐而成，况麦秋在四、五月，秋收在七、八月，州县初次通报，该管上司已经委勘，则是有收无收，荒熟情形早已定局。嗣后各州县偶值水旱，如勘不成灾，即于五月、八月内具禀通报；如勘系成灾，即具文分晰详明，以凭汇叙详题，不得延至六、九月底始行详报，致稽题限。

一、灾田顷亩分数册结，例于题报情形日起限，定四十五日具题，再接扣两个月，将应完钱粮数目题蠲，如有迟延，计日处分。而蠲款例限较宽，州县应造册结，尚多依限送司，即有迟延舛错，在司可照原报灾田分数代为核正汇造，惟顷亩分数，必得属册造准，方能汇造总册详题。（原书眉批：院宪题报被灾情形日起限，定四十五日，再将被灾田数分数具题，接扣两个月，将灾田应蠲数目具题，如迟计日处分。蠲款限期较宽，尚属易办，况州县原报分数，上司已有数目，即州县不送，亦可代核汇造，惟顷亩分数，必得属册造准，方能汇造，限期又迫，故议定变通。）而限期仅止四十五日，其间司道府州层层核转，以至院宪详疏，均在此四十五日之内，计算甚迫，若有迟逾，处分最严。如离省窎远之邑，往往接到知照题报情形日期，已经届限，更有限外始行接到者。若必俟知照后造送，逾限参处，在州县徒干例议，而上司办理亦觉掣肘。况自报灾委勘以来，为日已久，区图顷亩分数，早经勘定，尽可先行造报。嗣后应令被灾州县，一俟委员会同勘齐灾田，即照例造具灾分田数科则蠲款总册，并造被灾区图田亩册，一面径行送司查核转造，一面分送协查委员，并由该管直隶州府道加结移司汇转，设有结式注语不符，即改正发据补咨，庶可无误。

一、地方灾歉关系民生，州县官务当悉心详核。查嘉庆六年直省被灾，原奏较轻，而续查情形甚重，奏奉谕旨：灾区叠沛恩施，总以地方大吏奏报轻重为凭。如有前次奏明被灾较轻，而续经查出情形甚重者，业经降旨照灾轻定之处加恩，不妨据实再奏，候朕再降旨，断不可回护前奏，致有不实等因。钦此钦遵在案。（原书眉批：如督抚原奏被灾较轻，续查甚重，准予据实再奏，毋庸回护前奏。该州县如先报轻，而后查出甚重，亦可补报，亦毋庸回护前详。）地方各官如于勘报灾分之后，续又查出被水、被旱情形较重，自应据实请奏，断不可回护前详，致滋不实不尽。

一、凡州县卫官查勘灾田，必凭灾户呈报坐落亩数，应先刊就简明呈式，首行开列灾户姓名、住居村庄，次即开列被灾田亩若干、坐落某区某图或某村某庄，次又开列男妇大几口、小几口、某姓名、田亩、区图、村庄、大小口数，俱留空格，后开年月。每张止须如册页式样叠作两折，预先发铺刊刷，分给报灾之地方乡保，令其转给灾户自行照填，报送地方官。查对粮册相符，存俟汇齐，按照灾田坐落区图村庄抽聚一处，归庄分钉，用印存案，即可为勘灾底册。（原书眉批：凡地方官一遇灾户呈报请勘，应先刊就简明呈式，如册页一样，叠作两折，首行开列灾户姓名、住居村庄，次被灾田亩若干、坐落何处，次又开列男妇大小丁口，后开年月，均留空格，发铺刊刷，分给被灾之地方乡保，令其转给灾户自填，报送地方官，查对粮册相符，存俟汇齐，按灾田坐落之处抽聚，归庄分钉，用印存案，以为勘灾底册。）

一、凡委员赴庄查勘时，该州县即按其所查村庄，将前项钉成灾册，分交各委员带往，按田踏勘，将勘实被灾分数田亩，即于册内注明。如有多余少报，以及原系版荒、坑坎、水沉无粮废地，又有只种麦不种秋禾，名为一熟田者，逐一注明扣除。其勘不成灾，收成欠薄者，亦登明册内。若有原册无名及至临勘时报到者，如果勘明被灾属实，亦注明灾分，附钉本庄册后。勘毕将原册缴县汇报，其余未被灾之村庄，不许滥及。（原书眉批：凡委员赴庄查勘，即将该庄灾户前项自填底册，交给委员带往按田踏勘，将勘实被灾分数田亩，即于册内注明。如有多余少报，以及版荒、坑坎、水沉无粮废地，以及只种麦不种稻之一熟田，逐一注明扣除。其勘不成灾、收成歉薄，亦登册内。如原册无名，临勘时报到者，勘明被灾果实，注明灾分，附钉本庄册后。勘竣将原册缴该印官，以凭汇报。）

一、灾分轻重，应照被灾村庄实在情形，不得以通县成熟田地统计分数，致灾区有向隅之苦。至一村一庄之中，大抵形情相仿，不必过为区别，致有纷繁零杂，难以查办，且易致高下其手之弊。第州县之中，每一地方即有数十村庄及数百村不等，查勘灾分，应就一村一庄计算，不得以数十村庄之大地方统作分数，以致偏颇不均。

一、州县地保、蠹役，每有做荒、卖荒之弊，私向粮户计亩索银，代为捏报；亦有不通知各粮户，径行捏报，以图准后卖与各粮户。其弊在荒熟相间之处为多。又有飞庄、诡名之弊，乡保串同首役以少加多，将无作有，希图蒙混。其弊在僻远处所及邻县犬牙交错之地为多。甚至将一切老荒、版荒已经除粮之地，并坑洼池塘历来不涸之地，一片汪洋、难以识别者，一村一庄，一图一圩，被灾者不过十一二，而笼统开报，于查勘时但凭乡保引至一二被灾之处所，指东话西，遂以为实，不肯处处踏勘，必致轻重仍乡保之口，分数凭书吏之权，移易增减。此报灾之弊也。勘员务须留心访查，有则严究根由惩处。

一、州县灾象已成，该印官应一面通报各上司，该管府州接到报文，即照例委员赴县协查。该州县一面按照各庄灾册，挨顺道路，酌量繁简，计须派委若干员，除本地佐杂若干外，尚少若干，即请道府派委邻员。连佐杂如仍不敷，再禀院司调拨候补、试用等官分办。

一、州县印官应一俟委员勘齐灾田，一面核造总册，一面先将被灾村庄轻重情形，及灾田钱粮内如漕项银米、河工岁夫漕粮等项应否蠲缓，必须核题请旨者，一面妥议，分别开折通禀，听候酌夺。并将本邑地舆绘画盈尺全图，分注村庄，将被灾之处，水用青色，旱用赤色，渲染清楚，随折并送，以便查核。

一、定限夏月被灾，如种植秋禾，将来可望收成者，应俟秋获时确勘分数，另行办理。如得雨稍迟，布种较晚，必须接济者，酌量借给籽种口粮。如遇冰雹为灾，及陡遭风水，一隅偏灾，亦照此办理。

一、被秋灾地方，如有旱后得雨尚早及水退甚速者，尚可补种杂粮，均当劝谕农民竭力赶种，以冀晚收；如有得雨较迟，积水难消者，应饬设法宣导，使之早为涸复。灌溉有资，其乏食贫农无力布种者，照例详请酌量借籽播种，候示放给。其有力之户，不得冒滥。

一、沿海土石堰，如遇异常潮患，冲激坍损，查明果非修造不坚所致，例应免赔者，即开明工段丈尺、原修事案职名、固限月日，妥议通报，听候勘估详办。其城垣、仓库、衙署、要路、桥梁、营房、墩台、水楼等项，亦照此办理。

一、灾蠲钱粮，定例被灾十分者，蠲免七分；被灾九分者，蠲免六分；被灾八分者，蠲免四分；被灾七分者，蠲免二分；被灾五、六分者，蠲免一分。至于先经报灾，复经勘不成灾田地，原无蠲缓之例，间有题请缓征钱粮者，乃系随时酌办之事。嗣后被灾州县，如有此等勘不成灾、收成歉薄田地，亦须查明实在斗则田数，另开一册，随同成灾田亩一并送司，以便临时酌办。

一、成灾分数，不可牵匀计算，应以各田地实在被灾分数为准。如一村之中有田百亩，其九十亩青葱茂盛，独十亩禾稼荡然，则此十亩即为被灾十分。其中有一分收成，即为被灾九分；二分收成，即为被灾八分；有三分、四分、五分收成，即为被灾七分、六分、五分。以此定灾，核算蠲数，方为确实。

一、州县田地，有民屯、草场、学田、芦田、河滩等项之分。内如民赋漕田，散卫、省卫、外卫屯田，草场、学田、芦田等项被灾，则应该州县查办，但须分项造具册结详报，不可汇归一册，致滋混淆。又如淮大等卫屯田，散处各邑境内，向系该卫管辖，如遇被灾，例应该卫会同各该地方官勘明灾分田亩、科则、蠲粮各数，造具册结，仍由卫官办送，惟抚赈灾军，应随坐落州县一并查办。又如淮徐等属切近黄淮，向以长堤为界，堤外滩地，水无关拦，去来无定，所征滩租，数亦甚轻，原与内地粮田不同。是以从前详定总视内地粮田为准。如堤内无灾，只此河滩被水，不准报灾给赈；如堤内成灾，则堤外滩地仍准一体报灾抚赈，仍应照旧办理，但须分案造册具结，随同民田等项，一律定限详送，不得稽迟。至盐场课地，仍归盐法衙门查办，州县亦须稽察，毋致混入民田。

一、扣除灾户钱粮，应按实在被灾田数目验算，应蠲、应缓，于额征确册数内分注，扣除其未被灾田钱粮，不应统扣蠲缓。此仍理所最易明者。从前有州县误认统征分解之说，混将灾田蠲缓之项，照合县田粮额数，不分灾熟概行摊扣，以致追赔有案，后视为炯鉴。

一、急公花户，有于未被灾之先，将钱粮预期完交，迨后查办灾蠲，而前交之银有溢完者，即应流抵该花户次年新赋，在于本年实征册内结算登注溢完，应抵银数，即按数注明次年实征册，另给流抵印串，并报明上司，毋任经胥侵蚀。如溢完银两先已批解司库，应将某月日何号批解银两，有灾户溢完流抵银若干，务于奏销前详司，于册内扣除流抵登报。

一、各属地方辽阔，灾赈事务头绪纷繁，印官一身不能兼顾，须委员协办，将刊定章程公同细讲，和衷妥办。凡有临时饬办事宜，亦分抄细看遵办，切勿各逞臆见，以致办理差池。

一、灾赈公文均关紧要，应于封套上加用灾赈紧急公文字样红戳，或用排单马上飞递，或专设驰报，不得发铺稽迟。

抚恤事宜七条

一、抚恤一项，原为被灾之初，查赈未定，极、次未分。灾民之中，如系猝被水冲，家资飘散，房舍冲坍，奔逃别处，露宿篷栖，现在乏食，势难缓待者，自应不论极、次，随查随赈，给以抚恤一月口粮，或银或米，各随灾户现栖之地，当面按名给发，印委各官登簿，汇册报销。仍即讯明各灾户原住村庄注册，俟水退归庄后，查明灾分极、次，仍按原庄给赈。其卫军、贫生、兵属有似此者，亦应一体查办。如有灶户在内，虽属盐法衙门管理，倘场员查办不及，应令地方官照依民例先行抚恤，造册详请盐政衙门拨还归款。但此系指沿海风潮、沿江沿河决口猝被水冲而言，若寻常雨水过多，及偶遇山水骤涨被淹者，自有后条查明先拨后赈之例，不得误认舛错，致干追赔。

一、猝被水潮决口，人避高处，四围皆水，不通旱路，无从觅食者，该地方官即应雇觅船只，在于通衢救渡，一面买备饼馍、席竹等物，分投散给，以资食宿。查现行成例，凡救渡船只，每大船一只，用水手两名，每名每日给饭食银三分。饼馍每大口给予三斤，小口给予一斤，按五日一给，每斤准销银一分二厘。搭棚席竹，每间用席八片，每片准销银二分；竹竿五根，每根准销银一分；绳索三条，每条准销银一分。合计每间销银二钱四分，每三、四里搭棚一间。此项银两，先由属库先行动垫，俟事竣后核实造报，于司库抄案银两拨给，于抚恤项下报销。此系猝被之灾，方准请销，如雨水较多，由渐而成，不得援以为请。

一、被灾贫民，原有抚恤一月之例，仍须酌看情形，或被灾较重，或遇连遭歉薄，民情拮据，如果必须先拨后赈者，即照例将抚恤一月口粮，先于正赈之前开厂散给汇报；如甫当麦收丰稔之后，适遇秋灾，或民力尚可支持，只须加赈，毋庸抚恤者，亦应先期通禀，以便于情形案内声叙详题。

一、猝被水灾，居民冲倒房屋，一时无处栖止，地方官即于高阜处所搭盖棚厂，以资安顿，毋使灾民流离失所。应需席竹等项工价，事竣即照前开准销之数，造册请销。

一、坍房修费，例应按瓦屋一间，给银七钱五分；草屋一间，给银四钱五分。原为风雨潮灾冲坍过甚，贫民无力修葺者，方始详给。如系有力之家，并佃房业主之房，不许滥及。嗣后遇有此等坍房灾户，应于查赈勘明原勘基地瓦草屋几间，该户实系无力修葺者，一一登记在册。如有房屋已被冲坍，基地难以查考者，应酌按人口多寡，量给草房修费，一二口者给予一间，口数多者递加一间，均于册内声明，以俟奉有准给明文，动放报销。兵属、卫军一并查办。灶户坍房，应令场员查明，详报盐法衙门办理。

一、被水淹毙者及坍房压死人口，从前虽有奏明动项，每大口给棺木银八钱，小口给棺木银四钱之案，然非永行定例。且近年各属俱经添设栖流所，收埋淹毙尸首，况此等淹毙人口，非遇异常大灾，原不常有。嗣后如系奏准动项，方可遵照办理。若未经题奏，间有前项死者，除有属领埋外，其无属暴露者，即由栖流所收埋；如未经添设栖流所者，即由该地方官捐廉掩埋，不得擅动钱粮。倘有好善绅士情愿捐备者，亦听其便。该地方官查明捐数，具详请奖，但不得抑勒派扰。

一、被灾地方，原有以工代赈之例。如有应兴之工，自当及时修举。但挑河筑堤等工，所用夫工力居多，方与贫民有益，若如修城建屋等工，料多工少，似非代赈所宜，须于临时斟酌妥协详办。至灾户中有赴工力作者，此乃自勤其力，以补日用之不足。向有于应领赈粮内，扣除赴工日期不给者，不惟查扣难清，易滋弊窦，抑且勤户反不如惰户之安然得赈，于理亦属未洽。嗣后如有赈户赴工者，毋庸扣其赈粮，以昭平允。

查赈事宜三十九条

一、查报饥口，例应查灾之员随庄带查，向凭地保开报，固难凭信，即携带烟户细册查报，其中迁移事故，亦难尽确。在有田灾户，尚有灾呈开报家口，其无田贫户，更无户口可稽。况人之贫富、口之大小，必亲历查验，方能察其真伪。嗣后委员查赈，务必挨户亲查，详察情形，参考原册，然后开规条酌分极、次，查明大小口数，当面发簿，填给赈票，总不得怠惰偷安，假手书役，代查代报，至滋混冒。查完一庄，即行结总，再查下庄。每日将查完村庄赈册票根固封缴县，仍将查过村庄饥口各数，或三日或五日，开折通禀查核。

一、查赈饥口，向以十六岁以上为大口，以下为小口，其在襁褓者不准入册。

一、查赈当分极、次，全在察看情形。如产微力薄，家无儋石，或房倾业废，孤寡老弱，鹄面鸠形，朝不谋夕者，是为极贫；如田虽被灾，盖藏未尽，或有微业可营，尚非急不及待，是为次贫。极贫则无论大小口数多寡，俱须全给；次贫则老幼妇女全给，其少壮丁男能佣趁酌除，总在临时酌量办理。

一、业户之中，有一户之田散在各里者，应统行查核。如系荒多熟少，实系贫苦者，应归于住屋村庄，按灾分给赈，不得分庄混冒；如有兄弟子侄一家同住者，总归家长户内给赈，不得花分重冒，违者究追。

一、业户之田，类多佃户代种。如本系奴仆，原有业主养赡者，毋庸给赈；如系专业佃田为活之贫佃，田既遇荒，又无养赡，查明极、次及所种某某之田，按其现在灾地分数给赈，不得分投冒滥。

一、寄庄人户，须查明实系本身贫乏，方准给赈。否则恐其身居灾地，田坐熟庄，易致冒滥；或人居隔县，田坐灾邑，本系田多殷户，其管庄之人，自有业主接济，亦可无庸给赈。

一、被灾地方，坐落营分，兵丁原有粮饷可资，但家口多者遇灾拮据，向令该管营员查明灾地，兵丁除本身及家属三口以内，不准入赈，其外多余家口，方准分别极、次贫，开册移县给赈。但专责营员查报，未免易致捏报，应令该地方官会同该营员亲查确实，与民一体给赈。如有虚冒，立即删除，无灾村庄不得滥及。

一、被灾村庄内之鳏寡孤独疲癃残疾之人，除有民自给及有亲族可依者，毋庸给赈外，其无业可依、遇灾乏食者，悉照所居村庄灾分轻重，分别极、次，一体给赈。其余不被灾之村庄内之四茕，概不准给。总以被灾、不被灾分清界限，不得以附近灾地牵混。

一、被灾村庄有无田贫民，或籍工佣趁，或赖手艺糊口，实系失业，无处营生者，应随住居村庄灾分轻重，分别极、次，一体给赈。或有向在本村，如剃头、扦足、钉碗、补锅之类，平日本无积蓄，一时因合村被灾，鲜有倩伊作活者，此等人虽未失业，实不能如平时朝夕谋食，足敷糊口，亦应量予赈济，无灾村庄不得滥及。其余本有经营，开铺贸易者，务须严禁混冒，察出从重究治。

一、查灾之时，如有灾户外出未归者，未经给赈，原有烟户册可查、空房遗址可验者，承查委员应即查明，于赈册内一一注明，以备该户闻赈归来时查明补给，汇册报销。如有未归未赈，捏报冒销者，察出参究。

一、向有收养流民资送回籍之例，是以人多外出。今此例已奉停止，恐有愚民尚未知悉，仍照常外出。应令地方官遍示晓谕，务使咸知外出无益，各自安心待赈，免致流离失所。

一、屯卫灾军饥口，应归田亩坐落之州县，照依民赈之例。其有一户之田，散杂各州县之内，恐此处已经查赈，而彼处又行开报，应责令该县会同委员查明被灾田地，坐落某某州县，已于某某州县附赈，即将户口造册关会，以杜重冒。

一、被灾贫生，例系动支存公折给赈银。应令该学官查照民例，一体查明极、次贫，及家口大小数，造册送县，覆查明确，会同教官传齐各生，在明伦堂唱给，所以别齐民也。如有既领学赈，复冒民赈者，察出将该教官参揭。

一、民灶杂处地方，除灶户猝被水灾，亟须抚恤，系该地方官代办者，已于抚恤项下议明外，其余一切办赈事宜，应听该管场员查办，仍照会该地方官稽查重冒。

一、勘灾查赈员役盘费饭食，除现任州县养廉充裕，无须议给，并州县官之跟随书役轿夫人等饭食，俱听自行捐给外，如佐用知县、佐杂教职各官，每员日给盘费银一钱，准随带承书一名、跟役一名，每名日给饭食银三分，总以到县办事之日起，事竣之日止，俱由州县核实给发。如遇乘船，已有轿夫饭食抵用，毋庸另给盘费；如闲住日期，除本邑佐杂概不准给盘费外，其外来委员，闲住之日，即令在县帮办赈务，准给盘费，不给书役饭食。此系近年报部准销之成例也。惟各该委员往来于污草泥淖之中，寒风暑雨，栉沐多劳，所给盘费，既不敷其日用，则不免需索于乡保、庄头。是以历年详准于例给之外，如候补试用教杂微员，每员于例给一钱外，加给银二钱，现任者加给一钱，增带从人差役一名、轿夫三名，每名每日增给银二分。又例带书役二名，每名每日于例给三分外，闲住日期，悉照例给之条办理。其现任及候补守牧丞倅各员，职分较崇，毋庸增给。至给单造册纸饭公费，除贫生一项向不准销外，总照应赈军民兵属大小口数，以每万口化三千户计算，每千户准销给票纸价银八分四厘，造册纸价，每千户准销银六分四厘，在于县库帮给，事竣分别造册报销。至委员书役，既已拨给盘费，一切供用均当自备，不得于所到村庄取给地保，不许与该地绅衿交往，收受礼物，听倩滥冒，违者参究。

一、定例十分灾，极贫给赈四个月，次贫给赈三个月；被九分灾，极贫给赈三个月，次贫给赈两个月；被七、八分灾，极贫给赈两个月，次贫给赈一个月；被六分灾，极贫给赈一个月。次贫及五分灾例不给赈，止准酌借口粮，春借秋还。其酌借口粮，或银或米，随时详定酌给。

一、给赈票应用两联串票，该地方官预先刊刷印就，每本百页，编明号数；其应用查赈户口册，每面各十户，亦即刊刷钉本用印，每本百页。凡委员赴庄查赈时，即按其村庄户口之多寡，酌发册票若干本，登记存票。各委员即赍带册票，按户查明应赈户口，即将所带联票，随时填明灾分、极次、户名、大小口数，截给灾民，其票根留存比对，册亦照票填明。填完一庄，即将所剩册票朱笔勾销，封交该州县收存，为放赈底册。

一、灾户领赈，即将前给赈票携带赴厂，该委员验明放给，即于赈票上钤用第几赈放讫戳记，仍付灾民收执，以备下月领赈。其赈册内亦于该户名下加钤此戳，俟领完米赈，即将原票收回，缴县核销。如有灾户赈未领完，原票遗失者，应查明本户原赈册内，若已有人领过，则属重冒，不准另给。若果未经重领，令同庄灾户一二人互保补给，准于册内注明票先据给字样，以杜给票之人冒领。

一、应赈之户门首，各用粉灰大书极、次贫某人、大几口、小几口字样。如系屯卫灾军，即于壁上并书在某州县附赈，以便上司委员不时抽查，俟赈毕后方许起除。

一、灾邑查赈、放赈时，该管上司应亲自巡行稽察，并选干员密委抽查。如有冒滥虚销等情，立将原办之委员，按其故误情罪，据实揭参，书役冒户一并严究，毋稍宽纵。至办赈要员，原系帮同地方官办理，是否妥协，仍应责成该印官随时稽查。如有重大弊端，地方官徇隐不报，除委员参处外，地方官亦应一并查参。

一、乡保、里地查报饥口，给票散赈时，多有指称使费，需索灾民，不遂欲则多方刁难，恣意诪张。印委各官务须严加禁约，加意密察，一有见闻，立拿究罪，革役枷示追赃。如有故纵，该管道府州察实严究。

一、勘灾查赈，自应静候地方印委各官查勘。向有土豪地棍，倡为灾头名色，号召愚民，敛钱作会，到处联名递呈；或于委员查勘时，暗使妇女成群结队，混行哄闹。本系无灾，而强求捏报，或不应赈，而硬争极、次，往往酿成大案。嗣后被灾地方，务须地方官严切晓谕，加意查访，如有前项不法灾头，倡众告灾闹赈者，即将为首及妇女夫男严拿详究，毋稍宽纵。至于灾地赈厂，每多外来流民乘机混入，抢窃食物者，并应严加巡缉，有犯即惩，仍行设法驱逐，毋任聚集滋事。又有百十成群，搭坐小船，号呼无处栖身，求附在册领赈，实则彼此串通，分投换戴，冒滥百出。勘员遇有此等，查毕一船，将船头削去数尺，书明某月、某庄查过，共坐若干人字样，准其附庄领赈，则奸技自无所施，且可杜其再往别处重冒。

一、州县凡遇成灾，即当早筹赈需。先将历年灾赈轻重及用过粮米各数，以为准则，再以现年被灾情形，较比与何年等，即以次年用过成数约略度计若干、现存仓库共有若干、尚需若干，当开折禀请筹拨。并将该县地方水路可通何处、道里若干，预先禀明，以便酌核派运。

一、派拨赈粮起运，州县即当上紧选雇坚整船只、诚谨船户，照例给足水脚，星夜分装，多派员役家属按船押解。途中严防衙役、船户偷卖米石，搀和沙泥糠粃霉烂缺少等弊，有则立时究处追赔。如有例应半途交卸者，变拨州县一体行知，亦即照前预雇舟车，押付交卸处所，先期等候，运粮一到，亲为接收。斛以漕斛为准，米须验明干洁，收则出结印收，缺则按数移返。中途既卸之后，责在接运；如运回到县，复有搀和缺少等弊，惟接收之员役是问。船户至领运、接运赈粮员役，例不另销盘费，如有混滥，照例着返归款。

一、放给赈粮，均须干洁好米，不得将存仓气头廒底及滥收别县霉烂潮湿沙水之米，混行散放。如有前弊，察出严参。

一、放赈宜多分厂所，按被灾附近村庄，约在数十里者，设为一厂，须于适中宽地，或寺院，或搭篷，每厂须设两门，以便一出一入。领赈饥民，务令鱼贯而进，毋许拥挤喧哗。每届放赈，必须酌定每厂派放村庄饥口之多寡，匀作几日放完。先期将某某村庄在某处厂内何日放给，明白晓谕，并令地保、庄头知悉，传知各户，以便灾民按期赴领，免致往返守候。至期必早为放竣，勿挨至日暮，饥口不能还家，所领赈银半为歇家消耗，有名无实。

一、放给赈粮虽有银米兼放之例，然须视地方情形酌办。如系一隅之偏灾，四围皆熟，米充价贱者，则给赈银留米，以备急需；如系大势皆荒，米少价贵之处，则多给赈米，少给赈银，庶几调协。宜于银米兼放厂分，将粮米预为运到，以便应期散放。但一厂之中，须分断月分，若此月应放本色，则全放米粮，若放折色，则全放银封，切不可一厂之中，同时兼放，致滋争竞。

一、江省向遇灾赈，俱系按月照三十日全给，安省则遇闲旷扣除。迨乾隆十八年钦奉上谕：按日给赈，例应扣除闲旷，是上江合例而下江非是。但此次被灾甚重，上江赈银着照下江所办，按月全给。嗣后如遇偏灾，仍照定例办理。钦此。钦遵在案。若非重灾，奉有谕旨按月全给者，仍应照例扣除小建放给，毋得违错。

一、定例赈粮，每月大建大口给米一斗五升，小斗七升五合；小建每大口给米一斗四升五合，小口七升二合五勺。应照定数制备总升斗各数十付，该州县按照漕斛，较准验明，分发各厂应用，以免零星稽迟，□□□□人等无从克扣短少。倘有较验不准以及短克者，察出参究。

一、定例每米一石，即算一石，小麦、豆子、粟米亦然。如谷稻及大麦，每二石作米一石；高粮〔粱〕、秫秬、玉米，每一石五斗作米一石放给。如有前项杂粮，应照此计算，并晓示灾民，以免受胥吏欺骗。

一、放折赈，定例每石折银一两，库平纹银按月给发。如奉特恩加增米价，应照所加之数增给该州县。务须预将应放村庄户口逐一查明，某村庄共该大几口、小几口，各若干户，照一月折赈之数，逐户剪封停当。俟届放期，开单同原查赈册、银封，点交监厂委员带往，按户唱放戳销。如有不到之户，将原银收存，俟其续到验明补给。如系已故迁除之户，于册内注明，截支原银归款，如有捏混冒销，查参究追。各厂委员仍放每厂，每届放完之后，即将经放月分、饥口、银米各数，具折通报查考。至剪封折耗大工饭食，例不准销帑项。如有以银易钱散放，当按时价计算足数，通报核给。需用串绳运费，亦无准销定例，均应印官设法捐办，毋得藉端克扣及冒混请销，有干察究。

一、向于正赈未满一月、两月以前，钦奉恩旨垂询，小民于赈毕之后，距麦收尚远，来春青黄不接之时，应否再行量加接济。该州县接奉此文，应当立时察看情形，如果灾重叠祲之区，民情困苦，正赈尚不能接济，麦熟时应再量予展赈；或只须酌借籽种口粮，或量动常平仓谷粜易，以资民食；或水已涸复，民情不致拮据，毋须接济，均应据实剖晰通详，听候覆奉。此系向来院宪于十一月中旬出奏之件，该州县奉文之后，务即赶紧查明，切实声叙，不得稍事迟延，或仅以应请接济一语，笼统率覆，致干参处。如奉恩旨加赈，即照所措何项饥口加赈月分，遍行晓示，灾民仍照原给赈票，按期赴厂领赈。放给之后，即于册票内钤用加赈第几月放讫红戳，余俱照正赈例一体查办。

一、赈济动用银，皆有一定年款，如司库拨发甲年赈银，止可作甲年赈用，不可挪作乙年别用也。即有急需动垫，亦当随时备具批领，详司划作收放，或运司发赈银未到，暂动属库钱粮垫放，亦当随时详抵清楚，须免混淆。今查各属每多不论年款，混行挪垫，又不赴司详明收放，以致递年赈剩，紊如乱丝，甚难清理。嗣后务照本款支用，如有挪垫急项以及经动属库钱粮者，务须随时备具批领，作明收放，先行请款，其用银之应销与否，仍听本案核明归给。如再仍前擅动，不作抵收放，定以擅动库款揭参。至赈内米款，如常平仓谷奉拨留漕等项，方为正款，若有存仓兵行局恤搭运漕五等米，各有本款支解，不得混行挪动，致难归款报销。嗣后州县赈毕，即将原拨银米动存各细数造具册结，动款册送司，以便稽核赈□分别饬解清款，不得任听书吏高搁不办，频催罔应，致烦差提干咎。

一、灾地赈济之外，查赈原无一定，固俟临时奉文筹办。如有地方实在穷苦，被灾村庄虽经给赈，而城市无灾之地，无业穷民难以糊口，该地绅衿富户果有实心好善，自愿捐资设厂煮粥赈者，应俟通详批允，听其自行经理，不准官胥干预，抑勒派扰。惟应于赈所派委员弁弹压巡查，以防奸匪混争滋事，事竣查明捐户姓名、银米数造册，分别详请奖叙。

一、平粜仓粮，原应青黄不接、米少价贵时举行，所以平市价，便民食也。如遇灾地秋冬放正赈，小民有米可资，原可无须平粜，况灾邑仓粮有限，若赈粜同时并举，势必仓箱尽罄，来春反无接济。自应仍令于放赈时毋庸平粜，撙节留余，为青黄不接之时粜济民食，不得早图出脱，致贻仰屋之忧。

一、各处出产米粮，多寡不一，米少之区，不得不仰藉邻封，以资接济。在沿海地方，尚多随时酌量给照流通，何况腹里内地，尤难歧视。乃地方有司不明大体，每多此疆彼界之分。一遇米贵之时，辄行阻止出境，地方棍徒得以乘机抢窃，滋事讹诈，最为恶习。嗣后系腹里内地商贩米粮，悉听其便，毋许阻遏。其沿海地方米粮出境者，平时照常查禁，如遇邻封岁歉，需赖商贩接济者，应即详明给照验放流通，并令晓谕口岸居民，毋得滋事干咎。

一、灾地米价昂贵，地方绅士如有情愿平粜者，应听其便。乃地方官往往藉劝谕为名，抑勒减价，并令有米之家开数报官，深为扰累。嗣后民间减粜，务须听民自愿，如有抑勒派减等情，察出严参。

一、抚恤正赈、加赈灾民、灾军既毕之后，查造报销简册，应将被灾分数列于册首，将抚恤正赈，按照月分大小，分晰灾分极次、大小口数，逐赈开造。如有物故、迁移、截支各户，亦即逐目开除，然后结明大总，开列动用银米各数，是为简册。应照造四套，造完后先行具结，分送司府道加结核转。其花户细册，应将前项简明总数开列于前，次将被灾区图、村庄，逐区、逐图、逐村、逐庄挨次造报。如甲区被几分灾，极、次贫若干户，大、小口若干，内小口若干，务须与总数相符，南乡归南，北乡归北，不得颠倒错乱。其无田贫民、卫军兵属，即于各该区图村庄册后附造无论，悉为花户细册也，应造六套，随后送司汇转。至于贫生饥口册，应令照式造送简细二项册结，并取学结同送。

一、随赈报销者，如运赈水脚，查灾办赈委员、书役盘费，坍房修费，借给籽种口粮，均须逐项造具简细各册结，分晰详送，以便核明汇转。

一、州县卫勘明灾地应蠲、应缓，绘图贴说禀请具题，法至详也。近来奸顽健讼之人，有不应蠲缓之田，见接境灾区邀〇恩蠲缓，不得遂其侥幸之心，指为官吏舞弊，纷纷控告，不一而足。嗣后地方官遇有报荒呈词，如果查勘不实，即当严行批驳。比届蠲缓之时，该州县卫再行饬承检齐不准之呈词姓名，另行开列，出示晓谕，并粘入册尾备查，俾奸民无所藉口，而讼原亦可稍息。

一、按章程内次贫之户，老幼妇女全给，少壮丁男力能佣趁者酌除；又灾地兵民，原有粮饷资生，除本身及家属三口以内不准入赈外，其余家口，仍准分别极、次贫，开册移县给赈之类。在无知愚民，往往见一户之中，或赈或不赈，遂疑地方胥吏从中饱囊，致滋事端。地方官自应先将应赈之故，明白出示晓谕，俾民人等咸共知之。

一、按章程内应赈之户，门首壁上各用灰粉大书极次贫、大几口、小几口，立法实为周备。乃愚民不能悉知其数，心疑县官报多赈少，啧有浮言，甚至据以上控。今议各州县勘明应赈户口，即将某图某村某庄极次贫大口若干、小口若干，次贫大口若干、小口若干，分别开明总数，先行出榜粘贴晓谕，或木或席，悬挂村口，俾令家家知晓。其不准赈恤之户，亦即用□开明注册，放竣后将某图某村某庄极次贫大小口数若干，开列总数，再行晓谕。不特愚民共晓共见，即上司查赈，取以核对原报册籍，亦了如指掌，而奸胥蠹吏，即无所容其奸矣。虽有以银易钱散放口粮，亦应照此办理。

一、按章程内虽有以银易钱散放，按照时价计算之条，然纷纭之际，一时了目难周，难保经手胥吏不搀和小钱及克扣钱串等弊。嗣后如遇灾赈之年，各该州县领得赈银，即赴不被灾之邻近地方及价钱较平处所，易换运回，由内署串絷散放，俾胥吏无从滋弊，而灾黎得以多沾实惠。如敢仍就本境易换，遂其克扣之计，除核数追赔外，仍将该印官参处。

一、查赈之时，往往听乡保串同胥吏捏报诡名，多开户口，一户内分作几户，或此甲而移之彼甲，报籍有名，核实无人。因此劣衿刁民，窥其有隙可乘，从中挟制，遂于本户之下多开数户，或于领赈之时顶名冒领，或在乡地胥吏自知有弊（原书眉批：或在乡地四字中恐有误），畏其挟制，不敢声张。若遇安分良民，辄于给票时需索票钱，造册需索册费，倘有无力出钱者，即为删减口数。种种流弊，言之殊堪痛恨。嗣后地方官于查赈时，务须严加访察，力杜弊端，不得仍蹈前辙，致干参咎。后附册式，每页刊列字号，惟使十数十页为一册，以天地元黄等字样为委员号记，人占一字，印于册面。所查某庄，即摘写庄名一字，编为册内号数。委员执册，挨户竖注灾民姓名口数，仍将州县草册查对，是否相符。如某项口无，填以圈，按户注明极、次字样。查完一村庄，合计大、小口总数，注明册后。一日查过数村庄，即遍计数村庄男女大小口数总数，注明册后，封送总查之员复核，移交地方官办理。

附册式

摘写　　庄男　口　　　其家无盖藏，是何营运艺业，所种田亩若干，牛
户　　字女　口共　　　具农器几何，并庄丁乳哺之不应赈者，填入格内。
灾户姓名小　口　　　有应续赈者，加一续字；有应给棉衣者，加一衣字。

号男女小　口共　极贫

号男女小　口共　次贫

号男女小　口共　贫

号男女小　口共　贫

票式

衔为存票事。

今查得　　村庄贫户姓名

应赈大小　　口共　　口

除给本户照票领赈外，存此备查。

　年　　月　　日给

州县第几号。

衔为照票事。

今查得　　村庄贫一户姓名

应赈大小　　口共　　口

　年　　月　　日给付本户。凭票领赈。

票用厚纸，制如质剂状。当幅之中，填号钤印而别之。票首用委员号记，依格册内所开极次贫户、大小口数填注。如某项下口无，则填以圈。一存官，一给本户收执。于赴厂时，监赈官点名验票相符，令执票领米，银随米给。监赈官另制普赈及加赈月分图记，普赈讫则于票上用普赈一月讫图记，加赈则于票上用加某月讫图记，按月按次用之，赈毕掣票。其外出归来之户，查明草册内前后户为某之左右邻，询问得实，添入册内，给发小票，一体领赈。

再，查户时，一户完，即填一户赈票，官与民皆便。但村大户多，刁民往往于给票后，妇女小口又复混入，则应俟一村查完后，于村外空地，以次唱名给票，其老疾寡弱户口，仍留下填给。

光绪十四年丹阳办理灾案*

谕〇〇乡〇〇村耆老里运知悉：本县廑念尔等遭被旱灾，亟欲代为吁求宪恩蠲恤，因尔等所具灾呈，并未将灾户姓名、大小口数，及被灾亩分逐户开载，无从澈细勘办，特会董刊册饬发填报，着于册到五日内，速将实在被灾亩分户口，逐一据实填明，呈由乡图各董复查画押，缴县按户查踏确实，汇总禀办。尔等须知启文不可稍欺，灾祲益宜修省，如有不激发天良，以熟捏荒，以少报多，致占真正灾户应得恩典者，法令断不姑容，神明亦共诛殛。凛之！此谕。

一、如有以熟田捏报灾荒者，准同村人举发。除熟田照征粮赋外，并按所捏粮数罚出银米，以济该同村被灾之人，决不姑贷。

一、如有捏添大小口者，准同村人举发。除将该户全数扣除外，亦酌量罚出钱米，以济该同村之人，亦不姑贷。

一、田亩被灾户口，其田数、口数均应列册造报，仍由董记明极贫、次贫及并不贫难，由县复查明确，或蠲或恤，分别办理。并非一经造入册内，即可滥邀恩恤，其各遵照。（此册本县捐廉给发，不取分文。）

册式：

一、灾户　　住　村　为业父　母　兄
弟　案　子　女　共大小口　口

共同业田　除熟田　外，实在被旱无收田　内

都　图　甲　字号田　坐落　村庄

仝前

乡　村经查村耆里运

统共大小口　口复查图董乡董

被旱无收自业田　内

都　图　甲　字号田

云云

为剀切晓谕事。照得本县悯念邑境遭被偏灾，发册饬令将荒熟田数、灾户大小口数，据实填报核办，迄尚未据报齐。日前因闻督宪奏截江北漕粮，本县即赴金陵代尔等吁求拨济，奉谕容商请抚宪主定。日内拟再赴苏州代尔等恳切求拨，虽所求有无多寡，恩出之上，未敢预必，不过可以为尔等尽心之处，本县断无不竭尽心力。惟尔等亦各宜平心静思，此时正值国课空虚之际，求款必不能多。今查各处所缴册内，荒熟既与勘见不符，贫户亦多浮冒不实，而且管有自业田数十亩之户，亦复花分户名，捏报极贫者。如是则富民既欲占贫民之食，则贫民必有不能得食之人。试问如此居心，何以上对又〔圣〕君高厚之

恩，下见同里贫民之面？况此系草册，尚须由委员层递复查，耳目所及，岂捏冒者所能掩混？一经查出，先干严罚，则又何苦作伪心劳？除先择尤酌提一二罚办以为榜样外，合再发册劝谕。为此谕，仰该村耆里运速即劝令村民赶紧核实，自行检举剔正，听候核明，将某村若干户、某户恤大小几口、某户蠲灾田几亩，按村刊榜，发贴晓示，禀请大宪委查，施恩办理。尔等须知各村田数、口数，本县既须刊榜晓示，则必家喻户晓。如有不实，委员既易查察，邻里并得指告，断难含糊，切劝尔等勿再捏混，致干察出罚办。至厘剔荒熟，本县非不思为尔等量从宽恤，惟公事总要办得出去。今本年各乡荒熟情形，已奉各大宪询访明确，特饬将成熟及薄收田亩核实科征，词意甚严，照各乡民任意以熟捏荒，所报熟田仅三十余万亩，情形与宪札大不相符，公事万万办不出去。本县所以刊册饬查荒熟户口，系要于荒田蠲缓之外，更为乏食贫民上求赈济起见。如荒熟先已查报不实，无以取信于各大宪，则求赈亦势必难望允准，则是因捏荒而有误求赈大局矣。本县自愧德薄才浅，无以感化尔民，惟尔民如此居心，亦何以质神明而对君父！除会董再行核实挤剔外，该村耆等务将所匿熟田，赶紧据实于册内剔正造报，勿得仍前捏混，致奉宪诘，有负本县为尔等勤求蠲恤苦心，是为至要。切切！特谕！

谨将现拟办理灾赈章程，录请宪鉴。

计开：

一、设董。查勘灾核户，事务繁赜，请委员则多供应之烦，任差保或有高下之弊，而县中印官一人，又万不能综核周遍，自惟以本地之绅耆，查本地之灾伤，闻见较为真确，襄办自益核实。应即令乡董会同图董各按村庄，径举公正耆老造册，层递查确，再由县会董抽查核办，以期省便精确。

一、分段。查邑境灾区既广，村庄又复散杂，各董虽分乡而居，亦间有窎隔较远，招呼不到之处。所设董事，应毋庸分别正副名目，令各就所处邻近村庄，自度精神力量所能及者，认定地段，分别经办，俾专责成。

一、誓众。查此次经办荒政之人，自官董以至耆里，为数甚众。董事既为乡望素著，自无不精白乃心，惟余众究未免贤愚不一，万一查有不实，恐良法转无实效。应令于造册之先，各具疏誓，交焚邑庙，造册之后，各具干结，交存县案，以期坚重心志，实惠必皆下□官董仍会同先行拈香，疏誓表率。

一、勘灾。查核勘灾田，向须按亩分等，兵燹后则办剔荒征熟，歉田酌量征收。邑境本年田亩被旱，歉熟不一，固不能多分等次，转启争执混淆之端，亦不敢稍任含糊，致有轻重倒置之弊。应令将无收、薄收、有收三项，核实厘分，由县会董按区勘分成色，发册令各村耆自为分别造报。有造与勘见不符者，即随时复踏驳据。倘驳据后仍不核实造正，任意捏荒争执，提案讯惩罚办。

一、核户。查此次于核户之中，寓查田之意。田亩被灾户口，均应列册造报，惟不能按户皆为抚恤，应由董于查户时，先行分别暗记，极次双圈，次贫单圈，不贫毋须圈。如有殷实有力者，或有疾病衰老者，均注明册内，仍由县派延诚朴友人，分段复查办理。

一、限制。查博施济众，尧舜犹病，况值库藏窘绌、商富寥落之时，请款筹捐，为数均不能多，如任不饥者占领口粮，必致饥苦者少沾实惠，自不得不严定限制，以期核实。应定为有自业田十五亩以上者不给；有田虽在十五亩以下，查有成熟二三亩者不给；田亩虽系全荒，家况尚可支持者不给；有手艺者不给；为经营者不给；有亲戚可依靠者不给。如有不在应给之例，争执求索者，严提惩办。

一、保婴。查邑境向有溺女之风，若不预为防范，当此歉岁，糊度益艰，则婴孩自必愈易溺弃。应于查户时，留心将极、次贫将次临月各孕妇，明晰记出给票，令于生产后报董领钱抚养。至来春青黄不接，查验婴孩无恙，另给钱文奖赏，有溺弃者查出严办。

一、当牛。查邑境地势高阜，犁灌最重牛力。前以乡民将牛只纷纷变卖，并有载赴镇江、上海卖给宰食，业已由县严设厉禁阻截。惟灾民已苦饥饿，势不能强其喂养，而殷户又复稀少，并无从劝令曲寄，惟有令据实造列灾册，照大口一体给钱抚恤，开正再行委员点验，以免宰买伤农，俾资保护。

一、榜示。查办理灾赈，惟含糊而弊病始出。本年所办蠲恤，初次由村耆查报，二次由董事核转，三次又驳令董事会督村董厘剔，四次由县派友按册复查，然后核定应蠲、应恤。将各村所有灾户，某户蠲田粮若干，某户兼恤大小口若干，每村缮榜一纸，发给实贴，方始给票散钱，则各户既已周知，委员并易抽复，庶期澈上澈下，丝丝入扣，不生纤毫流弊。

一、发赈。查旧法应令灾户持票亲诣守领，故每有拥挤往返之苦，而分图设立赈厂，用人既多，繁费亦钜。今既以乡董统图董，图董统村耆，层层节制稽查，略仿兵法部勒，而各灾户应领口数、钱数，又已按村榜示给票，靡不户晓家谕，似毋须再令本户诣厂守领，但由乡董率同图董、村耆领回散给，取票缴销，已足核实。惟此次如奉允准赈济，其银钱总项吁求宪派委员驻县经发，县中专司稽查弹压之任，以为互相钤束。所有如何赈发及赈期、赈数各层，仍应俟委员临县商定，再行禀办。

一、筹捐。查求拨赈粮，既恐有无多寡难定，借动积谷，又为来春接济所需。此时灾民待食殷繁，自不得不以本邑富民之有余，分济本邑灾民之不足。或劝令董认协赈钱米若干，听候委员提凑赈粮；或劝令认抚邻近灾民几口，概归捐主自为周给。现拟刊印捐簿，交由城乡各董恺捐乐输。如有董事所不能劝允者，或由县礼请熟商，或顺道登门劝助，县中断不稍惮劳苦。惟捐钱概不令缴存县署，以免嫌疑。

一、杂支。查此次自勘灾以至查户，并事竣刊册征信，所用人数甚多，一应舟车辛饭纸张刊印等费，均系由县筹款给发，以免丝毫扰累民间。为地方办理公事，本应印官自为捐备，惟此缺照寻常成熟年份，所得忙漕平余，除办公外，每年尚有数千盈余，○○甫莅斯土，即办旱灾，所赔常年办公署用已钜，力不能再捐前项巨款，又万不忍造请委员于赈款中提还，拟一律由县挪借垫应，统俟事竣，造册报销。将所垫钱数，分作三年，在以后所收忙漕公费中提捐归补，俾均此缺甘苦，而目前丝毫无须动支现筹办赈经费，于饥民亦不无小补。

敬禀者：窃△△前于经董造齐灾户草册后，即经估核约计应需赈款总数，开折禀陈宪鉴。一面饬令各经董复再核实厘剔在案。兹据陆续复剔缴县，△△复率同委员李巡检善邦、冯典史和根，并聘邀诚朴耐苦幕友，分投按户查点，各灾户均系乏食极苦，与册造悉属符合，自应吁请拨款赈济。仅将拟议办理各条，为宪台陈之。

一、灾户。△县实共剔见应赈一万九千七百六十户，内极贫大口二万一千九百十二口，小口一万二千三百二十口，次贫大口二万三千三百二口，小口一万二千八百五十二口。皆系节次厘剔，非赈不能存活之户，应俟宪恩委员拨款赈恤。以外尚有极、次贫大小四万余口，△△因其业田在十五亩以上，照章剔除。惟据环告，同系被灾贫苦，现在会董商筹，拟于积谷项下酌拨借济，俟定议后另行专案禀办。

一、赈钱。△△前议总给极贫大口钱九百文、次贫大口钱六百文，系拟分冬、春两次匀给。现据各经董以严冬糊度尤艰，拟请作为冬、腊、正三个月赈数，年内极贫大口给冬、腊两月钱六百文，次贫大口给四百文，年外再给极贫大口三百文，次贫大口二百文，小口均各减半。每口每月所得赈钱，多只籴米斗许，少仅籴米数升，核计仅堪续命，系已无可再减，是否仍候宪裁。

一、赈期。查定例应于勘明成灾后，先酌给抚恤一月，接续分别极次、月分赈济。本年所被旱灾，虽盖藏尽为库救工本用罄，然究比水灾之屋庐荡析者有间。惟既已挨至十一月中，体察各灾民啼饥号寒情形，委已不能更待，给赈势难再迟。前条所议极次贫酌给冬、腊两月钱数，应即于十一月中汇作一次发给，至来年开篆后，再将正月一关续发接济。以后或另筹续赈，或即行停止，届时体察禀办。

一、榜示。△△原议于查勘定案后，将恤口、蠲粮两项，一律缮榜刊册散贴。惟现就应恤一万九千余户之大小口数计算，已须缮榜册一千余页。若令将户粮汇列册内，则其余蠲粮而不恤口各户，亦应一体开缮，势非一万余页不办，工本过钜，旬日半月赶办不及。现拟先将灾田都图各甲细数，造候藩司藩宪宪台核给印示晓谕，续后或汇同民欠册造请发局印办。至恤口榜册，系为目前最要之需，已由△△饬匠刊印，业据认限于十一月初十日一并印齐发贴。兹先将榜示册样各一分，恭呈宪核，俟印齐再行汇造申送查考。

一、经费。查应赈前项极次大小口冬、腊、正三个月钱文，总共实需四万三千一百余串，拟求宪台拨给二万二千串，再由△△于积谷项下拨凑钱一万串，尚短钱一万一千一百余串，同制备棉衣、办理保婴等项钱文，统由△△竭力筹捐，凑足支应。△△所接凌前令移交积谷钱二万一千余串，系为数年辛苦捐集之资，本不敢竭泽而渔。今以灾象甚重，库款极绌，不得已以一万凑拨赈需外，所剩仅一万一千余串。现据剔剩业田十五亩以上各灾民，亦在环求借济，或尚须尽数支用，故凑赈实已势难加拨。至捐项，惟典捐六千余串约计勉可抵用，其余犹属悬而无簿。所求拨给之二万二千串，系因稔知截漕不敷派拨，不敢冒昧妄请，故于查实户口竭力筹凑后，始行拟议吁求。惟有仰乞恩慈，俯赐照拨，委员兑付，实为德便。

一、灾牛。△△前以设厂收当，无从筹垫钜资，拟请每头酌给钱九百文，令灾户自为喂养。嗣因据各经董以灾户既已乏食窘急，就使给予喂养钱文，总不能保其不再宰卖。其候适逢天时，得有雨泽，并蒙宪恩发给麦种，乡民需牛犁种正急，由董筹议，劝令邻近乡民之需用牛只者，以数家凑典一头，公同喂养轮用，仍派出牛价，借济灾户餬度，以为互相保护。惟设有牛只因病倒毙，其牛价由董筹捐归还，故无庸照前议，在赈款项下发给。允系出于众愿，应请准其照办。

以上各条，均系就管见拟议，如蒙将所拟赈数、赈期各节鉴核允准，△俟奉批后，即刊印联票，发给灾民执守，祗候宪台委员驻县，按户传点经发，以拯哀鸿，不胜恳祷屏营之至。是否有当，谨合薰肃禀请，仰祈大人鉴核批示祗遵。恭请勋安，伏乞垂鉴。除禀云云。

散赈章程十二条：

一、发赈应恪遵藩宪所颁救荒策，分乡设厂散放，由县委会同城董驻厂总理，各乡董亦就厂分司其事，以期众力一心，办理周密。

一、各乡所设赈厂，某厂经发某某等董事名下所查各村庄，应由原查各经董自行派定，并先期知会各村庄灾民遵照，俾各届期赴某厂呈票领钱，不致歧误。

一、每日所发各村，以某某等村为第一起，某某等村为第二起，某某等村为第三、四、五起，每起均以三十人左右为度。先由原查各经董派定榜示，令各灾户挨次来厂，按起由前门鱼贯而进，于呈票领钱后，即从后门按名放出，再传第二起接续进厂支领。各厂门户，遴派勇役会督各里运严密看守，各灾民均不准拥挤喧哗。

一、赈粮、钱洋并用洋价，一律作钱一千零三十文，先由县大书晓示厂前，一面仍于发钱时将每户给洋若干、钱若干，分别批明赈票给执，以资查考。

一、厂中各执事，以一人总管灾册，一人总管钱洋，其余以每两人为一档，一人专司核算赈票，并于票内批明所给钱洋各数，加盖冬赈放讫图记，一人专司发钱，照票内所批钱洋数目，支给灾户收领。

一、每档立草册一本，由发钱者持册向总管银钱处请领钱洋整数若干，小心收储，以便照赈票分别支发，仍逐一将所发之数，记明草册，俟发竣后结算缴销。

一、每档算票之人，于算明赈票加戳后，即报知总管灾册者，于册内一体加盖冬赈放讫红戳。

一、此次既系分乡设厂散放，应令各灾户亲自持票赴厂支领，惟各灾户中如实有疾病衰老妇稚人等，不能亲自赴厂请领者，方准由同村人会同村耆呈票代领转给，仍由发钱者将该代领人姓名注明册内备查。

一、冬赈发竣后，再由县派人赴各村抽询各灾户所领钱洋数目，是否与册相符。有不符者，立即澈底根究，以杜冒领及领回并不照给本户之弊。

一、各厂所用桌凳、锅灶、钱柜、钱板等项，统归董事、村耆、里运借用，事毕查点发还。如有损坏，核价赔补。

一、各厂应用一切饭食油烛等杂支经费，均由县会董设法筹款支应，无须各在事人捐资赔垫。倘有藉词克扣饥民一文半粟者，查出立予从重法办。

一、所有闻赈来归及来赈厂续行求赈各灾户，均令报明经董，另再造册呈县复查确实，再行补发。其有照章不应吃赈，而目下景况又实在窘迫者，即归入借拨积谷项下办理，均不准就赈厂通融补给，以杜流弊。

署丹阳县知县葛率同绅董等谨疏。

城隍等神钧座。窃〇〇以邑境遭遇偏灾，所有筹抚饥民，厘剔荒熟，事务艰巨，深惧轻材，办理未周，商率邑董〇等共筹匡济，谨誓明神，俾昭信守。一誓荒熟为课赋所关，不任以熟田捏报荒田，亏损应征课赋，上负吾君。再誓抚恤为民命所系，不任以稍贫捏称极贫，占僭哀鸿口粮，下负吾民。又誓经费或为借拨积谷，或为上求赈济，或为设法捐募，皆当涓滴归公，不任丝毫侵隐。以上三项，咸共信守。如有违背誓言，徇情营私，有负初心者，神明殛之。谨疏。

光绪十四年。

担粥法·张侍御疏

清光绪十四年刻本

（清）钱禄曾　等著
邵永忠　点校

担 粥 法

前明嘉善陈氏，有挑粥就人、随处给食之法，最为简易。在富者出资有限，而贫者续命已多。荒政诸书，每详载之。今江南积荒之后，穷民冻馁实繁有徒，因与会城诸寅僚倡行担粥制。就有盖粥桶，以木尺量之，高一尺五寸，口面径亦一尺五寸，每桶约可盛粥五十余碗。两桶为一担，每担煮米一斗，再入粞粉二升，便极稠酽。令人分挑城市各处，随带粥杓一把。其桶盖半边不动，半边可开，粥多气聚，经时不冷。遇老弱疲病者，各给一杓。约计一担之粥，总可给百人以上。柴米、挑工，每日所费止在六百文以内。即行之百日，亦止六十千文。无设厂之繁，而有活人之实。惟担数以多为贵，多则各分地段，而得食者均，且必出于同时，方不至有重复偏枯之弊。现在苏城之内，每日已有四十余担，再能劝至一二百担，则城内僻处及附郭地方皆可周遍，即床席之病人、穷居之妇女，亦可就近送给。更能早晚两次，则全活尤多。虽有荒年，可无饿殍，德莫大焉！事莫便焉！然而有疑之者，以为待哺者多，一担方出，众人争趋，必有挤夺之患，强者先得，弱者空回。其弊恐与设厂等。在官行之，尚可弹压惩戒，居家则必不敢行者矣。不知挤夺之故，由于担少，现在已无此患。若担数加多，更可随处得食，人数散而不聚，又何挤夺之可虞乎？大抵行此事者，先须约会同人，认明担数，酌分地段。各乡人少之处，即一二担亦可先行。若城市人多，应先会齐一二十担，乃可起手。由此渐劝加增，多多益善，更觉行无所事矣。凡我好善之人，无论官署人家，每晨总须炊爨，只于爨前称煮粥一锅，不为费事。其有力者一人日施数担，次则一人日施一担，即力薄者，亦可合数人以成一担，所费更轻。且或认一月半月，并或各认一旬，多寡迟速之间，亦随其便。总之，担粥愈众，则救济愈多，而施行亦愈易为力。恻隐之心，人所同具。凡被歉之州县城乡市镇，无处不可通行。用特刊布迩言，并开明经费于后，冀其相劝而兴起焉。苏城绅富之家，有愿施者，可至抚辕领取有盖粥桶，不须出钱自制，且既系官桶，更可免争夺之虑，庶几行者亦多耳。再，穷乡僻壤无力之家，有不能施粥者，或于朝夕炊爨时，酌留米汤少许，盛以盆瓮，置于门首，使过路病丐稍润饥肠，得沾谷气，亦可不死。陆桴亭先生之说如是，是亦救济之苦心也。并附识之。

附开担粥经费：煮粥一担，用米一斗，约四百文；粞粉二升，约五十余文；柴约六七十文；挑工约三四十文。

此举随地可办，惠而不费。倘乡党中互相劝募，自冬徂春，逐日举行，并不间断，则全活灾黎当亦不少。谨将粥桶、粥杓式绘图附开于右。然创始须地方官捐廉倡率，先为制桶谕发，庶几好善之家，不致畏缩，效法踵行。而行者渐劝日增，并令各分地段炊煮，挑赴僻巷村庄。凡老弱疾病，残废不能举火者，悉为散给毋遗。或先期查明给筹，凭筹发粥，方免枵腹争夺之患。如用官颁粥桶，共知忌惮。尤须早晚两次，得可延生。而邻段务先画一，克期出必同时，庶无奔竞重食向隅之弊。至煮粥，宜砌地灶，用风箱，以煤代薪(总须因地制宜)，其费较省。镬子需大号上加木接口尺许，方可容米一斗外。淘米宜早一二时，则米粒涨足，省柴火而更稠腻。粥滚后当用毛竹片，不住手搅和，庶免搭底。粥熟后，或盛于缸，缸之上下四围俱用稻草结绺包裹盖好。片时会齐各担，然后舀入桶中。挑送需用硬木匾担，随带大碗两三只备用。若酌加酱姜，藉以御寒，则更尽善矣。

粥桶式

是桶形稍直，桶身高一尺二寸，桶柄高亦一尺二寸。上面横档钉铁攀，以便肩挑。桶面径一尺二寸，俱官尺。桶盖两块，一块钉半、中加闸板，约高三寸半。一块可开，中凿圆洞，约四寸，可容粥杓。外面盖方板，约五寸，两头透出旁钉小铁攀拴住。如开方板，可倚在闸板上，即将粥杓在洞内盛粥。直至剩粥一二分，然后将半边桶盖开去，如此，则粥不至骤冷也。

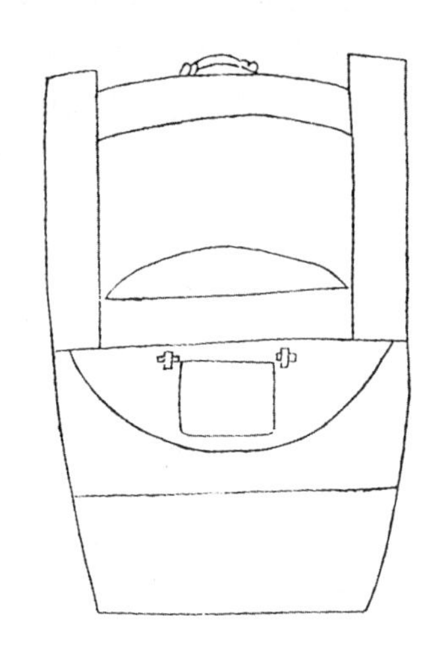

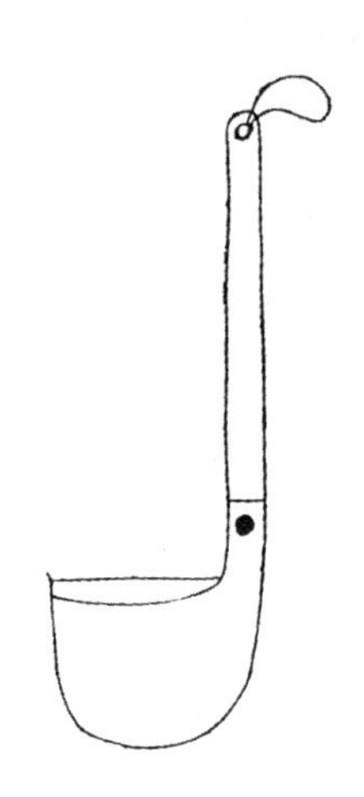

粥杓式

粥杓用红铜，高二尺八分。杓面径三寸六分，杓柄高二寸。再装毛竹柄，或木柄，长一尺三寸，俱足官尺。铜重六两，价约二百二十文。每杓盛粥一大碗，每桶共盛厚粥五十余碗，两桶可食一百人以上。

愚按担粥之法，分段最妙，既免老幼、妇女、残疾奔驰之苦，亦无重食向隅之患。且各归各段，则应食之人灼见周知，无遗无滥。而分段之法莫如给筹最妙，如先期查明有一百人就食，则削竹签二百根，下半截书明某地某段，用铁印火烙单双字。上半截则一百根红色，一百根绿色，均用熟油涂盖，以布袋分储，或用绳穿。届期之上日，当面分给，先用红筹。如单日凭红筹给食，即换给绿筹令去，双日即凭筹给食，仍换红筹令去，周而复始，即极简便，亦极分明。然此惟城镇用之，若乡村各归各段，则平时人皆熟识，即不用筹亦可。

赈事刍言

常熟钱禄曾晓岚

盥诵劝戒十条，语语皆我腹中之所欲言。金刚努目，菩萨低眉，兼而有之。要之金刚菩萨，同此一心也。拟之于古，则可补入《筹济编》、《图民录》；拟之于今，则文正公之《十六条》也。人心之害，过于洪水。如此唤醒而再不醒，则惟有改菩萨之心，而用金刚之杵矣。宜速刊行，以尽人事，而回浩劫。来示似欲鄙言为助，然岂能有以出此十条之外耶？但合掌劝大众同登彼岸而已。光绪十四年九月陈彝。

戒州县四条

一、地方灾情宜及时实报也。天灾流行，地方不能无灾荒。凡坊保被灾轻重，州县官当查访确实，立时分别禀报，勿讳饰，勿张皇，勿偏听以淆真，勿因循以误事。知斯四者，思过半矣。

一、灾区户口宜确查列册也。报灾各保必须查勘确实，方准开名列册。不得听凭董保浮开，不问有灾无灾、轻灾重灾，将族邻亲友一概列入，而置乡僻穷户于不顾。须知多一分不应赈之户，即少一分应赈之粮。此积德与造孽关头，辨之不可不早。使印官果能认真查勘，察出董保滋弊，立加严办，庶几民沾实惠，帑不虚縻。

一、查赈委员宜和衷商办也。办赈本地方官专责，赈局因各牧令政事殷繁，灾区辽阔，特派委员分任其事。凡赈务一应事件，均宜和衷商榷，以底周详。不得因业有委员，而遂视非己事也者。为民父母四字，人人知之，而人人忽之。能顾名思义，则知印官之不能弛其责矣！

一、书差丁役宜严加约束也。书办家丁之弊不一，最大者在朦蔽本官，勒索灾坊使费。查户则上下其手，少可报多，多可报少，甚至有灾而故匿，无灾而滥施。散赈则乘便营私钱，或明扣暗抽，粮亦短升少合。此等弊病，虽不尽由书办家丁，而断不能越书办家丁之手。差役地保之弊不一，尤甚者，在串通丁书，剥削灾户粮钱。查户发票之时，或凭恩怨以分多寡，或论强弱以定有无，或托灾民滋闹以吓印委，使不去亲查，或假贫病可怜以耸听闻，俾加发赈票。散放钱粮之际，或托词地方公用，而按名勒扣，或藉口支应差使，而从中影射。此等弊病，亦不尽出于差保，而无不发端于差保。一不留意，即入其彀中。盖天下无不作弊之书差、地保，而书差、地保又皆依家丁为线索。官而不知，则与家丁同为朦蔽；官而知之，又赖家丁曲为弥缝。致使民隐不能上达，上泽不能遍敷，深堪痛恨。故欲约束书差、地保，先自约束家丁始。闾阎沦水火深矣，除灾民藉灾要挟，及聚众闹赈等事，自应照例严惩，此外流离困苦，总当曲意怜恤，祛除积弊，以遂生机。禄曾奉檄董理斯役，与诸执事规过劝善，意在澹此沈灾。近经陟历灾区，遍加访察，深恐不克负荷，上无以对大府，下无以对吾民，夙夜兢兢，不敢文饰。谨略举弊病数端，用为刍荛之献。

戒委员四条

一、灾区宜亲查也。奉委后，即当细细访问情形，携带赈票，驰往履勘，视其灾之重轻，挨村挨户，亲身查看，孰为极贫，孰为次贫，一一填票，亲给灾民之手，则诸弊自除。不可任听乡董、地保虚文巧语，或指道远难行，或称民强难查，或言我等业经造册，无须再劳跋涉，或谓灾户业已出外，虽去亦属无益，听其说话省事，不觉入其牢笼。日日安坐集镇间，扣算日期已到，回局销差，以为吾事已毕，遂致国帑宪恩不克下逮穷檐。皆委员不亲查之过也。果能处处亲查，则贫富立分，而冒滥之弊绝；人数立见，而浮开之弊绝；偏僻皆历，有无可稽，而遗漏假托之弊绝；授受必亲，榜示必验，而跨户中饱之弊绝。以外一切弊病，亦应随时访察，而其要首在耐劳。

一、灾户宜亲放也。或粮或钱，均不可交他人之手。粮之弊，多在未赈之先，有偷窃之弊、抽换之弊、和水搀泥之弊、少升缺合之弊。钱之弊，多在临赈之时，或钱串短少，或钱色低毛，或董事勒扣，或乡保借贷，或指修筑圩堤而剥取，或托赔垫川资而掯留。但能亲自监放，防维于先事，严查于临事，稽察于既事，自然惠泽及民。

一、查赈宜谢绝供应也。各乡圩长，贤愚不一。遇官长下乡，往往预备酒饭，藉致敬意。在公正绅士以为地主之谊，分所当然，纵有所费，亦必独任。而不肖圩长，即因此开消洒派，向灾民敛费者有之，克扣赈款者有之。且一经受其供给，则其亲若友不应食赈者，彼必为之求赈，而委员碍于情面，不能不给，遂至查办不公，委员之声名由此而坏。现在查赈，夫马较之旧章有加，薪水亦较前酌增，足敷所用。务望在事诸君子，下乡伙食均归自备，毋扰圩董杯酒勺水，破除情面，一秉至公，则无偏无颇，灾黎无不歌功颂德矣。

一、办赈宜随机应变也。事理无穷，人心机诈，情形各别，地势迥殊，不可执一以论。今日所奉为良规者，阅时而弊窦丛生。此间所藉以防维者，易地而物情不类。有时夏赈之法，施之秋赈而弗良。水灾所宜，例之旱灾而适左。况皖北民族强悍，灾户众多，宜刚宜柔，示声示色，当场须要几句简明要话，发脱得开，而又浃以诚心，布以公道，时存救苦救难之怀，绝无自私自利之见，则福报之来，捷于影响。愿共勉之。

戒董事二条

地方无一处不有董事，办赈则用董尤多。凡自报灾以及放赈，皆须董事为之照料。十室之邑，必有忠信。绅耆中束身自好者，固不乏人，而假公济私，从中渔利，甚至联结丁书、差保，种种作弊，官民同受其害，亦随处皆有。略举两端，以示警戒。

一、见好乡里而不肯力任劳怨也。以为吾乡罹此水患，蒙朝廷发帑赈恤，吾侪小民自应同沾其惠。况各乡民非亲即故，一经区别，恐成仇隙。于是不问应赈与否，一概开名入册，而且任意加增，绝不顾及公家盈绌。岂知经费有常，恩泽何能滥邀？现在沙淮两岸各灾保困苦已极，得赈则生，不得则死。诚能任怨任劳，处处核实，彼被芟之户自无所藉口，而省下之款又可多济无数穷黎。欲积阴功，莫大于此。

一、自便私图，而不知爱惜声名也。董事随官办赈，有舟车茶饭以及纸张笔墨等费。在好善而力有余者，原不肯仰给于公，其余均不免希图染指。一切弊病，已于委员条内指明，不复赘述。迨至被官查出弊端，立时提讯，当场出丑，轻则责革，重则治罪，身败名裂，不齿于人，悔之何极？现本局深知尔等来往城乡，均有所费，业已明定章程，刊刻秋赈告示内，决不使尔等稍有赔累。此后宜知自爱，不得再蹈前辙。事竣以后，查有洁己奉公，当分别辛劳，酌予奖励。如有乘灾舞弊，亦当尽法惩治。阳有官法，幽有神明，勿视为老生常谈也。懔之慎之！

张侍御疏*

署吏科给事中山西道御史臣张沄跪奏为畿疆赈务，请责成官绅清查户口，以广皇仁而恤民隐，恭折仰祈圣鉴事。伏读本月二十日上谕：本年夏间直隶雨水过多，永定河南岸决口，被水地方田庐多被冲没，小民荡析离居，殊堪矜悯。前据顺天府奏请截留漕粮八万石备赈，当经降旨允准。并著加恩于东南各省厘金、关税、盐课项下，拨银三四十万，以资赈济。该总督府尹务当督饬地方官，查明被灾户口，核实散放，妥为赈恤等因。钦此。仰见皇上轸念民艰，恩施稠叠。畿疆数十万灾黎，同深感戴。臣窃思赈济一端，按户不如计口，委官不若择绅。风闻直隶、顺天所属州县，向来办赈并不亲自履勘，亦未能清查户口，分别极贫、次贫。所领银米，分交各村地保、董事自行散给，即有侵吞、刻扣、冒滥等弊，无从稽核。此次赈济银米，出自特恩，地方官应如何激发天良，共拯民困？夫吏治之在今日，有不可言者矣。臣来自田间，留心察看，所有蠲赈诸大政刊刻誊黄，道光初年，各乡张贴，村众咸知。自时厥后，或贴于城厢而止，或贴于一二官道而止，又或不用满浆实贴，遇风雨脱落，无非自便其私图而已。以臣愚见，散放之时，须人分理，薪水自不可无。与其派委多员，车马之费、酒席之费、奴隶之需索、书差之侵蚀，厥弊孔多。是赈官，非赈民也。法宜官绅同气，先期遍贴誊黄，造成户口清册定式，慎选各乡殷实绅士，而又公正无私，派令随同地保挨户遍查，如男妇大小及转徙他处，一一开载。地近而耳目易周，人多而刻日集事。通计每村若干户，每户若干人，合一县总计若干人，仿照宋臣赵抃救灾法，人受粟一升，幼小半之。忧其众相噪也，使受粟者男女分日，人受二日之食。忧其流亡也，于城市郊野为给粟之所凡若干处，使各以便受之。县令一心督理，分派众绅，亦若农忙停讼者。然若责令该县家喻户晓，诚难遍及。必以其时轻骑简从，就地抽查，细加核对，事竣开具核实清单，分贴各厂，使之共见共闻，并将原造户册上之大吏，乃为实惠及人也。臣思牧令为一邑之宰官，岂不能知一乡之善士？得一善士，访众善士，共知县官有大公无私之举，即相率存大公无私之心，胥吏无所售其欺，保长无所施其巧，上以广国恩，下以恤邻里，不以私亲多与之，不以小嫌寡与之，福庆流于子孙，人何惮而不为？倘有不肖劣绅，从中作弊，如上年文安武生李铨，以小斗易大斗，每斗少二升，余米无多，尚将该生斥革，前车可鉴，人谁不自爱，惜甘罹法纲乎？总之，委绅委官，得人为要。相应请旨饬下直隶总督、顺天府尹，加意函商，以求有利无弊。通饬所属州县，痛除积习，于本年被灾各村遍查户口，分别极贫、次贫，核实抽查。至富户力能自赡以赡人，毋庸旁及。另有一种里户，肆行搅扰，严以防之，不准一人冒领、重领。如官绅侵冒，一经参劾，或被告发，立即从严惩究。庶贫民得沾实惠，普被皇仁，似于赈务不无裨益。愚昧之见，是否有当，伏乞皇上圣鉴。谨奏。

江甘灾赈各稿

清光绪年间抄本

（清）佚 名 辑
贾国静 李文海 点校

江甘灾赈各稿

江邑谢谕农民安业示(光绪十一年六月)

为出示严禁晓谕安业事。照得本县访闻乡间有等游手好闲刁恶棍徒，无业营生，罔知法纪，专以播弄愚民，教唆词讼，勾结奸党，遇事生风，无恶不作。现因天时久雨，各乡低田不免均有积水，早经本县查明，饬保肩牌鸣锣，示谕尔等各农佃赶紧实力车戽，设法疏消，以保田禾而安生业在案。乃该棍徒等胆敢藉此勾串乡愚，蛊惑多人，扶老携幼，来城报灾，从中取利，忍使各乡农废时失业，置被淹田禾于不顾。是诚与坐视抛荒何异，其居心之狠毒奸险，莫此为甚！小民无知，受其欺诈，实为闾阎之害。言之殊堪痛恨。除由县严密访拿到案，讯明按律惩办，以儆奸邪外，惟恐尔等未及周知，合先出示严禁。为此示，仰阖邑乡民农业人等一体知悉：尔等须知水旱灾荒，攸关民瘼，本县职任地方，忝膺民社，若果被灾，自必照例查勘详办，不待尔等禀报，断不稍存膜视。现况不过一时雨水失调，并非不可补救，只须赶紧车戽，设法疏消，田禾尚无大碍，不致成灾。自示之后，尔等务各遵照，各安生业，共保身家，切勿再听奸徒唆耸，动辄聚众滋闹，自蹈愆尤，且误农务。各该棍徒等倘敢愍不畏法，怙恶不悛，仍前胆大妄为，一经发觉，或被指控，定即严拿到县，从重究办，决不宽贷，勿谓言之不预也。且各凛遵毋违。切切！特示。

禀据各乡洲圩农民禀报沿江低田禾苗被淹，分别抚恤，劝令补救勘办情形，俯赐示遵由

敬禀者：切照△境本年自入夏以来，雨水过多，五月廿六七等日，又复大雨如注，低田被淹。当将连日饬保鸣锣肩牌晓谕，督饬农佃各业赶紧实力车戽、加筑圩岸、保护田禾大略情形及设坛祈晴缘由，先后通禀宪鉴，并于旬报晴雨粮价折内，陆续声叙呈报在案。嗣经△△于五月二十九日随同本府宪台亲诣瓜濠，查勘城隍庙、镇河桥等处滩地续坍情形，顺便察看沿江各洲圩岸田畴时，正值江潮盛涨，各处低洼滨江田亩沟浍皆盈，已插秧苗俱浸水中，随即督饬乡农竭力设法车戽，疏消积水，以冀救护禾苗间，即据瓜圩东西两岸及佛感、草龙二洲各处业佃人等，纷纷呈递禀词，沥叙被水淹没田禾报灾各情，拦舆喊禀求勘。当经△△好言抚慰劝导，谕令先行赶紧回乡，设法车戽，共保田禾，免致废时失业。去后旋于六月初一二等日，续据漕地之严家桥、施家桥、朱铭港、杭家集南、下黄港、官沟头、东乡张纲镇、梁孟港、张大圩等处，及芦洲之再兴、五港、卞家、卞小、永茂、课粒、裕民、沙洲、保业、中奠、偕乐、恩余、安阜、长兴、永丰、宝鼎、伏沙、天伏、买业、谦和、连接、伏凝、小允丰、永兴、翟家、保固、益赋、南新等洲洲民，先后成群结

队，扶老携幼，纷纷来城禀报，佥称各该图洲地势本皆极形低洼，又系临江近河，频年积歉被灾之区，民间困苦异常。本年自春徂夏，雨多水大，麦尚未能收齐，即被水淹没，日久生芽，收成已大都失望。即稍有所获，亦甚歉薄，不敷工本。满望秋禾丰稔，藉资补苴，不料五月中、下二旬，连遭大雨三四尺不等，兼之上江蛟水下注，下江潮水上泛，又加潮水漫溢，水势奔腾，同时并涨，四面顶托，圩外之水高于圩内，岸身被水浸久，间多透漏洞穿，并有从高漫入情事，以致水无去路，人力难施，车救无法。现在圩内水深数尺，其已栽之秧，高者仅露秧尖数寸，低则全在水中，一片汪洋。即使天气从此畅晴不雨，赶将积水车退，无如被浸过久，恐难复望长发。若身等均以田为业，遭此天灾，枉抛工本，力难再措。睹此情形，毫无生机，非求勘详赈恤，小民无以存活等情具禀前来。△△睹此灾黎，男妇老幼，莫不饮泣吞声，悲惨万状，情殊可悯。当即妥为抚恤，先行派差，分起带领，前往△县署西之古石塔寺旧设粥厂内，按名给粥。一面查明各该灾民住址，分别路之远近，酌量给予川资口粮钱文，仍晓以时候尚早，劝令赶速回归，各自相机车救，或补种杂粮，稍资生计，并准如所禀，听候分别查勘禀办。各该灾民均称感谢而去。伏查△县连年灾歉频仍，民间元气尚难渐复，乃本年二麦既已歉收，岂意禾苗又遭淹没，小民困苦，倍益难支。所幸现在天已晴霁多日，江河水势亦日渐消退，业经△△随时察看情形，分别晓谕督催各农佃赶紧车戽补救，并于本月初九日亲诣各乡，周历确勘。惟腹里高田，虽亦被淹，幸疏泄较速，尚无大碍。而临江低田，积水较深之区，迄今未能一律涸复，秧苗被水浸久，恐多霉烂，势难全保有秋。除俟查明各洲被灾轻重确实情形再行禀办外，据禀前情，事关民瘼，曷敢壅于上闻？所有△境漕芦田地沿江各洲圩低田被水淹禾，农民报灾，业经分别抚恤，劝回设法戽救补种各缘由，理合据情肃先驰禀。仰祈宫保爵宪大人鉴核俯赐，转请训示祗遵，深为公便。恭请勋安，伏惟垂鉴。除禀某宪外，卑职延庚谨禀。

禀沿江各处圩岸续被风潮冲坍，现办灾赈大略情形，并拟援案拨放积谷存款济赈，请示祗遵由

敬禀者：切照△境前因五月中、下二旬连遭大雨，蛟水江潮一时并涨，沿江低区田禾被淹，及圩岸浸损坍缺，迭据各该农民纷纷禀报成灾，业将分别抚恤、劝回设法戽救补种各缘由，据情驰禀，已蒙宪鉴在案。△△于发禀后，随即饬派妥差分乡前往，协保督催各农民赶将圩岸堵筑，积水车戽疏消，补救田禾，保全身家。小民均知感奋，无不乐于从事。切幸天已晴霁日久，水势亦渐消退，或者可保无虞，秋成有望矣。正在督饬昼夜堵御，实力戽救间，讵于七月初三日，忽然东南风大作，风狂浪涌，潮汛陡大，各处圩岸大堤，多因被水冲激浸损，土被水啮，均已岌岌可危。是以△△前有禀请宪台督宪檄饬沿江各营，派拨弁勇，随时巡防，遇险抢救之请也。今乃猝不及防，风潮突至，将△境漕地之双港口一带至嘶马镇等处，又霍家桥南韩大圩，芦地之安阜、长兴、伏沙、永丰、永盛、再兴、开元、五帖、圣恩、天伏、三洲、十五洲、水奠、课伏盛、伏业、小五港、永茂、瞿家、万寿、补漕等处，约二十余洲圩堤同时决裂，坍破缺口，每洲自数十丈至十余丈不等，在田禾苗尽行淹没，间有冲坍房屋情事。小民枉费辛勤，一旦遭此天灾，荡析离居，栖食两

绝，呼号四野，惨不忍闻。△△得信，随即倡捐廉钱二百千，并劝城内绅董购米五百石、钱五百千，派拨友丁星夜驰赴灾区，分投赈恤，并飞速函致管带新湘右营苏营官，恳其就近派拨弁勇，设法堵救，加筑拦江大坝，以御大汛而保内岸。一面禀请淮运司、运宪札饬淮南总局，向场运食岸各商劝捐助赈。惟本年两广、山东等处同遭水患，劝捐协济，已据捐缴银七千两、钱六千串。今本省既有灾黎，待赈孔殷，各商自难膜视，但市面萧条，即使谆劝捐输，诚恐缓不济急，可否仰恳宪恩，札饬准运司咨请转禀运宪，准于场运各商已缴银钱项下拨给若干，以期迅速，出自逾格鸿慈。再，积谷为备荒而设。光绪八、九等年，△邑沿江一带堤岸被潮冲决，曾经禀蒙批准动拨。本年被灾情形，较之八、九等年更甚，惟有循案拟请。伏乞宪台俯念灾黎人众，待哺嗷嗷，恩准于△邑积谷项下，先行照案动拨存仓谷六千石、存典钱三千串。一俟奉到批示，即便按数支拨，由△△督同办赈绅董领赴灾区，分次散放，并将冲破缺口迅速堵筑，以防秋汛而卫田畴。△△拟即日再购买米石，预备钱文，亲自带赴被灾各洲，细查灾民大小户口，分别勘明受灾轻重，核实散放，再当详晰禀陈宪鉴。合将△境各洲突被风潮破圩，现已买米备钱，亲诣各洲散发办理大略情形，肃先泐禀驰陈，沥陈禀恳，仰祈宫保爵宪大人鉴核，迅赐批示祗遵，实为恩公两便。再，△境其余未经破圩被水各洲，间有佃田因雨水过多，积涝被淹，民情虽亦困苦，较之破圩各灾民情形有间，似难相提并论。将来拟于秋歉案内，酌请缓征钱粮，以示体恤，目下似可毋庸一律给赈。惟其中亦有实在极贫、极苦之户，自当酌量抚恤散给，以期实惠均沾，俾免流离失所。合并声明。恭请勋安，伏乞慈鉴。除禀云云。

爵督曾批：据禀该县沿江二十余洲圩堤，本月初三突被风潮，同时决裂坍破，小民荡析离居，呼号四野等情，极属可惨。该令得信后，即倡捐廉钱，并劝捐钱米，分派友丁驰赴灾区，分投赈恤。一面函致新兵中营苏营官，就近派拨弁勇设法堵救，加筑拦江大坝，以保内岸，办理尚能妥速。惟此次灾出非常，各圩民栖食俱绝，必须源源赈济，方免流离失所。据请于积谷项下，动拨仓谷六千石、存典钱三千串，应即照准。仰即遵照迅速如数支拨，督率办赈绅董分赴被灾各处，分别核实散放，将各灾民妥为安抚，务期实惠遍及。其未破各圩中极贫、极苦之户，亦如所禀，量加给恤。一面即将散放情形，随时驰报。至场运各商捐缴两广、山东赈款，昨因镇郡被灾，当以本省不能不顾，又不便令重捐，即经函知该署司于前项捐款内酌留若干，再行分解通报。现在该县沿江各洲同时被灾，洲民嗷嗷待哺，自应饬令匀拨接济。候饬该运司遵照，并行知江藩司一体饬遵，仍候护抚院漕部堂批示。缴。

夹　单*

敬禀者：切△△日前趋叩崇墀，面承榘训，备荷温谕周详，益切私衷乾惕。伏查△邑境内与丹徒接壤一带圩岸，于本月初二三日，因风狂浪涌，沿江二十余洲堤岸决裂，间有淹毙人命、冲坍房屋情事，灾民荡析离居，嗷嗷待哺，困苦情形，早邀洞鉴。旋蒙宫保轸念灾黎，藩宪恩施逾格，咨请宪库筹垫银万两，派委查放，并奉慈谕，△境同时被灾，一律施赈。仰见大人饥溺为怀，不分畛域之至意，下怀钦佩，莫可言宣。△△叩辞后，次早随同程守、聂丞，前往被灾最广之再兴、上二、下一、下二、新升四洲，查勘该洲新旧两岸，均因潮浸土松，于本月初三日突遭风潮，冲破口缺三处，淹入七十余圩，一片汪洋，几成泽国，老幼男妇均在圩埂之上搭棚栖止。虽经扬镇绅董派人散放钱米干粮，而人口数千，未免僧多粥薄。△△谕饬公正业董确查户口，将所带钱米再行散给。细查淹毙人口，仅只钟姓夫妇、倪信仁、孙姓四人。至缺口三处，亟应赶紧堵筑。△△本拟请驻扎焦山统带新兵前营吴营官就近拨勇堵修，乃该处遍地皆水，营勇无驻扎之地，是以中止。当即派□赶紧购备木料蒲包，雇集精壮人夫三百名，由△△给米四十石、钱四十千，以工代赈，大约日内即可完工矣。程守、聂丞勘明后，即往丹徒查勘。△△复又亲诣△邑管辖之永茂、小五港、安阜、长兴、伏沙、天伏、恩余、还粮、裕课、新泗、开元、五帖、圣恩、中奠、偕乐、谦和、宝定、买业、补漕、万寿各洲，并霍家桥、戴家庄一带地方，挨圩亲历查勘，实勘得各圩同遭水患，栖食两无，情形实为可惨。幸承扬镇各善士各带粮食，分投散放，一时不致饿毙。至各圩淹毙人口，仅据万寿洲禀报被淹三人，再兴洲被淹四人，此外并无所闻。△△牧民无状，殊切悚惶。现经谕饬各圩业董洲保，赶将灾民人丁户口造具清册，送府查明核实，按期散放，以期仰副大人实惠均沾、一视同仁之意。除俟各圩将花名册籍造送，再行请饬筹赈局妥为领放外，知关宪廑，合将诣勘情形，肃泐驰禀，仰祈大人鉴核示遵，实为公便。专肃寸禀，敬请崇安，伏惟慈鉴。夹单禀常镇道宪

夹　　单*

敬禀者：切△△前在京口，趋叩崇墀，面承慈谕，荷训诲之周详，切私衷之感戴，并蒙宪驾亲临△境被灾最广之再兴洲查勘，仰见大人痌瘝在抱，劳瘁不辞之至意，下怀曷胜钦佩。所有该处灾黎困苦情形，早邀洞鉴。△△叩送蜺旌，雇集人夫，散给口粮，督堵口缺三处，日内即可告成。旋又亲诣永茂、小五港、安阜、长兴、伏沙、天伏、恩余、还粮、裕课、新泗，开元、五帖、圣恩、中奠、偕乐、谦和、宝定、买业、补漕、万寿各洲，并霍家桥、戴家庄一带地方，挨圩亲历查勘，情形与再兴洲不相上下。至淹毙人口一节，仅据万寿洲禀报淹毙三人，再兴洲查明淹毙四人，此外逐细察访，别无所闻。知关宪廑，谨以禀闻。惟查△邑今年被灾之苦，较之光绪九年为尤甚。盖九年麦收尚稔，稻已垂成，尚可带青抢割；今夏麦遭霪雨，半多淹烂，禾甫吐秀，即付波臣，一年之计，指望毫无，哀鸿遍野，待哺嗷嗷，须至来年麦熟，方有生机。为日甚长，必须宽为筹备，以便分期散赈。现经谕饬各圩业董洲保，赶将灾民人丁户口造具清册，送候核明转呈。未识丹徒情形何似，将来拟如何散给之处，伏祈慈谕下颁，俾得遵循有自。除俟户口清册造齐，再行禀送外，合将续后查勘情形，肃泐驰禀，仰祈大人鉴核示遵，实为德便。专肃寸禀，敬请钧安，伏乞慈鉴。夹单禀督宪委员前任扬州府程

谕灾民静候赈济示*

为出示晓谕事。案照县境沿江漕芦田地，于七月初三日突遭风潮，圩岸率被冲破，田禾固已尽行淹没，犹有冲塌房屋及淹毙人口情事，情形实为可悯。本县闻信后，随即倡捐廉钱二百千，并劝城内绅董捐钱购买米石干粮，分投灾区查勘散放，先为抚恤；一面禀奉各宪批准动拨存仓谷六千石、存典钱三千串，以资赈济。现已谕饬董事、洲头、地保，各

按经管地段，分别查造户口清册，呈送核明，均匀派齐，交由各该董、保领回散给。并奉督宪拨款委员会同查勘济赈。当经本县会同丹徒县并谒见常镇道宪暨镇江府宪面禀会商，仍照光绪九年旧章，统交镇江筹赈局绅董核实散放在案。兹又奉护抚宪札，由苏藩宪筹拨赈银五千两，委员候补通判张驰解到县。今将此项银两，先由本县会同宪委督同办赈绅董，前赴沿江各洲挨次查明，再行发交筹赈局绅董散给。诚恐各该洲洲民未得周知，合先出示晓谕。为此示，仰各洲破圩被灾人等知悉：尔等务各在洲静候分次散给，毋得恃众喧嚷滋闹，致干咎戾。各宜凛遵毋违。特示。

禀复会勘镇、扬沿江一带被灾及奉拨银两商办赈恤各情形由

敬禀者：切△府仪○、△△徽○及△△祖○祥○先后奉两藩司宪台并江苏藩宪两藩宪札委，驰赴镇江、扬州，会查沿江一带风潮冲决圩岸、淹毙人口，分别轻重情形，妥筹赈恤，通详查办等因，并蒙宪台暨督抚宪两院宪饬拨银两，札行△府县。奉此，仰见宫保爵宪大人轸念民瘼，立沛恩施，下怀曷胜钦佩。△府仪○等遵即星驰先后到镇，会同△府适、△△寿○等商办，并将△江邑、旸邑请仍照上届合办等情由，先行禀报宪鉴各宪在案。查此次风潮，全在沿江两岸及江心各洲，境虽分隶，地多接壤。△府等连日分赴各灾区周历会勘，勘得丹徒境内共计冲破一百三十一圩，漫水一百六十七圩，积水一百三十六圩；江都共二百六十五圩，内有冲破一百二十四圩；丹阳共一百五十五圩，内有冲破七十六圩。均系大小不等，每圩田自数百亩少至数十亩为一圩，而合观大概，总以箍江大围为保障，围内皆谓之子圩。今大圩猝被冲决，则水往内灌，有连破数圩者，有连漫一二十圩者。现在田内或一片汪洋，毫无所有，或尚有些须禾苗，半多腐萎，或因坐圩水大，本未栽种，情形不一，区剔最难。所幸乐善委董以及现派司事人等，均系上届查赈熟手，公正廉洁，人无闲言。现惟有催令该董司等赶紧认真挨查，分别大小口、极贫、次贫，按户给予赈票，造齐底册，送候公同核明，酌定钱数，具禀请示，定期开放。此次赈务既仍镇、扬合办，无论官款、募款，悉关民命，自应统归筹赈各善董经理，不涉胥吏之手，以昭核实。至目下灾民情形，△府等细加体察，因各洲一被水患，即经在城文武首倡捐廉，及地方好善士商购备干粮钱米等项，分投施散，陆续接济，目前尚可苟全，不致遽有失所。惟以后为日正长，地广人众，需款甚巨。现蒙宪恩大宪两共饬拨银一万五千两，各绅富应亦闻而感兴，踊跃输助，△府适惟有督同△县等会同各董竭力设法劝募，冀与官赈相辅而行。设或再有不敷，容再随时察度，据实禀闻。至淹毙人口，只有△江邑境内溺毙四口，早已给资殓埋，△徒、旸二境并无淹毙之人。除俟户口查齐，核见应赈人数，开同被淹圩名田数各折，各归各县自行呈报，其应蠲芦课，仍俟秋成时，再与所属滨江被淹低田，分别照例专案详办，△府仪○等即先回省销委外，所有会查镇、扬沿江一带被灾及奉拨银两商办赈恤各缘由，理合联衔禀复，仰祈宪台察核，俯赐训示祗遵，并准分别销委，实为公便。再，堵筑缺口，实为目前第一要务，虽经劝谕农佃人等设法赶堵，尚未一律堵竣。其中如实有人力不齐之处，拟即由△县等就近与营官商酌，借资勇力协公，以防秋汛。此禀系在镇缮申，△江邑、旸邑均会衔不会印，合并声明。恭请勋安，伏乞慈鉴。余禀云云。

禀会勘江邑被灾情形由

敬禀者：切△△祥○奉署苏藩司宪台札，奉宪台护抚宪谭札，据江都县谢令禀报，沿江风潮冲决，灾民荡析离居，饬即委解银五千两，驰赴江都，会同官绅核实散放，将办理情形，随时驰禀等因。遵即叩辞束装（原书眉批：“叩辞”二字，写在护院苏藩禀内，余用“束装”二字），领解登舟，星夜驰往，于十七日午刻抵扬，会晤△府霖、△△延○，随于十八日同往破圩各洲，周历会勘。勘得江都共计破漫二百六十五圩，其圩大小不等，圩内田数亦多寡不一，大约多则数百亩，少至数十亩。查田内或先因积水未消，尽成泽国，难以栽种；或已种禾苗，现又被水淹没，半多腐烂。被灾情形，惟下游万寿、天伏、恩余、再兴等洲为最重。△府等目击各处灾民，露宿风餐，鸠形鹄面，鸿嗷遍野，惨不忍闻。屋庐间有冲塌，尚不甚多。淹毙之人，先只查出四口，后又续报三人，均已给资殓埋。△△等并先捐廉，劝谕地方官绅善士捐集钱米干粮，分投散赈，俾免失所。一面由△△延○禀奉常镇道、常镇道宪暨△府霖、程守仪，续以本年灾区较广，为日方长，劝捐不易，接济维艰，公同筹议，惟有仍照光绪八、九两年办过灾赈成案，循旧徒、江合办，归筹赈局董认真挨查，分别大口小口、极贫次贫，按户先给赈票，造册核明，以款项之盈绌，定钱米之多寡，核实散放，庶可无遗无滥，小民实惠均沾，以期仰副宪台轸念灾黎、一视同仁之至意。此次赈务，既系扬、镇合办，无论官款、募款，自应统归筹赈局各绅董经理，不涉胥吏之手，以昭核实。幸乐善委董以及现派司事人等，均系上届查赈熟手，公正廉洁，人无间言。现在饬催派往分查各友丁迅督洲董、圩头、地保，刻速按户挨查大小丁口，已据陆续开册呈报。兹由△△延○拟将奉发赈银五千两，解送常镇道、常镇道宪收存转发，一面催令未到各洲赶紧查造，一俟送齐，随即将册移送筹赈局查核散放。△△祥○发禀后，拟即日由扬起程，回省销差，理合肃泐禀报，仰祈宫保爵宪大人鉴核。恭请云云。

禀沿江各洲灾民人众，赈济为日方长，前拨积谷存钱不敷接济，并需堵筑圩岸缺口，俯赐转禀准再续拨请示遵由

敬禀者：切照△境县内，前因七月初三日江潮陡涨，风狂浪涌，各处圩岸大堤，多因被水冲溃口缺，在田禾苗尽行淹没，间有冲坍房屋、淹毙人口情事。灾民荡析离居，栖食两绝，待哺嗷嗷，情殊可悯。当经捐廉，并劝地方绅董捐助钱米干粮，分投赈济。嗣又禀奉宪台批准动拨存仓谷六千石、存典钱三千串，饬即按数支拨，核实散放等因下县。奉经△△亲赴各洲挨次确查，谕令各洲洲头、地保，查开被淹大、小丁口清册呈缴，以便按数均匀摊给。去后兹据各业户洲头查造户口清册，陆续呈缴前来。△△查核已报之数，综计已有三万六千余口，仍有未到各洲。统计被灾丁口，总在四万以外。仅就准拨谷数赈济，以之暂顾目前之急，似可勉强敷衍，惟本年麦禾两熟俱无，灾黎尤为困苦，必须待至明春麦熟有收，方有生机。切虑现在甫交秋令，以后为日正长，地广人稠，需款甚巨，设或将来不敷接济，未免功亏一篑，势难事废半途。若待临时劝捐，又恐各业措手不及，力有未逮，且亦劝筹殆尽，已成弩末，非惟杯水车薪，抑仍缓不济急。△△忝膺民牧，念切民

瘼，日夜焦思，毫无长策。伏查积储仓谷，本为备荒而设，值此筹款艰难，待赈孔迫之际，惟有仿案禀请添拨积谷之一法。可否仰恳宪恩，俯念灾黎人众，为日较长，转请准行△邑积谷项下，再行动拨存仓谷六千石、存典钱三千串，俾得会督绅董分次接赈，并为修筑圩岸、堵塞口缺等用。至△△前禀请拨钱谷各数，因尚未经查明实有灾黎若干，约略禀请动拨，讵知哀鸿遍野，被灾如许之广，前请之数实有不敷。△△辗转思维，不得不为民请命，仰乞鸿慈。梼昧之见，是否有当，理合开具已报各洲被灾户口清折，肃泐禀恳，仰祈大人鉴核，俯赐据情转禀，并乞训示祗遵，深为公便。恭请云云。禀府宪。

计呈户口折一扣。

复筹振局委员*

寅谷广泉仁兄大人阁下：日昨接奉还云，谨聆种切，敬谂履祉增祥，筹祺迪吉，贰字臆颂。承示冯已翁现内洋药、典商、杂货各业分别劝捐，已有端倪，嘱△仿照办理等因，足征关垂逾格，指示周详，曷胜感佩。△查此次徒、江各邑，灾区较广，人口众多。敝境已据造册呈报者，大小男妇，已有三万五千八百七十二口，尚有三江营等九洲未据造送，大约共有四万余人。哀鸿遍野，待赈尤殷，极思广为劝捐，以资接济。无如扬郡频年灾歉，十室九空，市面萧条，而洋药、杂货两项，资本无多，生意尤为清淡，不及镇江远甚。现向典商妥筹劝捐，尚无就绪。昨与毛声翁商允，拟将安徽赈捐请奖案内存银一千余两，本拟解归山东赈济，现拟改归散放洲赈。知关荩注，谨以奉闻。肃复，敬请筹安。复筹赈局委员陈张

附上户口清单一纸。

夹　　单*

敬禀者：切△△秋初随侍宪驾，履勘△邑再兴洲灾区，旋又续勘破漫各洲，回署后当将勘办情形，于十六日肃泐寸禀，由驿驰呈。嗣在京口叩谒慈颜，始知前禀尚未得邀钧鉴。△△叩辞登舟，复偕张委员亲诣各洲，于二十二日回扬，查究△驿书夫。据称此件公文递至镇江，送至江西会馆，适逢宪节已经登舟，询据会馆云往江北，由京口驿签明往江北一带探投，十八日递回广陵驿。该书疏忽，未曾截留，以致转递上站，至今未知递往何处，尚未折回。△△已将该驿书夫严加查惩矣。恭维大人骏福秋高，鸿猷日懋，翘詹吉曜，弥切菜铺。△邑境内陆续查勘，共计破漫二百数十圩。被灾之重，以下游万寿、三洲、天伏为最；灾区之广，以再兴、恩余、安阜为最。当派友丁亲诣各洲，查造人丁户口册呈缴。现据陆续邀呈，查核现缴各洲已报人数，综计已有三万八千余口，尚有二三洲因离城辽远，尚未送到。统计被灾丁口，总在四万以外。似此地广人稠，哀鸿遍野，风餐露宿，栖食两无，情殊堪悯。伏查本年灾出非常，较之九年更甚。缘九年分麦已登场，稻亦垂熟，带青抢割，稍有薄收。今夏雨水连旬，麦多霉烂，禾甫栽插，即付波臣，两熟皆虚，穷民困苦，直须待至明春麦熟，方有生机。此时甫交秋令，赈事为日正长，虽蒙大宪拨款接济，并蒙准动积谷，以及各处官绅、善士、业董集捐助赈，惟灾区较广，人数众

多，待哺嗷嗷，尚虑转输不及，殊难为继。△△现与地方绅董再三商酌，佥以劝捐已成弩末，杯水莫济车薪，以前请动拨积存钱谷各数，核与所报丁口，实已不敷散放，尚须禀请加拨若干，以济急赈，并留作冬春修理堤岸、堵筑口缺等项之用。△△体察情形，舍此别无善策，并无巨款可筹，蒿目时艰，不得不有发棠之请，以救灾黎而副宪廑。合将被灾各洲户口总数，汇开清折，肃泐禀呈，并将现办大略情形，附陈清听，仰祈大人鉴核，伏乞训示祇遵，实为恩公两益。专肃，恭叩勋安，伏乞霁鉴。夹单禀总办灾赈委员军械所提调江苏即补府程

附呈各洲灾民户口清折一叩。

谕赈恤灾民示*

为出示晓谕事。照得本县境内沿江各洲，前因风潮为灾，冲破圩岸，淹没田庐，本县周历诣勘，目睹民情困苦，当经禀蒙各大宪批准动拨积谷钱文，以资赈济。惟灾区较广，户口繁多，若不查明散赈，不足以昭核实。本拟俟各洲董保将被灾户口册籍造齐，同时挨次开放，且恐赈济不敷，又经续禀请拨积谷，尚未奉批，一时未能核数。兹念嗷鸿待哺，势急情哀，不得不变通办理，先就已到各处，量予给赈。除定于八月初八日会董开仓动放外，合行出示晓谕。为此示，仰该洲被淹居民人等知悉：尔等遵即在洲自行集议，选举公正廉明业董数人，届期赴仓领谷，运往乡间，按照册报大小丁口，每大口给谷一斗二升，小口减半，均匀散给，不经洲头、地保之手，俾沾实惠而示体恤。所有禀准动拨存典钱文，因查破圩口缺，多未堵筑，自应留作堵修圩岸及运谷至乡川资、业董船户领食等项一切公用。自示之后，务各遵照办理，静候赈恤，毋稍违延。切切！特示。

致筹赈局委员函*

寅谷广泉仁兄大人阁下：顷间接准大移，并抄禀稿一纸，拜读之余，具征硕画周详，悉臻妥善，私衷钦佩，莫可名言。敝邑再兴洲灾民，日昨分起来县求赈，约计先后所到人数不下六七百人，麇聚喧吵，势难解散。当经△每名发给钱七八十文，始各陆续回去，不致激成事端。因思敝处仅止请拨，所有散赈事宜，均由贵局会同查办，现在传谕各乡公正绅董，定于初七八日来城赴仓领谷，尽数运赴灾区散放。恐有不敷，又经禀请各宪添拨积谷，尚未奉批。惟再兴洲受灾最重，人数众多，有迫不及待之势，必须先放急赈，方克有济。兹将造到再兴洲被灾户口册籍，先行照录一分送呈，即祈察收覆查确实，仰乞仁慈，先将被灾最重之再兴洲提前散赈一次，以济灾黎，出自逾格鸿施。所有敝境被灾户口册籍，已据董保造齐，容即照造送呈台端，核明散赈。至张委员奉解赈银五千两，已托毛声翁解呈常镇道宪就近转交尊处，日内想邀察收矣。专肃禀恳，敬请筹安，统希察照不具。致筹赈局委员陈张。

甘泉禀劝导绅富分别捐借经费，设局收当耕牛并送章程清折由

敬禀者：切照△邑西北各乡，界连天长、六合等县，均属山区，本年夏秋之间，雨泽

稀少，田禾被旱受伤。前经△△勘明歉收之处，已将应完银米禀请缓征。惟农家田地，全赖牛耕，当此秋收欠薄，农民自食维艰，耕牛难以畜养，势必转相售卖，甚至私行宰杀，既物命之有伤，恐春耕之将误。△△因思前人当牛之法，最为妥善。但现当库藏支绌之际，何敢请拨款项？若竟听其自然，深恐有妨农事。爰与境内绅富一再筹商，反复劝勉，分别捐借经费，设局收当耕牛。来春备齐原本，持票取赎，不取利息，不加喂养，毫无杂费，以示体恤。该绅富等亦知民间捐办，事属善政，均各欣然乐助。兹已筹集约得钱二千数百余串，约可当牛二百数十余头，拟于本月二十六日，就北门外课桑局空房，出示收当。一面照会公正绅董，并派委前署上官司巡检舒霖驻局经理，均系自备资斧，并不开支局用，以期款归实济。现仍广为劝导，得能多集一分之捐，即可多办一分之事。理合开具现定章程，专肃禀报，仰祈大人鉴核示遵。至查各处当牛，多系搭厂雇夫，择地收养，费用较多。扬城富户乡间多有田庄，自收当后，即将耕牛择其熟区可靠农户分派寄养，按日给予草料钱文，随时察查肥瘠，酌量劝惩。虽与成法稍殊，然以收养一牛之资，足敷寄养二牛之用，较为省便，合并陈明，恭请云云。

禀各宪（无漕督，光绪六年挂任）

衔呈，谨将当牛章程八条，录呈宪核。须至折者。

今开：

一、收当耕牛，先须择地牧养也。兹值隆冬之际，天气严寒，牛最畏冷，若不觅屋以避风霜，易受寒气。况当牛之数，多寡难凭，寄养之家，远近不一，宜先觅屋暂养数日，并雇牧牛照管。查北门外课桑局地方宽空，堪以设局。

一、当牛给予凭信也。查农民牵牛赴局质当，自应给凭以昭信守。现拟刊用两联局票，一张填给当户，一张存根备查。票内注明村庄姓氏、牛之口齿大小，当面在牛角上用火烙字号，凭号写票，凭条取赎。仍照当牛之数，不加喂养草钱利息丝毫杂费。如有因病倒毙者，各听天命。

一、当牛资本予以限制也。查牛只当本，不宜过多，多恐明春取赎不易。现拟水牛当本，口小而肥者，当三千五百文；口老而瘦者，当二千五百文。黄牛口小而肥者，当二千五百文；口老而瘦者，当一千五百文。本轻不但易赎，且杜贩卖取巧之弊。

一、取赎示以期限也。查农民耕牛，因岁歉无力喂养，来局质当，明年春耕，需牛锄种，清明节正当布种之时。现拟截至来年三月清明日为止，听其取赎，倘过期不赎，饬发牙行变卖，毋得后悔。若预期早赎，悉听其便。

一、寄养宜取保领，以专责成也。凡愿领牛之户，同保领人赴局出具领纸，注明原当号数口齿大小，并注领户村庄地段，当面画押，存局以备稽查。至该牛有病无病，亦注明领纸内，以免藉口。

一、当牛多寡，以经费盈绌定数也。查现行寄养之法，较之收养虽省，然一牛日需草料，以三个月为度，连赏号人工等款，约五六十文，再加当本作二三千文，所费不轻。除陆续劝谕捐借外，兹特先行开局，以济民间。如经费不敷，即另行出示停止。

一、寄养当牛，须认真查核，以示劝惩也。查每牛所需草料钱文，分别水牛、黄牛，按月由领户凭票至局支发。由局每月派公正司事至领牛家查看一次，肥赏瘠罚。设遇牛有疾病，该领户随时赴局呈报，立饬兽医看治，并着人知照当牛之家同往照管。设或病毙，验明领埋，免致流弊，另由局帮给该牛户照当本给钱一半，以示体恤。

一、当牛之户宜分别地段也。凡被歉之区，准其质当。倘有成熟乡庄之牛冒充影射，一经察出，分别惩罚，以免混淆，而节经费。

谕收当耕牛示*

为收当耕牛事。照得本邑西北乡一带，本年夏秋之间，雨泽稀少，近山田地干旱歉收，业将应征钱漕分别禀请递缓在案。查农民值此歉岁，自食维艰，其耕牛势难畜养，必致变卖屠宰，既伤今日之物命，又误来春之耕期。本县昼夜筹划，欲效仿前人之法，为两全之计，惟有开局收当寄养一事，庶保物命而恤民艰。查北门外课桑局房屋宽阔，堪以设局，除另行设法招人寄养外，酌定收当钱数。水牛每头口小而肥者，当三千五百文；口老而瘦者，当二千五百文。黄牛每头口小而肥者，当二千五百文；口老而瘦者，当一千五百文。随给当牛凭票，定期来春清明前后三日，照本取赎，不取寄养草料工资，不加利息，毫无杂费。自本月二十六日开局，所有收当寄养一切章程，榜示局首。至应需经费，为数不轻，刻已劝谕绅富量力帮助，尚需时日，合先出示晓谕。为此示，仰被歉之区地保民人知悉：如果家有耕牛，力难喂养，听其赴局质当，务遵局内章程，不得争执，致滋事端。至成熟乡庄之牛，冒充影射，来局投当者，一经察出，定行究罚。各宜凛遵毋违。特示。

谕止当耕牛示*

为示谕止当耕牛事。切照收当耕牛，前于十一月二十六日开局，当经出示晓谕，通禀各宪在案。开局以来，所当耕牛不少，被歉乡庄谅已无多。瞬至岁暮，除于十二月二十四日止当外，合行出示晓谕。为此示，仰被歉各乡农民人等知悉：不得再行来局投当，徒劳往返。毋违。特示。

禀开局后收当牛数先行具报由

敬禀者：切照△邑前因西山各乡，本岁秋收歉薄，民力维艰，耕牛难以畜养，当经△△会商绅董，由地方捐借经费，设局收当耕牛，已将拟办章程，开折禀明宪鉴在案。自十一月二十六日设局起，各乡农民牵牛投当，日有数只及十余只不等。随经在局员董验明口齿肥瘠，分别填票，给予当本。又因西山至城相离数十余里，到局之时，无不疲乏，人到则给以米粥面饼，牛则喂以草料，而示体恤。迨至十二月二十日以后，当者渐稀，盖缘转瞬春融，牛已得用，未必再有投当。即于年终停止，共计收当黄牛、水牛四百一十二只，均系转发成熟各乡领户分投寄养。所幸冬日晴和，饬派诚实司事前往查察，寄养之牛，尚无冻饿病毙之事。惟入春以后，各户取赎迟早不定，故所发草料钱文，先给一月，至期续给一月，余俟取赎之时，按数找给。如届清明时节，仍有未赎之牛，再当示谕各户设法赎回，俾免照章变卖。除俟取赎事竣，再行具禀外，理合先将收当牛数，专肃禀报，仰祈云云。

禀报收当耕牛取赎事竣，捐借各款分别支用归还由

敬禀者：切照△邑西北各乡均属山区，上年夏秋之间，雨泽稀少，田禾歉收，农民自食维艰，耕牛难以畜养，势必售卖宰杀，有误农时。前经△△与境内绅富筹商劝勉，分别捐借经费，派委员董设局收当耕牛，已将办理章程，开折通禀宪鉴。自十一月二十六日开局起，于年底停止，共计收当黄牛、水牛四百十二只，均系照章转发成熟各乡领户分投寄养，并饬派诚实司事前往查察，以杜弊端。又将收当耕牛数目，续经禀报在案。查原定取赎，以清明节为止。嗣届本年三月初六日取赎之期，从宽以三日为一限，分为四限，先饬领户牵牛赴局，以备取赎，验明牛只，酌发犒赏，找给喂养之费。△△每限亲至局中，督同委员董事认真经理，分别交牛，不准夫役人等需索分文。现已全数赎回。所幸领养之牛，均尚肥健，当户同声称快。惟有小黄牛一只，前日因病倒毙，查系乡民刁在春所当，旋即验明传令跟同掩埋，所有当本免其缴还，以示体恤。至此次收当耕牛，共计绅富八户，捐借经费钱三千千文。△△先向该绅富商明，除委员董事食用均系自备，夫役工资杂费，由△△捐廉给发外，其喂养出自捐款，当本作为借款。现在收回当本，并余剩钱一千四百五十五千文，均已发还借户照数领归。其喂养草料，每日发钱一千二百文，当赎各有迟早，草料多寡不同，其数未能一律。今以共发并犒赏钱一千五百四十五千文，按照共养耕牛四百十二只牵算，每只需钱三千七百五十文，均属动支绅富所捐之款。该绅富等量力乐成，本系善举，今因为数无多，不愿列其姓氏，似应俯如所请，照民捐民办之例，免予造报。今将收当耕牛取赎事竣，捐款业已支用，借款照数归还缘由，专肃具禀，仰祈大人察核示遵。再，承办当牛局委员，前署△邑上官司巡检尽先前道库大使舒○，现因委办借给籽种等事，未及回省，合并声明，恭请云云。

敬再禀者：△邑被歉各乡，民情困苦，△△月初晋谒，面请酌借籽种，藉以补助，当奉宪谕赶紧办理等因。遵经筹集经费，一面商请委员董事核查贫户田亩，甫得准数，而时已春季，贫民闻有借款，盼望甚殷，未能再迟，是以及时放给。至按户挨查，最易朦混，本难其人。△△因查有生员严佑之籍隶镇江，寄住扬城，前在苏、沪等处劝捐巨款，查赈晋、豫饥民，众所信服。此次西乡借放籽种，并邀令严生等亲往会查，委员董事访察认真，尚无浮冒之弊。兹据严生面称，于酌借籽种外，尚有千余户日食维艰，不能缓待秋收，尚须劝捐经费，易于抚恤等语，与△△查访情形大致相同。现又禀商本府宪台设法劝办抚恤，藉以接济贫民，于歉区更有裨益。除事有端倪，再行禀报外，合先附禀，恭请钧安。禀督藩宪，另文禀运臬巡府宪。

谕极贫领抚恤钱文示

为出示晓谕事。照得西山各集被旱较重，田禾歉收，民情困苦，本县睹此情形，殊深悯恻。春冬筹集经费，收当耕牛，今春检查贫穷各户，按亩借给籽种钱文，以纾民力，均经先后谕办在案。嗣查二麦未及登场，正值青黄不接之际，凡属极贫户口，日食维艰，蒙本府宪谕县再行筹济。业经本县延请公正董事，确查实难自给之人，酌量抚恤，昨已当场

按名散放，合行示谕。为此示，仰该乡已发执照极贫人等知悉：尔等务各届期持照来局，听候验明按口给领，不准地保、差役人等需索分文。如敢故违，许该贫民指名禀县，以凭提案严办。至此次筹集经费，已照所查户口分摊放竣，并无余剩之钱，断无补给之事。其未经发照之人，不得妄生觊觎，自取跋涉。如果乡保当时不行阻止，任令来城，定干严惩不贷。其各凛遵毋违。特示。

禀报设法劝集经费抚恤贫民由

敬禀者：切照△县西北各乡，上年被旱较重，田禾歉收，农民困苦。△△去秋抵任，询悉情形，即经捐借经费，收当耕牛。今岁查有贫穷各户，无力购买籽种，势恐坐误春耕，又经筹集各款，派委员董赴乡确查，按亩酌借籽种钱文，藉资补助。均将办理情形，先后禀陈宪鉴在案。当议借籽种、挨查田亩之时，尚有极贫之户日食维艰，不能缓待秋收，尚须劝捐抚恤。奉本府宪台谕县再行设法筹济，并蒙本府同参将宪台同朱参府暨△△各先捐廉倡导，一面分劝绅富捐集经费，共勷善举。又准江都县刘令捐廉钱二百五十千文，统计收到捐项钱五千二百七十一千九百九十一文。先由△△酌派舒巡检霖，并请董事严佑之等，确查难以自给之人，当场按名注册，发给执照，议定大口给钱四百文，小口给钱二百文，于五月初十日在城内石塔寺设局散放。实共四千一百八十二户，内大口七千九百六十口，小口九千二百四十一口，放给钱五千零三十二千二百文，尚余钱二百三十九千七百九十一文。因系劝捐抚恤，未便存留，发交严佑之等另查穷苦农民，分散完竣。至此次散给各户钱文，固系属抚恤，毋庸归还，与前借籽种不同，其中易于滋弊，经△△先期明白示谕，并严禁差保人等需索诈扰，俾各贫民得以实惠均沾。今于散竣之后，逐细饬查，尚无弊窦。其刷印联照、挑钱脚力、夫役工食，系由△△筹给；员董往返川资，系属自备，均不动支公项。其收到捐钱，皆系面劝绅富各户体恤贫难，或自行资助，或转相募劝，不愿列名，自应听其自便。伏查△甘邑西北各乡叠遭旱歉，迭经△△禀商本府宪台设法筹济，计自上冬收当耕牛，今春借给籽种，此次勘办抚恤以来，共已筹发钱一万八千八百余千，先后散给贫民，于地方不无有济。现在二麦登场，乡农分秧布种，如邀福被，夏秋旸雨及时，定卜丰□之□。理合将筹捐抚恤缘由，专肃具禀，仰祈大人察核训示，恭请云云。禀各宪（无漕督）。

禀卑邑上年被歉各乡民情困苦，现已筹款借给籽种钱文由（七年）

敬禀者：切照△邑西北各乡，上年夏秋之间，雨泽稀少，田禾被旱受伤，农民困苦。△△九月抵任，当即查勘歉田，请缓银米，复又捐借经费，收当耕牛，均将大略情形，禀陈宪鉴在案。自去冬得雪较迟，二麦本未全种，今岁青黄不接，乡农已觉难支。现在节过清明，正当翻犁之时，查有贫穷之户，无力购买籽种，设或春耕坐误，秋来何以为生？△△忝司民牧，殊切忧虑。欲求补助之方，当筹抚恤之费，但此时军需尤亟，何敢以地方偶遭偏歉，请拨赈银？若劝谕绅富捐输，亦恐为数无多，难以分济。只有酌借籽种一事，光绪三年曾经办过，贫民得以周转，公款不致虚縻，便而易行，尚为妥善。查前借籽种项下，本有收回银二千七百六十一两六分，奉准交存绅董发商生息，留为本地灾祲之需，加以历年行息，已可易钱五千五百三十六千四百六十三文。惟此次歉区较广，仅以前款借给，仍虑不敷，并经△△就近禀奉运司运宪宪台体念民艰，借拨钱二千千文，又复劝谕绅富筹借钱三千千文，一面先由△△商请董事，并面禀本府宪台派委前署△邑上官司舒霖，会同前往挨查。凡属自种极贫之户，不分民卫田地，查明登册，并将户口亩数填入联票，当场付给。共计三千二百二十四户，所种田九万二千二百五十九亩，均无籽种，应在酌借之中。派定每田一亩，借给钱一百十文，统共发钱一万一百四十八千四百九十文。委员董事自备资斧，按户亲查，历十数日之久，始行蒇事，尚称核实。即就城内石塔寺公所，由△△督同员董照票给发现钱，谕令秋禾登场以后，不取利息，不加杂费，照本归还，以示体恤。已于本月二十、二十一、二十二等日，全数放竣。除俟秋收归还，再行具禀外，理合将筹借籽种缘由，专肃禀报，仰祈大人察核示遵。至佃田之家，遭此歉岁，同形窘迫，并经分谕董事转相传告，各由业户酌量资助，俾免荒芜，合并陈明，恭请云云。禀各宪。

计呈清折一扣。

甘泉县今将筹款借放籽种收支各数，开呈宪核。

一、动支前借籽种，收回银二千七百六十一两六分，息银五百三十两五钱三分五厘，共易钱五千五百三十六千四百六十三文。前款甘、仪两邑，先因光绪二年因旱歉收，农民无力购买籽种，三年二月据地方绅士禀经前欧阳运司督办仪栈徐道、前运宪欧阳督办仪栈宪徐转详，奉前宪台督宪沈准在苏、沪两厘局奉拨当牛经费余存款内，借拨银六千两，饬府具领，转发绅董查明贫户，按户散放。甘邑分领得银三千十六两七钱，易钱五千五十六千文，分别借给。除故绝之户豁免外，计先后收回银二千七百六十一两六分。又经徐道徐道宪详奉前署宪台吴宪台前署督院署督宪吴任内批准留存，发交绅士经管生息，以为地方灾祲之需。现计本息，共银万数。△△禀商扬绅前福建抚部院卞函复，仍可作为借给籽种之用，理合查案登明。

一、奉运司运宪宪台借拨钱二千千文。前款实因歉区甚广，经费无多，仍难济事，当经△△禀奉本府宪台转请借拨，理合登明。

一、据各绅董筹借钱三千千文。前款先经△△会商绅富筹集经费，秋后照数归还，免认利息，均愿借助。内绅士张午桥钱三百千，尹抡元钱五百千，李韵进钱三百千，王其相钱三百千，张同兴钱八百千，许秋槎钱五百千，徐育才钱三百千，共计前数，理合登明。

以上共筹借钱一万五百三十六千四百六十三文。共查极贫三千二百二十四户，所种田九万二千二百五十九亩，每亩借给籽种钱一百十文，共借放籽种钱一万一百四十六千四百九十文，尚余存钱三百八十七千九百七十三文，另备文放。登明。

禀报卑境山乡田地被旱，秧禾未能栽插，现经迭次求雨情形由

敬禀者：切照△邑地方东南一带滨临湖河，西北尽属山乡，为地甚广，在田禾稼，全赖雨泽滋培。本年入夏以来，晴多雨少。迨交夏至后，正须分秧栽插，农民望泽甚殷。当经△△设坛祈祷，虽阴云不时密布，而涓滴仍属全无。近查邵伯一带近水之区，督饬农佃人等设法车灌，尚可及时栽插，惟西北乡毗连安省之天长及本省之六合等处，均系高阜山

岗，天气久旱，地土爆裂，虽有沟塘，均已干涸，至今秧苗未能移栽。睹此情形，实深焦灼。现经△△会同江都祥令禀请本府宪台接续设坛步祷，如能日内得获甘霖大霈，尚可翻犁栽插，或改种豆谷，以冀有秋。除俟得有透雨另行禀报外，合将△境山乡田地望泽甚殷，现经迭次求雨情形，先行肃泐驰禀，恭请崇安，伏惟慈鉴。除禀云云。禀督藩抚巡府宪

禀卑邑被旱地方应须赈抚，将筹办情形禀明，请宽拨赈济款由

敬禀者：切照△甘邑虽与江都同城，而情形迥别。彼则水乡居多，如甘境西乡之高阜山岗，则居十之五六。仅恃邵伯东乡乃滨临湖河之东西两岸各田地，而属于旱无虞。惟本年入夏来时伏雨少，其西北各乡，界连天长、六合、仪征等县地方，在田所种秧禾，早已受伤。迨后补种禾豆杂粮，又值秋后缺雨滋培，率多枯萎，收成大失所望。被旱情形，较比往年尤重，曾据各该乡农民纷纷来县报灾。业经△△周历履勘，非特成熟无多，且遍地荒烟蔓草，人牛吃水俱无，情形惨极。现已禀请本府，蒙宪台下县，遵章督同复勘明确，将荒熟情形分别征缓，据实通禀宪鉴各在案。但△县西北山乡，频年患荒，户鲜盖藏，经此旱魃为灾，更有朝不保夕之苦。况迄今亢旱不雨，未能种麦，人心惶惶，加以游勇会匪伏莽未净，若不急筹赈抚，转瞬隆冬，愚民迫于饥寒，被其煽惑，保不铤而走险。现幸仰奉皇仁深恩厚泽，有截拨冬漕散赈之旨，无如今年江南、江北被灾县分甚多，均须办理抚赈，纵使△△为民请命，禀求拨济，诚恐匀拨无几。△△日与在城绅董公同筹议，拟将县仓存储积谷，先为动拨散放抚恤。第博采舆论，西北乡被旱之十三集地方灾民，约计男女大小将十余万口，即使再三减折，至少亦需钱十余万串，而城乡设局经费、资送外来饥民以及来春散放籽种等事，仍不在内。通盘筹划，焦灼殊深。即就所储积谷核计，不过九千余石、现钱三千余串，究属僧多粥薄，万难敷用。因思此次被旱地方既广，人数又多，若将赈抚兼施，专赖拨款济用，恐仍缓不济急。当仍由△△就地与在城绅董尽力设法筹捐，以资接济。所有预为筹办情形，不得不先为陈明，合无仰恳宪恩，俯赐转请于拨管赈济款内，宽为拨发下县，俾多多益善，办理不致竭蹶。非特△△感甚，即亿万灾黎，亦必感恩戴德于无涯矣。除禀某宪外，肃此禀恳，敬请勋崇安，伏祈宪鉴。禀各宪（无漕运宪）。

敬禀者：切照△甘、仪两邑，地本毗连，山乡居多，全赖雨旸应候，方可同获丰登。惟本年入夏来时伏雨少，在田所插秧禾，照前禀云云至业经卑职〇〇〇〇分投亲诣履勘，照前云云至情形惨极，而△两县山田频年患荒，再照前云云至保不铤而走险。幸已仰奉皇仁，有截拨冬漕散赈之旨，但今秋江南、江北被灾地方甚多，如省垣之上元、句、溧及浦、六各县，均须办理抚赈，仍照前云云至诚恐匀拨无几，必得就地设法募捐，多多益善，以冀待哺哀鸿，稍苏涸鲋。兹△△等日逐与在城绅董公同筹议，博采舆论，甘、仪两邑灾民，约计男女大小不减二十余万口，即使再三减折，至少亦需钱二十余万串，而城乡设局经费，照前禀云云至焦灼殊深。今拟除两邑存储仓谷一律散给，并就地殷实富户尽力筹捐外，究属僧多粥薄，万难敷用。切思扬城、甘仪两邑遇有灾荒，全赖两淮运商轸惜穷黎，广施恻隐，按引抽捐，约共集银六万两，分拨甘、仪两邑赈局，以恤奇灾而苏残喘，实为功德无量。设使

运商独力为难，或请以七成归两淮运商，二成归淮南场商、淮北池商，一成归各口□岸，集腋成裘，以全善举而救民命。因念宪台痌瘝在抱，饥溺为怀，必蒙俯允所行，用特联衔禀恳，仰祈大人迅赐檄饬淮南总局，邀集场运各商妥为劝办，总以多多益善，俾办理不致陨越。非特△△等感甚，即万民亦同深戴德无既矣。肃禀，恭请崇安，伏准宪鉴。除禀云云。红白禀，与仪征会衔，禀运司、本府

夹　单*

敬禀者：切照△县西北乡十三集（原书眉注：甘泉山、刘家、谢家、杭家、陈家、移居、丁古、大蚁集、公道桥、杨兽坝、方家集、雨膏桥、老垬桥。）地方，悉属高阜山岗。本年夏秋雨水稀少，其在田禾豆杂粮，业多受旱失收，内惟大蚁等八集被灾甚重，其○○○五集稍次之，而离城稍远之四境地方，亦间有被旱之处。缘各乡集频年受旱，户鲜盖藏，情形均属困苦，非查办抚赈不可。△△业已（原书眉注：卑职业已云云，至散放在案一段，支应局吴道禀内不必写入。）与在城绅董会商，将筹办大略情形，先为陈明宪鉴，并禀恳拨发赈款散放在案。惟查西北各乡，本年被灾地方甚广，而待赈饥民，男女大小人数亦多，总须遴派贤能委员，分投查写户口，庶几核实，无滥无遗。郡城干勤之员原不乏人，但总其成者，尤须得人而理。兹△△访查有省垣支应局吴道宪处宪局委员候补县舒令，人极勤干有为，且前任甘邑上官巡检任有年，政声素著，情形亦极熟悉，地方绅民率多敬佩。合无仰恳大人俯赐咨明札调该员暂行来扬，帮同△△与绅董办理抚赈，得资指臂之助，俟明春赈务事毕，再令回局当差，实为恩公两便。至舒令到扬资斧薪水一切，均由局分别筹送，合并声明。肃此禀恳，祇请勋安，伏惟垂鉴。夹单禀藩宪支应局吴观察

禀卑境西北山乡被灾地方须先抚恤，刻与绅董力筹办理情形，先为禀陈并请加札委员分别遵办由

敬禀者：切卑县本年西北山乡因旱被灾较重，民情困苦异常，必须查办抚恤，业将会同在城绅董筹办情形，并请宽为拨款以资接济各缘由，通禀宪鉴在案。追与各绅博采舆论，被灾之处，计有十三集地方，较之光绪六年，灾区既广，户口亦多，纵有奉拨之款，恐亦无几。因思扬属遇有灾荒，全赖两淮运商按引抽捐济用，是以会同毗连卑境被灾相仿之仪征县李令，会禀运宪，檄饬淮南总局，邀集场运各商，妥为劝办亦在案。惟运宪批示尚未奉到，时已交冬，各灾黎饥寒交迫，待赈甚殷，拟将各乡贫民大小户口，先行挨查实在，即须酌定每口散放数目，择期开放。虽已禀明先以县仓积谷就数动放，而接济不及，亦不能不先为筹画。兹复与各绅董会议，查得光绪九年间资遣过境难民经费不敷，曾禀前宪台黄札委候补县汤令士熙设局劝捐，颇有成效。今本境遇此旱荒，事同一律，拟即仿照办理。昨恐待赈灾民四出流亡，或流而为匪，△△并已示谕各该贫民各自安居，静候查清户口，以便散放，而慰民心。拟请候补县孙令德华督办其事，庶无遗滥。昨已接续申请宪台札委汤、孙二令来县，会同分别查办。幸前月二十八日及本月初六七等日，连次得有透雨，各乡均已一律普沾，翻犁种麦，民心大定。无如相距明岁麦熟时为日正长，深虑僧多粥薄，难乎为继。况俟今冬明春察看情形，或加冬赈，或借给籽种，复与各绅集议，均须

临时看事而行。设款不敷，拟再行郡城店铺提捐房租一月，业主租户各认一半。此亦不过得尺得寸、捐资补苴之意，能否应手，亦不可必。将来拟邀熟习扬郡情形之保甲总局委员典史薛正谊经理其事。兹恐宪台轸念民艰，合将会同绅董力筹大略情形，再行禀陈，仰祈大人鉴核，并祈俯赐先行加札饬委汤、孙二令分别遵办，深为公便。至各灾区贫民大小户口各共若干，如何散放之处，再行禀呈宪鉴，合并声明。肃泐具禀，恭请勋安，伏祈宪鉴。禀府宪

夹　　单*

敬禀者：切△△日昨晋省，趋叩崇墀，面承榘训，备荷温谕周详，益切私衷乾惕。伏查△邑境内西北各乡被旱灾黎困苦情形，早邀鉴察，并蒙慈谕赶速回扬，分投办理，所有不敷，当为筹拨施济。仰见宫保爵宪饥溺为怀，恩施立沛，下怀钦感，莫可言宣。△△叩辞后，随即解缆回扬。其△县被灾饥民户口，幸经扬郡绅董业已派人分投查写，将次完竣，一俟查齐开报到县，即当核实报明，择期将存储积谷先为动放。但此次被灾地方既广，老幼男妇人数较多，询据绅董，佥称约将十万之谱，即援照历办成案，大口四百文，小口二百文而计，先就抚恤所需，款已甚巨。刻仅恃此存仓积谷九千五百余石、舒前县交存钱三千六百余串，就数动用，究属杯水车薪。前虽与在城绅董筹商，拟邀绅富捐助及办房捐，亦不过聊补目前之急。而来春为日甚长，亦必需办一春赈，若加以借放籽种等等，需款更多。然忆及扬属灾赈，全赖场运商户按引抽捐为大宗。△△前于晋竭时，业将就地筹画各款，缕开节略清折，面呈钧鉴，仰蒙恩谕深以为然。惟思淮南盐务情形，近已今昔不同，兹闻鄂、湘等四岸运商，因奉爵宪札饬筹捐抚赈。该商等当以灾区均附近淮左，而目击甘、仪两邑荒歉情形，未忍膜视，奉札饬捐，亦属谊不容辞。是以公同会议，公愿每运盐五百引，捐银二十两，合计可捐银二万二千数百两，拟请就近拨给△甘、仪两邑灾赈，业经径行禀候宪示饬遵。是淮南四岸运商，已有成议，然细绎大意，似专在甘、仪两县而设。切念此款即全拨给△两县抚赈之用，尚虞不敷，而本年被灾地方甚多，诚恐另有他处闻风请拨，△县等匀拨无多，则办理势必更形竭蹶矣。夙夜思维，惟有仰恳宫保爵宪察核，俯将前款酌拨若干，俾△两县得以济用，实为恩公两便。再，如蒙允拨，祈即饬令淮南总局先行筹垫，就近拨发，以解饥黎之厄。至此禀系△△瑞〇主稿，仪征李令不及会衔会印，合并声明。肃此禀恳，恭请勋安，伏惟慈鉴。夹单禀爵督宪

禀报卑县筹办抚恤为难情形，拟恳将当牛余资俟撤局后统拨散放贫民，乞示祗遵由

敬禀者：切于本年十一月十四日奉宪台批开，△县禀请将淮南四岸运商议捐甘、仪两邑赈抚银两，俯赐酌拨，饬令淮南总局先行筹垫，俾得早日济放由。奉批：甘、仪灾重，本爵部堂已深知之。惟拨款系上司之责，查户口系州县绅董之责。该邑户口既经绅董分查，是否确实，该令必得下乡亲自抽查，删除冒滥，为切要之图。户口查实，除动放积谷及就地捐募外，应拨官款若干，仰即驰禀，自当督同藩司拨款接济等因。仰见我宫保拯救民生，力求实济之至意，下怀钦悚，莫可名言。△△当于本月十八日亲赴西乡一带，就绅

董所查户口，复行抽查，计有大小口将及七万数千余名之多。而附城之北四境五乡，地方辽阔，荒熟夹杂，必须核实稽查，庶免冒滥。现已渐次查清，不日当可开放。然睹此哀鸿，殊堪悯恻，幸蒙宪恩筹款设局当牛，既可保全物命，而民间之疾苦，亦可稍分。但待哺嗷嗷，时有扶老携幼之徒来城乞食，一遇△△公出，拦舆喊禀，大肆喧哗。当以好言慰藉，令其各自回乡等待。一面与绅董熟商，若就仓储谷所发典存本，并△前县移交积谷存钱，抵支今冬抚恤，尚属不敷，故又向本地绅富设法劝募，仍恐为数无多，殊形掣肘。第念明春为日正长，当青黄不接之时，拟借给籽种，再续放一次，无米之炊，实难为继。△△日夜焦思，迄无良策，因与宪委朱直牧廷球道及为难情形，并询其近日所当耕牛，尚不及千条，一切局用，力求撙节。将来如有余款，可否以本境当牛之余资，移而为本境恤贫之实用。俟撤局后截有成数，即由朱直牧报明，就近拨交△县酌量应用，另行造报，洵属以公济公。是否可行，理合肃泐禀请，仰祈宫保伯□鉴核，俯赐批示祗遵，实为恩公两便。肃此，恭请钧安，伏乞慈鉴。红白禀，禀爵督宪

夹 单*

敬禀者：切于本月初二日接奉钧函，辱蒙关注，指示周详，捧诵回环，实为铭感。恭维大人履祉延绥，鼎�笃祜，仰樾晖之东望，实藤颂以弥殷。△△初任繁区，本虞绠短，值斯灾务孔亟，益凛冰渊。所有△境本年西北山乡被旱地方，既重且广，目睹小民困苦情形，不能不为之查办抚恤。当因需款甚巨，筹办无从，是经沥情禀陈各大宪在案，并与在城绅董急力筹商，设法劝募，以恤穷黎，而补拨款之不足。乃宪库拨款未定，以致茫无良策，当只得禀请本府派委赴乡，先为稽查户口，并经△△随往抽查。迨昨日始将两北乡十三集查写完竣，计有一万五千四百十六户，内大口三万九千二十四口，小口三万四千五百四十二口，共折大口五万六千二百九十五口。公议每大口给谷二斗、钱二百文，小口减半。而附郭之四境，居民散处窎远，且歉熟夹杂其间，稽查不易，只得俟其查明定数，再为接续散放。统而计之，共计折成大口八万之谱。然值此严寒，哀鸿待哺嗷嗷，势难等前压后。兹已与绅董酌定，择于本月初三日，将十三集就近于南城内积谷仓先为开厂散放。惟是户口众多，即就钱谷对放，总须三万二三千之数。兹按现存积谷九千五百余石、前任舒令移交现钱三千五百千，并发典存本之四千千，并提动放。再将绅董所募之义仓谷五千石，一并凑放。合计不过二万二千串，堪先动放，不敷尚多。现虽与绅董劝募绅富之捐，与盐商集捐之款，及劝写房捐等项，约共计钱一万三千有余，然多缓不济急，不及提用。刻已与绅董商定，先为设法筹垫。是今冬抚恤，虽可勉强敷衍过去，第念来春为日方长，当青黄不接之时，灾民更为困苦，再续放一次，或借给籽种，在在所需，为数更属不赀。当此无米之炊，筹维殆尽，实已力尽筋疲，难乎为继。兹△△通盘筹计，除现已劝募绅富与盐商所允捐助之项，及查写房捐抵除而外，总非筹拨二万余金不可。刻已智穷力竭，别无良策，而当此藩库支绌，筹拨维艰之际，既未敢时渎宪聪，而民命攸关，又不便壅于上闻。△△日夜焦思，正无聊赖，今适蒙宪示，辱承高厚栽培，于宫保前面达下情，谕可先发万金接济散放等语，逾格关垂，得以沾此恩惠，俾明春加放之款，有所指望，绅民同深感戴。如能于年内照拨下县，则更感甚。△△本应遵示，即赶为径行禀办，但有格碍之处，未敢遵行禀恳。现拟将此次所办抚恤查放完竣，再行核实通报，并求拨款接济，庶免

痕迹。盖此次赈抚事宜，△△初任，诸未谙练，端赖绅士张午樵、徐育才等公同相助，得以获全其事。盖△△身任地方，时以谨慎自持，万不敢稍存不肖之心，上辜上宪提拔之恩，下负绅民云霓之望。是以此次所办赈务，曾与诸绅董誓明，总以实惠及民为要务，苟怀私念，神人共殛。所有△△感激下忱，及现在办理情形，肃先驰禀，仍乞于谒见宫保时，婉为代陈一切，以慰宪廑，更深感祷。肃此，恭请勋安，伏惟垂鉴。章吴两观察大人前乞请安。夹单禀复候补道郭

禀报卑邑今冬办理抚恤情形并恳恩施筹拨银两以便来春接济由

敬禀者：切照△邑西北山乡，本年被旱既重且广，当将民情困苦，必须查办抚恤缘由，沥情禀陈宪鉴在案。随与在城绅董再四筹商，并禀请本府宪台札委孙令德华会同绅董，延派公正司事，分投赴乡，各将极贫户口核实稽查，给与执照，以为领放钱谷之据。计查有大口六万三千三百四十七口，小口五万五千二百九十九口，以小口折大口，共计大口九万零八百九十六口。其在前之远徙熟区地出就食者，不在其内。△△复又亲往抽查，委系四壁萧然，家无儋石，而鸠形鹄面之状，几于目不忍睹，笔难尽述者。当查邑存仓谷，仅及九千五百余石，积存未买钱文七千余串，通盘筹算，不敷甚多。因复就地设法募捐，计得钱五千余串。幸各绅董顾全大局，又于自捐义仓内拨谷五千石。并又禀商本府宪台援照江都胡前令办过房捐成案，于城中大市房内捐租一月，约钱五千余串。连同淮南盐商捐钱三千串，统共得谷一万四千余石，得钱二万串有零。议定钱谷搭放，每大口给谷二斗、钱二百文，小口减半。除仓谷存钱不计外，其余各项捐款，多未收齐，暂由该绅等设法筹垫。计自十二月初三日起，至十〇日止，△△亲赴仓廒，会同委绅分期日逐散放。幸托福庇，安静异常，堪以告纾宪廑。除将所放户口开折具文通报外，今冬之抚恤，不过暂救目前，而来春青黄不接之时，户鲜盖藏，室如悬磬，若不早筹接济，恐自春徂夏，为日方长，播种无资，西成何望？是其延颈待救情形，有较今冬更形迫切。今经△△等集议，非来春续放一次，或借给籽种，窃恐灾黎束手待毙，难望转机。当此无米之炊，殊难为计，而地方既已捐无可捐，筹无可筹，日夜焦思，迄无良策。△△深知库款支绌，筹拨维艰，原不敢上烦钧听，而民情疾苦，亦何可壅于上闻？不得已惟有据实禀求，可否仰沐宪恩，准予酌拨银两下县，俾得会同绅董熟商办理之处，出自逾格鸿施。再，△邑幅员辽阔，此次稽查户口，固由孙令德华破除情面，任怨任劳，而亦随办各司事，皆严绅作霖昔年办理赈务之熟手，以致查无遗滥。若会同△△筹捐之姚绅光鼐、张绅丙炎、徐绅士英、毛绅风音等，皆系洁清自好、实心实力办事者，均誓以天日可指，一秉至公，毫无私见，合并声明。肃泐寸禀，恭请钧安，伏乞慈鉴。余禀云云。禀漕督抚藩巡宪

通报各宪拨动积谷钱文、开仓散放事*

为申报事。案照本年△邑西北山乡，被旱较重且广，民情困苦异常，势须查办抚恤，

前经△△沥情禀陈宪鉴，并将所储积谷及捐存钱文各数，声明不敷散放，请宪为筹拨，以资赈济在案。旋奉督抚宪批饬赶紧挨查户口，核实查报，并会督绅董妥为设法筹捐，以资接济等因。随经禀请本府宪台札委候补县孙令德华下县，会董赴乡挨查户口亦在案。伏查办理赈恤事宜，首重清查户口，是以此次概由孙令督董亲赴各乡，逐细核实稽查，不任胥吏乡保从中弊混。其田有收获及有积蓄之家堪以糊口者，皆逐一剔除，所有实在乏食贫民户口，当于查明随时填给执票造册，以备散给。惟△县西北山乡十三集及四境之雷塘乡等处，地方甚为辽阔，且各该贫民散处不聚，周历稽查，颇费转折，以致两月有余，始行查竣，开折送县。惟现在时已隆冬，该被旱贫民嗷嗷待哺，势难迟缓，因查积谷仓所储谷石与夫所存钱文，均出自民捐，刻既仰望甚切，应就所急先行动放。当即会董商酌，择定本月初三日起，先行开仓分期按乡散给。核计各集并附城四境等乡贫民，大口计有〇口，小口计有〇口，拟定每大口给谷二斗、钱二百文，合计四百文之数，小口减半。通盘核算，按照所储之谷九千〇石，并舒前县移交现钱三千〇文，与提取发典存本，合计有〇〇，前已全数动放无存。其不敷散放之钱，已据绅董将捐存义仓谷五千石拨出，添补凑放。余仍不敷，并由绅董另筹垫用。至来春为日正长，容俟奉有拨发公款到县，与募捐多少，再为酌量办理，总以款之多寡，定散给之次数，并再酌给籽种。除另随时禀办，并俟通案事竣另再造册报销外，所有会委确查大小口总数，以及尽数拨动积谷钱文，并开仓散放各日期，理合开折具文申报，仰祈宪台察核，实为公便。再，△县此次开仓，并经禀请本府府宪宪台加委孙令德华督同散放，均系核实动用，毫无冒滥，各贫民赴领，亦尚安静无哗，合并声明。除申某宪外，为此备由具申，伏乞照验施行。

计呈清折一扣。通报漕督抚巡本府藩积谷局各宪

申覆本年阜县西北山乡虽被水被旱歉收，现已查办抚恤，民情尚属安靖，来春似可勿庸接济由

为遵札申覆事。奉宪台藩宪札开，案奉谕旨垂询各省被灾地方来春应否接济之处，着一并查奏，候旨施恩等因，即经恭录转行钦遵在案。兹奉抚宪排单札催，查该县山坊田地，被歉较重，现已查办抚恤，究竟来春应否接济之处，饬即查复等因下县。奉此，遵查△县本年被水被旱田地，业经随同本府宪台勘明分数，将新旧钱粮详请缓征。其有被旱较重地方，并经△△历次禀陈宪鉴，拨款查办赈恤各在案。民情尚属安静。来春如有实在乏食贫民，当由△△随时察酌情形，设法安抚，不任流离失所。来春青黄不接之时，似尚可毋庸请帑接济。缘奉前因，理合具文申覆，仰祈宪台鉴核转。除申某宪外，为此备由具申，伏乞照验施行。

申藩府宪

禀上年西北山乡被旱失收，冬间查办抚恤，开具收支清折及户口册，呈请核销并乞示遵由

禀漕督抚藩巡府宪

敬禀者：切照△邑上年西北山乡，被旱较重且广，民情困苦，应行查办抚恤。当经禀请本府宪台委员下县，会董赴乡将贫民大小户口，逐细挨查，复经△△亲自抽查，给与执照，核实散放钱谷。所有办理情形，均经先后禀陈宪鉴在案。当去冬查办抚恤时，计查有大口六万三千二百四十七口，小口五万五千二百九十九口，以小口折大口，共计大口九万八百九十六口半。当查△邑存仓积谷，仅九千五百余石，△前县舒令移交现钱四千一百余千，又存典生息本钱四千千文，通盘筹算，不敷甚多。复经劝谕地方各绅富捐助钱六千四百余千。幸各绅董顾全大局，又于自捐义仓内拨谷五千石。因仍不敷，复又添买谷三千六百余石，并又禀商本府宪台援照江都县胡前令办过房捐成案，于城厢市铺房捐内捐租一月，得钱四千三百余千。连同四岸运商捐钱三千三十千文，又奉藩司宪台藩宪札发江宁府请发棉衣银二千两，化足西钱三千五十千文，以上合计共得谷一万八千余石，统收捐钱二万五千余串。议定钱谷搭放，每大口给谷二斗、钱二百文，小口减半。除谷石全数散放外，所有同放各饥民口粮钱一万八千余串，又添买稻谷钱二千六百余千，除用计实余存钱四千二百余串。其刷印联照、挑钱脚力、员董赴乡往返川资、办公书役纸张饭食，并一切杂支等用，均由△△与委员绅董等另行筹备，概不动支公项。除将余存钱文拟拨二千串存典生息，余俟秋成后谷价平减，另行买谷还仓，俟临时察看情形，斟酌办理，再行禀请宪示外，合将△邑上年西北山乡被旱失收，去冬查办抚恤缘由，开具收支清折并户口册，缕晰禀陈，仰祈宫太保大人电鉴，俯赐核销。再，此次所办抚恤事宜，在在均从核实，端赖委员绅董各司其事，从中经理，△△深得指臂之助。内如留扬候补知县孙令德华、汤令世熙、保甲局委员方令臻俊等，及绅董中之姚绅光鼒、张绅丙炎、徐绅兆英、毛绅风音等，日夕辛勤，任劳任怨，应否给予奖励之处，并乞训示祗遵，实为公便。谨肃具禀，恭靖崇安，伏惟慈鉴。除禀云云。

计呈清折一扣、光绪十五年冬间查放抚恤户口清册一本。

衔呈：今将△邑上年西北山乡被旱失收，冬间查办抚恤，开具收支各数清折，呈送宪核。须至折者。

计开：

上年冬间抚恤，共计查放折实大口九万八百九十六口半，每口给谷二斗、钱二百文。内：

一、动放积谷九千五百八石七斗五升。

一、借拨义仓谷五千石。

一、添买谷三千六百七十石五斗五升。

以上共计发谷一万八千一百七十九石三斗，与放数符。

一、舒令移交积谷现钱四千一百五十四千三百八十九文。

一、存典生息本钱四千千文。

一、奉宪台藩宪札发（原书眉注：督、漕、抚三宪，写藩司札发云云。）江宁府请发棉衣银二千两，化足西钱三千五十千文。

一、四岸运商捐银四千两，内拨给仪邑二千两，实收银二千两，化足西钱三千三十千文。

一、市铺房捐钱四千三百二十一千四百文。

一、各绅富助捐钱六千四百九十九千二百文。

以上通共收捐钱二万五千五十四千九百八十九文。内放给各饥民口粮钱一万八千一百七十九千三百文，又添买稻谷钱二千六百四十二千八百文，计尚余存钱四千二百三十二千八百八十九文。

藩司许批：据送上年冬抚户口收支册折存核，仰扬州府转饬知照。所有余剩钱文，拟请提拨二千串，照章发典生息，应准照办。其余钱文，俟届新谷登场，即行禀请购谷还仓，以重储备。至在事之委员绅董，应否酌予奖励，另候核明例案办理。并饬遵照，仍候各院宪暨巡道批示。缴。

禀上年西北山乡被旱失收，今春查办抚赈，开具收支清折及户口册呈请核销由

敬禀者：切照△邑上年西北山乡被旱失收，民情困苦异常，急应查办抚恤。前经△△沥情禀陈宪鉴，并请拨款接济。嗣于十二月间，奉宪台督宪札饬支应局，于赈捐项下，拨银二万两，发交△△接济赈需。又奉藩司宪台藩宪札发银一万两，交朱牧廷球解赴△县，会同△△督饬绅董，按照所查极贫户口，酌定数目，妥为抚恤。不准熟区之民，蒙混冒领，务须认真稽查，核实厘剔，总期实惠及民，无遗无滥，事竣核实造具花户细册，送司核办等因，并准委员朱牧廷球解银一万两下县。奉此，△△瑞昌遵即会同卑职廷球督同各绅董赴乡稽查户口，从实核办，不任吏胥、乡保从中弊混。其田有收获，及有积蓄之家堪以糊口者，悉皆逐一剔除。所有实在乏食贫民户口，当即填给执照，以备造册散给。计查有大口六万三千二百四十七口，小口五万五千二百九十九口，以小口折大口，共计大口九万八百九十六口半。与去冬所查数目相同，毫无冒滥。随将札发银三万两，饬发各钱铺，共化足钱四万六千余串，会同委员绅董公同酌定，每大口给足大钱五百文，较去冬从宽发给者。缘值此青黄不接之际，贫民觅食，固觉为难，而购卖籽种，尤为急务，是以从宽给放，秋成后并免缴还，以示体恤。即将各集镇派定日期，挨次散放，计共放给口粮并籽种钱四万五千四百余串，除用计实余存钱九百九十余千。伏查△邑西北各乡，上年虽遭干旱，仰蒙宪台暨藩司督宪藩宪督宪筹拨巨款，并由△△瑞昌等于去冬开放仓谷，又另会同在城绅董急力设法筹济，将冬春两次抚赈，核实散放，小民实惠均沾，安静异常，无不同声感激。现在二麦渐次登场，乡民分秧布种，如蒙福庇，夏秋旸雨及时，定卜绥丰，以期仰副宪台加惠黎元之至意。除将余存钱文仍俟秋成后察看情形，汇同抚恤余款，买谷还仓外，合将△邑上年西北山乡被旱失收，今春查办抚赈缘由，开具收支清折并户口册，缕晰禀陈，仰祈宫太保大人电察

核销，实为公便。再，员董赴乡往返川资等项，均系自措资斧，概不动支公款，合并声明。谨肃具禀，恭请云云。

计呈清折一扣、本年春间查放抚赈户口清册一本。

禀漕督抚藩巡府宪

衔呈：今将△邑上年西北山乡被旱失收，春间查办抚赈，开具收支各数清折，呈送宪核。须至折者。

计开：

今春抚赈，共计查放折实大口九万八百九十六口半，与去冬户口同，每口五百文。

一、奉宪台督宪札饬江宁支应局拨发银二万两，化足西钱三万一千一百十一千三百六十文。查前项每口派钱三百三十二文，除存净用钱三万一百十八千二百五十文。

一、奉宪台藩宪拨发银一万两，化足西钱一万五千三百三十千文，每口派一百六十八文。

以上共收足西钱四万六千四百四十一千三百六十文。内放给各饥民口粮钱四万五千四百四十八千二百五十文，计该存钱九百九十三千一百十文。

藩司许批：据送本年春抚收支数目清折，存候汇案详销，仰扬州府转饬知照。至赈余钱九百九十余千，应俟秋成后察看情形，连同冬赈余款，一并禀请动支买谷储仓，毋得存留属库，致滋挪移。切切！仍候各院宪暨巡道批示。缴。

移会各绅士*

为移请会议事。照得本年县境西北各乡，因自夏徂秋亢晴日久，禾豆被旱受伤，及补种旱谷杂粮，率多枯萎，收成大为失望。除经敝县亲往勘明，禀请本府遵章下县督同复勘确实禀办外，但各该乡频年受旱，户鲜盖藏，农民已多苦累，而今年被灾情形，较之光绪六年既重且广，有等极贫之户，日食维艰，△县目击心伤，殊为惨切。兹查甘邑仅有仓储积谷〇万〇千石，外有捐存钱文，尚可禀明动拨，以之安抚，无如为日正长，且灾广人多，究从何处着手，△县踌躇莫定。因素仰贵绅士胞与为怀，自必同深悯恻，当有善策处之，合亟备文启请。为此合移贵绅士烦为查照，希即会同公议妥协办法，刻日赐复，以凭次第办理。抑或于城乡绅富之家，预为劝令捐资，以备接济，其贫乏之户，应于何月日起设法安抚之处，亦祈一并议明示复，俾遵循有自。想贵绅士情深桑梓，亦必广为筹划周到，免致饥寒交迫，是则△县之所切祷者也。再，△县尤有请者，甘邑西乡各高阜山田，全赖塘坝蓄水车灌，藉资秧禾长发，雨泽稍一愆期，即有旱魃之虞。今年是其明证。△县昨因赴乡勘灾，历看情形，塘面过浅，蓄水无多，以致遇旱即涸，甚至人牛俱无水吸饮，情亦可悯。可否于此灾歉之年，详请拨款安抚，乘机议立章程，谕令乡董督饬各饥民按塘挑挖深浚，以备春水发生，多为积蓄，而免旱涝之苦。此寓以工代赈之意，是一举而三善备矣。惟△县初任斯土，于各乡地势情形，未能周知，并祈悉心另议妥章办理，更深切祷。望切望切！

移会各绅士

为移请劝捐助赈事。切照敝县本年夏秋雨少，山乡被灾情形甚重，民情困苦异常，急宜设法安抚以慰民生。现已禀请各大宪拨款赈抚，并会商在城绅董力筹款项，俾济穷黎。惟查△两邑被灾之处，地方既广，人数亦多，虽已奉旨截漕散放，无如今年被灾县分甚多，诚恐匀拨数亦无几，必得就地募捐。因查同治九年资遣过境难民，曾奉前府宪黄札饬绅商殷富捐资接济，当系檄委贵县经劝捐助，颇有成效。而今遇此奇灾，款项筹无可筹，拨无可拨，惟有仰赖绅商富户慷慨解囊，捐资接济，庶待哺哀鸿，稍苏涸辙。想各绅富胞与为怀，自必乐于从事，用特备文移请。为此合移贵县，请烦查照。希即会同局绅广为劝募，多多益善，以凭分拨甘、仪两邑赈局，以资济用，则实功德无量矣。望切！须移。

移候补县汤

为移请事。切照敝县本年西北乡被旱情形较重，民情实为困苦，急宜设法安抚。现已禀请各大宪拨款赈抚，并会商在城绅董力筹款项，以资民食而济困穷。惟查△境被灾之处，计有十三集及四境地方，被灾既广，户口亦多，查写男妇大小户口，极形繁重，自需官为督办，庶无遗滥，而昭核实。因思贵县久莅扬城，情形熟习，且为扬城绅民所推重，除经移会各绅董议各派熟手友人帮同挨查外，用特备文移请。为此合移贵县，请烦查照。希即会同局绅，督令各该乡董地保，将实在被灾贫民，分投挨查老幼男妇大小各有若干户口，分别开具明晰清册，呈由尊处核明，移遵过县，以凭订期分投散放。望切！须移。

移候补县孙

敬禀者：切照△境本年西北山乡被旱失收，民情困苦，应行查办抚恤户口，业经△△禀蒙宪台札委候补县孙令下县督董挨查在案。昨准宪委，将所查△境之西山各集被灾贫民户口，渐次查写完竣，△△复于本月十八日赴乡亲自抽查，计有大小口七万数千余名之多。而附郭之北四境五乡，地方宽阔，荒熟夹杂，必须核实稽查，方免冒滥，是以刻尚未经查清。兹就业经查完之西山各集，拟定于十二月初三日起，先行出示晓谕，就近于△县之南厅内积谷仓，将仓储谷石及△前县移交捐存积谷钱文，并提发典存本，就数分别先行开放。每大口给谷二斗、钱二百文，小口减半。惟人数众多，难保不争先恐后，拥挤滋闹，△△身膺民社，词讼纷繁，窃恐兼顾不遑，拟请委员弹压，免滋事端。合无仰恳宪恩，俯赐仍加札委稽查户口之候补县孙令到厂督同办理，俾资弹压而免滋端，实为公便。恭请钧安，伏乞垂鉴。禀本府

江、甘会衔示谕捐办房租赈恤事*

为援案示谕捐办房租赈恤事。照得本年甘邑西北山乡，被旱较重且广，民情困苦异常。现已禀请各大宪拨款赈抚，并会商在城绅董力筹款项，以资民食。惟灾区既广，户口

亦多，若仅赖拨款办赈，恐匀拨无多，为日又长，杯水车薪，难乎其继。查道光二十九年江邑沿江洲圩被水成灾，及光绪五年挑河修街等事，曾经捐办市铺房租两个月并一个月不等，有案可稽。今年本地既遇此奇荒，事同一律，不得不藉资民力，以期集腋成裘，而济穷困。除申移请府宪加札饬委保甲局委员薛协同各处街董，逐查开报外，合亟会衔示谕。为此示，仰江、甘两邑市廛店铺及业主租户人等知悉：尔等当知被灾穷黎，饥寒交迫，情实可悯，务各慷慨为怀，情殷桑梓，各按一月房租，捐助一个月，查照月取租折捐写，租户房东各出其半，由租户垫缴。如系己产，亦一律照捐，统限〇月底清缴，俾资赒恤，而免灾民入城乞化，致多骚扰。其在一千文以内零星小户，概予免捐，并示体恤。至各铺户既捐房租，亦不另再按业饬捐。总之此次专办房捐，系为目前救荒急务，勿稍观望□延，致干传案劝谕，是为至要。各宜凛遵毋违。特示。江、甘会衔

移保甲总局委员*

为移请事。照前云云至除申请府宪加札委办，并出示谕捐外，查贵厅前办房捐，颇有成效，情形熟悉，今亟备文移请。为此移会贵厅，请烦查照。希即协同各坊业董，挨查某字号、某店铺每月房租银钱若干、房主何人，劝令急公捐助，各按一月房租，再照前云云至统于〇月底捐齐收缴，移县济放，俾资赒恤。其在一千文以内零星小户，概予免捐，以示体恤。此系目前救荒急务，乞为实力办理，是所至祷，仍先将查实花名数目开册移县备查，望速望速！须至移者。移保甲总局委员即补巡政厅薛

谕辅户认缴房捐示*

为剀切晓谕事。案照本年西北各乡，被旱情形较重，灾黎困苦，不能不为之赈抚，是经本县禀请府宪委员会董往乡挨查户口，并通禀各宪拨款，暨谕董分别筹捐办理各在案。奈地方辽阔，尚未查清，一俟户口册到齐，自应先动积谷存款，示期散放。惟存谷不及万石，舒前县交存现钱亦不过三千数百余串，又存典钱四千串，是杯水车薪，无济于事。而灾民嗷嗷待哺，欲请款则宪库空虚，甚难邀准。本县忝膺斯土，目击心伤，既不肯漠面相视，又何可偏见稍存？前议劝写房捐，实出于万不得已之举。今访闻竟有私造匿名揭帖者，煽惑愚民，实堪痛恨。除由本县密访查拿究办外，合亟剀切晓谕。为此示，仰县境铺户居民人等知悉：尔等须知现办房捐，乃为拯救灾黎而设，以补捐存钱谷及拨款之不足，并经禀明各大宪在案。总之一俟户口查齐，即行开仓动放。现在为时已迟，务各速遵前次示谕，赶将房捐照写一月，业主、租户各半认缴。切勿怀疑观望，致干差追。切切！特示。

谕完缴房租示*

为示谕完缴房租以济灾黎事。案照本年甘邑西北山乡，被旱较重且广，民情困苦，势须查办抚恤，即经本县禀恳各大宪拨款赈抚，并会同在城绅董力筹款项，以资民食。当灾区既广，户口又多，若仅赖拨款查放，恐匀拨无多，是与绅董反复筹商，不得不藉资民

力，以济穷黎。当经禀请本府宪派委保甲总巡方暨留扬委员薛查劝郡城各铺户，捐助一个月房租，俾资赒恤，并经分别移请示谕各在案。兹准委员方薛来移，以奉谕办郡城各铺户所捐房租，业已督率各街董按户劝令写齐，将各段该铺户花名书定钱数捐薄，移送到县。惟核各户所捐之数，约不过三四折不等，姑勿苛求，再将七、八、九百文之零星小户，概予删除免捐，以示体恤外，综计所捐六千千文之谱，虽属杯水车薪，究可济用。因念上宪拨款迄尚未奉拨到，而哀鸿嗷嗷，待哺甚急，值斯严冬，势不能迟。现就前已禀明将县仓积谷，及前任移交存钱，并发典存本，与夫绅董义仓谷石，先为并数动放，犹虞不敷，所有此项房租钱文，既均书定，自应就其所急，立饬呈缴，以救眉急，合亟示谕完缴。为此示，仰江、甘两邑市廛各店铺租业各户人等知悉：须知各灾黎刻值饥寒交迫，待哺嗷嗷，当以早放一日抚恤，早救一日之急。现已准稽查户口委员将被旱各集大小户口查齐开报送县，已定准十二月〇〇日在南门内积谷仓并羊巷之绅董义仓两处分投开厂，派期散给，免致拥挤。是尔等所捐房租钱文，务宜及早完缴，统限〇日内各照书定之数，赶速如数呈缴筹赈公所交收，以凭赶为散放。切勿观望吝延，致干传案催缴，是为至要。各宜凛遵勿违。特示。

示期开厂散放事*

为示期开厂散放事。案照县境西北山乡各集被旱地方，困苦贫民，业经本县禀明各大宪查办抚恤，并叠次恳求拨款济用。无如宪库之款，迄未拨发分文，而嗷嗷哀鸿，势难久待。现准府委将各集被灾户口，一律查齐开报到县，核计大口三万九千零廿四口，小口三万四千五百四十二口，尚有四境各乡，未经查竣。刻拟将逐年捐存积谷九千五百余石，并连同存典生息及现钱七千五百千，外与绅董商备义仓谷五千石，先行动放。其余不敷，亦经本县延请绅董力为设法垫用，以资接济。再，捐募及劝写房租之款，尚无成数。所有该贫民口粮，今公同议定，每大口给谷二斗、钱二百文，合计四百文之数，小口减半，择定十二月初三日起，在南门城内积谷仓就近开厂散放。但明春为日方长，青黄不接，在在均须施济，本县刻又禀恳大宪赶为拨款到县，并俟所募各捐款集有成数，再行酌数接续散放。至甘泉山一集与四境各乡，另于新城之杨巷义仓开放。惟是人数太多，势将拥挤，兹本县将各集派定日期，分别示后。为此示，仰该地保及各该贫民人等知悉：届期随带布袋，领同经委查定之户口来城，分投积谷仓及义仓，听候挨次散放。尔等务须鱼贯而进，不得争先恐后，拥挤喧哗，稍事滋闹。如敢不遵，定提枷示究惩，决不姑容，各宜凛遵毋违。特示。

计开：

〇〇〇〇集于十二月〇〇日开放。

下仿此。

以上均在南门城内积谷仓散放。如遇雨雪，迟缓一日。领谷之人，各带箩担口袋。

〇〇〇〇〇〇于十二月〇〇日开放。

以上在新城杨巷义仓散放。如遇雨雪，迟缓一日。领谷之人，各带箩担口袋。

谕乡民安心待赈示*

为剀切晓谕事。照得本年西北山乡被旱灾黎，业经本县将困苦情形禀奉府宪委员会同绅董挨查，一俟委员查明，即将积谷仓所存谷石，首先开厂散放。惟谷存只有九千余石，存钱七千余串，本属杯水车薪，无济于事。本县并已叠次禀陈各大宪赶为筹拨巨款赈抚，无奈拨数若干，迄尚分文未发。刻虽与在城绅董设法筹捐，亦为数无多。该乡民如果极贫，自有委员分别查抚，理宜安心待查。其近水有收地方，力可支持之户，不得妄生希冀，轻听煽惑，纠众来城滋闹。王章具在，切勿尝试，合亟出示晓谕。为此示，仰西北各乡受旱灾民人等知悉：尔等务各安心待赈，如果田地近水获收之户，藉情冒领，一经查出，定行照例从重严办。该乡民须知此次赈抚，专为极贫而设，且光绪三年东台县被灾放赈，有窦广安等藉赈纠众滋事，曾奉前督宪沈批令正法在案。尔等具有身家，幸勿以身试法，亦勿听信刁民从中煽惑，致罹法网。各宜凛遵勿违，特示。

照会绅董买谷还仓*

为照会事。案照甘邑积谷项下存仓谷石，及发存各典生息钱文，因上年自夏徂秋，西北各乡被旱失收，灾分既重且广，饥民待哺嗷嗷，自应查办抚恤，当经据实禀恳各大宪于去冬抚赈案内，全数动放，以济民食在案。但积谷为备荒要政，难容缺乏，兹查去冬所放抚恤，及今春赈两案报销册内，除实用计共尚存钱五千二百二十五千九百九十九文。内除提出钱二千千文，发交各典生息外，其余存钱三千二百二十五千九百九十九文，当此秋谷丰登，粮价平减之时，急应买补还仓，以资储备。合亟备文照会。为此照会贵绅董。请烦查照。希即探听谷石市价，一俟平减，务即将前项存钱照数领出，前赴产谷之区，采办干洁稻谷，运归积谷仓，照常妥为存储，以备不时之需。并希将买谷还仓日期，及购买新谷若干石，实用钱若干，开具收支细数清册，具禀呈县，以凭核明通报查考。望切切！照会绅董卢。

顺直赈捐章程

清光绪十六年刻本

（清）佚名　辑
邵永忠　点校

顺直赈捐章程

户部谨奏为遵旨议奏事。据直隶总督李鸿章奏，顺直水灾极重，工抚等项，无款可筹，请推广开办赈捐，以资接济一折，于光绪十六年七月初七日奉朱批：户部议奏。钦此钦遵。由内阁抄出到部。查原奏内称，窃查顺直各属，本年夏间霪雨为灾，各河漫溢，业将筹办急抚情形先后驰奏在案。近日天虽晴霁，水仍未退，迭据各属报灾。现查永定、大清、南北两运，并子牙、潴龙各河，漫口林立，上下千数百里一片汪洋。口门一日不堵，河水一日不退，小民无地可种，无屋可栖，人心惶惧，岌岌不可终日。此时正值伏汛，各河盛涨，水势难遽销落。自夏徂冬，为日方长，明岁青黄不接之时，尤须接济。统计工赈两项，约非二百万金不能蒇事。直隶为缺额之区，司局各库支绌万状。本地殷富无多，募捐不易。东南各省近年荒歉，一捐再捐，已觉筋疲力尽。即使设法劝筹，亦恐所得有限。值此时艰，又未敢请拨部款。臣与司道多方计议，不得不未雨绸缪，预筹有著之款，藉救无告之民。惟有吁恳圣恩，仍准接办赈捐，但有须变通推广者，方可略收寸效。查直隶开办赈捐有年，仅恃衔、封、贡、监四项，捐路既窄，而五成实银，捐生尚多观望。应请将光绪十六年六月初一日以前直赈尚未请奖告竣者，仍照旧章办理外，凡六月初一日以后，收捐衔、封、贡、监，统照新海防捐，以四成实银上兑。其应试监生，仍收十成实银。并仿照上年两江督抚臣奏请开办苏浙赈捐，议准请奖翎枝并二品顶戴，一切收捐银数，悉如江浙成案。惟近年捐务已成弩末，非设法从优奖励，尤难鼓舞捐生。臣督同司道，详细核议。查各省文职官员因案被议，除实犯赃私各款，限于例章不准捐复外，其有情节可原，并因公获咎，仍请准捐复衔翎。如前四川按察使方濬颐、前花翎二品顶戴福建委用道盛世丰、前二品衔湖北道员董儁翰等，各捐实银五千两成案，均奏蒙特旨允准。现拟道府以上，仍以报捐实银五千两为度。知府以下不论，同通州县，拟请收捐实银三千两，随时奏乞恩施，赏还衔翎。又查筹饷例载火器营章程，贡监准捐盐运使衔，并副将、参将职衔。此项人员，与实职既属有间，且武职虚衔，亦于名器无碍，拟请准其收捐。惟均属格外优奖，若按例定银数，断断无人捐纳。若照四成银数收捐，未免过轻。拟请按照新海防捐衔酌加一成，统以五成实银上兑。目前数百万灾黎当此伏秋期内，只求糊口有资。一交冬令，号寒更甚啼饥。应请广劝棉衣，按照部章，每件作银一两。统限一年截止，不再请展。各省水旱偏灾，亦不得援以为请。以上推广条款，均系援照成案捐章参酌拟办，冀多得一分之捐，即多救一人之命。如蒙俞允，即由臣督饬筹赈局司道，遴员分投劝办，刊刷推广赈捐正副实收，仍用天津道印，随时填给捐生收执，按次造册详咨，由部颁发执照。其部监饭、照费，仍照直赈旧章。所收捐款，则按顺直分解，以济急需等语。臣等伏查各省现办赈捐章程，只准收捐虚衔、封典、贡监，按照常例，以五成实银上兑。翎枝及二品顶戴，原系专归海防新例兑收。上年江浙被水，奏开赈捐，经臣部议，准增此两项。至捐复原衔，系部库常例应收之款。向办章程，凡呈请捐复到部者，如文职官员，先行咨查吏部核其案情。俟覆回准其捐复后，臣部查核银数相符，循例奏明兑收捐银，给发执照，均经办理在案。又查筹饷例载火器营章程内开：由贡监生报捐盐运使衔，照捐职道员银数加五成，核计正项银七千八百七十二两；由贡盐生捐参将职衔，正项银二千七百三十六两；报捐副将衔，正项银三千六百四十八两等语。今该督所陈开办顺直赈捐推广条款，臣等详加酌核，除酌减成数，增收翎枝，已于议覆御史徐树钧奏请赈捐减成另片奏明外，如原奏捐复衔翎一条，查凡因案被议，除实犯赃私各款，照例不准捐复，其情节可原，因公获咎者，道府以上，报捐实银五千两，同通州县以上，报捐实银三千两，奏蒙特旨允准，自应钦遵办理。其奉旨交部核议者，仍应查照定章核办。如报捐银数较例定之数有亏，应令照数补足。又文职由贡监捐盐运使衔，武职由贡监捐副将、参将衔，查系援照火器营章程所拟，照新海防例酌加一成，以五成实银上兑，尚属持平。其收捐二品顶戴，应照江浙赈捐成案办理。以上均非实职官阶，与海防新捐尚无防碍。又劝捐棉衣，每件作银一两，核与办过成案相符。惟此项棉衣，必须以新花新布制成，务令验收之员认真查看，不得以败絮旧衣滥行充数。其折解实银代为购制者，自应一律核给奖叙，以昭平允。以上各条，系为筹集赈款，拯济灾黎起见，应请照准。并如该督所请，予限一年，限满即行停止。所有新增各条款，凡收顺直赈捐者，应令一律照办。其各本省现办之赈捐，不得援请增添，以示限制。所有臣等议奏缘由，理合恭折具陈，伏乞皇上圣鉴。谨奏。于光绪十六年七月十四日具奏。奉旨：依议。钦此。

顺直赈捐章程目录

捐贡监

一、贡生

由监生附生，捐银一百四十四两；由增生，捐银一百二十两；由廪生，捐银一百八两。

一、监生

由俊秀，捐银一百八两；由附生，捐银九十两；由增生，捐银八十两；由廪生，捐银六十两。

捐职衔

一、郎中

由贡、监生，捐银三千八百四十两；由同知，捐银一千六百五十六两。

一、员外郎

由贡监生，捐银三千二百两。

一、主事、都察院都事、都察院经历、大理寺寺丞

由贡监生，捐银一千六百六十两。

一、光禄寺署正

由贡、监生，捐银九百两。

一、大理寺评事、太常寺博士、太常寺典簿、通政司经历、通政司知事

由贡、监生，捐银七百五十两。

一、銮仪卫经历、中书科中书、詹事府主簿、光禄寺典簿

由贡、监生，捐银六百五十两。

一、部寺司务

由贡、监生，捐银六百两。

一、国子监典簿

由贡、监生，捐银五百两。

一、国子监典籍、翰林院待诏

由贡、监生，捐银三百六十两。

一、翰林院孔目

由贡、监生，捐银三百二十两。

一、道员

由贡、监生，捐银五千二百四十八两。

一、知府

由贡、监生，捐银四千二百五十六两。

一、盐运司运同

由贡、监生，捐银三千八百四十两。

一、同知

由贡、监生，捐银二千两。

一、通判

由贡、监生，捐银一千六百两。

一、布政司经历、布政司理问、州同

由贡、盐生，捐银三百两；由恩拔副贡生，捐银一百二十两；

一、按察司经历、布政司都事、盐运司经历、州判

由贡、监生，捐银二百五十两；由恩拔副贡生，捐银七十两。

一、盐库各大使、按察司知事、府经历、县丞、盐运司知事、布政司照磨

由贡、监生，捐银二百两。

一、按察司照磨、府知事、县主簿、州吏目、茶马大使

由贡、监生，捐银一百二十两；由从九品、未入流，捐银一百八十两。

一、从九品、未入流

由俊秀，捐银八十两；由未满吏，捐银六十五两；由已满吏，捐银五十两。

一、各馆誊录举人，准捐同知职衔，照常例贡、监生报捐银数酌加五成。生监准捐通

判职衔，照贡、监生报捐银数酌加三成。其余职衔，仍按常例银数办理。

一、各馆供事报捐七品按经布都盐经职衔，各照常例贡、监生报捐银数加倍报捐。其捐府经、县丞各职衔，应按未满吏递捐例银三百二十五两。捐县主簿、州吏目各职衔，例银二百四十五两。

文进士、举人报捐京外四五品文职衔，并五贡报捐四、五、六品文职衔，均应扣除原资银数。

已截取进士，作银一千二百九十五两；未截取进士，作银一千一百五十五两。已截取举人，作银一千十五两；未截取举人，作银八百七十五两；未拣选举人，作银七百三十五两。五贡，作银四百三十四两。

一、游击

由监生、武生，捐银一千八百二十四两。

一、都司

由监生、武生，捐银九百两。

一、营卫守备

由监生、武生，捐银六百两。

一、守御所千总

由监生、武生，捐银四百两。

一、卫千总

由监生、武生，捐银二百五十两。

一、营千总

由监生、武生，捐银二百十两。

一、把总

由监生、武生，捐银一百二十两；由俊秀，捐银二百三十两。

以上各项文武职衔，凡小衔加捐大衔，准将原捐小衔银数抵算。惟文京职衔加捐文外官职衔，往往有原捐银数浮于加捐者，只准照对品外衔银数作抵。其文衔改捐武衔，武衔改捐文衔，照例不能作抵银数。

捐升衔

一、现任教谕捐国典簿升衔，应银二百四十五两；候补、候选，应银三百一十两。

一、现任教谕捐科中书升衔，应银八百二十一两；候补、候选，应银九百三十六两。

一、现任教谕捐翰待诏升衔，应银一百八十八两；候补、候选，应银二百四十五两。

一、举人出身现任教谕捐内阁中书升衔，应银八百二十一两；候补、候选，应银九百三十六两。

一、五贡出身现任教谕捐内阁中书升衔，应银一千一百三十七两；候补、候选，应银一千二百五十二两。

一、现任训导捐国典簿升衔，应银六百一十二两；候补、候选，应银六百七十七两。

一、举人出身现任训导捐内阁中书升衔，应银一千二百三十九两；候补、候选，应银一千三百四两。

一、五贡出身现任训导捐内阁中书升衔，应银一千五百五十五两；候补、候选，应银一千六百二十两。

一、现任按知事府经历捐布理问升衔，应银六百六十三两；候补、候选，应银七百三十五两。

一、现任县丞捐布理问升衔，应银三百二十四两；候补、候选，应银四百十八两。

一、现任布照磨、盐知事捐布理问升衔，应银五百九十一两；候补、候选，应银六百二十七两。

一、现任盐库各大使捐运判升衔，应银一千七百二十八两；候补、候选，应银一千九百五十九两。

一、现任按经历捐提举升衔，应银一千六百四十九两；候补、候选，应银一千七百六十四两。

一、现任布都事、盐经历、直州判、州判捐提举升衔，应银一千九百五十二两；候补、候选，应银二千二十四两。

一、现任知县捐同知升衔，应银一千三十七两；候补、候选，应银一千二百六十八两。

一、现任通判捐提举升衔，应银五百七十六两；候补、候选，应银七百十三两。

一、现任通判捐提举升衔，应银一千三十七两；候补、候选，应银一千一百七十四两。

一、现任布经历、布理问捐提举升衔，应银一千五百五十六两；候补、候选，应银一千七百两。

一、现任州同捐提举升衔，应银一千四百四两；候补、候选，应银一千六百六两。

一、现任直州同捐知州升衔，应银一千六百三十五两；候补、候选，应银二千一百五十三两。

一、现任提举、运副捐运同升衔，应银三千四百五十六两；候补、候选，应银四千三百二十两。

一、现任直知州捐知府升衔，应银二千九十六两；候补、候选，应银二千七百八十七两。

一、现任同知捐运同升衔，应银二千四百二十两；候补、候选，应银二千九百八十一两。

一、现任知州捐运同升衔，应银二千九百九十六两；候补、候选，应银三千四百四十二两。

以上常例外官准捐升衔条款，大致备载。其余如八九品递捐各条，查阅本条捐升官阶双月银数减二成，即系报捐升衔例银数目。

捐推广顶戴升衔

一、现任员外郎捐四品衔，应银四千六百八两；候补、候选，应银四千八百四十两。

一、现任郎中捐四品衔，应银二千五百三十五两；候补、候选，应银三千九百十七两。

一、现任员外郎捐三品衔，应银九千二百十六两；候补、候选，应银九千六百八十两。

一、现任郎中捐三品衔，应银五千六十九两；候补、候选，应银七千八百三十四两。

一、庶子、侍讲、侍读、洗马捐四品、三品衔，均比照汉现任郎中报捐银数办理。

满洲蒙古人员

一、现任九品捐六品顶戴，应银二千三百二十六两；候补、候选，应银二千四百六十三两。

一、现任八品捐五品衔，应银四千二百二十七两；候补、候选，应银四千三百六十四两。

一、现任七品捐四品衔，应银六千二百六十四两；候补、候选，应银六千四百零一两。

一、现任六品捐四品衔，应银四千三百七十八两；候补、候选，应银四千六百三十两。

一、满洲蒙古员外郎、郎中捐四品三品衔，均比照汉员报捐银数办理。

一现任九品未入流外官捐六品顶戴，应银一千一百八十一两；候补、候选，应银一千二百一十两。

一、现任府经历、县丞、盐知事、布照磨捐五品衔，应银二二百九十七两；候补、候选，应银二千三百六十九两。

一、现任盐库各大使捐五品衔，应银三千八百二两；候补、候选，应银四千零三十二两。

一、现任训导捐五品衔，应银二千六百三十六两；候补、候选，应银二千六百七十二两。

一、现任教谕捐五品衔，应银三千一百六十一两；候补、候选，应银三千二百七十六两。

一、现任布都事、盐经历、直州判、州判、按经历、京府经历、京县丞捐四品衔，应银六千二百七十二两；候补、候选，应银六千三百四十四两。

一、现任外县知县捐四品衔，应银四千七百六十七两；候补、候选，应银四千九百九十七两。

一、现任府教授捐四品衔，应银七千五百六十两；候补、候选，应银七千八百四十八两。

一、现任京县知县、通判、盐运判、州同、布经历、布理问捐四品衔，应银四千八百九十六两；候补、候选，应银五千零三十三两。

一、现任直隶州知州捐三品衔，应银六千一百六十八两；候补、候选，应银七千二百零四两。

一、现任同知捐三品衔，应银六千九百十二两；候补、候选，应银八千六百十九两。

一、现任知州捐三品衔，应银九千一百零五两；候补、候选，应银九千三百一十两。

一、现任盐运同捐三品衔，应银六千零七十一两；候补、候选，应银六千二百零九两。

一、现任知府捐三品衔，应银四千六百零八两；候补、候选，应银五千七百四十七两。

一、现任道员捐三品衔，应银四千一百十四两；候补、候选，应银四千八百零四两。

一、二品顶戴，如道员有三品衔及盐运使衔者，原定例银五千四百两，现经奏明部议准减五成，合银二千七百两；如无三品衔，准加倍报捐。

以上各项顶戴、升衔，毋论京外各官，凡有保举并从前筹饷例所捐升衔、顶戴，俱不准作抵银数。

推广廪增附生报捐虚衔、封典，准其捐免出学。

一、廪增附生准捐各项虚衔，并照各捐监银数随同上兑，作为捐免出学，仍准应试。至本身捐受、封典者，照例应开除学册，不准再应乡试及岁科各试外，其为祖父母请封，或为伯叔父母及外亲等捐请貤封，则本身既未受封，仍可准其应试。其有由廪增附生捐免出学，报捐虚衔，续捐实职者，应仍令补捐贡监，以示区别。

此条系户礼部会议，闽浙总督下片奏，于光绪十六年十月十五日奉旨：依议。钦此。

捐　封　典

一、京外文武现任及候补候选各官并捐职人员报捐封典

一品实官，捐银一千两；二品实官，捐银九百两；三品实官捐职，捐银八百两九百六十两；四品实官捐职，捐银七百两八百四十两；五品实官捐职，捐银四百两；六七品实官捐职，捐银三百两；八九品实官捐职，捐银二百两；未入流实官捐职，捐银一百两。

以上实官捐职各捐封例银数目，其由虚衔人员加级报捐一二品封者，应照实职捐封银数办理。

一、在京文职加级

一品，捐银二百二十五两；二品，捐银二百五两；三品，捐银一百八十五两；四品，捐银一百六十五两；五品，捐银一百四十五两；六品，捐银一百二十五两；七品，捐银一百五两；八品，捐银八十五两；九品以下，捐银六十五两。

一、在外文职加级

一品，捐银四百五十两；二品，捐银四百一十两；三品，捐银三百七十两；四品，捐银三百三十两；五品，捐银二百九十两；六品，捐银二百五十两；七品，捐银二百一十两；八品，捐银一百七十两；九品以下，捐银一百三十两。

一、在京武职加级

一品，捐银一百五十两；二品，捐银一百四十两；三品，捐银一百三十两；四品，捐银一百二十两；五品，捐银一百十两；六品，捐银一百两；七品，捐银九十两；八品，捐银八十两；九品，捐银七十两。

一、在外武职加级

一品，捐银三百两；二品，捐银二百八十两；三品，捐银二百六十两；四品，捐银二百四十两；五品，捐银二百二十两；六品，捐银二百两；七品，捐银一百八十两；八品，

捐银一百六十两；九品，捐银一百四十两。

以上京外文武职官报捐寻常加级例银数目，其由文虚衔职衔人员加级请封，其级应按京外文品职加级例银加倍报捐，即所谓随带级。至武虚衔职衔人员加级请封，不分京外，悉照在外武职例银加倍报捐。如有情愿多捐加级者，各照实官职衔品级例定银数，分别报捐，准照所加之级捐封。

一、加级捐封，向例三四品不得逾二品，五六品不得逾四品，七品不得逾五品，八品以下不得逾七品，各照常例捐级捐封银数办理，毋庸加倍。

一、二品实职及虚衔人员捐级请从一品封，其封典银数，应按一品例定银数加倍报捐。

一、三品实职人员加级请封，准捐至二品为止。推广案内准加级捐至从一品封，应照例定一品封银数加倍报捐。

一、三品虚衔人员捐级请从一品封，其封银应按一品例定银数加倍再加五成，共交银三千两核算。

一、三品虚衔人员捐级请二品封，其封银应按二品例定银数加倍报捐。

一、四品虚衔人员捐级请二品封，其封银应按二品例定银数加一倍半报捐。

一、五六品实职虚衔人员捐级请三品封，照常例加倍交封银。其捐至二品封者，照二品例定银数加一倍半报捐。

一、七品实职虚衔人员捐级请三四品封，其封银各照常例加倍报捐。

一、八品以下实职虚衔人员捐级请五六品封，其封典银数各照常例加倍报捐。

一、捐封之级，准其续行捐请封典。惟不准将捐封之级抵销处分，以示区别。

一、三品以上各官捐请封赠，准赠封曾祖父母。

一、四品至七品官，准其貤封曾祖父母；八品官以下，准其貤封祖父母。照例加倍交银报捐。

一、三品以上各官欲捐请本生曾祖父母封赠者，准照貤封曾祖父母之例报捐。

一、外曾祖父母、妻祖父母，亦准捐请貤封。

一、京外大小各官貤封曾祖父母、伯叔祖父母、伯叔父母、庶母兄嫂及外祖父母，均准其貤封。

一、捐封人员，准其捐请貤封嫡堂伯叔祖父母、嫡堂伯叔父母、嫡堂兄嫂，并从堂再从堂各尊长，以广尊崇。

一、官员之母舅、舅母、姑夫、姑母、姨夫、姨母、妻父、妻母，均准捐请貤封；生母应归应封办理，毋庸另请貤封。

一、八品以下职官，向例止封本身。如欲封本身及妻室者，应照常例捐封，加倍报捐。

一、京外文武各官，例得捐封第三继室，应先封本身及原继配妻室，方能另捐请封。

一、第三继妻以后，谊同敌体，应准其按次递捐，以昭旷典。

一、休致人员亦准按原官品级报捐。

一、子孙为伊祖父、父原职品级追请封典者，亦准一体捐请。

一、凡为人妇、为人后者，欲为其已故夫之祖若父捐职请封，并为祖若父貤封其先人者，均准捐请，以遂其报本之忱。

一、貤封世代以曾祖父母为断。即捐至一二品，亦不得貤封高祖父母，以示限制。

捐　翎　枝

一、花翎

三品以上，捐银二千两；四品以下，捐银一千两。

凡前在海防郑工及苏皖、山东赈捐案内捐纳之蓝翎，捐换花翎、准其作抵一半。如保举蓝翎，不能抵捐。

一、蓝翎

捐银五百两。

推广盐运司副将、参将职衔

一、贡监生捐盐运使衔，七千八百七十二两。

一、贡盐生捐副将衔，三千六百四十八两。

一、贡盐生捐参将衔，二千七百三十六两。

以上三项，统以五成实银上兑。

黄村放粥记

清光绪十六年刻本

（清）李鸿逵　撰

邵永忠　点校

黄村放粥记序*

光绪庚寅六月，畿辅大水。皇上发帑发粟，赈济灾民。鸿逵与志馨山光卿颜、胡蕲生仆少聘之、李筱彦鸿卿端遇、景东甫光少沣、徐南士通参承煜同膺简命，监放孙河、定福庄、采育、黄村、庞各庄、卢沟桥六镇各粥厂。而鸿逵适分在黄村，每日除放粥外，偶拈笔墨，据写大水景象、灾民苦况、粥厂情形。其中间有游戏之作，知不免为大雅所讥。然兴之所至，未忍弃捐，亦聊当解人颐一则视之可耳。德安李鸿逵自记。

合观诸作，指事切情，如话如画。其搜抉利弊处，洞见源流，可作经世文读。为之钦佩无似。吴兆熊谨注。时庚寅季秋随侍差次。

黄村散赈杂咏

目　　录

六镇放赈歌

光绪十有六年夏，大雨京师银河泻。五月廿九六月三，连宵彻旦五昼夜。决口传来永定河，芦沟桥下箭激过。浩瀚奔腾齐东注，冲倒南苑墙嵯峨。草桥一望成泽国，汪洋不辨南与北。人命漂没如尘沙，未死居民皆菜色。城内绅董将伯呼，急赈速议无须臾。馒头烧饼少不得，用船载往争相趋。嗷嗷得食心暂喜，无奈田禾俱在水。廿四州县齐报灾，待哺饥民来不已。京尹陈公闻震惊，立派印委查灾情。连夜办稿上封事，天子流览涕纵横。温纶慰旨九霄下，发粟散财无休暇。内帑先颁五万金，庶免死亡相枕藉。六门粥厂急办齐，六镇亦分东南西。请派大员弹压放，郑重民命相察稽。东北孙河乃巨镇，长白志公名早震。束装道出东直门，有余才力如游刃。定福庄地界通州，李公筱彦办事周。虽有偏灾不甚重，尽可缓带兼轻裘。采育一区灾太甚，众流所归成巨浸。仆少胡公事颇能，槃槃大才肩重任。庞各庄与芦沟桥，居民房舍胥飘摇。东甫南士颇历练，下车出示流亡招。二公经济承家学，绮岁声名早卓卓。惟有区区襪线才，一朝遇事无把握。幸喜黄村民气驯，印委诸君亦认真。共勷赈事少贻误，寸衷可答如天仁。今年灾象甚奇广，城垣崩塌数千丈。壁坏房倾到处同，黎民露宿何仰仗。闻道津门水更深，难民如蚁尽城临。帐房暂栖聊救急，冬来霜雪肌肤侵。合肥相国补天手，为国爱民心蓄久。登高一呼响皆应，定有谋猷兼善后。吁嗟乎！天灾流行何代无，消息盈虚理不殊。上帝好生竟降祸，毋亦人事偵相符。世情浇薄多同调，奸险成风夸巧妙。冥漠何尝有逆施，祸福灾祥皆自召。君不见六镇饥民万有余，历历监门难绘如。鸠形鹄面竞奔走，犹颂圣德濡穷间。最怜无告多鳏寡，安得千间成广厦。有秋更愿百室盈，击壤歌声闻四野。

顺属州县报灾赋

（仿《阿房宫赋》体，间步原韵）

端阳毕，六月一，浪山兀，大雨出。连绵四五昼夜，不见天日。浑河北溃而东折，决口桥阳。数道大溜，冲入苑墙。五里一延，十里一阁；海子凤河，堤岸尽啄；不随地势，漫出墙角。滔滔焉，浩浩焉，回漩盘过，远不知其几百里落。马驹卧波，桥穴蛟龙。采育街空，水气如虹。行人冥迷，不知西东。城内豪富，歌舞融融，乡下灾民，风雨凄凄。一日之内，一时之间，而苦乐不齐。老弱男妇，提子抱孙。离乡别井，号哭秦廷。兼尹府尹，正愁煞人。忽来急足，大宛禀也；通三武宝，东路报也；霸保文大，南路详也；涿宛良房，西路文也；昌顺密怀，北路书也。辘辘心头，杳不知其所之也。一伙一群，不辨媸妍，虎耽狼视，而望赈焉。灾重罕见者，今十六年。直豫之杂粮，奉东之粟米，江浙之粳籼，几世几年，运交仓人，倚叠如山。一旦忽请旨，输与民间，铁锅木桶，竹签席囤，搬运逦迤。差人视之，亦不甚惜。嗟乎！开厂之心，众饥民之心也。恋粥心奢，谁不离其家。奈何可恶之仓胥，杂之以泥沙。使孙河镇上，暂救割草之饿夫；定福庄前，聊活扒柴之贫女；采育一区，多放煮熟之粟粒；庞各一隅，招集悬鹑之蓝缕；黄村前后，半在附近之城郭；芦沟东西，间杂行人之言语。使打粥之人，均乐所而不怒；畿辅人心，然后才固。北风叫，诸事举，冬抚一下，各回乡土。呜呼！发大水者，大雨也，非人也。救人者，人也，非天意也。嗟呼！使大水不害于人，亦足以利人。人能救大水之人，则自一次二次，可至万次而放赈，谁得而议后也？州县不暇自赈，而绅士赈之；绅士赈之而不永之，亦使绅士而复议绅士也。

南征（六十韵）

皇帝庚寅秋，相月日十四。李子将南征，苍黄命车骑。南征何所之？黄村散赈食。洪水泛滥流，直走行无地；绕道彰义门，芦沟山耸翠。傍岸东南趋，日昃村已至。官吏候道傍，惭愧呼钦使。命仆卸衣装，安顿在僧寺。老米捆载来，早自资斧备。次日厂初开，煮粥亲标识。三桶五桶排，一斤二斤记。务使雨露均，毋得分轩轾。散签老幼同，喊口大小异。妇女首男丁，鱼贯先童稚。勿使声喧哗，勿使拥挤累。颇能就范围，安静少纵恣。一日放一回，直可称卧治。惜昔壮年时，任事多锐意。实心以办公，傲骨无柔媚。偶来暮夜求，闻风皆辟易。因此厨无烟，门前罕投刺。佥谓毋乃迂，我言安分位。亦知稍通融，巧者造物忌。何敢慕虚名，何敢逞才智？恪遵父师训，步步惩骄肆。先恐隳家声，尤惧误国事。两世受恩深，但求无内愧。耿耿常在心，廉耻兼礼义。本拟负云鹏，一举志愿遂；本拟著祖鞭，一逐追风骥。岂知花样陈，未能及锋试。至今老无闻，蹉跎消壮志。世间捷足才，凡事皆强致。暂博须臾荣，形神亦劳悴。何如不忮求，五夜安梦寐？自维樗栎姿，久为圣朝弃。孰意帝恩宽，因材而使器。马齿五旬余，精力尚不匮。放赈事虽常，未可同儿戏。宸衷念虑廑，群黎性命寄。先察米色纯，次济水火利。一米兑三水，浓淡才不腻。仓粟陈无油，难以新米类。偷米防粥头，舞弊查县吏。所食虽一餐，欣欣有同嗜。提男挈女来，大半尽邻比。远者数里遥，太远亦奚自。所望各厂使，行事毋跋疐。或三日一回，或五日一次。散米或长牌，放粥或多赐。庶使蚩蚩氓，皆无穷途泪。我今在黄村，嫌怨俱不避。早听钟鸣起，暮随鼓声睡。寂寂居僧寮，酷似维摩侍。所苦友朋稀，谈者无一二。开厂在秋初，止厂约春季。虽无地方责，一样勤抚字。但祝丰年多，风雨皆为瑞。力作无闲田，遗寡有滞穗。上以答君恩，下以垂后嗣。

黄村关帝庙记(仿《醉翁亭记》格)

环村皆沙也。其东北诸沙，蜿蜒尤甚。望之耸然而高峙者，南苑也。村东六七步，渐闻水声潺潺，而泻出于沙冈之下者，河溜也。街回路转，有庙屹然临于街北者，关帝庙也。主之者谁？庙之僧静安也。作记者谁？学士自谓也。学士与民放赈于此，每日一次，而时又最久，故亦名曰“钦差”也。钦差之意不在粥，在乎察民之隐也。民隐之察，得之心而寓之粥也。若夫日出而庙门开，僧归而庙门闭，开闭有时者，黄村之旦暮也。三日而一小集，五日而一大集，男女杂遝，往来而不绝者，黄村之市面也。大而高，深而曲，古碑之字皆无，盖庙屡重修也。至于老幼行于涂，妇女休于树，锣声呼，人声应，伛偻提携，鱼贯而入庙者，饥民来也。煮粥在播米，米净而粥纯；量米斯兑水，水开而粥熟。按桶分排，肃然而恭候者，学士到也。放粥之法，一人一签，收者收，挖者挖，得心应手，眼明而有数者，粥头技也。朱墨笔研，罗列席棚者，钦差座也。已而粥桶皆空，人影散漫，学士回而委员从也。殿门左右词色温和，放粥完而和尚出也。然而和尚知出家之乐，而不知人之乐；人知从学士打粥而乐，而不知学士之乐其乐也。忙时能放粥，闲时能作文者，学士也。学士谓谁？德安李鸿逵也。(时任内阁侍读学士。)

打粥行(四十韵)

盛世无游民，何以云打粥？皆因鲜盖藏，遇灾难果腹。果腹事不奇，先在惜五谷。尔等被灾氓，听我言返覆：畿辅近王城，民风称质朴。迩来好嬉游，十寒方一暴。《豳风》不讲求，《月令》艰诵读。农政有全书，经营载简牍。先在勤种耕，次宜修沟渎，三毋先天时，四当买黄犊。红米莳高粱，黄穗植麦菽。稼穑已蕃滋，再谋饲六畜。五亩树以桑，妇女蚕事蓄。莫使五十者，衣裳嗟不燠。狗彘与鸡豚，饮啄勤字育。莫使七十者，每食叹无肉。未雨先绸缪，于茅兼乘屋。人事有平陂，天道有往复。侥倖贪功成，何能岁岁熟？粟多虽陈红，万勿小利逐。一旦灾祲来，庶免穷途哭。或以吾言迂，请看报应速。即如今年灾，凄惨难寓目。大水西北来，注坑复满谷。仓卒无止栖，呼号急缘木。在数未能逃，漂没随水族。苍苍不倒行，冥冥施杀戮。痛定思前情，一梦如蕉鹿。目前灾已过，修省宜积福。凡事去机心，恤寡怜孤独。屋舍有倾颓，趁晴谋版筑。耩麦宜及时，不可子女鬻。转瞬岁渐寒，须臾日北陆。四野草木枯，天地亦始肃。巽二起严风，降雪来滕六。急谋御冬衣，休令体瑟缩。宵旰廑圣躬，筹画累民牧。为尔劳转输，为尔止药麴。所幸粥有餐，差胜食野蔌。慎毋再因循，祸福多倚伏。

钦差（五排十六韵）

钦差真可笑，可笑一无能。饮啄三餐外，萧然似野僧。县官差不办，夫役唤难应。来往无亲戚，交谈鲜友朋。晨兴刚沃手，官吏请频仍。小小芦棚内，公然上位升。稽查聊坐镇，弹压实羞称。惯听人声闹，时闻米气蒸。儿童多赤膊，妇女赛黄鹰。尘垢常留面，衣穿屡露肱。蓬头滋历历，大脚筑登登。散罢归房后，无高可眺凭。早钟才盼日，募鼓又挑灯。似鹿归圈阱，如鱼在纲罾。所欣家室近，竹报寄层层。最苦赔资斧，驮来债又增。

委员（五古十四韵）

委员有二人，官阶分正佐。早晚何所司，放粥是功课。县役送米来，吩咐勤筛播。斟酌斤两匀，下锅记几个。粥熟揭封条，桶桶亲尝过。太浓固不宜，甚淡多弃唾。人数记签排，粥勺稽小大。巡检可分劳，把总亦附和。事多颇疲神，时久能忍饿。穿脱衣裳费，来往靴鞋破。不惮薪水微，只恨差役惰。有烟不能吹，有位无暇坐。报单书口名，算盘留一座。所幸粥放完，北窗高枕卧。

赶脚先生传（仿《五柳先生传》格，并步每句末一字）

先生不知何处人也，无暇问其姓字。身边有驴系树，因以为号焉。口怯不言，心颇好利。载县书，运米起解，洋洋得意。各镇送赈食，好喝酒。因贫，口常得得。官役知其如此，每以重利诱之。到手辄尽，复装半醉。运米而退，曾不能一钱留。老婆诈然，咒骂终日。目瞪舌结，两手空空，跪下也。常唱小曲自娱，进城有志，腰缠常失，以赶脚终。赞曰：黔驴有言，或短盘驮贫贱，或长雇驮富贵。其言似若人之俦乎？灞桥有诗，可以作志。三河县之民欤？武清县之民欤？

粥　　夫

粥夫差来数有八，粥头这厮先狡猾。窃柴伎俩固可诛，偷米情形亦当杀。不念灾民宜悯怜，一心只把穷人刮。上下其手散不均，暗地人情施巧黠。偶有饥民争多寡，立时面孔如罗刹。更防米囤盗空虚，早晚委员劳伺察。若辈无有别法惩，三木囊头双足刖。

粥厂破室铭（仿《陋室铭》格，步每句末一字）

厂不在高，有粥则名；锅不在深，有火则灵。斯是破室，惟米德馨。愁痕坐阶绿，菜色倚门青。设帐无老儒，烧柴有灶丁。可使牛弹琴，豕听经。无猫声之聒耳，有猴跳之忘形。依稀草草庐，恍惚劳劳亭。粥夫云：何破之有？

河南赈捐局简明册

清光绪年间刻本

（清）佚名 辑
邵永忠 点校

河南赈捐局简明册

河南赈捐条款

一、现奉部文开办赈捐，准照另议减成新章，收捐职衔、封典、升衔、顶戴。贡监，每例银一百两，核减五成，准以五成银两上兑。如捐贡监乡试，仍需补交五成实银。其报捐职衔、封典、升衔、顶戴等四项，或由俊秀，或由贡监暨由几品职官请封，应需银数，已刊列简明册内，分发各州县查照兑收。

一、各处收捐赈款，除现银照收不计外，所捐现钱，应照赈抚局详定章程，以一千五百文作银一两。收捐绵衣，应照定章，每套作银一两。若捐粮石，应查照各处市估价值合银，亦以一千五百文作银一两。

一、各州县所收赈捐，应收部饭、照费、经费等款，已另刊简明清册。如由俊秀捐贡监实银若干，下注部、监饭银若干，各照费及经费银若干，一一详列。至代收经费七钱五分，以二钱五分留为各县造册之资；其余五钱解归省局，津贴各费。至部、监饭银暨各照费，应同请奖册一并解省，听候汇解。部、监衙门所有饭照等银，须按库平兑收。

一、现奉部章捐赈请奖，部、监各照到豫尚需时日。应由豫省藩司刊印实收，随时填发，俟部、监执照到日，行令换给，以昭信守。

一、各州县已捐之急公义士，已将捐银解交赈抚局。应由各牧令邀集绅董，传谕捐赀各户，准其请奖虚衔等项，除毋庸奖叙及零星不计外，其愿奖者，按照捐章造册申报。赈捐局核计银数，如与例相符，即填发实收。

一、各州县劝捐赈项，先将总数报明赈抚局。或全数解省，或被灾之区须留接济，应禀候赈抚局批示，再行动用。均须查照成案，造具细册，详报赈抚局核销。其捐生花名、银数，另造清册，申报赈捐局请奖。

一、向来捐输各户办理请奖，往往有辗转移借，并买散成总情事，以致查核纷繁，日久轇輵。兹拟仍照旧章，遇有已缴捐项呈请移奖者，只准移奖兄弟子侄及同族人等。倘本名捐项不敷，亦不准挪用他人捐项集凑请奖，以杜冒滥。（此条前经直东赈捐案内详奉前抚院鹿批准在案。）

外州县造册条款

一、劝募捐资，均由州县汇解造册请奖，应分清赈款、解款。如某人捐银若干两，除去请奖部饭等费若干两，实捐赈款若干两。盖赈款应归报销，解款须解实银也。

一、造册请奖声叙捐生姓名、年若干岁、某府州县人，次列三代，今捐银若干，由俊秀、贡监捐职衔，计正项银若干，于某年月日在某州县缴讫，随册搭解部饭等银若干。（此条并以下各款造报赈捐局，毋庸申报赈抚局。）

一、由廪增附捐贡生，须注明某年科/岁试入学，某年科/岁试帮增补廪。

一、由贡、监生报捐，须将前领贡、监照随册送局呈验，填照后仍即发还。

一、捐封典八品以下，系一轴，可以本身应得者。貤封父母七品至四品，系二轴，父母有正封，可以本身应得者。貤封祖父母三品至二品，系三轴，祖父母及父母均有正封，可以本身应得者。貤封曾祖父母，不愿貤封者，亦听其便。各于册内注明，并声明内外三代存殁。

以上五条，均按现时办理情形筹议。凡外府州县赴省城赈捐局请奖，或饬该县局绅，或署中书吏，携带文册并部饭等项银两，赴赈捐局投交，听候发给被实收带回。赈捐局亦设金龙四大王庙内，归郑工捐输局兼办也。

捐贡监

贡生：由监附生，捐银七十二两，另解部监饭、照费、经费等银四两九钱。由增生，捐银六十两，另解部监饭、照费、经费等银四两一钱。由廪生，捐银五十四两，另解部监饭、照费、经费等银三两八钱。

监生：由俊秀，捐银五十四两，另解部监饭、照费、经费等银三两八钱。如捐十成足银一百零八两，准其南北一体乡试，另解部监饭、照费、经费等银六两二钱。由附生，捐银四十五两，另解部监饭、照费、经费等银三两二钱。由增生，捐银四十两，另解部监饭、照费、经费等银二两九钱。由廪生捐银三十两，另解部监饭、照费、经费等银二两三钱。

以上俱系实银。

捐京外官职衔

郎中：由贡监生，捐银一千九百二十两，另解部饭、照费、经费等银八十六两七钱。

员外：由贡监生，捐银一千六百两，另解部饭、照费、经费等银七十二一钱。

主事：由贡监生，捐银八百三十两，另解部饭、照费、经费等银三十七两七钱。

光禄寺署正：由贡监生，捐银四百五十两，另解部饭、照费、经费等银二十两零六钱。

太常寺博士衔、大理寺评事衔：由贡监生，捐银三百七十五两，另解部饭、照费、经费等银十七两二钱。

中书科中书、詹士府主簿衔：由贡监生，捐银三百二十五两，另解部饭、照费、经费等银十五两。

国子监典簿衔：由贡监生，捐银二百五十两，另解部饭、照费、经费等银十一两六钱。

翰林院待诏衔、国子监典籍衔：由贡监生，捐银一百八十两，另解部饭、照费、经费等银八两四钱。

翰林院孔目衔：由贡监生，捐银一百六十两，另解部饭、照费、经费等银七两五钱。

道员衔：由贡监生，捐银二千六百二十四两，另解部饭、照费、经费等银一百一十八两四钱。

知府衔：由贡监生，捐银二千一百二十八两，另解部饭、照费、经费九十六两零一钱。

运同衔：由贡监生，捐银一千九百二十两，另解部饭、照费、经费等银八十六两七钱。

同知衔：由贡监生，捐银一千两，另解部饭、照费、经费等银四十五两三钱。

通判衔：由贡监生，捐银八百两，另解部饭、照费、经费等银三十六两三钱。

布政司经历理问衔、州同衔：贡监生，捐银一百五十两，另解部饭、照费、经费等银七两一钱。由恩拔副贡生，捐银六十两，另解部饭、照费、经费等银三两。

按察司经历衔、布政司都事衔、盐运司经历衔、州判衔：由贡监生，捐银一百二十五两，另解部饭、照费、经费等银六两。由恩拔副贡生，捐银三十五两，另解部饭、照费、经费一两九钱。

盐库各大使衔、按察司知事衔、府经历衔、县丞衔、盐知事衔：由贡监生，捐银一百两，另解部饭、照费、经费等银四两八钱。

按察司照磨衔、府知事衔、县主簿衔、州吏目衔、茶马大使衔：由贡监生，捐银六十两，另解部饭、照费、经费等银三两。

从九衔：由俊秀，捐银四十两，另解部饭、照费、经费等银二两一钱。由未满吏，捐银三十二两五钱，另解部饭、照费、经费等银一两八钱。由已满吏，捐银二十五两，另解部饭、照费、经费等银一两五钱。

游击衔：由武监生，捐银九百十二两，另解部饭、照费、经费等银四十一两四钱。

都司衔：由武监生，捐银四百五十两，另解部饭、照费、经费等银二十两零六钱。

管卫守备衔：由武监生，捐银三百两，另解部饭、照费、经费等银十三两八钱。

守御所千总衔：由武监生，捐银二百两，另解部饭、照费、经费等银九两三钱。

卫千总衔：由武监生，捐银一百二十五两，另解部饭、照费、经费等银六两。

营千总衔：由武监生，捐银一百零五两，另解部饭、照费、经费等银五两一钱。

把总衔：由武监生，捐银六十两，另解部饭、照费、经费等银三两。

外官报捐升衔

道员衔：由现任知府，捐银七百二十两，另解部饭、照费、经费等银三十二两七钱；候补、候选者，捐银一千零八两，另解部饭、照费、经费等银四十八两九钱。

知府衔：由现任直隶州，捐银一千零四十八两，另解部饭、照费、经费等银四十七两五钱；候补、候选者，捐银一千三百九十三一钱，另解部饭、照费、经费等银六十三两一钱。由现任同知，捐银一千二百九十六两，另解部饭、照费、经费等银五十八两七钱；候补、候选者，捐银一千八百六十五两，另解部饭、照费、经费等银八十四两零三钱。

运同衔：由现任同知，捐银一千二百十一两，另解部饭、照费、经费等银五十四两八钱；候补、候选者，捐银一千四百九十两零五钱，另解部饭、照费、经费等银六十七两四钱。

由现任知州，捐银一千四百九十八两，另解部饭、照费、经费等银六十七两八钱；候补、候选者，捐银一千七百二十一两，另解部饭、照费、经费等银七十七两八钱。

由现任运副、提举，捐银一千七百二十八两，另解部饭、照费、经费等银七十八两一钱；候补、候选者，捐银二千一百六十两，另解部饭、照费、经费等银九十七两五钱。

同知衔：由现任知县，捐银五百十八两五钱，另解部饭、照费、经费等银二十三两七钱；候补、候选者，捐银六百三十四两，另解部饭、照费、经费等银二十八两九钱。

由现任直隶州州同，捐银一千零四十八两，另解部饭、照费、经费等银四十七两五钱；候补、候选者，捐银一千三百零七两，另解部饭、照费、经费等银五十九两二钱。

由现任通判，捐银七百六十七两，另解部饭、照费、经费等银三十四两九钱；候补、候选者，捐银九百七十九两五钱，另解部饭、照费、经费等银四十四两四钱。

知州衔：由现任知县，捐银四百六十一两，另解部饭、照费、经费等银二十一两一钱；候补、候选者，捐银六百零九两，另解部饭、照费、经费等银二十七两八钱。

提举衔：由现任通判，捐银二百八十八两，另解部饭、照费、经费等银十三两三钱；候补、候选者，捐银三百五十六两五钱，另解部饭、照费、经费等银十六两四钱。

由现任布经历、州同、布理问，捐银七百零二两，另解部饭、照费、经费等银三十一两九钱；候补、候选者，捐银八百零三两，另解部饭、照费、经费等银三十六两五钱。由现任盐经历、直州判、州判，捐银八百七十五两，另解部饭、照费、经费等银三十九两七钱；候补、候选者，捐银一千零十二两，另解部饭、照费、经费等银四十五两九钱。

布经历布理问州同衔：由现任布都事、盐经历，捐银一百三十三两五钱，另解部饭、照费、经费等银六两四钱；候补、候选者，捐银一百八十两，另解部饭、照费、经费等银八两四钱。由现任直州判、州判，捐银一百五十一两五钱，另解部饭、照费、经费等银七两二钱；候补、候选者，捐银一百九十四两五钱，另解部饭、照费、经费等银九两一钱。由现任县丞，捐银一百六十二两，另解部饭、照费、经费等银七两六钱；候补、候选者，捐银二百零九两，另解部饭、照费、经费等银九两八钱。由现任按经历，捐银二百三十四两，另解部饭、照费、经费等银十两九钱；候补、候选者，捐银二百六十六两五钱，另解部饭、照费、经费等银十二两零三钱。由现任府照磨、县主簿，捐银三百一十两五钱，另解部饭、照费、经费等银十四两三钱；候补、候选者，捐银三百九十一两五钱，另解部饭、照费、经费等银十八两。由现任从九、未入，捐银三百七十三两五钱，另解部饭、照费、经费等银一十七两二钱；候补、候选者，捐银四百七十七两，另解部饭、照费、经费等银二十一两八钱。

教职捐京官升衔

翰林院待诏衔：由现任学正、教谕，捐银九十四两。另解部饭、照费、经费等银四两六钱；候补、候选者，捐银一百二十二两五钱，另解部饭、照费、经费等银五两九钱。

国子监典簿、籍衔：由现任学正、教谕，捐银一百二十二两五钱，另解部饭、照费、经费等银五两九钱；候补、候选者，捐银一百五十五两，另解部饭、照费、经费等银七两三钱。

翰林院孔目衔：由现任训导，捐银一百三十两，另解部饭、照费、经费等银六两二钱；候补、候选者，捐银一百九十四两五钱，另解部饭、照费、经费等银九两一钱。

捐 封 典

京外文武现任及候补候选人员：

二品，捐银四百五十两，另解部饭、照费、经费等银二十两六钱。三品，捐银四百两，另解部饭、照费、经费等银一十八两三钱。四品，捐银三百五十两，另解部饭、照费、经费等银一十六两一钱。五品，捐银二百两，另解部饭、照费、经费等银九两三钱。六七品，捐银一百五十两，另解部饭、照费、经费等银七两一钱。八九品，捐银一百两，另解部饭、照费、经费等银四两八钱。未入，捐银五十两，另解部饭、照费、经费等银二两六钱。

由捐纳及保举虚衔人员：

三品，捐银四百八十两，另解部饭、照费、经费等银二十一两九钱。

四品，捐银四百二十两，另解部饭、照费、经费等银一十九两二钱。

五品以下与实官同，

有愿加级捐封者，层折烦多，不能备载，到局核办可也。查筹饷例载：二三品实职虚衔人员，均可捐请至一品；四、五、六品实职虚衔人员，均可捐请至二品；七品实职升衔人员，准捐请至三品；八九品实职虚衔人员，准捐请至五品。

又查筹饷例载：四品至七品官，准貤封曾祖父母。八品以下，准貤封祖父母。此外胞兄嫂及庶母胞伯叔父母、嫡堂伯叔父母、嫡堂兄嫂，与外姻之母舅、舅母、姑夫母、姨夫、姨母、妻父母，均准捐请貤封。

上海协赈公所往来信稿

清抄本

（清）佚名 辑

朱浒 点校

上海协赈公所往来信稿

论《功过格》为人生不可不看之书

古今善书皆足以为身心之助，而余谓惟《功过格》一书，其获益为尤深。是书托始于宋，宋代名臣如韩忠献、范文正、赵康靖、苏杲、张浚、真西山诸公咸持行之。周濂溪先生见此格，尝语二程子曰：正初学人德之门。朱子谓四书为理，此格为条。邵康节谓此格可以扶翼经传。惟当时但曰善过格，不曰功过格。功过格之名，实起于有明中叶。会稽陶氏初奉之，而江西费文宪公之父得是格，奉行日久，珍藏于室，夜若有光。尝梦此格化为金字，生少师公宏；又梦此格化为银字，生太保公□。至袁了凡先生，尤服膺此格，晚年作立命论以训子。自谓少遇异人，推其禄命，某年当人学，某年当补廪，某年当人贡，某年选四川一县令，寿可五十三岁，无子。其后人学、补廪、人贡之年，果与异人所言无毫发爽。既而获见此格，发愿力行，求举人而中举人，求进士而中进士，求子得子，求寿得寿，转移造化，应若桴鼓。自是而《功过格》一书，世始盛行。缘此而食报者，有明代礼部尚书武进吴钟峦、宜兴相国徐文靖。汪考祥行之而寿登大耋，蔡元宸行之而母目复明。追入国朝，则有若桐城之姚若侯行此格而历官至都御史，长洲之宋文恪行此格而历官至大学士。种种福报，不可枚举。

余初不解此书之何以奇验至此，且以为正其义不谋其利，明其道不计其功，圣贤教人，恒兢兢于义利之辨，何以程朱大儒，亦有取于此格之旨？既而恍然曰：程朱之所以有取于此者，《大易》所谓君子以见善则迁，有过则改也，非必有计功谋利之心也。而此格之屡著奇验者，《尚书》所谓作善降之百祥，作不善降之百殃也。此又天道不易之至理也。顾或者谓今日风教之衰，人心之薄，悖逆争斗之多，刀锯不能畏，口舌不能争，而骤欲以此功过之格，告人墨守遵行，有不唤其迂腐者几希。余以为无足虑也。虽有恶人，称之以伯夷，未有不喜，斥之以盗跖，未有不怒，可见善恶自在人心耳。固其心之本明，而动之以祸福，示之以去就，惕之以鬼神，安见百人中无一人动心者？且吾之所谓有益者，亦正不必勉强束缚，如赵清献之焚香告天也，赵康靖之黑白记数也，但求常置此格于案头间，数日或半月而一为翻阅，默为引证，当必胜于良友之晤对。人非圣贤，孰能无过？有过孰能自知？而真能劝善规过之□友，尤属不可多得。此格兼综条贯，万理毕赅，偶一披览，如入五都之市，百货宂集，光怪陆离，咸诧为得未曾有。又如久病之后，忽尔引镜自照，爽然于面目之已非。近日此书善本甚少，曾见有钱塘俞氏刻本，立论精当，注解详明，绝无仙佛家言绕其笔端。苟得分给少年子弟，随意披阅，广种薄收，纵不能日日按格而检点，事事循格而体行，然常有此格在其意中，究竟有些忌惮，不敢十二分放纵。为父兄者，如欲为子弟访名师，择益友，曷不以此格相示？若夫功名富贵之楷〔阶〕梯，福寿康宁之至理，古人行之有明效矣。人而不欲得此，则已如其欲之，请坐而俟□可也。（录五月

三十日《沪报》）

照录顺天公禀稿

敬禀者：窃绅等于上年夏间，接奉前宪台电谕，顺直奇灾，向所未有，赈抚至急，人款并需等因，曾于十六年六月二十六日、八月二十日、九月初七、十二月初六暨十七年二月十一等日，解奉第一批至第五批京平银一万四千两、津平银一万两、行平化宝银二万五千两、规银三千两、棉衣三万一千五百件、治病符药等各在案。兹又由各公所凑集第六批行平化宝银一万两，交施绅则敬手收，散放宝坻等处春赈。又行化宝银一万两，并代解镇江公所京曹〔漕〕平银一千五百两、扬州公所京平足银二千七百六十八两六钱五分七厘，交潘绅民表散放永清春赈。理合肃禀具报。专肃寸禀，恭叩钧安。绅士善昌等谨禀。

右禀顺天府兼尹、尹宪祁、胡

一件禀报起解第六批行平化宝银二万两、京曹〔漕〕平银一千五百两、京平足银二千七百六十八两六钱五分七厘由。

光绪十七年五月十五日

上海协赈公所绅士经、葛、唐、施、王、席、叶、杨

敬禀者：窃绅等于光绪十七年五月十二日接奉宪檄，案查顺属去岁水灾，各省及在京各员绅协助赈款，历经本衙门咨部核奖在案。其应如何请奖之处，相应将捐解银数、具禀奉旨各日期抄录粘单，移咨贵所，请烦查照，径行咨明户部办理可也。计抄附片一纸各等因到所。奉此窃查敝所自光绪十六年六月二十六日起至十七年五月十四日止，共解顺直捐款银两六批，内计京平银一万四千两、京曹〔漕〕平银一千五百两、京平足银二千七百六十八两六钱五分七厘、洋平银一万两、行平化宝银四万五千两、规银三千两。各处募劝之时，皆因零星凑集者居多，声明不请奖叙。惟因中间有银数在千两以上，须请旨建坊者，俟向各处捐户查明，再行禀请办理外，理合先将所解银数具禀奉覆。专肃寸禀，恭叩钧安。绅士施、经等谨禀。

右禀顺天府兼尹、尹宪祁、胡。

光绪十七年五月十五日

上海协赈公所绅士经、葛、唐、施、王、席、叶、杨

致天津道胡（五月十四日）

云楣观察大人阁下：前奉环示，衹聆一是。承垫宝坻春赈银二万两，已于正月间拨交施绅子英散放。敝所由票号先行汇还行平银一万两，亦蒙俯赐察收。归款尚短一万之数，属即从速汇还等因。兹由源丰润、乾盛亨、蔚盛长、志成信、百川通、协盛乾六家票号各汇上行平化宝银三千两，又大德恒票号汇上行平化宝银二千两，共计二万两，订明天津五月底期兑付，均系电汇，不立汇票。此银除归尊垫一万两外，余一万两乞赐转解杨艺芳观察查收。届时并请示复以慰悬余，是所至祷。近来各公所收数较微，以致归款稽迟，统望鉴原，幸甚。专肃敬请德安。

王、经元善、施善昌、葛、唐、叶、席、杨廷杲

五月十五日

照录丝业会馆协赈公所送阅福州告灾书（五月十五日到）

莲珊、少钦、蕃甫、子美、子萱、心如、詠南善长大人阁下：

敬启者：闽中于四月念四日即遭大水一次。至五月初二日，延建一带溪流暴涨，平地水深四丈余，千余里建瓯直下，势如奔马。闽垣西南百万亩田，田阡尽被湮没，城之内外居民悉避登堞。水自初三至初八日始退。此闽中水灾之实在情形也。伏思闽中近景已属不堪，潦后情形，诚难设想。弟等猝筹巨款，除结筏助援、煮粥分给外，已属难支，况此后给赈一切支应繁奢，在闽捐款自属不敷。不已，谨电函以并寄，求将伯之助，伏望筹助速寄，不胜祷祝。肃此奉恳，敬请善安。

愚弟叶火煊、制罗剑孙、制李赞筹顿首

五月初十日

惠款祈寄福州省城南街安民巷口公生明眼镜店后同仁善堂筹赈公所，叶太皋、罗荷臣、李锐生经收。

照录协赈同人复福州同仁善堂信稿（五月二十二日到）

泰皋、荷臣、锐生善长大人阁下：

谨启者：初九日接奉尊电，十四日又接初十日发公函，藉悉贵省水灾频侵，田禾湮没，所示情形，殊堪悯恻。幸得诸君先为设法救灾，不致流离失所，仰见勇于为善，莫名钦佩。委办赈捐一节，现在山东浙赈未已，且筹赈已久，早成弩末之势，若再另起炉灶，集款匪易，抑且缓不济急。今特先为登报，代呼将伯，一面沪上协赈各所先于江浙赈款项下填拨规银七千两，以应贵省救急之需，由招商局轮船装奉，祈为照收。惟冀实惠及民，事归实济，不胜拜祷。并附治病灵符三千道，凡遇贫病无诊、时疫急症，请符一道施治，焚化冲服，无不立效，特奉佐仁者救灾之至意云尔。谨此肃布，并请德安。

愚弟杨廷杲、陈德薰、葛、王松森、经元善、席裕祺、施善昌仝顿首

五月廿二日

附解规银七千两、治病符三千道。

第二十三号

杏翁观察大人阁下：前奉七月二十一日环示，拜悉种切。知解奉第二十二批规银一万两，已荷照收为慰。即辰敬维，德祉筹祺，均吉如颂。兹各所又凑集第廿三批规银五千两，遵示解交收支所，归还泰亨源号汇款，至祈察收赐复。今岁被灾之处太多，各所又值强弩之末，收数细微，势分力薄，未能全力注东，源源接济，愧甚歉甚。专此肃布，敬请台安。

愚弟陈、施、王、葛、经、叶、席、杨顿首

八月十二日

为咨呈事。前奉贵总局宪电开，本年顺直各属霪雨为灾，属为设法协筹赈款，曾于六

月二十六日解奉第一批直赈行平化宝银六千两、治病符四千道、正气丸五千服、藿香丸一千九百服、宇宙丸八千服、驱疫丸一万服、救急丹三千一百六十服、太乙丹二千锭各等因。嗣于七月廿一日承准贵总局移复，并附到回照在案。兹又续解第二批直赈，合行平化宝银三千八百九两五钱二分三厘。又由招商津局汇兑行平化宝银一千一百九十两四钱七分七厘。共换银五千两，白米二千石，价规银四千两。拟合缮批，备文呈解。为此咨呈贵总局，请烦俯赐察收，允复施行。须至咨呈者。

计呈解第二批直赈行平化宝银一千一百九十两四钱七分七厘、白米二千石。

上海协赈公所为呈解事。除

外，今差该级领赍后项银米公文，前赴直隶筹赈总局宪案下告报，守伺即掣回照备案。须至批者。

计呈解第二批直赈行平化宝银一千一百九十两四钱七分七厘、白米二千石，共合行平化银五千两正。

公文一角。

右批差，准此。

光绪十六年八月十一日

上海协赈公所绅士葛、陈、杨、施、王、席、经、叶

敬禀者：窃绅等前奉宪台电谕，顺直奇灾，向所未有，赈抚至急，人款并需等因，曾于六月廿六、八月二十等日解奉第一、二批京平银一万四千两、棉衣一万三千件、治病符、痧暑药等各在案。前因施牧则敬奉调来都，查放冬赈，各公所又集解第三批顺赈津平公码银一万两，又治病符一万道、正气丸一万服、救苦丹一千服、辟瘟丹四万五十锭、纯阳丹五拾斤、太乙丹拾斤、混元万应丹二十斤，均交施牧带上。又募制新棉衣二千五百件，金道福曾另禀经募新棉衣一万件，谢绅家福经募新棉衣六千件，均分次由轮船运津，交黄道建筦转运宪辕，统祈察收为祷。专肃禀报，敬叩钧安。绅士善昌等谨禀。

计呈解第三批顺赈津平银一万两、新棉衣一万八千五百件、治病符、药丸等。

右禀顺天兼尹府尹宪潘陈

一件禀解第三批顺赈津平银一万两由，新棉衣一万八千五百件、治病符、药丸等由。

光绪十六年九月初七日

上海协赈公所绅士经、葛、陈、施、王、席、叶、杨

解东赈第二十五批公信稿

杏翁观察大人阁下：前月二十三日肃呈第二十四号公函，由海晏轮船解奉廿四批赈款库平银五千两，谅早邀台鉴。兹有吴门孙屿芝先生约仝熟手司事抵沪，云系公电招往，今趁丰顺轮船来烟。各公所集凑赈款规银陆千两，作为第二十五批，又治病符三千道，原当绵衣六百件、棉被胎五十条，计捆三十包，普济回生丸一箱，计八百服，均交屿翁带上，至祈察收赐覆，至以为祷。专此肃布，敬请德安。

附码单　纸，提单　纸。

愚弟陈德薰、经元善、施善昌、葛绳孝、王松森、叶成忠、席裕祺、杨廷杲仝顿首

九月廿五日

解东赈第二十六批公信稿

杏翁观察大人阁下：前月廿五日孙屿翁同人六位，由丰顺船来烟，解奉第廿五批赈款现规银六千两，及符药、棉衣等，谅邀台鉴。孙屿翁临行之际，忽抱采薪，故稍缓登程。前日屿翁来烟，又以接奉电示，委办两县，深恐款不敷用，谆谆请益。兹各所又竭力添集规元四千两，作为第廿六批，由收支所廷杲处汇上，至祈察收。先后一并示覆为祷。专此，敬请德安。

愚弟陈德薰、经元善、施善昌、葛绳孝、王松森、叶成忠、席裕祺、杨廷杲仝顿首

十月初八日

盛观察来信（山东电信，十月初八日到）

赈所诸公、孙屿翁：蒙拨一万，交屿芝带烟，先叩谢。严佑翁来办遵民，尚求宽藉，交佑翁收。宜祷切。

顺直电信（十月初八日到）

丝业会馆：则敬廿三日到宝。灾重款少，难放。求各公所速解棉衣赶运，盼甚。则敬叩。

照录山东来函（十七日到）

詠南、莲珊、少钦、蕃甫、心如、子美、澄衷、子萱仁兄大人阁下：奉廿五、廿六号公函，敬悉一一。承寄廿五批规银六千两，又治病符一万道、原当棉衣六百件、棉被胎五十条、正气丸二千五百服、回生丸八百服，廿六批规银四千两，谨已收到。十三日，孙屿芝兄到烟。晤谈之下，深荷诸公俯念东灾不已，百般设法筹济，令人感激涕零。当即雇备车辆，孙屿翁即于十四一早起程前行。此次所来规银一万，不啻雪中送炭，已交孙屿翁带往潍县三千两、寿光七千两。计潍县被水四十余庄，约计极贫每口可得钱二百文。寿光被水六百余庄，只此七千两，如何是好？今年山东灾区，每州县只能派银数千两，若论放赈，实属不敷甚巨，不过救其垂毙者而已。现在谢佩翁、孙屿翁、严佑翁三路，是谓义赈，指明义捐接济，统计需银十万两。除已收外，尚少五万金。现其同事已先查乐安、博兴、高苑三县，候严佑翁款到，方能开放。佑翁过沪，即求凑解一两批，以济眉急，万分感祷。弟才薄力疏，实已穷于呼吁，惟望我同人再作登高劝募，先其所急，实为感祷。先寄天津买棉衣一千件，已嘱黄花翁往世昌提取，尚无回信也。敬请德安。

愚弟盛宣怀顿首

十月十五日

照录天津来函(十月十七日到)

子萱、蕃甫、詠南、少钦、心如世伯大人阁下：睽违芝标，时深葭溯，五中念结，尺素难宣，□维筹祺，曼福履祉，安康为颂。文于二十三日未刻抵津，一路平顺，堪以告慰绮怀耳。文于赈务情形诸多未谙，尚乞指示迷津，俾资把握，不胜感激之至。二十五日谒见中堂，极称义赈实济之美，不能与官赈相提并论，预留委办静海等情。随见赈抚局宪，所云亦复如是。据称各属被灾之区，已经分委多员，携带银两，驰往各处办理冬赈，以十月初一日为放钱之始。文于二十九日驰往静海，会同张上和大令，妥为熟商，确查该处东南洼一带，共计百余村庄，尚有三十余村仍在泽国之中。察看情形，受灾极重，嗷嗷待哺，遍野哀鸿。见者伤心，闻者酸鼻。只得细心逐户核查，即当从宽施放。于放钱之外，施给棉衣，并加放高粮，务使冬月之灾黎可资过活，弗致有冻馁之忧。至天津府属以天津、静海，顺天府属以武清、宝坻，永平府属以玉田等县，受灾极重，其余各县较为稍次。其受灾之处，水已退消者，不过十分之七，仍有三分尚在水央。已退之地，可以及时播种麦苗。积水之区，一时难期干涸，兼之节届大雪，地土严冻，俟来春融化之后，方能补种。即使麦秋可望，所获亦属无几矣。灾区如此之广，来岁春赈更属吃紧之时，惟念为日方长，民生实可虑也。文俟经手事毕，即行回南。肃此，敬请道安，惟希心照不具。愚侄经文顿首。十月初五日。

莲珊家妹前，祈叱名请安。

第二十七号

杏翁观察大人阁下：孙屿翁赴燕，先后肃禀念五、念六号公函，解上规银一万两，知业察收为慰。今严佑之先生邀约同人，前来山左散放冬赈，各所又竭力摒挡，勉凑规银一万两，作为第二十七批，遵电示由收支所廷杲汇奉。又新棉衣两包，计一百二十件，交佑翁带上，至祈一并查收赐复为祷。专此肃布，敬请台安。

愚弟陈、经、施、葛、王、叶、席、杨仝顿首

十月二十一

附棉衣回单一纸，又佑翁自带现银一箱、提单一纸、码单一纸。

录十月廿七日山东来公函(十一月初一日到，招商局寄)

詠南、莲珊、少钦、蕃甫、心如、澄衷、子美、子萱仁兄大人阁下：十月十五日奉复一函，计邀惠览。十月廿四日，严佑翁来烟，奉廿七号公函，敬悉一一。此次佑翁来烟，本已束手无策，蒙拨凑第廿七批规银一万两，已交佑翁查收，可谓雪中送炭，感激实无已时。惟顺直之灾猛而暂，水退地在，复业不难。山东之灾为日过久，民力已尽，水退之后，丰收之时，其濒河十数万家仍在饥困之中，此大可虑也。现与佑翁熟商，拟并力救此十数万家，仰体仁人君子之心，作一劳永逸之举。然非卅万金不能毕事。一面禀商中丞设法，一面惟有叩求诸公雪中送炭，救此沉灾，永登彼岸。俟佑翁到后筹商安赈，拟留谢佩翁、孙屿翁一同办理。想诸公以救民为实心，仍望宽筹接济，是所至祷。此请公安。

愚弟盛宣怀顿首

庚寅十月廿七

文报局协赈公所接到天津胡云楣观察告灾急电（六月廿五日到）

施少钦、谢绥之、王心如、任逢辛、经莲珊兄鉴：本年顺直各属淫雨为灾，各河漫溢决口，上下数百里一片汪洋，庐舍民田尽成泽国，小民荡析流离，惨难言状。工抚并举，地广款绌。请诸公速赐援手，多方设法劝募，源源协济，以救畿辅生灵，感甚盼甚。棻叩。

廿三日

文报局协赈公所接扬州复茂恒协赈公所来信

少钦、莲珊、心如、子萱诸善长大人阁下：前以盱眙火赈办毕，复留钱款以备善后事宜，曾泐函布告，并附呈清账，谅登台电。另缮告白一纸，想亦代登《申报》，念念。查此项蒙贵所并各善士拨助，共合扬平银三千八百十四两九钱四分八厘，除支正赈加恤等款，并留备善后之款，计共合扬平银一千七百卅五两五钱六分一厘外，仍存扬平银二千零七十九两三钱八分七厘。前已函申听提拨，迄未奉有明示。适闻福建、山东、直隶等处告灾，事有缓急轻重，合即如数汇上，祈查收，并请给发收照是荷。伏念盱眙以告灾以来，得有接济，悉出自仁人之赐，谨代九叩首以谢。其留备钱款一千千文，诚以该处善后事宜在在需办，故公议留作有备无患之计，未免擅专，尚祈鉴而宥之为幸。此布，敬请均安，并候回至。

录山东分守登莱青兵备道盛咨文一角（十月廿七日）

为移咨事。本年十月二十二日奉山东巡抚部院张檄开，光绪十六年九月二十二日准兵部火票递到户部咨捐纳房案呈，查本年七月十四日本部议覆直隶总督李奏请推广开办顺直赈捐折内，陈明劝捐棉衣，每件作银一两，核与办过成案相符。惟此项棉衣必须以新花新布制成，不得以败絮旧衣滥行充数，只折解实银代为购制者，一律核给奖叙等因在案。惟查现办棉衣，以京外时价而论，每银一两足敷制办棉袄裤一套者，方准作银一两请奖，以昭核实。相应飞咨山东巡抚查照可也等因到本部院。准此合就檄行。为此仰道官吏即便遵照办理毋违等因。奉此檄合移咨。为此合咨贵公所，请烦查照办理施行。须至咨者。

右咨上海协赈公所

照抄招商津局黄来函

敬复者：昨由沈子梅兄附到尊函，并致京都梁家园函一件外，募捐秈白米共五百袋，敬悉一切。是见痌瘝在抱，施济为怀，无任欣羡。承嘱转运一节，俟米驳离时，自当设法照办，请纾绮注。前承示并寄梁家园午时茶，早经代为转寄矣。专此奉复，敬请台安，惟照不备。

愚弟黄建筦顿首

十月卅日

解顺直第四批禀稿

敬禀者：窃绅等前奉宪台电谕，顺直奇灾，向所未有，赈抚至急，人款并需等因，曾于六月廿六、八月二十、九月初七等日解奉第一、二、三批京平银一万四千两、津平银一万两、棉衣三万一千余件、治病符、痧药等各在案。叠接施牧则敬自宝坻来电，赈款不敷，请为接济等情，兹又凑解第四批顺天赈款行平化宝银一万两，即汇交施牧则敬在宝坻等处查户散放。理合肃禀具报。再，施牧则敬于九月上旬前来时，于禀解第三批一万两外，又带往规银三千两，亦归入此次第四批内并计，合并声明。专肃寸禀，恭叩钧安。绅士善昌等谨禀。

右红白禀顺天府尹堂陈

一件禀报起解第四批顺赈行平化宝银一万两由

光绪十六年十二月初六日

上海协赈公所绅士经、葛、陈、施、王、席、叶、杨

解东赈廿八批公信稿

杏翁观察大人阁下：前奉环示，知严佑翁带上廿七批规银一万两，荷照收为慰。讵料沪上各所今年收数寂寥，一至于此。两月以来，仅能解还直赈借款万金，已觉十分竭蹷矣。夙稔东民积困实况较苦，兹再勉力摒挡凑解第廿八批规银　　两，（原稿眉注：《申报》、文报两所只能凑三千两，是否即解八千，或合呈一万？候公文请示。）又金苕翁嘱代解规银五千两，一并由收支所弟杲汇奉。又由普济轮船运烟，沈广贤补捐请坊新棉衣裤五百套，提单已随船寄呈，统乞察收赐复，至以为祷。专此肃布，敬请德安。

愚弟施善昌、陈德薰、葛绳孝、经元善、王松森、席裕祺、叶成忠、杨顿首

十二月十九日

詠南、莲珊、少钦、蕃甫、心如、澄衷、子美、子萱仁兄大人阁下：除夕奉二十八号（新正初七日到）公函，敬悉一一。兹届新年，伏维百善凝祥为颂。今蒙尊处解到第二十八批规银一万两，又金苕翁嘱代解规银五千两，俱已收到，克日分别转解严佑翁与济南赈局矣。沈广贤补捐请坊新棉衣裤五百套，亦已收到，即当代为禀复。弟自十一月初七日赴青州查勘灾区，严佑翁、孙屿翁、谢佩翁均同在一处。目睹连年水灾，民间愈久愈穷，全仗义赈苟延性命。然□□□年不了，岂能年年办赈乎？现与严佑翁约估春赈需银八万两，省城赈抚局只能办济南、武定官赈，不能再接济青州。现与佑翁约定，青州老弱不能赴工之极贫人，专指尊处协赈之款，来多放多，来少放少。此项苕翁五千两须解省城赈局，廿八批一万两已解交佑翁，核计尚少七万。尊处决不能如此之多，总望正、二、三、四四个月，每月解银一万两，其余由敝处筹凑，亦可勉强以高粱皮子、盐水海草，研粉拌食。此切所不能再少矣。青州只望尊处接济一年，明年河成之后，除却天时之灾，可免地利之灾矣。无任叩祷之至。此颂台安，并贺年禧。

愚弟盛宣怀顿首

新正初二日

第二十九号

杏翁观察大人阁下：月前迭奉严佑之、孙屿芝两善长来函，佥称春赈需款紧要，速催接济等因。敝处因收数寥寥，急切未能起解，曾电恳尊处垫拨规银二万两，纫佩靡涯。今各所先摒凑第廿九批规银一万两，由收支所弟杲汇烟，即祈察收赐复。尚该一万两，须稍缓时日，一俟筹集，即当解奉还垫可也。专此肃布，敬请德安。

附严佑翁另函一缄。

愚弟李、经、施、葛、王、叶、席、杨顿首

二月十四

照录禀稿

敬禀者：窃绅等于上年夏间接奉前宪台电谕，顺直奇灾，向所未有，赈抚至急，人款并需等因，曾于六月二十六日、八月二十日、九月初七、十二月初六等日，解奉第一批至四批京平银一万四千两、津平银一万两、行平化宝银一万两、规银三千两、棉衣三万一千余件、治病符、痧暑药等各在案。迭接刘绅芬、施绅则敬函电，佥称春赈需款紧要等情，第沪上各所近来收数甚微，今勉凑解第五批行平化宝银一万五千两，内系汇交刘绅芬手收五千两、施绅则敬手收一万两，以备查户散放。理合肃禀具报。此泐，恭叩钧安。绅士善昌等谨禀。

右红白禀

顺天府兼尹尹宪祁胡

一件禀报起解第五批顺赈行平化宝银一万五千两由

光绪十七年二月十一日

上海协赈公所绅士陈、经、施、葛、王、叶、席、杨

第三十号

杏翁观察大人阁下：前月十四日曾肃廿九号公函，并由收支所汇上第二十九批赈款规银一万两，谅荷台鉴。今各所又凑集第三十批规银一万两，仍由收支所杲汇烟，至祈察收核计。前承尊垫之二万金，业已如数归款矣。昨接严佑翁来电，以需款万分吃紧，复电商台端，再行借拨一万金，此项俟敝处稍缓筹集，即当清还也。专此肃布，敬请德安。

愚弟李、经、施、葛、王、叶、席、唐、杨仝顿首

照录第三十一号信稿

杏翁观察大人阁下：月之初旬接奉环示，敬悉第三十批万金，并治病符、药丸等业已收到为慰。嗣严佑翁南旋，传述台谕，均祗承一是矣。沪上捐数日寥，较前大逊，自三十批后，所请尊处垫拨万金，以致完璧稍迟，莫名歉疚。兹各所竭力摒挡，勉凑卅一批规银

一万两，遵电示交由收支所弟杲汇烟，归还垫款。至祈察收两销，伏候赐复为祷。专此肃布，敬请暑安。

愚弟唐廷桂、经元善、施善昌、葛、王、叶、席裕祺、杨顿首

六月廿九

安山、魏郁、挹之、羡初、蕃甫、松涛、芝青、松年、乾初、玉麟诸位仁丈见弟同缘道长大人阁下：昌廿一夜匆匆动身，未及告辞，实深抱歉。廿二亥刻到镇江，陈煦春、李企侯、于百川、钱教泗、靳春阳、陈寅各、柳少云、施幼琴，承七位善士会同施幼琴，坐救生局大红舡两号，停在招商局登船□请昌另备大号红舡壹号过船。孟福、二宝侯倏行里过舡仝住，诸君纷纷过舡叩见。船大颇为安逸，昌略略酬应，各人道谢。今回镇江，市面上自道府县当道以及各善堂绅董，无不感德。代做大坟，再要独力筹款，口碑载道。百忙中亲身过临，实在难得云云。弟即对大众叩谢。若无诸大善士，断不能办来如此周到。故耳弟亲自来前，一则叩谢诸君，二则要到坟前一奠，再要烦诸君联名请金山寺大和尚，定廿五日开焰，延三十位高僧虔拜大悲法忏三永日，至晚设放瑜珈焰口，请方丈大和尚超荐。今午前接到复电，总设立水火　至数目，男妇老幼灵位主两□位出请知单，明早共邀代办大河口十二圩。扬镇各善士上海代为经办，聂观察祭文上一仝具名，榜上疏文上皆同。承各善士均允明日齐到金山寺忏坛前设供前拈香公祭，明日寺中必闹，因弟亲到，诸君有具。今日本拟会同经办诸善士先到坟上公奠，因早上大风，红船亦不能开，改期后日同去。今日弟午后亲到金山寺拜会方丈大和尚，一片一投。方丈大服，出山门迎接。因今日寺中沈制军超荐严夫人拜四回十九天大悲忏请四十九位僧，却好今日圆满，督宪派差官到寺行礼，方丈亦做法事，身穿大服。却好弟到，顺便大衣服，出大山门迎接，好比接钦差。出轿同到内客堂叩见，即面请方丈结一善缘，并延请宝寺僧人三十位虔拜大悲法忏三永日。是晚请方丈设放焰口一堂，当蒙方丈一诺无辞。方丈奉陪坐茶，因弟外有虚名，坐茶时，连督署两差官以及亲兵护勇有百余人，均四面围住，看方丈陪茶坐茶。方丈定茶，弟即回敬，一切行官场仪注。茶毕，弟问方丈，严夫人位供何处？据云在山顶四广楼庄阁上，楼上均系沈制军亲中官眷。弟嘱二宝，先投侍生玉版笺全帖，两差官起先挡驾，一安徽人，知府□□，一抚州人，知府加三品衔花领。随后见弟进去，方丈仝弟位前行礼上香，一跪三叩首礼，两差官叩谢出堂，孝子即出堂，行一跪三叩首，面谢。稍停，有一督署亲军投一片子出来，要拜会。片子上沈贞女（查亲军何人？云系安徽人），现办闱阁赈捐，即此人也。随即出堂，叩首拜见。弟回礼坐定，沈贞女先开口请安，难得此山遇见大善长，一向久仰大名，行普天下善举，一视同仁。每阅《申报》，大善长真万古一人，可敬可敬。弟即答言，惶恐万分，虽而代筹各省救荒灾、火水灾赈捐，幸蒙各省大善士源源助来。沈贞女又开口，大善士虚心过谦，真当世活佛。久闻大善士灵符，能百治病。贫女走过十二省，符名之声，如雷贯耳。从古及今，无出大善士之右也。闻得大善长要超荐大河口遭劫灵魂，定三天大贫女方能领教三永日，谢大善长不吝训诲，可赐领大教。后即回到上海进京，劝有白米五千担，带往顺天散放灾民。叩求大善长赐灵符千道，能多一二千道，多救一二千人疾病，恒河沙数，不知救好万万生灵，功德无量也。如蒙允愿，回申进京时，再当来前叩辞，面领灵符。讲到此时，有谈两点钟之久。方丈来请入席，心领辞谢。方丈再

四面邀，弟首座，两差官二三座，方丈自陪，四人一席，极盛素斋。散席已上灯，借灯笼坐轿下山，回舡正在开夜膳。今午前杨本府送酒席，到竟要全受，万不能璧，幼琴代收。是夜适秦春阳、陈煦春、于百川、柳少云四人坐等船中，要请教摹符，却好借花献佛，留住做一席酒。昨日拜会黄幼农、常镇道，帖子请去，道台跟出来，到轿前，恭迎进花厅。谈及今回运棺代奠，未能帮忙，抱愧万分。闻得灵符竟有神效，昨日接到南京徐舍亲候补道□来函，托弟代请。正拟函复上海代请，今蒙光降，却亦难得。即将原信呈阅。问有一老年痰喘，一痰迷心痴，却要多少赈捐，可求灵符？弟即回报一概奉送。有力者求符，服好自来完愿，亦不拘多少，各自量力可也，弟从未计较。黄观察云，如此普济，真菩萨心肠，可敬之至。弟带出原信告辞，再三请轿到仪门内，弟推辞不允，仍进到内堂。主人如此殷勤，即放四叩辞。乘轿出辕，即到镇江府署投帖。当命请轿抬到二堂。出轿，杨太守立在轿前，行一揖，仝行至大花厅，亦谈谈天。今回为丹徒县讯旗人案子太猛，闹出事来，现在督抚将军均派委员下来，道台派本府会讯，连日劳心，肝火大发，耳鸣大发。今蒙大善士光临，却好当面求符。出位再行一跪三叩首礼。起来，当即允许。回寓篆符三十道，备信命二宝送进城中道署府署。两次均有谢信带来。弟有此虚名，到外面均各顺手。待忏完，拟到南京一走，再拜沈制军，面禀仁济堂禀请出奏立案。若运好，能允办，弟请陈云谷世大兄做一禀带交，看情形而办可也。知念附阅，写不尽言。至此收场，即请春安。弟姻施善昌顿首。廿四夜寅初覆。

复通永道杨观察公信稿

艺芳先生观察大人阁下：月前潘振翁抵沪，接奉手示，敬□德祉筹祺，均绥如颂。承示永清春赈需款孔亟，振翁不惮况瘁，躬亲来南乞助，可敬可佩。适值沪上各所收数寂寥，甫经凑解山左及刘兰阶、施子英两处共二万五千金，业已悉索一空，且有筹垫未完。今永清事同一律，亦义不容辞，又急何能缓，曾电恳台端先行借拨。嗣奉环电，俯如所请，盛泐同深。现在振翁由苏常遄返，特趁轮北渡，除扬州赈所集募规银二千八百六十五两五钱二分，汇见京平足纹二千七百六十八两九钱五分七厘，镇江赈所集募京曹〔漕〕宝银一千五百两，汇票两纸，随函附呈，由振翁携带来都外，尚缺之数，敢乞尊处暂为拨垫行平化宝银一万两，一并交振翁经手散放。一俟敝处各所募集成数，即当如数归赵也。兼尹、尹堂两宪前，俟敝处汇还尊款时，直行禀报，并以附陈。专肃，敬请德安。

席裕祺、葛绳孝、施善昌、王松森、经元善、杨屯首

三月初四日

计附呈汇票两纸。

第二百零四号一等电，于十七年二月初六日午后七点三十五分由天津电局收寄。

上海道聂鉴：来电已悉。弟初六抵津，定初八展轮，拟在吴淞候晤刚帅，望即转禀，并致肯堂。岘复。印。十七年三月初七日巳刻到。

照录津电

上海县陆：岘帅已抵津，初八出口，过吴淞，停轮候刚抚，不至沪。津县孙代谭赏洋四百零五。

沪上药言

呜呼！灾患之□，至今日可谓极矣。统天下二十余省中，若直隶，若山西，若山东，若豫皖，若江浙，若闽粤，或旱或水，先后遭灾。轻者被及数乡，人民离散；重者赤地数千里，决口数百丈，饿莩载道，浮尸逐流。加以一波未平，一波又起，告灾之信，叠至而不穷；放赈之人，肆应而不暇。吾辈幸居乐地，眠食如常，但试设身以处，不已觉种种惨酷，一刻不可耐乎？然观沪上之人，则且竞繁华，逞豪举，畅吃浪用，糜费无制，一若不知他处之有灾难也者。呜呼！此岂上天之心哉！盖上天虽迭降奇灾，要未始不以补救之事期之于人，且亦未始不因下民平日之暴殄，而特以水旱二者示之罚而正其罪也。比类以思，吾辈宜何如儆？况去岁江省遘灾，苏松诸属悉皆被及，其间极苦之处，甚至连阡接陌，颗粒无取，官绅皇皇，筹款办赈。沪上之人，虽不见之，固已闻之矣。今也事过未久，如在目前，乃其四乡尽多穷饿之人，而其城治尽效豪华之举，此种苦乐，太觉不均，非仁人君子之所忍出也。夫古之仁者，己欲立而立人，己欲达而达人。今日沪上一隅，特因其为滨海要冲、通商总会之故，仕宦出于斯，商贾出于斯，轮船四通，财货毕集。一切阔绰之局面，官场创其极，市廛扬其波，日复一日，如逝水之从流忘返。其实暴殄过度，不独仁者惜之，即上天亦早已恶之。是以每届夏秋之间，必有疫气急痧等症，传染一时。三五年来，历验不爽。或犹强作解事，以为此等病症，皆由人烟太密、污秽太甚所致，目前沪地如此繁盛，固宜有此事，不足为异。不知天道公平，必无偏祸一方之理，即无偏福一方之理。人生乐地，幸得邀福于上天，则宜战战兢兢，益思所以消此祸者。谚云“有福不可享尽”，此之谓也。今竟自徼其为有福，而尽情以享之，且逾分以享之，试问至公至平之天，其许我乎？天既不我许，于是乎隐降之罚，以疫病代水旱，以一二人儆千百人，使知福无独享，祸有自来之旨。如此处置，不惟见天道之公平，亦可识其仁爱之至矣。无如局中之人，仍若沉甜醉梦，而唤之不能醒也。[但以一端言] 今又届疫病时矣。急痧致毙者，日有所闻，道路传言，共相骇惧。抑思此非徒惧之所能为功，亦非止医药之所能奏效，有勿药之药在，第一曰行善，第二曰惜福。正与沪地今日之病症相对，愿局中人取吾言而一参之。（七月初一日录《沪报》）

霍乱症分辨寒热大略

有客论曰：今岁霍乱症皆由犯寒而致，用姜附治之最宜。又一客云：今岁是症皆不可刺，刺之必死。其故何欤？余曰：二公之言，皆非定论。夫症有寒热之殊，治有温凉之异。审系寒症，则用热药治之；审系热症，则用凉药治之。秽浊盛者，则用芳香以逐之，用刺法以开之。又有暑秽内伏，新凉外加，则宜先解其外，后清其里。若暑湿夹杂，寒热相错，清浊浑淆者，则宜分清导浊，疏表和里。而为分疏定乱之治，各宜分晓，不可混也。故治病以辨症为先，百病皆然，不独霍乱然也。客曰：此症之发，既暴且速，一经吐泻即内脱，肢冷而脉伏，且见症亦多相同。脉既伏而不可凭，其寒热之机与夫夹杂，当于何辨之？余曰：脉既伏而不可凭，其所现之症与舌胎，则可辨也。热霍乱症，乃暑邪挟秽浊之气，由口鼻吸受，直趋中道，伏于膜原。膜原居于膈上，内近胃府，外连肌肉，与少阳三焦相为维符，逼近于胞络之经。故其见症必胸中烦闷，反复不安，两肋疼痛，口大渴而喜凉饮，频饮频吐，四肢虽冷，胸中自觉一团如火烧，其舌胎或白或黄，或赤或黑，必燥而不润。此暑秽之邪伏于膜原，内而胃府，外而经脉关窍，一时皆闭塞不通故也。治先刺关窍以通其外，如手之曲池，指之少商、少冲、关冲、中冲等穴，及足之委中、昆仑、三里，皆刺出恶血（惟昆仑、三里宜用针泻之，不可出血），复用芳香逐秽之药，以达其膜原之伏邪。如《霍乱论》之飞龙夺命丹，去麻黄，加石菖蒲、第术、扣仁，余用之多年，无不应手取效。修德之士宜预合以济人，则功德无量矣。倘一时未备，以紫雪丹代之，然究不如此丹之妙也。然后再用白虎汤加苓，连用地浆水煮，候凉徐徐饮之。以胃气上逆大吐之时，若非佐以苦味，则必吐而不受。或素体阴虚者，则用竹叶石膏汤煎服，如白虎汤法，此为通因塞用，使内外之气血流通无滞，则关格自通，暑秽自清耳。又热症初愈，最忌糜粥谷食，宜先饮以绿豆汤，或苡仁汤，或真藕粉，俱可。盖谷入于胃，长气于汤，暑邪初退，余热留于胃络，其余波得谷气以为依附，灰中有火，复燃最易，因是而致成功反弃者多矣。寒霍乱症乃寒湿之邪结于脾胃，脾胃居于腹中，故但腹痛而无烦扰肋痛之患。总之暑邪伏于募原，位居膈间，必从少阳而化火；湿邪结于脾胃，脾胃居于腹中，必从太阴化之。脾阳虚者，则从之而化寒；胃火旺者，则从之而化热。故暑之与湿，有上下之分，部位不同，见症亦异。故寒湿之霍乱，其舌胎之或白或黄或灰，必津润而滑，口不渴饮或喜热汤，其人必静而不燥，轻者用藿香正气散，重者用理中回逆辈以治之。又热症必先用刺法以通其外，寒症不可用刺，此又不可不知也。其辨舌之法，暑邪则色赤，湿邪则色白，秽浊则胎厚，挟食则胎黄，寒邪则灰滑。若白胎绛底，乃暑邪内伏、寒湿外袭之候。惟黑胎则寒热俱有，须辨其燥之□滑及起刺与否，以定寒与热也。苟能辨症分明，用药如锁之投钥，则操纵在我，不难起危症于顷刻耳。盖寒症古有成法，而热症向无专论，故临症最难得其要领。丙戌岁，余在定海，此症盛行，虽经余治愈者多人，而亦未得其要。所治诸案，载在拙作《一得集》中。迩际此症复盛行，论者纷纷不一。衲特静思数日，方悟热症邪伏募原、寒症邪在脾胃之理，因论大略如此。衲欲将霍乱症集为条辨，逐条先论后辨，而稿尚未脱，尚望海内诸君明以教我，以助条辨未尽之意。将来稿成，或亦救世之一助云尔。南海僧心禅稿。

时痧分别寒热方

一、凡时疫名吊脚，有名瘪螺者，皆三阴极寒症也。初起者四肢冰冷，六脉沉伏，舌白筋急，吐泻不止，甚则眼窝落陷，大肉消脱。大忌痧药开窍，使阴阳之枢纽断绝。急用鲜生姜汁数碗，冲入开水温服，一面以雷公散或感应丹纳入脐内，以大膏药一张贴紧，外以炒盐碗许，布包熨之，旋以汤药解救。（如无现成之雷公散及感应丹，即现配油桂、麝香、丁香、倭硫黄各少许，亦甚灵便。）

生、熟附子各四五钱，桂枝五钱，上白术（野术更妙）土炒五钱，吴茱萸（甘草水□）一钱，干姜一钱，宣木瓜一钱。

此方已救活多人，不必疑分两之重。如理中汤之党参矣，惟恐缓诸阳药之力，是以除去。稍为顾虑，则因循不救矣。切切。

一、凡时疫有乾霍乱、热霍乱之症，忌用姜汁。初起四肢不大冷，或指尖微麻，六脉洪大，舌色不全白。但用痧药数粒，俟舌麻吞下，或用阴阳水煎开，加明矾钱许，服之立解。井河水如一时不便，即用开水掺冷水一少半与服，亦可。其另有绞肠痧症，腹痛异常，可用马粪在瓦上焙焦，以三钱（陈者愈佳）冲黄酒与服，名独胜散。《温病条辨》载此方，神效无比。仆亦屡试屡验。以上各种痧症，无论如何，皆以热水拍腿湾（名委中穴），当现红紫筋一条。用针刺半分许，每腿两针，令出血，色紫者轻，色黑者重，无血者死。他处如不懂穴道，不必乱刺伤筋为要。信天室主王履康谨识。

江苏赈捐援照顺直请奖章程

清光绪十八年刻本

（清）佚 名 辑

邵永忠 点校

江苏赈捐援照顺直请奖章程

光绪十八年江苏赈捐援照顺直章程及推广各条核给奖叙奏案

两江总督部堂刘
江苏巡抚部院奎片

再，前因镇江、丹徒各县被旱较重，经臣等拟请筹办赈抚，并声明劝令该绅富量力捐助，一体查照赈捐章程，核给奖叙。恭折驰奏在案。今江宁、扬州各属山乡田地，亦因被旱受伤，小民困苦颠连，亟待筹办赈抚，业已专折驰奏。惟是灾广费繁，深苦款无所出。现与各司道一再商酌，惟有与镇江等属一体开办赈捐，以资接济。第念近年办理捐输已成弩末，各省捐局又复林立，此时江苏再欲筹劝捐款，已同竭泽而渔，本属难于集事。若章程互有轩轾，捐生必观望不前，徒有劝捐之名，仍不能获收捐之益。本年江宁、扬州、镇江等属被旱极重，闾阎疾苦，上廑圣怀，但有补救之方，不敢不为民请命。合无仰恳天恩，俯准劝捐济赈，援照顺直赈捐现行章程及推广各条，核给奖叙。先由臣等刊刻实收，填给捐生，按次造册咨部，换给执照，以资鼓励而应急需。所收捐款，酌量灾区轻重，分别匀拨，并查照直隶成案，以一年为限，庶于轸恤灾黎之中，仍不失慎重名器之意。谨合词附片陈请，伏乞圣鉴训示。谨奏。于光绪十八年十月初十日奉朱批：著照所请，该部知道。钦此。

光绪十八年直隶推广赈捐奏案

直隶阁爵督部堂李奏为顺直灾区甚广，工赈需款浩繁，仍请开办推广赈捐，以资接济，恭折仰祈圣鉴事。窃查顺直各属本年因伏雨过多，河水漫溢，洼区被淹，民情困苦，业将被灾情形驰奏在案。昨蒙特恩截留江苏江北河运漕粮十万石，分拨赈抚，仰见皇仁浩荡，薄海同钦。兹据顺直所属禀报，被灾州县共有三十余处之多，收成大半失望，积水骤难涸复，补种晚禾已属无及，小民荡析流离，嗷嗷待哺，深堪悯恻。现先于天津地方开设粥厂，收养饥民，一面派员分赴被灾处所查办急抚。惟约计冬赈、春赈，为日甚长，兼以永定、大清、南北两运、潴龙、潮白等河漫口林立，近日天虽晴霁，水势仍未消落，必须迅筹堵合，方免久淹为患，工抚两项，非有巨款源源接济，断难措手。臣与司道多方计议，查光绪十六年顺直水灾，开办推广赈捐，衔、封、贡、监等项，以四成实银上兑，新海防例均暂停收。并仿照江浙赈捐章程，准捐翎枝二品顶戴。又援照火器营章程，准由贡监加捐盐运使、副将、参将等衔。又各省被议人员，分别官阶、银数，准请赏还衔翎。又报捐棉衣，除照例建坊外，如折解实银，亦准一律核奖。均经部议准行，俾应办工赈得以及时蒇事，全活灾黎无算，实属著有成效。现在灾重费繁，款无所出，惟有援照前案开办赈捐，或可稍资济助。据筹赈局司道详请核奏前来，臣查本年顺直水势之大、灾区之广，与十六年情形略同。直省为缺额之区，司局各库支绌异常，值此时艰，又未便请拨部帑。畿疆重地，民生疾苦，上廑宸衷，但有补救之方，不得不悉力筹维，为民请命。用敢披沥上陈，吁恳圣恩，仍准开办赈捐。其一切章程暨推广各条，悉照光绪十六年户部议准成案办理，由直刊刻正副实收，盖用天津道印，填给捐生，并分咨各省，广为劝办，按次造册，咨部颁照。其部监饭照等费，查照向章，随收解部。各省善捐义赈，均准一体核奖。如有报捐巨款至万两以上，仍照部定章程，专案奏请优奖，藉广招徕。自开办之日起，予限一年，限满即行停止。所收捐款，随时会商顺天府尹，分别灾区轻重，酌量匀拨。惟念近年捐务已成弩末，各省再三劝募，几同竭泽而渔。此次开办赈捐，系于无可设法之中冀收寸效，倘捐数未能踊跃，灾区不敷分布，当由司局各库竭力筹拨，以济急需而全民命。所有顺直等属被灾甚重，筹款维艰，仍请开办赈捐缘由，谨恭折具奏，伏乞皇上圣鉴，训示遵行。谨奏。于光绪十八年闰六月二十三日奉朱批：着照所请，该部知道。钦此。

捐　贡　监

一、贡生

由监生、附生，捐银一百四十四两；由增生，捐银一百二十两；由廪生，捐银一百八两。

一、监生

由俊秀，捐银一百八两；由附生捐银九十两；由增生，捐银八十两；由廪生，捐银六十两。由俊秀已捐从九、未入职衔改捐监生，概不作抵，仍缴例银一百八两。

捐　职　衔

一、郎中

由贡监生，捐银三千八百四十两；由同知，捐银一千八百四十两。

一、员外郎

由贡监生，捐银三千二百两。

一、主事、都察院都事、都察院经历、大理寺寺丞

由贡监生，捐银一千六百六十两。

一、光禄寺署正

由贡监生，捐银九百两。

一、大理寺评事、太常寺博士、太常寺典簿、通政司经历、通政司知事

由贡监生，捐银七百五十两。

一、銮仪卫经历、中书科中书、詹事府主簿、光禄寺典簿

由贡监生，捐银六百五十两。

一、部寺司务

由贡监生，捐银六百两。

一、国子监典簿

由贡监生，捐银五百两。

一、国子监典籍、翰林院待诏

由贡监生，捐银三百六十两。

一、翰林院孔目

由贡监生，捐银三百二十两。

一、道员

由贡监生，捐银五千二百四十八两。

一、知府

由贡监生，捐银四千二百五十六两。

一、盐运司运同

由贡监生，捐银三千八百四十两。

一、同知

由贡监生，捐银二千两。

一、通判

由贡监生，捐银一千六百两。

一、布政司经历、布政司理问、州同

由贡监生，捐银三百两；由恩拔副贡生，捐银一百二十两。

一、按察司经历、布政司都事、盐运司经历、州判

由贡监生，捐银二百五十两；由恩拔副贡生，捐银七十两。

一、盐库各大使、按察司知事、府经历、县丞、盐运司知事、布政司照磨

由贡监生，捐银二百两。

一、按察司照磨、府知事、县主簿、州吏目、茶马大使

由贡监生，捐银一百二十两；由从九品、未入流，捐银一百八十两。

一、从九品、未入流

由俊秀，捐银八十两；由未满吏，捐银六十五两；由已满吏，捐银五十两。

一、各馆誊缘〔录〕举人准捐同知职衔，照常例贡监生报捐银数酌加五成。生监准捐通判职衔，照贡监生报捐银数酌加三成。其余职衔，仍按常例银数办理。

一、各馆供事报捐七品按经布都盐经职衔，各照常例贡监生报捐银数加倍报捐。其捐府经、县丞各职衔，应按未满吏递捐例银三百二十五两。捐县主簿、州吏目各职衔，例银二百四十五两。

文进士举人报捐京外四方品文职衔，并五贡报捐四、五、六品文职衔，均应扣除原资银数。

已截取进士，作银一千二百九十五两；未截取进士，作银一千一百五十五两。已载取举人，作银一千十五两；未截取举人，作银八百七十五两；未拣选举人，作银七百三十五两。五贡，作银四百三十四两。

一、游击

由监生、武生，捐银一千八百二十四两。

一、都司

由监生、武生，捐银九百两。

一、营卫守备

由监生、武生，捐银六百两。

一、守御所千总

由监生、武生，捐银四百两。

一、卫千总

由监生、武生，捐银二百五十两。

一、营千总

由监生、武生，捐银二百十两。

一、把总

由监生、武生，捐银一百二十两。由俊秀，捐银二百三十两。

以上各项文武职衔，凡小衔加捐大衔，准将原捐小衔银数抵算。惟文京职衔加捐文外官职衔，往往有原捐银数浮于加捐者，只准照对品外衔银数作抵。其文衔改捐武衔，武衔改捐文衔，例不能作抵银数。

捐升衔

一、现任部司务捐六品升衔，应银一千一百三十一两；候补、候选，应银一千三百四十七两。

一、现任国学正、国学录、国典簿捐六品升衔，应银一千零七十三两；候补、候选，应银一千一百八十八两。

一、现任理评事、科中书、阁中书、銮经历、常博士捐五品升衔，应银二千七百七十二两；候补、候选，应银二千九百四十五两。

一、现任通经历、通知事、常典簿、国监丞捐五品升衔，应银三千一百七十六两；候补、候选，应银三千三百六十三两。

一、现任副指挥捐五品升衔，应银三千八百九十六两；候补、候选，应银四千二百十三两。

一、现任光典簿、詹主簿捐五品升衔，应银三千八百三十一两；候补、候选，应银四千零六十二两。

一、现任京府经历捐提举升衔，应银一千九百五十二两；候补、候选，应银二千二十四两。

一、现任京通判捐同知升衔，应银一千三十七两；候补、候选，应银一千二百六十六两。

一、现任光署正捐员外郎升衔，应银二千五百九十二两；候补、候选，应银二千七百二十二两。

一、现任正指挥捐员外郎升衔，应银二千八百六十六两；候补、候选，应银三千零七十五两。

一、现任主事、都都事、都经历、大理寺丞捐员外郎升衔，应银一千二百五十三两；候补、候选，应银一千九百四十四两。

一、现任教谕捐国典簿升衔，应银二百四十五两；候补、候选，应银三百一十两。

一、现任教谕捐科中书升衔，应银八百二十一两；候补、候选，应银九百三十六两。

一、现任教谕捐翰待诏升衔，应银一百八十八两；候补、候选，应银二百四十五两。

一、举人出身现任教谕捐内阁中书升衔，应银八百二十一两；候补、候选，应银九百三十六两。

一、五贡出身，现任教谕，捐内阁中书升衔，应银一千一百三十七两；候补、候选，应银一千二百五十二两。

一、现任训导捐国典簿升衔，应银六百一十三两；候补、候选，应银六百七十八两。

一、举人出身，现任训导，捐内阁中书升衔，应银一千二百三十九两；候补、候选，应银一千三百四两。

一、五贡出身，现任训导，捐内阁中书升衔，应银一千五百五十五两；候补、候选，应银一千六百二十两。

一、现任按知事、府经历捐布理问升衔，应银六百六十三两；候补、候选，应银七百三十五两。

一、现任县丞捐布理问升衔，应银三百二十四两；候补、候选，应银四百十八两。

一、现任布照磨、盐知事捐布理问升衔，应银五百九十一两；候补、候选，应银六百二十七两。

一、现任盐库各大使捐运判升衔，应银一千七百二十八两；候补、候选，应银一千九百五十九两。

一、现任按经历捐提举升衔，应银一千六百四十九两；候补、候选，应银一千七百六十五两。

一、现任布都事、盐经历、直州判、州判捐提举升衔，应银一千九百五十二两；候补、候选，应银二千二十四两。

一、现任知县捐同知升衔，应银一千三十七两；候补、候选，应银一千二百六十八两。

一、现任通判捐提举升衔，应银五百七十六两；候补、候选，应银七百十三两。

一、现任运判捐提举升衔，应银一千三十七两；候补、候选，应银一千一百七十四两。

一、现任布经历、布理问捐提举升衔，应银一千五百五十六两；候补、候选，应银一千七百两。

一、现任州同捐提举升衔，应银一千四百四两；候补、候选，应银一千六百七两。

一、现任直州同捐知州升衔，应银一千六百三十五两；候补、候选，应银二千一百五十三两。

一、现任提举、运副捐运同升衔，应银三千四百五十六两；候补、候选，应银四千三百二十两。

一、现任直知州捐知府升衔，应银二千九十六两；候补、候选，应银二千七百八十七两。

一、现任同知捐运同升衔，应银二千四百二十两；候补、候选，应银二千九百八十一两。

一、现任知州捐运同升衔，应银二千九百九十六两；候补、候选应银三千四百四十二两。

以上常例准捐升衔条款，大致备载。其余如八九品递捐各条，查阅本条捐升官阶双月银数减二成，即系报捐升衔例银数目。

捐推广顶戴升衔

一、现任九品、未入流京官捐六品顶戴，应银一千四百九十一两；候补、候选，应银一千五百九十九两。

一、现任八品京官捐五品衔，应银三千八百六十七两；候补、候选，应银四千零四两。

一、现任七品京官捐四品衔，应银四千六百七十三两；候补、候选，应银五千二百四十九两。

一、现任编修、检讨、庶吉士捐四品衔，均比照汉京官七品报捐银数办理。

一、现任六品京官捐四品衔，应银四千三百七十八两；候补、候选，应银四千六百三十两。

一、现任修撰、中允、赞善捐四品衔，均比照汉京官六品报捐银数办理。

一、现任员外郎捐四品衔，应银四千六百八两；候补、候选，应银四千八百四十两。

一、现任郎中捐四品衔，应银二千五百三十五两；候补、候选，应银三千九百十七两。

一、现任员外郎捐三品衔，应银九千二百十六两；候补、候选，应银九千六百八十两。

一、现任郎中捐三品衔，应银五千六十九两；候补、候选，应银七千八百三十四两。

一、庶子、侍讲、侍读、洗马捐四品三品衔，均比照汉现任郎中报捐银数办理。

满洲蒙古人员

一、现任九品捐六品顶戴，应银二千三百二十六两；候补、候选，应银二千四百六十三两。

一、现任八品捐五品衔，应银四千二百二十七两；候补、候选，应银四千三百六十四两。

一、现任七品捐四品衔，应银六千二百六十四两；候补、候选，应银六千四百零一两。

一、现任六品捐四品衔，应银四千三百七十八两；候补、候选，应银四千六百三十两。

一、满洲蒙古员外郎、郎中捐四品、三品衔，均比照汉员报捐银数办理。

一、现任九品、未入流外官捐六品顶戴，应银一千一百八十一两；候补、候选，应银一千二百一十两。

一、现任府经历、县丞、盐知事、布照磨捐五品衔，应银二千二百九十七两；候补、候选，应银二千三百六十九两。

一、现任盐库各大使捐五品衔，应银三千八百二两；候补、候选，应银四千零三十二两。

一、现任训导捐五品衔，应银三千一百六十一两；候补、候选，应银三千二百七十六两。

一、现任教谕捐五品衔，应银二千六百三十六两；候补、候选，应银二千六百七十二两。

一、现任布都事、盐经历、直州判、州判、按经历、京府经历、京县丞捐四品衔，应银六千二百七十二两；候补、候选，应银六千三百四十四两。

一、现任外县知县捐四品衔，应银四千七百六十七两；候补、候选，应银四千九百九十七两。

一、现任府教授捐四品衔，应银七千五百六十两；候补、候选，应银七千八百四十八两。

一、现任京县知县、通判、盐运判、州同、布经历、布理问捐四品衔，应银四千八百九十六两；候补、候选，应银五千零三十三两。

一、现任直隶州知州捐三品衔，应银六千一百六十八两；候补、候选，应银七千二百零四两。

一、现任同知捐三品衔，应银六千九百十二两；候补、候选，应银八千六百十九两。

一、现任知州捐三品衔，应银九千一百零五两；候补、候选，应银九千三百一十两。

一、现任盐运同捐三品衔，应银六千零七十一两；候补、候选，应银六千二百零九两。

一、现任知府捐三品衔，应银四千六百零八两；候补、候选，应银五千七百四十七两。

一、现任道员捐三品衔，应银四千一百十四两；候补、候选，应银四千八百零四两。

以上各项顶戴升衔，毋论京外各官，凡有已保已捐升衔顶戴，俱不准作抵银数。

捐 封 典

一、京外文武现任及候补候选各官并捐职人员报捐封典

一品实官，捐银一千两；二品实官，捐银九百两；三品实官/捐职，捐银八百两/九百六十两；四品实官/捐职，捐银七百两/八百四十两；五品实官/捐职，捐银四百两；六七品实官/捐职，捐银三百两；八九品实官/捐职，捐银二百两；未入流实官/捐职，捐银一百两。

以上实官捐职各捐封例银数目，其由虚衔人员加级报捐一二品封者，应照实职捐封银数办理。

一、在京文职加级

一品，捐银二百二十五两；二品，捐银二百五两；三品，捐银一百八十五两；四品，捐银一百六十五两；五品，捐银一百四十五两；六品，捐银一百二十五两；七品，捐银一百五两；八品，捐银八十五两；九品，以下捐银六十五两。

一、在外文职加级

一品，捐银四百五十两；二品，捐银四百一十两；三品，捐银三百七十两；四品，捐

银三百三十两；五品，捐银二百九十两；六品，捐银二百五十两；七品，捐银二百一十两；八品，捐银一百七十两；九品，以下捐银一百三十两。

一、在京武职加级

一品，捐银一百五十两；二品，捐银一百四十两；三品，捐银一百三十两；四品，捐银一百二十两；五品，捐银一百十两；六品，捐银一百两；七品，捐银九十两；八品，捐银八十两；九品，捐银七十两；

一、在外武职加级

一品，捐银三百两；二品，捐银二百八十两；三品，捐银二百六十两；四品，捐银二百四十两；五品，捐银二百二十两；六品，捐银二百两；七品，捐银一百八十两；八品，捐银一百六十两；九品，捐银一百四十两。

以上京外文武职官报捐寻常加级例银数目，其由文虚衔、职衔人员加级请封，其级应按京外文品职加级例银加倍报捐，即所谓随带级。至武虚衔、职衔人员加级请封，不分京外，悉照在外武职例银加倍捐报。如有情愿多捐加级者，各照实官职衔品级例定银数分别报捐，准照所加之级捐封。

一、加级捐封，向例三四品不得逾二品，五六品不得逾四品，七品不得逾五品，八品以下不得逾七品，各照常例捐级捐封银数办理，毋庸加倍。

一、二品实职及虚衔人员捐级请从一品封，其封典银数应按一品例定银数加倍报捐。

一、三品实职人员加级请封，准捐至二品为止。推广案内，准加级捐至从一品封，应照例定一品封银数加倍报捐。

一、三品虚衔人员捐级请从一品封，其封银应按一品例定银数加倍，再加五成，共交银三千两核算。

一、三品虚衔人员捐级请二品封，其封银应按二品例定银数加倍报捐。

一、四品虚衔人员捐级请二品封，其封银应按二品例定银数加一倍半报捐。

一、五六品实职虚衔人员捐级请三品封，照常例加倍交封银。其捐至二品封者，照二品例定银数加一倍半报捐。

一、七品实职虚衔人员捐级请三四品封，其封银各照常例加倍报捐。

一、八品以下实职虚衔人员捐级请五六品封，其封典银数各照常例加倍报捐。

一、捐封之级，准其续行捐请封典。惟不准将捐封之级抵销处分，以示区别。

一、三品以上各官捐请封赠，准赠封曾祖父母。

一、四品至七品官，准其貤封曾祖父母；八品官以下，准其貤封祖父母。照例加倍交银报捐。

一、三品以上各欲捐请本生曾祖父母封赠者，准照貤封曾祖父母之例报捐。

一、外曾祖父母、妻祖父母，亦准捐请貤封。

一、京外大小各官貤封曾祖父母、伯叔祖父母、伯叔父母、庶母、兄嫂及外祖父母，均准其貤封。

一、捐封人员，准其捐请貤封嫡堂伯叔祖父母、嫡堂伯叔父母、嫡堂兄嫂，并从堂、再从堂各尊长，以广尊崇。

一、官员之母舅、舅母、姑夫、姑母、姨夫、姨母、妻父、妻母，均准捐请貤封。生母应归应封办理，毋庸另请貤封。

一、八品以下职官，向例止封本身。如欲封本身及妻室者，应照常例捐封加倍报捐。

一、京外文武各官例得捐封第三继室，应先封本身及原继配妻室，方能另捐请封。

一、第三继妻以后，谊同敌体，应准其按次递捐，以昭旷典。

一、休致人员亦准按原官品级报捐。

一、子孙为伊祖父、父原职品级追请封典者，亦准一体捐请。

一、凡为人妇、为人后者，欲为其己故夫之祖若父捐职请封，并为祖若父貤封其先人者，均准捐请，以遂其报本之忱。

一、貤封世代以曾祖父母为断，即捐至一二品，亦不得貤封高祖父母，以示限制。

添收推广赈捐顶戴衔翎条款

捐升衔

一、二品顶戴

如道员有三品衔及盐运使衔者，例银五千四百两。如无三品衔，加倍报捐。今按此数一律减五成收捐。

捐职衔

一、盐运使衔

由贡监生，捐银七千八百七十二两。

一、副将衔

由监生、武生，捐银三千六百四十八两。

一、参将衔

由监生、武生，捐银二升七百三十六两。

以上各项均按五成实银收捐。

捐翎枝

一、花翎

三品以上，捐银二千两；四品以下，捐银一千两。

一、蓝翎

捐银五百两。

如蓝翎捐换花翎，其蓝翎系由捐资者，准扣抵银五百两；若由劳绩保举者，不准抵算。